조선후기 명청문학
관련 자료집 II

이 저서는 2008년도 정부재원(교육과학기술부 학술연구조성사업비)으로 한국연구재단의 지원을 받아 연구되었음 (KRF-2008-322-A00085)

조선후기 명청문학 관련 자료집 II

안대회·이철희·이현일 외 편

성균관대학교
대동문화연구원

서 문

최근 학계에는 조선후기 문학과 중국 명청대 문학의 관계양상에 대한 연구가 크게 증가하고 있다. 조선후기 문학사의 변동요인으로 중국 문학과의 상관성을 비중있게 다루기 시작한 것이다.

한국 한문학은 지정학적으로 중국 문학과 긴밀한 연관 관계를 맺어왔다. 역사적 상황에 따라 양국의 교류가 소원해지거나 時差가 발생하기도 하였지만, 동아시아라는 생존환경 속에서 상대국에 대한 지적 요구는 끊임없는 소통을 유지시켰다. 조선후기의 경우도 병자호란과 명청 교체의 격변으로 양국의 소통에 한 동안 장애가 있기도 하였다. 그러나 이러한 제약 속에서 조선의 문인들은 중원의 변화에 촉각을 세우며 중국서적을 지속적으로 입수하였고, 중국고전의 교양 위에 다시 명청대 문학을 새롭게 참조함으로써 새로운 변화를 추동하였다. 또한 18세기 중반이후에는 양국 문인간의 교류가 활발해지며 조선의 적지 않은 저작과 작품이 중국으로 건너가는 등 소위 '상호 소통'이라 칭할 수 있는 교류의 시대가 전개되었다. 따라서 한국 한문학은 중국이라는 타자를 생존환경의 일부로 파악해야 비로소 입체적이고 온전한 해석이 가능하며, 일국적 시야에서 벗어나 동아시학으로 확장시킴으로써 보다 균형있는 관점에 도달할 수 있다는 인식이 공감을 얻고 있는 것이다.

그러나 조선후기 문학과 중국 명청대 문학의 상관성에 대한 연구는 연구자의 개별적인 접근으로는 많은 어려움을 지니고 있다. 일단 양국의 문학에 대한 전반적 이해가 있어야겠지만, 무엇보다도 조선후기 문인들의 저작으로부터 명청 문학과 관련된 자료를 일일이 찾아 섭렵한다는 것이 한 개인의 노력으로는 한계가 있기 때문이다.

이에 본 대동문화연구원에서는 2008년부터 2년간 한국연구재단의 지원을 받아 명청대 문학에 대한 조선후기 문인들의 비평자료를 수집·정리하는 과제를 수행하여 본 자료집을 간행하게된 것이다. 연구기간 동안 조선후기 문인의 문집과 필기자료 300여 종으로부터 약 2000여명에 이르는 명청대 인물에 대한 자료를 추출하였다. 이중 5건 이상의 자료가 추출된 인물은 250여명이었는데, 여기서 문학을 중심으로 사상 및 서화 분야에서 비중있게 나타나는 인물 134명을 선별하였다. 文·史·哲을 통합적으로 인식하고, 서화와 문학이 긴밀하게 상호작용하던 당대 현실을 고려하여 사상가나 서화인도 포함시켰다. 또한 비평자료 외에도 『명사』, 『청사』등 사료와 개인의 저작으로부터 각 인물의 생애와 후대의 평가를 파악할 수 있는 전기 자료를 수집하고, 중국 도서관을 검색하여 그들이 남긴 저술의 서지사항 등을 조사하였다. 이렇게 수집·조사한 자료는 각 인물별로 '인물해설', '인물자료', '저술소개', '비평자료' 등 4개 부분으로 구성하여 정리하였다.

따라서 이 자료집은 조선후기 문학과 관련된 명청대 인물 134명에 대한 전기자료와 저술 사항 및 조선 문인들의 비평자료를 종합적으로 살펴볼 수 있으며, 특히 비평자료는 간략한 개요를 추출하여 제시함으로써 전체적 내용을 효율적으로 조감할 수 있도록 하였다. 또한 비평자료뿐만 아니라 양국 문인의 교류 자료도 수록하여 한중 교류사 연구에도 참조할 수 있도록 하였다.

2년이라는 단기간에 과제를 수행하다 보니 방대한 조선후기 문헌자료에 대한 조사가 제한적일 수밖에 없고, 또한 작업이 정밀하지 못한 부분도 있어 주요 인물이나 자료가 누락된 경우도 있을 것이다. 따라서 책의 말미에 조사대상 문집과 필기 자료의 목록을 제시하여 놓았다. 향후 보다 풍부하고 정밀한 자료집을 위하여 보완할 부분을 파악할 수 있도록 한 것이다.

그러나 이 자료집은 미흡하나마 조선후기 한중 양국의 지적 소통과 지식층 교류의 원전자료를 정리하였다는 점에서 기존의 개론적 차원의 접근 방식이나 편파적 연구 시각을 극복할 수 있는 토대가 될 것이다. 또한 한국 한문학뿐만 아니라 중국문학, 역사학 등 타 분야 연구자에게도 새로운 참고자료가 될 것으로 기대된다.

끝으로 학계에 대한 책임있는 자세를 강조하시며 본 자료집이 출간되기까지 후원해주신 대동문화연구원 신승운 원장님과 다루기 어려운 원고를 성심을 다해 편집해준 성균관대학교 출판부에 감사드린다.

2012년 6월
편자 일동

차 례 | 조선후기 명청문학 관련 자료집 I

차 례 | 조선후기 명청문학 관련 자료집 II

◆ 일러두기

1. 이 자료집의 편차는 명청대 인물을 성명의 가나다 순으로 배열하였다. 그리고 각 인물별로 인물에 대한 간략한 설명을 담은 〈인물해설〉, 그 생애와 문학에 관련된 기록을 주로 중국 문헌을 중심으로 채록한 〈인물자료〉, 저술의 간략한 서지사항을 설명한 〈저술소개〉, 조선 문인들의 문헌자료에서 추출한 〈비평자료〉 등 네 부분으로 구성하였다.

2. 〈비평자료〉는 이 책의 가장 핵심적인 부분으로, 16세기부터 20세기 초반까지 활동한 인물들의 문집, 필기 등을 조사하여, 해당 명청대 인물과 작품 등에 대해 기술한 자료를 채록하였다.

3. 〈비평자료〉는 〈저자명〉, 〈출전〉, 〈주요논지〉, 〈원문〉의 순으로 배열되어 있으며, 〈저자명〉의 가나다 순으로 정리하였다. 〈주요논지〉는 인용 자료의 논지를 추출하여 제시한 것이며, 〈원문〉은 全文을 수록한 경우도 있으나, 때에 따라 節錄하였고, 동일한 자료가 반복될 때는 '上同'으로 표시하였다. 2명 이상의 인물을 동시에 언급하는 자료는 각 인물에 모두 수록하였다. 이 책을 이용하는 독자가 책 전체를 통독하기보다는 필요한 인물을 찾아 볼 경우를 대비했기 때문이다.

4. 이 자료집은 문학가 위주로 구성하였으나, 薛瑄, 陳惠章, 羅欽順, 李贄, 黃宗羲, 顧炎武, 閻若璩, 陸隴其, 李光地, 戴震, 錢大昕, 王念孫 등 학자나, 沈周, 文徵明, 董其昌, 羅聘 등과 같은 書畵家도 포함하였다.

5. 羅貫中, 金聖嘆, 孔尙任 등과 같은 인물은 인용빈도가 많지 않지만, 문학사적 위상을 감안하여 수록하였고, 柳如是, 岳筠(岳綠春), 張綯英 등과 같은 여성 작가들 역시 인용빈도가 높지 않지만, 여성문학 연구를 고려하여 수록하였다.

王士禛 (1634~1711)

인물 해설	자는 貽上, 호는 阮亭・漁洋山人이며 시호는 文簡이다. 山東省 濟南府 新城 사람이다. 雍正帝 즉위 후 이름의 마지막 글자가 雍正帝의 이름인 '胤禛'의 '禛'과 같았으므로 이름이 '士正'으로 고쳐졌는데, 乾隆帝가 '士禎'이라는 이름을 하사하였다. 1658년 진사가 되고, 이후 45년간 관리생활을 하여 관직이 刑部尙書에까지 오른 후 사직하고 향리로 돌아왔다. 朱彝尊과 함께 '南朱北王'이라 불리었다. 神韻說을 주창하였는데, 신운이라 함은 平淡한 상태에서 완곡하고 청명한 묘사 가운데 무한의 정서에 의탁하여 枯淡의 경지에 이르는 것을 뜻한다.
인물 자료	○ 『淸史稿』, 列傳 53 　王士禛, 字貽上, 山東新城人. 幼慧, 即能詩, 擧於鄉, 年十八. 順治十二年, 成進士. 授江南揚州推官. … 上留意文學, 嘗從容問大學士李霨: "今世博學善詩文者孰最？"霨以士禛對. 復問馮溥・陳廷敬・張英, 皆如霨言. 召士禛入對懋勤殿, 賦詩稱旨. 改翰林院侍講, 遷侍讀, 入直南書房. 漢臣自部曹改詞臣, 自士禛始. 上徵其詩, 錄上三百篇, 曰御覽集. … 明季文敝, 諸言詩者, 習袁宗道兄弟, 則失之俚俗; 宗鍾惺・譚友夏, 則失之纖仄; 斆陳子龍・李雯, 軌轍正矣, 則又失之膚廓. 士禛姿稟既高, 學問極博, 與兄士祿・士祜並致力於詩, 獨以神韻爲宗. 取司空圖所謂"味在酸鹹外"・嚴羽所謂"羚羊掛角, 無跡可尋", 標示指趣, 自號漁洋山人. 主持風雅數十年. 同時趙執信始與立異, 言詩中當有人在. 既沒, 或詆其才弱, 然終不失爲正宗也. 士禛初名士禛, 卒後, 以避世宗諱, 追改士正. 乾隆三十年, 高宗與沈德潛論詩, 及士正, 諭曰: "士正績學工詩, 在本朝諸家中, 流派較正, 宜示褒, 爲稽古者勸." 因追諡文簡. 三十九年, 復諭曰: "士正名以避廟諱致改, 字與原名不相近, 流傳日久, 後世幾不復知爲何人. 今改爲士禛, 庶與弟兄行派不致淆亂. 各館書籍記載, 一體照改."

○ 『四庫全書總目提要』卷173, 精華錄 條

國朝王士禛撰, 士禛有古懽錄, 已著錄, 其誌初刻有落牋堂集, 皆少作也. 又有阮亭詩及過江入吳白門前後諸集, 後刪併爲漁洋前集, 而諸集皆佚, 嗣有漁洋續集·蠶尾集·續集·後集·南海集·雍益集諸刻, 是編又刪撮諸集, 合爲一帙, 相傳士禛所手定. 其子啓汧跋語, 稱門人曹禾盛符升·仿任淵山谷精華錄之例, 鈔爲此錄者, 蓋託詞也. 士禛談詩, 大抵源出嚴羽, 以神韻爲宗, 其在揚州作論詩絶句三十首, 前二十八首, 皆品藻古人, 末二首爲士禛自述. 其一曰: "曾聽巴渝里社詞, 三閭哀怨此中遺. 詩情合在空舲峽, 冷雁哀猿和竹枝", 平生大指, 具在是矣. 當康熙中, 其聲望奔走天下. 凡刊刻詩集, 無不稱漁洋山人評點者, 無不冠以漁洋山人序者, 下至委巷小說, 如聊齋志異之類, 士禛偶批數語於行閒, 亦大書王阮亭先生鑒定一行, 弁於卷首. 刊諸梨棗以爲榮, 惟吳橋竊目爲淸秀李于鱗, 【見談龍錄】汪琬亦戒人勿效其喜用僻事新字, 【見士禛自作居易錄】 而趙執信作談龍錄, 排詆尤甚, 平心而論. 當我朝開國之初, 人皆厭明代王李之膚廓, 鍾譚之纖仄. 於是談詩者競尙宋元, 旣而宋詩質直, 流爲有韻之語錄. 元詩縟豔, 流爲對句之小詞, 於是士禛等以淸新俊逸之才, 範水模山, 批風抹月, 倡天下以不著一字盡得風流之說, 天下遂翕然應之. 然所稱者盛唐, 而古體惟宗王孟. 上及於謝朓而止, 較以十九首之驚心動魄, 一字千金, 則有天工人巧之分矣. 近體多近錢郞, 上及乎李頎而止. 律以杜甫之忠厚纏綿, 沈鬱頓挫, 則有浮聲切響之異矣. 故國朝之有士禛, 亦如宋有蘇軾, 元有虞集, 明有高啓, 而尊之者必躋諸古人之上, 激而反脣, 異論遂漸生焉. 此傳其說者之過, 非士禛之過也. 是錄具存, 其造詣淺深, 可以覆案. 一切黨同伐異之見, 置之不議可矣.

○ 陳廷焯, 『白雨齋詞話』 卷3

漁洋小令, 能以風韻勝, 仍是做七絶慣技耳. 然自是大雅, 但少沉鬱頓挫之致. 漁洋詞含蓄有味, 但不能沉厚, 蓋含蓄之意境淺, 沉厚之根柢深也.

○ 唐萬甲, 「衍波詞序」

貽上束其鴻博淹雅之才, 作爲花間雋語, 極哀豔之深情, 窮倩盼之逸趣.

| 저술소개 | *『帶經堂集』
(淸)康熙 49-50年 程氏 七略書堂刻本 92卷 / (淸)乾隆 27年 南曲舊業刻本 |

『帶經堂詩話』30卷 卷首 1卷 王士禛撰　張宗柟輯

* 『帶經堂詩話』

　(清)乾隆年間 刻本 30卷 卷首 1卷

* 『唐賢三昧集』

　(清)康熙年間 刻本 3卷 / (清)抄本 3卷 / (清)乾隆 52年 聽雨齋刻本 3卷

* 『漁洋山人精華錄』

　(清)康熙 39年 林佶寫刻本 10卷 / (清)鳳翙堂刻本 『漁洋山人精華錄箋注』
12卷 補 1卷 金榮箋注

* 『漁洋詩話』

　(清)抄本 3卷 / (清)康熙年間 刻本『王漁洋遺書』38種 273卷 內 王士禛撰
『漁洋詩話』3卷 / (清)稿本 1卷 附『賜沐紀程』1卷

* 『王漁洋遺書』

　(清)康熙刻本 38種 273卷

* 『漁洋山人詩合集』

　(清)康熙 33年 錫山 于野草堂刻本 18卷

* 『阮亭選古詩』

　(清)康熙 天藜閣刻本 32卷

* 『池北偶談』

　(清)稿本 不分卷

* 『香祖筆記』

　(清)康熙年間 刻本『王漁洋遺書』本 內 12卷 / (清) 刻本『漁洋山人著述』38
種 內 12卷 / (清)康熙 8年 吳郡 沂詠堂刻本 (清)雍正年間 重印 12卷

* 『分甘餘話』

　(清)康熙年間 程哲 七略書堂刻本 4卷

* 『漁洋山人著述』

　(清)刻本 38種 內『漁洋山人詩集』22卷 /『漁洋山人詩續集』16卷 /『蠶尾
集』10卷 /『蠶尾續集』2卷 /『蠶尾後集』2卷 /『南海集』2卷 /『雍益集』1卷
/ 王士禛撰 林佶編『漁洋山人精華錄』10卷 /『漁洋山人文略』14卷 / 王士禛
輯『唐賢三昧集』3卷 / 王士禛輯『十種唐詩選』17卷 / 王士禛輯『唐人萬首絕

句選』7卷 / 『池北偶談』26卷 / 『居易錄』34卷 / 『香祖筆記』12卷 / 『分甘餘話』4卷 / 『皇華紀聞』4卷 / 『廣州遊覽小志』1卷 / 『南來志』1卷 / 『北歸志』1卷 / 『蜀道驛程記』2卷 / 『秦蜀驛程後記』2卷

★『名家詩選』

　　(清)鄒漪輯 (清)康熙年間 刻本 30種 內 王士禛撰 『貽上詩選』1卷

★『大家詩鈔』

　　(清)吳藹編 (清)康熙年間 學古堂刻本 13種 13卷 內 王士禛撰 『漁洋詩鈔選』1卷

★『八家詩選』

　　(清)吳之振編 (清)康熙 11年 吳氏 鑒古堂刻本 8卷 內 王士禛撰 『阮亭詩選』1卷

★『百名家詩鈔』

　　(清)聶先編 (清) 康熙年間 刻本 59卷 內 王士禛撰 『漁洋山人集』1卷

★『國朝六家詩鈔』

　　(清)劉執玉編 (清)乾隆 32年 詒燕樓刻本 8卷 內 王士禛撰 『阮亭詩鈔』2卷

★『二家詩鈔』

　　(清)邵長蘅編 (清)康熙 34年 刻本 20卷 內 王士禛撰 『王氏漁洋詩鈔』12卷

★『百名家詞鈔』

　　(清)聶先・曾王孫編 (清)康熙年間 綠蔭堂刻本 100卷 內 王士禛撰 『衍波詞』1卷

★『學海類編』

　　(清)曹溶編 (清)道光 11年 晁氏 活字印本 430種 814卷 內 王士禛撰 『居易錄談』3卷 / 『續談』1卷

| 비 평 자 료 |||||

| 金邁淳 | 臺山集
卷20
闕餘散筆 | 張延登의 사위가 王士禛이었기 때문에 자신의 『感舊集』에서 金尙憲의 시를 많이 언급하였다. | 朝天錄諸詩。多載於阮亭王士禛感舊集。澹雲微雨一篇。膾炙見稱。盖王是萬鍾女婿。聞見有自也。 |

金邁淳	臺山集 卷20 闕餘散筆	阮葵生의 『茶餘客話』에는 吳兆騫이 寧古塔을 지킬 때 그가 가지고 있던 徐釚의 「菊莊詞」(成德의 「側帽詞」, 顧貞觀의 「彈指詞」)를 조선 사신 仇元吉과 徐良崎가 구득하였고, 그 중에서 「菊莊詞」와 「彈指詞」를 읊은 제시를 써서 중국에 보냈다고 하며, 王士禛의 『漁洋續集』에도 이 일을 읊은 시가 전하지만, 이들이 조선 사신일 수가 없다.	阮葵生茶餘客話。多記順治以後事。有曰：吳兆騫戌寧古塔。行笥携徐電發釚菊莊詞・成容若德側帽詞・顧梁汾貞觀彈指詞三冊。會朝鮮使臣仇元吉・徐良崎見之。以一金餅購去。… 元吉題菊莊詞云。中朝寄得菊莊詞。讀罷烟霞照海湄。北宋風流何處是。一聲鐵笛起相思。良崎題側帽・彈指詞云。使車昨渡海東邊。携得新詞二妙傳。誰料曉風殘月後。而今重見柳屯田。 以高麗紙書之。寄來中國。漁洋續集詠此事云。考其時代。似在本朝孝顯間。而東使赴燕者。未聞有仇元吉・徐良崎。仇姓則絕無仕宦立朝者。尤屬訛謬。豈使行書記伴倘中。有此二人。而遂以爲朝鮮使臣歟。
金奭準	紅藥樓續懷人詩錄	金允植이 金奭準의 懷人詩에 대해 평하면서 王士禛의 『感舊集』에 비견하였다.	昔王漁洋感舊集錄平生知舊之詩。其性情風調。未必相同。而皆經一手選定。篇篇有佳致。小棠老人作懷人詩前後近三百首。其學術才猷。未必相同。而亦經一手選述。人人有特色如金鐵入爐瓶槃釵釧融爲一色。其鎔鑄之妙如此。壬子南至月。雲養金允植觀。
金允植	雲養集 卷9 「李藕裳遺稿序」	李夏源의 문장은 柳宗元의 峭潔함과 明淸諸大家의 秀雅함을 본받았고, 시는 王士禛과 宋琬의 遺則을 깊이 얻어 骨節이 姍姍하고 風神이 儵然하며 陶洗烹鍊하고 구차한 뜻이 없다.	今觀其所著遺稿。於文遠祖子厚之峭潔。近禰淸初諸名家之秀雅。於詩深得王漁洋・宋荔裳之遺則。骨節姍姍。風神儵然。陶洗烹鍊。無苟且之意。

金正喜	阮堂全集 卷2 「與申威堂(二)」	詩道는 王士禎과 朱彝尊을 따라야 入學 門徑에 어긋남이 없다.	詩道之漁洋·竹垞。門徑不誤。漁洋純以天行。如天衣無縫。如華嚴樓閣。一指彈開。難以摸捉。竹垞人力精到。攀緣梯接。雖泰山頂上。可進一步。須以竹垞爲主。參之以漁洋。色香聲味。圓全無虧缺。
金正喜	阮堂全集 卷2 「與申威堂(二)」	王士禎은 천부적인 재능으로 시를 지어 天衣無縫과 같고, 華嚴樓閣과 같아 포착하기 어렵다.	漁洋純以天行。如天衣無縫。如華嚴樓閣。一指彈開。難以摸捉。
金正喜	阮堂全集 卷2 「與申威堂(二)」	朱彝尊, 王士禎, 査愼行을 통하여 宋元의 대가들을 거슬러 杜甫의 경지에 들어가야 한다.	詩道之漁洋·竹垞。門徑不誤。… 下此又有査初白。是兩家後門迤最不誤者也。由是三家。進以元遺山·虞道園。溯洄於東坡·山谷。爲入杜準則。可謂功成願滿。見佛無作矣。外此旁通諸家。左右逢原。在其心力眼力並到處。如鏡鏡相照。印印相合。不爲魔境所誤也。
金正喜	阮堂全集 卷2 「與申威堂(三)」	劉墉은 書家의 王士禎으로 天分이 뛰어난데, 蘇軾의 書法을 계승한 바탕 위에 自成一家한 인물로, 특히 蘇軾의 墨法을 터득한 것은 그 眞蹟을 보지 못하면 알 수 없다.	石庵書法。亦如詩家之漁洋。天分過人。寔難撫擬。且未見其眞蹟。只就其拓本閱過。尤難下手。其行墨與他大異。深得坡公墨法。其停墨處。只有突起如黍珠痕。坡公墨卽如此。東人雖行筆而不知墨。心眼何以及此耶。槩其書專從坡公來。自闢一門。… 如欲學得。先於坡書求之爲妙。且見眞蹟。然後亦可議到矣。
金正喜	阮堂全集 卷4 「與金黃山(迺根)(三)」	禹之鼎과 王士禎의 眞迹을 얻어 金迺根에게 감상하러 오라고 청하다.	適得此小卷。是禹鴻臚·王魚洋合璧眞迹。而平日所欲一見而未果者。今始得之。故不覺叫奇。玆仰邀崇鑑。亦伏想自此喜歡緣矣。

金正喜	阮堂全集 卷4 「與金君(奭準) (二)」	王士禎, 袁枚, 董其昌, 劉墉에 대해서는 따로 界限을 둘 필요 없이 열심히 배우기만하면 된다고 말하다.	至於漁洋・隨園・玄宰・石庵。 又不必別立界限。如能學透此四人者。亦多乎爾。今以人之不能善學。反咎於本地風光。又大不然耳。只須反躬回光。無向他家算金算沙爲可。
金正喜	阮堂全集 卷8 「雜識」	王士禎은 李攀龍과 竟陵派 등의 頹風을 쓸어버리고 詩史의 한 結穴이 되었으니, 그 시대의 正宗이라 할 수 있다.	有明三百年。無一足稱。至王漁洋。掃廓歷下・竟陵之頹風。又能爲一結穴。不得不推爲一代之正宗。
金正喜	阮堂全集 卷8 「雜識」	王士禎과 동시대 인물로는 朱彝尊만이 필적할 만하다.	朱竹垞。如太華雙峯並起。又以甲乙。外此皆旁門散聖耳。
金正喜	阮堂全集 卷8 「雜識」	袁枚는 王士禎의 才力이 薄하다고 비판했으나, 一代의 正宗임은 부인할 수 없으며, 袁枚의 才力이나 시단에서의 위상은 王士禎에 미치지 못한다.	文章論定。古今所難。袁子才以阮亭詩爲才力薄。而不得不推爲一代正宗。是終不得掩其所占地位而並奪之也。假使若自反。才力與正宗。俱難議到耳。
金正喜	阮堂全集 卷8 「雜識」	蔣士銓은 王士禎의 시를 唐나라 사람이 임모한 晉帖에 비유하여 은근히 비판하였으나, 그렇다 해도 귀한 것이다.	蔣心餘又以唐臨晉帖譬之。亦微詞。但今日若得唐摹一字。其寶重亦不下眞跡。豈可與宋元以後贗刻論哉。
金正喜	阮堂全集 卷9 「念以仲論詩卷, 又要一轉語, 近日末流之弊極矣, 率題如此, 只可收之巾箱而已六首」	王士禎의 神韻說과 翁方綱의 시론에 대해서 말하다.	其三：阮亭說神韻。蘇米亦學似。東訛太猖被。咄咄彼哉彼。

金正喜	阮堂全集 卷10 「題澹菊軒詩後」	王士禛의 생일을 축하하기 위해 文點이 그린「漁洋秋林讀書圖」가 翁方綱의 소장이 되었음을 말하고, 翁方綱의 저서에『小石帆亭著錄』이 있음을 언급하다.	三百年來無此翁。石帆亭上聞宗風。團成八月生辰日。祝嘏碧雲紅樹中。(漁洋秋林讀書圖。爲文點所畵。爲漁洋生辰祝嘏而作。今藏蘇齋。首句爲漁洋像贊語。石帆亭是漁洋舊迹。先生有小石帆亭著錄。)
金祖淳	楓皐集 卷2 「讀感舊集所載淸陰先祖詩感而恭賦」	王士禛의『感舊集』에 실린 金尙憲의 시를 읽다가 시를 지으며 王士禛이 그 詩才를 찬양하는 시를 지었음을 언급하다.	澹雲微雨小姑祠。菊秀蘭衰八月時。先祖風流攀不得。屛孫徒誦阮亭詩。(阮亭。有果然東國解聲詩之句。)
金澤榮	韶濩堂詩集定本 卷5 「酬沈友卿, 兼懷屠歸甫(敬山號)三首」	王士禛의 "徐庾輕華體"라는 詩句를 원용하여 시를 짓다.	其二：舜過山色翠崢嶸。幻出詞人碧落卿。雪苑鄒枚驚敏疾。玉臺徐庾擅華輕。(王漁洋詩徐庾輕華體) 幾經彩筆簪鑾殿。忽泣降旛竪石城。一曲浪淘休苦唱。古來江水愛東傾。
金澤榮	韶濩堂文集定本 卷1 「答兪曲園先生書」(乙巳)	자신의 文은 韓愈, 蘇軾 歸有光을 배우고, 시는 李白, 杜甫, 韓愈, 王士禛을 배웠다고 말하다.	盖澤榮於文好韓蘇歸太僕而學之未能。於詩好李杜韓蘇。下至王貽上。
金澤榮	韶濩堂文集定本 卷8 「雜言三」	蛾眉山紅牡丹花를 감상하다가 꽃이 王士禛의 시와 비슷하다고 논평하다.	詩之理致精工者。苦思可以致之。至於神韵。非苦思之所可致。雖作者亦有時乎不自知其所以然。余嘗與尹愚堂。賞蛾眉山紅牡丹花六十一本。笑言曰。彼其光氣神采。可摸捉乎。王貽上之詩似之。愚堂聞之欣然。述爲一說。
金澤榮	韶濩堂文集定本 卷8 「雜言四」	王士禛의 시가 後代詩의 偏調로서 大家가 될 수는 없지만, 調律之妙만은 빼어나다고 인정하며, 袁枚	王貽上詩。自是後代詩之偏調。不可得列於大家之數。然格法旣極脫灑。而調律之妙。尤不可及。其調律之妙。袁隨園已說之詳矣。

		의 說을 언급하다.	
金澤榮	韶濩堂文集定本 卷8 「雜言六」	王士禎의 시구 "九疑淚 竹娥皇廟, 字字離騷屈宋 心"을 대단히 높이 평가 하다. * 인용된 시구는 「戱仿 元遺山論詩絶句三十二 首」의 제28수이다.	王漁洋詩。九疑淚竹娥皇廟。字字離 騷屈宋心。使今人爲之。當曰屈子而 不能曰屈宋。盖屈宋同倡詞賦。二人 而一體也。又其音調。屈宋與屈子大 有間。非漁洋之才識超絶。其孰能知 此而胆敢之乎。
金澤榮	韶濩堂集補遺 卷2 「與屠歸甫牘」	屠寄에게 尺牘을 보내 그가 呂思勉에게 준 시 를 논평하며, 王士禎 시 의 특징을 설명하고, 아 울러 王士禎의 시와 李 夢陽, 李攀龍의 시와 같 고 다른 점을 논하다.	莊宅賞菊詩之添句。使在少壯時。便 當隨筆直下。而今乃久後始得。頹唐 如此。豈復可論於風雅之事耶。贈博 山第二首。竊自摹擬阮亭。而兄之詩 性。與阮亭少異。無恠其病無曲折 也。盖阮亭詩。以無味爲味。無工爲 工。平易之中。有天然神韵之跌宕。 司空表聖所云不着一字。盡得風流是 也。又其高華豪健。畧近於崆峒、滄溟 二李。然二李出之以强顔矜飾。故其 音慢。阮亭出之以天然脫灑。故其音 爲變徵而無慢意。使人讀之。有特別 之味。雖其體製未免乎一偏。其音調 要爲李杜以後所未有。而弟性偶與之 相近。此其區區所自喜也。然而時時 效其音調。似者常少而不似者常多。 豈才之不逮耶。抑天分之不盡同耶。 旣以强辨自壯。而旋復反顧自慚。可 笑可笑。
金澤榮	韶濩堂集 借樹亭雜收 卷4 「書周晉琦詩集 後」	周曾錦이 金澤榮의 시는 王士禎과 袁枚를 하나로 합친 것 같다고 평한 말 을 인용하다.	又一日謂曰。公之詩合王貽上・袁子 才二家爲一。

南公轍	金陵集 卷10 「與李元履顯綏」	王士禛의 시에 대해 李白과 杜甫 밖의 뛰어난 시라 극찬하다.	近讀漁洋詩。酷好之。却欲把筆操墨。摸倣一二。譬如百丈之井。操尋常之綆以汲之。愈讀愈不及喘。不可望也。乃知李杜之外。別有如此奇種文字。近日學盛唐人。何故伎倆。如此迂闊。殊可怪歎。菽粟雖常嗜。不信有龍肝鳳髓耶
南公轍	金陵集 卷23 「文嘉遠山暮景圖絹本」	文嘉의 「遠山暮景圖」는 王士禛의 詩意와 부합한다고 평하다.	王漁洋詩曰。新月初黃迎客出。亂山一碧送船歸。警句也。今文畫得此詩意。故書之。
朴齊家	貞蕤閣三集 「寄李雨邨」	李調元을 그리워하며 지은 시에서 李調元이 王士禛이 역임했던 벼슬을 맡고 있으며, 문장이 楊愼과 짝할 만하다고 추켜세우다.	生來不見看雲樓。万里人歸磊落州。蜀道靑天嗟遠別。秦風白露又深秋。纔聞宦跡追貽上。還把文章配用脩。留得十年香一瓣。樂浪西畔夢悠悠。
朴齊家	貞蕤閣初集 「戲倣王漁洋歲暮懷人」	王士禛의 「歲暮懷人」을 본떠 陸飛를 그리워하는 시를 짓다.	齋東竹篠近何如。遠憶機雲入洛初。酒椀茶槍消息好。臨風頂禮舍人書。
朴齊家	貞蕤閣初集 「戲倣王漁洋歲暮懷人」	王士禛의 「歲暮懷人」을 본떠 潘庭筠을 그리워하는 시를 짓다.	潘郎文采出東吳。價重鷄林摺扇罿。料道春來頻鎖直。可應風月憶西湖。
朴齊家	貞蕤閣初集 「戲倣王漁洋歲暮懷人」	王士禛의 「歲暮懷人」을 본떠 鐵保를 그리워하는 시를 짓다.	長白千年積氣深。冶亭詩句發鴻音。燕京酒後千書紙。那識儒衣裏俠心。
朴齊家	貞蕤閣初集 「戲倣王漁洋歲暮懷人」	王士禛의 「歲暮懷人」을 본떠 袁枚를 그리워하는 시를 짓다.	消息天涯返轎軒。鶯花杜曲一消魂。何人解上司勳墓。只有江東詠史袁。

朴齊家	貞蕤閣二集 「有旨書進屛風一 事, 柳寮爲作長歌, 遂和其意, 時壬寅 四月二十日也」	王士禛의 詩句는 천하에 신묘하다고 극찬하다.	漁洋詩句妙天下。信筆往往成誦憶。
朴齊家	貞蕤閣三集 「贈張船山歸四 川」	시를 지으며 王士禛이 "黏蟬"의 "蟬"을 "先韻"에 잘못 押韻했음을 지적하 다.	蜀客題詩問碧鷄。行人驅馬出黏蟬。 相思摠有回頭處。江水東流日向西。 (蟬音提。漁洋誤押先韻。故今正之。)
朴齊家	貞蕤閣四集 「燕京雜絶, 贈別 任恩叟姊兄, 追 憶信筆, 凡得一 百四十首」	龔協의 부인은 韋謙恒의 딸이며 어머니는 王士禛 의 증손녀임을 밝히다.	心傷龔戌人。淚濕秋笳集。屈指阿馨 秊。誰憐笲已及。(龔荇莊名協。少余 一歲。嘗書其年甲世派子女名字以贈 余。其夫人韋氏祭酒約軒謙恒之女。 母爲王漁洋曾孫女。聞以橫謗戌黑龍 江云。阿馨其小女字也。秋笳集。吳 漢槎著。)
朴齊家	貞蕤閣文集 卷1 「貞蕤閣集序」	陳鱣이 朴齊家의 문집에 서문을 지어주며 예전 王士禛이 金尙憲의 詩句 를 들어 조선 사람들이 시를 지을 줄 안다고 칭 찬한 것은 오히려 지금 박제가의 문집이 유포되 어 널리 알리는 것에 비 하면 오히려 얕은 것이 라 말하다.	洪惟我國家。文敎誕敷。東漸西被。 梯山航海。重譯來庭。何止越裳西 旅。而朝鮮古稱君子之國。檢書皇華 載命。周爰諮諏。不愧九能之目。將 見斯編一出。流布風行。膾炙人口。 咸知崇實學尙風雅。無間于絶域遐 陬。豈不盛哉。豈不快哉。若夫澹雲 微雨二語。遂詑爲東國解詩。抑亦淺 已。
朴齊家	貞蕤閣文集 卷1 「白塔淸緣集序」	중국 사람들이 벗을 목 숨처럼 소중히 여김을 말하며, 王士禛과 邵長 蘅의 문집에서 그 사례 를 들다.	中原人以友朋爲性命。故王漁洋先生 有修耦長月夜科跣見過之作。邵子湘 集中追記當時隣居之勝事。以寓離合 之思。

徐淇修	篠齋集 卷1 「臘後二日夜, 又同泊翁·士一會蕉齋, 拈漁洋韻共賦, 時月色正佳」	李明五, 尹匡烈 등과 蕉齋에 모여 王士禛의 시에 次韻하다.	其一：殘臘騰騰夜苦長。衰顔得酒好嚴粧。山梅岸柳勞相管。氷底新流已洩陽。 其二：風檜東頭霽色粉。一時飛盡亂鴉群。承天竹栢誰堪畫。今夜淸閒我與君。
徐淇修	篠齋集 卷2 「直中戲作長篇, 書呈權彛齋敦仁詞伯, 末贅論詩一段, 要和」	최근 중국의 문풍이 변화했음을 지적하며, 王士禛이 李攀龍에 대항하였다고 평하다.	皇明先數王李輩。此老倔强更無儔。虞山蒙叟是巨擘。一枝偏師整鎧矛。近日中州又一變。蠶尾詩句抗雪樓。
徐淇修	篠齋集 卷3 「送冬至上行人吾宗恩卯翁赴燕序」	淸代 시단을 평가하면서 王士禛과 吳偉業이 선도하고, 江西十子와 吳中四傑이 이어받았음을 말하고, 근래에는 考證學의 말폐로 인해 시문의 수준이 떨어졌다고 평가하다.	今之中州。卽古之人材圖書之府庫也。淸初蓋多名世之大家數。如李光地之治易。徐乾學之治禮。方袍之治春秋。毛大可之該治。候朝宗之文詞。最其踔厲特出者也。詩則王阮亭吳梅村倡之。江西之十子。吳中之四傑繼之。亦皆遒逸峭蕉。各具一體也。近見詩文之並世者。皆纖齊輕俏。不中乎繩墨。無乃風氣之升降。使之然歟。吾則曰其弊也。俗儒考證之學爲之兆耳。
徐瀅修	明皐全集 卷2 「奉贈寧遠知州劉松嵐(大觀)」	劉大觀은 徐瀅修에게 화답한 시에서 자신은 王士禛과 인척 관계이고, 徐瀅修가 王士禛을 닮았다고 말하다.	和韻：何人兀兀以窮年。掃盡浮華得意筌。把臂忽逢徐季海(自注。徐浩。字季海。文章爲晉人眉目。)。山中艸木亦欣然。醲醹同醉白雲隈。隔水斜陽樹杪開。自古詞人具仙骨。不煩爐裡畫殘灰。(自注。僕是王漁洋先生姻家。而漁洋宋錢宣靖公宅。相曾拜漁洋小眞。其仙骨酷同宣靖云。而閣下又酷類漁洋。故云。)

徐瀅修	明皐全集 卷14 「劉松嵐(大觀)傳」	劉大觀은 徐瀅修의 모습이 王士禛과 닮았다고 말했다.	松嵐曰。僕是王漁洋先生姻家後進。年前過其家。拜其小像。今見閣下。眉目風儀。宛如漁洋。無毫髮差爽。異代異國之人。何如是酷相似也。余曰。漁洋號稱一代名碩。然其學不越考證一步。其文亦僅以雅潔自持。詩特其所長。而先生以此望僕。僕未肯默受之也。松嵐大笑曰。閣下之所自待。知應不止此。而僕亦以形貌之相似言耳。至如道德文章之成就地步。僕豈敢測海。而亦豈以漁洋望閣下哉。
成海應	研經齋全集續集 册11 「題陶澍雲汀集後」	成祐曾이 燕京에 갔을 때 陶淵明의 59세손인 陶澍를 만났는데, 그는 江西에 거주하며 詩名이 있었고 王士禛에게서 배웠다.	從子祐曾。嘗遊燕。與陶澍熟。澍淵明五十九世孫。居在江西。以詩名。學王漁洋者。而雲汀其號也。
成海應	研經齋全集外集 卷61 蘭室譚叢「肅府淳化帖」	王士禛의 『池北偶談』에서 "肅府淳化帖"에 관한 사실을 인용하다.	肅府淳化帖事。詳見池北偶談。肅府淳化帖。本自莊王受封。太祖賜之宋刻。相傳有龍膽壺，鳳喙匜。並帖而三。憲王時。洮泯道川張鶴鳴。得李子崇本於白下。材官本於皐蘭。請肅王賜帖按讎。見古法帖數段久而玆獨全。知爲馬房光怪以前物也。姑蘇溫如玉南唐張應旨爲之雙鉤。鶴鳴携之黔陽。憲王乃鑴石於蘭。未竟而薨。世子識鈜卒業於萬曆辛酉。先後七年。其初搨用太史紙，程君房墨。人間難得搨工。有私購者直五十千。刻用富平石一百四十四，葉二百五十三。藏

			府東西園殿。鼎革時石幾淪缺。順治甲午。洮泯道楊州陳卓補刻。復成全璧。然神明不備。視初搨經庭矣。乙卯。平凉逆焰及蘭靖逆奮威二將。自河西來軍於龍尾皐蘭之間。攻城不下。賊欲破石爲礟。僞知州徐某刀救得免。今移置州學。有張尚書鶴鳴, 王尙書鐸, 憲王父子四跋
成海應	研經齋全集續集册17,「石經說」	開成石經을 補缺하는 小石碑에 대한 王士禛의 견해를 소개하다.	獨開成石經。無所遺失。故至今爲學者之所準。然孟子七篇。在皇朝嘉靖乙卯地震。石碑倒損。西安府學生員王堯惠等。集缺字。別刻小石碑。以便摹補。王士禛又以爲淸時賈漢復所刻。未詳孰是。然考之顧炎武金石文字記。則不言孟子字數。竊疑炎武未嘗見小碑刻本也。然則士禛所稱淸人所刻者。其或是也歟。然漢唐宋石經。以天子之尊而崇奬如此。故卒能奏工。不然者。雖有志。力綿而不能就也。
成海應	研經齋全集卷37「皇明遺民傳引用書目」	『皇明遺民傳』인용서목에 王士禛의 『香祖筆記』,『感舊集』,『池北偶談』,『漁洋詩話』,『古懽錄』,『皇華記聞』,『居易錄』,『帶經堂集』등이 있다.	
成海應	研經齋全集外集卷61蘭室譚叢「瘞鶴銘」	程康莊은「瘞鶴銘」善本을 구해다 焦山 절벽에 새로 새기고, 王士禛을 초대하여 각각 기념하는 시를 지었다.	吳偉業梅村集程崑崙康莊詩集序。程公常登焦山。披艸搜瘞鶴銘。缺蝕不完。別購善本。磨懸崖而刻之。拉眙上(王士禛字也)同游。相視叫絶。各賦一詩。紀其事。江干之人艶稱之。

申緯	警修堂全藁 貂錄(一) 「自余來壽春, 谷雲雪嶽之間, 淵翁舊躅, 疑有宿因, 曾聞秋史言, 石室書院, 淵翁畫幀, 神情氣味, 都欲似公, 公像藍本在此, 追思此言, 仍成四篇, 以爲他日一笑」	蘇軾의 초상화와 王士禛이 닮았다는 錢名世의 말을 언급한 劉石齡의 「題漁洋禪說圖」詩의 自註를 인용하다.	其二: 傳聞蠶尾如坡老。(劉石齡題漁洋禪說圖詩自註云。聞諸錢亮工說。曾見東坡像。與先生極相似。)又說霞翁似百淵。剝換平生眞可恨。枉拋猿鶴戀腥羶。
申緯	警修堂全藁 貂錄(四) 「余因邑子, 借閱許筠覆瓿四部稿鈔本, 卷端有任吏部(斑)姓名印, 此必任公之手錄秘本也, 遂爲長句批後」	王士禛의 시론을 원용하여 許筠이 七言古詩의 平仄을 제대로 알았음을 높이 평가하다.	大嶽詞宗萃許門。 筠箓是兄弟景樊。且置巡軍案難原。筠也險躁無足論。忠厚不以人廢言。任公秘本巾衍存。靑批點定手閱勤。窠篆瑟瑟鈐紅痕。一官一集帙就完。 四部之目沿弇園。我感作者學軼羣。七古平仄獨知津。平仄之論阮亭云。已自三唐非創新。乃至換韻法森然。平聲換仄卽不刊。又若平韻對眼文。 律句例之必仄焉。東人文集礜括看。昧此體式徒呶喧。七古合作無一人。廖廖律絕閨集編。(錢虞山列朝詩集。東人詩編入閨集。)徐究不難秘妙臻。安於膚淺儉見聞。咀商嚼徵無奪倫。先從平仄叩一源。苟非然者浪苦辛。有韻之文底吟呻。筠也隻眼照千春。細心製作銖黍分。蘭嵎華袞輝東藩。雪樓不落宗梁塵。弁卷晉江(李廷機爾長)筆如椽。上下庭實元美間。(李晉江序云。朱太史曰。其文紆餘婉亮。似弇州晚境。其詩圝達瞻麗。有華泉淸致。又曰。 此集雖

			置在七子間。瑕不厠宗·梁之列。） 朱詔使襃人何間。王文簡論吾所援。
申緯	警修堂全藁 碧蘆舫藁(三) 「次韻篠齋夏日山居雜詠二十首」	淸初의 여러 인물들 중에서 王士禛은 시를 잘 짓지만 文을 못하고, 汪琬은 文을 잘 짓지만 시를 못하며, 閻若璩와 毛奇齡은 考證을 잘하지만 詩文은 下乘이며, 오직 朱彝尊만은 개별적인 분야의 성취에는 손색이 있지만 考證과 詩文에 모두 능하다는 紀昀의 평을 소개한 뒤, 翁方綱 역시 朱彝尊처럼 考證과 詩文에 모두 능하며, 특히 金石學이 매우 정밀하다고 극찬하다.	其十三： 閻毛王汪擅塲殊。惟有兼工竹垞朱。近日覃溪比秀水。更添金石別工夫。(王士禛工詩而踈於文。汪琬工文而踈於詩。閻若璩·毛奇齡工於考證。而詩文皆下乘。獨朱彝尊事事皆工。雖未必凌跨諸人。而兼有諸人之勝。此紀曉嵐之說也。近日翁方綱考證詩文。兼擅其長。世稱竹垞之後勁。而其金石精覈。又非竹垞可及也。)
申緯	警修堂全藁 紅鵝集(五) 「今年春間, 蔣秋吟寄示論唐宋人詩絶句三十首全本, 以此爲謝」	蔣詩가 보내온 「論唐宋人詩絶句三十首」에 대해 사례하기 위해 지은 시에서 論詩絶句가 杜甫에게서 비롯되어 王士禛에게 이어졌음을 말하고, 陳允衡이 王士禛의 「秋柳」詩를 허여한 말로 蔣詩의 작품을 칭찬하다.	詩寄到爲揩靑。四傑沿洄迄四靈。兩宋墨新千古幟。三唐緯密六朝經。風騷竝駕懷工部。神韻拈花憶阮亭。(論詩絶句。昉自老杜。近至新城故云。)和者無人爭好處。恰如初本寫黃庭。(借用陳伯璣許漁洋秋柳詩語。)
申緯	警修堂全藁 北禪院續藁(二) 「東人論詩絶句」	王士禛의 「論詩絶句」에서 金尙憲의 시를 읊은 것을 말하다.	其三十五：淡雲微雨小姑祠。菊秀蘭衰八月時。心折漁洋談藝日。而今華國屬之誰。(王漁洋論詩絶句。淡雲微雨小姑祠。

			菊秀蘭衰八月時。記得朝鮮使臣語。 果然東國解聲詩。卽淸陰詩也。)
申緯	警修堂全藁 北禪院續藁(四) 「題復初齋集選 本二首」	翁方綱과 王士禛에 대해 서 언급하다.	其一: 十三絃隔響泉塵。詩夢依然叩筏 津。執一不堪門戶立。虛衷要見性情 眞。雖聞蘇杜精微義。甘作漁洋著錄 人。流露諸經金石學。前無古昔後無 鄰。
申緯	警修堂全藁 北轅集(二) 「余選復初齋詩 之役, 已過十年, 迄未告竣, 竹垞 進士贈是集原刊 合續刻重裝本, 而前闕陸序, 後 缺儷笙續刻甲戌 至丁丑之作, 此 亦未可謂完本也, 但題余小照之什, 宛在續刻中, 差 幸掛名其間, 所 可恨者, 題拙畫 墨竹詩則竟逸而 不見耳, 書此以 示竹垞五首」	申緯 자신이 중국 역대 의 七言律詩를 뽑아 만 든 선집인 七律殼에 淸 代 시인으로는 錢謙益, 王士禛, 朱彝尊, 翁方綱 을 선정할 것이라고 말 하다.	其五: 復初一集十年畢。餘十三家未易 完。六代詞宗眉目選。七言律殼腑心 刊。傳燈解脫循環際。摹畫經營慘儋 間。他日詩人奉圭臬。黃河於水泰於 山。(余擬選七律殼。王右丞·杜文 貞·白文公·杜樊川·李義山·蘇文 忠·黃文節·陸劍南·元遺山·虞文 靖·錢牧齋·王文簡·朱竹垞·翁文 達。)
柳得恭	灤陽錄 卷1 「瀋陽」	王士禛의 『池北偶談』에 金尙憲의 朝天詩가 많 이 채록되어 있고, 『感 舊集』에도 실려 있는데, 대개 뜻이 깊고 완곡한 것이었다.	王貽上『池北偶談』。多採入金淸陰先 生朝天詩。又載『感舊集』中。意蓋微 婉。

柳得恭	燕臺再遊錄	韋謙恒의 사위인 龔協이 죄를 얻은 이유를 묻자, 龔協은 王士禎의 외증손으로 사람이 순정하지 못하여 撞騙으로 죄를 받게 되었음을 알려주다	余曰。聞其女婿龔協罣誤在謫。的是何事。曉嵐曰。此龔禮部之子。王漁洋之外曾孫。人不醇正。究以撞騙獲罪。
柳得恭	燕臺再遊錄	상대방이 王士禎의 시에 나오는 "동국은 과연 성시를 이해한다果然東國解聲詩'는 말로 칭찬하자 자신은 감당할 수 없다고 겸손히 사양하다.	愚亭曰。東國聲詩。想慕有素。又讀尊製。甚快。余曰。果然東國解聲詩。王漁洋雖有此語。而僕則未敢當。
李德懋	靑莊館全書 卷32 淸脾錄 「袁王詩」	李書九는 王士禎의 "白蘋溪上孤幢見, 紅葉堆中數騎來"가 袁宏道의 "榴花爛時諸彦集, 蠟梅香裏一騎歸"보다 神情이 더 낫다고 평하였다.	余甞稱袁中郎榴花爛時諸彦集。蠟梅香裏一騎歸之華艶。玩亭曰。猶不如王貽上白蘋溪上孤幢見。紅葉堆中數騎來之神情迢迢。
李德懋	靑莊館全書 卷32 淸脾錄 「漁洋論詩」	王士禎이 楊維楨과 吳萊를 논한 論詩絶句가 公平博雅하다 평가하다.	王漁洋論詩絶句。鐵厓樂府氣淋漓。淵穎歌行格儘奇。耳食紛紛說開寶。幾人眼見宋元詩。余甞愛此詩之公平博雅。
李德懋	靑莊館全書 卷34 淸脾錄 「鳥飛」	王士禎의 시를 소개하고 妙解함을 갖추었다고 평가하다.	彭孫遹詩。溪魚時自擲。水鳥慣卑飛。王士禎詩。水花當畫淨。鷗鳥入門飛。皆具妙解。
李德懋	靑莊館全書 卷34 淸脾錄 「王阮亭」	王士禎이 이름을 고친 경위와 관력을 소개하다.	王士禎。字貽上。號阮亭。後避雍正諱。改名士正。案亦曰士貞士澂。亦號漁洋山人。濟南新城人。順治乙未進士。康熙朝。官至刑部尙書。

李德懋	靑莊館全書 卷34 淸脾錄「王阮亭」	王士禛의 시를 淸秀閒雅, 澹靜流麗, 淹洽宏肆하다고 평가하고 특히 노년의 시는 더욱 磊落槎牙하여 중국의 詩宗이 되었다고 평가하다.	善爲詩。大率淸秀閒雅。澹靜流麗。淹洽宏肆。其老來諸作。尤磊落槎牙。爲海內詩宗者。迄今百餘年。無一人異辭。尊敬之極。書尺筆話。漁洋二字。必跳行而書。
李德懋	靑莊館全書 卷34 淸脾錄 「王阮亭」	李書九가 王士禛을 예로 들어 청나라 사람의 시라고 무조건 배척해서는 안 된다고 주장한 것을 소개하다.	李薑山之言曰。東國人。心麤眼窄。類不能知詩。而至於淸。則不問其人之賢否詩之高下。動輒以胡人二字抹摋之。果如是則党趙吳楊。俱不得爲中原風雅之主。終未免於蒙古女眞之産矣。故地之相去隔一衣帶。而如貽上者。至今猶不識其爲何狀人也。假使貽上。出自滿洲。身隷八旗之統。善於詩。則愛其詩而已。何必摒其胡。而及於詩也哉。
李德懋	靑莊館全書 卷34 淸脾錄 「王阮亭」	李書九가 王士禛의 시를 본받으려 하여 李德懋가 東國漁洋이라 일컫고 시를 지어 주다.	薑山爲詩。心摹力追。登堂入室。余嘗推轂爲東國漁洋。以贐詩曰。薑山明澹且硏哀。僞體詩家別有裁。眉宇上升書卷氣。漁洋流派海東來。
李德懋	靑莊館全書 卷34 淸脾錄 「王阮亭」	李德懋는 王士禛의 시를 매우 좋아하여 그의 시를 盛唐 시인들에 비견하였다.	余酷嗜貽上詩。嘗以爲非徒有明三百年无此正聲。求諸宋元。亦牢厥儔。雖上躋唐家極盛之際。必不下於岑儲韋孟之席。知詩者。亦不以爲過也。
李德懋	靑莊館全書 卷34 淸脾錄 「王阮亭」	李宜顯의 문집에 비로소『蠶尾集』이 보이지만, 王士禛의 시가 어떠한지는 몰랐고, 李秉淵은 邵長蘅이 3책으로 뽑은 王士禛의 시집을 남모르게	陶谷李相國集。始現蚕尾集王士禛著。而不知其詩之如何。李槎川嘗得邵子湘選本三冊。而爲帳中之秘。故槎川之詩。能脫凡陋之習。良有以也。槎川沒後數十年。其書流落。爲薑山所藏。

		보배로 간직하고 공부하여 詩風이 변하였는데, 그 책이 결국 李書九의 藏書가 되었다.	
李德懋	靑莊館全書 卷34 淸脾錄 「王阮亭」	『帶經堂全集』이 조선에 소개된 지 20여년이 지났지만 소장자도 두세 사람에 불과하였는데, 李德懋가 이 책을 보고 柳得恭, 李書九, 朴齊家에게 자랑한 뒤로 조선에서 王士禛을 추앙하게 되었다고 말하다.	帶經堂全集之來東。緣二十餘年。而藏之者。不過二三家。亦不識其爲何人。余嘗從人借讀。洋洋巨觀。目瞠舌呿。自恨相見之苦晚。於是有詩曰。好事中州空艷羨。堯峰文筆阮亭詩。遂詑張夸震於冷齋・薑山・楚亭諸人。擧皆咀嚼濃郁。耳濡目染。流波所及。能知有王漁洋於天壤間者。亦稍稍相望也。今僅五六年。其表章之功。余亦不讓焉。故薑山有詩曰。俗子雌黃巧索瘢。風懷蕭颯不成看。中州勝事誰空羨。愁殺東隣李懋官。
李德懋	靑莊館全書 卷34 淸脾錄 「王阮亭」	王士禛의 先室이 張延登의 손녀인데, 그는 사신으로 온 金尙憲의 시집인 『朝天錄』을 간행해 주고 서문을 지어 주었던 바, 이러한 인연으로 王士禛 역시 論詩絶句에서 金尙憲을 언급한 것이다.	貽上先室張氏。鄒平人。江南鎭江府推官萬鍾之女。都察院左都御史諡忠定公延登之孫。崇禎末。金淸陰先生。航海朝京。道出濟南。時張御史罷官家食。先生因萬鍾得謁。御史一見傾倒。序刻其朝天錄一卷。故貽上每表章先生。嘗著論詩絶句。歷言古來詩人卅餘首。而其論先生云。澹雲微雨小姑祠。菊秀蘭衰八月時。記得朝鮮使臣語。果狀東國解聲詩。其首兩句。蓋先生詩。而考集中所載。微雨。作輕雨。菊秀蘭衰。作佳菊衰蘭者。獨少異也。夫貽上之于詩。一言足以輕重天下士。而嘉賞先生如此之多。則先生之風流文采。亦可以想見於後世矣。

李德懋	青莊館全書 卷34 淸脾錄 「王阮亭」	『朝鮮採風錄』에는 『池北偶談』에 실린 김상헌의 시를 많이 뽑아서 싣고 있다.	錄中特抄先生詩。載偶談。如。　三秋海岸初賓鴈。五夜天文一客星。橋石已從秦帝斷。星槎猶許漢臣通。五更殘月水城頭。咏史何人獨倚舟。不向東溟覓故路。還倚北斗望神州。南商北客簇沙頭。畫鷁靑簾幾處舟。齊唱竹枝聯袂過。滿城明月似楊州之類。皆其所謂淸婉可誦者也。
李德懋	青莊館全書 卷34 淸脾錄「王阮亭」	王士禛이 元好問의 『中州集』의 예를 따라 『感舊集』 8권을 편찬하면서 金尙憲의 시를 수록한 사실을 말하다.	嘗倣元裕之中州集例。編感舊集八卷。亦收先生詩。
李德懋	青莊館全書 卷34 淸脾錄 「王阮亭」	李書九가 王士禛과 같은 甲戌生임에 착안하여 지은 시를 소개하다.	貽上，　薑山。俱生甲戌。故薑山有詩曰。三回花甲始周天。金粟精神降後前。獨抱新詩增悵望。奚囊羞寫丙申年。帶經堂集。其首卷所取。斷自丙申。薑山荳浦漁咏。適値丙申。故其詩云然也。
李德懋	青莊館全書　권35 淸脾錄4,「泠齋」	柳得恭은 숙부 柳琴이 燕行을 떠날 때 王士禛이 『池北偶談』에 김상헌의 시를 실은 일을 送詩에서 언급하다.	其叔父幾何室彈素。丙申隨副使入燕。泠齋以詩贈別曰。佳菊衰蘭映使車。澹雲微雨迫冬初。欲將片語傳中土。池北何人更著書。此用王漁洋池北偶談載淸陰詩事也。
李德懋	青莊館全書 卷35 淸脾錄 「薑山」	李書九의 典裁함을 王士禛에, 淹雅함을 朱彝尊에 비견하다.	余嘗嘆其典裁如王漁洋。淹雅如朱竹垞。余於薑山無間然云爾。則亦不固讓。泠齋·楚亭。皆推爲鐵論。
李德懋	青莊館全書 卷35 淸脾錄	朴齊家는 王士禛의 懷人絶句를 따라 당대 명류, 현사를 대상으로 절구	嘗倣漁洋山人懷人絶句例。爲當世所見聞名流賢士。作五十餘絶句。各取所長。贊美停當。

	「楚亭」	50여 구를 지었다.	
李德懋	青莊館全書 卷48 耳目口心書6	王士禛의 『池北偶談』에 실린 시가 잘못 인용되어 있음을 지적하다.	王阮亭池北偶談。霍亮雅曲。周人偶儻任俠。卒後。其邑人劉津逮逢源。哭以詩云。門前債客雁行立。屋內酒人魚貫眼。或曰。此敗家子弟小影耳。予按此。唐人詩也。阮亭何不知也。李播詩。債客。作債主。屋內。作屋裏。酒人。作醉人。
李尚迪	恩誦堂集續集詩 卷5 「江都符南樵(葆森)孝廉輯國朝正雅集，略載東國人詩，拙作亦在其中，題絶句五首」	王士禛의 『池北偶談』에 金尚憲의 시를 호평한 것에 대해 말하다.	其三：漁洋心折清陰何。池北論詩天下聞。博綜萩林朱竹垞。如何巾幗月山君。(竹垞明詩綜載朝鮮月山大君詩。誤稱閨媛。)
李尚迪	恩誦堂集續集詩 卷10 「孔君顧廬(憲庚)紀余去年奉使進表辨誣事一冊，王子梅爲之付梓，見寄數十部，志謝有作」	王士禛의 『池北偶談』「談故編」에는 1678년 朝鮮이 보낸 辨誣疏가 수록되어 있다.	金匱崢嶸汗簡青。陋儒曲筆失模型。豈容誣案留天壤。偏荷恩論炳日星。談故見追王士正。池北偶談。收錄康熙十五年朝鮮辨誣疏於談故編中。贈詩■■馬維銘。(明萬曆十六年。東使陳辨國誣。改正會典之回。馬主事維銘以詩賀之。頃者王給諫蓉洲・黃翔雲・王霞舉亦皆贈詩。頗多勞勉。涓埃報國吾何有。感媿諸君涕自零。
李宜顯	陶谷集 卷28 陶峽叢說	王士禛의 『蠶尾集』과 徐嘉炎의 『抱經齋集』은 청나라 문인의 문장 중에서 볼만한 것이다.	清人文不多見。大率詩文綿弱。余已論之於前矣。文集之在余書廚者，尤侗西堂集・宋犖西陂集・王士禛蠶尾集・徐嘉炎抱經齋集。又有愚齋集・稼書集入理學全書中。… 蠶尾・抱經兩集。亦有可觀。

李宜顯	陶谷集 卷28 陶峽叢說	王士禛의 『蠶尾集』에 실린 「王世德誌」를 인용하여 王世德의 사적과 王士禛의 인물됨을 논하다.	蠶尾集。有王世德誌。世德號霜皋。明末以錦衣衛。宿衛禁中。京師陷。欲自決。爲僕抱持而止。其妻已率諸婦女。赴井死。遂祝髮隱淮南者也。其誌大略曰。… 順治末。客淮南。偶得崇禎遺錄一書讀之。心疑其宋遺民之流久之。乃知爲霜皋先生作也。先生嘗憤野史誣罔。不可傳信後世。欷歔扼腕。奮筆作崇禎遺錄一卷。… 王士禛以淸人。表章世德如此。亦可尙已。
李定稷	燕石山房詩藁 卷1 「懷惺夫」	金惺夫의 시를 王士禛의 시에 견주다.	淸新口氣出天資。衆所能爲不肯爲。聽得鏗鏘笙瑟響。海東人作阮亭詩。
李定稷	燕石山房詩藁 卷2 「又拈藍字」	'藍'자를 사용해 지은 시 뒤에 黃玹이 王士禛과 沈周를 언급하며 차운한 시를 덧붙이다.	萬笏山光正蔚藍。諸君胸次似澄潭。輞川有墅推摩詰。月旦爲評憶汝南。獺祭書多防詩澁。羊腸車歇認茶甘。待圓秋月同携手。重上金鰲石壁菴。【附】梅泉詩 滿屋山光綠映藍。槐陰千尺臥溪潭。風騷猶見王貽上。杖履能來沈啓南。睡淺連宵茶正苦。情深留客菜猶甘。紀行旬日將成卷。似子堪稱老學菴。
李定稷	燕石山房詩藁 卷2 「可山晤鶴山, 拈阮亭詩, 得稀字」	可山에서 鄭寅驥를 만나, 王士禛의 시에서 '稀'자를 얻어 시를 짓다.	四海詩書讀者稀。孤吟隨處送流暉。林間路盡人家出。渡口水喧鳧鴨飛。白首東來重惜別。碧城西望久思歸。輕雲薄霧終須捲。莫恨江天隱少微。
李定稷	燕石山房詩藁 卷2 「又拈帶經堂集, 得生字」	『帶經堂集』에서 '生'자를 얻어 시를 짓다.	春風嫋娜春草生。竹秀松青山更明。萬井西連田舍谿。三川北注釣臺平。烟中鷄犬喧門巷。沙上蹄輪赴郡城。多謝故人三日語。獨憐狂客百年情。

李定稷	燕石山房詩藁 卷5 「與秋水一庭, 拈阮亭詩, 效其拗體」	王士禛의 시 중에서 拗體를 본떠 시를 짓다.	爲君刮目少別餘。賴君養麗齋中居。綠楊許隣長慶集。鑄杵待磨匡山書。且敎家有林逋鶴。莫歎食無馮諼魚。天地凌雲古今筆。寧須專意讀相如。
李學逵	洛下生集 冊1 春星堂集 「春日, 讀錢受之詩絶句九首」	王士禛이 錢謙益에게 부친 "芙蓉江上雨廉纖, 東望心知拂水巖"이라는 시구를 인용하다.	貽上曾經拂水湄。芙蓉江上雨來時。篇章異代宗師別。首寫先生舊寄詩。漁洋王士禛。寄牧翁先生詩。芙蓉江上雨廉纖。東望心知拂水巖。云云。又牧齊寄王詩五言一篇。書漁洋詩集頁。
李學逵	洛下生集 冊1 春星堂集 「春日, 讀錢受之詩絶句九首」	錢謙益이 王士禛에게 준 시가 『漁洋詩集』 첫머리에 실려 있다.	貽上曾經拂水湄。芙蓉江上雨來時。篇章異代宗師別。首寫先生舊寄詩。漁洋王士禛。寄牧翁先生詩。芙蓉江上雨廉纖。東望心知拂水巖。云云。又牧齊寄王詩五言一篇。書漁洋詩集頁。
李學逵	洛下生集 冊11 匏花屋集 「感事集句 十章」	王士禛의 "似聞一語分明寄"라는 구절을 사용하여 感事集句詩를 짓다.	埽地燒香閉閤眠。(宋秦觀) 暗蟲喞喞夜緜緜。(唐白居易) 似聞一語分明寄。(淸王士禛) 只是當時已惘然。(唐李商隱。)
李學逵	洛下生集 冊11 匏花屋集 「感事集句 十章」	王士禛의 "一錯誰能鑄九州"라는 구절을 사용하여 感事集句詩를 짓다.	一錯誰能鑄九州。(淸王士禛) 多悲多恨謾悠悠。(唐權審) 憑誰解釋春情重。(元楊維楨) 只有空牀敵素秋。(唐李商隱)
李學逵	洛下生集 冊11 匏花屋集 「感事集句十章」	王士禛의 "無計忘憂只杜康"이라는 구절을 사용하여 感事集句詩를 짓다.	無計忘憂只杜康。(淸王士禛)。離人到此倍堪傷。(唐羅鄴)。此情不語何人會。(唐白居易)。只有醒時覺異鄉。(宋李覯)

李學逵	洛下生集 冊15 文漪堂集 「與禹之汶」	王士禛의 시론을 편지에 인용하다.	王士禛曰。此皆敎初學入手。若章法精熟之後。如神龍出沒。雲霧變幻。豈今人測其首尾邪。如上諸式。較彼之成法。政猶生魂之於木偶。而王說猶慮其拘執不變。況以今法而庸詎議其措手耶。昔人論詩。謂不涉理路。不落言詮。又曰。詩中用事。固要死事成活。如上諸說。較彼之定局。亦猶大樂之於吹器。而況應擧家。旣拈故事命題。叙事惟恐不涉理。屬詞亦惟恐不盡言。今之欲摸循此局。化腐爲新者。顧不大愚邪。
曹兢燮	巖棲集 卷8 「與金滄江」(庚申)(十二)	金澤榮의 시는 여러 문체가 구비되어 있어 王士禛보다 뛰어나다고 평하다.	大詩衆體具備。實非漁洋之比。何曾有此境耶。
曹兢燮	巖棲集 卷8 「與金滄江」(庚申)(十二)	王士禛의 시는 鏡花水月과 같아서 사람의 눈은 현혹시킬 수 있으나 마음을 움직일 수는 없다고 비평하면서, 金澤榮의 시 구절 중 "雙懸雖日月 再整詎乾坤", "正歎眼中人已老 不知天下事何如" 등을 직접 인용하며 王士禛이 미칠 바가 아니라고 평하다.	夫詩以言志。志立而後神韻方有所附麗。漁洋詩只是如鏡花水月。可以眩人之眼。而不足以動人之心。卽如大集中雙懸雖日月。再整詎乾坤。正歎眼中人已老。不知天下事何如等語。漁洋何曾有此境耶。
許薰	舫山集 卷13 「與沈雲稼」	王士禛의 문학 및 학문이 본질에서 벗어나 있음을 비판하다.	… 宋儒之文。已自不同。濂溪簡俊。二程明當。橫渠沈深。而不害爲道同。今時則不然。作文引用朱子書。作詩衣被朱子語。謂之學問中人。斯果善學朱子者耶。彼好新厭常者。自

			有明以來。創爲勦詭之文。北地濫 觴。滄弇鼓浪。而公安·虞山者流。 別出機鋒。妄據壇坫。又有一種攷据 之習。徒勞檢索。反致汨亂。而楊用 修·王士積諸人。式啓其端。近日中 州之士。莫不墮此窠套。如閻若璩,毛 奇齡·阮元之輩。弩目鼓吻。壞經侮 聖。無復憚忌。蟾蜍蝕月。蠐蝀干 陽。陰沴之氣。充塞宇宙。安得不夷 狄益熾。人紀永斁耶。
洪吉周	縹礱乙幟 卷8 「長興庫直中」	洪吉周는 長興庫 재직시에 王士禛의 『池北偶談』을 읽으며 시간을 보냈다. * 시 위에 "이때 마침 왕어양이 지은 『池北偶談』을 읽고 있었다(時適觀王漁洋所著『池北偶談』.)"라는 주가 있다.	其三：署中無事似叅禪。拄忽看雲便倒眠。不有漁洋談數部。那堪長日度如年。
洪吉周	縹礱乙幟 卷9 「瞻彼薊之北行」	紀昀의 『槐西雜誌』와 王士禛의 『池北偶談』을 인용하다.	顧朱博證辨。陸李精箋註。槐西語怪林。池北譚藝圃。
洪吉周	縹礱乙幟 卷12 睡餘放筆	洪吉周는 청나라 시인 중에 顧炎武를 가장 좋아하여 그가 王士禛보다 뛰어나다고 여겼다.	淸人詩。余最愛顧亭林(古詩排律尤長)。恒以爲過於王漁洋。文則當以魏叔子汪苕文爲巨擘。而近世袁隨園才思超佚。前無古人。雖或未醇於法。要是詞塲之勍敵。使東國之朴燕岩生於中州。當旗鼓倂立。未知鹿死誰手。

洪大容	湛軒書外集 卷1 杭傳尺牘 「與秋庫書」	潘庭筠은 王士禛이 지은 『池北偶談』에 인조와 관 련된 사실을 辨誣하는 상 소가 실려 있음을 말하 며, 王士禛의 詩名과 品 望이 학자들의 존경을 받 고 있음으로, 朱璘의 오 류를 바로잡는 데 도움을 받을 수 있으리라는 말을 하였다.	潘答曰。示憲文王事辨。從王阮亭池 北偶談中。見載一疏。亦辨此事。與 尊辨同。阮亭詩名品望。爲國朝第 一。學者多宗之。其言足以徵信。亦 可破靑巖訛謬之說矣。
洪大容	湛軒書外集 卷1 杭傳尺牘 「與秋庫書」	王士禛의 『池北偶談』에 인조를 변무하는 上疏가 실려 있다는 이야기를 전해 듣고 그 글을 적어 보내줄 것을 바라다.	阮亭偶談。聞來驚喜。但其辨疏。無 由一見。或以小紙謄示否。此事於小 邦。關係甚重。望諸公如有著書。不 惜一言。永賜昭雪。當與數千里民 生。共頌恩於無窮矣。
洪奭周	鶴岡散筆 卷1	顧炎武는 문장이 王士禛 과 朱彛尊보다 뛰어남에 도 불구하고 고증학에 가려졌다.	近世博學之士。人皆以顧寧人爲稱 首。然但以其考證耳。余謂寧人之於 考證。自是其一病。其節義文章之卓 然。未必不反爲其所揜也。詞章之 士。罕有能兼節義者。陶元亮尙矣。 司空表聖。謝皐羽之詩文。未必能高 出古人也。尙論之士。猶喜稱之。豈 不以其節哉。皇朝鼎革之際。文章之 士。全節而可稱者。猶顧寧人與魏冰 淑爲最。冰淑之文。世所推也。寧人 之文。不免爲考證所揜而不見列於作 家。余嘗玩其所作。雖不矜繁富而深 醇雅潔實有非詞章之家。所能及者。 其信筆短牘。寂寞數語。亦皆有凜凜 忠義之氣。使人聳然而起敬。至其詩 托意深遠。命辭精煉。直可求之於晉

		.	宋以上。不論齊梁也。顧其學不專於詞章。不甚多作耳。然視陶元亮司空表聖。則亦不啻夥矣。余故嘗謂品近世之詩文者。當以寧人置諸王士禛·朱彝尊之上。今人未必不駁余言也。百世之後. 必將有同余言者。
洪奭周	鶴岡散筆 卷3	王士禛은 근대 詩家의 거두로서 그의 시론 중에는 취할 만한 것도 간혹 있지만, 지금 古詩를 짓는 사람들이 글자의 平仄과 七古換韻의 법에 구애받는 것은 王士禛의 聲韻說을 따른 결과임을 비판하다.	箋疏繁而經旨晦。評話盛而文章衰。議論多則成功少。理固然也。論文而主於明敎。論詩而主於感人。一言而盡矣。曰體裁。曰格調。曰風韻。皆已支矣。況於聲病之舛合。對偶之疎密。使事用韻之巧拙也哉。王士禛。近代詩家之巨擘也。其論詩。亦往往有可采。然近世爲古詩者。拘用字·平仄。及七古換韻之法。皆俑於漁洋。局局羈絆。天機都喪。其離詩之宗旨也。亦遠矣。夫文之有儷。詩之有律。文章之一厄也。四六之隔字平仄。古詩之幷拘聲韻。又文章之再厄也。
洪奭周	鶴岡散筆 卷4	嚴羽, 胡應麟, 王士禛의 학설이 세상에 유행하면서부터 시를 논하는 사람들이 '神韻'을 말하지 않으면 '格調'를 말하고, 字句를 묻지 않으면 對偶를 물어 世敎와 멀어지게 되었음을 비판하다.	自嚴羽·胡應麟·王士禛之說。盛行于世。而談詩者。不曰神韻。則曰格調。不問字句。則問對偶。一有及於美刺諷諭之實者。則擧以爲迂腐俚俗。而不肯比數也。夫三子者之說詩。亦不可謂不善矣。然吾夫子所謂。邇之事父。遠之事君者。則不在是也。嗟乎。使詩而止于斯也。則亦何補于世敎哉。詩而無補于世敎也。則亦安得辭俳優小技之目哉。

洪奭周	鶴岡散筆 卷4	근세에 王士禎과 趙執信의 시론이 나오면서부터, 古詩가 平仄에 얽매이게 되어 옛 사람의 고원한 풍모와 운치는 날이 갈수록 쇠미해졌다고 주장하다.	自詩之有律。而言志之功。隱矣。幸而有古詩。猶可以不拘於後世之聲律。自近世王士禎·趙執信之說出。而古詩又將拘平仄。古人之高風遠韻。日益以不可問矣。顧寧人言。詩主性情。不主奇巧。又曰。詩以義爲主。苟其義之至當。而不可以他易。則雖無韻不害也。一韻無字。則旁通他韻。又不得於他韻。則寧無韻。以韻從我者。古人之詩也。以我從韻者。今人之詩也。寧人之精於韻學。近古所未有也。而其言若此。視王士禎輩。拘拘於五言·七言。轉韻之法者。亦可謂卓爾不群矣。然寧人所謂無韻不害者。在古人。則固多有之。自唐以後。恐不然。卽其所引杜甫石壕吏。人與看字。自可通押。李白天馬歌丘陵遠崔嵬。恐當移遠字於崔嵬之下。以叶上句之倒行逆施畏日晚也。
洪奭周	鶴岡散筆 卷6	王士禎의 문집에 실린「請增從祀疏」의 내용을 소개하다.	余觀王士貞漁洋集。有請增從祀疏。所列凡十一人。鄭康成。何北山。曹月川。蔡虛察。呂新吾五人。則康熙以後已祀者也。漢田何。宋尹和靖。明章懋。呂柟。羅洪先五人。亦世所知名。唯絳州貢生辛全一人。鮮見於紀載之籍。近代儒家。亦未聞有稱道之者。其疏言全生值明末。力以正學爲己任。著書甚富。其書亦必有得布者。惜未獲覩其一二也。
洪翰周	海翁文藁 卷1 「與蕙泉書」	장마가 계속되어 王士禎과 汪琬의 시를 읊조리며 스스로 마음을 달래고 있음을 밝히다.	久潦淋霪。起居萬重。僕爲盛燒所侵。形役少弛。輒頹臥咿嚘。無所用心於諸家。獨抱王阮亭·汪鈍翁數詩以自遣。亦足適也。

洪翰周	智水拈筆 卷1	王士禛은 명나라와 청나라의 인물 14명을 문묘에 종사하기를 청하는 상소를 올린 바 있는데, 그 상소가 『帶經堂集』에 실려 있다.	又嘗見康熙時王漁洋士正。以禮部尙書。疏列明・淸間十四人。並請從祀。其疏載在帶經堂集中。雖未知見施。而盖太濫矣。
洪翰周	智水拈筆 卷3	근세 청나라 사람의 문집은 그 본디 호를 버리고 따로 문집의 호를 쓴 경우가 있는데, 王士禛의 『帶經堂集』이 그러하다. *『安雅堂集』은 시를 잘 지어 施閏章과 함께 "南施北宋"으로 일컬어지던 宋琬의 시문집이다. 施閏章의 문집은 『學餘堂文集』이다.	近世淸人文集。或有捨其本號。別有文集之號。王漁洋之帶經堂集・施愚山之安雅堂集・徐健菴之憺園集・汪鈍翁之堯峯集・翁覃溪之復初齋集・我朝金乖厓之拭疣集・近日淵泉公之學海內外編・載載錄之類。是也。
洪翰周	智水拈筆 卷3	王士禛은 '漁洋'과 '阮亭' 두 호가 모두 통용된다.	又有兩號而皆行者。元之虞伯生。曰邵菴。又曰道園。淸之王貽上。曰漁洋。又曰阮亭。
洪翰周	智水拈筆 卷4	명나라 熹宗 天啓 연간에 五星이 奎星에 모이더니, 청나라 초에 人文이 성대하여, 湯斌, 陸隴其, 李光地, 朱彛尊, 王士禛, 陳維崧, 施閏章, 徐乾學, 方苞, 毛奇齡, 侯方域, 宋琬, 魏裔介, 熊賜履, 宋犖, 吳雯, 魏禧, 葉子吉, 汪琬, 汪楫, 邵長蘅, 趙執信 등과 같은 인물들이 나왔다.	世稱明熹宗天啓間。五星聚奎。故淸初人文甚多。如湯潛菴斌・陸三魚隴其・李榕村光地・朱竹垞彛尊・王阮亭士禛・陳檢討維崧・施愚山閏章・徐健菴乾學・方望溪苞・毛檢討奇齡・侯壯悔方域・宋荔裳琬・兼濟堂魏裔介・熊滄川賜履・宋商丘犖・吳蓮洋雯・魏勺庭禧・葉方藹子吉・汪鈍翁琬・汪舟次楫・邵靑門長蘅・趙秋谷執信諸人。皆以詩文名天下。其中亦有宏儒鉅工。彬彬然盛矣。而是天啓以後。明季人物之及於興旺之初者也。

洪翰周	智水拈筆 卷5	문집에 초상화를 그려 넣은 경우로 王士禛의 『漁洋精華錄』을 소개하다.	古人文集卷首。或寫其遺像。余所見者。惟歐陽公集·東坡集·朱文公大全·文文山集·方遜志集·王漁洋精華錄而已。
洪翰周	智水拈筆 卷6	王士禛의 문학과 저술, 조선에서의 수용 양상을 논하다.	王士禛。字貽上。後避雍正御名。改爲士禎。號漁洋。又號阮亭。淸康熙時人。兼長詩文。而尤長於詩。爲海內文宗。少時有「秋柳」四首。盛傳吳下。和者至數百人。且爲牧齋所推許。其蚕尾集·南海集·蜀道集·漁洋集諸詩。名篇傑句。膾炙一世。而至陶谷李相公赴燕回。始以蚕尾集出來。然我國人。尙未知漁洋之爲淸初一大家也。及英宗末年。全集與精華錄。始來我國。李惕齋及李雅亭·朴楚亭諸人見而驚歎之。以爲漁洋之死幾五十年。且隔一鴨江衣帶水。今始知世間有王阮亭。相與亟稱之不已。東人之孤陋如是矣。然阮亭詩專主神韻。故趙秋谷執信以膚廓譏之。紀曉嵐亦以爲模山範水。處處可移。盖其詩。雖欠氣骨。而終亦不失爲大家也。執信乃漁洋甥女婿。而嘗著談龍錄。詆訶漁洋。然輕薄爲文。豈能廢江河萬古也。漁洋所著有帶經堂集及池北偶談·香祖筆記·居易錄·分甘餘話·古夫于亭襍錄·漁洋詩話諸書。余皆見之。漁洋詩有論詩絶句三十七首。效元遺山作。而多秀句名論。似勝遺山。漁洋之兄西樵士祿。亦善歌詩。
洪翰周	智水拈筆 卷6	王士禛이 젊은 시절에 지은 「秋柳」 4수는 江南 지역에서 크게 유행하였	少時有「秋柳」四首。盛傳吳下。和者至數百人。且爲牧齋所推許。

		고, 錢謙益 또한 칭찬하였다.	
洪翰周	智水拈筆卷6	王士禛의 『蚕尾集』, 『南海集』, 『蜀道集』, 『漁洋集』에 실린 시들은 일세에 회자되었다.	其蚕尾集・南海集・蜀道集・漁洋集諸詩。名篇傑句。膾炙一世。
洪翰周	智水拈筆卷6	李宜顯이 燕京에 사신 갔다가 처음으로 『蚕尾集』을 구입하여 돌아왔다.	而至陶谷李相公赴燕回。始以蚕尾集出來。然我國人。尙未知漁洋之爲淸初一大家也。
洪翰周	智水拈筆卷6	영조말년에 王士禛의 『帶經堂集』이 조선에 들어오자 李書九, 李德懋, 朴齊家 등이 크게 감탄하였다.	及英宗末年, 全集與精華錄, 始來我國。李惕齋及李雅亭・朴楚亭諸人見而驚歎之, 以爲漁洋之死幾五十年, 且隔一鴨江衣帶水, 今始知世間有王阮亭, 相與亟稱之不已, 東人之孤陋如是矣。
洪翰周	智水拈筆卷6	王士禛의 시는 오로지 神韻을 주장하였기 때문에 趙執信, 紀昀 등이 비판하였다.	然阮亭詩專主神韻。 故趙秋谷執信以膚廓譏之。紀曉嵐亦以爲模山範水, 處處可移。
洪翰周	智水拈筆卷6	王士禛의 시는 氣骨이 부족하지만 大家라 할 수 있다.	盖其詩。 雖欠氣骨。而終亦不失爲大家也。
洪翰周	智水拈筆卷6	洪翰周는 王士禛의 저서 중에 『帶經堂集』, 『池北偶談』, 『香祖筆記』, 『居易錄』, 『分甘餘話』, 『古夫于亭襍錄』, 『漁洋詩話』 등을 보았다.	漁洋所著有帶經堂集及池北偶談・香祖筆記・居易錄・分甘餘話・古夫于亭襍錄・漁洋詩話諸書, 余皆見之。
洪翰周	智水拈筆卷6	王士禛의 「論詩絶句」에 대해서 칭찬하다.	漁洋詩有論詩絶句三十七首。效元遺山作。而多秀句名論。似勝遺山。

洪翰周	智水拈筆 卷7	王士禛이 張延登의 손녀 사위가 되어 金尙憲의 시를 본 후 높이 평가하여 「論詩絶句」에서 읊기까지 하였다.	其後王漁洋爲張公孫婿。盡得見先生詩卷於張公家。歎賞不已。至以其詩。詠論詩絶句。有曰。淡雲微雨小姑祠。菊秀蘭衰八月時。記得朝鮮使臣語。果然東國解聲詩。
洪翰周	智水拈筆 卷7	王士禛이 『池北偶談』에 뽑은 金尙憲의 시를 인용하다. *『池北偶談』卷15,「朝鮮詩」에 실려 있다.	又於池北偶談。以先生諸詩。多載錄。其在登州。絶句數首。其一曰。五更明月水城頭。詠史何人獨倚樓。不向東溟覓歸路。還依北斗望神州。其一則曰。南商北客簇沙頭。畫鷁靑簾幾處舟。齊唱竹枝聯袂過。滿城明月似楊州。又有律詩一聯曰。三秋海岸初賓鴈。五夜天文一客星。
洪翰周	智水拈筆 卷7	金尙憲의 손자 金壽恒이 중국에 갔을 때 王士禛을 만나보지 않은 것이 이상하다.	先生之孫。文谷文忠公。崇禎己巳生。漁洋則生於甲戌。纔五年間。且文谷亦嘗赴燕。漁洋仕淸。至禮部尙書。老壽無恙。宜與交面。而未聞焉。可異也。
洪翰周	智水拈筆 卷8	王士禛은 「論詩絶句」에서 王廷相과 鄭善夫의 일화를 읊었다.	文人之好勝而自負。自古已然。故王漁洋論詩絶句。有曰。三代以還盡好名。文人從古善相傾。君看少谷身先死,只有春風王子衡。
黃玹	梅泉集 卷1 「丁掾日宅寄七絶十四首,依其韻,戲作論詩雜絶以謝」	「論詩雜絶」을 지어 王士禛과 『漁洋精華錄』을 논평하다.	模山範水境生層。憐汝風騷絶世能。一部精華堪下拜。帶經堂裏炯孤燈。(漁洋)

王世貞 (1526~1590)

•••

**인물
해설**

　　명대 문학가이자 사학가. 자는 元美, 호는 鳳洲 또는 弇州山人. 江蘇省 太倉 출생. 1547년 진사에 급제하여 刑部主事가 되고 郎中 등을 거쳤다. 강직한 성격 때문에 당시의 재상 嚴嵩의 뜻을 거역하였다. 그 뒤 아버지 王忬가 직무소홀로 탄핵을 당해 엄숭에 의해 처형되자, 벼슬을 그만두고 아버지의 무고함을 주장하여 8년간이나 노력한 끝에 명예를 회복시켰다. 그 뒤 다시 지방관에 복귀하였고, 南京의 刑部尙書를 마지막으로 관직에서 물러났다. 문인으로서 王世貞은 젊을 때부터 문명이 높아 李攀龍・謝榛・宗臣・梁有譽・徐中行・吳國倫과 함께 嘉靖七才子(後七子)의 한 사람으로 손꼽혔고, 학식은 그 중에서도 으뜸이었다. 후칠자의 맹주격인 이반룡과 함께 李王이라 불리며 문학복고 운동을 주도하였으며, 이반룡이 죽은 뒤에는 20여 년 동안 문단의 영수 지위를 독점하였다. 격조를 소중히 여기는 擬古主義를 주장하였으나, 이반룡이 秦漢의 글과 盛唐 이전의 시만을 그대로 모방한 데 비해 왕세정은 前七子와 사진・이반룡의 시론을 계승 변화시켜 보다 융통성 있는 시관을 형성했다.

**인물
자료**

○『明史』, 列傳 287

　　王世貞, 字元美, 太倉人, 右都禦史忬子也. 生有異稟, 書過目, 終身不忘. 年十九, 擧嘉靖二十六年進士, 授刑部主事. 世貞好爲詩古文, 官京師, 入王宗沐・李先芳・吳維嶽等詩社, 又與李攀龍・宗臣・梁有譽・徐中行・吳國倫輩相倡和, 紹述何・李. 名日益盛, 屢遷員外郎・郎中. …

○ 錢謙益,『列朝詩集小傳』丁集 卷6,「王尙書世貞」

　　世貞, 字元美, 太倉人. 嘉靖丁未進士, 除刑部主事, 歷郎中, 出爲靑州兵備副使. 元美在郎署, 哭諫臣楊繼盛於東市, 經紀其喪, 已大失分宜意, 而其父忬總督薊遼, 虜大入灤州, 殺傷過當, 上大怒, 下獄論死, 元美解官奔赴, 與其弟世懋叩闕請救, 卒不免. 穆廟初, 詣闕訟冤, 有詔追復, 起家補大名兵備, 遷浙江參政・山西

<table>
<tr><td></td><td>按察使, 入爲太僕卿, 以右副都御史撫治鄖陽, 遷南大理卿・應天府尹, 以人言乞歸. 起南刑・兵兩部侍郎, 拜刑部尙書, 乞歸, 卒年六十有五. 元美弱冠登朝, 與濟南李于鱗修復西京大曆以上之詩文, 以號令一世. 於鱗旣沒, 元美著作日益繁富, 而其地望之高・遊道之廣, 聲力氣義, 足以翕張賢豪・吹噓才俊. 於是天下咸望走其門, 若玉帛職貢之會, 莫敢後至. 操文章之柄, 登壇設墠, 近古未有, 迄今五十年, 弇州四部之集, 盛行海內, 毀譽歙集, 彈射四起, 輕薄爲文者, 無不以王・李爲口實, 而元美晚年之定論, 則未有能推明之者也. 元美之才, 實高於於鱗, 其神明意氣, 皆足以絕世. 少年盛氣, 爲於鱗輩撈籠推輓, 門戶旣立, 聲價復重, 譬之登峻阪, 騎危墻, 雖欲自下, 勢不能也. 迨乎晚年, 閱世日深, 讀書漸細, 虛氣銷歇, 浮華解駁, 於是乎渙然汗下, 蘧然夢覺, 而自悔其不可以復改矣. 論樂府, 則亟稱李西涯, 爲天地間一種文字, 而深譏模倣, 斷爛之失矣. 論詩, 則深服陳公甫. 論文, 則極推宋金華. 而贊歸太僕之畫像, 且曰: "餘豈異趨久而自傷矣." 其論藝苑巵言則曰: "作'巵言'時, 年未四十, 與于鱗輩是古非今, 此長彼短, 未爲定論. 行世已久, 不能復秘, 惟有隨事改正, 勿誤後人." 元美之虛心克己, 不自掩護如是. 今之君子, 未嘗盡讀弇州之書, 徒奉巵言爲金科玉條, 之死不變, 其亦陋而可笑矣. 元美病亟, 劉子威往視之, 見其手子瞻集不置, 其序弇州續集云云, 而猶有高出子瞻之語, 儒者胸中有物, 崇愚成病, 堅不可療, 豈不悲哉! 昔者王伯安作朱子晚年定論, 餘竊取其義以論元美, 庶幾元美之精神, 不至抑沒於後世, 而後之有事品騭者, 亦必好學深思, 讀古人之書, 而詳論其世, 無或如今之人, 矮人觀場, 莠言自口, 徒爲後人笑端也. 元美正續稿詩七十餘卷, 孟陽選七言今體, 從續稿中取十餘首, 今用四部稿參錄之.</td></tr>
<tr><td>저술
소개</td><td>

* 『藝苑巵言』
   (明)萬曆 17年 武林 樵雲書舍刊本 16卷 / (明)萬曆 19年 累仁堂刊本 8卷 / (淸)光緖 11年 長沙 玉尺山房談藝珠叢本 8卷

* 『弇山堂別集』
   (明)萬曆 18年 100卷 / (淸)光緖年間 廣雅書局本

* 『弇州山人四部稿』
   (明)萬曆 5年 王氏 世經堂刻本 174卷 目錄 12卷

* 『王弇州集』
   (淸)康熙21年 郢雪書林刻本 20卷

</td></tr>
</table>

* 『讀書後』

(淸)乾隆 27年 刻本 8卷

* 『盛明百家詩』

(明)俞憲輯 (明)嘉靖－隆慶年間 刻本 324卷 內 王世貞撰 『王副史集』 1卷 /
『續王鳳洲集』 2卷

* 『説郛續』

(明)陶珽編 (淸)順治 3年 李際期 宛委山堂刻本 46卷 內 王世貞撰 『觚不觚錄』
/ 『皇明盛事』 / 『宛委餘編』 / 『文章九命』 / 『錦衣志』

* 『綉刻演劇』

(明)毛晋編 (明)毛氏 汲古閣刻本 60種 120卷 內 王世貞撰 『鳴鳳記』 2卷

* 『廣百川學海』

(明)馮可賓編 明末 刻本 130種 156卷 內 王世貞撰 『詞評』 1卷 / 『曲藻』 1卷

* 『學海類編』

(淸)曹溶編 陶越增訂 道光 11年 晁氏活字印本 430種 814卷 內 王世貞撰 『詩
評』 1卷 / 『文評』 1卷

* 『八代文鈔』

(明)李賓編 明末 刻本 106種 106卷 內 王世貞撰 『王元美文抄』 1卷

* 『選明四大家詩集』

(淸)藍庚生編 (明)崇禎 8年 刻本 4卷 內 王世貞撰 『王鳳洲詩』 1卷

* 『皇明十大家文選』

(明)陸弘祚編 明 刻本 25卷 內 王世貞撰 『鳳洲文選』 4卷

비 평 자 료			
姜世晃	豹菴遺稿 卷4 「答儆兒書問」	아들 姜儆이 명대 문인들에 대해 묻자 그들의 자호를 알려주고, 아울러 王世貞이 太倉 출신임을 언급하다.	宗臣。字子相。號方城。張佳胤。字肖甫。號居來。余應擧。字德甫。號午渠。張九一。字助甫。號周田。王世懋。字敬美。號猻洲。李滄溟。不別記。謝榛。字茂榛。號四溟。俞允文。字中蔚。徐中行。字子與。號龍灣。吳國倫。字明卿。號川樓。梁有

			譽。字公實。號蘭亭。明時。盖有九才子之稱。曾於朝夕談話。提說此等人。不啻如雷慣耳。今有此問。何也。可想汝之聰明。不及汝仲遠矣。適客擾未暇檢書。不記爲何地人。如弇州之太倉。兪仲蔚之崑山。宗子相之興化。想不待書示。
姜世晃	豹菴遺稿卷5「題筆陣圖後」	王世貞이「筆陣圖」에 발문을 쓴 것을 언급하다.	弇州有跋筆陣圖者。而或謂南唐主書云。而又有一本。作行書之云。似亦非指此本也。
姜世晃	豹菴遺稿卷5「側理紙」	王世貞의『宛委餘編』에 이끼로 만든 종이에 관련된 기록이 있음을 언급하다.	晉武時。以苔爲紙。名側理紙。賜張華萬番。造博物志。金慕齋爲始敎僧水苔爲紙。有詩記之。今考宛委餘編。則古已有之矣。
姜世晃	豹菴遺稿卷2「閱滄溟弇州二集」	李攀龍의『滄溟集』과 王世貞의『弇州四部稿』를 읽고, 비평하는 시를 남기다.	其一：明初諸子語優柔。王李恣睡大拍頭。被髮伊川非造次。鍾譚礁殺此餘流。其二：口氣知非本分人。傲唐詆宋躡先秦。文章世級天爲限。可是秋冬倒作春。其三：入宋韓文尙盍箱。二家梓繡目前忙。便逢苦客錢謙益。豈識幽人歸有光。其四：一種文人尸祝之。海東風氣日淆漓。馬肝不食寧無肉。虎畫難成只類皮。其五：布帛文行俗不頗。國朝詞章野人多。當時誰讀皇明集。祖述詩書足頌歌。
金萬重	西浦漫筆卷下	王世貞이 "杜甫의 시를 숙독하면, 그 속에 절로 王維가 있다"고 말한 것	有人詩尙王右丞。不喜老杜。王弇州曰。公若熟讀杜詩。其中自有右丞。弇州此言。不敢以爲然。文章如金石

		은 옳지 못하다고 비판하다.	絲竹。 其聲不能相兼。 而各有所至。苟欲兼之。 則亦未必成聲也。
金萬重	西浦漫筆 卷下	蘇軾과 王世貞을 비교하여, 蘇軾은 意가 공교롭고, 王世貞은 辭가 공교롭다고 평가하다.	明文固不如宋而詩則。 似當別論。 今且以東坡弇州比並而觀之。 則坡工於意。 弇工於辭。 盖各有所長也。
金萬重	西浦漫筆西浦漫筆, 下	王世貞이 蘇軾의 文은 재주가 뛰어나나 학문은 없고, 詩는 학문은 뛰어나지만 재주가 없는 것 같다고 비평한 말을 禪家의 呵佛罵祖에 비유하다.	弇之短坡。 (如謂坡文。 見其才矣。 而似無學。 坡詩。 見其學矣。 而似無才之類) 亦禪者所謂呵佛罵祖。 而如汪伯玉輩。 直是蚍蜉撼樹耳。
金邁淳	臺山集 卷18 闕餘散筆	漢高祖가 季布를 사면한 것에 대한 王世貞의 논의는 매우 예리한데, 다소 찬동하기 어려운 점도 있다.	赦季布。 果出於賞節。 則鄭君何罪而逐? 誅丁公。 果出於懲惡。 則射陽侯舞劍事。 何不並案耶? 然而後之論者。 例以公天下爲萬世法。 翕然歸美。 就事論事。 依於忠厚也。 不妨如此說。 而苟欲覈其情實。 則弇州之論。 最得大旨。 但其所謂醜其著阤。 爲此言以揜者。 以余觀之。 恐未必然。
金邁淳	臺山集 卷19 闕餘散筆	崔岦과 李廷龜가 王世貞을 직접 만났다는 것은 근거가 없는 뜬소문이다.	東人不嫻中州典故。 固亦無怪。 而邦內聞見。 亦患道聽塗說。 訛謬相承。 漫不考核。 確相傳述。 議事而不能師古。 纂言而不能當理。 皆坐此病。 姑擧一二言之。 簡易·月沙。 以詞翰見推於中朝。 而世俗流傳謂與弇·滄有紵縞之契。 至以簡易秋日雙林寺。 王生去讀書之句。 爲贈弇州作。 按滄溟卒於隆慶庚午。 時簡易甫弱冠。 月沙生七歲。 足涉燕都。 理所必無。 弇州享

			壽卒於萬曆間。而家山東太倉。少遭家禍不仕。晚節浮沉。不出分司。以南司寇致仕。終身未嘗一至京師。簡易・月沙何由得見其面耶? 雙林寺在遼東。王生者本地儒士。詩載崔集。可考也。
金邁淳	臺山集 卷20 闕餘散筆	『皇華集』에 실린 嘉隆 이후의 글은 매우 난삽하니 王世貞의 영향을 받았기 때문이다.	嘉隆以後。又頗傷鉤棘。盖王李爲祟也。
金邁淳	臺山集 卷20 闕餘散筆	熊化가 尹根壽에게 보낸 편지에서 王世貞과 李攀龍의 단점을 논했으나, 그 스스로 지은 작품은 두 사람의 울타리를 벗어나지 못하였다.	極峰與尹月汀書論王李二家。 曰:元美之才俊。兼以博極羣書。文兼各體。時或有率爾處。未免強弩之末。于鱗之才沉。而不喜讀魏晉以下書。其文以左馬爲宗。而傷於刻畫。字句之奇。或累大雅。至屢煩推勘而後達者。自是于鱗之病。不足法也。此論於二家得失。可謂勘破到頭。而至其自爲則終未能脫此窠臼。信乎文之難工。而做說之不易相副也。
金邁淳	臺山集 卷20 闕餘散筆	明나라 문인들 중에는 우리나라를 얕잡아 본 사람들이 많았는데, 王世貞만은 그렇지 않아 자신이 지은 史料에 우리나라에서 중국에 보낸 咨文 세 편을 수록하고 극찬하였다. * 弇州續稿 卷165,「朝鮮三咨」참조.	皇朝諸公。簡亢自大。夷視我國。文字言語之見及。盖少佳語。惟弇州不然。其所著史料。有曰「朝鮮三咨」。合爲一卷。其一弘治八年。咨遼東指揮使。其二嘉靖四十二年。咨禮部。其三萬曆十一年。咨禮部。前後九十年。更三王。而楷筆謹細。紙若截玉。墨若純漆朱砂濃透。而咨字行押。似以牙刻刷而精爲之潤色者。其敬愼能恒如此。宜其享國之長久也。考其年條。卽燕山元年乙卯。明宗十八年癸亥。宣祖十六年癸未也。

金錫冑	息庵遺稿 卷8 「再書春沼先生集」	申最가 王世貞과 茅坤의 글을 각각 "長江巨河, 淪漣澎湃", "奇峯幽壑, 雲興霞蔚"이라고 평한 것을 인용하다. * 申最(1619~1658)는 1653년에 『皇明茅鹿門王弇州二大家文抄』를 간행했다.	春沼集旣刊行有日矣。客有過余而問者曰。子從春沼公問學固久。今若欲論公文之所至。其將置之於國朝何公間耶。余應之曰。余識蔑。何足以知之。然嘗聞之。公年二十四。始著原十一篇。往質于鄭畸翁弘溟。畸翁每讀一篇。輒稱善謂公曰。子文何遽不及張持國。豐腴少遜而辭采過之。且子年少。才且盛。不可量也。先樂全公見公所爲白雲樓記。亟稱之以爲東京之文。公於文辭。蓋有天得。方二十六七歲時。已臻古作者閫奧。俄遭樂全公喪。喪畢。卽登第入翰苑。未踰年而家難作。自茲以後。不復數數於鈆槧。今集中所錄者。大抵皆三十以前所論著也。客曰。若果如畸翁之言。則相國其將讓公。抑公讓相國耶。余曰。讓則吾固未之能知也。抑余嘗讀公之文。而竊有所衡於心者。其評弇園, 鹿門兩家之文也。其曰長江巨河淪漣澎湃者。非相國之謂乎。其曰奇峯幽壑雲興霞蔚者。亦公之所自道者乎。凡物之廣大高深。惟各正其性命而已。亦奚相讓之爲乎。客旣去。仍書其語。復識諸公集之後。以俟知者。
金錫冑	息庵遺稿 卷9 「題李于鱗送張伯壽序後」	王世貞이 李攀龍의 글을 평한 것을 인용하며, 세상에서 王世貞처럼 이반룡을 알아주고 찬탄한 사람은 없다고 말하다.	王元美稱于鱗之文。一云歷下極深。一云匠心而材古。一云如商彝周鼎。海外瓌寶。身非三代人物與波斯胡。可重不可識。一云無一語作漢以後。亦無一語不出漢以前。世之君子。乃欲淺摘而痛訾之。是訾古人耳。世之知于鱗。固無如元美。而其聳美而艶賛之者。亦固無如元美也。余嘗於李公擇所得所謂滄溟集而讀之。其鉤棘不

可曉者。幾十之六七。而其可曉者。
覺奇雅峻博。信乎其深且古矣。蓋其
爲文。雖緣語而飾意者多。因情而鑄
辭者少。而一切取左國莊馬。公穀檀
考。韓非, 呂覽, 淮南, 班椽諸書。句割
而字斵之。此其所以欲深而必極其深。
欲古而必極其古者也耶。此文於于鱗諸
作。雖未知其爲最善。而被甄於陸弘
祚文選。其爲人所稱可知。中有每飯
未嘗忘兩名臣事之句。斯乃截取太史公
馮唐傳語。而然余於此亦不能無所訝
焉。夫文帝之每飯。意未嘗不在鉅鹿
者。蓋以始聞其語於尙食監高祛。故
此後之所以每飯而思。因其時而想其
語。實善摹人情者之言也。不然。以
文帝求將之誠。而亦何待飯而後。意
始在於鉅鹿也。使文帝或因尙衣者而
聞。或因掌書者而聞。吾固知其必移
其每飯之思。而在於每衣而每見書也。
今于鱗之聞兩名臣事。固非聞於尙食監
者。而亦非飯而聞也。雖飲而思可
也。坐而思可也。行而思可也。常而
思可也。偶而思可也。又奚必若大巫
唱小巫從。而每飯之云爲乎。斯豈非
好截取古人之語。欲如古人而不自覺其
謬也耶。語云空穴來風。若是而欲禁
人之摘而訾難矣。且商之彝周之鼎古
矣。海外之產。若明月蠙珠珊瑚玻瓈
木難火齊之屬寶矣。然若銖屑而寸碎
焉。此補而彼綴。上聯而下屬。以亡
失其全體。則夫孰以爲古且寶哉。不
知者徒見其蒼然之色的然之光。以爲古
而寶。而若使遇三代之人波斯之胡而矚
之。則吾知其必徑去而不之顧矣。其
幸而不遇是者。又烏知其不爲于鱗幸者

			也耶。
金錫胄	息庵別稿 上 「詩賦」	李夢陽의 뒤를 이어 王世貞과 李攀龍이 나란히 문단의 맹주가 되었음을 언급하다.	夙遊藝苑。縱目詩藪。咸能抽精錦心。騁妙繡口。天巧足奪。鬼泣何論。於是僕本嗜古。耽玩斯文。仰思前賢。各以世鳴。昔如建元好士。館儲群英。朝待金門。暮讌柏梁。攄徐，嚴之墨妙。騰枚，馬之筆精。七言肇倡。萬世爲程。若乃少卿奇士。遠別蘇君。遼水不極。雁山參雲。遵河梁而愴懷。託綺辭而抒思。創五字之體裁。慰萬里之生離。至如建安以來七子齊驅。人抱荊玉。家握驪珠。或颺藻於陳苑。或蜚聲於漳隅。波瀾海闊。世稱曹，劉。若夫隴西布衣，杜陵詩翁。響軼劉安。制侔周公。引孤吟於危樓。奏淸調於香亭。千秋萬歲。疇敢與幷又若洛陽年少，錦囊詞客。風檣陣馬。不足爲快。時花美女。曷稱其色。驚靑虯於半夜。文玉樓於天闕。及夫北地之後王，李繼起。共押齊盟。手執牛耳。瞻蛾眉於積雪。橫紫瀾於滄海。樓空人去。詩卷長在。或有騷人騎驢於灞橋。見白雪之飄零。逐客南遷於湘水。望靑楓之冥冥。有美婦人兮守空閨。別宕子於千里。征夫邈寄於關山。傷塞草之頻悴。若此者。亦皆因物起感。遇境抽思。于以搯擢肝肺。暢洩情志。馳徽號於藝圃。振芳名於千禩。嗟乎。抽黃對白。工則工矣。宮沈羽振。妙則妙矣。猶雕蟲而篆刻。於大道而何裨。惟其鎔冶性情。宣朗人文。能令人懲創感發。吾獨有取於三百篇。

金允植	雲養集 卷9 「溫泉徐丈六十一歲序」	王世貞의 말을 인용하여 근본에 힘써야 한다고 충고하다.	昔王弇州有言檟杞之上銳于霄。其垂陰百畞。扶荔之實沃一鄉。鄉人不以護其末而護根。根固而後所陰與沃久也。醴泉之灌輸斥鹵千頃之浸。不以惜其汪洋之流。而惜其若拱把之穴者。其所出無恙而後其浸遠也。
金祖淳	楓皐集 卷6 「申生匡一宅會賦」	申匡一의 집에서 지은 화운시에서, 신광일 시에 쓰인 險韻이 王世貞 시보다 더 어렵다고 하다.	情眞親戚不殊看。內屋招邀勸細餐。匙滑頻抄雲子暖。杯濃已破雪花寒。灰殘沉水拈香急。詩險弇山射韻難。寄語諸君休厭倦。人今頭白歲華闌。
金祖淳	楓皐集 卷16 「書紅葉帖」	『弇州四部稿』를 보다가 徐中行에게 준 편지에 "平生之交李與徐"라는 구절을 보고, 자신과 막역한 徐榮輔와 李晚秀를 회상한 일이 있었음을 말하다.	頃屐翁(李晚秀)行部至吉州。復余書。備道所經山川嶺海之勝。且有憶余與竹石詩。卽此帖所首載者也。旣而竹石(徐榮輔)書。自金剛山中來。緘紅葉爲贈。余愛其雅意。藏葉於篋。與屐翁詩時出觀之。今審此帖。可知屐翁此葉。與余所藏者。本連枝也。此帖出而余之藏之計莫拙。屐翁誠天下之絶妙好事者歟。方竹石之在山也。余讀易玉壺精舍中。暮秋寥廓。離索增苦。一日偶閱王元美集。得其別徐中行詩。有平生之交李與徐之語。不覺感觸于懷。念余受二公剪拭。俯就糠粃沙礫。謬處後先。雖才性駑怯。視元美。不啻蟲鵠。二公之雄秀宏博。實方駕濟南吳興而過之。其與余厚也。則雖濟南吳興乎元美。余有不敢辭者。又二公之姓。與濟南吳興同出。而其幷世崛起。嘐嘐曰。古有志乎先秦正始之際者。亦略相似。豈偶然云乎哉。余欲步其韻贈二公。對柳惠甫言之。因事未果。今於屐翁之求題品也。忽憶此事。遂取元美五字篇中。

			目濟南吳興者及於和詩。並牽連書此。以識吾三人之神會。而又使工摸其帖上之葉。命曰紅葉傳。照又藏之。
金昌協	農巖集 卷34 雜識	王世貞과 歐陽修의 碑誌를 비교하여 王世貞 문장의 폐단을 지적하다.	王弇州自謂學班·馬。其爲碑誌敍事。極力摹畫。若將以追蹤古人。而其實遠不及宋之歐·王。今讀歐公諸碑誌。其提挈綱領。錯綜關節。種種有法。簡而能該。詳而不繁。意度閒暇而情事曲盡。風神生色處。又往往如畫。茅鹿門以爲得太史公之髓者此也。弇州不知古人提挈錯綜之妙。而只欲以句字。步趣摸擬。故其爲碑誌敍事。不問巨細輕重。悉書具載。煩冗猥瑣。動盈篇牘。綱領眼目。未能挈出點注。首尾本末。全無伸縮變化。其所自以爲風神景色者。不過用馬字班句。緣飾傅會耳。此何足與議於古人之妙哉。
金昌協	農巖集 卷34 雜識	歐陽修의 문장과 王世貞 문장에서 그 簡과 詳을 비교하다.	古人之簡。簡於篇法。明人之簡。簡於句字。古人之詳。詳於大體。明人之詳。詳於小事。故歐陽公作王·范二文正碑。其文不滿二千言。而其作相事業與平生大節。摸寫殆盡。弇州作商販婦女誌傳。其人瑣瑣無足記。而其文動累百千言。此可見工拙之辨也。
金昌協	農巖集 卷34 雜識	王世貞과 李攀龍의 문장을 "文之贗者"로 평가하다.	天下事。須先辨眞贗虛實。而後可論工拙精粗。文章亦然。如大明王·李輩。力爲古文。蹈藉唐宋。驟視之。非不高奇。而徐而繹之。皆假竊形似之言耳。此乃文之贗者也。

金昌協	農巖集 卷34 雜識	李攀龍과 王世貞 문장의 陳言을 비판하다.	退之爲文。務去陳言。陳言。非專指俗下庸常語也。凡經古人所已道者皆是。如左·國·班·馬之文。雖則瑰奇。一或襲用。皆陳言耳。今讀韓集累百篇。無一語襲用古人成句。如平淮西碑。專法尙書。而無一尙書中語。董晉行狀。規模左傳。而無一左傳中語。張中丞傳後敍。酷類馬史。而無一馬史中語。眞卓識也。明文如李于鱗。專取古人句字。屬綴成文。其陋甚矣。元美亦嘗議此病。而觀其自爲。亦不免此。碑誌敍事。類皆襲用馬班句語。篇篇複出。入眼皆陳。凡退之之所務去。方且極力爲之。而自謂高出唐宋。何也。
金昌翕	三淵集 卷25 「題洪道陳重疇所藏韓石峰書帖後」	王世貞이 韓濩의 글씨에 대해 평한 "老猊決石, 渴驥奔泉"을 인용하다.	神宗皇帝於我朝鮮。有再造罔極之恩。蓋嘗以一紙詔書。宣諭于本國君臣者。委曲費聖慮。嗚呼至矣。朝鮮有善書者韓濩。乃於兵戈飄轉中。贍留一本。傳與子孫。自以甚得意也。濩書見稱於中州。王弇州至比之老猊決石渴驥奔泉。以此筆寫此詔。若有所使爲者。允矣天下之寶。爲道陳所有。道陳其珍藏之。勿遽示人。一爲懸揭乎大報壇上可矣。崇禎紀元後八十九年丙申七月旣。陪臣金昌翕拜手書。
金昌翕	三淵集 卷34 「日錄」	『王弇史料』에 실려 있는 國史·野史·家史에 대한 王世貞의 말을 인용하여 오늘날 家史가 진실을 왜곡함이 극에 달했다고 개탄하다.	偶閱弇州史。有曰國史人恣而善蔽眞。然其叙典禮述文獻。不可廢也。野史人億而善失眞。然其徵是非削諱忌。不可廢也。家史人諛而善溢眞。然其贊宗閥表官績。不可廢也。其言頗的確可述。今之家史善溢眞極矣。

金昌翕	三淵集 卷36 漫錄	韓愈가 말한 陳言의 뜻을 茅坤과 王世貞 등이 모두 제대로 이해하지 못했음을 비판하다.	退之所謂陳言。如六朝人之引用古事與踵襲前人言語。如問鼎晉陽甲易簀亡琴之類是已。退之之戞戞務去。蓋欲必自己出。雖孟·莊·班·馬之文。未嘗勦襲一語。所謂起八代之衰者。正爾在此。茅坤輩不知陳言之爲何。解作平常俗語。若是則退之之所務。終歸於虯戶銑溪之類。豈不誤哉。退之文中。實多平常語。如曰不幸兩目不見物。寸步不能自致。曷嘗有換字之意乎。若使弇州輩當此。則不言兩目而必用金篦。不言寸步而必用蕢趾。此正陳言之可去者也。
金昌翕	『三淵集拾遺』 卷26 日錄	王世貞이 조선이 명나라에 매번 공물로 금과 은을 바친 일을 논한 것에 대해 언급하다.	洪永之際。每貢有金銀千餘兩。宣德皇帝以非其土物。戒使勿進。其國人感佩。職貢益勤。弇州竊識之。以見字小之與事大。實相因而成也。貢物止細苧花席豹皮種馬。
金昌熙	會欣穎 「後序」	李夢陽과 王世貞은 일대의 문사였지만 예견의 안목이 없어서 歸有光과 王愼中에게 盛名을 내어주었다고 말하다.	明之北地·太倉。非不爲一代之雄。而但無逆覩之眼力。不能知國朝諸家之所尙。故摹擬秦漢。枉費一生工夫。畢竟盛名讓與震川·遵岩也。由此言之。讀書治文之事。不過能爲逆覩而已矣。
金昌熙	會欣穎 下篇 「讀歸震川文(二)」	歸有光의 「項思堯文集序」의 인용하고, 그 글이 王世貞을 비판하는 것이라 평하다.	「項思堯文集序」云。今世之所謂文者難言矣。未始爲古人之學。而苟得一二妄庸人爲之巨子。爭附和之。以詆排前人。雖彼其權足以榮辱毀譽其人。而不能以與于吾文章之事。而爲文章者亦不能自制其榮辱毀譽之權于己。兩者背戾而不一也久矣。此文盖爲詆王弇州而作也。

金昌熙	石菱集 卷1 「答友人論文書 (其一)」	淸 초기 歸有光과 王愼中의 문장이 유행하고 李夢陽과 王世貞의 의고문에 대해 비난했던 상황을 언급하면서, 模擬하고 形似함을 가지고 판단한다면 李夢陽과 王世貞 뿐만 아니라 歸有光과 王愼中 또한 비판을 받을 수 있다고 평하다.	淸興之初。家誦歐曾。人說歸王。莫不深詆李獻吉王元美之爲史漢也。噫。如以史漢爲不足學。則韓柳歐曾歸王。皆嘗得力於遷固矣。如以摹擬形似爲非。則何獨史漢之是詆。而不念歐曾之不可摹擬。歸王之無以形似乎。是所謂楚則失矣而齊亦未爲得者也。
金澤榮	韶濩堂文集定本 卷8 「雜言三」	曾國藩은 歸有光의 문장이 經學의 深厚함이 부족하다고 비판하고 있지만, 이는 王世貞과 李攀龍의 문장이 성행했던 당시의 폐단을 바로잡기 위해서 불가피한 점이 있었다고 옹호하다.	曾滌生病歸太僕之文之神乎味乎。以爲未臻於經學之深厚。此固是也。然當太僕之世。王李諸人。以秦漢僞體虎嘯天下。故太僕反之以正軌。而時出其神乎味乎者曰。爾欲爲秦漢。只如此可也。所以居一代而救一代之弊者耳。夫經學文章。分而爲二已久。滌生何乃必以經學繩文人。亦將責子長曰何不爲論語中庸之文也乎。
南公轍	金陵集 「金陵先生文藁序」	茅坤은 唐宋 작가 중 8명을 선별하여 王世貞과 李攀龍이 진한을 모방하려는 폐습을 교정하려고 하였다. * 이 글은 李林松이 쓴 것이다.	夫文章。不限以地。而非眞者必不傳。唐宋作者。無慮數百家。茅氏取其八。蓋以藥王李摹秦寫漢掇皮之弊。然鹿門自爲文。荊川又有異同。
南公轍	金陵集 「金陵先生文藁序」	歸有光은 王世貞을 妄庸巨子라 비난했으나, 王世貞은 歸有光의 畵像에 贊을 지으며, 그를 韓愈와 歐陽修를 계승했	歸震川詆弇州爲妄庸巨子。而弇州卒以繼韓歐陽爲贊。此無他。學生於好。而形之遷也以習。

		다고 높이 평가했다. * 이 글은 李林松이 쓴 것이다.	
南公轍	金陵集 卷10 「與金國器載瑃論文書」	王世貞은 六經을 깊이 연구하지 않고 司馬遷과 班固의 문장, 李白과 杜甫 시의 겉모습만 베꼈다고 비판하다.	至於明王李諸人。號稱大家。而不能深知六經之根柢所在。徑相剽販於西京大曆之間。妄分畦畛。刮馬遷班固而得其膚。掠靑蓮少陵而得其皮。海內靡然趨之。
南公轍	金陵集 卷11 「玉溪金先生文集序」	金純澤은 南公轍에게 "王世貞과 李攀龍의 글이 중국에 유행하였지만 자신은 한번도 본 적이 없고, 다만 歸有光은 格法이 있다."고 말했다는 말을 인용하다.	公不讀明以後書。嘗謂公轍曰。王李之文。震耀海內。而吾不一見。惟震川最有格法。
南公轍	金陵集 卷11 「雅亭集序」	穆陵盛世에는 사대부 중 글을 잘하는 사람들은 王世貞, 李攀龍과 함께 하지 않은 이가 없다고 말하다.	嘗攷羅麗之際。文章衰陋。不可與議於中國。而及本朝受命。累聖相承。逶迤至穆陵中興之世而始大備。盖是時。搢紳大夫號能文者。莫不與王李諸子。往復京師。而經史子集之出來者。於斯爲盛。得以博其聞見而革去固陋。今夫鄕塾先生之平居敎人。輒曰專熟一書而不資於博學者。非通論也。
南公轍	金陵集 卷13 「讀弇州牧齋二集」	王世貞은 西京 大曆 이하의 말은 쓰지 않으려 하여 그 皮毛는 얻었으나, 骨髓는 얻지 못하였으며, 敍事는 冗長하여 의미가 없다고 비판하다.	王弇州不作西京大曆以下語。其志誠高矣。而得西京大曆之皮貌。不得骨髓。又其敍事。多冗長無意味。其書雖富。曷足貴乎。

南公轍	金陵集 卷13 「讀弇州牧齋二集」	錢謙益은 핍진한 것은 稗官에 이르고 放逸한 것은 蕩子에 가까워 王世貞을 굴복시킬 수 없고, 모두 문장에 깊이 병이 든 사람들이다.	然而牧齋之變之者。亦未爲得矣。眞逼者涉於稗官。放逸者近於蕩子。何以服弇州哉。譬之於病。弇州上升之虛氣也。牧齋瀉下之剗藥也。病固難醫。而藥亦必殺人後已。俱不如方‧歸諸家之醇且雅也
南公轍	金陵集 卷23 「王右軍帖墨刻」	王羲之의「蘭亭禊序」의 搨本에 대한 글을 王世貞의『藝苑巵言』에서 인용하다.	蘭亭禊序。唐文皇初得之。命趙模，馮承素，諸葛貞之流。搨本以賜諸王。後禊序入玉匣。從葬昭陵。搨本存人間者。尙數萬錢。若定武石刻。歐陽率更所搨本。留禁中。獨爲完善。契丹德光携以之北。至殺胡林而棄之。宋慶曆中。韓魏公壻李學究得之。其子負官緡。宋景文以帑銀輸取官庫。甚愛重之。非貴游不易得。熙寧間。師正出牧。厭其多請乞。乃另摸一本以應人。而其子紹彭。竊易古刻。歸於湍流左右。劚損二筆以爲識。大觀中。紹彭子嗣昌。進御府。置宣和殿。金狄之亂。不知所在。然則定武本有三。未損本初搨也。損本紹彭所留也。不損本定武再刻也。鑑賞者當以此辨之。(出弇州藝苑巵言。)
南公轍	金陵集 卷23 「古畵眞蹟絹本」	王世貞이『宛委餘編』에서 孔子를 太極上眞公이라 일컬은 것을 인용하다.	趙松雪山水一本。倪雲林梅花書屋一本。施珏蘭草一本。文嘉長壽佛像一本。太上眞公一本。嘉卽徵明子也。二本俱爲奉勅寫進者。王元美宛委餘編。稱聖賢文士之化爲仙道者。曰孔子爲太極上眞公。其說出於眞誥諸書云。未知何所據也。此皆於人家箱籠中。隨得隨蓄。散亂不得裝帖。留竢他日開暇。一得從事於此也。

南公轍	金陵集 卷23 「古畫眞蹟絹本」	王世貞이 書畵家에는 鑑賞家와 好事家가 있다고 한 말을 인용하다.	王弇州云。書畵有賞鑑·好事二家。張彦遠云有收藏而不能鑑識。能鑑識而不能翫閱。能翫閱而不能裝裭。能裝裭而無銓次。皆病也。余果犯下之二戒矣。
南公轍	金陵集 卷23 「馬遠畫水卷橫軸絹本」	王世貞은 馬遠의 「畫水卷」을 吳道子에 견주었다.	右諸幅狀態不同。而其寫江水尤奇。敻出筆墨蹊徑之外。眞活水也。李東陽，吳寬諸人極稱遠畫水以爲多能者。而弇州則比之吳道子。卽此已覺其淸曠浩渺。使人有吳楚之思。
南公轍	潁翁再續藁 卷1 「擬古十九首」	王世貞·李攀龍 등 諸子들에 대한 鍾惺·譚元春·錢謙益의 비판이 그 핵심을 짚어내지 못하여 후학들이 더욱 경박해졌다고 비판하다.	白雪樓何高高。上追姚姒。下薄漢唐。王李諸子分偶曹。有如玉帛職貢會。海內文柄手自操。鍾譚與虞山。抉摘多譏嘲。猶未識頭腦。後輩愈輕恍。文者載道器。於此何寂寥。終年讀之無所益。其文雖好徒自勞。震川翁鷄毛筆。繼韓歐陽眞是豪。
南克寬	夢囈集 乾 「幽憂無所事，漫披詩袠，雜題盡卷」	王世貞의 문학은 輕佻浮薄했으나 그 재주가 백년을 풍미하였으며，袁宏道와 鍾惺은 그 面目만을 변화시킬 수 있었을 뿐，그 神理는 아이들에 불과하다.	婁江文字縱傷儇。才調猶堪跨百年。袁鍾唯能換面目。論其神理兒孫然。
南克寬	夢囈集 乾 端居日記	明代 文學의 수용사에 대해서 총론하다.	十一日。見嶺南新刻農巖集序文。刊去詆訾韓歐語。蓋亦自知其無倫也。許筠·李敏求始學嘉隆詩。而未備。瑞石兄弟文之以騷選。金昌協輩又參之以唐人古詩。遞變極矣。末流漸浮怪。衰相已見矣。金詩視其弟筋力不如。亦頗雅靚。卽其所就而篤論之。

			大金娄江之苗裔。而小金竟陵之流亞也。娄江非無佳處。細看只是結撰工美。不見神采流注。竟陵境僻音哀。虞山之掊擊雖過。槩自取也。王李之波東漸。學詩而兼文者。上數子。專學文者。月汀・玄軒・淸陰・汾西・東淮・春沼・息菴也。谿谷亦略有染焉。兩金輩後出轉點。稍聞中土之論。頗諱淵源。要不出其圈襀也。
南克寬	夢囈集 乾 端居日記	金昌協은 王世貞의 苗裔 이고, 金昌翕은 竟陵派 의 流亞이다.	十一日。見嶺南新刻農巖集序文。刊去詆訾韓歐語。蓋亦自知其無倫也。… 金昌協輩又參之以唐人古詩。遞變極矣。末流漸浮怪。袞相已見矣。金詩視其弟筋力不如。亦頗雅靚。卽其所就而篤論之。大金娄江之苗裔。而小金竟陵之流亞也。
南克寬	夢囈集 乾 端居日記	王世貞의 시는 佳處가 없는 것은 아니지만 세밀히 보면 구성이 공교롭고 아름다울 뿐, 神采가 부족하다.	娄江非無佳處。細看只是結撰工美。不見神采流注。
南克寬	夢囈集 乾 端居日記	王世貞과 李攀龍의 詩 와 文을 다 배운 자로 許筠, 李敏求, 金萬基, 金萬重, 金昌協, 金昌翕이 있으며, 文만을 배운 자로 尹根壽, 申欽, 金尙憲, 朴瀰, 申翊聖, 申最, 金錫冑가 있고, 張維는 조금 물들었으며, 金昌協 과 金昌翕은 교활하게 王世貞과 竟陵派에 淵源	許筠・李敏求始學嘉隆詩。而未備。瑞石兄弟文之以騷選。金昌協輩又參之以唐人古詩。遞變極矣。末流漸浮怪。袞相已見矣。… 學詩而兼文者。上數子。專學文者。月汀・玄軒・淸陰・汾西・東淮・春沼・息菴也。谿谷亦略有染焉。兩金輩後出轉點。稍聞中土之論。頗諱淵源。要不出其圈襀也。

		을 두었음을 忌諱하였으나, 그 범주를 벗어나지 못하였다.	
南克寬	夢藝集 乾 端居日記	王世貞·李攀龍의 禍가 중국에서는 컸으나 우리나라에는 破天荒의 功이 있다.	余嘗謂王李之禍。中國大矣。而在我國。則有破荒之功。
南克寬	夢藝集 乾 端居日記	許穆은 비록 時用에 맞지 않았으나 그의 雅質 高簡은 王世貞과 李攀龍의 浮浪함보다 낫다.	許眉叟雖非適時。其雅質高簡。豈不賢於王李之浮浪乎。
南克寬	夢藝集 乾 端居日記	王昌齡의 詩句 "吳姬緩舞留君醉, 隨意靑楓白露寒"에 대해 王世貞이 '緩'과 '隨意'가 字眼이라 평한 것을 언급하다. * 王世貞, 『弇州四部稿』卷147, 「藝苑巵言(四)」에 보인다.	王昌齡詩。吳姬緩舞留君醉。隨意靑楓白露寒。元美謂緩字隨意字。是字眼甚佳。
南克寬	夢藝集 坤 謝施子	王守仁의 문장은 王世貞이 이른 바 '마침내 취할 만한 것이 없다[遂無可取]'는 데에서 구해야 한다. * '遂無可取'는 王世貞의 『弇州四部稿』卷148 「藝苑巵言(五)」에 보이는데, 王世貞이 王守仁의 문장을 평한 말이다.	陽明文。當於弇江所謂遂無可取中求之。

南克寬	夢藝集 坤 謝施子	尹根壽와 申欽은 明末에 王世貞・李攀龍의 문풍 에 경도되었다.	孤雲入唐。得儷偶之學。牧隱入元。 習制擧之業。月汀玄軒。當明季。聞 王李之風而悅之。此皆隨中國而變者 也。其才皆足以闖其藩籬。
南克寬	夢藝集 坤 謝施子	張正見의 시에 律詩의 格律이 갖추어져 있다 는 王世貞의 평을 인용 하다.	嚴氏謂張正見。最無可觀。南史謂正 見五言尤善。余見張詩。大有風骨。 比綺靡者流。不翅佼佼。不得於時 者。每期異代。却不知千載涉獵之 見。未及一時之定價也。(婁江謂張詩 律法。已嚴於四傑。特作一二拗語。 爲六朝耳。)
南龍翼	壺谷漫筆 卷3 「詩評, 選詩」	王世貞이 曹丕가 曹植 보다 낫다고 한 논의에 대해 평하다.	建安諸子中。曹氏父子爲冠。父子中 老瞞爲雄。而不好爲五言何歟。弇州 云。子桓勝於子建。此果的論歟。謁 帝承明廬諸篇。似非子桓可及。
南龍翼	壺谷漫筆 卷3 「唐詩」	王世貞이 李白과 杜甫 에 대해 취한 태도를 언 급하다.	至明弇州有兩尊之評。而少有右杜意。
南龍翼	壺谷漫筆 卷3 「唐詩」	王世貞이 李白과 杜甫 를 각 詩體에 따라 구분 하여 논한 것을 논평하 다.	弇州評李杜曰。五言古七言歌行。太 白以氣爲主。以自然爲宗。以俊逸高 暢爲貴。子美以意爲主。以獨造爲 宗。以奇拔沈雄爲貴。味之使人飄揚 欲仙者太白也。使人慷慨激烈噓欷欲絶 者子美也。五言律七言歌行。子美神 矣。七言律聖矣。五七言絶太白神 矣。七言歌行聖矣。五言次之。太白 之七言律。子美之七言絶。　皆變體不 足多法也。此誠不易之定論。而余猶 有未釋然者。

南龍翼	壺谷漫筆 卷3 「宋詩」	王世貞이 宋나라에는 제대로 된 시가 없다고 말한 것을 비판하다.	王弇州曰宋無詩。此言誠過矣。若比於唐則有同璧斌。學者當取其義而勿學調格可也。
南龍翼	壺谷漫筆 卷3 「明詩」	明詩史에서 王世貞의 위상에 대해서 언급하며, 集大成으로 평가하다.	李空同(夢陽)有大闢草萊之功。後來詩人皆以此爲宗。而其前高太史(啓)·楊按察(基)·林員外(鴻)·袁海潛(凱)·汪右丞(廣洋)·浦長海(源)·莊定山(昶)。亦多警句矣。何大復(景明)與空同齊名。欲以風調埒之。而氣力大不及焉。其後王浚川(廷相)·邊華泉(貢)·徐迪功(禎卿)·王陽明(守仁)·唐荊州(順之)·楊升菴(愼)諸公相繼而起。至李滄溟(攀龍)·王弇州(世貞)而大振焉。泛而遊者。如吳川樓(國倫)·宗方城(臣)王麟州(世懋)·徐龍灣(中行)·梁蘭汀(有譽)等亦皆高踏。槩論之則空同·弇州如杜。大復·滄溟如李。論其集大成。則不可不歸於王。而若其才之卓越。則滄溟爲㝢。如臥病山中生桂樹。懷人江上落梅花。樽前病起逢寒食。客裏花開別故人等句。王亦不可及。此弇州所以景慕滄溟。雖受仲尼丘明之譽。只目攝而不大忤。有若子美之仰太白也。川樓以下。地醜德齊。而吳體最備宗才最高。
南龍翼	壺谷漫筆 卷3 明詩	명나라의 樂府詩는 李東陽이 가장 뛰어나고 七言 古詩는 王世貞이 가장 낫다고 논평하다.	選體樂府。至宋已掃地。而明則人人皆自以爲能。此亦病也。樂府則李西涯(東陽)最奇。七言古弇州最勝。
南龍翼	壺谷漫筆 卷3 東詩	權鞸과 李安訥을 李攀龍과 王世貞에 비견하여 논평하다.	我朝之有權·李。如唐之李·杜。明之滄·弇。而李之慕權。又如子美之於太白。元美之於于鱗。

南龍翼	壺谷漫筆 卷3 東詩	王世貞이 李攀龍을 애도하여 지은 排律에 대해 논평하다.	排律粉於初唐。沈宋四傑諸人之作皆妙。至老杜。至于百韻。則已患其多。弇州輓滄溟之作。亦百韻而不無疵病。
朴瀰	汾西集 卷10 「谿谷先生集序」	朴瀰가 張維의 문집에 서문을 쓰면서 王錫爵이 王世貞 문집의 서문을 쓰며 했던 말을 인용하다.	嗟呼。根於實心。典於實學。文與道交相爲用。而人巧天造。賅收而駢得。不直因文而悟。則韓歐蘇曾。殆瞠乎後矣。孟子有言。五百歲必有名世者。吾不敢知從玆以往五百歲。有能兩持國者哉。昔王元馭敍元美曰。吾知吾元美而已。不佞亦曰吾知吾持國而已。
朴齊家	貞蕤閣文集 卷1 「雅亭集序」	李德懋와 친교를 말하면서 王世貞이 李攀龍에게 했던 "그대와 나는 천지가 생긴 이래 드문 사이[惟子與我，開闢所稱]"라는 말을 인용하다.	世之篤論者稱李懋官。品識第一。篤行第二。博聞彊記第三。而文章特第四耳。乃於第四之中。人之不知者過半。則矧敢悉其所謂一二三者哉。…嗟乎。余與懋官周旋三十年所。其行藏本末。大略相似。世或有王前盧後之目。其實師之云乎。豈敢友之云乎哉。獨於談藝一事。犁然相合。若執符契而調琴瑟。物無得而間焉。每擧王元美祭李于鱗云惟子與我。開闢所稱之語。以相擬似。
朴泰輔	定齋集 卷4 「唱和集序」	명나라 문인들 가운데 唱和와 관련하여 거론되는 사람으로는 王世貞과 李攀龍의 경우가 특출하다.	世之稱唱和者。唐之元・白。宋之蘇・黃。明之王・李。其傑然者也。彼六子之唱和。亦奚以異於今日。而人乃嘖嘖稱彼而不已。以爲不可復及。殊不知其唱和之樂。則今未必不如古。古未必勝於今。
徐淇修	篠齋集 卷1 「效三淵翁葛驛雜詠體, 賦絶句二十」	이웃집 노파가 만든 떡을 보고 王世貞의 시에 나오는 '蔡五姬'를 떠올리다.	其十六：眞率杯盤飣飯治。尋常近局數追隨。棘蒸十字西隣餠。元美詩中蔡五姬。(鄰婆賣蒸餠，造法甚佳。)

	首時庚辰五月二十七日流夏新建候雨中也」		
徐淇修	篠齋集 卷2 「書贈回還冬至上行人經山詞伯雅正」	冬至使行에서 돌아온 鄭元容에게 王世貞과 李攀龍이 없는 지금은 적수가 없었을 것이라 말하다.	萬里星軺使。青春好伴回。城餘秦歲月。山閟漢亭臺。始接親朋字。重斟故國杯。中州誰敵手。王李已蒿萊。
徐淇修	篠齋集 卷2 「直中戲作長篇, 書呈權彜齋敦仁詞伯, 末贅論詩一段, 要和」	王世貞과 李攀龍을 명나라의 문장가로 꼽으며, 倔强함이 짝할 이 없었다고 평하다.	皇明先數王李輩。此老倔强更無儔。
徐命寅	煙華錄 卷4 「風之什」	「風之什」이란 樂府詩를 평하면서 王世貞이 李白과 杜甫의 악부에 대해 논한 것을 인용하다. * 『弇州四部稿』卷147, 說部, 『藝苑巵言』卷4: "青蓮擬古樂府, 以己意己才發之, 尚沿六朝舊習, 不如少陵以時事創新題也. 少陵自是卓識, 惜不盡得本來面目耳."	弇州言。青蓮發以己才。尚沿六朝舊習。老杜卓識。時事創新題。斯亦俚語。隨時不失風人古意。沈博中自成其艷。
徐宗泰	晚靜堂集 卷11 「讀弇山集」	王世貞의 문집을 읽고 宏博함을 칭탄하고, 明代 여러 문인들의 장점을 고루 갖추고 있다고 평가하다.	始余讀弇山集。而善之曰。嘻宏博哉。文章之無先秦漢。業已累百千年。今駸駸得遺音。而時似之。至鋒焰挺動處。有奇雋生色。自令人躍然而喜。彼元美何人哉。而文乃能若是

| | | | 美乎。因閱之累日而曰。既宏博矣。順其力所造而爲之。猶不必遽讓曾·王數公下。乃欲盡追古。始每有語。一切洗凡逴超常套。以故或浮夸生割。或釘句餖字。側僻不典。規規於幅尺之間。而求一語明白雅馴。絶無有也。嗟夫。文章之不復乎古。亦係世代風氣之上下。有不得不爾者存焉。彼弇山數子。既不出先秦之際。又不出兩京時。乃生于千數百年之下。遽欲泝千數百年。而一蹴而並其軌。是顧不難哉。如可力求之。先元美數子而已。有韓·柳·歐·蘇諸公。彼必已爲之矣。而何韓·柳子自韓·柳子。歐·蘇子自歐·蘇子。曾不斤斤先秦兩漢哉。其文氣筆力。終不能盡追其古。而陳言凡語。一務趨避掃去。其勢不得不走奇僻一道耳。夫文章之體。雖不得一以暢達爲宗。譬之波瀾。淪漣澎湃。各有其勢。又譬之音樂。激越舒緩。俱有其節。讀之渾厚。有一唱三歎之音。豈若是缺缺露矯揉痕。索然失本來眞色哉。且自恃太倨。强欲解理氣。如箚記等篇。間多舛駁語。以陽明之學。爲眞識心性。嗣聖人不傳之緒。而頗譏詆關閩諸賢。其放肆好論如此。抑出於文章家禍心負氣之習歟。當其聲氣頡頑。侈辭自誇。若可以手闢草萊。震盪百代。一復左國班馬之轍。而唐以下盡麾之壇坫之下。然考其歸則機軸精神。不出宋人範圍。尤好用晉,宋人世說纖美語。又何其不倫也。然嗣北地子而益振大之。淘洗元季之陋。而使我明文氣起衰。|

			其功偉矣。至于鱗。余亦有說焉。讀者始見其鉤棘語。孰不深駭而奇之曰。是微奧哉。而徐而有解直外眩之耳。爲文若是勞且僻。則當自著而自知之。何垂世爲。嘻其用志滯矣。今夫獲一器而號於衆曰。是殷彝也。是夏敦也。則雖不與埏埴凡物等。而孰從而果知其爲殷夏之寶。設令果爲殷夏之寶。其寙缺甚。其將籩俎之盛而賁賓席乎。黍稷之實而奠淸廟乎。大抵弘・嘉諸公。伯安雄而恣。獻吉大而疎。仲默艶而靡。鹿門華而失之弱。荊川贍而失之衍。弇山則該衆長而尤傑然者歟。
徐宗泰	**晚靜堂集** 卷11 「錢牧齋集」	錢謙益의 詩文을 논하며, 王世貞의 浮侈함과 다를 바 없다고 평하다.	錢受之。頗同之。文有波瀾。肆筆成章。且善於形似。曲盡事情。自是皇朝末葉。救得文章極弊之大家也。然筆路所溢。喜用古文陳言全句。且多奇僻鬼怪之語。不可爲則。且一生趣嚮。務在軋斥兩李與王。故推許荊川與歸熙甫固宜。而崇重李西厓過當。如袁小修輩纖靡之文。亦不知其可厭。其見襦矣。論人善則輒以道德稱之。序人詩則皆以風雅歸之。全無繩尺斟裁。此歐、曾諸家所未有也。以是令人見之。只賞其造語文辭而已。自不得信其語。文章雖美。何能信於後世哉。然則殆無異於弇山之浮侈矣。大抵皇明文人習氣。夸且尙諛甚。都不免此。牧齋作馮祭酒夢禎誌銘曰。其家以漚麻起富。父祖皆不知書。此等語。今世作人墓銘者。必不書。書之。本家亦必辭之矣。中朝猶質實近古。

徐宗泰	晚靜堂集 卷11 「錢牧齋集」	명나라 사람들은 浮夸함을 일삼아서 사람을 칭할 때면 실제보다 과장되게 묘사하는데, 王世貞이 특히 심하며 錢謙益도 마찬가지이다.	皇朝人則專事浮夸。稱人過於本實。見之有似調戲。元美甚焉。錢受之。頗同之。… 大抵皇明文人習氣。夸且尚諛甚。都不免此。
徐宗泰	晚靜堂集 卷11 「錢牧齋集」	錢謙益은 평생 李夢陽, 李攀龍, 王世貞을 극력 배척하는 데 힘을 기울였으므로 唐順之와 歸有光의 문장을 허여한 것은 당연하지만 李東陽을 추숭하고, 袁中道를 배척하지 않은 점은 문제이다.	且一生趣嚮。務在軋斥兩李與王。故推許荊川與歸熙甫固宜。而崇重李西厓過當。如袁小修輩纖靡之文。亦不知其可厭。其見褊矣。
成大中	靑城集 卷5 「感恩詩叙」	문장은 학문을 배워야 잘할 수 있는데, 명나라의 李攀龍과 王世貞은 학문을 멸시하고 자구를 다듬는 데만 힘을 쏟았다.	且惟文章。未有不學而能者。故管·商·楊·墨之徒。亦各有其學也。明之王·李則不然。蔑學而爲文。詐多而爲工。致力於字句之末。而體裁則未也。猶自以爲凌古人而上之。何異於夜郎之自大也。
成海應	研經齋全集 冊16 「題鄭文寶模嶧山碑後」	徐鉉의 書法에 대한 王世貞의 평을 인용하다.	王弇洲云。昔賢評徐散騎。有字學而書法不能工。所橅嶧山碑。僅得其狀。求所謂殘雪滴溜。鴻鵠羣游之妙。徒想像於荒烟榛草間。此帖乃宋淳化四年。鄭文寶模徐本。而刻于長安故都者也。夫其藍本。尚不足珍。況其出者耶。弇洲不言文寶本。想徒見徐本也。

成海應	研經齋全集 冊16 「題瘞鶴銘後」	王世貞 소장의 「瘞鶴銘」 보다는 成海應 가장본이 더욱 원본에 가깝다고 말하다.	右鶴銘六十三字。不知其所從來。王 弇洲云。往焦山後崖得之。僅數字。 然歐陽公集古錄。載六百餘字。宋邵 樞密亢摹本。載一百二十餘字。又王 士禎門人張弨搨本。載一百十一字中。 雜宋人補刻三十二字。弇洲所見不過數 字。則後弇洲之張生。安得見許多字 耶。竊意自歐公所蓄。卽亦移刻。而 非眞本也。余見近時鶴銘。詞冗筆 膚。都無神明。余家藏摹本。頗勁 古。最爲近眞。
成海應	研經齋全集 冊16 「再題聖敎序後」	褚遂良이 임모한 「聖敎 序」의 陝省本에 대해 王 世貞은 輕弱하다고 평 했지만 오히려 典則森 然하다고 반박하다.	聖敎序極奇妙。雖乖右軍筆意。亦足 楷法。但不得其神韻。而徒倣體裁。 如沐膠柒盆中。自歸冗俗。余嘗從芝 溪宋公書室。得見眞蹟畫法。眞屋漏 痕也。內蓄精悍。外拓踈朗。非元明 後所刻。今聞失之。不知轉之何家。 又見褚河南聖敎序。穠麗婉媚。亦善 本。然考之。王弇洲云。其家藏本波 拂處。虯健如鐵線。陝省致一紙。輕 弱不足言。又云。永徽四年。中書令 臣褚遂良書。攷之本傳。永徽四年。 爲中書左僕射。疑後人附益。余所 見。盖陝省本也。然典則森然。未可 斷以輕弱也。
成海應	研經齋全集續集 冊12 「題方氏本末記略 後」	王世貞 등이 方孝孺의 후손이 살아 남은 전말 을 기록한 일이 있음을 말하다.	此卽明盧演所述也。具言正學抗命時。 金陵魏澤。謫寧海衛。匿先生幼子德 宗。年九歲。托於天台袶士余學夔。 後走華亭。依先生門下士兪允。允德 宗之舅也。仍冒余姓。傳九世。有名 朶者。爲南昌司訓。王弇洲諸人。各 有傳略。萬曆己酉。南學使楊廷筠

			爲方氏。復姓建祠。牒嫡裔忠枝, 忠奕, 樹節三人。歸台州。文皇革除之初。欲一民心。刑戮稍過。而艸野之心。終不服。故私自記抄。以寓哀傷。然考其事宗。似不至若是之酷烈也。史稱文皇誅正學宗支外親及朋友門生。以宗十族。然余允姻黨也而免焉。得匿其孤。王稌門徒也而免焉。得輯遺文。据此則十族豈盡誅乎。以正學之忠義。得保其胤。亦天理之公也。且當時諸人。苦心愛護。卽人情之常也。今文文山之後。避地東土。流離顚連。不絶如縷。余屢及於有力者。而冀或之拯。是天理之所存。而人情亦可以永其常也乎。
宋文欽	閒靜堂集 卷3 答金仲陟	王世貞이「皇象天發碑」와「中郞夏承碑」를 八分이라 말한 것은 믿을 만한 견해라고 평가하다.	常謂文章筆翰。俱不可不學古。又不可襲古。若使專襲古人。雖不爽毫髮。不過是一模本臨本。有何妙處。要之取規矩於古人而成變化於吾心。然後方謂善學。方稱家數。到此煞難。雖自知如此。而視其所作。多齟齬排比之意。乏流轉活動之妙。其天機運用。及唐已難。況於魏漢。此亦由足目不俱到。心手不相應而然。亦止此而已。奈何。大抵古人高處。在於自然而然。其意態精神。有不可學而能。學之。反成邯鄲步。古今不相及。每如此矣。分隷之別。舊見諸書。皆云秦程邈作隷。徑趨簡略。而蔡邕以爲太簡。去隷八分。取篆八分。作八分。王弇州以皇象天發碑・中郞夏承碑。謂是八分。驗所見漢碑。大略相似。而惟夏承碑爲判異。故每以爲信。然區區所作碑字。欲其

			近於八分。而所見無多。竟難得其 眞。奈何。
申緯	警修堂全藁 貊錄(四) 「余因邑子, 借閱許 筠覆瓿四部稿鈔 本, 卷端有任吏部 (斑)姓名印, 此必 任公之手錄秘本 也, 遂爲長句批後」	許筠의 문집은 王世貞의 『弇州四部藁』의 체례를 따라 정리한 것이다.	大嶽詞宗萃許門。　筠筬是兄弟景樊。 且置巡軍案難原。筠也險躁無足論。 忠厚不以人廢言。任公秘本巾衍存。 靑批點定手閱勤。窠篆瑟瑟鈐紅痕。 一官一集帙就完。　四部之目沿弇園。 124a)
申緯	警修堂全藁 貊錄(四) 「余因邑子, 借閱許 筠覆瓿四部稿鈔 本, 卷端有任吏部 (斑)姓名印, 此必 任公之手錄秘本 也, 遂爲長句批後」	許筠의 문집에 쓴 李廷機 의 序에서 文은 王世貞의 晩境과 비슷하고, 시는 邊貢의 운치가 있으며, 許筠의 시문은 後七子 중 의 宗臣과 梁有譽보다 못 하지 않다는 朱之蕃의 평을 소개하다.	蘭嵋華袞輝東藩。雪樓不落宗梁塵。 弁卷晉江(原註:"李廷機爾長。")筆如 椽。上下庭實元美間。(原註: 李晉江 序云:"朱太史曰:'其文紆餘婉亮。似弇 州晩境。其詩豈達贍麗。有華泉淸 致。' 又曰:'此集難置在七子間。瑕不厠 宗‧梁之列。'")朱詔使襃人何間。王文 簡論吾所援。
申緯	警修堂全藁 崧緣錄 「過宿崧下韓霽園 進士棃井親僦, 感 舊悼逝, 情見于辭」	세상을 떠난 벗인 韓在 濂의 아들이 자기 선친 의 문집에 서문을 써 줄 것을 부탁한 것을 王世 貞이 李攀龍 문집의 서 문을 부탁 받은 일에 견 주다.	其二:婢僕犬猫捴慣迎。我來嫠哭四隣 驚。撫床一慟眞堪絶。徹淚重泉可盡 情。免矣海南烟瘴死。嗚呼天上玉樓 成。弇園請序于鱗集。汗血孤駒守舊 盟。(孝子以遺藁請序)
申緯	警修堂全藁 碧蘆舫藁(三) 「次韻篠齋夏日山 居雜詠二十首」	조선에 아직도 王世貞 과 李攀龍의 영향이 남 아 있다고 비판하고, 歸 有光이 王世貞을 庸妄巨 子라 비판한 말을 소개 하다.	其十:王李頹波未易迴。猖狂漢粕與秦 灰。當時特立歸熙甫。力觗弇園庸妄 魁。(震川斥元美目爲庸妄巨子。我國 摸擬之法。尙有王李餘染。)

申緯	警修堂全藁 碧蘆舫藁(三) 「讀江北七子詩」 (彭禹峯而述, 趙 韜退進美, 宋荔裳 琬, 周伯衡體觀, 申鳧盟涵光, 邨雪 巖煥元, 趙錦帆 賓.")	彭而述, 趙進美, 宋琬, 周體觀, 申涵光, 邨煥元, 趙賓이 王世貞과 李攀龍 의 뒤를 이어 揚子江 이 북 시단에서 두각을 나 타내었다고 평하다.	王李詩盟繼後塵。大江以北起嶙峋。 今朝合集分明見。好是憑依草木人。
申緯	警修堂全藁 北禪院續藁(二) 「東人論詩絶句」	宣祖 이후로는 王世貞 과 李攀龍의 영향을 받 아 摹擬가 심해져서 一 家를 이룬 시인이 없다 고 비판하다.	其三十一：王李頹波日漸東。當時摹擬 變成風。性情流出於何見。只好千家 軌轍同。(宣廟朝以後。王・李摹擬之 學盛行。人人蹈襲。家家效響。無復 各成一家之言。自此詩道衰矣。)
申佐模	滄人集 卷4 「尺天亭, 拈弇州韻共賦」	王世貞의 詩韻을 택하 여 시를 짓다.	坐久名亭集暝鴉。扁舟如夢渡楊花。 城雲欲雨濃鋪墨。海霧爲黯隔紗。始 信人生元水國。卽看公館似禪家。淋 漓正好忘形飮。白拂烏巾一任斜。
申佐模	滄人集 卷4 「二十六日晴, 江 都之觀止矣, 挐舟 將歸, 爲柳西苦 挽, 更留一日, 開 筵于靜海堂, 盡歡 至夜, 拈弇州韻」	王世貞의 詩韻을 택하 여 시를 짓다.	遲遲三宿更停驂。添酒中堂興轉酣。 叔子風流傾峴首。耆卿詞曲滿江南。 半啣斜日看將盡。獨去行雲贈不堪。 絲肉且須窮勝事。一時快意勝玄譚。
申欽	象村稿 卷12 「次月汀山海關次 李滄溟答元美韻 二首」	王世貞에게 화답한 李攀 龍의 시에 尹根壽가 山 海關에서 차운하였는데, 신흠이 또 이를 차운하 여 시를 쓰다.	其一：浮雲縹氣護高深。壘壁陰陰臥綠 沈。扃鐍正爲天下首。臺隍直壓海中 心。九重聖武誠超古。萬里威懷鎭在 今。何幸遠遊成壯眺。忝將荒服篋冠 簪。

			其二：譙樓高處陣雲生。萬里金湯舊識名。望遠漫催鄉國恨。憑危還見古人情。雪中縹緲陰山色。風外崩騰渤海聲。歸日誰論輿地誌。壯遊應復記吾行。
申欽	象村稿 卷16 「次王元美白雪樓韻, 詠壽春村居」	王世貞의 白雪樓 시에 次韻하여 춘천의 시골살이를 시로 읊다.	曲巷斜簷望不齊。斷橋危棧路高低。才非賈傳時還忘。地似湘潭夢亦迷。漫興有詩供自遣。離騷休草怕人題。東風正漲昭陽水。空向天涯惜解携。
申欽	象村稿 卷21 「鐵網餘枝序」	王世貞이『藝苑巵言』을 저술하면서 楊愼의 설을 많이 참조하였는데, 도리어 楊愼을 비판한 것이 많은 것은, 필생의 강적으로 여겼기 때문이다.	王司寇世貞著藝苑巵言。其所考據。多祖升庵而模之。言升庵者什之五。而詆其短者又過半。余恒怪其祖而模而更詆之也。蓋常勝之國。欲無敵。苟其敵也。必不相忘。不相忘則詆隨之。昔秦國之圖天下也。南忌楚東忌齊北忌燕中忌三晉已矣。未聞忌衛，魯中山也。非敵則不忌。忌大則見其敵愈大也。若升庵者。其王司寇之不相忘者耶。爲升庵者。固恐其或不詆也。
申欽	象村稿 卷21 「鐵網餘枝序」	王世貞은 楊愼의 詩가 "暴富兒郎, 銅山金埒, 不曉着衣喫飯."과 같고, 文은 "繒綵作花, 無種種生色."과 같다고 헐뜯었고, 그 학설에 대해서도 흠잡는 말을 많이 하였으나, 끝내 그 장점을 다 가리지는 못하였다.	蓋常勝之國。欲無敵。苟其敵也。必不相忘。不相忘則詆隨之。昔秦國之圖天下也。南忌楚東忌齊北忌燕中忌三晉已矣。未聞忌衛，魯中山也。非敵則不忌。忌大則見其敵愈大也。若升庵者。其王司寇之不相忘者耶。爲升庵者。固恐其或不詆也。其詆詩則曰。暴富兒郎。銅山金埒。不曉着衣喫飯。其詆文則曰。繒綵作花。無種種生色。其論議則曰。工於證經而疏於解經。博於稗史而忽於正史。詳於詩

			事而不得詩旨。精於字學而拙於字法。求之宇宙之外而失之耳目之前。墨守有餘。輸攻未盡云。既博既工既詳既精。而求之遠大矣。贊之已侈。則復奚疏乎忽乎不得乎拙乎失乎云爾哉。其有意於詆之者皙矣。然不得終掩其眞。則曰。明興博學饒著述。無如用脩。曰。楊用脩之南中稿穠麗婉。至曰。楊狀元愼才情蓋世。其不敢掩者且如此。
申欽	象村稿 卷27 「海平府院君月汀尹公神道碑銘(幷序)」	尹根壽는 何景明, 李夢陽, 王世貞, 李攀龍의 글을 좋아하여 그들과 한 시대에 살지 못한 것을 한탄하였다.	平生嗜書。畜古今書籍數千軸。手不釋卷。遇小疑。隨手抄記。號習於文者。則雖卑幼必叩問。倡爲古文。以先秦西京爲主。而酷好司馬子長。爲詩宗盛李。好觀皇明諸家。信陽‧北地‧鳳洲‧滄溟。曠世神交。慨然有不竝世之嘆。使公生乎中國。麗澤於嘉隆諸鉅公間。以究其所詣。則方駕竝驅。未知孰爲秦楚。耳食之徒。其窺闚公藩垣者。亦鮮矣。
申欽	象村稿 卷37 「書王弇州三忠祠歌跋後」	王世貞의 「三忠祠歌跋」을 보고 1594년 上使 尹根壽, 副使 崔岦과 함께 중국에 갔던 일을 떠올리다. *『弇州四部稿』 卷129에 「三忠祠歌後」가 수록되어 있다.	記余甲午秋。以書狀官朝京師。上价卽月汀尹公。副价卽簡易崔公。翌年乙未春始廻。其廻也。燕中士人馮君仲縷‧李君應時。設祖於三忠祠。案有金陵筍菹‧天津蛤膾‧遼陽葡萄乾果。剝豸爲湯。刲魚爲炙。佐以漁陽細麷,中都糖餅。滿酌秋露白侑之時。微雪乍霽。朝旭散彩。庭宇淸爽。耳目曠朗。仍與徘徊尋陟。緬念三君子往迹。俛仰忼慨者久之。祖罷。月汀,簡易兩公爲余劇談燕薊故事亹亹。向夕

			始就途。却算游程。殆將三十年矣。兩公俱作古人。獨余在世。而齒髮皆空。浮世滄桑。其幾何哉。適見弇老短跋。不覺興懷舊躅。喟然而書之。
申欽	象村稿 卷45 彙言	王世貞이 弘治 연간을 읊은 시를 인용하고 盛德을 잘 형용했다고 평하다.	王元美有詩詠弘治曰。時清轉自饒封事。歲稔兼聞罷上供。可謂善形容盛德者也。
申欽	象村稿 卷51 晴窓軟談(上)	王世貞은 처음에 揚雄, 司馬遷, 班固를 기약했지만, 만년에는 蘇軾을 배워 종종 아주 비슷한 작품을 지었다.	嘉靖年間。王世貞稱爲一世雄才。其自視蓋楊, 馬, 班也。而晚境主蘇詩。時有絶相類者。若見弇州續稿可知也。
申欽	象村稿 卷51 晴窓軟談(上)	王世貞은 朱子의 시를 비판했지만, 실제로는 王世貞의 작품이 朱子에 미칠 수 없다.	晦菴先生之詩極好。間逼選詩。讀之有餘味。實有得於三百之正音爾。近世王弇州者至加嘲誚。何也? 其效陶・韋之作。使王爲之。十駕不及矣。具眼者自知之。
申欽	象村稿 卷51 晴窓軟談(上)	王世貞의 시세계는 방대한데, 그 중 읊을 만한 작품에는 樂府의 遺響이 있다.	弇州之詩甚大。其可詠者不可盡記。如細娘家在大江頭。摠爲工歡字莫愁。月明低按關山譜。何處行人不淚流。留君無計恨恩恩。盡酒停杯曲未終。船到西興潮已落。明朝還起石尤風。越女紅粧隱畫橈。驚波無際雪山搖。貪趨破鏡西陵約。不怕風江八月潮。江上檀郞來往頻。婆娑妙舞賽江神。來時風水隨船尾。欲往驚濤好涉旬。十五女兒好容顏。恰似楊花太劇顚。貪過吳橋新水發。濕着羅襦不解怜。靑樓少婦熨瑤箏。飛雪敲窓萬玉聲。三十六簧寒不起。自歌金縷到天明。皆是樂府遺響。而自令人不可及。

申欽	象村稿 卷51 晴窓軟談(上)	王世貞의 시 중에는 陳나라와 隋나라 때 유행했던 경향에 속하는 작품들도 있다.	弇州之詩昏星送儂去。晨星送儂歸。窓前百種鳥。誰爲不安棲。宮中小女髻如鴉。連臂蹋足唱楊花。唱得楊花渾似雪。不知飄向阿誰家。塞北江南望何極。衢道藏鴉白門色。沙深日冷不得靑。獨把長條三歎息。小院熨瑤筝。紅粧按隊呈。都將蘭麝口。吹作鳳凰鳴。曲終仍敎舞。垂手故盈盈。詎是長持履。臨風嬌怨聲。秋水翦明眸。亭亭出畫樓。邀他大垂手。不惜錦纏頭。舞罷香無迹。歌殘翠未收。留髣燭盡滅。更與按伊州。吳中女兒白紵衣。日暮橫塘蕩槳歸。荷花港裏無人見。驚起鸂鶒隊隊飛。 陳隋間音也。
申欽	象村稿 卷52 晴窓軟談(下)	王世貞의 「閱史」詩는 帝王들을 정신 차리게 할 만하다.	王弇州「閱史詩」曰: "掩卷柴門數落暉。古來俱羨聖之威。那知天地長多事。總爲英雄未息機。雙眼耐他人龀在。一身贏得帝犯歸。鮑魚不救祖龍臭。螻蟻翻因齊霸肥。黃屋事移輸白屋。袞衣緣盡着靑衣。王孫子姓時時改。寒食園陵箇箇饑。塵世隙駒俄自了。豎儒毫兎易成非。江南鹿豕同遊處。喬木連雲盡百圍。" 使帝王有魂。聞此曲。寧不氣塞?
申欽	象村稿 卷52 晴窓軟談(下)	王世貞은 柳惲의 시가 謝靈運보다는 부족하지만, 王勃보다는 낫다고 하는데, 申欽이 보기에도 그가 盛唐 시기에 태어났으면, 正宗 중 한 사람이 되지 못하리란 법은 없다.	王弇州以吳興庭皋木葉下。 隴首秋雲飛。太液滄波起。長楊高樹秋。爲上可以當康樂而不足。下可以凌子安而有餘。豈不然哉。吳興之詩。淸姸有餘姿。紆餘有餘態。惜乎。列于辮髮左袵之間。使之周旋於景龍・開元之際。則未必不爲正宗中一人也。

申欽	象村稿 卷55 春城錄	王世貞이나 李攀龍은 자신들의 시문이 漢代와 唐代를 뛰어넘었다고 생각했지만, 明代의 시문일 뿐이며, 王世貞이 "明代의 시는 唐詩에 미치지 못한다"고 말한 것이 바로 斷案이다.	如王世貞·李攀龍之詩文。自以爲跨漢越唐。而以余觀之。亦自是明詩明文爾。況餘子乎。王世貞與人書曰。明之詩固不及唐云。此是斷案也。其不及王，李者。徒以口舌爭唐宋。及其下筆。則外雖點綴雪月風花。爲之色澤。而格萎氣蕭。欲比之務觀，茶山不可得。可哂也已。
申欽	象村稿 卷55 春城錄	王世貞이나 李攀龍의 수준에 미치지 못하는 자들이 唐宋의 우열을 다투지만, 이들의 작품은 陸游나 曾幾에도 견줄 수 없다.	其不及王·李者。徒以口舌爭唐宋。及其下筆。則外雖點綴雪月風花。爲之色澤。而格萎氣蕭。欲比之務觀·茶山不可得。可哂也已。
安錫儆	霅橋集 霅橋藝學錄	王愼中과 王世貞은 비록 唐順之와 나란히 일컬어지지만 그들의 문장에는 精深한 견해는 없고 虛驕한 기운이 많아 唐順之의 實함만 못하고, 修辭는 원만하지 않아 唐順之의 원숙함만 못하다.	王道思。雖與應德齊名。王元美。以一時射雕手並稱。然其文無精深之見。而多虛驕之氣。必其知見才調。不如應德之實也。且其修辭未能圓轉。而不如應德之熟也。文家體裁。出於二典三謨。而歷伊萊傅箕周召孔曾思孟群聖賢。傍曁諸子百家。雖有意趣辭氣之異。而體裁則同一規也。故左國以下。三漢作者。雖奇變百出。而其規矩則一也。至唐宋八大家。各體皆備千變萬化。而所循規矩一而不貳。森可學。故方希直·王伯安·唐應德·王道思輩。皆取法於此。後之學者。能於此而見其法度。則其於希直伯安應德道思之文。何難之有哉。

安錫儆	霅橋集 霅橋藝學錄	王世貞의 작품 중에 秦漢의 辭氣가 있는 작품은 형편없지만, 만년에 지은 작품은 다 그렇지는 않아서 취할 만한 작품이 있다는 평을 기록하다.	嘗謂王元美。其爲秦漢辭氣者。固可陋。而晚歲之作。不盡然。亦多可取。我東先輩。顧甚薄之。然終非小國之狹聞淺見。神氣單弱者。所能及。
柳得恭	泠齋集 卷7 「日東詩選序」	李書九가 元重擧의 시를 뽑아 만든 『日東詩選』에서 뛰어난 작품은 三唐에 비길만하고 그렇지 않은 것이라도 王世貞, 李攀龍과 비등하다고 평가하다.	薑山居士鈔其海航日記中贈別詩六十七首。名曰日東詩選。屬余爲之序。其詩高者摸擬三唐。下者翶翔王李。一洗侏離之音。有足多者。
柳得恭	古芸堂筆記 卷4 「倭語倭字」	荻生徂來는 王世貞과 李攀龍의 글을 좋아하여 진정한 학자들이라고 여기고, 그들의 학문을 창도하고 程朱를 헐뜯는데 이르렀고, 일본 사람들이 적극 호응하였다.	玄川翁。素篤志績學。癸未通信。以副使書記入日本。彼中曾有物雙栢者。字茂卿。號徂徠。又稱護園。陸奧州人。得王元美・李于鱗之文於長碕商舶。讀而悅之。以爲眞儒。遂唱王李之學。詆毀程朱。無所不至。六十六州之士靡然從之。至稱爲海東夫子。眞可笑也。
兪晚柱	欽英 卷1 1775년 1월 2일조	王世貞의 『弇州山人四部稿』를 읽다	初二日。庚戌。晴。朝。拜水西。閱弇州詩部。
兪晚柱	欽英 卷1 1777년 7월 2일조	王世貞의 『弇山堂別集』을 읽다	初二日。乙丑。朝陰晚晴。洒雨大暑。 守禮。朝。見弇山別集三十二冊題頁。

兪晩柱	欽英 卷2 1778년 윤6월 18일조	王世貞의 『弇山堂別集』을 읽다	十八日。丙子。朝陰雨大暑。夜雨。隆武出奔。而猶載書十車以從。閱弇山堂別集。凡一百卷。編三十二冊。
兪晩柱	欽英 卷3 1780년 6월 14일조	王世貞의 『古今法書苑』을 읽다	十四日。辛酉。大暑。朝更衣。薦麥云。見朝紙。蘭洞族祖除承旨。閱古今法書苑七十六卷。編四十冊。弇州編定。
兪晩柱	欽英 卷4 1781년 11월 1일조	王世貞의 『弇州山人四部稿』를 읽다	辛丑部。十一月。初一日。己亥。…閱王弇州四部藁五十卷。本編百七十四卷。萬曆五年【閏月望日】。新都汪伯玉序。
兪晩柱	欽英 卷5 1784년 7월 7일조	王世貞의 『弇州山人四部稿』를 읽다	初七日。庚申。處暑。子初初刻。朝雨。翊示弇州山人四部稿八冊。還初學四匣。求綱目漢記副八自第四卷止十一卷。
柳夢寅	於于集 卷3 「別冬至副使睦湯卿(大欽)詩序」	명나라 문인의 문장을 술에 비유하여, 李東陽은 麥甘酒, 李夢陽은 三亥酒를 좋아하는데, 王世貞은 再燒苦劑한 술도 만족해하지 않는 것이라 하였다.	近世中國之文。懷麓嗜麥甘。空同嗜三亥。至弇州。嗜再燒苦劑。猶不安於胃。故文章病極而後工。余生平工文章。幼尙易。壯尙簡。老尙艱深。抵今病於文極矣。曷足塞盛望乎。然而向者中國人少我東。不侈我諸作。洎余觀上國光。多留題客舍。厥後聞紗籠懸板自余始。余亦不自知余之文章。再燒乎。三亥乎。麥甘乎。又未知中國亦有嗜歠醨哺糟者乎。若然則睦君之索。余之贈。俱不愧中國矣。余素不能酒。於其餞也。不以酒而以詩文。

柳夢寅	於于集 卷4 「答崔評事(有海)書」	王世貞은 만년에 蘇軾의 문장을 좋아하여 秦漢古文의 문체를 버리게 되어 문장의 품격이 떨어지게 되었다고 비판하다.	坡文非古文也。初非有心於文字者。自立論議。見古人所未見。隨口快辨之。等閒之說。皆人所不及。如雲烟出山。隨風卷舒。不可以手攬之。攬之則爲空虛。未有其才而欲學其文。文體卑弱而止。王弇州晚好其文。盡棄其學而學焉。自是文體趨下。殊不及舊作。是不過陳相之學墨。可哀也。
柳夢寅	於于集 卷4 「答崔評事(有海)書」	宋나라 문장의 弛緩함을 바로잡기 위해 李夢陽은 『左傳』과 『國語』의 문장을 배울 것을 주창하였고, 王世貞은 兩漢의 문장으로 이를 계승하였다고 평가하다.	大明文士有懲於宋文之弛緩。空同先倡於左國。弇州繼武於兩漢。意欲一振宋元之頹瀾。惟其長於文短於理。果如足下之所云也。字之誤人多矣。
柳夢寅	於于集 卷4 「題汪道昆遊城陽山記後」	명나라 文章之士로 先秦과 『史記』를 배운 王世貞과 李夢陽을 으뜸과 버금으로 치다.	余觀大明文章之士。有懲宋儒專尙韓文。而不能得其奇簡處。徒學弛緩支離之末。資之以助箋註文字。使人易曉也。故或主左氏史記。餘力先秦諸氏。寸寸尺尺。剽掠句讀。王弇州爲上。李空同次之。空同之文。益古於弇州。又能先倡秦漢古文。而但語辭追蠡。近於小家。故當讓弇州之浩大。
柳夢寅	於于集 卷5 「與尹進士(彬)書」	王世貞은 司馬遷의 『史記』를 좋아하였지만 단지 句讀를 험벽하게 만들었을 뿐이다.	至於馬遷以汪洋宏肆之才。自少時先長其氣。遊天下名山大川。以壯其心目。而後約而之學。宗六經述左氏。間取三代篆籒之所傳者。發之以已所自得者。絶千古橫百代而爲之文。其措語下字。縱橫錯雜。千變萬化。學者莫究其涯涘。又因草創未就而遭禍。

			故古人多稱以未成文。是以自古文章之學。雖以此爲宗匠。而僅得其一端。未幻其全體。師其簡者遺其肆。體其峻者略其法。其長短闔捭。合散消息之態。則百不能得其一二焉。 … 至大明王世貞。喜用其文字。而鑿厲險僻。只逐句讀間耳。屈指歷代文章碩儒。其得馬史體格者有幾人哉。中間讀百千遍者豈無其人。而卒不能髣髴其影響。何耶。其才其氣卓絶而不可扳也。古人尙然。而況於今人乎。而況於東人乎。
柳夢寅	於于集 卷5 「與尹進士(彬)書」	尹根壽가 『史記』를 좋아하여 전력을 기울였지만, 실제로는 『史記』를 흉내낸 李夢陽과 王世貞의 문장을 배운 것에 불과하다고 평가하다.	今者月汀尹府院君根壽喜讀此書。頗著一生之力。彼特少年登科。其文早就。而及其晚年而始攻之。然其所專力。皆就中朝近世之文。學史記枝葉。如空同, 弇州等若干文而止耳。
柳夢寅	於于集 卷6 「題汪道昆副墨」	李夢陽과 王世貞은 문장의 常格을 벗어나는 문장으로 문단을 호령하였다고 말하다.	蓋明儒卑宋儒學退之。文氣委靡不能振。遂奮發乎三代兩漢。其所貯於心出於口注於手。皆在先秦揚馬之間。不循關鎖紀緒節端之例。恣意更端。多反文章常格。後之守正宗遵古錄者。或疑其不識趨向。固也。然文章亦非一規。譬之水。萬川同流歸海。而會涇渭江河。清濁闊狹雖殊。同歸於海則一也。空同弇州諸傑先倡此道立旗鼓。發號於文壇。天下之士靡然從風。諦視其文字。出入經傳左國莊馬者多。至於班史以下。略不及焉。其着意於古。能自樹立。儘高大矣。其

			間或重用語。意材貨不饒。而原所讀不出若干書。於唐以上。宜乎不如後世之博采古今。撷其華也。
柳夢寅	於于集 卷6 「題汪道昆副墨」	汪道昆의 문장은 李攀龍과 王世貞을 모의하였지만 雄豪遒健한 기운으로 高古함을 채웠다고 평하다	今汪之文。蓋摸擬王李。而以雄豪遒健之氣。充之以高古。前後百許篇。無一語或累於唐宋。明儒之立意高尙。實可法也。
兪彦鎬	燕石 冊1 「習池清言序」	王世貞이 천하에서 두루 벗을 求하다 간신히 李攀龍만을 얻은 뒤 천하가 작다고 한탄했다는 일화를 이야기한 뒤, 세상이 좁아 知友를 만나기 어려운 것이 아니라, 사람을 사귀는 데 혐의하는 것이 많아서 그렇다고 말하다.	昔王元美求友於天下之大。僅得一李于鱗。則又悲天下之小。友其人之難。天下尙然。況我東一隅之褊乎。況一隅之褊而又有所謂論議之不同。又有所謂文蔭武三塗。各以其類而不相謀者乎。故嫌於形迹則相聞而不相知。拘於爵位則相交而不敢友。甚矣其隘也。苟使元美觀之。當爲痛哭流涕。不特悲之而已。… 噫。友也者。友其人也。苟有其人矣。何有於東西南北。而又何齷齪苟節之爲拘焉。乃知元美之小天下者。天下非小也。我爲之小焉爾。豈無其人哉。又奚足悲也。
兪彦鎬	燕石 冊11 「蒼厓自著序」	王世貞과 李攀龍이 法만을 추구하다 模擬剿竊에 귀결하게 된 사실을 통해 兪漢雋에게 意와 法의 관계에 대해 논하다.	文章。不出乎意與法二者。意無體而法有方。然繩趨矩步乎無體之中。橫鶩側出乎有方之內。然後乃行變化而成體裁也。… 吾宗汝成。自少治古文辭。每夜讀太史公貨殖傳。達朝不休。鄰嫗至疑以誦。其蓄積博而識解高。故凡臨題目出。以在我之權度。低昂伸縮。隨其所遇。意以經緯而不失我範乎馳騁之場。法以組綴而能出奇變乎尺度之外。謂東文纏纏可厭。務

			爲氣力以凌駕之。…一日。汝成悉出巾衍以示之。且徵予一言。予亦喜談文字者。嘗竊以謂意與法。如理氣之不相離而不相混也。法固統於意而意不拘於法。故必使意爲之主而法每聽命。然後其文乃工耳。然意者通而無礙故難。法者局而有定故易。世之慕古尙奇者。輒多捨難而趨易。自足而高世。殊不知血氣知覺之爲人。與土塑木偶之象人也。其眞贋死活之相去千里。此王元美·李于鱗諸子所以終歸於模擬剿竊者也。吾知汝成深造獨得。以意爲文者。而較其分數。法終爲勝。或恐其推波而助瀾也。於是乎言其本末輕重之序。以爲彼此勉。
尹根壽	月汀漫筆	王世貞의 『藝苑卮言』에 관한 일화에서 중국도 남방과 북방의 음이 달라서 잘 맞지 않았다는 사실을 말하다.	今考王弇州卮言付錄。則王敬夫作南曲。且盡盃中物。不飮靑山暮。猶以物爲護也。南音必南。北音必北。尤宜辨之。然則固是中原之音。而南北音猶不相入。況以我國語音之殊。而有所覺悟中原之聲律。固未可必也。仍記昔年以應敎在玉堂。嘗於一會。擧此事質之副學蘇齋。則蘇齋曰。此不過囈語耳。且寂然不動者性也。此固湛然。至於情則感而遂通天下之故者也。烏得並謂之湛然乎。
尹根壽	月汀漫筆	李夢陽의 시문이 중국에서 높이 평가받고 있다는 사실을 조선에서는 너무 늦게 알았음을 말하다.	通官高彥明謂余曰。昔年曾見李堂和宗。則言辛巳年嘉靖登極詔使。唐修撰皋出來時。遠接使容齋李公。問於天使曰。當今天下文章誰爲第一。唐答曰。天下文章以李夢陽爲第一。其

		時岵峒致仕。家居汴梁。而名動天下。我國不知。雖聞此言。不肯訪問於中原。可歎。近世始得岵峒集者。而始知其詩文兩極其至。王李諸公。極其推尊。我國之知有岵峒子晚矣。
李匡師	斗南集 册1 「辨陳言」	근래의 王世貞과 李攀龍 등은 평범한 말이 陳言인줄 오인하여 옛 사람의 문구 중에 기이한 것만 따다가 쓰고 바로 이것이 陳言인줄은 모른다.	韓退之曰。陳言之務去。文章而一涉陳言。如假人衣冠。氣已死而精爽索矣。古人已書者。我復掇。是陳言也。… 近世王李輩。誤以陳言爲凡常之言。務鉤僻而去尋常文。見古人文句奇者。已套竊闖粃。不避貪。不知是眞陳言。可嘅也。織布帛者。雜割錦繡。而間衲襬之。可以炫穉兒之目。果能成章乎。文章之難。在善用尋常字。驅市人而善制之。皆可致死力。故古人之文。讀未及累行。或未盡篇。難見其好。近世文。竟一篇寡深趣。而讀一二句。已絢績。可知非庸人口氣。是所謂淺俗也。
李匡師	斗南集 册3 「讀滄溟鳳州文」	歐陽脩, 蘇軾, 曾鞏, 王安石의 문장은 順夷에 치우친 경향이 있지만, 典雅하고 법식이 있어 王世貞・李攀龍의 문장과 동일한 수준에서 논할 수 없다.	歐・蘇・曾・王輩。而二子生乎冷視而嫚傷之。欲不售一錢者。然歐・蘇・曾・王之文。雖有倚於順夷之偏。而皆根於六經。有典有度。可以用世而有濟。難與二子同世論也。使歐・蘇・曾・王。見二子之文。必嬰孩之觳觫之。不足儕於劉幾輩也。劉幾遭歐蘇而轗軻。遂而無傳。二子得子健於季世。擅一世之盟。是由於有幸有不幸。二子亦豈孤於六經。以其聰穎淹該。必字誦而行通之。然亡實學。亡實得。如貧人過富家而數金玉。說錦

			繡。雖抵掌津津。辨別明快。終屬在它人者。無一銖一絲之益於身也。
李匡師	斗南集 册3 「讀滄溟鳳州文」	王世貞과 李攀龍이 말한 立論이라는 것은 主宰와 定見 없이 다만 古人의 말을 이용해 꾸며댄 것일 뿐이다.	是以文章之妙。以立論之正爲難。而二子所謂立論者。皆無主宰無定見。徒以古人句語妝之耳。所自謂主宰定見者。皆空華而扤中者也。然二子以聰穎淹該。私相標膋。擅一世之盟。當世天下之人。仰二子。如曇佛散華。威鳳儀世。其勢歘之及。及于今不衰。吾是以知天下無定見。而浮世之易謟也。是以西狄之語。皆誑語也。不實語也。驕僭幻妄語也。能終古而易天下之俗者。以浮世之易謟也。
李匡師	斗南集 册3 「讀滄溟鳳州文」	세상에서 王世貞과 李攀龍 문장의 단점은 險澁鉤戟한 점이라고 말하지만, 실제로는 沿襲無實한 것이 문제이다.	世或以二子文。險澁鉤戟爲短。是却不然。固果有褊而不周。絪而不鮮之疵。而能有實得。行於險澁鉤戟之中。不害其爲文從字順。故短在沿襲無實。不在險澁鉤戟也。不獨二子。吾常謂有明二百餘年。無文章。雖有體格調響之不同。則其無實踏襲之病。皆一律也。還是方遜志王新建輩。傳於經術者。雖不一循文章畦豀。平實多可諷者。
李匡師	斗南集 册3 「讀滄溟鳳州文」	王世貞과 李攀龍의 문장은 一字一辭가 고인에게서 따온 것일 뿐 자기에게서 나와 優孟衣冠이라 할 수 있다.	今觀滄溟鳳州文。果有一字一辭之出於己而不偸竊者。采古人已道者。便芻狗也。筌蹄也。語愈奇愈麗。而愈臭腐矣。二子皆偸古人文句奇麗者成章。如優孟假衣闕堂居位。豈能有自得於心者乎。錦縠綾綺。有經有緯。有綜有理。文之以繚繡。所爲歸也。經緯綜理。誠治而無錯。絺綌布紵之賤。皆

			可以御。君后而備褕纚矣。二子貸錦綉片寸於千家。萬縷而成衣。雖炫燿於街童市儇之觀。終是妻人乞兒之服也。
李德懋	靑莊館全書卷32 淸脾錄「崔簡易堂」	崔岦이 燕京에 가서 王世貞에게 자신이 지은 글을 보여주자 韓愈의 「原道」를 5백 번쯤 읽으라는 충고를 들었다는 세상의 이야기를 소개하며, 실제 사실이 아닐 수도 있음을 말하다.	世傳崔簡易堂岦。入燕謁王元美。王時仕劇務。文案山積。賓客滿堂。判決應對。滾滾如流。崔已茫然自失。及出其所爲文一卷以求敎。元美閱一遍曰。有意於作者之體。但讀書不多。聞見未廣。才力不逮。歸讀原道五百遍。宜有益耳。… 簡易之遇弇州。千古奇事。然今考四部藁及簡易堂集。元無相逢。或者王則侮之。崔則恥之。不之記之耶。無乃齊東之言歟。
李德懋	靑莊館全書卷32 淸脾錄「尹月汀」	陳繼儒의 雜錄에는 尹根壽가 燕京에 갔을 때그의 아들에게 조선 사람들이 王世貞과 汪道昆을 몹시 존경한다는 말을 하고, 시까지 지어주었다는 기사가 실려있다.	陳眉公雜錄。朝鮮使臣尹根壽。與其子昭。盛言其國尊慕王弇州·汪南冥。雖小兒。皆令授讀。以詩見志曰。大海雄風生紫瀾。(案此弇州句。雄風。本作回風。) 齊名枰主有新安。平生空抱執鞭願。悵望南雲不可攀。
李德懋	靑莊館全書卷48 耳目口心書(一)	李攀龍 등을 들어 의고주의를 주장하는 대한견해에, 李德懋가 법에구속되어서는 안 된다며 비판적 의견을 제시함.	或曰。今若有李雪樓左擁王元美。右携張肯甫。馻謝茂秦·徐子與輩。來問於子曰。文當擬左傳國策史記漢書。而韓柳以下不論。詩當擬建安黃初開元天寶。而元白以下不論。或敢脫此法律而出它語。皆非吾所謂文章也。子當何答。曰。我當曰拘也。若以子之才則可。且擇天下之士。如子之才而善於摹擬者。馻之以此律。亦可然

			也。或有奇逸俊邁幽脩詭特之倫。那能屈首聽君之爲。而自甘古人脚下活乎。假令聽之。雖三昧于摹擬之法。反大不如渠自有渠之文章也。如彼者。雖無優孟逼摸孫叔敖手段。然猶天多而人少也。如子則人多而天少也。文章一造化也。造化豈可拘縛而齊之於摹擬乎。夫人人。俱有一具文章。蟠欝胸中。如其面不相肖。如責其同也。則板刻之畫。擧子之芬也。何奇之有。亦余豈曰。盡棄古人之法也。非子之所以縛於法而不能自恣也。法自具於不法之中。豈曰棄也。子雖傲視海內。自大其壯語雄談。而吾恐其流不勝腐陳而廼剄直氣耳。然天地間無所不有。子之善擬古人。亦不可無也。吾幸讀子集而詫以爲奇觀。
李德懋	靑莊館全書 卷48 耳目口心書(一)	黃宗羲가 여러 종류의 明文 選集을 엮으면서 王世貞과 李攀龍 등의 글은 약간만 수록하고 方孝孺, 王守仁, 歸有光 등의 글을 중점적으로 수록한 사실을 기록하다.	乙酉十二月初九日。李正夫來。談吐抵夕。正夫曰。黃宗羲。明末淸初人也。極博■明人之集。無一遺漏。凡一千三百種。於是選緝■明文海,■明文案二書。尙未刊行。而二書中。又精選爲■明文授讀。以教其子百家云。余問曰。其人所尙。大抵何如耶。正夫答曰。廣備百體耳。余曰。誰文多收耶。曰。雖王李大家。收入不多。多收者。方正學·王陽明·歸震川輩文。余曰。是子主意在此。
李德懋	靑莊館全書 卷48 耳目口心書(二)	王世貞, 袁宏道, 錢謙益이 자신과 다른 문학관을 가지고 있는 사람들	漢文章。異己者容之。宋文章。異己者斥之。明文章。異己者侮之。又有罵之仇之者。元美輩。侮焉者也。中

		을 용납하지 못한 점을 비판하다.	郎輩。罵焉者也。受之輩。仇焉者也。可以觀世道升降也。
李德懋	青莊館全書卷48耳目口心書(四)	王世貞을 높이 평가한 李彦瑱의 시를 소개하다.	士執嘗日三送人。索其文章。彦瑱慳秘不許。末乃書三詩于紙尾。墨痕如新也。陸放翁師杜少陵。遙傳心印若交承。有人識得它佳處。隻眼眞同七祖燈。弇園氣勢儘文宗。譬似形家大幹龍。眼底石公千百輩。與它都做子孫峯。鐵鎚鎚悍馬。大是英雄語。人彘何足妬。痴騃笑漢呂。
李德懋	青莊館全書卷48耳目口心書(四)	呂留良이 明末 문장가들을 褒貶한 시를 소개하였는데, 이 시에는 王世貞에 대해 "世貞拉雜自言博"이라 비판한 시 귀가 있다.	偶閱呂晚村詩。 明末文章。分門割戶。互相攻擊。甚於鉅鹿之戰。黨錮之禍。亦可以觀世變也。古來未之見也。其詩有曰。…　世貞拉雜自言博。…
李德懋	青莊館全書卷48耳目口心書(六)	王世貞은 剽竊과 摸擬를 비판하는 말을 남겼지만, 자신의 시에서도 이런 잘못을 범하고 있다.	王元美嘗有標竊摸擬詩之大病之語。而自家詩全犯此病。嗟乎。使王·李輩。少不言開元大曆語。庶免中郎受之輩之辱矣。
李德壽	西堂私載卷4「尙古堂金氏傳」	생존해 있는 사람을 위해 傳記를 쓰는 일은 과거에 몹시 드문 일이었다가, 王世貞 등에 이르러 비로소 성행하게 되었던 바, 이를 본받으려는 金光遂의 뜻에 따라 그의 傳을 지어 준 사실을 말하다.	尙古堂金氏者。名光遂。字成仲。其先尙州人。… 爲生人立傳。古盖未嘗有。雖有而亦罕。至王弇州諸人。始盛爲之。尙古之意　殆其祖。於是乎乃書。以爲尙古堂金氏傳。

李萬敷	息山集 卷6 答金大集(聖運)	李攀龍 등 칠자는 군자가 본받을 바가 아니라고 비판하며 자신을 王世貞의 맞수로 칭찬한 상대방에게 감당할 수 없어 사양한다는 뜻을 전하다.	蓋滄溟子所爲。本出於文人浮誇之意。自白雪樓時。已非躬行君子之所必效。況彼七人者。乃天下文章巨擘。又何能强取以充之。必準其數也。如陋拙。平日未敢以辭翰。鳴世自期。而今乃攬引爲第一。若欲與王元美爲對者然。令人羞愧。不覺面發楨。以才則千不似萬不似。以志則亦非所願。何不諒耶。
李敏求	東州集 文集 卷2 「上林賦 文徵明書, 仇十洲畫後序」	文徵明이 글씨를 쓰고 仇英이 그림을 그린 上林賦書畫帖에 後序를 짓고, 그것이 과거 王世貞과 邊德符가 소장했던 것이라고 말하다.	右司馬相如上林賦。文太史徵明書。仇十洲實父畫。舊爲王司寇元美藏。中屬邊帥德符所。董學士其昌。已不知所由流傳。而稱爲東南之美云。至壬午關外之變。又遭放佚。爲吾甥申君仲悅所得。自太史嘉靖丙辰年。書距今九十二年。十洲畫計當在其前矣。經閱幾人鑑定。更歷幾種變故。不爲兵燹所燬戎羯所取。卒歸之文獻之邦翰墨之家。意者六丁眞官陰呵默護。今完於劫燼之餘。以付其人歟。不然。豈智數可及。勢力可致哉。
李睟光	芝峰類說 卷8 文章部(一)	王世貞이 『藝苑卮言』에서 漢代의 대표적 문인들의 賦에 대해 논평한 것을 소개하다.	藝苑卮言曰。長卿以賦爲文。故難蜀封禪綿麗而少骨。賈傅以文爲賦。故吊屈鵩賦率直而少致。又曰。太史公千秋軼才而不曉作賦。其士不遇賦。絶不成文理。余謂以賈·馬之才。尙未免如此。況後世以文爲詩者乎。
李睟光	芝峰類說 卷8 文章部(一)	揚雄이 司馬相如의 賦를 배우려다가 끝내 실패하고, "雕蟲之技"라 비판한 것임을 간파한 王世貞의 의론을 소개하다.	王弇州言。子雲服膺長卿。嘗曰長卿賦不是從人間來。其神化所至耶。研磨白首。竟不能逮。乃謗言欺人云。雕蟲之技。壯夫不爲。遂開千古藏拙端。爲宋人門戶。余謂弇州於此能覷

			破子雲心事。
李睟光	芝峰類說 卷8 文章部(一)	王世貞이 자기 詩文의 단점을 말한 것을 인용 하고, 이에 대해 논평하 다.	王弇州曰。僕之病在好盡意而工引事。 盡意而工引事。則不能無出入於格。 以故詩有墮元白。或晚季近代者。文 有墮六朝或唐宋者。余謂以弇州而自歉 如此。今人萬不及弇州而自許太過者。 由不知己病故也。
李睟光	芝峰類說 卷8 文章部(一)	王世貞이 元結을 기롱 한 것을 옳게 여기다.	元結大唐中興頌。首曰孽臣姦驕。爲 昏爲妖。似欠頌體。韓退之平淮西碑 銘曰。往在玄宗。崇極而圮。序曰物 衆地大。孽芽其間。語圓無痕迹。可 謂得體。且次山序辭曰。非老於文 學。其誰宜爲。亦似矜夸。王弇州譏 之是矣。
李睟光	芝峰類說 卷8 文章部(一)	王世貞이 元稹의「連昌 宮辭」를 白居易의「長 恨歌」보다 낫다고 평가 한 것은 순전히 氣格을 위주로 한 것이라 논평 하다.	元微之連昌宮辭。王弇州以爲勝長恨 曲。余謂弇州此說。蓋以氣格而言。 然樂天長恨歌。模寫如畫。可謂曲 盡。二詩優劣。恐未易言。
李睟光	芝峰類說 卷8 文章部(一)	역대 문장을 품평한 王 世貞의 말을 소개하다.	王世貞曰。檀弓・考工記・孟子・司馬 遷。聖於文者。班氏賢於文者。莊・ 列・楞嚴。鬼神於文者。此言是矣。 王弇州曰。諸文外山海經・穆天子傳亦 自古健有法。
李睟光	芝峰類說 卷8 文章部(一)	王世貞이 蘇軾의 小文 과 小詞를 즐겨 낭송한 것에 대해 흥미로워 하 다.	王世貞曰。懶倦欲睡時。誦子瞻小文 及小詞。亦覺神王。余謂弇州詩文。 與蘇門戶不同。而酷好如此何也。

李睟光	芝峰類說 卷8 文章部(一)	떳떳하지 못한 방법으로 문학적 명성을 추구하는 여러 양태를 지적한 王世貞의 말을 소개하다.	王世貞曰。世之於文章。有挾貴而名者。有挾科第而名者。有中一時之所好而名者。有依附先達。假吹噓之力而名者。有務爲大言。極門戶而名者。有廣引朋輩。互相標榜而名者。要之。非可久可大之道也。余謂有所挾有所假而爲名者。皆一時之名也。烏足與論於萬世之名哉。然世之名文章者。皆有挾焉者也。
李睟光	芝峰類說 卷9 文章部(二)	李攀龍과 王世貞이 王昌齡의 "秦時明月漢時關…"을 唐人 七言絕句의 으뜸으로 평가한 사실을 말하다.	權韠言唐人七言絕句。以許渾勞歌一曲解行舟爲第一。五言絕句。以宋之問臥病人事絕爲第一。余謂權生似不知唐者。夫許丁卯在晚唐非高手。之問此詩本五言律。而唐音截作絕句。恐氣格不全。按李滄溟‧王弇州。皆以王昌齡秦時明月漢時關爲第一。必有所見耳。
李睟光	芝峰類說 卷9 文章部(二)	王世貞은 시를 지을 때, 旁韻을 사용하지 말라고 경계한 사실을 말하고 금과옥조로 삼아야 한다고 말하다.	古人爲詩。首句或押旁韻。而篇中則絕無散押者。我東詞人。雖絕句多用旁韻。余甚病之。王世貞以勿押旁韻爲戒。學者不可不察。
李睟光	芝峰類說 卷9 文章部(二)	李白과 杜甫에 대해 평한 王世貞의 여러 평가를 소개하다.	王弇州曰。十首以前。少陵較難入。百首以後。青蓮較易厭。此則與杜而抑李也。又曰太白不成語者少。老杜不成語者多。此則與李而抑杜也。又曰太白之七言律‧子美之七言絕。皆變體。不足多法。此則兩抑之。然弇州於李杜。揚之者固多矣。今不盡錄。

李睟光	芝峰類說 卷9 文章部(二)	王世貞의 盛唐詩에 대한 평을 소개하고, 王世貞의 시는 盛唐詩를 본받고자 하였으나 그 경지에 이르지 못하였다고 평가하다.	王弇州云。盛唐之於詩也。其氣完。其聲鏗以平。其色麗以雅。其意融而無迹。今之操觚者。竊元和·長慶之餘。似而祖述之。氣則漓矣。意纖然露矣。歌之無聲也。目之無色也。彼猶不自悟悔。而且高擧闊視曰。吾何以盛唐爲哉。余謂此言正中時病。弇州蓋以盛唐爲則。而亦未至焉者也。
李睟光	芝峰類說 卷9 文章部(二)	王世貞은 王維와 岑參의 율시 중에서 拗體를 지목한 것을 소개하다	王摩詰律詩。酌酒與君君自寬。人情飜覆似波瀾。白首相知猶按劍。朱門先達笑彈冠。云云。岑嘉州詩。嬌歌急管雜靑絲。銀燭金尊映翠眉。使君地主能相送。河尹天明坐奠辭。云云。王世貞以爲皆拗體。以此言之。今人知用字平仄之爲拗體。而不知用律平仄爲拗體也。
李睟光	芝峰類說 卷9 文章部(二)	王世貞은 西京과 建安의 詩文을 최고의 경지로 인정하며 專習의 중요성을 역설한 것을 소개하다.	王世貞言。西京建安。似非琢磨可到。要在專習。凝領之久。神與境會。忽然而來。渾然而就。無岐級可尋。無色聲可指。余謂非獨西京建安。凡詩文皆然。若不如此。則未可謂至者也。
李睟光	芝峰類說 卷9 文章部(二)	蘇軾과 黃庭堅이 杜甫詩의 영향을 받은 점을 지적한 王世貞의 말을 소개하다.	王世貞曰。子瞻多用事。從老杜五言古詩排律中來。魯直用拗句法。從老杜歌行中來。信斯言也。宋以後詩。概以老杜爲祖耳。
李睟光	芝峰類說 卷9 文章部(二)	銅雀臺를 읊은 王世貞의 시를 소개하다.	自古詩人詠銅雀臺者多矣。如唐詩西陵日欲暮。是妾斷腸時。最號絶唱。而王世貞詩曰。誰同漢武帝。還向茂陵游。本朝林子順詩曰。畢竟西陵七十塚。不知何處望君王。用意亦新。

李睟光	芝峰類說 卷9 文章部(二)	晚唐詩 중에서 王世貞 이 아름답다고 칭찬한 詩를 소개하다.	趙嘏七言律中唯長笛一聲人倚樓一句。爲古今膾炙。而他作則無可觀。王弇州言。晚唐詩如山雨欲來風滿樓。長笛一聲人倚樓。皆佳。然讀之。便知非長慶以前語。亦信矣。
李睟光	芝峰類說 卷9 文章部(二)	王世貞이 李白의 시를 차용한 黃庭堅의 솜씨를 '點金作鐵'로 비판한 것을 소개하다.	李白詩。人烟寒橘柚。秋色老梧桐。山谷用之曰。人家圍橘柚。秋色老梧桐。王世貞謂此只改二字。而醜態畢具。眞點金作鐵手也。斯言非過矣。
李睟光	芝峰類說 卷9 文章部(二)	懷素가 錢氏라는 王世貞의 주장을 반박하다.	李白集中笑歌行‧悲歌行及懷素草書歌。說者以爲非太白所作。按懷素。錢起之甥。起雖天寶時進士。而懷素必是後出。與太白恐非一時。笑歌‧悲歌兩篇。尤不近似。說者之言信矣。按王弇州集曰。懷素。姓錢。然錢起本集 有送外甥懷素上人詩。 所謂姓錢者非矣 。
李睟光	芝峰類說 卷9 文章部(二)	王籍의 시귀 "鳥鳴山更幽"에 대한 王世貞의 이야기를 소개하다.	王弇州言。王籍鳥鳴山更幽。是雋語。第合上句蟬噪林逾靜。讀之遂不成章耳。鳥鳴山更幽。本是反不鳴山幽之意。王介甫復取其本意而反之曰。一鳥不鳴山更幽。有何趣味。宋人可笑。大概如此。又古人謂風定花猶落。靜中有動。鳥鳴山更幽。動中有靜爲佳。此言是。 按王籍蕭梁時人。風定花猶落。亦梁謝貞詩也 。
李睟光	芝峰類說 卷9 文章部(二)	王世貞이 거론한 시를 지을 때 범하지 말아야 할 여러 금기를 소개하다.	王弇州曰。勿和韻。勿拈險韻。勿用旁韻。勿偏枯。勿求理。勿搜僻。勿用六朝强造語。勿用大曆以後事。此可爲法。

李睟光	芝峰類說 卷9 文章部(二)	王世貞이 蘇軾과 黃庭堅의 우열을 논한 말을 인용하고, 그가 만년에 蘇軾과 白居易를 좋아한 사실을 언급하다.	王弇州曰。詩格變自蘇黃固也。黃意不滿蘇。直欲凌其上。然不如蘇也。何者。愈巧愈拙。 愈新愈陳。余謂此可定其優劣矣。聞弇州晚年 最喜蘇詩與樂天云。
李睟光	芝峰類說 卷9 文章部(二)	許渾과 鄭谷에 대한 비평을 바탕으로 王世貞이 氣格을 重視함을 알 수 있다고 평하다.	王弇州曰。許渾・鄭谷厭厭有就泉下意。渾差有思句。故勝之。余謂弇州取氣格。故許論如此。世之人有捨盛唐以上。而追慕許・鄭以下。竭力馳騁。爲不可幾及者。其可憐已。
李睟光	芝峰類說 卷9 文章部(二)	韋應物의 시에 대한 王世貞의 견해를 소개하다.	王世貞曰。韋左司平淡和雅。爲元和之冠。至於擬古。不敢與文通同日。宋人乃配陶謝。豈知詩者。柳州刻削雖工。去古稍遠。近體卑凡。尤不足道。余謂弇州此言。實有所見矣。韋是中唐作者。而指爲元和之冠者。白居易・元微之諸詩。號爲元和體故云。
李睟光	芝峰類說 卷9 文章部(二)	七言排律에 대한 王世貞의 견해를 소개하다.	王世貞曰。七言排律。創自老杜。然亦不得佳。蓋七字爲句。束以聲偶。氣力已盡矣。又衍之使長。調高則難續而傷篇。調卑則易冗而傷句。信哉。斯言也。
李彦瑱	松穆舘燼餘稿 「弇園」	王世貞은 文宗으로 大幹龍과 같은 인물인 반면에 袁宏道는 子孫峯에 불과한 인물이라고 평하다.	弇園氣勢儘文宗。譬似形家大幹龍。眼底石公千百輩。與他都做子孫峯。
李彦瑱	松穆舘燼餘稿 「衕衕居室」	王世貞이 「書眞仙通鑑後」에서 陶弘景, 孫思邈, 陳摶을 先生으로 일컬은 전례를 따르며, 자	陶先生萬卷書。孫先生數丸藥。陳先生五龍睡。李先生都乞得。

		신도 이들을 따르고 싶다고 언급하다. * 王世貞,『弇州山人續稿』卷159,「書眞仙通鑑後」	
李彦瑱	松穆舘燼餘稿 「日本途中所見」	韓愈, 歐陽脩만을 높이고 王世貞, 李攀龍을 공박하는 풍토를 지적하다.	村夫子論詩文。腹團泥眼鏤炭。崇韓歐駁王李。夢曾見他脚板。
李裕元	嘉梧藁略 冊3 「皇明史咏」	王世貞의 事績을 시로 읊다.	文柄獨操二十年。狂生去後鳳洲仙。西京之體唐之韻。聲價高騰四部全。
李宜顯	陶谷集 卷25 「順菴集序」	李秉成의 문학관이 李攀龍과 王世貞에 물들지 않았던 것을 언급하다.	余少日。偶於士友家。觀一人。乍接風儀。已覺淸氣逼人。固意其有異也。問知爲李公子平。益心嚮之。是時公詩名藉甚。而余椎陋無文。尤於詩道。昧昧若聾瞽。不敢對公談藝。晚歲。退伏陶谷先墓下。公爲求閤內文字。屢扣山扉。劇論文事。輒至更僕。其言殊合典則。終不爲近世李汪餘波所浸染。余深歎識見之不苟。而亦意其源流之可徵也。
李宜顯	陶谷集 卷27 雲陽漫錄	王世貞의 문장이 六經에 근본하지 않았음을 비판하다.	聖人之道。具在六經。固學者所共剗心。而雖欲爲詞章之末。外此亦不可他求。蓋文而無理。不可謂之文。欲其詞理俱備。捨聖經何適矣。是以上自兩漢諸公。以至唐宋八大家。皆本經術爲文。蘇氏父子雖未能脫縱橫氣習。其源則亦出六經。千古文章正脉。實在於此。皇明王·李諸人。專學先秦諸子。意欲跨韓·歐而上之。與左·馬並驅。而其文不本於經。故語不馴而理則媿。比之曾·王。猶不

			及。況左·馬乎。嘗怪明人開口。便說先秦。六經獨非先秦乎。譬如酒醴。六經醇也。先秦諸子醨也。夫既專力於先秦。則又何以捨其醇而啜其醨也。可謂枉費工夫矣。
李宜顯	陶谷集卷27雲陽漫錄	李攀龍, 王世貞, 汪道昆 등은 문장을 지을 적에 '學古'를 표방하여 의미 없는 문장을 많이 지었으나, 王世貞만은 그나마 재주가 뛰어나 가끔 좋은 글을 남겼다고 평하다.	明興。宋潛溪·方遜志諸公。以經術爲文章。其文雖各有長短。猶可見先進典刑。遜志尤浩博純正。至李空同。始以先秦諸子爲準則。刻意摹倣。其才力固雄驚。而所就頗乖雅馴。及夫王弇州·李滄溟·汪太函輩起於隆萬間。一以學古自命。滄溟尤以槎牙險崛爲主。讀之。絕無意味。太函亦然。弇州所見雖同。其才具實大。比諸子爲最。故其文亦稱頗有一二可喜處。然非韓·歐正派。自是別流也。大抵此數公文章。專力於先秦諸子左國史記。而不本於六經。故識見無可取。其序記文字。非不新奇。而終不免爲華而不實之歸。如茅鹿門·唐荊川·王遵巖·歸震川諸人。專歸宿於歐·曾諸大家。故不甚有此病。頗似爾雅。荊川尤佳。王陽明學術雖誤。其文俊爽慧利。非務爲擣撦割剝之比。皆出於胸中自得也。明末。錢牧齋之文。駘蕩恣肆。下筆滔滔。極其所欲言而止。雖格力不高。要非王·李餘派尋逐影響者之類。亦自不易。
李宜顯	陶谷集卷27雲陽漫錄	王世貞의 詩文은 先秦諸家의 문장을 법으로 삼았으나 그 字句만 模擬하는 데 그쳐서 비루하다고 평가하다.	古文法度甚簡嚴。絕無浮字賸句。下至唐宋韓·歐·蘇·曾諸公。無不皆然。且韓·柳以下八家。雖一意法古。只竊取意致法度而已。文字則絕不襲用。非其才不能也。薄而不爲

			也。至皇明李‧王諸公。自謂高出韓‧歐。直與左‧馬並驅。而造語多冗長。浮膓字句。不勝指摘。且雜取諸子左‧馬文字。複複相仍。拾掇韓‧歐諸公已棄之餘。而高自稱許。可謂陋矣。至詩亦然。錢牧齋固已議之矣。
李宜顯	陶谷集卷27雲陽漫錄	陸游와 白居易와 王世貞을 모두 '廣大敎化主'라 일컫다.	宋詩門戶甚繁。而黃‧陳專學老杜。以蒼健爲主。其中簡齋語深而意平。不比魯直之崚嶒。無己之枯澁。可以學之無弊。余最喜之。放翁如唐之樂天。明之元美。眞空門所謂廣大敎化主。非學富不可能也。朱夫子於詩。亦一意詮古選體。諸作俱佳。齋居感興。以梓潼之高調。發洙泗之妙旨。誠千古所未有。余竊愛好。常常吟誦焉。
李宜顯	陶谷集卷27雲陽漫錄	明詩 四大家인 何景明,李夢陽, 王世貞, 李攀龍의 詩風을 논하다.	明詩雖衆體迭出。要其格律。無甚逈絶。稱大家者有四。信陽溫雅美好。有姑射仙人之姿。而氣短神弱。無聳健之格。北地沉鷙雄拔。有山西老將之風。而心麤材駁。欠平和之致。大倉極富博而有患多之病。歷下極軒爽而有使氣之累。一變而爲徐, 袁。再變而爲鍾, 譚。轉入於鼠穴蚓竅而國運隨之。無可論矣。
李宜顯	陶谷集卷27雲陽漫錄	胡應麟의 『詩藪』는 비록 王世貞에게 아첨하려는 혐의가 있지만, 詩에 대한 批評은 대단히 뛰어나서 시학에 어두운 사람들에게 도움이 된다고 평가하다.	胡元瑞詩藪。原其主意。專在媚悅弇州。其論漢唐。不過虛爲此冒頭耳。然其評品古今聲調。亦多中竅。昧於詩學者。不妨流覽以祛孤陋。至若推鷂元美諸人。躋之李杜之列。直是可笑。錢牧齋罵辱雖過。亦其自取之也

李宜顯	陶谷集 卷28 陶峽叢說	근래 중국인들은 擬古主義에 점차 염증을 느껴 李攀龍과 王世貞의 영향을 거의 찾아 볼 수 없다고 논하다.	明人卑斥宋詩。漫不事蒐錄。近來稍厭明人浮慕漢唐之習。乃表章宋詩。此固盛衰乘除之理也。於文亦然。爲文。專尙平易。王,李波流頓無存者。矯枉過直之甚。詩文俱綿靡少骨。殊無鼓發人意處矣。康熙辛亥年間。有吳之振者就宋人詩集。廣取之。幾錄其全集。卷帙甚多。… 其序曰 … 又楊大鶴者。亦康熙時人。序陸放翁詩抄而曰 … 自李滄溟不讀唐以下。王弇州躡其說後。遂無敢談宋詩者。南渡以後。又勿論云云。吳序顯斥王·李之論。不遺餘力。楊序語雖婉。亦斥王·李者也。其所論儘有見矣。
李宜顯	陶谷集 卷28 陶峽叢說	錢謙益이 편찬한 『列朝詩集』은 明詩의 보고이지만, 그가 王世貞의 詩學을 싫어하였기 때문에 실린 시가 매우 소략하다.	選明詩者亦多。錢牧齋列朝詩集。當爲一大部書。蓋自元末明初。至明之末葉。大篇小什。無不蒐羅盡載。而旁採僧道香奩外服之作。亦無所遺。實明詩之府庫也。但牧齋素不喜王·李詩學。掊擊過酷。故北地·滄溟·弇園諸作。所錄甚少。此諸公詩什繁富。就其中抄出。豈不及於無甚著名者之一二篇。而彼則濫收。此則苛汰。亦似偏而不公矣。
李宜顯	陶谷集 卷28 陶峽叢說	명대 문학을 네 유파로 분류하고, 王世貞을 李夢陽, 何景明, 李攀龍과 함께 先秦諸子를 학습하여 新格을 창시한 유파로 묶다.	明文集行世者。幾乎充棟汗牛。不可殫論。 而大約有四派。姑就余家藏而言之。… 空同·大復·弇州·滄溟。學先秦諸子而創爲新格者也。此當爲一派。
李瀷	星湖僿說 卷4 萬物門	王世貞의 「汴中節食記」를 근거로 元陽繭을 고증하다.	元陽繭者。王世貞。汴中節食記。以爲元日之饌。

李瀷	星湖僿說 卷4 萬物門	湯餅을 고증하기 위해 王世貞 詩에 나오는 '濕麵'을 언급하다.	湯餅者。唐人謂之不飥。亦曰餺飥濕麪也。山谷詩曰。湯餅一盃銀線亂。盖其形如亂線。牟州所謂濕麪可穿結。亦此意也。今之水引餅是也。然古人亦以牢丸。爲湯餅則凡和湯食者。通謂之湯餅耳。
李瀷	星湖僿說 卷5 萬物門	王世貞이 지은 「楊忠愍行狀」에서 악기와 관련된 일화를 인용하다.	余見王世貞所撰楊忠愍繼盛行狀云。苑洛子韓邦奇謂公曰。吾欲製十二律之管。管各備五音七聲而成一調。何如。公退而起思廢食寢者三日。夢大舜提公以金鐘。使之擊曰。此黃鐘也。公醒而汗悅若悟者。起篝燈促製管。至明而成者。六已而十二管成。韓公撫膺高踍曰。得之矣。始吾輯志樂成。九鶴飛舞於庭。其應乃在於子耶。若初不知縱黍橫黍及千二百。黃鍾之實而至是。乃悟則從前者太迷。而悟非眞悟矣。更湏究到縱橫之有不合。而更得取舍之斷案後。方可言樂矣。王固不足道。如韓之志樂一書。必皆强言而已矣。
李瀷	星湖僿說 卷9 人事門	王世貞이 지은 「曇陽大師傳」의 기괴함에 대하여 논하다.	王鳳洲作曇陽大師傳。千奇萬恠。疑若虛蕩無有。特寓意而爲之者。然王集又有與書。稱弟子極其尊敬。要是眞有此事而據實記迹。此千古異事也。陶隱居爲弟子周子良作傳。其詐多荒恠。殆與曇傳敵匹。今詳在冥通記。縷縷數萬言。嗚呼。豈眞有是哉。抑山魅木妖。眩幻作弄。人受其欺而然耶。
李瀷	星湖僿說 卷9 人事門	王世貞의 「十七帖跋」을 인용하여 서예의 기법을 논한다.	王泳雜錄云。江南李主及二徐。傳二王撥鐙筆法。中朝士人。吳遵路·尹希古。悉得之。其法有五字曰撅厭抵

			鉤揭。吳又云更有二字曰蹲送。按撅 一指按也。謂大指先按也。次以長指 厭之。次以無名指抵之。次以食指鉤 之。次以小指揭之。盖大指與無名指 在內。食指與長指在外。犬牙相撑。 而小指則與無名指相湏而已。蹲送者。 蹲鋒送迎之謂也。王世貞十七帖跋有鉤 拓撅捺字。捺入聲手重按也。
李瀷	星湖僿說 卷18 經史門	王世貞의 시에 인용된 樂正子 전고의 오류를 변증하다.	書大傳宣王問於子春。子春曰昔者衛聞 於樂正子云云。然則子春是樂正子之弟 子也。王世貞詩。膝行向前心自傷。 野人何敢望陵陽。惟堪寄語樂正子。 三月如何不下堂。恐未該考。
李瀷	星湖僿說 卷18 經史門	王世貞이 「羊祜傳」을 근 거로 羊祜가 蔡邕의 외손 임을 주장한 사실을 언 급하다.	王世貞引羊祜傳。祜邕外孫。景獻后 同母弟。討吳有功。乞封舅子蔡襲。 許之。然則子爲將相。女爲王后。其 受祿之原宜矣。
李瀷	星湖僿說 卷18 經史門	王世貞이 王昭君의 그 림에 쓴 글을 통해 王昭 君에 대한 일을 변증하 다.	王世貞題昭君圖。有不勝牢騷憤鬱。 請適之語。與此懸別矣。此說出於西 京雜記。
李瀷	星湖僿說 卷21 經史門	王世貞의 「應詔疏」로 근 거로 명나라 황실의 후 손이 번창한 것을 증명 하다.	王世貞應詔疏云。嘉靖二十九年。親 王以下。至庶人未名者。幾三萬位。 又二十年。可得五萬位。周府已近四 千位。韓府亦千與位。其繁植如此。 皆可攷。
李瀷	星湖僿說 卷21 經史門	王世貞이 지은 「徐中行 碑」를 통해 자손을 入系 한 일에 대해 고증하다.	王世貞撰徐中行碑云。擧一子而殤。 所後子詠爲欘子。當歸後兄。乃以詠 弟三子承孝。爲殤後承公重。古人已 有發此義者耳。

李瀷	星湖僿說 卷28 詩文門	王世貞의 『藝苑巵言』에 실린 신라와 조선의 고사를 인용하다.	王元美藝苑巵言云。大曆中。新羅國上書。請以蕭夫子穎士爲師。元和中。鷄林賈人鬻元白詩云。東國宰相。以百金易一篇。僞者輒能辨。嘉靖初。朝鮮國上言。願頒示關西呂某・馬某文以爲式。
李瀷	星湖僿說 卷28 詩文門	王世貞의 『藝苑巵言』에 인용된 隋 煬帝의 시와 秦觀의 詞에 대해 비평한 것을 인용하다.	王世貞云。隋煬詩寒鴉千萬點。流水繞孤村。 秦少游詞云。寒鴉飛數點。流水繞孤村。語雖蹈襲, 入詞尤是當。
李瀷	星湖僿說 卷28 詩文門	楊愼의 『升庵集』과 王世貞의 『宛委篇』에 나오는 『筆陣圖』를 평한 말을 인용하다.	及見升庵集云。筆陣圖。乃羊欣作。李後主續之。今陝西刻石。李後主書也。以爲羲之誤矣。其說亦必有所考。今當定作李後主書。又按顏之推家訓・洪景盧容齋隨筆・王世貞宛委編。皆云王羲之小學章。以陣爲陳。其所爲小學章。未知何指。而今見於筆陣圖者。正是陣字也。不曰筆陣圖。而必謂小學章何也。王世貞又云。有衛夫人筆陣圖。右軍題筆陣圖後及右軍筆勢圖一章・筆勢論十二章。昔賢皆辨其妄。是六朝善書者擬作。據此更無所謂小學章。則所謂小學章者。必持此等而云然也。
李瀷	星湖僿說 卷28 詩文門	王世貞의 『宛威編』에 실린 『吳下田家志』를 인용하다.	王世貞宛委編載吳下田家志云。一九二九。相喚不出手。三九二十七。籬頭吹篳篥。四九三十六。夜眠如鷺宿。五九四十五。太陽當門戶。六九五十四。貧兒爭意氣。七九六十三。布衲兩頭擔。八九七十二。猫兒尋陰地。九九八十一。犁耙一齊出。

李瀷	星湖僿說 卷28 詩文門	王世貞, 朱之蕃 등이 韓濩의 글씨를 비평한 것을 인용하다.	按松都志。濩字景洪。丁卯進士。號石峰。壬辰天將李如松·麻貴·北海滕季達及琉球梁粲之徒。皆求書帶去。王世貞云。東國有韓石峰者。其書如怒猊決石。朱之蕃亦云。當與右軍·平原爭其優劣。
李瀷	星湖僿說 卷28 詩文門	王世貞의 對偶를 논평하다.	王元美云。獬廌觸邪。一名神羊。窮奇逐妖。一名神狗。便是的對。不若云獬廌見鬪, 觸不直者。窮奇見鬪, 助不直者。
李廷龜	月沙集 卷39 「送謝恩兼千秋使李公伯胤序」	謝恩使 겸 千秋使로 북경으로 떠나는 李弘胄에게 王世貞이 동북의 오랑캐를 기록한 글에도 建酋가 나오지 않을 정도이니, 무시해도 된다고 안심시키다.	關外戒嚴。國內震動。或爲伯胤行憂之。余謂伯胤曰。君勿憂且行。賊今雖負固倖勝。天朝未易犯。犯亦必敗。何者。自有天下以來。夷狄之患。何代無之。然必權臣竊柄。政亂民愁。然後外寇得以乘之。今天子雄略大度。高出百王。雖不視朝。總攬權綱。小事雖似壅滯。大事剖決如流。賢相在位。讜論盈庭。眞治世也。… 今此建酋。至幺麼也。王世貞悉志東北諸虜。而此賊不在數中。其地則彈丸一城。其衆則率皆烏合。特以幷吞小屯。暫自雄長耳。況未占中原一尺土。先已建國號。稱帝紀元。有似乞兒之暴富。其勢之不長日可竢也。夫何憂焉。
李廷龜	月沙集 卷47 「韓石峯墓碣銘(幷序)」	王世貞이 韓濩의 글씨가 "怒鯢決石, 渴驥奔泉"하다고 칭찬한 것을 언급하다.	自余廢逐居澤畔。恒稱病謝客。客有踏門求見者視之。韓石峯之子敏政也。余受石峯墓道之托三載矣。忽忽爲事奪。病且怠筆硯。負幽明以至今。見

			敏政先謝不敏。敏政戚然而曰。力貧治石。惟朝暮是急。敢申前請。噫。自余始學字。已識韓石峯。石峯以書名於天下。余以文辭竊虛聲。遂與石峯爲知己。…　天朝提督李如松‧痲貴‧北海鄧季達‧琉球使梁燦。皆要筆迹以去。以故石峯之書。遍於天下。天下皆知朝鮮有韓石峯。弇州王世貞筆談。稱石峯書。如怒猊決石。渴驥奔泉。翰林朱之蕃來我國曰。石峯書。當與王右軍, 顏眞卿相優劣。於是其書益貴重。人得一𣏾。不啻隋珠崑玉。
李定稷	燕石山房文藁 卷2 「書諸家文英後」	李夢陽, 王世貞 등은 班固, 司馬遷의 문장을 힘써 모의하여 韓愈, 蘇軾의 문장을 능가하려고 하였으나, 優孟衣冠이라는 기롱을 초래했을 뿐이라 평하다.	至宋。而歐‧蘇并興於一時。而歐陽氏猶守韓公之舊。循循有法。如宮室百官之秩然有序。可躡跡而求之。若蘇長公。則以豪逸不可羣之才。馭沛然不可禦之氣。爲浩汗不可窮之辭。令人目眩而神慴。情倒而心醉。舉天下。而風靡而雲從。文章之巧。至此而蔑以尙矣。於是。明之北地弇園輩。不得已。則乃攀孟堅之堂。而窺子長之室。極力摹擬。字稱而句度之志。在凌過韓蘇。而不求之於神。而惟形之是肖。反招優孟衣冠之譏。…獨怪夫後之諸賢。　甚詆王李之似古非古者。而其自爲也。乃復認今以爲古。何哉。
李定稷	燕石山房文藁 卷9 「訊」	王世貞의 말을 편지에 인용하다.	玄草垂就否。有好事人。載酒相過者否。聞霍垂翅云。果然邪。王鳳洲所謂六月暫息。扶搖非遠。爲足下誦之。

李天輔	晉菴集 卷6 「答黃大卿」	李天輔가 黃景源에게 보내는 편지에서 王世貞과 李攀龍을 높이 평가하지 않음을 말하고, 자신보다 이들을 더 싫어하는 南有容이 王世貞과 李攀龍을 배웠다는 혐의를 받고 있는 것을 적극 반박하다.	西京之文。非不高於蘇氏。而皇明諸子。拘拘步趨。僕甚鄙之。而況且學蘇氏爲哉。… 南德哉不喜皇明諸子。有甚於僕。而世之論德哉之文者。或曰。學王·李。僕嘗辨之。而人不信也。蓋王李學西京。而徒竊其法者也。德哉好爲西京。故其文間有如王·李者。是則非學王·李也。與王·李同其學也。然德哉之學西京。何嘗切切摸擬如王, 李輩而已哉。僕兒時。喜讀戰國策。蘇氏之文。出於戰國者爲多。故其爲文。與蘇氏有不期合而合者。足下見向時所作特未究其源。而以是爲學蘇氏耶。其實則僕非學蘇氏者也。且是亦向時事也。今並與戰國策而已厭之矣。況蘇氏乎。足下其毋慮焉。不宣。
李學逵	洛下生集 冊1 春星堂集 「春日, 讀錢受之詩,絶句九首」	錢謙益이 『列朝詩集』에서 王世貞, 李夢陽과 譚元春, 鍾惺의 시를 비판한 점을 말하다.	其七: 列朝詩體遞汙隆。深識先生筆削功。樹幟跨壇病王李。蟲吟鬼語謝譚鍾。(先生選定列朝詩集。上自弘武。下逮崇禎。二百七十年中。 凡以詩名者。無不入選。)
李學逵	洛下生集 冊18 舴不舴詩集 「感事三十四章」	王世貞의 『舴不舴錄』에 대해서 언급하다.	其二: 尙憶弇園叟。傷歲舴不舴。(王世貞著舴不舴錄。言儀文制度隨歲嬗變。) 檀箕遺制度。孫董紗傳摹。(孫睦·董越。皆大明人。紀述朝鮮事甚悉。越所著朝鮮賦。載輿地勝覽。)
李學逵	洛下生集冊18 『舴不舴詩集』 「感事三十四章」	王世貞의 『藝苑巵言』에 실린, 조선에서 關西의 馬某와 呂某의 文集을 반포하기를 청한다는 기록을 언급하다.	其三: 四庫皆緗素。聊將玩物陳。耐菴丌閣晚。(施耐菴序水滸傳。第未知名字歲代。或謂金人瑞捏造氏號。瞞鄙後人也。近有從燕市。購得耐菴詩文諸集若干卷秘之。惟同志一二見之。

			殊可笑。) 醫鑑鏤痕新。(陽平君所纂東醫寶鑑。乾隆季間。自燕市鏤版。象胥多購來者。) 不媿詩書僞。(洪武初。本朝進六經眞本。以僞書郤之。胡元瑞甲乙剩言。劉玄子 從朝鮮還。言彼中書集多中國所無。惜爲倭奴殘破。乃知國初朝鮮 獻顔子朝儀。以僞書郤之。此四庫之所以不及前代也。) 仍知馬呂眞。(王弇州巵言。嘉靖中。朝鮮上書請頒 關西馬某呂某文。)
李學逵	洛下生集 冊15 文漪堂集 「與金天一論星曜書」	王世貞의 "眼中有神, 腕中有鬼"라는 말을 편지에 인용하다.	至于今。臨紙把筆。僅僅作字而已。然涉獵旣富。鑒賞頗精。王元美所謂眼中有神。腕中有鬼者也。
李學逵	洛下生集 冊10 因樹屋集 「答」	王世貞이 만년에 지은 歸有光의 제문을 언급하다.	杜工部。何以能晚季漸於詩律細。王元美。何以有弔歸震川文一篇耶。
張維	谿谷集 卷1 「弔箕子賦, 次姜編修韻(幷序)」	明代에 李夢陽, 何景明 등이 비로소 古風을 진작시켰으나 閎衍巨麗한 체재는 아직 갖추지 못했는데, 盧柟과 王世貞이후로 騷賦가 옛 경지를 회복하였다.	屈 · 宋之後世無騷。班 · 張之後世無賦。明興李 · 何諸子。迺始彬彬振古。而閎衍巨麗之體。猶未大備。至盧次楩 · 王元美出。而後騷賦頓復舊觀。不佞嘗讀而艶之。
張維	谿谷集 卷1 「弔箕子賦, 次姜編修韻(幷序)」	姜曰廣의 賦는 王世貞과 盧柟 같은 이들도 놀랄 만한 작품이다.	屈 · 宋之後世無騷。班 · 張之後世無賦。明興李 · 何諸子。迺始彬彬振古。而閎衍巨麗之體。猶未大備。至盧次楩 · 王元美出。而後騷賦頓復舊觀。不佞嘗讀而艶之。竊意中華之大。必有繼而作者。顧海外僻遠。未

			之聞也。茲者伏蒙正使大人出示弔箕子賦一篇。無論詞旨醇篤。足以闡仁聖之微意。其奇文奧語。錯落爐列。雖王・盧復作。殆欲瞠乎下風。吁亦壯矣。
張維	谿谷漫筆卷1「古人用韻」	王世貞은 秦始皇의 「琅邪臺銘」이 매구에 韻을 달되, 3구마다 韻을 바꾸는 체재를 사용했다고 했으나, 이는 잘못이다.	古人用韻。各有體格。…　一句一韻。三句而易。始於老子明道若昧章。元次山中興頌。岑參走馬川行。出於此。王弇州謂秦始皇琅邪臺銘用此體。而攷之實不然。三句一韻。始於采芑二章。韓奕首章。秦皇帝嶧山之罘銘。皆用此法。後世銘頌。尤多有之。而詩歌則罕見焉。
張維	谿谷漫筆卷1「平仄通用字」	尚書의 ‘尚’과 魚麗의 ‘麗’는 平聲과 仄聲 둘 다 사용할 수 있는 것들인데, 王世貞은 모두 측성으로 사용했다.	比隣之比。王勃作仄聲用。寧馨之馨。劉禹錫作平聲用。尚書之尚。魚麗之麗。王元美皆作仄聲用。此等字。平仄通用者也。
張維	谿谷漫筆卷1「王弇州押韻不可爲法」	王世貞은 排律에서 ‘春’자 韻에 ‘論’자도 달고 ‘陽’자 운에 ‘降’자도 달았는데, 이는 법도로 삼을 수 없을 것 같다고 말하다.	王弇州排律。春韻押論字。陽韻押降字。恐不可爲法。
張維	谿谷漫筆卷2「王弇州詩」	王世貞의 시 중에서 신랄한 비판을 담고 있는 구절을 인용하고, 이러한 口業을 지었으니 세상과 원만하지 못했던 것이 당연하다고 말하다.	王弇州詩曰。冠蓋幾多狐父里。文章若個夜郎王。文人口業如此。宜其與世抹摋。

張維	谿谷漫筆 卷2 「別號由來」	王世貞과 그 벗들은 尙古를 목표로 하여 字를 주로 사용하고 號는 사용하지 않아, 張維 또한 이를 본받으려 하였으나, 결국 뜻대로 되지 못하였다고 한탄하다.	古人尙質。其稱號甚簡樸。幼名冠字。五十以伯仲。周制也。自後漸就彌文。… 宋人始盛用號。南渡以後。無人無號。至於近代。則雖武弁商客下至廝役之賤。無不有號。其猥雜極矣。王元美同輩諸公。事事尙古。雖各有號。至於書牘詩章。例稱字而不用號。頗覺古雅。然它人用號自如也。我東別號之雜。近來尤甚。余甚厭之。嘗欲效元美諸人所爲。而牽帥俗例。尙爾因循。
田愚	艮齋文集後編續 卷2 「答吳震泳」	王世貞이 스스로 '不穀'이라 일컫은 것을 비판하다.	王元美自稱不穀。吾東洪華谷祈雨文。亦然。又不佞亦古者諸侯之稱。足下又稱帝王之辭。後人皆不嫌而用之。彼之詬辱。何干於我。
田愚	艮齋文集後編續 卷7 全齋先生語錄	王世貞이 李攀龍을 위해 지은 祭文을 보니, 喪中에도 시를 짓는 경우가 있었어 이에 대해 질문한 일을 기록하다.	愚看王弇州祭李攀龍文。有喪中作詩事。擧而質之曰。明人此等事。似是文勝。先生首肯。
丁若鏞	與猶堂全書詩文集 卷2 「古詩二十四首」	金昌協은 王世貞의 「文章九命」과 같은 글을 짓고자 했었다.	其十三：文章憎命達。此言蓋其然。東州號詩雄(李公敏求)。碑銘尤可鑴。晚年負謗言。苗裔且顚連。松谷(李公瑞雨)似西堂(卽尤侗)。工緻勝濃姸。厄窮逮身後。草藁多不傳。農巖(金公昌協)特藻雅。中歲悲憂纏。雖欲撰九命。小國無多賢。(王弇州集有文章九命。)
丁若鏞	與猶堂全書詩文集 卷三 「纔十日无咎宥還, 復次前韻」	王世貞이 시로는 李攀龍만을 인정했다고 언급하다.	其一：短歌長嘯替笙鍾。今夕消搖樂意重。坡老友唯知魯直。弇山詩獨許攀龍。無多馬首金剛路。依舊門前紫閣峰。得酒便酣酣更睡。滿庭花木午陰濃。

丁若鏞	與猶堂全書詩文集 卷7 穿牛紀行 「又令左衡作隨試 老筆, 次韻東坡二疊」	知己를 만남을 王世貞 이 李攀龍을 만난 일에 견주다.	釣游斯地自桑蓬。鐵馬延緣接水鍾。 管領雲山三百曲。回頭風浪一千重。 舳艫跂望同秋燕。經卷叢殘奈夏蟲。 今日逢君話文字。弇園疑對李攀龍。
丁若鏞	與猶堂全書詩文集 卷8 「地理策」	歸有光과 王世貞을 大儒 라고 평하다.	況朱子大賢也。蘇軾·歸有光·王世貞 皆大儒也。
丁若鏞	與猶堂全書詩文集 卷18 「上族父海左範祖 書」	李攀龍은 당대 문단을 주도하던 王世貞에게 인 정받아 명성을 얻게 된 것이지 杜甫나 蘇軾처럼 고심하여 시를 짓지 않 았다고 평하다.	昨夜歸而卸衣。鄰雞已喔喔鳴。始覺 晤言良久。昨論滄溟詩。未罄所懷。 今又將本集吟諷再三。鄙意終不能愜。 蓋其詩專務聲韻風格。始讀非不渢渢乎 善也。及究其歸趣。乃泊然無味。且 不惟泊然而已。有時乎語不了言不就。 頭尾橫決。影響沒捉。此何體耶。且 如白雲秋色。大江夕陽。山河日月等 語。殆篇篇不捨。方其卽席寫出。往 往有可驚可喜。合而觀之。了不新 奇。宜乎爲徐文長·袁宏道輩所訾毀如 許耳。意其人豪俠放肆。氣岸傲兀。 風流文采。有足以壓倒一世。而弇山 又操柄文垣。相與引重以取名。非有 苦心苦口如杜工部·蘇長公之爲詩也。 習看恐流於虛憍不遜之科。故輒敢盛氣 於雌黃之論。誠不自量。如何如何。
丁若鏞	與猶堂全書詩文集 卷21 「寄兩兒」	汪琬의 『說鈴』, 鄭瑄의 『昨非菴日纂』, 王世貞의 『宛委餘篇』 등에서 『居 家四本』을 엮어보라고 두 아들에게 지시하다.	頃有人求吾記古人格言者。以此爲門 目。客中無書籍。取四五種書。抄取 其名言至論。編次成書以予之。其人 不省也。以爲太高而摺棄之。淆俗只 堪一笑。此書遂泯可惜。汝其依此門 目。就程朱書及性理大全·退溪集·言 行錄·栗谷集·宋名臣錄·說鈴·昨非

			菴日纂·宛委餘篇及我東諸賢所記述。彙次作三四卷。亦一部佳書也。
正祖	弘齋全書 卷180 群書標記 「詩觀」	王世貞은 저작이 많으며, 재주가 뛰어나고 기상이 고고하여 一世를 驚動시켰다고 평가하다.	明詩取十三人。… 王世貞著作繁富。才敏而氣俊。能使一世之人流汗走僵。
正祖	弘齋全書 卷9 「詩觀序」	『詩觀』에 明나라 시인으로는 劉基, 高啓, 宋濂, 陳獻章, 李東陽, 王守仁, 李夢陽, 何景明, 楊愼, 李攀龍, 王世貞, 吳國倫, 張居正의 詩를 수록하였음을 말하다.	明取十三人。劉基一千四百二十九首。爲十二卷。高啓一千七百五十六首。爲十一卷。宋濂一百三十三首。爲二卷。陳獻章一千六百七十九首。爲十卷。李東陽一千九百四十四首。爲十四卷。王守仁五百八十四首。爲四卷。李夢陽二千四十首。爲十七卷。何景明一千六百六首。爲十三卷。楊愼一千一百七十五首。李攀龍一千四百十七首。各爲十卷。王世貞七千一百二十三首。爲五十卷。吳國倫四千八百八十八首。爲三十一卷。張居正三百十七首。爲二卷。共爲明詩一百八十六卷。錄詩二萬五千七百十七首。
趙龜命	東谿集 卷1 「贈羅生(沆)序」	王世貞과 李攀龍이 秦漢의 문장을 표절한 것을 비판하다.	余嘗謂今世之文章。惟所謂韓歐者誤之也。韓·歐蓋欲祖述六經。而其言不足以發揮奧妙。其體渾而平。渾者。流而爲凡。平者。流而爲淺。凡以淺而爲今世之文章。其不肯凡以淺者。又歸於王元美·李于鱗之秦·漢剿竊贗假。蓋無足道也。故曰。與其爲韓爲歐。毋寧爲蘇氏。蘇氏者。其言雖違正理。乃己言而非古人之言。乃胸中獨得之見識。而非道聽塗說之比也。夫韓歐以法勝。蘇氏以意勝。法有定而意無窮。有定故局而同。無窮故活而新也。

趙龜命	東谿集 卷1 「華谷集序」	司馬遷과 莊子의 문장을 비교한 王世貞의 말을 인용하여 韓愈와 蘇軾의 문장을 논하다.	自唐以來。文章之傑然者。莫尙於韓·蘇。而韓·蘇之體故自不同。弇州曰。太史如老將用兵。操縱伸縮。自合奇正。莊子如飛僊下世。戲笑咳唾。皆變風雲。余嘗謂韓·蘇二家之辨。亦猶是矣。
趙龜命	東谿集 卷1 「贈鄭生 (錫儒)序」	明代 李夢陽에게서 비롯되어 王世貞과 李攀龍 등이 쇠퇴한 문장을 진작시키려하였으나, 그 방법을 몰라 摹擬에 빠지게 된 것을 비판하다.	古者。文章無摹擬。文章衰而摹擬作。摹擬作而文章益亡矣。… 魏晉以後。無文章。…至皇明有天下。世代益降。文章益卑。則學士大夫。思有以振之。而不得其術也。於是攛掇乎左傳·國語之句。塗改乎馬史·班書之字。揭以爲的於天下曰。此古文也。濬源於崆峒。揚波於弇州·滄溟。鼓天下之文章。而相與爲探囊胠篋之習。嗚呼。彼謂粉餙蘚澤之可以爲西施。抵掌談笑之可以爲孫叔。猿狙衣冠之可以爲周公也。
曹兢燮	巖棲集 卷8 「與金滄江」 (五)	王世貞이 朱子의 五言古詩를 南宋 第一로 꼽았지만, 누군가 朱熹의 感興詩와 陳子昂의 感興詩와 우열을 묻자가 白首貞姬가 靑春冶女와 色澤을 다툴 수 없다고 답했다는 이야기를 인용하다.	所云晦翁二詩。恐亦是執事句法故見喜耳。昔王鳳洲論宋詩。以朱子五古。爲南渡第一。而至答感興詩與陳子昂孰愈之問。則曰白首貞姬。豈與靑春冶女爭色澤哉。此是正當位置。要之其伶俐。究非人所及也。
曹兢燮	巖棲集 卷8 「與金滄江」 (六)	崔岦의 글을 읽고 처음에는 李攀龍과 王世貞에서 법을 취했다고 생각했는데 후에 李夢陽의 『空同全集』을 읽고 崔岦이 그 영향을 깊이 받은 것을 깨닫게 되어, 그가 李攀龍을 模擬하여 王世貞을 압도하려 했다는 朴趾源의 평가가 잘못이라는 것을 깨달았다고 말하다.	簡易集廿年前嘗得一觀。而時未曉其利病。但知其爲世間稀有之珍。如黃太史之詩。雖非漢唐正宗。而要爲一時人所祖。其後得滄弇文讀之。意簡之所取法在是。而猶謂其未深。旣而得讀空同全集。驚其神形克肖。然後知此老有所本。而燕巖之謂摹擬滄溟。要壓弇州者。猶未執其眞贓矣。

曹兢燮	巖棲集 卷8 「與金滄江」(六)	李攀龍, 王世貞, 李夢陽, 崔岦 등이 오로지 평담을 버리고 奇腴만을 추구하다 險苦한 데로 빠져든 것은 문장의 본질을 잘못 이해해서지만, 그렇다고 歸有光이 王世貞을 妄庸하다고 배척한 것이나 金澤榮이 崔岦을 龘陋하다고 단정한 것은 너무 지나친 것이라 말하다.	夫文字之妙。止於平中有奇。淡中有腴。而此數子之專尙奇腴。卒之墮於險苦之坑者。自通人觀之。誠見其枉用心力而無與於修辭之誠。然梓杅不可棄材。璧瑕不能掩瑜。則如震川之斥元美爲妄庸。執事之斷簡易以龘陋。未知能爲匠石之量卞和之識也耶。
曹兢燮	巖棲集 卷8 「與金滄江」(六)	王世貞, 李攀龍, 崔岦 등이 『左傳』이나 『國語』를 모방한 것은 싫어하면서 요즘 문인들이 王安石이나 曾鞏을 模擬하는 것은 잘못이라 비판하다.	寧齋固是一代眞才。而其薄處終不可諱。人生天地間。是十九首嫩語。何至揷入於記事。見修堂記天下後世吾不敢知。一似孩童口氣。豈宜加之於銘人。見李杏西墓誌 見山堂記無一字不似牛山。而摹擬之過。天眞已喪。殆於七竅鑿而混沌死。以此而奪古人之席。無恠乎金君之爲牧・畢・簡諸公而叫屈也。夫等是剽擬。而王・李・崔之剽左國則甚之。今之擬王・曾則進之。不知其形似而神離則一也。
曹兢燮	巖棲集 卷8 「與金滄江」(七)	朱子는 젊었을 때 문장에 힘써 曾鞏을 잘 배운 사람으로 꼽히지만, 조선에서는 王世貞과 李攀龍의 영향을 받은 뒤부터 단지 訓詁家로만 평하는 견해가 많아졌다고 말하다.	朱子之文。多得於南豐。而未必主於昌黎。其少時在同安。有書記數首。置之曾集。更不可辨。三十以後。不復用意於文。然至其雜著序記中大作。雖歐蘇亦當斂袵。執事獨有取於書牘。豈其未嘗見讀大紀唐志・王氏續經說・李隴西王梅溪集序・濂溪二程祠記諸大篇之文耶。頃崔健齋正愚來此。云朱子只是訓詁家。不足謂文章。兢不覺

			失笑。恨不以執事之言罄欸之也。吾東近代之論。自漸染王・李之後。多作此見解者。然申靑泉最嗜王李。而其使日本也。與湛長老論宋文。以爲朱紫陽在。歐蘇不當爲第一。此論差强意。而沈歸愚評曾文。以爲朱子最得其神味。而王遵巖猶有未盡知言者。固如此也。
曺兢燮	巖棲集 卷8 「與金滄江」(七)	王世貞과 李攀龍의 글에 비해 李夢陽은 오히려 渾樸하고 質直한 기운이 있고, 華靡하고 勦累한 기습은 적으며, 漢魏 이후 작가로는 마땅히 韓愈에 버금간다고 평하다.	簡易之文。近於空同。偶據鄙見言之爾。妄字之題。空同固不敢辭。然其文與滄弇不同。盖滄・弇高處僅可窺柳洲之藩。而卑處純是六朝劣品。空同則猶有渾樸質直之氣。少華靡勦累之習。此則農巖亦嘗言之。與鄙見犂然合也。妄謂漢魏以後。昌黎・空同俱能堅一幟。而韓近於孟子。李近於揚雄。使揚而猶有可取。則李豈在所盡捨耶。
曺兢燮	巖棲集 卷37 雜識(下)	錢謙益은 少時에 李夢陽의『空同集』과 王世貞의『弇州集』을 외울 정도로 읽고, 王世貞의『藝苑巵言』을 金科玉條처럼 받들었다고 회상한 말을 인용하고, 錢謙益의 문장이 끝내 두 사람의 범위를 넘어서지 못할 뿐 아니라, 泛濫橫逆이 더 심한 면도 있으나, 敍述은 더 나은 면이 있다고 평가하다.	錢虞山自言少時讀空同弇州諸集。至能闇記行墨。奉弇州藝苑巵言如金科玉條。… 而余讀其所自爲文。終是脫不出李王蹊徑。其泛濫橫逆則又有甚焉。尤不足法。然其才長於敍述。如陳府君鄒孟陽墓誌等作。其風神裁剪。酷肖韓歐。自北地滄弇集中亦所未見。

趙斗淳	心庵遺稿 卷2 「署直被病, 讀弇州詩, 次于鱗一首,寄仲裴承宣」	李攀龍의 시에 次韻한 王世貞의 시를 읽고, 徐箕淳에게 시를 지어 주다.	文章殊復老須成。綵筆輸君意氣橫。妙悟夙知三語掾。高才更見五言城。千甍瑞雪明朝旭。萬樹寒風作曉聲。饒得一籌惟有病。可堪萎腰在周行。
趙聖期	拙修齋文集 卷9 「與金仲和書」	중국의 역대 문인들 중에 明人의 문풍이 가장 낮은데도 王守仁, 李贄, 李夢陽, 王世貞 등과 같이 '宏肆暢達'하고 '僞拔奧衍'한 경우가 있는데, 우리나라의 경우는 華夷와 風氣의 격차로 인해 그렇지 못하다.	明人見韓公之力去陳言。別立文章之門戶。又欲較韓公而上之。追漢秦以前之作者。鐵心鉥目。鉤章棘句。力爲艱僻環詭支晦幽深之習。而文章之道。至是大壞。其發明事理。稍有實用。擬諸柳蘇諸公。尙不啻隔了幾塵。則明人之文風斯最下。而但其精神才氣之所發。間不無一二豪章俊語。亦能動人者。此則正如海外丹靑空碧。雖乏世用。而自不害爲一世之寶玩。… 僕於明人之文。亦復云然。我東方文章之士。雖代不乏人。而其才學之孤陋。規模之狹隘。力量之單薄。種種爲病。不一而足。誠不足以追踵中華。其中在勝國而益齋‧牧老。入我朝而乖崖‧佔畢‧簡易‧谿谷諸公。最其傑然者。今足下試取其文而讀之。固不敢與唐宋諸公並日而語矣。其視皇明餘姚‧晉江‧北地‧琅琊數四公之宏肆暢達‧僞拔奧衍者。亦果何如耶。夫文章之益下。至明人而極矣。而我國之文。猶不敢追明人之後塵。則風氣之大小。華夷之限隔。雖在小技而亦有以局之耶。
崔昌大	昆侖集 卷11 「答李仁老(德壽)」	李攀龍과 王世貞이 '剽剟'을 고아하다 여긴 것은 근본을 모르는 것이라 비판한다.	李攀龍‧王世貞。剽剟以爲古。僕亦嘗深疾而力排之。數子之終於險僻剽剟。蓋亦不知本之過也。本者。何也。向所謂明理擇術修辭也。見本源

			而擧體要也。足下所稱藝苑哲匠。短促其句節者。雖未詳所指。而其失亦在乎不知本也。懲於此而過於詞達。無乃近於吹薤矯枉耶。足下以爲如何。寄妹書之模擬簸弄。足下之評。當矣。
韓章錫	眉山集 卷4 「與李幼文偉書」	李攀龍과 王世貞은 평생 동안 西漢의 문장에 치력했으나 끝내 자신의 수준에 머물고 말았다.	李于鱗·王元美竭一生之技。肆力西漢。而畢竟不免爲滄溟·弇州而止。則亦何益矣。
韓章錫	眉山集 卷7 「明淸三十四家文抄序」	李夢陽, 何景明, 王世貞, 李攀龍 등이 先秦 兩漢의 문장을 模擬하였으나, 그들의 문장은 先秦 兩漢의의 문장이 아니라 명나라의 문장이었다고 평가하다.	弘治嘉靖之際。俊髦鵲起。文氣如林。懲宋之弱。起而振之。寧玉而瑕。毋石而璠。琢字句。鑄言辭。姍韓·歐。罵曾·蘇。奮然自峙於先秦兩漢之列。李·何·王·李。其尤用力者也。然六藝之旨已遠。非先秦兩漢之文。乃明氏之文也。彼自以爲溯流而獲源。不知其猶墮於蹊也。
韓章錫	眉山集 卷7 「明文續選序」	鍾惺이 明文 선집을 엮으며 方孝孺의 문장을 누락한 것은 王世貞의 여독이 아직 남아 있었기 때문이라고 말하다.	及觀其所爲遜志齋集。其志遠其辭宏。其氣和平而其理密察。澤於道德而其言自中尺度。措之政事而其術皆可師法。孔子曰有德者必有言。若先生始可謂通儒已矣。異哉。不爲鍾氏所取也。豈行有所掩。不屑以文人稱歟。抑禁網未弛。其書晩出歟。盖王李餘毒。沁人骨髓。好惡之未得正也。
許筠	惺所覆瓿稿 「惺所覆瓿稿序」	李廷機가 『惺所覆瓿稿』의 서문에서 朱之蕃이 "허균의 文은 紆餘婉亮하여 王世貞의 만년 작풍과 같고 시는 鬯達贍麗하여 邊貢의 淸致가	蘭嵎朱太史持所謂覆瓿稿四部者一帙來。�余曰。僕銜命使東藩。藩之冠紳士。雅相周旋。最其中許氏一門。尤擅其長。此其季壯元之作也。其文紆餘婉亮。似弇州晚境。其詩鬯達贍麗。有華泉雅致僕竊喜之。求其全

		있다"고 극찬한 말을 언급하다. * 「惺所覆瓿稿序」는 李廷機의 글이다.	集。今歲。始以一部送于京邸吏。遞至留院。則其書勤懇。乞得海內大方家一語。其卷端。老師雖退在丘壑。主盟藝林。捨公而誰。幸備袞褒。以慰遠誠可乎。
許筠	惺所覆瓿稿 卷1 楓嶽紀行 「白田菴」	許筠의 『白田菴』에 대하여 渾重奇傑하여 盛唐의 풍격이 있어 王世貞과 李攀龍 등도 지을 수 없다는 비평이 덧붙여 있다.	星門洞壑鬱蒼氛。俯視鴻濛一氣曛。地迥危巖低出日。天垂削壁斷歸雲。山通內外群峯集。川拆東西兩派分。菴內老禪方宴坐。笙簫不入耳中聞。(此篇。渾重奇杰。眞盛唐。而王・李輩所不能道。獨恨結句便寬緩墜晚格。)
許筠	惺所覆瓿稿 卷2 大官稿 「讀弇州四部稿」	王世貞의 『弇州四部稿』를 읽고, 시를 짓다.	誰作中原二子看。晚來江左獨登壇。東南大海汪洋地。詎有回風起紫瀾。
許筠	惺所覆瓿稿 卷2 病閑雜述 「讀王奉常集」	王世懋의 『王奉常集』을 읽고 그의 형 王世貞에 비길 만하다고 칭찬하는 시를 짓다.	大海回風巨浪洶。群雄誰敵長王鋒。更看難弟能劘壨。不獨雲間有士龍。
許筠	惺所覆瓿稿 卷2 病閑雜述 「讀徐天目・吳甋甄二集」	徐中行의 『天目集』과 吳國倫의 『甋甄集』을 읽고, 시를 지으며, 徐中行・吳國倫과 王世貞・李攀龍의 위상을 高適・岑參과 李白・杜甫에 비유하다.	川樓興趣本淸深。天目元稱正始音。看取徐吳敵王李。還同甫白許高岑。
許筠	惺所覆瓿稿 卷2 「續夢詩序」	허균은 꿈에서 何景明, 徐禎卿, 王世貞을 만나 樂府詩 40수를 지었다.	四月初五日。夢入大琳宮。上金殿。有僧二人曰。何仲默,徐昌穀,王元美當來。可留待見之。良久。少年二人據上座。紫衣玉帶者次坐。而招余坐其下。三人者求書籍甚款。俄而僧取回友。各置四人前。令各賦樂府四十

			首。元美先成。余詩次成。元美爲改數詩。卽蹋銅鞮第三及上淸辭第二也。二少年亦踵成。俱書于牋。似主僧。旣覺。只記元美所改二篇。而題目則瞭然。亟燃燭補作之。未曙而悉完。疑有神助。只恨草率也。名曰續夢錄。
許筠	惺所覆瓿稿卷2續夢詩「蹋銅鞮 八首」	「蹋銅鞮」 8수중 제3수는 王世貞이 꿈에서 고쳐 주었다고 말하다.	其三：人言漢水深。妾視平如地。人言峴山高。妾看如一塊。(此元美所改)
許筠	惺所覆瓿稿卷4「世說刪補注解序」	王世貞이 劉義慶의 『世說新語』와 何良俊의 『何氏語林』을 산삭하여 편찬한 『世說刪補』에 許筠이 註解를 붙여 『世說刪補注解』를 짓고 서문을 짓다.	晉人喜淸談。辭簡指遠。語語有玄解。風流宗尙。至於江左極矣。撮其旨者。登之于簡。初曰劉義慶氏。世所傳世說新語者是已。六朝以還。逮于勝國。名大夫士隻言緖論。可配於典午諸賢者曁漢魏晉三代名人所談扤。見遺於劉氏者。收錄而成書曰。何氏語林。世所稱東海元朗氏之所述者是已。合二書而雌黃之。以語晦而捐劉之十二三。以說宂而斥何之十七八。超然以自得爲宗。刪二書而爲一家言者曰。吳郡王元美世貞氏也。元美文章博達。千古所希。而讚詠是書。吃吃不離口。至爲之手自刪補者。豈無所見而然也。蓋其於單詞造微隻行徵巧之際。風旨蕭散。自有言外無限意。可以造極淵深。故元美氏酷喜而不知竟也。唐宋詩人只摘爲韻語之用者。已落第二義矣。劉說，何良俊書。行於東已久。而獨所謂刪補者。未之覩焉。曾於弇州文部中見其序。嘗欲購得全書。願未之果。丙午春。朱太史之蕃奉詔東臨。不佞與爲儐僚。深被獎詡。將別。出數種書以贈。則是書居

			其一也。不佞感太史殊世之眷。獲平生欲見之書。如受拱璧。拜而卒業。益知二氏之爲偏駮而王氏之爲獨造也。因博考典籍。加以注解。雖未逮孝標之詳核。亦不失爲忠臣也。使元美知之。則必將鼓掌於冥冥中。以爲嬵快焉。
許筠	惺所覆瓿稿 卷4 「明四家詩選序」	명나라 시인들 중 李夢陽, 何景明, 李攀龍, 王世貞의 시를 가려 뽑아 『明四家詩選』을 엮고 서문을 쓰다.	明人作詩者。輒曰吾盛唐也。吾李杜也。吾六朝也。吾漢魏也。自相標榜。皆以爲可主文盟。以余觀之。或剽其語。或襲其意。俱不免屋下架屋。而誇以自大。其不幾於夜郎王耶。弘正之間。光嶽氣全。俊民蔚興。時則北地李夢陽立幟。信陽何景明嗣筏。鏗鏘炳烺。殆與李唐之盛。爭其銖累。詎不韙哉。流風相尙。天下靡然。遂有體無完膚之誚。是模擬者之過也。奚病於作者。歷下生李攀龍以卓犖踔厲之才。鵲起而振之。吳郡王世貞遂繼以代興。岳峙中原。傲倪千古。直與漢兩司馬爭衡於百代之下。吁亦异哉。之四鉅公。實天畁之以才。使鳴我明之盛。其所制作。具參造化。足以耀後來而軼前人。夫豈與標榜竊襲者。幷指而枚屈哉。仲默何之詩。暢而麗。雖病於蹈擬。而出入六朝·李·杜。藻蒩可愛。獻吉李雄力捭闔。雖專出少陵。而滔滔莽莽。氣自昌大。二君在唐。其亦開天間名家哉。于鱗峭拔淸壯。論者以岷峨積雪方之。殆足當矣。古樂府。不免臨摹。而數千年來。人無敢效者。于鱗獨肖之。卽其所言擬議以成變化者。爲非誣矣。五言破的。眞沈·宋

			之淸勁者也。至於元美。大海汪洋。蘊蓄至鉅。雖間或格墜近世。而包含萬代。囊括百氏。俯取三家。以鞭弭驅役之。比之武事。其霸王之戰鉅鹿也歟。卽此四家而觀之。則明之詩可以盡之。余所取四家詩凡千三百篇。卷凡二十四。其昌穀徐禎卿庭實邊貢明卿吳國倫子與徐中行諸人之作。亦可備藥籠之收。卒卒無暇。請俟異日。
許筠	惺所覆瓿稿 卷5 「題黃芝川詩卷序」	黃廷彧이 만약 중국에 태어났더라면, 그 造詣가 李夢陽, 李攀龍, 王世貞의 아래에 있지 않았을 것이라 평가하다.	蓋余少日及見芝川翁。其持論甚倨。談古今文藝。少所許。而至我國詩則尤不齒論。如容齋而目爲太腴。李達而指爲模擬。其下槪可知矣。唯推朴訥齋祥爲不可及。而湖陰·蘇齋稍合作家。… 余友趙持世衰其近律百餘篇。余始寓目。則其矜持勁悍。森邃沈寥。亶千年以來絶響。覈所變化。蓋出於訥齋。而出入乎盧·鄭之間。殆同其派而尤傑然者。余得此。始知其所論果合於所著述。而不爲空言也。噫。其异哉。嗚呼。使數公生於海內。則其所造詣。豈在於北地濟南太倉之下。而不幸生於下國。不克充其才。又不能名於天下後世。湮沒不傳。惜哉。
許筠	惺所覆瓿稿 卷13 「題石刻諸經後」	文徵明의 書法이 王羲之, 王獻之, 趙孟頫와 함께 四大家라는 王世貞의 견해를 언급하다.	衡山文先生(微明)。書法爲國朝第一。與右軍·大令·趙吳興相埒。王元美稱古今四大家者。良不誣也。晚年雁陰符·黃庭·定觀·心印·淸靜·胎息·洞古等諸經。小楷極其遒勁。或師方朔贊。或法洛神。或範右軍·黃庭。或倣智永千文。細大均適。姿媚橫生。眞奇寶也。

許筠	惺所覆瓿稿 卷13 「明尺牘跋」	許筠이 명나라 尺牘 중에서 "單詞隻言, 直破理窾"한 작품을 골라 『明尺牘』을 편찬하고 발문을 지으면서, 이 책이 楊愼의 『赤牘淸裁』와 이를 증보한 王世貞의 책을 계승한 것이라 표방하다.	楊用修作赤牘淸裁。王元美廣之。越張汝霖氏合二書。而最其秀者爲古尺牘。所取簡而盡。犁然當天下之目。固已家傳戶誦之矣。我明諸家尺牘最好。而彙之者如凌氏黃氏屠氏徐氏。皆博訪而搜極之。裒爲大編。覽之如入武庫。矛戟鎧甲。森然而環列。如寶肆陳大貝木難。如巨浸稽天然。信偉觀矣。獨恨其單詞隻言。直破理窾。而折伏人意在於言外者。比古尺牘稍阻一塵。余暇日盡發諸所彙。取其單詞隻言足配於古人者。別爲一書。分四卷。名曰明尺牘。以附張氏後。庶不失楊王之旨云。
許筠	惺所覆瓿稿 卷13 「歐蘇文略跋」	王世貞은 만년에 蘇軾의 글을 즐겨 읽었고, 茅坤은 평생 동안 歐陽修를 韓愈보다 뛰어나다고 추앙하였음을 말하다.	歐陽子·蘇長公之文。宋爲大家。歐之風神道麗情思感慨婉切者。前無古人。長公之弄出機抑。變化無窮。人不測其妙者。亦千年以來絶調。而近世宗先秦西京者。乃薄不爲之。此甚無謂也。文章各有其味。人有嘗內廚禁臠豹胎熊蹯。自以爲盡天下之味。遂癈黍稷膾炙而不之食。如此則不餓死者幾希矣。此奚異宗先秦盛漢而薄歐蘇之人耶。元美晚年喜讀長公文。茅鹿門坤平生推永叔爲過昌黎。此二子非欺人者也。
許筠	惺所覆瓿稿 卷13 「明詩刪補跋」	허균이 李攀龍이 편찬한 明詩 선집의 선발 기준을 비판하여, 王世貞이 이른바 "영웅도 사람을 속이므로, 모두 믿을 수는 없다"는 말을 인용하다.	李于鱗刪明詩若干首。附古詩刪後。其去就有不可測者。元美所謂英雄欺人。不可盡信者耶。明人號爲開天者。不必皆開天也。若以伯謙氏例去就之。吾恐其不入殼者多矣。余取于鱗所刪。刪其十三四。又取王氏(廷相)風雅·顧氏(起淹)國雅及諸家集。揀其

			合於音者補之。凡六百二十四篇。以唐三百年累百家而伯謙氏以千餘篇盡之。則今余之所銓明詩者。適得其半。亦足以盡明人之詩矣。毋罪余以僭可乎。
許筠	惺所覆瓿稿 卷14 「列仙贊 幷引」	王世貞이 엮은 『列仙傳』의 刊本이 정묘한 것을 보고, 화공을 시켜 그리게 하고, 贊을 짓다.	弇州王元美所輯列仙傳。余從獻甫許渴見眞本。其模寫鋟刻之工。極其精妙。眞希代之玩也。余旣卒業。倩工揀其尤異者。移于絹素。以彩飾之。係以贊辭。時觀之以釋懷仙之念云。
許筠	惺所覆瓿稿 卷15 「祭韓石峯文」	王世貞이 韓濩의 글씨를 奔驥와 같다고 극찬한 사실을 언급하다.	精孕崇嶽。結爲異才。公也應生。蔚作倫魁。鉅筆如椽。臨池池墨。遂貢司馬。名振王國。小楷猊抉。大字龍纏。右軍吳興。千載拍肩。太倉(王元美)擊節。賞以奔驥。
許筠	惺所覆瓿稿 卷15 「丙午紀行」	朱之蕃은 盧守愼의 시는 强力宏蕃하되 王世貞에 비해 조금 固執스러우나, 五律은 杜甫의 法을 깊이 터득했다고 평가한 것을 기록하다.	初六日。留開城。宴散。上使招余評本國人詩曰。孤雲詩似粗弱。李仁老·洪侃最好矣。李崇仁鳴呼島。金宗直金剛日出。魚無跡流民歎最好。李達詩諸體。酷似大復。而家數不大也。盧守愼强力宏蕃。比弇州稍固執。而五律深得杜法。李穡諸詩。皆不逮浮碧樓作也。吾達夜燃燭看之。貴國詩。大概響亮可貴矣。因高詠李達漫浪歌。擊節以賞。
許筠	惺所覆瓿稿 卷15 「丙午紀行」	許筠이 朱之蕃과 王世貞과의 인연에 대해 대화한 것을 기록하다.	九日。留受宴。招余入話良久。余因問曾見弇州否。上使曰。癸巳春。往太倉請益於弇州公。時以南大司寇致仕。貌不中人。眼炯如花。園築考古·博古等堂。聚詩社友門徒賦詩。飮酒終日。日飮五六斗不醉。人有求詩文。令侍婢吹彈而謳。伸紙輒成。

			問學問文章功程。則曰。吾輩少日妄喜王・陸之新音。到老看之。考亭訓四子爲第一義。可自求於此矣。章文則人人不可爲李于鱗。先秦西京文。漢魏古詩。盛唐近體。雖不可不讀。而蘇長公詩文。最切近易學也。吾亦以白傳蘇詩爲法矣。余問方今翰閣能詩者孰誰。曰。南師仲, 區大相, 顧起元俱善矣。有兵部郎謝肇淛詩。酷造大復之域矣。
許筠	惺所覆瓿稿卷19「己酉西行紀」	許筠이 萬曆 이후의 문장가에 대해서 묻자, 徐明이 王世貞과 李攀龍 이후로 屠隆, 黃洪憲, 謝肇淛, 區大相, 顧起元 등을 거론한 것을 기록하다.	余又問文章孰爲第一。徐曰。自太倉・新安之仙去。海內部署文章者無人焉。屠赤水隆, 黃葵陽洪憲有盛名於東南。此外謝郎中肇淛, 區洗馬大相, 顧編修起元。爲後來之秀。徐又言曾從黃太史輝使安南。其國亦解文。爲詩者甚多。率佻淺不及貴國詩之敦厚典麗。且人心生獰。到處生梗。使臣輒陳兵自衛。彼之儐相。亦皆嚴警以待。風土極惡。中瘴輒嘔洩。地多蟲蛇。亦不如貴國之比諸夏也。且其饋遺。皆金珠, 犀香, 翠羽, 明珀等物。貴國無寶。而人才是寶也。
許筠	惺所覆瓿稿卷21「與任茂叔」(庚戌七月)	許筠이 任叔英의 文이 王世貞의 글과 비슷하다고 격려하다.	吾謂人曰。茂叔之四六。過於孤雲也。人皆怪罵之。又語人曰。茂叔之文。似王弇州也。人不甚訝之。是無他。貴遠而賤近也。其實弇州之文。遠踵漢兩司馬。俯視孤雲。奚啻儀鳳於燕雀乎。君可自信。毋撓於人可也。

許筠	惺所覆瓿稿 卷24 惺翁識小錄(下)	王世貞이 韓濩의 글씨에 대해 "趙孟頫와 어깨를 겨룰 만하다"고 평하고, 陶隆이 "노한 사자가 바위를 차는 기세다"라고 극찬한 뒤 그의 명성이 중국에 떨치게 된 일을 기록하다.	石峯從林塘相。迎韓敬堂于江上。韓甚賞之。滕季達從來。得其手迹。示王元美。則稱可與松雪比肩。屠長卿以爲怒猊抉石。其名得振於中國。亦近代人所無也。
許筠	惺所覆瓿稿 卷24 惺翁識小錄(下)	虞初의 『春明退朝錄』과 王世貞의 『盛事述』에 대해 언급하다. *『春明退朝錄』은 북송시대 宋求의 저작이며 虞初는 西漢시대 인물로 소설가의 鼻祖로 칭해진다.	嘗觀虞初春明退朝錄及王弇州盛事述。則備載早達者。自十一至五十。悉搜無遺。我國無文籍可考。始見見聞記之。我國地陜。人才甚尠。故僥占科第。倖登宰列者亦多。
許筠	惺所覆瓿稿 卷24 惺翁識小錄(下)	王世貞이 조선 사람의 시를 명나라 宣德·成化연간의 시인들과 견준 것은 호평한 것인데, 이를 혹평한 것으로 오해하는 사람들이 있다고 말하다.	王弇州跋韓太史世能朝鮮詞翰後。比我國詩於宣成之間。比我國書於趙松雪。弇州集初來。有名公見之。謂其蔑視。甚恥之。及今詳見王公之論。此乃奬也。非貶之也。元美嘗以宣德間楊東里·成化間李西厓·程篁墩諸公之作。比之唐景龍間。而以何·李此之李·杜。我詩之比於景龍亦過矣。元美評書。自二王後只有趙松雪。歐·褚·虞·顏·蔡·米。皆在其下。石峯之書。比於子昂。亦足矣。乍見而忿之。誠不滿一笑。
許筠	惺所覆瓿稿 卷24 惺翁識小錄(下)	王世貞이 극찬한 宣城 諸葛氏가 만든 붓도 우리나라 黃毛筆만 못하다고 말하다.	弇州嘗言宣城諸葛氏所造筆。極其精緻。終日用之不敗。朱太史以五枚贈余。兔則柔而易渴。羊則膩而易拉。俱不若我國黃毛筆也。朱太史用我筆。五日握而不敗。是天下第一品也。多束數千枝而去。又喜紙多。擇極薄者而曰。此可搨摹也。

許筠	鶴山樵談	崔慶昌의 시가 명나라에까지 알려져 王世貞이 극찬한 일화를 소개하다.	崔慶昌。字嘉運。… 嘗赴京作詩於朝天宮曰。午夜瑤壇堨白雲。焚香遙禮玉宸君。月中拜影無人見。琪樹千重鎖殿門。又曰。三淸露氣濕珠宮。鳳管裵迴月在空。苑路至今香輦絶。碧桃紅杏自春風。有道士秦姓忘其名。亦能詩。大加稱賞。追至通州河淸觀。請題其卷。詩曰。碧字標眞界。玄壇近太淸。鸞栖珠圃樹。霞繞紫微城。寶籙三元祕。金丹九轉成。芝車人不見。空外有簫聲。此詩傳播中原。王鳳洲先生甚加推賞。其題楊忠壯公照之墓曰。日沒雲中火照山。單于已近鹿頭關。將軍獨領千人去。夜渡遼河戰未還。此詩不減唐人高處。宜乎見賞於中原也。
許筠	鶴山樵談	明詩의 우열을 논한 조선 문인들의 견해를 소개하며, 王世貞의 견해를 소개하다.	明人詩。蓀谷以何仲默爲首。仲兄以李獻吉居最。尹月汀以李于麟度越前二子。論莫之定。鳳洲之言曰。律至獻吉而高。仲默而暢。于麟而大。亦不以某爲首而某次之也。
許筠	鶴山樵談	王世貞의 아들 王士騏에게 盧守愼이 지은 趙光祖의 碑文을 보여주니, 이를 극찬하며 부친에게 보여 주겠다고 한 일화를 소개하다.	庚寅歲。兵部主事王士騏。鳳洲之子。檢閱卜物。來會同館。因通事求見東國文章。有以蘇齋所撰靜菴碑示之。主事裵去曰。欲進於家君也。且曰銘如鄒嶧山頌。而光焰過之。序如法言而博大愈之。爾國亦有此等人物與此等文章乎。
許筠	鶴山樵談	명나라에서 文으로 유명한 十大家는 李夢陽, 王守仁, 唐順之, 王允寧, 王愼中, 董玢, 茅坤, 李攀龍, 王世貞, 汪道昆이다.	明人以文鳴者十大家。李崆峒獻吉。王陽明伯安。唐荆川應德。王祭酒允寧。王按察愼中。董潯陽玢。茅鹿門坤。李滄溟攀龍。王鳳洲世貞。汪南溟道昆。而崆峒專學西漢。王李則鉤

			章棘句。欲軼先秦。南溟華健。董·茅則平熟。王愼中則富贍。明人皆厭之。以爲腐俗。余所見畧同。伯安不專攻文而以學發之。故未免駁雜。荆川則典實。然皆可大家。
許筠	鶴山樵談	王世貞은 明人의 문장을 西漢에 비겨, 이몽양을 司馬遷에, 李攀龍을 揚雄에, 자기 자신은 司馬相如에게 비겨 자기 자랑이 심한 것을 비판하다.	王元美輩以明人文章比西漢。以獻吉比太史公。于鱗則比子雲。自托於相如。其自誇太甚。我東方金季昷·南止亭·金冲庵·盧蘇齋之文。置之十人中。比諸董茅亦不多讓而不得攘臂於中原惜哉。
許筠	鶴山樵談	명나라에서 시로 유명한 사람으로 何景明, 李夢陽, 邊貢, 徐禎卿, 孫一元, 王九思, 李攀龍, 王世貞, 吳國倫, 徐中行, 張佳胤, 王世懋, 李世芳, 謝榛, 黎民表, 張九一 등을 거론하다.	明人以詩鳴者。何大復景明。李崆峒夢陽。人比之李杜。一時稱能者。邊華泉貢。徐博士禎卿。孫太白一元。王檢詩九思。何·李之長篇。七律俱善。近古李于鱗·王元美亦稱二大家。而吳國倫·徐中行·張佳胤·王世懋·李世芳·謝榛·黎民表·張九一等。皆并驅爭先.
許筠	鶴山樵談	조선의 金宗直·金時習·朴誾·李荇·金淨·鄭士龍·盧守愼 등의 시는 비록 何景明·李夢陽·王世貞·李攀龍에게는 못 미친다 하더라도 吳國倫·徐中行 이하에게는 뒤지지 않는다고 평가하다.	我國金季昷·金悅卿·朴仲說·李擇之·金元冲·鄭雲卿·盧寡悔等製作。雖不及何·李·王·李。而豈有媿於吳·徐以下人耶。然不能與七子周旋中原。是可恨也。

許傳	性齋集 卷10 「答李汝雷」	胡寅이 父親喪을 당해 喪服을 입었는가의 문 제에 대해 王世貞이『宛 委餘編』에서 한 말을 인 용하고 그가 근거 없는 말을 하지 않았을 것이 라고 언급하다.	胡致堂事。沉之盆水者。抑或其母欲 改嫁。而惡其從己。欲除去之也。囚 之空閣。文定欲制其桀黠也。若乃所 生父則已死矣。及其貴顯。不爲生母 持服。恐旣爲叔父后。則不敢服其母 服。不勝訝惑。玆敢提稟。胡寅所生 父已死。其母欲改嫁云者。果有明文 耶。王弇州宛委餘編曰胡廣本姓黃。 五月五日生。父母惡之。置之葫投於 江。後父得以養之。廣後不治本親 服。胡寅少亦不爲父所擧。伯父安國 擧之。後亦不持父服。何姓事之同乃 爾耶。寅亦五月五日生。其父沉之 水。弇州必不爲無据之言。則本生父 之已死。其母欲嫁之說。不攻自破 矣。且雖出后人。寧有全不服所生之 禮乎。降期獨不可服耶。致堂他事多 有好處。故前儒稱之。然至於不服父 母喪。斷不可厚恕也。又出張懋修談 乘。又見徐乾學讀禮通考。
許傳	性齋集 卷10 「拜」	拜禮에 대해 논하며 王世 貞의『宛委餘編』을 인용 하다.	書太甲稽首於伊尹。成王稽首於周公。 儀禮公勞賓。賓再拜稽首。勞介·介 再拜稽首。古未有四拜之禮。戰國策 蘇秦過洛陽。嫂蛇行匍伏四拜。自跪 而謝。盖因謝罪而加拜也。周書宣帝 紀。詔諸應拜者皆以三拜成禮。後代 變而有四拜。不知天元自擬上帝。凡 冕服之類十二者。皆增爲三十四。而 答捶人亦以百二十爲度。名曰天杖。 然未有四拜。王世貞宛委餘編曰。李 涪謂唐世郊天祭地。止於再拜。而以 婦拜姑章必四爲非。然則彼時不行四拜 也。方干處士每拜必三。時謂方三 拜。朱子孫爲淮東提刑。與顯者書必

			云萬拜。時謂之朱萬拜。春秋傳申包胥三頓首。未嘗九也。而杜註無衣三章三頓首。每頓首必三。此亡國之餘。情至迫切而變其平日之禮者也。七日夜哭於隣國之庭。古人有此禮乎。七日哭九頓首。此亡國之禮。不可通用也。
許傳	性齋集 卷10 「襴衫」	襴衫에 대해 논하며 王世貞의『宛委餘編』을 인용하다.	襴。裙也。衣與裳連曰襴。○唐馬周以三代布深衣。因于其下着襴及裾袖標襈。名曰襴衫。以爲士之上服。標袖端。又云領餙襈緣也。○家禮用於冠禮。從俗也。非古也。○宛委餘編云後魏胡服。便於鞍馬。遂施帬於衣爲橫幅。兩裰於下。謂之襴。戎狄之服。學士大夫皆安之。
許薰	舫山集 卷1 「讀李于麟詩」	李攀龍의 시를 높이 평가하면서 王世貞만이 그와 대등하다 평하고 錢謙益이 李攀龍을 비판한 것을 반박하다.	歷下高風未易攀。詞家當日樂魂還。大樹撼蜉看牧老。中原爭鹿有夆山。流落篇章驚海左。崢嶸名字滿人間。如今未見如君者。謝絕朋徒獨閉關。
許薰	舫山集 卷10 「答李强初嘉穑」 (戊戌)	李攀龍・王世貞 등이 말하는 古文은 옛사람들의 句讀만 흉내낸 것이라고 비판하다.	蓋古者文與道合而爲一。聖賢之經傳是已。聖賢何嘗執筆。工爲文者哉。道積于躬。則發之言語者。自然成好文章。于以明道術而淑人心。爲萬世程。降而衰叔。嗷嗷爭鳴。專事文辭之末技。於是聖人之道晦。而文之病深矣。… 吾所謂古文。乃自然而成者也。非謂其句讀之類古人而已。若取其句讀而已。則向來澹・弇輩之所爲。亦可曰眞古文乎。

許薰	舫山集 卷5 「讀王陽明集」	王守仁의 학술이 잘못되었음을 李滉의 말과 王世貞 문집의 글을 인용하여 비판하다.	刪述宣尼比虐秦。朱門窮理亦狂嗔。 覇儒莫掩禪腸肚。護法曇娘卻誤親。 (退溪云。陽明學術頗弐。欲排窮理之 學。則斥朱說於洪水猛獸之害。欲除 繁文之弊。則以始皇焚書。爲得孔子 刪述之意。弇州集云。王錫爵議陽明 從祀云 。大夫覇儒也。外似儒。心似 禪。其女曇陽仙師沮之。削草。) 心理 云云不識心。由來此說禍人心。休言 所指原頭異。畢竟迷途一轍尋。
許薰	舫山集 卷9 「與沈雲稼」	李夢陽, 李攀龍, 王世貞 등이 '勦詭之文'을 유행시킨 것을 비판하다.	宋儒之文。已自不同。濂溪簡俊。二 程明當。橫渠沈深。而不害爲道同。 今時則不然。作文引用朱子書。作詩 衣被朱子語。謂之學問中人。斯果善 學朱子者耶。彼好新厭常者。自有明 以來創爲勦詭之文。北地濫觴。滄· 弇鼓浪。而公安·虞山者流。別出機 鋒。妄據壇坫。又有一種攷据之習。 徒勞檢索。反致汩亂。而楊用修·王 士禛諸人。式啓其端。近日中州之 士。莫不墮此窠套。
洪吉周	峴首甲藁 「峴首甲藁輯次」	王世貞이 자신의 문집인 『弇州四部稿』를 詩, 賦, 文, 說의 4부로 나누었음을 말하다.	古人之集。或有分部者。其分詩與文 爲二集者。陸務觀劍南·渭南集是也。 其分詩賦文說爲四部者。王元美弇州四 部稿是也。余之是集亦有四紀之分焉。 曰雜文紀者五卷。曰雜詩紀者一卷。曰 藏書紀者三卷。曰雜文別紀者一卷云。
洪吉周	峴首甲藁 卷3 「明文選目錄序」	正德 嘉靖 이후로 王世貞과 李攀龍을 비롯한 몇몇문장가들을 위주로 『明文選丙集』을 엮었다고 밝히다.	明文選二十卷。目錄一卷。淵泉先生 之所篇也。其書有五集。…自正德· 嘉靖以來。李王已下若干家爲丙集。 丙者。天道自東而南。時之變也。

洪吉周	峴首甲藁 卷4 「與李元祥(審夫 改字)論齋義書」	王世貞과 李攀龍은 문 장은 高奧함에 힘써 스 스로를 司馬遷에 比擬 하였으나, 군자는 文이 라 여기지 않을 것이라 혹평하다.	竊嘗聞之。發於心者謂之言。擇於言 者謂之文。言之不出乎心。是爲詭 言。文之不得於言。是爲僞文。是故 齊梁隋唐之作。雖極其藻麗。眩眩人 心目者。君子不謂之文也。李于鱗· 王元美之辭。雖刻意高奧。自方乎太 史氏者。君子亦不謂之文也。君子之 文。不論乎辭語之繁簡也。不論乎法 度之古俚也。
洪吉周	峴首甲藁卷4 「自貽峴山子書」	王世貞과 錢謙益은 문 장은 贗品이나 배우의 말과 같아서 大雅君子 는 읽으려고 하지 않는 다고 혹평하다.	書·詩·春秋·邱明·孟氏之書。檀 弓·考工之記。文之至高者。讀於 斯。誦於斯。坐立頤笑於斯。高則爲 韓·歐·蘇。下則爲宋濂·方孝孺· 歸有光之倫。其又終身習之。歿而人 不知其名者。可勝數也夫? 取泫於至 高。猶患如此。況其從下者。求乎弇 山·牧齋。或贗之爲文。或俳之爲言。 大雅君子所憫然不欲累目而浼唇者也?
洪吉周	縹礱乙籤 卷13 睡餘放筆(下)	洪吉周는『詩經』의「月 出」과「小毖」와『書經』 의「微子」,「梓材」가 小 品文의 원류라 생각하 는데, 어떤 사람은「微 子」,「梓材」가 王世貞, 李攀龍 문장의 祖宗이 되고『詩經』의 陳風은 小品文을 胚胎하였다고 말한다고 기록하다.	文詞各體。無不濫觴於六經。詩之大 叔于田小戎韓奕。書之顧命。文選綺 麗之祖也。詩之月出·小毖。書之微 子·梓材。明末小品之源也。(或曰。 微子·梓材。卽嘉隆王·李之祖。陳 風大抵多胚胎小品。)
洪吉周	沆瀣丙函 卷4 「醇溪昆季燕行, 余旣序以識別, 衍	李攀龍과 王世貞의 문 장은 詰屈聱牙하고, 袁 宏道와 鍾惺의 문장은 瑣碎하다고 평하다.	詰聱滄·弇伍。瑣碎袁·鐘倫。贗製 混彝器。冥音耇鬼燐。縱能新耳目。 徒自敝形神。

67. 王世貞 | 865

	其未究之志, 又得長律八百字以寄, 以序若詩, 分以屬之昆季可也, 以文則合序與詩, 以人則合昆與季, 無彼無此, 總而續之, 亦可也云」		
洪吉周	沆瀣丙函 卷9 睡餘瀾筆續(下)	王世貞, 李攀龍, 徐渭, 袁宏道, 鍾惺, 譚元春, 錢謙益은 서로를 원수처럼 공격하였는데, 조선 사람들이 이를 모르고 함께 떠받들기도 한다고 비판하다.	余舉毛甡古文冤詞。臺山曰。毛甡專於考證。而反右古文。直爲朱子之疑古文故也。其意在於背朱。而不在於右古文也。又曰。近世中國人。雖多尙考證。而至於甡。則往往有深斥者。蓋其立論之橫恣狂悖。宜乎其寡助也。(皇明文人。如王·李·徐·袁·鍾·譚及錢虞山之類。皆互相氷炭。迭攻擊如仇敵。而我東詞章之自謂慕中國者。往往均推而混效之。毛甡之悖。專考證者。亦多深斥。而吾邦之士好新慕奇者。反或愛護如肌膚。是皆東人固陋之病。)
洪奭周	淵泉集 卷24 「選丁集小識」	李攀龍·王世貞 등은 古文은 아니지만, 古에서 떨어지지 않은 바가 있었으나, 그 이후로는 더욱 문풍이 쇠미해졌는데, 『皇明文選丁集』에는 그 중에서 그나마 나은 작가들과 嘉靖帝 이후 一家로 이름할 수 없는 작가들을 모두 수록하였다. *『皇明文選』丁集에 적은 글.	李夢陽, 王世貞之文。非古也。然猶有未離者存。轉而彌降。有大雅君子所難言者矣。其或有一言之幾乎善者。亦不忍盡棄也。詩云。采葑采菲。無以下體。君子曰。與人之廣也。取人之周也。於是乎有丁集。而嘉靖以後文士之不能以一家名者。咸附焉。其人是也。其文非也。則不敢取。其人非也。其文是也。則或取焉。選文也。非選人也。然或進之。或抑之于丙丁之間者有之矣。則勸戒亦昭矣。丁集凡二卷。

洪奭周	鶴岡散筆 卷3	野史가 믿을 것이 못됨을 설명하면서 王世貞의 「史乘攷誤」를 근거로 들고, 王世貞조차 何喬遠의 책에 서문을 쓰면서 그 황당함을 바로잡지 못한 것을 비판하다.	野史之不可信。余已屢言之矣。然未有如明季之甚者。王世貞作「史乘攷誤」。其辨證皆明的有據。及序何喬遠鴻書。則無一糾正語。豈未盡見其書中語耶。鴻書所記皆瑣語異聞。十殆無一二可信。而其甚悖者。以皇明爲朱梁之裔。宣宗皇帝爲建文帝所生。成祖皇帝非馬后所誕。而出於後宮碩氏。喬遠爲皇明臣子。而於祖宗代係肆誣若此。可謂無忌憚矣。世貞身居卿列。乃爲之序其書。而又加以稱美之辭。使在洪武永樂之世。雖欲免株累之戮得乎。凡爲人撰序跋之文者。非盡觀其卷中之載無一字一句。不釁于心者。則決不可下筆耶。
洪奭周	鶴岡散筆 卷3	王世貞이 만년에 『藝苑卮言』을 지은 것을 후회한 사실을 언급하다.	王元美著藝苑卮言。時年尙少。晚而頗悔之。然其書已大行于世。不及改。以故受後人指議甚多。
洪奭周	鶴岡散筆 卷4	王世貞의 詩는 실제로 唐宋의 大家들에 부끄러움이 없으며, 文은 비록 읽기 어렵고 모방함을 면치 못하지만 包羅閎富한 장점이 있다고 평하다.	夫元美之詩。實無媿唐宋大家。未易議也。其文雖不免鉤棘摹擬。然包羅閎富。其所長亦不可沒。其蒐採文獻。可備史乘者甚多。議論去取。亦頗近公平。非如謙益之純任偏私也。
洪奭周	鶴岡散筆 卷4	王世貞의 文은 僞玉贋鼎과 같아서 古貌는 있지만 古氣가 없고, 錢謙益의 文은 優伶打諢과 같아서 雅道가 없다고 평가하다.	余嘗謂王氏之文。如僞玉贋鼎。有古貌而無古氣。錢氏之文。如優伶打諢。雅道全喪。至失身以後愈益。自放於名敎之外。不復問古人軌度矣。

洪奭周	鶴岡散筆 卷5	세상에 전해지는 崔岦이 王世貞을 만났다는 말이 사실이 아님을 변론하다.	我東人往往言崔簡易岦入中國。與王弇州世貞論文。崔之始人中國。在萬曆十年後。萬曆之時世貞未嘗跡京師也。東方之人安得而見之。然自百餘年前。已多有傳是說者。其時則距簡易。亦未滿百年矣。
洪奭周	鶴岡散筆 卷6	紀昀이 方苞에 대해 "그림쇠와 곱자가 손에 있어도 네모와 동그라미를 그리지 못한다"고 평가한 것은 李夢陽과 王世貞에게나 해당하는 것이라고 평하다.	余入燕京見翰林編修費蘭墀。論近世文章。費言。百餘秊來學韓·歐者亦不爲少矣。然當以望溪方氏爲稱首。余時不識望溪爲何人。及聞費言。始求其集見之。其瞻而不穢。醇而能肆。亦不媿爲近世作家。紀曉嵐嘗議其未能規秬在手。自運圓方。然此以語李献吉·王元美摹擬字句者則可。若望溪之馳騁自得。不落窠臼。未可以是議也。
洪翰周	海翁文藁卷3 「南園唱酬集序」	「南園唱酬集序」를 지으며, 王世貞의 『藝苑巵言』을 언급하다.	詩品定韻語之陽秋。雕龍奉詞家之袞鉞。苛法商鞅。過太倉之巵言。直筆董狐。凜廸功之談藝。
洪翰周	智水拈筆 卷1	중국 사대부들의 藏書樓 중에는 소장 도서가 10만여권에 이르는 곳도 있으니, 王世貞의 弇山堂 등이 모두 그러하다.	士大夫私藏。亦往往至七八萬。或十餘萬卷之多。王元美之弇山堂·徐乾學之傳是樓·錢受之之拂水莊·汪苕文·阮雲臺·葉東卿輩。無不皆然。
洪翰周	智水拈筆 卷1	楊愼이 유배지에서 지은 저술 중에는 서적이 부족하여 고증의 정확성이 떨어지는 경우가 있어 王世貞은 "楊愼은 경전을 증명함에는 공교롭지만 경전을 풀이	然窮荒無書。所攷證。間多舛繆。故王元美謂。"用修工於證經。而疎於解經。詳於稗史。而忽於正史。求之宇宙之外。而失之眉目之前"。亦多摘疵。然不過掘拾其畸零耳。

		함에는 거칠며, 稗史에는 상세하지만 正史에는 소홀하니, 우주 밖의 것을 구하면서 눈앞의 것은 놓쳤다"고 하고 그 실수들을 지적한 바 있으나 모두 사소한 것들이다.	
洪翰周	智水拈筆 卷1	王世貞의 『弇州四部稿』는 100권에 이른다.	其後隆·萬之際。 弇州四部稿。多至百卷
洪翰周	智水拈筆 卷1	명나라 때 王世貞은 편저서가 많고 자신의 시문집이 있다.	有明一代。如升菴·弇州·荊川。及王圻·陳仲醇·陳仁錫輩。著書尤多。而亦各有詩文一集。
洪翰周	智水拈筆 卷1	金瓶梅는 매우 음탕한 작품인데, 王世貞이 지었다고 전하니 한탄스러운 일이다.	金瓶梅一書。淫媟尤甚。世傳爲弇州所作。文人。雖曰遊戲翰墨。弇州以父禍。更不出仕。位至南京刑部尙書。爲萬曆間耆宿。名重天下。何至作此等不經文字? 殊可歎也。
洪翰周	智水拈筆 卷2	王世貞은 고금의 시비를 논한 것이 많다.	李于鱗·王元美輩。相與是古非今。此長彼短。至有矯首狂歌萬古空之句。
洪翰周	智水拈筆 卷2	錢謙益은 李東陽과 歸有光을 숭상하고 李攀龍과 王世貞을 공격하였다.	淸之錢受之宗尙西涯·震川。培擊滄·弇。殆無餘地。此雖顚倒是非。皆不過以文相誹謗而已。無足輕重。
洪翰周	智水拈筆 卷2	王世貞의 箚記를 인용하여 王恕를 극찬하다.	故王弇州之「箚記」。 謂王端毅之在朝。其猶麟鳳乎。
洪翰周	智水拈筆 卷3	王世貞의 『藝苑卮言』에서 羅玘의 『圭峯稿』에 대해 논평한 말을 인용하여 비평하다.	是以王弇州藝苑危言曰。今世所傳圭峯稿。皆樹顚死去之所得。令人絶倒也。圭峯則雖樹顚死去。文亦無可稱。是困而已。

洪翰周	智水拈筆 卷4	王世貞이 沈理를 애도하여 지은 「祭沈鐵山文」을 극찬하다. * 이 글은 『弇州四部稿‧續稿』 卷153에 「祭沈封君鐵山文」이라는 제목으로 실려 있다. 또, 『弇州四部稿‧續稿』 卷75에 「沈理先生傳」이 있다.	王弇州祭沈鐵山文有曰：有身有患。無生無滅。眞宰戲爾。搏作一物。區區五福。么麼瑣屑。擲而還之。如鳥籠脫。自玆以往。誰絞誰括? 縱橫大年。嘲笑日月。 此近幻妄。儒家非之。而其曠達之見。超脫之論。一讀爽然。後見李雅亭盎葉記。已先我言之矣。
洪翰周	智水拈筆 卷5	王世貞은 부유층에게 碑文을 써준 것이 많아서 명나라에서 글을 팔아 致富한 인물로는 으뜸으로 꼽힌다.	明之弇州。爲人作文甚多。如富商大賈。皆以厚幣受其碑碣。故明世鬻文致富。弇州爲最。
洪翰周	智水拈筆 卷5	王世貞은 한번 보면 곧장 외워 평생 잊지 않았다.	如杜佑‧鄭樵‧馬端臨‧魏了翁‧王應麟‧楊用修‧鄭端簡‧王世貞‧朱彛尊‧毛奇齡諸人。亦皆當過目成誦。平生不忘矣。
洪翰周	智水拈筆 卷6	王通에 대한 王世貞의 논평을 소개하고 비평하다.	[王通]所著元經。依倣論語‧春秋。故明王弇州謂聖門之優孟。…古人亦以荀‧董‧揚‧韓幷稱五子。則洵爲大儒也。恐難以優孟全然廢之也。
洪翰周	智水拈筆 卷6	명나라의 雪樓七子는 모두 한 시대에 이름이 나란하였다. * 雪樓七子는 後七子-李攀龍, 王世貞, 謝榛, 宗臣, 梁有譽, 徐中行, 吳國倫-를 가리킨다.	明之弘正十子。雪樓七子八子九子。皆聯名一世。

洪翰周	智水拈筆 卷6	金昌協도 錢謙益을 대가로 인정하였으며, 王世貞과 汪道昆의 난해한 문장과 다르다고 평하였다.	明清之際。世推一宗匠大家。故我朝農巖先生。亦以爲近觀牧齋有學集。亦明季一大家也。其信手寫去。不窘邊幅。風神生色。絶似乎蘇長公。不類弇州·大函輩。一味鉤棘。
洪翰周	智水拈筆 卷8	道學者를 비난한 王世貞의 논의를 비판하다.	王元美謂。以道學自命者。皆陋儒之粉餙。貪夫之淵藪。此言未免淆薄。足爲名教之罪科。而古今亦不無僞君子·假道學。以欺世盜名者矣。
洪翰周	智水拈筆 卷8	金履喬는 洪翰周의 시를 雪樓七子 王世貞에 비견하였다. * 雪樓七子는 後七子-李攀龍, 王世貞, 謝榛, 宗臣, 梁有譽, 徐中行, 吳國倫-를 가리킨다.	純祖丙子秋。余陪先君子。往留牙山縣任所。時余年纔十九。縣有白蓮菴。寺殘僧少。而頗幽敞。故一往遊賞。詠二律書小紙。先君子覽而置案上。其一詩曰。步上巖阿最高頂。蒼苔赤葉滿禪居。上方客至雲歸後。古殿鍾鳴日落初。溪樹雨零秋已暮。藥爐香歇境俱虛。浮生偶得塵緣淨。且就山僧乞梵書。適竹里金公履喬。因省墓行。歷縣入政堂。偶見案上詩驚問。知爲余詩。卽招余問齒。亟稱歎。仍求近日諸詩。故並以亂草。示呈金公。行忙袖去。 在道盡閱之。仍歷新昌訪玄樓李公羲玄。出示余諸篇曰。吾今行。得見當世之雪樓七子。時玄樓在謫。聞而奇之。至以詩見遺。成蘿山晚鎭。老於詩。 有盛名。家居新昌。亦聞竹里言。以詩寄之。余今皆忘之。但記玄樓一聯曰。判不染跡青雲路。訝許齊名白雪樓。余今濩落無成立。竟儵廢。豈玄樓詩爲讖耶。

黃玹	梅泉集 卷1 「丁掾日宅寄七絕十四首, 依其韻, 戲作論詩雜絕以謝」	「論詩雜絕」을 지어 前七子와 王世貞·李攀龍 등을 논평하다. * 弘正諸公은 前七子-李夢陽, 何景明, 徐禎卿, 邊貢, 康海, 王九思, 王廷相-를 가리킨다.	其十一: 弘正諸公制作繁。詎知臺閣異田村。到來王李炎熸日。始服人間衆口喧。(七子)

68

王守仁 (1472~1529)

인물 해설	字는 伯安, 호는 陽明子로 陽明先生이라 불렸으며 浙江 餘姚 사람이다. 명대의 저명한 思想家이자 哲學家·文學家·軍事家이다. 관직은 南京兵部尚書에 이르렀고 新建伯에 봉해졌다. 철학은 양명학이라 불려 송의 陸象山으로부터 시작되었으나 주자학의 성리설에 의해 새로이 知行合一과 致良知의 설을 세워 心卽理의 철리를 풀이했다. 서는 왕희지 체를 배워 행서를 잘했고 세속을 초탈한 기품이 있었다. 문집에 『王文成公全集』이 있다.
인물 자료	○ 『明史』, 列傳 83 　… 守仁天姿異敏. 年十七謁上饒婁諒, 與論朱子格物大指. 還家, 日端坐, 講讀『五經』, 不苟言笑. 遊九華歸, 築室陽明洞中. 泛濫二氏學, 數年無所得. 謫龍場, 窮荒無書, 日繹舊聞. 忽悟格物致知, 當自求諸心, 不當求諸事物, 喟然曰: "道在是矣." 遂篤信不疑. 其爲敎, 專以致良知爲主. 謂宋周·程二子後, 惟象山陸氏簡易直捷, 有以接孟氏之傳. 而朱子集注·或問之類, 乃中年未定之說. 學者翕然從之, 世遂有"陽明學"云. … 隆慶初, 廷臣多頌其功, 詔贈新建侯, 諡文成. 二年予世襲伯爵. 旣又有請以守仁與薛瑄·陳獻章同從祀文廟者. 帝獨允禮臣議, 以瑄配. 及萬曆十二年, 禦史詹事講申前請. 大學士申時行等言: "守仁言致知出大學物主義". 良知出孟子. 陳獻章主靜, 沿宋儒周敦頤·程顥. 且孝友出處如獻章, 氣節文章功業如守仁, 不可謂禪, 誠宜崇祀." 且言胡居仁純心篤行, 衆論所歸, 亦宜並祀. 帝皆從之. 終明之世, 從祀者止守仁等四人. … ○ 錢謙益, 『列朝詩集小傳』 丙集 卷4, 「王新建守仁」 　守仁, 字伯安, 余姚人. 弘治丙辰進士, 除刑部主事, 起改兵部. 疏劾劉瑾, 謫龍場驛丞. 屢遷南太僕鴻臚卿, 以左僉都御史撫南贛, 用禽寧濠功, 拜南京兵部尚書, 封新建伯, 諡文成. 事其國史. 先生在郎署, 與李空同諸人遊, 刻意爲詞章. 居夷以後, 講道有得, 遂不復措意工拙, 然其俊爽之氣, 往往湧出於行墨之間. 荊

川之門人, 專取其晚年詩, 以爲極則, 則可哂也. 王元美書王文成集後云:"伯安之爲詩, 少年有意求工, 而爲才所使, 不能深造, 而衷於法; 晚年盡擧而歸之道, 而尙爲少年意象所牽, 率不能渾融而出於自然. 其自負若兩得, 而吾以爲幾於兩墮也." 以世眼觀之, 公甫何敢望伯安; 以法眼觀之, 伯安瞠乎後矣.

저술 소개	★『王文成公全書』 (明)隆慶 6年 謝廷杰刻本 38卷 / (明)萬曆 24年 刻本 38卷 ★『陽明先生則言』 (明)嘉靖 16年 薛侃刻本 2卷 / (明)嘉靖 44年 谷中虛刻本 2卷 ★『傳習錄』 (明)嘉靖 3年 南大吉刻本 3卷 / (明)嘉靖 33年 刻本 3卷『續錄』2卷 / (明)萬曆 21年 陳效刻本『陽明先生文錄』5卷『外集』9卷『別集』3卷『傳習錄』3卷『傳習續錄』2卷 ★『陽明先生文選』 (明)萬曆年間 刻本 4卷 ★『陽明先生集抄』 (明)汪孟樸等刻本 16卷 ★『陽明先生文錄』 (明)嘉靖 14年 聞人詮刻本 5卷『外集』9卷『別錄』10卷 / (明)萬曆 21年 陳效刻本 5卷 / (明)嘉靖 35年 董聰刻本 5卷 ★『八代文鈔』 (明)李賓編 明末 刻本 106種 106卷 內 王守仁撰『王伯安文抄』1卷 ★『元明七大家古文選』 (淸)劉肇虞編幷評 (淸)乾隆 29年 步月樓刻本 13卷 內 王守仁撰『王陽明文選』2卷 ★『盛明百家詩』 (明)俞憲編 (明)嘉靖－隆慶年間 刻本 324卷 內 王守仁撰『王陽明集』1卷 ★『皇明十大家文選』 (明)陸弘祚編 明代 刻本 25卷 內 王守仁撰『陽明文選』三卷

비 평 자 료		
姜世晃	豹菴遺稿 卷4 「遊格浦記」	姜世晃이 格浦를 유람할 때 일행인 任瑗이 王守仁의 시「泛海」중 "夜靜海濤三萬里, 月明飛錫下天風"의 구절을 읊조렸음을 말하다.	又小東尖峯入雲。興而登焉。絶頂圍短墻。入門。累禚石爲高臺。臺前列峯堠。登臺而西望。萬頃滄海。粘天無際。南北亦然。… 聖與誦夜靜海濤三萬里。月明飛錫下天風。
金萬重	西浦漫筆 「序」	王守仁을 荀子, 尹鑴 등과 함께 이단적 성향의 인물로 거론하며, 金萬重이 그들과 다름을 역설하다. * 이 글은 金春澤이 지은 것이다.	朱子親學於延平。有相難而不決者。朱子且自有初晩之異。苟或反背慢誣。逞私務勝。如古之荀況。明之王守仁。近日之尹鑴。則固罪也。而不然而或有異同。卽先儒之所已不免。於先生又何疑焉。
金邁淳	臺山集 卷15 闕餘散筆	王守仁의 『大學』 해석을 추종한 顧憲成, 李光地를 陸隴其의 학설을 인용하여 비평하다.	王陽明盡舍諸說。一從古本。謂大學初無經傳。亦無衍闕。隆萬以來。其說大行。明末顧涇陽。近世李榕村。名爲尊朱斥王。而至於知本之爲格物。則墨守膏肓。牢不可破。獨陸三魚隴其力辨其失。
金邁淳	臺山集 卷16 闕餘散筆	王守仁의 "春王正月"에 대한 해석을 金昌翕이 찬탄하였으나, 이 설은 이미 元代의 熊朋來가 주장한 바 있다.	春王正月。程子謂夏時冠周正。胡傳仍之。朱子不以爲然。王陽明斷以爲周改時。其言曰 : 陽生於子而極於己。陰生於午而極於亥。自一陽之復至六陽之乾而爲春夏。自一陰之姤至六陰之坤而爲秋冬。三淵集論此以爲爽利。然子陽爲春。午陰爲秋。元儒熊朋來五經說。已有此論。
金邁淳	臺山集 卷17 闕餘散筆	王守仁은 朱子가 고친 『大學』을 버리고 古本 『大學』을 신봉하면서 새로운	王陽明出。盡掃諸說。斷以古本爲正。而所自爲說。牽强謬戾。往往全不成文理。

		학설을 제출하였는데, 이치에 크게 어긋난 것이 많다.	
金邁淳	臺山集 卷17 闕餘散筆	李光地는 "尊朱黜王"을 표방했으면서도 王守仁의 『大學』에 대한 학설을 극찬하였으니, 잘못이다.	榕村之學。名爲尊朱黜王。而於此大頭項公案。却乃極贊王說。以爲獨得曾思之旨。
金邁淳	臺山集 卷17 闕餘散筆	朱子를 높이는 것은 그 道가 폐단이 없고 남긴 말씀이 하자가 없기 때문이며, 王守仁을 미워하는 것은 그렇지 못하기 때문이다.	且夫所尊乎朱子者。以其道之無弊。其言之無疵。選諸儒而莫能尙也。 不然。何愛於朱子。何憎於姚江。彼奴而此主之耶?
金邁淳	臺山集 卷17 闕餘散筆	王守仁은 자신의 학설을 세워 朱子와 경쟁하려 한 사람이다.	姚江則繆甚矣。直述已見。更無他念。悍然角立。自覇一方。使朱子復起。諭而歸一。不無是理。設使終不能一。彼爲彼。我爲我。如黑白氷炭。各一形色。 人皆見之。昭昭然不相混也。
金邁淳	臺山集 卷17 闕餘散筆	李光地는 사람됨이나 학문이 方便을 따르고 時勢를 좇기를 좋아하여 진실로 朱子를 존중하고 王守仁을 비판했다고 할 수 없다.	榕村則不然。觀其行已規模。喜方便而貴諧合。以之談經。亦用此法。而問學之眩贍。言語之辯給。足以濟之。故圓渾滑熟。未易非刺。於朱子則服事旣久。嚴不敢違。 而其中則未必篤信。於王氏則病敗已著。鄙不肯從。而其實則未敢辨敵。 於是褱叵兩間。別立門戶。明明從王氏。而曰。吾非從王氏也。章次而已。明明違朱子。而曰。吾非違朱子也。文義自如。 其心不已勞。而其辭不已枝歟。君子之翼聖經距邪說也。理達辭沛。要以明已之道而已。未嘗爲拙匠而改廢繩墨。則彼喙之容與不容。本不足計。況是書也爲聖門的傳。則入頭

			下手。當以章次爲第一義。今旣屈而從彼矣。却曰。文義則從我。吾見其喙之益長。未見其無所容也。假使眞不能容喙。此所謂和峴之樂。非臣之樂也。約束則更之矣。軍吏則易置之矣。威敵制勝。則推以歸功。此馬服之代廉頗。而班超之唱郭恂也。以是而尊朱子。其肯欣然享之歟。
金邁淳	臺山集 卷17 闕餘散筆	陸隴其는 顧憲成과 高攀龍이 朱子를 존숭한다고 표방하였으나 실제로는 王守仁의 범위를 넘어서지 못한다고 비판했는데, 매우 적실하다.	又論顧涇陽·高梁溪。名雖尊朱。而實不能脫王氏範圍。亦深中肯綮。
金澤榮	韶濩堂文集定本 卷8 「雜言三」	王守仁의 格物說을 비판하되, 『中庸』首章에 대한 해석은 긍정하다.	王陽明解格物爲正心。正字容或有說。物字安可謂之心。此明是武斷牽强之說也。惟中庸首章解。稍似明透。
金錫冑	息庵遺稿 卷8 「謝李擇之借示董學士(份)泌園全集書」	董份의 문장은 근래 문인인 葉向高, 李維楨보다도 뒤떨어지니, 王守仁, 唐順之과 비견할 수 없다.	僕嘗從申寅伯許。求閱陸弘祚所編皇明十大家文選。董氏卽其一也。每恨其選之至約而未得覩其全也。今蒙借示原集一袟。實諧夙願。甚幸甚幸。董之文。大約蓄富意宏。大者數千言。小猶不下累百言。必極其所欲言而後止。誠可謂大矣。然辭或傷於騈偶而輒復剩複。旨每失於弛蕩而大不收結。較之近代葉蒼霞李京山。猶有所遜。況可置諸陽明·荊川諸公間耶。巨無霸雖甚長大。恐不能當劉文叔一勁卒。如何如何。詩律淸曠雅澹。頗有孟襄陽韋蘇州遺致。不比嘉隆以後諸人務爲大聲壯語。殊可喜也。探閱略遍。謹此奉完。

金錫胄	息庵遺稿 卷14 「以勘勳不審 待罪疏」	王守仁의 "痛心刻骨, 日夜 冤憤,義當與之同死"란 말 을 인용하여 자신의 심정 을 토로하다. * 김석주가 인용한 왕수 인의 말은『陽明全書』卷 2,「咨六部申理冀元亨」에 나오는 말로서, 본래 문장 은 다음과 같다. "此本職 之所爲痛心刻骨, 日夜冤 憤而不能自己者也. 本職 義當與之同死."	伏以臣昨奉備忘記。有別單所抄。五人 功勞。不下於已參正勳之類。且鞫獄之 後。終不可無上變者錄功之事。五人追 錄事。問議大臣之敎。繼又伏覩諸大臣 收議。蓋亦以當初論功定次。皆出於元 勳。而不錄當錄之功。誠有不審之失爲 言。臣奉讀未半。竊不勝震悚駭汗之 至。 … 一家五六人同日封功。苟以此而 率之。雖使範華等參錄。所錄者功。非 錄其親也。而臣等徒知親戚之爲嫌。而 不知蔽功不賞之爲臣罪矣。卒之事端轉 變。有功者又復爲罪。而擧朝洶洶。將 欲爲叛賊泄憤報讎。幾使往虣宸濠之冀 元亨爲幽狴之冤鬼。則王守仁之所謂痛 心刻骨。日夜冤憤。義當與之同死云 者。卽臣今日之心也。
金錫胄	息庵遺稿 卷14 「以勘勳不審 待罪疏」(第二 疏)	從弟 申範華가 모함을 당 한 것은 王守仁의 문인인 冀元亨이 억울하게 죽음 을 당한 것과 같다고 말하 고, 王守仁의 「咨六部伸 理冀元亨」을 다시 인용하 고 자신이 바로 전에 올린 상소문에 이 구절을 사용 한 의도를 설명하다.	伏以臣每閱明朝王守仁遺文。得其門人 冀元亨冤死事。心竊傷之。常以爲討宸 濠之亂者守仁也。以宸濠之言。殺守仁 所使之門人。此誠天下之至冤也。不幸 今者臣之從弟申範華卒爲元老之所構 陷。其前後事情。實與元亨千古一轍。 噫。天下之事。異世相類。乃至於此 耶。故臣於昨日自列之疏。不得不更及 範華抱枉之狀。而方其草疏也。適又抽 出守仁之文而考之。其文有曰宸濠旣 敗。痛恨本職起兵攻剿。雖反噬之心無 所不至。而無因得遂其奸。乃以元亨係 本職素所愛護之人。輒肆誣誣。謂與同 謀。宸濠之素所同謀如李士實·劉養心 之類。曾不一及。而獨稱本生與之造 始。此其挾讎妄指。蓋有不待辨說。行 道之人皆能知者。但當事之人。不加詳 察。輒爾聽信。遂陷本生。一至於此。

			論心原迹。當蒙賞錄。而今乃身陷俘囚。妻子奴虜。宗族遭殃。信奸人之口。爲叛賊泄憤報讎。此本職之所以痛心刻骨。日夜冤憤而不能自已者也。本職義當與之同死。欲爲之具奏伸理。而慮當事之人或不見諒。反致激成其罪。隱忍到今。又恐多事紛紜之日。萬一玉石不分。忠邪倒置。徒以快叛賊之心。則本職後雖繼之以死。將無以贖其痛恨也。此守仁移咨六部之文也。臣讀之。尤覺字字刺烈。有觸於心者。遂取此文中數句語。入之臣疏之末。其所謂爲叛賊泄憤報讎者。卽與唐史所稱爲世充建德報仇。同一口氣。雖守仁之意。亦豈眞謂當時任事之人。必欲爲泄宸濠之憤。報宸濠之讎而爲此也耶。秪以元亨爲宸濠之所讎憤。而元亨之一死。適足以快宸濠之心。故其言感發哀憤。乃至於此。臣於臨紙口呼。悤悤寫過之際。初不自知其爲大段過差而用之。而至若擧朝洶洶四字。誠有不及點檢者。今見諸臺之避。筵臣之疏。皆以此兩語爲口實。此則臣果有輕用文字之失。而益覺王守仁所謂或不見諒而反致激成之爲明智之論也。
金錫胄	息庵遺稿 卷21 擬執事問	格物에 대한 王守仁의 견해를 인용하고, 이를 程子의 견해와 비교하다.	問。大學乃初學入德之門。格物致知。又是大學最初用功處。而其只曰致知在格物。不曰先格其物者何歟。其只說格物。不說窮理者。又何歟。經曰欲誠其意。先致其知。知固在於誠之之先。而程子曰。格物窮理。但立誠意而格之。然則誠意反在於格之之先歟。經曰物格而后知至。知固在於格之之後。而朱子曰。因其已知之理而益窮之。然則格物

			反在於知之之後歟。程子曰。格物非欲盡窮天下之理。朱子曰。天地鬼神之變。鳥獸草木之宜。自其一物之中。莫不有以見其所當然與其所以然。紫陽之訓。其有異於兩程。而務學爲尤博歟。程子曰。格物莫若察之於身。王氏曰。格物者格其心之物。陽明之論。其果同乎程氏。而自治爲尤切歟。韓子著原道。言誠正而不及於格致。抑有所見而然歟。易書論孟中庸。亦必有格致之旨。皆可明揭而歷言之歟。王魯齋以爲格致章未嘗亡。還經文自知止而后。至則近道矣于聽訟之上。此果可謂能盡復曾氏之舊而發前資之所未發者歟。宗江西之學者。復刔致良知之說。證之以孟子。此果可謂能明大學之本指。而雖戾於程朱之敎。終亦無害於同學孔孟歟。如欲使學者自身心性情之德。人倫日用之常。以至事事物物。皆有以窮其義理精微之所極。務爲眞知。毋惑異端。且絶外騖之患。以致意誠之效。則將奚爲而可歟。此正諸生所日用力之地。必有所講究於平昔者。願聞貫徹之論。
金昌協	農巖集 卷3 「敬次家君碧波亭次陽明韻」	부친 金壽恒이 碧波亭에서 王守仁의 시에 차운하여 지은 시에 차운하여 시를 짓다.	其一： 天南地盡島夷中。積水冥茫混太空。縱有夢魂飛不度。願爲黃鵠去隨風。 其二： 終古珠厓瘴海中。謫居應是似逃空。桄榔樹下詩千首。領取蘇家父子風。
金昌協	農巖集 卷15 「與權有道(尙游)論思辨錄辨」	朴世堂의『思辨錄』을 논하며 그 중 盡心章 해설이 王守仁의 견해와 비슷하다고 주장하다.	盡其心章。以此三段。分作聖人賢人學者之事。王陽明已有此說。豈彼竊取其說耶。抑偶合耶。

金昌翕	三淵集 卷26 「谿谷漫筆辨」	張維가 『谿谷漫筆』에서 王守仁의 학문이 禪學이 아니라고 주장한 것을 비판하다.	佛家空寂之說。至禪而大翻窠窟。自宋以來。所謂禪學。大抵以靈照不昧妙用不滯爲宗。其所煅煉精神。多在於日用應緣處。以故宗杲之於彦冲。每訶其忘懷枯寂。朱子之於象山。亦不病其喜靜厭動。惟是不分眞妄。以作用爲性。乃禪之歸宿。諸儒之所迷轍也。陽明之致良知。蓋亦有見乎心之能。而無見乎性之眞。但知圓於機之爲妙。而不知止乎矩之爲方。故其所謂省察擴充。只成得作用是性而已。然則禪學之異於儒。陽明之淪於禪。正以其煉用而昧體也。今乃以不偏靜不流寂。證其非禪。亦見其疎矣。
金昌翕	三淵集 卷32 「祭仲氏大祥文」	金昌協이 슬퍼할 때는 마음 속의 정이 다할 때까지 곡을 하는 것이 '哀中之樂'이라는 王守仁의 말을 긍정했다는 사실을 언급하다.	數日之後。奉主入廟。遂判爲萬古闃寂。余哭亦呑矣。先生嘗謂王陽明亦有好說。當哀而哭盡情。便是哀中之樂。然則余之呑哭。豈非哀中之哀者乎。哀之莫洩。所以益哀。如將彷徉四走。遍求杖屨之迹。則三洲鞠草矣。永峽灰燼矣。躑躅徘徊。余其大鳥獸矣。顧此寸心結轄。其何能忍而終古乎。日已盡矣。今夕則哭。薦誠餠醪。竭此聲淚。嗚呼哀哉尚饗。
金昌翕	三淵集 卷34 「日錄」	『書經』「伊訓」註에서 말한 "改月改時"에 대해 王守仁이 周나라를 기준으로 달을 고쳤다고 한 주장이 명쾌하다고 평하다.	日氣頗暄融。猶有氛靄。華岳頂上。每有膚寸觸石之意。讀湯誓至湯誥成誦。看伊訓註。改月改時一欵甚紛挐。所引秦漢事。未爲的證太支離。陽明判以周改月。頗爽利。
金昌翕	三淵集拾遺 卷16 「與權判書 (庚寅)」	王守仁이 말한 "渠心學長進於戰陣中"이란 말을 인용하다.	別思紆軫。又此歲窮。柔楡同色。倍覺慕用之切。況世故天時。日益憂冞者耶。卽此南至之逼。緬惟宣候萬福。似

			聞一道灾荒。大費袛哺之政。又困於自內赤口。酸恢交至。自凡情言之。以爲多少苦境。若在大心衆生則廓然順應。夫豈有滯礙哉。王陽明自言渠心學長進於戰陣中。此言亦可取。非敢相勉。素恃其必如此也。
南公轍	金陵集 卷20 日得錄 「文學」	명나라 삼백년 동안 王守仁의 문장이 제일이라는 정조의 말을 기록하다.	明三百年。作家輩出。而絶無好個文章。惟王陽明當屬第一。
南公轍	金陵集 卷20 日得錄 「文學」	기상이 좋으면 문장도 좋은데, 王守仁이 그러하다는 정조의 평가를 기록하다.	氣像好則文章亦好。予嘗於王陽明驗之。
南公轍	金陵集 卷20 日得錄 「人物」	王守仁의 학문은 사람들이 이단이라고 비난하나 그의 기상과 문장과 공적은 명나라 제일이라는 정조의 평가를 기록하다.	陽明之學。人或譏之以異端。然其氣像也。文章也。事功也。當作有明第一人物。
南克寬	夢藝集 坤 謝施子	王守仁의 문장은 王世貞에 相當하니, 이른 바 "마침내 취할 만한 것이 없다[遂無可取]"는 데에서 구할 수 있다. * "遂無可取"는 王世貞의 『弇州四部稿』卷148 『藝苑巵言』(五)에 보이는데, 王世貞이 王守仁의 문장을 평한 말이다.	陽明文當於婁江。所謂遂無可取中求之。

南龍翼	壺谷漫筆卷3 明詩	그 이전에도 뛰어난 문인이 많았으나 이몽량이 새 문풍을 개척한 공이 있다. 그의 뒤를 이어 많은 문인이 나왔으며 이반룡과 王世貞에 와서 진작되었다. 이반룡과 王世貞 외 군소 문인들은 대략 비슷한 수준이나 오국륜이 문체에서 종신이 재주에서 제일이다.	李空同(夢陽)有大闢草萊之功。後來詩人皆以此爲宗。而其前高太史(啓)楊按察(基)林員外(鴻)袁海潛(凱)汪右丞(廣洋)浦長海(源)莊定山(昶)。亦多警句矣。何大復(景明)與空同齊名。欲以風調埒之。而氣力大不及焉。其後王浚川(廷相)邊華泉(貢)徐迪功(禎卿)王陽明(守仁)唐荊州(順之)楊升菴(愼)諸公相繼而起。至李滄溟(攀龍)王弇州(世貞)而大振焉。泛而遊者。如吳川樓(國綸)宗方城(臣)王麟州(世懋)徐龍灣(中行)梁蘭汀(有譽)等亦皆高踏。槩論之則空同弇州如杜。大復滄溟如李。論其集大成則不可不歸於王。而若其才之卓越則滄溟爲寂。 如臥病山中生桂樹。懷人江上落梅花。樽前病起逢寒食。客裏花開別故人等句。王亦不可及。此弇州所以景慕滄溟。雖受仲尼丘明之譬。只目攝而不大忤。有若子美之仰太白也。川樓以下。地醜德齊。而吳體最備。宗才最高。
南龍翼	壺谷漫筆卷3 「明詩」	명나라 시인들의 시귀 중 王守仁의 "月遠旌旗千嶂曉, 風傳鈴鐸九溪寒" 등은 송나라를 넘어 당나라 시를 섭렵했지만 명나라만의 격조가 있다고 논평하다.	明詩如 … 王陽明月遠旌旗千嶂曉。風傳鈴鐸九溪寒。… 等句。足以跨宋涉唐而然亦自有明調。
徐淇修	篠齋集卷1 「效三淵翁葛驛雜詠體，賦絶句二十首，時庚辰五月二十七日流夏新建候雨中也」	王守仁을 명나라 삼백년의 진정한 영웅이라고 평하다.	其十一： 自有皇明三百載。文成眞正大英雄。指揮如意論心性。絳帳高開萬馬中。

徐淇修	篠齋集 卷2 「奉贐薰谷洪 尙書(羲俊)赴 燕」	燕京으로 떠나는 洪羲俊 을 전별하며 근래 청나라 문사들은 대부분 陸九淵 과 王守仁의 일파인데, 紀 昀의 문하에 이름난 이는 누구인가를 묻다.	其三: 靑箱家學主詞盟。 專對殊方仗世卿。燕士近多王陸派。 曉嵐門下孰傳名。
徐宗泰	晚靜堂集卷11 「讀弇山集」	王守仁이 참으로 心性을 안다고 한 王世貞의 의론 을 비판하고, 王守仁의 문 장은 '雄而恣'하다고 평가 하다.	且自恃太倨。强欲解理氣。如箚記等 篇。間多舛駁語。以陽明之學。爲眞識 心性。嗣聖人不傳之緒。而頗譏詆關閩 諸賢。其放肆好論如此。抑出於文章家 褊心負氣之習歟。… 大抵弘・嘉諸公。 伯安雄而恣。獻吉大而疎。仲默艶而 靡。鹿門華而失之弱。荆川贍而失之 衍。弇山則該衆長而尤傑然者歟。
徐瀅修	明皐全集 卷5 「與陳編修(崇 本)」	陳崇本에게 보낸 편지에 서 王守仁의 학문을 비판 하고, 그 학파에 대하여 질문하다.	大抵數百年來。中原之學。士大夫厭宋 儒之支離牽蔓。而類皆以直捷徑約。爲 學道之要符。楊敬仲之言下忽省。詹阜 民之下樓忽覺。無往非此箇頭顱。以至 於姚江一派之見譏於諸君子則曰。始也 掃見聞以朗心耳。究且任心而廢學。於 是乎詩書禮樂輕而士鮮實悟。始也掃善 惡以空念耳。究且任空而廢行。於是乎 名節忠義輕而士鮮實修。不知泰洲・龍 谿諸公。又將何說以逭此譏。如閣下。 當世眞儒。汙不與頓悟家同其譏。而區 區相愛之切。不能不以讀者之未詳本旨 爲懼。敢私布之。執事幸勿鄙棄。卒垂 剖破。俾開不決之迷胸也。
成大中	靑城集 卷5 「感恩詩叙」	王守仁은 학문이 비록 그 릇된 점이 있으나, 문장은 蘇軾의 流亞라 평가하다.	皇明劉基・宋濂。應運而作。方孝孺辭 遜於昌黎而學則逾之。王守仁學術雖 枉。而文則眉山之流亞也。外是而興 者。如唐順之・歸有光。猶陳・陸之踵

			韓·蘇也。文章正脉。具在是矣。反是 而爲文。非邪則妄。君子不謂之文也。
成海應	研經齋全集 卷18 「題王遵巖集 後」	王愼中의 문장이 曾鞏을 배웠으나, 王守仁의 울타 리를 벗어나지 못하였고, '爽利開豁'하지도 못해, 그 '粗'만을 얻었을 뿐이라고 비판하다.	近時中國論文之士。以遵巖王愼中爲 雋。與歸太僕熙甫並稱。余嘗取遵巖集 觀之。其文雖學南豐。宗不出王陽明之 藩籬也。又不能爽利開豁。只得其粗 耳。是故其文差優於論議而短於紀傳。 讀之竟篇。涔涔益睡思。言之不文。行 之不遠。孔子不云乎。然則中國之士所 取者何也。以陽明學故耳。
成海應	研經齋全集 續集 册12 「讀書式」	程子, 朱子, 曾鞏, 王安石, 歸有光, 王守仁이 모두『書 經』의 改定本을 만든 사실 을 말하다.	書以道政事。儒者無異辭也。小序之依 托。五行傳之傅會。論亦已定。而諸家 之門戶有四端。曰今文古文也。自漢以 來。未嘗辨此。吳棫，朱子始疑古文之 僞。而至吳澄。擧而刪之。曰錯簡也。 劉向記酒誥·召誥脫簡僅三。而後儒之 摘。已過數十。改定武成。自劉敞而 始。程子, 朱子, 曾鞏, 王安石, 歸有光, 王 守仁。皆有改定本。自孟子已疑武成。 況其日月繆戾。事實錯出。其改定者固 也。
成海應	研經齋全集 續集 册12 「讀書式」	宋濂, 方孝孺, 王守仁, 歸 有光의 문장은 華藻가 있 어 볼 만하다고 평가하다.	文章句法。自左傳而始。國語·國策次 之。然先秦之文。多涉縱橫。至賈誼董 仲舒劉向之文。始春容博大。盖西京俗 厚氣昌。故凡上之詔勅。下之章奏。外 之簿牒。無不成章。雖零瑣斷爛。皆可 楷法。自東漢以後。文氣衰弱。至唐而 昌黎之雄奇始振之。六一之典雅。南豐 之醇正。斯爲軌範。餘當以柳州·荊 公·三蘇·放翁之文。資其意匠。明之 宋金華·方遜志·王陽明·歸震川之 文。亦宜觀省。長其華藻。

申綽	石泉遺稿 「石泉遺稿記」	崔鳴吉, 張維가 모두 王守仁의 학문을 공부하였음을 말하다. * 이 글은 鄭寅普가 지었다.	仁祖時崔遲川鳴吉・張谿谷維。皆主王陽明之學。以自繩飭。而金潛谷堉稍後起。治經濟佐國便民。
申欽	象村稿 卷45 彙言(四)	王守仁이 명나라에서 제대로 쓰이지 못했음을 아쉬워하다.	王文成守仁。眞儒者也。以儒素能將兵馳身於跕鳶之域。與伏波齊名。壯矣哉。世雖誚以學術之誤。學貴乎適用。錢穀甲兵。何莫非儒者事。而世之尋章摘句者。動引性命。而寔之政事則茫然無措手地。況司命三軍。建立大績乎。文成特用之於將壇爾。若使當日升之廊廟。任天下事。則必爲大明宗臣。而位不滿德。年不及壽。余每想其豪姿英彩而夢寐之也。
申欽	象村稿 卷57 求正錄	근래 중국 학술에서 말로는 濂洛의 학문을 내세우지만, 태반이 仙家와 佛家의 학설이 뒤섞인 것은 王守仁과 陳獻章의 流弊라고 말하다.	中朝近世學術。雖名祖述濂洛。而考其言論。太半雜於仙佛。豈陽明・白沙之流弊耶。
安錫儆	霅橋集 霅橋藝學錄	명나라의 宋濂, 方孝孺, 王守仁, 唐順之 등은 힘써 唐宋八大家의 법도를 배우려 했지만, 辭氣는 朱子의 문장에서 나온 것이 많다고 말하다.	文章自唐而宋。已降一級。而爲歐蘇。及至南宋。則又降一級。 故陳同甫眞希元輩。雖王長當世。而終不得超詣乎曾王之列。若朱子文章。則理致精深正大。法度周整細密。氣暢達渾厚。直紹孔孟之文章。要當不拘於世級。而顧風氣所關。不能免南宋格調。況於元以下諸文家乎。故虞伯生・歐陽原功。以元文之稱首。而力學八大家規矩。 然其辭氣出自朱文者爲多。皇明之宋景濂・方希直・王伯安・唐應德亦然。

安錫儆	霅橋集 霅橋藝學錄	茅坤이 王守仁의「尊經閣記」를 뛰어난 작품이라고 평한 것에 대해 반론하다.	茅鹿門。以王文成之尊經閣記爲至文。然此篇所力。專在命意。而至於辭采。則不暇修飾。評此篇者。但考其命意之得失。而取舍之。可也。尊德性。道問學。不可偏廢。而伯安陸學也。要尊德性而致問知。欲廢窮經明理之路。其一生志業。見於此篇。所謂詖辭也。將爲淫爲邪爲遁之不暇矣。何足道哉。且多不成語。如求之吾心之陰陽消息而時行焉。所以尊易也。求之吾心之成僞邪正而時辨焉。所以尊春秋也。六經者。吾心之記籍也。世之學者。不知求六經之實於吾心。而徒考索於影響之間。牽制於文義之末。硜硜然以爲是六經矣。
安錫儆	霅橋集 霅橋藝學錄	方孝孺, 王守仁, 唐順之, 王愼中 등은 모두 唐宋八大家의 법도를 충실히 배운 사람들로, 후학들도 이를 배워야 함을 역설하다.	至唐宋八大家。各體皆備千變萬化。而所循規矩一而不貳。森可學。故方希直·王伯安·唐應德·王道思輩。皆取法於此。後之學者。能於此而見其法度。則其於希直·伯安·應德·道思之文。何難之有哉。
吳熙常	老洲集 卷26 雜識(四)	학술의 분열은 명나라 유학자들 사이에서 가장 심각했는데, 가장 큰 책임은 王守仁에게 있다고 비판하다.	學術之分裂。莫有甚於明儒。苟求其故。陳。王實爲罪首。而整庵諸人。亦終難辭其責矣。
吳熙常	老洲集 卷26 雜識(四)	王守仁의 文章과 功業에 대해서는 높이 평가하다.	王伯安文章勳業。可爲一世之雄。求諸有明人物。殆鮮其儔也。但以學問自名。卽其大不幸。適足以陷於詖淫。而見其著於文字者。則多少閒氣。要之終非學問中人也。

吳熙常	老洲集 卷26 雜識(四)	王守仁의 문집은 陸九淵의 문집에 비해 문장이 너무 화려하여 오히려 학술적인 깊이가 부족함을 알 수 있다고 말하다.	象山集雖是異端之言。看來其論學文字。間多愨實懇到。有感動人處。要之是近裏自得之言也。王集則無是而文勝。光燄掀耀。只好把玩。於此可見兩人所造之淺深也。然語類云陸子靜好令人讀王介甫萬言書。又見其集中盛稱介甫爲王佐之才。蓋其自好執拗之性氣。固有相近者。而其見識之卑淺。從可知也。
吳熙常	老洲集 卷26 雜識(四)	陳獻章과 王守仁의 학술은 모두 그릇되었는데, 그 인품은 陳獻章의 淸苦가 낫다고 평가하다.	白沙・陽明學術。俱是誤入。而苟論其人品。則白沙之淸苦。却勝於陽明。陽明本領。已有許多不好了。
俞晚柱	欽英 卷3 1781년 5월 24일	王守仁의 『王陽明文鈔』를 읽다.	二十四日。丙申。暑。公洞見陳文毅公集四冊。識文谷石記。見王陽明文鈔。
李德懋	靑莊館全書 卷48 耳目口心書 (一)	方孝孺, 王守仁, 唐順之, 歸有光의 문장을 李攀龍이나 袁宏道와는 구별되는 별도의 유파로 파악하다.	或曰。子奚取焉。曰。集二子而各棄其酷焉可也。然方遜志・王陽明・唐荊川・歸震川輩。亦文章別派也。豈肯受節制於此二子哉。蓋于鱗輩雄健。中郎輩退步矣。中郎輩超悟。于鱗輩退步矣。各自背馳。俱有病敗。
李德懋	靑莊館全書 卷48 耳目口心書 (一)	黃宗羲가 자신의 明文選集에 王世貞, 李攀龍, 方孝孺, 王守仁, 歸有光 등의 글을 많이 수록하였음을 말하다.	乙酉十二月初九日。李正夫來。談吐抵夕。正夫曰。黃宗羲。明末淸初人也。極博■明人之集。無一遺漏。凡一千三百種。於是選緝■明文海・■明文案二書。尙未刊行。而二書中。又精選爲■明文授讀。以敎其子百家云。余問曰。其人所尙。大抵何如耶。正夫答曰。廣備百體耳。余曰。誰文多收耶。曰。雖王李大家。收入不多。多收者。方正

			學·王陽明·歸震川輩文。余曰。是子主意在此。
李德懋	靑莊館全書 卷48 耳目口心書 (一)	李亨祥이 王守仁에 대해 공과를 평가한 의론을 기록하다.	正夫曰。王陽明。明之第一人物也。其學問雖可疑。而事業甚偉耳。以大學新民。爲親民。作親民堂記。辨之明詳。然窃疑大學。引詩書明字新字止字。以照應首章三綱領。甚分明。若陽明之言。則日日新。其命維新之新字。豈不泛然乎。陽明亦不擧論此段。可訝。
李德懋	靑莊館全書 卷48 耳目口心書 (四)	王守仁이 劉瑾에게 미움을 받아 귀양가며 지은 시를 소개하다.	陽明忤劉瑾。謫貴州龍場驛丞。後懼禍迫身。至海濱。遺履於岸。賦詩云。學道無成歲月虛。天乎此意何如。生曾許國慚無補。死不忘親恨有餘。自謂孤忠懸日月。豈知遺骨葬江魚。百年臣子悲何極。頻聽濤聲哭子胥。卽赴水。俄二童子維腋而行。至一洞。浹旬而別。瑾已服上刑。始起擢用。
李德懋	靑莊館全書 卷48 耳目口心書 (四)	王守仁의 「瘞旅文」을 '鼓舞千古'할 만하다고 평가하다.	凡文章惻怛眞情。必於碑誄見之。歐陽公瀧岡阡表。先懿可見。伊川之明道墓誌。及我國三淵祭季弟卓爾文。友愛可見。李空同左宜人墓誌。伉儷之義。可見其悼。子侄則昌黎之郞。放翁之誌幼女及我國農巖之哭子崇謙二文。嗚咽可涕。其師友情誼。則長蘇之祭歐文忠。黃勉齋之朱子行狀。我國李容齋之朴仲說誌。哭等閑人。則若陽明之瘞旅文。不可多得。可鼓舞千古者也。
李德壽	西堂私載 卷4 「象山之學」	陸九淵의 학문을 계승한 후대 인물 가운데 특출한 사람으로 王守仁을 거론하며, 그가 '致良知'의 학설을 주장하였다고 말하다.	問。象山之學。旣經先儒之辨斥。則其果無一二之可取者歟。其著述中。何等言論。爲近禪宗。而今可一一拈出以論歟。使學人恒誦牛山章者。旨意何居。而讀書。至宇宙二字忽然大省。其所省

			者。何理歟。以無極。謂出於老氏而力詆之。無極誠出於老氏。則濂溪不免爲誤。而詆之之誠是歟。白鹿講義之日。晦菴當寒搖扇。其悚服如此。而後來攻斥甚嚴者。何歟。其書有云。吾之爲學。與諸人不同。只是不滯滯泥泥於事物。不滯滯泥泥。卽其所自矜以功用之極處。而與諸人不同。尙自可得無與聖人有不同者歟。其論釋氏之學。以爲與吾儒。便有公私義利之判。吾儒義而公。釋氏利而私。然則其闢異端。不可謂不力矣。而卒不免於同歸者。果何故歟。其徒之表表可稱者。前則有楊慈湖。後則有陳白沙・王陽明。其人品之高下。操術之淺深。可得詳言之歟。慈湖一日下樓。頓悟此心之妙。所悟何等光景。而白沙以靜坐体認。爲敎人法門。陽明倡爲致良知之學。此等見解果皆一遵象山路脈。而無異同之可指者歟。嘗聞中國則朱陸之學幷行。而互爲盛衰。我朝則不然。家誦戶說。盡是紫陽書。絶不聞有陸學者。若然則我國士趨之醇正。其可謂遠邁中朝歟。大抵尊德性道問學。旣爲吾學大頭腦。則爲學而或稍偏於尊德性。便皆可以陸學目之歟。語曰。五穀不熟。不如稊稗。設令學陸而有所得。則固將許以賢於俗儒口耳之學歟。抑猶不然而寧蠢蠢沒世。爲着衣啖飯之一常漢。不當濡足於江西之餘派歟。願與諸生。辨其取捨之方。
李晩秀	屐園遺稿 卷2 「送族叔尙書公(名肇源)赴燕序」	王守仁과 楊愼의 학설로 經學이 어두워진 것을 비판하다.	徒見俗尙梔蠟。民爭錐刀。衣冠歸於倡優。簪笏化爲駔儈。王・楊餘派。經旨日晦。鍾譚小品。文體大變。朝有熹平之陋政。野無義熙之逸士。

李晩秀	展園遺稿 卷9 「權菊齋(溥)事蹟集序」	考證學과 小品文의 폐해가 陸九淵, 王守仁의 여파보다 심하다고 비판하다.	世之爲學者。往往喜新而厭常。高者馳騖於名物考證之說。下者膏肓於稗稗小品之家。聰明才智之士。不肯俛首從事於矩矱繩墨之中。其流之害。叛經而非聖。牿人才而壞世道。殆甚於陸・王之餘波。
李裕元	嘉梧藁略 冊3 「皇明史咏」	王守仁의 事績을 시로 읊다.	陽明弟子盈天下。標異儒先學者譏。始之直節終平寇。制勝文臣當世稀。
李裕元	嘉梧藁略 冊14 「玉磬觚賸記」	王守仁의 語錄에서 근원[源]의 중요성에 대해 밝힌 말을 인용하다.	王陽明守仁語錄曰。吾輩通患。正如池面浮萍。隨開隨蔽。未論江海。但在活水浮萍。卽不能蔽何者。活水有其源。池水無其源。有其源者由己。無其源者從物。故凡不息者有其源。作輟者皆無源故耳。
李宜顯	陶谷集 卷27 雲陽漫錄	王守仁의 학문은 비록 그릇된 것이지만, 문장만큼은 뛰어나다고 평가하다.	王陽明學術雖誤。其文俊爽慧利。非務爲撏撦割剝之比。皆出於胸中自得也。
李宜顯	陶谷集 卷28 陶峽叢說	명대 문학을 네 유파로 분류하고, 王守仁을 陳獻章, 李贄와 함께 異學으로 글을 지은 유파로 묶다.	明文集行世者。幾乎充棟汗牛。不可殫論。而大約有四派。陽明・白沙。以異學爲文。而陽明之文尤爽。新學則當斥。而文則可取。以至李卓吾之詭怪。由陽明而騰上益肆者也。此三集當爲一派。
李廷龜	月沙集 卷19 「大學講語序」	宋應昌은 王守仁의 문인으로 程朱의 大學해석에 비판적이었음을 말하다. *『月沙集』卷1,「三槎酬唱錄 序」에도 『大學講語』가 판각된 경위가 언급되어 있으며, 『三槎酬唱錄』에 「經略與巡按登統軍亭設宴, 呼吾等與語, 罷出後口占」가 있다.	癸巳春。天朝經略兵部左侍郞右僉都御史桐江宋公應昌。按節東來。移咨本國。令選書筵講官文學之士數三人。來候幕中。講論道學。司書黃愼・文學柳夢寅及余。皆以春坊講官。實膺是選而往。經略禮遇甚隆。軍務之暇。間日相接。輒講大學旨義。蓋天朝多尙陸氏之學。經略學於王陽明之門。欲觀我國學尙。每於講時。力詆程子以親民作新民之誤。至曰大學一篇大義。都在親民

上。余等極陳朱，陸之辨。經略令余等製大學講語。自經一章至十章。逐章作註。如大學衍義。余等曰。我國尊尚程朱。雖新學少兒。絶無他岐。曾書妙旨。程朱兩夫子。講定發揮。靡有餘蘊。而先儒諸說。俱載集註。此外何敢贅一語云。則經略笑曰。貴國學尚如此。則諸公雖不必變易前學。但可從所學而著說。資我講劘耳。第不宜蹈襲固儒陳言腐語。以流出胸中者。別成一書爲當。余等製第一章講語以呈。則經略自製一篇。令從事參謀官河間府通判王君榮。書而示之。厥後多事。每令通判書示。到處必會於鄉校明倫堂。辨講異同。辭說甚多。未幾。文學柳公以持平承召先還。余始以說書來。陞拜司書。與黃司書思叔。同在幕下。自三月至九月。經略始渡鴨綠。所著逐章講語。經略刊刻爲一部書。送于行在。亦分送一件於余等。而丁酉之亂。淪失無存。此其原草也。偶於亂帙中見之。亦舊跡也。經略上本題請王世子經理全慶軍務。特賜專勑權摠節制巡按周維翰以監軍御史出來。經略會讌於統軍亭。招余兩人謂御史曰。姓黃姓李。俱是伴世子的春坊學士也。俺欲論經學。呼置幕中。今七朔矣。御史問東國學尙如何。經略曰。尊尙程朱。御史曰。也好也好。臨罷。執余等手曰。東國興復。在世子。世子賢德。在公等。千萬勉旃。經略又出箚付各一道於吾兩人。皆贊揚世子。而以明德親民齊家治國之道。益勉其導迪者也。其時俱已啓知。而或恐散軼無徵。略記顚末云。

李定稷	燕石山房文藁 卷4 「好書室後記」	王守仁은 덕업과 문장이 일세에 으뜸이었으나, 講學이 불순하여 선비들에게 배척당했다고 말하다.	昔王陽明德業文章。卓冠一世。而以講學不醇。見斥於儒門。唐荊川。晚年亦講學。適以冗其文。余嘗笑之。而乃自踵焉。誠知人之笑余。如余之笑二公。然陽明自信己見。荊川意在趨實。皆與余不同。余則因文而溯學焉已矣。往年作好書室記。專爲文辭而發。及今書此。爲好書室後記。以見余雖寓目乎講學。其實浮文。固有爾非敢竊其似云。
李定稷	燕石山房文藁 卷5 「論王陽明」	王守仁의 학설을 인용하고, 이에 대한 자신의 논변을 덧붙이다.	王陽明以朱子之學爲覇道之僞。而自號以王道之眞。其學謂從本源悟入。而曰致良知者宗旨也。曰知行合一者作用也。其所謂學果與聖人合。必不當以立異於朱子。故而罪之也。果不與聖人合。則一妄人也已矣。何足論哉。雖然其以足於文辭而所持近乎約。天下之士之喜捷往者。未有不墮於其術。是則可憂。… 陽明之言曰。其良知之體。皦如明鏡。略無纖翳。妍媸之來。隨物見形。而明鏡曾無留染。… 辨曰。先儒之言。亦有以鏡喩心者。不過借鏡畧譬其虛明而已。其實則聖人之心。內外洞達。非鏡之所可得而喩也。惟佛氏之言心。乃可以鏡喩之也。
李夏坤	頭陀草 冊十六 「與洪道長書」	方孝孺, 王守仁, 歸有光, 王愼中, 唐順之가 비록 八家에게 法을 취하였으나, 문장의 근본을 탐색하여 六經까지 거슬러 올라갔기에 그 문장이 볼만하다고 평하다.	如方希直·王伯安·歸熙甫·王道思·唐應德輩。雖曰取法於八家。而亦能探索根本。上泝六經。故其文皆可觀。而至於熙甫。其用力比他人尤純深。故其文外淡而中腴。語簡而味深。嘗自稱曰吾文可肩隨歐, 曾, 介甫則不難抗行矣。此非夸也。其自知可謂深矣。

李夏坤	頭陀草 冊十七 「送李令來初 (仁復)赴任安 東序」	明의 王守仁, 歸有光, 唐順之, 王愼中의 문장은 군자의 문장이라 이를 만하다고 평가하다.	明之王伯安·歸熙甫·唐應德·王道思諸人之文。亦可謂之君子之文也。其餘諸子之文。非不華贍矣。俱未免乎文人之文也。
張維	谿谷漫筆 卷1 「春王正月」	'春王正月'이라는 조목에 대해서『春秋胡傳』에서는 程頤의 설을 채택했는데, 王守仁의 설이 적합한 것 같다고 말하다.	春王正月一款。胡傳用程子說。所謂夏時冠周正者。於理有礙。陽明之說恐得之。
張維	谿谷漫筆 卷1 「王陽明夢中得詩」	王守仁이 15세 때 꿈속에서 지은 絶句와 兩廣總督으로 思田의 반란을 평정할 때 지은 시가 왕수인의 詩讖이 되었음을 말하다.	王陽明十五歲。夢中得絶句曰。卷甲歸來馬伏波。早年兵法鬢毛皤。雲霾銅柱雷轟拆。六字題詩尙不磨。後四十餘年嘉靖丁亥。以兩廣總督。平思田之亂。經伏波祠入謁。宛如夢中。遂有詩曰。四十年前夢裏詩。此行天定豈人爲。其明年陽明客死。身後得謗頗與伏波相類。夢詩豈其讖兆耶。吁亦異哉。
田愚	艮齋集前編 卷4 「答鄭平彦·田璣鎭」	王守仁이 心理說을 주장하여 朱子學을 '洪猛之禍'라 배척한 사실을 언급하다.	昔王守仁爲心理之說。而斥朱學爲洪猛之禍。
田愚	艮齋集前編 卷4 「答朴應瑞(轍在)」	李贄는 王守仁의 餘派로 道를 自然이라 인식하였다.	昔明人李贄。出於王氏心理之餘派。認自然爲道。道固自然。心之所存所發。惡可不辨是非。而槩指爲道乎。彼以當下自然四字。爲阱於天下。驅後進之喜縱肆惡撿束者。納諸其中。駸駸至於神州陸沈。愚竊痛之。欲改自爲當。蓋人之違仁蹈矩。固多由於目前持守之不力。亦緣疇昔之留滯。後來之擬議而然爾。康節詩云。既往盡歸閒指點。未來都是別枝梧。正是說破此病也。

田愚	艮齋集前編 卷10 「答宋性浩」	弘治 正德 연간 이후에 王守仁이 心卽理說을 주장하여 천하를 떠들썩하게 했음을 말하다.	弘治正德以後。天下之士。厭常喜新。風氣浸薄。而王陽明以絶世之資。創出心卽理之新說。以鼓動海內。嘉靖以後。尊王氏而詆朱子者。始接踵於世矣。
田愚	艮齋集前編 卷15 「識感」	王守仁, 湛若水는 새로운 학설을 주장하여 後進들을 誤導하여 夷狄의 난리를 초래했다고 비판하다.	學術之偏正。關時運之盛衰。明儒不嚴華夷之辨。敬軒·整菴諸賢。贊許衡之出處。幾於聖人。至王守仁·湛若水輩。倡爲新說而誣誤後進。卒致夷狄之亂。
田愚	艮齋集後編 卷3 「與權永巽」	王守仁은 人性에는 善도 없고 惡도 없다고 보았다고 비판하다.	以性爲惡者。荀況也。謂善惡混者。揚雄也。謂無善無惡者。王守仁也。以性爲人欲者。今之洋妖所以易天下。不知何日殄滅洋說。而反之於性耶。正可作復性書矣。此苟菴說也。竊意四者皆足以禍性。何特擧洋而欲殄滅之。豈彼皆有前人辨斥。而西妖則爲見今天下慘毒之禍。故然歟。近日又有以性爲不可獨當太極者。有指性爲心君之民者。有以爲小理下理者。又有以性理爲隨氣異稟而元初不齊者。此類又如何。試並思之。
田愚	艮齋集後編 卷4 「答鄭漢殷」	聖人과 賢人을 비난하는 것은 불교와 陸九淵, 王守仁의 '信心自用'에서 비롯되어 李贄, 紀昀 등에 이르러 극심해졌다고 비판하다.	晦翁言。聖人言語。自家當如奴僕。只去隨它敎住便住。敎去便去。今卻如與做朋友一般。只去與它校。如何得。余見古今人依此做去者。未有不成德近日康梁輩。敎人勿爲聖賢奴隷。此是凶肚之所發也。世人非惟不抵排。乃反喜聞而誠服。至有爲斬聖罵賢之說者。其源實自佛、禪、陸。王信心自用始。而終至於李贄·紀昀輩而極矣。今之士宜尊信吾東前輩。而上溯于孔孟程朱。一心敬奉其訓。而無敢少自肆焉。如此則人品自高。學問自正矣。賢輩宜深誌之。

田愚	艮齋集後編 卷7 「與趙瀚奎」	王守仁 이후에 朱子를 폄하하는 무리들이 많아져 淸나라 楊愼, 紀昀의 무리에 이르러 극심해졌다고 말하다.	陽明以後。貶議朱子者衆。故士風不一。民俗澆漓。而至於淸楊愼，紀昀輩而極矣。
田愚	艮齋集後編 卷16 海上散筆(三)	『四庫全書』에서 孔孟을 비롯한 성현들을 배척하고 陸九淵과 王守仁 등을 존중한 것을 개탄하다.	苟菴集說證曰。紀昀之所引之爲强輔者。楊愼·閻若璩·毛奇齡也。故四庫全部所斥者。孔·曾·顏·孟·周·程·張·朱也。所倚之爲重者。陸象山·王陽明也。余讀至此。不覺慨然而太息也。蓋今之士。亦有藉重於斥栗·尤之輩而爲家計者。良可悲也。
正祖	弘齋全書 卷9 「詩觀序」	詩觀에 明나라 劉基, 高啓, 宋濂, 陳獻章, 李東陽, 王守仁, 李夢陽, 何景明, 楊愼, 李攀龍, 王世貞, 吳國倫, 張居正의 詩를 수록하였음을 언급하다.	上自風雅。下逮宋明諸家。黜嘽殺之響。取鏗鏘之音。未數旬。斐然成一副巨觀。… 嘗試披卷而觀之。風雅古逸尙矣。兩漢以質勝。六朝以文勝。魏稍文而遜於兩漢。唐稍質而過於六朝。宋之談理。明之尙氣。… 明取十三人。劉基一千四百二十九首。爲十二卷。高啓一千七百五十六首。爲十一卷。宋濂一百三十三首。爲二卷。陳獻章一千六百七十九首。爲十卷。李東陽一千九百四十四首。爲十四卷。王守仁五百八十四首。爲四卷。李夢陽二千四十首。爲十七卷。何景明一千六百六首。爲十三卷。楊愼一千一百七十五首。李攀龍一千四百十七首。各爲十卷。王世貞七千一百二十三首。爲五十卷。吳國倫四千八百八十八首。爲三十一卷。張居正三百十七首。爲二卷。共爲明詩一百八十六卷。錄詩二萬五千七百七十七首。凡詩觀之錄詩。七萬七千二百十八首。而爲五百六十卷。

正祖	弘齋全書 卷163 日得錄	明代 삼백년 동안에 王守仁의 문장이 가장 뛰어나다고 평하다.	明三百年。作家輩出。而絶無好箇文章。惟王陽明當屬第一。
正祖	弘齋全書 卷163 日得錄	羅欽順이 두 차례에 걸쳐 王守仁에게 보낸「辨心學書」는 朱門에 큰 공이 있다고 평하다.	羅整庵再與王陽明辨心學書。大有功於朱門。
正祖	弘齋全書 卷180 群書標記 「詩觀」	『詩觀』에 명나라 시인으로 13명을 수록하였음을 말하고, 그 중 王守仁은 널리 배우고 通達하여 시 또한 뛰어나서, 마치 "披雲對月, 淸輝自流"하다고 평하다.	明詩取十三人。… 王守仁博學通達。詩亦秀發。如披雲對月。淸輝自流。
曹兢燮	巖棲集 卷8 「與金滄江(戊午)」	陸隴其와 張烈 등이 『明史』에 「道學傳」을 세우지 않으려고 한 것은 王守仁의 제자들이 혼입되는 것을 꺼려해서인데, 張廷玉 등이 이 설을 준용하여 王守仁은 「名臣列傳」에, 그의 문인들은 「儒林傳」에 편입되었다고 말하다.	明史之始修也。陸稼書, 張武承諸人欲勿立道學傳。盖恐陽明輩之得入也。卒之張廷玉輩遵用此說。入陽明於名臣列傳。而陽明門人則多列於儒林傳矣。
曹兢燮	巖棲集 卷9 「答張晦堂(錫英)」	최근에 明淸學案을 읽고, 朱子學派와 陽明學派 사이에 큰 간격이 존재함을 알게 되었다고 말하고, 陽明學을 비판하다.	近讀明淸學案。見中州學術朱·王二派。迥如人鬼。而姚江一隊。純是以心爲本。以理爲靈。以性爲有知覺。究竟至於認氣爲理。以欲爲性。認佛老爲聖人。其宗主建安而得與於譜享者。絶無如此說話。如此作用。以此愈知浦上議論。終不可據以爲安。

曺兢燮	巖棲集 卷15 「答成一汝(純永)」	王源과 李塨은 王守仁을 사모하고 朱子를 비난하던 자들이었는데, 方苞가 깨우쳐주어 그들의 학설을 고친 일화를 이야기하다.	方望溪篤尙程朱。而於經說則改定者甚多。其所與最密。乃王崑繩‧李剛主二人。皆慕陽明罵朱子者。而卒能反復開諭。使之自悟其過。自改其說。此古人倫情之篤至。亦中州人氣象之闊大也。
曺兢燮	巖棲集 卷16 「讀飮氷室文集」	梁啓超는 達摩와 王守仁의 眞諦에서 자못 깨달은 바가 있다고 평가하다.	予讀新會梁子之文。… 總而論之。新會者有賈長沙之才調。而無陸忠州之諳練。有馬龍門之識力。而無董江都之本原。有陳龍川之强辯。而無呂藍田之學術。特以其智氣足以凌駕一世。而熱性又爲時境之所感觸。頗有悟於達摩陽明之眞諦。而委其身於生死毀譽之衝。侈然思以易天下。
曺兢燮	巖棲集 卷17 「批李石谷(圭晙)遊支錄辨後論」	明淸 이래 고증학자들이 王守仁학파에 대해 迂濶無用이라 비판한 것을 언급하다.	明淸以來。士之專治古經。旁證諸書。以名物度數相夸。而狹少宋儒者。指不勝屈。觀於所謂皇淸經解千餘卷者可見。而至於黃宗羲，戴震之輩。一人所著有數十種。自天文地志六經註疏累代學案。以至聲韻曆筭西洋回回之法。莫不各有成說。其於朱子則有以洪水猛獸之禍比之者。王陽明之徒有以迂濶無用之學絶之者。顏習齋之徒有以同於老佛之說斥之者。戴東原之徒其他以小小文義事實。輕加訾議。如朱鶴齡，毛奇齡，袁枚之流。其多如鯽。李氏惟未之見。故心以爲千百年來。通古經知天道而能見朱子之失者。惟我而已。使其盡見諸人之所爲。則必將欲然自小。喟然有井蛙遼豕之歎。而不欲復伸其喙矣。此其固陋之二也。右如黃戴朱毛諸人。其才能抱負。皆過李氏百倍。而中州道學家視之如無。稱曰考據學。

曺兢燮	巖棲集 卷37 「雜識(下)」	曺植의 『南冥集』에 王守 仁의 시가 잘못 실려 있음 을 고증하다. * 王守仁의 詩는 『王文成 全書』 卷20에 실린 「歸興」 이다.	南冥集有無題詩一首云一絲無補聖明 朝。兩鬢徒看長二毛。自信淮陰非國 士。由來康節是人豪。時方多難容安 枕。事已無能欲善刀。越水東頭尋舊 隱。白雲茅屋數峰高。舊常疑此詩與先 生自作不類。而越水之云。尤不可曉。 近閱陽明集江西錄。乃得此詩。益歎冥 集收錄之未善。而愚見偶爾億中。當告 爲刊正之。
曺兢燮	巖棲集 卷37 「雜識(下)」	李夢陽과 王守仁이 '子'라 는 칭호를 남용한 것을 비 판하다.	諸子之自稱。不知昉於何時。論語自是 門人之所記。而有子曾子之不稱字。亦 門人自尊其師也。孟子之書。亦是成於 其徒之手。未必孟子自稱也。其餘諸 子。各以此加諸所自著之書。雖唐宋文 人如子厚，永叔，子瞻輩皆然。要不足 法。獨韓文公。於自道處必稱名。可見 此老終不失儒者本色。雖以師道自居。 而不肯輕出矩閑也。至明則此弊尤甚。 如李獻吉‧王伯安輩。雖於所尊。不憚 施之。亦可笑也。
趙聖期	拙修齋文集 卷9 「與金仲和書」	중국의 역대 문인들 중에 明人의 문풍이 가장 낮은 데도 王守仁, 李贄, 李夢 陽, 王世貞 등과 같이 '宏 肆暢達'하고 '儁拔奧衍'한 경우가 있는데, 우리나라 의 경우는 華夷와 風氣의 격차로 인해 그렇지 못하 다고 평가하다.	明人見韓公之力去陳言。別立文章之門 戶。又欲較韓公而上之。追漢秦以前之 作者。鏤心釾目。鉤章棘句。力爲艱僻 環詭支晦幽深之習。而文章之道。至是 大壞。其發明事理。稍有實用。擬諸柳 蘇諸公。尙不啻隔了幾塵。則明人之文 風斯最下。而但其精神才氣之所發。間 不無一二豪章俊語。亦能動人者。此則 正如海外丹靑空碧。雖乏世用。而自不 害爲一世之寶玩。朱夫子蓋嘗以此稱桂 潼感遇諸詩。僕於明人之文。亦復云 然。我東方文章之士。雖代不乏人。而 其才學之孤陋。規模之狹隘。力量之單

			薄。種種爲病。不一而足。誠不足以追 踵中華。其中在勝國而益齋·牧老。入 我朝而乖崖·佔畢·簡易·谿谷諸公。 最其傑然者。今足下試取其文而讀之。 固不敢與唐宋諸公並日而語矣。其視皇 明餘姚·晉江·北地·琅琊數四公之宏 肆暢達儁拔奧衍者。亦果何如耶。夫文 章之益下。至明人而極矣。而我國之文 章。猶不敢追明人之後塵。則風氣之大 小。華夷之限隔。雖在小技而亦有以局 之耶。
崔錫恒	損窩遺稿 卷12 「題朱長孺玉 溪集序」	明代 학자들이 新奇함을 좋아하는 폐단을 말하면 서 王守仁이 朱子를 믿지 않고 陸九淵을 숭상한 것 을 거론하다.	皇明學士力追古作者。自闢堂奧。號稱 起衰。然攻文則舍六經而取莊馬。立論 則厭平宗而尙新奇。丘瓊山論宋史。以 秦檜和金。有再造功。岳飛不死。未必 回鑾。王陽明論學。不信紫陽而專向象 山。
韓章錫	眉山集 卷4 「答金季用論 王陽明書」	王守仁의 학설을 비판한 金駿秝의 논의에 동의하 다.	自非識精執固卓爾自立者。未有不靡然 胥溺。近世陸王之學是已。之二子者非 豪傑之士哉。曰尊德性。曰致良知。非 聖人之言乎。惟其守一偏而遺全體。差 毫釐而謬千里。
許筠	惺所覆瓿稿 卷4 「送李懶翁還 枳祖山序」	王守仁과 唐順之가 불경 을 읽고 문장이 향상되었 다는 말을 듣고, 호기심에 자신도 불경을 읽어서 터 득한 바가 있음을 말하다.	余少日嘗慕古之爲文章者。於書無所不 窺。其瑰瑋鉅麗之觀。亦已富矣。及聞 東坡讀楞嚴而海外文尤極高妙。近世陽 明王守仁·荆川唐順之之文。皆因內 典。有所覺悟。心竊艶之。亟從桑門士 求所爲佛說契經者讀之。其達見果若峽 決而河潰。其措意命辭。若飛龍乘雲。 杳冥莫可形象。眞鬼神於文者哉。愁讀 之而喜。倦讀之而醒。自謂不讀此。則 幾虛度此生也。未逾年。閱盡百瓯。其

			明心定性處。朗然若有悟解。而俗事世累之絓於念者。脫然若去其繫。文又從而沛然滔滔。若不可涯者。竊自負有得於心。愛觀之不釋焉。
許筠	鶴山樵談	명나라에서 文으로 유명한 十大家로 李夢陽, 王守仁, 唐順之, 王允寧, 王愼中, 董玢, 茅坤, 李攀龍, 王世貞, 汪道昆을 들고, 그중 王守仁은 文을 전공하지 않고 학문을 바탕으로 발휘했기 때문에 駁雜함을 면치 못하였다고 평가하다.	明人以文鳴者十大家。李崆峒獻吉。王陽明伯安。唐荊川應德。王祭酒允寧。王按察愼中。董潯陽玢。茅鹿門坤。李滄溟攀龍。王鳳洲世貞。汪南溟道昆。而崆峒專學西漢。王·李則鉤章棘句。欲軼先秦。南溟華健。董·茅則平熟。王愼中則富贍。明人皆厭之。以爲腐俗。余所見畧同。伯安不專攻文而以學發之。故未免駁雜。荊川則典實。然皆可大家。
許薰	舫山集 卷4 「讀王陽明集」	王守仁의 문집을 읽고 비판하는 시를 짓다.	其一： 刪述宣尼比虐秦。朱門窮理亦狂嗔。覇儒莫掩禪腸肚。護法曇娘卻誤親。（退溪云。陽明學術頗忒。欲排窮理之學。則斥朱說於洪水猛獸之害。欲除繁文之弊。則以始皇焚書爲得孔子刪述之意。弇州集云。王錫爵議陽明從祀云。 大夫覇儒也。外似儒。心似禪。其女曇陽仙師沮之。削草。） 其二： 心理云云不識心。由來此說禍人心。休言所指原頭異。畢竟迷途一轍尋。
洪吉周	峴首甲藁 卷3 「明文選目錄序」	명나라 劉基, 宋濂, 方孝孺, 解縉, 楊寅, 李東陽, 王守仁, 唐順之, 王愼中, 歸有光의 문장을 모아 『明文選甲集』을 엮은 것을 말하다.	明文選二十卷。目錄一卷。淵泉先生之所篇也。其書有五集。以劉伯溫·宋景濂·方希直·解大紳·楊士奇·李賓之·王伯安·唐應德·王道思·歸熙甫之文爲甲集。甲者。一代之宗也。

洪吉周	峴首甲藁 卷8 尙友書(幷題辭)	王守仁은 학문을 좋아하고 文武를 겸비하였으나, 학문이 순수하지 못하다고 비판하다.	王守仁伯安。好學具文武才。學頗駁。
洪奭周	鶴岡散筆 卷4	지금 훈고학자들이 朱子의 晚年의 학설을 終身의 定論이 아니라고 말하는데, 이는 王守仁에게서 비롯된 것이라 논하다.	王伯安以道問學爲禁。得朱子之說。有專重德性者。雖初年之說。皆以爲晚年定論。今爲訓詁之學者。又以朱子晚年之說爲非終身之定論。是不將噓王氏之焰而藉之以資斧乎。
洪奭周	鶴岡散筆 卷4	후세의 마음을 논하는 사람들이 老子, 釋迦, 陸九淵, 王守仁을 공격하는 것만 잘하고, 정작 자신들은 操存求放之工이 부족한 점을 비판하다.	若朱夫子所謂論語不說心只說實事者。則學者所宜深味也。學者將以行之也。若無實事。將焉所行哉。…後世之說心者。皆能斥老·釋·陸·王。老·釋·陸·王。固可斥也。然彼猶能專心於內。而有得乎虛靜之妙。後世之說心者。斥斥於虛靈知覺屬理屬氣之辨。其說纏纏。不啻充棟宇也。而操存求放之工。則有未遑一日及者。將不爲老·釋·陸·王之徒所嘆哉。
洪奭周	鶴岡散筆 卷5	李滉이 陳獻章과 王守仁의 학설을 이단으로 여기고 극력 배척한 것을 말하다.	退溪先生。…正終于隆慶之季。其距陳白沙·王陽明皆甚邇。方是時中國之人。多靡然從二子之說。雖有能闢之者。其傳於東土。亦罕矣。先生一見二子書。獨毅然斷其爲異端辭。而斥之不遺餘力。人或疑先生偏於恭遜。然至以身任道。其勇如此。
洪奭周	鶴岡散筆 卷6	王源은 王守仁의 학문을 사모하여 程朱를 迂濶하다고 하였으나, 만년에 方苞의 감화를 받은 이후로는 함부로 程朱를 비난하	其誠心衛道。無如方苞者。李塨者。毛奇齡門人也。著書排朱子甚力。其友王源慕王伯安之學。嘗目程朱爲迂濶。年將六十。目空一世。一聞苞言。終其身不敢非程朱。塨立取己所刊書中不滿程

		지 않게 되었다는 사실을 말하다.	朱語削去之過半。嗟呼。使世之能言者。皆如望溪。又何患吾道之不尊也。
洪奭周	淵泉集 卷24 「選甲集小識」	『皇明文選』甲集에 뽑은 인물 중에서 宋濂, 唐順之, 歸有光은 옛 사람들의 의론을 따른 것이고, 劉基를 宋濂과 함께 묶되 더 높인 것과 方孝孺‧王守仁을 歸有光보다 높인 것은 내가 취하는 바가 있기 때문이고, 解縉, 楊士奇, 李東陽, 王愼中은 못마땅한 점이 없지 않지만, 그 장점을 본다면 한 시대의 으뜸이라 할 만하다. ＊『皇明文選』甲集에 적은 글.	今之爲文辭者。大擧多尙明文矣。其甚者。往往棄韓‧柳‧歐‧蘇不道。而其詆訶之者。又擧曰明安得有文。是二者。皆未知明文也。豈惟不知明文哉。固未嘗知何者爲明文也。夫李觀‧樊宗師‧劉蛻‧劉煇‧宋祁之文。固皆唐宋也。今有學李觀‧樊宗師‧劉蛻‧劉煇‧宋祁之文而曰。吾學唐宋文。又有人從而詆之曰。唐宋之文不可學。是尙爲知唐宋文也哉。今之尙明文者。吾無論已嚮有適中州者。至遼瀋之陲。入其三家店。炊蜀黍買醬而食之曰。中國無飮膳。今之詆訶明文者。亦奚以異是哉。余自宋景濂以下得十人。以其傑然爲一時甲也。故曰甲集。其取宋景濂‧唐應德‧歸熙甫。皆古人之餘論也。其以劉伯溫。配景濂而上之。而尊方希直‧王伯安於歸唐之右。余竊有取焉爾。若解大紳之輕俊。楊士奇‧李賓之之平衍。王道思之支蔓。於余心。有未慊焉。雖然。推其所長。亦可以爲一時之甲矣。遂総爲甲集十卷。
洪翰周	智水拈筆 卷1	명나라의 宋濂, 劉基, 方孝孺, 王守仁은 탁월한 문장가로 茅坤보다 뛰어나다.	明之宋濂‧劉基‧方孝孺‧王守仁。皆絶代之文章。而鹿門以上之人也。八家爲甲。則諸公爲乙可也。豈可謂八家之外。全然無可選之一家也。此甚可笑。
洪翰周	智水拈筆 卷1	王守仁은 朱子의 강력한 적수이지만 朱子의 위상은 여전하다.	宋之子靜‧明之伯安。雖曰朱子之勁敵。以余觀之。朱子。故是朱子。

洪翰周	智水拈筆 卷3	王守仁은 道學으로 자임하였지만 문장 역시 뛰어나다.	後明之王伯安。 以道學自命。而文章亦足與歐·蘇爭衡。
洪翰周	智水拈筆 卷3	正祖가 『日得錄』에서 王守仁을 극찬한 말을 인용하고 공감을 표현하면서 王守仁의 功過를 논하다.	弘齋全書日得錄曰。神仙風骨。將相才智。英雄勳業。兼以有之者。西漢得一人。張子房也。蜀漢得一人。諸葛孔明也。唐得一人。李長源也。明得一人。王伯安也。正廟此教。盖極選。恐無過此矣。李泌以上諸公誠然。而陽明則兼有道學文章。其才智則未知當與張·葛果相伯仲。而盖有明三百年一人耳。陽明在正德中宸濠之亂。以湖廣摠制使討平之。楚越萬里。咸服歸順。運雖昇平。功實不世。豈非儒者之大英雄乎。其行也。臨海賦詩曰。 險夷元不滯胸中。何異浮雲過太空。夜靜海濤三萬里。月明飛錫下天風。此何等風格。但陽明。姿品絶世。才學超逸。遂以致良智之說。鼓動天下。背斥朱子。世之陸學者。靡然從之。終爲異端之歸。此所謂失之高名而賢者過之也。我東諸賢。亦以陳白沙。幷謂禪學二公。烏得辭其責。然陽明實間世人。其才學則不可廢也。至於其門人王畿。一傳而爲李贄。猖狂自恣。無復顧忌。而贄之藏書·焚書。則其害尤滔天。有甚於陸門之慈湖也。盖觀於 關門人是閉門人 之詩。其爲高僧後身分明。陽明之以儒爲禪。亦不得不爾者耶。
洪翰周	智水拈筆 卷4	王守仁의 부친 王華가 겪은 신기한 일을 소개하다.	明王尙書華。少貧窮。嘗寄食於京師一老宦。一日老宦。適出外未還。王獨坐。俄從內舍。有美女開牕投一小紙。紙面書願乞人間種。 王大驚。遂抽筆題

			其左曰。恐驚天上神。 書訖。以紙還投牕外。仍逃去。後王爲赴擧入京。科前數日。王夜夢天門忽開。謂大羅天藥珠宮放榜。俄而錦幅。以金字大書。'願乞人間種。恐驚天上神'。王華爲壯元及第。士女仰觀者雲集。王驚駭而覺。王竟魁是科。官至吏部尚書。陽明文成公。其子也。此事見載太上感應篇。而唐之狄文惠公事亦同。
洪翰周	智水拈筆 卷5	王守仁의 전생에 관한 일화를 소개하고 논평하다.	前後身之說。 甚荒唐。 然羊叔子之樹穴探環。 顧非熊之怒批兄煩。王伯安之開門人是閉門人。所傳皆分明。亦難以一切誕妄斥之也。
洪翰周	智水拈筆 卷6	金昌協은 方孝孺, 王守仁, 唐順之, 王愼中을 명나라 문장의 대가로 꼽고, 조선의 張維와 李植도 그 범위를 벗어나지 못하였다고 평하였다.	農巖先生。亦以遜志·陽明·遵巖·荊川四家。推爲明世第一大家。又曰。谿谷·澤堂。皆不能出方·王度內。
黃景源	江漢集 卷6 「與宋士行」 (第二書)	후대 문인들이 주자를 존숭하지 않는 것은 王守仁이 '良知良能'을 주장하며 朱子를 배척한 것에 영향을 받은 것이라 비판하다.	陽明王氏倡良知良能之說。以觝朱子。其言曰。今世學術學仁而過者乎。學義而過者乎。學不仁不義而過者乎。吾不知其於洪水猛獸。何如也。於是增城湛若水從而助之。故天下尊朱子者幾希矣。夫良知良能之說。行於中國且百年。

王愼中 (1509~1559)

인물 해설	호는 南江, 자는 道思, 별호는 遵岩居士이며, 福建省 晉江 사람이다. 1526년 진사가 되어 山東 提學僉事, 江西 參議, 河南 左參政 등을 지냈고, 후에 관직을 버리고 귀향하였다. 처음에는 前七子의 의견을 따라 '문장은 반드시 秦·漢을 본받아야 한다'고 주장하였으나, 나중에는 그것의 결점을 깨닫고 歐陽修와 曾鞏을 높이 평가하였다. 특히 증공의 산문에 감탄하여 자연스러운 문맥과 적절한 용어로 전칠자의 병폐에서 벗어나고자 하였다. 唐宋派의 주요 인물로 唐順之와 명성을 나란히 하였다. 산문의 필세가 유창하고 기세가 운건하며 자유로운 것으로 평가된다. 李開先·당순지·陳束·趙時春·熊過·任翰·呂高 등과 함께 嘉靖八才子로 불렸다. 저서에 『遵岩集』(25권)이 있고, 산문 작품으로 『海上平寇記』 등이 있다.
인물 자료	○ 『明史』, 列傳 175 　字道思, 晉江人. 四歲能誦詩, 十八擧嘉靖五年進士, 授戶部主事, 尋改禮部祠祭司. 　時四方名士唐順之·陳束·李開先·趙時春·任瀚·熊過·屠應埈·華察·陸銓·江以達·曾忭輩, 咸在部曹. 愼中與之講習, 學大進. 十二年, 詔簡部郞爲翰林, 衆首擬愼中. 大學士張孚敬欲一見, 辭不赴, 乃稍移吏部, 爲考功員外郞, 進驗封郞中. 忌者譖之孚敬, 因覆議眞人張衍慶請封疏, 謫常州通判. 稍遷戶部主事·禮部員外郞, 並在南京. 久之, 擢山東提學僉事, 改江西參議, 進河南參政. 侍郞王杲奉命振荒, 以其事委愼中, 還朝, 薦愼中可重用. 會二十年大計, 吏部注愼中不及. 而大學士夏言先嘗爲禮部尙書, 愼中其屬吏也, 與相忤, 遂內批不謹, 落其職. 愼中爲文, 初主秦·漢, 謂東京下無可取. 已悟歐·曾作文之法, 乃盡焚舊作, 一意師仿, 尤得力於曾鞏. 順之初不服, 久亦變而從之. 壯年廢棄, 益肆力古文, 演迤詳贍, 卓然成家, 與順之齊名, 天下稱之曰王·唐, 又曰晉江·毘陵. 家居, 問業者踵至. 年五十一而終. 李攀龍·王世貞後起, 力排之, 卒不能掩. 攀龍, 愼中提學山東時所賞拔者也. 愼中初號遵岩居士, 後號南江.

	○ **錢謙益,『列朝詩集小傳』丁集 卷1,「王參政愼中」** 愼中, 字道思, 晉江人. 嘉靖丙戌進士. 年十八, 授戶部主事, 改禮部祠祭司. 上方興禮樂, 改建四郊. 道思博通典故, 以稱職聞. 朝議取部屬充館職, 謝弗往, 改吏部, 曆驗封郎中, 爲永嘉所惡, 謫判常州. 稍遷南戶·禮二部, 陞山東提學僉事, 轉江西參政·河南左參政. 辛丑外計, 又爲貴溪所惡, 內批不謹, 罷歸. 年五十一而卒. 道思在郎署, 與一時名士所謂八才子者, 切劘爲詩文, 自漢以下, 無取焉. 再起留曹, 肆力問學, 始盡棄其少作, 一意爲曾王之文, 演迤詳贍, 蔚爲文宗. 唐應德初見之, 議論不相下, 已遂舍所學從之. 嘗謂李中麓曰: "公但敬服荊川, 不知荊川得吾之緒餘耳." 其自信如此. 詩體初宗艶麗, 工力深厚, 歸田以後, 攙雜講學, 信筆自放, 頗爲詞林口實, 亦略與應德相似云.
저술 소개	⋆ **『南江外集』** (淸)抄本 10卷 ⋆ **『遵岩先生文集』** (明)隆慶 5年 嚴鎡刻本 25卷 / (明)嘉靖 45年 劉溱刻本 41卷 / (明)隆慶 5年 邵廉刻本 41卷 / (淸)康熙 50年 閩中 同人書社刻本 42卷 ⋆ **『遵岩先生文鈔』** (淸)葉裕仁抄本 不分卷 ⋆ **『玩芳堂摘稿』** (明)嘉靖 29年 蔡克廉刻本 4卷 ⋆ **『王遵岩家居集』** (明)嘉靖 31年 句吳書院刻本 7卷 ⋆ **『元明七大家古文選』** (淸)劉肇虞編并評 (淸)乾隆 29年 步月樓刻本 13卷 內 王愼中撰『王遵岩文選』2卷 ⋆ **『皇明十大家文選』** (明)陸弘祚編 (明)刻本 25卷 內 王愼中撰『遵岩文選』2卷 ⋆ **『明八大家文集』** (淸)張汝瑚編 (淸)康熙年間 刻本 76卷 內 王愼中撰『王遵嚴集』10卷

		비 평 자 료	
金昌熙	曾欣穎「後序」	李夢陽과 王世貞은 일대의 문사였지만 逆覩의 안력이 없어서 歸有光과 王愼中에게 盛名을 내어주었다고 비평하다.	明之北地太倉。非不爲一代之雄。而但無逆覩之眼力。不能知國朝諸家之所尙。故摹擬秦漢。枉費一生工夫。畢竟盛名讓與震川遵巖也。由此言之。讀書治文之事。不過能爲逆覩而已矣。
金昌熙	曾欣穎「讀王遵巖文」	王愼中이 처음에는 李夢陽의 擬古文을 학습했으나 뒤에 模擬形似의 그릇됨을 깨닫고 曾鞏을 학습했다고 평하다.	王遵巖初爲李獻吉之秦漢。久而悟模擬形似之非。乃復究心南豊之遺軌。其由駁反醇。亦可尙也。
金昌熙	曾欣穎「讀王遵巖文」	王愼中의 「潛源記」에 대해, 그 내용은 물에 대한 이야기이지만, 자세히 살펴보면 文에 대해 논한 글이라는 것을 알 수 있다고 평하다.	其所著潛源記。泛看雖若論水。而細究則乃論文也。夫所謂雨潦方集。水發於列苗之間。滂溢濫肆木驟石。轉迫蹙隴崖舡觸垠崿。及其朝夜方改已消盡無餘。向之所見。今忽失之。雖暫見爲大水而患於無源者。非獻吉乎。所謂江水滔滔。晝夜不息。舟楫乘載。浮於其上。有涉濟之利。原陸園田資灌漑於其涯。六酌小挹而無所不足者。非昌黎乎。所謂涵光浴景。納吐日月。映燭群象淸瑩澄澈。可鑑形貌者。非柳州六一東坡乎。所謂有泉出於山中。涓涓而微行。皜皜而自潔。迫而取之。若有所無徐而俟之。又已有餘驟而迎之。殆不可見。隨而將之未始有窮者。非南風乎。遵巖不取滔滔之水。澄澈之流。而獨取於涓涓之泉。有源而潛也。其辨香之在於南豊可知也。然而其初年習氣終未盡除。譬之於水。雖得涓涓之細源。亦不無行潦之添流者也。

金昌熙	石菱集 「答友人論文 書(其一)」	淸初에 歸有光과 王愼中의 문장이 유행하였던 사실 을 언급하다.	淸興之初。家誦歐曾。人說歸・王。莫 不深詆李獻吉王元美之爲史漢也。噫。 如以史漢爲不足學。則韓・柳・歐・ 曾・歸・王。皆嘗得力於遷固矣。如以 摹擬形似爲非。則何獨史漢之是詆。而 不念歐・曾之不可摹擬。歸・王之無以 形似乎。是所謂楚則失矣而齊亦未爲得 者也。
金昌熙	石菱集 「答友人論文 書(其一)」	歸有光과 王愼中의 문장은 歐陽脩와 曾鞏을 배운 것 이지만, 그들을 뛰어넘어 스스로 자득한 것이 있기 때문에 일가를 이룬 것이 라 평가하다.	且以震川遵巖言之。其平日。未嘗不俯 首於歐曾堂廡之下。而及其覃思造辭。 以自表見於後人也。則必爲歐曾之所未 及爲者。而後惟其心滿而意稱焉。是所 謂從歐曾入而不從歐曾出者也。夫入據 其奧。出破其樊。作者代興。輒有變 改。雖其根基之深厚。有不逮於前人。 而規撫精新。則往往過之也。
徐瀅修	明皐全集 「明皐文集序」	紀昀이 徐瀅修의 문집에 서문을 써 주면서 그를 歸 有光, 唐順之, 王愼中 등과 비교하여 서술하다. * 이 글은 紀昀이 쓴 것이 다.	唐荊川。宗法韓歐。足以左挹遵巖。右 拍熙甫。而論者終有晚年著作。攙入語 錄之疑。是豈理之不足乎。…朝鮮徐判 書明皐。奉使來朝。余適掌春官。職典 屬國。得接其論。因得讀其所作學道 關及明皐詩文集。其學道關。以正蒙之 精思。參以皇極經世之觀物。卽數闡 理。卽理明數。戞然成一家言。詩則規 撫金仁山濂洛風雅。自成一格。… 東國 聲詩。傳播中國者多矣。文筆傳播中國 者。余唯見徐君敬德一集。然頗有荊川 晚年之意。續見耳溪文集。歎爲希有。 不意今日復見君之大作焉。信斯邦世傳 詩禮。具有古風。非但以篇詠擅長矣。

成海應	研經齋全集卷18「題王遵巖集後」	근래 중국 문인들이 王愼中과 歸有光을 나란히 일컫지만, 成海應이 보기에 王愼中은 王守仁의 울타리를 뛰어넘지 못했기 때문에 歸有光만 못하다고 비평하다.	近時中國論文之士。以遵巖王愼中爲雋。與歸太僕熙甫並稱。余嘗取遵巖集觀之。其文雖學南豊。宗不出王陽明之藩籬也。又不能爽利開豁。只得其粗耳。是故其文差優於論議而短於紀傳。讀之竟篇。涔涔益睡思。言之不文。行之不遠。孔子不云乎。然則中國之士所取者何也。以陽明學故耳。朱子之學。久於學者之規範。彼爲陸學者。自知不足抗之。往往自附於漢學。以其苟核之論。妄議文公之未及檢處。不者雖托紫陽之私淑。外若排江西之說。而宗陰助之。乃欲蚤賊于吾道。可不愼哉。太僕雖學究者流。其論純而夷。無一叛于聖人之訓。豈遵巖之所可及哉。
安錫儆	霅橋集霅橋藝學錄	王愼中은 文章에서 남송의 격조를 벗어나려다가 '生澁局滯'하게 되어 도리어 王守仁과 唐順之의 문장보다 못하다고 평가하다.	文章自唐而宋。已降一級。而爲歐・蘇。及至南宋。則又降一級。故陳同甫・眞希元輩。雖王長當世。而終不得超詣乎曾・王之列。若朱子文章。則理致精深正大。法度周整細密。氣暢達渾厚。直紹孔孟之文章。要當不拘於世級。而顧風氣所關。不能免南宋格調。況於元以下諸文家乎。故虞伯生・歐陽原功。以元文之稱首。而力學八大家規矩。然其辭氣出自朱文者爲多。皇明之宋景濂・方希直・王伯安・唐應德亦然。如王道思頗自矜持。而欲脫於南宋格調。顧反歸於生澁局滯。而不及於伯安應德矣。
安錫儆	霅橋集霅橋藝學錄	王愼中과 王世貞은 여러 면에서 唐順之보다 못하다고 주장하다.	王道思。雖與應德齊名。王元美。以一時射雕手並稱。然其文無精深之見。而多虛敲之氣。必其知見才調。不如應德

			之實也。且其修辭未能圓轉。而不如應德之熟也。
安錫儆	霅橋集 霅橋藝學錄	方孝孺, 王守仁, 唐順之, 王愼中 등은 모두 唐宋八大家의 법도를 충실히 배운 사람들로, 후학들도 이를 배워야 함을 역설하다.	文家體裁。出於二典三謨。而歷伊萊傅箕周召孔曾思孟群聖賢。傍曁諸子百家。雖有意趣辭氣之異。而體裁則同一規也。故左國以下。三漢作者。雖奇變百出。而其規矩則一也。至唐宋八大家。各體皆備千變萬化。而所循規矩一而不貳。森可學。故方希直・王伯安・唐應德・王道思輩。皆取法於此。後之學者。能於此而見其法度。則其於希直・伯安・應德・道思之文。何難之有哉。
李宜顯	陶谷集 卷27 雲陽漫錄	王愼中은 唐宋古文을 학습하여 문장이 雅正하다고 평가하다.	如茅鹿門・唐荊川・王遵巖・歸震川諸人。專歸宿於歐・曾諸大家。故不甚有此病。頗似爾雅。
李定稷	燕石山房文藁 卷7 「讀古文解」	宋濂과 王愼中 역시 뛰어난 문장가이므로 이들의 글도 차후에 읽으려 한다는 뜻을 밝히다.	欲識古文之意。則辭達是先。首之以荊川。以終于昌黎。元之虞道園。明之宋潛溪王遵岩。亦其秀也。俟將讀之云。
李夏坤	頭陀草 冊十六 「與洪道長書」	方孝孺, 王守仁, 歸有光, 王愼中, 唐順之가 唐宋八家에게서 法을 취하였으나, 문장의 근본을 탐색하여 六經까지 거슬러 올라갔기에 그들의 문장이 볼만하다고 평하다.	如方希直・王伯安・歸熙甫・王道思・唐應德輩。雖曰取法於八家。而亦能探索根本。上泝六經。故其文皆可觀。而至於熙甫。其用力比他人尤純深。故其文外淡而中腴。語簡而味深。嘗自稱曰吾文可肩隨歐、曾、介甫則不難抗行矣。此非夸也。其自知可謂深矣。

李夏坤	頭陀草 冊十七 「送李令來初 (仁復)赴任安 東序」	王守仁, 歸有光, 唐順之, 王愼中의 문장은 군자의 문장이라 일컬을 만하다고 평하다.	明之王伯安, 歸熙甫, 唐應德, 王道思諸人之文。亦可謂之君子之文也。其餘諸子之文。非不華贍矣。俱未免乎文人之文也。
曺兢燮	巖棲集 卷8 「與金滄江 (七)」	沈德潛이 曾鞏의 글을 논평하면서 朱熹가 曾鞏의 神味를 터득한 반면, 王愼中은 오히려 미진한 점이 있다는 평을 인용하다.	朱子之文。多得於南豊。而未必主於昌黎。其少時在同安。有書記數首。置之曾集。更不可辨。三十以後。不復用意於文。然至其雜著序記中大作。雖歐・蘇亦當斂袵。… 申靑泉最嗜王・李。而其使日本也。與湛長老論宋文。以爲朱紫陽在。歐・蘇不當爲第一。此論差强意。而沈歸愚評曾文。以爲朱子最得其神味。而王遵巖猶有未盡知言者。固如此也。
曺兢燮	巖棲集 卷9 「與李蘭谷 (建芳)」	唐順之, 王愼中, 方苞, 姚鼐를 文章과 道德을 모두 이루려고 하였으나 재능이 부족하여 문장가에 머문 사람들이라 평가하다.	夫道德文章之難並久矣。爲道德者。以文章爲不足爲。而爲文章者。亦自以不屑於道德之假者。於是二者愈裂而不可一。然此自不識其眞者爾。於道德文章何病焉。夫有眞道德者。必有眞文章。有眞文章者。必識眞道德。… 至紫陽夫子則蓋斑斑乎均至矣。而世之主乎文者。猶疑其未至也。明淸以來。有自蘄以二者之至。如唐・王・方・姚之倫。竆一生之力以爲之。而其歸則終不免於偏勝。而人見其爲文也。夫人見其爲文。則是於道德。必有所未至焉。蓋其才不及古聖賢。而有意於二者之並至。則其勢不得不至此也。故區區妄以爲今之學者。求如古聖賢無意之至。不可望已。求如紫陽氏之至。而使人猶疑其未至者。於道或庶幾焉。不然而必有意於二者之俱至。則其究也爲明淸數子已

			矣。然此數子又安得以遽及。則文章一事雖捲而置之。惟汲汲於道德而聽其自至焉可也。
許筠	鶴山樵談	명나라에서 文으로 유명한 十大家는 李夢陽, 王守仁, 唐順之, 王允寧, 王愼中, 董玢, 茅坤, 李攀龍, 王世貞, 汪道昆이다.	明人以文鳴者十大家。李崆峒獻吉。王陽明伯安。唐荆川應德。王祭酒允寧。王按察愼中。董潯陽玢。茅鹿門坤。李滄溟攀龍。王鳳洲世貞。汪南溟道昆。而崆峒專學西漢。王李則鉤章棘句。欲軼先秦。南溟華健。董·茅則平熟。王愼中則富贍。明人皆厭之。以爲腐俗。余所見畧同。伯安不專攻文而以學發之。故未免駁雜。荆川則典實。然皆可大家。
洪吉周	峴首甲藁卷3「明文選目錄序」	명나라 劉基, 宋濂, 方孝孺, 解縉, 楊寓, 李東陽, 王守仁, 唐順之, 王愼中, 歸有光의 문장을 모아 『明文選甲集』을 엮은 것을 말하다.	明文選二十卷。目錄一卷。淵泉先生之所篇也。其書有五集。以劉伯溫·宋景濂·方希直·解大紳·楊士奇·李賓之·王伯安·唐應德·王道思·歸熙甫之文爲甲集。甲者。一代之宗也。
洪奭周	淵泉集卷24「選甲集小識」	『明文選甲集』에 뽑은 인물 중에서 宋濂, 唐順之, 歸有光은 옛 사람들의 의론을 따른 것이고, 劉基를 宋濂과 함께 묶되 더 높인 것과 方孝孺·王守仁을 歸有光보다 높인 것은 홍석주가 취하는 바가 있기 때문이고, 解縉, 楊士奇, 李東陽, 王愼中은 못마땅한 점이 없지 않지만, 그 장점을 본다면 한 시대의 으뜸이라 할 만하다고 주장하다. *『皇明文選』甲集에 적은 글이다.	今之爲文辭者。大擧多尚明文矣。其甚者。往往棄韓、柳、歐、蘇不道。而其詆訶之者。又擧曰明安得有文。是二者。皆未知明文也。豈惟不知明文哉。固未嘗知何者爲明文也。夫李觀, 樊宗師, 劉蛻, 劉輝, 宋祁之文。固皆唐宋也。今有學李觀, 樊宗師, 劉蛻, 劉輝, 宋祁之文而曰。吾學唐, 宋文。又有人從而詆之曰。唐, 宋之文不可學。是尚爲知唐, 宋文也哉。今之尚明文者。吾無論已嚮有適中州者。至遼瀋之陲。入其三家店。炊蜀黍買醬而食之曰。中國無飮膳。今之詆訶明文者。亦奚以異是哉。余自宋景濂以下得十人。以其傑然爲一時甲也。故曰甲集。其取宋景濂, 唐應德, 歸熙甫。皆

			古人之餘論也。其以劉伯溫。配景濂而上之。而尊方希直, 王伯安於歸唐之右。余竊有取焉爾。若解大紳之輕俊。楊士奇, 李賓之之平衍。王道思之支蔓。於余心。有未慊焉。雖然。推其所長。亦可以爲一時之甲矣。遂総爲甲集十卷。
洪翰周	智水拈筆 卷6	金昌協은 方孝孺, 王守仁, 唐順之, 王愼中을 명나라 문장의 대가로 꼽고, 조선의 張維와 李植도 그 범위를 벗어나지 못하였다고 평하였다.	農巖先生。亦以遜志・陽明・遵巖・荊川四家。推爲明世第一大家。又曰。谿谷澤堂。皆不能出方王度內。

汪 琬 (1624-1691)

인물 해설	字는 苕文, 호는 鈍庵, 玉遮山樵, 堯峰, 小字는 液仙이며 江蘇省 長洲 사람이다. 淸初 侯方域·魏禧와 함께 散文 "三大家"로 일컬어진다. 順治12年 進士가 되어 戶部主事·刑部郎中·編修 등을 역임했다. 저서에 『堯峰詩文鈔』, 『鈍翁類稿』, 『鈍翁續稿』 등이 있다. 그의 산문은 疏暢通達하였고 才氣를 절제할 줄 알아야 하며 수미가 호응하고 頓挫를 조절하여 산만함을 피해야 한다고 주장하였다. 또한 소설로 고문을 쓰는(以小說爲古文辭)는 것을 반대하여 지나치게 정통을 강조하였다. 그의 문풍은 歐陽修의 영향을 받았고 南宋 諸家의 풍조와 비슷하다고 평가된다.
인물 자료	○『淸史稿』, 列傳 271 汪琬, 字苕文, 長洲人. 少孤, 自奮於學, 銳意爲古文辭. 於易·詩·書·春秋·三禮·喪服咸有發明. 性狷介. 深歎古今文家好名寡實, 鮮自重特立, 故務爲經世有用之學. 其於當世人物, 褒譏不少寬假. 順治十二年進士, 授主事, 再遷刑部郎中. 坐累降兵馬司指揮, 能擧其職, 不以秩卑自沮. 任滿, 稍遷戶部主事, 民送之溢衢巷. 榷江寧西新關, 以疾假歸. 結廬堯峰山, 閉戶撰述, 不交世事, 學者稱堯峰先生. 以宋德宜, 陳廷敬薦博學鴻儒科, 試列一等. 授編修, 纂修明史, 棘棘爭議不阿. 在館六十日, 再乞病歸. 歸十年而卒, 年六十七. 初, 聖祖嘗問廷敬今世誰能爲古文者, 廷敬擧琬以對. 及琬病歸, 聖祖南巡駐無錫, 諭巡撫湯斌曰: "汪琬久在翰林, 有文譽. 今聞其居鄕甚淸正, 特賜禦書一軸." 當時榮之. 琬爲文原本六經, 疏暢類南宋諸家, 敍事有法. 公卿志狀, 皆爭得琬文爲重. 嘗自輯詩文爲類稿·續稿各數十卷, 又簡其尤精者, 囑門人林佶繕刻.
저술 소개	★『汪氏説鈴』 (淸)雍正 12年 刻本 1卷 / (淸)抄本 2卷 ★『花近樓叢書』 (淸)管庭芬編 稿本 77種 97卷 內 汪琬撰『汪氏説鈴』1卷

		★『國朝三家文鈔』 (淸)宋犖·許汝霖編 (淸)康熙 33年 刻本 32卷 內 汪琬撰『汪純翁文鈔』12卷	
		비 평 자 료	
金邁淳	臺山集 卷17 闕餘散筆	阮葵生의 『茶餘客話』에 실린 閻若璩의 말을 인용하여 汪琬을 비평하다.	又記閻百詩話。曰。汪堯峰(琬)私造典禮。李天生(因篤)杜撰故實。毛大可(奇齡)割裂經文。貽誤後學匪淺。汪·李·毛三人。皆淸初鉅儒。近日東士所津津艷慕。以爲地負海涵者也。而中州則相去未遠。已有覰破伎倆。而不爲其所瞞者。此東人之不及中州處也。
金昌熙	會欣穎 「讀汪堯峯文」	淸 초기의 뛰어난 문장가로 侯方域·魏禧·汪琬 세명을 꼽고 세 사람의 문장에 대해 평하다.	語淸之初文章。則曰三家。而語三家之優劣。則曰候雪苑以才勝。魏叔子以力勝。王堯峯以法勝。未易定其優劣也。然而吾則又以三子之論文以斷之也。候曰漢以後之文。主氣,魏曰爲文之道。在於練識。夫主氣練識。皆爲文之上乘也。吾誠歉然無間言。獨於汪之言。而疑其非活法也。何者,汪曰文之有法。猶奕師之有譜。曲工之有節。匠氏之有繩度。不可不講。求而得之也。揚之欲其高。斂之欲其深。推而遠之。欲其雄且駿。及其變化離合。一歸於自然也。
金昌熙	會欣穎 「讀汪堯峯文」	侯方域·魏禧·汪琬 세 사람 문장의 특장에 대해 언급하고, 세 사람과 姜宸英 문장의 醇肆에 대해 평하다.	夫操毫而先思。所以欲其合法者。何能歸於自然也。凡所謂開闔呼應操縱頓挫之法。固難備工於一編之文。一家之體。縱使無不備工。亦但見人工而已。其眞氣。則固多索然矣。以此言之。汪之法。其不及候之才。魏之力亦明矣。叔子曰。汪醇而不肆。候肆而不醇。而姜湛園在醇肆之間。夫

			在其間者。必兩不能也。而醇肆兩能, 叔子其獨自許者歟。
成海應	研經齋全集 卷33 風泉錄(三) 「題汪堯峯集 後」	汪琬의 글은 명말의 噍 殺‧劖削함이 없으나 명 에 대한 절조를 지키지 않 았다.	汪堯峯文。有儒者氣。非有明季噍殺 劖削之音。然獨怪其仕乎清。深以得 其寵榮爲幸。
成海應	研經齋全集 卷33 風泉錄(三) 「題陳子龍‧ 侯岐曾傳後」	汪琬이 편찬한 『明史』「侯 岐曾後跋」에 侯岐曾의 행 실과 陳子龍의 망명에 대 해 기록된 것을 보았다.	今見堯峯所著明史侯岐曾傳後跋。岐 曾子涵撰父行實。兼述子龍亡命事。 以爲子龍與叛人勝兆有連。罪當死。 其父不知而舍之。見法於二日之內。 子龍尚無叛狀。而況其父乎。
成海應	研經齋全集 卷37 「皇明遺民傳 引用書目」	「皇明遺民傳」의 인용서목 중에, 汪琬의 『堯峯集』이 있다	
申緯	警修堂全藁 冊7 碧蘆舫藁(三) 「次韻篠齋夏 日山居雜詠 (二十首)」	清初의 여러 인물들 중 王 士禛은 시를 잘 짓지만 文 을 못하고, 汪琬은 文을 잘 짓지만 시를 못하며, 閻若璩와 毛奇齡은 考證 을 잘하지만 詩文은 下乘 이며, 오직 朱彝尊만은 개 별적인 분야의 성취에는 손색이 있지만 考證과 詩 文에 모두 능하다는 紀昀 의 평을 소개한 뒤, 翁方 綱 역시 朱彝尊처럼 考證 과 詩文에 모두 능하며, 특히 金石學이 매우 정밀 하다고 극찬하다.	王士禛工詩而疎於文。汪琬工文而疎 於詩。閻若璩。毛奇齡工於考證。而 詩文皆下乘。獨朱彝尊事事皆工。雖 未必凌跨諸人。而兼有諸人之勝。此 紀曉嵐之說也。近日翁方綱考證詩 文。兼擅其長。世稱竹垞之後勁。而 其金石精覈。又非竹垞可及也。

李定稷	燕石山房文藁 卷2 「讀汪堯峯文」	汪琬의 글을 읽고 그의 말을 인용하여 摹擬와 創見에 대해 논하다.	余讀汪堯峯文。歎豪傑之士。俗尙莫之移。時代莫之制也。近代前輩之爲文。有深懲者焉曰。摹擬非眞也。指古人成規曰。是已腐敗者耳。見人有犯焉。則輒痛罵之不置。其不甚者。猶望望然若將浼己也。於是。各求私智。務爲創見。曰此之謂氣者也。曰此之謂力者也。曰此之謂不失性情者也。
李定稷	燕石山房文藁 卷2 「讀汪堯峯文」	汪琬은 후대 문인들이 字를 알면 句를 알지 못하고, 句를 알면 篇을 알지 못하여 開는 있으나 闔이 없고, 呼는 있으나 應이 없으며, 前後는 있으나 操縱이 없고, 頓挫했다가 散하지 못한다고 하였다.	惟堯峯汪先生。則不然。其言曰大家之有法。惟奕師之有譜。曲工之有節。匠氏之有繩。度不可不講求而自得者也。後之作者。惟其知字而不知句。知句而不知篇。於是。有開而無闔。有呼而無應。有前後而無操縱。頓挫不散。則亂譬如驅烏合之市人。而思制勝於天下。其不立敗者。幾希。
李定稷	燕石山房文藁 卷2 「讀汪堯峯文」	汪琬은 前賢이 古人의 開闔·呼應·操縱·頓挫의 법을 배워 변화를 가하였다고 하였다.	又曰。前賢之學於古人者。非學其師也。學其開闔呼應操縱頓挫之法。而加變化焉。
李定稷	燕石山房文藁 卷2 「讀汪堯峯文」	汪琬은 文에 篇法과 字句의 법이 있다고 하였다.	夫有篇法。又有字句之法。此卽其言而文者也。
李定稷	燕石山房文藁 卷7 「讀古文解」	汪琬과 方苞는 근대[淸]에 특출한 문인이다.	文達辭。以行乎今。奚古之云哉。…而曰汪堯峰方望溪。拔出乎近代也。
李定稷	燕石山房文藁 卷7 「讀古文解」	七賢(韓愈·歐陽修·蘇軾·唐順之·歸有光·汪琬·方苞)의 古文을 읽고 각각 解를 덧붙였는데, 고	文達辭。以行乎今。奚古之云哉。…唐有一人焉。韓文公是已。由公以下。于宋于明。各得二人焉。于近代亦得二人焉。曰歐陽六一。曰蘇東

		문을 이해하려면 辭達해야 하므로 당순지의 글을 처음에 두고 한유의 글을 마지막에 두었다.	坡。宋之大家也。曰唐荊川。曰歸震川。模楷乎明。而曰汪堯峰方望溪。拔出乎近代也。非外此而無文。爲其得古文之意焉。是以讀七賢之文。而各爲之解。解由己而已。非曰夫人而必吾從也。欲識古文之意。則辭達是先。首之以荊川。以終于昌黎。
李定稷	燕石山房文藁 卷7 「讀堯峰文」	汪琬의 文에 대해 총평을 하다.	文以辭成。辭以體備。體定而才識。斯可判矣。夫識有高下。高者。其辭醇。下者。其辭駁。才有敏鈍。敏者。其辭圉。鈍者。其辭滯。此大略也。氣盛者。其辭健。力强者。其辭贍。雅俚潔濁。繫乎操濃薄。密麤繫乎工開闊。伸縮照應。由乎法。擇焉而得其精者。爲正宗。精矣而無不周徧者。爲大家。漢唐北宋。其蔚然矣。自其下。諸家之文。各有所長。而亦皆有所不足焉。若堯峰之文。健而不橫。强而不硬。贍而典。雅而和。潔而亦濃。密而不至於纖。不泥乎法而未嘗離於法。蓋擇焉而得其精者也。骨氣不如震川。情韻不如荊川。而風範優優乎有古大家之遺焉。由此而進。則又一廬陵矣。而所未至焉者。識稍未高。才稍未俊耳。余於是不能不爲堯峰失色。
李定稷	燕石山房文藁 卷7 「讀堯峰文」	汪琬의 文은 健而不橫하고 强而不硬하며 贍而典하고 雅而和하며 潔而亦濃하고 密而不至於纖하다. 또 法에 구애되지 않으면서도 법에서 멀어진 적이 없었다.	若堯峰之文。健而不橫。强而不硬。贍而典。雅而和。潔而亦濃。密而不至於纖。不泥乎法而未嘗離於法。

李定稷	燕石山房文藁 卷7 「讀堯峰文」	汪琬의 文은 骨氣가 歸有光만 못하고 情韻이 唐順之만 못하나. 풍채는 옛날 대가의 유풍이 있다.	若堯峰之文 … 骨氣不如震川。情韻不如荊川。而風範優優乎有古大家之遺焉。
李定稷	燕石山房文藁 卷7 「讀望溪文」	方苞의 식견은 經學을 근원으로 두고 韓愈를 참고하여 언사가 순일하고 논의가 바르니, 이것이 汪琬보다 뛰어난 점이다.	蓋望溪之識。原之經學。參之昌黎。其辭醇。其論正。此其有優於堯峰也。
丁若鏞	與猶堂全書 詩文集 卷21 「寄兩兒」	汪琬의 『說鈴』, 鄭瑄의 『昨非菴日纂』, 王世貞의 『宛委餘篇』에서 발췌하여 『居家四本』을 엮어보라고 두 아들에게 지시하다.	頃有人求吾記古人格言者。以此爲門目。客中無書籍。取四五種書。抄取其名言至論。編次成書以予之。其人不省也。以爲太高而摺棄之。滑俗只堪一笑。此書遂泯可惜。汝其依此門目。就程朱書及性理大全・退溪集・言行錄・栗谷集・宋名臣錄・說鈴・昨非菴日纂・宛委餘篇及我東諸賢所記述。彙次作三四卷。亦一部佳書也。
洪吉周	沆瀣丙函 卷2 「東文小選續錄序」	중국의 古文은 최근 침체기를 맞고 있으나, 汪琬・方苞와 같은 文人이 있어 외국 사람들에게까지 널리 읽힌다.	中國古文之學。倡於韓。盛於歐・蘇。歷明至今。綿綿焉未嘗絶。輓近世固寢衰矣。猶有如汪堯峯・方望溪者。焯焯外邦人耳目。
洪吉周	縹礨乙幟 卷12 睡餘放筆(一)	청나라 산문가 중에 魏禧와 汪琬을 거장으로 꼽다.	淸人詩。余最愛顧亭林[古詩排律尤長]。恒以爲過於王漁洋。文則當以魏叔子・汪苕文爲巨擘。
洪翰周	智水拈筆 卷1	중국 사대부들의 藏書樓 중에는 소장도서가 10만여 권에 이르는 곳도 있으니, 汪琬 등의 장서루가 모두 그러하다.	士大夫私藏。亦往往至七八萬。或十餘萬卷之多。王元美之弇山堂・徐乾學之傳是樓・錢受之之拂水莊・汪苕文・阮雲臺・葉東卿輩。無不皆然。

洪翰周	智水拈筆 卷3	청나라 초에는 갑자기 興旺하는 기상으로 문장이 바뀌었는데, 이를 대표하는 사람들은 명나라 출신의 汪琬 등이다.	及至順治·康熙之世。忽變爲興旺之象。其人。皆勝國之敗材。如吳梅村之詩。汪堯峰之文。無非閱歷興亡者。何至遽爲興邦之隆幹乎。
洪翰周	智水拈筆 卷3	근세 청나라 사람의 문집은 본래의 호를 버리고 따로 문집의 호를 쓴 경우가 있는데, 汪琬의『堯峯集』이 그러하다.	近世淸人文集。或有捨其本號。別有文集之號。王漁洋之帶經堂集·施愚山之安雅堂集·徐健菴之憺園集·汪鈍翁之堯峯集·翁覃溪之復初齋集·我朝金乖厓之拭疣集·近日淵泉公之學海內外編·載載錄之類。是也。
洪翰周	智水拈筆 卷4	명나라 熹宗 연간 五星이 奎星에 모이더니, 청나라 초에 人文이 성대하여, 湯贇·陸隴其, 李光地·朱彝尊·王士禛·陳維崧·施閏章·徐乾學·方苞·毛奇齡·侯方域·宋琬·魏裔介·熊賜履·宋犖·吳雯·魏禧·葉子吉·汪琬·汪楫·邵長蘅·趙執信 등과 같은 인물들이 나왔다.	世稱明熹宗天啓間。五星聚奎。故淸初人文甚多。如湯潛菴贇·陸三魚隴其·李榕村光地·朱竹垞彝尊·王阮亭士禛·陳檢討維崧·施愚山閏章·徐健菴乾學·方望溪苞·毛檢討奇齡·侯壯悔方域·宋荔裳琬·兼濟堂魏裔介·熊澴川賜履·宋商丘犖·吳蓮洋雯·魏勺庭禧·葉方藹子吉·汪鈍翁琬·汪舟次楫·邵靑門長蘅·趙秋谷執信諸人。皆以詩文名天下。其中亦有宏儒鉅工。彬彬然盛矣。而是天啓以後。明季人物之及於興旺之初者也。
洪翰周	海翁文藁 卷1 「與蕙泉書」	장마가 계속되자 王士禛과 汪琬의 시를 읊조리며 마음을 달래다.	久潦淋霪。起居萬重。僕爲盛熇所侵。形役少弛。輒頹臥唫囈。無所用心於諸家。獨抱王阮亭汪鈍翁數詩以自遣。亦足適也。

王廷相 (1474-1544)

인물 해설	字는 子衡, 號는 浚川이며 儀封 사람이다. 1502년(弘治 15)에 進士에 급제하여 翰林院의 庶吉士로 선출되었고, 여기서 邊方 守備에 관한 글이 인정을 받아 兵科 給事中을 除授받았다. 그러나 비록 南京 兵部尙書, 都察院 右都御史 등의 관직에 오르기도 했지만, 당시 젊고 유능한 관료들인 崔銑, 李夢陽, 何景明 등과 친분이 깊은 관계로 劉瑾, 廖堂(鐺) 등에게 미움을 사서 좌천당했으며 1541년(嘉靖 20)에 발생한 宗廟의 화재 사건으로 인하여 平民의 신분으로 降等되었다. 결국 그로부터 3년 후에 그가 죽었을 때에도 그는 끝내 復權되지 못하다가, 1567년(隆慶 1)에 世宗이 죽고 穆宗이 즉위한 후에야 비로소 復權이 되어 肅敏이라는 諡號를 받았다. 王廷相은 박학한 데에다 논의를 좋아했고, 특히 經術로써 명성이 높았다. '前七子' 중 한 사람으로 저작에는 『王氏家藏集』(『浚川集』이라고도 함) 68권과 『內臺集』 7권 등이 있다.
인물 자료	○ 『明史』, 列傳 82 　王廷相, 字子衡, 儀封人. 幼有文名. 登弘治十五年進士, 選庶吉士, 授兵科給事中. 以憂去. 正德初, 服闋至京. 劉瑾中以罪謫亳州判官, 量移高淳知縣. 召爲禦史, 疏言：“大盜四起, 將帥未能平. 由將權輕, 不能禦敵；兵機疏, 不能扼險也. 盜賊所至, 鄕民奉牛酒, 甚者爲效力. 盜有生殺權, 而將帥反無之, 故兵不用命. 宜假便宜, 退卻者必斬. 河南地平曠, 賊易奔, 山西地險阻, 亦縱深入, 將帥罪也. 若陳兵黃河之津, 使不得西, 分扼井陘・天井, 使不得東, 而主將以大軍躡之, 則賊進退皆窮, 可不戰擒矣.” 帝切責總督諸臣, 悉從其議. 已, 出按陝西, 裁抑鎭守中官廖堂, 被誣. 時已改督京畿學校, 逮系詔獄, 謫贛榆丞. 屢遷四川僉事, 山東副使, 皆提督學校. 嘉靖二年舉治行卓異, 再遷山東右布政使. 以右副都禦史巡撫四川, 討平芒部賊沙保. …

○ 錢謙益, 『列朝詩集小傳』 丙集 권11, 「王宮保廷相」

　　廷相, 字子衡, 儀封人. 弘治壬戌進士, 改庶吉士, 授兵科給事中. 以言事謫判亳州. 召拜監察御史, 巡按陝西, 以鎮守廖鑾誣奏, 下獄, 再謫贛榆縣丞. 稍遷寧國府同知, 歷四川按察使, 拜副都御史, 巡撫四川, 入爲兵部侍郎 · 都察院左都御史, 進兵部尙書, 提督團營, 仍掌院事, 加太子太保, 罷歸, 卒七十餘. 有家藏集行世. 子衡起何 · 李之後, 凌厲馳騁, 欲與幷駕齊驅. 與郭价夫論詩, 謂三百篇比興雜出, 意在辭表, 離騷引喩借論, 不露本情, 而以北征 · 南山諸篇, 爲詩人之變體, 騷壇之旁軌, 其託寄亦高且遠矣. 其序李空同集則云: "杜子美雖云大家, 要自成己格爾, 元稹稱其薄風雅, 呑曹劉, 固知其溢言矣. 其視空同規尙古始, 無所不極, 當何以云信斯言也." 秦漢以來, 掩蔽前賢, 牢籠百代, 獨空同一人乎. 微之推少陵爲溢言, 而子衡之推空同乃篤論乎? 子衡盛稱何 · 李, 以謂侵謨匹雅, 欲騷儷選, 遐追周漢, 俛視六朝, 近代詞人, 尊今卑古, 大言不慚, 未有甚於子衡者! 嘉靖七子, 此風彌熾, 微吾長夜鞭弭中原, 令有識者掩口失笑, 實子衡導其前路也. 子衡五七言古詩, 才情可觀, 而摹擬失眞, 與其論詩頗相反, 今體詩殊無解會, 七言尤爲笨濁, 於以驂乘何 · 李, 爲之後勁, 斯無愧矣.

저술 소개

★ 『王氏家藏集』
(明)浙江 汪汝瑔家藏本 68卷 / (明)嘉靖年間 刻本

★ 『內臺集』
(年代未詳)抄本 7卷

★ 『華陽稿』
(明)抄本 2卷

★ 『快書』
(明)閔景賢編 (明)天啓 6年 快堂刻本 50種 50卷 內 王廷相撰 『雅述』 1卷

★ 『盛明百家詩』 三百二十四卷
(明)俞憲編 (明)嘉靖－隆慶年間 刻本 324卷 內 王廷相撰 『王浚川集』 1卷

비 평 자 료			
正祖	弘齋全書 卷61 「雜著·樂通」	王廷相과 劉濂은 候氣說이 이치에 맞지 않는다고 말하였으니 그 식견이 진실로 탁월하다고 평하다.	候氣之說。不見於六經。而始于張蒼之定律推五勝。京房劉歆。… 明儒王廷相·劉濂斷以爲無是理。其識誠卓然矣。我朝成廟十三年。禮曹判書李坡等。爲緹室埋管。史言其冬至日氣至灰飛。而終未敢信。文公金昌協。亦嘗起疑。以質於先正宋時烈。問答詳見遺集。
許筠	惺所覆瓿稿 卷13 「明詩刪補跋」	李攀龍이 산삭한 것을 취하여 그 중 10분의 3~4를 산삭하고, 王廷相의 『風雅』와 顧起淹의 『國雅』 및 諸家의 문집을 취하여 음률에 합치되는 것만을 가려서 증보하였으니 모두 624편으로, 명인의 시를 망라하였다고 하겠다.	李于鱗刪明詩若干首。附古詩刪後。其去就有不可測者。元美所謂英雄欺人。不可盡信者耶。明人號爲開天者。不必皆開天也。若以伯謙氏例去就之。吾恐其不入殼者多矣。余取于鱗所刪。刪其十三四。又取王氏 廷相風雅·顧氏 起淹 國雅及諸家集。揀其合於音者補之。凡六百二十四篇。以唐三百年累百家而伯謙氏以千餘篇盡之。則今余之所銓明詩者。適得其半。亦足以盡明人之詩矣。毋罪余以僭可乎。
洪翰周	智水拈筆 卷8	王廷相과 鄭善夫의 일화를 소개하다.	盖明弘·正間。鄭少谷善夫。與王廷相。初不相識。而鄭嘗有詩曰：海內談詩王子衡。春風坐遍魯諸生。其句盛傳。王聞甚喜之。後鄭客死嶺外。無人庇喪。王悉力出財。返櫬數千里。葬於故鄉。此非憐而出義也。實感德於一句詩也。豈非好名之甚乎。

黃玹	梅泉集 卷1 「丁掾日宅寄七 絕十四首, 依其 韻, 戱作論詩雜 絕以謝」	「論詩雜絕」을 지어 前七 子와 王世貞・李攀龍 등 을 논평하다. ＊ 弘正諸公은 前七子－李 夢陽・何景明・徐禎卿・ 邊貢・康海・王九思・王 廷相－를 가리킨다.	其十一: 弘正諸公制作繁。詎知臺閣 異田村。到來王李炎熸日。始服人間 衆口喧(七子)

王 拯 (1815-1876)

인물 해설	본명은 錫振, 字는 少鶴이며 廣西 馬平 사람이다. 道光 21年(1841) 進士에 합격하여 戶部主事・軍機章京, 通政使를 역임했다. 북경에서 오랫동안 관직 생활을 하는 동안 그는 당시 북경에서 활약하던 여러 명사・학자들과 교류 하며 정치를 논하고 시를 주고 받았다. 산문 창작에 있어서는 淸末 桐城派의 '嶺西五家(呂璜・朱琦・彭昱堯・龍啟瑞・王拯)' 중 한 사람으로 후기 동성파 의 중요한 작가인 梅曾亮의 영향을 많이 받았다. 在京 廣西 출신 관리인 王拯 ・朱琦・龍啓瑞・邵懿辰・馮志沂 등이 모두 梅曾亮의 문하에 모여 다시 한 번 동성파 고문의 전성기를 이루었다. 詩歌 創作 방면에서는 宋詩派 詩人으 로 祁雋藻를 스승으로 모시고 朱琦와 친밀하게 왕래하였다. 저서에 『龍壁山 房集』・『龍壁山房文集』・『龍壁山房詩集』・『茂陵秋雨詞』・『歸方評點史記合 筆』 등이 있다.
인물 자료	○ 『淸史稿』, 列傳 210 王拯, 初名錫振, 字定甫, 廣西馬平人. 道光二十一年進士, 授戶部主事, 充軍 機章京. 大學士賽尙阿視師廣西, 以拯從, 拯感時多難, 慷慨思有所建白. 咸豐間, 自郎中累遷大理寺少卿. 同治二年, 降撚宋景詩由陝西還擾直隷・山東, 拯奏言: "景詩岡屯磚圩, 儼然嵎固, 自陝逸回, 其黨不過數百. 崇厚等一再養癰, 裹脅逾 萬. 近復於昌邑・莘・聊城・臨清四州縣, 令村莊將所獲麥與佃戶平分, 運送岡 屯, 是其名爲降伏, 心跡轉益凶悖. 請密敕直隷督臣劉長佑計調來營, 暴其罪而誅 之. 若抗違不至, 直隷官軍猶能越境進剿. 景詩旣除, 如楊蓬嶺・程順書等首惡, 皆可騈誅, 以除巨慝, 以安畿輔." 疏入, 未行. 其後景詩卒以叛誅. 軍事未定, 曾國藩議於廣東籌餉, 勞崇光創辦釐金, 諸弊叢起. 拯疏言:"兩粵爲 肇亂之區, 岑溪・容縣, 數載皆爲賊踞. 信宜陳金缸尤爲巨慝, 群賊相爲一氣, 滋 蔓難圖. 勞崇光擧辦釐金, 率令紳商包充墊繳, 燃眉剜肉, 事何可常? 及崇光去 任, 徵收減少. 近乃有釐務委員, 或爲衆所毆傷, 或爲民間枷號, 雖民情頑獷, 而

官吏惡劣亦可概見. 以積年久亂之地, 有負嵎圜視之賊, 當一切利孔, 百方搜剔之時, 臣竊恐利未十而害已百. 萬一兩粵復糜爛, 更不知何所措手足, 豈惟厘金不能辦而已?”因薦廣東道員唐啓廳・兩淮運使郭嵩燾・浙江運使成孫詒. 旋用嵩燾督廣東厘金, 自拯疏發之也.

三年, 遷太常寺卿, 署左副都禦史. 疏論: “總理各國事務大臣侍郎崇綸・恒祺・董恂・薛煥委瑣齷齪, 通國皆知, 竊恐外邦輕侮, 以爲中朝卿貳之班, 大都不過如若曹等, 未免爲中朝耻辱. 就令人材難得, 或於總理衙門位置爲宜, 上應量爲裁抑, 或處以散職, 或畀以虛銜, 庶外邦服我旌別之嚴. 四方聞之, 亦釋然於朝廷宥納群倫, 羈縻彼族之意.”

尋遷通政使, 仍署左副都御史. 疏言: “近日蘇・杭迭克, 直・東肅清. 臣觀從來將興之業, 垂成之功, 未有不矢以小心, 而始能底定者. 金陵賊窟雖計於三四月間可拔, 而丹陽與常州犄角, 百戰悍賊如李秀成等, 麇集死守. 杭・嘉既克, 餘黨歸並湖州. 其自皖南竄越江西之賊, 蔓延玉山・鉛山・金溪・建昌二三百里, 衆號八九萬, 並有闌入福建境者. 又聞李世賢自率巨股由淳安・遂安接踵而至, 曾國藩・左宗棠等用兵日久, 前此屢陳不亟求功旦夕, 同一老謀深計, 獨於皖・浙毗境豫作防維之策, 則國藩意在徽・寧各筋所部分防, 宗棠以爲不若並力取廣德扼賊竄路. 兩議未及定, 賊已由皖竄贛. 賊又草竊已久, 人數太衆, 勢多不能聚殲而弗使一賊他遁. 臣則以此賊人多勢劇, 一意奔突, 前股未痛剿, 後股又踵接. 萬一深入江西腹地, 燼餘復熾, 又至燎原. 且由贛逾閩, 可以直走汀・潮, 爲數年來竄匪熟路. 黃文金由此而來, 石達開由此而去, 前事可爲深警. 疊蒙諭旨, 曾國藩・左宗棠・李鴻章・沈葆楨及閩・粵各督撫諄諄戒備. 當此大功將竟, 惟當效力一心, 互籌戰守, 務將分竄諸賊, 前截後追, 必使所至創夷, 日就衰殘零落, 不得喙息, 以成巨患. 臣尤有請者, 皖・浙諸軍與賊相持不爲不久, 所需餉項, 國藩・宗棠等各於江・楚等省自爲籌畫. 國藩奏於江省設立總台, 以一省捐厘之數, 爲皖軍十萬養命之源. 浙軍固不能分撥, 即國藩所部月餉, 傳聞亦祇放數成, 不得已而籌及廣東厘捐, 乃又不能遽辦. 夫民之不能見遠而各爲其私者, 情也. 廣東有之, 江西豈獨不然? 日前沈葆楨奏請將江西茶稅・牙厘等款歸本省任收, 旋用部議允留其半, 在國藩等斷不至觖望. 惟軍前將卒, 當枕戈喋血切望成功之時, 忽聞軍餉來源將減, 衆心或生疑懼, 何以得飽騰而資鼓舞? 擬請飭贛・皖・楚・粵各疆臣, 值此事機至緊, 無論如何變通爲難, 總當殫竭血誠, 同心共濟. 甘肅回氛未

戡，中州餘燄尚存，汝南陳大喜等竄逸湖北，自隨・棗逼襄・樊，張總愚自南台山中出竄內・淅，時虞合並；漢中之賊，全竄寧・陝・商州一路，聞將會齊襄・樊回援金陵，誠亦未可輕忽．目前陝省軍務，政出多門，李雲麟追賊商於，忽卷斾而西，其在興安，未能遏賊竄逸，其在漢陰，遇賊避匿，縱勇淫掠，宜量加裁抑．劉蓉素嘗學問，懷負非常，漢中之賊，本所專辦，而竄擾四出，尤當誓志蕩除，方爲不負．多隆阿聲望最優，眾口爭傳爲第一名將，乃近日聲望漸損，宜申聖諭訓飭．雷正綰所向克捷，諒足當一面之寄，顧全甘官吏，未有一二正人支持其間．現聞蘭州與慶陽隔絕，恩麟權督印，不過使令便辟之材，識見陋劣．熙麟坐守慶陽・寧夏一區，又爲慶昀種種紕繆所誤．臣愚以爲亟宜遴簡公正有爲之大臣，鎮撫整飭．今之天下，何易遽言率土奠安，而南北軍務漸定，西事再能就緒，亦即爲大致之澄清．朝廷者天下之本，宮府淸明嚴肅，與疆場奮迅振拔之氣，相感而自通．天下大勢日轉，而亦正多難鉅之事，或遽以爲時局淸明，事機暢遂，若已治已安者然．人情大抵喜新狃常，畏難而務獲，獨有當幾至誠君子，爲能深察而切戒之．昔諸葛亮爲三代下一人，史獨稱之以謹愼．朱子進戒宋孝宗曰：‘使宴安酖毒之害，日滋而日長；將臥薪嘗膽之志，日遠而日忘．’臣不勝私憂過計，冒昧瀝陳．”疏入，報聞．尋告歸，卒．

저술
소개

* 『龍壁山房詩草』
  (淸)淸末 刻本 14卷 / (淸)咸豊 9年 刻本 17卷

* 『茂陵秋雨詞』
  (淸)咸豊 9年 馬平 王氏 京師寓廬刻本 4卷

* 『龍壁山房文集』
  (淸)光緒 7年 河北 分守道署刻本 8卷 / (淸)光緒 9年 善化 向氏刻本 5卷

* 『歸方評點史記合筆』
  (淸)王拯編 (淸)同治 5年 光州 刻本 6卷 / (淸)光緒 元年 錦城節署刻本 6卷

* 『粤西五家文集』
  (淸)謝元福輯 (淸)光緒 24年 刻本 24卷 內 王拯撰 『龍壁山房文集』 4卷

朴珪壽	瓛齋集 「節錄瓛齋先生行狀草(原狀溫齋公所撰, 門人金允植刪補, ○朴瑄壽)」	朴珪壽가 進賀使로 연행을 갔을 때 沈秉成, 馮志沂, 黃雲鵠, 王軒, 董文煥, 王拯, 薛春黎, 程恭壽, 萬靑藜, 孔憲瑴, 吳大澂 등의 인물들과 교유하다.	壬申五月。清皇帝行大婚。公充進賀正使。公再使燕京。所與交皆一時名士。如沈秉成·馮志沂·黃雲鵠·王軒·董文煥·王拯·薛春黎·程恭壽·萬靑藜·孔憲瑴·吳大澂等百餘人。
朴珪壽	瓛齋集 卷3 「辛酉暮春二十有八日, 與沈仲復(秉成)·董硏秋(文煥)兩翰林, 王定甫(拯)農部, 黃翔雲(雲鵠)·王霞擧(軒)兩庫部, 同謁亭林先生祠, 會飲慈仁寺, 時馮魯川(志沂)將赴廬州知府之行, 自熱河未還, 後數日追至, 又飲仲復書樓, 聊以一詩呈諸君求和, 篇中有數三字疊韻, 敢據亭林先生語, 不以爲拘云」	沈秉成, 董文煥, 王拯, 黃雲鵠, 王軒, 馮志沂 등과 함께 어울려 술을 마시며 시를 짓다.	穹天覆大地。岱淵限靑邱。 聲教本無外。封疆自殊區。 擊磬思襄師。乘桴望魯叟。 父師稅白馬。鴻濛事悠悠。 而余生其間。足跡阻溝婁。 半世方冊裏。夢想帝王州。 及此奉使年。遲暮已白頭。 攬轡登周道。歷覽寓諮諏。 浩蕩心目開。曾無行邁愁。 春日正遲遲。春雲方油油。 野潤鶯花滿。天遠烟樹浮。 深村襃管寧。荒城吊田疇。 … 取次別諸君。東馳扶桑洲。 餘情耿未已。那得不悵惆。 睠玆畿甸內。夷氛尚未收。 莫謂技止此。三輔異閩甌。 百里見積雪。杜老歎咿嚘。 況復挾邪說。浸淫劇幻譸。 努力崇明德。衛道去螟蟊。 燃犀觀水姦。怪詭焉能廋。 斯文若有人。餘事不足憂。 遼海不足遠。少別不足愁。 由來百鍊鋼。終不繞指柔。 兩地看明月。肝膽可相求。

朴珪壽	瓛齋集 卷10 「與沈仲復秉成」	黃雲鵠, 董文煥, 王軒, 王拯 등의 안부를 묻 다.	年貢使不久東還。又當承惠覆及同好 諸君子德音。企望方切。不審細芸· 研秋·霞擧·少鶴諸兄均安。辥淮生 汪茮生兩兄近狀何如。
朴珪壽	瓛齋集 卷10 「與沈仲復秉成」	王拯의 소식을 듣지 못 한 것을 아쉬워하다.	少鶴淮生均未見答。情甚悵悵。
朴珪壽	瓛齋集 卷10 「與沈仲復秉成」	王拯에게 보낼 편지를 미처 완성하지 못했음 을 말하다.	今便未修研秋少鶴書。必同照圖本及 談艸。無庸絮復故耳。
朴珪壽	瓛齋集 卷10 「與王少鶴拯」	王拯에게 편지를 보내 안부를 묻고, 金邁淳과 金尙鉉에 대한 정보가 잘못되었음을 지적하 다.	天緣湊合。得與兄結識。獨恨逢際間 濶。卽有會面。亦甚忽忽歸來。天涯 地角。良晤未易。此心恨恨。最有甚 焉。不知吾兄亦同此依黯耶。居然冬 天。暄冷不均。道體淸重。公務有 暇。與同志諸君。屢有團樂否。溯念 切切。每不禁魂神飛去也。弟歸來在 途無蟣。現狀只冗劣無足言者。前聞 申琴泉携歸梅伯言先生文集。係是尊 兄持贈也。梅先生夙所景仰。而金臺 山乃先君子切友也。梅公集中有與臺 山相屬文字。弟卽向琴泉取閱。見其 編尾有兄題跋語。讀之有不覺絶倒 者。文字中所擧說金經臺尙鉉。乃臺 山門人也。而兄文乃以爲金臺山子 也。若非於山字之下漏一弟字。則恐 傳聞之際。有所錯認耳。大作必有剞 劂之日。幸卽改塡以門人也或弟子也 等字。如何如何。臺山是貫安東之金 氏也。經臺是貫光山之金也。並非通 譜之族姓耳。經臺乃弟之至懽也。爲 說此事。嘲謔無筭。渠現今安東都護

			府使。弟以書戲之曰此事惟我能辨誣於少鶴。俾不至刊諸梨棗。他人不能也。必須厚賂我乃可也。此間朋友以是作一場笑話。好呵好呵。前所寫惠杜詩諸幅。張之壁上。日夕愛玩摩挲不能已也。使車臨發。撥忙草此。潦率欠敬。不勝冲黯。惟希歲時膺受多福。統冀崇照。
朴珪壽	瓛齋集卷11「題顧祠飮福圖」	「顧祠飮福圖」에 등장하는 王拯에 대해 설명하다.	卷中之人。展紙據案。援筆欲書者。戶部郎中王拯少鶴也。
李尙迪	恩誦堂續集「恩誦堂集續集序(許宗衡)」	李尙迪이 許宗衡, 李竹臣, 吳昆田, 王拯, 張完臣 등과 처음 만나 교유하다.	余與李君竹朋・吳君稼軒・王君少鶴・張君良哉。則與君初相見也。
李尙迪	恩誦堂續集卷6「燕館病中」	燕館에서 병에 걸렸을 때 葉名澧과 王拯 등이 문병을 오다.	節過燈夕月如煙。病裏孤懷更黯然。世事多端非舊日。風光依約入新年。驚回客夢荒雞夜。望斷家書早雁天。賴有故人敦宿好。聯車頻訪玉河邊。(葉潤臣・王少鶴諸君再三來訪。)
李尙迪	恩誦堂續集卷6「西笑編(有序)」	王拯이 李尙迪의 '酒戶・書城' 시구를 인용하여 율시를 지은 것을 말하다.	祁觀齋相國西笑槐街問起居。歲寒髭髮更何如。韓碑留刻昌黎廟。宋字翻雕洨長書。(今春承賜手書韓文公廟・平淮西碑拓本及校刊景宋本說文繫傳。)憑弔林邱人去後。閒酬酒戶客來初。(王少鶴足成余酒戶書城舊句作一律。公次其韻贈之。自注有推許申紫霞侍郎。小菽一門關性命。此中世隱當林邱之句語。而侍郎已游道山矣。)饅飣副墨如分得。强似平生讀五車。(聞大作有饅飣亭集。)

李尙迪	恩誦堂續集 卷6 「西笑編(有序)」	王拯과의 추억을 회상 하며 시를 짓다.	王少鶴農部 書城酒戶未蹉跎。歸臥孤吟可奈何。 (余舊有大開酒戶迎秋氣。高擁書城 送夕陽之句。頃於韓齋雅集。君覽而 賞之。卽席足成一律。壽陽相國亦有 次韻。張良哉爲作畫。) 桐葉井闌風氣冷。菊花籬落夕陽多。 爭禁宋玉悲秋思。忽憶王郎斫地歌。 夢裏行尋龍壁路。名山著述其嵯峨。 (君有龍壁山房詩文集)
李尙迪	恩誦堂續集 卷8 「少鶴農部，寄示茂 陵秋雨詞卷」	王拯이 「茂陵秋雨詞」 를 보내주다.	秋雨涔涔病起遲。中年哀樂付新詞。 春寒鐵馬長征日。夜永鰥魚不寐時。 自是碧山傳氣脈。依然白石見須眉。 腥塵滿目無歸路。斫地悲歌聽與誰。

73

王 昶 (1724-1806)

인물 해설	字는 德甫 · 蘭泉, 號는 述庵이며 蘭泉先生으로도 일컬어진다. 江蘇 青浦사람으로 乾隆 19년(1754) 진사가 되었으며, 관직은 刑部右侍郎에 이르렀다. 관직을 사임한 후에는 婁東 · 敷文 두 서원에서 주로 강의하였다. 王鳴盛 · 吳泰來 · 錢大昕 · 趙升之 · 曹仁虎 · 王文蓮과 함께 '吳中七子'로 불렸다. 詩와 古文辭를 공부하였으며 經學에 통달하였고 金石 수집을 좋아하였고 고증에 정통하였다. 때로는 通儒로 칭해지기도 하였다. 저서로는 『春龍堂詩文集』 · 『湖海詩傳小傳』 · 『青浦詩傳』 · 『明詞綜』 · 『金石萃編』 등이 있다.
인물 자료	**○ 『清史稿』, 列傳 92** 王昶, 字德甫, 江蘇青浦人. 乾隆十九年進士. 南巡, 召試, 授內閣中書, 充軍機章京. 三遷刑部郎中. 三十二年, 察治兩淮運鹽提引, 前鹽運使盧見曾坐得罪, 昶嘗客授見曾所, 至是坐漏言奪職. 雲貴總督阿桂帥師討緬甸, 疏請發軍前自效. 上命大學士傅恆出視師, 嗣以理藩院尚書溫福代阿桂, 皆以昶佐幕府. 溫福移師討金川, 昶實從, 疏請敘昶勞, 授吏部主事. 既, 復從阿桂定兩金川, 再遷郎中. 刑部侍郎袁守侗按事四川, 上命察軍中事, 還奏言昶治軍書有勞. 四十一年, 師凱還, 擢昶鴻臚寺卿, 仍充軍機章京. 三遷左副都御史, 外授江西按察使. 數月, 以憂歸. 起直隸按察使, 未上, 移陝西按察使. 在陝西凡十年, 值回田五爲亂, 軍興, 昶繕守具, 佐治軍需, 疏請淸釐保甲, 禁民間蓄軍器. 遷雲南布政使. 河南伊陽民戕知縣, 竄匿陝西境未獲, 昶如商州督捕, 上命俟得賊詣京師覲見. 昶既得賊, 入謁上, 自陳疲憊, 乞改京職, 上溫旨慰遣, 乃上官. 以雲南銅政事重, 撰銅政全書, 求調劑補救之法. 旋調江西布政使. 五十四年, 內遷刑部侍郎. 屢命如江南 · 湖北讞獄. 五十八年, 以老乞罷, 上許之, 方歲暮, 諭俟來歲春融歸里. 昶歸, 遂以春融名其堂. 嘉慶元年, 詣京師賀內禪, 與千叟宴. 四年, 復詣京師謁高宗梓宮. 十一年, 卒. 昶工詩古文辭, 通經. 讀朱子書, 兼及薛瑄 · 王守仁 諸家之學. 蒐采金石, 平

	選詩文詞, 著述傳於世. 論曰：國家全盛日, 文學侍從之臣, 雍容揄揚, 潤色鴻業. 人主以其閒暇, 偶與賡和, 一時稱盛事. 未有彌歲經時, 往復酬答, 君臣若師友, 如高宗之於陳羣・德潛. 嗚呼, 懿矣. 當時以儒臣被知遇, 或以文辭, 或以書畫, 錄其尤著者. 視陳羣・德潛 恩禮雖未逮, 文采要足與相映, 不其盛歟.		

저술
소개

* 『金石萃編』
  (淸)刻本 160卷 同治11年 跋

* 『明詞綜』
  (淸)嘉慶 7年 刻本 12卷

* 『湖海詩傳小傳』
  (淸)光緒 4年 刻本 6卷

* 『七子詩選』
  (淸)沈德潛編 (淸)乾隆年間 刻本 14卷 內 王昶撰 『履二齋集』 2卷

* 『昭代叢書』
  (淸)楊復吉編 稿本 內 王昶撰 『征緬紀略』 1卷 / 『蜀徼紀聞』 1卷

비 평 자 료

金正喜	阮堂全集 卷2 「與申威堂(三)」	王昶의 금석문에 대한 저작은 精核하다.	金石源流彙集. 果有成書. … 又如王蘭泉・錢辛楣諸書・覃溪所輯尤精核.
金正喜	阮堂全集 卷3 「與權彝齋(十五)」	永忠과 書誠의 시는 江南七子(王昶・王鳴盛・錢大昕・吳泰來・曹仁虎・趙文哲・黃文蓮) 등의 江南七子에 못지 않다.	朧・樗二仙詩. 不下於江南七子. 恨未得原卷. 卽爲呈覽矣.
金正喜	阮堂全集 卷9 「題吳蘭雪(嵩梁)紀遊十六圖(並序)」	王昶은 「三泖漁莊圖題詠」을 지은 바 있고 鄭學을 숭상하였음을 말하다.	「泖湖話別」. 三泖五湖間. 漁莊聞天下. 借問鄭學堂. 誰復入室者. (王述庵有「三泖漁莊圖題詠」. 幾遍天下. 述庵專尙鄭學. 遂自扁鄭學。)

朴珪壽	瓛齋集 卷10 「與沈仲復秉成」	沈秉成에게 『咏樓盉簪集』이 완성되어 간행되었다면 한 질 얻고 싶다는 뜻을 밝히고, 이 같은 동인들의 시선 외에 王昶의 『湖海詩傳』, 『湖海文傳』과 같이 실용에 기여하는 글을 뽑아서 간행할 것을 제안하다.	咏樓盉簪集已斷手否。弟雖不工吟述。冀得一本。仍念選詩之外。若復聚諸家文篇。選其適用文字。以刻一集。以續湖海詩文之傳。此似不可無者。未知何如耶。一歲一度書。積費企待。及臨便竟不免草率。無以罄悉衷曲奈何。惟祈道體貞吉。建樹不凡。明春回信。敬承德音。此不盡所懷。
申緯	警修堂全藁 冊13 脚氣集 「裘文達公」	裘曰修의 이력을 말하고, 王昶의 『蒲褐山房詩話』에 실린 顧光旭의 시를 인용하다.	燕子磯邊揖水神。香烟消篆酒生鱗。夕陽津潤春帆正。微颸靈旗送故人。 裘文達公臨卒。語家人曰。我是燕子磯水神。今將復位。汝等送靈柩還江西。必過此磯。有關帝廟。可往求籤。如係第三籤。我仍爲水神。家人疑信參半。蒼頭某信之獨堅曰。太夫人曾求子于燕子磯水神廟。夜夢袍笏者來曰。與汝一好兒。果逾年生公。公妻熊夫人。挈柩歸至燕子磯。如其言卜于關帝廟。果得第三籤。遂舉家大哭。燒紙錢蔽江。立木主廟旁。旁有尹文端公詩碣。袁簡齋阻風于此。乃揖其主而題壁曰。燕子磯邊泊。黃公壚下過。摩挲舊碑碣。惆悵此山河。短髮皤皤雪。長江渺渺波。江神如識我。應送好風多。次日果大順風。○按。裘曰修。字叔度。乾隆四年進士。官至工部尙書・太子少傅。諡文達。蒲褐山房詩話。公歿後爲燕子磯水神。故顧晴沙光旭詩曰。爐香獨影曉猶紅。稽首陳情語未終。試看靈旗微颸處。春江已

			借一帆風。
申緯	警修堂全藁 冊13 倉鼠存藁(一) 「蘭雪又寄故姬岳 綠春畵蘭有詩, 故 卽用原韻」	岳綠春을 厲鶚의 故姬인 月上栗主에 비기고, 月上 栗主에 대한 이야기가 王 昶의 『蒲褐山房詩話』에 실려 있음을 말하다.	綠梅花謝影沉沉。潘鬢憑誰話舊 襟。(原蘭雪來詩。有綠梅催謝之 句) 月上銷魂餘栗主。篋中霑臆見蘭 心。(厲樊榭故姬月上栗主事。見王 述菴蒲褐山房詩話) 國香澹泊無多 在。禪榻風情一往深。賸墨發函今 視昔。淚彈紅豆更難禁。(岳氏畫 蘭。前從紅豆得一本。今又得此幅)
申緯	警修堂全藁 冊18 北禪院續藁(四) 「題復初齋集選本 (二首)」	王昶의『蒲褐山房詩話』에 서 翁方綱이 楊萬里의 유 파라고 주장한 것을 비판 하다.	其二：詩有別才是何說。罔聞實事詎 眞傳。孤高必自鉤深始。神韻徐迴 蓄力全。學杜幾人由宋入。寶蘇如 此例唐賢。豈曾拖帶誠齋味。再合 商量蒲褐禪。(王述菴蒲褐山房詩話 謂。覃溪出誠齋派)
柳得恭	燕臺再遊錄	曹江의 부친 曹錫寶는 건 륭말기에 감찰어사로서 태학사 和珅을 탄핵하였 고, 曹江은 호부 상서 朱 珪의 종손녀에게 장가들 었으며, 曹仁虎는 그의 同 宗으로 叔行이 되며 陸錫 熊과 王昶의 아들 王肇嘉 는 다 그 매형으로, 姻族 간에 명류가 많다	玉水父錫寶字劍亭。乾隆末。以監 察御史。劾奏太學士和珅。現贈副 都御史。玉水恩給七品廩生。奉母 寓居京師。聘戶部尚書朱珪從孫 女。曹習菴仁虎。乃其同宗叔輩。 副都御史陸錫熊・王蘭泉昶子肇 嘉。皆其姊夫也。姻族多名流。而 性沈靜可喜

王 軒 (1823-1887)

**인물
해설**

　字는 霞擧, 號는 靑田·顧齋로 晚年에 壺翁이라고도 하였으며 山西 洪洞 사람이다. 商人 집안에서 태어났으나 王軒이 어렸을 때는 이미 가세가 기울어 가난을 면치 못했다. 그는 張穆에게서 학문을 하였는데, '說文'을 좋아하고, '三禮'에 통달하였으며, 金石·地理·算術 등을 두루 공부하였다. 道光年間 擧人이 되었고 同治年間 進士에 합격하였다. 그의 글에 탄복한 大學士 祁雋藻의 추천으로 王軒은 軍機處에 이름을 올리고 10년간 兵部에서 재직했다. 同治 8年(1869) 河東 道楊 寶臣의 초청에 응하여 運城의 宏運書院을 관장하였고, 光緖 6年(1880)에 通志局總纂을 맡으며 동시에 晉陽書院을 관장하였다. 光緖 8年(1882) 巡撫 張之洞과 學使 王仁堪이 令德堂을 창립하여 그를 總校로 초빙하였으며, 晚年에 그는 晉陽書院을 사퇴하고 令德堂에 남았다. 光緖 13年(1887) 65세로 병사하였다.

　王軒은 地方志를 편찬할 때 새로운 體例 즉 '圖'·'譜'·'考'·'略'·'紀'·'錄'의 六門 분류법을 시도하였으며, 恒星十二次分野의 구설을 버리고 經緯日晷度의 새로운 설을 주창하였다. 그가 직접 찬술한 『山西疆域沿革圖譜』는 단행본으로도 간행되어 그 영향이 매우 컸다. 王軒은 시도 잘 지었는데, 그의 시는 沈秉成의 『詠樓盍簪集』에 2권이 수록되어 있으며 符保森의 『雅正續選』에도 수록되어 있다. 葉名澧·楊保臣·張之洞·潘祖蔭·孫衣言·沈秉成 등의 인사들과 和唱하였고, 翰林院檢討 董文煥 兄弟들이 모두 그에게서 詩法을 배웠다. 王軒은 글씨로도 유명했는데 朝鮮 使臣들은 그의 篆書를 매우 좋아했다. 저서로는 『山西疆域沿革圖譜』·『洪洞縣志稿』·『說文句讀識語』·『十八疊山房倡和草』·『顧齋遺集』·『顧齋詩集』·『耤經堂詩稿』·『勾股備算細草』 등이 있으며 그가 편찬을 시작하고 楊篤이 완성한 『山西通志』 184권은 山西 地方史를 연구하는 데 유익한 자료이다.

**인물
자료**

○ 孫奐侖, 『洪洞縣志』 卷16, 「王顧齋先生行狀」(楊篤)

　未幾開同文館, 延西人爲師, 定京朝官五品以下, 願學天文算法者, 許入館肄

	業. 倭文端公以失國體爭之, … 疏稿出先生之手. … 會輦下有集經語爲聯揭之同文館者, 語直斥某相. 某相大恚, 並疑先生所爲, 同官皆危之. … (王軒)詩宗韓孟, 怵目劌心, 窮極要眇, 而出以雋逸, 最嚴格律. … (王軒於文)根底盤深, 莊婉合度, 盡其意之所止.	
저술 소개	*『耨經廬詩集初編』 　(淸)同治 13年 洪洞 董氏刻本 8卷 *『耨經廬詩集續編』 　(淸)光緖年間 寧鄕 楊氏刻本 13卷 *『顧齋詩錄』 　(淸)同治 元年 歸安 沈秉成刻本 2卷 *『西山遊草』 　(淸)同治年間 刻本 1卷 *『山右金石記』 　(淸)王軒纂 (淸)光緖 15年 刻本 10卷 *『山西疆域沿革圖譜』 　(淸)曾國荃等修 王軒・楊篤纂 (淸)光緖 18年 刻本 5卷 *『山西通志』 　(淸)曾國荃等修 王軒・楊篤纂 (淸)光緖 18年 刻本 184卷 卷首 1卷	

	비 평 자 료		
金奭準	紅藥樓懷人詩錄 卷下 「王顧齋編修(軒)」	王軒을 그리며 시를 짓다.	舊飮山房訂墨緣。交情如水句如仙。詞源獨溯江窅派。賽盡旗亭甲乙篇。(唐王昌齡江窅人。時人號王江窅。)
朴珪壽	瓛齋集 「節錄瓛齋先生行狀草(原狀溫齋公所撰, 門人金允植刪補, ○朴瑄壽)」	朴珪壽가 進賀使로 연행을 갔을 때 沈秉成, 馮志沂, 黃雲鵠, 王軒, 董文煥, 王拯, 薛春黎, 程恭壽, 萬靑藜, 孔憲穀, 吳大澂 등의 인물들과 교유하다.	壬申五月。淸皇帝行大婚。公充進賀正使。公再使燕京。所與交皆一時名士。如沈秉成・馮志沂・黃雲鵠・王軒・董文煥・王拯・薛春黎・程恭壽・萬靑藜・孔憲穀・吳大澂等百餘人。

朴珪壽	瓛齋集 卷3 「辛酉暮春二十有八日, 與沈仲復(秉成)·董硏秋(文煥) 兩翰林, 王定甫(拯) 農部, 黃翔雲(雲鵠)·王霞擧(軒) 兩庫部, 同謁亭林先生祠, 會飮慈仁寺, 時馮魯川(志沂)將赴廬州知府之行, 自熱河未還, 後數日追至, 又飮仲復書樓, 聊以一詩呈諸君求和, 篇中有數三字疊韻, 敢據亭林先生語, 不以爲拘云」	沈秉成, 董文煥, 王拯, 黃雲鵠, 王軒, 馮志沂 등과 함께 어울려 술을 마시며 시를 짓다.	穹天覆大地。 岱淵限靑邱。 聲敎本無外。 封疆自殊區。 擊磬思襄師。 乘桴望魯叟。 父師稅白馬。 鴻濛事悠悠。 而余生其間。 足跡阻溝婁。 半世方册裏。 夢想帝王州。 及此奉使年。 遲暮已白頭。 攬轡登周道。 歷覽寓諮諏。 浩蕩心目開。 曾無行邁愁。 春日正遲遲。 春雲方油油。 野潤鸎花滿。 天遠烟樹浮。 深村襄管寧。 荒城吊田疇。 … 取次別諸君。 東馳扶桑洲。 餘情耿未已。 那得不悵惘。 睠茲畿甸內。 夷氛尙未收。 莫謂技止此。 三輔異閩甌。 百里見積雪。 杜老歎呫囁。 況復挾邪說。 浸淫劇幻譸。 努力崇明德。 衛道去螟蟊。 燃犀觀水姦。 怪詭焉能庾。 斯文若有人。 餘事不足憂。 遼海不足遠。 少別不足愁。 由來百鍊鋼。 終不繞指柔。 兩地看明月。 肝膽可相求。
朴珪壽	瓛齋集 卷3 「辛酉端陽翌日, 仲復·霞擧·硏秋來別, 王·董二君誦贈書絕句, 各欲專屬一首, 爲二絕副其意」	沈秉成, 王軒, 董文煥이 찾아와 전별시를 주다.	別後相思空斷魂。 隨緣離合不須論。 只應諫艸堂前竹。 再度來時綠滿園。 從此天涯勞夢思。 停雲落月兩依依。 關河烟樹蒼茫外。 萬里垂鞭獨去時。

朴珪壽	瓛齋集 卷4 「孝定皇太后畫像 重繕恭記」	沈秉成, 王軒, 黃雲鵠, 董文煥에게 백금 오십 냥을 보내 裝池를 보수해달라고 청하다.	逮丙寅之歲。按節洵藩。白金五十。遠寄所交游者沈秉成·王軒·黃雲鵠·董文煥。托以重繕裝池。
朴珪壽	瓛齋集 卷10 「與沈仲復秉成 (辛酉)」	王軒과 문답을 주고받은 일을 이야기하다.	向於談席。霞擧兄問君之尊慕顧師。爲其合漢宋學而一之耶。于斯時也。酒次忽忽。未及整懷。弟應之曰然耳。
朴珪壽	瓛齋集 卷10 「與沈仲復秉成」	黃雲鵠, 董文煥, 王軒, 王拯 등의 안부를 묻다.	年貢使不久東還。又當承惠覆及同好諸君子德音。企望方切。不審絅芸·硏秋·霞擧·少鶴諸兄均安。薜淮生汪茡生兩兄近狀何如。
朴珪壽	瓛齋集 卷10 「與沈仲復秉成」	王軒의 최근 행적에 대해 묻다.	霞擧新中進士。並爲吾儕生色。仰認中朝得人之盛。但霞擧竟未入翰林否。是爲咄咄。
朴珪壽	瓛齋集 卷10 「與沈仲復秉成」	王軒이 進士試에 합격한 것을 기뻐하다.	霞擧中進士。翔雲入樞要。並切柏悅。
朴珪壽	瓛齋集 卷10 「與沈仲復秉成」	수학에 관심이 있던 王軒과 南秉哲 사이에 일찍이 통하는 점이 있어서, 王軒에게 南秉哲의 저서를 보내다.	霞擧素留心數理。亡友南圭齋尙書曾有神交。今其所輯書三種玆付呈。幸卽致之霞擧兄。俟究覽後有以論其用力淺深。使我得知亡友精詣之何如。是祈是祈。
朴珪壽	瓛齋集 卷10 「與王霞擧軒」	王軒에게 편지를 보내 『貢範通解』의 완성 여부를 묻고, 南秉哲이 張敦仁의 『開方補記』를 구해서 보고 싶어 한다는 이야기를 전하다.	別後光陰。更覺流馺。澹雲微雨。使車將發。回想過境。若可得致身於筠菴仁寺之間。與諸君團樂也。聞東旅進舘之日。想兄亦應作此懷耳。秋冬來。道體珍重。公暇究心。定在何業。貢範通解。恐是已有艸本於胷中者也。可已屬筆否。弟之向來奉使也。束裝急迫。巾衍

			中不無一二種拙搆。而亂稿塗乙。未暇整寫。是以都不得携去。歸後大擬寫出付呈諸兄請敎。而公擾私冗憂患疾恙。從以沮人敗意。今便不能遂計。甚是悵悵也。弟有友曰南圭齋尙書名秉哲。想兄曾從琴泉聞知也。博通經籍。留心經濟。兼精周髀家說。偶閱元和顧千里澗蘋所著思適齋集。見有開方補記後序。知開方補記者。卽陽城張古餘先生所撰。此友甚欲得見此書。未知吾兄曾閱過否。南君從弟而聞兄留意此學。要弟奉叩。苟可不難於求致。則爲之副其望幸甚。諸所欲言。非尺幅可悉。亦旣悉之於仲復兄書中。逢際求見。可敵對坐筆談矣。臨便艸艸。悵悵何極。惟冀歲時享用多福。統希亮照。
朴珪壽	瓛齋集 卷10 「與王霞擧軒」	王軒이 아들을 떠나보낸 것을 위로하고, 『貢範通解』의 완성을 독려하다.	春間使回。承惠覆。知兄抱西河之悲。驚心悼惜。久不能定。孟東野失子。昌黎公沒奈何强作慰譬語。只是日月頗久。其能付太上忘情。不以傷生。則知舊之幸耳。不審夏秋來。道體珍護。大耐官職有猷有爲之暇。盍簪切劘。以張吾道否。貢範通釋。今到幾分工夫。可不久得使我讀之一快否。吾輩力能爲之者。惟著書一事。此亦大有數存焉。有其才有其時者。不可因循虛徐以度光陰。弟在數十年前。聰明精力。猶能自詡。讀書之際。每有一部書往來胷中。部目門類。井井森羅。自以爲必能成就。上可補國家文獻。下可裨民生日用。詎知日

			月逝矣。歲不我與。薄宦靡身奔走。又多憂患疾苦。此事迄無所成。每念前輩有許大事功。仕宦至將相。其暇日亦少矣。而隨身筆札。削稿盈屋。彼獨何人耶。望洋浩歎。自不能禁。願吾兄勉之勉之。同好諸君子俱平安否。魯川信息。有可聞否。每爲之耿耿。弟年來覺衰相日至。鬖髮過半白矣。惟喜眷率依安。南圭齋尙書歸道山。精博通明。罕有倫此。今不可見。痛惜之甚。非友朋之私。奈何奈何。琴泉多病。雖不廢吟哦。興味泊然。又爲之悶悶也。順便略報近狀。餘可同照。仲復兄書。惟希回玉。祈起居萬荗。不盡欲言。
朴珪壽	瓛齋集 卷10 「與王霞擧軒」	王軒의 근황을 비롯해서 董文煥, 馮志沂, 沈秉成, 黃雲鵠 등의 안부를 묻다.	霞擧尊兄知己閤下。金石菱爲致春間惠覆。徐茶史來。又承心畫。種種欣荷。可勝言耶。比來冬令。道體增安。吉祥善事。堪慰天涯故人之望耶。翹祝不已。硏秋書以爲兄近頗力學古篆。雖魯川亦當讓與一頭。回憶松筠雅謔如昨日也。家弟亦爲此學。甚有根據。欲悉取鍾鼎彝器銘款。以寫尙書幾篇。若字有未滿。雖轅合偏旁。未爲不可。其說如何。且欲著爲一書。羽翼說文。渠亦奔走公幹。迄未能就也。魯川尙在廬州。近信何如。南方稍整頓。此君可有嘯詠之暇否。仲復守制惇疢可念。聞餘禍有未已。爲之驚惋。時復往存慰謍否。弟現任爲域內重藩。才薄力衰。已恐僨事。而憂虞溢目。不知如何勾當

			也。秋間浿江有洋舶之擾。弟於此事。素審之熟矣。萬萬無自我啓釁理。奈彼自取死法何哉。秋冬之交。別有一種又搶掠江華府。竟又被城將殲其渠魁而走之。然沿海戒嚴。不可少弛。此時方面。豈書生逍遙地耶。緗芸行走樞要。想有聞知此等事。故於其書略之。且不欲屢煩筆墨。兄於逢際。爲道及此一段如何如何。於硏秋仲復。亦望同照此狀。想皆爲我憂之耳。石菱妙年高識。將來可望。近信平善可幸。年貢正使李友石尙書應相逢。其還盼望回音。祈順序鴻禧。不盡欲言。(丙寅孟冬)
朴珪壽	瓛齋集卷10「與王霞擧軒」	중국에서 만난 여러 벗들의 좋지 않은 소식에 비통해하며, 王軒을 비롯하여 董文煥, 沈秉成, 許宗衡 등의 안부를 묻다.	顧齋仁兄知己。春間使回承惠覆。九蓮像重裝記。心性相照。披玩不釋。伊時聞貴鄉新經匪擾。風塵滿目。今可整頓弛慮否。硏秋隴西之行。我心悒悒不樂。豈動忍增益。將降大任歟。魯川千古。仲復未歸。惟兄亦佗傺乃爾。多悲少歡。何以自慰。隔年音信。翹首側耳。僅得一度書。殊無可意事。大抵我一輩人。命也如何。雖然硬著脊梁。不被外物撓奪。囂囂然古之人古之人。安知非天之畁付我者。獨厚且深耶。惟兄勉之。海秋老兄近況何如。亦應知此意也。兄書云年前三禮業已告竣。未知有所著錄成書否。雖鈔寫之稿。不合出手遠投。盡拈出幾頁好議論相示耶。亦一開發切劘之益。絶勝述懷記事詩文之類耳。弟箕都宦蹟。今已三

			載。只愧素餐。春夏之交。西海一帶洋舶來窺。殊勞備禦。今雖遠走。其情叵測。今便卽陳奏此事之行也。研秋相去萬里。若得海外故人書。其喜可知。今呈信函。幸呈雲舫尊兄。討便寄去。勿孤此情。如何如何。
朴珪壽	瓛齋集 卷10 「與王霞擧軒」	王軒이 보내준 편지의 내용에 대해 논의하고, 董文煥, 沈秉成, 許宗衡 등의 안부와 주고받은 시문에 대해 이야기하다.	顧齋尊兄知己閤下。秋間使回。得吾兄六月大雨中所作書。至今擎玩在手耳。命能貧富貴賤我。命不能君子小人我。三復斯言。懦夫可立志。尊兄持守素所欽服。于今益知淸苦刻厲。夕惕靡懈。我心之喜。夫豈諛辭。君子之遇不遇。非富貴貧賤之謂也。道而已矣。官尊而祿厚。乃或學未試而志未展。澤不及物。斯可謂之遇乎。朝聞道夕死可。無乃聖人傷天下無道不遇之歎歟。憶舊註有此意。可尋繹之耳。道體近復康旺。貴鄉地方皆安靖否。研秋上任信息何如。夷險向前。毅然就道。必不待友朋箴勉。而去留之際。安得不執手踟躕耶。其去時有書於弟。求東人諸家詩。謂將選錄爲書。弟無携帶官居者。略鈔幾家。幷及先祖汾西詩。附以王父詩篇。玆送去。幸呈雲舫。轉致甘涼官署。至望至望。抵研秋書。兄可開坼一覽也。仲復近得音信否。一向寂無所聞。悵不可言。或已入都。萬望致此意付一書相及也。前有書皆付其廨舍。未知竟覽否耳。海秋翔雲均安否。玉井文稿讀之。久益如見其人也。弟尙糜平

			壤官次。毫無報効。因循姑息。乞解未遂。政以憂懼。明春準擬賦歸去來耳。今去正使金尙書名有淵。端重有質。與弟甚相愛好。倘叩門求見。可傾倒耳。吾輩一年僅得一度往復。理宜預修尺書。盡所欲言。而每不能如此。今又臨襪艸率。良可愧歎。略此報安。惟祈回便惠我好音。更願進修高明。深副遠望。千萬是希。(戊辰十一月)研秋去時意不釋然。兄爲之隱憂。不勝感歎。今弟書略相勸勉。不知能當其意否也。又白。
朴珪壽	瓛齋集卷10「與王霞擧軒」	동생인 朴瑄壽가 『說文解字』에 관심을 두고 있다는 이야기를 하고, 董文燦, 許宗衡, 沈秉成, 張丙炎, 黃雲鵠 등의 안부와 주고받은 시문에 대해 이야기하다.	顧齋仁兄知己閣下。春間使回。得客臘惠書。乃吾兄歸里後初信。而預寄都門。以待風便。此心此誼。古人所罕。顧我何人。使我兄傾注至此。感激之極。手爲之顫。己巳春兄出都時書。弟在平壤承讀。並有楹帖之寄。別語鄭重。至今莊誦。且聞猶子陷賊得脫。此實積德之報。念兄遙爲故舊報此喜事。篤於人倫。于此欽歎。理宜馳書相賀。顧弟殃咎在躬。其年春在官署。忽抱西河之感。納節歸家。萬念灰冷。一病浸尋。前冬使車。未能修一年一度之信。歉悒至今。想兄恠之也。世臣之家。敎養成就一佳子弟。獻于朝廷。此爲報國深恩。且不獨門戶計也。忽此中折。事乃大謬。達觀理遣。我非不知。而終不能太上忘情。以是故耳。趙副使帶還雲龕董兄書。且言出都時聞其丁憂。弟雖未接噩耗。不勝驚

| | | | 盡。伯仲叔子久已回里守制。幸無
他虞否。未知齋斬所服。今雖修
唁。不敢擧稱如儀。望示之。念兄
居比鄰。當時時過存。寬慰悍疚。
且其讀禮中。多有講究。賴以塞悲
否。奉念不已。兄於前書云遊西
嶽。歷攬奇勝。又多舊蹟。遙想應
接蒐羅。富有紀行。甚盛甚善。天
脫罥羈。正在此日。京塵汩沒。得
失孰多。雖然吾兄亦豈一往果於忘
世者乎。究竟歸宿作何定筭耶。弟
自遭逆理。衰落日甚。縱解藩務。
尚未懸車。素餐之愧。有負初心。
皓首相憐。惟此昆季。無他子姓。
未立螟孫。豈不悲哉。家弟溫卿近
嗜說文小學。著有說文解字翼徵。
其書以說文字見於鍾鼎彝器者。比
較同異。辨證正譌。足以羽翼經
傳。多有前人未發之解。書成姑未
脫稿。早晚可奉質大方。仍乞一篇
弁卷文也。許海老方喜神交。遽歸
道山。玉井文稿雖是一臠。可見其
力追前哲。造境高深。云亡之慟。
當復如何。仲復觀察江南。翔雲出
守川省。舊雨星散。魚鴈莫憑。回
憶前遊。祇覺惘然。年前一函。值
仲復未入都。伊後備兵南出時。想
或留答而去。恐不免洪喬。尤悵悵
也。雲龕兄弟今旣歸里。今弟此緘
無人津致。念兄前書封面有張午橋
先生字。張君之爲我神交。蓋已久
矣。今輒作書證交。仍要張兄先坼
此書閱過送呈。盖吾輩往復。無不
可對人言。況張君心所傾注。未面
猶面者乎。使此友洞悉吾輩交情。 |

			尤爲快事。且有另片奉叩語。雖未及見兄所答。而張君或能代爲之剖教故耳。嗟乎。霞擧任重道遠。何曾是功名進取之云乎。命能貧富貴賤我。命不能君子小人我。前所示教。靡日不三復永歎。吾人爲學。已透此關。豈不大慰我心。大凡儒者事業。其能於吾身親見之者。歷數千古。果有幾人。懯懯言行。畢竟極致。乃曰世爲天下法。世爲天下則。世爲二字。是聖賢苦心。而學士大夫沒奈何著書垂後之宗旨耳。惟兄勉之勉之。臨便草草。無足相明。若兄垂答。須閒筆盡意徐寫。待褫寄來。多有以教我。是爲厚望。不宣。惟祝道體隨時萬旺。(庚午閏十月)
朴珪壽	瓛齋集卷10「與王霞擧軒」	王軒의 안부를 묻고 朴珪壽가 완성한『說文翼徵』14권을 조만간 보낼 것이라고 이야기하다.	顧齋知己足下。弟今老矣。不當遠遊。惟生平以友朋爲命。念吾兄或復到都門。以是求奉使來。爲復續禪房文讌地也。乃此計不遂。雖不無新契爲懽。終不免悵悵然也。嗜酒飮少輒醉。讀書不求甚解。近況何如。弟尙能馳三千里。聰明尙可有爲。奈踈懶彌甚。不復有意書卷。恐我兄同病。能自彊研經有進否。家弟用力六書。著有說文翼徵十四卷。願質諸高明。旣未對訂。稿是孤本。又不得遠寄。此又可恨。容他日復寫呈。不審那時復入春明。果於忘世。非賢者事耳。我亦置屋洌上佳處。頗有園林之勝。然林下無人。竟不免靈師笑耳。寄片札藏篋笥。不如奉贈此幅。時對

			壁面。如何如何。荒率不足道也。惟努力崇明德。益自修省。無孤遠望。
朴珪壽	瓛齋集 卷10 「與董硏秋文煥」	王軒 등의 안부와 근황을 묻다.	硏樵尊兄知己閣下。春間漢山尙書歸。道兄近祉。欣慰可勝言耶。然霞擧還鄉。仲復遠仕。盍簪之樂。減却幾分。霞擧或已入都否。蓋乞暇暫往耶。抑有他事或賦遂初否。幷所未詳。爲之紆鬱。今此呈一函。望乞覓襯付去。使天涯知己。得彼我安信。如何如何。仲復處地隔萬里。上任之信。能已得聞否。此兄許亦作一書。念細雲之鄕距彼爲近。故要細雲作轉致之道。霞擧是兄同郡。故仰浼津筏耳。倘自兄有信襯。亦須討取於細雲而付去好矣。
朴珪壽	瓛齋集 卷10 「與董硏秋文煥」	王軒에게 소식을 전해줄 것을 부탁하다.	今去書函。幸與霞擧兄謀傳致之。切望切望。
朴珪壽	瓛齋集 卷10 「與董硏秋文煥」	王軒의 안부와 근황을 묻고, 說文學에 대해 논의하다.	細芸・霞擧諸兄平安。仲復春間南歸。又已入都否。念此兄情事。每切悒悒耳。顧齋說文之學。近復何如。向於一友人處。見有畫障。許叔重鬚髮皓白。傴僂而行。自李陽冰・徐鉉・徐鍇以下。凡有功於說文者。皆扶擁許老人。左翊右護。前導後殿而去。形容令人絶倒。今顧齋兄當復去扶許君一臂。但恐被魯川先着。須大踏步忙走一遭爲可耶。好呵好呵。…顧齋倘得繼昔賢之爲。今日浮湛。庸何傷乎。請以

			是語質之自家可乎。弟栖遲浿城。以官爲家。今已兩載。旣無素抱可展。空費歲月于簿書叢裏。甚愧顧齋兄也。
朴珪壽	瓛齋集 卷10 「與董硏秋文煥」	王軒의 편지내용을 언급하고, 자신의 소식을 전해줄 것을 부탁하다.	顧齋云汾水以西。尙免匪擾。爲兄家幸之。…乞雲舫·顧齋兩兄。討裸寄去。不知何當關覽。
朴珪壽	瓛齋集 卷10 「與董硏秋文煥」	王軒 등의 안부를 묻고 소식을 전해주기를 부탁하다.	乞雲舫·顧齋津致甘涼署中。可曾達覽否。…幷托顧齋·雲舫二兄轉致。不知那當傳去。
朴珪壽	瓛齋集 卷10 「與董硏秋文煥」	王軒 등의 안부와 근황을 묻고 朴珪壽의 『說文翼徵』에 대해 언급하다.	顧齋近節亦何如。樂志林園。富有著作云耶。…此書雖未知識者有取。而若屬之覆瓿而止則亦可惜。若書賈得而刻之。亦不害爲新面目。而同此嗜好者。必爭求之。未知以爲何如。待其淨寫完本。欲以奉質於顧齋老友。而此番未及耳。
朴珪壽	瓛齋集 卷10 「與張午橋丙炎」	王軒, 董文煥, 沈秉成, 黃雲鵠 등과 교유가 있었음을 언급하며 張丙炎에게 처음으로 편지를 보내다.	午橋仁兄閣下。珪壽與霞擧·硏秋·仲復·翔雲。爲海內知己。先生之所知也。獨未得托契於先生。東國之士。從都門還。輒誦先生文采風流。盆不禁懊恨于中也。今春趙惠人侍郎携致先生楹帖之贈。始知先生亦傾注於我久矣。人海舊游。又添一神交。至樂也。又得霞擧在鄕遙寄之信。封面有求張午橋先生轉致等字。是霞擧亦以尊兄有友朋至性。必不憚津致之勞耳。日下舊交。落落星散。弟今欲答霞兄。不求尊兄致之。又誰求耶。弟現前情事。具在書中。欲望尊兄先自坼閱而送之。便是吾輩聯榻鼎

			話。大快事也。是以證交鄭重之語。此幷略之。惟請比來道體康吉。鴻便順承德音。
朴珪壽	瓛齋集 卷11 「題顧祠飮福圖」	「顧祠飮福圖」에 등장하는 王軒에 대해 설명하다.	對魯川而坐者。兵部主事王軒霞擧也。
李尙迪	恩誦堂續集 詩卷10 「孔君顧廬(憲庚)紀余去年奉使進表辨誣事一冊, 王子梅爲之付梓, 見寄數十部, 志謝有作」	1592년에 조선의 사신이 國誣를 변론하여 『大明會典』의 잘못을 바로잡았을 때 馬維銘이 축하하는 시를 지어주었고, 王憲成, 黃雲鵠, 王軒도 격려하는 시를 지어주다.	金匱崢嶸汗簡靑。陋儒曲筆失模型。 豈容誣案留天壤。偏荷恩論炳日星。 談故見追王士正。(池北偶談。收錄康熙十五年朝鮮辨誣疏於談故編中。)贈詩■馬維銘。(明萬曆十六年。東使陳辨國誣。改正會典之回。馬主事維銘以詩賀之。頃者王給諫蓉洲‧黃翔雲‧王霞擧亦皆贈詩。頗多勞勉。) 涓埃報國吾何有。感媿諸君涕自零。

王 鴻 (1806-?)

인물 해설	王鴻은 王鵠이라고도 하며, 字는 子梅, 江蘇 長州 사람이다. 聊城縣丞을 역임했고 후에 張祥河의 幕府에 들어갔다. 王鴻의 아버지 王大淮는 祁寯藻·龔自珍·魏源 등과 교유하였고, 王鴻도 그들과 왕래함은 물론 당시 명사들과 사귀는 것을 좋아하였다. 조선의 李尙迪과도 교유하였다. 그는 詩와 詞를 잘 지었는데, 그의 詩稿『行吟草』를 도둑맞은 일은 당시 문인들 사이에 유명한 일화였다. 저서에 『喝月樓詩錄』·『天全詩錄』·『同聲集』 등이 있다.
인물 자료	○ **徐世昌,『晚晴簃詩匯』卷134,「王鵠」** 原名鴻, 字子梅天, 津籍長洲人. 官聊城縣丞, 有喝月樓詩錄·天全詩錄. 詩話. 子梅, 詩才氣橫溢, 隸事精核, 惟貪多塡砌, 時失之穴. 自言學詩, 先學杜後學蘇, 則不流於輕率. 自名集曰鑄蘇. 有句云, "誰得鑄蘇眞面目, 我先飮杜易肝腸." 蓋自道得力如此. …
저술 소개	* 『喝月樓詩錄』 (淸)道光 19年 刻本 20卷 * 『同聲集』 (淸)王鴻輯 (淸) 道光－同治年間 刻本 * 『藏齋詩抄』 (淸)何其超撰 (淸)同治 7年 刻本 6卷 內 王鴻撰 『喝月樓詩錄』20卷

비 평 자 료

金正喜	阮堂全集 卷4 「與李藕船(二)」	李尙迪의 아우에게 王鴻을 통해 吳德旋의 문집을 구해달라고 부탁하다.	生入玉門。亦可以與左右相見矣。寒甚卽禧。聞季方赴燕云。自前日所託者吳仲倫(名德旋)文集。可能代求耶。問之於潘家帬屐。似無不知之。如王鴻在都。尤易易矣。

申緯	警修堂全藁 冊27 覆瓿集 「題王子梅(鴻)盜 詩圖(并序)」	王鴻이 『譜梅樓詩稿』와 『行吟草』 등을 도둑맞은 뒤 시를 짓고 그림을 그려 그 일을 기록하니, 여러 명사들이 시를 지어 주어 그것을 한데 모아 『盜詩圖詩錄』을 만들다.	子梅長州人也。壬辰冬。旅次平原之東門。盜夜胠篋。盡失譜梅樓詩稿及行吟草凡三十卷。自作失詩‧哭詩‧夢詩‧憶詩‧尋詩‧補詩十篇。亦作圖以記之。海內諸名勝。奇其事。多有篇詠。遂盈一卷。曰盜詩圖詩錄。李藕船津致此卷。亦求余題。 盜亦有道盜人詩。其視摸金不亦韻。王郎斫地歌莫哀。不著一字名益聞。亡羊多歧平原遠。走珠無脛雞林近。我初學詩貌盛唐。千篇一律無自運。一日發憤手自焚。然後免人勤撫捫。(余自焚丙午前詩故云。) 君不見優人演作義山者。被諸館職搥搣衣敝縕。 曷若詩盜會事發。賀于梅子子將隱。
申緯	警修堂全藁 冊29 覆瓿集 「燕行別詩 (五首)」	李尙迪을 전별하며 葉志詵과 王鴻의 안부와 근황을 알아봐달라고 부탁하다.	藕船從上行人。別啓請也。 葉東卿近平安否。玉子梅能信息傳。牽動烏雲天際想。藕船行色又今年。
李尙迪	恩誦堂集 卷5 「題王子梅(鴻)盜 詩圖」	王鴻의 「盜詩圖」에 題하다.	千金撒手奈奚囊。店月荒荒一犬忙。可笑才名傳盜藪。何來豪客劫詞場。嘔心草已歸烏有。剖腹珠還悔慢藏。遮莫良醫折肱得。新詩却比舊詩强。
李尙迪	恩誦堂集 卷6 「燕館得王子梅書」	燕館에서 王鴻의 편지를 받고 옛 일을 떠올리며 짓다.	君遊魯國我燕城。尺素飛來雁一聲。聯榻聽蟬供畫稿。(君與余舊游。有碧樹聽蟬圖。)登樓喝月播詩名。(君所著有喝月樓集。) 春風才子雙修福。秋水伊人一往情。近狀勞勞何足問。黃塵烏帽負平生。

李尙迪	恩誦堂集 卷8 「癸卯春正月初七日，燕館得王子梅·張中遠書，追賦一律，示中遠，兼寄子梅」	燕館에서 王鴻과 張曜孫의 편지를 받고 律詩를 지어 張曜孫에게 보여준 뒤 王鴻에게 부치다.	客中人日思冥冥。取次詩函眼忽靑。細數舊游如斷夢。幾多知己又晨星。雜花三月江南路。名士千秋歷下亭。自笑敝貂何所事。乘桴吾道在滄溟。
李尙迪	恩誦堂集 卷9 「題王海門撫松圖，應子梅屬」	王鴻의 부탁으로 「王海門撫松圖」에 題하다.	庭柯噪晨鵲。得我子梅書。孝思錫爾類。屬題撫松圖。先尊故廉吏。宦游廿載餘。欲歸歸未得。歲寒田園蕪。有風何謖謖。煩襟一銷除。有節何落落。貞德自不孤。披圖拜遺眞。風樹泣皋魚。披圖溯遺愛。甘棠頌里閭。不食應有報。鸞鵠停碧梧。家學紹靑箱。四海溢名譽。無窮寸草心。春暉奈長徂。余亦孤露人。振慕更何如。
李尙迪	恩誦堂集 卷9 「追題海客琴尊第二圖二十韻(入畫者比部吳偉卿·明府張中遠·中翰潘順之補之及玉泉三昆仲·宮贊趙伯厚·編修馮景亭·莊衛生吏部·姚湘坡工部·汪鑑齋明經·張石州孝廉·周席山·黃子幹侍御·陳頌南·曹艮甫·上舍章仲甘·吳冠英，冠英畫之，共余爲十八人也」	李尙迪을 비롯해서 張曜孫과 王鴻 등 18명이 만났던 것을 그린 「海客琴尊圖」 두 번째 그림에 20韻으로 題하다.	十載重揩眼。西山一枅靑。題襟追漢上。修稧續蘭亭。顏髮俱無恙。莊諧輒忘形。今來團一席。昔別隔層溟。記否懷人日。(嘗於癸卯燕館人日。得張中遠·王子梅書。有詩記其事。)依然逐使星。馬諳燕市路。槎泊析津汀。往跡尋泥雪。良緣聚水萍。延陵佳邸第。平子舊居停。(讌集於吳偉卿比部留客納凉之館。時中遠寓此。)凍解千竿竹。春生五葉蓂。(時乙巳新正五日也。)勝流皆國士。幽趣似山扃。投轄從君飮。焦桐與我聽。盃深香灔灔。調古韻泠泠。此日傳淸散。何人賦罄瓶。願言鍾子賞。休慕屈原醒。北海存風味。西園見典型。古歡等觀樂。中聖劇談經。文藻思焚筆。詞鋒怯發硎。已知交有道。劾感德惟馨。

			海內留圖畫。天涯託性靈。百年幾相見。萬里卽門庭。
李尙迪	恩誦堂集 卷9 「乙巳春, 張中遠屬吳冠英爲我寫照見貽, 追題二截, 謝中遠兼寄子梅」	張曜孫이 吳儁에게 부탁하여 李尙迪의 초상화를 그려주게 하였다. 李尙迪이 絶句 두 수를 題하여 張曜孫에게 답례하고, 아울러 王鴻에게도 보내주다.	其一: 硯背曾供坡老像。(中遠前贈硯刻像于背) 扇頭今見放翁眞。與君同訂三生約。海內襟期海外身。其二: 廿載春明幾賞音。琴心酒趣補苔岑。停雲萬里神游遍。越水吳山又孔林。(辛卯秋。番禺儀墨農爲作苔岑雅契圖。近有中遠春明話舊海客琴尊二圖及子梅春明六子圖。子梅時寓曲阜。)
李尙迪	恩誦堂集 卷9 「嘉平月廿五夜, 得子梅書」	王鴻의 편지를 받고 시를 짓다.	撫松詞比蓼莪篇。吳下靑山繞故阡。二十四泉黃葉冷。低佪歸夢草堂前。黃花紫蟹露香流。藻荇西風野水頭。好是諸君(劉彦中·龔袗·朱綬壽·陳中也。)詩畫筆。一般酒氣各般秋。撝得銅壺寫折枝。茶煙影裏鬢絲絲。中宵禪榻如相對。一笑拈花考古時。虎阜剛穿凉雨屐。秦淮暫駐夕陽橈。零金賸粉煙波上。更有何人記板橋。靑衫旅食趁槐花。望斷滄溟舊使槎。六子幾時重話雨。春明門外卽天涯。(用句)
李尙迪	恩誦堂集 卷10 「題同聲集寄子梅」	『同聲集』에 題하여 王鴻에게 부치다.	壻影樓頭爲客日。桐華館裏冶春時。歸來聽雨同傳唱。好向樽前付雪兒。淸潤潘郞玉不如。(用句) 綠窗鬢影賦閒居。鹿門豔福成偕隱。和頌椒花又著書。(季旭有撰東海記。) 梅槲煙月按新歌。哀樂同聲喚奈何。鐵板冰絃皆絶調。無須甲乙賭黃河。

李尙迪	恩誦堂續集 卷1 「金星硯銘 (有序)」	王鴻이 준 '金星硯'에 추억을 떠올리며 銘文을 짓다.	道光甲辰秋七夕。王子梅寅歷下。寄金星硏。越六年戊申孟秋旣望夜。銘以誌懷曰。金星熒兮月哉生。我思君兮河漢明。
李尙迪	恩誦堂續集 卷1 「竹臂擱銘 (有序)」	王鴻이 준 '竹臂擱'에 추억을 떠올리며 銘文을 짓다.	此王子梅所寄贈者。背鐫東海釣鼇客西園翰墨林。蓋集句也。登受硏北。周旋腕底。有斐切磋。不可諼兮君子。所思惆悵。何以報之美人。銘曰。分符百里。汗簡千秋。名利悠悠。與君把臂。入翰墨林。一片虛心。
李尙迪	恩誦堂續集 卷2 「子梅詩草敍」	燕館에서 만났던 王鴻이 보내준 『詩草』의 서문을 쓰면서 王鴻과의 추억과 그의 시문에 대해 논하다.	道光十七年丁酉之夏。王君子梅訪余於燕館。一面如舊相識。結文字交。過從倡酬者僅旬日而別。厥後余屢入都門。參商乖隔。逐不得復見。然雲天萬里。不我遐棄。雖遠游秦楚齊梁之間。而山郵海槎。昔訊不絶。於是乎玉河聽蟬。流傳圖畫。春明六客。遍徵題詠。盖其聲氣所感。惠好之篤。歷數十年如一日。顧余海隅畸踪。何以得此於子梅也。頃者子梅自濟南寄示己亥以後詩草五編。囑爲刪正。將續付於喝月樓舊刻。而兼索序文。書辭諄復。噫中朝士大夫。與我東人投贈翰墨。不以外交視者。自唐至元明。若杜工部之於王思禮。高騈之於崔致遠。姚燧之於李齊賢。李侍中之於李崇仁。皆能延譽無窮。近代則紀曉嵐敍耳溪之集。陳仲魚刊貞蕤之稿。風義之盛。由來尙矣。未聞有求其詩文之序於東人。而且以子梅平

			日師友之衆。三都一序。何患無皇甫 謐其人也。爾乃辱敎如是。此豈非捨 菊蒘而嗜羊棗。遺絺繡而取布帛者也 耶。嗟夫。君今老且病矣。一官落 拓。萬方多難。益不禁風甫雞鳴之 思。將此數卷辭章。欲傳諸久遠。孰 不悲其志而憐其才哉。至如淸詞麗 句。早已膾炙人口。江都符南樵嘗采 入於國朝正雅集有曰。子梅所交。皆 當世賢豪。故酬倡無虛日。詩亦揮灑 自得。無斧鑿痕。南樵旣先得我心 矣。復何贅言同治元年冬十月。洌水 李尙迪。
李尙迪	恩誦堂續集 卷1 「王子梅屬題徐月 坡老人東崞草堂 圖」	王鴻의 부탁으로 徐月坡 의 「東崞草堂圖」에 題하 다.	萬里梅華夢。低徊鄧尉巓。高人有遺 構。此老亦神仙。春色云誰贈。冬心 只自憐。守門孤鶴怨。愧我未歸田。 (丁未冬。余於薊州途中紀夢。有雪晴 溪館無人掃。一樹梅花鶴守門句。吳 冠英上舍爲畫之。)
李尙迪	恩誦堂續集 卷1 「題子梅得印圖」	王鴻의 「得印圖」에 題하 다.	其一: 漢代誰知有此人。君惟今日悟 前身。後千年後三生石。留證心心翰 墨因。 其二: 金石留名勝汗靑。孔龜張鵠總 零星。君家縱道三褒在。未有琳琅此 典型。(姜南投甕隨筆。漢晉周有三王 褒。) 其三: 斗大黃金謾自多。浮名千古竟 如何。 其四: 燕然勒石凌煙畫。爭及鎦家有 鐵柯。(徐官古今印史。劉尙書鐵柯得 一古印。其文亦曰鐵柯。)

李尙迪	恩誦堂續集 卷2 「偶檢箱篋, 得羅浮道士黃越塵寄詩及吳僧達受拓贈彝器文字, 仍懷仲遠子梅」	우연히 상자 속에서 羅浮道士 黃越塵이 보내준 詩와 승려 吳達受가 탁본해준 彝器文字를 발견하고, 張曜孫과 王鴻을 떠올리며 짓다.	故人消息杳難知。南國干戈滿地時。篋裏眼靑如見面。六舟金石越塵詩。 起看欃槍臥枕戈。宦遊多難奈君何。幾時重續琴樽會。同聽王郞斫地歌。
李尙迪	恩誦堂續集 卷2 「頃得子梅去秋書, 言仲遠殉節於楚, 爲之慟盡者彌日, 洒於季夏九日, 仲遠覽揆之辰, 供仲遠畫象硯, 茶酒以奠之」	王鴻이 보낸 편지에서 張曜孫이 殉節했다는 소식을 듣고 슬퍼하다가, 張曜孫의 생일날 그의 얼굴이 그려진 벼루에 차와 술을 올리며 짓다.	殉節張司馬。風聲繼渭陽。(君母舅湯雨生將軍。癸丑殉金陵之難。) 有文追魏晉。餘事作循良。 血化三年碧。名傳萬里香。 須眉見平昔。雪涕硯池傍。
李尙迪	恩誦堂續集 卷2 「子梅自靑州寄詩, 索題春明六客圖」	王鴻이 靑州에서 시를 보내며 「春明六客圖」에 題해주기를 부탁하다.	藐余三韓客。生性慕中華。中華人文藪。自笑井底蛙。俯仰三十載。屢泛柝津槎。交游多老宿。菁莪際乾嘉。… 存歿更可念。升沉非所嗟。善保此圖卷。世事亂如麻。(子梅屬吳君冠英作此圖已十年。徵題幾遍海內。去秋子梅自靑州勤索一言。且報仲遠殉節於楚。故余有或殉楚江氛之句矣。近又得其入都寄書。中遠在楚北。勞苦戎事云。盖子梅先聞异辭。今乃傳信耳。余宜亟刪其句。而仍舊不改者。留與他日重晤圖中諸君於春明之下。讀此詩而一笑焉。則豈非一時惡耗。便作千秋韻語也哉。)

李尙迪	恩誦堂續集 卷2 「子梅屬沙梅谷 (逢原)刻寄印章」	王鴻이 沙逢原에게 부탁하여 인장을 새겨서 부쳐주다.	其一： 七旬四叟沙梅谷。鐵筆淋漓訝許工。除却丁黃勍敵少。印人誰復續飛鴻。(汪訒菴著飛鴻印人傳) 其二： 古多銅玉今多石。琢白塡朱各擅工。風雨空窓論印處。幾回傾倒漢王鴻。(子梅嘗得漢同姓名印有圖徵題。)
李尙迪	恩誦堂續集 卷3 「答婿起哉」	孔憲彝는 李尙迪의 시문을 보고 '火色이 사라져 더욱 老境에 이르렀다.'고 평하고, 王鴻은 글씨에 대해 '趙孟頫와 董其昌의 풍골이 있다.'고 평하다.	繡山及子梅。阿好忒過實。 火色慚未老。趙董豈有匹。(孔繡山索拙書。有火色全退益臻老境之語。王子梅謂筆有趙董之骨。)
李尙迪	恩誦堂續集 卷4 「續懷人詩(有序)」	王鴻을 회상하며 시를 짓다.	子梅王少尹(鴻) 莫逆數十年。年年寄詩札。 被髮將入山。可憐窮到骨。 詩能窮人否。固窮是作達。
李尙迪	恩誦堂續集 卷5 「答子梅大令見懷之作」	王鴻의 「大令見懷」 시에 화답하여 짓다.	其一： 南樓縱目不勝愁。風雨漂搖落木秋。謾道入山依古佛。可憐從事有靑州。重逢未卜身俱老。只素相存淚輒流。廿二年光同逝水。蟬聲悽斷玉河頭。(謂玉河聽蟬圖) 其二： 鳳泊鸞飄不蹔閒。百篇攜得錦囊還。倦游東魯西秦後。佳句中唐晚宋間。餬口纔堪支月俸。燃眉惟許濟時艱。讀書貴在涓埃報。遲暮何傷兩鬢班。
李尙迪	恩誦堂續集 卷5 「懷人用逌暑韻」	張曜孫, 呂佺孫, 王鴻, 司馬鍾 등을 그리워하며 「逌暑」 시에 차운하다.	海外猶存白首吾。金蘭消息滯陽湖。(自粤寇滋擾後。不聞張仲遠·呂堯仙音信久矣。二友俱陽湖人。) 孤懷日暮頻澆酒。往事雲消一據梧。

		蟬響清疑酬絕唱。(王子梅聽蟬詩卷) 荷花淨似曬新圖。(司馬繡谷白蓮圖) 尋常節物都振觸。沉李浮瓜憶舊無。
李尙迪	恩誦堂續集 卷7 「金琴麋農曹貽書 引杜五郎不出門之 語以規之, 未數日 得王子梅小尹寄 訊, 有貺沈存中所 撰杜五郎傳古刻拓 本, 豈亦知余之近 狀而然歟, 一時緣 法, 良不偶爾, 戲題 三截」	金相喜가 '杜五郎不出門' 이라는 글씨를 써준 후 에, 王鴻의 소식과 沈存 中이 편찬한 「杜五郎傳」 의 古刻拓本을 받고 기 뻐하며 絕句 세 수를 짓 다.	其一: 杜郎有道卽吾師。出處悠悠兩 忘之。桑下納涼曾幾歲。開門亦是閉 門時。 其二: 琴翁高義追孫尉。梅老沖襟託 夢溪。李杜齊名眞忝竊。甕中自笑一 醯雞。 其三: 幾曾逢着鬼揶揄。一出門前是 畏途。息影如今嗟已晚。夕陽雖好失 東隅。
李尙迪	恩誦堂續集 卷7 「子梅少尹與其女 貞年合作墨梅, 自題一詩見寄」	王鴻이 그의 딸 王貞年 과 함께 墨梅를 그리고, 시 한수를 題하여 보내 다.	其一: 山農畫派今誰繼。五百年前大 作家。留得乾坤淸氣在。梅翁梅女寫 梅花。(王元章墨梅詩。不要人誇好顏 色。只留淸氣滿乾坤。) 其二: 氷雪襟懷肖乃翁。果然林下見 高風。江香(馬荃)彩筆淸於(惲氷)墨。 萬紫千紅卻擅工。
李尙迪	恩誦堂續集 卷8 「杪春晦, 見子梅 客臘聊城寄信, 爲 之傷神者有日, 槩 述書中語, 以誌吾 輩交誼之篤」	王鴻이 聊城에서 보내온 편지를 보고 며칠간 슬 퍼하다가, 편지 속의 말 들로 시를 지어 交情의 두터움을 드러내다.	春鴈歸何遲。見君病中書。書辭旣悽 惋。心畫亦荒疎。老作一縣丞。丞哉 奈負予。兵氣塞天地。身世哭窮途。 偏師不到手。羣盜未掃除。棲遑魯連 臺。賃居仲蔚廬。(丞署久圮。寓張氏 別墅。) 薄俸甘阻飢。沉痾苦難瘳。所 須惟三椏。舍子將焉求。言念身後計。 無路返故邱。(先塋在吳下)合葬曲阜 土。妻妾共千秋。誓勿售楹書。永詒 阿詔謀。(昨年得孫名紹曾)有詩四千 首。屬草猶未定。恨乏棗梨貲。泉下

			目不瞑。全部付海鄰。得先就刪正。勝似名山藏。何異保性命。言言心骨驚。事事涕淚迸。回憶結交初。聽蟬玉河柳。道義與文字。相期在不朽。參商廿五載。瓠落同白首。蒼茫隔山河。肝膽向誰嘔。重逢諒無日。遠託恐有負。海內幾知己。祝我老梅壽。
李尙迪	恩誦堂續集 卷8 「端午卽事」	王鴻이 '丙午高遷鈞'를 주다.	小坐林亭雨攔雲。榴花蒲葉自生薰。硯池移向明窓下。細撝銅鈞丙午文。 (子梅舊贈丙午高遷鈞)
李尙迪	恩誦堂續集 卷9 「子梅贈漢長安銅尺(文曰長安銅尺卅枚第廿, 元延二年八月十八日造)」	王鴻이 漢나라 때 長安의 구리자를 주었는데 '長安銅尺卅枚第廿, 元延二年八月十八日造'라고 새겨져 있었다.	成帝時政如敗器。惟存一尺傳後世。銅花觸手綠糢糊。隱起陽文十八字。試把慮佹較短長。彼長此短三分殺。元延建初未百年。粂黍如何不同制。晉宋而下多新式。(晉前尺宋三司布帛尺) 始知嬴羨沿時代。襲謬無乃差毫釐。卅枚亦比周尺大。聞爾舊藏瞿木夫。君何得之今我遺。細心考古百摩挲。玉瓏金刀與作配。(金錯刀‧古玉瓏。皆君舊日所貽。)
李尙迪	恩誦堂續集 卷10 「孔君顧廬(憲庚)紀余去年奉使進表辨誣事一冊, 王子梅爲之付梓, 見寄數十部, 志謝有作」	李尙迪이 表文을 올려 우리나라의 誣事를 변론한 일을 孔憲庚이 한 권의 책으로 기록하고, 王鴻이 그것을 간행하여 수십 부를 보내주다.	金匱崢嶸汗簡靑。陋儒曲筆失模型。豈容誣案留天壤。偏荷恩論炳日星。談故見追王士正。(池北偶談。收錄康熙十五年朝鮮辨誣疏於談故編中。)贈詩■馬維銘。(明萬曆十六年。東使陳辨國誣。改正會典之回。馬主事維銘以詩賀之。頃者王給諫蓉洲‧黃翔雲‧王霞擧亦皆贈詩。頗多勞勉。)涓埃報國吾何有。感媿諸君涕自零。
李裕元	嘉梧藁略 冊二 「題盜詩圖」	王鴻의 「盜詩圖」에 題하다.	子梅王鴻到平原東門。逸詩卷。仍成盜詩圖。徵詩於海內文士。亦及吾東。

			其一： 今古王郎李博士。綠林中有愛才情。捨身風雅能如此。勝我平生浪盜名。 其二： 平原豪客無千古。欲盜君詩補逸詩。雪月茅簷燈影閃。文昌半夜一蹮移。

76

汪喜孫 (1786-1848)

● ● ●

인물 해설	一名 喜苟라고도 하며 字는 孟慈, 號는 甘泉이고, 揚州府 甘泉縣(지금의 江蘇省 揚州市 邗江縣) 사람이다. 嘉慶 12年(1807)에 擧人이 되어 기부금을 내고 內閣中書가 되었으며 후에 戶部員外郞·懷慶知府 등을 역임했다. 만년에 九世祖를 피휘하여 喜荀으로 개명하였다. 揚州學派의 일원으로 經學과 史學에 뛰어났으며, 아버지 汪中의 저술을 정리하여 그의 학술정신을 밝혔다. 저서로는 『國朝名臣言行錄』·『經師言行錄』·『尙友記』·『從政錄』·『孤兒編』·『且住庵詩文稿』·『容甫先生年譜』 등이 있다.
인물 자료	
저술 소개	* 『喪服答問紀實』 (淸)刻本 1卷 * 『孤兒編』 (淸)道光 20年 刻本 3卷 * 『容甫先生年譜』 (淸)汪氏抄本 1卷 先君年表 1卷 * 『壽母小記』 (淸)道光 6年 刻本 1卷 * 『抱璞齋時文』 (淸)刻本 1卷 * 『尙友記』 (淸)汪喜孫輯 (淸)咸豊 5年 抄本 2卷

	*『汪氏學行記』 (淸)汪喜孫輯 (淸)道光 6年 刻本 6卷 *『汪氏家傳』 (淸)汪喜孫輯 (淸)抄本 不分卷 *『甘泉汪氏遺書』 (淸)汪喜孫編 (淸)道光年間 刻本 30卷 *『江都汪氏叢書』 (淸)汪喜孫編 (淸)道光年間 汪喜孫刻本 8種 38卷 內 汪喜孫輯『汪氏學行記』6卷 /『孤兒編』3卷 /『從政錄』4卷 /『容甫先生年譜』1卷		

비 평 자 료			
金正喜	阮堂全集 卷5 「與李月汀(璋煜)」	王念孫의 전집을 보지 못해 유감이었는데, 지난번에 汪喜孫이 보내 준 저작은 經說이 아니니, 전집 중에서 經說이라도 부쳐 줄 것을 요청하다.	以石臞全書尙未盡見爲憾。向者孟慈所寄。非經說也。十四種全書。雖未盡得。若先從其經說一讀。應酬宿願也。
金正喜	阮堂全集 卷5 「代權彝齋(敦仁)與 汪孟慈(喜孫)序」	汪喜孫의 주선으로 阮元이『揅經室集』과 經說을 보내 준 것에 사례하다. * 文選樓는 揚州에 있던 阮元의 藏書樓이다.	「揅經堂集」曁經說一則。奉以爲金科玉條。得此一語。又是讀經之津筏。非賢兄苦心。何以賤名達之文選樓中。有是隆眷。頂戴頂戴。不知攸謝。
李尙迪	恩誦堂集 卷5 「題汪農部孟慈 (喜孫)禮堂授經圖」	汪喜孫의「禮堂授經圖」에 제시를 짓다.	短檠燈火認趨庭。爭把黃金抵一經。風樹百年書帶綠。紹芬珍重訂甘亭。孟慈嘗取彭甘亭贈序禮堂紹芬四字鐫其圖章。摳衣知是舞斑餘。梧柳蕭蕭舊敝廬。此日蓼莪同下淚。愧余孤負納楹書。

李尙迪	恩誦堂集 卷5 「題汪農部孟慈喜孫, 禮堂授經圖」	汪喜孫이「彭甘亭贈序」에서 '禮堂紹芬'이란 네 글자를 취하여 圖章에 새긴 사실에 대해 기록하다.	短檠燈火認趨庭。 爭把黃金抵一經。 風樹百年書帶綠。 紹芬珍重訂甘亭。 孟慈嘗取彭甘亭贈序禮堂紹芬四字鑴其圖章。 摳衣知是舞斑餘。 梧柳蕭蕭舊敝廬。 此日蓼莪同下淚。 媿余孤負納楹書。
李尙迪	恩誦堂集 卷5 「黃侍郎樹齋 爵滋, 汪農部孟慈, 陳侍御頌南 慶鏞, 符孝廉雪樵 兆綸。 邀飲陶然亭」	黃爵滋, 汪喜孫, 陳慶鏞, 符兆綸 등과 陶然亭에서 술을 마시며 시를 짓다.	赫曦不到地。 萬蘆靑濛濛。 空亭逼古城。 咫尺斷軟紅。 金碧秪樹林。 蟬聲颺晚風。 輕雷車音轉。 取次來諸公。 雅懷酬筆札。 匪笑任奚僮。 冰羞雜桃藕。 十千兌碧筒。 西山如故人。 欣然一席同。 滿地江湖思。 何處着孤蓬。 別後白露夕。 宛在懷此中。
李尙迪	恩誦堂集 卷6 「喜天行生子」	汪喜孫이 太淑人의 환갑을 축하하기 위해서 張深의「芝蘭玉樹仰蔭慈竹圖」를 보내면서, "願太夫人令子文孫世世誦芬述德"이라는 말을 題하여 준 사실을 말하다.	充閭佳氣陽生節。 見說熊羆夜夢眞。 男女關心曾問卜。 弟兄懽笑輒誇人。 他時未妨呼癡叔。 遲暮猶堪慰老親。 多謝故人工遠祝。 芝蘭玉樹畫中春。 (汪孟慈今春寄張茶農芝蘭玉樹仰蔭慈竹圖。 壽余太淑人周甲。 題有願太夫人令子文孫世世誦芬述德之語。)
李尙迪	恩誦堂集 卷7 「過慈仁寺(丁酉夏, 與端木鶴田中翰·黃樹齋侍郎·汪孟慈農部·陳頌南御史。 屢爲文酒之會於此, 鶴田歸道山已七年, 其餘諸君皆不在都, 愴然有作)」	慈仁寺를 지나다가 예전에 端木國瑚, 黃爵滋, 汪喜孫, 陳慶鏞 등과 자주 이곳에 모여 술을 마시며 시를 짓던 일을 떠올리며 짓다.	蕭寺城南尺五天。 蒼苔門巷故依然。 十年獨過黃壚下。 幾日重吟白社前。 小院茶香春雪暖。 古壇松翠夕陽圓。 法源迴首相隣近。 一樣鴻泥舊迹聯。

李尙迪	恩誦堂續集 詩卷2 「道光丁酉夏，黃侍郎樹齋·汪明府孟慈·陳侍御頌南，招飮慈仁寺，有古松聯句二十韻，近閱樹齋仙屛書屋集，收錄是篇，而樹齋已遊道山矣，愴然有作」	黃爵滋의 『仙屛書屋集』을 보다가 예전에 黃爵滋, 汪喜孫, 陳慶鏞 등과 함께 慈仁寺에서 지은 「古松聯句二十韻」이 수록된 것을 보고 옛날 생각이 나서 짓다.	野寺淸涼六月天。聯翩吟屐遞華箋。 古松色相疑成佛。過客風流似散仙。 媿作蠅鳴詩句在。幸隨驥尾姓名傳。 山陽一笛悲今昔。彈指聲中十八年。
李尙迪	恩誦堂續集 卷4 「續懷人詩·孟慈汪太守(喜孫)」	汪喜孫에 대한 회인시를 짓다.	孟慈讀父書。自著尙友記。燒香椒山祠。忠孝誓天地。一麾歿於官。誰與傳循吏。

姚 鼐 (1731-1815)

인물 해설	字는 姬傳, 號는 夢穀·惜抱先生이며, 安徽 桐城縣 사람이다. 乾隆 28년 (1763) 진사에 급제하여 刑部郎中·四庫全書纂修官 등을 역임하였다. 동향 선배인 劉大櫆에게 문장을 배워 간결하며 격조 높은 글을 썼다. 동향인 方苞 이래의 고문론을 정리·집대성하여 종래의 宋學 중심의 이론에 漢學의 방법 을 접목하여 형식과 내용의 일치를 주장, '桐城派'의 기반을 구축하였다. 문 장은 반드시 '考據'와 '詞章'을 수단으로 삼아서 유가의 '義理'를 선양해야 하 며, 아울러 陽剛과 陰柔로 문장의 풍격을 구별해야 한다고 주장했다. 이와 함께 그는 劉大櫆의 주장을 발전시켜, 고문의 '格', '律', '聲', '色'을 모방하는 것에서 출발하여, '神', '理', '氣', '味'를 모방하는 경지로까지 나아갈 것을 제 창하기도 했다. 40세에 관직에서 물러난 뒤 揚州의 梅花, 江南의 紫陽, 南京 의 鍾山 등지의 서원에서 강학에 힘썼다. 方苞·劉大櫆와 함께 '桐城三祖'로 일컬어진다. 저서로는 『惜抱軒全集』·『五七言今體詩鈔』가 있으며, 고금의 모범적인 문장을 모아 비평한 『古文辭類纂』 74권을 편저하였다.
인물 자료	○ 『淸史稿』, 列傳 272 姚鼐, 字姬傳, 桐城人, 刑部尙書文然玄孫. 乾隆二十八年進士, 選庶吉士, 改 禮部主事. 歷充山東·湖南鄉試考官, 會試同考官, 所得多知名士. 四庫館開, 充 纂修官. 書成, 以禦史記名, 乞養歸. 鼐工爲古文. 康熙間, 侍郎方苞名重一時, 同邑劉大櫆繼之. 鼐世父範與大櫆善, 鼐本所聞於家庭師友間者, 益以自得, 所 爲文高簡深古, 尤近歐陽修·曾鞏. 其論文根極於道德, 而探原於經訓. 至其淺 深之際, 有古人所未嘗言. 鼐獨抉其微, 發其蘊, 論者以爲辭邁於方, 理深於劉. 三人皆籍桐城, 世傳以爲桐城派. 鼐淸約寡欲, 接人極和藹, 無貴賤皆樂與盡 懽; 而義所不可, 則確乎不易其所守. 世言學品兼備, 推鼐無異詞. 嘗仿王士禛 五七言古體詩選爲今體詩選, 論者以爲精當云. 自告歸後, 主講江南紫陽·鍾山 書院四十餘年, 以誨迪後進爲務. 嘉慶十五年, 重赴鹿鳴, 加四品銜. 二十年, 卒, 年八十有五. 所著有九經說十七卷, 老子·莊子章義, 惜抱軒文集二十卷·詩集

	二十卷, 三傳補注三卷, 法帖題跋二卷 · 筆記四卷.		
저술 소개	* 『惜抱軒全集』 　(淸)嘉慶年間 桐城 姚鼐 惜抱軒刻本 十種 (『惜抱軒文集 』16卷 文後集 10 卷 詩集 10卷 詩後集 1卷 詩外集 1卷 / 『惜抱軒筆記』8卷 / 『惜抱軒九經說』 17卷 / 『惜抱軒法帖題跋』3卷 / 『左傳補注』1卷 / 『公羊傳補注』1卷 / 『穀梁 傳補注』1卷 / 『國語補注』1卷 / 姚鼐輯 『五言今體詩鈔』9卷 / 姚鼐輯 『七言 今體詩鈔』9卷) * 『漢學堂知足齋叢書』 　(淸)黃奭編 (淸)抄本 215種 215卷 內 姚鼐撰 『選擇』1卷		

비 평 자 료			
金正喜	阮堂全集 卷3 「與權彝齋(三十三)」	惲敬의 문장은 方苞와 劉 大櫆를 넘어서지는 못하 였으나, 魄力은 더 크며, 姚鼐의 澹雅함에는 조금 못 미치지만, 袁枚나 王芑 孫보다는 훨씬 낫다.	無一放倒罅漏. 直欲上掩方 · 劉. 未可以突過. 特其魄力稍 大. 至於姬傳之澹雅處. 終遜一 籌. 如袁子才 · 王念豊諸人. 當 辟易矣.
金正喜	阮堂全集 卷5 「代權彝齋(敦仁)與 汪孟慈(喜孫)序」	唐宋八家의 正脈을 계승한 인물로, 方苞 · 姚鼐 · 朱仕 琇 · 張惠言 · 惲敬 등을 거 론하다.	至於唐宋八家之法. 作者甚鮮. 方 望溪 · 姚惜抱 · 朱梅厓 · 張皋文 · 惲子居若干人外. 倂非正脈. 何 其甚難. 難於選家歟.
金正喜	阮堂全集 卷8 「雜識」	惲敬은 方苞의 유파가 아 니지만, 方苞 · 劉大櫆 · 朱 仕琇 · 姚鼐가 지키는 正軌 를 잃지 않았기 때문에 方 苞 이하 姚鼐에 이르기까 지 다소 비판이 있었지만, 錢大昕처럼 배척하지 않 고 正軌로 歸一하게 하였 다.	惲集十年求之. 今始夬讀於天風 海壽之中. 亦墨緣有屬耶. 其文 於近人中. 稍有魄力. 雖非望溪 派流. 而不失於望溪 · 海峰 · 梅 厓 · 惜抱諸人所守之正軌. 故自 望溪至於惜抱. 各有微詞. 而不 以顯斥如竹汀. 一以歸之正軌. 亦稍持公眼. 不作嘖薄叫呶之 習.

金正喜	阮堂全集 卷8 「雜識」	惲敬은 姚鼐의 平雅閒澹함을 따라갈 수 없고, 더욱이 方苞보다 위일 수는 없으며, 秦瀛·趙懷玉 같은 사람들도 불과 이러한 정도일 따름이다.	平心論之。惜抱之平雅閒澹。終難跂及。不可但以魄力。掩去惜抱之所成就。亦有透底處。未易突過。又況上之以望溪也。秦小峴·趙昧辛諸家。亦不過如此而已。
李建昌	明美堂集 卷10 「貞一軒詩藁序」	'婦人들이 시를 쓰는 것은 적절치 않다'는 말이 잘못됐다는 姚鼐의 말은 근거가 있다고 평하다.	桐城姚鼐之言曰。古者自太姒以下。婦人之詩。見錄於孔氏。後世乃謂婦人不宜詩者。謬也。余謂姚氏之言。固有據矣。
曹兢燮	巖棲集 卷8 「與金滄江(八)」	李建昌 문장의 정미한 부분은 方苞·姚鼐와 흡사하여 요즘 사람이 미칠 수 있는 경지가 아니라고 평하다.	寧齋之學識。本不及農巖。而其操執議論。誠有過之者。文章則終有如前日所論。治衰之異。要其精妙處。可與望溪惜抱相上下。而非今人之所及。
曹兢燮	巖棲集 卷9 「與李蘭谷建芳」	문장과 도덕을 모두 이루려고 한 명청 때의 唐順之·王愼中·方苞·姚鼐와 같은 무리의 경우, 옛 성현에 미치지 못하는 재주로 두 가지 모두를 이루려 하였으므로 결국 문장가라는 평가 밖에 받지 못했다고 평하다.	夫道德文章之難並久矣。爲道德者。以文章爲不足爲。而爲文章者。亦自以不屑於道德之假者。於是二者愈裂而不可一。… 明淸以來。有自蘄以二者之至。如唐王方姚之倫。窮一生之力以爲之。而其歸則終不免於偏勝。

78

尤 侗 (1618-1704)

인물 해설	字는 同人·展成, 號는 悔庵·艮齋, 만년의 자호는 西堂老人으로, 江蘇省 長州 사람이다. 康熙 18년(1679) 博學鴻詞科에 뽑혀 翰林院檢討가 되었고『明史』편찬에 참여하였다. 시문에 능하였고 詞·騈文·희곡에도 뛰어났다. 시는 생활의 작은 일들을 쓴 것이 많고, 시풍은 밝고 자연스러워 白居易와 비슷하다. 저서로는 시문집『尤西堂文集』65권과『艮齋倦稿遺文集』이 있고, 傳奇「鈞天樂」과 잡극「讀離騒」·「弔琵琶」·「桃花源」·「黑白衛」·「淸平調」등이 있는데, 이 6종의 희곡을 합하여『西堂曲腋』이라 한다.
인물 자료	**○『淸史稿』, 列傳 271** 尤侗, 字展成, 長洲人. 少補諸生, 以貢謁選. 除永平推官, 守法不撓. 坐撻旗丁鐫級歸. 侗天才富贍, 詩文多新警之思, 雜以諧謔, 每一篇出, 傳誦遍人口. 康熙十八年, 試鴻博列二等, 授檢討, 與修明史. 居三年告歸. 聖祖南巡至蘇州, 侗獻詩頌. 上嘉焉, 賜禦書鶴棲堂額, 遷侍講. 初, 世祖於禁中覽侗詩篇, 以才子目之. 後入翰林, 聖祖稱之曰老名士. 天下羨其榮遇. 侗喜汲引才雋, 性寬和, 與物無忤. 兄弟七人甚友愛, 白首如垂髫. 卒, 年八十七. 著西堂集·鶴棲堂集, 凡百餘卷.

저술
소개
	★『擬明史樂府』
	    (淸)抄本 / (淸)夢梨雨齋抄本
	
	★『望古集』
	    (淸)抄本 1卷
	
	★『尤太史律詩』
	    (淸)康熙 25年 鄒氏 青藜書屋活字印本 4卷
	
	★『西堂樂府』
	    (淸)康熙年間 刻本 7卷

	∗『西堂全集』 　(清)康熙年間 刻本 4種 133卷 附 1種 6卷 ∗『百名家詞鈔』 　(清)聶先・曾王孫編 (清)康熙年間 綠蔭堂刻本 20卷 內 尤侗撰『百末詞』 ∗『寒松閣鈔書』 　(清)張鳴珂編 (清)張鳴珂抄本 4種 5卷 內 尤侗撰『百末詞』1卷 ∗『樂府小令』 　(清)乾隆年間 刻本 7種 8卷 內 尤侗撰『西堂樂府』1卷 ∗『昭代叢書』 　(清)張潮編 (清)康熙 36-42年 詒淸堂刻本 內 尤侗撰『外國竹枝詞』1卷 ∗『藝海珠塵』 　(清)吳省蘭編 (清)乾隆年間 刻本 166種 312卷 內 尤侗撰『外國竹枝詞』1卷		
비 평 자 료			
南公轍	金陵集 卷13 「金舜弼龍行傳」	金龍行이 명나라 尤侗의 시문을 얻어 자기의 작품이라 하며 남에게 보여주니, 일시에 사람들의 입에 회자되었으나, 그 사실을 깨달은 자가 있어 그를 꾸짖었다.	君又得明尤侗祭詩文。稱己作以示人。一時傳誦膾炙人口。已而有覺之者往見君誚之。
李德懋	靑莊館全書 卷33 淸脾錄(二) 「陳犖詞」	尤侗의 시가 繁麗駘宕한 것이 陳犖의 「望江南詞」와 비슷하다 평하고 시를 소개하다.	余嘗愛吳駿公。尤展成詩。繁麗駘宕。亦同此詞。駿公楊州詩。撥盡琵琶馬上絃。玉鉤斜畔立嬋妍。紫駝人去瓊花院。青塚魂攺錦纏紅。荳蔲梢頭春十二。茱萸灣口路三千。隋隄璧月珠簾夢。小杜曾遊記昔年。展成夢詩。日來行坐夜來眠。鼓吹羊車總偶然。萬戶邯鄲金玉相。六宮巫峽雨雲緣。黃沙秋草熊羆地。紫禁春風蛺蝶天。一宿願同菩薩覺。楊州杜牧已三年。

李德懋	靑莊館全書 卷48 「耳目口心書 (五)」	尤侗의 「外國竹枝詞」에서 琉球에 대해 쓴 시를 소개하다	尤侗外國竹枝詞。其言琉球曰。歡會門中蘆扇開。美姬含米上行盃。金簪長史雍容甚。皺篋新從太學來。注曰。門名歡會。以金葫蘆團扇。爲儀衛。美姬含米。造酒名曰米。奇官皆金簪子弟。入國子監讀書。歸爲長史。侗盖記成楫入監之事也。并錄于此。
李宜顯	陶谷集 卷28 陶峽叢說	尤侗의 『西堂集』, 宋犖의 『西陂集』, 王士禛의 『蠶尾集』, 徐嘉炎의 『抱經齋集』을 소장하고 있었으며, 『理學全書』에 수록된 熊賜履의 『愚齋集』과 陸隴其의 『稼書集』도 소장하고 있었다.	淸人文不多見。大率詩文綿弱。余已論之於前矣。文集之在余書廚者。尤侗西堂集·宋犖西陂集·王士禛蠶尾集·徐嘉炎抱經齋集。又有愚齋集·稼書集入理學全書中。
丁若鏞	與猶堂全書 詩文集 卷2 「古詩二十四首」	李瑞雨는 尤侗과 비슷한 점이 있다.	松谷(李公瑞雨)似西堂。(卽尤侗) 工緻勝濃姸。厄窮逮身後。草藁多不傳。
丁若鏞	與猶堂全書 詩文集 卷11 「五學論(三)」	尤侗·錢謙益·袁枚·毛奇齡 등은 儒家같기도 하고 佛家같기도 하여, 邪淫譎怪함으로써 사람들을 현혹시키는 것을 宗師로 삼고 있다.	今之所謂文章之學。又以彼四子者。爲淳正而無味也。祖羅(羅貫中)·祧施(施耐菴)·郊麟(金聖歎)·禘螺(郭靑螺)而尤侗·錢謙益·袁枚·毛甡之等。似儒似佛。邪淫譎怪。一切以求眩人之目者是宗是師。
丁若鏞	與猶堂全書 詩文集 卷18 「上海左書」	李瑞雨의 근체시는 對偶가 精切하여 尤侗의 『尤西堂集』과 비슷하고 평하다.	松谷老人當時文苑宗匠。不敢輕議。然其科詩似古詩。古詩似科詩。誠一疑案。近從韓檢詳丈得其詩稿。其近體諸作。對偶精切。恰似尤西堂集。

洪翰周	智水拈筆 卷1	청나라 사람 尤侗은 明史를 편찬하면서 「外國竹枝詞」 100수를 지었다.	淸人尤侗。康熙時。因明史纂集。作「外國竹枝詞」一百首。
洪翰周	智水拈筆 卷1	尤侗의 「外國竹枝詞」에서 「歐羅巴」를 읊은 두 수를 인용하다.	其中有「歐羅巴」二絶。一曰。三學相傳有四科。曆象今號小羲和。音聲萬變都成字。試作耶蘇十字歌。一曰。天主堂開天籟齊。鍾鳴琴響自高低。阜城門外玫瑰發。盃酒難澆利泰西。
洪翰周	智水拈筆 卷7	許蘭雪軒은 尤侗의 「外國竹枝詞」에도 올라있다.	蘭雪軒。世所稱許景樊。而至登於淸人尤西堂「外國竹枝詞」者也。
洪翰周	智水拈筆 卷8	尤侗이 「外國竹枝詞」에서 조선의 의관을 조롱한 것을 비판하다.	然尤展成之外國竹枝詞曰。長衫廣袖折風巾。硾紙狼毫漢字眞。自序世家傳國遠。尙書篇內九疇人。盖藐視而笑之也。彼雖笑我。彼以漢人爲左袵。則恐反不如折風巾。彼方自笑之不暇。又何暇笑人也。

惲 敬 (1757-1817)

●●●

인물 해설	淸代의 문장가로, 字는 子居, 號는 簡堂이며, 江蘇 陽湖(지금의 常州市) 사람이다. 乾隆 48년(1783)의 擧人으로, 富陽·平陰·新喩·瑞金 등지에서 知縣을 역임했다. 嘉慶 17년(1812)에 江西 南昌府同知가 되었으며, 曙吳城同知로 있을 때 재물을 사취하는 것에 대한 감독을 소홀히 했다는 무고를 받아 파면당했다. 처음에는 考据와 騈文을 좋아하였으나 나중에 桐城派의 영향을 받아 古文에 힘썼다. 하지만 동성파와 입장을 달리하여, 京師에 있을 때 교유한 張惠言 등과 함께 陽湖派 고문을 창시하였다. 동성파가 오로지 唐宋 대가들의 산문만을 중시하는 데 반해, 양호파는 변문의 장점까지 함께 취하고자 하였다. 碑傳을 많이 지었으며, 淸俊한 풍격의 山水小品도 여러 편 남겼다. 저서로는 『大雲山房文稿』가 있다.
인물 자료	○ 『淸史稿』, 列傳 272 惲敬, 字子居, 陽湖人. 幼從舅氏鄭環學, 持論能獨出己見. 乾隆四十八年擧人, 以敎習官京師. 時同縣莊述祖·有可·張惠言, 海鹽陳石麟, 桐城王灼集輦下, 敬與爲友, 商榷經義, 以古文鳴於時. 既而選令富陽, 銳欲圖治, 不隨群輩俯仰. 大吏怒其強項, 務裁抑之, 令督解黔餉. 敬曰:"王事也." 怡然就道. 後遭父喪, 服闋, 選新喩. 吏民素橫暴, 繩以法, 人疑其過猛. 已乃進秀異士與論文藝, 俗習大變. 調知瑞金, 有富民進千金求脫罪, 峻拒之. 關說者以萬金相啗, 敬曰:"節士苟且不逮門, 吾豈有遺行耶." 卒論如法. 由是廉聲大著. 卓異, 擢南昌同知. 敬爲人負氣, 所至輒忤上官, 以其才高優容之, 然忌者遂銜之次骨. 最後署吳城同知, 坐姦民誣訴隸詐財失察被劾. 忌者聞而喜曰:"惲子居大賢, 乃以贓敗耶." 敬既罷官, 益肆其力於文. 深求前史興壞治亂之故, 旁及縱橫·名法·兵農·陰陽家言. 會其友惠言歿, 於是敬慨然曰:"古文自元明以來漸失其傳, 吾向所以不多爲者, 有惠言在也. 今惠言死, 吾安敢不併力治之?" 其文蓋出於韓非·李斯, 與蘇洵爲近. 卒, 年六十一. 著大雲山房稿. 其治獄曰子居決事, 附集後.

저술 소개	* 『大雲山房文稿』 (清)嘉慶 20年 南昌 盧旬宣 甲戌坊精刻本 初集 4卷 / (清)嘉慶 20年 南昌 刻本 2集 8卷 * 『子居惲先生集外文』 (清)抄本 * 『大雲山房言事』 (清)嘉慶年間 刻本 2卷

비 평 자 료		
金正喜	阮堂全集 卷3 「與權彝齋(三十三)」	惲敬의 문장에서 議論이 縱橫家와 관련된 것은 蘇軾의 規制와 비슷하고, 매우 嚴整한 것은 王安石에 부끄럽지 않다.	議論稍涉縱橫。或似坡公規制。大有嚴整。無愧介甫。
金正喜	阮堂全集 卷3 「與權彝齋(三十三)」	惲敬의 문장은 곧장 方苞와 劉大櫆를 넘어서지는 못하였으나, 그 魄力은 더 큰데, 姚鼐의 澹雅함에는 끝내 조금 못 미치지만, 袁枚나 王芑孫보다는 훨씬 낫다.	無一放倒罅漏。直欲上掩方·劉。未可以突過。特其魄力稍大。至於姬傳之澹雅處。終遜一籌。如袁子才·王念豊諸人。當辟易矣。
金正喜	阮堂全集 卷3 「與權彝齋(三十三)」	惲敬은 인품이 높고 말을 가려하기 때문에 반드시 후인들에게 믿음을 줄 것이며, 碑誌에 아첨하는 말을 쓰지 않아 우리나라 문장의 병폐를 고치는 데 도움을 줄 수 있다.	其人品極高亢。擇言而發。必當徵信於後人。碑誌有可讀者。無諛辭。東人眼境所不能及。如東人之飣豆湊砌。乳語屍說。無所一遺者。可以此卜之耳。
金正喜	阮堂全集 卷3 「與權彝齋(三十三)」	惲敬의 문집은 初集과 二集 이외에 外集이 있음을 말하고 權敦仁에게	初二集外。又有外集。廚收中若具存。可暫抽示伏望。又或近出文字之可觀者。幷有以獲觀幸甚。

		빌려 주기를 청하다.	
金正喜	阮堂全集 卷5 「代權彝齋(敦仁)與 汪孟慈(喜孫)序」	唐宋八家의 正脈을 계승한 인물로, 方苞·姚鼐·朱仕琇·張惠言·惲敬 등을 거론하다.	至於唐宋八家之法。作者甚鮮。方望溪·姚惜抱·朱梅厓·張皋文·惲子居若干人外。併非正脈。何其甚難。難於選家歟。
金正喜	阮堂全集 卷8 「雜識」	惲敬과 桂馥의 문집을 東坡의 南遷二友(陶淵明과 柳宗元의 문집)에 비유하다.	惲桂二集。果是南遷二友之不足多矣。
金正喜	阮堂全集 卷8 「雜識」	惲敬은 方苞의 유파가 아니지만, 方苞·劉大櫆·朱仕琇·姚鼐가 지키는 正軌를 잃지 않았기 때문에 方苞 이하 姚鼐에 이르기까지 다소의 비판이 있긴 하였지만, 錢大昕처럼 배척하지 않고 正軌로 歸一하게 하였다.	惲集十年求之。今始夬讀於天風海濤之中。亦墨緣有屬耶。其文於近人中。稍有魄力。雖非望溪派流。而不失於望溪·海峰·梅厓·惜抱諸人所守之正軌。故自望溪至於惜抱。各有微詞。而不以顯斥如竹汀。一以歸之正軌。亦稍持公眼。不作噴薄叫呶之習。
金正喜	阮堂全集 卷8 「雜識」	惲敬은 인품이 伉爽하고 글도 그와 같아서, 王芑孫이 다소 잡박하고, 袁枚가 檢束함이 없는 것과 비할 수 없다.	盖其人品伉爽。文亦如之。非如王惕甫之稍雜·袁子才之無檢者比也。
金正喜	阮堂全集 卷8 「雜識」	惲敬은 姚鼐의 平雅閒澹함을 따라갈 수 없고, 더욱이 方苞보다 위일 수는 없으며, 秦瀛·趙懷玉 같은 사람들도 불과 이러한 정도일 따름이다.	平心論之。惜抱之平雅閒澹。終難跂及。不可但以魄力。掩去惜抱之所成就。亦有透底處。未易突過。又況上之以望溪也。秦小峴·趙昧辛諸家。亦不過如此而已。

79. 惲 敬 | 975

金澤榮	韶濩堂文集定本 卷4 「常州高氏雙壽序」	高廷選의 부탁으로 高雲漢 父母의 壽序를 지어주면서 常州 출신의 문장가인 唐順之·邵長蘅·惲敬을 언급하다.	常州天下之名處也。延陵季子之所嘗葬。孔子之所嘗遊。蘇子瞻之所嘗居。而四百年以來。生於其中而以文章名世者。如唐順之·邵子湘·惲子居之倫。指又不勝僂焉。… 日者高生廷選來余語曰。子聞常州高雲漢其人之才俊者乎。余聳喜曰。是常州人耶。吾誠願聞。廷選曰。雲漢君學於其父敬之先生及母張太夫人。學垂成而以貧去之。客於南通。以營貨殖。及稍得意。卽請父母來食其養。洎於今年。母躋七十。而父少母一歲。雲漢君乃以母生辰之三月十九日。畧設雙壽慶宴如俗例。宴旣罷。以爲吾父母之所好者文。而他物不能以易也。遂欲得一篇頌禱之文於子。子其諾之否。因詳道其父母之行治。

熊 化 (1576-1645)

인물 해설	熊化는 字가 仲龍, 號가 極峰 · 盡緣居士이며 江西 淸江(지금의 江西 樟樹市) 사람이다. 萬曆 29年(1601) 進士에 합격하여 行人이 되었으며 朝鮮에 사신으로 다녀왔다. 조선에서는 그의 충성심과 청렴함에 존경을 표하여 '却金亭'을 세웠다. 얼마 후 監察御史로 발탁되었으며 이후 관직이 吏部左侍郎에 이르렀다. 宰相 方從哲의 탄핵 건으로 인해 淮陽 備兵副使로 좌천당하자 사임하고 고향으로 돌아갔다. 다시 關西川東參政이 되었으나, 병으로 사직하였다. 명이 망하고 청 조정에서 그를 등용하려 하였으나 거절하고 스스로 목숨을 끊었다. 諡號는 '文毅'이다.

인물 자료	○ 『江西通志』 卷74, 人物
	
	    熊化, 字仲龍, 淸江人. 萬曆進士, 授行人, 司冊封蜀藩, 再奉命使朝鮮賜一品服. 朝鮮人好其文翰, 曰得熊君片紙勝十斛明珠也. 使回贈遺一無所受, 臨別王使其相獻名馬至關以書歸之. 尋擢御史, 疏論輔臣方從哲誤國不報, 左遷淮陽副使投劾歸.
	
	○ 『明實錄』, 神宗實錄 卷455, 萬曆 37年 2月 乙卯 條
	
	    予故朝鮮國王李昖諡昭敬, 仍冊封承襲國王李琿及妃柳氏誥命, 命行人熊化齎賜之.

저술 소개	* 『靜儉堂集』 (明)熊化撰 熊兆登 · 熊兆行編 (明)崇禎 14年 刻本 20卷

비 평 자 료			
金邁淳	臺山集 卷20 闕餘散筆 「龍飛第六」	중국에서 우리나라에 보내는 사신 가운데에는 문장이 뛰어난 이들이 많았으니 倪謙, 祁順, 熊化 등이 있다.	東國以禮義文學見稱於中華。故前後詔使之來。必極其遴揀。如倪文僖謙 · 祁戶部順 · 董圭峰越 · 唐新庵皐 · 許海嶽國 · 熊極峰化 · 姜閣老曰廣。皆一時之望。

金尙憲	淸陰集 卷9 朝天錄 「燕京有懷極峯熊公」	燕京에서 熊化를 생각하며 짓다.	龍灣館裏昔登龍。雅誼高情自感通。飆馭遽歸宵漢上。仙姿長入夢魂中。乘槎擬會蓬瀛路。招隱還歌桂樹叢。燕岫贛江千萬里。好音難寄赤心風。(公別時。有他日朝天再會之約。今聞歸臥林泉。故頸聯云。)
宋時烈	月沙別集 卷7 「跋天使熊化書帖(尤庵宋時烈)」	李廷龜와 熊化가 주고받은 書帖에 발문을 쓰다.	右月沙文忠公與熊詔使化往復書帖也。其失得顯晦之實。公曾孫喜朝同甫記之詳矣。此在當時已爲可珍。況今日不可復見耶。豈造物者用意葆護。使今人想像興懷。以發匪風泉水之思。而助成中興之偉烈也耶。嗚呼。豈可易與俗人道哉。
申欽	象村稿 卷7 「丙午歲, 以朱·梁詔使迎慰來此, 說之爲黃岡, 子龍爲西伯, 舍弟亦無家患, 故往來俱有賞心之樂, 今年以劉·熊兩使迎慰又來此, 則說之兄弟皆遞去丁憂, 舍弟喪室, 悄悄相迎, 信乎世間多憂少樂, 仍賦黃岡行, 以記昔遊」	朱之蕃과 梁有年이 詔使로 왔을 때에는 주위 벗들이나 동생과 함께 즐거운 시간을 보냈는데, 劉用과 熊化가 詔使가 왔을 때에는 예전과 달리 우환이 많아 울적을 마음을 달래려 「黃岡行」을 짓다.	故人昔在黃岡州。迎我共上黃岡樓。黃岡之樓實寡仇。綠窓丹檻敞林丘。杯盤雜遝迭獻酬。哀絲豪竹兼歌謳。座中邂逅盡朋儔。劇談可以寬羈憂。酒酣睥睨凌八區。世上何物爲孫劉。更闌燭跋不知休。握手欲別仍遲留。邇來倏忽幾春秋。紛紛世故令人愁。我今重到悲舊遊。春懷離恨同悠悠。龍灣千里路苦脩。鄕園迢遞空回頭。夭桃未臉柳未抽。蕩漾江波初潑油。安能拂衣歸菟裘。盟爾滄浪雙白鷗。
申欽	象村稿 卷27 「海平府院君月汀尹公神道碑銘(幷序)」	陸可教와 熊化가 尹根壽의 詩文을 두고 고인의 풍모가 있다고 평하다.	皇朝學士陸可敎·行人熊化兩人序公文曰。有古作者風。其眞知言哉。

李植	澤堂集 卷4 「晉原柳公(根)挽詞 (二十韻)」	柳根이 朱之蕃과 熊化를 영접하다.	文衡大學士。擯接兩詞臣。 述作應無敵。周旋固絕倫。
李植	澤堂別集 卷6 「月沙李相國墓誌銘(幷序)」	熊化가 조선에 사신으로 왔을 때 李廷龜가 영접하였는데, 熊化는 李廷龜의 인품을 존경하고 시문을 높게 평가하여『皇華集』의 서문을 부탁하였다.	熊天使之來。公爲館伴。熊使敬重公言。必稱先生。評其詩云。字字唐人魄。臨別出涕。請序皇華集。以爲寶玩。
李植	澤堂別集 卷10 「任疏菴言行錄」	熊化가 변방의 오랑캐를 물리치는 공을 세웠지만, 모함에 빠져 결국 죽임을 당하다.	未幾。熊經略守遼。胡勢少挫。國人頗恃以安。公又曰。皇朝用法太峻。任事之臣。以眚見誅者多矣。漢胡相持。不無利鈍。則不悅者。必蹈其隙。熊自救不暇。何邊事之圖。旣而熊公。以不進取。被劾去遼。俄以棄廣寧誅。
李廷龜	月沙集 卷11 儐接錄 「次熊天使詠橘詩韻」	熊化의「詠橘」시에 차운하다.	嘉實纔分內府珍。擘來香霧旋侵唇。 津生玉露霏霏濕。色比金丸箇箇勻。 皇樹頌傳名最舊。天仙詠播語增新。 晴窓展讀胸襟爽。恰慰文園病渴人。 原韻(江右熊化) 白華才見春經眼。朱實何由夏入唇。 摘得幾枝香未歇。寫來衆顆色俱勻。 金衣信歷風霜後。玉液疑從雨露新。 飽食却憐疏肺氣。相如元是倦遊人。
李廷龜	月沙集 卷11 儐接錄 「次保晚亭韻」	熊化가 保晚亭에 題한 시에 차운하다.	淸談疊疊捲秋潮。禮數雍容位不驕。 盛事敢期叨儐接。餘生幸未返耕樵。 閑宵燕寢頻承誨。暇日濠梁再見招。 一語湖山蒙賁飾。詞源端可上規姚。 題李月沙保晚亭(淸江熊化) 閑亭小逕對江潮。鈴閣風淸士馬驕。

			雄略正期殲醜虜。 成功准擬傍漁樵。 勝符海表應全寄。 叢桂淮南未許招。 極目妖氛猶不淨。 無家還憶霍嫖姚。
李廷龜	月沙集 卷11 儐接錄 「不佞忝候館下, 獲荷眷愛, 日陪佳會, 穩承淸誨, 誠此生難再之榮, 飇輪莫駐, 仙路杳然, 祖席悵望, 不禁兒女子之懷, 敢效蕪拙, 用寓攀慕景仰之誠, 願諒下情, 勿以詩看, 三首」	熊化의 贈別詩에 차운하여 세 수를 짓다.	其一 : 帝命襃終祀典隆。 鳳綸遙下紫宸宮。 九天雨露哀榮盡。 萬里威顏咫尺同。 禮盛屢陪賓館會。 誠孚不待譯音通。 登門乍爾仙軿疾。 欲賦緇衣意未窮。 其二 : 皎皎仙標玉雪光。 百年家業繼靑箱。 文源遠軼東西漢。 詩格橫驅盛晚唐。 得御已叨陪笑語。 同舟何幸襲馨香。 明朝別後雲泥隔。 夜夜長瞻北斗傍。 其三 : 千里逢迎定宿緣。 此言長記寸心邊。 (山雨樓陪酌時。 大人有千里逢迎。 定是宿緣之敎。 故一二句及之。) 淸宵山雨樓中醉。 落日楊花渡口船。 幾度勝遊如夢幻。 一年佳節是離筵。 (是日端陽故云) 惟應更卜他生會。 天上人間兩杳然。 附熊天使留別詩 迢遞三韓使者車。 深山落日倍愁余。 同心客路憐分袂。 回首王門悵曳裾。 勝事不常千古歎。 故人無恙數行書。 重來莫訂他生約。 曾逐鵷聯拜玉除。 (聖徵贈別詩中。 有惟應更卜他生約之句。 因兵曹入朝京師。 故望其復至云。) 天啓辛酉。 翰林侍讀學士劉鴻訓・給事中楊道寅。 以登極詔使出來。 余以遊觀宰臣。 承命往參。
李廷龜	月沙集 卷13 儐接錄 「又用前韻, 兼奉極峯老先生」	熊化의 예전 행적을 회상하며 시를 지어 주다.	極峯熊老先生。 十八年前奉詔來臨也。 不佞忝爲儐伴。 最蒙知遇。 厥後朝京。 屢荷款接。 間者闊焉。 亦十餘年矣。 淸芬雅操。 非但不佞欽服。 東土之人。 至今稱誦不能忘。 聞淸江與新建近鄕。 故

			敢寓寸情於詩中。卽見老先生歸把新詩仔細傳之句。千里肝膽。怳如共對一堂。惶恐不敢附書於行軒。敢以一律。兼寄下懷。 慣向河橋辦餞筵。九霄歸馭又翩翩。極峯雅望烏臺石。(中朝人贊極峯公有烏臺介石丹堅淸氷之語。故云。)太史淸芬玉署仙。海外十年重儐接。江西一代盛才賢。新離舊別無窮意。千里郵筒可盡傳。
李廷龜	月沙集 卷34 「答熊天使(化○己酉儐接時)」	熊化에게 『皇華集』을 보내며 詩文을 논하고, 淮陽詩板을 보내며 跋文을 요청하다.	一別仙軿。星斗杳然。悠悠望眼。長在五雲間矣。杖節還都。榮問休暢。節屆陽生。茂膺新祉。恭惟驩慶。乃者過江之日。伏蒙辱惠長牋。竝寄瓊什。慰誨勤款。眷愛深切。千里之情。藹然可掬。自惟海外鯫生。何以得此於大人君子之前。每於想慕之時。莊誦詠歎。蘭馨玉潔之襟韻。耿耿心上。萬里不隔。如在謦咳之間矣。古有曠世相感。傾蓋若舊。昔人所云。夫豈不然。乃不佞之倒意傾情。出於衷曲而不能自已。則豈所謂神交有素。宿緣未斷而然耶。途中所寄山雨樓記文。展之爛然。讀之鏘然。有金石聲。向來樽俎陪從之勝。宛如昨日事。其人如玉。竆寐見之。豈特甘棠之勿翦也歟。敢將刻本四幅。竝付皇華集以送。遠備淸覽。別時之語。何日忘之。此心馳注。如水沄沄。只祝玉持金護。爲世道自衛。嚮風切切。臨紙欲飛。惶悚不宣。
李廷龜	月沙集 卷34 「答熊天使(化○己酉儐接時)」	熊化에게 『皇華集』의 序文을 쓴 심정을 토로하며 序文을 부치다.	便回。眷辱手翰還答。勉誨勤款。齋盥而讀之。齒頰生芬。令人感結心曲。不料東海波臣。乃蒙天上仙人記存至此也。一別如昨日。倏焉歲星周矣。向來

			樽俎陪從之樂。已成陳跡。雖雲泥迥隔。星斗杳然。鷩羽凡鱗。無復有再攀之期。而區區景仰之心。何嘗不朝夕焉。抑小邦追慕之情。逾久而逾不忘。是知雅量淸芬。能使遠人立懦廉頑。豈特蒙眷顧之私者。獨紆結而長懷也。皇華集序文。適蒙寡君之命。猥有稱述。而文思荒陋。不足以張大盛雅。眞所謂小巫之神氣自沮。常用愧歎。辭不達意。乃至下字失宜。致蒙台諭。不覺竦然驚服。謹卽依命換易。是實靈丹一點。點鐵成金也。七字誤印。無非不佞等不察之失。惶极無已。卽偕西坰柳樞相啓知寡君。一一刪正。原來一件外。添上改補九件。以備淸覽。而曾上九件中。應易之字。竝印付別紙以送。統希台亮。另懇淮陽詩帖。誠願得華衮一語。託以不朽。以爲傳家榮耀之寶。海上仙山。亦應有望。以故輒忘其瑣瀆。而茲蒙金諾。益感盛意。懸望之極。計日以待。切祈母金玉音。以慰傾戴之誠。則玄晏之賜。白首何忘。暑令方嚴。恭祝爲世道自愛。不宣。
李廷龜	月沙集 卷34 「寄熊御史(丙辰朝天時)」	熊化에게 편지를 쓰면서 안부를 묻고, 보내준 편지에 대한 감사의 마음을 전달하다.	西郊之別。于今九易寒暑矣。追惟文酒陪從之樂。怳然如隔一塵。感戀德義。何日不思。曩歲。伏蒙賜復三書及詩什序文。淸芬襲人。字字驪珠。每一盥讀。此身如在玉樹傍也。間者闊焉。亦有年矣。常於貢使之還。先問明公起居。恭審晉秉臺綱。淸猷顯重。垂天之翼。固已九萬下風。斥鷃搶楡。無由致聲。手額萬里之外。竊自增氣已耳。不佞衰病已極。不堪遠役。而適因奏籲。銜命到此。驅馳霜露。僅存形骸。長途

			一念。耿耿左右。唯以庶幾早晚。更接顏色。爲餘生一幸。仍思明公所寄重來莫證他生約之句。金臺之上。跂予望之之諭。偶然相符。豈宿緣未了。天假其便耶。不審明公能記存否。遠人朴愚。情發不知裁。敢以尺牘。仰候記室。雖恃高明不棄舊物。瀆犯臺嚴。竢罪竢罪。不腆土宜。只伸微悃。統希台亮。
李廷龜	月沙集 卷34 「寄熊御史(丙辰朝天時)」	熊化에게『皇華集』을 보내고, 조선의 奏請에 관한 일의 정황을 알려주다.	旅館岑寂。悄坐無悰。小甲忽傳台帖。拜而讀之。爽然熱海中甘露灑也。倘獲承顏。道故此懷。當復如何。向者薄敬區區。只恃舊眷。茶爐中一草。乃至見郤。令人愧恧。皇華集三十六本。今敢呈覽內。保晚亭仰次高韻。拙稿中有錯印一字。恨其時未及刪正也。今於原板更易以進。統希留閱。咫尺仙凡。如隔弱水。寸心倍切瞻仰。別紙倂乞垂亮。春寒。恭祝道體珍茂。不宣。
李廷龜	月沙集 卷34 「寄熊御史(丙辰朝天時)」	熊化에게 조선의 奏請을 위해 힘써줄 것을 부탁하다.	曩於通官之進。冒陳使事。伏蒙老爺曲垂傾採。俯賜金諾。不啻丁寧。東土君臣。再蒙大君子恩庇。區區銘佩。晨夜攢手而已。科抄明順。而儀制林郎中以職在該掌。猶有愼重之意。昨者。大堂何老爺已爲許之。而只令兩請題覆。欽候聖裁云。此無非老爺通議調停之力。感祝如何。但兩請之題。只候恩旨。天恩其敢必乎。三度血奏。萬里積誠。終歸於難必之域。豈不可悶。部意業已許之。據例題准。唯在老爺一言勸成耳。似聞今明當議覆云。伏乞急通於方閣老·何老爺·林郎中前。快許准請。如以准請爲難。題覆之辭。引例歸重。則事必諧矣。爲天下勸孝。固是聖朝錫類

			之化。雖無舊例。猶當曲循。況明有成化兩年之例乎。老爺之一言勸成。實係公議。其誰曰私一敝邦乎。塊坐閉館。無所因極。靠戴老爺。有似苦海津筏。懇迫之情。不得不屢瀆臺嚴。惶懼竢罪。謹呈草稿。倂塵台覽。不宣。
李廷龜	月沙集 卷34 「答熊御史」	熊化에게 감사한 마음과 부탁하는 내용을 담아 답장을 쓰다.	眷辱芳緘。慰諭慇摯。兼之以珍貺。披讀拜嘉。盛意何可當。到此三閱月矣。嚮慕之誠。何嘗不朝夕左右。局於事體。候拜倂闕。奈不得自由何。使事垂完。廷議調停。專荷盛庇。銘感曷已。覆本未下。且未知閣票如何。歸期尚遠。客懷鬱鬱。令人損神。倘許開閤。敢不掃門。少間當更稟。恭聽進退。拙詩博粲。求教麾置。覆瓿亦一榮耳。不腆土宜。只伸薄敬。願勿退棄。莞入至感。統希台亮。
李廷龜	月沙集 卷34 「答熊御史」	熊化에게 지난 번 만난 것에 대한 반가움과 아쉬움, 그리고 질병에 걸린 자신의 사정 등을 전하며 답장을 쓰다.	曩者之拜。倏已匝月。台書諭以夢中事。是矣。俯仰人間世。何事非夢。嚮來漢江西湖山雨樓中。消得幾番夢耶。今玆一會。又是夢中夢。只恨春夢之苦短也。不佞自月旬初。遘疾沈綿。至今猶在生死路頭。藥餌難便。醫問無人。唯有僮僕守泣耳。三到白玉京。竟遭缺陷世界。咄歎咄歎。唯是山斗一念。耿耿心上。何令人景慕一至是耶。歸日定在旬內。此別杳然各天。後期唯有他生。思之不禁悒悒。方擬以一書告別而無便。清晨叩門。忽奉辱械。兼以扇頭二什。盥讀百過。五內如洗。倏覺沈痾去體。不啻執熱者之濯淸風也。記文。恭俟續惠之命。數日中。切願暫勞揮灑。以賁行色也。賤疾若堪扶策。辭

			朝之日。當踵門拜謝而行。不備。
李廷龜	月沙集 卷34 「寄熊御史」	熊化에게 사행을 마치고 돌아갈 무렵에 만나러 갈 것을 약속하다.	遠人行止。不得自由。事完後辭朝。亦累被攔阻。以故連誤往拜之計。念此別卽千古之訣。何忍不辭而恝然行乎。卽日辭朝後。當自闕門。直叩館下。拙詩二律。只述區區下情。薄薄數種土宜。此是臨別獻縞之誠。萬乞鑑存。
李廷龜	月沙集 卷39 「皇華集序」	熊化와 酬唱한 詩文으로 『皇華集』을 만들 때 李廷龜가 서문을 썼는데, 李廷龜는 熊化의 詩文과 功績을 매우 칭송하였다.	今皇帝三十六年。我昭敬王。奄棄臣民。帝爲震悼。別選廷臣。賜賻祭若諡。越明年夏。行人司行人熊公化。實膺是命而來。公風儀端整。器度溫粹。有似景星祥鳳。令人快覩爭先。而其沖澹之想。簡潔之操。皆可爲遠人矜式。我殿下感皇恩之隆。歆使華之賢。庶幾縶駒空谷。以永今夕。而使事甫竣。星軺遽返。國人瞻望莫及。悵然如失。伴送使柳根。旋自江上。將公詩若文一帙以進。殿下卽命鋟梓以壽其傳。仍命臣序其卷首。臣謬忝館任。獲陪下風。薰挹德宇於觴詠之間。評詩說賦。累承緖論。膡馥殘膏。沾丐已多。西郊祖席。話及斯集。公實屬臣爲序。而今適承命。臣雖不文。烏得無言。…今公之詩。淸婉有趣。韻格超凡。不煩繩削。自出機杼。屬思寅興。未嘗沿襲陳言。眞千載希聲也。獨恨公靡鹽心忙。不遑燕息。入國境僅匝月。留王都未浹旬。倏爾而返。兼程而馳。仙軒莫淹。暇日無多。其收拾於錦囊者。不能千百之一焉。有似崑山片玉。愈寡而愈珍。吁亦盛矣。然此特公之餘事耳。觀公之禮容閒雅。符彩映人。周旋酬應。動中規節。燕餼辭受。悉裁義理。苾祀事則致

			其精白。接賓筵則盡其恪敬。樽俎雍容。情義交孚。不啻同朝之好。至於念民瘼而省煩弊。軫邦憂而戒戎備。周詳勤款。曲盡人情。甚得原隰咨詢之體。公歸之後。中外人民。感公之惠澤。挹公之淸芬。老羸扶杖。至有涕泣者。何令人見慕一至於此。詩云。無以我公歸。無使我心悲。其斯之謂也。惟其蘊諸中者旣如是。故發於外者無不正。片言隻字。皆足爲東韓所敬重。思其人而讀其詩。使人詠歎淫泆而不知止。蘭馨玉潔之襟韻。宛然於文墨之間。此實有道者之言也。夫豈嘲風弄月。組織爲工者所可擬哉。將見歌虞載煥皇猷。以鳴大雅之盛。則是編也非但膾炙於偏邦。其必被之八音。傳諸萬方。使聖朝一視同仁之化。吾王畏天享上之忠。赫然竝耀於無窮。豈非大幸也歟。
李廷龜	月沙別集 卷5 「答熊御史(化)書」	熊化에게 감사하다는 말과 함께 자신이 보낸 글에 화답하는 詩文을 보내 줄 것을 부탁하다.	聖旨準下。使事已完。皇恩罔極。盛意難報。淸朝錫類之化。小邦偏荷波及。豈獨一介陪臣之感也。製造事殷。尙此蹢躅。要當非遠。前有辱敎。竊擬依命。攀拜叩謝。以償十年懸渴之願。念五六間。欲知閣下淸燕之日。肅此崇槖。幸一語進退之。 日拙詩敢爾獻醜者。區區願得辱和。以光行李。保晚亭記文。想倂揮灑否。日日以幾。
李廷龜	月沙別集 卷5 「答熊御史(化)書」	熊化에게 記文과 贈別詩에 대해 이야기하다.	日涸館下。雖甚卒卒。唯以復望見道德之光。爲餘生大幸。此亦千萬難必之緣。敢望多乎。東發定在念六七間。記文及別詩。旣屢聞命矣。病中耿耿。惟此耳。不但爲傳家鎭世之寶。卽今尤願

			一快讀。痊此沈痾也。拱以竢之。病昏率爾。笨增惶悚。
張維	谿谷集 卷16 「左議政月沙李公行狀」	熊化가 사신으로 왔을 때 李廷龜가 영접하였는데, 熊化는 李廷龜의 시를 매우 칭찬하며 『皇華集』의 서문을 부탁하였다.	華使熊化至。公爲館伴。熊公得公詩。稱賞不已。書示譯官曰。字字唐人魄。每日請公。以便服入讌。言語書牘。必稱先生。臨別。戀戀出涕。因請公序皇華集。
張維	谿谷集 卷16 「左議政月沙李公行狀」	熊化가 李廷龜에게 연회를 베풀어주며 극진히 대접해 주었다.	熊御史化。請公宴于其第。執禮甚恭。其爲華人所敬慕如此。
張維	谿谷集 卷9 「忠勳府祭晉原府院君文」	柳根이 朱之蕃과 熊化를 영접하다.	天人銜命。公再主儐。交馳上駟。竝劘詞壘。朱豪熊潔。爲我軒輊。近推湖老。遠惟達城。
崔岦	簡易集 卷8 休假錄 「次吳提學大年和熊詔使平壤韻」	吳大年이 熊化의 「平壤」 시에 화답한 시에 차운하다.	彩毫隨處動新篇。霞想飄飄故自然。只是世塵無着地。何曾空水各爲天。雲疑千載帶黃鶴。峽不三川須杜鵑。地位未敎風雨隔。莫將臨眺怕留連。

袁宏道 (1568-1610)

인물 해설	字는 中郞, 號는 石公이며 湖北省 公安縣 사람이다. 형 袁宗道, 아우 袁中道와 함께 三袁으로 일컬어지며, 출신지 이름을 따서 公安派로 불린다. 李贄의 문하에서 수학하여 반전통적이고 반권위적인 사상의 감화를 받았고, 王世貞 등의 복고주의적 문학론, 즉 "文必秦漢, 詩必盛唐"의 풍조에 반대하여, 시는 시인의 개성을 드러내야 하며 격조에 얽매여서는 안 된다[獨抒性靈, 不拘格套]고 주장하였다. 이러한 주장은 鍾惺 등의 竟陵派나 淸代 袁枚의 性靈說의 선구가 되었다. 저서로는 『袁中郞集』 40권이 있다.
인물 자료	○ 『明史』, 列傳 176 　　袁宏道, 字中郞, 公安人. 與兄宗道・弟中道並有才名, 時稱三袁. 宗道, 字伯修. 萬曆十四年會試第一. 授庶吉士, 進編修, 卒官右庶子. 泰昌時, 追錄光宗講官, 贈禮部右侍郞. 宏道年十六爲諸生, 卽結社城南, 爲之長. 閑爲詩歌古文, 有聲里中. 擧萬曆二十年進士. 歸家, 下帷讀書, 詩文主妙悟. 選吳縣知縣, 聽斷敏決, 公庭鮮事. 與士大夫談說詩文, 以風雅自命. 已而解官去. 起授順天教授, 歷國子助教・禮部主事, 謝病歸. 久之, 起故官. 尋以淸望擢吏部驗封主事, 改文選. 尋移考功員外郞, 立歲終考察群吏法, 言: "外官三歲一察, 京官六歲, 武官五歲, 此曹安得獨免?" 疏上, 報可, 遂爲定制. 遷稽勳郞中, 後謝病歸, 數月卒. ○ 錢謙益, 『列朝詩集小傳』 丁集 卷12, 「袁稽勳宏道」 　　宏道, 字中郞, 萬曆壬辰進士, 除吳縣知縣. 縣繁難治, 能以廉靜致理. 逾年, 稱病, 投劾去. 遍遊吳會山水, 作錦帆解脫集, 改京府學官國子博士, 遷禮部儀制郞. 歸臥柳浪湖上, 凡六年, 以淸望推擇, 改吏部. 繇文選考功, 遷稽勳郞中, 移病休沐, 不數月卒于家, 年四十有三. 萬曆中年, 王・李之學盛行, 黃茅白葦, 彌望皆是. 文長・義仍, 嶄然有異, 沈痼滋蔓, 未克芟薙. 中郞以通明之資, 學禪于李龍湖, 讀書論詩, 橫說竪說, 心眼明而膽力放, 於是乃昌言擊排, 大放厥辭. 以爲唐自有詩, 不必選體也. 初盛中晩皆有詩, 不必初盛也. 歐・蘇・陳・黃各有

詩, 不必唐也. 唐人之詩, 無論工不工, 第取讀之, 其色鮮妍, 如旦晚脫筆研者. 今人之詩雖工, 拾人飦餕, 纔離筆研, 已成陳言死句矣. 唐人千歲而新, 今人脫手而舊, 豈非流自性靈與出自劅擬者所從來異乎! 空同未免爲工部奴僕, 空同以下皆重儓也. 論吳中之詩, 謂先輩之詩, 人自爲家, 不害其爲可傳; 而詆呵慶·曆以後, 沿襲王·李一家之詩. 中郎之論出, 王·李之雲霧一掃, 天下之文人才士始知疏淪心靈, 搜剔慧性, 以蕩滌摹擬塗澤之病, 其功偉矣. 機鋒側出, 矯枉過正, 於是狂瞽交扇, 鄙俚公行, 雅故滅裂, 風華掃地. 竟陵代起, 以淒淸幽獨矯之, 而海內之風氣複大變. 譬之有病于此, 邪氣結轖, 不得不用大承湯下之, 然輶瀉太利, 元氣受傷, 則別癥生焉. 北地·濟南, 結轖之邪氣也; 公安瀉下之, 劫藥也; 竟陵傳染之, 別症也. 餘分閏氣, 其與幾何. 慶·曆以下, 詩道三變, 而歸于淩夷燼熄, 豈細故哉. 小修序中郎詩云: "錦帆解脫, 意在破人執縛. 間有率易遊戲之語, 或快爽之極, 浮而不沈, 情景太真, 近而不遠, 要亦出自靈竅, 吐于慧舌, 寫于銛穎, 足以蕩滌塵坌, 消除熱惱. 學者不察, 效顰學語, 其究爲俚俗, 爲纖巧, 爲莽蕩, 烏焉三寫, 弊有必至, 非中郎之本旨也." 余錄中郎詩, 參以小修之論, 取其申寫性靈而不悖于風雅者, 學者無或操戈公安, 而複噓王·李之爐, 斯道其有瘳乎!

○ 沈德潛, 『明詩別裁』 卷10, 「袁宏道」

宏道, 字無學, 公安人. 萬曆壬辰進士, 官吏部郎中. 公安兄弟意矯王·李之弊, 而入以俳諧. 又一變而之竟陵, 詩道遂不復振. 人但知竟陵之衰, 而不知公安一派先之也.

○ 『四庫全書總目』 卷127, 瓶花齋雜錄 條

明, 袁宏道撰. 宏道有觴政已著錄, 此書多記聞見雜事, 及經驗醫方, 間及書傳持論, 亦多偏駮, 如孟子說性善, 及儒與老莊同異諸條, 第喜逞才辨, 不自知其言之過也.

○ 『公安縣志』, 「袁宏道傳」

… 總角, 工爲時藝, 塾師大奇之, 入鄉校, 年方十五六, 即結文社於城南, 自爲社長, 社友三十以下者皆師之, 奉其約束不敢犯, 時於擧業外, 爲聲歌古文詞. … 一掃王·李雲霧.

저술 소개	★『觴政』 (淸)錢氏　逃古堂抄本　1卷 / (明)萬曆　43年　程百二刻本　1卷	
	★『錦帆集』 (明)刻本　4卷 / (明)萬曆　37年　袁氏　書種堂刻本　4卷	
	★『袁中郎文鈔』 (明)刻本　1卷	
	★『袁中郎先生全集』 (明)萬曆年間　刻本　23卷 / (明)崇禎　2年　武林　佩蘭居刻本　40卷　鍾惺定	
	★『鼎鐫諸方家彙編皇明名公文雋』 (明)蕭少衢　師儉堂刻本　8卷 / (明)金陵　鄭思鳴　奎壁堂刻本　8卷	
	★『説郛續』 (明)陶珽編 (淸)順治　3年　李際期　宛委山堂刻本　46卷　內　袁宏道撰『廣莊』/ 『觴政』/『瓶史』/『促織志』/『醉叟傳』/『拙效傳』	
	★『寶顔堂續秘笈』 (明)陳繼儒編 (明)萬曆年間　刻本　50種　100卷　內　袁宏道撰『觴政』1卷	
	★『廣百川學海』 (明)馮可賓編　明末　刻本　130種　156卷　內　袁宏道撰『廣莊』1卷 /『觴政』1 卷 /『瓶史』1卷	
	★『八代文鈔』 (明)李賓編　明末　刻本　106種　106卷　內　袁宏道撰『袁中郎文抄』1卷	
	★『尙白齋鐫陳眉公訂正秘笈』 (明)陳繼儒編 (明)萬曆　34年　沈氏　尙白齋刻本　21種　49卷　內　袁宏道撰『新刻 陳眉公重訂廣莊』1卷 /『陳眉公重訂瓶史』1卷	

비 평 자 료		
姜世晃	豹菴遺稿 卷4 「送夕可齋李 稚大吉泰遊金 剛山序」	李泰吉이　袁宏道의　遊記가 姜世晃의　단편에　미치지　못 한다고　평한　것에　대하여 논하다.	吾友夕可翁。閱袁中郎遊記。語其子 曰此人比諸姜豹菴。短篇殆有不及 者。何足觀也。一日扶筇蠟屐。作金 剛之遊。過余而告別。且索一語。余 曰子若遊金剛則其必曰。此不如吾屋

			後之一培塿一坡陀。悔其遠勞跋涉也。曰奚謂也。曰觀山之眼。與觀書同。謂中郎之不如豹菴則其賤仙山而貴常境也必矣。豈非倒見乎。然踈籬小屋。隣閈相接。蔬圃果園。堪供逍遙。抑或有勝於千萬白玉攢簇於滄溟之上。白詩所謂暫合登臨。不合居者。吾又安知勝否之所在也哉。豹菴之於中郎。何以異此。子其探歷而歸。更以語我也。子愛余短篇。恐其長也。惟書此以贐。
金邁淳	臺山集 卷19 闕餘散筆	漢字의 韻을 논하면서 袁宏道의 "奇謀若可展, 簿尉何足厭. 胸臆不得行, 三公猶爲淺."을 인용하여 艷韻과 霰韻을 통용한 예로 들다.	侵·覃·鹽·咸·寢·感·琰·豏·沁·勘·艷·陷十二韻。東音皆以味音(麻·馬初聲。方言謂之味音)爲終聲。而華音無味音終聲。侵讀親。覃讀歎。鹽讀妍。咸讀賢。故侵·覃·鹽·咸。與眞·文·元·寒·刪·先通。上·去視此。… 袁宏道詩曰: 奇謀若可展。簿尉何足厭。胷臆不得行。三公猶爲賤。此艷與霰通也。見行華東正音及譯學諸書。所翻漢音倣此。獨四聲通解。侵下諸韻。皆用味音終聲。奎章全韻仍之。豈中國本有此音。而後來聲訛失眞。正音譯書。從俗以便行用。通解·全韻。復古以存本色耶。然嘗聞華人不能效蟬聲。舌本之强。殆關風氣。此亦有古今之殊耶。未可知也。
金錫冑	息庵遺稿 卷5 「讀袁中郎集」	蘇軾은 文에 뛰어났는데, 袁宏道는 그를 계승했다고 할 수 있다.	千秋玉局聖於文。才調中郎足繼云。快活心腸飛動語。展來詩卷欲凌雲。

金錫冑	息庵遺稿 卷8 「錦帆集序」	袁宏道・袁中道 외에 王穉登이 詩名이 있어 淸新俊逸한 시를 쓰고 이따금 奇語를 지었다.	噫。彼小修・中郞兄弟。固自相爲知己。若田水之沈淪銷落。苟非袁生之能具隻眼。其孰能拔之於醯婦酒嫗之手。表章之至於此耶。二公之外。又有吳門王百穀尤擅詩譽。淸新俊逸。往往能造奇語。
金錫冑	息庵遺稿 卷8 「錦帆集序」	袁中道가 袁宏道의 시집의 서문을 쓰면서 『錦帆集』과 『解脫集』에 대해 평한 글을 인용하다.	昔袁小修嘗序中郞詩曰。錦帆解脫諸集。意在破人執縛。間有率易遊戲之語。或快爽之極浮而不沈。情景太眞近而不遠。要亦出自靈竅。吐于慧舌。寫于鉛穎。足以蕩滌塵坌。消除熱惱。
金錫冑	息庵遺稿 卷8 「錦帆集序」	袁中道가 袁宏道의 시를 평한 것과 袁宏道가 徐渭의 시를 평한 것을 인용하고, 袁宏道・袁中道 형제는 서로에게 知己였다고 평하다.	昔袁小修嘗序中郞詩曰。錦帆解脫諸集。意在破人執縛。間有率易遊戲之語。或快爽之極浮而不沈。情景太眞近而不遠。要亦出自靈竅。吐于慧舌。寫于鉛穎。足以蕩滌塵坌。消除熱惱。中郞之序徐文長。則謂其胸中有一段不可磨滅之氣。英雄失路。托足無門之悲。故其詩如嗔如笑。如水鳴峽。如種出土。如寡婦之夜哭。羈人之寒起。當其放意。平疇千里。偶爾孤峭。鬼語幽墳。噫。彼小修・中郞兄弟。固自相爲知己。
金錫冑	息庵遺稿 卷8 「錦帆集序」	袁中道・袁宏道・王穉登의 문집 중에서 長律 100여 수를 선별하여 모아서 『錦帆集』을 만들고 서문을 쓰다.	昔袁小修嘗序中郞詩曰。錦帆解脫諸集。意在破人執縛。間有率易遊戲之語。或快爽之極浮而不沈。情景太眞近而不遠。要亦出自靈竅。吐于慧舌。寫于鉛穎。足以蕩滌塵坌。消除熱惱。中郞之序徐文長。則謂其胸中有一段不可磨滅之氣。英雄失路。托足無門之悲。故其詩如嗔如笑。如水

			鳴峽。如種出土。如寡婦之夜哭。羈人之寒起。當其放意。平疇千里。偶爾孤峭。鬼語幽墳。噫。彼小修·中郎兄弟。固自相爲知己。… 二公之外。又有吳門王百穀尤擅詩譽。淸新俊逸。往往能造奇語。蓋亦玉溪丁卯之倫。而非他雕香刻翠。輕盈流蕩之徒。所能髣髴也。今於三家集中。摘取長律百餘首。彙爲一集。而以其人或生長姑蘇。或喜遊吳會。其所流連興會詠歌之跡。多在於靈巖·虎丘之間。遂仍名其書曰錦帆云。
南公轍	金陵集 卷13 「讀弇州·牧齋 二集」	徐渭와 袁宏道를 제외하곤, 錢謙益이 王世貞을 가장 심하게 공격하여 가짜 法帖과 가짜 銅玉이라고 비난하다.	徐袁以外。錢牧齋攻之愈甚。至譏以贋法帖假銅玉。
南公轍	金陵集 卷20 日得錄 「訓語」	역대의 詩家를 뽑아 오백여 권을 만들어 『詩觀』이라 이름 지었는데, 당의 孟郊·賈島와 명의 徐渭·袁宏道·鍾惺·譚元春과 같은 이는 體法이 寒瘦하고 音韻이 嚼殺하여 치세의 希音이 아님으로 모두 뺐다.	予於近日。選歷代詩家。爲五百餘卷。名曰詩觀。盖詩可以觀之意也。若唐之孟郊。賈島。明之徐袁。鍾譚。體法寒瘦。音韻噍殺。非治世之希音。故幷拔之。筆削之際。自以有鍾秤袞鉞寓於其間。卿等出而語後生小子。俾各知之。文章關治敎之汚隆。人心之正僞。況詩之發於性情者乎。
南公轍	金陵集 卷10 「與金國器 (載璉)論文書」	袁宏道는 王世貞과 李攀龍을 '贋古文'이라 비판하고 폐단을 바로잡고자 했으나 역시 형태와 자구만을 바꾸어, 후세에 '演小說'이란 비난을 받았다	於是徐袁牧齋輩出而詆其後曰贋古文。思欲捄之。而顧六經之本旨難闚。徒欲其形模字句之變置。識者又從而譏之曰演小說。贋古文故其氣虛。演小說故其氣粗。

南克寬	夢囈集 乾 「幽憂無所事, 漫披詩裵, 雜題盡卷」	王世貞의 문학은 輕佻浮薄했으나 재주가 백년을 풍미하였으며 袁宏道와 鍾惺만이 변화시킬 수 있었으나, 그 神理는 그들의 兒孫에 불과하다.	婁江文字縱傷僈。才調猶堪跨百年。袁鍾唯能換面目。論其神理兒孫然。
南克寬	夢囈集 坤 「謝施子」	袁宏道의 「內詞」, 「桃花引」을 인용하고 明 萬曆 中年의 風氣를 짐작해볼 수 있다고 하다.	袁中郎內詞曰。朝來剛赴西宮約。莫遣經筵進講章。又曰。皁囊久積言官奏。分付金瑠取次行。桃花引曰。雲裏自然清格少。但憑閨豔作儂人。又曰。年來不識天顏笑。只道頻噓列缺光。可想萬曆中年氣候也。
南克寬	夢囈集 坤 「謝施子」	袁宏道의 古詩는 일컬을 만한 것이 없으며, 七言絶句는 徐渭의 聲調를 닮았고, 律詩는 대략 비슷한데 대체로 미치지 못한 것이 많다.	徐文長五言古詩。效韓·杜變體。沈悍之才。亦自稱之。七言纖靡不佳。石公古詩。俱無可稱。七言絶句。有徐氏聲調。律詩略等。大較不及者多。
徐瀅修	明皐全集 卷5 「答李學士明淵」	李明淵에게 준 편지에서 明나라 李贄와 袁宏道의 문풍이 조선에 성행하고 있다고 주장하다.	其端起於李卓吾。袁中郎輩。而我國則至今日而始盛行矣。
成大中	青城集 卷5 「感恩詩敘」	徐渭·袁宏道·鍾惺·譚元春의 尤末한 기운과 噍殺한 음은 중화를 민멸시킬 원인이 되었는데도 구제할 수 없었다.	至於徐·袁·鍾·譚。尤其劣者也。尤末之氣。噍殺之音。適足爲泯夏之祟而莫之救也。
成大中	青城集 卷5 「感恩詩敘」	李攀龍·王世貞·徐渭·袁宏道와 같은 이가 문장가의 대열에 끼는 것은 부끄럽다.	王·李·徐·袁。殆亦恥與之伍矣。

俞晩柱	欽英 卷2	袁宏道의 「嵩儒記」·「禹穴記」·「五泄記」를 초록하다.	二十八日。戊午。袁中郎嵩遊記云。… 中郎禹穴記云。… 中郎五泄記云。
俞晩柱	欽英 卷4	袁宏道의 『袁中郎文鈔』를 읽다.	初六日。壬申。陰。夕微雨至夜。閱袁中郎文抄。
李德懋	靑莊館全書 卷32 淸脾錄(一) 「袁王詩」	袁宏道 시구의 화려함을 칭찬하다.	余嘗稱袁中郎榴花爛時諸彥集。蠟梅香裏一騎歸之華艷。
李德懋	靑莊館全書 卷48 「耳目口心書 (一)」	袁宏道 등을 들어 創新만을 주장하는 견해에, 李德懋는 本然의 道를 그르칠 수 있다고 비판하다.	或曰。又若有袁柳浪。左擁徐文長。右携江進之。馹曾退如·陶周望輩。來問於子曰。文章安有定法哉。理何必先民所恒訓。語何必前賢所恒道。當快脫粘縛。直段步武。門戶則特立。而洞天則別開也。… 然天下之才。非超脫而止也。有典雅者。有平易者。壹皆責之。以別創新奇。或恐反喪其本然而日趍于高曠超絶之域。不亦敗道乎。
李德懋	靑莊館全書 卷48 「耳目口心書 (一)」	李攀龍 등의 雄建함은 袁宏道 등이 미칠 수 없고, 袁宏道 등의 超悟함은 李攀龍 등이 미칠 수 없어 서로 각각의 장단이 있다고 평하다.	蓋于鱗輩雄健。中郎輩退步矣。中郎輩超悟。于鱗輩退步矣。各自背馳。俱有病敗。然絶世異才。振古俊物。新羅高麗國。終恐無之矣。
李德懋	靑莊館全書 卷48 「耳目口心書 (二)」	명대 王世貞·袁宏道·錢謙益의 문장을 비판하다.	明文章。異己者侮之。又有罵之仇之者。元美輩。侮焉者也。中郎輩。罵焉者也。受之輩。仇焉者也。可以觀世道升降也。

李德懋	青莊館全書 卷48 「耳目口心書 (二)」	鍾惺의 문장을 淑女에, 袁宏道의 문장을 才女에 비유하다.	文章。喩以閨人。鍾伯敬。淑女也。袁中郎。才女也。
李德懋	青莊館全書 卷48 「耳目口心書 (五)」	邊若淳은 袁宏道의 문집을 열독하고 흠모하였다.	春日逢子欽。子欽誦其數聯曰。黃芽綠莢如孩動。縐水紋嵐似縠纖。水暖鳧雛泡影嬲。寺空狐女佛光參。… 子欽笑曰。立中郎書院。以吾爲配享耶。一中郎雖不可無近者。散作百中郎。無乃太濫耶。
李德懋	青莊館全書 卷48 「耳目口心書 (六)」	王世貞과 李攀龍은 표절로 인해 袁宏道와 錢謙益의 비난을 받다.	王元美嘗有標竊摸擬詩之大病之語。而自家詩全犯此病。嗟乎。使王李輩。少不言開元大曆語。庶免中郎受之輩之辱矣。
李尙迪	恩誦堂續集 卷1 「天然梅花石 觚銘」	天然梅花石觚의 銘文을 지으면서 袁宏道의 『瓶史』를 거론하다.	觚斝雲根。梅呈雪萼。山靈破慳。花神奪魄。研畔橫斜。自在春色。徵諸瓶史。而無此作。畫意詩情。孤山一碧。
李彦瑱	松穆舘燼餘稿 「弆園」	王世貞은 文宗으로 大幹龍과 같은 인물인 반면 袁宏道는 子孫峯에 불과한 인물이라고 평하다.	弆園氣勢儘文宗。譬似形家大幹龍。眼底石公千百輩。與他都做子孫峯。
李宜顯	陶谷集 卷27 雲陽漫錄	明詩 四大家의 시풍이 변하여 徐渭와 袁宏道의 시가 되었고, 徐渭와 袁宏道의 시풍이 변하여 鍾惺과 譚元春의 시가 되었다.	明詩雖衆體迭出。要其格律。無甚逈絶。稱大家者有四。信陽溫雅美好。有姑射仙人之姿。而氣短神弱。無聳健之格。北地沉鷙雄拔。有山西老將之風。而心矗材駁。欠平和之致。大倉極富博而有患多之病。歷下極軒爽而有使氣之累。一變而爲徐・袁。再變而爲鍾・譚。轉入於鼠穴蚓竅而國

			運隨之。無可論矣。
李宜顯	陶谷集 卷28 陶峽叢說	袁宏道는 徐渭와 같은 유파이다.	鹿門·荊川·升菴·震川·牧齋。學古而語頗馴。不爲已甚者也。就中升菴之麗縟。牧齋之蕩溢。稍離本色。而故當屬之於此。不可爲王·李之派。徐文長·袁中郎。又旁出而以慧利爲長。此二人亦不可爲王李派。當附入於此派。
李宜顯	陶谷集 卷29 庚子燕行雜識 (上)	金昌業의 부탁을 받고 薊州에 있는 盤山을 찾아가려 했으나 일정이 바쁘고 袁宏道의 유기에 나이든 사람이 가기에 험한 산이란 구절이 있어 가보지 못한 것을 한탄하다.	來時金叔大有謂余曰。薊州西數十里有山。名盤山。甚奇崛。一統志稱盤龍山。曾往燕京時。閭嶽千山。皆能遍踏。此山最邇。而不免蹉過。至今有遺恨。仍勸余探歷。而曾見袁中郎遊記。頗險絶。非老脚所宜行。且忙不得往見。可歎。
李祖黙	六橋稿略 卷2 「金剛山記」	금강산 만폭동 괴석에 古今人의 이름이 많이 새겨져 있는 것을 보고 袁宏道의 '青山白石, 無罪受黥者'란 구절을 떠올리다.	又行五里。有萬瀑洞怪石。如犬牙齗·魚頭鯁·連蟜裙。或狼跋而踤。或豸立而獲。張若虎鬚。仰若鼀脛。衆谷奔湍。觸激噴射。出鐘鼓之聲。大盤陀承之。多古今人鐫名。袁中郎云:青山白石。無罪受黥者耶。
李夏坤	頭陀草 冊18 「南遊錄(二)」	洗心庵에서 주위의 절경을 감상하며 袁宏道가 극찬했던 '韜光之勝, 遠過靈隱'이라 생각한 것을 인용하다.	開牕見湖光渺漫。直與天接。比寺樓尤奇。袁中郎盛稱韜光之勝。遠過靈隱。余謂此庵亦然。
李夏坤	頭陀草 冊12 「與李華國書」	李華國에게 쓴 편지에서 交友에 관해 말하며 袁宏道가 徐渭에게 했던 '人奇於病。病奇於文'라는 말을 인용하다.	昔袁石山。謂徐文長曰。人奇於病。病奇於文。僕謂足下亦然。足下以爲如何。

李夏坤	頭陀草 冊12 「遊普門庵記」	普門庵을 유람한 뒤 記文을 짓고, 蘇軾의 필력과 袁宏 道의 才敏을 부러워하다.	登獐項嶺。日色曛黑。從嶺上下視。 海色微白。浩如千頃之雲。星斗纍 纍。皆自天際下垂。潮聲方至。是平 生第一奇觀。恨無蘇子瞻筆力袁中郎 才敏以記之耳。
李學逵	洛下生集 冊1 春星堂集 「春日, 讀錢受 之詩(絶句)」	錢謙益의 시를 읽고 그의 시와 명대 시단에 대한 비 평을 소개하다.	北地(李夢陽)公安(袁宏道)韻未亡。松 圓異日獨專場。想來正法無當眼。秖 許溪南程孟陽。(先生詩。范叟論文更 不疑。孟陽詩律是吾師。溪南詩老今 程老。莫怪低頭元裕之。溪南老用元 遺山自題中州集後詩語。)
李學逵	洛下生集 冊15 「與尹師赫李 思淳」	袁宏道의 趣는 會心한 사람 만이 안다는 말을 편지에 인용하다.	袁石公有言曰。山上之色。水中之 味。花中之光。女中之態。雖善說 者。不能下一語。惟會心者知之。
李學逵	洛下生集 冊18 「感事三十四 章」	袁宏道의 「瓶史」에 수선화 를 梁玉淸에 비유했다.	仙葩梁玉淸。袁石公瓶史。水仙比之 梁玉淸。玉淸。嫦娥侍女名。
丁若鏞	與猶堂全書 詩文集 卷4 「古詩二十七 首」	袁宏道와 徐渭가 李攀龍을 심하게 비판하여 노복을 꾸 짖듯 했다고 말하다.	異哉隆萬詩。枯澁如槁木。袁徐轢雪 樓。罵詬如奴僕。
丁若鏞	與猶堂全書 詩文集 卷6 「老人一快事 六首效香山體 其五」	李攀龍은 朝鮮을 東夷라고 조롱하였다.	凌凌李攀龍。嘲我爲東夷。

丁若鏞	與猶堂全書 詩文集 卷6 「老人一快事 六首效香山體 其五」	袁宏道가 李攀龍을 비판했으나 천하에 이의가 없었다.	袁尤槌雪樓。海內無異辭。
丁若鏞	與猶堂全書 詩文集 卷14 「茗上煙波釣 叟之家記」	袁宏道는 유흥을 위한 뱃놀이를 하다가 망한다 하더라도 후회하지 않겠다고 했는데, 이는 미친 사람이나 방탕한 자가 할 일이라고 평하다.	袁宏道欲以千金買一舟。舟中置鼓吹細樂諸凡玩娛之物。以窮心志之所欲。雖由此敗落而不悔。此狂夫蕩子之所爲。非余之志也。
丁若鏞	與猶堂全書 詩文集 卷15 「貞軒墓誌銘」	李用休의 문장이 錢謙益이나 袁宏道의 아래에 있지 않다고 평하다.	是生諱用休。… 要不在錢虞山袁石公之下。自號曰惠寰居士。
丁若鏞	與猶堂全書 詩文集 卷18 「上族父海左 範祖書」	李攀龍이 徐渭와 袁宏道에게 비난받은 것은 당연하다고 평하다.	昨論滄溟詩。未罄所懷。今又將本集吟諷再三。鄙意終不能愜。… 宜乎爲徐文長袁宏道輩所訾毀如許耳。
鄭元容	經山集 卷12 「水落道峰山 遊記」	수락산과 도봉산을 유람하며 袁宏道가 盤山을 유람했던 것을 떠올리다.	凡行險者所倚仗惟手足。而目以督之。盖與視爲謀而定。然後升則指。降則踵也。若偕盤山導僧。不知發送幾聲笑也。(袁宏道遊盤山。先與導僧約。遇險處當大笑。每聞笑聲。皆膽掉)
正祖	弘齋全書 卷180 群書標記 「詩觀」	徐禎卿·袁宏道·鍾惺·譚元春의 시는 몰아내고 배척해야 한다고 혹평하다.	明詩取十三人。如徐袁之尖新巧靡。鍾譚之牛鬼蛇神。固所顯黜而痛排。

正祖	弘齋全書 卷182 群書標記 「律英」	歷代로 뽑은 詩人들(唐 49인·宋 13인·明 6인) 가운데 明나라의 袁宏道가 속한 바는 懲戒를 위한 것이라 하여 그의 시를 비판하다.	唐取四十九人。宋取十三人。明取六人。而俱所謂傑然馳聲者。若彼袁宏道。何爲而取之哉。蓋亦三百篇之鄭衛也。
正祖	弘齋全書 卷56 「題律英」	律英에 袁宏道가 실려 있는 것은 懲戒를 위한 것이라고 평하다.	若彼袁宏道何爲而取之哉。蓋亦三百篇之鄭衛也。詩敎莫善於懲創。故桑間濮上。夫子不刪。夏禹氏九鼎列象之餘意。而使天下之民。不逢不若也。
正祖	弘齋全書 卷163 日得錄	『詩觀』에 孟郊·賈島·徐渭·袁宏道·鍾惺·譚元春 등은 포함시키지 않았다고 밝히다.	近又就歷代諸詩。蒐輯。爲一部全書。凡例規模。今已就緖。蓋上溯三百篇。中歷先秦漢魏。下迄唐宋明。自風謠雅頌。大家名家。正始正變。羽翼旁流。以及於金陵之諸子。雪樓之七家。無不俱收竝蓄。廣加集成。爲五百餘卷。而若孟郊·賈島·徐袁·鍾譚四子則不與焉。
趙斗淳	心庵遺稿 卷28 「泊翁集序」	『泊翁集』의 서문을 쓰면서 李明五의 시가 徐渭와 袁宏道의 시를 본받았다고 하는 것은 李明五를 깊이 알지 못한 것이라고 말하다.	夫以翁之詩。謂軌乎徐袁者。淺之爲知翁也。
洪吉周	沆瀣丙函 卷4 「醇溪昆季燕行，余旣序以識別，衍其未究之志，又得長律八百字以寄，以序若詩，分以屬之昆季	李攀龍과 王世貞의 문장은 詰屈聱牙하고, 袁宏道와 鍾惺의 문장은 瑣碎하다고 평하다.	詰聱澁弇伍。瑣碎袁鍾倫。贋製混彛器。冥音眊鬼爎。縱能新耳目。徒自敝形神。

	可也, 以文則合序與詩, 以人則合昆與季, 無彼無此, 總而續之, 亦可也云」		
洪吉周	沆瀣丙函卷9睡餘瀾筆續(下)	王世貞·李攀龍·徐渭·袁宏道·鍾惺·譚元春·錢謙益은 서로를 원수처럼 공격하였다.	皇明文人。如王李徐袁鍾譚及錢虞山之類。皆互相氷炭。迭攻擊如仇敵。
洪奭周	鶴岡散筆卷2	근세 우리나라 문인들 가운데, 경전을 얘기하는 사람들은 오직 考證學을 숭상하고 문장을 짓는 사람들은 小品만을 취하여, 毛奇齡과 胡渭를 程子와 朱子보다 높이 평가하고, 袁宏道와 錢謙益을 韓愈·歐陽脩·李白·杜甫보다 높게 평가한다.	譚經者。唯尙考證。攻文者。專取小品。視毛奇齡胡渭尊於程朱。而袁宏道錢謙益。奪韓歐李杜之席。
洪翰周	智水拈筆卷3	명나라 말엽 袁宏道 등이 쇠미하고 자잘한 문체로 글을 써 점점 亡國之文에 빠져들었다.	明季徐·袁·鍾·譚·湯顯祖·陶望齡輩。衰颯嵬瑣。駿駿乎亡國之文。
洪翰周	智水拈筆卷6	袁宏道가 「徐文長傳」에서 徐渭의 문장을 논평한 부분을 인용하고 논평하다.	袁宏道有「文長傳」稱其文曰 … 盖善形容。
洪翰周	智水拈筆卷6	袁宏道는 鬼才를 지녔지만, 亡國之文이라 평할 수 있다.	徐與袁。皆古人所謂李長吉之鬼才也。袁颯嵬瑣。雖謂之亡國之文可也。

袁 枚 (1716-1797)

인물 해설	淸代의 문인으로, 字는 子才, 號는 簡齋·倉山居士·隨園主人·隨園老人이며, 浙江省 錢塘 사람이다. 1739년 진사에 합격하여 江蘇省 여러 현의 지사를 역임하면서 치적을 쌓았고, 1755년에 관직에서 물러났다. 江寧의 小倉山에 저택을 구입하여 이를 隨園이라 이름하였으므로 隨園先生이라 불리기도 한다. 재야의 시인으로서 많은 제자를 두었는데, 궁정파의 沈德潛과 함께 乾隆帝 시대의 시단을 양분하는 세력을 이루었다. 복고주의적 사조에 반대하여 性靈說을 주장하였는데, 시는 性情이 가는 대로 자유롭게 노래해야 하며, 古人이나 기교에 얽매여서는 안 된다고 하였다. 古文과 騈文에도 모두 뛰어났다. 시문집으로 『小倉山房集』 82권, 시론으로 『隨園詩話』 26권이 있다. 그의 생활태도는 쾌락주의적이었으며, 미식가로도 알려져 『隨園食單』 1권을 남기기도 하였다.
인물 자료	○ 『淸史稿』, 列傳 272 袁枚, 字子才, 錢塘人. 幼有異稟. 年十二, 補縣學生. 弱冠, 省叔父廣西撫幕, 巡撫金鉷見而異之, 試以銅鼓賦, 立就, 甚瑰麗. 會開博學鴻詞科, 遂疏薦之. 時海內擧者二百餘人, 枚年最少, 試報罷. 乾隆四年, 成進士, 選庶吉士. 改知縣江南, 歷溧水·江浦·沭陽, 調劇江寧. 時尹繼善爲總督, 知枚才, 枚亦遇事盡其能. 市人至以所判事作歌曲刻行四方. 枚不以吏能自喜, 既而引疾家居. 再起發陝西, 丁父憂歸, 遂牒請養母. 葡築江寧小倉山, 號隨園, 崇飾池館, 自是優遊其中者五十年. 時出遊佳山水, 終不復仕. 盡其才以爲文辭詩歌, 名流造請無虛日, 詼諧跌蕩, 人人意滿. 後生少年一言之美, 稱之不容口. 篤於友誼, 編修程晉芳死, 擧借券五千金焚之, 且恤其孤焉. 天才穎異. 論詩主抒寫性靈, 他人意所欲出, 不達者悉爲達之. 士多效其體. 著隨園集, 凡三十餘種. 上自公卿下至市井負販, 皆知其名. 海外琉球有來求其書者. 然枚喜聲色, 其所作亦頗以滑易獲世譏云. 卒, 年八十二.

저술 소개		* 『隨園詩話』 (淸)乾隆 55年・57年 小倉山房自刻本 16卷 『補遺』 10卷 * 『小倉山房集』 (淸)乾隆年間 隨園刊本 82卷 * 『小倉山房詩集』 (淸) 刻本 20卷 / (淸)乾隆－嘉慶年間 刻本 『隨園三十八種』 內 袁枚撰 『小倉山房詩集』 37卷 * 『小倉山房文集』 (淸)乾隆年間 刻本 35卷 『小倉山房外集』 8卷 / (淸)乾隆－嘉慶年間 刻本 『隨園三十八種』 內 袁枚撰 『小倉山房文集』 35卷	

비 평 자 료			
金正喜	阮堂全集 卷2 「與申威堂(二)」	乾隆帝 이후 시인들 중에는 錢載와 翁方綱만한 이가 없는데, 蔣士銓이 이들에 견줄 만하며, 袁枚는 전혀 미치지 못한다.	乾隆以來諸名家項背相連。未有如錢蘀石與覃溪者。蔣鉛山可得相將。而如袁隨園輩不足比擬矣。況其下此者乎。
金正喜	阮堂全集 卷3 「與權彝齋(三十三)」	惲敬의 문장은 方苞와 劉大櫆를 넘어서지는 못하였으나, 魄力은 더 크며, 姚鼐의 澹雅함에는 조금 못 미치지만, 袁枚나 王芑孫보다는 훨씬 낫다.	無一放倒罅漏。直欲上掩方・劉。未可以突過。特其魄力稍大。至於姬傳之澹雅處。終遜一籌。如袁子才・王念豊諸人。當辟易矣。
金正喜	阮堂全集 卷3 「與權彝齋(三十五)」	彭紹昇의 글 중에 근대 인물의 事狀은 사료적 가치가 있어 袁枚보다 낫다고 평가하다.	其於近人事狀中。略有可見。不如袁隨園之無據。足以博他日史料。而但恐零甚耳。

金正喜	阮堂全集 卷4 「與金君(奭準) (二)」	王士禛·袁枚·董其昌 ·劉墉에 대해서는 따 로 界限을 둘 필요 없이 열심히 배우기만 하면 된다.	至於漁洋·隨園·玄宰·石庵。又不必別 立界限。如能學透此四人者。亦多乎爾。
金正喜	阮堂全集 卷8 「雜識」	惲敬은 인품이 伉爽하 고 글도 그와 같아서 王 芑孫이 다소 잡박하고, 袁枚가 檢束함이 없는 것과 비할 수 없다.	盖其人品伉爽。文亦如之。非如王惕甫之 稍雜·袁子才之無檢者比也。
金正喜	阮堂全集 卷8 「雜識」	袁枚와 蔣士銓처럼 隻 眼을 가진 사람도 시인 을 평가할 때 잘못을 범 하는 경우가 있다.	袁·蔣固當時隻眼。猶未免於盜之招。況 下此者耶。
金澤榮	韶濩堂文集 卷4 「陸王二家詩鈔 序」	王氷史가 袁枚를 學詩 의 목표로 삼고 있다고 말하다.	王君少陸十餘歲。爲詩多主工姸。取的在 袁子才。
金澤榮	韶濩堂文集卷8 「雜言(四)」	王士禛의 시가 後代詩 의 偏調로서 大家가 될 수는 없지만, 調律之妙 만은 빼어나다고 인정 하며, 袁枚의 說을 언급 하다.	王貽上詩。自是後代詩之偏調。不可得列 於大家之數。然格法旣極脫灑。而調律之 妙。尤不可及。其調律之妙。袁隨園已說 之詳矣。
金澤榮	韶濩堂續集 卷1 「賀鄭澤庭生男」	鄭之沅이 득남한 것을 축하하는 시를 지어 주 며 袁枚의 시를 원용하 다.	其一: 晚子君家喜事新。金丹遲熟轉靈 神。呱呱莫作嬰孩視。半畝園亭好主人。 其二: 雌風幾度歎輸棋。(隨園生女詩曰雌 風吹不淸。又曰棋輸刦屢驚) 驀地祥雲繞

			繡幰。知向雙成含笑語。今朝湯餅夢耶非。 其三： 非玉非金亦玉金。賀書江北達江南。飛光百步於菟眼。披褓看來日再三。 其四。商瞿晚境四男兒。幷美千秋妙揲蓍。牛峴園中紅綠樹。春光從此倍前時。
金澤榮	韶濩堂集 借樹亭雜收卷4 「書周晉琦詩集後」	周曾錦이 金澤榮의 시는 王士禛과 袁枚를 하나로 합친 것 같다고 평한 말을 인용하다.	又一日謂曰。公之詩合王貽上・袁子才二家爲一。
金澤榮	韶濩堂續集 文續編 「聽雨樓記」	陸汶의 聽雨樓에 기를 지어 주며, 袁枚의 시론을 언급하다.	揚州陸君景千。君本字景騫。近改之。一時之奇才也。余旣爲君而序其詩。一日君復請記其所居曰。吾於南通之寓所。新治小樓二間。取先族祖放翁公小樓一夜聽春雨之句。而命其名曰聽春雨之樓。子以爲何如。余曰。否否唯唯。此可以卒子之詩說乎。袁子才之論詩曰。
朴齊家	貞蕤閣集 卷1 「戱倣王漁洋歲暮懷人」	王士禛의 「歲暮懷人」을 본떠 袁枚를 그리워하며 시를 짓다.	消息天涯返轀軒。鶯花杜曲一消魂。何人解上司勳墓。只有江東詠史袁。
申緯	警修堂全藁 冊13 脚氣集 「脚氣集序」	袁枚의 『新齊諧』를 읽고 감상을 적은 작품을 모아 『脚氣集』을 짓게 된 경위를 밝히다.	取閱袁簡齋(枚)所編新齊諧。往往遊心駴目。隨所感蘸藥汁。書爲絶句。摘事至三十有七。得詩凡四十首。唫囈中戲筆。本不足錄。而棄之亦可惜也。遂取原文。疏繫各篇下。另爲一集。昔人有以脚氣名其集者。故余亦取爲名。

申緯	警修堂全藁 冊13 脚氣集 「有子廟講書」	袁枚의 『新齊諧』에 실린, 周駕軒이 有子廟에서 겪은 일을 시로 읊다.	字義後儒不究源。私心穿鑿聖門言。拈來孝弟爲仁句。刊落諸家節葉繁。 西江周駕軒太史。新擧孝廉。赴北闈會試。路過鄒魯間。夢入有子廟。命之旁坐曰：汝西江名士。可知論語第二章孝弟也者。其爲仁之本歟作何解。周曰：仁爲五德之首。孝弟又爲仁德之首。有子曰：非也。古字人與仁通用。首句其爲人也孝弟。末句孝弟也者其爲人之本歟。其義一也。漢宋諸儒不識仁字卽人字。將箇孝弟放在仁外。反添枝節。汝到世間。爲我曉示諸生也。
申緯	警修堂全藁 冊13 脚氣集 「陳壽」	袁枚의 新齊諧에 실린, 王延年이 꿈에 陳壽를 만나고 노년에 歷代編年記事를 저술한 일을 시로 읊다.	孝廉王介眉名延年。少嘗夢。至一室。秘書古器。盎然橫陳。榻坐一叟。短身白鬚。見客不起。亦不言。又有一人頎而黑。揖介眉而語曰。余漢之陳壽也。作三國誌。黜劉帝魏。宗出無心。不料後人以爲口宗。指榻上人曰。賴此彦威先生。以漢晉春秋正之。汝乃先生之後身。聞方撰歷代編年記事。夙根在此。須勉而成之。言訖。手授一卷書。俾題六絕句。而寤寐後。僅記二句。曰：慙無漢晉春秋筆。敢道前身是彦威。後介眉年八十餘。進呈所撰編年記事。得賜翰林侍讀。
申緯	警修堂全藁 冊13 脚氣集 「蔣靜存翰林」	袁枚의 『新齊諧』에 실린, 蔣麟昌의 신이한 행적을 시로 읊다.	蔣麟昌。字靜存。袁子才同館翰林也。詩好李昌谷。有驚沙不定亂螢飛。羊燈無燄三更碧之句。生時。其祖夢異僧擔十三經擲其門。俄而長孫生。故小字僧壽。及長。名昌壽。以避國諱。又自夢僧畫麒麟一幅與之。遂名麟昌。十七歲擧孝廉。十九歲入詞林。二十五歲卒。性傲兀不覊。過目成誦。

申緯	警修堂全藁 冊13 脚氣集 「蔣靜存翰林」	蔣麟昌이 문장에 대해서 袁枚를 두려워하고, 裴日修를 좋아하되, 沈德潛은 경시한다는 말을 인용하다.	常日。文章之事。吾畏袁子才。而愛裴叔度。他名宿如沈歸愚。易與耳。卒後三日。其遺孤三歲。披帳號叫日。阿爺僧衣冠坐帳中。家人爭來。遂不見。靜存始終以僧爲鴻爪之露。然與人談。輒痛詆佛法。深惡和尙。
申緯	警修堂全藁 冊13 脚氣集 「劉羽冲」	袁枚의 『新齊諧』에 실린, 옛것을 맹목적으로 尊信한 劉羽冲의 행적을 시로 읊다.	劉羽冲。滄洲人。性孤僻。好講古制。宗迂濶不可行。嘗倩董天士。畫「秋林讀書圖」。紀厚齋題云。兀坐秋樹根。塊然無與伍。不知讀何書。但見鬚眉古。秖愁手所持。或是井田譜。蓋規之也。偶得古兵書。伏讀經年。自謂可將十萬。曾有土冦。自練鄕兵。與之角。大敗。
申緯	警修堂全藁 冊13 脚氣集 「隨園瑣記」	袁枚의 『新齊諧』에 실린, 袁枚가 어린 시절에 꾼 꿈에 대한 일화를 시로 읊다.	「隨園瑣記」。余幼時夢。束數百萬筆爲大桴。身坐其上。浮于江。至今無驗。
申緯	警修堂全藁 冊13 脚氣集 「曹石倉」	袁枚의 『新齊諧』에 실린, 前生을 기억한 曹學佺의 일화를 시로 읊다.	曹能始登進士後。過仙霞嶺。山光水色。恍如前世所遊。暮宿旅店。聞隣婦哭甚哀。問之。日爲其亡夫作三十周年矣。詢其死年月日。卽曹生年月日也。遂入其家。某屋某徑。毫髮不爽。曹悽然涕下日。某書屋南向。竹樹數十株。我尙有文稿未終篇者。未知猶存否。其家日。至今猶關鎖也。曹命開之。則塵凝數寸。遺稿亂書。宛然具在。前妻白髮。不可復認云耳。
申緯	警修堂全藁 冊13 脚氣集 「天厨星」	袁枚의 『新齊諧』에 실린, 曹學佺과 그의 요리사인 董桃媚의 일화를 시로 읊다.	曹能始飮饌極精。厨人董媚善烹調。曹同年某督學蜀中。乞董偕行。曹許之。董不往。曹怒之。董跪而言日：　桃媚天厨星也。因公本仙官。故來奉侍督學。凡人豈能享天厨之福乎。公祿將盡。某亦行矣。

			言畢。升空西去。不踰年。曹竟不祿云。
申緯	警修堂全藁 冊13 脚氣集 「裴文達公」	袁枚의『新齊諧』에 실 린, 죽어서 燕子磯의 水 神이 된 裴日修의 일화 를 시로 읊다.	裴文達公臨卒。語家人曰。我是燕子磯水 神。今將復位。汝等送靈柩還江西。必過 此磯。有關帝廟。可往求籤。如係第三 籤。我仍爲水神。家人疑信參半。蒼頭某 信之獨堅曰。太夫人曾求子于燕子磯水神 廟。夜夢袍笏者來曰。與汝一好兒。果逾 年生公。… 袁簡齋阻風于此。乃揖其主 而題壁曰 … 次日果大順風。
申緯	警修堂全藁 冊13 脚氣集 「裴文達公」	燕子磯의 關帝廟에 裴 日修를 모신 木主가 있 고 그 옆에는 尹繼善의 詩碣이 있음을 말하고, 袁枚가 惡風을 만나 곤 란에 빠졌을 때 여기에 서 시를 지어 붙여 順風 을 얻은 일화를 소개하 고 그 시를 인용하다.	公妻熊夫人。挈柩歸至燕子磯。如其言卜 于關帝廟。果得第三籤。遂舉家大哭。 燒紙錢蔽江。立木主廟旁。旁有尹文端公詩 碣。袁簡齋阻風于此。乃揖其主而題壁 曰。燕子磯邊泊。黃公壚下過。摩挲舊碑 碣。惆悵此山河。短髮皤皤雪。長江渺渺 波。江神如識我。應送好風多。次日果大 順風。
申緯	警修堂全藁 冊13 脚氣集 「天府書家姓名」	袁枚의『新齊諧』에 실 린, 죽었다가 소생한 楊 賓의 일화를 시로 읊다.	浪得書名未足珍。臨池聊慰眼前身。書家 甲乙刊天府。僥倖義之第十人。 蘇州楊大瓢名賓。工書法。年六十。病死 而蘇曰：天上書府喚我。或問天府書家姓 名。曰。索靖一等第一人。右軍一等第十 人。
申緯	警修堂全藁 冊13 脚氣集 「米元章顯聖」	袁枚의『新齊諧』에 실 린, 米芾의 그림을 전문 적으로 위조하여 치부 한 鮑某의 꿈에 米芾이 나타나 꾸짖은 일화를 시로 읊다.	紙一千年絹五百。有誰堅坐閱流傳。貧兒 販賣吾何預。多見元章未脫然。 蕪湖鮑某工畫。專學米元章。竟得其大 概。又能烘染紙作舊色。識者莫辨。南北 骨董家購者甚多。因之致富。一日作畫倦 矣。坐而假寐。忽見一人唐巾宋服。登其

			庭罵曰：我米元章也。汝學我畫。僅得皮毛。而欺世取財。將來千百世後。道元章之畫不過如此。則我之身分姓名。俱爲汝糟塌矣。
申緯	警修堂全藁 冊13 脚氣集 「惲南田·沈淸恪」	袁枚의 『新齊諧』에 실린, 杭州 靈隱寺의 주지였던 石揆·諦暉·惲壽平·沈近思의 일화를 시로 읊다.	石揆·諦暉二僧。皆南能敎也。石揆參禪。諦暉持戒。兩人各不相下。… 延師敎讀。兒亦聰穎。通擧子業。年將冠矣。督學某考杭州。令兒應考。取名近思。遂中府學第三名。石揆曰。近思。余小沙彌。何得瞞我入學。爲生員耶。命剃其髮。改名逃佛。同學諸生聞之。大怒。上控巡撫學院。姦僧敢剃生員髮。援儒入墨不法。大府惟生所控。許近思蓄髮爲儒。諸生猶洶洶。大府不得已取石揆兩侍者。各笞十五。羣忿始息。… 諦暉有友惲某。常州武進人。逃難外出。有兒年七歲。賣杭州都統家。
申緯	警修堂全藁 冊13 脚氣集 「鑄文局」	袁枚의 『新齊諧』에 실린, 楊瓊芳이 꿈에 文昌殿에 올라가 자신의 과거 답안이 고쳐진 것을 기억했다가 鄕試에 합격한 이야기를 시로 읊다.	句容楊瓊芳。康熙某科解元也。出場後覺通篇得意。而中二股有未愜。夜夢至文昌殿。帝居上座。旁列爐甚多。火光赫然。楊問何爲。判官曰。向例場屋文章或不甚佳者。必加炭火煅煉之。楊急向爐中觀。則已所作不愜意處。已改鑄好矣。字字皆有金光。乃苦記之。一驚而醒。貢院火起。燒試卷。命擧子入場重錄原文。楊照依夢中改鑄文錄之。遂中第一。
申緯	警修堂全藁 冊13 脚氣集 「織登科記」	袁枚의 『新齊諧』에 실린, 織女가 登科記를 짜서 上帝에게 바친다는 이야기를 시로 읊다.	昔有設入星渚。見一女織繡。繡上多古篆不識。問之。曰。此今年登科記也。以呈上帝。夫登科記必織。登科文必鑄。天上之重科目如此。千佛名經。豈虛語哉。

申緯	警修堂全藁 冊13 脚氣集 「閔玉蒼語」	袁枚의 『新齊諧』에 실린, 쇠고기의 식용 여부에 관한 閔玉蒼의 말을 시로 읊다.	杭州閔玉蒼。一生淸正。有人問牛肉可食乎。玉蒼曰。在可食不可食之間。人問故。曰。此事與敬惜字紙相同。聖所未戒。然不過推重農重文之心。充類至義之盡。故禁食之者慈也。然天地不仁。以萬物爲芻狗。此語久被老子說破。試想春蠶作絲。衣被天子。以至于庶人。其功比牛更大。其性命比牛更多。而何以烹之責之。抽其腹腸而炙食之。竟無一人爲之鳴冤立禁者何耶。蓋天地之性。人爲貴。貴人賤畜。理所當然。故食牛肉者達也云。
申緯	警修堂全藁 冊13 脚氣集 「淸凉老人」	袁枚의 『新齊諧』에 실린, 淸凉老人의 이야기를 시로 읊고, 李竹溪의 비판에 답한 淸凉老人의 偈를 소개하다.	五臺山僧號淸凉老人。以禪理受知鄂相國。雍正四年。老人卒。西藏産一兒。八歲不言。一日剃髮呼曰。我淸凉老人也。爲我通知鄂相國。乃召小兒入。所應對。皆老人前世事。鄂公異之。命往五臺山坐方丈。小兒漸長。纖姸如美女。狎妓喜淫。被人劾奏。疏章未上。老人已知。嘆曰。無曲躬樹而生色界天。誤也。卽端坐跏趺而逝。年二十四。李竹溪與其前世有舊。往訪之。大怒罵曰。活佛當如是乎。老人夷然。應聲作偈曰。男歡女愛。無遮無礙。一點生機。成此世界。俗士無知。大驚小怪。
申緯	警修堂全藁 冊13 脚氣集 「花兒市孝女」	袁枚의 『新齊諧』에 실린 花兒市孝女의 孝行을 시로 읊다.	京師崇文門外花兒市居民。皆以製通草花爲業。有幼女奉老父居。亦以製花生活。
申緯	警修堂全藁 冊13 脚氣集 「謝瓊娘」	袁枚의 『新齊諧』에 실린 謝瓊娘의 신이한 행적을 시로 읊다.	蘇州西磧山。有雲隖峯。相傳多仙蹟。有王生者屢試不第及。抗志。與家人別。裹糧登焉。雲樹翁欝中。隱隱見一女子衣裝如世人。心異之迫視。乃前所狎名妓謝瓊

			娘也。女亦喜甚。携生至茅庵。庵無門。地鋪松針厚數尺。履之綿軟可愛。
申緯	警修堂全藁 冊13 脚氣集 「李香君薦卷」	袁枚의『新齊諧』에 실린, 楊潮觀과 錢汝誠이 鄕試를 주관할 때 李香君이 꿈에 나타나 侯方域의 손자가 합격하도록 도운 이야기를 시로 읊다.	乾隆壬申河南鄕試。無錫楊潮觀爲同考官。將發榜矣。搜落卷。倦而假寐。夢有女子揭帳低語曰。拜託使君桂花香一卷。千萬留心相助。楊驚醒。偶閱一卷。有杏花時節桂花香之句。大驚。加意飜閱。適正主試錢少司農東麓命各房搜索。楊卽以桂花香卷薦上。折卷塡墀。乃商邱貢生侯元標。其祖侯朝宗也。方疑女子來託者。卽李香君。
申緯	警修堂全藁 冊13 脚氣集 「琵琶詞」	袁枚의『新齊諧』에 실린, 袁樹가 전해 준 恨을 품고 죽은 전임 지방관의 妾에 대한 이야기를 시로 읊다.	袁簡齋之弟香亭。乾隆四十年。通判徽州。前通判某妾哈什氏。爲大妻所苦。自縊桃樹下。一夕降神州署之後墻司馬署中老嫗。彈琵琶。自歌云。三更風雨五更鴉。落盡夭桃一樹花。月下望鄕臺上立。斷魂何處不天涯。音調悽惋。因擲琵琶。衆再叩之。語言笑貌。依然蠢老嫗。
申緯	警修堂全藁 冊13 脚氣集 「三姑娘」	袁枚의『新齊諧』에 실린, 錢琦가 들려 준 三姑娘에 관한 이야기를 시로 읊다.	錢侍郎琦巡視南城。有梁守備能超距騰空。所擒獲大盜以百計。公奇之。問以平素擒賊立功事狀。梁曰。擒盜未足奇也。至今心悸歎絶者。擒妓女三姑娘耳。…三姑娘者。深堂廣廈。不易簒取也。梁命三十人環門外伏。己緣墻而上。時已暮。秋暑小凉。高蓬蔭屋。梁伏蓬上伺之。漏初下。見二女鬟持朱燈。引一少年入曰。郎君至矣。少年中堂坐。上茶者三。四女鬟擁麗人出。
申緯	警修堂全藁 冊13 脚氣集 「紅衣娘」	袁枚의『新齊諧』에 실린 劉介石이 겪은 신이한 일을 시로 읊다.	劉介石太守少事乩仙。自言任泰州分司時。署後藕花洲上有樓。相傳爲秦少游故跡。一夕登樓書符。乩忽判紅衣娘三字。問以事。不答。但書云。眼如魚目徹宵

			懸。心似酒旗終日掛。月光照破十三樓。獨自上來獨自下。太守問仙屬何籍詩以有怨。且十三樓非此地有也。何以見咏。又書曰。十三樓愛十三時。樓是樓非那得知。寄語藕花洲上客。今宵燈下是佳期。
申緯	警修堂全藁 冊13 脚氣集 「湘谿紫姑神」	袁枚의 『新齊諧』에 실린 尤琛과 湘谿紫姑神과의 奇緣을 시로 읊다.	尤琛者。長沙人。偶過湘溪野廟。塑紫姑神甚美。愛之而題壁云。藐姑仙子落烟沙。玉作闌干氷作車。若畏深風露冷。槿籬茅舍是郎家。是夜三鼓。聞有叩門者曰。紫姑神也。妾本上淸仙女。偶謫人間。蒙郎見愛。故來相就。
申緯	警修堂全藁 冊13 脚氣集 「李後主」	袁枚의 『新齊諧』에 실린, 陸梯霞가 꿈에 城隍神이 된 楊繼盛을 만나 李後主가 纏足을 유행시킨 罪業을 쌓아 이를 속죄하기 위해 고통을 겪은 일을 시로 읊다.	杭州陸梯霞夢。楊椒山繼盛主城隍。謂梯霞云：南唐李後主裹足案難判。後主本嵩山淨明和尙。轉身爲江南國主。宮中行樂。以帛裹其妃窈娘足。爲新月形。不過一時偶戲。不料相沿成風。世上爭爲弓鞋小脚。不但小女兒受無量苦。且有婦人爲此事懸梁服滷者。上帝惡後主作俑。故令其生前。受宋太宗牽機藥之毒。近已七百年。懺悔滿。將還嵩山修道矣。不料又有數十萬無足婦人。奔走喊寃云：張獻忠破四川時。截我等足。堆爲一山。以足之至小者爲山尖。雖我等劫運該死。然豈非李後主裹足作俑之罪。求上帝嚴罰後主。上帝惻然傳諭四海城隍議罪。文到我處。我判孽由獻忠。李後主不能預知。難引重典。請罰後主織履一百萬。償諸無足婦人。數滿纔許還嵩山。梯霞常笑謂婦人曰。母爲吾女兒裹足。恐害李後主又多織一雙履云爾。
申緯	警修堂全藁 冊13 脚氣集 「郭六」	袁枚의 『新齊諧』에 실린, 郭六의 이야기를 시로 읊다.	郭六者。淮鎭農家婦也。不知其夫姓氏。雍正甲辰乙巳間。歲大饑。其夫乞食於四方。瀕行。對之稽顙曰。父母皆病。吾以累汝矣。婦故有姿。里少年瞰其乏食。以

			金錢挑之。皆不應。惟以女工養翁姑。
申緯	警修堂全藁 冊13 脚氣集 「呂晚村」	袁枚의 『新齊諧』에 실 린, 程嗣立의 門客인 한 道士가 呂留良이 죽은 뒤에도 화를 당할 것이 라 예언한 것을 아무도 믿지 않았으나, 曾靜의 反淸운동이 발각되어 결국 剖棺斬屍를 당한 일을 시로 읊다.	淮安程風衣好道術。有蕭道士琬。號韶 陽。年九十餘。遊神地府。雍正三年。風 衣宴客于晚甘。在席間醉睡。少頃咭曰。 呂晚村死久矣。乃有禍。大奇。人驚問 曰。吾適見夜叉牽一書生過。鐵鎖銀鐺。 標曰。時文鬼呂留良。聖學不明。謗佛太 過。異哉。時坐間諸客。皆誦時文。習四 書講義。素服呂者。聞之不信。且有不平 之色。未幾。曾靜事發。呂果剖棺戮尸云 爾。
申緯	警修堂全藁 冊13 脚氣集 「王謙光」	袁枚의 『新齊諧』에 실 린, 朝鮮에 표류한 王謙 光의 일을 시로 읊다.	王謙光者。溫州府諸生也。客於通洋經紀 之家。習見從洋者利不貲。謙光同往。初 至日本。獲利數十倍。繼又往。颶風驟 作。飄忽不知所之。見有山處。趁往泊 之。觸石沈舟。溺死過半。緣岸而登者三 十餘人。… 謙光在朝鮮。見諸臣僚賦詩 高會。無不招致。臨行。贐餞頗多。及至 家。計五年餘矣。
申緯	警修堂全藁 冊13 脚氣集 「人蝦」	袁枚의 『新齊諧』에 실 린, 明末殉難에 관한 일 화를 시로 읊다.	前明逸老某欲殉難。而不肯死于刀繩水 火。念樂死莫如信陵君醇酒婦人自戕。倣 而爲之。多娶姬妾。終日荒淫。如是數 年。卒不得死。但督脈斷矣。頭弯背駝。 傴僂如熟蝦。匍匐而行。人戲呼曰人蝦。 如是者二十餘年。八十四歲方死。王子堅 言幼時猶見此翁。
申緯	警修堂全藁 冊13 脚氣集 「史閣部」	袁枚의 『新齊諧』에 실 린, 史可法의 혼령을 만 난 謝啓昆의 일을 시로 읊다.	楊州謝啓昆太守扶乩灰盤。書「正氣歌」數 句。太守疑爲文山先生。整冠肅拜。問神 姓名。曰亡國庸臣史可法。時太守正修葺 史公祠墓。環植梅松。因問爲公修祠墓。 公知之乎。曰知之。此守土者之責也。然

			亦非俗吏所能爲。問自己官階。批曰。不患無位。患所以立。謝無子。問將來得有子否。批曰。與其有子而名滅。不如無子而名存。太守勉旃。書畢。索長紙一幅。問何用。曰吾欲自題對聯。與之紙。題曰。一代興亡歸氣數。千秋廟貌傍江山。筆力蒼勁。謝公爲雙鉤之。懸于廟中。
申緯	警修堂全藁 冊13 脚氣集 「來端文公相馬」	袁枚의『新齊諧』에 실린, 來保가 伯樂처럼 말에 대해 잘 알았음을 보여주는 여러 일화와 來保가 嚴長明에게 『周易』을 연구하여 말을 보는 법을 깨우쳤다고 털어놓은 것을 시로 읊다.	來文端公自言伯樂轉世。眸子炯炯有光。相馬獨具神解。兼管兵部及駟院。每値挑馬。百十爲羣。瞥眼一過。其毛病纖悉。無不一一指出。販馬者驚以爲神。年七十後。常閉目靜攝。每有馬過。靜聽蹄聲。不但知其良否。卽毛色疾病。皆能知之。有內侍衛數人。精選三馬。將獻上。公時已老。眼皮下垂。以兩指撑眼視之曰。其一可用。其二不可用。再試之。果蹶矣。一日坐內閣。史太靖公乘馬至門外下。偶言所乘棗騮馬甚嘉。公曰。嘉則嘉矣。但公所乘。乃黃騮馬。何得相誑。文靖公云。適所言誠誤。但公何以知之。公笑而不言。又一日。梁文莊公入閣少遲。自言所乘馬傷水。艱于行步。公曰。非傷水。乃誤呑水蛭耳。文莊乃請獸醫針治。果下水蛭數升而愈。公常語侍讀嚴道甫云。三十年。日玩索易象。乾坤二卦。得相馬之道。其神解所到。未能以口授人也。
申緯	警修堂全藁 冊13 脚氣集 「寒門」	袁枚의『新齊諧』에 실린, 嚴長明이 들은 伍彌烏遜의 寒門탐험이야기를 시로 읊다.	四海本一海也。南方見之爲南海。北方見之爲北海。證之經傳。皆然。嚴道甫向客秦中。晤城毅伯伍公。云。雍正間。奉使鄂勒。素聞有海在北界。欲往視。國人難之。固請。乃派西洋人二十名。持羅盤火器。以重氈裹車。從者皆乘槖駝隨行。北

			行六七日。見有氷山如城郭。其高入天。光氣不可逼。視下有洞穴。從人以火照羅盤。蜿蜒而入。行三日乃出。
申緯	警修堂全藁 冊13 脚氣集 「白虹精」	袁枚의 『新齊諧』에 실린, 뱃사공과 白虹精의 이야기를 시로 읊다.	浙江丁水橋篙工馬南箴。撐小舟夜行。有老婦携女喚渡。舟中客拒之。篙工曰。黑夜婦女無歸。渡之亦陰德事。老婦携女應聲上。坐艙中。時當孟秋。斗柄西指。老婦指而顧其女。笑曰。猪郎又手指西方矣。好趁風氣若是乎。女曰。非也。七郎君有所不得已也。若不隨時轉移。慮世間人不識春秋耳。舟客恠其語。瞠愕相顧。婦與女夷然。絶不介意。
申緯	警修堂全藁 冊13 脚氣集 「滇綿谷秀才」	袁枚의 『新齊諧』에 실린, 滇綿谷의 기이한 운명과 그의 「繡針詞」 및 그 책에 서문을 쓴 楊潮觀에 대한 이야기를 시로 읊다.	蜀人滇謙六富而無子。屢得屢亡。有星家教以壓勝之法云。足下兩世命中所照臨者。多是雌宿。雖獲雄。無益也。惟獲雄而以雌蓄之。庶可補救。已而綿谷生。謙六。教以穿耳。梳頭。褭足。呼爲小七娘。娶不梳頭・不褭足・不穿耳之女以妻之。果長大入泮。生二孫。偶以郎名孫。卽死。于是每孫生。亦以女蓄之。綿谷韶秀無鬚。頗以女自居。有繡針詞行世。楊刺史潮觀與之交好。爲序云。
申緯	警修堂全藁 冊13 脚氣集 「石崇金谷園」	袁枚의 『新齊諧』에 실린, 羅刹神이 된 石崇에게 화를 당할 뻔한 任雨林의 이야기를 시로 읊다.	康熙間。任雨林進士有詩名。宰河南鞏縣。晝卧書室。見簪花女郎持名紙。稱石大夫招飮。任不覺。身隨之行。良久至一府。主人戴晉巾。綿襠褕。又手出迎。談論風發。設水陸奇珍。女樂二八。舞傞傞然。酒醒。主人起握任手。行至後園。極亭臺花木之勝。園後有井水綠色。主人手黃金勺。呼左右酌水。爲任公解醒。任初沾唇。覺有辛惡之味。唇爲之焦。因辭謝不擧其勺。主人強之。衆美人

			伏地勸請。任不得已爲盡之。俄而腹痛欲裂。呼號求歸。
申緯	警修堂全藁 冊13 脚氣集 「裵南湖」	袁枚의 『新齊諧』에 실린, 裵滄曉의 조카 裵南湖가 겪은 신이한 일을 시로 읊다.	裵南湖者。滄曉先生從子也。性狂傲。三中副車不第。發怒。焚黃于伍相國祠。自訴不平。越三日。病。病三日。死。魂出杭州淸波門。行水草上。沙沙有聲。天淡黃色。不見日光。前有短紅墻。宛然廬舍。就之。乃老嫗數人。擁大鍋烹物。啓之。皆小兒也。裵驚曰。嫗是鬼耶。嫗笑曰。汝自視以爲尙是人耶。若人也。何能到此。裵大哭。嫗笑曰。汝焚黃求死。何哭之爲。須知伍相國。吳之忠臣。血食吳越。不管人間祿命事。今來喚汝者伍公。將汝狀轉牒地藏王。故王來喚汝。裵曰。地藏王可得見乎。曰。汝可自書名紙。往西角佛殿投遞。見不見未可定。指前街曰。此賣紙帖所也。裵往買帖。見街上喧嚷擾擾。如人間唱臺戲初散光景。亦有生時相識者。招之。絶不相顧。約畧皆亡過之人。心愈悲。
申緯	警修堂全藁 冊13 脚氣集 「鶴靜先生」	袁枚의 『新齊諧』에 실린, 厲鶚과 周京 등이 鶴靜先生과 시를 酬唱한 일을 시로 읊다.	厲樊榭未第時。與周穆門諸人。好請乩仙。一日有仙人降盤書曰。我鶴靜先生也。平生好吟。故來作吟社之歡。諸君小事問我。我有知必告。大事不必問。我雖知之。亦不敢告。嗣後。凡杭城祈晴禱雨・止瘧斷痢等事問之。必書日期。藥方皆驗。他休咎。則筆臥不動。有所唱和。詩尤淸麗。和雁字。至六十首。如是一年。樊榭・穆門請與相見。拒而不許。諸人再四懇求。曰。明日下午。在孤山放鶴亭相俟。諸公臨期。放舟伺之。至日戞無所見。疑其相詆。客欲起行。忽空中長嘯

			一聲。見偉丈夫鬚長數尺。紗帽紅袍。以長帛掛于石碑樓上。一閃而逝。疑是前朝忠臣殉節者也。自此乩盤再請。亦不至矣。惜未問其姓名。
申緯	警修堂全藁 冊13 脚氣集 「石言」	袁枚의 『新齊諧』에 실린, 呂著가 돌들의 이야기를 기록한 石言에 대한 이야기를 시로 읊다.	呂著。建寧人。讀書武夷山北麓古寺中。方晝晦陰。見堦砌上石盡人立。寒風一過。窓紙樹葉飛脫著石。粘掛不下。簷瓦亦飛著石上。石皆旋轉化爲人。窓紙樹葉化爲衣服。瓦化爲冠幘。頎然丈夫十餘人。坐踞佛殿間。清談雅論。娓娓可聽。呂怖駭。掩窓而睡。明日起視。毫無踪跡。午後石又立如昨。數日以後。竟成泛常。了不爲害。呂遂出與接談。問其姓氏。多複姓。自言皆漢魏人。有二老者。則秦時人也。所談事。與漢魏史書所載。頗有異同。呂甚以爲樂。一日告呂曰。我輩與君周旋日久。情不忍別。今夕我輩皆託生海外。完前生未了之事。當與君別矣。呂送出戶。從此闃寂。呂悽然如喪良久。取所談古事。筆之于石。號曰石言。欲梓以傳世。貧不能辦。至今猶藏其子大延處云。
沈象奎	斗室存稿 卷1 「書李墨莊登岱圖, 次韻袁隨園枚七十八歲舊題」	袁枚의 시에 차운하여 李鼎元의 「登岱圖」에 써주다.	詩人有神力。遇物皆蹯抗。寸聿掃萬羣。物鉅力隨王。青蓮昔登岱。絶頂無與向。搔首問青天。醉傲相謔浪。墨莊定後身。才氣欲不讓。生長崟嶁側。巖堅胃中盪。又來踞泰觀。俯笑塵蟻漾。九烟點匹練。萬矚絶纖障。儵儵詩有助。偃偃身無傍。歸來爲圖畫。朋知競欣訪。我本海上人。五嶽心未忘。君憐一隅見。出圖許暫望。對之如身到。君在此山上。

柳得恭	泠齋集 卷4 熱河紀行詩 「吳白菴」	吳照는 江西 南城인으로 시에 능하여 이름을 날렸는데, 王鳴盛과 袁枚에게 인정을 받았고, 翁方綱이 그를 발탁하였다.	吳白菴。名照。字照南。江西南城人。以能詩知名。爲嘉定王西莊·錢塘袁簡齋所許。學士翁覃谿方綱獎拔之。海內稱爲得士云。
柳得恭	灤陽錄 卷1 「羅兩峰」	羅聘의 「鬼趣圖」는 매우 珍奇하고 怪異하여, 袁枚·蔣士銓·程晉芳·紀昀·翁方綱·錢大昕 등이 모두 題詩를 썼다.	兩峰爲〈鬼趣圖〉。窮極譎怪。海內名士。如袁子才·蔣心餘·程魚門·紀曉嵐·翁覃溪·錢辛楣諸人。莫不題詩。
柳得恭	燕臺再遊錄	李鼎元에게 登岱·過海 두 그림이 있는데, 袁枚·紀昀·翁方綱·錢大昕 등 여러 명사가 모두 題詩를 썼으며, 유득공에게도 시를 청하였다	墨莊曰。東原學問人多宗之。余以爲未出戶庭。猶少見也。墨莊有登岱。過海二圖。袁子才。紀曉嵐。翁覃溪。錢辛楣諸名士。莫不題詩。亦請余詩。
柳得恭	燕臺再遊錄	柳得恭이 袁枚와 蔣士銓의 시에 대해 묻자, 陳鱣은 근래 시의 으뜸으로 추대해야 한다고 말하다.	仲魚又曰。近代詩如袁。蔣諸公如何。余曰。當推首選。然比古人。却可議。
李建昌	明美堂集 卷11 「于忠肅論(上)」	于謙에 대한 侯方域·魏禧·方苞·袁枚 등의 견해에 대해 평하다.	于忠肅不諫易儲。侯方域。魏禧非之。方苞。袁枚是之。夫方域禧之論正矣。枚偏且激矣。唯苞所云。忠肅諫則景泰心危而慮變。憲宗父子殆矣。可謂晰於事情。然知其至於是。而不諫。是亦忠肅之過也。夫忠肅之於景泰。臣主相遇何如也。而不能使景泰不至於大不義。而反迎其小不

			義。苟然無使其變之亟。惡在其爲忠肅之賢哉。盖忠肅甞諫易儲矣。而史不傳焉。李子曰。惜乎忠肅之不去也。或曰。以易儲去耶。曰。以易儲去。則名歸而禍隨之矣。或曰。景泰之立。不稟命於英宗。可以去耶。曰。景泰不立功不成。且以是時去者。逃耳非去也。其惟去於上皇迎還之日乎。今爲忠肅代疏曰。臣以不肖。遭亂承乏。驟至高位。以從戎行。使國家無事。臣今日猶庶僚耳。臣豈敢倖亂而貪功哉。惟以上皇未還。臣子義當效死。不敢辭巽。今賴祖宗洪福。陛下孝友。上皇回鑾。克享隆養。臣事畢矣。願乞骸骨以歸田里。所有恩賜符節冠服金帛珍寶。臣今告歸。不敢久溷。并以繳上云爾。則景泰必不許之矣。一不得請。至于再。再不得請。至于三。三而猶不得。則扁舟游五湖。被髮入山。可矣。此不惟忠肅自謀然也。亦所以諷示景泰爲天下萬世則也。且夫忠肅不去。英宗雖不復辟。必死於石亨之手。夫不世之功。震主之威。固景泰之所不能無疑也。嗚呼。父子兄弟之間。猶有難焉。而況君臣哉。
李德懋	靑莊館全書 卷35 淸脾錄(四) 「袁子才」	李調元이 袁枚를 오늘날 제일의 才士로 평가하고 그와 관련된 내용을 「尾蕉軒閒談」에 기록하였다.	袁枚字子才。李雨村稱之曰。子才當今第一才人。子才著述甚富。年今七十餘。以庶吉士。改上元知縣。官止於此。然天下知與不知。皆稱道。余尾蕉軒閒談。備言其事。
李德懋	靑莊館全書 卷35 淸脾錄(四) 「袁子才」	李德懋가 袁枚는 회고시에 가장 능하다고 평가하고 회고시 2편을 소개하다.	最工懷古。其博浪城詩云。眞人採藥走蓬萊。博浪沙連望海臺。九鼎尙沈三戶起。六王纔畢一椎來。虎龍有氣黃金盡。山鬼無聲白璧哀。大索一旬還撒手。此君終竟

			是奇才。杜牧墓云。蕭郞白馬遠從軍。落日樊川吊紫雲。客裏鶯花逢杜曲。唐朝春恨屬司勳。高談澤潞兵三萬。論定揚州月二分。手折芙蓉來酹酒。有人風骨類夫君。
李德懋	青莊館全書 卷35 淸脾錄(四) 「袁子才」	李調元이 袁枚·蔣士銓·程晉芳·陸錫熊·紀昀·陸費墀·汪如藻·廷璋 등을 오늘날의 박학한 사람들로 평가하다.	雨村又曰。袁子才·蔣士銓。俱翰林。而高蹈不立朝。放蕩于山水江湖。如吏部主事程晉芳。學士陸錫熊·紀昀。-案紀,陸兩人。總纂四庫全書。陸費墀。-庶吉士汪如藻。少詹廷璋。皆當今現在之博學也。
李尙迪	恩誦堂續集 卷2 「讀蔫錄」	일본인 大槻茂質이 지은 『蔫錄』에 翁方綱의 『廣新聞』, 袁枚의 『隨園詩話』, 阮元의 『茶餘客話』, 趙翼의 『陔餘叢考』 등을 비롯하여 명청대 문인들의 기록 31여 종이 인용되어 있는 것을 보니, 당시 서적의 유통이 빠르게 진행되었음을 알 수 있다.	日本人著述。余素嘗閱眼者亦不少。然上下百年。文風之不變。莫盛於近代何哉。今讀大槻茂質所輯蔫錄。其證引明清諸家雜著。多至三十餘種。雍正以前猶屬陳編。乃若翁氏之廣新聞。袁氏之隨園詩話。阮氏之茶餘客話。趙氏之陔餘叢考等書。皆後先刊行於乾隆之末。而此錄成於伊國之寬政丙辰。所謂寬政丙辰。卽嘉慶元年也。何其郵傳之速而先觀之快也。蓋近來中國書籍。一脫梓手。雲輪商舶。東都西京之間。人文蔚然。愈往而愈興者。賴有此一路耳。嗟夫。山井鼎七經孟子考文及物觀補遺。已爲揚州阮文達所鏤板。此彼書而流入中國者。皇侃論語義疏蕭吉五行大義。佚於中國而存於彼者。然則彼中經學有用之書何限。而未易周覽。良可嘅也。憶余少時見彼古書中開列十三經名目。有黜孟子而補莊子者。譏其悖妄弇陋之習矣。由今視之。見聞日新。發皇心目。自有以改觀。余於蔫錄一書覘之。

李書九	惕齋集 卷1 「成書狀種仁回自燕，聞其渡江，却寄六首」	袁枚는 詩名이 있었다.	詩家僑體許君裁。誰是中原大雅才。北宋南施今在否。盛名曾說一袁枚。
李定稷	燕石山房詩藁 卷3 「明國至，君章亦來，拈小倉山集別眼鏡詩韻共賦」	『小倉山房詩集』의 「別眼鏡」시 운을 사용해 시를 짓다.	高雲涼日數旬晴。霜水楓林若個淸。佳處屢遊還入夢。衰齡暫別亦率情。病居難負黃花發。君到適當秋月明。相對誇張書味好。能無嗜性各天生。
田愚	艮齋集後編 卷6 「答成璣運」	袁枚는 주자를 비방하였는데 우리나라에서는 떠받드는 사람이 있다.	如楊愼。紀昀。毛奇齡。袁枚之屬。皆與朱子爲血讎。到處譏斥。必欲使天地閒無朱子矣。其書往往東來。一種無行之流。掇拾此輩緒餘。以爲此程‧朱所未曉之理。而我獨透悟。至於侮弄四書註說。而著爲悖妄之書。以欺後進之士而極。
丁若鏞	與猶堂全書詩文集 卷11 「五學論(三)」	尤侗‧錢謙益‧袁枚‧毛奇齡 등은 儒家 같기도 하고 佛家 같기도 하여 邪淫譎怪하여 남의 눈을 현혹시키는 것을 宗師로 삼고 있다.	尤侗‧錢謙益‧袁枚‧毛甡之等。似儒似佛。邪淫譎怪。一切以求眩人之目者是宗是師。
曹兢燮	巖棲集 卷17 「批李石谷(圭晙)遊支錄辨後論」	朱鶴齡‧毛奇齡‧袁枚의 부류는 소소한 文義와 事實의 문제를 가지고 경망스럽게 朱熹를 비난한 자들이다.	其他以小小文義事實。輕加訾議。如朱鶴齡‧毛奇齡‧袁枚之流。其多如鯽。李氏惟未之見。故心以爲千百年來。通古經知天道而能見朱子之失者。惟我而已。

趙秀三	秋齋集 卷5 「吳蘭雪知州」	요사이 大家로 蔣士銓과 袁枚가 추앙받음을 시로 읊다.	天下人才論數斗。使君獨占詩萬首。詩關盛衰貫古今。殆亦天授非人受。近時大家推蔣袁。二三先進皆高手。金針自度錦繡心。彩筆競開玲瓏口。囊括六義究淺深。蒐羅萬象窮無有。三十年間兩禿翁。天地潦倒君如某。一曲難和白雪歌。群雄歷數青梅酒。後人倘如陳師道。瓣香定拜南豐叟。
趙寅永	雲石遺稿 卷2 「讀隨園詩話有感并序」	清나라 袁枚의 『隨園詩話』에 나오는 司馬章관련 시화를 읽다가 연경에 갈 때 서로 만난 일을 회상하며 시를 짓다.	直廬無寐。偶閱袁枚隨園詩話補遺第三卷。有云。白下秀才司馬章。字石圃。風神蕭灑。年少多情。而仍記其詞曲數闋。此人今現任薊州知府。余燕路相遘。與之酬唱者也。驚喜如對。以詩志之。 忽忽車笠薊門城。萬里東還尙係情。誰料小倉詩話裏。白門司馬是君名。 此卽溫公後裔。而工於詩云。
洪吉周	縹礱乙幟 卷12	袁枚는 才思가 뛰어나고 법이 순정하지는 않지만 뛰어난 문인이라 생각했다.	近世袁隨園。才思超佚。前無古人。雖或未醇於法。要是詞場之勁敵。使東國之朴燕巖生於中州。當旗鼓併立。未知鹿死誰手。
洪吉周	沆瀣丙函 睡餘瀾筆(上)	훌륭한 의원인 선친의 행장을 지으면서 의술은 언급하지 않고 경학에 대해서만 언급한 사람을 비판한 袁枚의 말을 인용하다.	袁枚有所親良醫。略解經旨。旣死。其子撰行狀。鋪張經術特詳。而不及醫技。求墓文於袁。袁答之曰君之先人。元有必不朽之質。何故舍之。而求必朽。
洪吉周	沆瀣丙函 睡餘瀾筆續 (上)	득남했냐는 질문에 곤란을 겪은 袁枚와 王彦泓의 시구를 인용하다. * 원문에서 洪吉周는 袁枚와 王彦泓을 동시대 사람으로 보았으나, 袁枚는 청나라 중기 때	涉世寡悟之人。往往向人輸情款。而反受人厭惱。余亦嘗論之矣。近世華人袁小倉枚。年衰未有子。賓客來者。輒詢及而爲之咨嗟。袁深厭之。有詩云厭聽人詢得子無。些些小事不關渠。同時王次回亦有最是厭人當面問。鳳凰何日却將雛之句。推是而廣之。亦可助交接言語之妙解。

		사람이고 王彥泓은 명나라 말기 사람이므로 그가 착각한 것으로 보인다.	
洪奭周	鶴岡散筆 卷2	袁枚의 『小倉山房集』에는 先考 洪仁謨에 대한 기록이 잘못 기재되어 있다.	近世。袁枚小倉山房集自言。高麗使臣來購己文。其列使臣姓名有吾先人諱字。先人以布衣從吾祖考孝安公。赴燕。未嘗爲使臣時。亦未嘗知有枚文也。近人所撰有名春明叢說者。記浙人盧藥林之言其傳吾先人官爵稱號。率多非實藥林。固與吾先人相好其所傳必不至舛繆若是。蓋聽之者。不審也。吾第世叔。嘗詒書中國人。辨其失實。未知其果已訂正否也
洪翰周	智水拈筆 卷4	袁枚의 「過杜司勳墓」에서 보이는 실수를 변증하다.	然近世袁隨園枚。有「過杜司勳墓」詩一聯曰。高談澤潞兵三萬。論定揚州月二分。盖天下三分明月夜。二分明月是揚州之詩。乃南唐徐凝所作。非牧之詩。而論定云云者。小倉之錯認耶。或牧之別有此論耶。此詩附載全唐詩末。可見也。
洪翰周	智水拈筆 卷5	袁枚의 『子不語』에 실린 毘騫國의 이야기를 인용하다. * 袁枚는 뒤에 『子不語』의 제목을 『新齊諧』로 바꾸었다.	近世小說有子不語一書。多荒誕不經。而其書遂演毘騫國事。

83

魏 源 (1794-1857)

•••

인물 해설	淸代의 계몽사상가이자 정치가·문학가로, 원명은 遠達, 字는 默深·墨生·漢士, 號는 良圖이며, 湖南 邵陽 사람이다. 道光 25년(1845) 진사가 되어 高郵知州 등을 역임하였다. 만년에 사직하고 은거하여 佛學에 심취하였으며 법명을 承貫이라 하였다. 그는 학문하는 태도에 있어 '經世致用'을 취하여 개혁을 주장하였으며, 서양의 선진 과학기술을 받아들여 외세를 막자는 신사상을 창도하였다. 저서로는 『海國圖志』·『古微堂詩文集』·『淸夜齋詩稿』·『書古微』·『詩古微』·『元史新編』 등이 있으며, 『皇朝經世文編』120권을 편집하였다.

인물
자료
	○ 『淸史稿』, 列傳 273
	    魏源, 字默深, 邵陽人. 道光二年, 擧順天鄕試. 宣宗閱其試卷, 揮翰褒賞, 名藉甚. 會試落第, 房考劉逢祿賦兩生行惜之. 兩生者, 謂源及龔鞏祚. 兩人皆負才自喜, 名亦相埒. 源入貲爲中書, 至二十四年成進士. 以知州發江蘇, 權興化. 二十八年, 大水, 河帥將啓閘. 源力爭不能得, 則親擊鼓制府, 總督陸建瀛馳勘得免, 士民德之. 補高郵, 坐遲誤驛遞免. 副都禦史袁甲三奏復其官. 咸豐六年, 卒. 源兀傲有大略, 熟於朝章國故. 論古今成敗利病, 學術流別, 馳騁往復, 四座皆屈. 嘗謂河宜改復北行故道, 至咸豐五年, 銅瓦廂決口, 河果北流. 又作籌鹺差篇上總督陶澍, 謂: "自古有緝場私之法, 無緝鄰私之法. 鄰私惟有減價敵之而已. 非裁費曷以輕本減價? 非變法曷以裁費?" 顧承平久, 撓之者衆. 迨漢口火災後, 陸建瀛始力主行之. 源以我朝幅員廣, 武功實邁前古, 因借觀史館官書, 參以士大夫私著, 排比經緯, 成聖武記四十餘萬言. 晚遭夷變, 謂籌夷事必知夷情, 復據史志及林則徐所譯西夷四州志等, 成海國圖志一百卷. 他所著有書古微·詩古微·元史新編·古微堂詩文集.
	
	○ 林昌彝, 『射鷹樓詩話』卷2.
	    默深所爲詩文, 皆有裨益經濟, 關系運會, 視世之章繪句藻者, 相去遠矣. 詩筆

	雄浩奔軼, 而復堅蒼遒勁, 直入唐賢之室. 近代與顧亭林爲近. 雖粗服亂頭, 不加修飾, 而氣韻天然, 非時髦所能躡步也. 道州何子貞師謂：默深詩如雷電倏然, 金石爭鳴, 包孕時感, 渾灝萬有. 少作已奇, 壯更蹠實. 誠爲切論.		

○ **陸心源, 「魏刺使文集序」**

　尝憤時感事, 奮欲有所樹立, 穆然於秦王・漢武之所爲, 故發爲文章, 古勁遒俊, 奇氣勃勃. 精者可以羽翼六經, 粗者亦與國家大政有裨益, 蓋非求工文句閑者比矣.

저술 소개	***『古微堂詩集』** (淸)抄本 10卷/ (淸)同治 9年 寶慶郡館刻本 10卷 ***『古微堂文稿』** (淸)稿本 不分卷 ***『古微堂詩稿』** (淸)抄本 不分卷 ***『聖武記』** (淸)道光 26年 邵陽 魏源 古微堂刻本 14卷 / (淸) 昭萍 李堃刻本 14卷 / (淸)光緒 29年 鉛印本 14卷 ***『海國圖志』** (淸)道光 24年 古微堂 木活字本 50卷 ***『元史稿』** (淸)魏源撰 (淸)龔橙校訂 (淸)抄本 76卷 ***『漢學堂知足齋叢書』** 二百十五種 二百十五卷 (淸)黃奭編 (淸)抄本 215種 215卷 內 魏源撰『天方教考』1卷

비 평 자 료			

| 金正喜 | 阮堂全集
卷3
「與權彝齋(十八)」 | 魏源의 학문은 漢學 중에서도 새로이 문호를 연 것으로 惠棟・戴震과도 크게 다르며, 특히 군사 문제를 이야기하는 것을 좋 | 大槩魏默深之學. 於近日漢學之中. 別開一門. 不守詁訓空言. 專以寔事求是爲主. 其說經與惠・戴諸人大異. 又喜談兵. 嘗見其「城守篇」等書. |

		아하는데, 金正喜는 魏源의「城守篇」을 읽어본 적이 있다.	
金正喜	阮堂全集 卷3 「與權彝齋(十八)」	魏源의「海國圖志」에 나오는「籌海論」은「城守篇」과 表裏가 되는데, 우리나라 忠武公이 왜적을 섬멸한 방법과 똑같다.	今志中籌海之論。與「城守篇」相爲表裏。如我忠武公鏖倭之法。卽其法。不覺驚異神妙矣。
金正喜	阮堂全集 卷3 「與權彝齋(十八)」	龔自珍의 학문과 조예는 魏源과 나란한데, 저작을 두루 살펴볼 수 없어 안타까우며, 실은 중국에는 이와 같은 사람이 매우 많음에도 우리나라 사람들이 모를 뿐이다.	近日龔璱人學問造詣。與魏相埒。又相近。著書等身。恨無由遍讀其書矣。大江南北如此人甚多。東人皆不知耳。
金正喜	阮堂全集 卷4 「與李藕船(六)」	劉逢祿의『禘說』에 대한 魏源의 평을 비판하다.	魏君默深亦以爲通貫難尋。觸理成文。畧見旨趣。可見其心折者。而其下更以爲禘礿之禮。終不可知。又以爲未知同于五年夏禘云云。似若微破之者。然此所以大疑於魏說也。魏君是深於經者。後人每欲以闕史殘經。會通之以歸一。是之學有欠於闕疑愼言之義。以魏君而必不蹈此。但恐繼魏君而說者。有因此而。轉轉鬪奇喜異。又從以抹殺之。能不大可畏乎。
金正喜	阮堂全集 卷5 「代權彝齋(敦仁)與汪孟慈(喜孫)序」	魏源과 柳榮宗의『尙書』에 대한 저술을 문의하다.	如魏默深・柳翼南之治今文者。另有發明於「後案」・「疏證」・「撰異」等書之外者否。

金正喜	阮堂全集 卷5 「代權彝齋(敦仁) 與汪孟慈(喜孫) 序」	魏源의 「詩古微」에 대해 서 평론하다.	魏黙深治三家詩。東人亦所欽聞。如 「詩古微」。或有流傳者。大槪黙深之 學。於近日漢學門戶。尤進一格。以 西京今文之遺法。直接七十子遺言微 意。亦修學好古。實事求是者也。至 以爲十四博士家法。因鄭學而盡 亡云 云。立論恐太峻。
洪奭周	鶴岡散筆 권6	李正履가 연경에서 賀長 齡과 魏源이 편집한 820 권의 『經世文編』을 가지 고 왔다.	今歲庚子。李審夫自北輅還得一書 曰。經世文編。其書爲湖南人賀長齡 魏源所輯。書凡八百二十卷。
洪翰周	智水拈筆 卷1	청나라의 산문 선집으로 魏源의 『經世文編』이 있 다.	淸文則近有魏源經世文編。

魏　禧 (1624-1681)

인물 해설	명말 청초의 산문가로 字는 冰叔·叔子, 號는 裕齋이며, 江西省 寧都 사람이다. 명이 망한 후 翠微峰 勺庭에서 은거하였으므로 '勺庭先生'이라 불린다. '明道理', '識時務', '重廉恥', '畏名義'의 학설을 주장하였으며, 강남을 주유하며 문장으로 벗을 사귀었는데, 그의 문장에는 민족의식이 농후하게 녹아있다. 고인의 업적이나 시비곡직, 성패득실에 대해 일정한 견해를 가지고 평가하는 글을 잘 지었다. 문장은 "醞釀積蓄, 沉浸而不輕發"할 것을 주장하였다. 汪琬·侯方域과 함께 淸初의 古文三大家로 불린다.
인물 자료	○ 『淸史稿』, 列傳 271 　　字冰叔, 寧都人. 父兆鳳, 諸生. 明亡, 號哭不食, 翦髮爲頭陀, 隱居翠微峰. 是冬, 筮離之乾, 遂名其堂爲易堂. 旋卒. 禧兒時嗜古, 論史斬斬見識議. 年十一, 補縣學生. 與兄際瑞·弟禮, 及南昌彭士望·林時益, 同邑李騰蛟·邱維屛·彭任·曾燦等九人爲易堂學. 皆躬耕自食, 切劘讀書, "三魏"之名遍海內. 禧束身砥行, 才學尤高. 門前有池, 顏其居曰勺庭, 學者稱勺庭先生. 爲人形幹修頎, 目光射人. 少善病, 參朮不去口. 性仁厚, 寬以接物, 不記人過. 與人以誠, 雖見欺, 怡如也. 然多奇氣, 論事每縱橫排奡, 倒注不窮. 事會盤錯, 指畫灼有經緯. 思患豫防, 見幾於蚤, 懸策而後驗者十嘗八九. 流賊起, 承平久, 人不知兵, 且謂寇遠猝難及. 禧獨憂之, 移家山中. 山距城四十里, 四面削起百餘丈. 中徑坼, 自山根至頂若斧劈然. 緣坼鑿磴道梯而登, 因置閘爲守望. 士友稍稍依之. 後數年, 寧都被寇, 翠微峯獨完. 喜讀史, 尤好左氏傳及蘇洵文. 其爲文淩厲雄傑. 遇忠孝節烈事, 則益感激, 摹畫淋漓. 年四十, 乃出遊. 於蘇州交徐枋·金俊明, 杭州交汪沨, 乍浦交李天植, 常熟交顧祖禹, 常州交惲日初·楊瑀, 方外交藥地·橋木, 皆遺民也. 當是時, 南豐謝文洊講學程山, 星子宋之盛講學髻山, 弟子著錄者皆數十百人, 與易堂相應和. 易堂獨以古人實學爲歸, 而風氣之振, 由禧爲之領袖. 僧無可嘗至山中, 歎曰:"易堂真氣, 天下無兩矣." 無可, 明檢討方以智也. 友人亡, 其孤不能自存, 禧撫教安業之. 凡戚友有難進之言, 或處人骨肉間, 禧批卻導窾, 一

言輒解其紛. 或訝之, 禧曰："吾每遇難言事, 必積誠累時, 待其精神與相貫注, 夫然後言." 康熙十八年, 詔擧博學鴻儒, 禧以疾辭. 有司催就道, 不得已, 昇疾至南昌就醫. 巡撫昇驗之, 禧蒙被臥稱疾篤, 乃放歸. 後二年卒, 年五十七. 妻謝氏, 絶食殉. 著有文集二十二卷・日錄三卷・詩八卷・左傳經世十卷.

○ 徐有榘,『楓石鼓篋集』卷4,「魏禧・邵長蘅傳」

　烏虖! 古文至於明幾亡矣. 自嘉隆諸君子, 貌爲秦漢, 已不厭衆望. 後乃爭矯之, 而矯之者變逾下, 委靡疲薾, 國運隨之, 明亡而古文益亡矣. 悲夫! 雖然三才之文, 相需成章, 人而無文, 其於參三何哉! 豈運厄陽九, 天地閉塞, 人文亦從而晦而然歟? 抑懷瑾蘊玉, 甘自韜沉, 人無得以稱焉歟? 余論明亡以後文, 得二人焉, 曰寧都魏禧, 毗陵邵長蘅. 禧主識議, 善變化, 凌厲矯夭, 不屑屑橅擬, 亦精卓切事情. 長蘅長叙事, 工洮汏, 簡而婉, 澹而遒, 導情像形, 奇氣勃窣行間. 要皆魁奇卓爾, 一時之雄者也. 余刪次兩家文, 各得如干首. 烏虖! 天下之大而堇得二人, 二人之文而可傳者又僅止於是, 古文之難如是哉! 孟子曰:"讀其書, 不知其人, 可乎? 是以論其世也." 作「魏禧・邵長蘅傳」.

　魏禧, 字凝叔, 號勺庭, 贛之寧都人. 與其兄祥・弟禮, 皆以文章名於世, 世稱三魏, 而禧亦自號叔子云. 禧年十一, 補弟子員試, 輒冠其曹. 崇禎甲申, 流賊陷京師, 天子死社稷, 禧聞號慟, 日哭臨縣庭, 居常憤悢叱咤, 如不欲生. 謀與給事曾應遴起兵復讎, 不果已, 乃棄諸生服, 隱居敎授. 禧脩幹微髭, 目光突突射人. 論事縱橫雄傑, 倒注不窮, 善劈畫理勢. 每懸策前決, 後必驗. 方流寇之熾也, 寧都人謂寇遠猝難及, 不爲備, 禧獨憂之, 移家翠微峯居焉. 翠微峯距寧都西十里, 四面削起百餘丈, 中徑坼自底至頂, 若斧劈然, 緣坼鑿碅道梯而登, 出其上, 穴如甕口, 因實闉爲守望. 後數年, 寧都中寇被屠掠, 而翠微獨完, 禧時年二十一. 禧既家翠微, 士友稍稍往依之, 南昌彭士望・林時益, 寧都邱維屏, 皆挈妻子至. 弟子著籍者常數十人, 以古文相劘切. 顔其居曰易堂, 於是易堂諸子之稱, 籍籍海內. 禧性嚴毅, 見人過, 不肯平面視. 然人或攻己過, 卽屬色極言, 無幾微忤. 爲文輒委羣議彈射, 既登木者, 或行劀易, 故文亦益工. 年四十乃出遊, 涉江, 逾淮, 游吳越, 思益交天下非常之人, 聞有隱逸士, 不憚千里造訪, 其所與交皆遺民也. 康熙中, 詔中外擧博學宏詞, 禧亦在擧中, 被徵以疾辭. 郡太守縣令更督趣就道, 不得已昇疾至南昌, 就鑿藥, 撫軍某疑其詐, 以板扉昇之至門, 禧絮被蒙頭, 臥稱病篤, 乃放歸. 後二年赴維陽故人, 約舟至儀眞, 暴心氣病, 一夕卒, 年五十七. 禧

	博學, 喜讀史, 尤好左氏傳及蘇洵文. 著有文集二十二卷, 詩集八卷, 『左傳經世』若干卷, 祥‧禮幷有集行世, 皆不及禧, 唯毗陵邵長蘅與之齊名. 邵長蘅一名衡, 字子湘, 號靑門山人, 常之毗陵人. 與魏禧同時, 一遇之逆旅, 握手語, 恨相知晚. 長蘅幼奇慧, 兒時日誦秦漢文數千言, 十歲補弟子員試再高等, 累擧於鄕, 輒報罷會. 康熙中, 江南奏銷案起絓誤者萬人, 而長蘅亦黜籍, 時論惜之. 長蘅旣謝擧子業, 益肆力爲古文辭, 沉酣三史唐宋大家凡六七年, 而其文乃大昌. 每有所纂, 兀然一室中, 冥思遐搜, 兩頰發赤, 喉間咯咯作聲, 類有大苦者. 旣成則大喜牽衣, 遶牀狂呼, 遇得意處則益大喜, 詫不讓古人. 屬藁不積日, 不出也, 故其文鮮得失, 多慧思. 久之, 槖所著, 北遊燕, 一日而名動京師. 時宣城施閏章‧新城王士禎‧崑山徐乾學‧黃岡王澤, 皆先達有盛名, 顧皆折節定交. 長蘅豐而髯, 曠率, 喜山水, 晚而倦遊, 足跡半天下. 之之罘, 觀海市, 窮扶胥, 望炎漲, 浮西湖, 登孤山, 訪林逋高踪, 而其感慨侘傺, 無聊不平之鳴, 時時於詩文發之. 故其旅藁以後作, 益瓌瑋入化. 初長蘅客京師, 入太學, 隨牒試吏部, 冢宰得其文, 驚曰: "今之震川也." 拔第一, 例當授州同知, 然無爲之地者, 再就京兆試再報罷, 從吳巡撫宋犖客慕府, 後十餘年卒于家, 年六十八. 長蘅旣歷落無所遇, 視禧名且遜, 然至其文章, 亦皆翕然稱之. 著有『篋藁』十六卷, 『旅藁』六卷, 『膡藁』八卷, 『古今韻略』若干卷, 行于世. 論曰: 魏禧‧邵長蘅負才苉鬱, 老死溝壑, 可謂阨矣. 然當時之躋高位都通顯者何限, 忽焉澌滅, 身名與骸骼同朽, 而至于今赫奕艶稱者, 乃兩諸生, 異哉! 雖然禧可以仕矣而竟不仕, 長蘅未嘗不欲仕而竟不得仕, 吾爲禧悲其志, 而爲長蘅惜之.
저술 소개	**★『魏叔子文集外篇』** (淸)康熙年間 刻本 22卷 **★『國朝三家文鈔』** (淸)宋犖‧許汝霖編 (淸)康熙 33年 刻本 32卷 內 魏禧撰『魏叔子文鈔』12卷 **★『昭代叢書』** (淸)張潮編 (淸)康熙 36-42年 詒淸堂刻本 50種 50卷 內 魏禧撰『師友行輩議』1卷 **★『寧都三魏全集』** (淸)林時益編 (淸)康熙年間 易堂刻本 83卷 內 魏禧撰『魏叔子文集外篇』22卷‧『詩集』8卷‧『目錄』3卷

金昌熙	會欣潁 「讀汪堯峯文」	淸 초기의 뛰어난 문장가로 侯方域·魏禧·汪琬 세 명을 꼽고 세 사람의 문장에 대해 평하다.	語淸之初文章。則曰三家。而語三家之優劣。則曰侯雪苑以才勝。魏叔子以力勝。王堯峯以法勝。未易定其優劣也。然而吾則又以三子之論文以斷之也。侯曰漢以後之文。主氣。魏曰爲文之道。在於練識。夫主氣練識。皆爲文之上乘也。吾誠歛袵無間言。獨於汪之言。而疑其非活法也。何者。汪曰文之有法。猶変師之有譜。曲工之有節。匠氏之有繩度。不可不講。求而得之也。揚之欲其高。歛之欲其深。推而遠之。欲其雄且駿。及其變化離合。一歸於自然也。
金昌熙	會欣潁 「讀汪堯峯文」	侯方域·魏禧·汪琬 세 사람 문장의 특장에 대해 언급하고, 세 사람과 姜宸英 문장의 醇肆에 대해 평하다.	夫操毫而先思。所以欲其合法者。何能歸於自然也。凡所謂開闔呼應操縱頓挫之法。固難備工於一編之文。一家之體。縱使無不備工。亦但見人工而已。其眞氣。則固多索然矣。以此言之。汪之法。其不及侯之才。魏之力亦明矣。叔子曰。汪醇而不肆。侯肆而不醇。而姜湛園在醇肆之間。夫在其間者。必兩不能也。而醇肆兩能。叔子其獨自許者歟。
金昌熙	會欣潁 「讀魏勺庭文」	魏禧의 「答施愚山書」에 대하여 練識을 논한 가장 좋은 글이라 평하다.	魏叔子之得力。雖在於左氏老蘇而不在於韓文。然亦不可謂不造韓之奧也。其答施愚山書有云。爲文之道在於練識。夫練識卽韓公務去陳言之術也。練識之說宋明以來。無人道得。而獨叔子言之曰。練識如練金。金百練則雜氣盡。而精光發。猶治水者。沮洳去而流波大蘇火者。穢雜除而光明盛也。是豈非務去陳言之切。喩而

			質之韓公亦無疑者乎。叔子所論文者。亦多有之。余以此書練識之論爲第一。
金澤榮	韶濩堂文集定本 卷8 「雜言(九)」	曾國藩의 문집에도 간혹 卑調가 섞여 있으니, 문장은 많이 깎아 내야 한다는 魏禧의 말은 정론이라고 평가하다.	曾文正集。或有一二卑調雜之。乃知魏氷叔多刪之說。爲不刊也。
金澤榮	韶濩堂集續 卷4 「雜言(十)」	侯方域과 魏禧의 문장은 모두 氣를 위주로 하지만 侯方域이 더 뛰어나다고 평가하다.	侯壯悔。魏叔子之文。并主於氣而魏不及侯。以其太有心於氣而痕跡顯出也。
南公轍	金陵集 卷10 「與李元履顯綏」	魏禧가 모의를 하지 않고 깊이 침잠하여 글을 지은 것을 칭찬하다	作文惡摸擬而貴沉酣。取古今諸家。沉酣體認。及操紙下筆。不曾以一古人一名篇在胸中。而觸手與古法會。自無某人某篇之跡。盖摸擬者。如人好香。徧身佩香囊。沉酣而體認者。如人日夕住香肆中。衣帶間不見一香物。而却通身香氣迎人也。偶讀魏叔子。味此言奉覽。
南公轍	金陵集 卷23 「漢光武燎衣圖 絹本」	吳道子가 그린 「漢光武帝燎衣圖」에 대해서 魏禧의 기문을 인용하다	漢光武燎衣圖。魏禧記之曰。光武燎衣圖。唐吳道子畫。友人程邃得之新安僧漸江。邃字穆倩。博雅能詩。攻書畫。好藏古人名跡。此圖尤有神理。… 今覽此圖。不勝歎息。呵凍書此。余每讀魏記而愛之。
徐淇修	篠齋集 卷2 「辛卯初冬送經山尙書以節貢上价赴燕余適持被	『三魏集』에 의거하여 魏際瑞·魏禧·魏禮 등이 鄭元容의 집안의 鄭太和를 敬愛한 사실에 대해 말하다.	皇華唱酬盛。應有葉汪輩。見月沙集中。君家洛南公。三魏起敬愛。見三魏集。

	講肆夜雨淋琅落葉鬪風不勝離合之感述以書懷」		
徐淇修	篠齋集 卷3 「仲氏龍岡縣令府君行狀」	徐潞修가 중년에 魏禧와 朱彝尊의 문집에 심취했었음을 말하다.	中年酷愛魏叔子朱竹坨諸集。規撫含咀。造次不捨。
徐有榘	楓石全集 金華知非集 卷2 「與朋來書」	魏禧가 鮑甍生에게 한 말을 인용하다.	魏勺庭之告鮑甍生曰吾年力始衰。才短性疎慵。將坐而須老。豈不望吾之徒之爲之也。吾每讀之。輒不禁鯁涕而悲其志焉。嗚虖。二君其尙念之哉。毋使余今日之言。徒費筆札也哉。
徐有榘	楓石全集 金華知非集 卷2 「與宋莊伯書」	司馬光의 『資治通鑑』에 실린 王蠋과 趙良의 말이 『史記』의 관련부분보다 백배나 더 낫다는 魏禧의 평가를 인용하여 문장의 법에 대해 논하다.	夫以太史公之冠絕千古。猶且刪之而勝。衍之而失。況其下者乎。司馬氏通鑑載王蠋趙良語。而魏氷叔謂其格味之百倍史記。范曄後漢書用陳軫挑妻語。而朱新仲謂較之國策。語簡意足。此可悟文章剪裁之法矣。須細檢而潛玩之。
徐有榘	楓石全集 金華知非集 卷3 「與思潁南相國論諸弘祿行蹟書」	저서는 동시대 사람이 아닌 후세의 평가를 받아야 한다는 魏禧의 말을 인용하다.	魏勺庭之言曰。著書使後世指摘。何如使同時人指摘也。此言儘有味也。忘猥溷瀆。悚惕悚惕。
徐有榘	楓石全集 金華知非集 卷6 「送族叔理修之任鎭岑序」	魏禧가 구황책에 대한 朱子의 말을 인용하다.	魏冰叔述朱晦菴之言曰。救荒無奇策。因時制事。世人不能爲而獨爲之。則謂之奇耳。是誠在子。固無俟乎余之卮言也已。

徐瀅修	明皐全集 卷14 「紀曉嵐傳」	徐瀅修는 청대의 3대가 가운데 '文章은 魏禧'라고 말하였다.	余曰顧寧人之博洽。魏叔子之文章。陸稼書之經學。爲本朝三大家。而閣下以一人兼有之。甚盛甚盛。曉嵐曰萬萬不敢當此昀。但謹守先民法律。不敢妄作耳。
徐瀅修	明皐全集 卷14 「紀曉嵐傳」	紀昀은 洪良浩의 文은 魏禧의 아류이고, 詩는 施閏章·查愼行과 伯仲이라고 평하다.	余曰耳溪詩文何如。在中國則可方何人否。曉嵐曰耳溪詩文。獨來獨往。不甚依門傍戶。所以爲佳。其文在中國則魏叔子之流亞。詩在中國則施愚山查初白之伯仲也。
成海應	研經齋全集 卷8 「讀皇明遺民傳」	魏禧의 충절을 기리다.	冰叔文章繼八家。更看風節特脩姱。易堂諸子皆豪傑。誰赴宏詞博學科。魏叔子。
成海應	研經齋全集 卷33 風泉錄(三) 「題顧寧人祭欑宮文後」	顧炎武·魏禧는 지조 있는 사람으로 유민의 반열에 부끄러움이 없다.	顧寧人有志者也。… 齎蔡政所抵林六使書曰。請與顧魏二翁來。共圖恢復。蔡政未知爲誰。想鄭氏守土之人也。… 魏疑魏叔子。顧疑顧寧人。叔子好遊東南。寧人好遊西北。所至求賢豪長者。其志未可測也。如三人者。不愧於遺民之列。
成海應	研經齋全集 卷8 「讀皇明遺民傳」	魏禧의 충절을 기리다.	冰叔文章繼八家。更看風節特脩姱。易堂諸子皆豪傑。誰赴宏詞博學科。魏叔子。
成海應	研經齋全集 卷40 「皇明遺民傳 (四)」	皇明遺民 魏兆鳳의 아들 魏禧에 대해 논하다.	魏兆鳳字聖期。晚自號天民。寧都人。居父母喪。哀毀如古禮。又散積財及親踈貧者。由是鄉人稱之。… 長子祥偶得當事所餽金以奉兆鳳。堅不納。祥弟禧·禮皆知名。… 禧字冰叔號裕齋。一名際昌。學者稱勺庭先生。生天啓甲子。後侯方域六歲。方

			域旣早歿。而禧名繼起。與之埒。故世稱侯魏云。
柳得恭	燕臺再遊錄	陳鱣에게 顧炎武의 저술 및 屈大均과 魏禧의 저서가 금서인지를 묻고 답하다.	余曰。其書頗不見毀否。答不見毀。余曰。恐有禁。答不禁。余曰。如翁山・叔子輩。皆見禁否。仲魚曰。翁山最禁。叔子次之。余曰。亭林書中。如崇禎過十七年以後。亦曰幾年。此豈非可禁之字乎。仲魚曰。此等處不過奉旨改。
李建昌	明美堂集卷8「答友人論作文書」	'多作은 多改만 못하고, 多改는 多刪만 못하다'라는 魏禧의 말이 문장에 공을 세웠다고 평하다.	然叔子所云多作不如多改。多改不如多刪。是固古人所不傳之祕法。而叔子言之。甚有功於文章。
李建昌	明美堂集卷11「于忠肅論(上)」	于謙에 대한 侯方域・魏禧・方苞・袁枚 등의 견해에 대해 평하다.	于忠肅不諫易儲。侯方域・魏禧非之。方苞・袁枚是之。夫方域禧之論正矣。枚偏且激矣。唯苞所云。忠肅諫則景泰心危而慮變。憲宗父子殆矣。可謂晰於事情。然知其至於是。而不諫。是亦忠肅之過也。
李書九	惕齋集卷3「送李懋官隨蕉齋沈丈念祖入燕」	顧炎武, 魏禧가 죽어서 흉금을 털어놓고 이야기 할 사람이 없을 것이다.	李生三韓之布衣。讀書十年人不識。閉戶孤吟茅屋底。出無車馬家四壁。獨有豪氣隘九州。每思壯觀凌八極 … 不見遺民顧魏輩。悲歌誰與開胸臆。請君且莫笑古人。後人視君今猶昔。嗚呼。丈夫不得志四方。早歸來南山之南北山北。
李祖默	六橋稿略卷2「蘇齋文抄自序」	당시 문장을 조금 안다고 하는 자들이 錢謙益 아니면 魏際瑞・魏禧・魏禮에게로 빠져드는 풍조에 대해 비판하다.	稍有悟解者。非虞山。則必三魏。而況偏學其短處乎。司馬之文如天。以其神全也。班固之文如地。以其氣厚也。神全然後氣厚。氣厚然後久傳。然文有眞氣假氣。曰雅。曰俗。

李天輔	晉菴集 卷6 「魏叔子文抄序」	魏禧의 글을 읽고서 그의 인물 됨됨이와 문장의 '精悍確苦'하고 '言必中理'함에 감명을 받아서 『魏叔子文抄』를 편찬하다.	讀近世所傳魏叔子文。又掩卷而悲之曰。當時之士。不獨慷慨引決。如叔子之潔身深藏者。何其悲也。叔子之不死。其志豈徒潔身深藏而已哉。叔子之爲文。精悍確苦。言必中理。其學長於兵家。劈畫古今。治亂成敗。如身履其地。往往發前人之所未發。如叔子者。可謂一世之奇士也。… 余遂手抄叔子文。序其卷首以俟之。叔子名禧。叔子其字也。
田愚	艮齋集前編 卷4 「答李友明」	顧炎武·魏禧가 變髮한 것을 본보기로 삼아서는 안 된다.	今天下無道之甚。聖人所謂隱之一字以外。更無可道。若其以削髮胡服見逼。則只有一死而已。如顧亭林·魏叔子之變形。不可法也。
曹兢燮	巖棲集 卷14 「答孫汝襄 (贊坤)」	東宮의 指導를 따르지 않았던 高允의 말에 孫贊坤이 의혹을 품자, 魏禧가 이에 대해 논한 말을 인용하며 高允의 마음을 알아준 것이라 평하다.	高允以史事被收。直諫始終如一。似是出於至誠惻怛。不是勉强而能之者也。然及其退謂人曰我不奉東宮指導者。恐負翟黑子之故也。此言可疑。若無翟黑子之事則果如東宮指導乎。此有魏叔子所論。謂高允故爲是言。以自掩其忠直之大名也。其論可謂得高允之心。
洪吉周	縹礱乙幟 卷12	魏禧의 문장은 八家이후 가장 볼 만한 것이니, 동시대의 다른 문장가들과 우위를 비교할 수 없다.	叔子之文。八家後初有。不可與同時諸子較論其甲乙。
洪吉周	縹礱乙幟 卷12 睡餘放筆(一)	洪吉周는 청나라 산문가 중에 魏禧와 汪琬을 거장으로 꼽았다.	淸人詩。余最愛顧亭林[古詩排律尤長]。恒以爲過於王漁洋。文則當以魏叔子汪苕文爲巨擘
洪奭周	鶴岡散筆 卷1	淸朝가 개국할 때 절의를 지킨 문장가 중에서 顧炎	皇朝鼎革之際。文章之士。全節而可稱者。猶顧寧人與魏永淑爲最。

		武와 魏禧가 으뜸이다.	
洪奭周	鶴岡散筆 卷4	魏禧와 顧炎武가 절개를 지켜서 청조의 부름에 응하지 않음을 칭탄하다.	當康熙中。詔公卿擧博學宏詞之士一百八十餘人。唯魏禧叔子。稱疾不至。若顧炎武寧人。則矢死自潔。薦擧亦不敢及也。嗟乎。如二子。洵所謂卓爾不群者歟。
洪奭周	鶴岡散筆 卷4	顧炎武와 魏禧 두 사람은 절개를 지켜 歲寒의 松柏이 되기에 부끄럽지 않다.	顧亭林魏叔子二人。嚼然不汙。殆不媿爲歲寒之松栢。
洪奭周	鶴岡散筆 卷6	呂留良은 부끄러움을 아는 사람이고, 魏禧와 顧炎武는 절개를 온전히 한 선비라고 평할 수 있다.	曰呂留良旣一應淸初之擧矣。下第而歸。遂不復出。平生著述。皆感慨憤咤之語。若是者。亦可謂之耻歟。曰先病後瘳君子與之。如留良者。亦可謂知恥矣。若叔子亭林。則雖謂之全節之士。可也。
洪翰周	智水拈筆 卷4	명나라 熹宗 天啓 연간에 五星이 奎星에 모이더니, 청나라 초에 人文이 성대하여, 湯贇·陸隴其·李光地·朱彝尊·王士禎·陳維崧·施閏章·徐乾學·方苞·毛奇齡·侯方域·宋琬·魏裔介·熊賜履·宋犖·吳雯·魏禧·葉子吉·汪琬·汪楫·邵長蘅·趙執信 등과 같은 인물들이 나왔다.	世稱明熹宗天啓間。五星聚奎。故淸初人文甚多。如湯潛菴贇·陸三魚隴其·李榕村光地·朱竹垞彝尊·王阮亭士禎·陳檢討維崧·施愚山閏章·徐健菴乾學·方望溪苞·毛檢討奇齡·侯壯悔方域·宋荔裳琬·兼濟堂魏裔介·熊澗川賜履·宋商丘犖·吳蓮洋雯·魏勺庭禧·葉方藹子吉·汪鈍翁琬·汪舟次楫·邵靑門長蘅·趙秋谷執信諸人。皆以詩文名天下。其中亦有宏儒鉅工。彬彬然盛矣。而是天啓以後。明季人物之及於興旺之初者也。
洪翰周	智水拈筆 卷4	顧炎武와 魏禧를 칭찬하고, 錢謙益과 吳偉業을 비판하다.	惟顧寧人·魏永叔。卓然自立。不啻若鸞鳳之運於寥廓者。二人而已。錢受之·吳駿公輩。能不泚顙乎。

洪翰周	智水拈筆 卷6	魏禧의 문장은 오로지 『春秋左氏傳』과 『戰國策』을 배웠으며, 紀昀은 策士의 문장이라 하였다.	魏勺庭專學左氏‧戰國策。故其文多馳騁縱橫。紀曉嵐謂策士之文是也。
洪翰周	智水拈筆 卷6	魏禧의 「大鐵椎傳」에 대해서 논평하다.	然如「大鐵椎傳」。奇偉逸宕中。多悲忿語矣。
洪翰周	智水拈筆 卷6	魏禧의 「地獄論」에 대해서 논평하다.	叔子集有「地獄論」三篇。其奇辭博辨。輾轉不窮。雖司馬溫公。詰不能屈也。
洪翰周	智水拈筆 卷6	魏禧의 「黑暗屎尿地獄論」에 대해서 논평하다.	又有「黑暗屎尿地獄論」。此則爲欺世盜名人。有激而言者。
洪翰周	智水拈筆 卷6	魏禧는 左傳經世를 맏아들, 日錄을 둘째 아들, 『魏叔子文集』을 셋째아들이라 하였다.	氷叔曰。吾有三子。何謂無子。其人驚曰。公何嘗有子。氷叔笑曰。左傳經世是吾長子。日錄吾次子。文集吾季子。豈非三子。
黃玹	梅泉集 卷4 「題屏畫十絶」	병풍에 그려진 魏禧의 행적에 대해서 읊다. ＊명나라가 망하자 魏禧는 寧都의 金精山 翠微峯 밑에 은거하여 농사지으며 그 고장 사람들을 가르치고 古文에 전력한 바, 易堂은 魏禧가 강학하던 곳이다.	「翠微結社」(魏禧)。鐵索懸懸萬丈峯。易堂諸子氣如虹。始知氷叔千鈞筆。煉自沉酣節義中。

劉 基 (1311-1375)

인물 해설	원말 명초의 정치가·문장가로, 字는 伯溫, 시호는 文成이며, 浙江省 靑田 사람이다. 명나라의 개국공신으로 經史에 통했고 아울러 術數에도 정통했다. 원나라 至順(1330-1332) 연간에 進士가 되었고 高安縣丞과 江浙儒學副提擧 등을 역임했다. 江浙行省都事를 지낼 때 方國珍이 난을 일으키자 무력으로 진압할 것을 주장했으나 받아들여지지 않자 벼슬을 버리고 고향으로 돌아와서 병사를 모집하여 方國珍과 대항하였다. 후에 明太祖가 된 朱元璋이 그의 명성을 듣고 초빙하자 時務十八策을 개진하였으며, 건국 후에는 李善長·宋濂 등과 함께 典制를 제정하였다. 명 태조 원년에 御史中丞兼太史令이 되고 洪武 3年(1370)에 誠意伯에 봉해졌는데, 다음해에 사직하였다. 뒤에 胡惟庸에 의해서 참소를 당해 울분 속에서 죽었는데, 일설에 의하면 胡惟庸에 의해서 독살당했다고도 한다. 詩文으로도 이름이 높았으며, 저서로는 『郁離子』·『覆瓿集』·『寫情集』·『春秋明經』·『犁眉公集』·『誠意伯文集』 등이 있다.
인물 자료	○ 『明史』, 列傳 16 　劉基, 字伯溫, 靑田人. 曾祖濠, 仕宋爲翰林掌書. … 基幼穎異, 其師鄭復初謂 其父爚曰: "君祖德厚, 此子必大君之門矣."元至順間, 擧進士, 除高安丞, 有廉 直聲. 行省辟之, 謝去. 起爲江浙儒學副提擧, 論御史失職, 爲臺臣所阻, 再投劾 歸. 基博通經史, 於書無不窺, 尤精象緯之學. 西蜀趙天澤論江左人物, 首稱基, 以爲諸葛孔明儔也. … 基遂棄官還靑田, 著郁離子以見志. 時避方氏者爭依基, 基稍爲部署, 寇不敢犯. 及太祖下金華, 定括蒼, 聞基及宋濂等名, 以幣聘. 基未 應, 總制孫炎再致書固邀之, 基始出. 既至, 陳時務十八策. 太祖大喜, 築禮賢館 以處基等, 寵禮甚至. … 太祖即皇帝位, 基奏立軍衛法. 初定處州稅糧, 視宋制 畝加五合, 惟靑田命毋加, 曰: "令伯溫鄕里世世爲美談也." 帝幸汴梁, 基與左丞 相善長居守. 基謂宋·元寬縱失天下, 今宜肅紀綱. 令御史糾劾無所避, 宿衞宦 侍有過者, 皆啟皇太子置之法, 人憚其嚴. 中書省都事李彬坐貪縱抵罪, 善長素

曛之, 請緩其獄. 基不聽, 馳奏. 報可. 方祈雨, 即斬之. 由是與善長忤. 帝歸, 愬
基僇人壇壝下, 不敬. 諸怨基者亦交譖之. 會以旱求言, 基奏:"士卒物故者, 其
妻悉處別營, 凡數萬人, 陰氣鬱結. 工匠死, 胔骸暴露, 吳將吏降者皆編軍戶, 足
干和氣." 帝納其言, 旬日仍不雨, 帝怒. 會基有妻喪, 遂請告歸. 時帝方營中都,
又銳意滅擴廓. 基瀕行, 奏曰:"鳳陽雖帝鄉, 非建都地. 王保保未可輕也." 已而
定西失利, 擴廓竟走沙漠, 迄爲邊患. 其冬, 帝手詔敍基勳伐, 召赴京, 賜賚甚厚,
追贈基祖・父皆永嘉郡公. 累欲進基爵, 基固辭不受. … 基虯髥, 貌修偉, 慷慨有
大節, 論天下安危, 義形於色. 帝察其至誠, 任以心膂. 每召基, 輒屏人密語移時.
基亦自謂不世遇, 知無不言. 遇急難, 勇氣奮發, 計畫立定, 人莫能測. 暇則敷陳
王道. 帝每恭己以聽, 常呼爲老先生而不名, 曰:"吾子房也." 又曰:"數以孔子
之言導予." 顧惟幄語秘莫能詳, 而世所傳爲神奇, 多陰陽風角之說, 非其至也.
所爲文章, 氣昌而奇, 與宋濂並爲一代之宗. 所著有覆瓿集, 犂眉公集傳於世. 子
璉・璟.

○ 錢謙益, 『列朝詩集小傳』 甲集 卷1, 「劉誠意基」

基, 字伯溫, 青田人. 元至順癸酉明經登進士第, 累仕皆投劾去. 方谷真反, 爲
行省都事, 建議招捕, 省臺納方氏賄, 罷官羈管紹興, 感憤欲自殺, 門人密里沙抱
持得不死. 太祖定婺州, 規取處, 石抹宜孫總制處州, 爲其院經歷. 宜孫敗走, 歸
青田山中, 伏匿不肯出. 孫炎奉上命鈎致之, 乃詣金陵, 後以佐命功, 官至御史中
丞, 封誠意伯. 正德中, 諡文成公. 自編其詩文曰覆瓿集者, 元季作也; 曰犂眉公
集者, 國初作也. 公負命世之才, 丁有元之季, 沈淪下僚, 籌策齟齬, 哀時憤世,
幾欲草野自屏. 然其在幕府, 與石抹艱危共事, 遇知己, 效馳驅, 作爲歌詩, 魁壘
頓挫, 使讀者僨張興起, 如欲奮臂出其間者. 遭逢聖祖, 佐命帷幄, 列爵五等, 蔚
爲宗臣, 斯可謂得志大行矣. 乃其爲詩, 悲窮嘆老, 吝嗟幽憂, 昔年飛揚踔砯之氣,
澌然無有存者, 豈古之大人志士義心苦調, 有非旗常竹帛可以測量其淺深者乎!
嗚呼, 其可感也. 孟子言誦詩讀書, 必曰論世知人. 餘故錄覆瓿集列諸前編, 而以
犂眉集冠本朝之首. 百世而下, 必有論世而知公之心者.

○ 顧起綸, 『国雅品』, 士品(一), 「劉文成伯溫」

公伊呂之佐, 文其緒餘耳. 故駿才鴻調, 工爲綺麗. 古風如思歸引思美人, 近體
如古戍, 並出騷雅, 亦足以追步梁父, 憑陵燕公矣.

<table>
<tr>
<td></td>
<td>

○ **王世貞, 『藝苑卮言』卷6**

當是時, 詩名家者, 無過劉誠意伯溫·高太史季迪·袁侍禦可師. 劉雖以籌策佐命, 然爲讒邪所間, 主恩幾不終, 又中胡惟庸之毒以死. 高太史辭遷命歸, 教授諸生, 以草魏守觀上梁文腰斬. 袁可師爲禦史, 以解懿文太子忤旨, 僞爲風癲, 備極艱苦, 數年而後得老死. 文名家者, 無過宋學士景濂·王待制子充. 景濂致仕後, 以孫慎詿誤, 一子一孫大辟, 流竄蜀道而死. 子充出使雲南, 爲元孽所殺, 歸骨無地. 嗚呼 ! 士生於斯, 亦不幸哉 !

劉誠意伯溫與夏煜孫炎輩, 皆以豪詩酒得名. 一日, 遊西湖, 望建業五色雲起, 諸君謂爲慶雲, 擬賦詩. 劉獨引大白慷慨曰: "此王氣也. 後十年有英主出, 吾當輔之." 衆皆掩耳. 尋高皇帝下金陵, 劉建帷幄之勳, 爲上佐, 開茅土, 其言若契.

</td>
</tr>
<tr>
<td>

저술
소개

</td>
<td>

* 『**國初禮賢錄**』
(明)抄本 1卷

* 『**劉青田先生鈐記**』
(淸)抄本 1卷

* 『**郁離子**』
(明)刻本 10卷 / (明)崇禎 17年 梅士生刻本 10卷

* 『**犁眉公集**』
(明)明初 刻本 繆荃孫跋 5卷

* 『**覆瓿集**』
(明)明初 刻本 24卷 / 明初 刻本 宣德年間 印本 24卷

* 『**誠意伯劉先生文集**』
(明)成化 6年 戴用·張僎刻本 20卷 / (明)正德 14年 林富刻本 20卷

* 『**太師誠意伯劉文成公集**』
(明)嘉靖 35年 樊獻科·于德昌刻本 萬曆年間印本 18卷 / (明)隆慶 6年 謝廷傑·陳烈刻本 20卷

* 『**劉文成公全集**』
(明)鍾惺輯評 明末 刻本 12卷

* 『**劉宋二子**』
(明)嘉靖 35年 何鏜刻本 4卷 內 劉基撰 『郁離子』 2卷

</td>
</tr>
</table>

* 『明八大家文集』

  (淸)張汝瑚編 (淸)康熙年間 刻本 76卷 內 劉基撰 『劉文成集』 5卷

* 『説郛續』

  (明)陶珽編 (淸)順治 3年 李際期 宛委山堂刻本 46卷 內 劉基撰 『郁離子微』
/ 『翊運錄』 / 『遜國記』

* 『明世學山』

  (明)鄭梓編 (明)嘉靖 33年 鄭梓刻本 50種 57卷 劉基撰 『郁離子微』 1卷

* 『百陵學山』

  (明)王完編 (明)萬曆年間 刻本 100種 119卷 內 劉基撰 『郁離子微』 1卷

* 『今獻匯宮』

  (明)高鳴鳳編 明代 刻本 39種 39卷 內 劉基撰 『擬連珠編』 1卷

* 『學海類編』

  (淸)曹溶編 (淸)道光 11年 晁氏 活字印本 430種 814卷 內 劉基撰 『郁離子』
1卷

* 『學津討原』

  (淸)張海鵬編 (淸)嘉慶 10年 張氏 照曠閣刻本 20集 173種 1053卷 內 劉基
撰 『郁離子』 2卷

비 평 자 료

金邁淳	臺山集 卷17 闕餘散筆	陸隴其는 「與人論明史書」에서 劉基가 두 왕조를 섬겼다고 비평했으나, 스스로도 淸나라에 출사하였다.	陸集「與人論明史書」。以劉文成旣仕元。又佐明。出處不醇。當置之雜傳。不如是。無以服危太樸。… 文成則已矣。三魚一生讀孔孟程朱之書。自待與人待之者。宜不欲以天民大老之事。讓與別人。而崇禎之末。年已志學。國變之後。不能深藏遠引。非聘非徵。應擧覓官。皓首浮沉於知縣科道之間。是亦不可以已乎。向使西湖慶雲。復起於康熙之世。則此老所辦。未審何居。進旣不能占金·許之高。退又不肯處文成之雜。究竟成就。不過爲

			余闕·楊維楨而止耳。藉曰余·楊之醇。賢於文成之雜。將以擬夫夙昔所講天民大老之事。果無多少餘憾。而質之孔孟程朱。其肯曰醇乎醇歟。(陸公生於崇禎庚午。擧康熙庚戌進士。官至四川監察御史。年六十三卒)
金祖淳	楓臯集卷16「雜錄」	명나라의 大人으로 徐達을 지목하고, 劉基는 徐達에 비하면 亞流라고 평하다.	大人者不世出。然亦未嘗不世出也。…明得一人焉。徐中山是也。若漢之子房。晉之嗣宗。唐之鄴侯。宋之圖南。明之伯溫。又其流亞也。
南克寬	夢囈集坤「謝施子」	원과 명 초기에는 敦朴嚴重함을 숭상하여 劉基의 문장도 촉박한 기운이 점점 느려졌는데, 淡薄함이 극도에 달하여 유약하고 진부함이 이르지 않는 곳이 없다	元及明初政。尙敦朴嚴重。文章亦稍紆促迫之氣。如黃·柳·宋·劉一派是也。然淡薄旣極。卑靡腐爛。無所不至。
李德懋	靑莊館全書卷48「耳目口心書(四)」	呂留良이 명말 문장가들을 襃貶한 시를 소개하다.	偶閱呂晚村詩。明末文章。分門割戶。互相攻擊。甚於鉅鹿之戰。黨錮之禍。亦可以觀世變也。古來未之見也。其詩有曰。紅羅眞人起長濠。東南兩鬼相遊遨。兩鬼者誰宋與劉。
李裕元	嘉梧藳略冊3「皇明史咏」	劉基의 事績을 시로 읊다.	爲時傑出四先生。誠意帷籌縱復橫。其學本於儒者用。人將讖緯妄論評。
李宜顯	陶谷集卷28陶峽叢說	劉基는 方孝孺, 宋濂과 같은 유파이다.	明文集行世者。幾乎充棟汗牛。不可殫論。而大約有四派。姑就余家藏而言之。方遜志·劉誠意·宋潛溪。以義理學術。發爲文詞者也。此爲一派。遜志尤滂沛浩瀚。有明三百年文章。絶無及此者。潛溪其亞。而誠意又潛溪之匹也。

李學逵	洛下生集 冊11 「感事集句 (十章)」	明나라 張昱의 '牡丹時月 好淸明'과 明나라 劉基의 '人世可憐惟有老'라는 구 절을 인용하여 感事集句 詩를 짓다.	牡丹時月好淸明。明張昱。 歸對黎渦卻 有情。宋朱文公。人世可憐惟有老。 明劉基。已將嘲弄付諸生。宋陸游。
正祖	弘齋全書 卷180 群書標記 「詩觀」	劉基의 시는 聲調가 華麗 하며 雄壯하다.	劉基聲容華壯。
正祖	弘齋全書 卷9 「詩觀序」	『詩觀』에 明나라 劉基・ 高啓・宋濂・陳獻章・李 東陽・王守仁・李夢陽・ 何景明・楊愼・李攀龍・ 王世貞・吳國倫・張居正 의 詩를 수록하였음을 언 급하다.	明取十三人。劉基一千四百二十九首。 爲十二卷。高啓一千七百五十六首。爲 十一卷。宋濂一百三十三首。爲二卷。 陳獻章一千六百七十九首。爲十卷。李 東陽一千九百四十四首。爲十四卷。王 守仁五百八十四首。爲四卷。李夢陽二 千四十首。爲十七卷。何景明一千六百 六首。爲十三卷。楊愼一千一百七十五 首。李攀龍一千四百十七首。各爲十 卷。王世貞七千一百二十三首。爲五十 卷。吳國倫四千八百八十八首。爲三十 一卷。張居正三百十七首。爲二卷。 共爲明詩一百八十六卷。錄詩二萬五千 七百十七首。凡詩觀之錄詩。七萬七千 二百十八首。而爲五百六十卷。
許筠	惺所覆瓿稿 「鶴山樵談」	『升庵詩話』에 明初 이래 재상의 업적을 논함에 있 어 劉基를 제일로 치켜세 웠다.	升庵詩話。論國初以來。相業推劉誠意 爲首。
洪吉周	峴首甲藁 卷3 「明文選目錄序」	명나라 문인 劉基・宋 濂・方孝孺・解縉・楊 寓・李東陽・王守仁・唐 順之・王愼中・歸有光의 문장을 모아 『明文選』甲	明文選二十卷。目錄一卷。淵泉先生之 所篇也,其書有五集。以劉伯溫・宋景 濂・方希直・解大紳・楊士奇・李賓 之・王伯安・唐應德・王道思・歸熙甫 之文爲甲集。

		集을 만들었다.	
洪吉周	峴首甲藁 卷8 藏書紀(二) 尙友書丙集	劉基는 經世濟民의 재주로 명나라 황실을 보좌하였고, 功을 사양하고 권력을 멀리 하였으나, 張良처럼 자신을 보전하지는 못하였다.	劉基伯溫。以經濟才。輔我皇明. 太祖得天下。遜功避權。惜其終不能如子房之遯處。以保其軀。
洪奭周	淵泉集 卷24 「選甲集小識」	『皇明文選』甲集에 뽑은 인물 중에서 宋濂·唐順之·歸有光은 옛 사람들의 의론을 따른 것이고, 劉基를 宋濂과 함께 묶되 더 높인 것과 方孝孺·王守仁을 歸有光보다 높인 것은 내가 취하는 바가 있기 때문이고, 解縉·楊士奇·李東陽·王愼中은 못마땅한 점이 없지 않지만, 그 장점을 본다면 한 시대의 으뜸이라 할 만하다. * 『皇明文選』甲集에 적은 글.	余自宋景濂以下得十人。以其傑然爲一時甲也。故曰甲集。其取宋景濂。唐應德。歸熙甫。皆古人之餘論也。其以劉伯溫。配景濂而上之。而尊方希直·王伯安於歸唐之右。余竊有取焉爾。若解大紳之輕俊。楊士奇·李賓之之平衍。王道思之支蔓。於余心。有未慊焉。雖然。推其所長。亦可以爲一時之甲矣。
洪翰周	智水拈筆 卷1	명나라의 劉基는 탁월한 문장가로 茅坤보다 뛰어나다.	明之宋濂·劉基·方孝孺·王守仁。皆絶代之文章。而鹿門以上之人也。八家爲甲。則諸公爲乙可也。豈可謂八家之外。全然無可選之一家也。此甚可笑。
洪翰周	智水拈筆 卷1	『十八史略』은 盤古天皇에서 시작하여 원나라 멸망에서 마치는데, 끝에는 劉基의 「瑞麥頌」과 「平蜀頌」이 붙어 있다.	史略則起盤古天皇。止元亡。其末並附劉文成公「瑞麥頌」·「平蜀頌」。

洪翰周	智水拈筆 卷3	劉基는 명나라에 들어와 벼슬하기 전의 시문을 『犂眉公集』이라 하였다.	又劉靑田。入明以前詩文。名曰犂眉公集。此不知何義也。
洪翰周	智水拈筆 卷3	옛 사람은 저서를 '子'로 일컫는 경우가 많은데, 劉基는 자신의 저서를 『郁離子』라 하였다.	又古人著書。多以子稱。葛稚川之抱朴子・元次山之琦玕子・蘇子瞻之艾子・宋金華之龍門子・劉靑田之郁離子・何大復之貽簪子之類。是也。

劉大觀 (1753-1834)

인물 해설	字는 正孚, 號는 松嵐이며, 山東 臨淸州 邱縣(지금의 河北省 邯鄲市) 사람이다. 乾隆 42年(1777)에 拔貢生이 되어 廣西 永福縣令이 되었으며, 이후 山西河東兵備道·二署山西布政使 등을 역임했다. 당시 遼東 지역에서 유명한 시인 중 하나였으며, 서예 솜씨도 탁월했다. 저서로는 『玉磬山房詩集』과 『玉磬山房文集』이 있다.
인물 자료	**○ 李斗, 『揚州畫舫錄』 卷6** 　劉大觀, 字松嵐, 山東邱縣拔貢生, 工詩善書. 官廣西知縣, 丁艱時, 爲江南浙江之遊, 揚州名園江外諸山, 以及湖墅西湖諸勝蹟, 極乎天台雁蕩之間, 揮素擘箋無虛日. 歸過揚州, 主朱敬亭家, 嘗遊鮑氏園, 贈之以畫. 嘗謂人曰, 杭州以湖山勝 蘇州以市肆勝. 揚州以園亭勝. 三者鼎峙不可軒輊, 洵至論也. 詩學唐人, 著有嵩南詩集, 詩話數十卷. 聞揚州名妓銀兒, 以怨死求得其墓, 邀同人作詩弔之, 服除, 改授奉天開原縣, 擢寧遠知州, 稱循吏. 時與甘泉林蘇門交予于蘇州, 得松嵐書云. … **○ 『山西通志』 卷104** 　劉大觀, 字正孚, 號松嵐. 山東邱縣人, 由拔貢累官河東兵備. 嘉慶十一年, 鹽政改商運, 與藩司金應琦悉心籌劃, 招徠得宜, 一時稱便. 十四年, 金升巡撫, 旋以疾乞假. 侍郎初彭齡來攝撫事, 性煩奇, 以整飭吏治爲名, 陰排金(應琦)代其位. 川北道劉淸方以平賊功洊擢晉藩, 甫兩月, 即被劾去. 州縣掛彈章者累累, 有迫辱至自殺者. 明年, 大觀調署布政, 乃摭其任性妄爲, 前後糾參不實諸款奏之. 時初(彭齡)已改授陝撫矣, 仍召歸. 大觀亦被議落職. 不以爲忤也, 時論偉之. **○ 張問陶, 『船山詩草』 卷14** 　七月晦, 得劉松嵐寧遠州書. 云: "久不得足下消息. 前日松江張古村去, 寄書

玉松問之, 又恐玉松已回蘇州, 書不得達, 足下消息不得而知也. 中元日, 送報人來, 知玉松未去, 船山已回都下, 私心且喜. 並聞船山有出關之意, 喜不可言. 寧遠有一書院, 大觀每歲捐俸五百金, 爲先生素修. 如得足下居此席, 諸生之福, 亦松嵐之福也. 錦州太守見修府志, 屬大觀物色高手, 如足下在寧遠, 可一舉兩得, 妙到不可解矣. 千萬禱祝, 八月初旬倣裝, 如盤費無措, 不妨向人借貸, 一下車即寄還也. 盤桓數月, 臘底回京, 明正與夫人同來, 亦免兩地牽掛. 爲足下計, 無如此策之上者, 幸決計早來, 以踐斯約. 書去之日, 即僂指盼行旌矣." 時予以他事羈身, 不能出關. 感故人之德, 作詩志之, 即寄松嵐代柬.

○ 王昶, 『蒲褐山房詩話』

松嵐, 始仕遼陽, 仁聲懋著. 方且洊登牧守, 奮績仕途. 乃其詩蕭閑刻峭, 卓然自立於塵埃之表, 正如梁伯鸞滅突更炊, 不因人熱. 推其源, 似出於瀛奎律髓, 足與四靈三拜分手抗行, 不僅爲五言長城已也.

○ 徐瀅修, 『明皐全集』卷14, 「劉松嵐傳」

劉大觀, 號松嵐, 山東臨淸人也. 其九世祖嘉遇, 官山西按察使, 爲明萬曆間名臣. 其祖士縉, 仕淸爲四川榮經縣知縣, 其父燮, 爲安徽桐城縣知縣, 蓋世家也. 松嵐以乾隆丁酉科拔貢, 歷廣西天保縣知縣, 今爲奉天寧遠州知州. 能詩善楷書, 著有『玉磬山房集』幾卷. 余於己未赴燕時, 行過寧遠, 見一官員, 乘簷頂太平車, 從者數十人, 皆騎馬擁後. 前有一騎揮鞭呵引, 余策馬而前, 使隷私問其爲誰, 則寧遠知州也. 及抵客店, 松嵐躚後來訪, 余卽出門揖迎, 引入坑對坐, 相與問答姓名爵里訖. 松嵐書示曰: "俄於路上, 遙接閣下風範, 自不覺心醉. 貴國舊稱禮義之邦, 文物風俗, 至今能然否?" 余曰: "弊邦自箕聖以來幾千載, 中土之所不能及者有二大端, 親喪之必三年也, 婦人之不再醮也. 及至我朝聖神繼作, 賢德夾輔, 立經陳紀, 蓋倣趙宋規模. 而如學術之宗程朱, 絀陸王, 文辭之主八家, 賓六朝, 詩敎之尙盛唐, 耻建安, 雖比之鄒魯, 文獻亦不多讓耳. 聞近來中原學問, 則強半是江西餘派, 一轉而爲李卓吾, 再傳而爲毛大可, 詿誤旣久, 漸染益多云, 此說儘然否?" 松嵐曰: "本朝自聖祖仁皇帝表章朱子之後, 立之學官, 誦法尊師者, 更無二歧. 而天下之大, 豈能四方一轍? 至如鄉塾講案, 則朱陸相半, 然此不可謂朱子之道不行矣." 余曰: "卽勿論朝廷艸野, 經學文章之爲世眉目者, 是誰?" 松嵐曰: "今禮部尙書紀公昀・鴻臚少卿翁公方綱也." 余曰: "陳公崇本, 曾爲我作「學道關序

」, 蓋相與於形骸之外者殷矣, 今尚在日下否?" 松嵐曰: "陳公以國子祭酒, 方任湖北學政去, 閣下今行, 恐不得相見. 此公學問有本源, 誠不草草, 而亦陸學也." 余曰: "寧遠卽明朝袁公崇煥多年鈐轄之地, 舊蹟遺芬, 尚有流傳不沫者否?" 松嵐曰: "見於史乘, 塗人耳目者外, 別無佚事異聞矣." 余曰: "猥蒙左顧, 多感不鄙, 而使程有期, 不能竟晷繼夜, 甚是恨事." 松嵐曰: "歸時必以此地爲宿站, 秉燭津津, 豈非浮生快事耶?" 余曰: "荷此鄭重, 敢不如戒." 松嵐起去, 余揖送門外. 及余自燕還, 松嵐寄書迎問於數日程外, 旣抵寧遠, 會余于玉磬山房. 房在州城東一里許, 而松嵐捐俸新築者也. 把臂相勞苦, 就話于西寮. 松嵐曰: "閣下今行, 山川風俗之可以開拓心胸者, 不在論也. 身入大都, 識得幾箇名世之賢?" 余曰: "識一紀曉嵐. 此老腹笥, 四部五車, 九流七錄, 國典朝常, 竹頭木屑, 無不畢具矣." 松嵐曰: "兩賢相對, 傾囊倒庋, 必多可聞矣." 余曰: "曉嵐爲序弊稿, 幸先生取覽評隲." 仍以紀序授之, 松嵐覽訖曰: "願得曉嵐一言, 以賭聲價者, 天下何限, 而閣下乃得之於傾蓋之間. 須信有逸羣之眞才, 然後可借伯樂之一顧, 吾輩誠愧死矣." 余曰: "紀公文體, 不欲偭背規矩, 亦不屑常談死法, 而平生蹤跡, 不離四庫館. 博涉古今昌書, 儲峙完具, 逢源肆應, 儘可謂不易得之一大家. 最是文字與語錄不同之論, 尤爲特見創論, 看透從前作者看未到處, 先生亦以爲然否?" 松嵐首肯曰: "極是名言, 僕於此事, 心雖艷慕, 愧未有眞得實工耳." 仍設卓排饌, 旨酒嘉殽, 名果香蔬, 相與擧酬, 錯以談詼. 松嵐曰: "僕是王漁洋先生姻家後進, 年前過其家, 拜其小像. 今見閣下, 眉目風儀, 宛如漁洋, 無毫髮差爽. 異代異國之人, 何如是酷相似也?" 余曰: "漁洋號稱一代名碩, 然其學不越考證一步, 其文亦僅以雅潔自持. 詩特其所長, 而先生以此望僕, 僕未肯默受之也." 松嵐大笑曰: "閣下之所自待, 知應不止此, 而僕亦以形貌之相似言耳. 至如道德文章之成就地步, 僕豈敢測海, 而亦豈以漁洋望閣下哉!" 余笑曰: "前言戲耳. 漁洋豈可易言哉! 呂晚村學術, 較諸近日諸儒, 最爲醇正, 最似親切下工. 得其淵源者, 今有何人? 而所著書, 亦有幾種?" 松嵐熟視良久曰: "呂留良是大學問, 然得罪本朝, 不敢竭論. 仍摘其筆談中此句, 投諸燭茇, 向余呵呵而笑, 余亦大笑." 松嵐曰: "貴國科制何如? 願聞其畧." 余曰: "弊邦科制, 畧倣明朝洪武初所定之遺規. 子午卯酉年, 分三場取士, 而經義文詞, 雙試幷取. 外此, 國有大慶, 則有慶科. 令辰佳節, 引試功令各體, 則有節製. 但知貢擧不置專官, 臨試差幹, 此稍與中制不同耳." 松嵐曰: "貴國人, 或着圓頂帽, 或着尖頂帽, 豈文武之別耶?" 余曰: "槩言之, 則文武之分, 而亦有時相通耳. 頃在日下時聞之, 則貴宗太學士, 卽劉墉, 年前高宗皇帝傳禪時, 有大樹立., 今皇帝以定

策元老待之云, 此說信然否?" 松嵐曰: "果有此事." 余曰: "太學士, 義理之學耶? 詞章之學耶? 經濟之學耶? 名物之學耶?" 松嵐曰: "經濟爲主, 而大抵有識見底人. 故立言立功, 皆能脚踏實地." 酒闌, 松嵐要余偕歸其官舍, 遂乘簷頂車, 與松嵐幷驅入府. 過聽事堂, 歷待客廳, 徑造其寢室, 則几案圖籍, 左右魚雅盆菊正開, 香馥郁郁襲人. 共坐花梨床上, 啜茗數盃, 余求扁額及柱聯數幅, 松嵐卽寫'明皇靜居'四字. 及於古人書無不讀, 則天下事, 皆可爲一聯. 顧余而笑曰: "着題否?" 余笑答曰: "不敢當." 相與促膝閒話, 多不能記, 至聽鷄然後乃罷. 翌朝又訪余所住客店, 戀戀不能別, 蓋多情人也. 臨別, 求示余詩文甚切, 故歸國後, 因貢便抄寄三冊. 其答曰: "伏讀閏月十五日書, 深情雅愛, 歷久彌篤, 益令人有離睽之思. 承惠大集三冊, 適在病中, 頭如著雨之楊, 垂垂而不能擧, 目如受薰之鼠, 瞤瞤而不能視, 命侍婢扶腋, 就隱囊讀之. 未竟一板而委頓不支矣, 屢仆屢輟, 屢輟屢讀, 讀竟而病亦豁然. 是知蘇玉局每體中不康, 讀陶詩一兩首輒愈, 其言爲不虛矣. 然陶晉人也, 蘇宋人也, 時代不相及, 音容笑貌不相見, 猶足以感發如此. 矧僕於閣下, 生同時而情相契耶? 集中詩文, 美不勝收. 「學道關」一篇, 爲閣下安身立命之主宰. 僕出仕太早, 於性理之學, 未能致功, 不收以門外漢作貢諛之詞. 然微窺閣下語言擧止, 誠有所謂晬然見於面盎於背者, 固知非有所養, 不能如是. 養氣之功, 不離乎道, 入道之階, 不離乎學. 吾卽閣下之人之醇正, 可知閣下之文, 必如其人矣. 僕將以此傳布中州, 使中州士大夫, 咸知東國有此人, 幷使中州士大夫, 咸知僕之交游有此友, 豈非平生幸事哉! 使旋畧陳潤臆, 幷候起居, 榮暢不一." 仍附尺牘一冊, 中有與余往復書數篇.

評曰: 余見松嵐貌, 端雅有精神, 擧止詳整, 無浮淺輕佻之態. 知必有所志, 而不可但以風雅筆札之近世小品目之. 惟是早遊州郡, 才未充而學未博, 則其於性理名物儒者之多少事業, 往往如隔壁堂下人窺影而尋聲者. 夫一約之絲, 其絡幾何, 松嵐豈肯安於小成者哉! 余不能不重有望也. 余友金國寶, 後余使燕, 亦與松嵐相遇. 歸傳松嵐之言曰: "徐明皐之經學, 陸稼書先生後一人云," 此殆松嵐踈於經學故云然也. 稼書以後, 有顧亭林・李榕村. 余嘗讀其書, 行間字裡, 深知其不可及. 屈指計度, 至於什至於百至於千萬而猶未盡其級也, 敢謂余一人乎哉!

저술 소개	*『玉磬山房詩』 (淸)刻本 8卷 *『玉磬山房文集』

			(淸)嘉慶 20年 刻本 4卷
			＊『宛委山人詩集』
			(淸)劉正誼撰 (淸)刻本 12卷 內 劉大申‧劉大觀‧劉文蔚撰『西園詩選』3卷

비 평 자 료			
徐瀅修	明臯全集 卷14 「劉松嵐 (大觀)傳」	劉大觀의 저서로는『玉磬山房集』이 있다.	劉大觀號松嵐。山東臨淸人也。… 著有玉磬山房集幾卷。
徐瀅修	明臯全集 卷2 「奉贈寧遠知 州劉松嵐 大觀(二首)」	연행을 가면서 劉大觀에게 시를 주다.	艶體陳言弊百年。紛紛壇墠揔忘筌。方臯相馬無他法。吾愛松嵐獨佶然。
申緯	警修堂全藁 冊 花徑贐墨(二) 「次韻秋史內 翰見贈(幷序)」	申緯는 金正喜와 함께 翁方綱이 서문을 쓴 劉大觀의『玉磬山房詩集』을 읽고 由蘇入杜의 방법에 대해 토의하였다.	余入銀臺。自視黃面老子。不堪作顧影少年態。猶幸與秋史內翰興會日繁。…又從秋史見近刻劉松嵐詩集。卷首有覃序者。仍與商畧詩求杜法之旨。間携致敝藏快雪堂帖‧覃書對子一聯‧孤雲處士王振鵬「苕溪高隱圖」一軸。右三種書畫。對榻審定。以證金門墨椽。 其一： 有此交懽一往深。不虛鍾漏送光陰。蘆寒隷古神情合。茶熟詩成氣味參。傘雨同聽八甎步。書香獨愴卅年心。翰林承旨容踈放。佳話鑾坡續筆添。 其二： 吾輩寶覃書外深。篆香奚止例山陰。詩求杜法金針度。妙在禪宗玉版參。重訂馮劉雪堂刻。同盟松柏石琴心。何人勸我苕嶘隱。能否先生泛宅添。(覃聯：石琴之音。玉體之嗜;葱蘭其氣。松柏其心十六字)

柳得恭	燕臺再遊錄	劉大觀의 『玉磬山房集』을 본 적이 있고, 劉大觀 역시 柳得恭의 이름을 알고 있어, 만나 보려 하였으나 다른 지역으로 출장 가서 만나지 못하였다	劉大觀字松嵐。山東臨淸人。今寧遠知州。曾見其所著玉磬山房集。松嵐亦因東使。聞余姓名。赴燕時。送人探之。因公務往錦州未回。
柳得恭	燕臺再遊錄	劉大觀의 아우 劉大均이 방문하였다	劉大觀字松嵐。山東臨淸人。今寧遠知州。曾見其所著玉磬山房集。松嵐亦因東使。聞余姓名。赴燕時。送人探之。因公務往錦州未回。其弟大均來見。亦佳士也。
柳得恭	燕臺再遊錄	귀국하는 길에 영원성 밖에 당도하자, 劉大觀이 방문하여 즐겁게 교유하였는데 朱素人이 그린 百合花를 두고 지은 절구 두 수를 써서 주었으며, 또 翁方綱이 서문을 지은 黃景仁의 『悔存齋詩抄』 2권을 보여 주었다	援川楚例。充廩生云。還到寧遠城外。松嵐來訪寓所。一見如舊。甚歡也。問其宦蹤。則以開原知縣陞本州云。其翌日。約會于城東之龍神祠。祠卽松嵐捐金刱建。爲禱雨之所。棟宇丹雘。輝映林木之表。下車盤桓。少頃。松嵐至。兩騎佩弓前導。從者亦衆。至則先詣龍神像前叩頭。道士鳴鍾。倉官姓曹者隨至。叩頭於階上。邂於西廡。布卓吃茶。略談而別。松嵐以其所作朱素人畫百合花二絶書贈。筆意古雅。又以悔存齋詩抄二卷示之。武進黃景仁所著。翁覃溪方綱作序。景仁爲文節裔孫。而洪編修亮吉密友云。臨別。又以禮部侍郎英和所書一示之云。與英公契好。未知其意也。
柳得恭	燕臺再遊錄	이별에 임하여 劉大觀은 英和가 쓴 글씨 한 폭을 보여 주었다	臨別。又以禮部侍郎英和所書一示之云。與英公契好。未知其意也。

柳如是 (1618-1664)

인물해설

　　청나라 초기의 여성시인으로 浙江 嘉興 출신이다. 本名은 楊愛인데 후에 柳隱으로 개명하고 字는 靡蕪라고 했다. 뒤에 또 이름을 是로 바꾸고 자를 如是 또는 河東君이라 하였다. 宋代 辛棄疾이 지은 「賀新郎」의 "내가 푸른 산을 보니 그 모습 곱디 고운데, 생각하니 청산도 나를 보고 이처럼 여리기라(我見青山多嫵媚, 料青山見我應如是)"라는 구절을 읽고 난 후 自號를 如是라고 했다고 한다. 柳如是는 明淸 교체기에 활동한 유명한 歌妓才女로 어려서부터 총명하고 배움을 좋아하였지만 집안이 가난하여 吳江 사람인 周道登의 시첩이 되었다. 후에 靑樓에 들어가 강남지역의 많은 문사들과 교유하였는데, 陳子龍과 동거했다가 훗날에는 錢謙益의 애첩이 되었다. 그러나 전겸익이 죽은 후에는 목을 매고 자결했다고 한다. 그녀는 詩詞와 書畫에 뛰어나 『湖上草』, 『戊寅草』 등을 남겼으며 괄목할 만한 尺牘들도 남겼다. 陳寅恪이 지은 『柳如是別傳』에 그녀의 자세한 행적이 기록되어 있다.

인물자료

　　○ 徐芳, 『藏山集』, 「柳夫人小傳」

　　柳夫人字某, 虞山錢牧齋宗伯愛姬也. 慧倩工詞翰. 在章台日, 色藝冠絕一時. 才雋奔走枇杷花下, 車馬如煙, 以一廁掃眉才子列爲重. 或投竿炫餌, 效玉皇書仙之句, 紙銜尾屬, 柳視之蔑如也, 即空吳越無當者, 獨心許虞山, 曰: "隆准公即未復絕今古, 亦一代顚倒英雄手." 而宗伯公亦雅重之, 曰: "昔人以遊蓬島·宴桃溪, 不如一見溫仲圭. 吾可當世失此人乎?" 遂因緣委幣.

　　柳既歸宗伯, 相得歡甚, 題花詠柳, 殆無虛日, 每宗伯句就, 遣鬟矜示柳, 擊缽之頃, 蠻箋已至, 風追電躡, 未嘗肯地步讓, 或柳句先就, 亦走鬟報賞, 宗伯畢力盡氣, 經營慘淡, 思壓其上, 比出相視, 亦正得匹敵也, 宗伯氣骨蒼峻, 虯榕百尺, 柳未能到, 柳幽豔秀發, 如芙蓉秋水, 自然娟媚, 宗伯公時亦遜之. 於時旗鼓各建, 閨閣之間, 隱若敵國云. 宗伯於柳不字, 凡有題識, 多署柳君. 吳中人寵柳之遇, 稱之直曰柳夫人.

宗伯生平善逅, 晚歲多難, 益就窶蹙. 嗣君孝廉某故文弱, 鄉里豪黠頗心易之, 又嘛宗伯公牆宇孤峻, 結侶伺釁. 丙午某月, 宗伯公即世. 有棠驟起, 以責逅爲口實, 噪而環宗伯門, 搪撞詬誶, 極於詬辱. 孝廉魂魄喪失, 莫知所出. 柳夫人於宗伯易簀日, 已蓄殉意, 至是泫然起曰: "我當之!" 好語諸惡少: "尙書寧盡負若曹金? 即負, 固尙書事, 無與諸兒女! 身在, 第少需之." 諸惡少聞柳夫人語, 謂得所欲, 鋒稍戢, 然環如故. 柳中夜刺血書訟牘, 遣急足詣郡邑告難, 而自取縷帛結項死尙書側. 旦日, 郡邑得牘, 又聞柳夫人死, 遣隸四出, 捕諸惡少, 問殺人罪. 皆雉竄兔脫, 不敢復履界地. 構盡得釋. 孝廉君德而哀之, 爲用匹禮, 與尙書公並殯某所. 吳人士嘉其志烈, 爭作詩誄美之, 至累帙云.

東海生曰: 柳夫人可謂不負虞山矣哉! 或謂情之所鍾, 生憐死捐, 纏綿畢命, 若連理枝‧雉朝飛‧雙鴛鴦之屬, 時有之矣. 然柳於虞山豈其倫耶? 夫七尺腐軀, 歸於等盡. 而擲之當, 侯嬴以存弱趙, 杵臼以立藐孤, 秀實以緩奉天之危, 紀信以脫滎陽之難. 或輕於鴻毛, 或重於泰山, 各視其所用. 柳夫人以尺組下報尙書, 而紓其身後之禍, 可不謂重與? 所雲重用其死者也! 夫西陵松柏, 才矣, 未聞擇所從. 耆卿‧月仙, 齊丘‧散花女, 得所從矣, 而節無聞. 韓香‧幼玉‧張紅紅‧羅愛愛之流, 節可錄矣, 又非其人也. 千秋香躅, 唯張尙書燕子一樓, 然紅粉成灰, 尙在白楊可柱之後. 夫玉容黃土之不惜, 而顧以從死之名爲地下慮, 荒矣. 微曰舍人, 泉台下隨, 未敢必其然也. 人固不可知, 千尋之操, 或以一念隳, 生平之疵, 或以晚節覆. 遂志赴義, 爭乎一決. 柳夫人存不必稱, 而沒以馨, 委蛻如遺, 豈不壯哉!

○ 林雪,『柳如是尺牘』,「小引」

余昔寄跡四湖, 每見然明拾翠芳堤, 偎紅畫舫, 徉徜山水間, 儼黃衫豪客. 時唱和有女史纖郎, 人多豔之. 再十年, 餘歸三山, 然明寄际畫卷, 知西泠結伴, 有畫中人楊雲友, 人多妒之. 今復出懷中一瓣香, 以柳如是『尺牘』寄余索敘. 琅琅數千言, 豔過六朝. 情深班蔡, 人多奇之. 然明神情不倦, 處禪室以致散花. 行江皋而逢解珮. 再十年, 繼三詩畫史而出者, 又不知爲何人? 總添入西湖一段佳話. 余且幸附名千載云.

저술 소개	＊『柳如是詩』 (淸)抄本 1卷

	★ 『牧齋紅豆莊雜錄』 (淸)錢謙益輯 抄本 2卷 ★ 『湖上草』 (淸)虞山 周氏 鴝峰草堂抄本 ★ 『柳如是尺牘』 (淸)虞山 周氏 鴝峰草堂抄本 ★ 『名媛詩選』 (淸)鄒漪編 順治 12年 鄒氏 鶱宜齋刻本 內 『柳如是詩』 1卷		

비 평 자 료			
李德懋	靑莊館全書 卷33 「雲江小室」	許蘭雪軒의 시가 錢謙益 과 柳如是에 의해 표절이 폭로된 것을 예로 들어 표절을 경계하다.	蘭雪許氏。爲錢虞山·柳如是所摘發眞 贓狼藉。幾無餘地。可謂剽竊者之炯 戒。
李學逵	洛下生集 冊1 春星堂集 「春日, 讀錢受 之詩(絶句)」	錢謙益이 柳如是와 함께 시를 창수하다.	其三: 新春腸斷柳河東。半野探梅筆墨 工。更愛王微好詩句。桃花得氣美人 中。(河東君柳是。字如是。有半野堂初 贈山莊探梅等詩。遞相倡酬。又與姚叔 祥。論近代詞人絶句。草衣家住斷橋 東。好句淸如湖上風。近日西陵誇柳 隱。桃花得氣美人中。王微自稱草衣道 人。其西湖詩。垂楊小苑繡簾束。鴛閣 殘枝蝶趁風。最是西陵寒食路。桃花得 氣美人中。)
洪翰周	智水拈筆 卷6	錢謙益의 妻인 柳如是를 소개하다.	且柳如是是妓。徐佛之婢。娼家賤畜。 多致金帛。力求得之。聘而爲妻。牧齋 時年六十。如是有姿容。善文詞。牧齋 嬖惑之。每謂河東夫人。如是乃河東柳 氏故也。遂爲河東夫人。構絳雲樓於拂 水山莊。窮極奢麗。藏古今書籍。日與 河東夫人。唱和其間。

洪翰周	智水拈筆 卷6	柳如是는 錢謙益을 위하여 殉死하였다.	又牧齋卒後。諸族錢氏。貪牧齋家財。謀欲率衆作亂。盡分其財。河東夫人。預知其謀。以好言邀致諸錢。設宴。佯托家事。遂以毒酒醉。諸錢皆醉倒。河東遂閉門。叱奴盡縛訴官。幷抵罪以全其家。河東則仍又大痛。投繯而死。

88

俞　樾 (1821-1906)

인물 해설	청말의 학자이자 문학가로, 字는 蔭甫, 號는 曲園이며, 浙江省 德淸 사람이다. 도광 30년(1850)에 진사에 급제하여 翰林院 編修가 되었다. 향시시험 출제문제로 御史 曹登庸의 탄핵을 받고 관직에서 물러났다. 그 뒤 蘇州에 머물며 서원의 학장으로 있으면서 면학에 정진하여 博學大師로 존경받았으며, 章太炎·吳昌碩과 日本의 井上陳政 등이 그의 문하에서 수학하였다. 經學과 文字學에 조예가 깊었으며, 서예에도 뛰어났다. 저서로는『小浮梅閑話』·『右台仙館筆記』·『茶香室雜鈔』·『群經平議』·『諸子平議』·『古書疑義擧例』 등이 있는데, 모두『春在堂全書』에 수록되어 있다. 또 蘇州 寒山寺의 「張繼詩碑」의 필자로도 유명하다.
인물 자료	
저술 소개	★『曲園自述詩』 　　(淸)道光年間 刻本 ★『曲園隱書』 　　(淸)同治 10年 德淸 俞氏『春在堂全書』刻本 1卷 / 民國年間 抄本 ★『古書疑義擧例』 　　(淸)淸末 宏達堂刻本 7卷 ★『諸子平議殘稿』 　　(淸)稿本 1卷 ★『諸子平議』 　　(淸)同治 6年 吳下刻本 15種 / (淸)光緒年間『春在堂全書』刻本 35卷 ★『茶香室叢鈔』 　　(淸)光緒年間 抄本 / (淸)光緒 23年 石印本 23卷

★			

★ 『茶香室三鈔』

    (淸)光緖-宣統年間 刻本 29卷

★ 『俞蔭甫先生遺稿』

    (淸)稿本 9種 51卷

★ 『春在堂全書』

    (淸)同治 10年 德淸 俞氏刻本 (淸)光緖年間 增修本 內『群經平議』/『諸子平議』/『春在堂雜文』/『春在堂詩編』/『春在堂隨筆』/『茶香室叢抄』 等

★ 『皇淸經解續編』

    (淸)光緖 14年 南菁書院刻本 內 俞樾撰『古書疑義擧例』7卷 / (淸)光緖 15年 蜚英館 石印本 內 俞樾撰『古書疑義擧例』1卷

비 평 자 료

金澤榮	韶濩堂集 卷4 「書周晉琦詩集後」	周曾錦의 시집에 跋文을 써 주면서 자신이 교유한 중국 문인으로 俞樾·張謇·嚴復·鄭孝胥·屠寄·沙元炳·梁啓超·周曾錦을 들며, 周曾錦이 명성은 다른 사람들보다 못하지만, 그 재능만은 손색이 없다고 말하다.	自余操觚以來。所與爲文字知己者。…於中州有俞曲園·張嗇菴·嚴幾道·鄭蘇堪·屠敬山。沙健菴·梁任公及晉琦君若干人而已。是豈眞余交道之狹之故哉。實之難者。使之然爾。嗟乎。晉琦君名不過乎一優貢。而年又止於四十。故名聲樹立。比曲園以下諸公。相去甚遠。何其惜也。然細論其才。則乃有不讓乎諸公者。
金澤榮	韶濩堂詩集 卷首 「原序(俞樾)」	俞樾이 金澤榮을 위해『韶濩堂集』의 서문을 써 주다.	乙巳之夏。有自韓國執訊訊而與余書者。則金君于霖也。書意殷拳。推許甚厚。余感其意。賦詩二章贈之。… 大淸光緖三十一年秋九月。曲園居士俞樾力疾書。時年八十有五。
金澤榮	韶濩堂詩集 卷4 「奉和俞曲園先生(樾)」	俞樾의 시에 和答하는 시를 짓다.	耆舊中州已盡傾。皇天遺一老先生。春風書帶生庭好。殘夜長庚配月明。遠海幾回勞夢寐。尺書難得罄衷情。玄亭載酒他時約。預囑陽侯送棹輕。

| 金澤榮 | 韶濩堂詩集 卷4 「挽曲園先生」 | 兪樾을 애도하는 挽詩를 지으며, 옛 추억을 회고하고, 그 손자인 兪陛雲에게 靈前에서 대신 읽어 주기를 부탁하다. | 余於乙巳春。聞兪曲園先生負儒林峻望。致書通志。至九月中。自滬至蘇州謁之。先生時年八十有五。以病謝客久矣。聞余至。扶杖出見。見其體短面圓。神氣精緊。只似五六十歲人。殆天縱也。筆談有頃。余出詩文稿請序。先生許之。及余辭歸滬而序文至。則距請不過五六日。盖其年已極隆。而精力之不衰者如此。而序中所論所賞。多有令人感動者。實余文字遊世以來數十年。所不幾値者也。今聞其喪。能不悲哉! 茲述古體一篇書諸帛。致于其孫翰林陛雲甫。使之代讀靈前而達區區之衷焉。 |
| 金澤榮 | 韶濩堂文集 卷1 「答兪曲園先生書」 | 兪樾에게 편지를 보내 자신의 詩文을 품평해 준 것에 謝禮하다. | 二十六日。郵夫來傳尊札。明日黃昏。始以包物來。故畧用數字忙報。而不暇及他勢也。大作敝稿序。平馴有韵而成又甚速。孰謂先生已耄也哉。詩文之評。俱極精深。使人油然有感。… |

劉喜海 (1793-1852)

인물 해설	淸代의 金石學家 · 古泉學家이자 藏書家로, 字는 燕庭 · 燕亭 · 硯庭 · 吉甫, 별호는 三巴子이며, 山東 諸城 사람이다. 저서로는 『海東金石苑補遺』와 古泉學을 집대성한 『古泉彙考』, 巴蜀 지역의 金石 圖文을 모은 『三巴金石苑』 등이 있다.

인물
자료
	○ 徐世昌, 『晚晴移詩匯』 卷126
	
	  字吉甫, 號燕庭, 諸城人. 嘉慶丙子擧人, 歷官浙江布政使. 詩話, 燕庭以名公子孫, 嗜學好古, 初擧賢書以任子爲郎 一麾出守洊陟藩圻, 歷官所至, 搜羅金石碑版, 摩挲考訂. 所著有三巴香古志 · 海東金石苑 · 長安獲古編 · 昭陵復古錄 · 海東金石存考 · 古印偶存 · 海東石墨 · 古泉隨筆 · 泉苑精華. 論泉絶句 · 古泉苑諸書. 其他摹勒鐘鼎款識名人書翰, 猶復裒然成帙. 乾嘉間, 治金石學者, 著述爲最富云.
	
	○ 鮑康, 『觀古閣泉說』
	
	  近代收藏家, 無過百年者, 如儀征阮氏 · 大興翁氏 · 漢陽葉氏 · 洪洞劉氏 · 諸城劉(喜海)氏, 沒僅數年, 諸物已星散人間, 不勝感慨系之.

저술
소개
	*『海東金石苑』
	  (淸)光緒 7年 衢州 張德容 二銘草堂刻本 4卷 卷首 1卷
	*『金石苑』
	  (淸)道光 28年 東武 劉喜海 來鳳堂刻本
	*『嘉蔭移雜箸』
	  (淸)抄本 1卷
	*『長安獲古編』
	  (淸)東武 劉喜海刻本 2卷 補 1卷

	★『觀古閣叢刻』 　(淸)鮑康撰 (淸)同治－光緒年間 歙縣 鮑康 觀古閣刻本 內 劉喜海撰『嘉蔭簃論泉截句』/『海東金石苑』 ★『嘉業堂金石叢書』 　劉承幹輯 民國 4-22年 吳興 劉承幹 希古樓刻本 5種 內 劉喜海撰『海東金石苑』8卷 補遺 6卷 附錄 2卷		

비 평 자 료			
金奭準	紅藥樓懷人詩錄 卷上 「吳亦梅 (慶錫)」	吳慶錫의『三韓金石錄』은 劉喜海의『海東金石苑』을 참고한 것이 많음을 말하다. * 吳慶錫의『三韓金石錄』은 1858년에 간행되었으며, 劉喜海의『海東金石苑』은 1831년에 편찬되었다.	海隣同學憶當初(海隣藕船師齋扁)。君有奇才玉不如。一部三韓金石錄。多於劉氏苑新書(謂劉燕庭喜海海東金石苑)。
金正喜	阮堂全集 卷9 「我入京, 與諸公相交, 未曾以詩訂契, 臨歸, 不禁悵觸, 漫筆口號」	金正喜가 燕京에서 만난 翁方綱・阮元・李林松・朱鶴年・劉喜海・徐松・曹江・洪占銓을 그리워하는 시를 짓다.	我生九夷眞可鄙。多媿結交中原士。樓前紅日夢裏明。蘇齋門下瓣香呈。後五百年唯是日。閱千萬人見先生。(用聯語) 芸臺宛是畫中覩。(余曾藏芸臺小照) 經籍之海金石府。土華不蝕貞觀銅。腰間小碑千年古。(芸臺佩銅鑄貞觀碑) 化度始自鹽蜭齋(心荐號)。攀覃緣阮並作梯。君是碧海掣鯨手。我有靈心通點犀。垫雲墨妙天下聞。句竹圖曾海外見。況復古人如明月。却從先生指端現。(野雲善摹古人眞像。多贈我) 翁家兄弟聯雙璧。一生難遣愛錢癖。(蓄古錢屢巨萬)靈芝有本體有源。爾雅迻宕高一格。最憐劉伶作酒頌。(三山) 徐邈聊復時一中。(夢竹) 名

			家子弟曹玉水。秋水爲神玉爲髓。覃門高足劇淸眞。落筆長歌句有神。(介亭) 却憶當初相逢日。但知有逢不有別。我今旋踵卽萬里。地角天涯在一室。生憎化兒弄狡獪。人每喜圓輒示缺。烟雲過眼雪留爪。中有一段不磨滅。龍腦須引孔雀尾。琵琶相應蔡賓鐵。黯然銷魂別而已。鴨綠江水盃中渴。
金正喜	阮堂全集 卷9 「我入京, 與諸公相交, 未曾以詩訂契, 臨歸, 不禁悵觸, 漫筆口號」	劉喜海와 徐松을 추억하다.	最憐劉伶作酒頌。(三山) 徐邀聊復時一中。(夢竹)
李尙迪	恩誦堂集 卷1 「劉農部燕庭(喜海)寓齋, 同陳徵君(克明)南叔·朱太守 大源(伯泉)」	劉喜海의 집에 머물면서 陳克明·朱大源과 함께 한 사실을 시로 읊다.	我笠君車萬里情。家聲磊落說文淸。花前雁後慚虛士。日下雲間識盛名。雪屐相迎寒響徹。藤檐分坐翠陰橫。幾年閉戶編金石。更有朱陳好友生。
李尙迪	恩誦堂集 卷3 「懷人詩」	劉喜海에 대한 회인시를 짓다.	好古劉燕庭。少無軒冕氣。言將一麾去。足支文墨費。平生金石錄。關心剞劂未。
李尙迪	恩誦堂集 卷2 「劉燕庭輯海東金石苑, 屬書題辭, 兼索一言」	劉喜海가 『海東金石苑』을 편찬하고 題辭를 써 주길 부탁하기에 그에 관해 시를 짓다.	燕庭今歐陽。千卷藏金石。奎光照眉宇。嗜古結心癖。剔秦風漢雨。臨姬碣禹畫。編摩厥有書。尙嫌寰宇窄。先是有著寰宇金石苑象罔求海珠。旁蒐窮巖貉。荒碑抉苔蒼。殘幢剗鐵赤。釐藏集碎金。興法存返璧。蜿蜿退潮字。熊熊白蓮額。千祿湆羅麗。百編徵儒釋。秋金秋史學士雲趙侍郎雲石良

			同好。樞拓無今昔。嘉眤替縞紵。萬里憑重譯。含咀遍疾鯖。補綴類狐腋。愛奇擴異聞。闡幽恐泯迹。繕寫付鈔胥。烏絲蠻牋白。複壁供秘玩。一部當典冊。文物斯爲盛。庶免靑邱僻。題辭求拙書。窘於舊逋索。媿謝指懸槌。塗鴉字八百。鯫生藉流芳。幸作燕南客。客牕識韻語。黃華澹將夕。
李尙迪	恩誦堂集 卷2 「劉燕庭輯海東金石苑, 屬書題辭, 兼索一言」	劉喜海가 『海東金石苑』을 편찬하기에 앞서 『寶宇金石苑』을 편찬했음을 기록하다.	燕庭今歐陽。千卷藏金石。奎光照眉宇。嗜古結心癖。剔秦風漢雨。臨姬碣禹畫。編摩厥有書。尙嫌寶宇窄。先是有著寶宇金石苑象罔求海珠。
李尙迪	恩誦堂集 卷2 「劉燕庭輯海東金石苑, 屬書題辭, 兼索一言」	劉喜海가 金正喜·趙寅永 등과 교유한 사실을 기록하다.	秋金秋史學士雲。趙侍郞雲石良同好
李尙迪	恩誦堂集 卷5 「劉燕庭刺史薦卓昇入都, 因伴送琉球使, 臨別索贈一言, 賦贐其行」	琉球使를 伴送하기 위해 떠나는 劉喜海를 전별하며 시를 짓다.	一通車笠便忘形。文正之孫有典型。萬里寸函心耿耿。十年重見髮星星。家聲黼黻傳淸白。古學琳琅訂汗靑。記否烏絲曾索字。塗鴉慚絕換鵝經。君昔屬余書海東金石苑序。贈蘇詩一部爲潤筆。蛋雨蠻煙㸌畫簾。使君風味耐齏鹽。萬山靑匝衙門小。一鶴閒隨眷屬添。朱墨暇還搜古蹟。甘棠春已接窮閻。定知游刃恢恢處。錯節盤根揔不嫌。臨軒顏色浹恩私。循吏偏蒙曠世知。燕北春風朋酒煖。天南瘴霧使車遲。園林鍾皷昇平日。政事文章

			强仕時。試問珠江多少遠。郵書替慰故人思。余有寄儀墨農書。托燕庭轉致。燕山話雨不勝情。盃酒匆匆唱渭城。莫把千金酬一字。君時斤正拙稿祇憑寸管證三生。九原不作陳同甫。陳南叔多病相憐馬長卿。馬研珊謾說重逢他日有。舊遊如夢戀春明。
李尙迪	恩誦堂集 卷5 「劉燕庭刺史薦卓异入都，因伴送琉球使，臨別索贈一言，賦贐其行」	과거에 劉喜海가 『海東金石苑』의 서문을 써달라고 부탁한 일과 蘇軾의 시 일부를 써 준 일에 관해 기록하다.	君昔屬余書海東金石苑序。贈蘇詩一部爲潤筆。
李尙迪	恩誦堂集 卷5 「劉燕庭刺史薦卓异入都，因伴送琉球使，臨別索贈一言，賦贐其行」	儀克中에게 보내는 편지를 劉喜海에게 부탁하여 전해준 일에 대해 기록하다.	一通車笠便忘形。文正之孫有典型。萬里寸函心耿耿。十年重見髮星星。家聲黼黻傳淸白。古學琳琅訂汗青。記否烏絲曾索字。塗鴉慚絕換鵝經。君昔屬余書海東金石苑序。贈蘇詩一部爲潤筆。蜑雨蠻煙殢畫簾。使君風味耐齏鹽。萬山靑匝衙門小。一鶴閒隨眷屬添。朱墨暇還搜古蹟。甘棠春已接窮閻。定知游刃恢恢處。錯節盤根揔不嫌。臨軒顏色洽恩私。循吏偏蒙曠世知。燕北春風朋酒煖。天南瘴霧使車遲。園林鍾皷昇平日。政事文章强仕時。試問珠江多少遠。郵書替慰故人思。余有寄儀墨農書。托燕庭轉致。燕山話雨不勝情。盃酒匆匆唱渭城。莫把千金酬一字。君時斤正拙稿祇憑寸管證三生。九原不作陳同甫。陳南叔多病相憐馬長卿。馬研珊謾說重逢他日有。舊遊如夢戀春明。

李尙迪	恩誦堂集 卷5 「劉燕庭刺史薦 卓异入都, 因伴 送琉球使, 臨別 索贈一言, 賦賭 其行」	劉喜海가 李尙迪의 문집을 교정해 준 일과 陳克明, 馬書奎 등과 교유했던 사실을 시로 읊다.	君時斤正拙稿袛憑寸管證三生。九原不作陳同甫。陳南叔多病相憐馬長卿。馬硏珊謾說重逢他日有。舊遊如夢戀春明。
李尙迪	恩誦堂集 卷1 「隸源津逮序」	方義鏞의 隸源津逮에 서문을 쓰면서 阮元의 『積古齋鍾鼎彝器款識』, 劉喜海의 『寶宇金石苑』을 비롯하여 儀克中 · 吳式芬 등을 언급하다.	昔予游燕。所交皆東南宏博之士。而多以三代秦漢金石文字相見贈。居然有古人縞紵之風矣。若揚州阮氏積古齋鍾鼎彝器款識。東武劉氏寶宇金石苑諸書。洵是地負海涵。獨出冠時。軼過趙明。誠薛尙功一流人。而儀孝廉墨農。吳編修子苾。亦一時邃古之家。
李尙迪	恩誦堂續集 卷2 「新羅眞興王巡狩碑拓文書後」	眞興王巡狩碑에 관한 잘못된 사실이 劉喜海의 『海東金石苑』에도 그대로 기록되어 있음을 지적하다.	我東邦金石之最古者。莫若眞興王巡狩碑。然而著錄家以爲此碑建於眞興王二十九年戊子。在中國爲陳之光大二年也。以巡狩之時。訂建碑之歲。此僅就本文歲次戊子秋八月巡狩管境之語而起見耳。不亦傎乎。… 爰誌數語。世之讀此碑者。不可不知此也。
李尙迪	恩誦堂續集 卷3 「迪吉蓮花泉歌, 謝呈游觀金相國」	일찍이 劉喜海와 종유하다 '吉字古銅印塔鈕'를 얻은 적이 있다.	嘗從劉燕庭方伯。得吉字古銅印塔鈕也。
李尙迪	恩誦堂續集 卷8 「小棠索題新羅眞興王巡狩碑拓本 碑在咸興府黃草嶺」	劉喜海가 『海東金石苑』을 편찬하면서 眞興王巡狩碑의 拓本을 첫 머리에 수록하고 서문을 써 달라고 부탁한 적이 있었는데, 근래 들으니 劉喜海가 죽은 뒤 이 서문	麥宗巡狩日。光大二年秋。遺蹟搜黃草。殘碑冠海陬。濟麗無此作。歐趙未曾收。誰復編金石。臨風憶舊游。道光辛卯。劉燕庭方伯輯海東金石苑。首載此碑。屬余書序文。近聞燕庭身後。其書亦湮沒焉。可勝愴惜。

		도 없어졌다고 한다.	
趙秀三	秋齋集 卷5 「劉燕亭給事 (喜海)」	劉喜海와 삼대에 걸쳐 교유한 일을 시로 읊다.	於子交三世。推余長數年。
趙秀三	秋齋集 卷5 「劉燕亭給事 (喜海)」	劉喜海의 『海東金石苑』을 교정해준 사실을 밝히다. * 趙秀三이 일컬은 '海東金石錄'의 현 책명은 『海東金石苑』이다.	君集海東金石錄。余爲訂整。
趙秀三	秋齋集 卷5 「劉燕亭知縣 (二首)」	劉喜海를 위해 시 2수를 짓다.	藤花書屋夜生虹。石泐金銷括海東。翰墨欲論唐晉際。孤雲白月兩摩空。舊述今詳問幾年。君家古癖是青氈。前身我亦山陰老。持贈劉公一大錢。
趙秀三	秋齋集 卷8 「寄劉燕亭(喜海) 書」	劉墉의 從孫인 劉喜海 또한 뛰어난 문사라는 것에 탄복하다.	年月日。秀三頓首再拜。白燕亭先生執事。秀三以乾隆庚戌嘉慶庚申及癸亥及丙寅。從貢使四次進京。于斯時也。石菴老先生德行言語文章政事。爲一世所推服。至若筆翰一出。人競寶惜。雖片札寸牋。購之必不下數十金。是不啻重其筆法之妙而已。
趙秀三	秋齋集 卷8 「與劉燕亭書」	藩臣이나 樞臣은 국외로 私書를 주고받을 수 없는 것이 조선의 관례이므로, 樞臣이 된 趙寅永을 대신해 그의 사정을 劉喜海에게 전하다.	毋敢通私書於域外。朝禮也。故丙戌之在嶺南也。秀三替告之。己丑之在湖南也。游荷公面白之。先生亦已悉其詳焉。今雲石公之不敢循私違禮。無異乎在嶺南湖南時。而秀三適又家食。玆敢代陳其狀。然書詞則雲石公之喩也。謝儀則雲石公之物也。仰惟先生覽領。而應復與雲石公一神會握叙也。伯泉先生所抵書儀。大略與此一

			般。茲以附呈。萬望尋便遞傳外。秀三所呈詩扇。一一分致於三處。仰祈仰祈。不備。
趙寅永	雲石遺稿 卷10 「書李北海麓山寺碑後」	淸나라 劉喜海가 준 李北海麓山寺碑 탁본 뒤에 발문을 짓다.	余少之燕。與劉燕庭喜海遊。其從祖塘諡文淸。其曾祖統勳諡文正。其人盖名家子。文翰又極佳。嘗遺余以李北海麓山寺碑一帖。今三十年矣。

陸隴其 (1630-1692)

인물 해설	淸代의 理學家로, 원명은 龍其인데 피휘하여 隴其로 고쳤으며 족보상의 이름은 世穮이다. 字는 稼書, 시호는 淸獻이며, 浙江 平湖 사람이다. 當湖先生으로도 불렸다. 康熙 9年(1670)에 진사가 되어 江南嘉定 · 直隸靈壽知縣 · 四川道監察禦史 등을 역임하였다. 학술방면에서는 朱子를 따르고 陸九淵과 王守仁을 배척하였으며, 청 조정으로부터 '本朝理學儒臣第一'이라는 칭호를 받았다. 陸世儀와 함께 '二陸'이라 불린다. 저서로는 『困勉錄』 · 『讀書志疑』 · 『三魚堂文集』 등이 있다.
인물 자료	○ 『淸史稿』, 列傳 52 　陸隴其, 初名龍其, 字稼書, 浙江平湖人. 康熙九年進士. 十四年, 授江南嘉定知縣. 嘉定大縣, 賦多俗侈. 隴其守約持儉, 務以德化民. 或父訟子, 泣而諭之, 子掖父歸而善事焉; 弟訟兄, 察導訟者杖之, 兄弟皆感悔. 惡少以其徒爲暴, 校於衢, 視其悔而釋之. 豪家仆奪負薪者妻, 發吏捕治之, 豪折節爲善人. 訟不以吏胥逮民, 有宗族爭者以族長, 有鄉里爭者以里老; 又或使兩造相要俱至, 謂之自追. 徵糧立掛比法, 書其名以俟比, 及數者自歸; 立甘限法, 令以今限所不足倍輸於後. 十五年, 以軍興徵餉. 隴其下令, 謂不戀一官, 顧無益於爾民, 而有害於急公. 戶予一名刺勸諭之, 不匝月, 輸至十萬. 會行間架稅, 隴其謂當止於市肆, 令毋及村舍. 江寧巡撫慕天顔請行州縣繁簡更調法, 因言嘉定政繁多逋賦, 隴其操守稱絶一塵, 才幹乃非肆應, 宜調簡縣. 疏下部議, 坐才力不及降調. 縣民道爲盜所殺而訟其仇, 隴其獲盜定讞. 部議初報不言盜, 坐諱盜奪官. 十七年, 擧博學鴻儒, 未及試, 丁父憂歸. 十八年, 左都禦史魏象樞應詔擧淸廉官, 疏薦隴其潔己愛民, 去官日, 惟圖書數卷及其妻織機一具, 民愛之比於父母, 命服闋以知縣用. 二十二年, 授直隸靈壽知縣. 靈壽土瘠民貧, 役繁而俗薄. 隴其請於上官, 與鄰縣更迭應役, 俾得番代. 行鄉約, 察保甲, 多爲文告, 反覆曉譬, 務去鬥很輕生之習. 二十三年, 直隸巡撫格爾古德以隴其與兗州知府張鵬翮同擧淸廉官. 二十九年, 詔九卿擧學問優長 · 品行可用者, 隴其復被薦, 得旨行取. 隴其在靈壽七年, 去官日, 民

	遮道號泣, 如去嘉定時. 授四川道監察禦史. 偏沅巡撫於養志有父喪, 總督請在任守制. 隴其言天下承平, 湖廣非用兵地, 宜以孝教. 養志解任. …
저술 소개	★『四書講義困勉錄』 　(淸)陸隴其纂輯 陸公鏐編次 (淸)康熙 14年 刻本 37卷 續錄 6卷 附錄 1卷 ★『四書大全』 　(宋)朱熹撰注 (淸)陸隴其纂輯 (淸)康熙年間 刻本 6種 (『大學或問』1卷『大學大全章句』1卷『中庸或問』1卷『中庸大全章句』2卷『論語大全集注』20卷『孟子大全集注』14卷) ★『陸子全書』 　(淸)陸隴其撰 (淸)許仁沐等輯 (淸)刻本 18種 ★『三魚堂文集』 　(淸)同治 7年 武林 薇署刻本 12卷『外集』6卷『附錄』1卷 / (淸)乾隆年間 平河 趙氏 稿本 / (淸)光緒 16年 海昌 許氏 刊本 20卷 / (淸)侯銓編 (淸)康熙 40年 琴川書屋刊本 12卷『外集』6卷『附錄』 1卷 / (淸)康熙 40年 平湖 陸氏 家刻本 12卷『外集』6卷 ★『虞初續志』 　(淸)鄭澍若編 (淸)嘉慶 7年 刻本 10卷 內 陸隴其撰『崇明老人記』

비 평 자 료			
金邁淳	臺山集 卷15 闕餘散筆	王守仁의 大學에 대한 해석을 추종한 顧憲成·李光地를 陸隴其의 학설을 인용하여 비평하다.	王陽明盡舍諸說。一從古本。謂大學初無經傳。亦無衍闕。隆萬以來。其說大行。明末顧涇陽。近世李榕村。名爲尊朱斥王。而至於知本之爲格物。則墨守膏肓。牢不可破。獨陸三魚隴其力辨其失。
金邁淳	臺山集 卷17 闕餘散筆	陸隴其는 근세의 醇儒로 주자학을 공격하는 데 힘썼던 紀昀조차도 그를 인정하였다.	近世中州儒者。惟陸三魚隴。其最爲醇正。且有踐履實行。海內爲程朱之學者。翕然宗仰。至或疑於聖人。雖以紀昀之工訶洛閩。喜立異論。亦推爲醇儒。未敢顯攻。

金邁淳	臺山集 卷17 闕餘散筆	陸隴其의 저작으로는 『四書困勉錄』, 『松陽講義』, 『三魚堂賸言』, 『讀朱隨筆』 등이 있다.	所著有四書困勉錄·松陽講義·三魚堂賸言·讀朱隨筆等書。
金邁淳	臺山集 卷17 闕餘散筆	陸隴其는 양명학의 폐해를 비판하여 명이 망한 것은 학술 때문이라고까지 말하였다.	余未及遍覽其書而得其文集而讀之。「學術辨」三篇·與李子喬湯潛庵諸書。極言姚江新會假禪亂儒之弊。曰 … 自王學之興。嘉隆以來。秉國句作民牧者。無不浸淫於是教。始也爲議論爲聲氣。繼也爲政事爲風俗。以至禮法弛而政刑紊。邪僻詭異之行生。而縱肆輕狂之習成。是故明之天下。不亡於冠盜。不亡於朋黨。而亡於學術。
金邁淳	臺山集 卷17 闕餘散筆	陸隴其는 顧憲成·高攀龍이 朱子를 존숭한다고 표방하였으나 실제로는 王守仁의 범위를 넘어서지 못한다고 비판했는데, 매우 적실하다.	又論顧涇陽·高梁溪。名雖尊朱。而實不能脫王氏範圍。亦深中肯綮。
金邁淳	臺山集 卷17 闕餘散筆	陸隴其는 세상에서 朱子를 흉내 내어 경문을 함부로 고치는 것을 비판하였는데, 타당한 지적이다.	又謂世儒見朱子于古經。多所更定。而遂有自闢井疆之意。經傳文字。往往無難改易。不知南巢牧野。只可許湯武一行。亦確論也。
金邁淳	臺山集 卷17 闕餘散筆	陸隴其는 陽明學이 횡행하던 시기에 正學의 砥柱가 되었으나, 말년에 淸朝에 출사한 것은 흠이다.	當神州陸沈。異言喧豗之日。此等議論。洵足謂障河砥柱。甚可貴也。但其以崇禎遺民。不免濡跡於康熙時。爲可恨耳。
金邁淳	臺山集 卷17 闕餘散筆	陸隴其는 「與人論明史書」에서 劉基가 두 왕조를 섬겼다고 비평했으나, 스스로도 淸나라에 출사하였다.	陸集「與人論明史書」。以劉文成旣仕元。又佐明。出處不醇。當置之雜傳。不如是。無以服危太樸。又曰：向使如金仁山·許白雲。一生高蹈。遇風雲之

			會。奮袂而起。又當別論。其言似矣。而論人須懸倫。論事須着題。文成畢竟是功名之士。與孟子所謂天民大老。合下殊倫。而出幽遷喬。用夏變夷。功不下於一匡九合。新城尹・隰城尉。自不害爲漢唐佐命元臣。文成定評。只如此足矣。今以儒者法門。繩其出處。曰醇曰雜。得無迂遠而不着題歟。雖然。苟以第一等道理。懸空言之。則文成之仕元。視金・許之高蹈。謂之曷如其無可也。文成則已矣。三魚一生讀孔孟程朱之書。自待與人待之者。宜不欲以天民大老之事。讓與別人。而崇禎之末。年已志學。國變之後。不能深藏遠引。非聘非徵。應擧覓官。皓首浮沉於知縣科道之間。是亦不可以已乎。向使西湖慶雲。復起於康熙之世。則此老所辦。未審何居。進旣不能占金・許之高。退又不肯處文成之雜。究竟成就。不過爲余闕・楊維楨而止耳。藉曰余・楊之醇。賢於文成之雜。將以擬夫夙昔所講天民大老之事。果無多少餘憾。而質之孔孟程朱。其肯曰醇乎醇歟。(陸公生於崇禎庚午。擧康熙庚戌進士。官至四川監察御史。年六十三卒)
金正喜	阮堂全集 卷5「代權彝齋(敦仁)與汪孟慈(喜孫)序」	王懋竑의「白田草堂存稿」가 陸隴其의「三魚堂文集」보다 낫다고 평하다.	「白田草堂集」雖零甚。淺見當在「三魚集」上也。
徐瀅修	明皐全集 卷1「學道關序」	陳崇本은 徐瀅修의 學道關에 서문을 쓰면서, 陸隴其의『三魚堂集』과 유사한 성격이라고 평하였다.	湯文正 陸淸獻諸公。體用明達。卓爲完人。所撰潛菴集 三魚堂集。皆能以文貫道。與儒先之旨相發明。非所爲探聖學之根源。揭性道之樞要者歟。朝鮮之

			俗。工文字喜談理。素稱禮教之國。而今讀徐子之書。文典而義奧。見博而論偉。精思妙悟。往往有前人之所未及到者。詢乎聖教洋溢。無遠不屆。遵王路而遵王道。樂與驗此心此理之大同也。語有之。欲得苕華之孚尹。請徵諸垂示。欲得道人之所詣。請徵諸眉睫。吾以斯卷。爲徐子之眉睫云。賜進士出身翰林院編修充文淵閣校理四庫館提調方略館纂修陳崇本撰。
徐瀅修	明皐全集 卷14 「紀曉嵐傳」	紀昀은 陳春潡가 주자학을 충실하게 계승한 陸隴其와 같은 고향출신이라고 말하다.	余曰。陳副憲豈朱門私淑耶。曉嵐曰。陳副憲。浙江平湖人。陸稼書。先生之鄕人也。
徐瀅修	明皐全集 卷14 「紀曉嵐傳」	徐瀅修는 청대의 3대가 운데 經學에는 陸隴其라고 말하다.	余曰顧寧人之博洽。魏叔子之文章。陸稼書之經學。爲本朝三大家。而閣下以一人兼有之。甚盛甚盛。
徐瀅修	明皐全集 卷14 「劉松嵐 (大觀)傳」	劉大觀은 徐瀅修의 경학이 陸隴其 이후 일인이라고 평하다.	余友金國寶。後余使燕。亦與松嵐相遇。歸傳松嵐之言曰。徐明皐之經學。陸稼書先生後一人云。此殆松嵐疎於經學故云然也。
李宜顯	陶谷集 卷28 陶峽叢說	尤侗의 『西堂集』, 宋犖의 『西陂集』, 王士禛의 『鼇尾集』, 徐嘉炎의 『抱經齋集』을 소장하고 있었으며,『理學全書』에 수록된 熊賜履의 『愚齋集』과 陸隴其의 『稼書集』도 소장하고 있었다.	淸人文不多見。大率詩文綿弱。余已論之於前矣。文集之在余書廚者。尤侗西堂集·宋犖西陂集·王士禛鼇尾集·徐嘉炎抱經齋集。又有愚齋集·稼書集入理學全書中。尤侗才力富贍 制作甚繁。宋犖次之。宋甲戌生。與息菴同庚 其父權以明朝都御史。降于淸死。諡文康。犖亦仕淸。至吏部尙書。以年老致仕。見其自叙年譜。止於七十八歲。未知死於何歲也。大抵其人有男子五六人。皆

			爲顯仕。 孫男又甚衆 年齒官爵俱高。 眞稀世之大命也。 其製述亦富 余嘗以比論於尤侗。 藻采不及而典則勝之。 蠶尾抱經兩集。 有可觀。 愚齋卽熊賜履。 稼書卽陸隴其。 俱以學問名者。 所著文字。 亦似篤實 且力斥陸王之學。 可尙也。
李宜顯	陶谷集 卷28 陶峽叢說	熊賜履의 『愚齋集』과 陸隴其의 『稼書集』은 양명학을 극렬히 배척하여 숭상할 만하다.	上同
田愚	艮齋集後編 卷7 「與趙瀚奎」	陸隴其의 『三魚堂集』에서는 朱子를 극도로 추존하였다.	近見陸三魚集中。 極推尊朱子。 令人爽然。
曹兢燮	巖棲集 卷8 「與金滄江(十一)」	陸隴其와 張烈 등이 王守仁의 무리들이 혼입되는 것을 꺼려서 『明史』에 「道學傳」을 세우지 않고자 하였는데, 張廷玉 등이 이 설을 준용하여 王守仁은 「名臣傳」에, 王守仁의 문인들은 「儒林傳」에 많이 편입되었다고 언급하다.	明史之始修也。 陸稼書·張武承諸人欲勿立道學傳。 盖恐陽明輩之得入也。 卒之張廷玉輩遵用此說。 入陽明於名臣列傳。 而陽明門人則多列於儒林傳矣。
曹兢燮	巖棲集 卷8 「與金滄江(十一)」	조선의 諸賢들 가운데 중국의 大儒와 동등한 수준의 사람은 李滉 뿐이며, 成渾과 李珥의 뒷 세대들은 偏邦의 수준에 머물러, 견식이 正大精微하고 高明博達함에 있어 陸隴其나 張履祥에 미치지 못한다고 평하다.	我東諸賢能與中州大儒頡頏者。 惟退溪一人。 … 自牛栗以下。 終是偏邦規模。 見識其正大精微高明博達。 安望其及於陸三魚張楊園之藩籬哉。

洪吉周	縹礱乙巇 卷9 「瞻彼薊之北 行」	顧炎武와 朱彝尊은 考證에 해박하였고, 陸隴其와 李光地는 箋註에 정밀하였다.	顧朱博證辨。陸李精箋註。槐西語怪林。池北譚藝圃。
洪吉周	沆瀣丙函 卷9 睡餘瀾筆續 (下)	金邁淳은 陸隴其, 李光地 같은 이들은 비록 고심하면서 문장가로서 글을 지은 적이 없지만, 문장이 뛰어나 독자가 싫증내지 않게 만든다고 하였다.	臺山曰。…中國道學家。如近世陸稼書·李榕邨者。雖未嘗刻意爲作家文。而其文皆爛然成章。不致讀者之厭勌。以故其所講說。皆明白透徹。易見指歸。
洪奭周	鶴岡散筆 卷4	명나라 말기의 유자들 중에는 북방에 오래 체류하지 않은 사람이 드문데, 湯斌과 陸隴其가 대표적이다.	明季儒者。鮮不濡跡于北方。雖如湯斌陸隴其之碩學。亦不免也。
洪奭周	鶴岡散筆 卷5	孔子가 '泰伯이 천하를 세 번 사양했다'고 한 구절을 변증하기 위해서 陸隴其의 학설을 인용하다.	孔子稱泰伯三以天下讓。說者謂太王見商德日衰。因有翦商之志。泰伯之讓。乃讓商。非讓周也。自宋明大儒恭慈溪·陳定宇·薛敬軒·蔡虛齋。以及近世陸稼書諸人。咸主是說。獨王魯齋·金仁山有異論。而顧寧人又申明之曰將稱泰伯之德。而先以蔡換之志。加諸太王。豈夫子立言之旨哉。
洪翰周	智水拈筆 卷4	명나라 熹宗 天啓 연간에 五星이 奎星에 모이더니, 청나라 초에 人文이 성대하여, 湯斌·陸隴其·李光地·朱彝尊·王士禛·陳維崧·施閏章·徐乾學·方苞·毛奇齡·侯方域·宋琬·魏裔介·熊賜履·宋犖·吳雯·魏禧·葉方	世稱明熹宗天啓間。五星聚奎。故淸初人文甚多。如湯潛菴斌·陸三魚隴其·李榕村光地·朱竹垞彝尊·王阮亭士禛·陳檢討維崧·施愚山閏章·徐健菴乾學·方望溪苞·毛檢討奇齡·侯壯悔方域·宋荔裳琬·兼濟堂魏裔介·熊漍川賜履·宋商丘犖·吳蓮洋雯·魏勺庭禧·葉方藹子吉·汪鈍翁琬·汪舟次楫·邵靑門長蘅·趙秋谷執信諸人。皆

| | | 霨 · 汪琬 · 汪楫 · 邵長蘅 · 趙執信 등과 같은 인물들이 나왔다. | 以詩文名天下。其中亦有宏儒鉅工。彬彬然盛矣。而是天啓以後。明季人物之及於興旺之初者也。 |

91

陸 飛 (1719-?)

인물 해설	淸代의 문인 · 화가로 字는 起潛, 號는 筱飮이며, 仁和(지금의 杭州) 사람이다. 乾隆 30年(1765)에 解元이 되었다. 시속에 얽메이지 않는 성품으로, 당나라 때 사람인 張志和를 사모하여 서호에 배를 띄우고 노닐었으므로 '陸高士'로 불렸다. 山水 · 人物 · 花卉 그림에 뛰어났으며, 吳鎭 · 沈周의 화풍과도 흡사하였다. 만년에는 그림을 팔아 생계를 이었는데, 圖章에 "賣畫買山"라 하였다. 「柳村漁父圖」 등의 그림과 시집 『筱飮齋稿』가 전한다.
인물 자료	○ 何琪, 『唐棲志略』 卷下 　陸飛號筱飮, 工詩畫. 乾隆乙酉鄉試第一. 幼依叔父讀書棲裏, 十餘年而還湖墅, 築荷風竹露草堂, 並制湖舫, 名自度航. 徜徉山水間, 著有筱飮齋稿.
저술 소개	＊ 『筱飮齋稿』 (淸)乾隆年間 刻本 2冊

<table>
<tr><td colspan="4" align="center">비 평 자 료</td></tr>
<tr>
<td>金正喜</td>
<td>阮堂全集
卷3
「與權彝齋
(十五)」</td>
<td>永忠과 永憲와 書誠과 永瑺은 詩 · 畫가 모두 뛰어나 陸飛와 嚴誠과도 깊이 사귀었다.</td>
<td>四人者詩畫俱絶勝. 不減大江南北諸人. 與陸飛 · 嚴誠爲至交. 陸 · 嚴皆江南高士. 不曾妄交一人. 而至於此四人. 與之結契. 卽四人皆可知也.</td>
</tr>
<tr>
<td>金正喜</td>
<td>阮堂全集
卷3
「與權彝齋
(十五)」</td>
<td>洪大容은 永忠과 永憲와 書誠과 永瑺이 한창 명성을 떨칠 때 燕京에 가서 그들과 절친한 嚴誠 · 陸飛와 교유하였음에도 그들을</td>
<td>四人輩翰墨之盛. 在洪湛軒入燕時. 而湛丈與陸 · 嚴爛曼. 而皆不知有此輩人. 爲之咄咄. 東人入燕交遊之盛. 每先稱湛軒. 而其於翰墨小事. 如是踈甚. 又何論大於此者耶. 非徒湛軒. 雖如朴楚亭. 到處錯過. 令人嗟惜嗟惜.</td>
</tr>
</table>

		알지 못하는 등 소루한 점이 있었고, 朴齊家와 같은 사람도 잘 모르는 것이 많았다.	
朴齊家	貞蕤閣集 卷1 「戲倣王漁洋 歲暮懷人」	王士禛의 「歲暮懷人」을 본떠 陸飛를 그리워하며 시를 짓다.	齋東竹篠近何如。遠憶機雲入洛初。酒椀茶槍消息好。臨風頂禮舍人書。
朴趾源	燕巖集 卷13 熱河日記 「傾蓋錄」	내가 汪新에게 陸飛의 안부를 묻자 깜짝 놀라며 陸飛를 어떻게 아느냐고 물었다.	余問吳西林穎芳無恙否。汪曰。吳西林先生。吳中高士也。年八十餘。尙康强不廢著書。問陸篠飮飛無恙否。汪驚曰。不識。尊兄何從識吳陸耶。
申緯	警修堂全藁 冊 貊錄(1) 「哭洪長源(蕙)」	洪蕙을 애도하는 시에서 그 선친인 洪大容이 潘庭筠·陸飛와 깊은 우정을 나누었음을 말하다.	湛軒夫子渡瀾渦。不翅潘江陸海過。(長源尊甫湛軒公。與潘庭筠·陸飛結交最深) 蘭玉階庭生得好。風流儒雅奈君何。劉蕡命蹇應埋恨。桓野情深每喚歌。(長源妙解音律) 竟失題襟先作誅。此生神契負蹉跎。(余於長源神交四十年。只有一書往復而已)
申緯	警修堂全藁 冊 紅蠶集(五) 「送翠微副使」	申在植이 燕行에 洪大容의 손자를 데리고 가는 것을 언급하며, 만약 潘庭筠과 陸飛의 후손을 만나면 洪大容에 대해 이야기할 것이라고 말하다.	吾宗質朴古人風。端坐車馳馬驟中。兒姪執經懸絳帳。海山托契撫絲桐。出門勇就長途往。載贄遊因上國雄。潘(庭筠)陸(飛)卽今如有後。憑君應話湛軒翁。(翠微今行。携去湛軒翁孫故云)
李德懋	靑莊館全書 卷32 淸脾錄(一) 「陸篠飮」	柳得恭이 『篠飮齋詩』 1책에 실린 138수의 시 가운데서 51수 선발하여 『巾衍外集』에 수록하였고 李德懋 또한 몇 수를 초록하였다.	篠飮齋詩一卷一百三十八首。柳冷菴選五十一首。爲巾衍外集。余又抄若干首。

李德懋	青莊館全書 卷32 淸脾錄(一) 「陸篠飮」	陸飛가 洪大容과 金在行에게 자신의 그림과 『篠飮齋稿』 5책을 전해주었다.	乾隆丙戌。洪湛軒大容。隨其季父書狀官楦。金養虛在行。隨其宗人副使善行。入燕京。適遇錢塘名士嚴誠‧潘庭筠。俱以擧人。計偕來燕京。湛軒養虛。與之證交甚歡。陸爲同年解元。後數日而至。始聞之。大喜。卽夜剔燭草畫。五綃畫竟。漏下已三鼓。並篠飮齋稿五冊。以代羔鴈。
李德懋	青莊館全書 卷32 淸脾錄(一) 「陸篠飮」	陸飛의 벗 汪沆은 陸飛의 시집 序에서 陸飛의 시와 그림을 당나라 王洽과 鄭虔, 명나라 文徵明과 沈周의 수준과 비교하였다.	其友汪沆序之曰。風韵道上。神鋒標映。古來賢哲能詩。不盡工畫。能畫又不皆盡工詩。君乃藝擅雙絶。可以遠躡王鄭。近推文沈。
李德懋	青莊館全書 卷32 淸脾錄(一) 「陸篠飮」	柳得恭은 陸飛의 시가 청아하고 담박하며 심오하여 王士禛의 嫡派라고 하였다.	冷菴柳君評之曰。淸眞澹遠。泂爲漁洋嫡派。
李德懋	青莊館全書 卷35 淸脾錄(四) 「農巖‧三淵慕中國」	金尙憲–張延登, 金昌業–楊澄‧李光地, 金益謙–李鍇, 金在行–陸飛‧嚴誠‧潘庭筠으로 이어지는 김씨 집안 인물들의 중국 문사와의 교유를 소개하고 천하의 盛事로 평가하다.	盖淸陰先生。水路朝京。於濟南。逢張御史延登。後七十餘年癸巳。曾孫稼齋入燕。逢揚澄證交。望見李榕村光地。後二十有八年。淸陰先生玄孫潛齋益謙日進入燕。逢夅靑山人李鍇鐵君。相與嘯咤慷慨於燕臺之側。後二十有六年。淸陰先生五代族孫養虛堂在行平仲。逢浙杭名士陸飛起潛‧嚴誠力闇‧潘庭筠香祖。握手投契。淋漓跌宕。爲天下盛事。
李德懋	青莊館全書 卷33 淸脾錄(二) 「嚴鐵橋」	陸飛가 金在行에게 편지와 만시를 보내 嚴誠의 죽음을 알리다.	篠飮寄書養虛。傳鐵橋訃曰。

洪大容	湛軒書 「湛軒書序」	洪大容이 燕京에서 陸飛·嚴誠·潘庭筠을 사귄 일이 『燕記』, 筆譚, 尺牘에 실려 있다. * 이 글은 鄭寅普가 지은 것이다.	先生嘗隨其叔父使燕。交陸飛。嚴誠。潘庭筠。事具先生燕記及筆譚尺牘。
洪大容	湛軒書內集 卷3 「又答直齋書」	洪大容이 燕京에 들어가 만난 陸飛·嚴誠은 器量과 風味가 뛰어나 한 시대의 奇士였다.	狂言已畢矣。請言其實狀而卒陳其餘可乎。容之入燕也。留舘閱月。所與遇者。皆商胡蠢漢。未嘗見一人可與語者。 … 而其中嚴姓者自稱子陵之後。而且言平生不專意於學業。又聞有達官欲薦其才於朝。嚴作詩而拒之。其辭甚峻。則始不覺傾倒而心相許矣。其姓陸者。又追後而至。未及見而先以書請交。其器量風味。又其最秀者也。此二人者。儘一時之奇士。
洪大容	湛軒書內集 卷3 「又答直齋書」	陸飛·嚴誠는 사귈 만한 사람들임을 말하다.	蓋此人輩。其才實有可取。其情實有可恕。揆以天理。參以人情。恐終無不可與交之義。前後縷縷。只以此耳。
洪大容	湛軒書內集 卷3 「忠天廟畫壁記」	嚴誠, 潘庭筠으로 인하여 陸飛를 새로 만나게 되었다.	丙戌之春。余隨貢使入中國。得與鐵橋·秋庫兩公遊甚驩。一日入其門。兩公不暇爲他語。出五綃畫。五冊詩稿。一幅長書。而具道以故。蓋篠飮陸解元先生新自杭郡至。聞吾輩狀。乃鞍不及卸。席不及整。焚燭而畫之。畫竟而書之。書竟而漏下已三皷矣。
洪大容	湛軒書內集 卷3 「忠天廟畫壁記」	陸飛의 曾祖인 少微公의 忠天廟畫壁에 대한 이야기를 듣고 記文을 짓다.	先生指示其詩稿中忠天廟畫壁詩而言曰。壁之畫。乃吾曾祖少微公手澤也。少微公隱居不仕。常分一月。半隱於酒。半隱於畫。以卒其身。請吾弟一言。余再拜謝不敢。乃斂袵而言曰。

洪大容	湛軒書內集 卷3 「金養虛在行 浙杭尺牘跋」	金在行은 燕都에 들어가 嚴誠·潘庭筠·陸飛와 교유하였다.	一朝具靷韋入燕都。與浙杭三人相得甚歡。三人者。皆許其高而自以爲不及也。… 今平仲之見稱許如是。從此平仲之詩。可以膾炙于華人口吻。而養虛之號。可以不朽於天下矣。
洪大容	湛軒書內集 卷3 「金養虛在行 浙杭尺牘跋」	嚴誠·潘庭筠·陸飛는 金在行의 고상함을 허여하여 자신들이 미치지 못할 것이라 여겼다.	一朝具靷韋入燕都。與浙杭三人相得甚歡。三人者。皆許其高而自以爲不及也。
洪大容	湛軒書內集 卷3 「金養虛在行 浙杭尺牘跋」	嚴誠·潘庭筠·陸飛는 모두 漢·晉 故家의 후예로 風流와 雋才가 江南에서 손꼽히는 인물이다.	三人者。皆漢晉故家之裔。風流雋才。又江表之極選。
洪大容	湛軒書內集 卷3 「寄陸篠飮飛」	陸飛에게 그리움을 표현한 시를 부치다.	人心湛無迹。定靜發靈寤。萬化相尋繹。燭微有餘裕。玄聖垂大猷。紫陽有箋註。俗儒忘本領。營營死章句。終身鑽故紙。彼哉眞一蠹。夕霽生秋氣。金風決陰雲。月出天地白。萬井息游氛。繁慮蕩無跡。幽興自歡欣。瑤琴二三曲。滿堂爐烟薰。對景發深省。蕭然事天君。圉則誰營度。大塊浮空界。積氣如輻湊。萬品成倒掛。琥珀拾芥。磁石吸鐵。旋繞相拱。自以爲已下也。
洪大容	湛軒書內集 卷3 「有懷遠人」	嚴誠·潘庭筠·陸飛를 생각하며 시를 짓다.	皓天久溟漠。黑月迷中原。矯矯二三子。華胄有賢孫。儒林旣鳳擧。藝苑亦鴻軒。天地大父母。四海同弟昆。一樽乾淨地。脉脉已忘言。東來歲月深。天涯各翩翻。孤懷無與語。十年杜余門。鼎香燒不盡。鑪酒爲誰溫。青眼爲子開。大燭張黃昏。高談半江左。意氣窄乾坤。裘洋出新聲。大招吳山魂。眞意少人知。知音惟前村。多言有衆

			猜。請君且心存。
洪大容	湛軒書內集 卷3 「次孫蓉洲有義寄秋庮詩韻, 仍贈蓉洲」	潘庭筠은 소탈하며, 嚴誠은 강직하고, 陸飛는 호쾌하다.	香祖美瀟灑。鐵橋聳崎直。篠飮亦豪爽。
洪大容	湛軒書外集 卷1 「會友錄序」	洪大容이 嚴誠·潘庭筠·陸飛와 사귀며 그들과 필담한 내용을 3권의 책으로 엮어 朴趾源에게 序文을 부탁하였다. * 이 글은 朴趾源이 지은 것이다.	洪君愀然爲間曰。吾非敢謂域中之無其人而不可與相友也。誠局於地而拘於俗。不能無鬱然於心矣。吾豈不知中國之非古之諸夏也。其人之非先王之法服也。雖然。其人所處之地。豈非堯舜禹湯文武周公孔子所履之土乎。其人所交之士。豈非齊魯燕趙吳楚閩蜀博見遠遊之士乎。其人所讀之書。豈非三代以來四海萬國極博之載籍乎。制度雖變而道義不殊。則所謂非古之諸夏者。亦豈無爲之民而不爲之臣者乎。
洪大容	湛軒書外集 卷1 「會友錄序」	洪大容이 中國에서 사귄 陸飛·嚴誠·潘庭筠이 우리나라의 시를 보기를 원하여 몇 권의 선집을 편집하여 보내주었다. * 이 글은 朴趾源이 지은 것이다.	吾友洪君大容德保。有志好古者也。前歲隨其家仲父赴燕。訪問中國高士。得陸子飛。嚴子誠。潘子庭筠而與之語甚歡。三子江左文章士也。願得見東國詩。… 遂相與裒聚國中諸家詩各體。編而爲數卷以歸之。
洪大容	湛軒書外集 卷1 杭傳尺牘 「與陸篠飮飛書」	洪大容은 陸飛를 만난 기쁨, 사우의 도, 만남과 이별의 아쉬움을 말하였고, 과거 합격 여부를 물으며 潘庭筠의 편지에 자신의 안부를 전했다.	大容白。大容以海外賤品。倖會奇緣。得與上國華胄江表偉人。如吾篠飮者。接席論心。證交丁寧。重以燦燦瓊琚。歸橐動色。此實孤陋之至幸。千古之異蹟也。天下之號爲士者衆矣。雖然。夸多鬪靡。才不足與爲高也。莊色篤論。學不足與爲貴也。逞巧藏機。術不足與爲奇也。惟去色態因天眞。重門洞開。端倪軒豁。如水鏡之監之無不照。

			如鍾鼓之扣之無不響者。乃吾所謂士也。夫然後才也學也術也。始可得而言矣。是以容平生所自勉者在是焉。其所以求友者。亦在是焉。夫如是者。雖得之古人於簡編之中。亦足以尚友而相感。況得之今人於一席之上。而又言下忘形。許以知己者哉。
洪大容	湛軒書外集卷1 杭傳尺牘 「與潘秋庫庭筠書」	嚴誠・潘庭筠・陸飛[諸公]의 簡牘을 四帖으로 합쳐『古杭文獻』이라 제목을 붙였다.	弟以四月十一日渡鴨水。以五月初二日歸鄉廬。以其十五日。諸公簡牘。俱粧完共四帖。題之曰古杭文獻。
洪大容	湛軒書外集卷1 杭傳尺牘 「與潘秋庫庭筠書」	嚴誠・潘庭筠・陸飛[諸公]와 주고받은 筆談과 만남의 자초지종 그리고 주고받은 書札을 아울러 三本으로 합쳐『乾淨衕會友錄』이라 제목을 붙였다.	以六月十五日。而筆談及遭逢始末。往復書札。幷錄成共三本。題之曰乾淨衕會友錄。
洪大容	湛軒書外集卷1 杭傳尺牘 「與徐朗亭光庭書」	潘庭筠의 외사촌형 徐光庭에게 편지를 보내 潘庭筠・陸飛・嚴誠의 안부를 묻는다.	大容頓首上徐朗亭兄足下。伏惟起居萬安。容於前年隨貢使入京。得與杭郡潘蘭公。證交客邸。且因此得聞朗亭先生於蘭公爲表兄。特爲行事猝遽。終未及一瞻尊儀。誠淺緣薄。愧恨耿耿。顧容以遠方賤陋之身。猥被蘭公眷愛。至誼銘心。無以爲報。惟有尺素嗣音。稍可慰天涯願言之懷。且今天下一統。海內同胞書牘寄信。初無法禁。粤自明朝故事具在。但人心難測。俗情多猜。其勢不可以廣煩耳目。必得一靜細好心期者。乃可以居間幹旋。無致疎漏。側聞座下脫略小嫌。不憚身任其事。高風古誼。令人感服。慈憑曆官之便。略寄信息。望須討便付送。而蘭公歸時。如有留書。亦乞出付東人。不

			必疑慮。如蘭公中第在京。亦卽傳致討答附便。其同寓陸起潛兄・嚴力闇兄二人。均是相識。亦或在京。幷以此書傳致之勿疑如何。冬間節使之行。續此更候。惟朗亭鑑此微誠。終如其惠也。不宣。
洪大容	湛軒書外集卷1 杭傳尺牘 「與篠飮書」	세속과 다른 자신들의 우정에 대해 말하며 陸飛에게 편지를 쓰다.	大容頓首。初秋一書。已登崇覽否。春風分袂。忽已履霜。願言懷人。歎息彌襟。不審際玆凉節。起居極勝。伏惟神明所護。百福幷臻。閒居靜養。日就昭曠。容聞友者所以責善而輔仁也。夫善與仁者。人之所以爲人而不可一日而闕者也。欲爲善與仁者。又無責。不可以强學。無輔。不可以進德。此友之所以爲重而參之於君臣父子之倫也。若今之所謂友者。拍肩執袂。貌同心異。執禮爲疏。責難爲迂。善柔以相瘉。勢利以相招。淪胥爲鄕原而不以爲非也。是亦可謂友乎。是亦可以參之於君臣父子之倫乎。容自一見吾兄以來。其於德量之弘達。氣味之脫灑。惟其愛慕。若將心醉。所以傾心托契。仰其責輔。旣無聲勢之相關。亦不欲善柔以自居。此其志固不在於尋常浮薄之習。顧山海隔遠。承誨路阻。望風相勖。惟憑尺書。瑣瑣相思。言之無益。惟老兄責我輔我。痛加鍼誨。俾警責修省。幸免爲小人也。
洪大容	湛軒書外集卷1 杭傳尺牘 「與篠飮書」	귀국길에 만난 浙江人이 陸飛가 그림에 뛰어나다고 한 평을 듣고, 자신의 과거를 고백하며 기예에 빠지는 것을 은근히 충고하다.	竊瞷吾兄才識俊邁。胸懷灑落。高擧遠躅。不欲規規於繩尺之拘謹。弟之所愛慕而誠服之者。亦在是焉。雖然。小德踰閒。終累大成。嘯咏象外。不若脚踏實地。文墨藝苑。原非碩人君子安身立命之地。以子之才。寧欲優遊消遣。終於此而已乎。弟於歸時。適逢浙江人。問貴鄕解元陸某何如人也。彼曰其人善丹靑。某曰。某聞其人文行絶世。君乃以丹靑稱之。何也。彼乃曰。丹靑卽其餘

			事。弟乃隱之於心曰。仁者見之謂之仁。智者見之謂之智。君子之所爲。固非衆人之所可盡識也。雖然。影出於形。名本於實。夫陸兄何以得此聲哉。此弟之所以不敢以小道望吾兄也。弟自十六七時。粗解東國之琴。學之旣久。頗得其妙。凡滌散塵想。宣撥拂欝。其功或有賢於詩酒。是以凡有所往。必匣而自隨。每遇風軒月樓一水一石可坐可賞者。必欣然度曲。樂而忘歸。或與歌姬舞女。雜坐爲歡。狂蕩慷慨。不知其不可也。知我者責以無撿。不知我者目以伶人。夫人之多言。雖亦可畏。此固不足道也。惟浮浪者愛其疎放。謹敕者笑其喪志。是以蕩子日親。莊士日遠。駭駭乎儒門之棄物矣。
洪大容	湛軒書外集 卷1 杭傳尺牘 「與鐵橋書」	嚴誠에게 중국 명승지의 경치와 그들의 거처를 그림을 그려 보내달라고 청하며, 潘庭筠과 陸飛에게도 이를 부탁하였음을 언급하다.	容平生頗喜遊覽山水。惟局於疆域。不免坐井觀天。如西湖諸勝。徒憑傳記。寤寐懷想。而自遭逢諸公以來。爬搔益不自禁。顧此心不知幾迴來往于雷峰斷橋之間矣。若賴諸公之力。摹得數十諸景。竟成臥遊。則奚啻百朋之賜也。此不須畫格工拙。只務細密逼眞。因各題其古蹟梗槩于其上。且因此而幷得見諸公第宅位置。齋居規模。使之隨意披覽。怳然若追奉杖屨於其間。則豈不奇且幸耶。篠飲秋庫。均此奉請。
洪大容	湛軒書外集 卷1 杭傳尺牘 「與鐵橋書」	嚴誠의 형인 嚴果에게 쓴 편지를 언급하며 그의 안부를 묻고, 嚴誠·潘庭筠·陸飛·嚴果에게 여러 성현들의 언행과 행적에 대한 의문점을 질의하다.	尊伯氏九峰先生道候萬安。容之懷風景仰。非徒於爲力闇之伯氏而已。乃敬修寸楮。略布微悃。兼以求敎。未見而有書。篠飲兄事例在焉。能不以見訝否。雖然。人各有見。先生之意。或不以爲然。則望力闇一見而去之。不以奉煩也。吾儒與老佛。號稱三敎。而中古以降。高明俊傑之士。出於此則入乎彼。先賢至以爲彌近理而大亂眞。擇術求道者。其可不辨之早察之精乎。儒者曰。太極

			生兩儀。老氏曰。有物混成。先天地生。佛氏曰。有物先天地。無形本寂寥。其說出源頭。旣其相近。儒者之盡性。老氏之載魂。佛氏之見心。其用心於內者。亦不懸殊。曰一以貫之。曰聖人抱一。曰萬法歸一。其守約之旨則無異。曰修己以安百姓。曰我無爲而民自化。曰慈悲以度衆生。其濟物之心則略同。凡其同中之異。似是而非者。願聞其說。以後賢之論而言。則邵子稱老氏得易之體。伊川稱莊子形容道體甚好。文中子謂佛爲聖人。和靖謂觀音爲賢者。以諸公道學之正而反有所稱許。何也。上蔡親炙程門而淫於老佛。象山動引孟子而近於禪旨。以平生論辨之正。終不免浸染者。何歟。張子房純用黃老而南軒謂有儒者氣像。蘇子瞻到處參禪而晦翁謂以近世名卿。兩賢之嚴於排闢而評品若此者。何歟。數條發難。此天下大議論。古今大是非。願諸兄明賜剖析。以發海外愚蒙。
洪大容	湛軒書外集卷1 杭傳尺牘 「與嚴九峰果誠兄書」	嚴誠의 형인 嚴果에게 편지를 보내 潘庭筠의 소개로 嚴果를 사모하게 되어 가르침을 구한다고 말하면서 陸飛의 말을 인용하다.	大容頓首上九峰先生足下。容。力闇友也。容旣忝與力闇爲友。又因潘蘭公。得聞我九峯先生有文有行。屹然爲江左師表。容之望風仰德之日久矣。況濫被力闇錯愛。證交客邸。約爲兄弟。夫旣僭以力闇爲弟。獨不可以力闇之兄爲兄乎。
洪大容	湛軒書外集卷1 杭傳尺牘 「與篠飲書」	徐光庭으로부터 嚴誠·潘庭筠의 편지를 전해 받은 기쁜 마음을 전하며 陸飛에게 위로의 마음과 그리움을 담아 편지를 쓰다.	大容再拜。上篠飲老兄足下。去歲七月曆官之便。十月貢使之行。俱附安信。計於邇間或已傳覽矣。向於歲盡。因徐朗亭兄傳送浙信。得見兩友手書。殆同從天而降。令人驚喜欲狂。惟聞尊兄下第後轉客保定。尙未旋杭。又悵然如失。迄不能定情。想保定距京。不過爲一二日程。何不以數字寄托朗亭。俾附束便。以少慰懸望之苦耶。曾聞學

			人之貧者多乏資裝。且希後圖。往往流落都下。有終身不歸家者。尊兄雖貧。宜不至此。且湖山之樂。高雅之趣。已有象外定算。則又不當低回風塵。甘心瑣尾。使林懋澗愧見譏於草堂之靈也。未知其間已駕返仙鄉。重理松菊。超脫于名利之臼而優遊乎詩禮之塲耶。大容粗保侍率。幸免他苦。惟年進業退。日用功課。適見判渙。事親而未能顏色之和也。居室而未能相待之敬也。讀書而浮念之相續也。作事而粗率而弗專也。知主靜之當務而躁妄之難制也。知居敬之爲本而昏惰之成習也。重以禀質虛脆。志氣衰懶。不能一刀割斷。鼓勇前進。年與時馳。頭髮種種。窮廬之歎。行將至矣。良可愧懼。餘已悉力闇蘭公書中。且從御之言歸。姑無的聞。略此附候。不暇縷陳。惟一年一便。已苦其疎。終身交情。惟憑尺素。幸隨便寄音。時賜嘉誨。勿孤遠人之懷。不宣。
洪大容	湛軒書外集卷1杭傳尺牘「與鐵橋書」	嚴誠에게 쓴 편지에 낙방하여 방황하는 陸飛의 안위를 걱정하며, 세속의 명리를 버리고 고인의 가르침을 좇고자 하는 자신의 의지를 말하다.	容年幾四十矣。雖僻在偏域。凡遊觀聲色之誤。勢利芬華之習。人情所嗜好而馳逐者。略已身歷而目擊矣。盖淫泆纏綿。若癡若狂。歎畏之意。忸怩之態。不能不雜出于得意肆欲之中。及其事過勢去之後。則又悲凉廓落。茫然無安身立名之地矣。是知過分之慕。身外之物。禍福相仍。榮辱齊頭。知者擇術。眞不足爲此也。惟素位因時。隨分盡理。周公之富。非以貪利也。原憲之貧。非以自私也。恢恢坦坦。無喪無得。此古人所謂爲善最樂而自求多福也。年來見得此箇關頭。頗有界分。不若前日之空言妄想傲然而自足而已。則從此努力。庶其有進步之地矣。謹爲足下一誦焉。篠飮之未卽南歸。抑何故也。爲探望親識耶。爲賞覽名勝耶。爲此二者。則經夏徂秋。旅遊良苦。爲計在必

			得。留待後試。則本地風光。自有樂地。年已五十矣。猶且不知止。可謂知命乎。若爲資斧之不備。則兩友之力。宜有餘地。何不通盤纏共飢飽。携手而同歸。使之轉輾流落埋沒於瑣瑣之苦耶。
洪大容	湛軒書外集卷1 杭傳尺牘 「與秋庫書」	故人[潘庭筠·陸飛·嚴誠]이 준『湖山便覽』과 先聖 七十子의 畫像을 받은 감상에 대하여 말하다.	湖山便覽及先聖七十子畫像。故人之賜。本不在物之貴賤。而吳山選勝。羅列於几席之間。閒中披玩。直如狃寒門而濯淸風也。況先聖之典刑儼然。諸子之列侍闒闒。灌手恭瞻。怳乎親承警咳。則故人之意。豈在於一時之玩好而已耶。惟其不幸成於偏安逸豫之日。忘親事讐之君。要君誤國之臣。或爲之贊。或爲之記。聖賢之靈。必將掩面而藏影。則令人弊然心寒矣。雖然。流傳已久。遺像之可敬。固不繫於贊與記也。吳海虞一跋。足以有辭後世。則其爲吾儒家寶無疑矣。
洪大容	湛軒書外集卷1 杭傳尺牘 「與秋庫書」	潘庭筠·陸飛·嚴誠[兄輩]의 詩文書畫 및 사우 간에 수창한 작품을 부쳐주기를 부탁하며,『會友錄』에 보완할 필담의 자료가 있으면 또한 보내주기를 바라다.	承問以願得之書。至有郵寄之計。則故人厚意也。東方貢使相望。中國書籍。頗有流傳。惟黃勉齋集。只有四五卷小本。聞有全集中有論禮書多可觀。每年購諸京市。終未得之。其他如邵子全書及天文類函兩書。平生願見。而諒其卷秩不少。設或有見在者。何可遠寄耶。中國書籍及書畫眞蹟。旣難致遠。且購之價高。皆不願得之。惟諸葛武侯及宋朝諸賢眞像摹本。或不難得。可蒙寄惠否。兄輩書畫。其格韻高下。雖不敢妄用品題。而瀟灑俊逸。足見雅趣。向來所得並粧爲寶藏。一字一點。不敢慢棄。此其意不徒爲書與畫之爲可貴而已。後來寄書之外。如或以物相贈。不必遠求珍異。惟兄輩之詩文書畫及一時師友間酬唱諸作。在兄輩固是閑漫寫意而一渡鴨水。便作珍玩。前告會友錄

			三本。每乘閒披考。怳然若乾淨對討之時。足慰萬里懷想之苦。但伊時談草。多爲吾兄所藏。無由追記。此中編次者。只憑見在之紙。是以可記者旣多漏落。語脉亦或沒頭沒尾。臆料追補。頓失本色。殊可歎也。尊藏原草。如或見留。幸就其中擇其可記者。並錄其彼此酬酢以示之。此中三本書。吾兄亦有意見之。當卽附便示之也。
洪大容	湛軒書外集卷1杭傳尺牘「與秋廎書」	潘庭筠·陸飛·嚴誠[三君]과 교유한 꿈을 꾼 金在行과 술을 마시며, 교우의 의리에 대해 대화를 나누었음을 언급하다.	丁亥七月。平仲來訪于芋洞。余沽紅露一壺。以猪肉一楪。甜瓜數枚侑之。盖是年春。酒已弛禁矣。數行。平仲已醺然。亹亹言乾淨舊游。相與含涕慷慨。平仲因傳其夢事云。疇昔之夜。忽聞三君賃舟浮海。以漂風爲解。實陰訪我輩。已泊于岸矣。乃奔往見之。感泣相勞苦。惟念彼此俱礙于形跡。無可爲長久計者。乃欲脫身遺世。與之逃入海島。共築室以終餘年。議旣定。歸于家。將盡賣其舍舘產業。其妾聞而爭之。繼之以詈罵。至不能堪。則乃大怒按劒而叱之曰。量汝兒女輩。何足與計事哉。彼萬里乘槎。棄妻子如弊屣。吾寧戀汝而負友哉。遂不勝其憤。發聲大慟。因以驚悟焉。乃一夢也。餘憤尙勃勃。揮其妾使勿敢近。因達朝不睡云。余乃戲之曰。謀及婦人。宜其事之不成也。平仲笑曰。夢事亦非徒然也。余自燕歸後。或臨夜無睡。每道三君事以爲奇遇。且言其戀戀之意。妾輒咈然妬之曰。人生之樂。惟衣食充足。宴安于房室之間而已。彼遠方之人。於君何有哉。彼何嘗衣君而食君。亦何嘗贈君以金帛而富君之家乎。余憤其言庸賤。直欲痛打而不可得。則亦任之而已。是以發於夢事如此。余聞之失聲歎賞曰。以養虛之虛而於三君有此實情。信乎同胞之義無間於遠邇。而養虛之見知於三君。

			可以無愧於交際矣。遂劇飲竟日而罷。
洪大容	湛軒書外集 卷1 杭傳尺牘 「與篠飮書」	陸飛가 보낸 편지를 받은 사실과 潘庭筠을 통해 문안 편지를 보 냈음을 말하며, 嚴誠 의 죽음을 애도하다.	大容頓首上。四月使回。伏承去歲人日手 札。備審歸鄕萬吉。慰不可言。此亦逐歲附 候。伊後兩度書。想自潘友已達崇聽。不審 信後起居益勝。眷集均慶。鐵橋之不淑。尙 忍言哉。雙親在堂。志業未卒。想渠不能瞑 目於泉下。嗚呼。奇俊敏慧之姿。淸通穎秀 之氣。何處得來。別後再得書。虛心求助之 意。切己向道之誠。見其進而未見其止。以 渠之才。天假之以年。亦何遠之不可到哉。 吾道之窮。不勝傷痛。燕城分散。諒成死 別。縱享頤期之壽。終無見面之日。惟妄率 不量。潛有爲己求道之志。海外孤陋。展拓 無術。則提撕振策之力。不能不仰成於大方 高識。天不憖遺。奪此良友。承報臆塞。不 知作何懷。向書中年來多病蚤衰。自省工夫 進寸退尺。正須朋友夾持之力。志氣庶不頹 倒。昔人云一命爲文人。餘不足數。弟正犯 此病。不能自脫。卽如詩文書畫之類。明知 作無益害有益。要弟痛切言之。無或此爲病 根而轉深至此耶。惜哉慟哉。
洪大容	湛軒書外集 卷1 杭傳尺牘 「與篠飮書」	陸飛에게 지난번 보낸 편지에 대해 답장을 부탁하며 아울러 翰墨 을 부탁하다.	更願兄時賜鞭督。不憚其煩。使弟免於小 人。亦望老兄益以自謀。無於詩酒淸曠埸中 枉送了世間奇氣。如何如何。前此兩書。及 於兩友書。有囑其均察者。如已覽悉。幷賜 回敎。翰墨之請。宜不惜一擧手之勞。亦或 可或否。幷以示破。勿貽遠人之𪅜𪅜也。鐵 橋南闈寄書。距死前只數月。病瘼困頓之 中。猶一札數千言。纖悉不漏。可見心力絶 人。處事眞實。益令人痛恨而心折也。前於 潘兄書。有願得諸兄小影之語。或已轉聞 否。鐵橋死後。此意益懇且急。潘兄幷無回 示。悵歎。想老兄旣工繪事。鐵橋眞面。昭

			在心目。及此想像。庶不失儀狀之髣。幸爲之亟圖之。影像旣成。不可不粧成障子。而此間工手極拙。實有壞眞之慮。望須完粧附便。上而幷具題贊。尤妙。此千萬至懇至禱。勿惲勿惲。更有請者。先君少有德望。不幸因於程文。不克究其學。中歲以後。絆身吏役。又不屑藻飾以求名於世。才不見施。壽亦不長。有子無狀。又不能闡幽顯微以彰先德。罪負窮天。尙此生全。不如死久。略次行蹟。另具奉請。無論詩與文。望賜一言之重。金養虛落拓依舊。聞鐵橋訃。登山大慟。旋有書致慰。滿幅悲恨。令人感歎。
洪大容	湛軒書外集卷1杭傳尺牘「與篠飮書」	潘庭筠에게 潘庭筠・陸飛・嚴誠[諸兄]의 초상을 부탁했음에 답이 없음을 안타까워하며, 陸飛에게 嚴誠의 초상을 그려 障子로 만들고 題贊해주기를 간절히 부탁하다.	更願兄時賜鞭督。不憚其煩。使弟免於小人。亦望老兄益以自謀。無於詩酒淸曠塲中枉送了世間奇氣。如何如何。前此兩書。及於兩友書。有囑其均察者。如已覽悉。幷賜回敎。翰墨之請。宜不惜一擧手之勞。亦或可或否。幷以示破。勿貽遠人之齮齕也。鐵橋南聞寄書。距死前只數月。病瘇困頓之中。猶一札數千言。纖悉不漏。可見心力絶人。處事眞實。益令人痛恨而心折也。前於潘兄書。有願得諸兄小影之語。或已轉聞否。鐵橋死後。此意益懇且急。潘兄幷無回示。悵歎。想老兄旣工繪事。鐵橋眞面。昭在心目。及此想像。庶不失儀狀之髣。幸爲之亟圖之。影像旣成。不可不粧成障子。而此間工手極拙。實有壞眞之慮。望須完粧附便。上而幷具題贊。尤妙。此千萬至懇至禱。勿惲勿惲。更有請者。先君少有德望。不幸因於程文。不克究其學。中歲以後。絆身吏役。又不屑藻飾以求名於世。才不見施。壽亦不長。有子無狀。又不能闡幽顯微以彰先德。罪負窮天。尙此生全。不如死

			久。略次行蹟。另具奉請。無論詩與文。望賜一言之重。金養虛落拓依舊。聞鐵橋訃。登山大慟。旋有書致慰。滿幅悲恨。令人感歎。
洪大容	湛軒書外集 卷1 杭傳尺牘 「與篠飮書」	洪大容의 부친 洪櫟의 행적과 詩文을 보내 陸飛에게 평을 부탁하다.	更有請者。先君少有德望。不幸困於程文。不克究其學。中歲以後。絆身吏役。又不屑藻飾以求名於世。才不見施。壽亦不長。有子無狀。又不能闡幽顯微以彰先德。罪負窮天。尙此生全。不如死久。略次行蹟。另具奉請。無論詩與文。望賜一言之重。金養虛落拓依舊。聞鐵橋訃。登山大慟。旋有書致慰。滿幅悲恨。令人感歎。
洪大容	湛軒書外集 卷1 杭傳尺牘 「與秋庫書」	陸飛와 嚴果에게 안부를 전해주기를 부탁하다.	蒙賜奠儀。適值月半殷奠。燒香于鑪。茶帛輄句。俱陳于筵卓。舉家號慟。幽明并感。城南舊遊。歲纔三周。存沒悲歡。若隔滄桑。韓子久觀之嗟。讀來痛心。炯菴未見其人。濃笑亦未見其書。但命名如是浮麗。想其語不足警益於足下也。阮亭偶談。聞來驚喜。但其辦疏。無由一見。或以小紙謄示否。此事於小邦。關係甚重。望諸公如有著書。不惜一言。永賜昭雪。當與數千里民生。共頌恩於無窮矣。寄札事甚關念。文泉今又赴都。托此善傳。但足下南歸。機事益踈。篠飮·九峰。前並姑闕候。如相晤。乞道此意。轉示此紙尤妙。

儀克中 (1796-1837)

인물 해설	字는 墨農·協一, 號는 姑射山樵이며 廣東 番禺(지금의 廣州) 사람이다. 儀克中은 嘉慶 22年(1817) 兩廣總督 阮元이 『廣東志』를 편찬할 때 도왔으며 완원이 세운 學海堂書院의 學長으로 있으면서 신임을 얻었다. 道光12年(1832) 廣東典試官 程恩澤이 그의 文才를 발견함으로써 擧人이 되었고 廣東 巡撫記室을 역임하였다. 儀克中은 시와 그림에 능했으며 웅혼한 산수화의 기법은 王翚을 본받았다. 道光 11年(1831) 연행사신단을 따라 온 朝鮮의 李尙迪(1803-1865)과 북경에서 사귀어 그를 위해 「苔岑雅契圖」를 그려주었다. 또한 이상적은 귀국 후 申命準에게 부탁해 그린 「黃葉懷人圖」에 시를 적어 그에게 보냈다. 저서로 『劍光樓集』 등이 있다.
인물 자료	○ 『淸史列傳』, 卷73 　儀克中, 字墨農, 先世山西太平人, 寄籍廣東番禺. 擧人. 少有異稟, 負奇氣, 頃刻間能作數千言. 以三日和方孚若南海百詠, 見賞於阮元. 元修廣東通志時, 獨以克中爲采訪, 縋幽躋險, 剔苔捫碑, 多翁方綱金石略所未著錄者. 平居尙氣節, 談經濟, 又習擊刺騎射, 有利濟志. 高平祁土貢撫粵, 尤倚重焉. 道光十四年夏, 廣州官窯大水, 決堤, 民居蕩析. 克中言患所由非瀎靈州渠, 勢不足殺. 土貢委曾釗及克中二人, 遂親歷石門至蘆包河, 相度沙水, 三閱月蕆工. 克中積勞, 發背瘍, 幾殆, 久之小愈. 又念丙丁龜鑑言, 請建惠濟倉, 周一年經營謀畫, 達旦不寐, 以此疾作, 卒, 年四十二. 遺書甚多, 後燬於火. 今所存者, 爲劍光樓詩鈔四卷·詞鈔二卷. ○ 丁紹儀, 『聽秋聲館詞話』 卷18, 「吳蘭修與儀克中詞」 　粵東詞家甚少, 近日嘉應吳石華·番禺儀墨農, 始以詞名. 石華名蘭修, 嘉慶戊辰擧人, 官敎諭, 有桐花閣詞. 采桑子云: "輕陰著意催寒食, 風也纖纖. 半臂吳綿昨夜添. 海棠過了梨花病, 春也懨懨. 人也懨懨. 不耐傷心怕卷簾." 蝶戀花云: "恨縷情絲紛似織. 病過花朝, 又是逢寒食. 多少春懷抛不得. 都來壓損眉峰窄.

<table>
<tr><td></td><td colspan="3">爲底愁腸成百結. 一味多愁, 只恐非常策. 葬罷落花無氣力. 小闌幹外斜陽碧." 題吳蘭雪悼亡姬嶽綠春聽香館叢錄疏影云: "簾櫳正悄. 有靑禽啼處, 深翠圍繞. 幾折回廊, 幾點苦痕, 都是屐聲曾到. 蘼蕪隱約裙腰碧, 襯一片, 傷心斜照. 甚東風, 苦苦無情, 便把柳枝吹老. 卻意那時年少, 鬢雲才挽上, 眉際春小. 黛不禁濃, 螺也嫌深, 無可奈何懷抱. 二分細膩三分怨, 總未許·檀奴看飽. 歎人生, 幾日相憐, 腸斷一庭秋草." 蘭雪納妾時, 方以國博改中翰, 有人戲以詩云: "逢人勉强稱前輩, 對妾慇懃學少年." 證以未許檀奴看飽句, 令人欲笑.

墨農名克中, 少遊京師, 道光壬辰始擧於鄕, 有劍光樓詞. 浣溪沙云: "月暗堤長樹影連. 一星螢火墮濃煙. 夜涼如水抱愁眠. 只有蟲聲來枕底, 更無塵夢到鷗邊. 聽風聽水又經年." 蓬窗聽雨用玉田生韻南浦云: "夜雨隔篷聽乍成眠·卻又啼鶯催曉. 墜夢覓江潯, 東風軟, 況是閑愁難掃. 垂楊夾岸, 斷煙浮出靑山小. 目送流紅何處去, 魂醉王孫芳草. 心頭無限江山, 向鳴榔聲里, 等閑過了. 新恨未分明, 消凝候, 驀地舊愁都到. 回眸望渺. 而今燕語鷗盟悄. 一片歸雲留不住, 窗外夕陽多少."</td></tr>
<tr><td>저술
소개</td><td colspan="3">* 『劍光樓集』 [普通古籍] / (淸) 儀克中撰
　(淸)咸豊年間 刻本 『詩鈔』 4卷 『文鈔』 1卷 / (淸)光緖 8年 刻本
* 『劍光樓詞』
　(淸)咸豊 10年 半耕草堂 刻本</td></tr>
<tr><td colspan="4" align="center">비 평 자 료</td></tr>
<tr><td>申緯</td><td>警修堂全藁
養硯山房藁(三)
「苔岑雅契圖三首」</td><td>儀克中이 李尙迪에게 그려준 「苔岑雅契圖」에 題詩 세 수를 짓다.</td><td>李藕船(尙迪)詩品絶佳. 與珠江儀墨農(克中)證交燕臺之無量禪室. 墨農爲繪「苔岑雅契圖」以贈之. 藕船旣歸. 請余題帖.
其一 : 四海蘭盟一榻期. 墨農酒渴藕船詩. 零金膩粉餘閒筆. 又爲香君寫折枝. (墨農有秦淮雜詩廿四首. 細書聚頭. 背寫梅花. 以贈香姬. 香姬藕船所歡也.)
其二 : 保安寺閣認前塵. 塔影鍾聲翰墨因. 秋士相逢捻詩瘦. 黃花十月瘦於</td></tr>
</table>

			人。(圖成於十月菊牖下。記余遊燕。亦在十月也。) 其三：誰喚苔岑舊夢醒。故人去後海冥冥。斷腸香草名山句。爭唱如花儐酒伶。(吳蘭雪時在黔南任所。藕船於墨農酒席。寄信蘭雪。有一聯云美人香艸能消福。循吏名山更著書。余不聞蘭雪信。今已五年。)
李尙迪	恩誦堂集 卷2 「儀墨農孝廉 (克中)招飲無量禪室, 晤李雲農(元慶), 阮賜卿(福)兩農部, 秀子璞司馬(琨), 慶子臨大令(照) 諸人同賦」	儀克中의 초청으로 無量禪室에서 술을 마시다가 李元慶·阮福·璞琨·臨照 등을 만나 함께 시를 읊다.	一時旗鼓遍騷壇。鬪墨㤴㤴酒未闌。自笑蜻蜓能撼樹。應憐翡翠競棲蘭。題襟已洽平生願。作畫堪留後日看。似倩痳姑搔我癢。吟髭撚盡菊花欄。
李尙迪	恩誦堂集 卷3 「菊秋旣望夜, 雅集紫霞侍郎碧蘆吟舫, 次香蘇館集, 是夜會者朴雨蕉侍郎, 洪海君駙馬, 李石見(復鉉)明府, 李東樊(晚用), 洪春山(祐吉), 洪葯農(成謨), 丁酉山(學淵), 李石顬(海遠), 李谿堂(之衡), 雨蕉二哲嗣琴垞(齊喆), 靑棠(齊兢), 紫霞二哲嗣小霞(命準), 藹春(命衍), 柳問菴(本學), 樹軒(本藝)昆季, 徐竹垞(眉淳), 韓藕人(在洛)」	申緯의 碧蘆吟舫에서 시를 지으며 儀克中과 吳嵩梁을 추억하다.	其一：忽然悱惻忽軒渠。痛飲離騷獨閉廬。暇日餠花徵史逸。中年絲竹衍詩餘。山如人瘦當秋後。雁與霜飛欲曙初。風雨不禁懷舊侶。羅浮樵又石谿漁。謂墨農蘭雪 其二：記曾腰笛乞詩還。游戲多生不霅間。一笑蘆花吟滿地。似聞鸜鵒答空山。(先是吳蘭雪寄題碧蘆吟舫圖。有每聞夜雨菰蒲響。遙答空山鸜鵒聲之句。) 酒人消息秋聲裡。林榭周旋畫意間。誰向綠波著書也。窮愁綺習未全刪。(韓藕人游湞上。歸作綠波雜記。)

李尙迪	恩誦堂集 卷3 「閏重九, 懷燕南舊友」	儀克中과 국화를 끓여 마시던 일을 추억하다.	今年不似去年忙。秋夢遲徊話雨凉。燕子徑歸凡幾日。菊花長壽又重陽。無人送酒偏當禁。時禁釀。一例題糕孰與嘗。(去年十月。墨農煮菊佐酒。今家人又餉此味。莫更登高勞遠望。恐君贏得鬢蒼蒼。)
李尙迪	恩誦堂集 卷3 「懷人詩」 <儀墨農(克中)>	儀克中에 대한 회인시를 짓다.	奇才我墨農。風流隘九州。置酒淸淮夕。振衣太華秋。多買五色絲。欲繡劍光樓。
李尙迪	恩誦堂集 卷4 「方蘭生爲余作蓮花一幢, 題曰蒻船墨緣, 卽賦長句志懷」	方羲鏞이 '船墨緣'이란 제목의 蓮花 한 장을 그려 준 것에 느낀 바가 있어 읊은 시에서 吳嵩梁과 儀克中 등을 언급하다.	君作蓮花畫。我作蓮花詩。詩禪畫禪參妙法。蓮華身世兩忘之。天然初日照空綠。此詩此畫堪誰讀。今之蓮洋蓮博士。(蘭雪) 詩骨玲瓏得眞髓。論文沽酒換金龜。鈍根錯比靑蓮子。羅浮山客卽飛仙。(墨農)。直籲紅雲太華巓。一笑拍肩叫奇絶。十丈花裏締墨緣。風葉露珠何圓轉。聚散紛紛頃刻變。但恨人生不如魚。一生游戲花四面。秋風咫尺衆香國。夢中荷蓋空相逐。惆悵塵寰五百年。此花無恙如銅狄。欲采芙蓉何處所。一種芳心苦復苦。
李尙迪	恩誦堂集 卷5 「劉燕庭刺史薦卓异入都, 因伴送琉球使, 臨別索贈一言, 賦贐其行」	儀克中에게 보내는 편지를 劉喜海에게 부탁하여 전해준 일에 대해 기록하다.	一通車笠便忘形。文正之孫有典型。萬里寸函心耿耿。十年重見髮星星。家聲黼黻傳淸白。古學琳琅訂汗靑。記否烏絲曾索字。塗鴉慚絶換鵝經。君昔屬余書海東金石苑序。贈蘇詩一部爲潤筆。蛋雨蠻煙瀰畫簾。使君風味耐齏鹽。萬山靑匝衙門小。一鶴閒隨眷屬添。朱墨暇還搜古蹟。甘棠春已接窮閻。定知游刃恢恢處。錯節盤

			根抛不嫌。臨軒顏色浹恩私。循吏偏蒙曠世知。燕北春風朋酒煖。天南瘴霧使車遲。園林鍾皷昇平日。政事文章强仕時。試問珠江多少遠。郵書替慰故人思。余有寄儀墨農書。托燕庭轉致。燕山話雨不勝情。盃酒匆匆唱渭城。莫把千金酬一字。君時斤正拙稿秖憑寸管證三生。九原不作陳同甫。陳南叔多病相憐馬長卿。馬硏珊謾說重逢他日有。舊遊如夢戀春明。
李尙迪	恩誦堂集 卷9 「乙巳春, 張中遠屬吳冠英爲我寫照見貽, 追題二截, 謝中遠兼寄子梅」	1831년 가을에 儀克中이 「苔岑雅契圖」를, 근래에 張曜孫과 王鴻이 각각 「春明話舊圖」·「海客琴尊圖」와 「春明六子圖」를 소유하고 있었던 것에 대해 기록하다.	硯背曾供坡老像。中遠前贈硯刻像于背。扇頭今見放翁眞。與君同訂三生約。海內襟期海外身。廿載春明幾賞音。琴心酒趣補苔岑。停雲萬里神游遍。越水吳山又孔林。辛卯秋。番禺儀墨農爲作苔岑雅契圖。近有中遠春明話舊海客琴尊二圖及子梅春明六子圖。子梅時寓曲阜。
李尙迪	恩誦堂集 卷1 「隸源津逮序」	方羲鏞의 『隸源津逮』에 서문을 쓰면서 阮元의 『積古齋鍾鼎彝器款識』, 劉喜海의 『寶宇金石苑』을 비롯하여 儀克中·吳式芬 등을 언급하다.	昔予游燕。所交皆東南宏博之士。而多以三代秦漢金石文字相見贈。居然有古人縞紵之風矣。若揚州阮氏積古齋鍾鼎彝器款識。東武劉氏寶宇金石苑諸書。洵是地負海涵。獨出冠時。軼過趙明。誠薛尙功一流人。而儀孝廉墨農，吳編修子苾。亦一時邃古之家。
李尙迪	恩誦堂集 卷1 「舊雨齋記」	舊雨齋의 기문을 지으면서 과거 儀克中이 편액을 써 준 사실에 대해 언급하다.	昔陶元亮託停雲之思。杜少陵詠落月之夢。或訪安道於夜雪。而思玄度於淸風。惟其古懽不終。聚散無定。參商萬里。萍水百年。莫不觸境而傷心。各自攬物而寓興焉。然寒夜江

			聲。忽憶洛陽親友。輕塵柳色。恨無關外故人。彭城夕殯。聯牀之聽。巴山秋冷。剪燭之話。葢風雨感人。由來尚矣。嗟我所思。各在天涯。一別如雨。重見幾時。謾誦風人出日之章。實有詞客今雲之歎。遂題舊雨。以名小齋。若夫林皐雲起。磵道煙沉。私蛙亂鳴。封螉初徙。淙淙然瑟瑟然。菰蒲夜響。何其聲之騷也。淋淋然黯黯然。簾幕晝昏。何其景之凄也。南浦綠波添流。東山絲竹成咽。西園之集莫續。北海之樽久空。玉壺買春。誰家茅屋。人日題句。是處草堂。至如蘇子之記亭。不過一時志喜。高唐之賦峽。自是千古善媱。豈與夫渭北江東。雲間日下。懷王孫於芳草。挹騷人之靈芬。同日語哉。每於落葉晨星之頃。聽蟬秋夢之餘。俛仰沈吟。低徊悵望。屋漏成字。簷溜滴愁。慕林宗之墊巾。羨嵇呂之命駕。招隱則非無桂樹。寄信則但有梅花。秋水蒼葭。伊人何在。春風黃鳥。求友有聲。是所謂莫悲者生離。消魂者惟別也歟。吾友粵東儀墨農。嘗書扁見贈。是爲之記。時壬辰穀雨日也。
李尙迪	恩誦堂集續 卷1 「玉井硯銘有序」	儀克中이 준 玉井硯의 銘文을 지으며 그를 추억하다.	爰集司空詩品若千句。爲玉井硏銘。用代哀詞曰。華頂之雲。橫絶太空。杳靄流玉。手把芙蓉。明月前身。淸風與歸。海山蒼蒼。握手已違。水流花開。是有眞迹。道不自器。惟性所宅。妙造自然。絶受緇磷。不辨何時。畸人乘眞。超超神明。汎彼浩劫。來往千載。天地與立。

李尙迪	恩誦堂集續 卷1 「玉井硯銘有序」	呂縉孫이 儀克中의 근래 행적에 대해 말해주다.	道光十一年辛卯十月。余始識儀墨農孝廉。克中。於燕京。時墨農言嘗登太華蓮花峯。訪所謂玉井者。盤桓久之。今與藕船證交。豈非夙緣有在耶。一面如舊相識。唱酬無虛日也。別後自番禺屢寄詩札。且於庚子。手琢端硏。仿玉井形。勒銘云太華玉井。中涵墨緣。自觀客卿。歸耕此田。嶺南海東。相思各天。石交永定。貽我藕船。以見遺焉。余致謝函。有神遡珠江。賞音萬里。緣深玉井。汲古三生之語矣。
李尙迪	恩誦堂集續 卷3 「閱番禺潘德畬(仕成)海山仙館叢書有作」	潘仕成·儀克中·吳蘭修·熊景星·曾釗 등은 모두 學海堂의 學長을 지낸 사람들로, 經義와 詞章에 뛰어났으며 풍부한 저술을 남겼다.	潘德畬今鮑廷博。收刊天下舊遺書。臨風忽灑人琴淚。學海茫茫宿草餘。番禺亡友儀墨農曾勉士吳石華熊笛江諸君。皆以學海堂學長。經義詞章。著作甚富。未知其身後托之何人。而不至散佚歟。孤雲北學冠羣英。唐史猶傳桂苑名。復覩幽光千載發。恰如神劒出豐城。新羅崔孤雲所撰桂苑筆耕二十卷。中國舊無傳本。今刊入於此。
李尙迪	恩誦堂集續 卷4 「玉酒壺歌, 謝伯韓」	儀克中이 서양의 瑪瑙盃를 준 사실에 대해 말하다.	君不見碧山人銀槎盃。痛飲欲窮河源來。又不見宣德鷄缸難再購。竹坨當時說刼灰。筒河碧卮復何似。殊形蜿蜿騰蛟螭。余有朱竹君書碧色酒卮詩一紙。酒器君家多故事。媲美繐爵與犧罍。月地花天苦無賴。我思君兮郭隗臺。感君遺我玉壺一。東風剛及使車迴。孚尹如見故人面。琢磨尙想故人才。宿酲祛體雙眸豁。亟命家僮發舊醅。案頭斟酌不離手。嘉貺勝似百瓊瑰。安得故人同此席。平原十日鎭

			追陪。我勸君酬澆磈磊。烈士暮年歌莫哀。江南湖北厭兵日。若箇投醪將帥材。盤敦舊歡如斷夢。各天懷抱幾時開。休問觴政今猶昔。老營糟邱洌水隈。觀餠箋誡何爲者。提壺頌德有是哉。此中游戲乾坤大。酒仙之目非嘲詼。配以歐邏瑪瑙盞。招魂儀狄酹蒼苔。亡友粵東儀墨農。嘗見贈西洋瑪瑙盃。
李尙迪	恩誦堂集續 卷7 「觀齋相國寄惠饅飢亭集, 奉題其尾」	吳嵩梁과 儀克中을 추억하다.	華胄黃羊晉大夫。耳孫名德此同符。身雖請老心憂國。百世貽謀不可誣。吟成春草趨庭日。待漏名推八泮年。天與文章華國手。更兼親炙父師前。蜀吳楚粵又遼東。幾處掄才幾采風。宦轍縱橫三萬里。江山詩句角淸雄。南來軍報哭鵒原。碧血留藏白下門。慷慨淋漓詩史筆。一時不獨爲招魂。饅飢舊約草堂靈。夢裏鄉山只麽靑。好把書名同考古。夫于亭與鮎埼亭。風騷一代唱酬多。人海茫茫閱逝波。我向卷中懷舊雨。蓮花博士墨頭陀。謂吳蘭雪儀墨農。萬首洋洋獨冠時。鯢生今日瓣香遲。千秋未信雞林相。具眼能知白傅詩。

李光地 (1642-1718)

인물 해설	字는 晉卿, 號는 厚庵 또는 榕村이며, 福建 泉州 安溪 사람이다. 康熙 9년 (1670) 진사가 되어 直隸巡撫·吏部尙書·文淵閣大學士를 역임했다. 淸初 政治家이자 理學家이며 '安溪先生' 또는 '溪李相國'으로 불렸다. 칙령을 받고 『性理精義』·『朱子全書』·『周易折中』等을 편찬하였으며, 저작으로는 『周易通論』(4권), 『周易觀象』(12권), 『詩所』(8권), 『大學古本說』(1권), 『中庸章段』(1권), 『中庸餘論』(1권), 『讀論語劄記』(1권), 『讀孟子雜記』(2권), 『古樂經傳』(5권), 『陰符經注』(1권), 『參同契章句』(1권), 『注解正蒙』(2권), 『朱子禮纂』(5권), 『榕村語錄』(30권), 『榕村文集』(40권), 『榕村別集』(5권) 등이 있다.
인물 자료	○ 『淸史稿』, 列傳 49 李光地, 字晉卿, 福建安溪人. 幼穎異. 年十三, 擧家陷山賊中, 得脫歸. 力學慕古. 康熙九年成進士, 選庶吉士, 授編修. 十二年, 乞省親歸. 十三年, 耿精忠反, 鄭錦據泉州, 光地奉親匿山穀間, 錦與精忠並遣人招之, 力拒. 十四年, 密疏言: "閩疆褊小, 自二賊割據, 誅求敲撲, 民力已盡, 賊勢亦窮. 南來大兵宜急攻, 不可假以歲月, 恐生他變. 方今精忠悉力於仙霞·杉關, 鄭錦並命於漳·潮之界, 惟汀州小路與贛州接壤, 賊所置守禦不過千百疲卒. 竊聞大兵南來, 皆於賊兵多處鏖戰, 而不知出奇以搗其虛, 此計之失也. 宜因賊防之疏, 選精兵萬人或五六千人, 詐爲入廣, 由贛達汀, 爲程七八日耳. 二賊聞急趨救, 非月餘不至, 則我軍入閩久矣. 賊方悉兵外拒, 內地空虛, 大軍果從汀州小路橫貫其腹, 則三路之賊不戰自潰. 伏乞密敕領兵官偵諜虛實, 隨機進取. 仍恐小路崎嶇, 須使鄉兵在大軍之前, 步兵又在馬兵之前, 庶幾萬全, 可以必勝." 置疏蠟丸中, 遣使間道赴京師, 因內閣學士富鴻基上之. 上得疏動容, 嘉其忠, 下兵部錄付領兵大臣. 時尙之信亦叛, 師次贛州·南安, 未能入福建. 康親王傑書自衢州克仙霞關, 復建寧·延平, 精忠請降. 師進駐福州, 令都統拉哈達·賚塔等討鄭錦, 並求光地所在. 十六年, 復泉州, 光地謁拉哈達於漳州. 拉哈達白王, 疏稱光地矢志爲國, 顚沛不渝, 宜予褒揚, 命優敍, 擢侍讀學士. 行至福州, 以父喪歸. … 五十二年, 與千叟宴, 賜賚

有加. 頃之, 以病乞休, 溫旨慰留. 越二年, 復以爲請, 且言母喪未葬, 許給假二年, 賜詩寵行. 五十六年, 還朝, 累疏乞罷, 上以大學士王掞方在告, 暫止之. 五十七年, 卒, 年七十七, 遣恒親王允祺奠醊, 賜金千兩, 諡文貞. 使工部尙書徐元夢護其喪歸, 復諭閣臣: "李光地謹愼淸勤, 始終一節, 學問淵博. 朕知之最眞, 知朕亦無過光地者!" 雍正 初, 贈太子太傅, 祀賢良祠. 弟光坡, 性至孝, 家居不仕, 潛心經術. 子鍾倫, 擧人, 治經史性理, 旁及諸子百家, 從其叔父光坡治三禮, 於周官·禮記尤精, 稱其家學. 從子天寵, 進士, 官編修, 有志操, 遂於經學, 與弟鍾僑·鍾旺俱以窮經講學爲業. 鍾僑進士, 官編修, 督學江西, 以實行課士, 左遷國子監丞. 鍾旺, 擧人, 授中書, 充性理精義纂修官.

○ 『四庫全書總目提要』 卷94, 『榕村語錄』

　　光地之學, 源於朱子, 而能心知其意, 得所變通, 故不拘墟於門戶之見. 其詁經兼取漢唐之說, 其講學亦酌采陸王之義, 而於其是非得失, 毫釐千里之介, 則辨之甚明, 往往一語而決疑似.

<table>
<tr><td colspan="3">(淸)康熙年間 刻本 22卷 卷首 1卷</td></tr>
<tr><td colspan="3">* 『周易觀象』
(淸)康熙年間 敎忠堂刻本 12卷</td></tr>
<tr><td colspan="3">* 『篆文六經四書』
(淸)李光地等編 (淸)康熙年間 內府刻本 10種</td></tr>
<tr><td colspan="3">* 『二程子遺書纂』
(宋)程顥・程頤撰 (淸)李光地纂 (淸)刻本 2卷</td></tr>
<tr><td colspan="3">* 『御纂朱子全書』
(宋)朱熹撰 (淸)李光地等編 (淸)康熙年間 刻本 66卷 /(淸)聖祖纂 (淸)李光地
等受命編 木版本(奎章閣韓國學硏究院 所藏)</td></tr>
<tr><td colspan="3">* 『御纂性理精義』
(淸)李光地等編 (淸)刻本 12卷</td></tr>
<tr><td colspan="3">* 『經餘必讀續編』
(淸)雷琳・錢樹棠・錢樹立輯 (淸)嘉慶 16年 刻本 4卷 內 李光地輯 『性理』</td></tr>
<tr><td colspan="3" align="center">비 평 자 료</td></tr>
<tr>
<td>金邁淳</td>
<td>臺山集
卷9
「顧亭林先生傳」</td>
<td>李光地의 『榕村集』에는
顧炎武의 小傳이 실려 있
으나, 그에 대해 오해할 만
한 언급을 하였기에 내가
이를 염려하여 「顧亭林先
生傳」을 짓게 되었다.
* 李光地의 「顧寧人小傳」
은 『榕村』 卷33에 실려
있다.</td>
<td>嘗見李光地榕村集。有「寧人小傳」。於
其平生志節。畧不槩及。獨擧音學一
撰。稱爲博雅。豈有所忌諱而不敢盡
歟。又謂其孤僻負氣。譏訶傷物。吳人
訾之。夫亭林四海一人。安得不孤僻。
擧世無當意者。安得無譏訶。以是而訛
亭林。是訛伯夷以不與鄕人立也。其可
乎哉。光地貴而文。吾恐是說之行。而
天下民彝之卒胥而泯也。故撫其行事著見
者。爲「顧亭林先生傳」。</td>
</tr>
<tr>
<td>金邁淳</td>
<td>臺山集
卷15
闕餘散筆</td>
<td>李光地의 『榕村集語錄』을
인용해 性善을 논하다.</td>
<td>李光地榕村集・語錄曰。孟子所謂性善
者。單指人性如是。統論萬物一原之
性。則不應云異於禽獸者幾希。且云犬
牛與人異性。旣是單指人性。便是以其</td>
</tr>
</table>

			得氣質之正而爲萬物之靈。孟子論性。又何嘗丟了氣質。
金邁淳	臺山集 卷15 闕餘散筆	王守仁의『大學』에 대한 해석을 추종한 李光地를 陸隴其의 학설을 인용하여 비평하다.	王陽明盡舍諸說。一從古本。謂大學初無經傳。亦無衍闕。隆萬以來。其說大行。明末顧涇陽。近世李榕村。名爲尊朱斥王。而至於知本之爲格物。則墨守膏肓。牢不可破。獨陸三魚隴其力辨其失。
金邁淳	臺山集 卷16 闕餘散筆	李光地는 『古文尙書』를 의심해서는 안 된다고 역설하였다.	望溪方苞。榕村李光地。又力主不可疑之論。其言曰。古文疑其僞者多矣。抑思能僞爲是者誰歟。漢之儒者如董仲舒·劉向。醇矣博矣。人心道心之旨。伊訓·太甲·說命·周官之篇。二子豈能至之。況魏晉六朝之間乎。
金邁淳	臺山集 卷16 闕餘散筆	金邁淳이 李光地의 "소인은 거리낌이 없다(小人無忌憚)"는 말을 인용하여 『古文尙書』를 무조건 폄하하려는 사람들을 비평하다.	若疑之之過。並與此等大頭顱所在而欲爲移動。則是眞小人之無忌憚也。(小人無忌憚。榕村語)
金邁淳	臺山集 卷17 闕餘散筆	李光地의 『榕村集』을 보면 경술과 문장이 탁월한 점을 알 수 있으나, 자신의 처세를 변호하고 시세에 영합하기 위해서 華夷의 구분을 없애려 한 점이 보인다.	榕村李光地。以經術文章。顯用於康熙時。… 而統論學術全體。則長於馳騖而短於持守。諧世適用之意多。而修身敦本之味少耳。
金邁淳	臺山集 卷17 闕餘散筆	李光地의 「恭請調護聖躬疏」와 「送友人外艱歸」는 儒者로서 해서는 안 되는 말이다.	榕村集。有「恭請調護聖躬疏」。… 夫豫凶事。非禮也。其親有疾未死。戒其子以雖死勿毀。閭巷匹敵。所未敢發諸口者。今以輔弼大臣。經禮名儒。昌言無

			忌於至尊之前。而聽之者亦恬然不以爲異。吾未知其於忠孝之道何如也。集中又有「送友人外艱歸」詩。亦儒家所未聞。而比之上款。猶屬薄物矣。
金邁淳	臺山集卷17闕餘散筆	李光地는 "尊朱黜王"을 표방했으면서도 王守仁의 『大學』에 대한 학설을 극찬하였으니, 잘못이다.	榕村之學。名爲尊朱黜王。而於此大頭項公案。却乃極贊王說。以爲獨得曾思之旨。
金邁淳	臺山集卷17闕餘散筆	李光地가 『大學』에 대해 자신의 학설을 내세운 것은 모순점이 많다.	又自立己說曰：大學初無經傳。乃一篇首尾文字。格物致知。秖可以知本二字當之。修己治人。秖可以誠意一目盡之。以知止條中能慮爲格致。能得爲誠意。自物有本末至知之至也(今傳五章結語)。以能慮言也。自所謂誠其意者至此謂知本(今傳四章結語)。以能得言也。正心修身。以至終篇。不過著其輾轉相關之效而已。…　夫天下無兩是雙非。況經傳義理。何等精嚴。毫釐之差。相去千里。大學今古本章次之相左・文義之相背。不可但以毫釐言。古本之章次爲是。則今本之文義爲非。今本之文義爲得。則古本章次之不能無失也。亦審矣。乃以今本之義。從古本之次。而謂朱子不棄吾言。是何異於操方枘以納圓鑿。而語人曰恰恰相當乎。章次如此。文義如此者爲辭費。章次則如彼。文義則如此者爲辭不費。又不幾於指一爲多。指二爲少乎。吾未之信也。
金邁淳	臺山集卷17闕餘散筆	李光地는 사람됨이나 학문이 方便을 따르고 時勢를 좇기를 좋아하여 진실로 朱子를 존중하고 王守仁을 비판했다고 할 수 없다.	榕村則不然。觀其行己規模。喜方便而貴諧合。以之談經。亦用此法。而問學之眩贍。言語之辯給。以濟之。故圓渾滑熟。未易非刺。於朱子則服事旣久。嚴不敢違。而其中則未必篤信。於王氏

			則病敗已著。鄙不肯從。而其實則未敢 辦敵。
朴趾源	燕巖集 別集 卷14 「熱河日記 鵠亭筆談」	尹嘉銓이 金昌業에 대해 묻자, 김창업이 연행길에 李光地를 만났던 일을 이 야기하다.	亨山曰。先生來時。曾游千山否。余 曰。千山迂行百餘里。且緣行忙。只望 天外數點螺鬟。亨山曰。老僕曾於歲戊 寅。降香醫巫閭。有貴邦人。墨題姓 名。余曰。姓名爲誰。亨山曰。六七輩 其姓名偶未之記。余曰。敝邦先輩金昌 業字大有。號老稼齋。曾於康熙癸巳遊 千山。而醫巫閭山。亦當有題名處。亨 山曰。千山敝無緣一見。稼齋金公還有 幾佳句作否。余曰。有數卷文集。不能 記一二佳句。金稼齋亦於暢春苑。見李 榕村先生。當時閣老。亨山曰。榕邨先 生。康熙癸巳間。想已南歸矣。那緣相 見。余曰。榕邨先生諱李光地也否。兩 人皆點頭。
徐淇修	篠齋集 卷3 「送冬至上行 人吾宗恩卯 翁赴燕序」	淸初의 대가로 李光地· 徐乾學·方苞·毛奇齡· 侯方域 등을 꼽다.	今之中州。卽古之人材圖書之府庫也。 淸初蓋多名世之大家數。如李光地之治 易。徐乾學之治禮。方苞之治春秋。毛 大可之該洽。侯方域之文詞。最其踔厲 特出者也。
徐瀅修	明臯全集 卷14 「紀曉嵐傳」	李光地가 상소를 올려『翁 季錄』을 간행하기를 청하 다.	余曰。康熙中。榕村李公疏請刊布翁季 錄。得旨。豈尙未擧耶。
徐瀅修	明臯全集 卷14 「劉松嵐 (大觀)傳」	徐瀅修는 경학이 陸隴其 이후 李光地가 뛰어나다 고 평하다.	余友金國寶。後余使燕。亦與松嵐相 遇。歸傳松嵐之言曰。徐明臯之經學。 陸稼書先生後一人云。
李德懋	靑莊館全書 卷33 淸脾錄(二)	李光地의 시를 '朴而奇'하 다고 평가하고 시를 소개 하다.	李榕邨光地。近世之醇儒也。康熙朝。 入閣。其詩朴而奇。

	「李榕邨」		
李德懋	青莊館全書 卷33 淸脾錄(二) 「對仗精鍊」	李光地의 시가 俱極精工 하다 평가하다	李榕邨詩。馬骨九方歅。羊皮百里奚。 俱極精工。
李德懋	青莊館全書 卷35 淸脾錄(四) 「農巖·三淵 慕中國」	金尙憲－張延登·金昌業 －楊澄·李光地·金益謙 －李錯·金在行－陸飛· 嚴誠·潘庭筠으로 이어지 는 김씨 집안 인물들의 중 國 문사와의 교유를 소개 하고 천하의 盛事로 평가 하다.	盖淸陰先生。水路朝京。於濟南。逢張 御史延登。後七十餘年癸巳。曾孫稼齋 入燕。逢揚澄證交。望見李榕村光地。 後二十有八年。淸陰先生玄孫潛齋益謙日 進入燕。逢多靑山人李錯鐵君。相與嘯 咤慷慨於燕臺之側。後二十有六年。淸 陰先生五代族孫養虛堂在行平仲。逢浙杭 名士陸飛起潛·嚴誠力闇。潘庭筠香祖。 握手投契。淋漓跌宕。爲天下盛事。
田愚	艮齋集前編 卷4 「答李友明」	李光地·徐乾學·毛奇齡 은 청나라 조정에 머리를 조아리면서도 수치로 여 기지 않았다.	至若李光地·徐乾學·毛奇齡輩。稽顙虜 庭。而不以爲恥。
田愚	艮齋集前編 卷6 「答朴魯原」	熊賜履·李光地·徐乾學 ·錢謙益은 문장과 경술 에 뛰어났으나, 청나라에 복종하고서도 수치로 여 기지 않았다.	如熊賜履·李光地·徐乾學·錢謙益輩。 文章經術。皆絶流輩。而稽顙龍庭。不 以爲恥。
田愚	艮齋集別編 卷1 「告諭子弟門 人」	李光地·徐乾學은 개인의 영달을 위해 청나라에 복 종하였다.	今天下皆夷也。然苟非眞胡種子。孰有 樂爲之夷者哉。或以化俗。或以取榮。 或以怕死。或以擇義未精而然。取榮。 如淸之李光地·徐乾學。是也。
正祖	弘齋全書 卷163 日得錄	근세 사람이 지은『周易』 에 대한 책은 李光地의『周 易折中』이 가장 온당하다 고 평하다.	近世則李光地折中。最爲穩當。

洪吉周	沆瀣丙函 卷9 睡餘瀾筆 續 (下)	金邁淳은 陸隴其・李光地 같은 이들은 비록 고심하면서 문장가로서 글을 지은 적이 없지만, 문장이 뛰어나 독자가 싫증내지 않게 만든다고 하였다.	與臺山論文。臺山曰 ⋯ 中國道學家。如近世陸稼書・李榕邨者。雖未嘗刻意爲作家文。而其文皆爛然成章。不致讀者之厭勧。以故其所講說。皆明白透徹。易見指歸。
洪吉周	縹礱乙纖 卷9 「瞻彼薊之北 行」	顧炎武와 朱彝尊은 考證에 해박하였고, 陸隴其와 李光地는 箋註에 정밀하였다.	顧朱博證辨。陸李精箋註。槐西語怪林。池北譚藝圃。
洪翰周	智水拈筆 卷1	李光地는 顧炎武의 박학을 칭찬하였다.	又李榕村光地曰： 長洲顧寧人。極博者也。九經三史。悉能背誦。盖其精力。古今罕有也。
洪翰周	智水拈筆 卷3	李光地는 字인 厚菴을 號처럼 썼다.	又古今人有字如號者。唐元結。字次山。李尙隱。字義山。清李榕村光地。字厚菴。紀文達公昀。字曉嵐。是也。
洪翰周	智水拈筆 卷4	명나라 熹宗 天啓 연간에 五星이 奎星에 모이더니, 청나라 초에 人文이 성대하여, 湯贇・陸隴其・李光地・朱彝尊・王士禎・陳維崧・施閏章・徐乾學・方苞・毛奇齡・侯方域・宋琬・魏裔介・熊賜履・宋犖・吳雯・魏禧・葉方靄・汪琬・汪楫・邵長蘅・趙執信 등과 같은 인물들이 나왔다.	世稱明熹宗天啓間。五星聚奎。故清初人文甚多。如湯潛菴贇・陸三魚隴其・李榕村光地・朱竹垞彝尊・王阮亭士禎・陳檢討維崧・施愚山閏章・徐健菴乾學・方望溪苞・毛檢討奇齡・侯壯悔方域・宋荔裳琬・兼濟堂魏裔介・熊澗川賜履・宋商丘犖・吳蓮洋雯・魏勺庭禧・葉方藹子吉・汪鈍翁琬・汪舟次楫・邵靑門長蘅・趙秋谷執信諸人。皆以詩文名天下。其中亦有宏儒鉅工。彬彬然盛矣。而是天啓以後。明季人物之及於興旺之初者也。
洪翰周	智水拈筆 卷5	李光地의 아우 李光坡는 기억력이 뛰어나 유교 경전과 주요 사서를 모두 외울 수 있었다.	清顧寧人。九經三史。悉能背誦。李榕村弟耜卿。亦如是。

		* 원문의 耝卿은 耒卿의 잘못이다. 顧炎武와 耒卿의 기억력에 대해서는 李光地, 『榕村語錄』 卷24에 관련된 기술이 있다.	

94

李東陽 (1447-1516)

<table>
<tr><td>인물
해설</td><td>字는 賓之, 號는 西涯, 諡號는 文正이며, 茶陵 사람이다. 어려서부터 글을 잘 지었고, 1464년(明 天順 8)에 進士에 급제한 뒤 吏部尙書, 華蓋殿大學士 등의 벼슬을 지냈다. 宦官인 劉瑾의 專橫에 가담했다는 혐의로 비판 받기도 했다. 詩에 있어 典雅工麗한 것을 追求하였고, '茶陵詩派'를 주도하여 明代의 一太宗을 이루었다. 비현실적인 唱和應酬詩가 명의 永樂・成化 시단을 침체하게 하였는데, 그는 홀로 盛唐의 시풍을 추구하는 唐詩 부흥운동의 선구적 존재가 되었다. 『懷麓堂集』(100권)을 저술하였으며, 그 중에서도 역대의 史實을 노래한 擬古樂府 100편이 유명하다. 또 시의 인상비평과 作詩의 기술론을 상세히 전개한 『懷麓堂詩話』가 있다.</td></tr>
<tr><td>인물
자료</td><td>○ 『明史』, 列傳 69
李東陽, 字賓之, 茶陵人, 以戍籍居京師. 四歲能作徑尺書, 景帝召試之, 甚喜, 抱置膝上, 賜果鈔. 後兩召講尙書大義, 稱旨, 命入京學. 天順八年, 年十八, 成進士, 選庶吉士, 授編修. 累遷侍講學士, 充東宮講官. 弘治四年, 憲宗實錄成, 由左庶子兼侍講學士, 進太常少卿, 兼官如故. 五年, 旱災求言. 東陽條摘孟子七篇大義, 附以時政得失, 累數千言, 上之. 帝稱善. 閣臣徐溥等以詔敕繁, 請如先朝王直故事, 設官專領. 乃擢東陽禮部右侍郎兼侍讀學士, 入內閣專典誥敕. 八年以本官直文淵閣參預機務, 與謝遷同日登用. 久之, 進太子少保・禮部尙書兼文淵閣大學士. … 是時, 帝數召閣臣面議政事. 東陽與首輔劉健等竭心獻納, 時政闕失必盡言極諫. 東陽工古文, 閣中疏草多屬之. 疏出, 天下傳誦. 明年, 與劉健・謝遷同受顧命. 武宗立, 屢加少傅兼太子太傅. 劉瑾入司禮, 東陽與健・遷即日辭位. 中旨去健・遷, 而東陽獨留. 恥之, 再疏懇請, 不許. 初, 健・遷持議欲誅瑾, 詞甚厲, 惟東陽少緩, 故獨留. 健・遷瀕行, 東陽祖餞泣下. 健正色曰: "何泣爲? 使當日力爭, 與我輩同去矣." 東陽默然. 瑾既得志, 務摧抑縉紳. 而焦芳入閣助之虐, 老臣・忠直士放逐殆盡. 東陽悒悒不得志, 亦委蛇避禍. 而焦芳嫉其位己上, 日夕構之瑾. 先是, 東陽奉命編通鑑纂要. 既成, 瑾令人摘筆畫小疵, 除謄錄</td></tr>
</table>

官數人名, 欲因以及東陽. 東陽大窘, 屬芳與張彩爲解, 乃已. … 焦芳旣與中人爲一, 王鏊雖持正, 不能與瑾抗, 東陽乃援楊廷和共事, 差倚以自強. 已而鏊辭位, 代者劉宇・曹元皆瑾黨, 東陽勢益孤. 東陽前已加少師兼太子太師, 後瑾欲加芳官, 詔東陽食正一品祿. 四年五月, 孝宗實錄成, 編纂諸臣當序遷, 所司援會典故事. 詔以劉健等前纂修會典多糜費, 皆奪升職, 東陽亦坐降俸. 居數日, 乃以實錄功復之. … 九載秩滿, 兼支大學士俸. 河南賊平, 廕子世錦衣千戶. 再疏力辭, 改廕六品文官. 其冬, 帝欲調宣府軍三千入衛, 而以京軍更番戍邊. 東陽等力持不可, 大臣・台諫皆以爲言. 中官旁午索草敕, 帝坐乾淸宮門趣之, 東陽等終不奉詔. 明日竟出內降行之, 江彬等遂以邊兵入豹房矣. 東陽以老疾乞休, 前後章數上, 至是始許. 賜敕・給廩隸如故事. 又四年卒, 年七十. 贈太師, 諡文正.

東陽事父淳有孝行. 初官翰林時, 常飮酒至夜深, 父不就寢, 忍寒待其歸, 自此終身不夜飮於外. 爲文典雅流麗, 朝廷大著作多出其手. 工篆隸書, 碑版篇翰流播四裔. 獎成後進, 推挽才彦, 學士大夫出其門者, 悉粲然有所成就. 自明興以來, 宰臣以文章領袖縉紳者, 楊士奇後, 東陽而已. 立朝五十年, 淸節不渝. 旣罷政居家, 請詩文書篆者填塞戶限, 頗資以給朝夕. 一日, 夫人方進紙墨, 東陽有倦色. 夫人笑曰 : "今日設客, 可使案無魚菜耶?"乃欣然命筆, 移時而罷, 其風操如此.

○『明史』, 列傳 173

明初, 文學之士承元季虞・柳・黃・吳之後, 師友講貫, 學有本原. 宋濂・王禕・方孝孺以文雄, 高・楊・張・徐・劉基・袁凱以詩著. 其他勝代遺逸材質與本性的關系. 先秦孟子認爲, 人天生具有仁・義・禮, 風流標映, 不可指數, 蓋蔚然稱盛已. 永・宣以還, 作者遞興, 皆沖融演迤, 不事鉤棘, 而氣體漸弱. 弘・正之間, 李東陽出入宋・元, 溯流唐代, 擅聲館閣. …

○ 錢謙益,『列朝詩集小傳』丙集 卷1,「李少師東陽」

東陽, 字賓之, 茶陵人. 以戍籍居京師. 四歲擧神童, 景皇帝抱置諸膝. 六歲・八歲兩召見, 講尚書大義, 命入京學. 天順八年進士, 選翰林庶吉士. 成化元年, 授編修. 八年, 以禮部左侍郞兼文淵閣大學士, 直內閣, 累官少師兼太子太師, 吏部尙書, 華蓋殿大學士. 正德七年致仕. 又四年卒, 年七十. 諡文正. 公慧悟夙成, 風神娟秀, 歷官館閣, 四十年不出國門, 獎成後學, 推輓才雋, 風流弘長, 衣被海內, 學士大夫出其門墻者, 文章學術, 粲然有所成就, 必曰 : "此西涯先生之門人

也." 罷相家居, 購請詩文書篆者, 塡塞戶限, 頗資以給朝夕. 一日, 夫人方展紙砥墨, 公有倦色, 夫人笑曰: "今日方設客, 可使案無魚菜耶?" 遂聽然命筆, 移時而罷, 其風操如此. 詩文有懷麓堂集及續集, 南行 · 東祀諸集若干卷. 國家休明之運, 萃於成 · 弘, 公以金鍾玉衡之質, 振朱弦淸廟之音, 含咀宮商, 吐納和雅, 渢渢乎, 洋洋乎, 長離之和鳴, 共命之交響也. 北地李夢陽, 一旦崛起, 侈談復古, 攻竄竊剿賊之學, 詆諆先正, 以劫持一世; 關隴之士, 坎壈失職者, 群起附和, 以擊排長沙爲能事. 王 · 李代興, 祧少陵而禰北地, 目論耳食, 靡然從風. 吾友程孟陽讀懷麓之詩, 爲之摘發其指意, 洗刷其眉宇, 百五十年之後, 西涯一派煥然複開生面, 而空同之雲霧, 漸次解駁, 孟陽之力也. 餘嘗與曲周劉敬仲論之曰: "西涯之詩, 原本少陵 · 隨州 · 香山, 以迨宋之眉山 · 元之道園, 兼綜而互出之. 其詩有少陵, 有隨州 · 香山, 有眉山 · 道園, 而其爲西涯者, 自在試取空同之詩, 汰去其呑剝掊撦岈牙齬齒者, 求其所以爲空同者, 而無有也." 敬仲深思久之, 亦以餘言爲然. 今年錄西涯詩, 思與孟陽 · 敬仲後先, 揚扢之語, 爲之慨然, 而又念西涯北地升降之間, 文章氣運, 胥有系焉, 不得不詳切言之, 非欲與世之君子, 爭壇墠而絜短長也.

○ 郞瑛, 『七修類稿』 卷44, 事物類, 「李西涯」

閣老李東陽, 別號西涯, 湖廣人也, 神童登第一甲. 弘治間, 文翰雄於一時, 士大夫多出其門. 入閣年久, 當武宗朝, 不能諫正人, 有投匿名詩云: "文章聲價鬥山齊, 伴食中書日又西. 回首湘江春水綠, 鷓鴣啼罷子規啼." 末句蓋以鳥語哥哥行不得也, 不如歸去. 後竟因詩即歸.

○ 梁章鉅 · 梁恭辰, 『楹聯叢話全編』, 巧對錄 卷4

『堅瓠集』… 又云: 李東陽四歲時, 能作大字. 景王召見, 置之膝上. 六歲, 與程敏政以神童同被英宗召對, 過宮門, 足不能度. 帝曰: "書生脚短." 李曰: "天子門高." 時禦饍有蟹, 上曰: "螃蟹一身甲冑." 程曰: "鳳凰遍體文章." 李曰: "蜘蛛滿腹經綸." 帝又曰: "鵬翅高飛, 壓風雲乎萬里." 程曰: "鼇頭獨占, 依日月於九霄." 李曰: "龍顏端拱, 位天地之兩間." 帝大悅, 曰: "此安排, 他日一個宰相, 一個翰林也."

| 저술
소개 | ★ 『新舊唐書雜論』

(淸)抄本 1卷 |

* 『歷代通鑑纂要』

  (淸)內府 三色抄本 92卷 / (明)正德 14年 愼獨齋刻本 92卷 / (淸)乾隆 內府 朱墨筆抄 巾箱本　92卷 / (明)正德 2年 內府刻本

* 『大明孝宗敬皇帝實錄』

  (明)李東陽等纂修 (明)抄本 224卷

* 『東祀錄』

  (明)弘治年間 刻本 3卷 附 1卷 / (明)正德 元年 王麟刻本 3卷

* 『懷麓堂稿』

  (淸)抄本 90卷

* 『懷麓堂詩續藁』

  (明)正德 12年 張汝立刻本 8卷

* 『懷麓堂全集』

  (淸)康熙 21年 廖方達刻本 100卷

* 『擬古樂府』

  (明)李東陽撰 謝鐸・潘辰評點 何孟春音註 (明)李一鵬刻本 2卷 / (明)正德 13年 顧佖刻本 2卷 / (明)嘉靖 31年 唐堯臣刻本 2卷 / (明)魏椿刻本 2卷 / 謝鐸・潘辰評點 陳建通考 明代 刻本 2卷

* 『西崖先生擬古樂府』

  (明)李東陽撰 謝鐸・潘辰評點 何孟春音注 (明)釋袾宏刻本 2卷

* 『聯句錄』

  (明)李東陽輯 (明)成化 23年 周正刻本 1卷

* 『懷麓堂詩稿』

  (明)正德 11年 熊桂刻本 20卷 附『文稿』30卷『詩后稿』10卷『文后稿』30卷『南行稿』1卷『北上錄』1卷『講讀錄』1卷『東祀錄』3卷『集句錄』1卷『集句后錄』1卷『哭子錄』1卷『求退錄』3卷

* 『明良集』

  (明)霍韜輯 (明)嘉靖 12年 刻本 6種 9卷 內 李東陽撰『燕對錄』1卷

* 『交泰錄』

  (明)龍大有編 (明)嘉靖 18年 龍氏自刻本 5卷 內 李東陽撰『燕對錄』1卷

* 『國朝典故』

  (明)朱當㴐編 (明)抄本 60種 112卷 內 李東陽撰 『燕對錄』1卷 / (明)鄧士龍編 (明)刻本 60種 111卷 內 李東陽撰 『燕對錄』1卷

* 『說郛續』

  (明)陶珽編 (淸)順治 3年 李際期 宛委山堂刻本 46卷 內 李東陽撰 『麓堂詩話』1卷

* 『藝海彙函』

  (明)梅純編 (明)抄本 92種 161卷　內 李東陽撰 『麓堂詩話』1卷

* 『詩學叢書』

  (淸)抄本 34種 41卷 內 李東陽撰 『麓堂詩話』1卷

* 『盛明百家詩』

  (明)俞憲編 (明)嘉靖－隆慶年間 刻本 324卷 內 李東陽撰 『李文正公集』2卷

* 『學海類編』

  (淸)曹溶編 陶越增訂 (淸)道光 11年 晁氏活字印本 430種 814卷 內 李東陽撰 『新舊唐書雜論』 1卷

		비 평 자 료	
金邁淳	臺山集 卷19 闕餘散筆	『西涯樂府』의「冬靑行」에서 徽宗과 欽宗의 梓宮이 돌아왔다고 말한 것은 잘못이다.	西涯樂府「冬靑行」曰。徽欽不歸梓宮復。二百年來空朽木。題敍引周密雜識云。楊髡先發寧・理・度宗・楊后陵。後發徽・欽・高・孝・光五陵。徽・欽初葬金五國城。宋遣使。所請得還。至此被發。徽陵只有朽木一段。欽陵有鐵燈臺一枚而已。按宋欽宗以紹興二十六年丙子。沒于金。三十一年辛巳。凶問至。遙上廟號陵名。孝宗乾道間。有祈請梓宮之議。朱子與張南軒書。極言其非。有曰。萬一狡虜出於漢斬張耳之謀以懼我。不知何以驗之。及范成大・趙雄先後如金。只以祖宗陵寢地爲請。金主曰。汝國何捨欽宗靈柩。而請鞏洛山

		陵。如不欲欽宗之柩。我當爲汝葬之。乃以一品禮葬之鞏縣。宋史・續綱目文獻通考等書所載如此。而無請還梓宮之事。江南那得有欽陵耶。若非史傳闕文。則周識云云。或是傳聞之誤。而西涯不能詳辨也。
金正喜	阮堂全集 卷9「題梁左田(鉽)書法時帆西涯詩卷後, 左田是翁覃溪先生甥也, 書法大有覃溪風致」	法式善의 집은 明代 李東陽의 故居인데, 그 경치를 姚希孟의 말을 원용하여 묘사하다.	潭上茶陵宅。文彩尙不沫。(西涯舊宅。爲今積水潭。時帆詩龕今在此)風荷一萬柄。靑林映翠樾。(靑林翠樾。姚孟長語)
南公轍	金陵集 卷23「馬遠畵水卷橫軸絹本」	李東陽은 馬遠의「畵水卷」을 극찬하였다.	右諸幅狀態不同。而其寫江水尤奇。夐出筆墨蹊徑之外。眞活水也。李東陽・吳寬諸人極稱遠畵水以爲多能者。而夆州則至比之吳道子。卽此已覺其淸曠浩渺。使人有吳楚之思。
南龍翼	壺谷漫筆 卷3「明詩」	명나라 시인들의 시구를 예로 들면서 명나라 시는 송나라를 타고 넘어와 당나라 시를 섭렵했지만 명나라만의 격조가 있다고 논평하다.	明詩如郭子章家在淮南靑桂老。門臨湖水白蘋深。高太史(詠梅)雪滿山中高士臥。月明林下美人來。林員外堤柳欲眠鶯喚起。宮花乍落鳥啣來。袁海潛(白燕)月明漢水初無影。雪滿梁園尙未歸。浦長海雲邊路遶巴山色。樹裏河流漢水聲。汪右丞松下鶴眠無客到。洞中龍出有雲從。陳汝言佳人搗練秋如水。壯士吹笳月滿城。李空同日臨海岳雲俱色。春入樓臺樹自花。何大復孤城落鴈衝寒水。萬樹鳴蟬帶夕陽。邊華泉(文山祠)花外子規燕市月。柳邊精衛浙江潮。李西涯鄷城夜氣聞龍起。彭蠡秋風見鴈來。王陽明月遶旌旗千嶂曉。風傳鈴鐸九溪

			寒。徐迪功裹回桂樹涼風發。仰視明河秋夜長。李滄溟海氣控吳還似馬。陣雲含越總如龍。王弇州關如趙壁常完月。嶺似幷刀欲剪雲。千騎月回淸嘯響。一樽天豁大荒愁。吳川樓春色漸隨行旅盡。夕陽偏向逐臣多。宗方城樽前明月雙鴻暮。江上梅花一騎寒等句。足以跨宋涉唐而然亦自有明調。
南龍翼	壺谷漫筆 卷3 「明詩」	명나라의 악부체시는 李東陽이 가장 기특하고 칠언고시는 王世貞이 가장 뛰어나다고 논평하다.	選體樂府。至宋已掃地。而明則人人皆自以爲能。此亦病也。樂府則李西涯(東陽)最奇。七言古弇州最勝。
徐宗泰	晚靜堂集 卷11 「錢牧齋集」	錢謙益은 평생 李夢陽 · 李攀龍 · 王世貞을 극력 배척하는 데 힘을 기울였으므로 唐順之와 歸有光의 문장을 허여한 것은 당연하지만 李東陽을 추숭한 것은 지나친 면이 있다.	牧齋凡於壽序堂記等漫散文字。輒擧天下事。以建奴闖賊邦國之憂爲言。扼腕感咤。娓娓弗自已。蓋積諸中而自隨筆溢發也。甲申春間。燕都岌岌垂沒。而牧齋邈在吳中大江之南。文字之間。三月所作以闖賊。庶幾懸首藁街爲辭。詞人之迂於事甚矣。然觸事詠物。感奮時事。是杜老之遺韻。其忠忱則至矣。癸巳三月書。韓退之之嚴簡毋論。宋之歐陽永叔 · 王介甫 · 曾子固諸公。凡論人稱道人作人墓文。未有甚溢之辭。俱有斟酌。斤兩不差。皇朝人則專事浮夸。稱人過於本實。見之有似調戱。元美甚焉。錢受之。頗同之。文有波瀾。肆筆成章。且善於形似。曲盡事情。自是皇朝末葉。救得文章極弊之大家也。然筆路所溢。喜用古文陳言全句。且多奇僻鬼怪之語。不可爲則。且一生趣嚮。務在軋斥兩李與王。故推許荊川與歸熙甫固宜。而崇重李西厓過當。如袁小修輩

			纖靡之文。亦不知其可厭。其見褊矣。論人善則輒以道德稱之。序人詩則皆以風雅歸之。全無繩尺斟裁。此歐・曾諸家所未有也。以是令人見之。只賞其造語文辭而已。自不得信其語。文章雖美。何能信於後世哉。然則殆無異於弇山之浮侈矣。大抵皇明文人習氣。夸且尙諛甚。都不免此。牧齋作馮祭酒夢禎誌銘曰。其家以漚麻起富。父祖皆不知書。此等語。今世作人墓銘者。必不書。書之。本家亦必辭之矣。中朝猶質實近古。
申緯	警修堂全藁 冊23 山房紀恩集 (二) 「題虞注杜詩後 二首(并序)」	李東陽이『懷麓堂詩話』에서『虞注杜律』이 虞集의 저작이 아니라고 주장한 것을 인용하다.	虞注杜律。余自少日。每疑其託名於伯生。持此論久矣。近見成滄浪集抄本所載。以爲虞注杜律。嘉靖間太原守濟南黃臣與山西監察御史浮山穆相重刊此書。黃自爲跋。其略云：余讀麓堂詩話。西涯論虞注。必非伯生之作。余遊都下。偶獲一本。名曰杜工部律詩演義。實與虞注不差。序稱元季京口進士張性伯行博學早亡。鄉人悼之。得此遺稿。因相與合力刊行。余得之喜甚。欲以其書告西涯。會其卒而未果。此書至今以虞注行。据此則此書之非伯生。古人已先我而疑之。況有黃跋之明證耶!張性。元人也。伯行與伯生。音相近而早亡。虞道園則元時之大家也。故遂以虞注見稱耶。
申欽	象村稿 卷13 「次懷麓堂韻贈 芝峯」	李東陽의 시에 차운하여 李晬光에게 주다.	山入雲煙半有無。小堂岑寂罷招呼。邇來宴息同參佛。世上閑人少似吾。寵辱已經成夢幻。蓴鱸猶在憶江湖。蕭蕭林影秋風晚。萬事關心坐到哺。

柳夢寅	於于集 卷3 「別冬至副使睦 湯卿大欽詩序」	명나라 문인의 산문 취향을 술에 비유하면서, 李東陽은 麥甘酒, 李夢陽은 三亥酒를 좋아하고, 王世貞은 再燒苦劑한 술도 만족해하지 않는 것 같다고 말하다.	近世中國之文。懷麓嗜麥甘。空同嗜三亥。至弇州。嗜再燒苦劑。猶不安於胃。故文章病極而後工。余生平工文章。幼尙易。壯尙簡。老尙艱深。抵今病於文極矣。曷足塞盛望乎。然而向者中國人。少我東。不佻我諸作。洎余觀上國光。多留題客舍。厥後聞紗籠懸板自余始。余亦不自知余之文章。再燒乎。三亥乎。麥甘乎。又未知中國亦有嗜歠醨哺糟者乎。若然則睦君之索。余之贈。俱不愧中國矣。余素不能酒。於其餞也。不以酒而以詩文。
李裕元	嘉梧藁略 冊3 「皇明史咏」	李東陽의 事績을 시로 읊다.	李老主文天下宗。扶傳善類明時逢。決去爲高蹈遠潔。史臣何事貶難容。
李宜顯	陶谷集 卷28 陶峽叢說	李東陽은 張居正・葉向高와 한 유파이다.	明文集行世者。幾乎充棟汗牛。不可殫論。而大約有四派。… 李西涯・張太岳・葉蒼霞爲廊廟經世之文 又當爲一派。而西涯之富博。亦可爲詞人之宗矣。
張維	谿谷漫筆 卷1 「夙慧神童」	明代의 李東陽・程敏政・楊一淸 등은 모두 어렸을 적에 글을 잘 지어 神童이라고 일컬어졌으나, 成人이 되어 업적을 이루지는 못하였다.	其他如李泌。劉晏。李賀。楊億。晏殊及皇朝李東陽。程敏政。楊一淸諸人。皆以髫年華藻。稱神童。未足爲成人事業。
正祖	弘齋全書 卷180 群書標記 「詩觀」	李東陽의 시풍은 한때를 선도하여 何景明과 李夢陽의 古文辭 운동의 선구가 되었다.	李東陽如陂塘秋潦。渺瀰澹沲。而澈見底裏。高步一時。爲何李倡。

正祖	弘齋全書 卷9 「詩觀序」	『詩觀』에 明나라 劉基・高啓・宋濂・陳獻章・李東陽・王守仁・李夢陽・何景明・楊愼・李攀龍・王世貞・吳國倫・張居正의 詩를 수록하였음을 언급하다.	上自風雅。下逮宋明諸家。黜嚵殺之響。取鏗鏘之音。未數旬。哀然成一副巨觀。… 嘗試披卷而觀之。風雅古逸尙矣。兩漢以質勝。六朝以文勝。魏稍文而遜於兩漢。唐稍質而過於六朝。宋之談理。明之尙氣。… 明取十三人。劉基一千四百二十九首。爲十二卷。高啓一千七百五十六首。爲十一卷。宋濂一百三十三首。爲二卷。陳獻章一千六百七十九首。爲十卷。李東陽一千九百四十四首。爲十四卷。王守仁五百八十四首。爲四卷。李夢陽二千四十首。爲十七卷。何景明一千六百六首。爲十三卷。楊愼一千一百七十五首。李攀龍一千四百十七首。各爲十卷。王世貞七千一百二十三首。爲五十卷。吳國倫四千八百八十八首。爲三十一卷。張居正三百十七首。爲二卷。共爲明詩一百八十六卷。錄詩二萬五千七百十七首。凡詩觀之錄詩。七萬七千二百十八首。而爲五百六十卷。
曹兢燮	巖棲集 卷2 「擬西涯樂府」	李東陽의 『西涯樂府』를 모방하여 지어 文人들을 위한 寡實의 경계로 삼다.	予讀李西涯樂府。見其用事屬辭。精切變化。褒貶予奪。數千載人物。毫髮無隱情。自有樂府以來未有臻是理也。獨惜公以高才重望。身任天下之寄。不爲不久。而卒乃役於憸豎。無宏謨異節表表可見於後世。卽以其所譏刺古人者。靜惟而反諸己。謂何如也。予故依其體作一篇。以寓其歎惜之意。以爲文人寡實之戒。
曹兢燮	巖棲集 卷2 「擬西涯樂府」	楊一淸이 李東陽의 諡號로 '文正'을 제안하자 이동양이 '여러 公들의 은혜를 입게 되었다.'고	西涯罷相。薦楊一淸代己。及公病。一淸輩往候之。公以諡爲憂。一淸曰國朝以來無諡文正者。請以諡公何如。公下床拜曰荷諸公矣。

		말하다.	
曹兢燮	巖棲集 卷2 「擬西涯樂府」	李東陽의 아들 李兆先은 검속하지 않고 遊蕩한 성정을 지닌 자였는데, 李東陽이 '今日花街, 明日花街. 秋風桂子, 秀才秀才.'라고 그 벽에 쓰자, 이조선은 '今日東風, 明日西風. 陰陽失理, 相公相公.'이라고 답하였다.	公子兆先性不撿好遊蕩。公甞題其壁曰今日花街。明日花街。秋風桂子。秀才秀才。兆先見之。亦題公几云今日東風。明日西風。陰陽失理。相公相公。
趙斗淳	心庵遺稿 卷7 「十三日南至, 蚤起讀兩侍郎和示更賦」	吳偉業의 『梅村集』과 李東陽의 『西涯樂府』를 갖고 다니면서 읽었다고 밝히다.	聯璧朝天曙色蒼。千門萬戶迓初陽。懸知去與雷俱復。將奈留仍夜共長。冷屋八風元壯快。荒齋四宿好倘佯。梅村舊史西涯曲。百世猶聞卷裏香。(時携吳梅村集。李西涯樂府來讀。)
洪吉周	峴首甲藁 卷3 「明文選目錄序」	명나라 문인 劉基·宋濂·方孝孺·解縉·楊寓·李東陽·王守仁·唐順之·王愼中·歸有光의 문장을 모아 『明文選』 甲集을 만들었다.	明文選二十卷。目錄一卷。淵泉先生之所篇也。其書有五集。以劉伯溫·宋景濂·方希直·解大紳·楊士奇·李賓之·王伯安·唐應德·王道思·歸熙甫之文爲甲集。甲者。一代之宗也。自洪武以後。至于正德之初爲乙集。乙者。東方木德。生物之極盛也。自正德·嘉靖以來。李王已下若干家爲丙集。丙者。天道自東而南。時之變也。嘉靖以后之文。不能以一家名者爲丁集。丁者。南之終。萬物之生意窮也。革命之際。其身已辱而其志不忘乎舊者。幷爲戊集。戊者。中也。於方無屬焉。是人也。非明人也。又不忍屛而夷之。故曰戊也。甲集十卷。乙集三卷。丙集二卷。丁集二卷。戊集二卷者。詳於盛而略於衰也。

洪奭周	淵泉集 卷24 「選甲集小識」	『皇明文選』甲集에 뽑은 인물 중에서 宋濂·唐順之·歸有光은 옛 사람들의 의론을 따른 것이고, 劉基를 宋濂과 함께 묶되 더 높인 것과 方孝孺·王守仁을 歸有光보다 높인 것은 내가 취하는 바가 있기 때문이고, 解縉·楊士奇·李東陽·王愼中은 못마땅한 점이 없지 않지만, 그 장점을 본다면 한 시대의 으뜸이라 할 만하다. *『皇明文選』甲集에 적은 글.	今之爲文辭者。大擧多尙明文矣。其甚者。往往棄韓·柳·歐·蘇不道。而其詆訶之者。又擧曰明安得有文。是二者。皆未知明文也。豈惟不知明文哉。固未嘗知何者爲明文也。夫李觀·樊宗師·劉蛻·劉煇·宋祁之文。固皆唐宋也。今有學李觀·樊宗師·劉蛻·劉煇·宋祁之文而曰。吾學唐·宋文。又有人從而詆之曰。唐·宋之文不可學。是尙爲知唐·宋文也哉。今之尙明文者。吾無論已嚮有適中州者。至遼瀋之陲。入其三家店。炊蜀黍買醬而食之曰。中國無飮膳。今之詆訶明文者。亦奚以異是哉。余自宋景濂以下得十人。以其傑然爲一時甲也。故曰甲集。其取宋景濂·唐應德·歸熙甫。皆古人之餘論也。其以劉伯溫。配景濂而上之。而尊方希直·王伯安於歸唐之右。余竊有取焉爾。若解大紳之輕俊。楊士奇·李賓之之平衍。王道思之支蔓。於余心。有未慊焉。雖然。推其所長。亦可以爲一時之甲矣。遂総爲甲集十卷。
洪奭周	鶴岡散筆 卷4	紀昀이 『四庫全書總目提要』에서 江贄의 『通鑑節要』를 李東陽의 작품으로 오기한 사실을 통해 근세 고증학자의 폐단에 대해 논하다.	古人著述。偶有疎漏於徵引者。爲之訂正。固無不可。若從而譏訕之。則亦淺矣。古之偉人。多不留意於細微。孟子擧孟獻子之友五人。其三則曰予忘之矣。又可以此而歉孟子乎。後世文士博贍者。無如東坡。其引事失誤者。頗多。至以充虞爲公孫丑。近世號博識者。無如紀曉嵐。且專以攷證爲事。捃撫前人之誤。一字殆不放過。及其四庫書總目。則以梁何胤爲晉何曾。以江贄通鑑節要爲李東陽纂要。謂名臣錄。有呂惠卿而無劉安世。此皆新學蒙士所習

			知者。而其疎謬若此。一人之精力有限。而古今之書籍無窮。其勢固不得不然也。
洪翰周	智水拈筆 卷2	錢謙益은 李東陽과 歸有光을 숭상하고 李攀龍과 王世貞을 공격하였다.	淸之錢受之宗尙西涯·震川。培擊滄·弇。殆無餘地。此雖顚倒是非。皆不過以文相誹謗而已。無足輕重。
洪翰周	智水拈筆 卷3	李東陽의『懷麓堂集』은 居室의 이름에서 취한 것이지 자신의 호에서 취한 것이 아니다.	又如李西涯之懷麓堂集。乃居室之名。非號也。
洪翰周	智水拈筆 卷4	諡號 중에는 '文正'이 가장 귀한데, 謝遷과 李東陽이 받은 것은 지나치고, 倪元璐와 孫承宗이 받은 것은 논란이 있을 수 없다.	然文正最貴。元世耶律楚材·許衡·吳澄三四人而已。明則稍濫。謝遷。未免過當。李西涯。尤不近似矣。至於明末。倪元潞(璐)·孫承宗諸公。皆有忠義大節。亦何論也。
洪翰周	智水拈筆 卷6	중국은 대신들에게도 매질을 해서 李東陽 같은 인물도 매를 맞았다.	而皇明則雖大臣。令小黃門。動輒廷杖。如西涯諸公。皆未免杖至八十或一百。安有君使臣以禮之義哉。
洪翰周	智水拈筆 卷6	李東陽은 용이 낳은 아홉 새끼를 모두 알고 있을 정도로 박식했다.	昔皇明孝宗。以龍生九子之名。問內閣。皆不能對。又問太學士李東陽。西涯。乃列錄以奏云：龍生九子而皆不爲龍。各爲異形。一曰贔屭。形似龜。性好負重。今石碑下龜趺是也。二曰螭吻。形似獸。性好望。今屋上獸頭是也。三曰浦牢。形似龍而小。性好叫吼。今鍾上紐是也。四曰狴犴。形似虎。有威力。故立於獄門。五曰饕餮。性好飮食。故立於鼎盖。六曰蚣蝮。性好水。故立於橋柱。七曰睚眦。性好

			殺。故立於刀環。八曰金猊。形似獅。性好烟火。故立於香爐。九曰椒圖。形似螺蚌。性好閉。故立於門鋪首。
洪翰周	海翁文藁 卷1 「與權重吉(思喆)書」	權常愼의「咏史」는 李東陽 악부의 법식을 본 딴 것으로 회고시와는 다르다. * 權常愼은 권사철의 조부이자 洪翰周의 장인 이다.	且咏史一集。卽倣李茶陵樂府之例爲之者。則旣異於述懷遣興之什。而自開剏止明廟中年人物事實。幷多紊錯。往往有脫落處。盖未成之文字。今不必煩諸鋟梓。姑精寫以置巾物。藏于家恐好耳。
許薰	舫山集 卷4 「輓朴晩醒」	朴致馥의「大東續樂」을 李東陽의 筆枝에 견주다.	大東續樂語尤奇。追配西涯健筆枝。鋪張勢大頭流錄。證佐功深悉直碑。醫卜星經咸照燭。性情心說亦抽絲。雷龍亭畔高招建。執盞諸生摠質疑。

李夢陽 (1472-1530)

●●●

인물 해설	字는 獻吉, 號는 空同子로 甘肅 慶陽人이다. 孝宗과 武宗을 섬겨 강직한 신하로 평가되었다. 何景明·徐禎卿 등과 시문의 복고를 주창하여 '文必秦漢, 詩必盛唐'을 주장, 秦漢의 고문과 이백·두보의 시를 이상으로 하고 시의 격조를 중시하였기 때문에, 格調說이라고 하여 명대 '前七子(何景明, 徐禎卿, 邊貢, 王廷相, 康海, 王九思, 李夢陽)'의 영수로서 문단을 주도하였으나, '模擬剽竊'에 불과하다는 비난도 받았다. 何景明과 함께 '何李'라 일컬어지기도 했고, 何景明·邊貢·徐禎卿과 함께 '四大家'로, 何景明·王世貞과 함께 '海內三才'로 불리기도 한다. 臺閣體의 무료한 문풍을 일소하는 것을 목적으로 문학 본연의 독립적인 지위를 회복하고자 하였으며, 그의 樂府와 歌行은 예술적으로도 상당한 성과가 있었다. 저서에는 『李空同全集』(66권, 부록 2권)이 있다.
인물 자료	○ 『明史』, 列傳 174 李夢陽, 字獻吉, 慶陽人. 父正, 官周王府教授, 徙居開封. 母夢日墮懷而生, 故名夢陽. 弘治六年舉陝西鄉試第一, 明年成進士, 授戶部主事. 遷郎中·榷關, 格勢要, 構下獄, 得釋. 十八年, 應詔上書, 陳二病·三害·六漸, 凡五千餘言, 極論得失. 末言: "壽寧侯張鶴齡招納無賴, 罔利賊民, 勢如翼虎." 鶴齡奏辨, 摘疏中陛下厚張氏語, 誣夢陽訕母后爲張氏, 罪當斬. 時皇后有寵, 後母金夫人泣訴帝, 帝不得已系夢陽錦衣獄. 尋有出, 奪俸. 金夫人訴不已, 帝弗聽, 召鶴齡閑處, 切責之, 鶴齡免冠叩頭乃已. 左右知帝護夢陽, 請毋重罪, 而予杖以泄金夫人憤。帝又弗許, 謂尚書劉大夏曰: "若輩欲以杖斃夢陽耳, 吾寧殺直臣快左右心乎！" 他日, 夢陽途遇壽寧侯, 詈之, 擊以馬箠, 墮二齒, 壽寧侯不敢校也. … 夢陽既家居, 益跅弛負氣, 治園池, 招賓客, 日縱俠少射獵繁台·晉丘間, 自號空同子, 名震海內. 宸濠反誅, 禦史周宣劾夢陽黨逆, 被逮. 大學士楊廷和·尚書林俊力救之, 坐前作書院記, 削籍. 頃之卒. 子枝, 進士. 夢陽才思雄鷙, 卓然以復古自命. 弘治時, 宰相李東陽主文柄, 天下翕然宗之, 夢陽獨譏其萎弱. 倡言文必秦·漢, 詩必盛唐, 非是者弗道. 與何景明·徐禎卿·邊貢·礴應登·顧璘·陳沂·鄭善夫

·康海·王九思等號十才子, 又與景明·禎卿·貢·海·九思·王廷相號七才子, 皆卑視一世, 而夢陽尤甚. 吳人黃省曾·越人周祚, 千里致書, 願爲弟子. 迨嘉靖朝, 李攀龍·王世貞出, 復奉以爲宗. 天下推李·何·王·李爲四大家, 無不爭效其體. 華州王維楨以爲七言律自杜甫以後, 善用頓挫倒插之法, 惟夢陽一人. 而後有譏夢陽詩文者, 則謂其模擬剽竊, 得史遷·少陵之似, 而失其眞云.

○ 錢謙益, 『列朝詩集小傳』丙集 卷11, 「李副使夢陽」

夢陽, 字獻吉, 慶陽人, 徙大槃. 弘治癸丑進士, 授戶部主事, 遷員外監三倉. 下獄, 尋得釋. 已而應詔, 陳言二病·三害·六漸, 末及壽寧侯張鶴齡怙寵殃民, 爲外戚驕恣之漸. 壽寧摘疏中張氏字, 爲訕母后, 上不得已, 繫錦衣獄, 旋釋之, 奪俸三月. 出獄, 遇鶴齡大市街, 乘醉唾罵, 揮鞭擊之, 墮二齒, 鶴齡隱忍而止. 正德改元, 進郎中, 代尙書韓文草奏, 劾八閹, 坐奸黨, 鐫職致仕. 明年, 復逮繫, 自戊午至此, 凡十年, 下吏者三矣. 劉瑾必欲殺之, 康海謁瑾, 以詭辭撼瑾, 乃得免. 瑾誅, 起江西提學副使. 倚恃氣節, 陵轢台長, 坐訐奏罷免. 宸濠誅, 坐爲濠撰陽春書院記, 獄辭連染, 林俊爲司寇, 力持之, 得亡窮治. 失勢家居, 賓從日進, 間從汲雒間少年射獵, 繁吹兩台間, 二十年而卒. 獻吉生休明之代, 負雄鷙之才, 偭然謂漢後無文, 唐後無詩, 以復古爲己任. 信陽何仲黙起而應之. 自時厥後, 齊吳代興, 江楚特起, 北地之壇坫不改, 近世耳食者至謂唐有李·杜, 明有李·何, 自大曆以迄成化, 上下千載, 無餘子焉. 嗚呼, 何其誖也! 何其陋也! 夷考其實, 平心而論之, 由本朝之詩, 溯而上之, 格律差殊, 風調各別, 標擧興會, 舒寫性情, 其源流則一而已矣. 獻吉以復古自命, 曰古詩必漢魏, 必三謝; 今體必初盛唐, 必杜; 舍是無詩焉. 牽率模擬剽賊於聲句字之間, 如嬰兒之學語, 如桐子之洛誦, 字則字·句則句·篇則篇, 毫不能吐其心之所有, 古之人固如是乎? 天地之運會, 人世之景物, 新新不停, 生生相續, 而必曰漢後無文, 唐後無詩, 此數百年之宇宙日月盡皆缺陷晦蒙, 直待獻吉而洪荒再闢乎? 獻吉曰: "不讀唐以後書." 獻吉之詩文, 引據唐以前書, 紕繆掛漏, 不一而足, 又何說也. 國家當日中月滿, 盛極孽衰, 粗材笨伯, 乘運而起, 雄霸詞盟, 流傳譌種, 二百年以來, 正始淪亡, 榛蕪塞路, 先輩讀書種子, 從此斷絕, 豈細故哉! 後有能別裁僞體, 如少陵者, 殆必以斯言爲然, 其以是獲罪於世之君子, 則非吾所惜也. 獻吉詩弘德集三十三卷·空同子集又若干卷, 錄得五十二首, 其有大篇長律, 擧世誦習, 而餘所汰去者, 爲存其百一, 略疏其瑕纇, 以申明去取之義, 庶幾學北地之學者, 或有省焉.

○ 王士禎, 『池北偶談』 卷25, 談異(六), 「老姜」

繼世紀聞云, 李夢陽下獄, 禍且不測, 劉瑾家人老姜者告曰 : "昔公不得志時, 李主事管昌平倉, 曾許吾家納米領價獲利, 乃忘之乎." 瑾遂釋之, 令致仕. 此與王振欲殺薛文淸公事相似. 華亭宋懋澄九龠集訛爲逆瑾欲殺文淸, 誤矣. 且救空同者, 不止康對山也.

○ 『四庫全書總目提要』 卷136, 御定淵鑑類函 條

明李夢陽倡復古之說, 遂戒學者無讀唐以後書. 夢陽嘗作黃河水繞漢宮牆一篇, 以末句用郭汾陽字, 涉於唐事, 遂自削其稿, 不以入集. 安期編次類書, 以唐以前爲斷. 蓋明之季年, 猶多持七子之餘論也. 然詩文隸事, 在於比例精切詞藻典雅, 不必限以時代. 漢去戰國不遠, 而詞賦多用戰國事, 六朝去漢不遠, 而詞賦多用漢事, 唐去六朝不遠, 而詞賦多用六朝事. 今距唐幾千年, 距宋元亦數百年, 而曰唐以後事不可用, 豈通論歟.

**저술
소개**

* 『李氏弘德集』

　(明)刻本 32卷 / (明)嘉靖 4年 張元學刻本 32卷

* 『空同先生集』

　(明)嘉靖年間 刻本 63卷 / (明)萬曆 6年 高文薦刻本 63卷 / (明)萬曆 7年 徐應瑞 思山堂刻本 63卷 / (明)萬曆 7年 徐廷器 東山堂刻本 63卷 (淸)閔麟嗣·汪右湘批點 / (明)嘉靖年間 刻本 63卷 (淸)黃批校瑔

* 『空同先生文集』

　(明)嘉靖 12年 京兆 愼獨齋刻本 63卷(存47卷)

* 『崆峒集』

　(明)刻本 曹大章重修本 66卷 目錄 3卷 / (明)刻本 21卷/ (明)沈植 繁露堂刻本 21卷

* 『空同子』

　(明)萬曆 10年 李四維刻本 1卷

* 『空同集』

　(明)嘉靖 11年 曹嘉刻本 63卷 / (明)萬曆 15年 李四維刻本 63卷 / (明)萬曆 29年 李思孝刻本 64卷 / (明)嘉靖 11年 曹嘉刻本 嘉靖 31年 朱睦㰟增修本 63卷

★『空同子集』

  (明)刻本 66卷(存64卷) / (明)萬曆 30年 鄧雲霄刻本 66卷 目錄 3卷 附錄 2卷

★『空同精華集』

  (明)李夢陽撰 豐坊輯 (明)嘉靖 44年 屠本畯刻本 3卷

★『空同詩選』

  (明)楊愼批選 (明)嘉靖刻本 4卷(增選 4卷) / (明)楊愼評 (明)刻本 朱墨套印本 1卷

★『李獻吉詩選』

  (明)楊愼輯 (明)萬曆 10年 沈啓南刻本 4卷

★『孟浩然詩集』

  (唐)孟浩然撰 (宋)劉辰翁・(明)李夢陽評 (明)凌濛初刻本 朱墨套印本 2卷

★『賈子』

  (漢)賈誼撰   (明)正德 8年 李夢陽刻本 10卷

★『曹子建集』

  (魏)曹植撰 (明)李夢陽・王世貞等評 (明)天啓 元年 凌性德刻本 朱墨套印本 10卷

★『新鍥會元湯先生批評空同文選』

  (明)湯賓尹評   (明)書林 詹霖宇刻本 5卷

★『冠悔堂叢書』

  (淸)楊浚編 (淸)侯官楊氏抄本 內 李夢陽撰『祕錄』1卷

★『説郛續』

  (明)陶珽編 (淸)順治 3年 李際期 宛委山堂刻本 46卷 內 李夢陽撰『空同子』1卷 /『祕錄』1卷

★『金聲玉振集』

  (明)袁褧編 (明)嘉靖 29-30年 袁氏 嘉趣堂刻本 50種 63卷 內 李夢陽撰『空同子』1卷

★『廣百川學海』

  (明)馮可賓編 明末 刻本 130種 156卷 內 李夢陽撰『空同子』1卷

* 『綠總女史』

    (明)秦淮寓客編 (明)末心遠堂刻本 14卷 內 李夢陽撰『六烈女傳』

* 『八代文鈔』

    (明)李賓編 明末 刻本 106種 106卷 內 李夢陽撰『李獻吉文抄』1卷

* 『盛明百家詩』

    (明)俞憲編 (明)嘉靖－隆慶年間 刻本 324卷 內 李夢陽撰『李空同集』2卷

* 『李何二先生詩』

    (明)李三才編 (明)萬曆30年 刻本 48卷 內 李夢陽撰『李崆峒先生詩集』33卷

* 『李何近體詩選』七卷

    (明)來復輯 (明)萬曆年間 刻本 7卷 內 李夢陽撰『李空同先生近體詩選』4卷

* 『選明四大家詩集』

    (淸)藍庚生編 (明)崇禎 8年 刻本 4卷 內 李夢陽撰『李崆峒詩』1卷

* 『四杰詩選』

    (淸)姚佺・孫枝蔚輯并評 淸初刻本 24卷 內 李夢陽撰『空同集選』6卷

* 『名家尺牘選』

    (明)馬睿卿編 (淸)刻本 20卷 內 李夢陽撰『李獻吉尺牘』1卷

* 『皇明十大家文選』

    (明)陸弘祚編 明代 刻本 25卷 內 李夢陽撰『空同文選』4卷

* 『皇明五先生文雋』

    (明)蘇文韓編 (明)天啓 4年 蘇氏刻本 204卷 目錄 5卷 內 李夢陽撰『李空同集』 8卷

* 『明十二家詩選』

    (明) 趙南星輯 (明)萬曆年間 刻本 39卷 內 李夢陽撰『李崆峒集』5卷

* 『國朝大家制義』

    (明)陳名夏編 (明) 陳氏 石雲居刻本 42種 42卷 內 李夢陽撰『李崆峒稿』1卷

* 『明世學山』

    (明)鄭梓編 (明)嘉靖33年 鄭梓刻本 50種 57卷 內 李夢陽撰『空同子纂』1卷

* 『百陵學山』

    (明)王完編 (明)萬曆年間 刻本 100種 119卷 內 李夢陽撰『空同子纂』一卷

* 『學海類編』

(淸)曹溶編 陶越增訂 (淸)道光 11年 晁氏 活字印本 430種 814卷 內 李夢陽 撰 『空同子纂』1卷

비 평 자 료			
金萬重	西浦漫筆 下	李夢陽의 歌行이 뛰어나 다고 평하다.	皇明時。濟南吳郡之七言律。信陽武 昌之五言律。北地之歌行。蘇門之選 體。皆其至者也。
金錫冑	息庵遺稿 卷22 「亡室孺人李氏 行狀」	金錫冑가 아내의 행장을 쓰는 것을 李夢陽이 아내 左氏의 묘지명을 쓴 것에 비유하다. * 李夢陽이 쓴 묘지명의 원 제는 「亡妻左氏墓志銘」이 다.	其待人以銘者。若退之之銘扶風夫人。 永叔之銘梅聖俞之妻是也。其自錄其 事。識焉而已者。若柳子厚之銘楊 氏。李獻吉之銘左氏是也。
金錫冑	息庵遺稿別 稿 卷上 「詩賦」	李夢陽의 뒤를 이어 王世 貞과 李攀龍이 나란히 문 단의 맹주가 되었음을 언 급하다.	及夫北地之後王。李繼起。共押齊 盟。手執牛耳。
金祖淳	楓皐集 卷2 「辛酉小除夕, 用峒峒韻, 共李甥稗圭 (憲琦) 賦」	李夢陽 시의 운을 사용하 여 李憲琦에게 시를 지어 주다.	打窓殘雪帶風嚴。星斗闌干欲近簾。 遙夜若爲心緒苦。明朝應是鬢絲添。 聊將竹葉分深觶。強守梅花共短簷。 磊落襟期呈醉後。欣看宅相彩毫拈。
金昌協	農巖集 卷34 雜識(外篇)	宋時烈이 李夢陽의 글에 대해 평한 것을 인용하여 자신의 평을 덧붙이다.	李空同文。學左馬。雖摸擬太露。鎔 鍊未至。全篇合作者少。而往往古直 蒼健。有一二可喜處。曾見尤翁。頗 稱之。尤翁不熟明文。而嘗見其朱子 實記序故云耳。空同此文。議論旣 好。體裁亦有法。誠合作也。

金昌熙	會欣穎 卷1 「會欣穎後序」	明나라 문사인 李夢陽과 王世貞은 일대의 문사였지만 예견의 안목이 없어서 歸有光과 王愼中에게 盛名을 내어주었다고 평하다.	明之北地太倉。非不爲一代之雄。而但無逆覩之眼力。不能知國朝諸家之所尙。故摹擬秦漢。枉費一生工夫。畢竟盛名讓與震川遵巖也。由此言之。讀書治文之事。不過能爲逆覩而已矣。
金昌熙	會欣穎 卷1 「會欣穎序」	古文은 당에서 시작된 것이므로 唐宋을 버리고 秦漢을 회귀처로 삼는 것은 李夢陽의 실패한 전철을 밟는 것이라고 평하다.	一友曰。子之論文。不及於先秦史漢。何也。余曰荀子不云乎。欲觀其跡。必於其粲然者矣。古文之名。始於唐。其法亦大備於宋。跡之粲然。法不可以勝觀矣。今若舍其所粲然者。而思欲跨宋越唐。必以秦漢爲歸。則是復蹈李獻吉之敗轍也。豈可乎哉。
金昌熙	會欣穎 「讀王遵巖文」	王愼中이 처음에는 李夢陽의 의고문을 학습했으나 뒤에 模擬·形似의 그릇됨을 깨닫고 曾鞏을 학습했다고 평하다.	王遵巖初爲李獻吉之秦漢。久而悟模擬形似之非。乃復究心南豊之遺軌。其由駁反醇。亦可尙也。
金昌熙	石菱集 「答友人論文書」	淸초기 歸有光과 王愼中의 문장이 유행했던 사실과 李夢陽과 王世貞의 의고문에 대해 비난했던 상황을 언급하다.	淸興之初。家誦歐曾。人說歸王。莫不深詆李獻吉王元美之爲史漢也。噫如以史漢爲不足學。則韓柳歐曾歸王。皆嘗得力於遷固矣。如以摹擬形似爲非。則何獨史漢之是詆。而不念歐曾之不可摹擬。歸王之無以形似乎。是所謂楚則失矣而齊亦未爲得者也。
金昌熙	石菱集 「答友人論文書」	模擬하고 形似함을 가지고 판단한다면 李夢陽과 王世貞 뿐만 아니라 歸有光과 王愼中 또한 비판을 받을 수 있다고 평하다.	淸興之初。家誦歐曾。人說歸王。莫不深詆李獻吉王元美之爲史漢也。噫如以史漢爲不足學。則韓柳歐曾歸王。皆嘗得力於遷固矣。如以摹擬形似爲非。則何獨史漢之是詆。而不念歐曾之不可摹擬。歸王之無以形似乎。是所謂楚則失矣而齊亦未爲得者也。

| 金澤榮 | 韶濩堂集補遺 卷2 「與屠歸甫牘」 | 屠寄에게 尺牘을 보내 그가 呂思勉에게 준 시를 논평하며, 王士禛 시의 특징을 설명하고, 아울러 王士禛의 시와 李夢陽, 李攀龍의 시와 같고 다른 점을 논하다. | 莊宅賞菊詩之添句。使在少壯時。便當隨筆直下。而今乃久後始得。頗唐如此。豈復可論於風雅之事耶。贈博山第二首。竊自摹擬阮亭。而兄之詩性。與阮亭少異。無恠其病無曲折也。盖阮亭詩。以無味爲味。無工爲工。平易之中。有天然神韵之跌宕。司空表聖所云不着一字。盡得風流是也。又其高華豪健。畧近於崆峒・滄溟二李。然二李出之以强顔矜飾。故其音慢。阮亭出之以天然脫灑。故其音爲變徵而無慢意。使人讀之。有特別之味。雖其體製未免乎一偏。其音調要爲李杜以後所未有。而弟性偶與之相近。此其區區所自喜也。然而時時效其音調。似者常少而不似者常多。豈才之不逮耶。抑天分之不盡同耶。既以强辨自壯。而旋復反顧自慚。可笑可笑。 |
| 南龍翼 | 壺谷漫筆 卷3 「明詩」 | 그 이전에도 뛰어난 문인이 많았으나 李夢陽은 새 문풍을 개척한 공이 있다. 그의 뒤를 이어 많은 문인이 나왔으며 李攀龍과 王世貞에 와서 진작되었다. 李攀龍과 王世貞 외 군소 문인들은 대략 비슷한 수준이나 吳國倫이 문체에서 종신이 재주에서 제일이다. | 李空同(夢陽)有大闢草萊之功。後來詩人皆以此爲宗。而其前高太史(啓)・楊按察林員外(鴻)・袁海潛(凱)・汪右丞(廣洋)・浦長海(源)・莊定山(昶)。亦多警句矣。… 至李滄溟(攀龍)・王弇州(世貞)而大振焉。泛而遊者。如吳川樓(國綸)・宗方城(臣)・王麟州(世懋)・徐龍灣(中行)・梁蘭汀(有譽)等亦皆高蹈。槩論之則空同弇州如杜。大復滄溟如李。論其集大成則不可不歸於王。而若其才之卓越則滄溟爲最。如臥病山中生桂樹。懷人江上落梅花。樽前病起逢寒食。客裏花開別故人等句。王亦不可及。此弇州所以景慕滄溟。雖受仲尼丘明之譬。只目攝而不大忤。 |

			有若子美之仰太白也。川樓以下。地醜德齊。而吳體最備·宗才最高。
南龍翼	壺谷漫筆 卷3 「明詩」	명나라 시인들의 시구를 예로 들면서 명나라 시는 송나라를 넘어 당나라 시를 섭렵했지만 명나라만의 격조가 있다고 논평하다.	明詩如郭子章家在淮南靑桂老。門臨湖水白蘋深。高太史(詠梅)雪滿山中高士臥。月明林下美人來。林員外堤柳欲眠鶯喚起。宮花乍落鳥啣來。袁海潛(白燕)月明漢水初無影。雪滿梁園尙未歸。浦長海雲邊路遠巴山色。樹裏河流漢水聲。汪右丞松下鶴眠無客到。洞中龍出有雲從。陳汝言佳人搗練秋如水。壯士吹笳月滿城。李空同日臨海岳雲俱色。春入樓臺樹自花。何大復孤城落鴈衝寒水。萬樹鳴蟬帶夕陽。邊華泉(文山祠)花外子規燕市月。柳邊精衛浙江潮。李西涯鄖城夜氣聞龍起。彭鑫秋風見鴈來。王陽明月遠旌旗千嶂曉。風傳鈴鐸九溪寒。徐迪功裹回桂樹涼風發。仰視明河秋夜長。李滄溟海氣控吳還似馬。陣雲含越總如龍。王弇州關如趙璧常完月。嶺似幷刀欲剪雲。千騎月回淸嘯響。一樽天豁大荒愁。吳川樓春色漸隨行旅盡。夕陽偏向逐臣多。宗方城樽前明月雙鴻暮。江上梅花一騎寒等句。足以跨宋涉唐而然亦自有明調。
朴齊家	貞蕤閣文集 卷2 「八子百選策」	李夢陽은 名家인데, 표절했다는 비난을 받아서 선집의 대열에 들지 못했다.	空同名家也。而直詆其剽裂。荊川師承也。而不列於批選者。亦有義歟。
徐宗泰	晚靜堂集 卷11 「讀弇山集」	李夢陽은 元末의 陋習을 씻어 명나라의 文氣를 진작시킨 공이 있다.	然嗣北地子而益振大之。淘洗元季之陋。而使我明文氣起衰。其功偉矣。

徐宗泰	晩靜堂集 卷11 「讀弇山集」	李夢陽의 문장은 '大而疎'하다.	大抵弘・嘉諸公。伯安雄而恣。獻吉大而疎。
徐宗泰	晩靜堂集 卷11 「錢牧齋集」	錢謙益은 평생 李夢陽・李攀龍・王世貞을 극력 배척하는 데 힘을 기울였으므로 唐順之와 歸有光의 문장을 허여한 것은 당연하지만 李東陽을 추숭한 것은 지나친 면이 있다.	牧齋凡於壽序堂記等漫散文字。輒擧天下事。以建奴闖賊邦國之憂爲言。扼腕感咤。娓娓弗自已。蓋積諸中而自隨筆溢發也。甲申春間。燕都爰垂沒。而牧齋邈在吳中大江之南。文字之間。三月所作以闖賊。庶幾懸首藁街爲辭。詞人之迂於事甚矣。然觸事詠物。感奮時事。是杜老之遺韻。其忠忱則至矣。癸巳三月書。韓退之之嚴簡毋論。宋之歐陽永叔・王介甫・曾子固諸公。凡論人稱道人作人墓文。未有甚溢之辭。俱有斟酌。斤兩不差。皇朝人則專事浮夸。稱人過於本實。見之有似調戲。元美甚焉。錢受之。頗同之。文有波瀾。肆筆成章。且善於形似。曲盡事情。自是皇朝末葉。救得文章極弊之大家也。然筆路所溢。喜用古文陳言全句。且多奇僻鬼怪之語。不可爲則。且一生趣嚮。務在軋斥兩李與王。故推許荊川與歸熙甫固宜。而崇重李西厓過當。如袁小修輩纖靡之文。亦不知其可厭。其見褊矣。
申佐模	滄人集 卷5 「贈副行人徐侍郎衡淳之燕」	徐居正의 詩가 明 四大家 何景明・李夢陽・邊貢・徐禎卿 중 한 사람인 徐禎卿에 못지않다고 평하다.	中國詩人說四佳。大東風雅補皇華。詞林倘作同文夢。何啻楨卿入大家。(皇朝何・李・邊・徐四大家。楨卿其一)
申佐模	滄人集 卷8 「書贈朴西澗上」	朴熙典을 李攀龍에 견주어 老大人의 풍모가 있다고 평하다.	風萍流轉到江濱。江上逢人境氣神。當世吾非白司馬。同時君定李于鱗。靑邱何限逢迎地。皓髮其如老大人。

	舍(熙典)」		可惜荆和三見刖。幾多魚目混珉珢。
申欽	象村稿 卷27 「海平府院君月汀尹公神道碑銘(幷序)」	尹根壽는 何景明·李夢陽·王世貞·李攀龍의 글을 보길 좋아하였으며, 그들과 한 시대에 살지 못한 것을 한탄하였다.	平生嗜書。畜古今書籍數千軸。手不釋卷。遇小疑。隨手抄記。號習於文者。則雖卑幼必叩問。倡爲古文。以先秦西京爲主。而酷好司馬子長。爲詩宗盛李。好觀皇明諸家。信陽·北地·鳳洲·滄溟。曠世神交。慨然有不竝世之嘆。
申欽	象村稿 卷27 「海平府院君月汀尹公神道碑銘(幷序)」	皇明의 宗匠은 何景明·李夢陽·王世貞·李攀龍인데, 尹根壽가 그 사이에서 겨루려 하였다.	皇朝宗匠。信陽北地。弇園雪樓。互執牛耳。公於其間。思欲方軌。經緯於時。其用也賣。黼黻王猷。濟艱弘理。
申欽	象村稿 卷35 「寄淸陰(後稿)」	金尙憲에게 부치는 편지에서 李夢陽의 시구를 인용하며 근대에는 이런 시어가 없고 이런 사람이 없을 것이라 생각했다고 말하다.	嘗詠李空同十年放逐同梁苑。中夜悲歌泣孝宗之句。以爲近代無此語。亦無此人。今得諸左右。不覺涕泫淫下也。
申欽	象村稿 卷45 彙言(四)	李夢陽은 옛 임금을 잊지 못하여 "十年放逐同梁苑, 中夜悲歌泣孝宗"이라는 시를 지었다.	李夢陽亦有詩曰。十年放逐同梁苑。中夜悲歌泣孝宗。所謂前王不忘者也。
申欽	象村稿 卷51 晴窓軟談	李夢陽의 詩句 중에는 激昂頓挫하여 唐詩에 비해 손색없는 것들이 있다.	空同之十年放逐同梁苑。中夜悲歌泣孝宗。激昂頓挫。詠之淚下。後少陵也。
申欽	象村稿 卷51 晴窓軟談	李夢陽의 시 중에는 李白과 杜甫에 못지않은 작품이 있다.	空同之詩。黃鶴樓前日欲低。漢陽城樹亂鴉啼。孤舟夜泊東遊客。恨殺長江不向西。二月扁舟過浙西。楚雲何日渡浯溪。滇南小郭靑山遠。花發流鶯一樣啼。置之翰林。拾遺之間。何

			讓焉。
柳夢寅	於于集 卷3 「別冬至副使睦 湯卿大欽詩序」	명나라 문인의 문장 취향을 술에 비유하면서, 李東陽은 麥甘酒, 李夢陽은 三亥酒를 좋아하고, 王世貞은 再燒苦劑한 술도 만족해하지 않는 것이라 평하다.	近世中國之文。懷麓嗜麥甘。空同嗜三亥。至弇州。嗜再燒苦劑。猶不安於胃。故文章病極而後工。
柳夢寅	於于集 卷4 「題汪道昆遊城 陽山記後」	王世貞과 李夢陽은, 韓愈만을 숭상한 송나라 문장을 비판하며 『左傳』·『史記』와 先秦의 문장을 모범으로 삼았지만, 실제로는 구두의 표절에 그쳤다고 평하다.	余觀大明文章之士。有懲宋儒專尙韓文。而不能得其奇簡處。徒學弛縵支離之末。資之以助箋註文字。使人易曉也。故或主左氏史記。餘力先秦諸氏。寸寸尺尺。勦掠句讀。
柳夢寅	於于集 卷4 「題汪道昆遊城 陽山記後」	李夢陽은 王世貞보다 먼저 진한고문의 학습을 주창하였지만, 語辭의 답습에 그쳤으므로 王世貞의 浩大함에 미치지 못한다고 평하다.	空同之文。益古於弇州。又能先倡秦漢古文。而但語辭追蠡。近於小家。故當讓弇州之浩大。
柳夢寅	於于集 卷5 「與尹進士(彬) 書」	尹根壽가 『史記』를 좋아하여 일생동안 전력을 기울였지만 실제로는 『史記』를 흉내낸 李夢陽과 王世貞의 문장을 배운 것에 불과하다고 평하다.	今者月汀尹府院君根壽喜讀此書。頗著一生之力。彼特少年登科。其文早就。而及其晚年而始攻之。然其所專力。皆就中朝近世之文。學史記枝葉。如空同·弇州等若干文而止耳。
柳夢寅	於于集 卷6 「題汪道昆副墨」	李夢陽과 王世貞은 문장의 常格을 벗어나는 문장으로 문단을 호령하였다고 말하다.	空同弇州諸傑先倡此道立旗鼓。發號於文壇。天下之士靡然從風。諦視其文字。出入經傳左國莊馬者多。至於班史以下。略不及焉。

尹根壽	月汀漫筆	李夢陽은 문장에 조예가 깊고 『崆峒集』이라는 문집이 있다.	唐荅日。天下文章以李夢陽爲第一。其時崆峒致仕。家居汴梁。而名動天下。我國不知。雖聞此言。不肯訪問於中原。可歎。近世始得崆峒集者。而始知其詩文兩極其至王李諸公。極其推尊。我國之知有崆峒子晚矣。
李德懋	靑莊館全書卷48「耳目口心書(一)」	문장과 氣節로 李夢陽을 歐陽脩에 비교하다.	李夢陽。明之歐陽脩。皆不獨以文章比也。氣節相似。而獻吉不背朱子之學。不害爲儒者也。
李德懋	靑莊館全書卷48「耳目口心書(四)」	李德懋가 역대 묘도문자 가운데 李夢陽의「左宜人墓誌」와 王守仁의「瘞旅文」을 선발하고 '鼓舞千古'할 만하다고 평가하다.	李空同左宜人墓誌。伉儷之義。可見其悼。子侄則昌黎之郞。… 我國李容齋之朴仲說誌。哭等閑人。則若陽明之瘞旅文。不可多得。可皷舞千古者也。
李德懋	靑莊館全書卷48「耳目口心書(四)」	呂留良이 명말 문장가들을 褒貶한 시를 소개하다.	偶閱呂晚村詩。明末文章。分門割戶。互相攻擊。甚於鉅鹿之戰。黨錮之禍。亦可以觀世變也。古來未之見也。其詩有日。紅羅眞人起長濠。東南兩鬼相遊遨。兩鬼者誰宋與劉。一返大雅追風騷。靑田奇麗得未有。入水雷霆出科斗。金華學更有淵源。寢食六經語不苟。白沙瓣香擊壤吟。定山別皷無絃琴。
李尙迪	恩誦堂續集卷2「李虞裳先生傳」	李彦瑱과 成大中의 일화를 소개하면서 李夢陽을 거론하다.	疾劇。成士執大中問子病坐酸怔耳。何不作富貴語。虞裳日吾亦有富貴語。初地山川黃葉外。諸天樓閣白雲中是也。士執日今子眸子炯然。此固不死法也。笑日李空同死後百餘年。盜發

			其塚。炯然不朽。此亦不死法耶。清脾錄。
李彦瑱	松穆舘燼餘稿 「日本途中所見」	韓愈·歐陽脩만을 높이고 王世貞·李攀龍을 공박하는 일본의 풍토를 지적하다.	村夫子論詩文。腹團泥眼鏤炭。崇韓歐駁王李。夢曾見他脚板。
李裕元	嘉梧藁略 冊3 「皇明史咏」	李夢陽의 事績을 시로 읊다.	七才子號盛中州。嘉靖初年誰上頭。可惜陽春書院記。生平留作文垣羞。
李宜顯	陶谷集 卷27 雲陽漫錄	李夢陽 때부터 先秦諸子를 모범으로 삼았다.	至李空同。始以先秦諸子爲準則。刻意摹倣。其才力固雄驁。而所就頗乖雅馴。
李宜顯	陶谷集 卷27 雲陽漫錄	明詩 四大家인 李夢陽의 詩風을 논하다.	明詩雖衆體迭出。要其格律。無甚迥絕。稱大家者有四。… 北地沉驁雄拔。有山西老將之風。而心麤材駁。欠平和之致。
李宜顯	陶谷集 卷28 陶峽叢說	錢謙益의 『列朝詩集』은 실로 明詩의 보고라고 할 수 있으나, 평소 李夢陽의 시풍을 좋아하지 않아 李夢陽의 시가 소략한 편이다.	選明詩者亦多。錢牧齋列朝詩集。當爲一大部書。盖 自元末明初。至明之末葉。大篇小什。無不蒐羅盡載。而旁採僧道香奩外服之作。亦無所遺。實明詩之府庫也。但牧齋素不喜王·李詩學。掊擊過酷。故北地·滄溟·弇園諸作。所錄甚少。
李宜顯	陶谷集 卷28 陶峽叢說	李夢陽은 何景明·王世貞·李攀龍과 한 유파이다.	明文集行世者。幾乎充棟汗牛。不可殫論。而大約有四派。… 空同·大復·弇州·滄溟。學先秦諸子而創爲新格者也。此當爲一派。

李宜顯	陶谷集 卷26 「歷代律選跋」	李夢陽·何景明 등은 원나라의 '華腴'한 시풍을 바로잡기 위해 힘썼지만, 模擬가 너무 심해서 天眞을 상실한 병폐가 있다고 평하다.	後又不免粗鹵之病。而元人欲以華腴勝之。靡弱無力。愈離於古而莫可返。於是李何諸子起而力振之。其意非不美矣。摹擬之甚。殆同優人假面。無復天眞之可見。
李定稷	燕石山房文藁 卷7 「文辨」	李夢陽의 文은 形貌를 예스럽게만 하는데 구애되어 참되지 못하다.	北地之文。泥古而形貌贗。
李定稷	燕石山房文藁 卷2 「書諸家文英後」	李夢陽·王世貞 등의 무리는 班固·司馬遷의 문장을 힘써 모의하고 韓愈·蘇軾의 문장을 능가하려고 하였으나, 정신을 구하지 않고 형체만 본떠서 優孟衣冠이라는 기롱을 초래했다.	於是。明之北地弇園輩。不得已。則乃攀孟堅之堂。而窺子長之室。極力摹擬。字稱而句度之志。在凌過韓蘇。而不求之於神。而惟形之是肖。反招優孟衣冠之譏。
李學逵	洛下生集 冊1 春星堂集 「春日, 讀錢受之詩(絶句)」	錢謙益은 명나라 李夢陽과 袁宏道 그리고 원나라 元好問의 시를 애호하였다.	北地(李夢陽)公安(袁宏道)韻未亡。松圓異日獨專場。想來正法無當眼。祗許溪南程孟陽。先生詩。范曳論文更不疑。孟陽詩律是吾師。溪南詩老今程老。莫怪低頭元裕之。溪南老用元遺山自題中州集後詩語。
李學逵	洛下生集 冊1 春星堂集 「春日, 讀錢受之詩(絶句)」	安磐이 楊愼과 함께 시를 논하면서 杜甫의 시를 배우는 사람이 造花와 같다고 말하였는데, 錢謙益은 李夢陽과 何景明을 지목한다고 했다.	矯枉無如擧直難。錦帆瀟碧句無完。似聞公石名言在。苦棟何如紙牡丹。牧翁嘗論公安詩體。有矯枉過直之病。又曰。安磐字公石。皇明弘治人。嘗與楊用修論詩曰。論詩如品花木。牡丹·芍藥下。逮苦棟刺桐。皆有天然一種風味。今之學杜者。紙牡丹·芍藥耳。用修以爲至言。則似指空同·大復諸人而發耳。

李學逵	洛下生集 冊1 春星堂集 「春日, 讀錢受之 詩(絶句)」	錢謙益은 『列朝詩集』에서 王世貞·李夢陽과 譚元春 ·鍾惺의 시를 비판하였 다.	列朝詩體遞汙隆。深識先生筆削功。 樹幟跨壇病王李。蟲吟鬼語謝譚鍾。
張維	谿谷集 卷1 「弔箕子賦, 次姜編修韻 (幷序)」	明代에 李夢陽·何景明 등 의 諸子들이 비로소 古風 을 진작시켰으나 閎衍巨 麗한 체재는 아직 갖추지 못했는데, 盧柟과 王世貞 이후로 騷賦가 옛 경지를 회복하였다.	明興李·何諸子。迺始彬彬振古。 而閎衍巨麗之體。猶未大備。至盧次楩·王 元美出而後。騷賦頓復舊觀。
正祖	弘齋全書 卷180 群書標記 「詩觀」	李夢陽은 才氣가 雄高하 고 風骨이 遒利하여 古法 을 力追하여 시단을 통일 하는 공을 이룩하였다.	李夢陽才氣雄高。風骨遒利。鏖白戰 而擁赤幟。力追古法。能成雄霸之 功。
正祖	弘齋全書 卷9 「詩觀序」	『詩觀』에 明나라 劉基· 高啓·宋濂·陳獻章·李 東陽·王守仁·李夢陽· 何景明·楊愼·李攀龍· 王世貞·吳國倫·張居正 의 詩를 수록하였음을 언 급하다.	上自風雅。下逮宋明諸家。黜噍殺之 響。取鏗鏘之音。未數句。喟然成一 副巨觀。 … 嘗試披卷而觀之。風雅古 逸尙矣。兩漢以質勝。六朝以文勝。 魏稍文而遜於兩漢。唐稍質而過於六 朝。宋之談理。明之尙氣。 … 明取十 三人。劉基一千四百二十九首。爲十 二卷。高啓一千七百五十六首。爲十 一卷。宋濂一百三十三首。爲二卷。 陳獻章一千六百七十九首。爲十卷。 李東陽一千九百四十四首。爲十四卷。 王守仁五百八十四首。爲四卷。李夢 陽二千四十首。爲十七卷。何景明一 千六百六首。爲十三卷。楊愼一千一 百七十五首。李攀龍一千四百十七首。 各爲十卷。王世貞七千一百二十三首。

			爲五十卷。吳國倫四千八百八十八首。爲三十一卷。張居正三百十七首。爲二卷。共爲明詩一百八十六卷。錄詩二萬五千七百十七首。凡詩觀之錄詩。七萬七千二百十八首。而爲五百六十卷。
趙龜命	東谿集 卷1 「贈鄭生錫儒序」	명에 이르러 고문은 李夢陽에게 근원을 두었다고 하다.	至皇明有天下。世代益降。文章益卑。則學士大夫。思有以振之。而不得其術也。於是攟掇乎左傳・國語之句。塗改乎馬史・班書之字。揭以爲的於天下曰。此古文也。濬源於崆峒。揚波於弇州・滄溟。鼓天下之文章。而相與爲探囊胠篋之習。
曹兢燮	巖棲集 卷2 「擬西涯樂府」	韓文이 李夢陽에게 劉瑾을 탄핵하는 上疏를 짓게 하였는데, 李夢陽의 상소가 문장이 되지 않아서 황제가 살피지 않을까 염려하여 직접 상소를 올린 일을 가지고 韓文의 충정을 眞正으로, 李夢陽의 문장을 虛文으로 표현하다. *『明史紀事本末』卷43,「劉瑾用事」에 대한 기록이 보인다.	君不見韓文苦諫以報國。眞正不得虛文力。(韓文將論劉瑾曰吾年足以死。使李夢陽草疏。成見之曰是不可文。文上不省也。乃自爲疏乞斬瑾等。亦獲罪。) 于嗟夏竦竟何者。千載少人似司馬。宋夏竦卒。有司議諡文正。司馬溫公駁之曰諡之美者。極於文正。竦是何人。乃得此諡。議得不用。
曹兢燮	巖棲集 卷8 「與金滄江(六)」	崔岦이 李攀龍과 王世貞을 법으로 삼기는 했으나 깊이 영향을 받았다고 여기지는 않는데, 李夢陽의 『空同全集』을 읽고 崔岦이 李夢陽을 전범으로 삼았음을 알게 되었다.	簡易集廿年前嘗得一觀。而時未曉其利病。但知其爲世間稀有之珍。如黃太史之詩。雖非漢唐正宗。而要爲一時人所祖。其後得滄弇文讀之。意簡之所取法在是。而猶謂其未深。既而得讀空同全集。驚其神形克肖。然後知此老有所本。

曺兢燮	巖棲集 卷8 「與金滄江(六)」	李攀龍·王世貞·李夢陽·崔岦 등이 평담을 버리고 奇·腴만을 숭상하다가 險苦한 데로 빠져든 것은 心力을 잘못 사용한 것으로, '修辭立其誠'과는 관련이 없다고 평하다.	夫文字之妙。止於平中有奇。淡中有腴。而此數子之專尙奇腴。卒之墮於險苦之坑者。自通人觀之。誠見其枉用心力而無與於修辭之誠。
曺兢燮	巖棲集 卷8 「與金滄江(六)」	韓愈나 歐陽修는 문장의 典範과 같은 존재들인데도, 何景明은 韓愈에 와서 문장이 없어졌다고 비판하고 李夢陽은 歐陽脩가 편찬한 『唐書』를 읽지 말라고 경계한 것은 개인의 기호에 따른 주관적인 평가라고 논하다.	韓歐之爲江河萬古之流。而何大復之謂文法亡於韓也。李空同之戒不讀唐書也。此其好惡又何如也。… 又安能使人人必同於己見耶。
曺兢燮	巖棲集 卷8 「與金滄江(七)」	李夢陽의 글은 王世貞이나 李攀龍과 달라서, 王世貞이나 李攀龍의 잘된 글이 柳宗元 정도의 수준이고 못된 글은 순전히 六朝시대의 劣品인 정도라면, 李夢陽은 오히려 渾樸하고 質直한 기운이 있고, 華靡하고 勦累한 기습은 적다고 평하다.	近於空同。偶據鄙見言之爾。妄字之題。空同固不敢辭。然其文與滄弇不同。盖滄弇高處僅可窺柳洲之藩。而卑處純是六朝劣品。空同則猶有渾樸質直之氣。少華靡勦累之習。
曺兢燮	巖棲集 卷8 「與金滄江(七)」	漢魏 시대 이후 韓愈와 李夢陽이 함께 하나의 기치를 세워 한유는 孟子에 가깝고 李夢陽은 揚雄에 가깝다고 평한 후, 揚雄도 취할 만한 점이 있으니 李	妄謂漢魏以後。昌黎空同俱能堅一幟。而韓近於孟子。李近於揚雄。使揚而猶有可取則李豈在所盡捨耶。

		夢陽 역시 다 버릴 것은 아니라고 말하다.	
曹兢燮	巖棲集 卷20 「追遠齋重修記」	李夢陽의 '孔林不産荊棘。仁耶'라는 말을 인용하다. * 인용한 부분은 李夢陽, 『空同集』 卷65, 「物理篇第三」에 보인다	李空同之言曰孔林不産荊棘。仁耶。嗟乎甚哉。仁之爲力之遠也。夫地猶不産荊棘。況爲聖人之後。得傳其血脈。而苟或不能奉守仁訓。一有邪氣物欲以間之。則其爲荊棘也不亦多乎。
曹兢燮	巖棲集 卷37 雜識(下)	錢謙益은 少時에 李夢陽의 『空同集』과 王世貞의 『弇州集』을 읽고 익숙하게 기억하여 적을 정도였으며, 王世貞의 『藝苑卮言』을 金科玉條처럼 받들었다고 추억하였다.	錢虞山自言少時讀空同弇州諸集。至能闇記行墨。奉弇州藝苑卮言如金科玉條。
曹兢燮	巖棲集 卷37 雜識(下)	錢謙益의 문장은 끝내 李夢陽·王世貞의 門徑을 벗어나지 못하였으나 泛濫橫逆의 면에서는 그들보다 더 심하니 본받을 것이 못 된다.	余讀其所自爲文。終是脫不出李王蹊徑。其泛濫橫逆則又有甚焉。尤不足法。
曹兢燮	巖棲集 卷37 雜識(下)	錢謙益은 敍述에 뛰어나서 「陳府君墓誌銘」, 「鄒孟陽墓誌銘」 등의 작품은 그 風神과 構成이 韓愈·歐陽脩와 매우 유사할 정도이니, 李夢陽·李攀龍·王世貞의 문집에서는 볼 수 없는 점이다.	其才長於敍述。如陳府君鄒孟陽墓誌等作。其風神裁剪。酷肖韓歐。自北地滄弇集中亦所未見。
曹兢燮	巖棲集 卷37 雜識(下)	李夢陽과 王守仁이 '子'로 自稱한 것은 가소롭다고 언급하다.	諸子之自稱。不知昉於何時。… 至明則此弊尤甚。如李獻吉。王伯安輩。雖於所尊。不憚施之。亦可笑也。

趙斗淳	心庵遺稿 卷5 「羅州使君李白 礦(晦淵), 從家 弟南平監務閱 吾所爲燕槎錄 者, 錫以詩謬, 獎之過甚, 寧不 汗顏咋指也哉, 次以復之」	자신의 『燕槎錄』을 열람 하고 평해준 李晦淵에게 보낸 시에서 李夢陽을 인 용하다.	遊宦念念久別離。夢中時復見鬢眉。 懶踈未敢先通字。曠達還煩輒寄詩。 北地風流懷獻吉。南樓月色老元規。 芳隣信息增餘感。記取牛庄控鹿湄。 (忠翼先祖別業。在牛坡。惠定相公別 業。在鹿川)
趙聖期	拙修齋集 卷9 「與金仲和書」	중국의 역대 문인들 중에 明人의 문풍이 가장 낮은 데도 王守仁·李贄·李夢 陽·王世貞 등과 같이 '宏 肆暢達'하고 '僑拔奧衍'한 경우가 있는데, 우리나라 의 경우는 華夷와 風氣의 격차로 인해 그렇지 못하 다.	其視皇明餘姚·晉江·北地·琅琊數四 公之宏肆暢達僑拔奧衍者。亦果何如 耶。夫文章之益下。至明人而極矣。 而我國之文章。猶不敢追明人之後塵。 則風氣之大小。華夷之限隔。雖在小 技而亦有以局之耶。
崔昌大	昆侖集 卷12 「答李樂甫錫祿」	李夢陽과 李攀龍의 '句刻 而字劂'하는 태도를 비판 하다.	往者。李獻吉于鱗輩。以文章大鳴。 號爲力反正始。而其所句刻而字劂者。 不過左丘明·司馬遷等數家已。則吾子 之大鳴以文有日。而力反正始之功。 行復見之矣。
韓章錫	眉山集 卷7 「明淸三十四家 文抄序」	弘治·嘉靖 연간에 뛰어 난 문인들이 나와 송나라 의 미약한 문풍을 일신 해서 자구를 조탁하고 언 사를 꾸미며 韓愈·歐陽 脩·曾鞏·蘇軾을 비방하 고는 스스로를 先秦兩漢	弘治嘉靖之際。俊髦鵲起。文氣如 林。懲宋之弱。起而振之。寧玉而 瑕。毋石而璠。琢字句鑄言辭。姍韓 歐罵曾蘇。奮然自跱於先秦兩漢之列。 李何王李。其尤用力者也。然六藝之 旨已遠。非先秦兩漢之文。乃明氏之 文也。

		의 반열에 두었는데, 그 가운데서도 李夢陽이 특히 그렇다. 그러나 이들의 문장은 선진양한의 문장이 아니라 명대의 문장일 뿐이다.	
許筠	惺所覆瓿稿 卷5 「題黃芝川詩卷序」	黃廷彧·朴祥·鄭士龍·盧守愼 등이 만약 중국에 태어났더라면 그 진취한 바가 李夢陽·李攀龍·王世貞의 아래에 있지 않았을 것이다.	嗚呼。使數公生於海內。則其所造詣。豈在於北地濟南太倉之下。而不幸生於下國。不克充其才。又不能名於天下後世。湮沒不傳。惜哉。
許筠	鶴山樵談	李達은 명나라 사람의 시 중 何景明을 첫째로 꼽았고, 許筠은 李夢陽을 최고로 여겼고, 尹根壽는 李攀龍을 그 두 사람보다 뛰어났다고 여겼으니, 定論을 내릴 수 없다.	明人詩。蓀谷以何仲默爲首。仲兄以李獻吉居最。尹月汀以李于麟度越。前二子論莫之定。
許筠	鶴山樵談	王世貞은 "비교하자면 李夢陽은 높고 何景明은 통창하며 李攀龍은 크다."라고 하고, 누가 첫째요 그 다음인지에 대해서는 말하지 않았다.	鳳洲之言曰。律至獻吉而高。仲默而暢。于麟而大。亦不以某爲首而某次之也。
許筠	鶴山樵談	명나라 사람 중 글로 이름을 날린 十大家는 李夢陽·王守仁·唐順之·王允寧·王愼中·董玢·茅坤·李攀龍·王世貞·汪道昆이다.	明人以文鳴者十大家。李崆峒獻吉。王陽明伯安。唐荊川應德王祭酒允寧王按察愼中董潯陽玢茅鹿門坤李滄溟攀龍王鳳洲世貞汪南溟道昆。

許筠	鶴山樵談	李夢陽은 오로지 西漢만 본받고, 王世貞과 李攀龍은 난삽한 글귀가 先秦을 앞지르고자 하였고, 汪道昆은 화려하고 건실하며, 董玢과 茅坤은 평이하고 원숙하며, 王愼中은 풍부하다. 그러나 명나라 사람은 모두 역겹게 여기며 진부하고 속되다고 한다. 나의 의견도 거의 같다.	崆峒專學西漢。王李則鉤章棘句欲軼先秦。南溟華健。董茅則平熟。王愼中則富贍。明人皆厭之以爲腐俗。余所見畧同。
許筠	鶴山樵談	명나라 사람 중 시로 이름난 이로는 何景明과 李夢陽이 있어 사람들이 李白과 杜甫에 비긴다.	明人以詩鳴者。何大復景明。李崆峒夢陽。人比之李杜。
許筠	鶴山樵談	우리나라의 金宗直·朴誾 등의 작품이 비록 何景明·李夢陽·王世貞·李攀龍에게는 못 미친다하더라도 吳國倫·徐中行 이하 사람에게는 뒤지지 않는다.	我國金季昷·金悅卿·朴仲說·李擇之·金元冲·鄭雲卿·盧寡悔等製作。雖不及何·李·王·李。而豈有媿於吳徐以下人耶。
許薰	舫山集卷7「與沈雲稼」	李夢陽의 문학 및 학문풍토가 본질에서 벗어나 있음을 비판하다.	彼好新厭常者。自有明以來。創爲勦詭之文。北地濫觴。滄弇鼓浪。而公安·虞山者流。別出機鋒。妄據壇坫。又有一種攷据之習。徒勞檢索。反致汩亂。
洪奭周	淵泉集卷20「題詩藪後」	李夢陽은 杜詩와 酷似하고 李攀龍의 擬古樂府는 古樂府와 逼眞하지만, 天機의 자연스러움과 人情의 참됨을 찾을 수 없다.	胡氏之所謂同乎古者。李夢陽·李攀龍其尤也。夢陽之於杜氏。攀龍之於古樂府。步則步焉。趣則趣焉。幾乎其眞矣。然求其天機之自然。人情之所不能已者。則漠然無有也。

洪奭周	淵泉集 卷24 「選丙集小識」	명나라의 文風은 李夢陽·李攀龍 등으로부터 변하기 시작했는데, 이들을 옛 작가들과 나란히 비교할 수는 없겠지만, 그래도 일세의 문풍을 변화시키고 수 백 년 동안 宗師로 받들어졌으므로, 『皇明文選』丙集에는 이들의 작품을 수록하고, 아울러 이들의 문풍이 그토록 유행했음에도 자기 세계를 꿋꿋이 지킨 사람들의 작품을 수록한다. *『皇明文選』丙集에 적은 글.	自北地濟南兩李氏者作。而文之變。不可勝言矣。然其一二能者之才之力。亦足以馳騁。自喜于一時。雖不能追配古作者。亦豈遽出李觀·樊宗師·劉蛻諸人下哉。李觀·樊宗師·劉蛻之文。不能以易一世。而斯一二人者。顧巍然爲數百年宗師。此又所以蒙詬無窮也。今爲之擇其未離者若干篇存之。若夫一時豪傑之士。毅然自樹。不受變於俗者。又不可不亟爲表章也。合以爲丙集三卷。
洪奭周	鶴岡散筆 卷6	紀昀이 方苞에 대해 "그림쇠와 곱자가 손에 있어도 네모와 동그라미를 그리지 못한다"고 평가한 것은 李夢陽과 王世貞에게나 해당하는 것이라고 평하다.	紀曉嵐嘗議其未能規矩在手自運方圓。然此以語李献吉王元美摹擬字句者則可。若望溪之馳騁自得不落窠臼。未可以是議也。
洪翰周	智水拈筆 卷6	명나라에서는 오로지 문학과 才具로만 사람을 선발하여 李夢陽과 같은 한미한 사람들도 현달할 수 있었다.	又至有明一代取人。專以文學才具。故仕宦而顯達者。皆東西南北之人也。… 且崆峒不識高祖。丘文莊是珠崖人。仕中州至太學士。多不盡錄。然推可知也。
洪翰周	海翁文藁 卷1 「與蕙泉書」	李夢陽은 복고를 창도하며 莽蕩屈强한 문장을 이루다.	昔李獻吉倡言復古。其文莽蕩屈强。而何仲黙徐昌穀從而振之。弘正之際。斐然乎西京矣。

洪翰周	海翁文藁 卷1 「與蕙泉書」	洪翰周·蕙泉·徐子直은 李夢陽 등이 창도한 복고에 힘썼다.	假使吾三子志存乎復古。北地諸公之業。庶復見於今日。足下以爲何如。
洪翰周	海翁文藁 卷1 「重答某人書」	李夢陽이 복고를 제창할 때 '十子'라는 명칭이 있었다.	獻吉爲復古之冠。而有十子之名。
黃玹	梅泉集 卷1 「丁掾日宅寄七絶十四首, 依其韻, 戲作論詩雜絶以謝」	「論詩雜絶」을 지어 前七子와 王世貞·李攀龍 등을 논평하다. * 弘正諸公은 前七子-李夢陽·何景明·徐禎卿·邊貢·康海·王九思·王廷相-를 가리킨다.	其十一。弘正諸公制作繁。詎知臺閣異田村。到來王李炎爊日。始服人間衆口喧。(七子)

李攀龍 (1514-1570)

인물 해설	字는 于鱗, 號는 滄溟으로 山東省 歷城 사람이다. 李夢陽·何景明을 중심으로 한 前七子의 복고사상을 계승한 後七子의 일원으로서, 王世貞·謝榛·徐中行·梁有譽 등과 더불어 '古文辭說'을 제창하였다. 秦·漢의 古文을 모범으로 삼고, 漢·魏·盛唐 詩의 격조를 중시하였으며, 宋·元의 시를 배척하고, 李白·杜甫를 추앙하며, 元稹·白居易를 배격하였다. 그의 문장은 힘차고 수사학에 뛰어났지만 난해하고, 시는 격조가 높지만 지나치게 모방하였다는 평을 들었다. 저서에는 『李滄溟先生全集』(30권), 『古今詩刪』(34권)이 있다.
인물 자료	**○ 『明史』, 列傳 175** 　李攀龍, 字于鱗, 歷城人. 九歲而孤, 家貧, 自奮於學. 稍長爲諸生, 與友人許邦才·殷士儋學爲詩歌已. 益厭訓詁學, 日讀古書, 里人共目爲狂生. 擧嘉靖二十三年進士, 授刑部主事. 歷員外郎·郎中, 稍遷順德知府, 有善政. 上官交薦, 擢陝西提學副使. 鄕人殷學爲巡撫, 檄令屬文, 攀龍怫然曰: "文可檄致邪?" 拒不應. 會其地數震, 攀龍心悸, 念母思歸, 遂謝病. 故事, 外官謝病不再起, 吏部重其才, 用何景明便, 特予告歸. 予告者, 例得再起. 攀龍旣歸, 構白雪樓, 名日益高. 賓客造門, 率謝不見, 大吏至, 亦然, 以是得簡傲聲. 獨故交殷·許輩過從靡間. 時徐中行亦家居, 坐客恒滿, 二人聞之, 交相得也. 歸田將十年, 隆慶改元, 薦起浙江副使, 改參政, 擢河南按察使. 攀龍至是摧亢爲和, 賓客亦稍稍進. 無何, 奔母喪歸, 哀毀得疾, 疾少間, 一日心痛卒. 攀龍之始官刑曹也, 與濮州李先芳·臨淸謝榛·孝豐吳維嶽輩倡詩社. 王世貞初釋褐, 先芳引入社, 遂與攀龍定交. 明年, 先芳出爲外吏. 又二年, 宗臣·梁有譽入, 是爲五子. 未幾, 徐中行·吳國倫亦至, 乃改稱七子. 諸人多少年, 才高氣銳, 互相標榜, 視當世無人, 七才子之名播天下. 擯先芳·維嶽不與, 已而榛亦被擯, 攀龍遂爲之魁. 其持論謂文自西京, 詩自天寶而下, 俱無足觀, 於本朝獨推李夢陽. 諸子翕然和之, 非是, 則詆爲宋學. 攀龍才思勁鶩, 名最高, 獨心重世貞, 天下亦並稱王·李. 又與李夢陽·何景明並稱何·李·王·李. 其爲詩, 務以聲調勝, 所擬樂府, 或更古數字

爲己作, 文則聱牙戟口, 讀者至不能終篇. 好之者推爲一代宗匠, 亦多受世抉摘云. 自號滄溟.

○ 王世貞, 『弇州四部稿』, 卷83, 「李于麟先生傳」

李于麟者, 諱攀龍, 其家近東海, 因自號滄溟云. 當其業成時, 海內學士大夫無不知有滄溟先生者, 而自其六七友人居, 恒相字之, 故其爲于鱗獨著. … 操觚之士, 不盡見古作者語, 謂于鱗師心務求高, 以陰操其勝於人耳目之外而駭之; 其駭與尊賞者相半. 而至於有韻之文, 則心服靡間言. 蓋于鱗以詩歌自西京逮於唐大曆, 代有降而體不沿, 格有變而才各至. 故於法不必有所增損, 而能縱其夙授, 神解於法之表. 句得而爲篇, 篇得而爲句. 即所稱古作者其已至之語, 出入於筆端而不見跡; 未發之語, 爲天地所秘者, 創出於胸臆而不爲異. 亡論建安而後諸公有不遍之調, 于鱗以全收之; 即其偏至而相角者, 不啻敵也. 當于鱗之爲主事遷員外郎, 以至山西司郎中, 曹事寢以劇, 守文法無害而其業日益進, 大司寇有著作, 輒以屬于鱗, 藉藉公卿間. 然于鱗竟無所造請幹鷙, 不爲名計, 出曹一羸馬蹩躠, 杜門手一編矣. 其同舍郎徐中行·梁有譽·不佞世貞及吳舍人國倫·宗考功臣, 相與切劘千古之事, 于鱗咸弟蓄之; 爲社會時, 有所吟詠, 人人意自得, 最後于鱗出片語, 則人人自失也. …

○ 王世貞, 『弇州四部稿』, 卷57, 「贈李于鱗視關中學政序」

… 然吾聞孝廟時, 北地有李獻吉者, 一旦爲古文辭, 而關中士人雲合景附, 馳騁張揭, 蓋庶幾曩古焉. 父老言, 故相楊文襄公實爲之師倡之, 獻吉諸君子時時慕稱楊公不衰也. 彼所謂師者, 訓詁割裂, 食宋氏之遺, 尚不得擧二戴·何·鄭. 以博甲乙第則可, 即諸君子獻吉一二而外, 亦豪擧耳, 烏在其能倡也? 雖然千餘年來, 磅礴郁積, 氣不得決, 楊公以小振之, 亦難能哉! 于鱗之爲順德, 視右扶風部貴人毛束以吏事, 且於文非職, 即有所著作, 重自不出, 而兩河之濱, 跂響而思奮者比比. …

○ 錢謙益, 『列朝詩集小傳』丁集 卷5, 「李按察攀龍」

攀龍, 字於鱗, 曆城人. 嘉靖甲辰進士, 授刑部廣東司主事, 曆郎中, 出知順德府, 擢陝西提學副使. 西土數地動, 心悸念母, 移疾歸. 用何景明例: 予告凡十年, 起浙江副使, 遷參政, 拜河南按察使. 母喪歸, 逾小祥, 病心痛卒. 於鱗擧進士,

候選里居, 發憤讀書, 刺探鉤摘, 務取人所置不解者, 撫拾之以爲資, 而其矯悍勁
鷙之材, 足以濟之. 高自夸許, 詩自天寶以下, 文自西京以下, 誓不汙吾毫素也.
宦郎署五六年, 倡五子・七子之社, 吳郡王元美以名家勝流, 羽翼而鼓吹之, 其
聲益大噪. 及其自秦中掛冠, 構白雪樓於鮑山・華不注之間, 杜門高枕, 聞望茂
著, 自時厥後, 操海內文章之柄垂二十年. 其徒之推服者, 以謂上追虞姒, 下薄漢
唐, 有識者心非之, 叛者四起, 而循聲贊誦者, 迄今百年, 尚未衰止. 要其撰著,
可得而評騭也: 其擬古樂府也, 謂當如胡寬之營新豐, 鷄犬皆識其家. 寬所營者,
新豐也, 其阡陌衢路未改, 故寬得而貌之也, 令改而營商之亳・周之鎬, 我知寬
之必束手也. 易云擬議以成其變化, 不云擬議以成其臭腐也. 易五字而爲翁離,
易數句而爲東門行戰城南盜思悲翁之句, 而云鳥子五鳥母六, 陌上桑竊孔雀東南
飛之詩, 而云西鄰焦仲卿, 蘭芝對道隅影響, 剽賊文義, 違反擬議乎, 變化乎? 吳
陌儒有補石鼓文者, 逐鼓支綴, 篇什完好, 余惎之曰: "此李於鱗樂府也." 其人矜
喜, 抵死不悟, 此可爲切喻也. 論五言古詩曰, 唐無五言古詩, 而有其古詩, 彼以
昭明所譔爲古詩, 而唐無古詩也, 則胡不曰魏有其古詩, 而無漢古詩, 晉有其古
詩, 而無漢魏之古詩乎? 十九首繼國風而有作, 鍾嶸以爲驚心動魄, 一字千金, 今
也句撫字捃, 行數墨尋, 興會索然, 神明不屬, 被斷災以衣繡, 刻凡銅爲追蠡, 目
曰後十九, 欲上掩平原之十四, 不亦愚乎? 僻學爲師, 封己自是, 限隔人代, 揣摩
聲調, 論古則判唐・選爲鴻溝, 言今則別中・盛如河漢, 繆種流傳, 俗學沈錮, 昧
者視舟墾之密移, 愚人求津劍于已逝, 此可爲歎息者也! 七言今體, 承學師傳, 三
百年來, 推爲冠冕, 舉其字則三十餘字盡之矣, 舉其句則數十句盡之矣, 百年萬
里, 已憎疊出, 周禮漢官, 何煩洛誦, 刻畫雄詞, 規摹秀句, 沿李頎之餘波, 指少
陵爲頹放, 昔人所以笑模帖爲從門, 指偷句爲鈍賊也. 專城出守, 動曰東方千騎;
方舟共載, 輒云二子乘舟. 遼海中丞, 襲驃騎之號; 盧江別駕, 蒙小史之呼. 投杼
曾母, 訝許自天; 傅紛何郎, 冠以帝謂. 經義寡稽, 援據失當, 瑕疵曉然, 無庸抉
摘. 何來天地, 我輩中原. 矢口囂騰, 殊乏風人之致; 易詞誇詡, 初無贈處之言.
於是狂易成風, 叫呶日甚, 微吾長夜, 於鱗既跋扈於于前, 才勝相如; 伯玉亦簸揚
于後, 斯又風雅之下流, 聲偶之極弊也. 今人尊奉于鱗, 服習擬議變化之論, 自謂
溯古選沿初唐, 區別淄澠, 窮極要眇, 自通人視之, 正嚴羽卿所謂下劣詩魔入其
肺腑者也. 斯文未喪來者難誣, 當葵丘震驚之日, 仲蔚已有違言, 迨稷下銷歇之
時, 元美亦持異議. 而王元馭序弇山續稿, 詆訶曆下, 謂不及三十年, 水落石出,
索然不見, 其所有斯, 固弇州之緒言, 抑亦藝苑之公論也. 不然, 餘亦豈有私憾于

<table>
<tr><td></td><td>

于鱗, 與世之祖述于鱗者, 而薰枯仇朽, 嘵嘵然不置若此哉!

余既錄於鱗詩, 偶得王承甫與屠靑浦書云: "讀足下與王元美詩, 所彈射李於鱗處, 爽焉快之, 然論文耳, 猶未及詩. 僕謂其七言歌行莽不合調, 五言古選樂府, 元美謂之臨摩帖後十九首, 何異東家捧心益醜, 陌上桑改自有爲他人, 非點金成鐵耶? 絶句間入妙境, 五言律亦平平, 七言律最稱, 高華傑起. 拔其選, 即數篇可當千古; 收其凡, 則格調辭意, 不勝重複矣. 海陵生嘗借其語, 爲 '漫興' 戲之曰: '萬里江湖迥, 浮雲處處新. 論詩悲落日, 把酒嘆風塵. 秋色眼前滿, 中原望里頻. 乾坤吾輩在, 白雪誤斯人.' 云云. 大堪絶倒. 僕嘗以爲雅宜之行草, 新安之古文, 曆下之七言近體, 在彼非不精工, 習而宗之者, 愈似愈乖, 不可有二, 何則? 徇所美而乏通才, 局于格而寡新法, 守而弗化, 極而弗變, 其神者不全耳." 承甫之論曆下, 與餘所評駁, 若合符節. 元美雖爲於鱗護法, 亦不能堅守金湯矣. 前輩又拈曆下送楚使云 "江漢日高天子氣, 樓臺秋敞大王風." 云此賀陳友諒登極詩也, 與承甫引淮海生之語相類, 附及以資一笑.

</td></tr>
<tr><td>

저술
소개

</td><td>

*『李滄溟先生集』

　(淸)康熙年間 刊本 6卷 / (明)隆慶年間 刻本 30卷 附錄 1卷 / (明)萬曆 2年 徐中行刻本 　32卷

*『補注李滄溟先生文選』

　(明)刻本 4卷 宋祖駿・宋祖驛補注

*『擬古樂府』

　(明)刻本 2卷

*『古今詩刪』

　(明)汪時元刻本 34卷 目錄 2卷 李攀龍輯 　徐中行訂

*『白雪樓詩集』

　(明)刻本 10卷 / (明)嘉靖 42年 魏裳刻本 10卷 / (明)隆慶 6年 刻本 10卷 / (明)隆慶 4年 汪時元刻本 12卷

*『新刊增補古今名家詩學大成』

　(明)萬曆 6年 劉氏 孝友堂刻本 24卷

*『詩刪』

　(明)刻本 朱墨套印本 23卷 鍾惺・譚元春評

</td></tr>
</table>

* 『唐詩選』

(明)閔氏 刻本 朱墨套印本 7卷 王穉登評 / (明)萬曆年間 刻本 7卷 附錄 1卷 蔣一葵箋釋 / (明)凌氏 刻本 朱墨套印本 『李于鱗唐詩廣選』7卷 凌瑞森・凌南榮輯評

* 『明詩選』

(明)崇禎年間 豹變齋刻本 12卷 卷首 1卷 陳子龍增删

* 『鐫翰林攷正國朝七子詩集注解』

(明)萬曆 22年 鄭雲竹 宗文書舍刻本 7卷 李攀龍・王世貞等撰 李廷機攷正 / (明)刻本 『新刻陳眉公攷正國朝七子詩集注解』7卷 陳繼儒句解 李士安補注 / (淸)還讀齋刻本 『明七子詩選注』7卷

* 『詩壇合璧』

(明)李洪宇編 (明)金陵書坊 李洪宇刻本 16卷 內 李攀龍輯 『詩韻輯要』五卷

* 『盛明百家詩』

(明)俞憲編 (明)嘉靖−隆慶年間 刻本 324卷 內 李攀龍撰 『李學憲集』一卷 / 『續李滄溟集』一卷

* 『選明四大家詩集』

(淸)藍庚生編 (明)崇禎 8年 刻本 4卷 內 李攀龍撰 『李滄溟詩』一卷

* 『四杰詩選』

(淸)姚佺・孫枝蔚輯并評 淸初 刻本 24卷 內 李攀龍撰 『滄溟集選』六卷

* 『皇明十大家文選』

(明)陸弘祚編 明代 刻本 25卷 內 李攀龍撰 『滄溟文選』二卷

비 평 자 료			
姜世晃	豹菴遺稿 卷4 「答儇兒書問 −時兒在山」	姜世晃의 아들 강관이 명대 후칠자 및 그 유파의 인물에 대해 묻자, 李攀龍의 성명과 자호를 나열한 뒤 九才子로 유명한 인물을 모르고 있는 것에 대해 못마땅해 하다.	宗臣。字子相。號方城。張佳胤。字肖甫。號居來。余應擧。字德甫。號午渠。張九一。字助甫。號周田。王世懋。字敬美。號猻洲。李滄溟。不別記。謝榛。字茂榛。號四溟。俞允文。字中蔚。徐中行。字子與。號龍灣。吳國允。字明卿。號川樓。梁有譽。字公

			實。號蘭亭。明時。盖有九才子之稱。曾於朝夕談話。提說此等人。不啻如雷慣耳。今有此問。何也。可想汝之聰明。不及汝仲遠矣。適客擾未暇檢書。不記爲何地人。如弇州之太倉。兪仲蔚之崑山。宗子相之興化。想不待書示。
姜世晃	豹菴遺稿卷4「閱滄溟·弇州二集」	李攀龍의『滄溟集』과 王世貞의 『弇州四部稿』를 읽고, 그들이 唐宋의 문장을 경시하고 先秦으로 넘어서려 했음을 비판하다.	明初諸子語優柔。王李忞睡大拍頭。被髮伊川非造次。鍾譚礁殺此餘流。口氣知非本分人。傲唐詆宋蹴先秦。文章世級天爲限。可是秋冬倒作春。
姜世晃	豹菴遺稿卷10「閱滄溟·弇州二集」	당시 사람들이 한유의 문장을 제쳐두고 李攀龍과 王世貞의 글만 읽는 것에 대해 비판하다.	入宋韓文尙蠹箱。二家梓繡目前忙。便逢苦客錢謙盆。豈識幽人歸有光。
金萬重	西浦漫筆下	許積을 權韠·李安訥과 비교하면서, 중국의 何景明과 李攀龍에게 高叔嗣가 있었던 것과 같다고 평하다.	陽淩君許□號水色。五言詩淸峭古雅。得選唐體。一時操觚者。未見敵手。方之洲岳。盖猶中朝何李之有蘇門也。而到今聲名不甚赫赫者。以世人專習七言律詩故也。
金萬重	西浦漫筆下	濟南 李攀龍과 吳郡 王世貞이 칠언율시에 능하다고 평하다.	皇明時。濟南吳郡之七言律。信陽武昌之五言律。北地之歌行。蘇門之選體。皆其至者也。
金邁淳	臺山集卷19闕餘散筆	崔岦과 李廷龜가 李攀龍을 직접 만났다는 것은 근거가 없는 뜬소문이다.	簡易·月沙。以詞翰見推於中朝。而世俗流傳謂與弇·滄有紵縞之契。至以簡易秋日雙林寺。王生去讀書之句。爲贈弇州作。按滄溟卒於隆慶庚午。時簡易甫弱冠。月沙生七歲。足涉燕都。理所必無。弇州享壽卒於萬曆間。而家山東太倉。少遘家禍不仕。晚節浮沉。不出分司。以南司寇致仕。終身未嘗一至京

			師。簡易·月沙何由得見其面耶。
金邁淳	臺山集 卷20 闕餘散筆	『皇華集』에 실린 嘉隆 이후의 글은 매우 난삽하니 李攀龍의 영향을 받았기 때문이다.	嘉隆以後。又頗傷鉤棘。盖王李爲崇也。
金邁淳	臺山集 卷20 闕餘散筆	熊化가 尹根壽에게 보낸 편지에서 李攀龍과 王世貞의 단점을 논했으나, 그스스로 지은 작품은 두 사람의 울타리를 벗어나지 못하였다.	極峰與尹月汀書論王李二家。曰。元美之才俊。兼以博極羣書。文兼各體。時或有率爾處。未免强弩之末。于鱗之才沉。而不喜讀魏晉以下書。其文以左馬爲宗。而傷於刻畫。字句之奇。或累大雅。至屢煩推勘而後達者。自是于鱗之病。不足法也。此論於二家得失。可謂勘破到頭。而至其自爲則終未能脫此窠臼。信乎文之難工。而做說之不易相副也。
金邁淳	臺山集 卷20 闕餘散筆	『皇華集』에 실린 嘉隆 이후의 글은 매우 난삽하니 李攀龍과 王世貞의 영향을 받았기 때문이다.	嘉隆以後。又頗傷鉤棘。盖王李爲崇也。
金尙憲	淸陰集 卷9 「趵突泉」	李攀龍의 白雪樓 아래에 있는 趵突泉을 읊다.	靈源歕玉瀉滔滔。水面跳珠一尺高。倒浸雪樓涵氣象。百年文字作波濤。
金尙憲	淸陰集 卷9 「白雪樓」	李攀龍이 예전에 살았던 白雪樓를 읊다.	玉樓新構雪樓空。濟上山川寂寞中。惟有文章喧萬口。江河不廢到無窮。
金錫冑	息庵遺稿 上 「詩賦」	李夢陽의 뒤를 이어 王世貞과 李攀龍이 나란히 문단의 맹주가 되었음을 언급하다.	及夫北地之後王·李繼起。共押齊盟。
金錫冑	息庵遺稿	李攀龍의 『唐詩選』은 高	于鱗之詩選。一主高簡而反失於阨僻。

	卷8「唐百家詩刪序」	簡한 것을 위주로 하여 阨僻하다는 단점이 있다.	
金錫胄	息庵遺稿 卷9 「題李于鱗送張伯壽序後」	李攀龍이 張伯壽를 전송하며 쓴 글 뒤에 題하다. * 李攀龍이 張伯壽를 전송하며 쓴 글의 원제는 「送寧津縣訓導張伯壽序」이다.	王元美稱于鱗之文。一云歷下極深。一云匠心而材古。一云如商彝周鼎。海外瓌寶。身非三代人物與波斯胡。可重不可識。一云無一語作漢以後。亦無一語不出漢以前。世之君子。乃欲淺摘而痛訾之。是訾古人耳。世之知于鱗。固無如元美。而其聳美而艷贊之者。亦固無如元美也。余嘗於李公擇所得所謂滄溟集而讀之。其鉤棘不可曉者。幾十之六七。而其可曉者。覺奇雅峻博。信乎其深且古矣。蓋其爲文。雖緣語而飾意者多。因情而鑄辭者少。而一切取左國莊馬。公穀檀考。韓非‧呂覽‧淮南‧班椽諸書。句割而字纜之。此其所以欲深而必極其深。欲古而必極其古者也耶。此文於于鱗諸作。雖未知其爲最善。而被甄於陸弘祚文選。其爲人所稱可知。中有每飯未嘗忘兩名臣事之句。斯乃截取太史公馮唐傳語。而然余於此亦不能無所訝焉。夫文帝之每飯。意未嘗不在鉅鹿者。蓋以始聞其語於尙食監高祛。故此後之所以每飯而思。因其時而想其語。實善摹人情者之言也。不然。以文帝求將之誠。而亦何待飯而後。意始在於鉅鹿也。使文帝或因尙衣者而聞。或因掌書者而聞。吾固知其必移其每飯之思。而在於每衣而每見書也。今于鱗之聞兩名臣事。固非聞於尙食監者。而亦非飯而聞也。雖飮而思可也。坐而思可也。行而思可也。常而思可也。偶而思可也。又奚必若大巫唱小巫從。而每飯

			之云爲乎。斯豈非好截取古人之語。欲如古人而不自覺其謬也耶。語云空穴來風。若是而欲禁人之摘而訾難矣。且商之彝周之鼎古矣。海外之產。若明月蠙珠珊瑚玻瓈木難火齊之屬寶矣。然若銖屑而寸碎焉。此補而彼綴。上聯而下屬。以亡失其全體。則夫孰以爲古且寶哉。不知者徒見其蒼然之色的然之光。以爲古而寶。而若使遇三代之人波斯之胡而矚之。則吾知其必徑去而不之顧矣。其幸而不遇是者。又烏知其不爲于鱗幸者也耶。
金錫冑	息庵遺稿 卷9 「題李于鱗送 張伯壽序後」	王世貞이 李攀龍의 글을 평한 것을 인용하며, 세상에서 王世貞처럼 李攀龍을 알아주고 찬탄한 사람은 없다고 말하다.	王元美稱于鱗之文。一云歷下極深。一云匠心而材古。一云如商彝周鼎。海外瓌寶。身非三代人物與波斯胡。可重不可識。一云無一語作漢以後。亦無一語不出漢以前。世之君子。乃欲淺摘而痛訾之。是訾古人耳。世之知于鱗。固無如元美。而其眷美而艶贊之者。亦固無如元美也。
金錫冑	息庵遺稿 卷9 「題李于鱗送 張伯壽序後」	李攀龍의 글은 陸弘祚의 『皇明十大家文選』에 선별되었다.	此文於于鱗諸作。雖未知其爲最善。而被甄於陸弘祚文選。
金錫冑	息庵遺稿 卷9 「題李于鱗送 張伯壽序後」	李攀龍이 司馬遷의 『史記』「馮唐傳」에서 절취한 "每飯未嘗忘兩名臣事"란 구절에 대해 논하다. *『史記』「張釋之馮唐列傳」:"文帝曰:'吾居代時, 吾尚食監高袪數爲我言趙將李齊之賢, 戰於鉅鹿	此文於于鱗諸作。雖未知其爲最善。而被甄於陸弘祚文選。其爲人所稱可知。中有每飯未嘗忘兩名臣事之句。斯乃截取太史公馮唐傳語。而然余於此亦不能無所訝焉。

			下。今吾每飯, 意未嘗不在鉅鹿也。'"
金錫冑	息庵遺稿 卷9 「題李于鱗送張伯壽序後」	李攀龍의 글은 여기저기에서 기우고 이어서 전체적 체제가 없는데, 모르는 사람들은 그 蒼然한 광채만 보고 예스럽고 귀하다고 여긴다.	今于鱗之聞兩名臣事。固非聞於尙食監者。而亦非飯而聞也。雖飮而思可也。坐而思可也。行而思可也。常而思可也。偶而思可也。又奚必若大巫唱小巫從。而每飯之云爲乎。斯豈非好截取古人之語。欲如古人而不自覺其謬也耶。語云空穴來風。若是而欲禁人之摘而訾難矣。且商之彝周之鼎古矣。海外之產。若明月蠙珠珊瑚玻璨木難火齊之屬寶矣。然若銖屑而寸碎焉。此補而彼綴。上聯而下屬。以亡失其全體。則夫孰以爲古且寶哉。不知者徒見其蒼然之色的然之光。以爲古而寶。而若使遇三代之人波斯之胡而矚之。則吾知其必徑去而不之顧矣
金正喜	阮堂全集 卷8 「雜識」	일본의 한문학은 그 수준이 조잡했는데, 李攀龍을 배우고 조금 나아졌지만, 크게 변하지는 못했다.	三西京東都之間。其所爲文。弇陋僻謬。隨其語言。直行文勢。無俯仰轉折上下吐納之義。如「武林傳」。至無以句讀者也。而百餘年來。藤樹物部之學大盛。詩文專尙滄溟。稍變俗體。然舊染已痼。猝難革面矣。
金正喜	阮堂全集 卷8 「雜識」	일본은 최근에 중국에서 많은 서적을 수입하여 공부했기 때문에 그 문학 수준이 크게 향상되어 중국과 나란하고, 李攀龍의 文格도 쓰지 않는다.	今見東都人篠四本廉文字三篇。一洗弇陋僻謬之習。詞采煥發。又不用滄溟文格。雖中國作手。無以加之。噫。長崎之舶。日與中國呼吸相注。絲銅貿遷。尙屬第二。天下書籍。無不海輪山運。[이하는 국역본에 의거하여 補入: 昔之所以資於我者。乃或有先我見之者。篠雖欲不文。不可得也。然此可以覘一事。以知天下之勢也。彼之於絲銅書籍之

			外。又安知不有得之於中國者也。噫
金正喜	阮堂全集 卷8 「雜識」	王士禎은 李攀龍과 竟陵派 등의 頹風을 쓸어버리고 詩史의 한 結穴이 되었으니, 그 시대의 正宗이라 할 수 있다.	有明三百年。無一足稱。至王漁洋。掃廓歷下・竟陵之頹風。又能爲一結穴。不得不推爲一代之正宗。
金祖淳	楓皐集 卷16 「書紅葉帖」	『弇州四部稿』를 보다가 徐中行에게 준 편지에 '平生之交李與徐'라는 구절을 보고, 자신과 막역한 徐榮輔와 李晚秀를 회상한 일이 있었음을 말하다.	頃屐翁(李晚秀)行部至吉州。復余書。備道所經山川嶺海之勝。且有憶余與竹石詩。卽此帖所首載者也。旣而竹石(徐榮輔)書。自金剛山中來。緘紅葉爲贈。余愛其雅意。藏葉於篋。與屐翁詩時出觀之。今審此帖。可知屐翁此葉。與余所藏者。本連枝也。此帖出而余之藏之計莫拙。屐翁誠天下之絶妙好事者歟。方竹石之在山也。余讀易玉壺精舍中。暮秋寥廓。離索增苦。一日偶閱王元美集。得其別徐中行詩。有平生之交李與徐之語。不覺感觸于懷。念余受二公剪拭。俯就糠粃沙礫。謬處後先。雖才性駑怯。視元美。不啻蟲鵠。二公之雄秀宏博。實方駕濟南吳興而過之。其與余厚也。則雖濟南吳興乎元美。余有不敢辭者。又二公之姓。與濟南吳興同出。而其幷世崛起。嘐嘐曰。古有志乎先秦正始之際者。亦略相似。豈偶然云乎哉。余欲步其韻贈二公。對柳惠甫言之。因事未果。今於屐翁之求題品也。忽憶此事。遂取元美五字篇中。目濟南吳興者及於和詩。並牽連書此。以識吾三人之神會。而又使工摸其帖上之葉。命曰紅葉傳。照又藏之。
金昌協	農巖集	王世貞과 李攀龍의 문장	天下事。須先辨眞贋虛實。而後可論工

	卷34 雜識(外篇)	을 眞贋과 虛實로서 평하 다.	拙精粗。文章亦然。如大明王李輩。力 爲古文。蹈藉唐宋。驟視之。非不高 奇。而徐而繹之。皆假竊形似之言耳。 此乃文之贋者也。
金昌協	農巖集 卷34 雜識(外篇)	李攀龍과 王世貞 문장 가 운데 고인의 자구를 가져 다 쓴 것에 대하여 평하 다	明文如李于鱗。專取古人句字。屬綴成 文。其陋甚矣。元美亦嘗議此病。而觀 其自爲。亦不免此。碑誌敍事。類皆襲 用馬班句語。篇篇複出。入眼皆陳。凡 退之所務去。方且極力爲之。而自謂 高出唐宋。何也。
金昌熙	會欣穎 「傳筆錄序」	신묘한 필력에 대하여 明 대의 李攀龍·王世貞은 스스로 다른 곳에서 얻었 다고 하였으나, 그 얻은 것을 볼 수 없다고 평하 다	李空同王弇州自謂得之於他處。而未見 其有得也。
金澤榮	韶濩堂文集 卷8 「雜言(三)」	曾國藩은 歸有光의 문장 이 經學의 深厚함이 부족 하다고 비판하고 있지만, 이는 王世貞과 李攀龍의 문장이 성행했던 당시의 폐단을 바로잡기 위해서 불가피한 점이 있었다고 옹호하다.	曾滌生病歸太僕之文之神乎味乎。以爲 未臻於經學之深厚。此固是也。然當太 僕之世。王李諸人。以秦漢僞體虎嘯天 下。故太僕反之以正軌。而時出其神乎 味乎者曰。爾欲爲秦漢。只如此可也。 所以居一代而救一代之弊者耳。夫經學 文章。分而爲二已久。滌生何乃必以經 學繩文人。亦將責子長曰何不爲論語中 庸之文也乎。
金澤榮	韶濩堂集補 遺 卷2 「與屠歸甫牘」	屠寄에게 尺牘을 보내 그 가 呂思勉에게 준 시를 논평하며, 王士禛 시의 특징을 설명하고, 아울러 王士禛의 시와 李夢陽, 李攀龍의 시와 같고 다른 점을 논하다.	莊宅賞菊詩之添句。使在少壯時。便當 隨筆直下。而今乃久後始得。頗唐如 此。豈復可論於風雅之事耶。瞻博山第 二首。竊自摹擬阮亭。而兄之詩性。與 阮亭少異。無怪其病無曲折也。盖阮亭 詩。以無味爲味。無工爲工。平易之 中。有天然神韵之跌宕。司空表聖所云 不着一字。盡得風流是也。又其高華豪

			健。畧近於岹峒 · 滄溟二李。然二李出之以强顏矜飾。故其音慢。阮亭出之以天然脫灑。故其音爲變徵而無慢意。使人讀之。有特別之味。雖其體製未免乎一偏。其音調要爲李杜以後所未有。而弟性偶與之相近。此其區區所自喜也。然而時時效其音調。似者常少而不似者常多。豈才之不逮耶。抑天分之不盡同耶。既以强辨自壯。而旋復反顧自慙。可笑可笑。
南公轍	金陵集 「金陵先生文藁序」	茅坤은 당송작가 중 8명을 선별하여 王世貞과 李攀龍이 진한을 모방하려는 폐습을 교정하려고 하였다. * 이 글은 李林松이 지은 것이다.	夫文章。不限以地。而非眞者必不傳。唐宋作者。無慮數百家。茅氏取其八。蓋以藥王李摹秦寫漢掇皮之弊。然鹿門自爲文。荆川又有異同。歸震川詆弇州爲妄庸巨子。而弇州卒以繼韓歐陽爲贊。此無他。學生於好。而形之遷也以習。
南公轍	金陵集 卷11 「玉溪金先生文集序」	金純澤은 南公轍에게 "王世貞과 李攀龍의 글이 중국에 유행하였지만 자신은 한 번도 본 적이 없고, 다만 歸有光은 格法이 있다."고 평하다.	公不讀明以後書。嘗謂公轍曰。王李之文。震耀海內。而吾不一見。惟震川最有格法。
南公轍	金陵集 卷11 「雅亭集序」	穆陵 중흥의 시대에 글을 잘한다고 이름난 사대부들은 王世貞 · 李攀龍과 함께 하지 않은 이가 없다.	蓋是時。搢紳大夫號能文者。莫不與王李諸子。
南公轍	穎翁再續藁 卷1 「擬古 (十九首)」	王世貞 · 李攀龍 등 諸子들이 무리를 나누어 玉帛을 만드는 장인들의 모임과 같은 것을 비판하다.	白雪樓何高高。上追姚姒。下薄漢唐。王李諸子分偶曹。有如玉帛職貢會。海內文柄手自操。

南公轍	潁翁再續藁 卷1 「擬古 (十九首)」	鍾惺·譚元春·錢謙益이 王世貞·李攀龍의 핵심 을 짚어내지 못하여 추종 자들이 더욱 경박해졌다 고 비판하다.	鍾譚與虞山。抉摘多譏嘲。 猶未識頭 腦。後輩愈輕佻。文者載道器。 於此何 寂寥。終年讀之無所益。其文雖好徒自 勞。
南公轍	金陵集 卷10 「與金國器載 (璉論)文書」	李攀龍은 六經을 깊이 연 구하지 않고 司馬遷과 班 固의 문장, 李白과 杜甫 시의 겉모습만 베꼈다고 비판하다.	至於明王李諸人。號稱大家。而不能深 知六經之根柢所在。徑相剽販於西京大 曆之間。妄分畦畛。刮馬遷班固而得其 膚。掠靑蓮少陵而得其皮。海內靡然趨 之。
南克寬	夢囈集 乾 端居日記	王世貞·李攀龍의 詩와 文을 다 배운 자로 許 筠·李敏求·金萬基·金 萬重·金昌協·金昌翕이 있다.	十一日。見嶺南新刻農巖集序文。刊去 詆訾韓歐語。蓋亦自知其無倫也。許筠 李敏求始學嘉隆詩。而未備。瑞石兄弟 文之以騷選。金昌協輩又參之以唐人古 詩。遞變極矣。末流漸浮怪。衰相已見 矣。金詩視其弟筋力不如。亦頗雅靚。 卽其所就而篤論之。大金婁江之苗裔。 而小金竟陵之流亞也。婁江非無佳處。 細看只是結撰工美。不見神采流注。竟 陵境僻音哀。虞山之捨擊雖過。槩自取 也。王李之波東漸。學詩而兼文者。上 數子。專學文者。月汀·玄軒·淸陰· 汾西·東淮·春沼·息菴也。谿谷亦略 有染焉。兩金輩後出轉黠。稍聞中土之 論。頗諱淵源。要不出其圈襀也。
南克寬	夢囈集 乾 端居日記	王世貞·李攀龍의 文만 을 배운 자로 尹根壽·申 欽·金尙憲·朴瀰·申翊 聖·申最·金錫冑가 있 으며, 張維는 조금 물들 었다.	十一日。見嶺南新刻農巖集序文。刊去 詆訾韓歐語。蓋亦自知其無倫也。許筠 李敏求始學嘉隆詩。而未備。瑞石兄弟 文之以騷選。金昌協輩又參之以唐人古 詩。遞變極矣。末流漸浮怪。衰相已見 矣。金詩視其弟筋力不如。亦頗雅靚。

			卽其所就而篤論之。大金婁江之苗裔。而小金竟陵之流亞也。婁江非無佳處。細看只是結撰工美。不見神采流注。竟陵境僻音哀。虞山之搯擊雖過。槩自取也。王李之波東漸。學詩而兼文者。上數子。專學文者。月汀‧玄軒‧淸陰‧汾西‧東淮‧春沼‧息菴也。谿谷亦略有染焉。
南克寬	夢囈集 乾 端居日記	王世貞‧李攀龍의 禍가 중국에서는 컸으나 우리 나라에는 破天荒의 功이 있다.	余嘗謂王李之禍。中國大矣。而在我國。則有破荒之功。
南克寬	夢囈集 乾 端居日記	許穆은 비록 時用에 맞지 않았으나 그의 雅質高簡은 王世貞‧李攀龍의 浮浪함보다 낫다.	許眉叟雖非適時。其雅質高簡。豈不賢於王李之浮浪乎。
南克寬	夢囈集 坤 謝施子	尹根壽와 申欽은 明末에 王世貞‧李攀龍의 문풍에 경도되었다.	孤雲入唐。得儷偶之學。牧隱入元。習制擧之業。月汀玄軒。當明季。聞王李之風而悅之。此皆隨中國而變者也。其才皆足以闖其藩籬。
南克寬	夢囈集 坤 謝施子	실제로는 李夢陽‧李攀龍‧竟陵派 등 諸家의 詩로부터 영향을 받았으면서도 겉으로는 공격하는 자들을 藝苑의 蟊賊이라고 비판하다.	近日稱詩者。於江西北地竟陵諸家。實沾丐鑽仰。有罔極之恩。而見其不厭於談者之口。又外攻其短。若不與焉者。眞藝苑之蟊賊也。

南龍翼	壺谷漫筆 卷3 「明詩」	그 이전에도 뛰어난 문인이 많았으나 李夢陽이 새 문풍을 개척한 공이 있다. 그의 뒤를 이어 많은 문인이 나왔으며 李攀龍과 王世貞에 와서 진작되었다. 李攀龍과 王世貞 외 군소 문인들은 대략 비슷한 수준이나 吳國倫이 문체에서 宗臣이 재주에서 제일이다.	李空同(夢陽)有大闢草萊之功。後來詩人皆以此爲宗。而其前高太史(啓)‧楊按察林員外(鴻)‧袁海潛(凱)‧汪右丞(廣洋)‧浦長海(源)‧莊定山(昶)。亦多警句矣。何大復(景明)與空同齊名。欲以風調埒之。而氣力大不及焉。其後王浚川(廷相)‧邊華泉(貢)‧徐迪功(禎卿)‧王陽明(守仁)‧唐荊州(順之)‧楊升菴(愼)諸公相繼而起。至李滄溟(攀龍)‧王弇州(世貞)而大振焉。泛而遊者。如吳川樓(國綸)‧宗方城(臣)‧王麟州(世懋)‧徐龍灣(中行)‧梁蘭汀(有譽)等亦皆高踏。槩論之則空同弇州如杜。大復滄溟如李。論其集大成則不可不歸於王。而若其才之卓越則滄溟爲最。如臥病山中生桂樹。懷人江上落梅花。樽前病起逢寒食。客裏花開別故人等句。王亦不可及。此弇州所以景慕滄溟。雖受仲尼丘明之讐。只目攝而不大忤。有若子美之仰太白也。川樓以下。地醜德齊。而吳體最備。宗才最高。
南龍翼	壺谷漫筆 卷3 「明詩」	명나라 시인들의 시구를 예로 들면서 명나라 시는 송나라를 타고 넘어와 당나라 시를 섭렵했지만 명나라만의 격조가 있다고 논평하다.	明詩如郭子章家在淮南靑桂老。門臨湖水白蘋深。高太史(詠梅)雪滿山中高士臥。月明林下美人來。林員外堤柳欲眠鶯喚起。宮花乍落鳥唧來。袁海潛(白燕)月明漢水初無影。雪滿梁園尙未歸。浦長海雲邊路遶巴山色。樹裏河流漢水聲。汪右丞松下鶴眠無客到。洞中龍出有雲從。陳汝言佳人搗練秋如水。壯士吹箚月滿城。李空同日臨海岳雲俱色。春入樓臺樹自花。何大復孤城落鴈衝寒水。萬樹鳴蟬帶夕陽。邊華泉(文山祠)花外子規燕市月。柳邊精衛浙江潮。李西涯鄖城夜氣聞龍起。彭蠡秋風見鴈

			來。王陽明月遠旌旗千嶂曉。風傳鈴鐸九溪寒。徐迪功裘回桂樹凉風發。仰視明河秋夜長。李滄溟海氣控吳還似馬。陣雲含越總如龍。王弇州關如趙璧常完月。嶺似幷刀欲剪雲。千騎月回淸嘯響。一樽天豁大荒愁。吳川樓春色漸隨行旅盡。夕陽偏向逐臣多。宗方城樽前明月雙鴻暮。江上梅花一騎寒等句。足以跨宋涉唐而然亦自有明調。
南龍翼	壺谷漫筆 卷3 「東詩」	權韠과 李安訥을 李攀龍과 王世貞에 비유하여 논평하다.	我朝之有權李。如唐之李杜。明之滄弇。而李之慕權。又如子美之於太白。元美之於于鱗。
朴齊家	貞蕤閣集 卷4 「觀軒之子徐生有田來訪」	李駒와 邊習 모두 李攀龍·邊貢과 같은 훌륭한 아버지를 두었지만 그 혜택을 입지 못한 것처럼 사람의 앞날은 기약할 수가 없다.	逝將偕隱學樊遲。消盡雄心閉戶時。衣食硏田磨不出。山川酒國曠生涯。言多下士群相笑。契有家人所不知。撞破煙樓眞可喜。李駒邊習詎堪期。
朴齊家	貞蕤閣文集 卷1 「雅亭集序」	李德懋와 친교를 말하면서 王世貞이 李攀龍에게 했던 '그대와 나는 천지가 생긴 이래 드문 사이'[惟子與我, 開闢所稀]라는 말을 인용하다.	世之篤論者稱李懋官。品識第一。篤行第二。博聞彊記第三。而文章特第四耳。… 每擧王元美祭李于鱗云惟子與我。開闢所稀之語。以相擬似。
朴趾源	燕巖集 卷14 熱河日記 「鵠亭筆談」	내가 李攀龍의 白雪樓가 아직도 濟南에 남아있는지를 묻자, 王民皡가 지금 남아 있는 白雪樓는 후인들이 건축한 것으로 옛날 유적이 아니라고 말하다.	余問濟南尙有白雪樓否。鵠汀曰。于鱗舊樓。初在韓倉店。後改作于百花洲上。在碧霞宮西。今趵突泉東。有白雪樓。乃後人所建。非舊蹟也。

朴泰輔	定齋集 卷4 「唱和集序」	명나라 문인들 가운데 唱和와 관련하여 거론되는 사람으로 王世貞과 李攀龍은 뛰어나다.	唱和之義。尙矣。… 世之稱唱和者。唐之元・白。宋之蘇・黃。明之王・李。其傑然者也。
徐淇修	篠齋集 卷1 「效三淵翁葛驛雜詠體賦絶句二十首。時庚辰五月二十七日。流夏新建候。雨中也」	李攀龍 일파의 擬古的 문풍을 비판하다.	近世淸人毛大可。亂嚷狂叫敢詆朱。鷺洲主客論詩說。僭妄同歸莽大夫。(大可毛奇齡字。其文有白鷺洲主客說詩。多醜詆朱子語。) (中略)眞率杯盤飣飯治。尋常近局數追隨。棘蒸十字西隣餠。(元美詩中蔡五姬。鄰婆賣蒸餠造法甚佳。)
徐淇修	篠齋集 卷2 「書贈回還冬至上行人經山詞伯雅正」	冬至使行에서 돌아온 鄭元容에게 王世貞과 李攀龍을 대적할 만하다고 칭찬하다.	萬里星軺使。靑春好伴回。城餘秦歲月。山閱漢亭臺。始接親朋字。重斟故國杯。中州誰敵手。王李已蒿菜。
徐淇修	篠齋集 卷2 「直中戲作長篇書呈權彝齋敦仁詞伯末贅論詩一段要和」	王世貞과 李攀龍을 명나라 때 유명한 문장가로 먼저 꼽으며, 倔强함이 짝할 이 없었다고 평하다.	皇明先數王李輩。此老倔强更無儔。虞山蒙叟是巨擘。一枝偏師整鎧矛。近日中州又一變。蠶尾詩句抗雪樓。
徐淇修	篠齋集 卷2 「直中戲作長篇書呈權彝齋敦仁詞伯末贅論詩一段要和」	최근 중국의 문풍이 또 한 차례 변화했음을 지적하며, 王士禎이 李攀龍에 대항하였다고 평하다.	皇明先數王李輩。此老倔强更無儔。虞山蒙叟是巨擘。一枝偏師整鎧矛。近日中州又一變。蠶尾詩句抗雪樓。

徐宗泰	晚靜堂集 卷11 「讀弇山集」	李攀龍의 '鉤棘語'를 처음 본 사람은 누구나 매우 놀라고 기이해서 '微奧'하다고 말한다.	至于鱗。余亦有說焉。讀者始見其鉤棘語。孰不深駴而奇之曰。是微奧哉。
徐宗泰	晚靜堂集 卷11 「錢牧齋集」	錢謙益은 평생 李夢陽·李攀龍·王世貞을 극력 배척하는 데 힘을 기울였으므로 唐順之와 歸有光의 문장을 허여한 것은 당연하지만 李東陽을 추숭한 것은 지나친 면이 있다.	牧齋凡於壽序堂記等漫散文字。輒擧天下事。以建奴闖賊邦國之憂爲言。扼腕感咤。娓娓弗自已。蓋積諸中而自隨筆溢發也。甲申春間。燕都岌岌垂沒。而牧齋邈在吳中大江之南。文字之間。三月所作以闖賊。庶幾懸首藁街爲辭。詞人之迂於事甚矣。然觸事詠物。感奮時事。是杜老之遺韻。其忠忱則至矣。癸巳三月書。韓退之之嚴簡毋論。宋之歐陽永叔·王介甫·曾子固諸公。凡論人稱道人作人墓文。未有甚溢之辭。俱有斟酌。斤兩不差。皇朝人則專事浮夸。稱人過於本實。見之有似調戲。元美甚焉。錢受之。頗同之。文有波瀾。肆筆成章。且善於形似。曲盡事情。自是皇朝末葉。救得文章極弊之大家也。然筆路所溢。喜用古文陳言全句。且多奇僻鬼怪之語。不可爲則。且一生趣嚮。務在軋斥兩李與王。故推許荊川與歸熙甫固宜。而崇重李西厓過當。如袁小修輩纖靡之文。亦不知其可厭。其見禰矣。
成大中	靑城集 卷5 「感恩詩叙」	문장은 학문을 배워야 잘 할 수 있는데, 명나라의 李攀龍과 王世貞은 학문을 멸시하고 자구를 다듬는 데만 힘을 쏟았다.	且惟文章。未有不學而能者。故管·商·楊·墨之徒。亦各有其學也。明之王·李則不然。蔑學而爲文。誇多而爲工。致力於字句之末。而體裁則未也。猶自以爲凌古人而上之。何異於夜郎之自大也。

申緯	警修堂全藁 冊 崧緣錄 「過宿崧下韓霽 園進士棃井親儀, 感舊悼逝, 情見于辭」	세상을 떠난 벗인 韓在 濂의 아들이 자기 선친 의 문집에 서문을 써 줄 것을 부탁한 것을 王世 貞이 李攀龍 문집의 서 문을 부탁 받은 일에 견 주다.	其二: 婢僕犬猫捴慣迎。 我來幾哭四隣 驚。撫床一慟眞堪絶。 徹淚重泉可盡 情。免矣海南烟瘴死。 嗚呼天上玉樓 成。弇園請序于鱗集。 汗血孤駒守舊 盟。(孝子以遺藁請序)
申緯	警修堂全藁 冊7 碧蘆舫藁(三) 「次韻篠齋夏日 山居雜詠 (二十首)」	조선에 아직도 王世貞 과 李攀龍의 영향이 남 아 있다고 비판하고, 歸 有光이 王世貞을 庸妄 巨子라 비판한 말을 소 개하다.	其十: 王李頹波未易迴。 猖狂漢粕與秦 灰。當時特立歸熙甫。 力觝弇園庸妄 魁。(震川斥元美目爲庸妄巨子。我國 摸擬之法。尙有王李餘染)
申緯	警修堂全藁 冊7 碧蘆舫藁(三) 「讀江北七子詩」	江北七子(彭而述·趙 進美·宋琬·周體觀· 申涵光·邵煥元·趙賓) 이 王世貞과 李攀龍의 뒤를 이어 揚子江 이북 시단에서 두각을 나타 내었다고 평하다.	王李詩盟繼後塵。大江以北起嶙峋。 今朝合集分明見。好是憑依草木人。
申緯	警修堂全藁 冊17 北禪院續藁(二) 「東人論詩絶句」	宣祖 이후로는 王世 貞·李攀龍의 영향을 받아 摹擬가 심해져서 一家를 이룬 시인이 없 다고 비판하다.	其三十一: 王李頹波日漸東。當時摹擬 變成風。性情流出於何見。只好千家 軌轍同。(宣廟朝以後。王·李摹擬之 學盛行。人人蹈襲。家家效響。無復 各成一家之言。自此詩道衰矣。)
申緯	警修堂全藁 冊19 養硯山房藁(四) 「次韻篠齋與彝 齋論詩七言長句」	何景明·李攀龍의 영향 을 받아 模擬에 물들었 던 詩風이 유행한 적이 있었음을 비판하다.	何李主盟力模擬。儼然通國之奕秋。

申欽	象村稿 卷27 「海平府院君 月汀尹公神道 碑銘(幷序)」	尹根壽는 何景明·李夢陽·王世貞·李攀龍의 글을 보길 좋아하였으며, 그들과 한 시대에 살지 못한 것을 한탄하였다.	好觀皇明諸家。信陽·北地·鳳洲·滄溟。曠世神交。慨然有不竝世之嘆。
申欽	象村稿 卷27 「海平府院君 月汀尹公神道 碑銘(幷序)」	皇明의 宗匠은 何景明·李夢陽·王世貞·李攀龍인데, 尹根壽가 그 사이에서 겨루려 하였다.	皇朝宗匠。信陽·北地·弇園·雪樓。互執牛耳。公於其間。思欲方軌。經緯於時。其用也賁。黼黻王猷。濟艱弘理。
申欽	象村稿 卷55 「春城錄」	王世貞이나 李攀龍은 본인의 시문이 漢代와 唐代의 것을 뛰어넘었다고 하지만, 그것 역시 明代의 시문일 뿐이다.	如王世貞。李攀龍之詩文。自以爲跨漢越唐。而以余觀之。亦自是明詩明文爾。
申欽	象村稿 卷55 「春城錄」	王世貞이나 李攀龍의 수준에 미치지 못하는 자들이 唐이나 宋의 작품이라고 다투어 말하지만, 이들은 陸游나 曾幾에도 견줄 수 없다.	如王世貞·李攀龍之詩文。自以爲跨漢越唐。而以余觀之。亦自是明詩明文爾。況餘子乎。王世貞與人書曰。明之詩固不及唐云。此是斷案也。其不及王·李者。徒以口舌爭唐宋。及其下筆。則外雖點綴雪月風花。爲之色澤。而格萎氣薾。欲比之務觀·茶山不可得。可哂也已。
申欽	象村稿 卷6 「後十九首」	李攀龍이 古詩十九首를 모방하여 後古詩十九首를 지었는데, 申欽 또한 이를 이어 後十九首를 지었다.	十九首。爲選體之最。不知誰氏作。或云枚乘作。未詳其然否。至明嘉靖年間。李滄溟攀龍擬之。蓋疊疊逼古。余幽憂之暇。竊倣續之。雖不及胡寬營豐之手。亦庶幾孫叔之優孟爾。

申欽	象村稿 卷12 「次月汀山海 關次李滄溟 答元美韻 (二首)」	山海關에서 尹根壽가 王 世貞에게 화답한 李攀龍 의 시에 차운하였는데, 申欽이 또 이를 차운하여 시를 쓰다.	其一： 浮雲縹氣護高深。疊壁陰陰臥綠 沈。局鑰正爲天下首。臺隍直壓海中心。 九重聖武誠超古。萬里威懷鎭在今。何幸 遠遊成壯眺。忝將荒服簉冠簪。 其二： 譙樓高處陣雲生。萬里金湯舊識 名。望遠漫催鄉國恨。憑危還見古人情。 雪中縹緲陰山色。風外崩騰渤海聲。歸日 誰論輿地誌。壯遊應復記吾行。
申欽	象村稿 卷21 「鐵網餘枝序」	李攀龍이 順德知府로 있 을 때 胡提學에게 楊愼의 조행에 대해 물었는데, 胡提學이 楊愼의 錦心繡 腸한 생활은 陳獻章의 鳶 飛魚躍한 생활만 못하다 고 하자 괴이하게 여겼 다.	李滄溟攀龍守順德時。有胡提學者過 之。胡蜀士也。滄溟問升庵起居。胡云 升庵錦心繡腸。不如陳白沙。鳶飛魚 躍。滄溟拂衣徑去。口呫呫不絕。夫以 王。李之逸韻奇氣。張軍振鼓。鞾鞈鞈 鞾。竝驅中原。狎主齊盟。眼空千古。 足蹴當世。而猶不得不俎豆升庵。卽升 庵所造可見已。升庵平生著述甚富棟充 牛汗。而余顧局於褊邦。莫能盡覽其 籍。而間闒流傳於小簡者。則其論經史 若詩文。有與余常日所證評者。大略符 契。余幸鄙見之不爽於前覺。竝書之。 以詒文苑揚扢者之一臠。
申欽	象村稿 卷51 晴窓軟談	李攀龍의 詩句 중에는 唐 詩에 비해 손색없는 것들 이 있다.	不雜者。其惟李于鱗乎。若大復之詩。 幾乎唐樣。于鱗之樽前病起逢寒食。客 裏花開別故人。大復之章華日暮春遊 盡。雲夢天寒夜獵多者。雖唐人豈易及 也。空同之十年放逐同梁苑。中夜悲歌泣 孝宗。激昂頓挫。詠之淚下。後少陵也。
柳得恭	泠齋集 卷7 「日東詩選序」	李書九는 元重擧의 『海 航日記』와 증별시 67수 를 뽑아 만든 『日東詩選』 중 뛰어난 작품은 三唐에 비길 만하고 그렇지 않은	薑山居士鈔其海航日記中贈別詩六十七 首。名曰日東詩選。屬余爲之序。其詩 高者摸擬三唐。下者翶翔王李。一洗侏 之音。有足多者。

		것이라도 王世貞·李攀龍과 비등하다고 하였다.	
柳得恭	古芸堂筆記 卷4 「倭語倭字」	荻生徂徠는 王世貞과 李攀龍의 글을 읽어보고 좋아하여 진정한 학자들이라고 여기고, 마침내 王世貞과 李攀龍의 학문을 창도하고 程朱를 헐뜯는데 이르렀다.	玄川翁。素篤志績學。癸未通信。以副使書記入日本。彼中曾有物雙栢者。字茂卿。號徂徠。又稱蘐園。陸奧州人。得王元美·李于鱗之文於長碕商舶。讀而悅之。以爲眞儒。遂唱王李之學。詆毀程朱。無所不至。六十六州之士。靡然從之。至稱爲海東夫子。眞可笑也。
兪彦鎬	燕石 冊1 「習池淸言序」	王世貞이 천하에서 두루 친구를 구하였지만 겨우 李攀龍만을 얻고서나서 천하가 작다고 한탄했다는 일화를 통해 세상에서 지우를 만나기 어렵다는 사실을 말하다.	昔王元美求友於天下之大。菫得一李于鱗。則又悲天下之小。友其人之難。天下尙然。況我東一隅之褊乎。
兪彦鎬	燕石 冊11 「蒼厓自著序」	王世貞·李攀龍이 '法'만을 추구하다 '模擬剿竊'에 귀결하게 된 사실을 통해 兪漢雋에게 '意'와 '法'의 관계에 대해 논하다.	嘗竊以謂意與法。如理氣之不相離而不相混也。法固統於意而意不拘於法。故必使意爲之主而法每聽命。然後其文乃工耳。然意者通而無礙故難。法者局而有定故易。世之慕古尙奇者。擧多捨難而趨易。自足而高世。殊不知血氣知覺之爲人。與土塑木偶之象人也。其眞贗死活之相去千里。此王元美·李于鱗諸子所以終歸於模擬剿竊者。吾知汝成深造獨得。以意爲文者。而較其分數。法終爲勝。或恐其推波而助瀾也。於是乎言其本末輕重之序。以爲彼此勉。
尹根壽	月汀漫筆	李攀龍이 李夢陽을 추존한 사실을 우리나라에서는 너무 늦게 알았다.	近世始得崆峒集者。而始知其詩文兩極其至王李諸公。極其推尊。我國之知有崆峒子晚矣。

李匡師	斗南集 册1 「辨陳言」	근래의 王世貞과 李攀龍 등은 평범한 말이 陳言인줄 오인하여 옛 사람의 문구 중에 기이한 것만 따다가 쓰고 바로 이것이 陳言인줄은 모른다.	韓退之曰。陳言之務去。文章而一涉陳言。如假人衣冠。氣已死而精爽索矣。古人已書者。我復捃。是陳言也。… 近世王李輩。誤以陳言爲凡常之言。務鉤僻而去尋常文。見古人文句奇者。已套竊闖糘。不避貪。不知是眞陳言。可噦也。織布帛者。雜割錦繡。而間衲襧之。可以炫穉兒之目。果能成章乎。文章之難。在善用尋常字。驅市人而善制之。皆可致死力。故古人之文。讀未及累行。或未盡篇。難見其好。近世文。竟一篇寡深趣。而讀一二句。已絢續。可知非庸人口氣。是所謂淺俗也。
李匡師	斗南集 册3 「讀滄溟鳳州文」	王世貞과 李攀龍의 문장은 一字一辭가 고인에게서 따온 것일 뿐 자기에게서 나온 것이 없으니 優孟衣冠이라 할 수 있다.	今觀滄溟鳳州文。果有一字一辭之出於己而不偸竊者。采古人已道者。便窃狗也。荃蹄也。語兪奇兪麗。而兪臭腐矣。二子皆偸古人文句奇麗者成章。如優孟假衣闕堂居位。豈能有自得於心者乎。錦縠綾綺。有經有緯。有綜有理。文之以纑繡。所爲歸也。經緯綜理。誠治而無錯。絺紛布紵之賤。皆可以御。君后而備襘褕矣。二子貸錦綉片寸於千家。萬簪而成衣。雖炫燿於街童市儈之觀。終是寠人乞兒之服也。
李匡師	斗南集 册3 「讀滄溟鳳州文」	歐陽脩, 蘇軾, 曾鞏, 王安石의 문장은 順夷에 치우친 경향이 있지만, 典雅하고 법식이 있어 王世貞·李攀龍의 문장과 동일한 수준에서 논할 수 없다.	歐·蘇·曾·王輩。而二子生乎冷視而嫚傷之。欲不售一錢者。然歐·蘇·曾·王之文。雖有倚於順夷之偏。而皆根於六經。有典有度。可以用世而有濟。難與二子同世論也。使歐·蘇·曾·王。見二子之文。必嬰孩之觳觫之。不足儕於劉幾輩也。劉幾遭歐蘇而轗軻。遂而無傳。二子得子健於季世。擅一世之盟。是由於有幸有不幸。二子

		亦豈孤於六經。以其聰穎淹該。必字誦而行通之。然亡實學。亡實得。如貧人過富家而數金玉。說錦繡。雖抵掌津津。辨別明快。終屬在它人者。無一銖一絲之益於身也。
李匡師	斗南集 册3 「讀滄溟鳳州文」	王世貞과 李攀龍이 말한 立論이라는 것은 主宰와 定見 없이 다만 古人의 말을 이용해 꾸며댄 것일 뿐이다.	是以文章之妙。以立論之正爲難。而二子所謂立論者。皆無主宰無定見。徒以古人句語妝之耳。所自謂主宰定見者。皆空華而扤中者也。然二子以聰穎淹該。私相標傝。擅一世之盟。當世天下之人。仰二子。如曇佛散華。威鳳儀世。其勢燄之及。及于今不衰。吾是以知天下無定見。而浮世之易謟也。是以西狄之語。皆誑語也。不實語也。驕僭幻妄語也。能終古而易天下之俗者。以浮世之易謟也。
李匡師	斗南集 册3 「讀滄溟鳳州文」	세상에서 王世貞과 李攀龍 문장의 단점은 險澁鉤戟한 점이라고 말하지만, 실제로는 沿襲無實한 것이 문제이다.	世或以二子文。險澁鉤戟爲短。是却不然。固果有褊而不周。緅而不觧之疵。而能有實得。行於險澁鉤戟之中。不害其爲文從字順。故短在沿襲無實。不在險澁鉤戟也。不獨二子。吾常謂有明二百餘年。無文章。雖有體格調響之不同。則其無實蹈襲之病。皆一律也。還是方遜志王新建輩。傳於經術者。雖不一循文章畦谿。平實多可諷者。
李德懋	靑莊館全書 卷32 淸脾錄(一) 「崔簡易堂」	尹根壽가 연경에서 가져온 『滄溟集』을 車天輅가 읽은 뒤 연못에 던져버린 이유는 알 수 없지만 崔岦이 李攀龍에게 겁내고 탄복한 것보다는 낫다.	尹月汀入燕。持滄溟集。招車天輅詫之。車一讀不能開口。因收其集。投之于池。以車君。何敢唐突於于鱗。不如簡易之且惻且嘆也。

李德懋	青莊館全書 卷32 清脾錄(一) 「崔簡易堂」	崔뿍이 李攀龍의 시를 보고 그 웅장함에 탄복하고 겁을 먹었다고 한다.	及歸舘。有人來傳李于鱗之文。奇健不能句。心已畏㤼。又聞于鱗秦關所作。蒼龍遠掛秦天雨。石馬長嘶漢苑秋。益嘆其雄。
李德懋	青莊館全書 卷32 清脾錄(一) 「尹月汀」	尹根壽가 연경에서 陳繼儒의 아들에게 시를 지어 王世貞과 李攀龍을 흠모하는 뜻을 보였다.	陳眉公雜錄。朝鮮使臣尹根壽。與其子昭。盛言其國尊慕王弇州‧汪南冥。雖小兒。皆令授讀。以詩見志曰。大海雄風生紫瀾。(案此弇州句。雄風。本作回風。) 齊名桪主有新安。平生空抱執鞭願。悵望南雲不可攀。
李德懋	青莊館全書 卷48 「耳目口心書 (一)」	李攀龍 등을 들어 의고주의를 주장하는 견해에 대해, 李德懋는 법에 구속되어서는 안 된다며 비판적 의견을 제시하다.	或曰。今若有李雪樓左擁王元美。右携張肖甫。駈謝茂秦‧徐子與輩。來問於子曰。文當擬左傳國策史記漢書。而韓柳以下不論。詩當擬建安黃初開元天寶。而元白以下不論。或敢脱此法律而出它語。皆非吾所謂文章也。子當何答。曰。我當曰拘也。若以子之才則可。且擇天下之士。如子之才而善於摹擬者。駈之以此律。亦可然也。或有奇逸俊邁幽儵詭特之倫。那能屈首聽君之爲。而自甘古人脚下活乎。假令聽之。雖三昧于摹擬之法。反大不如渠自有渠之文章也。如彼者。雖無優孟逼摸孫叔敖手段。然猶天多而人少也。如子則人多而天少也。文章一造化也。造化豈可拘縛而齊之於摹擬乎。夫人人。俱有一具文章。蟠礴胸中。如其面不相肖。如責其同也。則板刻之畵。擧子之券也。何奇之有。亦余豈曰。盡棄古人之法也。非子之所以縛於法而不能自恣也。法自具於不法之中。豈曰棄也。子雖傲視海內。自大其壯語雄談。而吾恐其流不勝腐陳而迺靪直氣耳。然天地間無所

			不有。子之善擬古人。亦不可無也。吾幸讀子集而詑以爲奇觀。
李德懋	青莊館全書卷48「耳目口心書(一)」	李攀龍 등의 雄建함은 袁宏道 등이 미칠 수 없고, 袁宏道 등의 超悟함은 李攀龍 등이 미칠 수 없어서 서로 각각의 장단이 있다고 평가하다.	蓋于鱗輩雄健。中郎輩退步矣。中郎輩超悟。于鱗輩退步矣。各自背馳。俱有病敗。然絕世異才。振古俊物。新羅高麗國。終恐無之矣。噫。
李德懋	青莊館全書卷48「耳目口心書(一)」	黃宗羲는 그의 편서에 王世貞·李攀龍·方孝孺·王守仁·歸有光 등의 글을 수록하다.	乙酉十二月初九日。李正夫來。談吐抵夕。正夫曰。黃宗羲。明末淸初人也。極博明人之集。無一遺漏。凡一千三百種。… 余曰。誰文多收耶。曰。雖王李大家。收入不多。多收者。方正學·王陽明·歸震川輩文。余曰。是子主意在此。
李德懋	青莊館全書卷48「耳目口心書(二)」	張佳胤이 써 준 李攀龍의 서문을 소개하고 이를 통해 李攀龍의 모방을 우회적으로 비판하다.	張肯父序李于鱗集曰。古樂府五言選。不以爲白頭陌桑曹枚之優孟哉。余曰。夫如是。于鱗之文。贋孫叔敖也。後士有學于鱗之文。是贋優孟也。贋優孟與眞叔敖。相距遼夐哉。
李德懋	青莊館全書卷48「耳目口心書(四)」	呂留良이 명말 문장가들을 褒貶한 시를 소개하다.	偶閱呂晩村詩。明末文章。分門割戶。互相攻擊。甚於鉅鹿之戰。黨錮之禍。亦可以觀世變也。古來未之見也。其詩有曰。紅羅眞人起長濠。東南兩鬼相遊遨。兩鬼者誰宋與劉。一返大雅追風騷。青田奇麗得未有。入水雷霆出科斗。金華學更有淵源。寢食六經語不苟。
李德懋	青莊館全書卷48「耳目口心書(六)」	王世貞·李攀龍은 표절로 袁宏道·錢謙益의 비난을 받다.	王元美嘗有標竊摸擬詩之大病之語。而自家詩全犯此病。嗟乎。使王李輩。少不言開元大曆語。庶免中郎受之輩之辱矣。

李德壽	西堂私載 卷8 「河陽縣監李 公墓碣銘」	李坪이 詩를 배우고자 한 다면 마땅히 唐詩를 배워 야 하며, 그 아래로는 李 攀龍이 배울만하다고 말 하다.	詩則曰。夫惟無學。學則其惟唐乎。下 此則李攀龍差强人意。每一篇成。輒已 無脛而走西裔。見者驚以爲開元大曆之 遺音也。
李萬敷	息山集 卷6 「答金大集 (聖運)」	李攀龍은 문인의 경박한 뜻에서 문장을 했고 특히 白雪樓 시절부터는 본받 을 바가 못 된다고 비판 하였다.	蓋滄溟子所爲。本出於文人浮誇之意。 自白雪樓時。已非躬行君子之所必效。
李晩秀	屐園遺稿 卷9 「玉局集，題 跋，書竹石楓 嶽記後」	李攀龍의 山水記를 '詭恉 不經'하다고 평하다.	柳州似山經地志。放翁爲繫日屬事。于 鱗又詭恉不經。東國無山水記。玉磬子 (徐榮輔)始有此。四百年有數文字。
李書九	惕齋集 卷7 「文體」	李攀龍의 뛰어난 기운으 로 지나치게 '艱險'한 것 을 숭상하게 되면 '鈍賊' 이라는 비판을 면하기 어 렵다.	李攀龍之俊氣。過尙艱險則未免鈍賊之 譏。
李書九	惕齋集 卷7 「文體」	오늘날의 인재들이 李攀 龍을 대단하게 여기지 않 고, 특별한 길을 찾아 새 로운 문체를 창조하여 일 시의 이목을 새롭게 하려 는 일은 신기해하고 기뻐 할 만한 일이지만, 재앙일 뿐 상서로운 일은 아니다.	況以今世之人才具力量。視諸楊李諸 人。不啻黃鵠之於壤蟲。而乃欲依傍別 蹊。刱開異體。以新一時之耳目。則是 猶星辰之晝見。桃李之冬華。非不新奇 可喜。見之者謂之灾而不謂之祥。
李睟光	芝峰類說 卷9 「文章部(二)」	李攀龍과 王世貞은 王昌 齡의 칠언절구를 높이 평 가했다.	按李滄溟·王弇州。皆以王昌齡秦時明 月漢時關爲第一。必有所見耳。

李裕元	嘉梧藁略 冊3 「皇明史咏」	李攀龍의 事績을 시로 읊다.	雪樓才士是其人。王李之中誰大賓。作詩成調文牙戟。一代詞宗泣鬼神。
李宜顯	陶谷集 卷25 「順菴集序」	李子平의 문장은 자못 典則과 부합되며, 근세 李攀龍과 王世貞 유파에 물들지 않았음을 언급하다.	余少日。偶於士友家。覯一人。乍接風儀。已覺淸氣逼人。固意其有異也。問知爲李公子平。益心嚮之。是時公詩名藉甚。而余椎陋無文。尤於詩道。昧昧若聾瞽。不敢對公談藝。晚歲。退伏陶谷先墓下。公爲求閤內文字。屢扣山扉。劇論文事。輒至更僕。其言殊合典則。終不爲近世李汪餘波所浸染。余深歎識見之不苟。而亦意其源流之可徵也。
李宜顯	陶谷集 卷27 雲陽漫錄	李攀龍의 문장이 六經에 근본하지 않았음을 비판하다.	聖人之道。具在六經。固學者所共劌心。而雖欲爲詞章之末。外此亦不可他求。盖文而無理。不可謂之文。欲其詞理俱備。捨聖經何適矣。是以上自兩漢諸公。以至唐宋八大家。皆本經術爲文。蘇氏父子雖未能脫縱橫氣習。其源則亦出六經。千古文章正脉。實在於此。皇明王・李諸人。專學先秦諸子。意欲跨韓・歐而上之。與左・馬並驅。而其文不本於經 故語不馴而理則媿。比之曾・王 猶不及。況左馬乎
李宜顯	陶谷集 卷27 雲陽漫錄	李攀龍은 문장을 지을 적에 '學古'를 표방하여 문장이 險崛하고 볼만한 것이 없는데, 王世貞만은 그나마 재주가 뛰어나 볼만한 문장이 있다.	王弇州・李滄溟・汪太函輩。起於隆萬間。一以學古自命。滄溟尤以槎牙險崛爲主。讀之絶無意味。太函亦然。弇州所見。雖同其才具。實大比諸子爲最。故其文亦稱頗有一二可喜處。
李宜顯	陶谷集 卷27 雲陽漫錄	李攀龍의 詩文은 선진제가의 문장을 법으로 삼았으나 쓸데없는 字句와 造語가 많아 비루하다.	至皇明李・王諸公。自謂高出韓・歐。直與左・馬並驅。而造語多冗長。浮膡字句。不勝指摘。且雜取諸子左・馬文字。複複相仍。拾掇韓・歐諸公已棄之

			餘。而高自稱許。可謂陋矣。至詩亦然。錢牧齋固已議之矣。
李宜顯	陶谷集 卷27 雲陽漫錄	明詩 四大家인 李攀龍의 시풍을 논하다.	明詩雖衆體迭出。要其格律。無甚逈絶。稱大家者有四。… 歷下極軒爽而有使氣之累。一變而爲徐·袁 再變而爲鍾·譚。轉入於鼠穴蚓竅而國運隨之。無可論矣。
李宜顯	陶谷集 卷28 陶峽叢說	근래 명나라 사람들은 의고주의에 점차 염증을 느껴, 李攀龍의 유파가 없다.	明人卑斥宋詩。漫不事蒐錄。近來稍厭明人浮慕漢唐之習。乃表章宋詩。此固盛衰乘除之理也。於文亦然。爲文。專尚平易。王·李波流頓無存者。
李宜顯	陶谷集 卷28 陶峽叢說	錢謙益의 『列朝詩集』은 실로 明詩의 보고라고 할 수 있으나, 평소 王世貞과 李攀龍의 시풍을 좋아하지 않아서 그들의 시가 소략한 편이다.	選明詩者亦多。錢牧齋列朝詩集。當爲一大部書。盖 自元末明初。至明之末葉。大篇小什。無不蒐羅盡載。而旁採僧道香奩外服之作。亦無所遺。實明詩之府庫也。但牧齋素不喜王·李詩學。掊擊過酷。故北地·滄溟·弇園諸作。所錄甚少。
李宜顯	陶谷集 卷28 陶峽叢說	李攀龍은 李夢陽·何景明·王世貞과 한 유파이다.	明文集行世者。幾乎充棟汗牛。不可殫論。而大約有四派。… 空同·大復·弇州·滄溟。學先秦諸子而創爲新格者也。此當爲一派。
李定稷	燕石山房文藁 卷2 「書諸家文英後」	훗날 諸賢들은 王世貞과 李攀龍의 문장이 고문과 비슷하지만 고문이 아닌 것을 매우 비난하는데, 그들 스스로 지은 문장을 고문으로 여기는 것은 괴이한 일이다.	余謂韓文公。欲古而古者也。歐陽氏。以古而通今者也。蘇長公。會古今而舟遊者也。獨怪夫後之諸賢。甚詆王李之似古非古者。而其自爲也。乃復認今以爲古。何哉。
李定稷	燕石山房詩藁 卷5	李攀龍의 시에서 '攀'자를 얻어 시를 짓다.	松高竹秀擬同攀。白石村深許往還。龍洞雲開籠曙日。鳳坰煙捲揷秋山。蒼浪

	「與諸生拈滄溟詩得攀字」		鬖髮魚梁外。瓠落詩書海宇間。朗月垂簾如鍊鏡。可能常賞到柴關。
李天輔	晉菴集卷6「答黃大卿」	李天輔가 黃景源에게 혹자들이 자신을 王世貞과 李攀龍을 배웠다고 지목하는 것에 대해 변론하다.	天輔白。大卿足下。卽辱長牋。責僕以學蘇氏而受其病。… 或曰。學王。李。僕嘗辨之。而人不信也。盖王李學西京。而徒竊其法者也。德哉好爲西京。故其文間有如王。李者。是則非學王·李也。與王·李同其學也。然德哉之學西京。何嘗切切摸擬。如王·李輩而已哉。僕兒時。喜讀戰國策。蘇氏之文。出於戰國者爲多。故其爲文。與蘇氏有不期合而合者。足下見向時所作特未究其源。而以是爲學蘇氏耶。其實則僕非學蘇氏者也。且是亦向時事也。今並與戰國策而已厭之矣。況蘇氏乎。足下其毋慮焉。不宣。
田愚	艮齋集後編續卷7「全齋先生語錄」	王世貞이 李攀龍을 위해 지은 祭文을 보니, 喪中에도 시를 지은 경우가 있었다.	愚看王弇州祭李攀龍文。有喪中作詩事。
丁若鏞	與猶堂全書詩文集卷3「纔十日无咎宥還, 復次前韻」	王世貞이 시에 있어 李攀龍만을 인정했다고 언급하다.	短歌長嘯替笙鍾。今夕消搖樂意重。坡老友唯知魯直。弇山詩獨許攀龍。無多馬首金剛路。依舊門前紫閣峰。得酒便酣酣更睡。滿庭花木午陰濃。
丁若鏞	與猶堂全書詩文集卷4「古詩二十七首」	袁宏道와 徐渭가 李攀龍을 낮게 평가하였음을 말하다.	異哉隆萬詩。枯澁如槁木。袁徐欂雪樓。罵詈如奴僕。清人又一變。嫩艷勻骨肉。雖乏崛強態。猶能有涵蓄。盛衰隨世運。春溫必秋肅。

丁若鏞	與猶堂全書 詩文集 卷6 「老人一快事 六首效香山 體 其五」	李攀龍은 朝鮮을 東夷라고 조롱했다.	凌凌李攀龍。嘲我爲東夷。
丁若鏞	與猶堂全書 詩文集 卷6 「老人一快事 六首效香山 體 其五」	袁宏道가 李攀龍을 비판했으나 천하에 이의가 없었다.	袁尤槌雪樓。海內無異辭。
丁若鏞	與猶堂全書 詩文集 卷18 「上族父海左 範祖書」	李攀龍의 詩가 만족스러운 수준이 아니라고 평하다.	昨論滄溟詩。未罄所懷。今又將本集吟諷再三。鄙意終不能愜。蓋其詩專務聲韻風格。始讀非不颯颯乎善也。及究其歸趣。乃泊然無味。且不惟泊然而已。有時乎語不了言不就。頭尾橫決。影響沒捉。此何體耶。
丁若鏞	與猶堂全書 詩文集 卷18 「上族父海左 範祖書」	李攀龍이 徐渭와 袁宏道에게 비난받은 것은 당연하다고 평하다.	宜乎爲徐文長·袁宏道輩。所訾毀如許耳。
丁若鏞	與猶堂全書 詩文集 卷18 「上族父海左 範祖書」	李攀龍은 당대 문단을 주도하던 王世貞에게 인정받아 명성을 얻게 된 것이지 杜甫나 蘇軾처럼 고심하여 시를 짓지 않았다고 평하다.	弇山又操柄文垣。相與引重以取名。非有苦心苦口如杜工部蘇長公之爲詩也。習看恐流於虛憍不遜之科。故輒敢盛氣於雌黃之論。誠不自量。如何如何。

正祖	弘齋全書 卷180 群書標記 「詩觀」	李攀龍은 비범한 기상을 스스로 가리지 못한다.	李攀龍如蒼厓古壁·周鼎商彝。奇氣自不可掩。
正祖	弘齋全書 卷9 「詩觀序」	詩觀에 明나라 劉基·高啓·宋濂·陳獻章·李東陽·王守仁·李夢陽·何景明·楊愼·李攀龍·王世貞·吳國倫·張居正의 詩를 수록하였음을 언급하다.	上自風雅。下逮宋明諸家。黜嗹殺之響。取鏗鏘之音。未數旬。哀然成一副巨觀。… 明取十三人。劉基一千四百二十九首。爲十二卷。高啓一千七百五十六首。爲十一卷。宋濂一百三十三首。爲二卷。陳獻章一千六百七十九首。爲十卷。李東陽一千九百四十四首。爲十四卷。王守仁五百八十四首。爲四卷。李夢陽二千四十首。爲十七卷。何景明一千六百六首。爲十三卷。楊愼一千一百七十五首。李攀龍一千四百十七首。各爲十卷。王世貞七千一百二十三首。爲五十卷。吳國倫四千八百八十八首。爲三十一卷。張居正三百十七首。爲二卷。共爲明詩一百八十六卷。錄詩二萬五千七百十七首。凡詩觀之錄詩。七萬七千二百十八首。而爲五百六十卷。
正祖	弘齋全書 卷163 日得錄	근래 歷代의 詩들을 수집하여 한 질의 全書를 만드는데, 『詩經』으로부터 先秦, 漢, 魏, 唐, 宋, 明까지의 風謠와 雅頌의 正始와 正變, 大家와 名家의 羽翼과 旁流로부터 金陵諸子와 雪樓의 七家[李攀龍]에 이르기까지를 두루 수록 集成하여 5백여 권을 이루었다.	嘗敎諸閣臣曰。文章有道有術。道不可以不正。術不可以不愼。學文者。當宗主六經。羽翼子史。包括上下。博極今古。而卒之會極於朱子書。然後其辭醇正。而道術庶幾不差誤。況文章之道大矣。治敎之汚隆也。風俗之醇漓也。人心之正僞也。視此爲高下升降。而十卜其八九。獨怪夫近世爲文之士。厭菽粟而嗜龍肝。毀冠冕而被侏儒。自知學識不及古人。力量不及古人。則乃反舍正路而求捷徑。剽竊稗官小說之字句。又就明淸諸子。蹈襲奇僻。自爲標實。曰

			我學先秦兩漢。而非先秦兩漢矣。曰我學唐宋。而非唐宋矣。都是假沿董贗法帖之銅人賞鑒者也。以是之故。世道日就澆漓。士風日趨浮薄。淸廟琴瑟。寂廖無聞。而小品綺羅。日傳萬紙。予於此未嘗不深惡切痛。而莫知救正之術也。予於萬幾之暇。惟以經史翰墨自娛。近又就歷代諸詩。蒐輯。爲一部全書。凡例規模。今已就緒。蓋上溯三百篇。中歷先秦漢魏。下迄唐宋明。自風謠雅頌。大家名家。正始正變。羽翼旁流。以及於金陵之諸子。雪樓之七家。無不俱收竝蓄。廣加集成。爲五百餘卷。而若孟郊·賈島·徐袁·鍾譚四子則不與焉。以其體法寒瘦。音韻噍殺。實非治世之希音。故存拔筆削之際。自以錘秤衮鉞寓於其間。此意不可以不知。大抵近時之士。不獨於文章爲然。平居鼓琴瑟列銅玉。評書品畫。焙茶燃香。自以爲淸致文采。而後生少年。往往多效嚬而成習者。此與向日邪學其害正而違道。大小不同而爲弊則一也。可勝歎哉。
趙龜命	東谿集卷1「贈鄭生錫儒序」	明代에 이르러 고문은 李攀龍과 王世貞에게서 파란을 일으켰다고 하다	至皇明有天下。世代益降。文章益卑。則學士大夫。思有以振之。而不得其術也。於是攬掇乎左傳·國語之句。塗改乎馬史·班書之字。揭以爲的於天下曰。此古文也。濬源於峍峒。揚波於弇州·滄溟。鼓天下之文章。而相與爲探囊胠篋之習。
趙龜命	東谿集卷1「贈羅生沉序」	王世貞과 李攀龍은 진한을 표절하여 말할 만한 것이 없다.	余嘗謂今世之文章。惟所謂韓·歐者誤之也。韓·歐蓋欲祖述六經。而其言不足以發揮奧妙。其體渾而平。渾者。流而爲凡。平者。流而爲淺。凡以淺而爲

			今世之文章。其不肯凡以淺者。又歸於王元美・李于鱗之秦・漢剿竊贗假。蓋無足道也。故曰。與其爲韓爲歐。毋寧爲蘇氏。蘇氏者。其言雖違正理。乃己言而非古人之言。乃胸中獨得之見識。而非道聽塗說之比也。夫韓・歐以法勝。蘇氏以意勝。法有定而意無窮。有定故局而同。無窮故活而新也。
曹兢燮	巖棲集卷3「挽金通政錫斗」	李攀龍이 「霍長公傳」을 지었듯이 金錫斗가 후세에 전해지기를 바라는 마음을 표하다. * 「霍長公傳」은 『滄溟集』卷20에 실려 있다.	思遠憂深蟋蟀風。自將康健答天翁。何人得喚滄溟起。爲傳西河霍長公。
曹兢燮	巖棲集卷8「與金滄江(六)」	崔岦이 李攀龍과 王世貞을 법으로 삼기는 했으나 깊이 영향을 받았다고 여기지는 않는데, 李夢陽의 『空同全集』을 읽고 崔岦이 李夢陽을 전범으로 삼았음을 알게 되었다.	簡易集廿年前嘗得一觀。而時未曉其利病。但知其爲世間稀有之珍。如黃太史之詩。雖非漢唐正宗。而要爲一時人所祖。其後得滄弇文讀之。意簡之所取法在是。而猶謂其未深。旣而得讀空同全集。驚其神形克肖。然後知此老有所本。
曹兢燮	巖棲集卷8「與金滄江(六)」	崔岦이 李攀龍을 전범으로 삼아 王世貞을 누르려 했다는 朴趾源의 평은 잘못된 것이라고 비평하다.	簡易集廿年前嘗得一觀。而時未曉其利病。但知其爲世間稀有之珍。如黃太史之詩。雖非漢唐正宗。而要爲一時人所祖。… 而燕巖之謂摹擬滄溟。要壓弇州者。猶未執其眞臟矣。
曹兢燮	巖棲集卷8「與金滄江(六)」	李攀龍・王世貞・李夢陽・崔岦 등이 평담을 버리고 奇・腴만을 숭상하다가 險苦한 데로 빠져든 것은 心力을 잘못	要壓弇州者。猶未執其眞臟矣。夫文字之妙。止於平中有奇。淡中有腴。而此數子之專尙奇腴。卒之墮於險苦之坑者。自通人觀之。誠見其枉用心力而無與於修辭之誠。

		사용한 것으로, '修辭立 其誠'과는 먼 것이라 평 하다.	
曺兢燮	巖棲集 卷8 「與金滄江 (六)」	王世貞・李攀龍・崔岦 등이 『左傳』이나 『國語』 를 모방한 것을 싫어하 면서, 요즘 문인들이 王 安石이나 曾鞏을 모의하 는 것에 대해, 외형은 유 사하지만 그들의 정신을 본받지 못한 것이라 비 판하다.	夫等是剽擬。而王・李・崔之剽左國則 甚之。今之擬王・曾則進之。不知其形 似而神離則一也。
曺兢燮	巖棲集 卷8 「與金滄江 (七)」	조선에서는 王世貞과 李 攀龍의 영향을 받은 뒤부 터 朱子를 단지 訓詁家로 만 평하는 견해가 많아졌 다고 말하다.	朱子之文。多得於南豊。而未必主於昌 黎。其少時在同安。有書記數首。置之 曾集。更不可辨。三十以後。不復用意 於文。然至其雜著序記中大作。雖歐蘇 亦當斂袵。執事獨有取於書牘。豈其未 嘗見讀大紀唐志。王氏續經說。李隴西 王梅溪集序。濂溪二程祠記諸大篇之文 耶。頃崔健齋正愚來此。云朱子只是訓 詁家。不足謂文章。兢不覺失笑。恨不 以執事之言聲欬之也。
曺兢燮	巖棲集 卷8 「與金滄江 (七)」	申維翰은 王世貞과 李攀 龍을 가장 좋아했지만 宋代의 문장을 평할 때 歐陽修와 蘇軾보다 朱子 의 문장이 뒤지지 않는 다고 평가한 사실을 언 급하다.	申靑泉最嗜王李。而其使日本也。與湛 長老論宋文。以爲朱紫陽在。歐蘇不當 爲第一。此論差強意。而沈歸愚評曾 文。以爲朱子最得其神味。而王遵巖猶 有未盡知言者。固如此也。

曺兢燮	巖棲集 卷8 「與金滄江 (七)」	李夢陽의 글은 王世貞이나 李攀龍과 달라서, 王世貞이나 李攀龍의 잘된 글이 柳宗元 정도의 수준이고 못된 글은 순전히 六朝 시대의 劣品인 정도라면, 李夢陽은 오히려 渾樸하고 質直한 기운이 있고, 華靡하고 勦累한 기습은 적다고 평하다.	簡易之文。近於空同。偶據鄙見言之爾。妄字之題。空同固不敢辭。然其文與滄弅不同。盖滄弅高處僅可窺柳洲之藩。而卑處純是六朝劣品。空同則猶有渾樸質直之氣。少華靡勦累之習。
曺兢燮	巖棲集 卷8 「與金滄江 (七)」	金昌協의 王世貞과 李攀龍에 대한 평가가 자신의 견해와 일치한다고 말하다.	近於空同。偶據鄙見言之爾。妄字之題。空同固不敢辭。然其文與滄弅不同。盖滄弅高處僅可窺柳洲之藩。而卑處純是六朝劣品。空同則猶有渾樸質直之氣。少華靡勦累之習。此則農巖亦嘗言之。與鄙見犂然合也。
曺兢燮	巖棲集 卷27 「敦寧府都正啁曺公墓誌銘」	豪俠들을 즐겨 立傳한 李攀龍이 「霍長公傳」을 지은 까닭을 밝히다.	李于鱗喜叙豪俠輕生尙氣義者。而乃沾沾爲霍長公傳何哉。彼見世之人。有樂優游。耻爲本分事。托淸虛曠達以逃。卒自陷塗泥。爲父母儌。盖是之懲云。
曺兢燮	巖棲集 卷37 雜識(下)	錢謙益은 敍述에 뛰어나서 「陳府君墓誌銘」・「鄒孟陽墓誌銘」 등의 작품은 그 風神과 構成이 韓愈・歐陽脩와 매우 유사할 정도이니, 李夢陽・李攀龍・王世貞의 문집에서는 볼 수 없는 점이다.	然其才長於敍述。如陳府君鄒孟陽墓誌等作。其風神裁剪。酷肖韓歐。自北地滄弅集中亦所未見。

趙斗淳	心庵遺稿 卷2 「署直被病, 讀弇州詩, 次于鱗一首, 寄仲裴承宣」	王世貞의 시 중 李攀龍의 시에 차운한 것을 읽고 徐箕淳에게 시를 지어 주 다.	文章殊復老須成。綵筆輸君意氣橫。妙 悟忽知三語掾。高才更見五言城。千巖 瑞雪明朝旭。萬樹寒風作曉聲。饒得一 籌惟有病。可堪萎腰在周行。
崔昌大	昆侖集 卷11 「答李仁老德 壽」	李攀龍과 王世貞이 '剽剟' 을 고아하다 여긴 것을 비판하다.	李攀龍・王世貞。剽剟以爲古。僕亦嘗 深疾而力排之。數子之終於險僻剽剟。 蓋亦不知本之過也。本者。何也。向所 謂明理擇術修辭也。見本源而擧體要 也。足下所稱藝苑哲匠。短促其句節 者。雖未詳所指。而其失亦在乎不知本 也。懲於此而過於詞達。無乃近於吹薤 矯枉耶。足下以爲如何。寄妹書之模擬 簸弄。足下之評。當矣。
崔昌大	昆侖集 卷12 「答李樂甫錫 祿」	李夢陽과 李攀龍의 '句剟 而字剽'하는 태도를 비판 하다.	日蒙樂甫示之所爲文二篇。驟讀多不能 句。徐而察之。乃得其用心。蓋引繩於 典謨訓誥。死不道商周以下語也。往 者。李獻吉于鱗輩。以文章大鳴。號爲 力反正始。而其所句剟而字剽者。不過 左丘明・司馬遷等數家已。今吾子乃又 泝而上之。直取典謨訓誥而剟剽之。此 殆吾子之才過於獻吉輩歟。然則吾子之 大鳴以文有日。而力反正始之功。行復 見之矣。其可畏已。然是道也。吾嘗涉 其流而粗得其情。試爲言之。惟明者自 擇。夫文章之理。出乎天。而其所發則 由人心所感。得其理以立之本。愼所感 以審其幾。其於道。思過半矣。操斯術 也。以往觸類而逢原。記事論道。陳利 害叙哀樂。無所施而不可。高下深淺。 縱橫經緯。無所處而不當。若夫文句之 險易奇順。非所論也。何以明之。

韓章錫	眉山集 卷4 「與李幼文偉書」	李攀龍은 평생 동안 西漢의 문장에 치력했으나 끝내 자신의 문장에서 벗어나지 못했다.	李于鱗王元美竭一生之技。肆力西漢。而畢竟不免爲滄溟弇州而止。則亦何益矣。
韓章錫	眉山集 卷7 「明淸三十四家文抄序」	弘治・嘉靖년간에 뛰어난 문인들이 나와 송나라의 미약한 문풍을 일신해서 자구를 조탁하고 언사를 꾸미며 韓愈・歐陽脩・曾鞏・蘇軾을 비방하고는 스스로를 先秦兩漢의 반열에 두었는데, 그 가운데서도 李攀龍 등이 특히 그렇다. 그러나 이들의 문장은 선진양한의 문장이 아니라 명대의 문장일 뿐이다.	弘治嘉靖之際。俊髦鵲起。文氣如林。懲宋之弱。起而振之。寧玉而瑕。毋石而璠。琢字句鑄言辭。姍韓歐罵曾蘇。奮然自跱於先秦兩漢之列。李何王李。其尤用力者也。然六藝之旨已遠。非先秦兩漢之文。乃明氏之文也。
韓章錫	眉山集 卷7 「明文續選序」	鍾惺이 方孝孺의 문장을 누락한 것은 李攀龍의 여독이 아직 남아 있었기 때문이라고 말하다.	及觀其所爲遜志齋集。其志遠其辭宏。其氣和平而其理密察。澤於道德而其言自中尺度。措之政事而其術皆可師法。孔子曰有德者必有言。若先生始可謂通儒已矣。異哉。不爲鍾惺氏所取也。豈行有所掩。不屑以文人稱歟。抑禁網未弛。其書晚出歟。盖王李餘毒。沁人骨髓。好惡之未得正也。
許筠	惺所覆瓿稿 卷5 「題黃芝川詩卷序」	黃廷彧・朴祥・鄭士龍・盧守愼 등이 만약 중국에 태어났더라면 그 나아간 바가 李夢陽・李攀龍・王世貞의 아래에 있지 않았을 것이다.	盖余少日及見芝川翁。其持論甚倨。談古今文藝。少所許。而至我國詩則尤不齒論。如容齋而目爲太腴。李達而指爲模擬。其下槪可知矣。唯推朴訥齋祥爲不可及。而湖陰。蘇齋稍合作家。余聞而心駭。浩如睇河漢。不可測其深涯也。然私竊記之。公歿。遺文不可槪

			見。每置恨也。而疑其所述果合於所論否。余友趙持世袞其近律百餘篇。余始寓目。則其矜持勁悍。森邃沉寥。寔千年以來絶響。靡所變化。蓋出於訥齋。而出入乎盧。鄭之間。殆同其派而尤傑然者。余得此。始知其所論果合於所著述。而不爲空言也。噫。其异哉。嗚呼。使數公生於海内。則其所造詣。豈在於北地濟南太倉之下。而不幸生於下國。不克充其才。又不能名於天下後世。湮沒不傳。惜哉。
許筠	惺所覆瓿稿卷13「明詩刪補跋」	李攀龍은 明詩 약간 首를 추려내어 『古詩刪』의 후편에 부속시켰는데, 취사의 기준이 측량할 수 없는 것들이 있었으니, 王世貞이 이른바 '영웅도 사람을 속이므로 모두 믿을 수가 없다'는 것이다.	李于鱗刪明詩若干首。附古詩刪後。其去就有不可測者。元美所謂英雄欺人。不可盡信者耶。明人號爲開天者。不必皆開天也。若以伯謙氏例去就之。吾恐其不入穀者多矣。余取于鱗所刪。刪其十三四。又取王氏 廷相 風雅。顧氏 起淹 國雅及諸家集。揀其合於音者補之。凡六百二十四篇。以唐三百年累百家而伯謙氏以千餘篇盡之。則今余之所銓明詩者。適得其半。亦足以盡明人之詩矣。毋罪余以僭可乎。
許筠	惺所覆瓿稿卷13「明詩刪補跋」	許筠은 李攀龍이 산삭한 것을 취하여 그 중 10분의 3~4를 산삭하고, 또 王廷相의 『風雅』와 顧起綸의 『國雅』 및 諸家의 문집을 취하여 음률에 합치되는 것만을 가려서 증보하였으니 모두 624편으로, 충분히 명인의 시를 망라하였다고 하겠다.	李于鱗刪明詩若干首。附古詩刪後。其去就有不可測者。元美所謂英雄欺人。不可盡信者耶。明人號爲開天者。不必皆開天也。若以伯謙氏例去就之。吾恐其不入穀者多矣。余取于鱗所刪。刪其十三四。又取王氏 廷相 風雅。顧氏 起淹 國雅及諸家集。揀其合於音者補之。凡六百二十四篇。以唐三百年累百家而伯謙氏以千餘篇盡之。則今余之所銓明詩者。適得其半。亦足以盡明人之詩矣。毋罪余以僭可乎。

許筠	鶴山樵談	명나라 사람 중 글로 이름을 날린 十大家는 李夢陽·王守仁·唐順之·王允寧·王愼中·董玢·茅坤·李攀龍·王世貞·汪道昆이다.	明人以文鳴者十大家。李崆峒獻吉。王陽明伯安。唐荊川應德。王祭酒允寧。王按察愼中。董潯陽玢。茅鹿門坤。李滄溟攀龍。王鳳洲世貞。汪南溟道昆。
許筠	鶴山樵談	李達은 명나라 사람의 시 중 何景明을 첫째로 꼽았고, 許筠은 李夢陽을 최고로 여겼고, 尹根壽는 李攀龍을 그 두 사람보다 뛰어났다고 여겼으니, 定論을 내릴 수 없다.	明人詩。蓀谷以何仲默爲首。仲兄以李獻吉居最。尹月汀以李于麟度越前二子。論莫之定。
許筠	鶴山樵談	王世貞은 "비교하자면 李夢陽은 높고 何景明은 통창하며 李攀龍은 크다"라고 하고, 누가 첫째요 그 다음인지에 대해서는 말하지 않았다.	鳳洲之言曰律至獻吉而高。仲默而暢。于麟而大。亦不以某爲首而某次之也。
許筠	鶴山樵談	李攀龍과 王世貞은 二大家라 일컬어지며, 吳國倫·徐中行·張佳胤·王世懋·李世芳·謝榛·黎民表·張九一 등이 모두 나란히 달려 앞을 다투었다.	近古李于麟王元美亦稱二大家。而吳國倫徐中行張佳胤王世懋李世芳謝榛黎民表張九一等。皆并驅爭先。
許筠	鶴山樵談	우리나라의 金宗直·金時習·朴誾 등의 작품이 비록 何景明·李夢陽·王世貞·李攀龍에게는 못 미친다 하더라도 吳國	我國金季昷金悅卿·朴仲說·李擇之·金元冲·鄭雲卿·盧寡悔等製作。雖不及何·李·王·李。而豈有媿於吳徐以下人耶。然不能與七子周旋中原。是可恨也.

		倫·徐中行 이하 사람에게는 뒤지지 않는다.	
許筠	鶴山樵談	戚繼光은 威名과 사업뿐만 아니라 시문에도 능하여 李攀龍의 무리가 치켜세웠다.	戚總兵之威名事業。彪炳耳目。且能詩文。李滄溟輩。推許之。
許薰	舫山集 卷1 「讀李于鱗詩」	李攀龍의 시를 높이 평가하면서 王世貞만이 그와 대등하다 평하고 錢謙益이 李攀龍을 비판한 것을 폄하하다.	歷下高風未易攀。詞家當日樂魂還。大樹撼蜉看牧老。中原爭鹿有弇山。流落篇章驚海左。崢嶸名字滿人間。如今未見如君者。謝絕朋徒獨閉關。
許薰	舫山集 卷8 「與沈雲稼」	李攀龍 등의 문학 및 학문풍토가 본질에서 벗어나 있음을 비판하다.	宋儒之文。已自不同。濂溪簡俊。二程明當。橫渠沈深。而不害爲道同。今時則不然。作文引用朱子書。作詩衣被朱子語。謂之學問中人。斯果善學朱子者耶。彼好新厭常者。自有明以來。創爲勦詭之文。北地濫觴。滄弇鼓浪。而公安·虞山者流。別出機鋒。妄據壇坫。又有一種攷据之習。徒勞檢索。反致汩亂。而楊用修·王士積諸人。式啓其端。近日中州之士。莫不墮此窠套。如閻若璩·毛奇齡·阮元之輩。弩目鼓吻。壞經侮聖。無復憚忌。蟾蜍蝕月。蟷蜋干陽。陰沴之氣。充塞宇宙。安得不夷狄盆熾。人紀永斁耶。薰亦嘗沾沾於滄弇餘法。自以爲埽空凡語。追配古人。爲之有年。始之奇者終不奇。始之高者終不高。遂厭而棄之。取左國班馬諸書。閉戶俯讀亦有年。而此不過要做好文字而已。邇年反求之六經。若賴天之靈。庶幾窺見其古人用心。則猶不至枉了一生。

許薰	舫山集 卷9 「答李强初嘉植」	李攀龍 등이 말하는 고문은 옛사람들의 句讀만 흉내 낸 것이라고 비판하다.	吾所謂古文。乃自然而成者也。非謂其句讀之類古人而已。若取其句讀而已。則向來滄弇輩之所爲。亦可曰眞古文乎。
洪吉周	縹礱乙籤 卷13 睡餘放筆(下)	어떤 사람은 「微子」, 「梓材」는 王世貞·李攀龍 문장의 祖宗이 되고 陳風은 小品의 문체를 많이 담고 있다고 말한다.	或曰微子梓材。卽嘉隆王李之祖。陳風大抵多胚胎小品。
洪吉周	峴首甲藁 卷3 「明文選目錄序」	正德·嘉靖 이후로 王世貞·李攀龍 및 몇 사람의 문장가를 위주로 『明文選』 丙集을 만들었다.	明文選二十卷。目錄一卷。淵泉先生之所篇也。其書有五集。以劉伯溫·宋景濂·方希直·解大紳·楊士奇·李賓之·王伯安·唐應德·王道思·歸熙甫之文爲甲集。甲者。一代之宗也。自洪武以後。至于正德之初爲乙集。乙者。東方木德。生物之極盛也。自正德·嘉靖以來。李王已下若干家爲丙集。丙者。天道自東而南。時之變也。嘉靖以后之文。不能以一家名者爲丁集。丁者。南之終。萬物之生意窮也。革命之際。其身已辱而其志不忘乎舊者。幷爲戊集。戊者。中也。於方無屬焉。是人也。非明人也。又不忍屛而夷之。故曰戊也。甲集十卷。乙集三卷。丙集二卷。丁集二卷。戊集二卷者。詳於盛而略於衰也。
洪吉周	峴首甲藁 卷4 「與李元祥(審夫改字)論齋義書」	王世貞과 李攀龍은 문장은 高奧함에 힘써 스스로를 司馬遷에 比擬하였으나, 군자는 文이라 여기지 않을 것이라 혹평하다.	竊嘗聞之。發於心者謂之言。擇於言者謂之文。言之不出乎心。是爲詭言。文之不得於言。是爲僞文。是故齊梁隋唐之作。雖極其藻麗。眩馼人心目者。君子不謂之文也。李于鱗·王元美之辭。

			雖刻意高奧。自方乎太史氏者。君子亦不謂之文也。君子之文。不論乎辭語之繁簡也。不論乎法度之古俚也。
洪吉周	沆瀣丙函 卷4 「醇溪昆季燕行, 余旣序以識別, 衍其未究之志, 又得長律八百字以寄, 以序若詩, 分以屬之昆季可也, 以文則合序與詩, 以人則合昆與季, 無彼無此, 總而續之,亦可也云」	李攀龍과 王世貞의 문장은 詰屈聱牙하고, 袁宏道와 鍾惺의 문장은 瑣碎하다고 평하다.	詰聱滄牟伍。瑣碎袁鍾倫。贗製混彝器。冥音舂鬼燐。縱能新耳目。徒自敝形神。
洪吉周	沆瀣丙函 卷9 睡餘瀾筆 續 (下)	王世貞・李攀龍・徐渭・袁宏道・鍾惺・譚元春・錢謙益은 서로를 원수처럼 공격하였다.	皇明文人。如王李・徐・袁・鍾・譚及錢虞山之類。皆互相氷炭。迭攻擊如仇敵。而我東詞章之自謂慕中國者。往往均推而混效之。毛甡之悖。專考證者。亦多深斥。而吾邦之士好新慕奇者。反或愛護如肌膚。是皆東人固陋之病。
洪奭周	淵泉集 卷20 「題詩藪後」	李夢陽은 杜詩와 酷似하고 李攀龍의 擬古樂府는 古樂府와 逼眞하지만, 天機의 자연스러움과 人情의 참됨을 찾을 수 없다.	胡氏之所謂同乎古者。李夢陽・李攀龍其尤也。夢陽之於杜氏。攀龍之於古樂府。步則步焉。趣則趣焉。幾乎其眞矣。然求其天機之自然・人情之所不能已者。則漠然無有也。

洪奭周	淵泉集 卷24 「選丙集小識」	명나라의 文風은 李夢陽·李攀龍 등으로부터 변하기 시작했는데, 이들을 옛 작가들과 나란히 비교할 수는 없겠지만, 그래도 일세의 문풍을 변화시키고 수 백 년 동안 宗師로 받들어졌으므로, 『皇明文選』丙集에는 이들의 작품을 수록하고, 아울러 이들의 문풍이 그토록 유행했음에도 자기 세계를 꿋꿋이 지킨 사람들의 작품을 수록한다. *『皇明文選』丙集에 적은 글.	自北地濟南兩李氏者作。而文之變。不可勝言矣。然其一二能者之才之力。亦足以馳騁。自喜于一時。雖不能追配古作者。亦豈遽出李觀·樊宗師·劉蛻諸人下哉。李觀·樊宗師·劉蛻之文。不能以易一世。而斯一二人者。顧巍然爲數百年宗師。此又所以蒙詬無窮也。今爲之擇其未離者若干篇存之。若夫一時豪傑之士。毅然自樹。不受變於俗者。又不可不亟爲表章也。合以爲丙集三卷。
洪奭周	淵泉集 卷24 「選丁集小識」	李攀龍·王世貞 등은 古文은 아니지만, 古에서 떨어지지 않은 바가 있었으나, 그 이후로는 더욱 문풍이 쇠미해졌는데, 『皇明文選』丁集에는 그중에서 그나마 나은 작가들과 嘉靖帝이후 一家로 이름할 수 없는 작가들을 모두 수록하였다. *『皇明文選』丁集에 적은 글.	李夢陽·王世貞之文。非古也。然猶有未離者存。轉而彌降。有大雅君子所難言者矣。其或有一言之幾乎善者。亦不忍盡棄也。詩云。采葑采菲。無以下體。君子曰。與人之廣也。取人之周也。於是乎有丁集。而嘉靖以後文士之不能以一家名者。咸附焉。其人是也。其文非也。則不敢取。其人非也。其文是也。則或取焉。選文也。非選人也。然或進之。或抑之于丙丁之間者有之矣。則勸戒亦昭矣。丁集凡二卷。
洪翰周	海翁文藁 卷1 「重答某人書」	李攀龍이 복고를 제창할 때 7~8명의 재사가 있어 풍류가 넘치고 담론이 끊이지 않았다.	故獻吉爲復古之冠而有十子之名。濟南承以倡之。有七子八子之目。風流弘長。衣被海內。而右此者絀彼。便成一聚訟。

洪翰周	智水拈筆 卷2	李攀龍과 王世貞은 고금의 시비를 논한 것이 많다.	李于鱗·王元美輩。相與是古非今。此長彼短。至有矯首狂歌萬古空之句。
洪翰周	智水拈筆 卷2	錢謙益은 李東陽과 歸有光을 숭상하고 李攀龍과 王世貞을 공격하였다.	淸之錢受之宗尙西涯·震川。培擊滄·弇。殆無餘地。此雖顚倒是非。皆不過以文相誹謗而已。無足輕重。
洪翰周	智水拈筆 卷6	명나라의 雪樓七子는 모두 한 시대에 이름이 나란하였다.	明之弘正十子。雪樓七子八子九子。皆聯名一世。
洪翰周	智水拈筆 卷8	金履喬는 洪翰周의 시를 雪樓七子 李攀龍에 비견하였다. * 雪樓七子는 後七子－李攀龍·王世貞·謝榛·宗臣·梁有譽·徐中行·吳國倫－를 가리킨다.	適竹里金公履喬。因省墓行。歷縣入政堂。偶見桉上詩驚問。知爲余詩。卽招余問齒。亟稱歎。仍求近日諸詩。故並以亂草。示呈金公。行忙袖去。在道盡閱之。仍歷新昌訪玄樓李公羲玄。出示余諸篇曰。吾今行。得見當世之雪樓七子。
黃玹	梅泉集 卷1 「丁掾日宅寄七絶十四首,依其韻,戲作論詩雜絶以謝」	「論詩雜絶」을 지어 前七子와 王世貞·李攀龍 등을 논평하다. * 弘正諸公은 前七子－李夢陽·何景明·徐禎卿·邊貢·康海·王九思·王廷相－를 가리킨다.	其十一。弘正諸公制作繁。詎知臺閣異田村。到來王李炎燸日。始服人間衆口喧。(七子)

李林松 (1770-1827)

인물 해설	字는 心庵, 號는 易園으로 閔行(지금의 上海) 사람이다. 嘉慶 元年(1796)에 進土가 되어 戶部主事가 되었고, 嘉慶 6년과 13년에 廣東鄕試 副考官과 廣西鄕試 副考官을 역임했다. 嘉慶 16년, 모친이 북경에서 별세하자 온 가족들과 북경에서 운구를 모시고 閔行으로 돌아왔으며, 그 후 더 이상 관직에 나가지 않았다. 嘉慶 18년에『嘉慶上海縣志』를 찬수하였고, 嘉慶19년에『嘉慶松江府志』를 찬수하였다. 道光 3年(1823) 金華令 黃金生의 부탁으로『道光金華志』 편찬을 주관하였다. 　고향으로 돌아온 후 학문에 열중하였는데, 문자의 訓詁와 名物制度의 고증에 뛰어났으며, 『易經』 研究에 조예가 깊었다. 문장의 풍격이 淸峻하고 옛 격식에 얽매이지 않았다. 조선의 여러 문인들과 교유하여 南公轍 문집의 서문을 지어 주고, 金正喜가 翁方綱을 만나는데, 많은 도움을 주었다. 저서로는 『周易述補』·『中庸禮說』·『易園文集』·『易園詩集』·『易園詞集』 등이 있다.
인물 자료	○ **劉錦藻, 『淸續文獻通考』 卷257, 周易述補** 　李林松撰, 林松, 字心庵, 江蘇上海人. 嘉慶丙辰進士, 戶部主事
저술 소개	*『易園集』 　(淸)道光 17年 濟寧州署刻本 7卷 (『易園文集』 4卷 /『易園詩集』 4卷 /『易園詞集』 4卷) *『皇淸經解續編』 　(淸)光緒 14年 南菁書院刻本 內『周易述補』 5卷 / (淸)光緒 15年 蜚英館 石印本 內『周易述補』 1卷

비 평 자 료			
金正喜	阮堂全集 卷9 「我入京, 與諸公相交, 未曾以詩訂契, 臨歸, 不禁悵觸, 漫筆口號」	「化度寺碑」 탁본을 李林松의 서재에서 본 것을 이야기하고 아울러 翁方綱과 阮元을 만나는데 그의 도움을 받았음을 밝히다.	化度始自鹽蜉齋(原註。心葊號)。攀覃緣阮並作梯。
金正喜	阮堂全集 卷9 「走題李心葊梅花小幅詩後」	李林松의 「梅花小幅詩」 뒤에 시를 쓰다.	看花要須作畫看。畫可能久花易殘。況復梅花質輕薄。和風並雪飄闌珊。此畫可壽五百歲。看到此梅應復仙。君不見詩中香是畫中香。休道畫花畫香難。(此詩。李心葊·徐夢竹俱有和詩)
金正喜	阮堂全集 卷9 「走題李心葊梅花小幅詩後」	金正喜의 「走題李心葊梅花小幅詩後」에 李林松과 徐松이 和詩를 짓다.	看花要須作畫看。畫可能久花易殘。況復梅花質輕薄。和風並雪飄闌珊。此畫可壽五百歲。看到此梅應復仙。君不見詩中香是畫中香。休道畫花畫香難。(此詩。李心葊·徐夢竹俱有和詩)
金正喜	阮堂全集 卷9 「我入京, 與諸公相交, 未曾以詩訂契, 臨歸, 不禁悵觸, 漫筆口號」	金正喜가 燕京에서 만난 翁方綱, 阮元, 李林松, 朱鶴年, 劉喜海, 徐松, 曹江, 洪占銓을 그리워하는 시를 짓다.	我生九夷眞可鄙。多媿結交中原土。樓前紅日夢裏明。蘇齋門下瓣香呈。後五百年唯是日。閱千萬人見先生。(原註。用聯語) 芸臺宛是畫中覷。(原註。余曾藏芸臺小照) 經籍之海金石府。土華不蝕貞觀銅。腰間小碑千年古。(原註。芸臺佩銅鑄貞觀碑) 化度始自鹽蜉齋(原註。心葊號)。攀覃緣阮並作梯。君是碧海製鯨手。我有靈心通點犀。垫雲墨妙天下聞。句竹圖曾海外見。況復古人如明月。却從先生指端現。(原註。野雲善摹古人眞像。多贈我) 翁家兄弟聯雙璧。一

			生難遣愛錢癖。(原註。蓄古錢屢巨萬) 靈芝有本體有源。爾雅迷宕高一格。最憐劉伶作酒頌。(原註。三山) 徐邈聊復時一中。(原註。夢竹) 名家子弟曹玉水。秋水爲神玉爲髓。覃門高足劇淸眞。落筆長歌句有神。(原註。介亭) 却憶當初相逢日。但知有逢不有別。我今旋踵卽萬里。地角天涯在一室。生憎化兒弄狡獪。人每喜圓輒示缺。烟雲過眼雪留爪。中有一段不磨滅。龍腦須引孔雀尾。琵琶相應蕤賓鐵。黯然銷魂別而已。鴨綠江水盃中渴。
南公轍	金陵集 「金陵先生文藁序」	李林松이 南公轍을 위해 그 문집의 서문을 써 주다.	朝鮮重熙累洽。深仁厚澤。漸被一國。英才輩出。副墨洛誦。世其子孫。躡光景抉幽怪。作爲文章。卓然成一家言。余輩偶見一二於千百。則其未見者可知矣。往者趙修撰文楷。李舍人鼎元。使中山歸云球陽雖僻在海東別島。名久米者。駪駪文學。有鄒魯風。間有論著。斐然可觀覽。二君爲余道如此。余言益益信。余友曹君玉水。年少好學人也。其先德劒亭侍御。伉爽好客。家無朝夕儲。日輒作數人饌。旣而抗疏忤要人。幾褫職而名日益彰。外國朝貢使。往往介舌人。以一識面爲榮。久之卒。今皇帝親政。獎遺直徙薪曲突。恩澤有加。追贈中丞銜。而蔭其子江以官如例。卽玉水也。玉水旣渴於學。好客有父風。海外人猶有一二習者。如朝鮮柳君得恭, 朴君齊家。皆是昨過玉水許。則手一編示余曰。此朝鮮使南金陵先生

			詩及文也。盍爲弁一言。夫文章。不限以地。而非眞者必不傳。唐宋作者。無慮數百家。茅氏取其八。蓋以藥王李摹秦寫漢掇皮之弊。然鹿門自爲文。荊川又有異同。歸震川詆弇州爲妄庸巨子。而弇州卒以繼韓歐陽爲贊。此無他。學生於好。而形之遷也以習。昔人絲染之喩。每出於不自知。以王茅之文。世猶以規仿爲言。蓋作者之難如是。雖然。要自有其不朽者在。吾輩讀古人之文而不知其失不可。但知其失而不知其所以自立者安在。尤不可也。朝鮮八道六十六州。在屬國中。視琉球諸國較大。又最近。嗜學好古之士。蔚豹文翔鳳羽。亦固其所。若金陵尤卓卓者已。金陵文若干篇。又得其記一首。書於筵。沈著雋永。意度閒靚。無叫囂纖佻諸習氣。知其寢饋也深且久。庶幾乎不漓其眞者矣。玉水曰。金陵師廬陵。余特善其不字句廬陵也。余曰然。其詩學中唐。余已爲一詩。墨其集。故不具述。述余所聞及見者。以爲敍。賜進士出身戶部河南司主事加一級上海心庵李林松拜撰。
南公轍	穎翁續藁 卷5 「自碣銘」	중국에서 文詞로 이름을 떨친 曹江, 陳希祖, 李林松이 동지정사로 연경에 간 南公轍의 문장을 보고 모두 서문을 써 주었다.	丁卯。大臣筵白擢資憲。判工曹禮曹。貞純王后薨。以祔廟都監敦匠勞進正憲。旋加崇政。授判義禁知經筵事。充冬至正使。赴燕京。公在館。玉水曹江・玉方陳希祖・刑部主事李林松。俱以文詞擅名海內。見公文。皆作序以贈之。

南公轍	潁翁續藁 卷5 「自碣銘」	李林松은 南公轍의 시가 中唐을 배워 眞에서 떨어지지 않았다고 칭찬하였다.	林松稱詩學中唐而不漓其眞。稱道甚盛。
南公轍	潁翁再續藁 卷2 「燕京筆談序」	曹江과 李林松은 文章과 意氣가 뛰어나 외국의 사신과 명함을 주고받으려 하지 않아 모두 만나볼 수는 없었는데, 詩文을 보내어 서문을 구하니 모두 기꺼이 서문을 써주었다.	良師又言玉水曹江雲間李林松。以文章意氣相高。而不欲通名刺於外國貴人。不得偕至。余因良師。送示詩文。求爲弁卷之言。皆樂爲之序。

李鼎元 (1749-1812)

인물 해설	字는 和叔, 號는 墨莊이다. 李化楠의 아우, 李化樟의 長子이며 李調元의 從弟이다. 乾隆 35年(1770), 향시에 급제하고, 건륭 43년(1778) 진사가 되어 翰林院庶吉士·散館·檢討·內閣中書 등을 역임하였다. 嘉慶 4年(1799) 疏球副史가 되어 琉球를 다녀왔으며 귀국 후 兵部主事로 승진하였다. 嘉慶 17년 邘江에서 병으로 세상을 떠났다. 李鼎元은 아우인 驥元·從兄 調元과 번갈아 翰林으로 있으면서 모두 文望이 높아 '綿州三李'로 칭해졌고, 驥元과 함께 '二難'으로 칭해졌다. 그는 詩文에 능했는데 시는 소식과 황정견의 풍격과 비슷했으며, 詩歌에 있어서의 성취는 李調元보다 높았다고 한다. 저서에 『師竹齋集』(14권)과 『使琉球記』(6권) 등이 있다.
인물 자료	**○ 王昶, 『蒲褐山房詩話』** 李鼎元【字味堂, 號墨莊, 綿州人. 乾隆四十三年進士, 官宗人府主事, 有師竹齋集. 選二十首】 梁爲西南屏, 水厲山刻陗, 而數十年來, 未有鍾其靈異者 近日綿州稱三李, 以墨莊爲最, 意沉摯辭警扳, 筮仕後索米不足, 遠遊江海, 所過名山大川, 發其抑欝無聊之氣, 抜地倚天. 三吳士大夫以英挺自命者未能或之先也. 庚申初夏, 余在武林, 墨莊奉使琉球, 過訪講舍. 予謂君天才奇偉, 又佐以域外之觀, 海涵地負, 當有騃心而怵目者, 及依還, 予已老病家居, 未見所作. **○ 孫桐生, 『國朝全蜀詩鈔』** …(李鼎元)才筆謹嚴, 風骨高峻. … 奉使琉球諸作, 才氣雄健豪邁, 前無古人. 即雨村詩老, 亦當退舍. 誠然爲西蜀一大宗也. **○ 徐瀅修, 『明皐全集』 卷14, 「李墨莊傳」** 李鼎元, 號墨莊, 四川羅江人也. 其從兄調元, 以吏部主事, 罷歸田里. 著涵海一部, 凡一百八十五種. 其詩話中, 詳記與我先兄判書公論交唱和事, 且多載東人

佳句. 墨莊爲人骯髒, 喜飲酒, 好放言, 以故與世齟齬, 功名蹉跎. 自翰林侍讀, 改中書舍人, 賜一品服. 奉使琉球, 冊封其國王. 竣事歸, 著『琉球譯』一書, 甚可觀也. 余入燕, 以書往復. 墨莊最後書曰: "前使至, 接讀手書, 匆匆作覆, 未罄所懷. 聞閣下此行, 富有著作, 不得借觀, 耿耿如醉. 昨捧讀韓夅山紀行詩, 大有作者氣, 已爲選抄, 并題詩卷首, 因此愈以不得見閣下詩爲恨. 兄弟兩次因緣, 僕不及家兄者, 卽在此矣. 竊惟自古才人, 或生非其地, 遇非其時, 而能流傳千古者, 端賴好事之人爲之表揚. 僕不自揣, 擬從海上歸來, 卽將搜索海濱奇文, 彙刻一集. 本朝外藩文風之盛, 無如貴國, 自當取以冠首. 懇閣下歸時, 代爲搜括. 無論僕知與不知, 凡能詩者, 皆令自將本集, 選擇抄寄. 如令兄・薑山・燕巖・泠齋・靑莊及閣下, 尤僕所汲汲者. 俾千百載後, 流傳中土, 旣足以頌揚盛朝文敎之廣, 并可表彰知己用力之深, 亦勝事也, 殆有同心乎! 外筆墨數種, 聊惟將敬, 幸哂存. 行旌已近, 悵悵奈何, 卽候起居不一. 詩如抄寄, 須細開爵里世族. 墨莊李鼎元再拜, 上明皐先生閣下." 觀此書, 知其爲詩人才子, 而未必有淵泉之學術, 鼓吹之文章. 然其雅情逸韻, 亦足以風世, 而與夫火急要官, 醉生夢死於臭腐糞土之中者異矣, 故特錄之.

　　評曰: 墨莊以雨村之弟, 擢高第歷翰苑, 爲時名流. 嘗聞與柳彈素筆談, 多慷慨不平之語, 而傍有戒其觸犯忌諱者, 則墨莊奮然書示曰: "斫頭便斫頭, 自家合說底話, 便不得說!" 盖觀乎此而其人可知也. 惜乎! 其所成就, 但止於篆刻鑿毹裁紅暈碧, 而未聞君子之大道也. 夫飛蓬之問, 不在所賓, 燕雀之集, 道行不顧. 彼以造化爲工匠, 天地爲陶勻, 名位爲糟粕, 勢利爲埃塵者, 何物哉! 豈區區雕虫薄技所能使然哉!

＊『使琉球記』
　　(淸)稿本 1卷 / (淸)刻本 6卷 / (淸)光緒年間 申報館 鉛印本 6卷

＊『石園全集』
　　(淸)康熙 41年 李振祺・李振裕 香雪堂刻本 30卷

＊『函海』
　　(淸)嘉慶 14年 刻本 163種

＊『百名家詞鈔』
　　(淸)聶先・曾王孫編 康熙年間 綠蔭堂刻本 100卷 內 李鼎元撰『文江酬唱』1卷

		비 평 자 료	
金正喜	阮堂全集 卷10 「題李墨庄獨行小 照, 卽寄贈小蕤朴 君者也(二首)」	李鼎元이 朴長馣에게 보 내 준 「獨行小照」에 題詩 를 쓰다. *『警修堂全藁』冊4,「朴 小蕤(長馣)屬題李墨莊 (鼎元)獨吟小照. 次墨莊 自題原韻」에도 같은 시 가 실려 있다.	其一：獨行忽忽將何之。涉海登山無 不宜。(墨庄曾使琉球。又有「登岱小 照」。)萬里蒼茫雲水際。鍾聲落月夢 還時。(與余相逢於法源寺。蒼茫雲 水。爲王惕甫題語。) 其二：墨庄師竹君師墨。墨是墨庄竹 底爲。竹義從君無覓處。空諸所有 是吾師。(墨庄號師竹齋。君又號師 墨。)
金正喜	上同	李鼎元이 琉球에 사신으 로 간 적이 있고, 「登岱小 照」가 있음을 언급하다.	其一：獨行忽忽將何之。涉海登山無 不宜。(墨庄曾使琉球。又有「登岱小 照」。)萬里蒼茫雲水際。鍾聲落月夢 還時。(與余相逢於法源寺。蒼茫雲 水。爲王惕甫題語。)
金正喜	上同	李鼎元과 法源寺에서 만 난 것을 이야기하고, 그 가 王芑孫에게 써준 말을 사용해 시를 쓰다.	上同
金正喜	上同	李鼎元의 호 중에 師竹齋 와 師墨이 있음을 말하 다.	其二：墨庄師竹君師墨。墨是墨庄竹 底爲。竹義從君無覓處。空諸所有 是吾師。(墨庄號師竹齋。君又號師 墨。)
金正喜	阮堂全集 卷10 「題岱覽卷面 (二首)」	李鼎元의 「登岱圖」를 본 일을 말하고, 伊秉綬의 隸書 "岱覽"이 매우 奇古 하다고 평하다.	其二：登岱圖餘又此書。碧霞殘石當 車渠。墨卿隸古西京法。借勢秦松 漢栢於。(李墨庄「登岱圖」。曾於法 源寺中看過。碧霞廟秦碑殘字。爲 余所藏。伊墨卿岱覽二隸字甚奇古。)

南公轍	金陵集 「金陵先生文藁序」	趙文楷와 李鼎元은 李林松에게 "琉球가 비록 해동의 외딴 섬에 치우쳐 있으나 문학에 종사하는 이가 많아 鄒魯風이 있으며 간간이 뛰어난 저술이 있다"고 평하다.	往者趙修撰文楷。李舍人鼎元。使中山歸云球陽雖僻在海東別島。名久米者。駪駪文學。有鄒魯風。間有論著。斐然可觀覽。二君爲余道如此。余言蓋益信。
南公轍	金陵集 卷13 「寄所軸跋」	李德懋와 朴齊家는 모두 문장으로 연경에 들어가 潘庭筠·李調元·李鼎元 등 명사들과 교유하였다.	而懋官·次修。俱以文章入燕京。與秋庫·雨邨·墨莊諸名士游者也。
朴齊家	貞蕤閣集 卷4 「燕京雜絶, 別任恩叟姊兄, 憶信筆, 凡得一百四十首」	근래 조선의 선비들 사이에서 李鼎元의 명성이 높다.	秊來東國士。稍說墨莊名。寄語古人道。緋衣衛尉卿。(墨莊李編修鼎元號。)
朴齊家	貞蕤閣集 「貞蕤閣集序」	陳鱣이 朴齊家를 만난 자리에 琉球에서 돌아온 李鼎元이 함께 있었음을 언급하다. * 이 글은 陳鱣이 쓴 것이다.	蓋嘗三入京師。所交皆名公鉅儒。其天性樂慕中朝。好譚經濟。曾著北學議二卷。其它著作詩文尚多。此所存者才十之一。然其中攷證之作。酬唱之篇。雲流泉涌。綺合藻抒。粲然具備。同人亟爲校刻。請余弁其端。余固謝不敏。適綿州李墨莊中翰出使琉球方歸。亦在坐。欣然勸余爲之。
徐瀅修	明皐全集 卷2 「奉贈李翰林(鼎元)琉球奉使之行」	사신으로 琉球에 가는 李鼎元을 전송하는 시를 쓰다.	錦纜初開海日紅。琉球山色杳難窮。道雖遠矣皇靈仗。五虎門(在福建使行乘船之處)前舶趠風。(吳中。梅雨旣過。淸風彌旬。吳人謂之舶趠風。)

徐瀅修	明皐全集 卷14 「李墨莊(鼎元)傳」	李鼎元의 일생과 저작을 소개하면서, 李鼎元이 보낸 편지 내용을 초록하고 그의 인물됨과 문장에 대해 평하다.	〈인물 자료〉 참조
徐瀅修	明皐全集 卷14 「李墨莊(鼎元)傳」	李鼎元은 琉球에 다녀와서『琉球譯』을 저술하였다.	李鼎元號墨莊。四川羅江人也。…奉使琉球。冊封其國王。竣事歸。著琉球譯一書。甚可觀也。
徐瀅修	明皐全集 卷14 「李墨莊(鼎元)傳」	李鼎元은 韓致應의 紀行詩를 읽고 나서 選抄하고 題詩를 썼다.	昨捧讀韓敭山紀行詩。大有作者氣。已爲選抄。幷題詩卷首。
徐瀅修	明皐全集 卷14 「李墨莊(鼎元)傳」	李鼎元은 徐瀅修에게 편지를 보내 李書九·朴趾源·柳得恭·李德懋 등의 시문을 구하였다.	竊惟自古才人。或生非其地。遇非其時。而能流傳千古者。端賴好事之人爲之表揚。僕不自揣。擬從海上歸來。卽將搜索海濱奇文。彙刻一集。本朝外藩文風之盛。無如貴國。自當取以冠首。懇閣下歸時。代爲搜括。無論僕知與不知。凡能詩者。皆令自將本集。選擇抄寄。如令兄薑山·燕巖·泠齋·靑莊及閣下。尤僕所汲汲者。俾千百載後。流傳中土。旣足以頌揚盛朝文敎之廣。幷可表彰知己用力之深。亦勝事也。殆有同心乎。
徐瀅修	明皐全集 卷14 「李墨莊(鼎元)傳」	李鼎元은 柳琴과 필담을 나눌 적에 慷慨하고 不平하는 말을 많이 하여 忌諱를 경계하는 말을 듣기도 하였다.	墨莊以雨村之弟。擢高第歷翰苑。爲時名流。嘗聞與柳彈素筆談。多慷慨不平之語。而傍有戒其觸犯忌諱者。則墨莊奮然書示曰。斫頭便斫頭。自家合說底話。便不得說。蓋觀乎此而其人可知也。

成海應	研經齋全集 권11 「柳惠甫哀辭」	柳得恭은 연경에 가서 潘庭筠·李鼎元·羅聘과 교유하였다.	嘗與楚亭隨節使。由熱河山庄入薊門。熱河古柳城也。地接塞外。山川蒼凉。風謠強梁。固感慨悲壯。足以發其趣。及之燕。中州名士潘庭筠·李鼎元·羅聘之倫。多傾倒。握手吐肝膽。
成海應	研經齋全集外集 卷55 「詩話」	李德懋는 연경에 가서 李鼎元을 방문하였다.	靑莊李公德懋入燕都。訪李鼎元墨莊。(墨莊翰林庶吉士。蜀綿州人。)座上徵詩潘秋庫。(秋庫潘庭筠號。吳人也。)
申緯	警修堂全藁 冊4 蘇齋續筆「朴小蕤(長馦)屬題李墨莊(鼎元)獨吟小照, 次墨莊自題原韻」	朴長馦의 부탁으로 李鼎元의 「獨吟小照」에 題詩를 쓰다.	我亦常獨吟。師竹眞知音。(墨莊又號師竹齋。) 交臂向來恨。譬如燈扇陰。(燈扇語出晦翁日食語。)斗室能補亡。訂交萬柳雪。(壬申余使還。斗室踵入燕。斗室題墨莊小照詩。拈花曾一笑。萬柳曬餘雪。) 還嗟不及余。無逢亦無別。對面人久別。奈君自道何。衰盛一墨莊。相去惟與阿。(圖成後三十年。墨莊自題詩云。昔日鬢青絲。今朝鬢白雪。披圖自驚失。對面人久別。) 人定幾分瘦。畫吾及未皴。跋尾自詫緣。失面自解詬。貞蕤曩獨賢。輶車役頻年。(小蕤大人號貞蕤。) 鳧塘好弟兄。髮玄心誠憐。(鳧塘李調元。墨莊之兄。) 斯人已宿草。隔海傷襟抱。珍重卷此圖。歸作小蕤寶。
申緯	警修堂全藁 冊4 蘇齋續筆「朴小蕤(長馦)屬題李墨莊(鼎元)獨吟小照, 次墨莊自題原韻」	李鼎元의 또 다른 호로 師竹齋가 있다.	我亦常獨吟。師竹眞知音。(墨莊又號師竹齋。)

申緯	警修堂全藁 冊4 蘇齋續筆「朴小薖 (長馣)屬題李墨莊 (鼎元)獨吟小照, 次墨莊自題原韻」	李鼎元의 「獨吟小照」에는 그림이 그려진 뒤 30년 후에 쓴 自題詩가 있다. * 李鼎元의 自題詩: 獨吟復獨吟。舉世誰知音。回頭三十載。坐惜好光陰。昔日鬢青絲。今朝鬢白雪。披圖自驚失。對面人久別。對面人久別。孤詫將奈何。屈指同輩人。八九埋山阿。汝面雖已瘦。汝性原未皺。堅汝獨行心。莫令後賢詬。後賢視前賢。所爭近百年。喬木不易附。腐草誰見憐。喬木多腐草。自昔傷懷抱。盖棺知有時。榮名好自寶。	衰盛一墨莊。相去惟與阿。(圖成後三十年。墨莊自題詩云。昔日鬢青絲。今朝鬢白雪。披圖自驚失。對面人久別。)
申緯	警修堂全藁 冊4 蘇齋續筆「朴小薖 (長馣)屬題李墨莊 (鼎元)獨吟小照, 次墨莊自題原韻」	李鼎元의 「獨吟小照」에 있는 自題詩를 보고 沈象奎가 和韻詩를 지었다.	斗室能補亡。訂交萬柳雪。(壬申余使還。斗室踵入燕。斗室題墨莊小照詩。拈花曾一笑。萬柳曬餘雪。)
沈象奎	斗室存稿 卷1 「次韻李墨莊鼎元」	李鼎元의 시에 차운하다.	昔在戊戌。先大夫以行臺書狀官赴京。與李墨莊・祝芷塘・潘蘭垞諸公。朋游甚契。家藏綠波送遠一帖。卽其所爲詩文送別先大夫者。兒時最喜攀翫。今象奎以年貢正使又赴京。惟墨莊淹宦都門。獲與奇遘。初晤於龍泉僧舍。再會於拈花

| | | | 禪室。感舊欣今。淚笑相半。知芷蘭二公亦已天香歸眞。卽先生獨爲靈光。神宇淸健。氣采暢旺。定當期頤大耋無疑也。卽坐間爲古詩一首見贈。讀之驟咽。幾不能成聲。情之所激。醜拙在不足自揜。遂次韻奉呈。
天公嗜乖戲。偏從吾輩始。生令幷一世。居使遠萬里。不怨載異舟。但恨南北水。昔我年十三。已聞墨莊李。伊時識伊人。僅其詩句止。方尺一素帖。抱誦每甚喜。巾襲久不讀。新淚沾舊紙。今行多感慨。所愧無肖似。驅車將何値。古轍是尋耳。夕照金臺路。白塔尙可指。我驚公亦老。公言復見爾。芷塘雖有子。蘭垞不獨死。先生爲文字。年來厭銘誄。人世苦短促。難遇況惟士。一飮兩佛寺。幽爽遠城市。前因與後緣。機妙誰復紀。忘年又忘形。譚笑樂無比。樂處更足悲。均爲情所使。公卽贈我詩。此詩眞友史。兒時所抱誦。筆墨尤旖旎。天公竟苦戲。檐日再易徙。我亦有二子。祝公但久視。 |
| 沈象奎 | 斗室存稿
卷1
「次韻李墨莊鼎元」 | 沈象奎의 부친 沈念祖가 1778년 서장관으로 연경에 가서 李鼎元・祝德麟・潘庭筠과 교유하였고, 沈象奎 역시 1813년 정사로 연경에 가서 李鼎元을 만나 시를 주고받았다. | 昔在戊戌。先大夫以行臺書狀官赴京。與李墨莊・祝芷塘・潘蘭垞諸公。朋游甚契。家藏綠波送遠一帖。卽其所爲詩文送別先大夫者。兒時最喜攀翫。今象奎以年貢正使又赴京。惟墨莊淹宦都門。獲與奇邂。初晤於龍泉僧舍。再會於拈花禪室。感舊欣今。淚笑相半。知芷・蘭二公亦已天香歸眞。卽先生獨 |

			爲靈光。神宇清健。氣采暢旺。定當期頤大耋無疑也。卽坐間爲古詩一首見贈。讀之驟咽。幾不能成聲。情之所激。醜拙在不足自揜。遂次韻奉呈。
沈象奎	斗室存稿 卷1 「書李墨莊登岱圖, 次韻袁隨園枚七十八歲舊題」	袁枚의 시에 차운하여 李鼎元의 「登岱圖」에 시를 쓰다.	詩人有神力。遇物皆踣抗。寸聿掃萬羣。物鉅力隨王。靑蓮昔登岱。絶頂無與向。搔首問靑天。醉傲相謔浪。墨莊定後身。才氣欲不讓。生長崀嵋側。巖堅冐中滃。又來踞泰觀。俯笑塵蟻漾。九烟點匹練。萬矚絶纖障。簥簥詩有助。偓偓身無傍。歸來爲圖畫。朋知競欣訪。我本海上人。五嶽心未忘。君憐一隅見。出圖許暫望。對之如身到。君在此山上。
沈象奎	斗室存稿 卷1 「拈花寺, 次韻墨莊」	1813년 봄에 拈花寺의 전별연에서 李鼎元의 시에 차운하다.	癸酉孟春。兵部主事李墨莊爲餞余。招同主簿朱垤雲‧翰林編修朱勳楣‧劉醇甫‧刑部員外繆澄鄴‧茂才胡定生素亭‧衛生秋堂。同讌拈花禪院。墨莊卽席有贈別之作。次韻共酬。
沈象奎	斗室存稿 卷2 「題李墨莊行樂小像」	李鼎元의 行樂小像을 감상하고 시를 짓다. * 『警修堂全藁』 冊4, 「朴小蕤(長馣)屬題李墨莊(鼎元)獨吟小照。次墨莊自題原韻」에도 같은 시가 실려 있다.	我今非獨吟。如聞君之音。君音在何許。水雲松竹陰。拈花曾一笑。萬柳曬餘雪。迴首法莊塔。忽與鷲頭別。別心猶相隨。別面無奈何。何期面更見。頎然倚林阿。驟疑顴不瘦。熟視眉欲皺。知君眞獨吟。踽踽人將話。人話自以賢。圖成三十年。再後三十年。此圖當益憐。論心詩有帅。覿面圖可抱。我誦獨吟句。心面均足寶。

柳得恭	灤陽錄 「安南諸王」	李鼎元의 「和孫中丞南征」 라는 시의 주석에 "阮光平 이 패하자 소와 술을 바쳐 황제의 군대를 접대하려 하였는데 孫士毅가 거절 하였다"고 되어 있다.	阮光平初名惠。安南世族也。乾隆 五十四年。擧兵叛。攻陷國都。安 南王敗死。世子黎維祈。與其母逃 至廣西。請救。皇帝遣兩廣總督福 康安將軍孫士毅。將兵討光平。光 平敗走。(李墨莊太史。和孫中丞南 征詩註曰。匪惠既敗。奉牛酒犒 師。公卻之。)
柳得恭	灤陽錄 「李墨莊·鳧塘二太 史」	李鼎元과 李驥元은 李調 元의 사촌이다.	李墨莊名鼎元。鳧塘名驥元。四川 羅江人。雨村從父弟。十餘年來。 信息相聞。天涯舊識也。
柳得恭	灤陽錄 「李墨莊·鳧塘二太 史」	李鼎元은 洌上의 여러 벗 들에게 시를 보내왔는데, 한족 문사의 근심과 두려 움이 잘 드러나 있다.	墨莊曾寄洌上諸子詩云。自從別後廢 吟哦。洌上周旋近若何。幾度夢遊 滄海上。醒來猶自怵風波。漢學士 之憂畏若此。
柳得恭	灤陽錄 「李墨莊·鳧塘二太 史」	李調元이 파직된 것에 대 해 李鼎元과 李驥元은 그 들의 문집에서 강개한 어 투로 말하였는데, 潘廷筠 은 李調元이 방종한 所致 라고 하였다.	太和殿宴班。有候補舉人周立矩者。 亦言見洌上諸子詩。問於墨莊。周 亦孝廉中才子也。余觀墨莊·鳧塘二 集。言雨村罷官事。語多慷慨。而 秋庫。則指爲放縱所致。可知也。
柳得恭	灤陽錄 「李墨莊·鳧塘二太 史」	朝陽縣을 지나가다 關帝 廟의 벽 위에 쓰인 李調 元의 시를 보고, 7언 절구 3수를 써서 李鼎元에게 부쳐달라고 부탁하였다.	過口外朝陽縣時。關廟壁上。見雨 村詩。… 遂信筆書七絶三首。托墨 莊寄去。
柳得恭	灤陽錄 「李墨莊·鳧塘二太 史」	李鼎元은 柳得恭에게 歲 時記 같은 종류의 저작이 있는지 물어보았다.	墨莊問余曰。近有著作如歲時記之類 否。余曰。沒有。

柳得恭	灤陽錄 「李墨莊‧鼇塘二太史」	李鼎元‧李驥元 형제는 한림원에 있으면서도 쓸쓸하고 근심스러워 보였고, 원망하고 한탄하는 말이 많았다.	墨莊歎曰。一行作吏。此事遂廢。自古而然。余觀墨莊兄弟。俱居翰林。而氣像牢愁。雨村歸矣。又聞祝茝塘以御史妄論人。革職方買舟南下。墨莊輩所以多悵恨語。潘蘭公之深居禮佛。有味乎哉。
柳得恭	燕臺再遊錄	紀昀에게 李鼎元이 琉球에서 돌아왔는지 묻자, 李鼎元은 이미 돌아와서 현재 벼슬이 中書舍人이며 아우 李驥元이 죽은 사실을 알려주었다.	問李編修鼎元奉使琉球。已回否。答此時官中書舍人已回。其弟驥元敝門人也。已亡矣。
柳得恭	燕臺再遊錄	李鼎元을 방문하여 옛 일을 말하고 李調元의 안부를 묻다.	訪李墨莊舍人鼎元敍舊。問雨邨先生平安。答尙平安。問先生賜一品服。銜命破浪。冊封藩王。可謂榮矣。先生是副价。
柳得恭	燕臺再遊錄	李鼎元은 李朝墦‧李朝堞‧李朝堉 세 아들을 두었다.	余問令郎幾個。墨莊曰。大兒名朝墦。次名朝堞。三名朝堉。
柳得恭	燕臺再遊錄	柳得恭이 李鼎元에게 讀書記를 살 수 있는 방법을 묻자, 그 책은 李調元이 진작 구입했으며 지금은 書肆를 제외하곤 구입하기 힘들다고 답하였다.	余曰。此行要求朱子書善本。坊間難得。如讀書記可購否。墨莊曰。此書雨邨曾購得。今坊間絶少。除却書肆。又別無購處。雨邨憶書樓已回祿矣。
柳得恭	燕臺再遊錄	李鼎元이 彭蕙支‧王霈와 함께 柳得恭을 찾아와 詩草를 보여주었다.	彭蕙支號田橋。四川眉州人。王霈號伯雨。宛平人。墨莊與二人飮馨白餔。訪余於五柳居。尙帶餘醉。出詩草示之。

柳得恭	燕臺再遊錄	李鼎元의 부채에 詩僧 衡麓이 지은 시가 있는데 新警한 시어가 많다.	墨莊扇面。題詩語多新警。款寄廬。問寄廬何人。答詩僧衡麓字寄廬。衡山僧也。
柳得恭	燕臺再遊錄	李鼎元은 戴震의 학문에 대해, 門庭을 벗어나지 못하여 오히려 문견이 적다고 여겼다.	余曰。浯水間言。今無一存者。戴東原注方言。恐未必盡合。墨莊曰。東原學問人多宗之。余以爲未出戶庭。猶少見也。
柳得恭	燕臺再遊錄	李鼎元에게 「登岱圖」・「過海圖」 두 그림이 있는데, 袁枚・紀昀・翁方綱・錢大昕 등 명사들이 題詩를 썼으며, 柳得恭에게도 시를 청하여 써주었다. *『泠齋集』卷5에도 「題李墨莊中書二帖」라는 제목으로 題詩 두 首가 실려 있다.	墨莊有登岱・過海二圖。袁子才・紀曉嵐・翁覃溪・錢辛楣諸名士。莫不題詩。亦請余詩。余題登岱圖云。羅江詩話姓名留。西笑如今又幾秋。燕邸靑燈東岱帖。夢中人作畫中游。過海圖云。球陽風物問如何。詔使樓船百丈峨。姑米村娘呈板舞。彩毫題徧竹枝歌。
柳得恭	燕臺再遊錄	蒲文甲을 방문하여 李調元과 李鼎元을 아는지 물어보다.	蒲文甲。字筆犀。號中菴。四川潼川人。… 遂訪之。問認李雨邨。蒲答認。問墨莊。答年伯。
柳得恭	燕臺再遊錄	李鼎元의 「登岱圖」・「過海圖」의 두 그림에 王蘇의 시가 붙어 있다.	李墨莊登岱・過海二圖。有王蘇詩。
柳得恭	泠齋集 卷6 「叔父幾何先生墓誌銘」	李德懋와 동지 몇 명은 柳璉을 이어 연경에 들어가 李調元의 아우인 中書舍人 李鼎元을 통하여, 紀昀・祝德麟・翁方綱・潘庭筠・鐵保 등과 교유하였다.	友人李德懋及同志數輩踵入燕。因吏部之弟中書舍人鼎元。以游乎吏部之友。當世鴻儒紀昀・祝德麟・翁方綱・潘庭筠・鐵保人之間。與之揚扢風雅。始得歌行韻四聲迭用之妙。今之人稍稍聞而爲之。非復前日之陋矣。鐵保滿洲人。蒙古鑲黃旗副都

			統兼禮部侍郎。十餘年寵任隆赫。紀昀爲尙書。名重海內。世所稱曉嵐大宗伯者也。禮部主東客文書往復事。或不便象譯。因緣聲氣。踵門而請。莫不立爲揮霍。沛然無事。
柳得恭	泠齋集 卷8 「題二十一都懷古詩」	李鼎元은『二十一都懷古詩』에 절구 한 수를 써 주고, 祝德麟은 따로 『二十一都懷古詩』 한 부를 요구하였다.	憶戊戌年間。⋯ 是歲懋官·次修入燕。手抄一本。寄潘香祖庶常。及見潘書。大加嗟賞。以爲兼竹枝詠史宮詞諸體之勝。必傳之作。李墨莊爲題一絶。祝編修另求一本。異地同聲。差可爲樂。傳不傳不須論也。

李調元 (1734-1803)

<table>
<tr>
<td>인물
해설</td>
<td>

字는 羹堂·贊庵·鶴洲, 號는 雨村·童山蠢翁이며 羅江(지금의 四川省 德陽) 사람이다. 어려서부터 재주가 출중하였고 乾隆 28년(1763)에 進士가 되어 廣東學政·直隷通永道 등을 역임하였다. 戲曲論著『雨村曲話』·『雨村劇話』와 저서『童山全集』가 있으며, 이 밖에『全五代詩』·民歌集『粤風』 등을 편찬하였다. 그가 편집 간행한『涵海』는 巴蜀文化를 집대성한 학술 백과전서다. 錢陳群·沈德潛 등을 스승으로 모셨고, 趙翼·袁枚·姚鼐·蔣士銓 등과 교유하였다. 조선의 駐淸副使 徐浩修 및 柳琴, 李德懋 등에 의해 詩情이 淸麗하다는 칭송을 들었으며, 柳琴이 編選한 朝鮮四家詩人의 시집『巾衍集』에 직접 評點을 달고 자신의 시집『看雲樓集』및『函海』를 선물하는 등 조선과의 문학 교류에 공헌하였다.

</td>
</tr>
<tr>
<td>인물
자료</td>
<td>

○『淸史稿』, 列傳 72

李調元, 字羹堂, 號雨村, 四川綿州人. 幹隆二十八年進士, 散館授吏部主事. 三十九年, 充廣東鄕試副考官. 尋遷考功司員外郎. 四十一年, 以議稿塗押, 爲舒, 阿塡入浮躁. 上詢其故, 尙書程景伊以對, 上曰: "官司有不安於心者, 向例原准不畵押, 如何便塡大計." 因詢居官何如, 景伊以辦事勇往對, 奉旨 仍以員外郎用, 卽日到任. 旋奉命督學廣東, 任滿回京, 擢直隷通永道. 以劾永平知府, 爲所訐, 罷官, 遣發伊犂. 尋以母老贖歸. 少聰敏好學, 父化楠宦浙中, 調元往省, 遍遊浙中山水, 遇金石卽手自摹搨, 購書萬卷而歸. 由是益奮於學, 自經史百家以及稗官野乘, 靡不博覽. 群經小學, 皆有撰述. 性愛奇嗜博, 以蜀揚雄多識奇字, 明楊愼亦有奇字韻之纂, 乃博稽載籍, 凡字之奇而名不經見者, 依類錄之, 爲奇字名十二卷. 以王象之蜀碑記多闕略, 著蜀碑記補十卷 …

○ 袁枚,「答李雨村觀察書」(『雨村詩話』中)

枚頓首雨村觀察老先生閣下. 忝叨同館, 久切欽遲, 祇以吳蜀睽違, 愛而不見.

</td>
</tr>
</table>

二十年前, 有東諸侯來訪者, 道閣下視學粤東, 曾選刻拙作, 以教多士云云. … 伏讀童山全集, 琳琅滿目, 如入波斯寶藏, 美不勝收, 容俟卒業後, 當擇其尤者, 補入詩話, 以光簡篇. 惟是區區之心有不能已於言者: 大集開首一卷, 題俱古樂府, 非不侈侈隆當, 足登作者之堂, 然而規仿太多. 似乎有意鋪排門面, 未免落套, 恐集中可傳之作, 正不在此. … 現存著只夢樓先生一集, 寄上一覽, 其奇橫排募處, 雖不如蔣·趙, 而細筋入骨, 細韻悠然, 實爲過之, 知老作家自有定評也. 再啓者, 尊著函海, 洋洋大觀, 急欲一睹爲快. 雖卷帙浩繁, 一時無從攜帶, 倘有南來便船, 望與選刻拙作五卷, 一齊惠寄, 是所懇切. 上元後 四日枚再拜.

○ 徐浩修, 『朝鮮国副使啓』

浩修啓: 從人再造門屛, 聲光自爾不遠. 始而誦其詩, 已而聽其議論, 是無異乎瞻德容而接淸誨也. 況又投之瓊琚之章, 施之獎許之語, 海外賤蹤, 何以獲此於大邦之君子也. 禁防所據, 既未能趨謝感忱, 方喪在身, 又不得奉報拙什, 以愧以悚, 如魚中鉤, 數日漸覺暄暢. 伏惟尊體珍護. 詩學之亡久矣. 自夫明末諸君子, 寫景則動引唐人, 敘事則輒稱宋調, 風神或似雋永, 陶洗或近精工, 而驟讀則牙頰爽然, 徐看則意趣索如, 其弊至於音節噍殺, 氣象淒短, 全失溫柔敦厚之義. 蓋詩學唐而失其天機, 學宋而去其才情, 則皮膜而已, 雕琢而已. 執事之詩則即以皇華諸篇觀之, 超脫沿襲之陋, 一任淳雅之眞, 非唐非宋, 獨成執事之言, 而若其格致之蒼健, 音韻之高潔, 無心山谷, 放翁而自合於山谷, 放翁, 亦可謂歐陽子之善學太史公. 三復之餘, 不勝敬歎. 所恨者, 富有之業當不止此, 而一臠之味, 無以盡九鼎爾. 然詞律不過小技, 執事必有事於詩外, 如近世李榕村之沉潛經術, 顧寧人之博物考古, 梅勿庵之專門絕藝, 皆深造自得之學, 而非入耳出口之說. 執事於經於史, 如有發揮著述, 則區區願見之, 誠不啻渴者之金莖露爾. 不宣.

저술
소개

* 『童山詩集』
  (淸)嘉慶 14年 綿州 李氏 萬卷樓本 42卷 附錄 2卷
* 『涵海』
  (淸)乾隆 47年 李調元刻 『函海』本 852卷
* 『粤風』
  (淸)刻本 4卷

	★『看雲樓集』 (淸)乾隆年間 刻本 22卷 ★『藝苑叢鈔』 (淸)王耤編 稿本 163種 326卷 內 李調元撰『雨邨詞話』4卷		

비 평 자 료			
南公轍	金陵集 卷13 「寄所軸跋」	李德懋와 朴齊家는 모두 문장으로 연경에 들어가 潘庭筠·李調元·李鼎元 등 명사들과 교유하였다.	而懋官·次修。俱以文章入燕京。與秋庫·雨邨·墨莊諸名士游者也。
朴珪壽	瓛齋集 卷10 「與沈仲復秉成」	沈秉成에게 보낸 편지에서, 朴齊家가 李調元과 교유했던 사실을 언급하다.	敝邦朴貞蕤名齊家。曾於燕邸別李雨邨歸蜀。有詩曰蜀客題詩問碧鷄。韓人騎馬出黏蟬。相思總有回頭處。江水東流日向西。今弟每睠斜日落月。未嘗不悵咏久之。及漢山到京。此情尤不禁懸懸也。
朴齊家	貞蕤閣集 卷3 「寄李雨邨」	李調元을 그리워하며 지은 시에서, 李調元이 王士禛이 역임했던 벼슬을 맡고 있으며, 문장은 楊愼과 짝할 만하다고 평하다.	生來不見看雲樓。万里人歸磊落州。蜀道靑天嗟遠別。秦風白露又深秋。纔聞宦跡追貽上。還把文章配用脩。留得十年香一瓣。樂浪西畔夢悠悠。
朴齊家	貞蕤閣集 卷4 「燕京雜絶, 別任恩叟姊兄, 憶信筆, 凡得一百四十首」	李調元은 호방한 풍류가 있어 楊愼에 비견된다.	成都雨村叟。放浪今何如。万里故舟重。千秋函海書。(李通政調元成都風流自豪人。比之楊升菴。刻其自著函海。有升菴五十種。自著四十餘種。罷官載板入川中。)
朴齊家	貞蕤閣集 卷4 「燕京雜絶, 別任恩叟姊兄, 憶	李調元의 저서로『函海』가 있는데, 楊愼의 것이 50종이고 李調元의 것은 40여종이며, 李調元이 파	上同

	信筆, 凡得一百四十首」	직되어 목판은 四川으로 들어갔다.	
朴齊家	貞蕤閣集「貞蕤閣集序」	李調元이 『貞蕤閣集』 서문을 쓰다.	日月星辰。天文也而飾乎旂裳。昆蟲鳥獸。地産也而上乎彝鼎。徐方之土于侯社。夏翟之羽于旌旐。登龍于章。升玉于藻。百工婦人。彫繪染練。以供宗廟祭祀之文何者。甘受和白受采也。詩文之道亦然。今之嗤六朝者。率曰綺曰靡。夫所惡乎綺靡者。爲其淫色龝聲。柔而鮮振也。若啓朝華披夕秀。樹丰骨于選言之路。亦何害乎其綺靡乎。司馬之文如天。以其神全也。班固之文如地。以其氣厚也。朴楚亭東國之麗于文者也。其人短小勁稜。才情蓬勃。上探騷選。旁探百家。故其爲文詞。有如粲如星光如貝氣如蛟宮之水焉。有如黯如屯雲如久陰如枯腐如熬燥之色焉。有如春陽如華川者焉。逶逶迤迤。有如海運震怒動蕩。恠異百出者焉。豈非天下之奇文哉。然而自振者無力。終知者甚稀。萬里之外。以求序于余。豈所謂獲助于古。而不獲助于今乎。夫古之爲文詞者。欲使天下聞之而必行。觀之而必踏。散之茫洋以爲道演之。浸淫以及物。不爲之發微而闡幽。後之學者從何行之而踏之哉。此余之所以不能已於文也。故爲之弁其首。羅江李調元雨邨書。
徐有榘	楓石全集 권6 金華知非集「本生先考文敏公墓表」	徐浩修가 燕行을 갔을 때 李調元을 만나 시를 받은 적이 있음을 언급하다.	嘗以副使赴燕。蜀人李調元遇於道。贈以詩。

徐澄修	明皐全集 卷14 「李墨莊(鼎元)傳」	李鼎元의 종형인 李調元은『函海』185종을 저술하였는데, 그 詩話에는 徐浩修와 창수한 일이 상세히 기록되어 있고, 조선의 시도 많이 실려 있다.	李鼎元號墨莊。四川羅江人也。其從兄調元。以吏部主事。罷歸田里。著涵海一部。凡一百八十五種。其詩話中。詳記與我先兄判書公論交唱和事。且多載東人佳句。墨莊爲人骯髒。喜飮酒好放言。以故與世齟齬。功名蹉跎。自翰林侍讀。改中書舍人。賜一品服。
成海應	研經齋全集外集 卷55 「詩話」	李調元이 柳得恭의 『二十四都懷古詩』를 판각하여 『函海』에 수록하였다.	泠齋才調淸逸。著東國二十四都懷古詩。緜竹李調元刻之函海。如咏高麗詩。寒烟四十八王陵。風雨年年暗荻燈。進鳳山中紅躑躅。春來猶自發層層。咏百濟詩。父周開國已千年。公宇山青哭杜鵑。吹笛皐蘭寺裏去。南扶餘樹暮帆前。皆可誦。又送人入燕絶句。紅粉樓頭別莫愁。秋風數騎出邊頭。畫船笳鼓無消息。腸斷淸南第一州。畫船笳鼓。指迎天使時事。
柳得恭	泠齋集 卷6 「叔父幾何先生墓誌銘」	柳璉은 중국에 갔을 때 李調元과 매우 절친하게 지냈으며 귀국하여서는 그의 생일이 되면 초상을 걸어놓고 술을 따라 올렸다.	公游燕中。與綿州李調元深相交而歸。遇其生朝。掛其像而酹之酒。聞之者或笑之。
柳得恭	泠齋集 卷6 「叔父幾何先生墓誌銘」	李調元은 乾隆 때 진사가 되어 翰林을 거쳐 吏部員外郎으로 전근되어 문장으로 세상을 울렸는데, 얼마 안 되어 관직을 버리고 成都로 돌아가 음악과 기예를 즐기니 천하 사람들이 고상하게 여겼다.	調元乾隆進士。翰林轉吏部員外郎。以文章鳴世。尋棄官歸成都。聲伎自娛。天下高之。

柳得恭	泠齋集 卷6 「叔父幾何先生墓誌銘」	李德懋와 동지 몇 명은 柳璉을 이어 연경에 들어가 李調元의 아우인 李鼎元을 통하여, 紀昀‧祝德麟‧翁方綱‧潘庭筠‧鐵保 등과 교유하였다.	友人李德懋及同志數輩踵入燕。因吏部之弟中書舍人鼎元。以游乎吏部之友。當世鴻儒紀昀‧祝德麟‧翁方綱‧潘庭筠‧鐵保諸人之間。與之揚扢風雅。始得歌行韻四聲迭用之妙。今之人稍稍聞而爲之。非復前日之陋矣。鐵保滿洲人。蒙古鑲黃旗副都統兼禮部侍郎。十餘年寵任隆赫。紀昀爲尙書。名重海內。世所稱曉嵐大宗伯者也。禮部主東客文書往復事。或不便象譯。因緣聲氣。踵門而請。莫不立爲揮霍。沛然無事。
柳得恭	泠齋集 卷6 「叔父幾何先生墓誌銘」	李調元이 지은 『雨村詩話』에 柳璉의 시 몇 수가 뽑혀 수록되었다.	李調元著雨村詩話。選入公詩若干首。嗚呼。此可以傳於天下也歟。
柳得恭	灤陽錄 「鐵冶亭侍郎」	李調元은 鐵保를 두고 『淳化閣帖』을 잘 안다고 고평하였다.	冶亭。名鐵保。滿洲正黃旗人。禮部右侍郎。李雨村嘗稱之云。善言淳化帖。旗下人不可多得。
柳得恭	灤陽錄 「李墨莊‧鳧塘二太史」	李鼎元과 李驥元은 李調元의 사촌이다.	李墨莊名鼎元。鳧塘名驥元。四川羅江人。雨村從父弟。十餘年來。信息相聞。天涯舊識也。
柳得恭	灤陽錄 「李墨莊‧鳧塘二太史」	李調元은 『函海』한 部를 간행하였는데, 총 185종 중에 楊愼의 것이 40종이고, 李調元의 것도 40종이며, 詩話(『雨村詩話』)는 3권인데, 李德懋의 『清脾錄』과 柳得恭의 시가 수록되어 있다.	是年春。自燕還者。藉藉言。彼中學士。多求四家集。集中之人。卽某某及余也。余蓄疑者久。今問於墨莊。答云。雨村兄撰刻涵海一部。凡一百八十五種中。有楊升菴四十種。雨村亦有四十種。其詩話三卷。李君淸脾錄及柳公佳句。別來幾日非吳下。和者無人又郢中之類。皆收入。甫刻。輒以事罷去。板已入蜀。惜此處無其本。卽我輩逢人便說。故知之者多。而但未得覩全集。

			所以求之耳。
柳得恭	灤陽錄 「李墨莊‧鼎塘 二太史」	李調元이 파직된 것에 대해 李鼎元과 李驥元은 그들의 문집에서 강개한 어투로 말하였는데, 潘廷筠은 李調元이 방종한 所致라고 하였다.	太和殿宴班。有候補擧人周立矩者。亦言見冽上諸子詩。問於墨莊。周亦孝廉中才子也。余觀墨莊‧鼎塘二集。言雨村罷官事。語多慷慨。而秋庫。則指爲放縱所致。可知也。
柳得恭	灤陽錄 「李墨莊‧鼎塘 二太史」	朝陽縣 關帝廟의 벽 위에 李調元의 7언 절구 3수가 있는데, 이 시는 『雨村集』에 「竟夕談落花生」라는 제목으로 실려 있으며, 『並世集』에도 보인다. *『泠齋集』 권4에도 「寄李雨邨綿州閒居」라는 제목으로 실려 있다.	過口外朝陽縣時。關廟壁上。見雨村詩。問於居僧。答五年前。李以通永道巡到。今聞其歸田。遂信筆書七絶三首。托墨莊寄去。 其一：魚雁沈沈十二年。一天明月共嬋娟。數行秋柳朝陽寺。忽見羅江浣壁篇。 其二：澹雲微雨舊詩情。蕭瑟輶軒萬里行。燕邸何人談竟夕。滿盤愁對落花生。 其三：桐酒沈冥緩客愁。翰林詩史竟悠悠。連綿一路秋山好。磊落人歸磊落州。 (浣壁吟。雨村集名。竟夕談落花生。皆有舊事。見並世集中。)
柳得恭	燕臺再遊錄	紀昀에게 李調元의 근황을 묻자, 歌妓와 산수를 구경하면서 詩話 약간 권을 지었는데 得意作이라고 답하였다.	問李雨邨尙在成都。落拓否。答徵歌選妓。玩水游山。兼作詩話若干卷。甚得意也。
柳得恭	燕臺再遊錄	李鼎元을 방문하여 李調元의 안부를 묻다.	訪李墨莊舍人鼎元敍舊。問雨邨先生平安。答尙平安。問先生賜一品服。銜命破浪。冊封藩王。可謂榮矣。先生是副价。

柳得恭	燕臺再遊錄	柳得恭이 李鼎元에게 讀書記를 살 수 있는 방법을 묻자, 그 책은 李調元이 진작 구입했으며 지금은 書肆를 제외하곤 구입하기 힘들다고 답하였다.	余曰。此行要求朱子書善本。坊間難得。如讀書記可購否。墨莊曰。此書雨邨曾購得。今坊間絶少。除却書肆。又別無購處。雨邨憶書樓已回祿矣。
柳得恭	燕臺再遊錄	李調元의『雨村詩話』4권을 받아 왔는데, 李德懋의『淸脾錄』과 柳得恭의 歌商樓稿 중에서 수록된 것이 많다.	雨邨詩話四卷。携歸館中見之。記近事特詳。李懋官淸脾錄及余舊著歌商樓稿。亦多收入。中州人遇東士。輒擧吾輩姓名者。蓋以此也。
柳得恭	燕臺再遊錄	蒲文甲을 방문하여 李調元과 李鼎元을 아는지 물어보다.	蒲文甲字筆犀號中菴。四川潼川人。…遂訪之。問認李雨邨。蒲答認。問墨莊。答年伯。
柳得恭	古芸堂筆記 卷3 「海東書家」	李書九는 해동 서예가 23명의 書法의 石刻을 소장하고 있는데, 한 벌씩 탁본을 떠서 柳琴을 통하여 李調元에게 부친 일이 있다.	右二十三家書法石刻。爲李薑山都憲所藏。薑山各搨一本。曾託家叔父。寄西蜀李雨村。雨村大以爲喜。其小傳。亦薑山撰也。
李德懋	靑莊館全書 卷34 淸脾錄(三) 「潘秋庯」	1777년 봄, 柳琴이 연경에서 李調元에게 潘庭筠에 대해 묻자, 李調元이 潘庭筠의 불우함을 안타까워하였다.	丁酉春。柳幾何琴入燕。遇李吏部調元。問知潘生否。李曰。潘與吾最相好。辛卯會試。已定會元。旣而以同號人襲其文。遂皆點落。天下惜之。
李德懋	靑莊館全書 卷34 淸脾錄(三) 「潘秋庯」	李德懋가 李調元의 집 벽에 쓰인 潘庭筠의 시를 柳琴에게 전해 듣고는, "淸姸新警"하다고 평하고 潘庭筠의 전집을 보지 못함을 아쉬워하다.	現官中書舍人。雨村壁上。粘蘭公元夕詩一首。幾何傳之曰。人生幾元夕。留滯尙皇州。月是千山隔。星仍萬戶流。淅灯鄕國夢。魯酒歲時愁。耿耿高堂燭。頻年憶遠遊。詩蓋淸姸新警。恨不讀其全集。

李德懋	青莊館全書 卷35 淸脾錄(四) 「泠齋」	柳琴이 柳得恭의 시를 李調元과 潘庭筠에게 보이자 대단히 호평하였다.	彈素入燕。逢綿州李吏部調元示之。吏部大加稱賞曰。此眞文鳳因貼之座壁。潘秋庫見此詩。亦爲之推獎且喜。似南施之語。手自謄寫而去。
李德懋	青莊館全書 卷35 淸脾錄(四) 「李雨村」	李調元의 일생과 저술을 소개하다.	李雨村調元。字羮堂。一字秋塘。四川羅江人。雍正甲寅十二月初五日生。父化楠。官至北路掌印同知府。羮堂。乾隆癸未進士。見官吏部考功司員外郞兼文選司事。僦屋居燕京順城門外。丁酉春。柳琴彈素隨謝恩使入燕。彈素奇士也。欲一交天下文章博洽之士。嘗於端門外。見羮堂。儀容甚閒雅。直持其襟請交。遂畫塼書其姓名及字。羮堂一見投契。稱其名字之甚奇。彈素屢造其室。諄諄善接人。呈露心素。有長者風。見彈素兄子得恭惠風別詩。大加稱賞。臨別贈以詩曰。有客飛乘過海車。玄談天外乍逢初。自言不學張津老。絳帕蒙頭讀道書。(案自註。幾何主人。公自號也。喜天文句股之學故云。) 平生皮裏有陽秋。時抱虞卿著述愁。誰把詩名傳海外。看雲樓集客來求。長衫廣袖九衢喧。避怔多蒙暫駐軒。他日寄書傳小阮。有詩付鴈與吾看。天寒風勁撲窗紗。佳客論心細煮茶。日暮歸懷留不得。惟將明月托天涯。仍餽其廣東主考時所作粵東皇華集及松下看書小照。嗟乎中國人之於友朋交際。情眞語摯。有如此者。羮堂家在羅江之雲龍山下。名其園曰醒園。池塘竹樹。葱蒨幽深。下臨潦江。爲一縣之勝。栖栖軟紅。每有飄然霞擧之想。作憶醒園詩。以見其志曰。車家山下老農夫。走上長安十二衢。昨夜鄕愁眠不得。呼燈起看醒園

圖。煩惱詩人二月天。長安買酒日高眠。不須恠我朝參懶。夢裏醒園祇枕邊。故山茅屋傍雲龍。欲寄新詩再拆封。寄語兒童牆角外。明年添種幾株松。中書舍人顧星橋宗泰。題皇華集曰。羅江才子今詞客。玉署仙郎作使臣。花滿越王臺畔路。一編收拾五芊春。岳轉湘飛未許夸。番禺不數舊三家。鷓鴣嶺接梅花嶺。清麗詩情似斷霞。可見同輩推許之深也。羹堂著作等身。有看雲集二十四卷。井蛙雜記十卷。制科讞言十卷。尾蕉軒閒談十卷。五代詩討百卷。又有蜀詩選蜀巢。蜀巢者。記張獻忠事。羹堂詩。步武騰驤。邊幅展拓。每一讀之。襟抱豁如。雄秀博達。浩無端倪。二十餘歲。嘗謁大司冠錢香樹陳羣於嘉禾。進春蠶作繭詩。有不梭還自織。非彈却成圓之句。香樹嘉嘆。謂曾侍上於乾清宮。元宵聯句。上思如湧泉。言言珠玉。僕得一聯云。風團謝家絮。霜點洞庭橙。一時同輩。推爲五言長城。今見君圓字詩。辦香當在是矣。後又序看雲樓集。歷說蜀之詩人。如唐之太白拾遺。宋之眉山。元之道園。明之升菴。以接于羹堂。仍推獎以爲奇氣蓬勃。駸駸乎泝漢魏而上。而古歌行。在其鄉先哲中。亦幾直接大蘇云。香樹。藝園之宗匠。而其所賞許如此。則決知爲今世之大雅也。盖香樹作序於己丑。時年八十四。亦奇事也。嘗與程吏部晉芳。祝編脩德麟。有詩襟之契。想見其風流之弘長。其詩秋興。叩山雪下姜維廟。瀘水烟生孟獲城。張騫槎上葡萄少。馬援囊中薏苡多。垂楊綠

			倒花卿廟。市杖靑連竹女溪。黃鶴樓。徒聞帝子騎黃鵠。不見仙人跨白羊。溪口遠眺。禰衡才子當衰漢。崔顥詞人壓盛唐。錢塘懷古。王師不抵黃龍府。帝子空望白馬潮。春興。苜蓿卽今肥牧馬。芎藭自昔憫河魚。奉和芷塘。得句每從秋色裏。著書多在雨聲中。乾坤老客花光裏。今古來人柳影中。一簷草色踈烟外。三逕苔痕細雨中。螘垤種苽棚滴翠。蜂糧搗藥杵揚塵。獻書莫似妄男子。作賦須是亡是公。感興。失意韓樊羞等伍。得時韋杜近魁三。白鷺州書院。一林蕉雨侵窓綠。四面書燈映水紅。梅關。人撥亂雲驢背上。僧敲古月鳥栖邊。三水縣。夕陽人在千峯外。夜雨猿啼萬樹西。潛山。皖山似展倪迂畫。潛水慚無許渾詩。皆可以傳誦也。
李德懋	靑莊館全書 卷35 淸脾錄(四) 「李雨村」	1777년 봄, 柳琴이 연경에서 李調元과 교유하고, 조카 柳得恭의 전별시를 보여주었다.	丁酉春。柳琹彈素隨謝恩使入燕。彈素奇士也。欲一交天下文章博洽之士。嘗於端門外。見羹堂。儀容甚閒雅。直持其襟請交。遂畫博書其姓名及字。羹堂一見投契。稱其名字之甚奇。彈素屢造其室。諄諄善接人。呈露心素。有長者風。見彈素兄子得恭惠風別詩。大加稱賞。
李德懋	靑莊館全書 卷35 淸脾錄(四) 「李雨村」	李調元이 柳琴과 이별할 적에 지어준 전별시의 내용을 소개하고, 李調元이 柳琴에게 『粵東皇華集』과 松下看書小照를 준 사실이 있음을 말하다.	臨別贈以詩曰。有客飛乘過海車。玄談天外乍逢初。自言不學張津老。絳帕蒙頭讀道書。(案自註。幾何主人。公自號也。喜天文句股之學故云。) 平生皮裏有陽秋。時抱虞卿著述愁。誰把詩名傳海外。看雲樓集客來求。長衫廣袖九衢喧。避恇多蒙暫駐軒。他日寄書傳小阮。有詩付鴈與吾看。天寒風勁撲窓

			紗。佳客論心細煮茶。日暮歸懷留不得。惟將明月托天涯。仍餽其廣東主考時所作粤東皇華集及松下看書小照。嗟乎中國人之於友朋交際。情眞語摯。有如此者。
李德懋	靑莊館全書卷35清脾錄(四)「李雨村」	李調元이 본가에 있던 아름다운 정원을 생각하며 지은 시를 소개하다.	羹堂家在羅江之雲龍山下。名其園曰醒園。池塘竹樹。葱蒨幽深。下臨潺江。爲一縣之勝。栖栖軟紅。每有飄然霞擧之想。作憶醒園詩。以見其志曰。車家山下老農夫。走上長安十二衢。昨夜鄉愁眠不得。呼燈起看醒園圖。煩惱詩人二月天。長安買酒日高眠。不須恠我朝參懶。夢裏醒園祇枕邊。故山茅屋傍雲龍。欲寄新詩再拆封。寄語兒童牆角外。明年添種幾株松。
李德懋	靑莊館全書卷35清脾錄(四)「李雨村」	李調元의 시가 雄秀博達하다고 평하다.	羹堂詩。步武騰驤。邊幅展拓。每一讀之。襟抱豁如。雄秀博達。浩無端倪。
李德懋	靑莊館全書卷35清脾錄(四)「李雨村」	顧宗泰가 李調元의 『粤東皇華集』에 쓴 題詩를 소개하다.	中書舍人顧星橋宗泰。題皇華集曰。羅江才子今詞客。玉署仙郎作使臣。花滿越王臺畔路。一編收拾五芊春。岳轉湘飛未許夸。番禺不數舊三家。鵝鴣嶺接梅花嶺。淸麗詩情似斷霞。可見同輩推許之深也。
李德懋	靑莊館全書卷35清脾錄(四)「李雨村」	李調元의 저술로 『看雲集』 24권, 『井蛙雜記』 10권, 『制科諷言』 10권, 『尾蔗軒閒談』 10권, 『五代詩討』 100권 및 蜀詩選蜀巢가 있다.	羹堂著作等身。有看雲集二十四卷。井蛙雜記十卷。制科諷言十卷。尾蔗軒閒談十卷。五代詩討百卷。又有蜀詩選蜀巢。蜀巢者。記張獻忠事。

李德懋	靑莊館全書 卷35 淸脾錄(四) 「李雨村」	錢陳群은 李調元의 5언 시를 높이 평가하였고, 李調元의 『看雲樓集』에 쓴 서문에서 李調元의 시 는 李白·杜甫·蘇軾· 虞集·楊愼의 계보를 잇 는 것이며, 특히 歌行은 蘇軾을 직접 이었다고 고 평하였다.	二十餘歲。嘗謁大司冠錢香樹陳羣於嘉禾。進春蚕作繭詩。有不梭還自織。非彈却成圓之句。香樹嘉嘆。謂曾侍上於乾淸宮。元宵聯句。上思如湧泉。言言珠玉。僕得一聯云。風團謝家絮。霜點洞庭橙。一時同輩。推爲五言長城。今見君圓字詩。辦香當在是矣。後又序看雲樓集。歷說蜀之詩人。如唐之太白拾遺。宋之眉山。元之道園。明之升菴。以接于夔堂。仍推奬以爲奇氣蓬勃。駸駸乎泝漢魏而上。而古歌行。在其鄉先哲中。亦幾直接大蘇云。香樹。藝園之宗匠。而其所賞許如此。則決知爲今世之大雅也。蓋香樹作序於己丑。時年八十四。亦奇事也。
李德懋	靑莊館全書 卷35 淸脾錄(四) 「李雨村」	李調元은 程晉芳·祝德麟과 詩襟契를 맺었다.	嘗與程吏部晉芳。祝編脩德麟。有詩襟之契。想見其風流之弘長。
李德懋	靑莊館全書 卷35 淸脾錄(四) 「李雨村」	李調元의 시 여러 편의 구절을 소개하다.	其詩秋興。叩山雪下姜維廟。瀘水烟生孟獲城。張騫槎上葡萄少。馬援囊中薏苡多。垂楊綠倒花卿廟。市杜靑連竹女溪。黃鶴樓。徒聞帝子騎黃鵠。不見仙人跨白羊。溪口遠眺。禰衡才子當衰漢。崔顥詞人壓盛唐。錢塘懷古。王師不抵黃龍府。帝子空望白馬潮。春興。首蓿卽今肥牧馬。芎窮自昔憫河魚。奉和芷塘。得句每從秋色裏。著書多在雨聲中。乾坤老客花光裏。今古來人柳影中。一簾草色踈烟外。三逕苔痕細雨中。螳坏種苽棚滴翠。蜂糧搗藥杵揚塵。獻書莫似妄男子。作賦須是亡是公。感興。失意韓樊羞等伍。得時韋杜

			近魁三。白鷺州書院。一林蕉雨侵窓綠。四面書燈映水紅。梅關。人撥亂雲驢背上。僧敲古月鳥栖邊。三水縣。夕陽人在千峯外。夜雨猿啼萬樹西。潛山。皖山似展倪迂畫。潛水慚無許渾詩。皆可以傳誦也。
李德懋	靑莊館全書 卷35 清脾錄(四) 「袁子才」	李調元이 袁枚를 오늘날 第一의 才士로 칭송하면서 그에 관한 사항을 『尾蕉軒閒談』에 기록하였다.	袁枚字子才。李雨村稱之曰。子才當今第一才人。子才著述甚富。年今七十餘。以庶吉士。改上元知縣。官止於此。然天下知與不知。皆稱道。余尾蕉軒閒談。備言其事。
李尙迪	恩誦堂詩續集 卷5 「江都符南樵(葆森)孝廉輯國朝正雅集, 略載東國人詩, 拙作亦在其中, 題絶句五首」	朴齊家의 『貞蕤稿略』은 陳鱣이 서문을 쓰고 판각하였으며, 李調元의 『函海』와 吳省蘭의 『藝海珠塵』 등에 수록되어 있음을 말하다.	其四: 三入春明遍所知。至今人說樸貞蕤。蜀中吳下諸名輩。爭釆新詩付棗梨。(樸楚亭嘗三游燕臺。而所著有貞蕤稿略。陳仲魚爲序而刻之。李雨村函海及吳泉之藝海珠塵諸書。幷有收錄。)

李 贄 (1527-1602)

●●●

인물 해설	字는 宏甫, 號는 卓吾, 別號는 溫陵居士, 百泉居士 등이다. 泰州學派의 일원으로서 금욕주의·신분차별을 강요하는 禮敎를 부정하고, 인간성을 옹호하는 입장에서 本能을 긍정하였다. '經史一物'이라는 생각을 문학에도 적용시켜 『西廂記』와 『水滸傳』 같은 白話 문학도 經史와 나란히 고금을 통한 최고문학이라고 평가하였다. 孔子의 권위마저 상대화하는 등 反儒敎的인 주장 때문에 자주 박해를 받았으며, 마지막에는 張問達의 탄핵을 받고 투옥되어 옥중에서 자살하고 말았다. 저서로는 『焚書』(6권), 『續焚書』(5권), 『藏書』(68권), 『續藏書』(27권) 등이 있고, 그밖에도 소설과 고문 등에 독특한 評語를 붙여서 편집한 다수의 서적이 있다.
인물 자료	○ 『明史』, 列傳 109 ……(耿定向)嘗招晉江·李贄於黃安, 後漸惡之, 贄亦屢短定向. 士大夫好禪者往往從贄遊. 贄小有才, 機辨, 定向不能勝也. 贄爲姚安知府, 一旦自去其髮, 冠服坐堂皇, 上官勒令解任. 居黃安, 日引士人講學, 雜以婦女, 專崇釋氏, 卑侮孔·孟. 後北遊通州, 爲給事中張問達所劾, 逮死獄中. ○ 袁中道, 『珂雪斋集』 卷17, 「李溫陵傳」 李溫陵者, 名載贄. 少學孝廉, 以道遠, 不再上公車, 爲校官, 徘徊郎署間. 後爲姚安太守. 公爲人中燠外冷, 豐骨棱棱. 性甚卞急, 好面折人過, 士非參其神契者不與言. 強力任性, 不強其意之所不欲. 初未知學, 有道學先生語之曰: "公怖死否?" 公曰: "死矣, 安得不怖." 曰: "公既怖死, 何不學道? 學道所以免生死也." 公曰: "有是哉!" 遂潛心道妙. 久之自有所契, 超於語言文字之表, 諸執筌蹄者了不能及. 爲守, 法令淸簡, 不言而治. 每至伽藍, 判了公事, 坐堂皇上, 或置名僧其間, 簿書有隙, 即與參論虛玄. 人皆怪之, 公亦不顧. 俸祿之外, 了無長物. 陸績鬱林之石, 任昉桃花之米, 無以過也. 久之, 厭圭組, 遂入雞足山閱龍藏不出. 禦史劉維奇其節, 疏令致仕以歸. 初與楚黃安耿子庸善, 罷郡遂不歸. 曰: "我老矣, 得

一二勝友, 終日晤言以遣餘日, 即爲至快, 何必故鄉也？”遂攜妻女客黃安. 中年
得數男, 皆不育. 體素臞, 澹於聲色, 又癖潔, 惡近婦人, 故雖無子, 不置妾婢. 後
妻女欲歸, 趣歸之. 自稱“流寓客子.” 既無家累, 又斷俗緣, 參求乘理, 極其超悟,
剔膚見骨, 迥絶理路. 出爲議論, 皆爲刀劍上事, 獅子逆乳, 香象絶流, 發詠孤高,
少有酬其機者. 子庸死, 子庸之兄天台公惜其超脫, 恐子侄效之, 有遺棄之病, 數
至箴切. 公遂至麻城龍潭湖上, 與僧無念・周友山・丘坦之・楊定見聚, 閉門下
鍵, 日以讀書爲事. 性愛掃地, 數人縛帚不給. 袗裙浣洗, 極其鮮潔, 拭面拂身, 有
同水淫. 不喜俗客, 客不獲辭而至, 但一交手, 即令之遠坐, 嫌其臭穢. 其忻賞者,
鎮日言笑, 意所不契, 寂無一語. 滑稽排調, 沖口而發, 既能解頤, 亦可刺骨. 所讀
書皆鈔寫爲善本, 東國之秘語, 西方之靈文, 離騷・馬・班之篇, 陶・謝・柳・杜
之詩, 下至稗官小說之奇, 宋元名人之曲, 雪藤丹筆, 逐字讎校, 肌襞理分, 時出
新意. 其爲文不阡不陌, 攄其胸中之獨見, 精光凜凜, 不可迫視. 詩不多作, 大有
神境. 亦喜作書, 每研墨伸楮, 則解衣大叫, 作兔起鶻落之狀. 其得意者亦甚可愛,
瘦勁險絶, 鐵腕萬均, 骨棱棱紙上. 一日惡頭癢, 倦於梳櫛, 遂去其髮, 獨存鬚髥.
公氣既激昂, 行復詭異, 欽其才, 畏其筆, 始有以幻語聞當事, 當事者逐之. … 明
日, 大金吾置訊, 侍者掖而入, 臥於階上. 金吾曰：“若何以妄著書？”公曰：“罪
人著書甚多, 具在, 於聖教有益無損.”大金吾笑其倔強, 獄竟無所置詞, 大略止回
籍耳. 久之旨不下, 公於獄舍中作詩讀書自如. 一日, 呼侍者剃髮. 侍者去, 遂持
刀自割其喉, 氣不絶者兩日. 侍者問：“和尙痛否？”以指書其手曰：“不痛.”又
問曰：“和尙何自割？”書曰：“七十老翁何所求！”遂絶. 時馬公以事緩, 歸覲
其父, 至是聞而傷之, 曰：“吾護持不謹, 以致於斯也. 傷哉！”乃歸其骸於通, 爲之
大治塚墓, 營佛利云. 公素不愛著書. 初與耿公辯論之語, 多爲掌記者所錄, 遂裒
之爲焚書. 後以時義詮聖賢深旨, 爲說書. 最後理其先所詮次之史, 焦公等刻之於
南京, 是爲藏書. 蓋公於誦讀之暇, 尤愛讀史, 於古人作用之妙, 大有所窺. 以爲
世道安危治亂之機, 捷於呼吸, 微於縷黍. 世之小人既僥幸喪人之國, 而世之君子
理障太多, 名心太重, 護惜太甚, 爲格套局面所拘, 不知古人淸靜無爲・行所無事
之旨, 與藏身忍垢・委曲周旋之用. 使君子不能以用小人, 而小人得以制君子. 故
往往明而不晦, 激而不平, 以至於亂. 而世儒觀古人之跡, 又槪繩以一切之法, 不
能虛心平氣, 求短於長, 見瑕於瑜, 好不知惡, 惡不知美. 至於今, 接響傳聲, 其觀
場逐隊之見, 已入人之骨髓而不可破. 於是上下數千年之間, 別出手眼, 凡古所稱
爲大君子者, 有時攻其所短；而所稱爲小人不足齒者, 有時不沒其長. 其意大抵

在於黜虛文，求實用；舍皮毛，見神骨；去浮理，揣人情．即矯枉之過，不無偏有重輕，而舍其批駁謔笑之語，細心讀之，其破的中窾之處，大有補於世道人心．而人遂以爲得罪於名教，比之毀聖叛道，則已過矣．… 公晚年讀易，著書曰九正易因．意者公於易大有得，舍兌入謙，而今遂老矣逝矣！公所表章之書，若陽明先生年譜，及龍溪語錄，其類多不可悉記云．

○ 錢謙益，『列朝詩集小傳』閏集 卷3，「卓吾先生李贄」

贄，字宏甫，晉江人．領鄉薦，不再上公車，授教官，歷南京刑部主事，出爲姚安太守．政令淸簡，公座或與禪衲俱．簿書之間，時與參論．又輒至伽藍，判了公事．逾年入鷄足山，閱藏不出．御史劉維奇其人，疏令致仕．與黃安耿子庸善，罷郡遂客黃安．子庸死，遂至麻城龍潭湖上，閉門下楗，日以讀書爲事．一日，惡頭癢，倦於梳櫛，遂去其髮，禿而加巾．卓吾所著書，於上下數千年之間，別出手眼，而其捃擊道學，抉摘情僞，與耿天臺往復書，累累萬言，胥天下之爲僞學者，莫不膽張心動，惡其害己，於是咸以爲妖爲幻，噪而逐之．馬御史經綸，迎之於通州，尋以妖人逮下詔獄．獄詞上議，勒還原籍．卓吾曰："我年七十有六，死耳，何以歸爲？"遂奪薙髮刀自剄，兩日而死．御史收葬之通州北門外，秣陵焦竑題其石曰："李卓吾先生墓"．過者皆吊焉．袁小修嘗語余曰："卓老多病寡慾，妻莊夫人，生一女．莊歿後，不復近女色．其戒行老禪和不復是過也．平生痛惡僞學，每入書院講堂，峨冠大帶，執經請問，輒奮袖曰：'此時正不如攜歌姬舞女，淺斟低唱．'諸生有挾妓女者見之，或破顏微笑曰：'也強似與道學先生作伴．'於是麻黃之間，登壇講學者，銜恨次骨，遂有宣淫敗俗之謗．蟾蜍擲糞，自其口出，豈足以汙卓老哉！余兄中郎，以吳令謝病歸，再起儀部，卓老以謂理不當復出，爲詩曰：'王符已著潛夫論，爲問中郎到也無？'已而中郎將抵國門，乃改前句曰：'黃金臺上思千里，爲報中郎速進途．'其於進退出處，介介如此．人知卓老爲柳下之不恭，不知其爲伯夷之隘也．"卓老風骨稜稜，中燠外冷，參求理乘，剔膚見骨，迥絕理路，出語皆刀劍上事．獅子送乳，香象絕流，直可與紫柏老人相上下．遺山中州集有異人之目，吾以爲卓吾可以當之．錄其詩附於高僧之後，傳燈所載，旁出法嗣，卓吾或其儔與！

○ 『四庫全書目錄』卷177，李溫陵集 條

贄非聖無法，敢爲異論．雖以妖言逮治，懼而自到，而焦竑等盛相推重，頗熒衆聽，遂使鄉塾陋儒，翕然尊信，至今爲人心風俗之害．故其人可誅，其書可毀，而

仍存其目, 以明正其名教之罪人, 誣民之邪說. 庶無識之士, 不至怵於虛名而受其簧鼓, 是亦彰癉之義也.

○ 『四庫全書總目』卷49, 藏書 條

明 李贄撰. 贄有九正易因, 已著錄. 是編上起戰國, 下迄於元, 各採撫事蹟. 編爲紀傳, 紀傳之中, 又各立名目, 前有自序, 曰: "前三代吾無論矣, 後三代漢唐宋是也. 中閒千百餘年, 而獨無是非者. 豈其人無是非哉, 咸以孔子之是非爲是非. 固未嘗有是非耳, 然則予之是非人也, 又安能已." 又曰: "藏書者何? 言此書但可自怡, 不可示人, 故名曰藏書也. 而無奈一二好事朋友, 索覽不已. 予又安能以已耶." 但戒曰; "覽則一任諸君覽, 但無以孔夫子之定本行賞罰也則善矣." 云云, 贄書皆狂悖乖謬, 非聖無法. 惟此書排擊孔子, 別立襃貶. 凡千古相傳之善惡, 無不顚倒易位, 尤爲罪不容誅, 其書可燬, 其名亦不足以汚簡牘. 特以贄大言欺世, 同時若焦竑諸人, 幾推之以爲聖人, 至今鄕曲陋儒, 震其虛名, 猶有尊信不疑者. 如置之不論, 恐好異者轉矜創獲, 貽害人心, 故特存其目, 以深暴其罪焉.

저술소개

* 『藏書』

(明)刻本 剜改印本 68卷 / (明)萬曆 27年 焦竑刻本 68卷 / (明)汪修能刻本 68卷

* 『續藏書』

(明)萬曆 39年 王若屛刻本 27卷 / (明)汪修能刻本 27卷

* 『陽明先生年譜』

(明)刻本 2卷

* 『初潭集』

(明)萬曆年間 刻本 30卷 / (明)刻本 30卷

* 『南華經解』

(明)刻本 2卷

* 『李氏焚書』

(明)刻本 朱墨套印本 6卷 / (明)刻本 6卷

* 『李氏續焚書』

(明)刻本 5卷

* 『坡仙集』

  (宋)蘇軾撰 (明)李贄評輯 (明)萬曆 28年 焦竑刻本 16卷 / (明)萬曆 47年程明善刻本 16卷

* 『李卓吾先生遺書』

  (明)萬曆 40年 刻本 2卷 附錄 1卷

* 『李卓吾先生批評三國志』

  (明)羅本撰 (明)李贄評 (明)刻本 120回 / (淸)刻本 120回

* 『李卓吾先生批評忠義水滸傳』

  (元)施耐菴撰 (明)李贄評 (明)容與堂刻本 100卷 引首 1卷

* 『李卓吾先生批點西廂記真本』

  (元)王德信撰 (明)李贄批點 (明)崇禎年間 刻本 2卷

			비 평 자 료	

南克寬	夢藝集 坤 「謝施子」		李贄가 나온 후 風俗이 一變해서 猖狂하여 忌憚하는 말이 없게 되었다.	李贄之出。風俗一變。猖狂無忌憚之言。皆自此人當爲罪首。是固氣機之變衰虛幻。非人力也。然其論皆昧於制乎外。所以養其中一句。必以發而直遂。爲第一義。今夫塗之人。見列肆之貝。其不欲攫而歸也者。鮮矣。循此輩之論。必攫而後可也。豈不悖哉。牛溪跋袁黃之書曰。世衰妖興。一至於此。斷之確矣。
朴趾源	燕巖集 卷14 熱河日記 「鵠亭筆談」		王民皥는 李贄가 스스로 머리를 밀어버린 것을 두고, 그의 흉악한 성품이라고 말하였다.	鵠汀曰。… 李卓吾忽自開剃。這是凶性。余曰。聞浙中剃頭店牌。號盛世樂事。鵠汀曰。未之聞也。是與石成金快說同意。
徐瀅修	明皐全集 卷5 「答李學士 (明淵)」		明나라 李贄와 袁宏道의 문풍이 조선에 성행하고 있다고 주장하다.	大抵文章。莫難於使事。故能立意者。未必能造語。能遣辭者。未必能免俗。而近日一種俗學。則尤每下焉。掇拾叢書。丐貸雜家。其桀點也。如侏儒之矜張。其艶冶也。如桃梗之衣冠。其粉餙

			也。如媒妁之行言。其誇誕也。如巫祝之談神。其端起於李卓吾·袁中郎輩。而我國則至今日而始盛行矣。
徐瀅修	明皐全集 卷14 「劉松嵐 (大觀)傳」	明나라 江西餘派가 一轉하여 李贄가 되었는데, 詿誤가 이미 오래되어 점점 오염시킴이 많다는 견해에 대해 劉大觀의 의견을 물어보다.	余曰。弊邦。自箕聖以來。幾千載。中土之所不能及者有二大端。親喪之必三年也。婦人之不再醮也。及至我朝聖神繼作。賢德夾輔。立經陳紀。盖倣趙宋規模。而如學術之宗程朱絀陸王。文辭之主八家賓六朝。詩教之尙盛唐耻建安。雖比之鄒魯。文獻亦不多讓耳。聞近來中原學問。則強半是江西餘派。一轉而爲李卓吾。再傳而爲毛大可。詿誤旣久。漸染益多云。此說儘然否。松嵐曰。本朝自聖祖仁皇帝表章朱子之後。立之學官。誦法尊師者。更無二歧。而天下之大。豈能四方一轍。至如鄕塾講案。則朱陸相半。然此不可謂朱子之道不行矣。
李彦瑱	松穆舘燼餘稿 「失題」	李贄의 문장은 老子나 莊子와 다르다고 평하다.	硬黃臨枝山帖。軟碧披石田圖。姑置唐詩漢史。閉戶別做工夫。有食只是喫了。無事只是睡也。神通到底平平。自稱降魔尊者。矮剪百張陟釐。閑燒一寸婆律。書法瘦臨率更。詩情淡擬靖節。文奇因之悟道。學雜不欲名家。高人時或賣履。博士何嫌煎茶。詩如歌又如偈。古一人邵堯夫。文非老亦非莊。今一人李卓吾。
李宜顯	陶谷集 卷28 陶峽叢說	李贄는 王守仁·陳獻章과 한 유파이다.	明文集行世者。幾乎充棟汗牛。不可殫論。而大約有四派。姑就余家藏而言之。… 陽明·白沙。以異學爲文。而陽明之文尤爽。新學則當斥。而文則可取。以至李卓吾之詭怪。由陽明而騰上

			益肆者也。此三集當爲一派。
田愚	艮齋集前編 卷4 「答朴應瑞 (轍在)」	李贄는 王守仁의 餘派로 道를 自然이라 인식하였 다.	昔明人李贄。出於王氏心理之餘派。認 自然爲道。道固自然。心之所存所發。 惡可不辨是非。而槩指爲道乎。彼以當 下自然四字。爲阱於天下。驅後進之喜 縱肆惡撿束者。納諸其中。駸駸至於神 州陸沈。愚竊痛之。欲改自爲當。蓋人 之違仁蹂矩。固多由於目前持守之不 力。亦緣疇昔之留滯。後來之擬議而然 爾。
田愚	艮齋集前編 卷10 「答宋性浩」	嘉靖 이후 王守仁을 높이 고 주자를 헐뜯는 경향이 많았고, 그 후로 顏鈞·何 心隱·李贄에게 전해져 다시는 名教로 제어할 수 가 없었다.	明初吳康齋胡敬齋諸賢。皆以謹言行主 敬義爲務。而學術無弊矣。弘治正德以 後。天下之士。厭常喜新。風氣浸薄。 而王陽明以絶世之資。創出心卽理之新 說。以鼓動海內。嘉靖以後。尊王氏而 詆朱子者。始接踵於世矣。其後再傳而 爲顏山農·何心隱·李卓吾。而非復名教 之所能羈絡矣。於是。士習蕩狂。人心 陷溺。國隨而亡。嗚呼。學術之有關於 治亂。有如是夫。
田愚	艮齋集前編 卷15 「看李贄書識 感」	李贄의 『焚書』를 보고 나 서, 그가 異說僻行으로 어디든 구애됨이 없었고, 만년에 左道로 대중들을 미혹하게 하여 조정에서 버림받았다는 사실을 알 게 되었다.	李氏焚書。年前略綽一過。便見其異說 僻行。無所拘撿。而其晚年以左道惑 衆。見斥於朝家。則復畜髮加冠。而與 書周友山。望其從寬發落。許其改過從 新。而曰。既係誤犯。則情理可恕。既 肯速改。則更宜加獎。其與焦漪園書。 又曰。老人無歸。以朋友爲歸。不知今 者當歸何所歟。寫至此。一字一淚。觀 此兩篇。其許多崛強之氣。不知縮在甚 處。乃作此可憐語也。史孟麟嘗譏之 曰。李卓吾講心學。專以當下自然爲宗 旨。說人人都是見成的聖人。聞有忠孝

			節義之人。卻云。都是做出來的。本體原無此忠孝節義。學人取其便利。趨之若狂。後被人論。纔去挐佗。便手忙腳亂。一刀自刎。此是殺身成仁否。此是捨生取義否。自家且如此。何況學人哉。當下本是下手功夫差認了。卻是陷人深坑。鄒善亦言。李卓吾倡爲異說。破除名行。楚人從者甚衆。風習爲之一變。劉元卿問於鄒曰。何近日從卓吾者之多也。鄒曰。人心誰不欲爲聖賢。顧無奈聖賢礙手耳。今渠爲酒色財氣。一切不礙菩提路。有此便宜事。誰不從之。當時諸人。已有此斥。而贄也不之懲改。而自謂天下無知己者。人之無良。一至此哉。近世學人。例多憚繩撿而喜縱肆。纔見人整冠襟。齊手腳。正倫理。遵禮律。便道是異常。便道是要譽。至云學者於言論閒。不宜出流俗字。又云。學者立身行事。何必要異俗。豈非匍匐於李贄之門者哉。學術之有關於天下國家大矣。而今其言論見識如此。宜其淪胥爲夷。而不以爲恥也。
田愚	艮齋集前編續卷4「贈成璣運序」	心學을 重視하게 되면서 後人들 중에 李贄가 主張한 ‘當下自然’에 동조하지 않는 자가 드물었다.	乃後世一種占姦之徒。樂放縱之習。則曰心學足矣。憚莊嚴之士。則曰外飾詐矣。噫。自此說之行。凡世之子弟後生。無不風靡。其不歸於李贄之當下自然者。鮮矣。曩哲每歎流俗之害甚於異端。豈不信哉。觀程朱諸先生之論心術。不曰存心而曰主敬。論主敬。不曰虛靜淵默而曰必謹之於衣冠容皃之閒。其亦可謂言近而指遠矣。余謂此是千聖相傳宗旨。而異端之玄虛。俗學之恣肆。早已在乎排闢之中矣。

田愚	艮齋集後編卷4「答鄭漢殷」	聖人과 賢人을 꾸짖고 욕하는 일은 佛家와 禪家·陸九淵·王守仁의 '信心自用'에서 비롯되었고, 李贄·紀昀의 무리에 이르러 극심했다.	余見古今人依此做去者。未有不成德近日康梁輩。敎人勿爲聖賢奴隷。此是凶肚之所發也。世人非惟不抵排。乃反喜聞而誠服。至有爲斬聖罵賢之說者。其源實自佛·禪·陸·王信心自用始。而終至於李贄·紀昀輩而極矣。今之士宜尊信吾東前輩。而上溯于孔孟程朱。一心敬奉其訓。而無敢少自肆焉。如此則人品自高。學問自正矣。賢輩宜深誌之。
田愚	艮齋集後編卷6「答崔炳翊」	李贄의 '當下自然'은 道에 해를 끼치는 주장이다.	陸氏言。當下便是。李贄言。當下自然。是皆害道之說。愚嘗改之曰。當下當然。其意欲學者切勿思前算後。只就目前。求得一箇當然之理。而盡得全副能然之心。如此而已矣。獅子捉兎。亦用全力。此爲善喩。雖微細之事。而理則一也。愼無以其小而忽之也。(性爲本而心爲用。統前後而言。)
田愚	艮齋集後編卷8「與高東是·崔基俊」	李贄의 '當下自然'은 수많은 사람들을 그르쳤다.	象山當下便是。被晦翁所譏呵。李贄當下自然。又誤了許多人。余因而得當下當然四字。以爲爲學之要。蓋欲不思前後。不計利害。(康節云。過去無非閒指點。未來都是別枝梧。朱子云。) 但見事之當止。不見爲利爲害。只要目前合理。此頗省力。但恐霎時閒忽忘過了。所以未能打成一片也。蓋此四字。元從合下所以然出來。今二子方持重哀。須就居憂上。行得當行之禮。此爲當下當然之訣也。然是必有其故。蓋我是父母之遺體。氣脈互貫。恩愛相屬。一朝父母沒。我心自有哀痛慘怛之情。非是爲人子不得已而如此。此若天使之然也。雖然。人又有被氣慾習慣所蒙蔽。而仁性不能得流行者。故須要講明其節文。

			竭盡其心力。以冀無悖乎當下當然之禮爾。推之萬事。無不皆然。二子其勉之哉。
田愚	艮齋集後編卷15「海上散筆(二)」	焦竑·李贄는 佛學이 곧 聖學이라 하였다.	焦竑·李贄之謂佛學卽聖學。劉念臺之謂聖學亦本心。某氏之謂陽明心卽理不可非之。皆一副當見識議論也。
趙聖期	拙修齋集卷9「與金仲和書」	중국의 역대 문인들 중에 明人의 문풍이 가장 낮은데도 王守仁·李贄·李夢陽·王世貞 등과 같이 宏肆暢達하고 儁拔奧衍한 경우가 있다.	明人見韓公之力去陳言。別立文章之門戶。又欲較韓公而上之。追漢秦以前之作者。鏃心鈕目。鉤章棘句。力爲艱僻環詭支晦幽深之習。而文章之道。至是大壞。其發明事理。稍有實用。擬諸柳·蘇諸公。尙不啻隔了幾塵。則明人之文風斯最下。而但其精神才氣之所發。間不無一二豪章俊語。亦能動人者。此則正如海外丹靑空碧。雖乏世用。而自不害爲一世之寶玩。朱夫子蓋嘗以此稱桂潼感遇諸詩。僕於明人之文。亦復云然。… 其視皇明餘姚·晉江·北地·琅琊數四公之宏肆暢達儁拔奧衍者。亦果何如耶。夫文章之益下。至明人而極矣。而我國之文章。猶不敢追明人之後塵。則風氣之大小。華夷之限隔。雖在小技而亦有一局之耶。但明文之不及韓·蘇。以其少事理之實用。而韓·蘇之不能追六藝之作者。以其不能使其言之爲文者。皆由心地道術而出。皆由經事綜物而發之之故也。然則今日執事之文。雖知其厭薄明人之文。而抑學韓·柳而爲之耶。學周公·孔子·周·程·張·朱而爲之耶。抑求諸心地道術經事綜物之際而有新得耶。抑從文字辭句排比結搆之境而作家計乎。夫風氣之限

			於大小夷夏者。固不可強而一之矣。文章之隨世道高下者。固不可超而上之矣。若明人之不及韓·蘇諸公。韓·蘇諸公之不能追六藝之作者。今旣知其所由然矣。則獨不可反其道而求之耶。求之若何。
趙秀三	秋齋集 卷8 「與蓮卿」	古文은 傳奇가 아니므로 金聖歎과 李贄가 할 수 있는 바가 아니라고 말하다.	其中以獨斷曰六經百家。已爲千古受用。若傳舍之閻人。多腐爛極矣。與其討人牙後之慧。孰若簸奇弄新。自王龜玆之爲愈。故每於記事處。引斷水滸句讀。論議處循襲西廂評語。時遇窘迫苟且處。忽以遙遙葱嶺。遮暎人目。誠極可笑也。古文旣非傳奇。則豈聖歎·卓吾之可爲者哉。吾儒亦非緇髡。則維摩圖澄。又何尊尙乎。陋哉陋哉。
洪翰周	智水拈筆 卷1	李贄의 『藏書』는 中國에서는 禁書가 되었지만, 오히려 우리나라에서는 지금도 세상에 돌아다니고 있다.	但萬曆間。李卓吾藏書。則朝臣疏劾。至於焚毁。然其書猶出於我國。至今行世矣。
洪翰周	智水拈筆 卷3	王守仁의 학문이 王畿를 거쳐 李贄에 이르러는 더욱 방자하여 꺼리는 바가 없게 되었다.	至於其門人王畿。一傳而爲李贄。猖狂自恣。無復顧忌。
洪翰周	智水拈筆 卷3	李贄의 『藏書』와 『焚書』는 그 해악이 더욱 심하다.	而贄之藏書·焚書。則其害尤滔天。有甚於陸門之慈湖也。
黃德吉	下廬集 卷4 「答鄭希仁」	齊泰와 黃子澄에 대해 논평한 李贄의 史評이 괴이하므로 본받지 말라고 경계하다.	隆萬間有李贄者尙怪詭。其言曰。齊黃四傑。功之首。罪之魁。滅建文興成祖。此誠可誠也。不可效尤也。

101

張 謇 (1853-1926)

인물 해설	字는 季直, 號는 嗇庵으로, 江蘇省 海門 常樂鎭에서 태어났다. 淸末 狀元이었으며 近代 實業家이자 政治家·敎育家이다. 晚淸時期 立憲運動의 領袖로 세 차례의 國會請願運動을 주동하였다. 또한 중국 최초의 紡織專業學校를 세워 紡織高等敎育의 선하를 열었으며 면화 개량 및 재배 확대에 힘써 방직공업 발달에 큰 공헌을 하였다. 교육 방면에 있어서 그는 중국 근대 최초의 사범학교인 南通師範學校를 세우고 최초의 민간 박물관 南通博物苑을 만들었으며 최초의 기상대 軍山氣象台 및 고등교육기관인 南通大學을 세웠다. 光緖 8년(1882) 朝鮮에서 '壬午軍亂'이 일어났을 때 日本이 군함을 보내 仁川으로 들어오자, 吳長慶이 명을 받고 조선을 지원하러 갔는데, 이 때 張謇은 오장경의 군대를 따라 한양에 가서 「條陳朝鮮事宜疏」·「壬午事略」·「善後六策」 등의 政論文章을 쓰며 일본 침략에 대해 반대하였다. 이로 인해 南派 '淸流' 首領 潘祖蔭·翁同龢 등이 그를 높이 평가하였다.
인물 자료	

저술
소개
	＊『癸卯東遊日記』
	  (淸)光緖 29年 翰墨林書局 鉛印本
	
	＊『治兵私議』
	  淸末－民國年間 抄本
	
	＊『張季子詩錄』
	  民國 初年 鉛印本 10卷
	
	＊『張季子說鹽』
	  (淸)宣統年間 鉛印本

		비 평 자 료	
金澤榮	韶濩堂詩集 卷4 乙巳稿 「上海晤張嗇菴修 撰有贈」	上海에 가서 張謇을 만나 시를 지어 주다.	其一：吾生六十雪渾頭。萬里胡爲汗漫遊。已駕浮雲凌渤海。更隨明月到蘇州。艱難莫制袁安淚。居處将從詹尹謀。重把百年知己手。臨風暫自解煩憂。 其二：那堪回首結交初。二十三年一夢虛。正歎眼中人已老。不知天下事何如。危機屢削落籬勢。妙算空呈改革書。教育知君心膽熱。英才他日總璠璵。(嗇翁間建私學校于通州。)
金澤榮	韶濩堂詩集 卷4 乙巳稿 「上海晤張嗇菴修 撰有贈」	張謇이 최근 通州에 사립학교를 세웠음을 말하다.	其二：那堪回首結交初。二十三年一夢虛。正歎眼中人已老。不知天下事何如。危機屢削落籬勢。妙算空呈改革書。教育知君心膽熱。英才他日總璠璵。(嗇翁間建私學校于通州。)
金澤榮	韶濩堂集 卷4 乙巳稿 「四日至通州大生 紗廠, 贈張退翁觀 察(叔儼)」	張謇과 訂交하던 때를 회상하다.	其三：嗇翁席上訂交時。荀令香風一霎吹。猶記墙東橫捉椅。喉中細細讀儂詩。
金澤榮	韶濩堂詩集 卷4 丁未稿 「題嗇翁詩卷」	張謇의 詩卷에 題詩를 쓰다.	嗇翁二十成文章。麗詞字字生風霜。 謂我賞音笑相示。讀過三日牙猶香。 朱絃疏越久寂寞。俗兒所操皆折楊。 天人電目覷道破。身着天衣入天閶。 敷爲雲霞絢空宇。斂如菽粟儲太倉。 躋攀分寸不肯下。選門門戶唐人墻。 如何一朝霜雪劍。割斷視同諸業障。 爲是軒皇好舊物。有物欲吞下其腸。 五丁斧破開巖壁。夷吾腕折籌農商。 衝波逆浪十寒暑。以身不難橫呂梁。

			迢迢萬里尙一亭。三千廣釣遲登魴。 故山何日勞筋息。偶從鼠跡發書箱。 心血斑斑紙如濕。人生有情能盡忘。 分編紀事當自序。星珠月璧交輝光。 侯桓奮筆爭來寫。宗武見之雀躍狂。 曼君履平已宿草。惟君太白餘晨芒。 風雅扶輪向來事。只應回首一慨慷。 文章在人君不短。功業在天君不長。 天人短長孰能究。爲君拂劍孤彷徨。
金澤榮	韶濩堂詩集 卷4 戊申稿 「嗇菴徐夫人挽」	張謇의 아내인 徐夫人을 애도하는 挽詩를 짓다.	我嘗代人婦。身世思其當。但可以夫貴。不可後夫亡。嗟嗟徐夫人。得此奄雲鄉。聞昔與夫子。牛衣泣糟糠。鶉衣親浣濯。十指當冰霜。天道竟不爽。封典膺煌煌。千車有吊客。萬字有挽章。如此死何恨。庶幾永安康。側聞夫人腹。丈夫以爲量。妙契夫子志。傾奩開學堂。秦風千載意。慷慨同袍裳。靈丹未伏火。衆陰猶剝床。無乃此一段。泉底未盡忘。近爲夫子痛。遠爲時世傷。
金澤榮	韶濩堂詩集 卷4 戊申稿 「寄嗇翁四首」	張謇을 칭송하는 시를 지어 보내다.	其一：開天新學說南通。萬甲經綸在養蒙。一例司勛籌澤潞。古來詞客是英雄。 其二：已將事業付荒烟。故國滄桑幾變遷。却是小詩成一讖。擔簦果向馬蹄前。（前贈君詩。有擔簦之語。） 其三：區區陸氏辨亡悲。東史丹黃兩載時。感激癸年徽號事。三綱論斷賴君詩。（指君詩春秋義與孝經符之句。） 其四：江南魚稻史公編。流却千秋讀者涎。暮境因誰來飽喫。不應麻飯獨仙緣。

金澤榮	韶濩堂詩集 卷4 己酉稿 「海上懷嗇翁」	海上에서 張謇을 그리워하는 시를 짓다.	憶昨東歸見東事。紇干山雀太悲酸。 無人將奈危時恨。回首逾知我友難。 淮議草來春寂寂。鼛鐘敲去夜漫漫。 知君自有天生趣。豈爲他人繪畫看。
金澤榮	韶濩堂詩集 卷5 庚戌稿 「昨夜退翁宅, 同嗇翁會飯, 嗇翁指食物三種約賦, 朝起見其投七絶三首, 何其疾也, 慚而急和」	張謇의 집에서 張謇과 식사를 하다가 詠物詩를 짓기로 약속하고, 張謇이 이튿날 보내온 시에 화답하다.	刀魚：中筵生戒嚴。此物滿身針。價聳味逾好。一斤過一金。 銀魚：但可盤中玩。那堪腹裏藏。春風銀燭畔。停筯一凄凉。 蚌：甘軟雖輸蛤。明珠貯腹奇。如何珠莫見。應化嗇翁詩。
金澤榮	韶濩堂詩集 卷5 壬子稿 「贈沈友卿(同芳)翰林」	沈同芳에게 시를 지어주며, 張謇에 대해 언급하다.	書檄風生廿二州。黃金白璧走公侯。 如何花竹平安舘。(舘卽嗇翁所築。時君自常州避世來居。)忽作江湖漁釣流。 圖畫雲臺無夢到。襪材簹谷幾番投。 嗇翁相對渾忘語。簷雨淋浪酒滿甌。
金澤榮	韶濩堂詩集 卷5 壬子稿 「酬沈友卿, 兼懷屠歸甫(敬山號)(三首)」	沈同芳에 화답하는 시를 지어 주며 屠寄를 그리워하고, 張謇에 대해서도 언급하다. * 沈同芳의 原韻이 함께 실려 있다. (附)友卿原詩：一年前讀滄江稿。風引神山至未能。空有國魂招屈宋。尙餘文席奪歐曾。棲遲病翮秋偏鍛。顚倒羣龍戰未勝。我亦興亡悲往事。避秦身世漫同稱。	其一：嗇翁才力儘非常。設網靑天網鳳皇。名苑分爲員外壙。諸生呼作鄭公鄉。羣書罷講聽鶴唳。苦茗自煎燒葉黃。倘許病夫明月夜。酒船撑到碧溪傍。 其二：舜過山色翠崢嶸。幻出詞人碧落卿。雪苑鄒枚驚敏疾。玉臺徐庾擅華輕。(王漁洋詩。徐庾輕華體。)幾經彩筆簪鑾殿。忽泣降旛竪石城。一曲浪淘休苦唱。古來江水愛東傾。 其三：感君於我特多情。軀命全忘各地生。竹坨盛稱陳子野。李邕先訪杜文貞。翳然花木相逢處。蕭颯鬚眉似有

			聲。欲向歸翁傳笑語。山王胡負竹林盟。(君與敬山同郡相善。)
金澤榮	韶濩堂詩集 卷5 乙卯稿 「題孝若北京詩卷」	張怡祖가 북경에서 쓴 詩卷에 題詩를 지으며 張謇을 언급하다.	其二：北京城闕入雲高。筆筆摸來勢正豪。爲語嗇翁休歎老。兒身渾是鳳凰毛。
金澤榮	韶濩堂詩集 卷6 丙辰稿 「晚夏，題水木明瑟亭，有懷嗇翁參政，凡七首」	水木明瑟亭에 題詩를 쓰며 張謇을 그리워하다.	其一：人間難忘處。明瑟北窗下。坐我十春秋。冥追草玄者。 其二：琉璃四扇窗。影臥塘一半。水紋林翠中。返照雜撩亂。 其三：蟬鳴竹林間。竹皮皆欲裂。非汝之爲聽。何以忘庚熱。 其四：已過芭蕉雨。更吹蒲葦風。風來獵書卷。時或黏殘紅。 其五：綠碧一堆雲。籠簪復涵坐。不知世上人。何處可尋我。 其六：何年張道陵。招我白雲際。一路落花堆。仙童橫擁簪。 其七：古有緇衣詩。亦有江州酒。惟此著書地。誰曾分餉否。
金澤榮	韶濩堂詩集 卷6 丙辰稿 「和嗇翁石壁仙人歌(二首)」	張謇의 「石壁仙人歌」에 화답하다.	其一：公言石壁似神仙。我道神仙是公類。莊周胡蝶無定形。稱謂曷不任吾意。我雖未睹石壁顏。以公想像得一二。崒然獨立名山中。勢與江海爭其雄。摩空欲決鳥雀眦。映江直瞰魚龍宮。濛濛佛香飄晝日。隱隱仙樂來天風。莓苔色驕藤蔓喜。瑞光長發雲霞紅。於乎試問汝石壁。古來合歡凡幾客。圓澤悟生厭僧氣。元章呼丈羞顛癖。歸來今日逢偉人。樂哉翶朝又翔夕。況又鏗鏘好頌詞。墨花怒捲江流

			碧。願將堅骨分與公。共抱明月遊無窮。使我得沾殘酒瀝。直隨雞犬升靑空。 其二：大江萬里東奔海。波濤橫行天地間。摧陵拔嶼吞原隰。危哉通縣當其關。生靈化魚在一瞬。上帝咨嗟命五山。橫驅浴鐵萬騎馬。往折其角寧一灣。彼仙翁者巾服詭。曾居帝臣第一班。承命部勒五山神。胼胝跋涉經百艱。功成仍欲作留鎭。入石而居不復還。石中香乳萬萬斛。大活通人凡幾年。君不見嗇菴張子好善擧。老嬰餓廢俱歡顔。意者張子慕彼仙翁術。膜禮不比他峰巒。
金澤榮	韶濩堂詩集 卷6 丙辰稿 「和嗇翁林溪精舍詩」	張謇의 「林溪精舍」詩에 화답하는 시를 짓다.	驚見佳題咏。林廬闢數間。杖鳴臨近水。衾濕夢名山。谷口新徵愄。詞人舊面還。達官從古有。幾個老歸閑。
金澤榮	韶濩堂詩集 卷6 丁巳稿 「嗇翁招余飲林溪精舍, 旣而作詩述其事, 有和」	張謇이 林溪精舍에 대해서 지은 시에 화답하다.	城南柳色弄新年。引我威夷野徑穿。遠水入橋隨鬼斧。罡風吹壁立靑天。名山合有懸車客。勝會欣追負局仙。老脚乘危無恙返。只應巖佛與相憐。錯用牛刀亦自才。經營細細破蒼苔。眞同潁尾歐公舫。不博南宮漢代臺。欄勢直當明月出。溪光如待落花來。向公莫問休官意。已醉懵騰濁酒杯。
金澤榮	韶濩堂詩集 卷6 丁巳稿 「次韻嗇翁見贈」	張謇이 지어준 시에 차운하다.	風騷紛百變。何者是差強。世正趨榛棘。君能泝草堂。孤花秋後見。古鍔匣中藏。知己儂家幸。寧須待後揚。

金澤榮	韶濩堂詩集 卷6 丁巳稿 「嗇翁大修奎星樓, 改名曰中公園, 令 李小湖·陳峙西二 生分畫梅松於園亭 壁, 索題」	張謇이 奎星樓를 中公 園으로 고치고 李禎과 陳峙西에게 매화와 소 나무를 벽에 그리게 한 뒤 題畫詩를 청하기에 지어 주다. * 張謇의 原韻: 愛客攻 吾短。論詩數叟强。時 時驚破的。炯炯達升 堂。蠟屐吟山出。蝸廬 借樹藏。衆人憐寓衛。 後世待知揚。	梅: 老梅猶作可憐春。亂綴紅珠向水 濱。淡月濃烟孤彴外。酒船橫泊幾詩 人。 松: 遊人頭上一聲雷。黑雨狂風閣欲 摧。何物虎頭多狡獪。畫松兼畫老龍 來。
金澤榮	韶濩堂詩集 卷6 己未稿 「八月一日, 嗇翁 以余七十, 置酒城 西觀萬流亭, 招而 壽之, 始嗇翁欲壽 余, 而詢及生日, 余有所感, 不以 告, 翁曰八月一 日, 吾當壽子, 余 曰必用八月何, 日 君之生不可知, 弟 可用八以祝八十, 余爲之大笑, 至期 果有是擧, 崑山方 惟一·張景雲, 如 皐管石臣·本縣曹 勛閣皆在座, 而翁 之子孝若亦與焉, 翁出二律屬和一 座, 旣歸用其韻和 而謝之」	張謇이 方惟一·張景雲 ·管石臣·曹勛閣·張 怡祖 등을 불러 金澤榮 의 칠순 잔치를 열어 주 자, 시를 지어 謝禮하 다.	其一: 一斗名醪兩齣歌。兼招詞客佩聲 磨。飛鶱綺閣波中出。欹倒秋花席際 多。我自昏昏忘甲子。君何苦苦念風 波。提携欲向滄洲去。折贈仙香太乙 荷。 其二: 龍鍾馬齒謾崢嶸。把酒風前笑幾 聲。萬里萍浮唐閘水。十年雲蔽漢陽 城。補天莫借媧皇術。裹飯惟餘桑戶 情。他日若傳今日事。人間此亦一長 生。

金澤榮	韶濩堂詩集 卷6 庚申稿 「上巳日, 嗇翁招 飲觀萬流亭, 旣 飲, 令所建伶工學 社童子數十人唱 歌, 作詩促和, 歸 後, 用其韻和之」	張謇이 觀萬流亭에 초 대하여 노래를 듣고 그 의 요청에 응해 화답시 를 짓다.	河心八角孤亭子。 與汝相遭又此辰。 晴日似誇名節候。 好花偏作老人春。 靈童箇箇疑天藝。 橫吹聲聲動水神。 詩令如何相厄甚。 袂衣沾汗策衰身。
金澤榮	韶濩堂詩集 卷6 庚申稿 「嗇庵參政爲退翁 七十, 招鄉老讌南 公園, 名曰觀千齡 會, 作絕句八首紀 之, 奉和」	張謇이 張詧을 축수하 는 觀千齡會를 열고 시 를 지어 기념하자, 화답 시를 지어 주다.	我嘗經七十。 七十無奇特。 但能自活 耳。 於人無所益。 苟不益於人。 曷不 謂之賊。 觀公壽阿兄。 耆招傾隣局。 預築一層樓。 彩影落漪綠。 鳩筇續續 登。 齒坐何穆穆。 恒沙數其年。 大畧 四千曆。 盈盈黃花酒。 祝齡手親酌。 東酌安期生。 西酌東方朔。 南酌沈侍 郞。 北酌李八百。 北斗諸星君。 震動 下寥廓。 高唱白雲謠。 廣樂隨大作。 河中老大蛟。 起舞呼其族。 鼉鼓不搥 更。 似惜良夜色。 愛兄以及鄉。 愛鄉 以及國。 居然一樓中。 四海同壽域。 周老徵饋養。 洛英謝官閥。 壽術豈不 古。 壽情豈不悅。 而我來忝列。 前羞 幸藉滌。 飽德復飽德。 感歎知何極。 眾耆欲歸乎。 我醉難遽出。
金澤榮	韶濩堂文集 卷1 「與張季直書」	張謇에게 편지를 보내 안부를 묻고 중국에 망 명했을 때 자신이 의탁 할 수 있는지 알아보다.	與吾子別。 今已二十三年矣。 一者書 問往復之外。 兩皆邈然。 所謂勢者非 耶。 悵惘不可言。 間聞吾子策名甲 科。 揚歷淸華。 旣乃去官南歸。 托跡 閑散。 其本末之詳。 遠無由知。 然以 吾子平生高義之蓄積者度之。 其於出處 進退之分。 講之已精。 豈俗人之所易

			窺測哉。僕登進士數年。附於仕版。于今十二年之間。猥已列於下大夫之班。而文字編纂。是其職務也。始也以家貧親老。黽勉就祿。遭罹變亂。不能決去。及夫親沒。則又爲妻子所縛。一日二日。逡巡趑趄。遂以至於今日寒心之境焉。抑敝邦寒心之故。雖是吾所自致。而中州士大夫獨可不任其責哉。敝邦自箕子以來上下三千餘年之間。其於中州依倚藉賴。有如一家者曾何如。而今乃使之至於此境。嗚呼。此安得不致怨於中州之士大夫也。雖然所謂中州士大夫者。自有其人。吾子何與焉。若吾子者。道正而時左。才高而命涼。雖立人之朝。而未嘗一當天下之大責。做天下之大事。年未至而徑卷懷於田野之中。蒿目時艱。壹鬱慷慨。其嗚嗚然歌以當哭者。當不可勝言。若此者吾且悲之吊之之不暇。而又何怨之敢有哉。嗟呼。吾子其亦無疑我怨之。而惟務有以自慰自解之也。得人知己。自古所難。以僕不肖。竊嘗奉吾子知己之言也。至今未嘗暫忘於中。此生此世。夫復何幸。亦復何求。將朝暮投劾。航海而南。從吾子於山椒水曲之間。以與吾子對論文史。忽焉忘世。而彼此無復怨與悲。以而偕至沒齒。此其甚願也。惟吾子諒敎之。
金澤榮	韶濩堂文集 卷2 「張嗇翁六十壽序」	張謇의 60세 생일날 祝壽하는 序를 지어 주다.	中華民國之初。天下議者曰。鹽政之敝久矣。張嗇翁宜爲鹽。於是翁被選爲鹽政總理。視事者數月。而適屆六十歲之誕辰。卽壬子五月二十五日

也。翁之兄退翁。左展老子騎牛出關
圖。而右觴之曰吾弟壽哉。翁辭曰未
敢以爲樂也。天下尙未平。其子怡祖
及弟子江謙等。以至所私育師範學校生
徒五六百人。或拜或跪。或鵠立而列
侍。無不凝目伺其手之至觴者。其舘
客韓遺民金澤榮。方病在床。聞其
事。爲之致辭曰。甚矣翁之憂深思遠
也。夫以澤榮之俘虜之漏網者。而視
今日之中國。猶嫠者之見人新婚。方
且羨之之不暇。而翁乃尙以爲未平蹙蹙
焉。若不可以一日樂乎。雖然翁之壽
其在是乎。自生民來。有才者未必有
心。有心者未必有才。二者之難全久
矣。今翁學術之宏。可以籠萬彙矣。
文章翰墨之勁。可以沮金石而駴鬼物
矣。而尤邃於經濟。其度事而措物。
秋毫之析也。夜室之執燭也。城門之
軌。而王良・造父。良馭者之驅也。
潛光伏彩於江海之間農賈之班。而天下
之人自來求之。有是才矣。斗筲之
輩。少得其位。志滿氣飽。軒眉伸
脰。揚揚焉以自喜樂。視天下無復有
一事之可憂虞者。而翁則反之。有是
心矣。夫以是心是才。而適生於今
日。庸可不謂之天哉。天旣予翁以是
才與心。則又必將兼予以長久之壽。
而使之盡其功業之量。以完造夫軒轅舊
物光復之福。銷憂患於無形。致國民
於熙熙。然則其壽也非翁一身之私
壽。而乃天下之公壽也。夫指里中之
井。而曰吾不食吾井未可也。天下之
公壽。翁焉得辭。

金澤榮	韶濩堂文集 卷2 「嗇翁六十後壽序」	張謇의 60세 생일날 다시 祝壽하는 序를 지어주다.	余旣爲文壽張嗇翁之六十。而一時之言。有未盡其懷者。始見翁於吾邦。翁少余三歲。而度量之恢。學識之敏。皆非余之所敢望者。余爲之心醉。退而歎曰。惜乎吾獨不得與此人同其國。堯舜禹之制十二州九州也。疆域所拓。專騖東南。而東北則房闥之鴨水。棄爲他有。使其人言語不能相通。曷故焉。旣二十有三年然後。萬里携孥來。依翁於淮水之南。則有以酬前日之願矣。自是六七年之間。見翁憂中國之將亡。籌財興學。日夜勞瘁。向之玉色敷腴者。變而爲黧黑峻嶒。乃忽一夕之間。仁人起義。天下響應。異族之君。虛位而退。伏羲神農軒轅氏之舊業。復揭於日月之上。而翁之事業。始可以大展之矣。世常言人生百年甚短。然以我輩觀之。六十年之間。在余則衝虎豹犯鯨鰐。以與翁得同堯舜禹以來四千年所未同之國。在翁則鑿深井磨頑石。得伸前明顧炎武・魏叔子諸遺老以來二百六十餘年所未伸之寃。其所閱歷。何其艱且奇。而歲月何其似甚長也。獨余之所遇於國者。視翁大有間。又以歎余所得之數之短於翁者。不獨度量與學識而已也。然數出於天。情出於人。故所限者數。而所不限者情也。古語曰。俟河之淸。人壽幾何。所以甚言河之難淸也。然河未嘗全無淸。則俟未始全非情。吾安得少須臾於此世。以俟翁之八九十。鶴氅羽扇。馳至鴨水上。向風誦春秋返汶陽之田之文也耶。

| 金澤榮 | 韶濩堂文集
卷3
「張季子詩錄序」 | 張謇의 시집인 『張季子詩錄』에 序를 쓰다. | 澤榮東韓之竆民也。何足以知張嗇菴先生。雖然獲交先生三十年之中。爲邦運所迫而來依於南通者十年矣。論說之與久。耳目之與邇。其一二所知。寧敢獨後於天下之士大夫也。則題其詩錄之卷首曰。古之所謂大人天民者。其氣也龐。其心也正。其志也大而憂。其發於文章也平而實。而其施於事業也。爲濟世安民。自皐陶伊傅。以至韓琦・范仲淹諸人是已。其不及此者。其氣也峭。其心也偏。其志也小而蕩。其發於文章也奇而虛。而其施於事業也。且不能濟其三族。自莊周・太史公。以至李白・杜甫諸人是已。譬諸物。前之人猶布帛菽粟也。後之人猶奇花異卉也。人無奇花異卉。未始不可生。而無布帛菽粟。則可以生乎。然則之二人者之度量淺深可知。而天下古今之論人。可以此一言而盖之矣乎。先生生有通才偉量。自其少爲秀才時。已能隱蓄天下之奇志。及夫中歲釋褐以來。見中國積萎侮於列強。數上書當事大僚。陳政治利害得失之大要。卒不見採。乃絶斷進取。儔伍農商。遂資實業。私建學校。以瀹民智育人才。爲其標的。又推其餘力。以及于公益慈善之事者。不可勝數。于以日夜憧憧。形神俱瘁者十餘年。旣而中國之形變爲共和。則迫於天下之公議而出焉。方將開誠布公。剔神抉智。日施其畎畝之所素定者。雖其事業之所極。今不可預言。而其所以一心憂民。好行善事。直與范文正公符契相合於千載之間。豈不盛 |

			哉。先生近屬門人束曰瑄・李禎二君。綜其著作。爲政事錄・敎育錄・實業錄・慈善錄・政治錄・雜文錄・詩錄七類旣訖。二君請刊自詩錄。先生笑而從之。噫。今之中國。卽自剝進復之會也。陰陽消長之危機。間不容髮。上下大小。方且皇皇汲汲。求其自治。則其於先生之文字。所願先睹以爲快者。必在於政事慈善諸錄。而詩非其急也。然先生之文章。本自平實淸剛。不涉虛蕩而詩爲尤然。一讀可知其爲救世安民有德者之言。而不止爲風雅正宗而已。世之知慕先生者。請姑先讀是詩。而待諸錄之朝暮出也哉。中華民國三年舊曆甲寅閏五月。同縣新民韓産金澤榮序。
金澤榮	韶濩堂文集卷3「張季子詩錄序」	張謇이 자신의 저작을 束曰瑄과 李禎에게 정리하도록 한 사실을 말하다.	先生近屬門人束曰瑄・李禎二君。綜其著作。爲政事錄・敎育錄・實業錄・慈善錄・政治錄・雜文錄・詩錄七類旣訖。二君請刊自詩錄。先生笑而從之。
金澤榮	韶濩堂文集卷5「是眞滄江室竈記」(丙午)	張詧과 張謇이 金澤榮이 南通에 살 집을 지어주게 된 경위를 宋龍淵에게 듣고 이를 기록하다.	何以記是眞滄江室之竈。先是余之傲居王氏屋也。將爲文以記。張退翁謂曰可徐記之。余不知其言之何謂。而忙於筆談。姑置不究。旣而患王屋租貴。囑宋君躍門買一屋。宋卽余始至通州時。爲退翁・嗇翁兄弟。具吾屋産者也。謂余曰無。二張大夫將爲子建屋五楹于河之南也。余於是始知退翁之前言。欲余之徐記其所謂五楹者耳。然余旣以三口之食累二張君。則不可又以庇累之。且吾囊中。幸尙有餘金。捨己之囊而糜人之廩。天下無是理。遂以是意告于宋。他日宋又申

			前言。余曰。二張君必欲遂其事。吾將被髮入山。竟懇宋買是室。擇日將移居。嗇翁來見曰。何子之介介也。朋友之道不爭。此謂辭五楹也。余曰。吾之受於君已多矣。且旣已買屋署券矣。出所爲文數篇。使之評之曰。今日只可談此。相與劇談而罷。移居之明年。將改竈。時退翁建別業于是室之西。余使人請曰。願得少磚以爲竈。退翁爲之欣然送磚二百。余遂以改竈。所以成五楹之意也。昔陶靖節先生每作飯。見火發而拜。拜於竈也。大哉竈之時義也。易曰天地之大德曰生。詩曰粒我烝民。莫非爾極。其竈之謂乎。爰記之。以存二張子天下長者者之志。
金澤榮	韶濩堂文集卷5「是眞滄江室記」(丁未)	張詧‧張謇 형제가 자신의 집을 지어 준 것을 말하고, 아울러 張謇이 扁額을 써 준 일을 기록하다.	臥見船旗之獵獵拂東門外桑樹枝而過者。是眞滄江之室也。室之主人。自少自號滄江。而所居實無江水。私嘗已記其實矣。歲乙巳。自韓至中國江蘇之通州。依張退菴‧嗇菴兄弟二大夫。僦一屋以居。未幾買屋于僦居左偏移處焉。卽州城之東南瀕河處也。通之爲州。西北有小河水過唐家閘經州城。東南流百餘里入海。而南離唐家閘六七里。河水分。一支東趨經州城北。以合於幹流。其形如環。遂爲城濠。則主人之居。實類島居。而其於水也。始能壓飫極矣。此室之所以得名。而嗇菴所爲作額字以揚之者也。
金澤榮	韶濩堂文集卷6「張嗇翁詩稿跋」	張謇의 詩稿에 跋을 짓다.	嗇翁長於聲詩。自其十二歲。已能吐屬。二十綽然成家。衆色絢爛。目不暇接。卒之歸宿于唐之晚際。而爲佳

			麗淸眞之音矣。顧自其三十以後。値世大變。不忍於中國沉陸之憂。改其塗轍。潛心有用之學。而亦旣署有施設。則其於詩棄之已久矣。而今乃手收舊作。爲若干卷。逐卷紀事。以當年譜。又何勤也。盖文章者。一心氣焰之明。條理之纖之所爲也。夫心焰不明。心理不纖。有能辦天下事者哉。故事業與文章。其塗雖殊。而其神理未嘗不相通。然則薔翁顧安得盡無情於前日之所好也。抑薔翁益有以自愛哉。古人或有以詩占其人之事業。如陰陽家推占之爲者。他日安知不有人指此卷之某句。而曰此薔翁事業之詩也耶。
金澤榮	韶濩堂文集 卷11 「通州李孺人行狀」	張謇과 張詧의 부탁으로 金澤榮을 도와주었던 宋龍淵을 위해 그 부인의 行狀을 지어 주다.	去年。余自韓遜于中國江蘇之通州。張大夫叔儼・季直兄弟。屬其私建學校任員宋君龍淵躍門。爲余具屋産。余以是得與躍門周旋日久。以爲至懽。今年淸光緒丙午四月十五日。躍門妻孺人李氏。以年五十一卒。旣殮。躍門手草其行事來曰。亡者賢。必不以浮辭累子。子幸母吝爲一狀。余睯躍門怐怐誠直。少劬書擧茂才。無所成名。獨年來爲二大夫。佐天下之大計。卽目前雖未及赫然建立。而猶可以自壯。乃今忽不幸爲無妻之人。則室家之憂。如破屋之當風。凜然以搖。足以磨折其中。而況於其耦之賢者乎。孺人與躍門俱世籍通州。而歸躍門在二十二歲。性淵靜寡言。事有喜怒。未嘗短其齒赤其面。與躍門處三十年。柔順謹愼如一日。而不敢以一錢自私焉。躍門家素淸貧。中年骨肉之喪威薦至。孺人佐治喪葬。釵釧

			之屬。典鬻殆盡而不見其吝意。前後 十三產。只育一子。而其子嘗有足 疾。孺人恐躍門知之。潛治者數十 日。勞瘁成疾。自是在枕席三年。遂 以不起。然自疾劇以前。家中事無不 一一精檢而得其位置。嗚呼。此非所 謂貧士之知己妻者耶。其先有某登淸進 士第。至某官。祖琪恩貢生。父恩廣 附貢生。母金氏。繼母徐氏。躍門父 承寵擧人。母周氏。子曰逢己。幷詳 書之。以待葬後之銘者。
金澤榮	韶濩堂集補遺 卷1 詩丙午稿 「寄嗇翁(二首)」	張謇에게 시를 지어 주 다.	其一:日夕狼山色。靑蒼在我樓。酒醒 此何地。物換又新秋。蜀莫無來信。長 江有逝流。蘭成詞筆禿。蕭瑟但含愁。 其二:魼魼張學士。豈止一詩人。壯氣 犇如戟。時憂髮欲銀。珠曾沉赤水。 劍竟合延津。可是圓公石。三生種宿 因。
金澤榮	韶濩堂集續 卷1 詩壬戌稿 「重陽日，嗇翁要 同游東奧山莊，余 以腰痛未應，作詩 謝之」	東奧山莊에 놀러 가자 는 張謇의 제안에 응하 지 못하고 시를 지어 謝 禮하다.	昔之重九日。黃花笑逐臣。今之重九 日。軍山笑老人。咄此一段小腰身。 賤之不負朱家薪。貴之不佩六國印。 胡爲作痛酸而辛。坐使唐公獨登神仙 去。呵呵笑看墮地鼠。
金澤榮	韶濩堂集續 卷1 詩癸亥稿「冬至 夜，嗇翁招同陳星 南·保之父子·王饒 生·劉烈卿·徐貫 恂，遊適然亭，賦 拗體」	張謇·陳星南·陳保之 ·王饒生·劉烈卿·徐 鋆과 겨울밤 모임을 갖 고 시를 짓다.	今年冬至勝前冬。名園游戲群賢同。 主人久立蠟梅際。飛樓更高明月中。 不着一詩亦風雅。況斟三酌爲豪雄。 獨歎病身先出席。雲璈未得聞曲終。

| 金澤榮 | 韶濩堂續集
卷2
「高氏雙壽序」 | 張詧과 張謇을 보좌한
高星修 부부의 壽序를
그 아들 高濟中의 부탁
으로 지어 주다. | 吾讀尙書至洪範五福。而知聖人之睿識。非凡人之所能窺也。夫五福者。有一凡人將疑之曰。壽富康寧考終命四者固福也。若攸好德則道也。何福之云也耶。夫人出一言行一事善。則小者譽至。大者榮至。此非福乎。又有一凡人將論之曰。壽富康寧考終命根於天。而好德之人。其稟淸明之氣。異於凡衆。則攸好德。亦根於天者也。故得與壽富等四者。同列於五福也耶。夫洪範九疇。皆皇王治天下之大經大法。而爲有所爲而爲之之人事也。今若以五福專屬之於莫之爲而爲之之天。則是不過乎今日江湖間星曆算命者之術。而豈治天下之經法哉。人能好德。則其和順之積。可以得壽。可以得富。可以得康寧。可以得考終命。而其壽其富其康寧其考終命。皆當當然正正然之眞。而非邂逅僥倖與不義攘攫之假也。五福之皆爲人事。不旣明甚乎哉。南通縣袁灶港。有高翁星修者。爲人正直嚴重。爲張退菴·嗇菴兄弟二大夫所知。爲二大夫佐實業之經濟者二十年。簿帳出入。畫一明白。有條有理。而夫人余氏仁厚勤儉。善理家政。鄕黨莫不稱之曰好夫妻。其季子濟中廷選君。亦謹厚人。與余同游於翰墨林書局之中。一日作而語余曰。濟中大人今年六十七歲。母少一歲。濟中將於大人七十之六月二十六日生朝。與二兄勉哉·步衢進觴以及母。獨念我二親之平生。雖無所謂富貴之可以動人者。然其德庶幾無愧乎古人。而惟先生之文章。可以發之。濟 |

			中誠汲汲願速得先生一言之祝。而不復遲竢乎祝之期。如渴者之望水。而一步之不可以緩。此爲妄乎否乎。余曰。子其坐乎。夫爲人之子弟而祝其親之年壽。孰不曰其人有德。而至於子之二親。吾知其爲眞能修德之人。其於耆耄期頤黃耉鮐背。可以自造其命。而有不區區待於彼天者。吾於此其何惜一言之祝。而又何祝之之不可預也哉。遂爲之書平日所嘗論於五福者以貽之。
金澤榮	韶濩堂集 借樹亭雜收 卷4 「書周晉琦詩集後」	周曾錦의 시집에 跋文을 써 주면서 자신이 교유한 중국 문인으로 兪樾·張謇·嚴復·鄭孝胥·屠寄·沙元炳·梁啓超·周曾錦을 들며, 周曾錦이 명성은 다른 사람들보다 못하지만 그 재능만은 손색이 없다고 말하다.	自余操觚以來。所與爲文字知己者。於本邦有朴天游·李寧齋·李修堂·朴壺山·黃梅泉·徐順之·河叔亨若干人而已。於中州有兪曲園·張嗇菴·嚴幾道·鄭蘇堪·屠敬山·沙健菴·梁任公及晉琦君若干人而已。是豈豈余交道之狹故哉。實才之難者。使之然爾。嗟乎。晉琦君名不過乎一優貢。而年又止於四十。故名聲樹立。比曲園以下諸公。相去甚遠。何其惜也。然細論其才。則乃有不讓乎諸公者。
金澤榮	韶濩堂續集 詩丙寅稿 「嗇翁生辰宴席, 遇一湖口客, 姓名或曰兪理甫, 年可六十, 走筆贈余詩曰, 洛社香山自古傳, 三尊齒德列高年, 南通今日生辰宴, 最喜能逢海外仙, 佳作也 歸而和之」	張謇의 生辰宴에서 만난 兪理甫가 지어 준 시에 화답하다.	西南客子面如田。走筆貽余白雪篇。何似岳陽春酒店。天風吟過老回仙。

金澤榮	韶濩堂續集 詩丙寅稿 「嗇翁挽」	張謇을 애도하는 挽詩를 짓다.	其一: 等霸期王負俊才。應龍飛處一聲雷。縱無鄧禹奇功在。足試瞿曇活手來。 其二: 昌黎雲與孟郊龍。文字狂歡卅載中。今日都來成一錯。奈何江月奈淮風。
李建昌	明美堂集 卷4 少休收草 「王孺人盧氏焦尾閣遺稿題詞, 爲張季直謇作」	張謇을 위해 王孺人 盧氏의 『焦尾閣遺稿』에 題詞를 짓다.	春蘭秋菊雅相宜。(孺人字儷蘭。王菊人維齡妻。) 慧福雙修更孝慈。門戶自持貧病日。篇章不廢亂離時。花窓淪茗朝供佛。雨榻籌燈夜課兒。琚瑀芳型流海外。瓣香同拜女宗師。
李建昌	明美堂集卷4 少休收草 「古德村金于霖庄留題」	張謇이 金澤榮의 詩를 보고 "東來以後初見之作"이라고 평하다.	天磨西出聖居關。指點空濛杳靄間。二十二峰都送碧。不知何處是佳山。人蔘花發滿家香。瀑布聲來盡日凉。如此平生那有羡。老親佳子好文章。香閨歲暮亦堪悲。婉約風情禮自持。終是未經身到語。世間還有婦難爲。(于霖有詩。以處女自况。) 新詩初見更誰同。四海文心賴至公。難道書生無事業。毛錐三寸重吾東。(張季直見于霖詩。以爲是東來以後初見之作。)

蔣士銓 (1725-1785)

인물 해설	字는 心餘·苕生, 號는 淸容·藏園으로, 江西省 鉛山縣 사람이다. 淸나라의 시인이자 희곡작가이며, 1757년에 진사에 올랐고, 한림원 편수를 지냈다. 퇴관 후에는 강남의 서원에서 원장으로 있으면서 지방 사람들을 위해 일했다. 性靈說을 취하고 格調說과 대항하였는데, 장사전은 詩에 溫柔敦厚의 本旨를 합쳐서, 忠孝節義의 정신을 제창하였다. 또한 그의 산문은 세세한 紋事에 특별한 장점이 있다고 알려져 있고, 詞는 陳維崧(1625-1682)과 風格이 유사하다고 평가된다. 주요 저작으로 『忠雅堂全集』을 남겼다. 희곡 작가로서 남긴 『藏園九種曲』은 『香祖樓』(一名 『轉情關』), 『一片石』, 『雪中人』, 『空谷香』, 『第二碑』(一名 『後一片石』), 『冬青林』, 『桂林霜』(一名 『賜衣記』), 『臨川夢』, 『四絃秋』(一名 『青衫泪』) 등 9종의 작품을 한 데 묶은 것이다.
인물 자료	○ 『淸史稿』, 列傳 272 蔣士銓, 字心餘, 鉛山人. 家故貧, 四歲, 母鍾氏授書, 斷竹篾爲點畫, 攢簇成字教之. 既長, 工爲文, 喜吟詠. 由擧人官中書. 乾隆二十二年, 成進士, 授編修. 文名藉甚, 裘曰修·彭元瑞並薦其才. 旋乞病歸. 帝屢從元瑞詢之, 元瑞之士銓母老對. 帝賜詩元瑞, 有江西兩名士之句. 士銓感恩眷, 力疾起補官, 記名以禦史用. 未幾, 仍以病乞休, 遂卒, 年六十二.
저술 소개	* 『忠雅堂全集』 (淸)嘉慶 3年 揚州刻本 / (淸)嘉慶年間 刻本 『詩集』 30卷 『文集』 12卷 * 『忠雅堂詩集』 (淸)嘉慶年間 刻本 27卷 補遺 2卷 / (淸)嘉慶 22年 刻本 30卷 / (淸)道光23年 刻本 / (淸)敬書堂 刻本 26卷 * 『淸容外集』 (淸)乾隆年間 刻本

비 평 자 료			
金正喜	阮堂全集 卷2 「與申威堂(二)」	乾隆帝 이후 시인들 중에는 錢載와 翁方綱 만한 이가 없는데, 蔣士銓이 이들에 견줄 만하며, 袁枚는 전혀 미치지 못한다.	以鄙見聞。乾隆以來諸名家項背相連。未有如錢籜石與覃溪者。蔣鉛山可得相將。而如袁隨園輩不足比擬矣。況其下此者乎。
金正喜	阮堂全集 卷8 「雜識」	蔣士銓은 王士禛의 시를 唐나라 사람이 임모한 晉帖에 비유하여 은근히 비판하였으나, 그렇다 해도 귀한 것이다.	蔣心餘又以唐臨晉帖譬之。亦微詞。但今日若得唐摹一字。其寶重亦不下眞跡。豈可與宋元以後贗刻論哉。
金正喜	阮堂全集 卷8 「雜識」	袁枚와 蔣士銓처럼 隻眼을 가진 사람도 시인을 평가할 때 잘못을 범하는 경우가 있다.	每盛名人皆忌之。此俱存深戒者。然至其不能副其實。嵬然自傲者。盜思奪之。袁·蔣固當時隻眼。猶未免於盜之招。況下此者耶。
金正喜	阮堂全集 卷9 「士說爲詩二十年, 忽欲學元人詩, 盖其意元人多學唐故也, 余遂書辨詩一篇, 以明詩道之作」	元詩를 배우려는 士說에게 蔣士銓의 「辨詩」를 써 주어 깨우치게 하다. * 이 시는 본래 蔣士銓의 작품으로, 제목에서 볼 수 있듯이, 金正喜가 元詩를 공부하려는 지인을 깨우치기 위해 써 준 것인데, 『阮堂全集』에 金正喜의 작품으로 잘못 수록된 것이다. 같은 시기에 士說이라는 字를 가진, 金正喜가 교유했을 만한 인물로는 李寅弼이라는 사람이 있다.	唐宋皆偉人。各成一代詩。變出不得已。運會實迫之。格調苟沿襲。焉用雷同詞。宋人生唐後。開闢眞難爲。一代只數人。餘子故多疵。敦厚旨則同。忠孝無改移。元明不能變。非僅氣力衰。能事有止境。極詣難角奇。奈何愚賤子。唐宋分藩籬。哆口崇唐音。羊質冒虎皮。習爲廓落語。死氣蒸伏屍。撑架陳氣象。桎梏立威儀。可憐餒敗物。欲代郊廟犧。使爲蘇黃僕。終日當鞭笞。七字推王李。不免貽笑嗤。況設土木形。浪擬神仙姿。李杜若生晚。亦自易矩規。寄言善學者。唐宋皆吾師。

柳得恭	灤陽錄 卷1 「羅兩峰」	羅聘의 「鬼趣圖」는 매우 珍奇하고 怪異하여, 袁枚·蔣士銓·程晉芳·紀昀·翁方綱·錢大昕 등이 모두 題詩를 썼다.	兩峰爲鬼趣圖。窮極譎怪。海內名士。如袁子才·蔣心餘·程魚門·紀曉嵐·翁覃溪·錢辛楣諸人。莫不題詩。
柳得恭	燕臺再遊錄	柳得恭이 袁枚와 蔣士銓의 시에 대해 묻자, 陳鱣은 근래 시의 으뜸으로 추대해야 한다고 말하였다.	仲魚又曰。近代詩如袁·蔣諸公如何。余曰。當推首選。然比古人。却可議
李德懋	青莊館全書 卷35 清脾錄(四) 「袁子才」	李調元이 袁枚·蔣士銓·程晉芳·陸錫熊·紀昀·陸費墀·汪如藻·廷璋 등을 오늘날의 박학한 사람들로 평가하다.	雨村又曰。袁子才·蔣士銓。俱翰林。而高蹈不立朝。放蕩于山水江湖。如吏部主事程晉芳。學士陸錫熊·紀昀·-案紀,陸兩人。總纂四庫全書。陸費墀。-庶吉士汪如藻。少詹廷璋。皆當今現在之博學也。
李尙迪	恩誦堂集 卷3 「懷人詩 (有序)」	蔣士銓의 「懷人詩」를 본떠서 회인시를 짓다.	予倣蔣藏園作懷人詩若干篇。屬申小霞上舍寫黃葉懷人圖。黃葉何預人事。悲哉。宋玉之詞黯然。江郎之魂滿紙上。蕭蕭作秋聲矣。詩以續翰墨未了之緣。畫以補詩中不盡之意。諸君子誦其詩讀其畫。必將論其世於蒼葭白露之中耳。
趙秀三	秋齋集 卷5 「吳蘭雪知州」	근래에 大家로 蔣士銓과 袁枚가 추앙받고 있음을 말하다.	天下人才論數斗。使君獨占詩萬首。詩關盛衰貫古今。殆亦天授非人受。近時大家推蔣袁。二三先進皆高手。金針自度錦繡心。彩筆競開玲瓏口。囊括六義究淺深。蒐羅萬象窮無有。三十年間兩禿翁。天地潦倒君如某。一曲難和白雪歌。群雄歷數青梅酒。後人倘如陳師道。瓣香定拜南豐叟。

蔣 詩 (1768-1829)

●●●

인물 해설	字는 泉伯, 호는 秋吟이며 浙江省 仁和 사람이다. 嘉庆 10年(1805)에 進士가 되어 관직이 翰林院編修를 거쳐 御史에 이르렀다. 저서에 『秋吟詩鈔』, 『楡西仙館初稿』가 있다. 紀昀의 아들 紀汝似와 친하게 지냈으며 후에 기윤도 그의 詩才를 인정하여 교류하였다.
인물 자료	○ 潘衍桐, 『兩浙輶軒績錄』 卷23, 「蔣詩」 　字泉伯, 號秋吟師, 熺子仁和人, 嘉慶乙丑進士, 官陝西道監察御史, 著楡西仙館初稿. 府志, 詩以庶吉士與修純廟實錄授編修, 入史館所撰書多, 且速無少舛, 充丁丑會試, 同考所薦皆名士, 居諫垣章 … 初尙書彭齡跋曰: "余嘉其學古懷道, 有國士之風, 而仕于朝, 又能不失職." 尙書固不易許人者也, 所箸有尙書古注·釋義四十卷·讀詩句釋六十卷·河防翼議四十卷·海運雜錄二卷·臺灣兵備志十八卷·地理辨正釋義四卷·畿輔水利略五卷·別纂幾輔水利志一百卷·楡西仙館詩古文集四十五卷. 緝雅堂詩話秋唫先生有沽河雜詠一百首, 引證雅博, 可備掌故.
저술 소개	★ 『楡西仙館初稿』 　(淸)道光年間 刻本 43卷 卷首 1卷
비 평 자 료	

申緯	警修堂全藁 紅豆集(一) 「蔣秋吟詩畫硯歌」 (秋吟面交碧霞, 贈宜山者, 宜山又轉贈余, 爲作長歌記之)	蔣詩 所藏의 詩畫硯을 얻게 되어 시를 지어 기념하다.	秋吟御史金闈彦. 藝林佳句鷄林遍. 我雖不識秋吟面. 各天遙結針磁戀. 詩盟偶與符管見. 韓杜蘇黃打一片. 世人耳食唐宋禪. 性情萬古何曾變. 論詩酬和互縫. 宜山髯鄭爲宛轉. 髯也今春返驛傳. 秋吟懇交宜山硯. 盈尺之璧誰所碾. 秋吟之室承淸盷. 萬里依如一室讌. 投心非是抵鵲賤. 天

			然風字出義獻。造化至深人工淺。宜山情贈又轉輾。向我碧蘆吟舫薦。秋吟詩畫吾所羨。墨花愛此留餘濺。紗帷畫暎黃鳥囀。玉蜍吐水霞光絢。恨不值我盛年學士院。起草攜上明光殿。
申緯	警修堂全藁紅鼇集(一)「新得顏魯公多寶塔感應碑全拓本, 從秋吟來者, 喜述四首」	蔣詩로부터 온 顏眞卿의 「寶塔感應碑」 拓本을 얻고 題詩를 쓰다.	其一： 贋畫贋書日散亡。秘藏何惜罄囊箱。顏碑動魄開緘日。紙墨年深嗅古香。 其二： 過海絶無全拓本。往年驚見廟堂碑。顏筋出力虞戈外。難道淸臣讓伯施。(紅豆曾寄余虞永興廟堂碑全拓本。) 其三： 我有曺氏石倉本。出自古家隆萬間。全拓竝今來挿架。萬緣慳未墨緣慳。(前得曺奎五多寶塔碑古。) 其四： 二家所詣皆山陰。嚴密恬虛各造深。石墨先須來歷驗。翁紅豆又蔣秋吟。
申緯	警修堂全藁 紅鼇集(一)「新得顏魯公多寶塔感應碑全拓本, 從秋吟來者, 喜述四首」	翁樹崑과 蔣詩가 拓本을 보내 준 일을 이야기하다.	其四： 二家所詣皆山陰。嚴密恬虛各造深。石墨先須來歷驗。翁紅豆又蔣秋吟。
申緯	警修堂全藁 碧蘆舫藁(三)「秋吟見惠山水畫幀自題二詩, 卽用原韻, 續題幀側」	蔣詩가 보내온 山水畫幀에 적힌 自題詩의 韻을 사용하여 題詩를 짓다.	其一： 古今相接了無垠。先立門墻便失眞。自有江西與淛派。難逢詩畫性情人。 其二： 烟雨空濛筆墨臻。江南生得畫中身。一塵不染藍田叔。難道秋吟是淛人。

申緯	警修堂全藁紅豆集 (三) 「南雨村進士, 從溪院判入燕, 話別之次, 雜題絶句, 多至十三首, 太半是懷人感舊之語, 雨村此次, 與諸名士遊, 到酣暢, 共出而讀之, 方領我此時心事」	陳用光과 蔣詩와의 인연을 말하고 두 사람의 문집이 간행되었으면, 이를 구해달라고 南尙敎에게 부탁하다.	其六: 畫髓盟深陳石士。(石士曾有題命準畫扇詩。) 墨池緣重蔣秋吟。(僕新得秋吟詩畫硏。作長歌。) 新詩正急鷄林購。莫惜遙遙度繡針。(蔣‧陳二公。如有現刻詩集。雨村此次必覓來。蓺林快事也。)
申緯	警修堂全藁 紅豆集(五) 「今年春間, 蔣秋吟寄示論唐宋人詩絶句三十首全本, 以此爲謝」	蔣詩가 보내온 「論唐宋人詩絶句三十首」에 대해 사례하기 위해 지은 시에서 論詩絶句가 杜甫에게서 비롯되어 王士禛에게 이어졌음을 말하고, 陳允衡이 王士禛의 「秋柳」詩를 허여한 말로 蔣詩의 작품을 칭찬하다.	詩寄到爲揩靑。四傑沿洄迄四靈。兩宋壘新千古幟。三唐緯密六朝經。風騷竝駕懷工部。神韻拈花憶阮亭。(「論詩絶句」。昉自老杜。近至新城故云。) 和者無人爭好處。恰如初本寫黃庭。(借用陳伯璣許漁洋「秋柳」詩語。)
申緯	警修堂全藁 倉鼠存藁(二) 「熊露薿(昂碧), 雲間名士也, 今春節使回, 貽書證交, 且寄四絶句, 秋杪始得發函, 次韻謝答」	熊昂碧이 蔣詩의 집에 머물고 있으며, 자신의 시집인 『雲客詩鈔』를 보내 온 것을 말하다.	其一: 傍人書釰久低回。(君下榻蔣秋吟寓舘。) 俊逸誰當一代才。誰到雞林喧萬口。氣來椽筆又神來。(君刻集。有雲客詩鈔。寄余一本。)
申緯	警修堂全藁 江都錄(一) 「寄集蘭雪屬和」	吳嵩梁이 錢林의 訃音을 전하는 편지를 보낸 일과 蔣詩가 錢林을 애도하는 輓詩를 지은 일을 언급하다.	其一: 詞塲慟惜認同情。蘭雪秋吟遠寄聲。來去了然徵慧業。雲山北向是蓉城。(蘭雪札云。錢金粟學士。已歸道山。去來殊自了了。足徵慧業。秋吟輓詩: 要由三晉去蓉城。自注: 歿云赴山西。)

申緯	警修堂全藁 倉鼠存藁(二) 「寄集蘭雪屬和」	錢林이 임종할 때 蔣詩에게 자신의 詩卷을 申緯에게 전해 주기를 부탁한 사연을 소개하다.	其三: 詩卷東來迸淚吟。他生酬否此生心。誰知海外神交在。不朽名山付託深。(金粟臨終。于託秋吟以詩卷寄紫霞。故秋吟輓詩云。未了事完才易簣。屬許舊句寄雞林。)
申緯	警修堂全藁 倉鼠存藁(二) 「蔣秋吟今年續寄琹稿四十二卷, 卷中有專咏拙畫墨竹詩, 次韻爲謝」	蔣詩가 보내온 문집에서 자신의 墨竹을 읊은 시가 실린 것을 보고 次韻하여 사례하다.	墨君一派溯坡翁。匹絹多慚萃海東。心腕如神遲則逝。崢嶸自吐耻相同。大方君子能無笑。辣筆兒童尚未工。論畫論詩輕萬里。依然把臂入林中。
申緯	警修堂全藁 菴吟藁(二) 「哭蔣秋吟御史五首」	蔣詩를 애도하는 輓詩를 짓다.	其一: 哭君何處得君來。再遇風斤妙質哉。韓杜蘇皆殊轍合。漢唐宋豈別門開。性情感發今猶古。酣放精微學副才。水利兵民求實事。文章經濟一根荄。(余與秋吟定交。在論詩往復耳。秋吟所著。有河防翼議四十卷。畿輔水利略五卷。海運雜錄二卷。臺灣兵備志十八卷。地理辨正釋義四卷。畿輔水利志一百卷。) 其二: 秋吟詩畫硯東來。端爲山房養硯開。(秋吟前以大石硯寄宜山。宜山轉贈余。爲之銘曰。秋吟詩畫硯。遂爲余所藏。今春余築園亭。猥蒙睿賜扁曰養硯山房。事非偶然也。) 心字香消泓玉暎。膽瓶花落墨雲堆。上樏錯擬徵文去。遺集翻驚乞序回。(秋吟令嗣鉞。以尊甫遺命。屬余詩集序。) 翰繪精靈疑聚在。護持珍重辟塵埃。 其三: 詩情畫意兩交加。問訊年年貫月槎。喚櫂碧蘆船鴨觜。曬庭墨竹玉鴉叉。子瞻與可皆仙也。東野襄陽奈

			爾何。往日纏綿商略事。盡將衰淚洒天涯。(秋吟前爲余作「碧蘆吟舫圖」。踈柳下。橫一舟而已。寄託甚荒寒也。秋吟屢稱余墨竹。見之篇咏者多。至有東海人稱墨君堂之句。且寄絹本曰。浙江舊有吳道子竹石刻者。將以配刻並傳也。余不敢當。絹本尙留篋中。不敢以下筆也。余以東野·襄陽二孟比况秋吟。語在余所撰詩集序。) 其四: 三才萬象共端倪。敝篋論詩實氣齋。不朽名山藏海外。一生仙舘寄楡西。(前年秋吟寄來詩古文集曰楡西仙舘初稿。)腕靈疑有羲之鬼。官冷恒飢甫也妻。定慧知君成佛去。世間豊薔本難齊。 其五: 青棠紅豆久零落。(青棠。覃溪書屋名。紅豆。星原別字。)金粟秋吟又岱遊。(金粟。錢學士林。) 四海頓傷風雅盡。凡今誰見典刑留。交情每失頻年淚。未死爭禁後日愁。可是玉人蘭雪在。斷無消息隔溪舟。(余所與上國名彦結交者。今凋喪畧盡。唯有吳蘭雪一人在耳。)
申緯	警修堂全藁 菴吟藁(二) 「哭蔣秋吟御史五首」	蔣詩의 저작으로 『河防翼議』·『畿輔水利略』·『海運雜錄』·『臺灣兵備志』·『地理辨正釋義』·『畿輔水利志』가 있음을 말하다.	其一: 哭君何處得君來。再遇風斤妙質哉。韓杜蘇皆殊轍合。漢唐宋豈別門開。性情感發今猶古。醞放精微學副才。水利兵民求實事。文章經濟一根荄。(余與秋吟定交。在論詩往復耳。秋吟所著。有河防翼議四十卷。畿輔水利略五卷。海運雜錄二卷。臺灣兵備志十八卷。地理辨正釋義四卷。畿輔水利志一百卷。)

申緯	警修堂全藁 菴吟藁(二) 「哭蔣秋吟御史五首」	蔣詩의 벼루가 자신의 소유가 되고, 蔣詩의 아들인 蔣鉽이 遺命으로 부친의 시집의 서문을 申緯에게 청한 일을 말하다.	其二： 秋吟詩畵硯東來。端爲山房養硯開。(秋吟前以大石硯寄宜山。宜山轉贈余。爲之銘曰。秋吟詩畵硯。遂爲余所藏。今春余築園亭。猥蒙睿賜扁曰養硯山房。事非偶然也。) 心字香消泓玉暎。膽瓶花落墨雲堆。上樑錯擬徵文去。遺集翻驚乞序回。(秋吟令嗣鉽。以尊甫遺命。屬余詩集序。) 翰繪精靈疑聚在。護持珍重辟塵埃。
申緯	警修堂全藁 菴吟藁(二) 「哭蔣秋吟御史五首」	蔣詩가 申緯를 위해 「碧蘆吟舫圖」를 그려주고, 특히 申緯의 墨竹을 좋아하여 시로 읊은 것이 많으며, 심지어 비단을 보내어 墨竹을 청하며 吳道子의 그림과 나란히 石刻으로 전하겠다는 말까지 한 사실을 추억하다.	其三： 詩情畵意兩交加。問訊年年貫月槎。喚櫂碧蘆船鴨觜。曬庭墨竹玉鴉叉。子瞻與可皆仙也。東野襄陽奈爾何。往日纏綿商略事。盡將衰淚洒天涯。(秋吟前爲余作「碧蘆吟舫圖」。踈柳下。橫一舟而已。寄託甚荒寒也。秋吟屢稱余墨竹。見之篇咏者多。至有東海人稱墨君堂之句。且寄絹本曰。浙江舊有吳道子竹石刻者。將以配刻並傳也。余不敢當。絹本尙留篋中。不敢以下筆也。余以東野·襄陽二孟比況秋吟。語在余所撰詩集序。)
申緯	警修堂全藁 菴吟藁(二) 「哭蔣秋吟御史五首」	申緯는 蔣詩 시집의 서문을 쓰면서 그를 孟郊와 孟浩然에 비긴 사실이 있음을 말하다.	其三： 詩情畵意兩交加。問訊年年貫月槎。喚櫂碧蘆船鴨觜。曬庭墨竹玉鴉叉。子瞻與可皆仙也。東野襄陽奈爾何。往日纏綿商略事。盡將衰淚洒天涯。(秋吟前爲余作「碧蘆吟舫圖」。踈柳下。橫一舟而已。寄託甚荒寒也。秋吟屢稱余墨竹。見之篇咏者多。至有東海人稱墨君堂之句。且寄絹本曰。浙江舊有吳道子竹石刻者。

			將以配刻並傳也。余不敢當。絹本尙留篋中。不敢以下筆也。余以東野·襄陽二孟比況秋吟。語在余所撰詩集序。)
申緯	警修堂全藁菴吟藁(二)「哭蔣秋吟御史五首」	蔣詩가 자신의 문집인『楡西仙館初稿』를 보내 준 일을 말하다.	其四： 三才萬象共端倪。敝篋論詩寶氣齋。不朽名山藏海外。一生仙館寄楡西。(前年秋吟寄來詩古文集曰楡西仙館初稿。) 腕靈疑有羲之鬼。官冷恒飢甫也妻。定慧知君成佛去。世間豊嗇本難齊。
申緯	警修堂全藁菴吟藁(二)「哭蔣秋吟御史五首」	자신이 교유한 중국 문사들 가운데 翁方綱·翁樹崑·錢林·蔣詩가 차례로 세상을 떠난 것을 탄식하고 오직 吳嵩梁만 남아 있음을 말하다.	其五： 青棠紅豆久零落。(青棠。覃溪書屋名。紅豆。星原別字。) 金粟秋吟又岱遊。(金粟。錢學士林。) 四海頓傷風雅盡。凡今誰見典刑留。交情每失頻年淚。未死爭禁後日愁。可是玉人蘭雪在。斷無消息隔溪舟。(余所與上國名彦結交者。今凋喪畧盡。唯有吳蘭雪一人在耳。)
申緯	警修堂全藁北禪院續藁(四)「經山閣學充賀至使入燕，索詩，故賦此爲別」	자신과 교유했던 중국 문사들 중에서 翁方綱·翁樹崑·錢林·蔣詩는 모두 세상을 떠났고, 吳嵩梁·周達은 지금 燕京에 없으나, 陳用光·曹江은 墨緣을 나눈 바 있으니 鄭元容에게 한번 방문해 보라고 권하다.	其二： 當時我亦氣如虹。縞紵結交翰墨中。小石帆亭茶淡白。保安寺閣日沉紅。頻年矚目河山感。往事傷心劍筑空。(僕所締交上國名彦。如翁文達橋梓·金蘭畦尙書·錢金粟·蔣秋吟諸公。次第淪謝。吳蘭雪·周菊人皆官遊四方。今略無餘者。) 賴有陳琳與曹植。雄詞不替建安風。(藝林名家。有陳石士·曹玉水兩人。僕雖未及謀面。曾與有一段墨緣。試往問之。)

申緯	警修堂全藁 養硯山房藁(一) 「錢塘陳雲伯(文述), 有朝鮮二賢詩, 自注 曰, 聞秋吟侍御誦申 紫霞·洪海居詩文而 作, 今年並其所刻畫 林新詠二冊, 自馬敎 習(光奎)所寄來, 馬 敎習言庚寅夏, 蔣秋 吟子(鉽)還浙鄕時, 留書曰敝同里人陳 雲伯先生, 寄紫霞· 海居兩先生信件, 乞 轉致之, 此書留於丁 舍人(泰), 舍人又歿, 今春始自馬敎習寄 來, 遠信浮沉, 屢經 存歿, 三年然後竟能 入手, 亦四海奇緣也, 卽次原韻」	陳文述이 보낸 「朝鮮 二賢詩」와 『畫林新詠』 이 蔣詩의 아들 蔣鉽· 丁泰·馬光奎를 거쳐 申緯에게 전달되어 이 詩에 次韻하는 시를 짓 고, 「朝鮮二賢詩」를 덧 붙이다.	紫鳳歌成詩品見。 先生首例國朝賢。 (太原女史辛瑟嬋。 選國朝人詩。 爲 詩品。 以雲伯居首。 並有紫鳳歌。 以 雲伯都下詩名有紫鳳之目也。) 門多問 字金釵侶。 畫有量才玉尺篇。(錢塘 女史顧螺峯。 爲雲伯寫金釵問字圖。 畫林新詠自序云。 斷自童穉以來相 接。 至今得三百餘人。 各系以詩。 亦 六十年來畫家之麟閣也。) 華屋錢王祠 下住。 盛名箕子域中傳。 秋吟去後亡 琴恨。 又續神交萬里天。 附原韻: 東方自古多君子。 今日朝鮮 有二賢。 共識申公邃經術。 更聞洪邁 富詩篇。 姓名久爲中朝重。 文字還應 我輩傳。 恰憶貞蕤老居士(謂朴齊 家)。 綠江雲樹澹遙天。
申緯	警修堂全藁 養硯山房藁(一) 「陳雲伯畫林新詠, 補入不佞墨竹及海 居都尉墨菊, 各有小 傳, 故卽次卷中原韻 謝之」	『畫林新詠』에 실린 申 緯의 小傳과 그의 墨竹 을 읊은 陳文述의 시 를 덧붙였는데, 그 小 傳에는 申緯의 書畫에 대한 蔣詩의 평과 蔣詩 의 『楡西仙館初稿』에 申緯에 대한 시문이 자주 보인다는 언급이 있다.	(附)原詩: 畫林新詠。 申紫霞。 名緯。 朝鮮國人。 由翰林。 官六曹副判。 由 樞密院都承旨。 出爲留守。 副判卽侍 郎。 都承旨卽軍機大臣。 留守卽總督 也。 工詩文。 尤工畫竹。 蔣秋吟侍御 云: 詩近蘇黃。 畫則今其無匹也。 楡 西舘集中屢見之也。 古來畫竹數文同。 成竹要須先在胷。 解以蘇黃詩筆寫。 海東今有紫霞翁。

申緯	警修堂全藁 養硯山房藁(四) 「送徐卯翁尙書奉使入燕二首」	燕行하는 徐耕輔를 전송하며 翁方綱 · 丹巴多爾濟 · 錢林 · 吳嵩梁을 추억하고, 자신이 써 준 蔣詩 시집의 서문이 잘 도착했는지 葉志詵에게 확인해 달라고 부탁하다.	其一： 樞啣專對進階新。令望蘇家是潁濱。去日唐花燕市雪。來時烟柳薊門春。題襟共訝三生石。惜別爭禁四角輪。縞紵投心詩滿篋。歸舟泊汋首迴頻.。(此首用問菴韻。) 其二： 金鰲玉蝀切雲霄。二十年前絳節朝。得髓蓮洋詩夢渺。(蘇齋。以下雜記苔岑舊契。) 論心花海酒痕銷。(丹貝勒海淀別業。有鏡天花海。) 三淸鶴去丹砂頂。(錢金粟壯年鍊丹。已歸道山。) 萬里鱗沉白馬潮。(吳蘭雪時在黔南任所。) 近有浙西消息否。憑君傳語爫坊橋。(前余所撰蔣秋吟詩集序。因案葉東卿津致者。果有浙摺妥便否。東卿寓在爫坊橋云。)
申緯	警修堂全藁 養硯山房藁(四) 「題藕船黃葉懷人圖」	李尙迪의 「黃葉懷人圖」에 자신과 중국 名士들인 翁方綱 · 戈寶樹 · 葉志詵 · 汪汝瀚 · 丹巴多爾濟 · 松筠 · 金光悌 · 金宗邵 · 金震 · 朱鶴年 · 法式善 · 劉元吉 · 和寧(和瑛) · 李克勤 · 榮自馨 · 吳嵩梁 · 蔣詩 · 錢林 · 丁泰 · 鄧守之 · 熊昂碧 · 劉枚 · 周達 · 張深과의 교유를 추억하는 시를 쓰다.	藕船手持黃葉圖。問我亦有懷人無.我亦懷人懷更苦。廿載黃葉秋糢糊.風雅及見隆嘉際。時則皇都盛文儒.蘇齋蘇室叩詩髓。蘇集蘇帖參寶蘇.書家秘鑰啓用筆。內蜜外縱傳楷模.紅豆歌筑日狂飮。戈生(寶樹)葉生(東卿)汪君(載靑)俱。汪君馳譽傳神筆。乘興肯畫山澤癯。篆香特爲斯人補。周邠長官有此乎。(語在覃溪題余小照詩中。) 蘭兄蕙嫂具鷄黍。拭桌未暇丫鬟呼。(以上記蘇齋雅集也。) 賢王折節敬愛客。鏡天花海紅氍。那知墨緣證屛障。隅然落筆田盤衢。中年哀樂感絲竹。况是開筵唱驪駒。(余於盤山酒樓。有書贈主人者。丹貝勒朝陵歸路見之。豪奪而來。已入屛幛。是日海甸相邀。亦以此墨緣) 一代偉人松湘浦。東關西苑奉歡娛。且置欒

物念行李。虎字相贈入山符。(湘浦
手書草虎字。字過方丈。贈余曰。此
足以除不祥。) 蘭畦尚書(金光悌)何好
我。班行遙見愛眉鬚。自慚我豈眞名
士。折簡招邀誠不虞。中書(蘭畦哲
嗣載園。)內齋留談藝。木瓜佛手香盤
盂。孝子(筤伯)刲股中書病。尚書忠
孝詒厥謨。野雲三朱之一也。(法梧
門。有三朱山人詩。謂素人・津里及
野雲也。)畫名任俠傾燕都。訪我何晚
玉河館。相逢是別立斯須。夕陽黃昏
西崑句。字字淚落談草濡。海上歸老
劉芝圃(元吉)。英雄種菜娛桑榆。班
荊贈我恩遇記。戰伐勳名三楚區。瀋
陽將軍(和太菴寧)亦愛士。匋齋雅集
圍茶罏。請我題句西藏賦。佛國仙都
載馳驅。鄂君船送回泊汋。遼東二生
提玉壺。(李克勤・榮自馨。) 邊塞得
有此佳士。莫是當年幼安徒。自哭蘇
齋名父子。誰爲惺迷誰砭愚。蘇齋替
人有蘭雪。金粟秋吟並操觚。詩品謬
以蘇黃詡。墨竹兼之愛屋烏。名山付
託恐相負。金粟自破金丹殂。秋吟最
與論詩契。弇卷屬之東海隅。蘭雪一
麾隔萬里。萼綠梅慰琴音摸。(蘭雪
黔南行時。寄余其哲配綠梅圖。)丁中
翰(卯橋)屢求詩稿。鄧孝廉(守之)曾
乞畫廚。熊(雲客)劉(眉士)周(菊人)張
(茶農)尙無恙。星散天涯斷雁奴。舊
雨零落一彈指。獨立蒼茫餘老夫。可
懷何止於黃葉。感在鄰笛河山壚。縱
有雲伯寄詩至。渺渺澹粧西子湖。聞
我苦懷滿船泣。■人多淚少歡歈。黃
葉可聽不可數。一半響交蘆舫蘆。

申緯	警修堂全藁 和陶詩屋小藁 「希谷使回，始得葉東卿武部答書，喜而有述」	葉志詵이 申緯가 蔣詩의 아들 蔣鍈에게 보낸 편지를 잘 전달했음을 알려왔다고 말하다.	郵書小泉諾已宿。摺便杭城定不虛。小泉出遊無定向。北轍南轅貪所驅。亡友一言念悽惻。拙序遠徵東海隅。寄書萬里已難矣。不朽其人計亦迂。歎息君爲我出力。義俠發之於道腴。(東卿來書云。所寄蔣秋吟之子小泉書札。已托浙江摺弁。寄至杭城。交付伊家内眷收存。緣小泉以家貧之故。到家旋卽他遊。南轅北轍。未知何向。容俟再有抵杭之便。重加訊問。斷不其浮沉有辜。惟望盛意云耳。)
申緯	警修堂全藁 覆瓿集(四) 「送李明五學士(繪九)赴燕二絶句」	燕行을 떠나는 李繪九를 전송하는 시에서 자신과 교유를 맺은 翁方綱・翁樹崑・丹親王・金光悌・金宗邵・吳嵩梁・蔣詩・錢林 등이 모두 세상을 떠났음을 애통해하다.	其一： 行人來去好珍重。雨雪霏霏楊柳黃。料得停車憑吊古。金臺蕭瑟玉田荒。 其二： 我昔充行謬承乏。君今膺命抄掄才。傷心莫問襟盛。三十年間賦八哀。(翁文達公父子・丹親王・金蘭畦尙書父子・吳蘭雪・蔣秋吟・錢金粟。皆已次第遊岱。)
申緯	警修堂全藁 覆瓿集(十) 「追和熊雲客(昂碧)蔣秋吟先生齋獲觀朝鮮申紫霞侍郎詩因題其後四絶句」	熊昂碧이 蔣詩의 서재에서 申緯의 시를 보고 지은 시에 和詩를 짓고, 原韻을 덧붙이다.	其一： 大雅誰能力挽回。唐人難借漢人來。竟知渠有渠天賦。枉許由蘇入杜才。 其二： 臨歧有感野雲心。秋草夕陽聊一吟。海内諸公偏見賞。寸情至比大江深。 其三： 不須書釖歎羈遊。到處忘形對阮劉。異域一時同悵望。江南秋色菊人舟。 其四： 舫閣懷人在碧蘆。片心萬里照冰壺。黯然雲客秋吟老。咏入詩篇寫

			入圖。
			(附)原韻
			其一： 萬里滄波一氣回。彼都原有軼羣才。驚看筆底奔雷電。知是蘇黃門邇來。
			其二： 天涯多少別離心。沅芷湘蘭入楚吟。吟到夕陽秋草句。此情還比大江深。(秋草自然堪下淚。夕陽雖好近黃昏。卽卷中句。)
			其三： 老我萍蹤廿載遊。凄凉身世感依劉。故人已向江南去。紅樹青山渺一舟。(君與菊人周孝廉至交頃。菊人已南遊。)
			其四： 詩思無端引碧蘆。(君讀書齋名。)山川一樣貯氷壺。丹青久擅倪黃譽。肯寫烟嵐遠寄吾。

104
張曜孫 (1807-?)

인물 해설	字는 仲遠, 號는 升甫, 晩號는 復生이며, 江蘇 武進 사람으로, 張惠言의 조카이고 張琦의 아들이며 包世臣의 사위이고 吳贊의 처남이다. 道光年間 擧人이 되었으며, 湖北督糧道를 역임했다. 태평천국의 난 때 관군에 참여하여 공을 세워 태수로 승진했으나 軍糧 횡령의 모함을 받아 화병으로 죽었다. 가학을 이어 받아 의술에 정통했으며 書畫에 뛰어났다. 　저서에 『謹言愼好之居詩集』이 있으며, 周紹良의 『紅樓夢書錄』에 의하면 『續紅樓夢』 20回가 그에 의해 찬술되었다고 한다. 조선 사신의 연행에 수행한 역관 李尙迪과 詩書로 깊이 교유하였으며 金正喜의 「歲寒圖」에 제찬을 남겼다.
인물 자료	○ 孔憲彝, 『對嶽樓詩續錄』 卷3, 「張仲遠招集吳氏園」 　愛客如君少, 論交企古賢. 琴尊誰與共, 塵海此開筵. 序擬蘭亭集, 詩成輦下傳. 名園容我過, 佳會更重聯.
저술 소개	★ 『謹言愼好之居詩』 　(淸)光緖 30年 刻本 18卷 ★ 『陽湖張氏四女集』 　(淸)張曜孫輯 陽湖 張氏 宛鄰書屋刻本 ★ 『同聲集』 　(淸)張曜孫輯 (淸)道光－同治年間 刻本 ★ 『悼亡錄』 　(淸)張曜孫輯 謹言愼好之居刻本

비 평 자 료			
金奭準	紅藥樓懷人詩錄 下 「張松坪員外(德容)」	김석준이 일찍이 張曜孫의 넷째누이인 張綸英이 임서한 熒陽鄭文公碑를 얻었는데, 1862년 연경에 가서 張德容에게서 그 원본을 얻었다.	家藏金石溯周秦。心折覃溪得替人。多謝鄭公碑本帖。平生愛擖博希珍。(余嘗得張大令曜孫四姊婉紃夫人所臨熒陽鄭文公碑。辛酉遊燕時。得原本於君。)
金正喜	阮堂全集 卷3 「與權彝齋(九)」	張曜孫이 篆刻한 東海循吏印은 古意가 있는데, 鄧石如의 眞髓를 전수받은 것이다. * 完白山人은 鄧石如의 호이다.	東海循吏印。自家仲展示。聞是張曜孫所篆云。大有古意。是完白山人嫡傳眞髓。恨無由多得幾顆。從前到劉柏隣爲上妙者。尙屬第二見矣。覽正如何。
金正喜	阮堂全集 卷3 「與權彝齋(九)」	張曜孫의 전각 솜씨가 劉柏隣보다 낫다.	上同
金正喜	阮堂全集 卷10 「題張曜孫四姊綠槐書屋圖」	張曜孫의 넷째누이인 張綸英의 「綠槐書屋圖」에 題詩를 쓰다.	閨藻天然古北碑。更從隷法點波奇。綠槐影裏傳家學。龍虎雄强屬黛眉。
金正喜	阮堂全集 卷10 「題澹菊軒詩後」	張曜孫의 큰 누이인 張綤英의 『澹菊軒初稿』에 題詩를 짓다.	廿四品中澹菊如。人功神力兩相於。墨緣海外全收取。讀遍君家姊妹書。
李尙迪	恩誦堂詩集 卷7 「張仲遠(曜孫)囑題比屋聯吟·海客琴樽二圖」	張曜孫의 부탁으로 「比屋聯吟圖」와 「海客琴樽圖」의 題詩를 짓다.	步屟從容三兩家。唱姸酬麗寫煙霞。夢殘春草池塘後。(君從兄彦惟歿已五年矣。)無恙東風姊妹花。是處朱陳自一村。宦游人有滯金門。大家消息三千里。欲寄郵筒更斷魂。(君姊兄吳偉卿比部從仕京師。而澹菊軒夫人工詩有集。時人

			擬之曹大家。) 金刀莫報四愁詩。話雨燕山未有期。我亦歸田多樂事。東西屋裏讀書時。(右比屋聯吟) 有酒如澠琴一曲。竹深荷淨無三伏。(丁酉夏。君與余。讌集于偉卿留客納凉之館。) 醉來握手貴知音。後會寧歎難再卜。青衫何事滯春明。書劍飄零誤半生。痛飲離騷爲君讀。大海茫茫移我情。(右海客琴樽)
李尙迪	恩誦堂詩集 卷7 「張仲遠(曜孫)囑題比屋聯吟·海客琴樽二圖」	張曜孫의 從兄인 張成孫이 5년 전에 죽은 사실을 언급하다.	步屧從容三兩家。唱姸酬麗寫煙霞。夢殘春草池塘後。(君從兄彦惟歿已五年矣。) 無恙東風姊妹花。是處朱陳自一村。宦游人有滯金門。大家消息三千里。欲寄郵筒更斷魂。(君姊兄吳偉卿比部從仕京師。而澹菊軒夫人工詩有集。時人擬之曹大家。) 金刀莫報四愁詩。話雨燕山未有期。我亦歸田多樂事。東西屋裏讀書時。(右比屋聯吟)
李尙迪	恩誦堂詩集 卷7 「張仲遠(曜孫)囑題比屋聯吟·海客琴樽二圖」	張曜孫의 姊兄인 吳贊이 京師에서 從仕하는 사실과 吳贊의 부인 張繻英이 시에 능하고 문집이 있는데 당시 사람들이 曹大家에 비견한다는 것을 말하다.	上同
李尙迪	恩誦堂集 卷8 「癸卯春正月初七日, 燕舘得王子梅·張仲遠書, 追賦一律, 示中	1843년 1월 7일에 燕舘에서 王鴻과 張曜孫의 편지를 받고 律詩를 지어 張曜孫에게 보이고 아울러 王鴻에게 부치다.	客中人日思冥冥。取次詩函眼忽靑。細數舊游如斷夢。幾多知己又晨星。雜花三月江南路。名士千秋歷下亭。自笑敝貂何所事。乘桴吾道在滄溟。

	遠，兼寄子梅」		
李尙迪	恩誦堂集 卷8 「題張仲遠伯姊孟緹夫人澹鞫軒詩舍圖卷」(夫人卽吳偉卿比部令閤也)	張曜孫의 첫째누이이자 吳贊의 부인인 張緗英의 「澹鞫軒詩舍圖卷」에 題詩를 쓰다.	一洗穠華艶。簾櫳野意幽。伊人澹如菊。詩境雅宜秋。故里懷三徑。西風詠四愁。延陵與酬唱。花隱勝封侯。
李尙迪	恩誦堂集 卷8 「題中遠三姊綠槐書屋肄書圖」	張曜孫의 셋째누이인 張綸英의 「綠槐書屋肄書圖」에 題詩를 쓰다. * 張綸英은 張曜孫의 넷째누이이다.	其一： 見說淸風林下吹。薪傳家法北朝碑。琉璃硯畔槐陰綠。停筆還思授字時。(夫人先尊甫館陶君。嘗授字學於綠槐書屋。) 其二： 書名未許掩詩名。不櫛爭推五字城。豔福欲將彤管述。無如腕鬼負平生。 其三： 君家芝旭我知音。惡札曾題比屋吟。(仲遠有比屋聯吟圖。卽與諸令姊妹唱酬之作也。嘗屬余題句。)記否簪花傳墨妙。一時聲價重鷄林。(仲遠前寄綠槐書屋臨才惠公志諸幅。金公秋史亞稱許之。)
李尙迪	恩誦堂集 卷8 「題中遠三姊綠槐書屋肄書圖」	張曜孫의 「比屋聯吟圖」는 그의 누이들과 창수한 것을 그린 작품인데, 일찍이 李尙迪에게 題詩를 부탁한 적이 있다.	其三： 君家芝旭我知音。惡札曾題比屋吟。(仲遠有比屋聯吟圖。卽與諸令姊妹唱酬之作也。嘗屬余題句。)記否簪花傳墨妙。一時聲價重鷄林。(仲遠前寄綠槐書屋臨才惠公志諸幅。金公秋史亞稱許之。)
李尙迪	恩誦堂集 卷8 「題中遠三姊綠槐書屋肄書圖」	張曜孫이 일전에 張綸英의 「臨才惠公志」 여러 폭을 부쳐준 적이 있으며, 이를 金正喜가 허여하였다고 말하다.	上同

李尙迪	恩誦堂集 卷9 「春日見張仲遠書, 去秋除武昌, 離京時 所寄者也, 喜而賦之」	張曜孫의 편지를 보고 시를 짓다.	跌宕琴樽惜別餘。一麾風味武昌魚。治爲良吏二千石。行載秘書三十車。鄂渚春深棠雨冷。燕城秋盡柳煙疎。館陶遺業知能紹。字撫蒼生宿瘼除。(先尊甫嘗宰館陶。聲績茂著素精黃歧之術。仲遠俱克趾美。)
李尙迪	恩誦堂集 卷9 「春日見張中遠書, 去秋除武昌, 離京時 所寄者也, 喜而賦之」	張問陶이 館陶를 다스릴 적에 행했던 치적을 張曜孫이 능히 갖추고 있음을 말하다.	跌宕琴樽惜別餘。一麾風味武昌魚。治爲良吏二千石。行載秘書三十車。鄂渚春深棠雨冷。燕城秋盡柳煙疎。館陶遺業知能紹。字撫蒼生宿瘼除。(先尊甫嘗宰館陶。聲績茂著素精黃歧之術。仲遠俱克趾美。)
李尙迪	恩誦堂集 卷9 「追題海客琴尊第二圖二十韻」(入畫者比部吳偉卿·明府張中遠·中翰潘順之補之·及玉泉三昆仲·宮贊趙伯厚·編修馮景亭·莊衛生吏部·姚湘坡工部·汪鑑齋明經·張石州孝廉·周席山·黃子幹侍御·陳頌南·曹艮甫·上舍章仲甘·吳冠英, 冠英畫之, 共余爲十八人也)	吳贊·張曜孫·潘邊祁·潘希甫·潘曾瑋·趙振祚·馮桂芬·莊受祺·姚福增·汪藻·張穆·黃秩林·陳慶鏞·曹懋堅·吳儁·周翼墀·章岳鎭 등이 그려진 「海客琴尊第二圖」에 題詩를 쓰다.	十載重揩眼。西山一桁靑。題襟追漢上。修禊續蘭亭。顔髮俱無恙。莊諧輒忘形。今來團一席。昔別隔層溟。記否懷人日。(嘗於癸卯燕館人日。得張中遠·王子梅書。有詩記其事。) 依然逐使星。馬諳燕市路。槎泊析津汀。往跡尋泥雪。良緣聚水萍。延陵佳邸第。平子舊居停。(讌集於吳偉卿比部留客納凉之館。時仲遠寓此。) 凍解千竿竹。春生五葉蓂。(時乙巳新正五日也。) 勝流皆國士。幽趣似山扃。投轄從君飮。焦桐與我聽。盃深香灔灔。調古韻泠泠。此日傳淸散。何人賦罄瓶。願言鍾子賞。休慕屈原醒。北海存風味。西園見典型。古歡等觀樂。中聖劇談經。文藻思焚筆。詞鋒怯發硎。已知交有道。矧感德惟馨。海內留圖畫。天涯託性靈。百年幾相見。萬里卽門庭。

李尙迪	上同	1843년 1월 7일에 燕館에서 王鴻과 張曜孫의 편지를 받았던 일에 대해 기록하다.	記否懷人日。(嘗於癸卯燕館人日。得張中遠·王子梅書。有詩記其事。) 依然逐使星。
李尙迪	上同	吳贊의 留客納凉之館에서 모일 적에 張曜孫이 이곳에 머물고 있었다.	延陵佳邸第。平子舊居停。(讌集於吳偉卿比部留客納凉之館。時中遠寓此。) 凍解千竿竹。春生五葉蓂。(時乙巳新正五日也。)
李尙迪	恩誦堂集卷9「乙巳春, 張中遠屬吳冠英爲我寫照見貽, 追題二截, 謝中遠兼寄子梅」	1845년 봄 張曜孫이 吳儁에게 李尙迪의 초상화를 그려줄 것을 부탁함에 절구 2수를 지어 張曜孫에게 사례하고 王鴻에게 아울러 부쳐주다.	硯背曾供坡老像。(仲遠前贈硯刻像于背。) 扇頭今見放翁眞。與君同訂三生約。海內襟期海外身。廿載春明幾賞音。琴心酒趣補苔岑。停雲萬里神游遍。越水吳山又孔林。(辛卯秋。番禺儀墨農爲作苔岑雅契圖。近有仲遠春明話舊·海客琴尊二圖及子梅春明六子圖。子梅時寓曲阜。)
李尙迪	恩誦堂集卷9「乙巳春, 張中遠屬吳冠英爲我寫照見貽, 追題二截, 謝中遠兼寄子梅」	1831년 가을에 儀克中이「苔岑雅契圖」를, 근래에 張曜孫과 王鴻이 각각「春明話舊圖」·「海客琴尊圖」와 「春明六子圖」를 소유하고 있었음을 밝히다.	上同
李尙迪	恩誦堂續集卷1「棣華館畫冊序」	張曜孫이 보내온 棣華館畫冊에 序를 쓰다.	擅書畫藝紹箕裘業者。鬢眉尙矣。巾幗何多。若書家晉有王洽之荀夫人。珉之汪夫人。右軍之郗夫人。凝之之謝道韞。獻之之保母李意。如畫家元有趙子昂之管道昇。明有文徵仲曾孫震亨之姪女俶。近代則惲冰壽平之女馬荃扶義之孫女也。此輩皆能以食靑箱之舊德。飮萩苑之香名。是所云醴泉有源。芝蘭有

			根者耶。吾友張大令仲遠。以名父之子。遂傳家之學。與四姊氏均工詩文。各有其集。而叔姊婉紃夫人受書法於館陶君。深得北朝正傳。妻包孟儀夫人筆意。亦有乃父愼伯之風。雖使班昭復作於九原。衛鑠幷驅於一世。庶無媿焉。仲遠近自武昌。寄示其女儷之・女甥王潤香・筥香・錡香・孫少婉及侍姬李紫畦寫生共十二幅。各系題欵。不惟秀韻逸致。直造乎宋元以上。別有分勢艸情。沈酣於漢魏之間。則豈無所本而能哉。原夫夙承庭訓。無忝宗風。慈竹覆陰。棣華聯韡。爲歌淑女君子之什。延譽幼婦外孫之辭。夕酬和於鹽絮。朝揮灑以簪花。相與誦詩禮之清芬。寧止述繪事於彤管。嗟乎。古之才女子專精一藝者。故自不乏。兼工三絶則未之或聞。迺者仲遠之門。人人鳳毛。家家驪珠。無施不可。有爲若是。何其才福之全而風雅之盛也。詩曰繩其祖武。傳曰人樂有賢父兄。此之謂乎。潤香・筥香・少婉・儷之詩篇諸作。余嘗讀寒柳唱和之卷。而詫爲玉臺嗣響。心竊欽儀者久矣。因牽連以書之。
李尙迪	恩誦堂續集 卷1 「棣華館畫冊序」	張曜孫의 집안은 재주 있는 여인들을 특히 많이 배출했는데, 4명의 누이들은 모두 시문에 능하여 문집이 있거니와 叔姊인 張綸英은 張問陶에게서 법을 전수받아 더욱 뛰어나다.	吾友張大令仲遠。以名父之子。遂傳家之學。與四姊氏均工詩文。各有其集。而叔姊婉紃夫人受書法於館陶君。深得北朝正傳。妻包孟儀夫人筆意。亦有乃父愼伯之風。雖使班昭復作於九原。衛鑠幷驅於一世。庶無媿焉。

李尙迪	恩誦堂續集 卷1 「棣華館畫冊序」	張曜孫이 근래에 武昌에서 딸 儷之, 질녀 王潤香·筥香·錡香을 비롯하여 손녀 少婉, 시녀 李紫畦 등의 작품인 棣華館畫冊을 보내주었는데, 모두 뛰어난 솜씨를 지니고 있었다.	仲遠近自武昌。寄示其女儷之·女甥王潤香·筥香·錡香·孫少婉及侍姬李紫畦寫生共十二幅。各系題欵。不惟秀韻逸致。直造乎宋元以上。別有分勢艸情。沈酣於漢魏之間。則豈無所本而能哉。原夫夙承庭訓。無忝宗風。慈竹覆陰。棣華聯轝。爲歌淑女君子之什。延譽幼婦外孫之辭。夕酬和於鹽絮。朝揮灑以簪花。相與誦詩禮之淸芬。寧止述繪事於彤管。嗟乎。古之才女子專精一藝者。故自不乏。兼工三絶則未之或聞。洒者仲遠之門。人人鳳毛。家家驪珠。無施不可。有爲若是。何其才福之全而風雅之盛也。詩曰繩其祖武。傳曰人樂有賢父兄。此之謂乎。潤香·筥香·少婉·儷之詩篇諸作。余嘗讀寒柳唱和之卷。而詫爲玉臺嗣響。心竊欽儀者久矣。因牽連以書之。
李尙迪	恩誦堂續集 卷1 「張仲遠畫象硯銘 (有序)」	張曜孫이 옛 벼루에 자신의 36세 때 모습을 새겨 만든 張仲遠畫象硯의 銘文을 짓다.	道光癸卯。張大令(曜孫)刻其三十六歲象于古硏之陰。幷識鄕籍生年月日及與余車笠之誼。寄自陽湖。余每於六月九日。供此硏爲仲遠初度壽。因爲之銘曰。貽我一方硯。覿君萬里面。端人與端石。德性兩無間。以此著書等其身。以此證交傳其神。望江南兮荷花節。年年袍笏拜生辰。
李尙迪	恩誦堂續集 卷1 「水盂銘(有序)」	張曜孫이 자색 진흙으로 만들어 준 水盂의 銘文을 짓다.	張仲遠大令製紫泥水盂。寄自武昌官署。謝之以銘曰。交淡如水。官淸如水。濯之江漢。泥而不滓。

李尙迪	恩誦堂續集 卷1 「潘玉泩太常, 招同吳偉卿比部·曹艮甫給諫·吳淸如中翰·翁祖庚編修·周(學源)上舍·王蓉洲比部·邊袖石編修·蔣心薌孝廉·吳冠英上舍, 讌集松筠庵, 共賦次偉卿韻」	1843년 정월에 張曜孫이 吳儁에게 부탁하여 「海客琴尊第二圖」를 그리게 하다.	風流楊柳憶當年。歷歷前游畫裏傳。(乙巳正月。張仲遠倩吳冠英。繪海客琴尊第二圖。)四海苔岑追勝事。(冠英又作松筠雅集圖。)千秋俎豆拜先賢。(庵有楊椒山祠。余燒香禮拜。)歡悰旣醉醑蘇酒。慧業同聽妙法蓮。紀夢他時東海上。天風環珮下羣仙。
李尙迪	恩誦堂續集 卷1 「追題春明話舊圖, 寄仲遠大令」(湯雨生將軍, 仲遠母舅也, 余嘗從仲遠得讀其外祖與竹公棄藁及湯節母斷釵唫, 欽誦久矣, 頃於甲辰冬, 雨生自金陵作此圖見遺, 蓋爲余與仲遠有重逢之喜, 而自誌其聞聲相求繾綣不忘之意, 尤可感也)	張曜孫의 외숙인 湯貽汾이 張曜孫을 통해 李尙迪에 관한 얘기를 듣고 「春明話舊圖」를 그려줌에 감격하여 題詩를 짓다.	將軍忠孝之子孫。歸老龍山琴隱園。虛懷愛客揚風雅。況復丹靑逼宋元。幾時罷釣秋江曲。澂翁(吳蘭雪)留題詩一幅。瓊花斷釵有和蔦。蓼莪從古不堪讀。君家賢甥張仲遠。與我忘形矢不諼。春明話舊樂何如。笑指西山靑似眼。十年離合各天涯。萍水襟期知者誰。蒹葭玉樹儼相對。我見此圖感淚垂。花前薄暮談詩處。竹裡輕寒煮酒時。盥手出示與竹藁。自言舅氏傳家寶。一門大節何煌煌。拍案三歎盡人道。吁嗟乎摹寫眞境如合契。就中亦可論其世。英雄晚計六橋驢。(畫尾鈐六橋驢背故將軍印。)循吏宦味武昌魚。欲往從之隔山海。雙鯉難憑尺素書。後會茫茫頭已白。令人卻憶結交初。
李尙迪	上同	張曜孫이 일찍이 외조부 원고와 외조모의 『斷釵吟詩集』을 보내와 題詩를 지은 적이 있음을 말하다.	上同

李尚迪	恩誦堂續集 卷2 「偶檢箱篋, 得羅浮道士黃越塵寄詩及吳僧達受拓贈彝器文字, 仍懷仲遠子梅」	우연히 羅浮道士 黃越塵이 보내준 詩와 승려인 吳達受가 탁본해준 彝器文字를 발견하고 張曜孫과 王鴻을 추억하다.	故人消息杳難知。南國干戈滿地時。篋裏眼青如見面。六舟金石越塵詩。起看欃槍臥枕戈。宦遊多難奈君何。幾時重續琴樽會。同聽王郎斫地歌。
李尚迪	恩誦堂續集 卷2 「頃得子梅去秋書, 言仲遠殉節於楚, 爲之慟盡者彌日, 迺於季夏九日, 仲遠覽揆之辰, 供仲遠畫象硯, 茶酒以奠之」	요사이 王鴻이 지난 가을에 보낸 편지를 얻어서 보았는데, 張曜孫이 楚에서 殉節했다는 소식이 있어 애통함을 금할 길 없다가 6월 9일 張曜孫의 생일날에 그의 화상이 그려진 벼루에 차와 술을 올리다.	殉節張司馬。風聲繼渭陽。(君母舅湯雨生將軍。癸丑殉金陵之難。) 有文追魏晉。餘事作循良。血化三年碧。名傳萬里香。須眉見平昔。雪涕硯池傍。
李尚迪	上同	張曜孫의 외숙인 湯貽汾도 金陵에서 순절한 사실을 언급하다.	上同
李尚迪	恩誦堂續集 卷2 「子梅自青州寄詩, 索題春明六客圖」	「春明六客圖」에 붙인 題詩에서 王鴻·張曜孫·黃秩林·孔憲彝·梁叔 등을 언급하며 그리워하다.	藐余三韓客。生性慕中華。中華人文藪。自笑井底蛙。俯仰三十載。屢泛柝津槎。交游多老宿。菁莪際乾嘉。後起數君子。賢豪盡名家。新知樂何如。如背癢得爬。翩翩子梅子。華胄出瑯琊。胷中呑雲夢。筆下吐天葩。中遠古循吏。修潔玉無瑕。書爲文名掩。分草騰龍蛇。子翰有鳳毛。大雅迻乃爺。繡山聖人裔。致經思無邪。(致經繡山堂名) 餘藝工寫蘭。醉墨橫復斜。振奇梁叔氏。眉宇欝青霞。鯫生百不似。交口謬見誇。喝于松竹逕。促酒間香茶。同志有羨洋。同文無邐迤。卽景付畫師。彷彿煩毛加。亭

			亭玉樹前。慙媿倚蒹葭。圖成一回首。聚散劇搏沙。只尺春明外。消息各天涯。或有請長纓。(梁叔) 或有佩青緺。(子榦) 或殉楚江氛。(仲遠) 或詠薇省花。(繡山) 芳訊何處至。九點齊烟睞。中年夢炊臼。頻歲困公車。詩境窮愈進。徽音洗箏琶。試弄班門斧。永好賦木瓜。聽蟬亦幾時。(謂玉河聽蟬圖) 吟髭雪鬖髿。存歿更可念。升沉非所嗟。善保此圖卷。世事亂如麻。(子梅屬吳君冠英作此圖已十年。徵題幾遍海內。去秋子梅自青州勤索一言。且報中遠殉節於楚。故余有或殉楚江氛之句矣。近又得其入都寄書。中遠在楚北。勞苦戎事云。盖子梅先聞异辭。今乃傳信耳。余宜亟刪其句。而仍舊不改者。留與他日重晤圖中諸君於春明之下。讀此詩而一笑焉。則豈非一時惡耗。便作千秋韻語也哉。)
李尙迪	**恩誦堂續集** 卷3 「種靑藤歌, 示以堂」	張曜孫의 질녀인 王筥香이 일찍이 靑藤을 그려서 준 적이 있다.	吾鄉不産靑藤樹。憶曾見之燕薊路。龍蛇拏攫影盤空。珠翠玲瓏香浥露。每恨移種非其時。歸途屢値氷霜沍。君從日下倦游回。帶到靑藤子數枚。數枚如碁復如豆。劚破蒼苔手自栽。況聞生性不以風上變。三年可得見花開。又過十年結嘉蔭。無數傍枝出杖材。與君留約花開日。就樹東西築書室。更取扶老高過肩。花底聯翩晞白髮。常棣從古鄂不韡。紫荊誰家枯復活。蘭閨一幅蔚藍天。畫中緣法豈偶然。(張仲遠女甥王筥香。嘗畫寄靑藤。)

			我今種此如望歲。風條雨葉夢纏綿。君不見千載仙根同不朽。紫藤傳唱家靑蓮。(李白有紫藤樹歌。)
李尙迪	恩誦堂續集 卷4 「續懷人詩(有序)·仲遠張觀察(曜孫)」	張曜孫에 대한 회인시를 짓다.	言語文字外。相許以知己。偶作武昌宰。除夕呼庚癸。楚氛近何如。無路問生死。
李尙迪	恩誦堂續集 卷5 「懷人用逭暑韻」	張曜孫·呂佺孫·王鴻·司馬鍾 등을 그리워하며 「逭暑」에 차운해서 시를 짓다.	海外猶存白首吾。金蘭消息滯陽湖。(自粵寇滋擾後。不聞張仲遠·呂堯仙音信久矣。二友俱陽湖人。)孤懷日暮頻澆酒。往事雲消一據梧。蟬響淸疑酬絶唱。(王子梅聽蟬詩卷) 荷花淨似曬新圖。(司馬繡谷白蓮圖) 尋常節物都振觸。沉李浮瓜憶舊無。
李尙迪	恩誦堂續集 卷6 「西笑編(有序)·王蓉洲侍御」	王憲成이 潘曾瑋·張曜孫 등과 친했음을 언급하다.	記否禪寮倒屣迎。桐華傳唱遍東瀛。(道光戊申。始訂交於松筠庵。而見貽桐華館詞。)此生乃有重逢日。老去偏深一往情。諫艸焚餘詩艸在。墨緣證與硯緣幷。(見惠王佛雲硯緣集及墨二函。)潘張消息憑誰問。翹首年年候鴈聲。(潘季玉·張中遠。皆君之同好。)
李尙迪	恩誦堂續集 卷7 「題朴淸珊韓齋贈別詩冊」	廣東사람 馮譽驥가 朴淸珊에게 준 시에 "近者謫仙人, 錦袍映華髮"이라는 구절이 있으며, 그 自注에 과거 張曜孫의 「海客琴尊圖」에 題詩를 지으면서 李尙迪의 화상을 보았고, 근래 孔憲彝에	其三: 多慚呼我謫仙人。賀監風流出世塵。何日金龜同換酒。長安市上話前因。(馮展雲學士譽驥廣東人。贈淸珊詩。有近者謫仙人。錦袍映華髮之句。自注云曩爲張仲遠題海客琴尊圖。見李藕船樞府小像。近又從繡山借讀恩誦堂集。益深傾慕。)

		게 『恩誦堂集』을 빌려서 읽고 더욱 존모하게 되었음을 밝히다.	
李尙迪	恩誦堂續集 卷7 「中秋望後二日, 得張仲遠觀察客冬至月自湖北督糧使署寄書, 乃十餘年寇亂以來初有之信也, 喜而有作, 擧成四律, 右三首略綴仲遠兵間經歷之狀, 末一首卽自述近况爾」	張曜孫이 湖北 督糧使署에서 보낸 편지를 받고 즐거운 마음에 시를 짓다.	其一：誓將殺賊報君恩。漢水方城浴血痕。烽火連天千里警。蟲沙滿地一身存。留侯家世紆籌策。杜牧文章有罪言。痛惜江公終殉難。澧蘭沅芷爲招魂。 其二：臨機誰與共憂勤。唾手猶堪靖楚氛。未見投醪酬士卒。可憐棄甲走將軍。胸羅星宿才如海。指畫山川辯似雲。弱冠請纓能有幾。令郎敵愾類夫君。 其三：爲君十載幾沾襟。亂後音書抵萬金。好在琴尊經百劫。(君所藏書籍碑版書畫。悉燬於兵燹。惟海客琴尊圖尙無恙云耳。)還從戎馬惜分陰。(寄示近作惜分陰齋稿。卷首有印文曰戎馬分陰。)滿頭蕭瑟霜華冷。落筆淋漓劍氣深。暇日女嬃聯唱地。一般憂國見丹心。 其四：門掩滄溟寂莫濱。都將榮辱付前塵。老傷風樹休官久。夙慕林泉卜宅新。卷裏同心千古友。花間長醉四時春。餘生幸得閒無事。鄧禹何妨笑殺人。
李尙迪	恩誦堂續集 卷7 「中秋望後二日, 得張仲遠觀察客冬至月自湖北督糧使署寄書, 乃十餘年寇亂以來初有之信也 喜而有作, 擧成四律, 右	張曜孫이 소장하고 있던 書籍, 碑版, 書畫가 대부분 전쟁통에 불타 없어졌는데,「海客琴尊圖」만은 유독 무사하였음을 언급하다.	其三：爲君十載幾沾襟。亂後音書抵萬金。好在琴尊經百劫。(君所藏書籍碑版書畫。悉燬於兵燹。惟海客琴尊圖尙無恙云耳。)還從戎馬惜分陰。(寄示近作惜分陰齋稿。卷首有印文曰戎馬分陰。)滿頭蕭瑟霜華冷。落筆淋漓劍氣深。暇日女嬃聯唱地。一般憂國見丹心。

	三首略綴仲遠兵間經歷之狀, 末一首卽自述近況爾」		
李尙迪	上同	張曜孫이 최근에 지은 『惜分陰齋稿』를 부쳐왔는데, 첫머리에 "戎馬分陰"라는 인장이 찍혀 있었다.	上同
李尙迪	恩誦堂續集 卷9 「題錢舜擧煨芋圖, 謝仲遠觀察」	錢舜擧의 「煨芋圖」에 題詩를 지어 張曜孫에게 사례하며, 불후의 작품으로 평가하다.	衣白山人好談仙。出世經世何超然。唐社存亡天寶末。隻手從容解倒懸。籌邊定儲君心格。慍于羣小如臨淵。五不可留知機早。掉頭歸臥衡山巓。幾度韜光豹隱霧。有時行雨龍在天。累朝勳業耀靑史。惟與房杜並稱賢。十年宰相誰先識。天授慧眼明叅禪。爐頭病火撥牛糞。啖之煨芋大如拳。靜聽瀾翻一轉語。蓮漏沉沉竹榻聯。彷彿留侯布衣日。夜遇黃石圯橋邊。爲帝王師垂偉蹟。圖狀如何竟無傳。公有遺眞起曠感。得其神者吳興錢。錢郎妙筆藉不朽。千秋勝似畫凌烟。遠翁道是君家物。寄到星槎瀛海壖。東來紫氣冲霄漢。肯數尋常虹月船。但媿吾兒愚且魯。觀碁未解賦方圓。(遠翁以此圖屬付家兒。期勉逾分故云。)
李尙迪	恩誦堂續集 卷9 「題錢舜擧煨芋圖, 謝仲遠觀察」	「煨芋圖」는 본래 張曜孫 집안의 물건인데, 張曜孫이 李尙迪의 家兒에게 주었다.	遠翁道是君家物。寄到星槎瀛海壖。東來紫氣冲霄漢。肯數尋常虹月船。但媿吾兒愚且魯。觀碁未解賦方圓。(遠翁以此圖屬付家兒。期勉逾分故云。)

李尙迪	恩誦堂續集 卷9 「仲遠重刻伯姊孟緹夫人澹菊軒詩集, 屬題一言」	張曜孫이 누이인 張綤英의 『澹菊軒詩集』을 重刻하고 題詩를 부탁하다.	海之波瀾山嶙峋。遠翁家學孰比倫。人人有集論其世。母爲蓬室父宛鄰。諸姊競爽善繼述。塤篪酬和窮宵晨。憶君邀飲偉卿宅。長姊知是吳夫人。夫人中饋相夫子。珠盤玉敦慣留賓。(夫人爲吳偉卿賢配。偉卿與余有雅契。) 傳看詩筆驚四座。腕力能扶大雅輪。漢魏之間得嗣響。班左以降視下陳。誰家幼婦工鹽絮。百篇無此醇乎醇。一時紙貴爭先覩。廿年前已付手民。可憐白首歌寡鵠。歸依令弟楚江濱。粤西烽焰延三戶。傷心梨棗委灰塵。一行作吏此何日。申申應復罵靈均。身計漂搖如集木。鄕山迢遞亦荒榛。患難餘生還湛樂。高吟更覺性情眞。壽世補刊新舊什。編年正値開八旬。
李尙迪	恩誦堂續集 卷9 「仲遠重刻伯姊孟緹夫人澹菊軒詩集, 屬題一言」	張曜孫이 姊兄인 吳贊의 집으로 초대하여 함께 술을 마신 일을 추억하다.	憶君邀飲偉卿宅。長姊知是吳夫人。夫人中饋相夫子。珠盤玉敦慣留賓。(夫人爲吳偉卿賢配。偉卿與余有雅契。)
李尙迪	恩誦堂續集 卷9 「仲遠惠錦衾」	張曜孫이 錦衾을 주기에 시를 지어 사례하며, 張曜孫이 1861년 무고로 官職을 잃은 일을 언급하다.	其一 : 製錦良才見忌深。公孫布被爾何心。休將赤舌工姜斐。志操平生不媿衾。(君前年被誣失職。) 其二 : 角枕中宵夢寐新。雲霞絢爛擁全身。楚天渺渺歸鴻斷。玉案如何報美人。

李尙迪	恩誦堂續集 卷9 「仲遠命哲嗣執之·令愛儷之夫人曁王甥右星, 各作書畫見寄」	張曜孫이 아들인 張執之와 딸인 張儷之, 생질인 王右星으로 하여금 각각 書畫를 짓게 하여 부쳐 줌에 張執之의 隷書, 張儷之의 寫生, 王右星의 篆字에 대해 시를 짓다.	執之隷書 : 君今年幾何。游蓺得深造。卽此八分書。駸駸欲跨竈。 儷之寫生 : 有煒一枝筆。寫生妙八神。誰知散花手。游戲現前身。 右星篆字 : 靑箱東海記。黃絹鹿門詞。(東海記鹿門詞。皆右星先尊考季旭所撰。) 竣也得其筆。力追冰與斯。
李尙迪	恩誦堂續集 卷9 「六旬初度, 述懷示天行」	張曜孫·孔憲彝와 교분을 맺은 사실에 대해 언급하다.	皇華屢出疆。倚閭輒望歸。悔不節飮酒。惟憂無已時。胡忍遽見背。新舊慟莫支。萬念付灰冷。十三年于玆。但欠一死耳。六旬豈自期。忽復入樞垣。窮巷生光輝。抱孫雖非男。朝朝得含飴。朋舊記賤齒。書畫遠介眉。(謂張仲遠·孔繡山。)

105

張綢英 (1792-1841)

●●●

인물 해설	字는 孟緹이고 江蘇 武進 사람이다. 知縣 張琦의 장녀이고 張曜孫의 누이 이며, 吳贊의 아내이다. 綢英을 위시하여 細英, 綸英, 紈英의 네 자매가 모두 문예에 뛰어나서 시문집을 남겼으며, "毗陵四才女"라 일컬어졌다.
인물 자료	
저술 소개	*『澹菊軒初稿』 　　清道光30年(1850)『宛隣書屋叢書殘存』刻本『張氏四女集』內 四卷 附『澹 菊軒詞』一卷/ 清 張曜孫輯 道光年間 刻本『酌古準今叢書』內 四卷 *『張氏四女集』 　　(清)道光 30年『宛隣書屋叢書殘存』刻本 內 張綢英撰『澹菊軒初稿』4卷 附『澹菊軒詞』1卷 *『酌古準今叢書』 　　(清)張曜孫輯 (清)道光年間 刻本 內 張綢英撰『澹菊軒初稿』4卷 *『國朝閨閣詩鈔』 　　(清)蔡殿齊輯 (清)道光 24年 蔡氏 嫏嬛別館刻本 內 張綢英撰『澹菊軒詩稿』 1冊

<table>
<tr><td colspan="4" align="center">비 평 자 료</td></tr>
<tr>
<td>金正喜</td>
<td>阮堂全集
卷10
「題澹菊軒詩後」</td>
<td>張曜孫의 큰 누이인 張
綢英의『澹菊軒初稿』에
題詩를 짓다.</td>
<td>廿四品中澹菊如。 人功神力兩相於。
墨緣海外全收取。 讀遍君家姊妹書。</td>
</tr>
</table>

李尙迪	恩誦堂集 卷7 「張仲遠(曜孫)囑題比屋聯吟海客琴樽二圖」	張曜孫의 姉兄인 吳贊이 京師에서 從仕하는 사실과 吳贊의 부인 張綯英이 시에 능하고 문집이 있는데 당시 사람들이 曹大家에 비견한다는 것을 말하다.	步屧從容三兩家。唱妍酬麗寫煙霞。夢殘春草池塘後。(君從兄彦惟歿已五年矣。)無恙東風姊妹花。是處朱陳自一村。宦游人有滯金門。大家消息三千里。欲寄郵筒更斷魂。(君姊兄吳偉卿比部從仕京師。而澹菊軒夫人工詩有集。時人擬之曹大家。)金刀莫報四愁詩。話雨燕山未有期。我亦歸田多樂事。東西屋裏讀書時。(右比屋聯吟)
李尙迪	恩誦堂集 卷8 「題張中遠伯姊孟緹夫人澹鞠軒詩舍圖卷」(夫人卽吳偉卿比部令閤也)	張曜孫의 첫째누이이자 吳贊의 부인인 張綯英의 「澹鞠軒詩舍圖卷」에 題詩를 쓰다.	一洗穠華艷。簾櫳野意幽。伊人澹如菊。詩境雅宜秋。故里懷三徑。西風詠四愁。延陵與酬唱。花隱勝封侯。
李尙迪	恩誦堂續集 卷9 「仲遠重刻伯姊孟緹夫人澹菊軒詩集, 屬題一言」	張曜孫이 누이인 張綯英의 『澹菊軒詩集』을 重刻하고 題詩를 부탁하다.	海之波瀾山嶙峋。遠翁家學孰比倫。人人有集論其世。母爲蓬室父宛鄰。諸姊競爽善繼述。塤篪酬和窮宵晨。憶君邀飲偉卿宅。長姊知是吳夫人。夫人中饋相夫子。珠盤玉敦慣留賓。(夫人爲吳偉卿賢配。偉卿與余有雅契。)傳看詩筆驚四座。腕力能扶大雅輪。漢魏之間得嗣響。班左以降視下陳。誰家幼婦工鹽絮。百篇無此醇乎醇。一時紙貴爭先親。廿年前已付手民。可憐白首歌寡鵠。歸依令弟楚江濱。粤西烽焰延三戶。傷心梨棗委灰塵。一行作吏此何日。申申應復詈靈均。身計漂搖如集木。鄉山迢遞亦荒榛。患難餘生還湛樂。高吟更覺性情眞。壽世補刊新舊什。編年正值開八旬。

張惠言 (1761-1802)

인물 해설	字는 皐文, 號는 茗柯이며 江蘇省 武進 사람이다. 1799년 진사에 급제하고 實錄館纂修官, 武英殿協修官, 翰林院編修 등을 역임하였다. 경전 중 특히『易』과『禮』에 조예가 있었는데,『周易』연구에서는 虞翻을 숭상하였으며『儀禮』주석으로는 鄭玄을 기준으로 삼았다. 산문가로서 처음으로 騈文을 배웠으나 후에 桐城派 古文의 영향을 받고 동향인 惲敬과 함께 陽湖派라 불리는 독자적인 문체를 이루었으며, 詞에서는 北宋 周邦彦의 詞風을 배워 常州詞派로서 동생 琦, 후계자인 周濟 등과 함께 乾隆 중기 이후 詞壇의 중심인물이 되었다. 대표적인 저술로는『周易虞氏義』(9권),『虞氏易禮』(2권),『虞氏易事』(2권),『虞氏易言』(2권),『虞氏易候』(1권),『周易荀氏九家義』(1권),『易圖條辨』(1권),『易義別錄』(14권),『周易鄭氏義』(2권),『儀禮圖』(6권),『讀儀禮記』,『茗柯文』(9권),『茗柯詞』(1권) 등이 있다.
인물 자료	○『淸史稿』, 列傳 267 　張惠言, 字皐聞, 武進人. 少受易經, 即通大義. 年十四爲童子師, 修學立行, 敦禮自守, 人皆稱敬. 嘉慶四年進士, 時大學士朱珪爲吏部尙書, 以惠言學行特奏改庶吉士, 充實錄館纂修官. 六年, 散館, 改部屬, 珪復特奏授翰林院編修. 七年, 卒, 年四十有二. 　惠言鄕會兩試皆出朱珪門, 未嘗以所能自異, 默然隨群弟子進退而已. 珪潛察得之, 則大喜, 故屢進達之, 而惠言亦斷斷相諍不敢隱. 珪言天子當以寬大得民, 惠言言: "國家承平百年餘, 至仁涵育, 遠出漢唐宋之上, 吏民習於寬大, 故奸孽萌芽其間, 宜大伸罰以肅內外之政." 珪言天子當優有過大臣, 惠言言: "庸猥之輩, 幸致通顯, 復壞朝廷法度, 惜全之當何所用?" 珪喜進淹雅之士, 惠言言"當進內治官府·外治疆場者", 與同縣洪亮吉於廣坐諍之. 惠言少爲詞賦, 擬司馬相如·揚雄之文. 及壯, 又學韓愈·歐陽修. 篆書初學李陽冰, 後學漢碑額及石鼓文. 嘗奉命詣盛京篆列聖加尊號玉寶, 惠言言於當事, 謂舊藏寶不得磨治; 又謂翰林奉命篆列聖寶, 宜奏請馳驛, 以格於例不果行.

저술 소개	* 『虞氏易禮』 (淸)稿本 2卷 / (淸)刻本 2卷 * 『易義別錄』 (淸) 刻本 15種 14卷 * 『茗柯詞』 (淸) 刻本 1卷 * 『墨子經說解』 (淸) 抄本 2卷 * 『宛鄰書屋叢書』 (淸)張琦編 (淸)道光 10-12年 張氏 宛鄰書屋刻本 13種 內 張惠言輯 『詞選』 2卷 * 『皇朝經解』 (淸)嘉慶 17年 李氏 養一齋刻本 16卷 內 張惠言撰 『虞氏易言』 2卷 * 『受經堂匯稿』 (淸)楊紹文編 (淸)道光年間 刻本 5種 14卷 內 張惠言撰 『茗柯文』5卷 / 『詞』 1卷 * 『仲軒群書雜著』 (淸)焦廷琥編 稿本 91種 190卷 內 張惠言撰 『張氏周易虞氏消息』2卷 / 『張氏周易鄭荀義』3卷/ 『虞氏易禮』 2卷		
	비 평 자 료		
金正喜	阮堂全集 卷4 「與李藕船(六)」	劉逢祿의 公羊說에 대해 논하고, 張惠言의 易說보다 나은 점이 있다고 평가하다.	申受先生公羊說。是所墨守者。聖人知我罪我之大義。非此不明。七十子微言遺義。賴是不墜。與張皐文先生虞易。媲美而又有過之者。西京今文家法。始大明於世。是天下之所共尊。非我一人之所敢私。
金正喜	阮堂全集 卷5 「與李月汀(璋煜)」	惠棟의 「易漢學」과 張惠言의 「周易虞氏義」는 한두 가지 비판할 바가	雖如惠氏之易漢學・張皐文之易虞氏義等書。不能無一二可疑。所貴在存古也。

		없는 것은 아니지만 存古에 그 장점이 있다.	
金正喜	阮堂全集 卷5 「代權彝齋(敦仁)與汪孟慈(喜孫)序」	張惠言의 虞易에 대한 저작, 劉逢祿의 「春秋公羊傳」에 대한 저작, 惠棟의 「周易述」과 「易漢學」, 孔廣森의 「公羊通義」에 대해 논하다.	如近日專門之張皐文劉禮部兩經師。「虞易」與「公羊春秋」。寔繼絶學於數千載之後。可謂日月不刊也。雖惠氏「周易述」・「易漢學」博取廣蒐。以至若京師家法。恐爲後生之畏。孔氏「公羊通義」。亦爲專門。非何邵公遺法。當遜一籌於劉氏。以是推之。古今不絶如綫之鄭學。曾將因此數公。亦亡矣可乎。
金正喜	阮堂全集 卷5 「代權彝齋(敦仁)與汪孟慈(喜孫)序」	鄧石如의 篆書와 隷書를 극찬하고, 그 楷書와 草書 역시 金農・鄭燮과 나란하다고 평가하고, 張惠言과 그 집안의 글씨가 그의 篆書와 隷書의 진수를 터득하였음을 칭찬하다.	鄧頑伯先生篆隷。天下奉以爲圭臬。始無異辭。東方亦或有墨搨。至於眞跡。不易得。不獨篆隷。其楷草又甚奇崛。可與金冬心・鄭板橋相上下。張皐文兄弟。得其篆隷眞髓。亦東人之所深慕。今見張氏家一門篆勢隷法。皆不墜先緖。不勝欽誦。
金正喜	阮堂全集 卷5 「代權彝齋(敦仁)與汪孟慈(喜孫)序」	唐宋八家의 正脈을 계승한 인물로, 方苞・姚鼐・朱仕琇・張惠言・惲敬 등을 거론하다.	至於唐宋八家之法。作者甚鮮。方望溪・姚惜抱・朱梅厓・張皐文・惲子居若干人外。併非正脈。何其甚難。難於選家歟。

蔣 徽 (琴香閣)

인물 해설	字는 琴香・錦秋, 號는 石溪漁婦이며 江西 東鄉 사람이다. 黔西知州 吳嵩梁의 후처로, 거문고 솜씨가 빼어나고 시를 잘 지었으며 산수화를 잘 그렸다. 저서에 『琴香閣詩箋』(1권)이 있다. 道光 24년 간행된 『國朝閨閣詩鈔』제7집에 시 10수가 수록되었다.
인물 자료	
저술 소개	★『琴香閣詩箋』 　淸 道光24年(1844) 嫏嬛別館 刊本 『國朝閨閣詩鈔』第七集 內 一卷 ★『國朝閨閣詩鈔』 　(淸)蔡殿齊輯 (淸)道光 24年 蔡氏 嫏嬛別館刻本 內 蔣徽撰『琴香閣詩箋』1卷

비 평 자 료			
申緯	警修堂全藁 冊13 倉鼠存藁(一) 「吳蘭雪信回, 得琴香閣山水立軸, 題此爲謝」	吳嵩梁의 답장을 받고 아울러 그 부인인 蔣徽의 그림을 얻어 사례하는 시를 짓다.	九里梅花天下稀。漁翁漁婦憺忘歸。(蘭雪有石溪漁隱印。琴香閣又有石溪漁隱印。) 唾絨窓裏丹靑濕。結網燈前暖翠飛。過海罡風吹素壁。令人終日在淸暉。好携管仲姬偕隱。千頃鷗波一板扉。
申緯	警修堂全藁 冊13 倉鼠存藁(一) 「吳蘭雪信回, 得琴香閣山水立軸, 題此爲謝」	吳嵩梁과 蔣徽가 '石溪漁隱'印을 가지고 있음을 밝히다.	上同

申緯	警修堂全藁 冊15 江都錄(一) 「吳蘭雪屬哲配琴香 閣, 於扇面畫山水寄 余, 以詩答謝」	吳嵩梁의 아내인 蔣 徵가 부채에 그린 山 水畫를 보내와서 이 에 사례하는 시를 짓 다.	螺青一角遠山開。知自琴香畫閣來。 新婦磯頭漁火認。夫人城下棹歌回。 (琴香閣有印曰。石磯漁婦。) 良朋自有 閨房秀。麗句眞驚異代才。領取君家 偕隱處。梅花九里子陵臺。(蘭雪山莊 在嚴灘。有印曰。九里梅花村舍。)
申緯	警修堂全藁 冊15 江都錄(一) 「吳蘭雪屬哲配琴香 閣, 於扇面畫山水寄 余, 以詩答謝」	蔣徵에게 '石磯漁婦' 라는 印章이 있고, 吳嵩梁에게 '九里梅 花村舍'라는 印章이 있음을 언급하다.	上同
申緯	警修堂全藁 冊26 覆瓿集(三) 「閱吳蘭雪舊所贈琴 香閣畫梅畫山水, 岳 綠春畫蘭諸幅, 感題 四絶句」	吳嵩梁이 보내 준 蔣 徵와 岳綠春의 그림 에 題詩를 짓다.	其一: 一家女史丹青手。雙絶琴香與綠 春。從古有如蘭雪福。不曾磨折幾多 人。 其二: 山水梅蘭甲乙難。紈心蕙質想毫 端。漁夫去矣留漁婦。九里梅花淚眼 看。(琴香閣有石溪漁婦四字印。蘭雪 有九里梅花村舍六字印。) 其三: 殊邦有此通家好。情贈偏多畫幅 傳。可是澈翁遊岱後。斷無消息至今 年。(蘭雪一號澈翁。) 其四: 紅蘭綠萼異香噴。滿篋烟雲墨未 昏。擬古欲題三婦艶。石溪萬里慰詩 魂。

錢謙益 (1582-1664)

인물 해설	字는 受之, 號는 牧齋·蒙叟·東澗遺老·漁樵史·虞山宗伯이며 江蘇省 常熟 사람이다. 萬曆 38년(1610)에 進士가 되어 禮部右侍郎에 올랐으며 東林黨의 영수로 활동했다. 1644년 명나라가 멸망했을 때, 명의 황족 朱由崧이 세운 南明 조정에서 禮部尚書가 되었으나, 이듬해 南京이 함락되자 항복했다. 청조에서는 예부우시랑에 임명되어 『明史』의 편집을 맡았다. 그러나 그의 사후 乾隆帝로부터 두 왕조에서 벼슬한 불충한 신하로 격렬하게 비난받고 모든 저서가 불태워졌다. 그는 명말청초의 뛰어난 정치가·학자·문인이었으며 당시 문단의 영수로서 宋代의 蘇東坡와 金代의 元好問을 좋아했고 송·원 시를 높게 평가하여 宗宋派를 창시했다. 또한 명대 의고파의 주장에 반대하고 竟陵派의 '狹窄'함과 公安派의 '膚淺'함을 비판하며 문학은 형식보다 내용을 중시해야 한다고 했다. 그는 장서가로도 알려졌는데, 그의 장서루인 絳雲樓에 많은 善本을 모았으나 화재로 인해 모두 불타 없어졌다. 저서에 『初學集』(110권), 『有學集』(50권), 『投笔集』(2권), 『苦海集』(1권) 등이 있고, 편찬서로 『錢注杜詩』(20권), 『列朝詩集』(77권), 『吾炙集』(1권) 등이 있다.
인물 자료	○ 『淸史稿』, 列傳 271 錢謙益, 字受之, 常熟人. 明萬曆中進士, 授編修. 博學工詞章, 名隸東林黨. 天啓中, 禦史陳以瑞劾之. 崇禎元年, 起官, 不數月至禮部侍郎. 會推閣臣, 謙益慮尚書溫體仁·侍郎周延儒並推, 則名出己上, 謀沮之. 體仁追論謙益典試浙江取錢千秋關節事, 予杖論贖. 體仁復賄常熟人張漢儒訐謙益貪肆不法. 謙益求救於司禮太監曹化淳, 刑斃漢儒. 體仁引疾去, 謙益亦削籍歸. 流賊陷京師, 明臣議立君江寧. 謙益陰推戴潞王, 與馬士英議不合. 已而福王立, 懼得罪, 上書誦士英功, 士英引爲禮部尚書. 復力薦閣黨阮大鋮等, 大鋮遂爲兵部侍郎. 順治三年, 豫親王多鐸定江南, 謙益迎降, 命以禮部侍郎管秘書院事. 馮銓充明史館正總裁, 而謙益副之. 俄乞歸. 五年, 鳳陽巡撫陳之龍獲黃毓祺, 謙益坐與交通, 詔總督馬國柱逮訊. 謙益訴辨, 國柱遂以謙益·毓祺素非相識定讞. 得放還, 以箸述自娛,

越十年卒. 謙益爲文博贍, 諳悉朝典, 詩尤擅其勝. 明季王・李號稱復古, 文體日下, 謙益起而力振之. 家富藏書, 晚歲絳雲樓火, 惟一佛像不爇, 遂歸心釋教, 著楞嚴經蒙鈔. 其自爲詩文, 曰牧齋集, 曰初學集・有學集. 乾隆三十四年, 詔毀板, 然傳本至今不絶.

○ **淩鳳翔,「初學集序」**

前後七子而後, 詩派即衰微矣, 牧齋宗伯起而振之, 而詩家翕然宗之, 天下靡然從風, 一歸於正. 其學之淹博・氣之雄厚, 誠足以囊括諸家, 包羅萬有, 其詩淸而綺, 和而壯, 感歎而不促狹, 論事廣肆而不誹排, 洵大雅元音, 詩人之冠冕也!

○ **『淸高宗實錄』卷836**

錢謙益果終爲明臣守死不變, 即以筆墨膽謗, 尙在情理之中. 而伊既爲本朝臣仆, 豈得復以從前狂吠之語刊入集中! 其意不過欲借此掩其失節之羞, 尤爲可鄙可恥.

---

* **『牧齋初學集』**

(明)崇禎 16年 瞿式耜刻本 110卷 / (淸)抄本『牧齋初學集詩注』20卷『有學集詩注』14卷『投筆集注』1卷 錢曾注 / (淸)刻玉詔堂印本『牧齋初學集詩注』20卷『有學集詩注』14卷 錢曾注 / (淸)刻春暉堂印本『牧齋初學集詩注』20卷『有學集詩注』14卷 錢曾注

* **『牧齋有學集』**

(淸)田氏 忍冬書屋抄本 13卷 / (淸)張深抄本 12卷 錢曾箋注 / (淸)抄本『牧齋有學集補遺』不分卷 / (淸)康熙年間 金匱山房刻本 51卷 / (淸)抄本『牧齋有學集』50卷『集外詩』1卷 / (淸)馮武抄本 50卷 / (淸)抄本 14卷 (淸)錢陸燦批校 / (淸)康熙年間 刻本 50卷

* **『投筆集』**

(淸)抄本『牧齋初學集詩注』20卷『有學集詩注』14卷『投筆集注』1卷 錢曾注 / (淸)抄本 2卷 鄧邦述校幷跋

* **『牧齋苦海集』**

(淸)抄本 1卷

저술 소개

* 『絳雲樓書目』

　(淸)抄本 2卷 / (淸)嘉慶 25年 東武 劉氏 嘉蔭簃抄本 5卷

* 『列朝詩集』

　(淸)順治 9年 毛晋刻本 乾集 2卷 甲集 前編 11卷 甲集 22卷 乙集 8卷 丙集 16卷 丁集 6卷 閏集 6卷 (淸)錢謙益輯 (淸)毛晋・陸貽典校

* 『列朝詩集小傳』

　(淸)康熙 37年 黃氏 誦芬堂刻本 10卷 / (淸)抄本 不分卷

* 『杜工部集』

　(淸)康熙 6年 季氏 静思堂刻本 20卷 (淸)錢謙益箋注 (淸)李文藻批校

* 『明詩選』

　(淸)稿本 不分卷 (淸)錢謙益輯 (淸)蔣鳳藻・翁同龢跋

비 평 자 료

姜世晃	豹菴遺稿 卷5 「書手寫明文 奇賞卷下」	錢謙益의 『列朝詩集』에 조선인 20여 명의 시가 수록되어 있다.	吾東之詩。載於華人詩選中。亦多矣。至若錢牧齋列朝詩集。載東詩。至二十人之多。而惟文則未嘗有焉。
姜世晃	豹菴遺稿 卷5 「眼鏡」	錢謙益의 7언고시 「眼鏡篇」의 "西洋眼鏡"이라는 구절을 통해 안경이 서양에서 왔음을 알 수 있다.	至明朝。亦未有說。及錢牧齋有眼鏡篇七言古詩。有西洋眼鏡之語。想眼鏡始自西洋出也。
姜世晃	豹菴遺稿 卷8 「閱滄溟·弇州二集」	李攀龍・王世貞의 문장이 錢謙益과 歸有光에 의해 비판받았음을 말하다.	其一： 明初諸子語優柔。王李恣睡大拍頭。被髮伊川非造次。鍾譚礁殺此餘流。 其二： 口氣知非本分人。傲唐詆宋蹟先秦。文章世級天爲限。可是秋冬倒作春。 其三： 入宋韓文尙蠹箱。二家梓繡目前忙。便逢苦客錢謙益。豈識幽人歸有光。 其四： 一種文人尸祝之。海東風氣日澆漓。馬肝不食寧無肉。虎畫難成只類皮。

金萬重	西浦漫筆 下	錢謙益이 許蘭雪軒의 시 중에 중국시인의 시구가 있음을 밝혔는데, 이는 許筠에 의해서 표절된 것이다.	蘭雪軒許氏詩。出自李蓀谷及其仲荷谷。工夫不及玉峯諸公。而慧性過之。海東閨秀惟此一人。獨恨其弟筠頗採元明人佳句麗什。人所罕見者。添入於集中。以張聲勢。以此欺東人可矣。而乃復傳入中國。正如盜賊竊人牛馬。轉賣於其里中。可謂癡絶。又不幸遇着錢牧齋。隻眼如陶公之識武昌官柳者。發奸追贓底蘊畢露。使人大慚。惜哉。柳絮紈扇之擅名千古者。本不在多。如許氏之才。自足爲一代慧女。而用此自累。使人篇篇致疑。句句索瘢。亦可嘆也。
金萬重	西浦漫筆 下	錢謙益이 杜甫의 「寄韓諫議」 한 편은 다 李鄴侯를 위하여 쓴 것이지만, 단지 末句는 韓諫議에게 부탁한 것이라는 견해를 인정하다.	杜子美寄韓諫議詩。舊註謂韓好神仙。此特以本詩語意附會。非有所據也。錢牧齋以爲一篇皆爲李鄴侯作。獨末句屬意於韓。以韓爲言官。欲其言之於天子也。其言明白痛快。眞得古人之心於千載之下。足稱後世子雲也。
金邁淳	臺山集 卷8 「象村簡帖跋」	사람을 살피려면 의관을 정제하고 조정에 나갔을 때의 모습보다는 평소의 모습을 보아야 한다는 錢謙益의 말을 인용하다.	錢虞山云。古之善相人者。闊畧於褒衣大帶端步肅拜之會。而旁求乎不衫不履之時。以其神情所在也。其知言哉。
金邁淳	臺山集 卷19 闕餘散筆	錢謙益의 「追詠弘光時事」의 "奸佞不隨京洛盡, 尙留餘毒螫丹靑", 「記昇平舊事」의 "長安九九消寒夜, 羅褙丹衣疊幾層"과 기타 碑誌文 및 『明史』에도 燕京을 長安과 洛陽으로 통칭한 사례가 많이 있다.	京邑之通稱長安·洛陽。農巖雜識嘗論其非。而明淸間文字。多犯此忌。未可專咎東人。錢牧齋詩追詠弘光時事云。奸佞不隨京洛盡。尙留餘毒螫丹靑。是以南京爲洛陽也。記昇平舊事云。長安九九消寒夜。羅褙丹衣疊幾層。是以北京爲長安也。至於碑誌亦然。明史。康熙學士張廷玉等所撰。而盧象昇傳稱燕京亦曰長安。史傳又非碑誌之比。尤覺不典。

金邁淳	臺山集 卷20 闕餘散筆	錢謙益이 「皇華集跋」에서 조선의 문체를 폄하한 사실을 소개하고 공평하지 못한 평가라고 주장하다.	錢牧齋皇華集跋曰。東國文體平衍。詞林諸公。不惜貶調。就之以寓柔遠之意。故絶少瑰麗之詞。若陪臣篇什。每二字含七字意。如國內無戈坐一人。彼國所謂東坡體也。如此者。勿與之酬和可也。其譏侮甚矣。而不省爲何語。…我東文體。病在冗率浮緩。少沉悍獨詣之致。乃魏文帝所謂齊氣也。以牧齋之刻峭奇譎。無怪其鄙薄不滿意。而錯認撰主。孤行隻句。都無曲折。欲以一例抹摋。則其用意。亦太不公矣。
金邁淳	臺山集 卷20 闕餘散筆	근래에 『皇華集』을 보니, 중국의 修撰들이 東坡體로 짓기를 좋아하여 한 字 또는 세 字가 일곱 字의 뜻을 포함하고 있었으므로, 조선의 문사들도 그에 따라 수창하였는데 錢謙益은 오직 조선문사의 시체만을 문제삼았다.	近得皇華全集而觀之。華修撰喜作此體。或一字含七字。或三字含七字。慕齋及蘇陽谷世讓。皆依韻酬和。牧齋之單擧二字含七字者。亦可異也。
金邁淳	臺山集 卷20 闕餘散筆	錢謙益은 東林黨의 주요 인물로 丁應泰와 친밀하였기 때문에 조선에 안 좋은 감정을 가지고 있어 문장에 대해서도 각박하게 비평하였다.	錢是東林之雄。而與應泰密。故仇我尤甚。雖翰墨末事。舞文詆欺乃爾。其爲人之褊刻可知。使ához史筆。予奪之失其平心多矣。絳雲之燒。安知非天意哉。
金邁淳	臺山集 卷20 闕餘散筆	錢謙益은 만년에 지은 시에서 "東方君子國, 宛在天一涯"라 하여 조선을 칭찬한 바 있다.	弘光初。大學士高弘圖陳新政八事。其一請擇詔使。招諭朝鮮。示牽制之勢。錢牧齋晩年詩曰。東方君子國。宛在天一涯。盖我國之秉禮守義。固已見孚於中朝。而丙子之事。諒其迫於事勢。故雖在神州陸沉之後。猶望其出力掎角。

			收效桑楡。而以牧齋之素不相悅。臨死屬意。乃更繾綣如此。向使無尤‧春一隊密勿之謨。則何以少答其意。而有辭於後世耶。
金錫冑	息庵遺稿 卷7 「次副使韻」	錢謙益이 孫承宗에게 보낸 시를 인용하고, 시국을 근심하는 말愼時語이라고 평하다. * 錢謙益이 孫承宗에게 보낸 시의 원제는 『初學集』卷14의 「奉謁少師高陽公於里第感舊述懷」이다.	其二: 凌河戰血日成殷。相國專征駐此間。每惜浮雲迷魏闕。空留明月照秦關。田園耆舊傾葵切。幕府英雄種菜閑。每誦錢生人物論。高陽終古仰高山。(右■孫閣部。己巳。出師凌河。恢復關外七堡。尋以讒去。幕府諸人如茅元儀‧鹿善繼。皆以才略名。俱廢不用。錢牧齋嘗以詩贈公曰。朝廷議論三遺矢。社稷安危一畝宮。蓋愼時語也。公名承宗。高陽人。)
金正喜	阮堂全集 卷2 「與申威堂 (二)」	錢謙益은 魄力이 대단하지만 天魔外道로 절대 보아서는 안 된다.	至如牧齋。魄力特大。然終不免天魔外道。其最不可看。
金正喜	阮堂全集 卷3 「與權彝齋 (二十一)」	「維摩經」의 주석에 대해 錢謙益의 말을 빌려 평하다.	經■注。乃虞山所稱一雨潤公者。未知其一一盡合於不二法門。妙喜國緣起。頗涉津梁矣。
金昌協	農巖集 卷5 「除夕, 次東坡‧簡齋‧劍南‧牧齋韻」	除夜에 蘇軾‧陳與義‧陸游‧錢謙益의 시에 차운하여 시를 짓다.	江湖投老且偸閒。婚嫁從今欲勿關。簾閣梅花燈影裏。挐捕兒女酒樽間。春聲枕外流氷瀨。夜色樓頭隱雪山。傳語漁舟早料理。釣竿行拂㳽湖灣。(右牧齋韻)
金昌協	農巖集 卷34 雜識	錢謙益의 『有學集』에 대해 평하다.	近觀牧齋有學集。亦明季一大家也。其取法不一。而大抵出於歐‧蘇。其信手寫去。不窘邊幅。頗類蘇長公。俯仰感慨。風神生色。又似乎歐公。但豪逸駘

			宕之過。時有俠氣。亦時有冶情。少典厚嚴重之致。又頗雜神怪不經之說。殊爲大雅累。然余猶喜其超脫自在。無砌湊絪縛。不似弇州・太函輩一味勒襄耳。
金昌協	農巖集卷34雜識	錢謙益의 碑誌文에 대해 평하다.	牧齋碑誌。不盡法韓・歐。其大篇敍事議論。錯綜經緯。寫得淋漓。要以究極事情。模寫景色。又時有六朝句語。錯以成文。自是一家體。如張益之墓表。陳愚母墓誌等數篇。其風神感慨。絶似歐公。明文中所罕得也。
金昌協	農巖集卷34雜識	錢謙益이 碑誌文에서 長安이라는 표현을 많이 사용한 것에 대해 비판하다.	牧齋碑誌中。說京師處。多云長安。此殊未當。長安。本關中一小縣也。漢唐時都此。故遂爲京師之稱。明之京師。乃燕地也。何得復以關中一小縣之名稱之乎。凡詩文。用事有可假借者。而惟地名不可。詩猶可而文尤不可。他文猶可。而碑誌敍事之文。尤不可。
金昌熙	曾欣穎「傳筆錄序」	明代의 宋濂・方苞・錢謙益은 재주와 능력도 뛰어나고, 평생토록 성실하게 학문에 임했으나 다른 병폐가 있었기 때문에 韓愈의 경지에는 이르지 못했지만 신묘한 필력은 얻었다.	明之宋潛溪・方遜志・錢牧齋。皆其才力有萬夫之稟。又其用工有平生之勤。而或溺於聲律。或病於勒襄。或愛博而難精。或習熟而難變。終不得入昌黎之室。得神筆之授。而況才力之出其下者乎。
南公轍	金陵集卷10「與吳士執(允常)」	兪晚柱가 錢謙益의 글에 빠져 고질병이 된 것을 염려하여 醇으로 돌아오도록 충고하다.	通園兪伯翠。因僕聞遊事。欲往從之。伯翠博涉經史。尤習於啓禎間遺事。致之山色水聲之中。聞其議論。亦一趣事。但其好虞山之文。便成痼癖。此則吾輩當忠告。使之返醇。可也。

南公轍	金陵集 卷10 「與金國器(載璉)論文書」	錢謙益은 王世貞과 李攀龍을 "贋古文"이라 비판하고 폐단을 바로잡고자 했으나 역시 형태와 자구만을 바꾸어, 후세에 "演小說"이란 비난을 받았다.	於是徐·袁·牧齋輩出而詆其後曰贋古文。思欲捄之。而顧六經之本旨難闖。徒欲其形模字句之變置。識者又從而譏之曰演小說。贋古文故其氣虛。演小說故其氣粗。
南公轍	金陵集 卷14 「讀弇州·牧齋二集」	徐渭와 袁宏道를 제외하고는, 錢謙益이 王世貞을 가장 심하게 공격하여 가짜 法帖과 가짜 銅玉이라고 비난하였는데, 병에 비유하자면 王世貞은 虛氣요 錢謙益은 刦藥이다.	王弇州不作西京大曆以下語。其志誠高矣。而得西京大曆之皮貌。不得骨髓。又其敍事。多冗長無意味。其書雖富。曷足貴乎。徐·袁以外。錢牧齋攻之愈甚。至譏以贋法帖假銅玉。然而牧齋之變之者。亦未爲得矣。眞逼者涉於稗官。放逸者近於蕩子。何以服弇州哉。譬之於病。弇州上升之虛氣也。牧齋瀉下之刦藥也。病固難醫。而藥亦必殺人後已。俱不如方歸諸家之醇且雅也。雖然。弇州嘗忤嚴嵩。幾實之死。及江陵枋國。棄官歸。名節有足高天下。
南公轍	金陵集 卷23 「天都峯瀑布立軸絹本」	錢謙益의「天都峯瀑布歌」를 雄壯健麗하다고 평하고, 아울러 沈周의 그림도 天都峯瀑布의 모습을 핍진하게 묘사하였음을 극찬하다	錢牧齋天都峯瀑布歌。余嘗愛其雄壯健麗。略誦其一二句語。曰天都諸峯遙相從。連綿繹屬無■縫。山腰白雲出衣帶。雲生疊疊山重重。初疑渴龍甫噴薄。抉石投衃聲磈磳。復疑水激龍拗怒。捽尾下拔百丈洪。更疑羣龍互轉鬪。移山排谷轟圓穹。人言水借風力橫。那知水急翻生風。激雷狂電何處起。發作亦在風水中。愕眙莫訝詩思窮。老夫三日猶耳聾。天都瀑布。雄肆奔放。奇觀壯遊。而非牧齋。無以發之於詩如此。非石田。無以發之於畫又如此。辛亥流頭日。觀此于古董閣。

南公轍	潁翁再續藁 卷1 「擬古(十九首)」	鍾惺·譚元春·錢謙益이 王世貞·李攀龍의 핵심을 짚어내지 못하여 추종자들이 더욱 경박해졌다고 비판하다.	鍾譚與虞山。抉摘多譏嘲。猶未識頭腦。後輩愈輕佻。文者載道器。於此何寂寥。終年讀之無所益。其文雖好徒自勞。
南九萬	藥泉集 卷27 「題林碧堂七首稿後」	林碧堂七首稿에 수록된 시 가운데 마지막에 씌어있는 오언율시 1수와 오언절구 2수는 錢謙益의 『列朝詩集』에서 나온 것이다.	余旣承兪君命衡之託。敍其先祖妣枕角繡詩矣。兪君又寄示林碧堂七首稿一冊。… 末書五言律一首。五言絶二首。出皇明遺老錢牧齋謙益所輯列朝詩集。… 至若牧齋所編三首。聲響稍促。辭采稍浮。且貧女吟·賈客詞。皆蹈襲古人之陳語。其視枕角詩卽事賦懷。悠然自得者。不啻逕庭矣。且余曾入燕館。得名媛詩歸一帙。其中亦載夫人楊柳詞二首。流於巧麗。殊乏風雅本色。固已疑之矣。更考列朝詩集。詞之其一條妬纖腰葉妬眉則以爲朝鮮婦人成氏之作。其二不解迎人解送人則以爲蘭雪軒許氏之作。而又譏其偸取裴說之詞。据此則其非出於夫人決矣。未知編詩歸者從何得之。有此錯置也。然念詩集詩歸之所載。雖或非夫人所作。唯以其得託於夫人。參於揀選列於簡冊。卽夫人之聲聞。溢於東國。騰於中華可知也。
南克寬	夢囈集 乾 端居日記	竟陵派는 境이 궁벽하고 음조가 애처로우니 錢謙益이 공격한 것이 지나치기는 하지만 대개 자초한 것이다.	竟陵境僻音哀。虞山之掊擊雖過。槩自取也。
南克寬	夢囈集 坤 謝施子	錢謙益의 만년에 명나라 皇統이 남쪽에 남아 있었기 때문에 『有學集』의 詩	牧齋晚年。明統猶寄南徼。故有學集詩文。多隱寓蘄祝之意。列朝詩集序。杜弢武壽序。其一端也。

		文에는 隱寓蘄祝한 뜻이 많으니, 「列朝詩集序」와 「杜弢武壽序」가 그 일단이다.	
南克寬	夢囈集 坤 謝施子	錢謙益이 『列朝詩集』에서 『史略』을 引用하여 우리나라 역사에 대해 의론한 사실을 말하다.	訥齋曰。甲戌九月。在秋城衙齋。夢牧隱先生。前數日。與元冲。論此老心事。得其實云。詩曰。先正韓山世已遼。人間不朽挺嶢嶢。史家秉筆公何在。昭代凌煙影獨遙。任輔臣丙辰丁巳錄曰。史家。指當立前王子事也。及訥齋撰東國史略。則引牧老嘗語人曰。致堂胡氏論晉元帝姓牛。東晉羣臣。何以不革也。胡羯交侵。江左微弱。若不憑依舊業。安能係屬人心。捨而刱初。難易絶矣。此亦乘勢就事。不得已而爲之者也。而斷之曰。今穪於立辛之際。不敢有異議者。亦此意也。以今觀之。此筆亦豈盡牧老心事者。蓋難言也。錢牧齋列朝詩集。引史略所論而曰。定哀多微詞。東史有焉。學在四夷。詎不然乎。今按任氏之論。婉而深。錢稱訥齋。雖與任異。其於此事。可謂不謀而同。第未知訥齋之指果如何。恨不獲預聞所謂得其實者也。更詳訥齋。蓋謂牧老當艱難之會。所憂在我朝。姑立前王之子。以係人心。爲迓續之圖。其他未暇計也。此解亦得七分。只於牛馬之議。猶有一膜耳。牧齋之稱之也雖善。恐訥齋自是意盡語內。非微詞也。後因讀史。嘗反覆深思。知其不然。玄陵之弑。般若之投。首尾相銜。事端旁午。非一人一事。遷就其辭之比。聖朝之興。亦非專藉此事。以秋江之剛正好

			議論。非知而不敢言者。時代不遠。及見前輩。知之必詳。其詩乃有二姓王之語。與訥齋・冲菴之意同。縱謂史不可盡信。三君子之言。顧不足爲定論乎。任氏以後。始多爲異說者。皆臆逆之疑辭。絶無左驗。至若辛禑龍鱗。野人鄙誕之語。尤不足深辨。使牧齋在東國。博綜終始。必有進乎是者矣。並存前說。俾後人有考焉。
南克寬	夢藝集 坤 謝施子	錢謙益의 選詩와 金聖歎의 評文은 善을 다 하였다고 이를 만하다.	選詩。至虞山。評文。至聖歎。可謂盡善矣。古末嘗有也。
南克寬	夢藝集 坤 謝施子	錢謙益의 문장은 흠이 많지만 스스로 원대함을 이루기에 충분하고, 그의 시는 잘못된 점이 적으나 문장에 미치지 못한다.	虞山文。多齟決而自足致遠。詩寡過而不及。
南克寬	夢藝集 坤 謝施子	『有學集』은 氣燄이 쇠하여 牙角만 남았는데, 詩는 도리어 젊은 시절보다 낫다.	有學集。氣燄頓替。牙角獨存。詩却勝少日。
南克寬	夢藝集 坤 謝施子	湯顯祖 또한 일류 문인으로 詩가 文보다 나으며, 錢謙益의 그에 대한 평은 치우친 점이 많다.	公安・竟陵才具等耳。然論所就。鍾殊勝之。湯若士亦一流人。詩勝其文。錢氏扶抑多偏。不可據也。
南克寬	夢藝集 坤 謝施子	錢謙益이 杜甫의 시를 誤讀한 적이 있는데, 이는 訛本에 근거한 것이다.	杜詩。晴天卷片雲。劉文房詩。客心暮千里。虞山以卷爲養。竟陵以暮爲慕。皆据訛本。仍爲好奇之念所使。所謂無無對也。不論兩字當否。只取元篇細觀。思過半矣。

朴趾源	燕巖集 卷14 熱河日記 鵠亭筆談	朴趾源이 청나라의 禁書를 묻자, 王民皥는 顧炎武·毛奇齡·錢謙益의 문집 등 수십 종을 쓰고는 즉시 찢어버렸다.	余問禁書題目。鵠汀書亭林·西河·牧齋等集數十種。隨卽裂之。
徐淇修	篠齋集 卷1 「次韻竹石老人梅花雜詠」	錢謙益의 「題梅花百咏後」를 인용하여 林逋와 高啓가 매화에 관해 여러 수의 시를 지은 사실을 언급하다.	祗堪怡悅怕人知。匝樹高吟又把枝。暖閣紗幬欣共宿。野橋山店遞相思。金鬚慁憶蜂嬉次。粉質翩如蝶倒時。多謝吳興高太史。爲花持世數篇詩。錢牧齋題梅花百咏後曰。林和靖·高季迪。自衆香國來。爲此花持世。各三百年。
徐淇修	篠齋集 卷1 「效三淵翁葛驛雜詠體賦絶句二十首(時庚辰五月二十七日流夏新建候雨中也)」	명나라 인물 중 七言近體詩의 대가로 錢謙益을 꼽다.	美組治康樂辭。晉唐以後更無詩。七言近體誰持世。前有眉蘇後受之。
徐淇修	篠齋集 卷2 「直中戲作長篇書呈權彝齋敦仁詞伯末贅論詩一段要和」	명나라에서 錢謙益을 문장의 거벽으로 꼽다.	皇明先數王李輩。此老倔强更無儔。虞山蒙叟是巨擘。一枝偏師整鎧矛。近日中州又一變。蠻尾詩句抗雪樓。
徐宗泰	晚靜堂集 卷11 「錢牧齋集」	錢謙益의 『錢牧齋集』을 읽고 독서기를 쓰다.	牧齋凡於壽序堂記等漫散文字。輒擧天下事。以建奴闖賊邦國之憂爲言。扼腕感咤。娓娓弗自已。蓋積諸中而自隨筆溢發也。甲申春間。燕都岌岌垂沒。而牧齋邈在吳中大江之南。文字之間。(三

			月所作) 以闖賊。庶幾懸首藁街爲辭。詞人之迂於事甚矣。然觸事詠物。感奮時事。是杜老之遺韻。其忠忱則至矣。癸巳三月書。 韓退之之嚴簡毌論。宋之歐陽永叔・王介甫・曾子固諸公。凡論人稱道人作人墓文。未有甚溢之辭。俱有斟酌。斤兩不差。皇朝人則專事浮夸。稱人過於本實。見之有似調戲。元美甚焉。錢受之。頗同之。 文有波瀾。肆筆成章。且善於形似。曲盡事情。自是皇朝末葉。救得文章極弊之大家也。然筆路所溢。喜用古文陳言全句。且多奇僻鬼怪之語。不可爲則。且一生趣嚮。務在軋斥兩李與王。故推許荊川與歸熙甫固宜。而崇重李西厓過當。如袁小修輩纖靡之文。亦不知其可厭。其見褊矣。論人善則輒以道德稱之。序人詩則皆以風雅歸之。全無繩尺斟裁。此歐・曾諸家所未有也。以是令人見之。只賞其造語文辭而已。自不得信其語。文章雖美。何能信於後世哉。然則殆無異於弇山之浮侈矣。大抵皇明文人習氣。夸且尙詖甚。都不免此。 牧齋作馮祭酒夢禎誌銘曰。其家以漚麻起富。父祖皆不知書。此等語。今世作人墓銘者。必不書。書之。本家亦必辭之矣。中朝猶質實近古。
徐宗泰	晚靜堂集 卷11 「錢牧齋集」	錢謙益은 「壽序堂記」와 같은 漫散한 글에서 걸핏하면 천하의 일을 거론하며 분개하였는데, 이는 마음 속에 쌓인 감정이 글에 절로 드러난 것이다.	牧齋凡於壽序堂記等漫散文字。輒擧天下事。以建奴闖賊邦國之憂爲言。扼腕感咤。娓娓弗自已。蓋積諸中而自隨筆溢發也。甲申春間。燕都岌岌垂沒。而牧齋邈在吳中大江之南。文字之間。(三月所作) 以闖賊。庶幾懸首藁街爲辭。詞

			人之迂於事甚矣。然觸事詠物。感奮時事。是杜老之遺韻。其忠忱則至矣。癸巳三月書。
徐宗泰	晚靜堂集 卷11 「錢牧齋集」	명나라 사람들은 오로지 浮夸함을 일삼아 사람을 칭할 때면 실제보다 과장되게 묘사하는데, 王世貞이 특히 심하며 錢謙益도 똑같다.	皇朝人則專事浮夸。稱人過於本實。見之有似調戲。元美甚焉。錢受之。頗同之。
徐宗泰	晚靜堂集 卷11 「錢牧齋集」	錢謙益은 평생 李夢陽·李攀龍·王世貞을 극력 배척하는 데 힘을 기울였으므로 唐順之와 歸有光의 문장을 허여한 것은 당연하지만 李東陽을 추숭한 것은 지나친 면이 있으며, 袁中道에 대한 평가 역시 치우친 점이 있다.	文有波瀾。肆筆成章。且善於形似。曲盡事情。自是皇朝末葉。救得文章極弊之大家也。然筆路所溢。喜用古文陳言全句。且多奇僻鬼怪之語。不可爲則。且一生趣嚮。務在軋斥兩李與王。故推許荊川與歸熙甫固宜。而崇重李西厓過當。如袁小修輩纖靡之文。亦不知其可厭。其見褊矣。
徐宗泰	晚靜堂集 卷11 「錢牧齋集」	錢謙益의 문장은 아름답기는 하지만 王世貞의 浮侈함과 다르지 않아 후세에 신뢰할 수 없는 부분이 많다.	論人善則輒以道德稱之。序人詩則皆以風雅歸之。全無繩尺斟裁。此歐·曾諸家所未有也。以是令人見之。只賞其造語文辭而已。自不得信其語。文章雖美。何能信於後世哉。然則殆無異於弇山之浮侈矣。大抵皇明文人習氣。夸且尙謏甚。都不免此。
徐宗泰	晚靜堂集 卷11 「錢牧齋集」	錢謙益의 「馮祭酒夢禎誌銘」에 대해 평하다.	牧齋作馮祭酒夢禎誌銘曰。其家以漚紵起富。父祖皆不知書。此等語。今世作人墓銘者。必不書。書之。本家亦必辭之矣。中朝猶質實近古。

徐瀅修	明皐全集 卷1 「偶讀錢虞山詩, 有與王述文侍御罷官里居之作, 用雀羅蝶夢二題 相與贈答, 遂次其韻」	錢謙益의 시집을 읽고 雀羅·蝶夢등의 시에 차운하다.	人誰不讀書。讀書心負初。精工窺六藝。博涉指五車。標高揭己日。期待信非虛。知慮方悟界。誠力忽自踈。蓤不恤其緯。農不服乃鉏。移向運均上。(均陶者之輪運。則不定。解見管子。) 幾年飽乘除。迫去然後歸。身世頭陀如。寂寂重門掩。庭階雀可羅。山鬼休揶揄。芸編趣卷舒。古今何相似。歲月尙有餘。天下人不猜。莫如看吾書。(右次雀羅韻) 噩夢今宵覺。前峰月丈餘。世情看炎冷。物理占盈虛。十年涅濡跡。何曾一日舒。非蝶猶蝶韻。無栩亦無蘧。歸來吾田園。吾身始超如。樹螢流疾速。澤鷺影于徐。雲在水不住。密密復踈踈。觸處皆鳶魚。朗然悟邃初。回思偪側場。芻靈與塗車。(塗車芻靈。明器也。出禮記檀弓。) 帝監許懸解。終老任耕漁。(右次蝶夢韻。)
成海應	研經齋全集 卷9 「朴在先詩集序」	錢謙益이 『錢牧齋集』에서 조선 사람들과 시를 수창하지 말라고 한 말을 인용하다.	貞蕤朴在先詩集幾卷。在先爲文章。既自知其超詣。常愛惜之。雖片文隻字。未嘗漫棄。間嘗經事變。亦無所亡失。哀然如此。東人之詩。局於地。雖以大家自命者。亦往往有惡詩。多爲中州人所笑。錢牧齋集中云勿與高麗人相酬酢者是已。
成海應	研經齋全集 卷32 風泉錄(二) 「與或人書」	錢謙益과 龔鼎孳는 스스로 명류라고 자랑하지만 모두 부끄러움이 없는 자들이다.	錢謙益·龔鼎孳等。自詡名流。而靦顏降附。皆無恥者也。

成海應	研經齋全集 卷32 風泉錄(二) 「復雪議」	나라가 망하려고 염치가 무너져 錢謙益·王鐸· 張縉彦 같은 皇明大臣들 도 모두 투항하였다.	國之將亡。廉耻壞亂。如錢謙益王鐸張 縉彦。並以皇明大臣。投降如不及。於 是洪承疇爲大臣在鎭江。李成棟收浙 東。金聲桓收江右。劉良佐以弘光皇帝 自效。吳三桂以永曆皇帝自效。皇朝之 豢養此屬固不小。嘗令建斧鉞而開府。 分茅土而封侯。卒乃爲此屬之殄滅。爵 賞徒自戕之具也。
成海應	研經齋全集 卷40 皇明遺民傳	錢謙益이 侯泓에게 시를 지어주며 그의 인물됨을 높게 평가하였다.	錢謙益嘗贈泓詩曰知君耻讀王袁傳。但 使生徒廢蓼莪。讀此可知泓也。
成海應	研經齋全集 卷49 皇明遺民傳	錢謙益은 大育頭陀를 "不 僧不俗非凡非聖"하다고 평가하였다.	大育頭陀。少負雋才。名噪諸生。每欲 效陳湯傅介子立功名。國亡嘔血數升。 卸去衣巾。往來秦淮間。歸心禪誦。取 雲捿淨土文譜爲琴曲。浪亭徐繼恩每歎 賞擊節不自止。無幾又頭陀服。錢謙益 稱其不僧不俗非凡非聖云。
成海應	研經齋續集 册15 風泉錄 「林忠愍傳」	成海應이 「林忠愍傳」을 지으면서, 錢謙益이 편찬 한 「紫髯將軍周文郁傳」 과 청나라 임금이 경진년 에 내린 칙서를 기준으로 삼았음을 밝히다.	世之談忠愍者。未嘗不偉其浮海入中國 事。然其稱至登州。說都督朱裔者。無 證左可辨。又抵海豐縣。毅宗皇帝奇 之。下璽書。授副總兵者。不載明史。 忠愍久於西邊事。故爲灣上諺傳者甚 衆。疑其錯迕繆戾。不究事宗。卽混擧 之也。忠愍之功。當以荻江之戰爲最。 其義當以錦州之不戰爲烈。余故因錢謙 益所撰紫髯將軍周文郁傳及淸主庚辰勅 書爲準。從實故也。其他所涉傳疑之 辭。並闕之。

申緯	警修堂全藁 冊3 蘇齋拾草 「徐攸好(彝淳)和寄月詩, 再用原韻答之」	錢謙益의 『列朝詩集』에서 외국 시들은 閏集에 수록되었음을 말하다.	其十: 半格詩還艶體成。蛾眉團扇寄才情。他年會有虞山賞。四海看君閏集行。(錢牧齋列朝詩集。外國詩。列之閏集。
申緯	警修堂全藁 冊6 貂錄(四) 「余因邑子, 借閱許筠覆瓿四部稿鈔本, 卷端有任吏部(琓)姓名印, 此必任公之手錄秘本也, 遂爲長句批後」	우리나라 사람들의 시는 錢謙益의 『列朝詩集』의 閏集에 근체시 위주로 소략하게 실려 있다.	東人文集鞏括看。昧此體式徒呶喧。七古合作無一人。廖廖律絕閏集編。(錢虞山列朝詩集。東人詩編入閏集。)
申緯	警修堂全藁 冊23 祝聖二藁 「余選復初齋詩之役, 已過十年, 迄未告竣, 竹垞進士贈是集原刊合續刻重裝本, 而前闕陸序, 後缺儀笙續刻甲戌至丁丑之作, 此亦未可謂完本也, 但題余小照之什, 宛在續刻中, 差幸掛名其間, 所可恨者, 題拙畵墨竹詩則竟逸而不見耳, 書此以示竹垞(五首)」	申緯 자신이 중국 역대의 七言律詩를 뽑아 만든 선집인 『七律觳』에 淸代 시인으로는 錢謙益·王士禎·朱彝尊·翁方綱을 선정할 것이라고 말하다.	其五: 復初一集十年畢。餘十三家未易完。六代詞宗眉目選。七言律觳腑心刊。傳燈解脫循環際。摹畵經營慘儋間。他日詩人奉圭臬。黃河於水泰於山。(余擬選七律觳。王右丞·杜文貞·白文公·杜樊川·李義山·蘇文忠·黃文節·陸劍南·元遺山·虞文靖·錢牧齋·王文簡·朱竹垞·翁文達。)

申佐模	澹人集 卷5 「贈副行人 徐侍郎衡淳 之燕」	연경으로 가는 徐衡淳을 전송하는 시에서 徐宏祖 및 錢謙益의 「徐霞客傳」을 언급하다.	其二: 星宿昆侖杳莫因。 河槎謾說到天津。 君家霞客今安在。 爲問虞山傳裏人。 (自鴨距燕。 僅二千七十程。 東人燕行贐章。 動引博望乘槎。 而何嘗覩黃河一曲。 恐霞客竊笑。)
申佐模	澹人集 卷6 「蓮西申進士」	申奭均이 금강산을 유람하며 쓴 紀行詩와 記를 徐宏祖의 遊記에 견주며, 錢謙益의 「徐霞客傳」에 대해 언급하다.	虞山傳裏補徐霞。 眞跡金剛梵字斜。 (蓮西。 年前遊金剛而歸。 有紀行詩若記。) 萬物精英呈本草。 諸天咳唾散空花。 (蓮西遍覽眞萬物草諸勝。 所至必窮源乃已。) 千年大澤棲僊窟。 (蓮西所居郡。 有義林池。) 一部名山讀史家。 慙愧老夫窮不得。 謾將禪偈證蓮華。 (壬辰。 余入楓嶽。 遇華嶽上人。 畧說勻淵千佛之勝。 行忙未及遍觀。 到今有遺恨。)
柳得恭	泠齋集 卷7 「雪癡集序」	邊日休의 시의 원류는 陸游와 錢謙益의 사이에서 구해야만 하며, 徐渭에 비교한다면 이는 진실로 邊日休가 배우려한 대상이 아니다.	逸民詩長於近體。 天才特高。 讀書又多。 故造意幽渺。 隷事飛動。 溯源沿流。 當求諸劍南·虞山之間。 比之徐靑藤則固非逸民之所願學也。 論詩而以性靈爲主。 謂不必多讀書者。 吾未知其何說也。
柳得恭	燕臺再遊錄	陳鱣이 청나라 시인 중에 吳偉業을 추앙하느냐고 묻자, "시라는 것은 각기 門戶가 있어서, 吳偉業은 元稹·白居易로부터 왔고, 錢謙益은 韓愈·杜甫·蘇軾·黃庭堅으로부터 나왔다고 대답한 사실을 기록하다.	仲魚曰。 本朝詩當推梅邨否。 余曰。 詩各有門戶。 梅邨從元·白來。 惟牧翁却從韓·杜·蘇·黃來。
兪晚柱	欽英 卷1 1777년 3월 16일조	錢謙益의 『有學集』을 읽다.	十六日。 壬午。 閱錢牧齋手訂有學集。

俞晩柱	欽英 卷1 1777년 4월 19일조	錢謙益의 『初學集』을 읽다.	十九日。甲寅。閱初學集序目及還朝詩歸田詩崇禎詩三集。
俞晩柱	欽英 卷1 1777년 5월 14일조	「錢謙益年譜」를 편찬하다.	十四日。戊寅。旱大炎。編纂錢牧齋年譜。欽古堂編定。
俞晩柱	欽英 卷3 1780년 6월 28일조	錢謙益의 『列朝詩集』을 읽다.	二十八日。乙亥。大暑。見列朝詩集四匣。絳雲樓選。
俞晩柱	欽英 卷4 1781년 9월 12일조	錢謙益의 『錢牧齋文鈔』를 읽다.	十二日。辛亥。朝或陰。野風嚴冷。夜閱錢牧齋文鈔一冊。
俞晩柱	欽英 卷5 1785년 1월 7일조	錢謙益의 『初學集』을 읽다.	初七日。丁巳。夜讀初學銘傳文字以示客。
李建昌	明美堂集 卷5 「題有學集後」(京中一小友, 聞余疏藁, 有依托僧舍語, 笑曰錢牧齋何必學, 余爲瞿然有間曰, 有是哉, 因書所感, 題有學集後, 非爲錢氏吊古并非, 與夫己氏解嘲也, 此義甚深, 惟深於詩而通於史者知之)	錢謙益의 『有學集』 뒤에 題詩를 쓰다.	四十年來苦學詩。何曾夢見杜陵爲。劍南廣博遺山峻。不諱錢翁是本師。豈必文章異立身。故應德藝不相倫。可憐得失千秋事。付與悠悠詠史人。大洪黨籍稚繩門。後出堂堂又稼軒。可是皇天遺此老。長敎一笑滿乾坤。文華殿裏抗烏程。宗伯園中媚士英。半壁山河王氣盡。那能不急要功名。老年絲竹似無愁。婢作夫人且莫羞。但使周侯能罵賊。鳳衰河曲儘風流。手寫降書墨未乾。一番僧服一番官。兩朝領袖猶奢闊。止竟袈裟罩得難。憍氣浮名易被謾。自知更較識人難。江河不廢虞山集。留作誰家榜樣看。

李德懋	青莊館全書 卷33 清脾錄(二) 「雲江小室」	錢謙益과 柳如是에 의해 許蘭雪軒의 시가 표절한 것이 폭로된 사실을 예로 들어 표절을 경계하다.	蘭雪許氏。爲錢虞山‧柳如是所摘發眞贓狼藉。幾無餘地。可謂剽竊者之炯戒。
李德懋	青莊館全書 卷34 清脾錄(三) 「王阮亭」	錢謙益이 王士禛 시에 대해 고평한 내용을 소개하다.	少時見重於牧齋。學殖日富。聲望日高。牧齋曰。貽上之詩。文繁理富。衙華佩宗。感時之作。惻愴於杜陵。緣情之什。纏綿於義山。其談芸四言。曰典曰遠曰諧曰則。沿波討源。平原之遺則也。截斷众流。杼山之微言也。別裁僞體。轉益多師。草堂之金丹大藥也。
李德懋	青莊館全書 卷48 「耳目口心書(二)」	錢謙益의 처세, 학문, 문장을 혹평하다.	錢東磵。平生半漢半胡。學問。乍佛乍儒。文章。非謔非謎。畢竟狼失後脚。狽失前脚。
李德懋	青莊館全書 卷48 「耳目口心書(二)」	명대 王世貞‧袁宏道‧錢謙益의 문장을 비판하다.	漢文章。異己者容之。宋文章。異己者斥之。明文章。異己者侮之。又有罵之仇之者。元美輩。侮焉者也。中郎輩。罵焉者也。受之輩。仇焉者也。可以觀世道升降也。
李德懋	青莊館全書 卷48 「耳目口心書(六)」	王世貞‧李攀龍이 표절로 인해 袁宏道와 錢謙益의 비난을 받은 사실을 말하다.	王元美嘗有標竊。摸擬詩之大病之語。而自家詩全犯此病。嗟乎。使王‧李輩。少不言開元大曆語。庶免中郎‧受之輩之辱矣。
李宜顯	陶谷集 卷3 「紀行述懷, 次三淵韻」	孫承宗의 奇志는 錢謙益의 글에서 징험해 볼 수 있다.	其二十二： 孫公出鎭崇禎末。大勢已窮其奈何。奇志可徵牧齋狀。遠謨將比懋明多。文武全才殉國忠。萬古不廢流江河。(孫承宗)

李宜顯	陶谷集 卷26 「歷代律選跋」	鍾惺·譚元春의 시풍을 비판하기 위해서 錢謙益이 이들을 "天寶入破曲"라고 비유하며 명나라의 국운이 쇠할 조짐이 여기에서 이미 보였다고 말한 부분을 인용하다.	吾甥沙熱金會一蒐輯唐宋元明諸詩人短律五七言若而篇。朝夕吟諷。間以示余。余曰。… 而元人欲以華映勝之。靡弱無力。愈離於古而莫可返。於是李·何諸子起而力振之。其意非不美矣。摹擬之甚。殆同優人假面。無復天眞之可見。鍾譚輩厭其然。遂揭性靈二字以譁世率衆。而尤怪僻鄙倍。無可言矣。錢虞山至比天寶入破曲。以爲國運兆於此。非過論也。
李宜顯	陶谷集 卷27 雲陽漫錄	錢謙益의 문장은 자유롭게 글을 지어 격조와 기세가 높지 못하지만, 王世貞·李攀龍의 유파는 아니다.	明末。錢牧齋之文。駘蕩恣肆。下筆滔滔。極其所欲言而止。雖格力不高。要非王·李餘派尋逐影響者之類。亦自不易。
李宜顯	陶谷集 卷27 雲陽漫錄	李攀龍·王世貞의 문장에 대해 논하면서 시에 대해서는 錢謙益이 이미 논한 바 있다고 말하다.	古文法度甚簡嚴。絶無浮字膡句。下至唐宋韓·歐·蘇·曾諸公。無不皆然。… 至皇明李·王諸公。自謂高出韓·歐。直與左·馬並驅。而造語多冗長。浮膡字句。不勝指摘。且雜取諸子左·馬文字。複複相仍。拾掇韓·歐諸公已棄之餘。而高自稱許。可謂陋矣。至詩亦然。錢牧齋固已議之矣。
李宜顯	陶谷集 卷27 雲陽漫錄	錢謙益은 胡應麟의 『詩藪』를 지나치게 비판했지만, 영향을 받은 바 또한 많다.	胡元瑞詩藪。原其主意。專在媚悅。弇州其論漢唐不過。虛爲此冒頭耳。然其評品古今聲調。亦多中窾。昧於詩學者。不妨流覽以祛孤陋。至若推颺元美諸人。躋之李杜之列。直是可笑。錢牧齋罵辱雖過。亦其自取之也。

李宜顯	陶谷集 卷28 陶峽叢說	錢謙益의 『列朝詩集』은 실로 明詩의 보고라고 할 수 있으나, 평소 李攀龍과 王世貞의 시풍을 좋아하지 않아서 李夢陽·李攀龍·王世貞 등의 시가 소략한 편이다.	選明詩者亦多。錢牧齋列朝詩集。當爲一大部書。盖自元末明初。至明之末葉。大篇小什。無不蒐羅盡載。而旁採僧道香奩外服之作。亦無所遺。實明詩之府庫也。但牧齋素不喜王·李詩學。捃擊過酷。故北地·滄溟·弇園諸作。所錄甚少。此諸公詩什繁富。就其中抄出。豈不及於無甚著名者之一二篇。而彼則濫收。此則苛汰。亦似偏而不公矣。康熙時人朱彝尊者。又輯明詩。作一大編。而名以明詩綜。此亦旁搜悉採。可謂完備。而但無名稱者。雖一二篇。皆入錄。而大家名集篇什之多者。所收甚尟。此爲未盡矣。又有陳子龍所編明詩選·鍾伯敬所編明詩歸。或務精而欠於博採。或主簡而傷於偏滯。皆不能爲完善矣。
李宜顯	陶谷集 卷28 陶峽叢說	錢謙益의 『列朝詩集』의 小傳은 명대 인물들의 사적이 곡진히 기록되어 있어 명대 遺事를 살펴보기 위해서는 반드시 보아야 한다.	元氏中州集。人輒爲小傳。此前選詩者之所未爲。當時謂之寓史於詩。可以考人物出處。固善例。而錢牧齋列朝詩集及近來元詩選。亦因其例。列朝詩集傳。尤係有明三百年人物事蹟。其嬉笑怒罵之態。宛然如見。亦可以憑此考証史傳是非。此實欲求明遺事者之不可不見者。余嘗欲抄其小傳。別作一冊而謄出。亦費力久未之果。聞息菴曾爲此而未得見。後赴燕。偶見別抄其小傳而入刊者。亟購以來。從今無勞別謄矣。
李宜顯	陶谷集 卷28 陶峽叢說	李宜顯이 『列朝詩集』의 小傳만을 초록하고자 하였으나 이루지 못하였는데, 金錫胄가 연경에 가서	上同

		『列朝詩集』의 小傳을 초록한 책을 구입해 온 사실을 말하다.	
李宜顯	陶谷集 卷28 陶峽叢說	錢謙益은 茅坤·唐順之·楊愼·歸有光과 한 유파이다.	明文集行世者。幾乎充棟汗牛。不可殫論。而大約有四派。姑就余家藏而言之。… 鹿門·荊川·升菴·震川·牧齋。學古而語頗馴。不爲已甚者也。就中升菴之麗縟。牧齋之蕩溢。稍離本色。而故當屬之於此。不可爲王·李之派。徐文長·袁中郎。又旁出而以慧利爲長。此二人亦不可爲王李派。當附入於此派。
李瀷	星湖僿說 卷9 「人事門」	錢謙益의 『牧齋集』에 나오는 「關聖帝君畫像贊」에 聖帝라는 칭호가 참람하다고 비판하다.	修鍊之術。必湏驅除鬼魅故然也。宋之追封伏魔。卽其事也。至錢謙益木齋集。有關聖帝君畫像贊。謂之聖爲之帝。則尤覺僭矣。祝允明謂當曰漢前將軍廟斯爲得之。
李瀷	星湖僿說 卷28 「詩文門」	錢謙益의 『明詩選』 소재 시인을 비평하다.	錢受之明詩選。李楨童號諸人。逈出千古。猶不過四韻律。
李瀷	星湖僿說 卷28 「詩文門」	錢謙益의 말을 인용하여 延陵十字碑가 孔子의 글씨가 아니라고 판단하다.	延陵十字之碑。世傳孔子書。歐公集古錄云。玄宗命摸搨則。開元以前已有此矣。錢謙益云。春秋魯哀公十年。吳延州來季子。救陳。後六年而孔子卒。六年之中。孔子終老洙泗之間。未嘗適吳。彼十字者。誰題之而誰證之耶。其言更明。
李定稷	燕石山房詩藁 卷2 「卽景拈牧齋詩韻」	錢謙益 시의 운을 사용해 시를 짓다.	草徑微微曲折穿。烏巾挂杖短籬邊。龍山石紫明秋日。鶴洞林靑起午烟。小隱猶慙居士屬。新詩獨愛老人泉。身閒定是神仙術。不信方壺別有天。

李定稷	燕石山房詩藁 卷2 「翌日復拈牧 齋詩韻」	錢謙益 시의 운을 사용해 시를 짓다.	晴烟如畫罨秋山。棲息從容心自閒。門 外紫秔田數頃。案頭細秩屋三間。稚孫 增愛能知笑。遠客貪遊却忘還。復有草 玄功未了。滄江日暮惜衰顏。
李定稷	燕石山房詩藁 卷3 「除夕拈錢牧 齋除夕韻」	섣달 그믐날 밤에 錢謙益 의 「除夕」시의 운으로 시를 짓다.	臘月今宵剩隔晨。每年明日貫迎春。久 貧猶免家徒壁。漸老翻驚筆有神。燈火 高張供守歲。銅鑼疊奏動比鄰。回頭又 枉光陰去。勉向餘齡不愧人。
李定稷	燕石山房詩藁 卷1 「拈牧齋集得 時字」	錢謙益의 『牧齋集』에서 '時'자를 얻어 시를 짓다.	新涼天地雨晴時。臥起心懷獨自知。八 口經營惟是飽。白頭著述可能垂。金風 在野禾先熟。銀漢無雲月欲遲。自此甘 爲無事老。招邀幾處赴佳期。
李祖黙	六橋稿略 卷2 「蘇齋文抄自 序」	당시 문장을 조금 안다고 하는 자들이 錢謙益 아니 면 魏際瑞·魏禧·魏禮 에게로 빠져드는 풍조에 대해 비판하다.	所謂能文者。不入于稗官。入于兎園。 不入場屋。入于館閣。稍有悟解者。非 虞山。則必三魏。而況偏學其短處乎。 司馬之文如天。以其神全也。班固之文 如地。以其氣厚也。神全然後氣厚。氣 厚然後久傳。然文有眞氣假氣。曰雅。 曰俗。
李夏坤	頭陀草 冊16 「洪滄浪詩集 序」	후학들 중에 金昌翕의 시 를 제대로 배우지 못한 자들의 시를 평하면서 錢 謙益의 "鬼氣幽, 兵氣殺" 이라는 말에 해당한다고 평하다.	及觀其詩則尖纖破碎狹陋迫促。全乏意 味。眞氣索然。眞嚴儀卿所謂下劣詩魔 入其肺腑者也。錢受之所謂鬼氣幽兵氣 殺者。不幸近之矣。
李夏坤	頭陀草 冊18 「送徐平甫 (命均)赴燕序」	중국 사람들이 청나라 때 錦州에서 있었던 전쟁으 로 인해 우리나라를 원망 했던 것은 錢謙益이 "高 驪今作下高驪"라고 말한 사실에서도 알 수 있다.	中州人以錦州之役。怨我入骨髓。觀錢 受之高驪今作下高驪之語。亦可知也。

| 李學逵 | 洛下生集
冊1
春星堂集
「春日，讀錢受
之詩(絕句)」 | 錢謙益의 시를 읽고 절구
9수를 짓다. | 其一： 棐几明窗燕坐時。春朝好讀牧翁詩。異時東澗風情改。不是遺山是鋸厓。(先生晚年。號東澗遺老。)

其二： 絳雲紅豆盡悲哀。霖雨歸田體未裁。至竟良工心獨苦。可知初學不凡才。

其三： 新春腸斷柳河東。半野探梅筆墨工。更愛王微好詩句。桃花得氣美人中。(河東君柳是。字如是。有半野堂初贈山莊探梅等詩。遞相倡酬。又與姚叔祥。論近代詞人絕句。草衣家住斷橋東。好句清如湖上風。近日西陵誇柳隱。桃花得氣美人中。王微自稱草衣道人。其西湖詩。垂楊小苑繡簾束。鶯閣殘枝蝶趁風。最是西陵寒食路。桃花得氣美人中。)

其四： 埽花刪竹語常庸。食葉游魚致暫工。何限名家似此作。錯將佳什譜屏風。(先生云。范質公詩。埽花便欲親苔坐。刪竹常妨礙月行。最爲清絕。又云。余愛楊無補閒魚食葉如游樹。高柳眠陰半在池之句。先生詩云。安得屏風譜佳什。且將團扇寫清詞。)

其五： 北地公安韻未亡。松圓異日獨專場。想來正法無當眼。秖許溪南程孟陽。(先生詩。范曳論文更不疑。孟陽詩律是吾師。溪南詩老今程老。莫怪低頭元裕之。溪南老用元遺山自題中州集後詩語。)

其六： 矯枉無如擧直難。錦帆瀟碧句無完。似聞公石名言在。苦楝何如紙牡丹。(牧翁嘗論公安詩體。有矯枉過直之病。又曰。安磐字公石。皇明弘治人。嘗與楊用修論詩曰。論詩如品花木。牡 |

			丹・芍藥下。逮苦楝刺桐。皆有天然一種風味。今之學杜者。紙牡丹・芍藥耳。用修以爲至言。則似指空同・大復諸人而發耳。)
			其七： 列朝詩體遞汙隆。深識先生筆削功。樹幟跨壇病王李。蟲吟鬼語謝譚鍾。(先生選定列朝詩集。上自弘武。下逮崇禎。二百七十年中凡以詩名者。無不入選。)
			其八： 鬢絲禪榻送生涯。五度江南花落時。爲是秦淮舊遊伴。未能磨滅是情癡。(先生送王郎北遊。寄侯家故妓冬哥詩。憑將紅淚裏相思。多恐冬哥沒見期。相見只煩傳一語。江南五度落花時。)
			其九： 貽上曾經拂水湄。芙蓉江上雨來時。篇章異代宗師別。首寫先生舊寄詩。(漁洋王士禛。寄牧翁先生詩。芙蓉江上雨廉纖。東望心知拂水巖云云。又牧齊寄王詩五言一篇。書漁洋詩集頁。)
李學逵	洛下生集 冊1 春星堂集 「春日，讀錢受之詩(絶句)」	錢謙益이 만년에 東澗遺老라는 호를 썼음을 말하다.	其一： 棐几明窗燕坐時。春朝好讀牧翁詩。異時東澗風情改。不是遺山是銕崖。(先生晚年。號東澗遺老。)
李學逵	洛下生集 冊1 春星堂集 「春日，讀錢受之詩(絶句)」	錢謙益은 송나라 范質과 청나라 楊補之의 시를 애호하였다.	其四： 埽花刪竹語常庸。食葉游魚致暫工。何限名家似此作。錯將佳什譜屏風。(先生云。范質公詩。埽花便欲親苔坐。刪竹常妨礙月行。最爲淸絶。又云。余愛楊無補閒魚食葉如游樹。高柳眠陰牛在池之句。先生詩云。安得屏風譜佳什。且將團扇寫淸詞。)

李學逵	洛下生集 冊1 春星堂集 「春日, 讀錢受之詩(絶句)」	錢謙益이 元好問의 『中州集』에 쓴 글을 인용하다.	其五: 北地公安韻末亡。松圓異日獨專場。想來正法無當眼。秪許溪南程孟陽。(先生詩。范叟論文更不疑。孟陽詩律是吾師。溪南詩老今程老。莫怪低頭元裕之。溪南老用元遺山自題中州集後詩語。)
李學逵	洛下生集 冊1 春星堂集 「春日, 讀錢受之詩(絶句)」	錢謙益이 일찍이 公安派의 詩體를 논할 적에 矯枉過直한 병폐가 있다고 평하였다.	其六: 矯枉無如學直難。錦帆瀟碧句無完。似聞公石名言在。苦楝何如紙牡丹。(牧翁嘗論公安詩體。有矯枉過直之病。又曰。安磐字公石。皇明弘治人。嘗與楊用修論詩曰。論詩如品花木。牡丹·芍藥下。逮苦楝刺桐。皆有天然一種風味。今之學杜者。紙牡丹·芍藥耳。用修以爲至言。則似指空同·大復諸人而發耳。)
李學逵	洛下生集 冊1 春星堂集 「春日, 讀錢受之詩(絶句)」	錢謙益의 『列朝詩集』에는 명나라 270년 동안에 詩名이 있는 사람을 모두 실었다.	其七: 列朝詩體遞汙隆。深識先生筆削功。樹幟跨壇病王李。蟲吟鬼語謝譚鍾。(先生選定列朝詩集。上自弘武。下逮崇禎。二百七十年中凡以詩名者。無不入選。)
李學逵	洛下生集 冊11 匏花屋集 「感事集句(十章)」	송나라의 楊萬里와 陸游, 청나라의 邵長蘅과 錢謙益의 시 구절을 인용하여 「感事集句詩」를 짓다.	人正忙時我正閑。宋楊萬里。老懷多感自無懽。宋陸游。柴門盡日支頤坐清邵長蘅。作意西風打面寒。清錢謙益。
李學逵	洛下生集 冊15 文漪堂集 「書翦燈新話後」	李楨의 詩와 小傳이 錢謙益의 『列朝詩集』에 실려 있다.	嗣後有李楨者。著翦燈餘話。猶記其月下彈琴記。集句若時攀芳樹愁花盡。寒戀重衾覺夢多。桂嶺瘴來雲似墨。蜀江風澹水如羅。又如豔骨已成蘭麝土。蓬門未識綺羅香。漢朝冠蓋皆陵墓。魏國山河半夕陽。皆胖然妙合。非等閑想到者也。詩載錢受之選列朝詩集。楨亦另

			有小傳。
田愚	艮齋集前編 卷6 「答朴魯原」	熊賜履・李光地・徐乾 學・錢謙益은 문장과 경 술에 뛰어났으나, 청나라 에 복종하고서도 수치로 여기지 않았다.	淸虜改革。皇明臣庶。不欲剃頭而死 者。不勝計也。如熊賜履・李光地・徐 乾學・錢謙益輩。文章經術。皆絶流 輩。而稽顙龍庭。不以爲恥。此則無足 論矣。
田愚	艮齋集後編 卷8 「與權純命」	閻若璩가 錢謙益을 聖人 의 반열로 생각한 것은 무지한 일이다.	吾將罪朱子此五字。淸康熙所擧博學鴻詞 閻若璩凶言也。余看苟翁所著崑餘。見此 語。不覺胃中勃勃。旣而見渠與戴唐器 書。稱當時十四聖人。以錢謙益爲首。 錢是佛弟子。而欲引孔子入佛。又旣失身 於馬士英・阮大鋮。終又臣服淸虜。有正 妻而又娶河東君。其毀破綱常類此。此先 賢所以以傀儡魍魎漢目之也。而閻也乃以 爲聖。其無識可見。朱子之被辱於此輩。 直與孔孟之武臧同。又何足怒哉。噫。 士不可不以識見爲先也。
田愚	艮齋集別編 卷1 「告諭子弟門 人」	錢謙益은 죽음을 두려워 하여 청나라에 복종하였 다.	今天下皆夷也。然苟非眞胡種子。孰有 樂爲之夷者哉。或以化俗。或以取榮。 或以怕死。或以擇義未精而然。… 怕 死。如漢之李陵。淸之錢謙益。是也。
丁若鏞	與猶堂全書 詩文集 卷1 「古詩二十四 首」	錢謙益이 巨匠이기는 하 지만 편파적 의론이 많았 는데, 李如松과 沈惟敬에 대해 논한 것은 당파에 따른 것이었다고 평하다.	牧齋雖鉅工。議論多偏陂。鋪張二士 功。何嘗見一倭。提督固逍遙。(李如 松) 沈子實興訛。(沈惟敬) 讒誣及外國。 黨比奈汝何。
丁若鏞	與猶堂全書 詩文集 卷1 「古詩二十七 首」	陳繼儒가 錢謙益에게 풍 자당한 적이 있음을 말하 다.	異哉隆萬詩。枯澁如樠木。袁・徐欂雪 樓。罵詈如奴僕。淸人又一變。嫩艶勻 骨肉。雖乏崛強態。猶能有涵蓄。盛衰 隨世運。春溫必秋肅。… 歷選千古人。 但願陳眉公。結廬崑山內。棲身圖史

			中。吳越多窮儒。筆硯相磨礱。紆餘祕笈書。薈蕞不費功。縱被虞山刺。蕭然有淸風。
丁若鏞	與猶堂全書詩文集卷9「辨謗辭同副承旨疏」	錢謙益·譚元春·顧炎武·張廷玉 등이 천주교의 死生에 대한 설이 허위임을 이미 밝혔다고 말하다.	故中國文人如錢謙益·譚元春·顧炎武·張廷玉之徒。早已燭其虛僞。劈其頭腦。而蒙然不知。枉受迷惑。莫非幼年孤陋寡聞之致。
丁若鏞	與猶堂全書詩文集卷11「五學論(三)」	尤侗·錢謙益·袁枚·毛奇齡 등은 儒家 같기도 하고 佛家 같기도 하여 邪淫譎怪하여 남의 눈을 현혹시키는 것을 宗師로 삼고 있다.	今之所謂文章之學。又以彼四子者。爲淳正而無味也。祖羅(羅貫中)·祧施(施耐菴)·郊麟(金聖歎)·禘螺(郭靑螺)而尤侗·錢謙益·袁枚·毛甡之等。似儒似佛。邪淫譎怪。一切以求眩人之目者是宗是師。其爲詩若詞。又淒酸幽咽。乖拗犖确。壹是可以銷魂斷腸則止。遂以是自怡自尊。而不知老之將至。其爲吾道之害。又豈但韓·柳·歐·蘇之流而已。口譚六經。手摭千古。而終不可以携手同歸於堯舜之門者。文章之學也。
丁若鏞	與猶堂全書詩文集卷14「跋東征二士錄」	錢謙益의 『東征二士錄』은 公言이 아니다.	錢虞山東征二士錄。非公言也。李提督平壤一捷之後。固有玩敵老師之失。然東援大功。悉歸之於市井小人沈惟敬。此可謂直筆乎。由是觀之。溫體仁未全爲非。而東林之禍。閒亦有天所不厭者。
丁若鏞	與猶堂全書詩文集卷15「貞軒墓誌銘」	李用休의 문장이 錢謙益이나 袁宏道의 아래에 있지 않다고 평하다.	是生諱用休。旣爲進士。不復入科場。專心攻文詞。淘洗東俚。力追華夏。其爲文奇崛新巧。要不在錢虞山·袁石公之下。自號曰惠寰居士。
正祖	弘齋全書卷163日得錄	錢謙益의 시는 噍殺함이 심하지는 않았으나, 『詩觀』에 수록하지 않았다.	詩者。關世道係治忽。雋永沖瀜者。治世中和之音也。春容典雅者。冠冕珮玉之資也。瑣碎尖斜者。亂世煩促之聲

			也。幽險奇巧者。孤臣孽子之文也。唐之郊‧島。明之鍾‧譚。豈非傑然者。而皆予所不取。宋之韓琦。說詩家所不與。而予獨取焉。觸類於此。則詩觀所取舍之意可見。明之錢謙益詩。未甚噍殺。而不許收入。蓋扶抑與奪之微權。無所處而不寓。
曺兢燮	巖棲集 卷33 「李母趙孺人 墓表」	錢謙益이 어떤 사람의 어머니가 자신의 어머니와 행적이 비슷한 것에 감동하여 墓誌銘을 지은 일화를 언급하다.	昔錢虞山嘗銘某人之母。而以類己母。感而與之銘。
曺兢燮	巖棲集 卷37 雜識(下)	錢謙益은 젊었을 때 李夢陽의『空同集』과 王世貞의『弇州集』을 읽고 익숙하게 기억하여 적을 정도였으며, 王世貞의『藝苑巵言』을 金科玉條처럼 받들었다고 스스로 말하였다.	錢虞山自言少時讀空同弇州諸集。至能闇記行墨。奉弇州藝苑巵言如金科玉條。及觀其晚年定論。悔其多誤後人。思隨事改正。則其追悔俗學深矣。
曺兢燮	巖棲集 卷37 雜識(下)	錢謙益의 晚年 定論을 보면, 後人들을 그르친 점이 많음을 뉘우쳐 조목조목 改正하려 하였으니 俗學을 깊이 후회한 것이다.	上同
曺兢燮	巖棲集 卷37 雜識(下)	錢謙益이 湯顯祖의 "明代 문장은 李夢陽 이하는 모두 문장의 興臺(奴僕)이다. 古文은 본래 眞이 있으니 宋濂으로부터 착안하면 主旨가 정립될 것이	又稱臨川湯若士之言曰。本朝文自空同已降。皆文之興臺也。古文自有眞。且從宋金華着眼。自是而指歸大定云。則其知見亦可謂正矣。

		다.'라는 말을 칭찬하였으니, 올바른 식견이다.	
曺兢燮	巖棲集 卷37 雜識(下)	錢謙益의 문장은 끝내 李夢陽·王世貞의 門徑을 벗어나지 못하였으나 泛濫橫逆의 면에서는 그들보다 더 심하니 본받을 것이 못 된다.	而余讀其所自爲文。終是脫不出李·王蹊徑。其泛濫橫逆則又有甚焉。尤不足法。然其才長於敍述。如陳府君鄒孟陽墓誌等作。其風神裁剪。酷肖韓·歐。自北地·滄·弇集中亦所未見。
曺兢燮	巖棲集 卷37 雜識(下)	錢謙益은 敍述에 뛰어나서「陳府君墓誌銘」·「鄒孟陽墓誌銘」 등의 작품은 그 風神과 구성이 韓愈·歐陽脩와 매우 유사할 정도이니, 李夢陽·李攀龍·王世貞의 문집에서는 볼 수 없는 점이다.	上同
趙聖期	拙修齋集 卷10 「答金進士子益(昌翕)書」	金昌翕의 '詩道之厄'에 관한 논의를 錢謙益·胡應麟에 견주어 논박하다.	但徐考其一篇主意。則蓋發深歎於宋明諸朝及我東勝國暨本朝千許年來詩道之厄。而欲一振而新之。以今日自家之所業。直接古三百風人之統緒。且以末路詞人論詩之語。評斷大聖人刪後之餘旨。而繼之以漢之枚·李·張·蔡。唐之李·杜。爲若羽翼乎斯經。而不背乎溫柔敦厚之大敎。蓋毫釐千里之差謬。至此而已極。而況其所論詩之語。又不免指汎而不切。義近而不高。理華而不典。情揚而不沈。境浮而不眞。辭繁而不芟。以言乎其議論。則初欲極其詳博。而反歸於宂褻。以言乎其門路。則初欲極其正當。而反墮於蹊逕。以言乎其規模。則初欲極其博大。而不自知其占偏門小家之閫位。以言乎其辭句則初

			欲極其高古。而不自知其張矜持色澤之浮辯。精枝葉之細而忽本根之大。喜春華之悅目而忘秋實之可口。扇嶢崎險薄之風而乏溫潤眞實之致。雖持以比之於錢受之‧胡元瑞輩所爲。其淵源之所漸染。學力之所體會。精神之所輝映。議論之所發揮。尙不啻讓一頭而隔一塵。則足下之文。尙不免爲末路文人之文。而亦非深於文章者所宜道。況敢望其詩之能免爲末路詩人之詩。而直接古風人統緒之正乎。
趙聖期	拙修齋集 卷10 「答金子益書」	'詩道'에 관한 金昌翕의 논의는, 錢謙益이 胡應麟과 鍾惺의 업적을 꾸짖은 것과 같은 경우라고 논박하다.	且五七言近體絕句。則比之中世能詩者。亦自不及遠甚。左右若遽以是而凌轢古人。遂謂我東千餘年之無詩。而己獨有得焉。則愚恐昧者之不自見其睫。而其妄自標榜之失。不但如錢受之之所以責胡元瑞‧鍾伯敬輩所爲而止耳。
許薰	舫山集 卷1 「讀李于鱗詩」	李攀龍의 시를 높이 평가하면서 王世貞만이 그와 대등하다 평하고, 錢謙益이 李攀龍을 비판한 것을 폄하하다.	歷下高風未易攀。詞家當日樂魂還。大樹撼蜉看牧老。中原爭鹿有弇山。流落篇章驚海左。崢嶸名字滿人間。如今未見如君者。謝絕朋徒獨閉關。
許薰	舫山集 卷7 「與沈雲稼」	錢謙益의 문학 및 학문 풍토가 본질에서 벗어나 있음을 비판하다.	彼好新厭常者。自有明以來。創爲勦詭之文。北地濫觴。滄弇鼓浪。而公安‧虞山者流。別出機鋒。妄據壇坫。又有一種攻据之習。徒勞檢索。反致汩亂。而楊用修‧王士禛諸人。式啓其端。近日中州之士。莫不墮此窠套。如閻若璩‧毛奇齡‧阮元之輩。弩目鼓吻。壞經侮聖。無復憚忌。蟾蜍蝕月。螮蝀干陽。陰沴之氣。充塞宇宙。安得不夷狄益熾。人紀永斁耶。

洪吉周	峴首甲藁 卷4 「自貽峴山子書」	『書經』・『詩經』・『春秋』・『左傳』・『孟子』・「檀弓」・「考工記」 등은 문장 가운데 뛰어난 것으로 이러한 글을 계속해서 공부하면 높게는 韓愈・歐陽脩・蘇軾의 수준에 이를 수 있고, 낮게는 宋濂・方孝孺・歸有光의 수준에 이를 수 있다고 말한 뒤, 王世貞, 錢謙益 등의 문장을 배우면 크게 누가 될 것이라고 말하다.	書・詩・春秋・邱明・孟氏之書。檀弓・考工之記。文之至高者。讀於斯。誦於斯。坐立頤笑於斯。高則爲韓・歐・蘇。下則爲宋濂・方孝孺・歸有光之倫。其又終身習之。歿而人不知其名者。可勝數也夫。取泫於至高。猶患如此。況其從下焉者。求乎弇山・牧齋。或贋之爲文。或俳之爲言。大雅君子所憫然不欲累目而浣唇者也。
洪吉周	縹礱乙幟 卷4 「送族叔氏赴燕序」	錢謙益이 우리나라 사람들이 '戲作詩'를 지은 것을 두고 혹독하게 비판한 것을 인용하다.	昔我國人有戲作字謎者。錢虞山謙謂朝鮮人詩大抵皆此類。苟奉使者有一失是。擧一國禮義文敎之盛而掩翳之也。
洪吉周	縹礱乙籤 卷15 睡餘演筆(下)	『幾何原本』에 대한 錢謙益의 주장은 잘못 되었지만 또한 깨달은 부분도 있다고 말하다.	使后世能詩者多。唐人之功也。而杜之功爲魁。使后世能文者多。宋人之力也。而歐陽之力最鉅。然能者日多而善者日寡。詩文溢世。非美事也。(說在執遂念中友談。) 夫然則吾恐杜歐之自悔於泉下而不自以爲功也。(錢謙益之言曰。說文長箋出而字學亡。幾何原本出而算學亡。淵泉先生以爲此乖論也。幾何原本。錢實不知其理。故其言如此。余則竊以爲錢論乖。亦有悟處。凡學使其蘊奧畢露而無餘秘。則用功太陽。而造妙者罕出。斯孔子之所以不言性罕言命也。今云子美出而詩道衰。永叔出而文體庳。先生亦不以爲乖論而斥之也。)

洪吉周	沆瀣丙函 卷9 睡餘瀾筆續 (下)	王世貞·李攀龍·徐渭·袁宏道·鍾惺·譚元春·錢謙益은 서로를 원수처럼 공격하였다.	又曰。近世中國人。雖多尙考證。而至於牲。則往往有深斥者。蓋其立論之橫恣狂悖。宜乎其寡助也。(皇明文人。如王·李·徐·袁·鍾·譚及錢虞山之類。皆互相氷炭。迭攻擊如仇敵。而我東詞章之自謂慕中國者。往往均推而混效之。毛牲之悖。專考證者。亦多深斥。而吾邦之士好新慕奇者。反或愛護如肌膚。是皆東人固陋之病。)
洪奭周	淵泉集 卷20 「題詩藪後」	『詩藪』에는 중요한 결함이 있지만, 왕왕 다른 사람이 미칠 수 없는 장점도 많이 있는데, 錢謙益이 胡應麟을 일자무식으로 취급한 것은 지나치다.	吾旣愛其博。而悲其用力之勤也。徐而察之。往往有非世俗所及者。蓋長短不相掩也。乃錢謙益詆而黜之。不啻若不識一字者。何哉。嗚呼。錢氏之論詩也。其果以大過於胡氏也。
洪奭周	鶴岡散筆 卷1	錢謙益은 歸有光의 「趙汝淵墓誌銘」과 「通議大夫都察院左副都御史李公行狀」을 韓愈나 歐陽脩의 문집 가운데 두더라도 손색이 없는 작품이라고 평가하였다.	錢謙益稱歸熙甫文。特擧其趙汝淵碑·李羅村狀二篇。以爲置韓·歐集中不辨。
洪奭周	鶴岡散筆 卷2	근세 우리나라 문인들 가운데, 경전을 얘기하는 사람들은 오직 考證學을 숭상하고, 문장을 짓는 사람들은 小品만을 취하여서, 毛奇齡과 胡渭를 程子와 朱子보다 높이 평가하고, 袁宏道와 錢謙益을 韓愈·歐陽脩·李白·杜甫보다 높게 평가한다.	近世高才之士。始或以局守塗轍爲恥。稍稍慕中國之習。而其所步趨於中國者。不能以唐宋盛際爲準。譚經者唯尙考證。攻文者專取小品。視毛奇齡·胡渭尊於程朱。而袁宏道·錢謙益。奪韓·歐·李·杜之席。駸駸乎。將不知所底止矣。

洪奭周	鶴岡散筆 卷2	임진왜란 때 명나라가 조선을 도와준 일에 관한 錢謙益의 기록은 대부분 실제와 다르다.	中國人記我東事。往往全失其實。… 皇明至於我東密近。無異內服。而其謬尙如此。至錢謙益記壬辰東援事。壽張顚到。十無一眞。余作續史畧翼箋辨之詳矣。
洪奭周	鶴岡散筆 卷2	『藝海珠塵』에는 錢謙益에 대한 신랄한 비판이 수록되어 있다.	近世叢書。有名藝海珠塵者。裒古今書籍。罕傳於世。而卷袟不多者。凡百餘種。如鄭玄發墨守。鍼膏肓起廢疾。顔師古匡謬正俗。爲漢唐古書者寥寥。纔一二部。餘大抵皆近年人所作。披沙揀金。往往有得。然亦絶少矣。唯夏完淳王澐二集。極有可觀。淸初以詩文名者。無慮累數十家。澐不與焉。然其詩實淸婉紆餘。絶不爲明季噍殺之音可尙也。其論當世人物 極詆錢謙益。殆令無容身地。亦公議也。
洪奭周	鶴岡散筆 卷3	錢謙益의 『列朝詩集』과 朱彝尊의 『詩綜』에는 단점이 있지만 간혹 볼만한 것이 있다.	王元美著藝苑巵言。時年尙少。晚而頗悔之。然其書已大行于世。不及改。以故受後人指議甚多。余少喜論古人。亦頗有所著論說。繇今思之。其繆妄非一二。業已刪其十八九矣。二十餘歲時。有論詩雜著數篇。及古詩絶句若干首。頗自謂能見大意。擇而存之。唯獨明文五言一篇。多至百二十韻。其時余實未能多見明文。於詩尤未嘗博觀。唯據錢謙益列朝詩集・朱彝尊詩綜二書所載爲準。殊未免弇淺紕漏。而間亦或有可觀者。不能遽棄之。然讀書未熟而輕於立論。亦可以爲戒也。
洪奭周	鶴岡散筆 卷3	시는 사람을 감동시키는 것이 중요하니, 錢謙益처럼 博學하기만한 것은 시가 아니다.	文以明敎爲本。詩以感人爲尙。夫子論詩。首言可以興。興也者,感發之謂也。且興觀群怨。其歸皆感人也。三百篇尙矣。楚人之騷。漢人之古詩。唐人之樂

			府·歌行。尙有可以慷慨悱惻嗚咽而流 涕者。亦有可以偓然而神逞。迢然而興 會者。其於感人。猶庶幾焉。若鋪錦錯 繡。媲白綴黃。鬥嶮以爲工。標新以爲 異者。雖麗如康樂。奇如長吉。巧如黃 魯直。博如錢謙益。皆非吾所謂詩也。
洪奭周	鶴岡散筆 卷4	錢謙益과 呂留良의 표리 부동한 행실을 비판하다.	康熙·乾隆中。褒顯勝國忠臣。靡不用 極。雖指斥詬詈者。亦未嘗以爲嫌。唯 錢謙益·呂留良二人。獨深惡之。至錮 其子孫毀其文集。蓋以爲旣已臣服而陰 肆詆斥也。然呂晚村年少時。嘗一赴甲 申後試闈。後卽隱居不出。非如謙益之 身居上卿。率衆迎降。又嘗受淸朝之階 啣也。
洪奭周	鶴岡散筆 卷4	錢謙益의 『列朝詩集』은 의론이 정밀하고, 鍾惺과 譚元春을 깊이 논하였으 나 대체로 편벽되고 사사 로우며 好惡의 말이 많아 모두 믿을 수는 없다.	余少嘗觀錢謙益列朝詩集。甚喜其議論 之精。當晚更繹之。唯其論鍾·譚者爲 深。中膏胸餘。則多偏私好惡之語。不 可盡信。
洪奭周	鶴岡散筆 卷4	근세에 문장을 논하는 자 들은 항상 王世貞과 錢謙 益을 名家로 병칭한다.	近世論文者。恒幷稱弇州·牧齋爲名 家。不然則同類而幷訾之。不知二人之 於文實。不啻氷炭之相反也。
洪奭周	鶴岡散筆 卷4	王世貞의 문장은 역사서 에서 수집하거나 채록한 것이 많고 거취를 의논함 에 公平하니, 錢謙益이 큰 임무를 맡고도 편벽되 고 사사로이 했던 것과는 같지 않다.	夫元美之詩。實無媿唐宋大家。未易議 也。其文雖不免鉤棘摹擬。然包羅閎 富。其所長亦不可沒。其蒐採文獻。可 備史乘者甚多。議論去取。亦頗近公 平。非如謙益之純任偏私也。

洪奭周	鶴岡散筆 卷4	錢謙益의 문장은 사람들을 기쁘게 하는 데 王世貞보다 뛰어났지만, 남을 기쁘게 하면 할수록 남을 해치는 것이 더욱 심하다.	謙益之文悅人。非王氏比也。然悅人愈深而其害人愈酷。余嘗謂王氏之文。如僞玉贗鼎。有古貌而無古氣。錢氏之文。如優伶打諢。雅道全喪。至失身以後愈益。自放於名敎之外。不復問古人軌度矣。
洪奭周	鶴岡散筆 卷4	錢謙益의 문장은 광대가 익살을 부리는 것과 같아 바른 도를 전부 상실하였다.	余嘗謂王氏之文。如僞玉贗鼎。有古貌而無古氣。錢氏之文。如優伶打諢。雅道全喪。至失身以後愈益。自放於名敎之外。不復問古人軌度矣。
洪奭周	鶴岡散筆 卷4	『日知錄』을 인용하여 錢謙益·孫承澤·毛奇齡의 행실을 논하다.	日知錄言。古來以文辭欺人者。莫若謝靈運。次則王維。今有顚沛之餘。投身異姓。至擯斥不容而後。發爲忠憤。與夫名汚僞籍而自託乃心。比于康樂·右丞之輩。吾見其愈下矣。此盖爲錢謙益·孫承澤輩發也。彼固不足道也。然其心猶有可哀。若毛奇齡之徒。甘心失身而大言無恥。又巧辭傅會顚倒義理。欲滅絶百世之名敎者。其罪眞不容誅矣。
洪奭周	鶴岡散筆 卷4	紀昀의 「進四庫全書表」와 錢謙益의 「王永吉墓碑」를 예로 들어 글을 짓는 자가 大倫에 소홀함을 비판하다.	爲文者。不可不識體。至於大倫。所繫尤不容一言忽也。近世紀曉嵐作進四庫全書表。閎博典麗。前無古人。… 錢謙益。明室之大臣也。作王永吉墓碑。敍其降淸之辭。曰伊生五就。是其意以爲孰桀而孰湯耶。嗚呼。是可忍也。孰不可忍也。
洪奭周	鶴岡散筆 卷6	方苞가 錢謙益의 문장에 대해 평가한 언급을 인용하다.	[望溪]嘗言錢謙益文一如其人。穢惡藏於骨髓。有或效之。終不可滌濯。其志亦可見矣。望溪。名苞。

洪翰周	智水拈筆 卷1	중국 사대부들의 藏書樓 중에는 소장도서가 10만 여 권에 이르는 곳도 있으 니, 錢謙益의 拂水莊 등의 장서루가 모두 그러하다.	士大夫私藏。亦往往至七八萬。或十餘萬卷之多。王元美之弇山堂·徐乾學之傳是樓·錢受之之拂水莊·汪苕文·阮雲臺·葉東卿輩。無不皆然。
洪翰周	智水拈筆 卷2	錢謙益은 李東陽과 歸有光을 숭상하고 李攀龍과 王世貞을 공격하였다.	淸之錢受之宗尙西涯·震川。培擊滄·弇。殆無餘地。此雖顚倒是非。皆不過以文相誹謗而已。無足輕重。
洪翰周	智水拈筆 卷3	錢謙益은 詩文을 『初學集』과 『有學集』으로 나누어 엮었다.	又淸初錢牧齋。詩文分兩編。曰初學集。曰有學集。
洪翰周	智水拈筆 卷4	天啓 이전에 태어나 청나라 초까지 활동한 인물로 錢謙益·顧炎武·吳偉業 등이 있다.	如錢牧齋·顧亭林·吳梅村。生於天啓以前。故不錄。
洪翰周	智水拈筆 卷4	顧炎武와 魏禧를 칭찬하고, 錢謙益과 吳偉業을 비판하다.	惟顧寧人·魏永叔。卓然自立。不啻若鸞鳳之運於寥廓者。二人而已。錢受之·吳駿公輩。能不泚顙乎。
洪翰周	智水拈筆 卷4	建文帝가 숨어살며 남긴 시가 錢謙益의 『列朝詩集』에 수록되어 있다.	皇明革除時。建文帝事。史稱自焚。稗官諸書。以爲建文逃難削髮。流落楚越地。有所咏詩律三篇。而錢牧齋收入於列朝詩集。蔣仲舒亦錄於堯山堂紀。
洪翰周	智水拈筆 卷5	明末의 錢謙益은 나아감과 물러남이 마땅하지 않다.	明季之錢謙益。進退無當矣。
洪翰周	智水拈筆 卷6	錢謙益의 일생과 저술, 문장을 소개하다.	錢虞山謙益。字受之。常熟人。明萬曆壬午生。官禮部尙書。淸康熙丁未卒。年八十六。所著有牧齋初學集·有學集。明淸之際。世推一宗匠大家。故我朝農巖先生。亦以爲近觀牧齋有學集。

| | | | 亦明季一大家也。其信手寫去。不窘邊幅。風神生色。絶似乎蘇長公。不類弇州大函輩。一味鉤棘。然牧齋文章而已。弘光丁亥。清師下江南。城陷。以前大宗伯。率百官出降。至奉爐爲班首。大節已亡。他無可論。既失身。則只當隱忍自服可也。而恥於削髮。着緇衣。謂托沙門。乃反縱筆倡言。指清爲奴。顯加詆斥。是以高宗覽其文。大怒。令天下。毀其板。禁其書。至親撰沈歸愚所編欽詩別裁序文。有曰。謙益果忠乎。孝乎。其得免生前族誅。亦倖也。既不忠於明。又不忠於清。可謂前後無當也。崇禎十七年。入閣者五十。而謙益不與焉。至與溫體仁忿爭。有閣訟之文。且柳如是是妓。徐佛之婢。娼家賤畜。多致金帛。力求得之。聘而爲妻。牧齋時年六十。如是有姣容。善文詞。牧齋嬖惑之。每謂河東夫人。如是乃河東柳氏故也。遂爲河東夫人。構絳雲樓於拂水山莊。窮極奢麗。藏古今書籍。日與河東夫人。唱和其間。又嘗纂草明史。未成。而樓竟失火。盡焚其書。老未更成文。必可惜。而其心術之病。平生伎倆也。當不無顛倒是非。亦無足惜也。牧齋嘗赴丁亥鞫獄。事出蒼猝。河東夫人至於徒步而從。牧齋在獄。自分必死。次東坡御史臺獄詩。賦四律。其一聯有曰。痛哭臨江無孝子。徒行赴難有賢妻。後幸納賂得活還家。後其詩盛傳吳中。牧齋之子。哀乞請改孝子二字。牧齋終不許。其子又懇父友。力挽牧齋。只改孝子爲壯子。今有學集。亦書以壯子。然此豈父爲子隱之道耶。其人品多類此。故始雖稱東林黨 |

			君子。然一邊攻之者。又以水滸志賊號浪子目之矣。然其博學文章。則冠絶一世。故中國人士。至今捨其人而推其文。每見淸人文字。無不以虞山先生稱之。中國之範圍甚寬。不似我國規模也。牧齋有編皇明列朝詩集。其末附朝鮮詩。載我太宗大王上成祖文皇帝一詩。而有小傳。謬加譏侮。無所不至。其口氣悖妄。如在英廟庚寅一經乙覽。則當未免朱璘之罪惡。前乎乾隆而倖免。後乎我英廟而又倖免矣。
洪翰周	智水拈筆卷6	錢謙益은 明末淸初의 宗匠大家의 한 사람으로, 金昌協도 錢謙益을 대가로 인정하였으며, 王世貞과 汪道昆의 난해한 문장과 다르다고 평하였다.	明淸之際。世推一宗匠大家。故我朝農巖先生。亦以爲近觀牧齋有學集。亦明季一大家也。其信手寫去。不窘邊幅。風神生色。絶似乎蘇長公。不類弇州·大函輩。一味鉤棘。
洪翰周	智水拈筆卷6	錢謙益은 明과 淸 모두에 불충해서 乾隆帝는 沈德潛이 엮은 『國朝詩別裁集』의 서문에서 이를 책망하기까지 하였다. * 『國朝詩別裁集』은 곧 『淸詩別裁集』이다.	弘光丁亥。淸師下江南。城陷。以前大宗伯。率百官出降。至奉爐爲班首。大節已亡。他無可論。旣失身。則只當隱忍自服可也。而耻於削髮。着緇衣。謂托沙門。乃反縱筆倡言。指淸爲奴。顯加詆斥。是以高宗覽其文。大怒。令天下。毁其板。禁其書。至親撰沈歸愚所編欽詩別裁序文。有曰。謙益果忠乎。孝乎。其得免生前族誅。亦倖也。旣不忠於明。又不忠於淸。可謂前後無當也。
洪翰周	智水拈筆卷6	錢謙益은 明代의 역사를 정리하려고 하였으나 끝내 이루지 못하였다.	又嘗纂草明史。未成。而樓竟失火。盡焚其書。老未更成文。必可惜。而其心術之病。平生伎倆也。當不無顚倒是非。亦無足惜也。

洪翰周	智水拈筆 卷6	錢謙益이 獄中에서 지은 시를 소개하고 그 사람됨의 각박함을 논평하다.	牧齋嘗赴丁亥鞫獄。事出蒼猝。河東夫人至於徒步而從。牧齋在獄。自分必死。次東坡御史臺獄詩。賦四律。其一聯有曰。痛哭臨江無孝子。徒行赴難有賢妻。後幸納賂得活還家。後其詩盛傳吳中。牧齋之子。哀乞請改孝子二字。牧齋終不許。其子又懇友。力挽牧齋。只改孝子爲壯子。今有學集。亦書以壯子。然此豈父爲子隱之道耶。其人品多類此。
洪翰周	智水拈筆 卷6	錢謙益은 東林黨의 君子라 일컬어졌으나 그를 공격하는 사람들은 『水滸傳』의 浪子에 비유하기도 하였다.	故始雖稱東林黨君子。然一邊攻之者。又以水滸志賊號浪子目之矣。
洪翰周	智水拈筆 卷6	청나라 선비들은 錢謙益의 학문과 문장을 아직까지도 높이 평가한다.	然其博學文章。則冠絶一世。故中國人士。至今捨其人而推其文。每見清人文字。無不以虞山先生稱之。中國之範圍甚寬。不似我國規模也。
洪翰周	智水拈筆 卷6	錢謙益은 자신의 벗인 程嘉燧를 치켜세웠고 『列朝詩集』에 많은 시를 뽑아 실었다.	遺山所編中州集是金詩。而姓名下各列小傳。多有佚事可觀。而其末付辛愿。又繾綣不已。至有愛殺。溪南辛老子。相從何止十年遲之句。蓋知己也。而猶不如錢牧齋之程嘉燧也。其列朝詩集。選嘉燧詩。至一百七八十首之多。且動稱高人。實可笑也。
洪翰周	智水拈筆 卷6	錢謙益은 『列朝詩集』을 편찬하면서 끝에 朝鮮詩를 수록하였는데, 太宗이 成祖에게 보낸 시의 「小傳」에 조선을 폄하한 내용이 담겨있다.	牧齋有編皇明列朝詩集。其末附朝鮮詩。載我太宗大王上成祖文皇帝一詩。而有小傳。謬加譏侮。無所不至。其口氣悖妄。如在英廟庚寅一經乙覽。則當未免朱璘之罪惡。前乎乾隆而倖免。後乎我英廟而又倖免矣。

洪翰周	智水拈筆 卷6	柳如是는 錢謙益을 위하여 殉死하였다.	又牧齋卒後。諸族錢氏。貪牧齋家財。謀欲率衆作亂。盡分其財。河東夫人。預知其謀。以好言邀致諸錢。設宴。佯托家事。遂以毒酒醉。諸錢皆醉倒。河東遂閉門。叱奴盡縛訴官。幷抵罪以全其家。河東則仍又大痛。投繯而死。
洪翰周	智水拈筆 卷6	세상 사람들이 錢謙益은 孫承宗·瞿式耜·柳如是에게 부끄럽다고 하였다.	世稱。牧齋。上愧孫高陽。中愧瞿稼軒。下愧河東夫人。眞名言也。牧齋以何顔歸。見三人於地下乎。
洪翰周	智水拈筆 卷6	王士禛이 젊은 시절에 지은「秋柳」4수는 江南지역에서 크게 유행하였고, 錢謙益 또한 칭찬하였다.	少時有秋柳四首。盛傳吳下。和者至數百人。且爲牧齋所推許。
洪翰周	智水拈筆 卷7	錢謙益의 문집은 금서가 되었지만 중국 사람들은 몰래 간직하여 보배로 여긴다.	中國則不然。錢牧齋·呂晩村集。雖禁書。人多私藏而寶重之云。
洪翰周	智水拈筆 卷8	徐有榘는 古文에 힘을 쏟아 오로지 錢謙益을 배웠다.	而楓石又力治古文。專學牧齋。又精於天文曆學。但其韻語及騈儷。始不致力。遜於他文。
洪翰周	智水拈筆 卷8	金正喜의 호를 설명하기 위해 閣若璩가 黃宗義를 애도하여 쓴 제문에서 黃宗義와 顧炎武와 錢謙益을 비견한 말을 인용하다.	秋史平生。自號亦多。少時。嘗扁其居室曰。上下三千年縱橫十萬里之室。余常奇其語。後見一書。元趙文敏公。已有此語。又清閣潛丘若璩。祭黃南雷宗義文。有曰。上下五百年。縱橫一萬里。博而精者。得三人。一則顧亭林處士也。一則錢虞山宗伯也。一則先生也。盖秋史所扁。取則於此也。

錢大昕 (1728-1804)

인물 해설	字는 曉徵·辛楣, 號는 竹汀이며 江蘇省 嘉定 사람이다. 沈德潛에게 배운 王鳴盛·王昶 등과 '吳中七子'라 불렸다. 15세 때 諸生이 되었고 1751년 內閣中書로 임용되었다. 이듬해에 北京으로 가서 서양의 수학·천문학과 중국의 曆算書를 연구하여 『三統術衍』을 저술하였다. 1754년 처남인 王鳴盛과 함께 진사시험에 급제하였고, 翰林院에서 『熱河志』·『續文獻通考』·『續通志』·『大淸一統志』 등의 편찬에 참가하였다. 1774년에는 廣東의 學政으로 부임하였으나, 이듬해 부친상을 당하여 고향으로 돌아온 후 벼슬에서 물러났다. 77세로 죽을 때까지 30년 동안 江寧의 鍾山書院과 蘇州의 紫陽書院에서 강학을 하며, 2천명에 이르는 제자를 가르쳤다. 그는 역사학에 정통하였으며, 『史記』로부터 『元史』까지의 역대 正史를 교정하여 『二十二史攷異』(100권)을 찬술하였다. 또한 금석학·경학(특히 음운학)·지리학·천문학의 지식을 역사학에 도입하는 등 고증을 중요시하는 역사학을 창립하였다. 저서로는 『十駕齋養新錄』, 『金石文跋尾』, 『恒言錄』 등 청조고증학의 대표적 저작과 『潛研堂全書』 등이 있다.
인물 자료	**○ 『淸史稿』, 列傳 268** 　　錢大昕, 字曉徵, 嘉定人. 乾隆十六年召試擧人, 授內閣中書. 十九年進士, 選翰林院庶吉士, 散館授編修. 大考二等一名, 擢右春坊右贊善. 累充山東鄉試·湖南鄉試正考官, 浙江鄉試副考官. 大考一等三名, 擢翰林院侍講學士. 三十二年, 乞假歸. 三十四年, 補原官. 入直上書房, 遷詹事府少詹事, 充河南鄉試正考官. 尋提督廣東學政. 四十年, 丁父艱, 服関, 又丁母艱, 病不復出. 嘉慶九年, 卒, 年七十七. … 大昕始以辭章名, 沈德潛吳中七子詩選, 大昕居一. 既乃研精經史, 於經義之聚訟難決者, 皆能剖析源流. 文字·音韻·訓詁·天算·地理·氏族·金石以及古人爵里·事實·年齒, 了如指掌. 古人賢奸是非疑似難明者, 典章制度昔人不能明斷者, 皆有確見. 惟不喜二氏書, 嘗曰: "立德立功立言, 吾儒之不朽也. 先儒言釋氏近於墨, 予以爲釋氏亦終於楊氏爲己而已. 彼棄父母而

學道，是視己重於父母也." 大昕在館時，常與修音韻逃微·續文獻通考·續通志·一統志·天球圖諸書. 所著有唐石經考異一卷，經典文字考異一卷，聲類四卷，廿二史考異一百卷，唐書史臣表一卷，唐五代學士年表二卷，宋學士年表一卷，元史氏族表三卷，元史藝文志四卷，三史拾遺五卷，諸史拾遺五卷，通鑑注辨證三卷，四史朔閏考四卷，吳興舊德錄四卷，先德錄四卷，洪文惠·洪文敏·王伯厚·王弇州四家年譜各一卷，疑年錄三卷，潛硏堂文集五十卷，詩集二十卷，潛硏堂金石文跋尾二十五卷，養新錄二十三卷，恒言錄六卷，竹汀日記鈔三卷. 族子塘·坫，能傳其學.

○ 江藩,『漢學師承記』卷3

蓋東原毅在以第一人自居. 然東原之學，以肆經爲宗，不讀漢以後書. 若先生(錢大昕)學究天人，博綜群籍. 自開國以來，蔚然一代儒宗也. 以漢儒擬之，在高密(鄭康成)之下，即賈逵·服虔，亦瞠乎後矣.

★『潛硏堂文集』

(淸)乾隆年間 刻本 6卷 / (淸)刻本 50卷 / (淸)嘉慶年間 刻本 50卷

★『恒言錄』

(淸)光緒 10年 長沙 龍氏家塾刻本 6卷 / (淸)道光 20年 嘉定 錢氏『潛硏堂全書』23種 內 6卷

★『潛硏堂全書』

(淸)道光 20年 嘉定 錢氏刻本 24種 / (淸)光緒 10年 長沙 龍氏家塾重刊本 24種 (『廿二史考異缺』10卷 /『潛硏堂金石文跋尾』20卷 /『潛硏堂金石文字目錄』8卷 /『十駕齋養新錄』20卷 /『十駕齋養新餘錄』3卷 /『三統術衍』3卷 /『三統術鈐』1卷 /『恒言錄』6卷 /『潛硏堂文集』50卷 /『潛硏堂詩集』10卷 等)

★『十駕齋養新錄』

(淸)嘉慶年間 刻本 20卷 餘錄 3卷

★『諸史拾遺』

(淸)刻本 5卷

★『墨妙亭著錄』

(淸)抄本

저술 소개

비 평 자 료			
金正喜	阮堂全集 卷2 「與申威堂(三)」	錢大昕의 금석문에 대한 저작은 精核하다.	金石源流彙集。果有成書。… 又如 王蘭泉・錢辛楣諸書・覃溪所輯尤 精核。
金正喜	阮堂全集 卷3 「與權彝齋(十五)」	永忠과 書誠의 시는 王昶・王鳴盛・錢大昕・吳泰來・曹仁虎・趙文哲・黃文蓮 등의 江南七子에 못지않다.	朧・樗二仙詩。不下於江南七子。恨未得原卷。卽爲呈覽矣。
金正喜	阮堂全集 卷5 「代權彝齋(敦仁)與 汪孟慈(喜孫)序」	錢大昕과 王鳴盛을 당대 校讎學의 대가로 일컫다.	校讎之學。已爲斷航絶港。鄭漁仲 通志諸略中。特著校讎之一門。是 另具隻眼者。元明以來未聞此學。近日如錢竹汀・王禮堂。皆其選 也。
金正喜	阮堂全集 卷8 「雜識」	惲敬은 方苞의 유파가 아니지만 方苞・劉大櫆・朱仕琇・姚鼐가 지키는 正軌를 잃지 않았기 때문에 方苞 이하 姚鼐에 이르기까지 다소 비판이 있었지만, 錢大昕처럼 배척하지 않고 正軌로 歸一하게 하였다.	惲集十年求之。今始夬讀於天風海 濤之中。亦墨緣有屬耶。其文於近 人中。稍有魄力。雖非望溪派流。而不失於望溪・海峰・梅厓・惜抱 諸人所守之正軌。故自望溪至於惜 抱。各有微詞。而不以顯斥如竹 汀。一以歸之正軌。亦稍持公眼。不作噴薄叫呶之習。
柳得恭	灤陽錄 권1 「羅兩峰」	羅聘의 「鬼趣圖」는 매우 珍奇하고 怪異하여, 袁枚・蔣士銓・程晉芳・紀昀・翁方綱・錢大昕 등이 모두 題詩를 썼다.	兩峰爲鬼趣圖。窮極譎怪。海內名 士。如袁子才・蔣心餘・程魚門・紀曉嵐・翁覃溪・錢辛楣諸人。莫 不題詩。

柳得恭	燕臺再遊錄	蘇州 七子의 명목에 대해, 紀昀이 지금은 이미 그들에 대해 말하는 사람이 없지만 그 중 王鳴盛과 錢大昕이 가장 뛰어나다고 평하다.	余曰。蘇州七子之目。可得聞歟。曉嵐曰。此王禮堂·錢辛楣之同社也。中多佳士。亦有好名者附其間。今已無人道之矣。七子社只王·錢二公爲寔學。他皆依草附木耳。二公皆敝同年也。
柳得恭	燕臺再遊錄	錢大昕의『二十三史刊誤』가 완질을 이룬 여부와 그의 아들 錢東壁이 시에 능한지를 묻자, 紀昀은 錢東壁의 재주도 취할 만하지만 조카 錢東垣의 재주가 낫다고 평하다.	余曰。辛楣所著廿三史刊誤。已成完帙否。曾聞其子東壁凤慧能詩。曉嵐曰。辛楣之子。才亦可取。而不及其侄東垣。能世其家學。新舉於鄉。
柳得恭	燕臺再遊錄	李鼎元에게「登岱圖」·「過海圖」두 그림이 있는데, 袁枚·紀昀·翁方綱·錢大昕 등 명사들이 題詩를 썼다.	墨莊有登岱·過海二圖。袁子才·紀曉嵐·翁覃溪·錢辛楣諸名士。莫不題詩。亦請余詩。
柳得恭	燕臺再遊錄	錢東垣은 錢大昭의 아들이자 錢大昕의 조카로, 陳鱣과 함께 나를 찾아와 錢大昭의 저술 10종을 보여주었다.	錢東垣字既勤號亦軒。江蘇嘉定人。可盧大昭子。辛楣大昕從子也。每與陳仲魚同來五柳居。示余以可盧所述十種書目。詩古訓十二卷·爾雅釋文補三卷·廣雅疏義二十卷·說文統釋六十卷·兩漢書辨疑四十四卷·後漢書補表八卷·補續漢書藝文志二卷·後漢郡國令長考一卷·三國志辨疑三卷·邇言六卷。

인물 해설	金正喜가 부친 金魯敬의 연행 사신 길을 따라 북경에 가서 曹江·徐松·洪占銓·李鼎元·吳嵩梁·周達·陳用光·葉志詵·李璋煜·鄧尙璧·劉喜海·阮常生·汪喜孫·張深·朱爲弼·徐有壬 등의 학자와 교류하며 전적과 문집에 대해 논했다고 한다. 嘉慶 17年(1812)에 『高宗純皇帝聖訓』을 교정할 때, 高宗廟號 중 한 글자가 잘못된 것이 발견되었는데, 校正官 曹江과 內閣中書 睮英·工部員外郎 彭鳳儀가 이로 인해 면직되어 변방 지역으로 추방되었다고 한다.
인물 자료	**○ 柳得恭, 『燕臺再遊錄』** 曹江, 字玉水, 江蘇靑浦人. 書肆中識之. 年二十一, 美姿容. 問其所寓, 正陽門外蔣家衚衕雲間會館也. 出游琉璃廠時, 多歷訪, 見其獨處習隷書, 日益親, 備問家閥. 玉水父錫寶, 字劍亭, 乾隆末, 以監察御史, 劾奏太學士和珅, 現贈副都御史. 玉水恩給七品廩生, 奉母寓居京師, 聘戶部尙書朱珏從孫女. 曹習菴仁虎, 乃其同宗叔輩. 副都御史陸錫熊·王蘭泉昶子肇嘉, 皆其姊夫也. 姻族多名流, 而性沈靜可喜. 約游廠中, 則不肯曰: "此名利場, 易招謗." 其言又是也. 臨別, 贈余扇, 題詩云: "奇緣萬里種, 握手一歡然. 雅望中朝著, 新詩古驛傳. 投情縞紵外, 歸路海雲邊. 縱復來持節, 相逢也隔年." 又以劉中堂墉一對及其館師唐晟一對見贈. 余一日訪玉水, 見坐側設龕, 龕中安其讀書塑像, 酷肖, 小如我國之香童子. 余曰: "此誰所製也?"玉水笑曰: "在南方時, 有人製如此." 像前又有小兒像, 展兩脚, 望遠而坐. 問此何兒也? 又笑曰: "無其兒, 不過補耳."玉水謂余曰: "每見君呼僕人, 似是'伊隆納', 何也?" 余曰: "我見君呼僕, 曰'來啊', 此之類也." 玉水曰: "君何其長也?" 余曰: "君何其短也?" 與之一笑. 余問: "君居公館, 無租屋之費乎?" 答: "惟吃用係自出資斧." 余問: "此屋厥初誰作之?" 答: "范侍郎棫士主其事, 銀兩係同鄕公捐. 他省會館, 俱係創於明代, 其公捐亦用此例."

저술 소개			
비 평 자 료			
金正喜	阮堂全集 卷9 「我入京, 與諸公相交, 未曾以詩訂契　臨歸, 不禁悵觸, 漫筆口號」	曹江에 대해서 추억하다.	名家子弟曹玉水。秋水爲神玉爲 髓。
金正喜	阮堂全集 卷9 「湊硯翠丈與燕中諸名 士贈酬詩語談藪而成, 好覺噴飯」	張深·劉栢隣·郭尙先· 王業友·曹江이　申在植 에게 준 詩句 등을 모아 시를 짓다.	朱霞天末若爲情。(用茶農詩語。) 歷歷鴻泥又此行。萬里杯尊還浪 跡。十年琴曲只遺聲。(劉栢 隣。) 使星自與文星動。妙理(郭蘭 石淸心聯)多從畫理生。(公約今 行。但收畫卷。)　嘆酒東方添雅 謔。(王業友。)雄襟披拂四筵驚。 (曹玉水句。)
南公轍	金陵集 「金陵先生文藁序」	柳得恭·朴齊家는　연경 에 갔을 때, 曹江을 통해 알게 된 李林松에게 南公 轍의 시문을 보여주며 서 문을 청하였다. * 이 글은 李林松이 쓴 것 이다.	余友曹君玉水。年少好學人也。 其先德劍亭侍御。伉爽好客。家 無朝夕儲。日輒作數人饌。旣而 抗疏忤要人。幾褫職而名日益 彰。外國朝貢使。往往介舌人。 以一識面爲榮。久之卒。今皇帝 親政。獎遺直徙薪曲突。恩澤有 加。追贈中丞銜。而蔭其子江以 官如例。卽玉水也。玉水旣渴於 學。好客有父風。海外人猶有一 二習者。如朝鮮柳君得恭·朴君 齊家。皆是昨過玉水許。則手一 編示余曰。此朝鮮使南金陵先生 詩及文也。盍爲弁一言。

南公轍	潁翁續藁 卷5 「自碣銘」	중국에서 文詞로 이름을 떨친 曹江·陳希祖·李林松이 1807년 동지정사로 연경에 간 南公轍의 문장을 보고 모두 서문을 써 주었다.	丁卯。大臣筵白擢資憲。判工曹禮曹。貞純王后薨。以祔廟都監敦匠勞進正憲。旋加崇政。授判義禁知經筵事。充冬至正使。赴燕京。公在館。玉水曹江·玉方陳希祖·刑部主事李林松。俱以文詞擅名海内。見公文。皆作序以贈之。
南公轍	潁翁續藁 卷5 「自碣銘」	曹江은 南公轍의 문장이 경술에 근본을 두어 老成하여 法度가 있으며 歐陽脩를 잘 배운 자라고 평가하였다.	江則曰。其文本之經術。老成有法度。其光黝然而味悠然。深而長。所宗尚尤在歐陽。而不屑屑求合於字句。此其所以善學歐陽子者也。
南公轍	潁翁再續藁 卷2 「燕京筆談序」	曹江과 李林松은 文章과 意氣가 뛰어나 외국의 사신과 명함을 주고받으려 하지 않아 모두 만나볼 수는 없었는데, 詩文을 보내어 서문을 구하니 모두 기꺼이 서문을 써주었다.	良師又言玉水曹江·雲間李林松。以文章意氣相高。而不欲通名刺於外國貴人。不得偕至。余因良師。送示詩文。求爲弁卷之言。皆樂爲之序。
申緯	警修堂全藁 冊12 紅蠶集(三) 「南雨村進士, 從溪院判入燕, 話別之次, 雜題絶句, 多至十三首, 太半是懷人感舊之語, 雨村此次, 與諸名士	燕行을 떠나는 南尙敎에게 시를 지어 주며 자신이 燕京에 갔을 때 曹江을 만나 보지 못한 것이 안타깝다고 말하다.	其二: 莫枉燕南此一行。要須結識在人英。茫茫昔値吟蘭佩。玉水家中有諫名。(曹玉水尊甫給諫公。乾隆間有直聲。玉水承家操節。常所欽向。僕壬申入都時。玉水在編謫。證交失便。至今爲恨。)

		遊, 到酣暢, 共出而讀 之, 方領我此時心事」	
申緯	警修堂全藁 冊18 北禪院續藁(四) 「經山閣學充賀至使入 燕, 索詩, 故賦此爲別」	자신과 교유했던 중국 문사들 중에서 翁方綱·翁樹崑·錢林·蔣詩는 모두 세상을 떠났고, 吳嵩梁·周達은 지금 燕京에 없으나, 陳用光·曹江은 墨緣을 나눈 바 있으니 鄭元容에게 한번 방문해 보라고 권하다.	其二: 當時我亦氣如虹。縞紵結交翰墨中。小石帆亭茶淡白。保安寺閣日沉紅。頻年擧目河山感。往事傷心劍筑空。(僕所締交上國名彥。如翁文達橋梓·金蘭畦尙書·錢金粟·蔣秋吟諸公。次第淪謝。吳蘭雪·周菊人皆官遊四方。今略無餘者。)賴有陳琳與曹植。雄詞不替建安風。(藝林名家。有陳石士·曹玉水兩人。僕雖未及謀面。曾與有一段墨緣。試往問之。)
柳得恭	燕臺再遊錄	燕京에 갔을 때 만난 曹江의 인적 사항과 그와 나눈 대화를 기록하다.	〈인물 자료〉 참조
柳得恭	燕臺再遊錄	曹江의 부친 曹錫寶는 건륭말기에 監察御使로 和珅을 탄핵하였고, 曹江은 戶部尙書 朱珪의 종손녀에게 장가들었으며, 曹仁虎는 그의 同宗으로 叔行이 되며 陸錫熊과 王昶의 아들 王肇嘉는 모두 그의 매형으로, 姻族간에 명류가 많다.	玉水父錫寶字劍亭。乾隆末。以監察御史。劾奏太學士和珅。現贈副都御史。玉水恩給七品廩生。奉母寓居京師。聘戶部尙書朱珪從孫女。曹習菴仁虎。乃其同宗叔輩。副都御史陸錫熊·王蘭泉昶子肇嘉。皆其姊夫也。姻族多名流。而性沈靜可喜。
柳得恭	燕臺再遊錄	曹江은 작별할 때 오언율시 한 수를 부채에 써 주었으며, 劉墉의 對聯 한 쌍과 그 館師 唐晟의 대련 한 쌍을 주었다.	臨別贈余扇。題詩云。奇緣萬里種。握手一歠然。雅望中朝著。新詩古驛傳。投情縞紵外。歸路海雲邊。縱復來持節。相逢也隔年。又以劉中堂墉一對及其館師

				唐晟一對見贈。
柳得恭	燕臺再遊錄		陸慶勳은 陸錫熊의 아들로, 曹江의 집에서 자주 보았는데 그의 생질이다.	陸慶勳字樹屛號建菴。江蘇江松江人。副都御史錫熊子也。以擧人充實錄謄錄官。曹玉水處每見之。卽其甥侄也。
柳得恭	燕臺再遊錄		沈剛은 侍講學士 沈度의 후손으로 曹江의 처소에서 알게 되었는데, 매화를 잘 그렸다.	沈剛號唐亭。江蘇松江人。皇明侍講學士度後孫。曹玉水處識之。玉水每戲之曰。此公雖孝廉。胃中却無一個字。只善畫梅。余曰。孝且廉。何必多識字。尋得其梅花一幅。果好。
柳得恭	燕臺再遊錄		康愷는 그림을 잘 그렸는데, 曹江이 나에게 준 詩扇의 한 면이 강개의 그림이다.	康愷號起山。江蘇靑浦人。善畫。… 曹玉水贈余詩扇。其一面乃起山畫也。

趙執信 (1662-1744)

인물 해설	字는 伸符, 號는 秋谷, 晩號는 飴山老人・知如老人으로, 山東 益都(지금의 山東省 淄博) 사람이다. 1679년(淸 康熙 18) 進士가 되었으며, 관직은 右春坊 右贊善・翰林院檢討에 이르렀다. 1689년(淸 康熙 28) 國忌日에 洪昇의 집에서 『長生殿』을 관람한 일로 파직되었다. 王士禎의 姪女와 혼인하였고, 일찍이 왕사정에게 古詩의 성조에 대해 문의하고 스스로 탐구하여 『聲調譜』 및 『聲調後譜』를 저술하였다. 또한 『談龍錄』을 저술하여 왕사정의 '神韻說'을 비판하기도 하였다. 沈德潛의 『淸詩別裁集』에서 그의 詩品이 매우 분방하고 蘊釀함을 취하지 않았다고 하였다. 閻若璩와 교유하였으며, 經學에 자못 식견이 있었다. 이 외에 저서로는 『飴山詩集』(19권), 『飴山文集』(12권), 『詩餘』(1권), 『禮俗權衡』(2권) 등이 있다.
인물 자료	○ 『淸史稿』, 列傳 271 趙執信, 字仲符, 益都人. 從祖進美, 官福建按察使, 詩名甚著. 執信承其家學, 自少即工吟詠. 年十九, 登康熙十八年進士, 授編修. 時方開鴻博科, 四方雄文績學者皆集輦下, 執信過從談宴, 一座盡傾. 朱彝尊・陳維崧・毛奇齡尤相引重, 訂爲忘年交. 出典山西鄕試, 遷右贊善. 二十八年, 坐國恤中宴飮觀劇, 爲言者所劾, 削籍歸. 卒, 年八十餘. 執信爲人峭峻褊衷, 獨服膺常熟馮班, 自稱私淑弟子. 娶王士禎甥女, 初頗相引重. 後求士禎序其詩, 士禎不時作, 遂相詬厲. 嘗問詩聲調於士禎, 士禎靳之, 乃歸取唐人集排比鉤稽, 竟得其法, 爲聲調譜一卷. 又以士禎論詩, 比之神龍不見首尾, 雲中所露一鱗一爪而已, 遂著談龍錄, 云: "詩以言志, 詩之中須有人在, 詩之外尙有事在." 意蓋詆士禎也. 說者謂士禎詩尙神韻, 其弊也膚; 執信以思路劖刻爲主, 其失也纖. 兩家才性不同, 實足相資濟云. 執信所著詩文曰飴山堂集.
저술 소개	*『海漚小譜』 (淸)刻本 1卷

* 『飴山詩集』

   (淸)刻本 20卷 / (淸)乾隆年間 刻本 20卷

* 『觀海集』

   (淸)刻本 2卷

* 『聲調譜』

   (淸)沔陽 李堂刻本 / (淸)刻本 前譜 1卷 後譜1卷 續譜 1卷

* 『秋穀詩鈔』

   (淸)抄本 3卷 附『秋谷詩餘』 1卷 『聲調譜』 3卷

* 『詩學叢書』

   (淸)抄本 34種 41卷 內 趙執信撰 『聲調譜』 3卷 / 『談龍錄』 1卷

* 『藝海珠塵』

   (淸)吳省蘭編 (淸)乾隆年間 刻本 166種 312卷 內 趙執信撰 『聲調譜』 1卷 / 『談龍錄』 1卷

* 『國朝六家詩鈔』

   (淸)劉執玉編 (淸)乾隆 32年 詒燕樓刻本 8卷 (淸)黃爵滋批 內 趙執信撰 『秋谷詩鈔』 1卷

* 『昭代叢書』

   (淸)楊復吉編 稿本 內 趙執信撰 『海鷗小譜』 1卷

비 평 자 료			
李德懋	靑莊館全書 卷34 淸脾錄(三) 「王阮亭」	趙執信이 馮班의 시를 종장으로 삼고 『談龍錄』을 지어 王士禛을 헐뜯었지만 이는 무모한 짓이라고 비난하다.	惟趙秋谷執信。(案字伸符。山東益都人。官左春坊左贊善。) 以馮定遠詩。爲宗匠。著談龍錄。詆謀漁洋。…此直蜉蝣輩耳。何足撼漁洋也哉。
洪奭周	鶴岡散筆 卷4	근세의 王士禛과 趙執信의 학설이 나오면서부터 古詩가 平仄에 얽매이게 되어 옛 사람의 高風과 遠韻이 날로 쇠미해졌다.	自詩之有律。而言志之功。隱矣。幸而有古詩。猶可以不拘於後世之聲律。自近世王士禛趙執信之說出。而古詩又將拘平仄。古人之高風遠韻。日益以不可問矣。

洪翰周	智水拈筆 卷4	명나라 熹宗 天啓 연간에 五星이 奎星에 모이더니, 청나라 초에 人文이 성대하여, 湯贇·陸隴其·李光地·朱彝尊·王士禛·陳維崧·施閏章·徐乾學·方苞·毛奇齡·侯方域·宋琬·魏裔介·熊賜履·宋犖·吳雯·魏禧·葉子吉·汪琬·汪楫·邵長蘅·趙執信 등과 같은 인물들이 나왔다.	世稱明熹宗天啓間。五星聚奎。故清初人文甚多。如湯潛菴贇·陸三魚隴其·李榕村光地·朱竹垞彝尊·王阮亭士禛·陳檢討維崧·施愚山閏章·徐健菴乾學·方望溪苞·毛檢討奇齡·侯壯悔方域·宋荔裳琬·兼濟堂魏裔介·熊澐川賜履·宋商丘犖·吳蓮洋雯·魏勺庭禧·葉方藹子吉·汪鈍翁琬·汪舟次楫·邵靑門長蘅·趙秋谷執信諸人。皆以詩文名天下。
洪翰周	智水拈筆 卷6	王士禛의 시는 오로지 神韻을 주장하였기 때문에 趙執信이 비판하였다.	然阮亭詩專主神韻。故趙秋谷執信以膚廓譏之。
洪翰周	智水拈筆 卷6	趙執信이 『談龍錄』을 지어 王士禛을 비난하였지만 어리석은 짓이었다.	執信乃漁洋甥女婿。而嘗著談龍錄。詆訶漁洋。然輕薄爲文。豈能廢江河萬古也。

鍾 惺 (1574~1625)

인물 해설	字는 伯敬, 號는 退谷·止公居士이며 湖北省 竟陵(지금의 天門市) 사람이다. 같은 竟陵 출신의 譚元春과 함께 唐詩를 選評하여 『唐詩歸』를, 隋 이전의 시를 選評하여 『古詩歸』를 편찬하였다. 이로 인해 당시에 이름이 나서 '竟陵派'가 이루어졌으며, '種譚'이라고 불리기도 한다. 그는 명 중엽 이후 문단에 성행한 의고문풍에 반대하는 논의를 펼쳤고, 역시 이에 반대하여 나선 萬曆 年間 袁宏道 등 公安派들에 대해서는 너무 浮薄으로 흘렀다고 비판하였다. 그는 이러한 폐단을 바로잡기 위해 성령의 표현을 강조하면서 幽深·奇趣가 넘치는 시의 창작을 제창하였다. 그 자신의 시는 감정의 솔직한 표현을 중요시하였으나, 표현 기교에 지나친 나머지 현실성이 결여되었다는 평을 받았다. 저서에 『隱秀軒集』(54권)이 있으며, 그 외에 『如面潭』(18권), 『詩經圖史合考』(20권), 『種評左傳』(30권) 등이 있다.
인물 자료	○ 『明史』, 列傳 176 　惺, 字伯敬, 竟陵人. 萬曆三十八年進士. 授行人, 稍遷工部主事, 尋改南京禮部, 進郎中. 擢福建提學僉事, 以父憂歸, 卒於家. 惺貌寢, 羸不勝衣, 爲人嚴冷, 不喜接俗客, 由此得謝人事. 官南都, 傲秦淮水閣讀史, 恒至丙夜, 有所見卽筆之, 名曰史懷. 晩逃於禪以卒. 自宏道矯王·李詩之弊, 倡以淸眞, 惺復矯其弊, 變而爲幽深孤峭. 與同里譚元春評選唐人之詩爲唐詩歸, 又評選隋以前詩爲古詩歸. 鍾·譚之名滿天下, 謂之竟陵體. 然兩人學不甚富, 其識解多僻, 大爲通人所譏. 元春, 字友夏, 名輩後於惺, 以詩歸故, 與齊名. 至天啓七年, 始擧鄕試第一, 惺已前卒矣. ○ 錢謙益, 『列朝詩集小傳』丁集 卷12, 「鍾提學惺」 　惺, 字伯敬, 竟陵人. 萬曆庚戌進士, 授行人, 遷南京禮部祠祭主事, 歷儀制郎中, 以僉事提學福建, 丁憂歸, 卒于家. 伯敬少負才藻, 有聲公車間. 擢第之後, 思

別出手眼, 另立深幽孤峭之宗, 以驅駕古人之上. 而同里有譚生元春, 爲之應和, 海內稱詩者靡然從之, 謂之鍾譚體. 譬之春秋之世, 天下無王, 桓文不作, 宋襄徐偃德涼力薄, 起而執會盟之柄, 天下莫敢以爲非伯也. 數年之後, 所撰古今詩歸盛行於世, 承學之士, 家置一編, 奉之如尼丘之刪定. 而寡陋無稽, 錯繆疊出, 稍知古學者咸能挾筴以攻其短. 詩歸出, 而鍾譚之底蘊畢露, 溝澮之盈於是乎涸然無餘地矣. 當其創獲之初, 亦嘗覃思苦心, 尋味古人之微言粵旨, 少有一知半見, 掠影希光, 以求絕出於時俗. 久之, 見日益僻, 膽日益粗, 擧古人之高文大篇鋪陳排比者, 以爲繁蕪熟爛, 胥欲掃而刊之, 而惟其僻見之是師, 其所謂深幽孤峭者, 如木客之淸吟, 如幽獨君之冥語, 如夢而入鼠穴, 如幻而之鬼國, 浸淫三十餘年, 風移俗易, 滔滔不返, 余嘗論近代之詩, 抉摘洗削, 以淒聲寒魄爲致, 此鬼趣也. 尖新割剝, 以噍音促節爲能, 此兵象也. 鬼氣幽, 兵氣殺, 著見于文章, 而國運從之, 以一二輇才寡學之士, 衡操斯文之柄, 而徵兆國家之盛衰, 可勝歎悼哉! 鍾之才, 固優于譚江行俳體. 其赴公車之作, 入蜀諸詩, 其初第之作, 習氣未深, 聲調猶在, 余得采而錄之. 唐天寶之樂章, 曲終繁聲, 名爲入破; 鍾譚之類, 豈亦五行志所謂詩妖者乎! 餘豈忍以蚓竅之音, 爲關雎之亂哉!

저술 소개

* 『詩歸』
  (明)鍾惺·譚元春輯 明代 刻本 51卷 / (明)萬曆 45年 刻本 / (明)君山堂刻本 / (明)崇禎年間 刻本

* 『詩刪』
  (明)李攀龍輯 鍾惺·譚元春評 (明)刻本 朱墨套印本 23卷

* 『古詩歸』
  (明)鍾惺·譚元春輯 明末 刻本 『詩歸』本 15卷

* 『名媛詩歸』
  (明)刻本 36卷

* 『唐詩歸折衷』
  (明)鍾惺·譚元春輯 稿本 4卷

* 『歷代文歸』
  (明)崇禎年間 刻本 106卷

* 『秦漢文歸』

    (明)鍾惺輯并評 明末 古香齋刻本 30卷

* 『南北朝文歸』

    (明)鍾惺輯并評 明末 古香齊刻本 4卷

* 『周文歸』

    (明)鍾惺輯 (明)崇禎年間 刻本 20卷

* 『合刻五家言』

    (明)鍾惺編 明代 刻本 28卷

* 『鍾伯敬先生批評漢書』

    (漢)班固撰 (明)鍾惺評 (明)崇禎年間 刻本 100卷

* 『隱秀軒集』

    (明)天啓 二年 沈春澤刻本 33卷 / (明)書林 近聖居刻本 8卷

* 『鍾伯敬先生遺稿』

    (明)天啓 7年 徐波刻本 4卷 / (明)崇禎年間 刻本 4卷

* 『唐宋八大家選』

    (明)鍾惺輯并評 (明)崇禎 5年 汪應魁刻本 24卷

* 『古文備體奇鈔』

    (明)崇禎年間 發祥堂刻本 12卷 / (明)崇禎年間 閶門 兼善堂刻本 12卷

* 『存國朝大家文歸』

    (明)鄭元勛輯并評 明末 刻本 2卷 內 鍾惺輯并評『唐宋十二大家文歸』14卷

* 『八代文鈔』

    (明)李賓編 明末 刻本 106種 106卷 內 鍾惺撰『鍾伯敬文抄』1卷

* 『名家尺牘選』

    (明)馬睿卿編 淸代 刻本 20卷 內 鍾惺撰『鍾伯敬尺牘』1卷

* 『皇明十六名家小品』

    (明)丁允和・陸雲龍編 陸雲龍評 (明)崇禎 6年 陸雲龍刻本 32卷 內 鍾惺撰『翠娛閣評選鍾伯敬先生小品』2卷

		비 평 자 료	
姜世晃	豹菴遺稿 卷6 閱滄溟弇州二集	王世貞과 李攀龍의 여파라고 鍾惺과 譚元春을 비판하다.	明初諸子語優柔。王李恣睢大拍頭。被髮伊川非造次。鍾譚礁殺此餘流。
金邁淳	臺山集 卷19 闕餘散筆	鍾惺이 『通鑑綱目』을 訂正하면서 범한 실수를 지적하다.	鍾伯敬訂正綱鑑。武王生崩之年。一從前編。而紀其壽曰九十三。此又全失照檢。
金正喜	阮堂全集 卷9 「與今軒共拈鍾 竟陵韻 十首」	鍾惺의 시를 次韻하여 시를 짓다.	一代襟懷合爽靈。擬將稧事續蘭亭。因君不取今人薄。爲我多敎去路停。(今軒爲我留住者屢) 久聞松筠存道力。饒看山水鍊眞形。春風挈榼前期在。楊柳東風欲放靑。
南公轍	金陵集 卷13 「煙盞銘」	鍾惺이 말한 周武王의 고사에 의거하여 煙盞銘을 짓다.	鍾惺言周武王衣書几杖等。銘懲毖之語。俱題外著。想古人於小物碎語。皆以細心體之。遠慮將之。余於煙盞。亦寓此意爾。
南公轍	金陵集 卷20 日得錄 「訓語」	역대 詩家를 엄선하여 『詩觀』을 만들었는데, 당의 孟郊・賈島, 명의 徐渭・袁宏道・鍾惺・譚元春과 같은 이는 體法이 보잘 것 없고, 音韻이 噍殺하여 치세의 希音이 아니므로 모두 배제하였다.	予於近日。選歷代詩家。爲五百餘卷。名曰詩觀。盖詩可以觀之意也。若唐之孟郊・賈島。明之徐袁・鍾譚。體法寒瘦。音韻噍殺。非治世之希音。故幷拔之。筆削之際。自以有鍾秤袞鉞寓於其間。卿等出而語後生小子。俾各知之。文章關治敎之汚隆。人心之正僞。況詩之發於性情者乎。
南公轍	穎翁再續藁 卷1 「擬古・白雪樓」	鍾惺・譚元春과 錢謙益이 王世貞・李攀龍의 무리를 비난하면서도 핵심을 알지 못하여 후배들이 더욱 경박해졌다.	白雪樓何高高。上追姚姒。下薄漢唐。王李諸子分偶曹。有如玉帛職貢會。海內文柄手自操。鍾譚與虞山。抉摘多譏嘲。猶未識頭腦。後輩愈輕恌。文者載道器。於此何寂寥。終年讀之無所益。其文雖好徒自勞。

南克寬	夢囈集 乾 「幽憂無所事, 漫披詩裘, 雜題盡卷」	袁宏道와 鍾惺의 재주가 王世貞에게 미치지 못함을 이야기하다.	婁江文字縱傷僞。才調猶堪跨百年。袁鍾唯能換面目。論其神理兒孫然。
南克寬	夢囈集 乾 端居日記	金昌翕의 시가 境僻하고 音哀한 竟陵의 亞流라고 비판하다.	十一日。見嶺南新刻農巖集序文。刊去詆訾韓·歐語。蓋亦自知其無倫也。許筠·李敏求始學嘉隆詩。而未備。瑞石兄弟文之以騷選。金昌協輩又參之以唐人古詩。遞變極矣。末流漸浮怪。衰相已見矣。金詩視其弟筋力不如。亦頗雅靚。卽其所就而篤論之。大金婁江之苗裔。而小金竟陵之流亞也。婁江非無佳處。細看只是結撰工美。不見神采流注。竟陵境僻音哀。虞山之掊擊雖過。槩自取也。
南克寬	夢囈集 坤 謝施子	錢謙益과 竟陵이 기이함을 좋아하는 마음 때문에 잘못된 판본을 근거로 시구를 해석하다.	杜詩。晴天卷片雲。劉文房詩。客心暮千里。虞山以卷爲養。竟陵以暮爲慕。皆据訛本。仍爲好奇之念所使。所謂無無對也。不論兩字當否。只取元篇細觀。思過半矣。
南克寬	夢囈集 坤 謝施子	公安과 竟陵은 재주는 비슷하지만 성취한 바를 따지자면 鍾惺이 월등하게 뛰어나다.	公安·竟陵才具等耳。然論所就。鍾殊勝之。湯若士亦一流人。詩勝其文。錢氏扶抑多偏。不可據也。
徐命寅	煙華錄 卷2 「孔子亦欲乘桴浮海泰山不好沁口望西洋」	「孔子亦欲乘桴浮海泰山不好沁口望西洋」의 평에 鍾惺이 陳子昂과 張九齡의 感遇詩와 李白의 뛰어남에 대해 논한 것을 인용하다.	行行至海上。稽首西方日。(稽首豈寅餞。) 明日匪無日。悽然似有失。停雲受夕彩。當面金銀闕。彼山何時生。此水何時竭。解衣手自濯。天水和成一。(濯衣人所看。使如濯心。便看得人天成一矣。)徒侶紛黔落。滯形昧所率。躑躅心猶豫。蒼源未可悉。

			淡緖曠覽。合成異調。奇氣幽響。迥逾阮氏詠懷詩。不可古今而定限。○友夏云。阮籍詠懷今古。幾比古詩十九首。而盡情刪汰。止留三首。氣格情思。視古復何如。胡敢向古人吠聲。鍾惺云。陳‧張感遇詩。有遠出詠懷上。此語不可發諸瞶人。則欲質之阮公。又云。李大白長處。殊不在古風。而以五十九首之多得名。名之所在。非詩之所在。
徐命寅	煙華錄卷2「公山九絶」	「公山九絶」 중 다섯 번째 작품에 대한 평에 鍾惺의 견해를 인용하다.	其五：山中日落人禽渾。酒有明月來相存。於心愛惜如吾友。一夜從爾三開門。(瑯琊王詩。一日三摩挲。劇于十五女。劒上摩挲。故慷慨。月中開門。則幽遠慷慨而後能幽遠。○鍾惺云。律絶帶古。如小楷之兼隷法。非盛唐高手不能。)
徐命寅	煙華錄卷3「上練光亭詩」	「上練光亭詩」의 평에 鍾惺의 견해를 인용하다.	○杜岳陽樓詩。親朋無一字。老病有孤舟。戎馬關山北。憑軒涕泗流。鍾惺云。登臨不可少此情思。俗人汨沒寫景。不敢題外。)遠岫點頭天際簇。長河得地碧鱗鱗。(山河似動搖。○古有僧說經。石皆點頭。凡物得地而後能作波瀾。)
徐命寅	煙華錄卷3「東遊之什」	「東遊之什」의 평에 鍾惺이 "帆隨湘轉, 望衡九面." 이라는 구절에 대해 감탄한 것을 인용하다.	○古詩。帆隨湘轉。望衡九面。只是八字。抵一衡山湘水記。鍾惺歎筆力之高。謝靈運廬山詩。積岫忽復啓。平塗俄已開。(音別。)巒隴有合沓。往來無蹤轍。晝夜蔽日月。冬夏共霜雪。藏頭斷尾修起忽止有似未成之篇。友夏曰。如許大題目。肯作三

			韻。朴妙則他人數十句寫之不得。古者於文立想若此矣。
徐命寅	煙華錄 卷4 「出東門行」	「出東門行」의 평에 鍾惺의 견해를 인용하고, 樂府와 古詩에 대한 종성의 견해를 제시하다.	時隨丹溪。遊入白雲之山。(在永平丹溪因入淸平山。)流覽都中。歷上興仁之門。門名好也已。(感興在門名。)引滿數杓。緩步胥話。北巖而乘馬。樓院而休店燈。下題詩。丹溪斂袵改容流涕矣。 步出東大門。西顧漢陽山。(眷戀父母邦。○梁鴻五噫歌。顧覽帝京兮。噫露矣。宮室崔嵬兮。噫大露矣。旣云。顧覽帝京噫。宮室崔嵬在其噫中。以文論之。亦疊矣。宜遭變姓之遁。)我心何以悲。零淚忽橫顔。(不言所以忽落。淚字。讀者自思。當有深淺。漢文治平。賈誼猶疏曰。痛哭者一。流涕者二。長太息者六。誼則言之矣。)偪側饒荊棘。崎嶇石子■。石■彈足跌。荊鉤裾袂裂。(卸下橫淚中。無數事。只就世路之險隘而說。)野禽隨匹亞。飛鳴戲野間。一羽歸白雲。羣猛偓斑斑。(一偓字。胖大散緩之象。獨漉篇。猛虎斑斑。遊戲山間。虎欲齧人。不避豪賢。鍾惺曰。此指虎之庸愚。曹孟德石勒輩。齒吻間有衡鑑。)吾友多見識。昨夜來相語。(友是丹溪。先稱見識。明其語之可信也。語有可聽發端復呑。只將相慰之末語。以起謝世。一段謝世。而登山望中原。回應西顧漢陽。)壽無金石固。生也當敖豫。斗酒辭知舊。磬折謝世人。駢驂引赤龍。左詣溟滄濱。洗身于尾閭。睎憩巨桑暾。北登

			白頭山。吹笛望中原。(吹笛字。閒遠。) 孔子曰。詩可以怨。可以觀。信乎。其曰也。偶然左海見身。留音。○鍾惺云。樂府着奇想奧辭。妙在使人驚。古詩賞雍穆平遠。妙在使人思。樂府而平遠難。
徐命寅	煙華錄 卷4 「古長安行」	「古長安行」의 평에 鍾惺이 陶洗處에 대해 논한 것을 인용하다.	大道疎行柳。狹斜亂飛花。人民蟻附地。世事如細沙。樓臺隱相疊。車馬競相齊。借問居安在。遙指杏花西。爲予語杏花。愼毋墮渾泥。(轉想奇曲。憫世之隱語。)青袍玄笠子。金鞍白鼻騧。汝今那里去。答云織女家。相逢豈皆舊。携手酒肆中。(通快是俠氣。)我歌君起舞。(何必言寸心。)鞍峴已言燧。(可以歸。忽言鞍峴燧。復是今長安筆路健甚。) 唐喬知之・劉希夷・旮虛・常建數人。明約孤嚴。別腸別趣。鍾惺云。細觀陶洗處。全不肯多。世率大家二字。其所避而不居。夫詩少而妙爲難。難不在陶洗。在於包孕。妙不在孤嚴。在於深廣。取斯之詩。詩經中僭佛。畵品中細逸。 * '鍾惺云' 앞의 말도 鍾惺의 말이다. 『唐詩歸』卷2, 「初唐二, 劉希夷」: 鍾云。初唐之劉希夷・喬知之。盛唐之常建・劉旮虛數人。淹秀明約。別腸別趣。後人所謂十二家・四大家等目。固不肯使之入看作者胸中。似亦止取自娛。大家兩字。正其所避。而不欲受者。後人正墮其雲霧中耳。此書畵中所謂逸品也。

徐命寅	煙華錄 卷4 「白團扇八章」	「白團扇八章」의 평에 鍾惺의 견해를 인용하다.	晉中書令王珉好捉白團扇。愛有謝芳姿善歌。而嫂婢桓撻。令來乞赦。嫂許歌一曲。應聲曰。白團扇。(呼夫語。)辛苦五流連。(五豈吾字譌。)是郎眼所見。(鍾曰淸白妙。○明明女人家口氣。淸白二字深得之評。)白團扇。顇頓非昔容。羞與郎相見。(譚曰。恨在羞字。鍾曰。兩見字。各有其妙。○褰裳露脚。辛苦受撻。郎所眼見。珠淚漫粉。絲髮被面。女之所羞也。聲情裊裊。罵嗹枝頭。) (原詩 생략) 首首嬌。句句媚。字字秤。鍾惺云。情詩。非禪悟習靜人。不能理會入微。湯惠休・王右丞所以妙。譚元春曰。詞人雖方正難犯。下筆豔詩。深於一切蕩子。大抵不深細。情不生。情不生。神不動矣。
徐命寅	煙華錄 卷4 「園柳五唅」	「園柳五唅」의 평에 鍾惺의 견해를 인용하다.	其一：鬱鬱園中柳。(靑靑河畔草。鬱鬱園中柳。盈盈樓上女。皎皎當牕牖。漢人詩也。而提園柳一句。冠着篇首。盈盈皎皎之女。在其不信中。)綿蠻黃鳥聲。(求其友聲。矧伊人矣。黃鳥之得柳飛鳴。美人之得士和樂。)美人顧名士。名士悅傾城。(互相顧悅。其合也易。○梁劉緩名士悅傾城詩。鍾惺云。悅傾城上加名士。嚴甚。沙叱利・党太尉輩。何敢復言好色。)
成大中	靑城集 卷5 「感恩詩叙」	徐渭・袁宏道・鍾惺・譚元春에 대해 용렬함이 심하여 그 폐단을 구제할 길이 없다고 비난하다.	至於徐・袁・鍾・譚。尤其劣者也。亢末之氣。噍殺之音。適足爲泯夏之祟而莫之救也。曾謂曲慧小知。亦足禍天下耶。

兪晩柱	欽英 卷2 1778년 5월 17 일조	鍾惺과 譚元春의 名句를 읽다.	十七日。丙子。朝陰而暑。閱明詩 歸。凡四冊。鍾·譚所選定詩。凡一 千三百。有奇趣眞性眞情。結作纏 綿。散爲幽悄。無不令人感歎。低回 興觀懲創云。
李德懋	靑莊館全書 卷49 耳目口心書	鍾惺의 문장을 淑女에, 袁 宏道의 문장을 才女에 비 유하다.	文章。喩以閨人。鍾伯敬。淑女也。 袁中郎。才女也。
李德懋	靑莊館全書 卷51 耳目口心書	呂留良이 명말 문장가들 을 포폄한 시에서 竟陵派 에 대해 비판하다.	偶閱呂晩村詩。明末文章。分門割 戶。互相攻擊。甚於鉅鹿之戰。黨錮 之禍。亦可以觀世變也。古來未之見 也。其詩有曰。…竟陵兩儈矯此弊。 不學無述惡其鑿。至今流毒(缺)縱橫。 宜(缺)齟齬聚族爭。
李德懋	靑莊館全書 卷53 耳目口心書	焦延壽의『易林』에 대한 평에서 鍾惺의 견해를 소 개하고 이를 名言이라 평 가하다.	焦贛易林卦總四千九十六。詞甚奇奧 幽妙。天地間別種文字。蓋其心界靈 通。物無不觸。又罵世太毒。多有噓 唏泣下處。意者。元成之間。皇政陵 夷。則此其寓憤之書乎。又有詼諧絶 倒者。亦玩弄也。然則焦先生其君子 乎。鍾伯敬曰。似識似謠。似譁似 隱。似寓似脫。異想幽情。深文急 響。又曰。有數十百言所不能盡而藏 裏。回翔於一字一句之中。眞名言 也。
李晩秀	展園遺稿 卷2 「送族叔尙書公 (名肇源)赴燕序」	王守仁과 楊愼과 같은 무 리에 의해 경학의 뜻이 날 로 어두워지고 鍾惺과 譚 元春의 小品文으로 인해 문체가 크게 바뀌어졌다 고 비판하다.	徒見俗尙梔蠟。民爭錐刀。衣冠歸於 倡優。簮笏化爲馿儈。王楊餘派。經 旨日晦。鍾譚小品。文體大變。朝有 熹平之陋政。野無義熙之逸士。

李宜顯	陶谷集 卷26 「歷代律選跋」	당나라에서부터 명나라에 이르기까지 여러 시인을 논평하면서 鍾惺·譚元春의 무리가 의고주의에 반대하여 '性靈'을 기치로 내걸었지만 더욱 괴벽하고 비루하여, 錢謙益에게 혹평을 받았다고 언급하였다.	吾甥沙熱金會一蒐輯唐宋元明諸詩人短律五七言若而篇。朝夕吟諷。間以示余。余曰。自唐而明。詩人甚多。而爲卷者只四。其選固艱矣。然其時代之高下。制作之粹駁。不可不知也。唐以辭采爲尙。而終和且平。絶無浮慢之態。所以去古最近。末流稍趨於下。則宋蘇陳諸公。矯以氣格。後又不免粗鹵之病。而元人欲以華腴勝之。靡弱無力。愈離於古而莫可返。於是李何諸子起而力振之。其意非不美矣。摹擬之甚。殆同優人假面。無復天眞之可見。鍾譚輩厭其然。遂揭性靈二字以譁世率衆。而尤怪僻鄙倍。無可言矣。錢虞山至比天寶入破曲。以爲國運兆於此。非過論也。此四代詩學遷變之大較也。是編雖遍錄四代之作。而淘其精汰其滓。鮮有不中選者。會一若就其中。深究高下粹駁之別。知所商量則幾矣。余素昧詩學。猶知溫柔敦厚四字。爲言詩之妙諦。而朱夫子與鞏仲至書爲至論。於是乎言若其傳寫筆蹟。皆倩親族朋游。而不拘腕法之工拙。則又可見會一篤於人倫。纏綿不解。必欲造次流覽之間。常如其人之在傍。其亦可尙也已。歲舍己酉中夏。陶山老夫書。
李宜顯	陶谷集 卷27 雲陽漫錄	明詩 四大家(何景明, 李夢陽, 王世貞, 李攀龍)의 시풍을 논한 뒤, 이들의 시가 변하여 徐渭와 袁宏道의 시가 되었고, 다시 변하여 鍾惺과 譚元春의 시가 되었다고 주장하다.	明詩雖衆體迭出。要其格律。無甚逈絶。稱大家者有四。信陽溫雅美好。有姑射仙人之姿。而氣短神弱。無聳健之格。北地沉鷙雄拔。有山西老將之風。而心麤材駁。欠平和之致。大倉極富博而有患多之病。歷下極軒爽而有使氣之累。一變而爲徐,袁。再變

			而爲鍾・譚。轉入於鼠穴蚓竅而國運隨之。無可論矣。
李宜顯	陶谷集 卷28 陶峽叢說	錢謙益의 『列朝詩集』, 朱彝尊의 『明詩綜』, 陳子龍의 『明詩選』, 鍾惺의 『明詩歸』 등 명나라 시인들의 詩選集에 대해 논하면서 陳子龍의 『明詩選』, 鍾惺의 『明詩歸』의 미숙함을 지적하다.	選明詩者亦多。錢牧齋列朝詩集。當爲一大部書。盖自元末明初。至明之末葉。大篇小什。無不蒐羅盡載。而旁採僧道香奩外服之作。亦無所遺。實明詩之府庫也。但牧齋素不喜王・李詩學。掊擊過酷。故北地・滄溟・弇園諸作。所錄甚少。此諸公詩什繁富。就其中抄出。豈不及於無甚著名者之一二篇。而彼則濫收。此則苛汰。亦似偏而不公矣。康熙時人朱彝尊者。又輯明詩。作一大編。而名以明詩綜。此亦旁搜悉採。可謂完備。而但無名稱者。雖一二篇。皆入錄。而大家名集篇什之多者。所收甚尠。此爲未盡矣。又有陳子龍所編明詩選・鍾伯敬所編明詩歸。或務精而欠於博採。或主簡而傷於偏滯。皆不能爲完善矣。
李夏坤	頭陀草 冊16 「答洪道長書」	'寫景入微', '說情到底' 등과 같이 비유한 말은 嚴羽, 胡應麟, 鍾惺 등의 시평 중에서도 자질구레한 말이다.	如所喩寫景入微。說情到底等語。此是嚴儀卿・劉會孟・胡元瑞・鍾伯敬輩詩評中細碎語。
李學逵	洛下生集 冊1 春星堂集 「春日, 讀錢受之詩」	錢謙益이 『列朝詩集』에서 王世貞・李攀龍과 譚元春・鍾惺의 시를 비평하다.	列朝詩體遞汙隆。深識先生筆削功。樹幟跨壇病王李。蟲吟鬼語謝譚鍾。(先生選定列朝詩集。上自弘武。下逮崇禎。二百七十年中。凡以詩名者。無不入選。)

張混	而已广集 卷11 「唐律集英序」	唐詩를 選集한 것으로는 元好問의 『唐詩鼓吹』, 高棅의 『唐詩品彙』, 方回의 『瀛奎律髓』, 周弼의 『三體唐詩』, 唐汝詢의 『唐詩解』, 鍾惺·譚元春의 『唐詩歸』가 있는데, 각기 결점들이 있다.	七言律。推李唐爲尤。而莫之埒何也。於唐倡而盛也。選者衆。而鼓吹元遺山也。品彙高棅也。律髓方回也。三體周伯弼也。詩解唐汝詢也。詩歸鍾惺譚元春也。此特著行者也。然而或屬以諸體。或偏於盛晚。或不擧李杜。偏則枯雜則不專。惜乎。盡美未盡善也。然則如何而可。
正祖	弘齋全書 卷163 日得錄 「文學」	『詩觀』을 편찬하면서 孟郊, 賈島, 徐渭, 袁宏道, 鍾惺, 譚元春 등의 시는 治世의 希音이 아니기 때문에 선별하지 않다.	嘗敎諸閣臣曰。文章有道有術。道不可以不正。術不可以不愼。學文者。當宗主六經。羽翼子史。包括上下。博極今古。而卒之會極於朱子書。然後其辭醇正。而道術庶幾不差誤。況文章之道大矣。治敎之汗隆也。風俗之醇漓也。人心之正僞也。視此爲高下升降。而十卜其八九。獨怪夫近世爲文之士。厭菽粟而嗜龍肝。毀冠晃而被侏儒。自知學識不及古人。力量不及古人。則乃反舍正路而求捷徑。剽竊稗官小說之字句。又就明淸諸子。蹈襲奇僻。自爲標實。曰我學先秦兩漢。而非先秦兩漢矣。曰我學唐宋。而非唐宋矣。都是假泪董贋法帖之鋼人賞鑒者也。以是之故。世道日就澆漓。士風日趨浮薄。淸廟琴瑟。寂廖無聞。而小品綺羅。日傳萬紙。予於此未嘗不深惡切痛。而莫知救正之術也。予於萬幾之暇。惟以經史翰墨自娛。近又就歷代諸詩。蒐輯。爲一部全書。凡例規模。今已就緒。蓋上溯三百篇。中歷先秦漢魏。下迄唐宋明。自風謠雅頌。大家名家。正始正變。羽翼旁流。以及於金陵之諸子。雪樓之七家。無不俱收竝蓄。廣

			加集成。爲五百餘卷。而若孟郊・賈島・徐袁・鍾譚四子則不與焉。以其體法寒瘦。音韻噍殺。實非治世之希音。故存拔筆削之際。自以錘秤衮鉞寓於其間。此意不可以不知。大抵近時之士。不獨於文章爲然。平居鼓琴瑟列銅玉。評書品畫。焙茶燃香。自以爲淸致文采。而後生少年。往往多效嚬而成習者。此與向日邪學其害正而違道。大小不同而爲弊則一也。可勝歎哉。
正祖	弘齋全書 卷165 日得錄 「文學」	鍾惺과 譚元春이 評選한 저술들에 대해 혹평하다.	所謂鍾譚評選文歸詩歸。纔一對眼。陰森百怪。如入山林而逢不若。令人不愁而顰。此等書。最合以秦炬遇之。
正祖	弘齋全書 卷180 群書標記 「詩觀」	명나라 시인 劉基, 高啓, 宋濂, 陳獻章, 李東陽, 王守仁, 李夢陽, 何景明, 楊愼, 李攀龍, 王世貞, 吳國倫, 張居正 등 13명의 시에 대해 찬미하면서, 徐禎卿, 袁宏道, 鍾惺, 譚元春 등의 시는 배척해야 한다고 말하다.	明詩取十三人。如徐袁之尖新巧靡。鍾譚之牛鬼蛇神。固所顯黜而痛排。若其長短互幷。疵譽相參。揭竿操矛而呼者。不啻如堵。其進其麾。濫竽之可戒。先於遺珠之可惜。或有醜齊而異遇者。固非偶爲抑揚。聊欲擧一而槩十耳。劉基聲容華壯。如河朔少年充悅忼健。高啓矩矱全唐。風骨秀穎。才其贍足。宋濂嚴整要切。能亞於其文。陳獻章殊有風韻沖淡。而兼能灑脫。李東陽如陂塘秋潦。渺瀰澹沲。而澈見底裏。高步一時。爲何李倡。王守仁博學通達。詩亦秀發。如披雲對月。淸輝自流。李夢陽才氣雄高。風骨遒利。鏖白戰而擁赤幟。力追古法。能成雄霸之功。何景明淸藻秀潤。丰容雅澤。不作怒張之態。楊

			愼朗爽可喜。穠婉有餘。李攀龍如蒼 厓古壁。周鼎商彝奇氣自不可掩。王 世貞著作繁富。才敏而氣俊。能使一 世之人流汗走僵。吳國倫雅鍊流逸。 情景相副。張居正華贍老鍊。足稱詞 館之能手。自是以往。吾不欲觀。非 直爲無詩而已也。共爲明詩一百八十 六卷。錄詩二萬五千七百十七首。凡 詩觀之錄。詩七萬七千二百十八首。 而爲五百六十卷。誠壯觀也已。
趙聖期	拙修齋集 卷10 「答金子益書」	우리나라에는 천년 동안 제대로 된 시가 없었고 자 신만이 그것을 체득했다고 여기는 어리석음은, 錢謙 益이 胡應麟과 鍾惺을 꾸 짖는 것에 그칠 뿐만이 아 니라고 논박하다.	且五七言近體絶句。則比之中世能詩 者。亦自不及遠甚。左右若遽以是而 凌轢古人。遂謂我東千餘年之無詩。 而己獨有得焉。則愚恐明者之不自見 其睫。而其妄自標榜之失。不但如錢 受之之所以責胡元瑞・鍾伯敬輩所爲 而止耳。
趙秀三	秋齋集 卷8 「與蓮卿」	盧兢의 詩는 오로지 鍾惺 과 譚元春을 기준으로 삼 다.	其詩則專師鍾譚。才思雋峭。往往靑 者出。而拘於世運。則間架又眇然。 只可爲年少輩張赤幟已。
韓章錫	眉山集 卷7 「明文續選序」	鍾惺이 선별한 十家의 글 은 뛰어난 점이 있지만 治 敎의 밝음을 드러내고, 邦 運의 이어짐을 증험하기 에는 부족하다.	往余取鍾惺所蒐十家文。手抄而讀 之。竊疑有明一代之盛。人文賁成。 三百年鼓吹籲陶之精英。乃止於斯而 已乎。可悅者多。可敬者少。促節變 調靡曼之音迭出。而正大深厚之旨。 不少槪見。何以章治敎之休明。驗邦 運於緜永乎。
洪吉周	沆瀣丙函 卷4 「醇溪昆季燕行, 余旣序以識別, 衍其未究之志,	李攀龍과 王世貞의 문장 은 詰屈聱牙하고, 袁宏道 와 鍾惺의 문장은 瑣碎하 다.	詰聱滄弇伍。瑣碎袁鍾倫。贗製混彝 器。冥音眘鬼燐。縱能新耳目。徒自 敝形神。

		又得長律八百字以寄, 以序若詩, 分以屬之昆季可也, 以文則合序與詩, 以人則合昆與季, 無彼無此, 總而續之,亦可也云」		
洪吉周	沆瀣丙函卷9睡餘瀾筆續(下)	王世貞, 李攀龍, 徐渭, 袁宏道, 鍾惺, 譚元春과 錢謙益은 얼음과 숯과 같아서 서로를 원수처럼 공격하였는데, 우리나라에서는 간혹 구분하지 못하는 경우가 있다.	余擧毛甡古文寃詞。臺山曰。毛甡專於考證。而反右古文。直爲朱子之疑古文故也。其意在於背朱。而不在於右古文也。又曰。近世中國人。雖多尙考證。而至於甡。則往往有深斥者。蓋其立論之橫恣狂悖。宜乎其寡助也。(皇明文人。如王‧李‧徐‧袁‧鍾‧譚及錢虞山之類。皆互相氷炭。迭攻擊如仇敵。而我東詞章之自謂慕中國者。往往均推而混效之。毛甡之悖。專考證者。亦多深斥。而吾邦之士好新慕奇者。反或愛護如肌膚。是皆東人固陋之病。)
洪奭周	鶴岡散筆卷4	錢謙益의 『列朝詩集』은 鍾惺과 譚元春에 대한 논의를 비롯하여 편벽된 면들이 많아 公平無私함이 없는듯하다.	余少嘗觀錢謙益列朝詩集。甚喜其議論之精。當晚更譯之。唯其論鍾‧譚者爲深。中膏胸餘。則多偏私好惡之語。不可盡信。近世論文者。恒幷稱弇州‧牧齋爲名家。不然則同類而幷訾之。不知二人之於文實。不啻氷炭之相反也。夫元美之詩。實無媿唐宋大家。未易議也。其文雖不免鉤棘摹擬。然包羅閎富。其所長亦不可沒。其蒐採文獻。可備史乘者甚多。議論去取。亦頗近公平。非如謙益之純任

			偏私也。謙益之文悅人。非王氏比 也。然悅人愈深而其害人愈酷。余嘗 謂王氏之文。如僞玉贗鼎。有古貌而 無古氣。錢氏之文。如優伶打諢。雅 道全喪。至失身以後愈益。自放於名 敎之外。不復問古人軌度矣。
洪翰周	智水拈筆 卷3	명나라 말엽에 徐渭, 袁宏 道, 鍾惺, 譚元春, 湯顯祖, 陶望齡의 무리가 亡國의 문장에 빠져들었다.	明季徐·袁·鍾·譚·湯顯祖·陶望齡 輩。衰颯䰟瑣。駸駸乎亡國之文。

宗 臣 (1525-1560)

인물 해설	字는 子相, 號는 方城山人으로 興化(지금의 江蘇 泰州 興化) 사람이다. 南宋 末年 유명한 抗金名將 宗澤의 자손이다. 嘉靖 29年(1550) 進士가 되어 刑部主事調吏部・吏部稽勳員外郎을 지냈다. 楊繼盛이 죽었을 때 부의금을 보낸 연 유로 嚴嵩의 미움을 사 福建參議로 쫓겨났다가 倭寇를 몰아낸 공으로 福建提學副使가 되었다. 詩文에 있어서 복고를 주장하였고 李攀龍 등과 함께 '嘉靖 七子'(後七子)로 불렸다. 그의 생동감 있고 사회비판적인 산문 작품을 지었는데, 특히 당시 官場의 추악한 행태를 폭로한 「報劉一丈書」, 왜구와의 전투를 그린 「西門記」, 「西征記」 등이 유명하다. 그의 시가는 李白을 종주로 삼았으나 호방한 기세와 충만한 감정이 결여되어 있어서 佳作이 적다고 평가된다. 저서에 『宗子相集』(15권)이 있다.
인물 자료	○ 『明史』, 列傳 175 　宗臣, 字子相, 揚州興化人. 由刑部主事調考功, 謝病歸, 築室百花洲上, 讀書其中. 起故官, 移文選. 進稽勳員外郎, 嚴嵩惡之, 出爲福建參議. 倭薄城, 臣守西門, 納鄕人避難者萬人. 或言賊且迫, 曰:"我在, 不憂賊也." 與主者共擊退之. 尋遷提學副使, 卒官, 士民皆哭 ○ 王先謙, 『虛受堂文集』 卷4, 「宗子相先生詩集序」 　興化宗子相先生, 前明嘉靖七子之一也. … 明中葉以降, 士習之敝致, 然如先生之成就卓卓, 不以此自多可決也. 學者苟不欲爲一世士, 其所自處宜何如哉. 先生初與謝榛・李攀龍・王世貞・梁有譽爲五子, 益徐中行・吳國倫而七. 榛心薄國倫, 與攀龍論不合, 世貞輩因力擯榛, 諸人集各爲五子詩. 意謂與已而六, 削榛於七子之列. 今觀先生五子詩, 獨首榛無國倫, 其次卽列寄李順德詩, 是其爲五子詩. 時已當在李謝不合後, 而不以一時之私廢天下公論, 其於友朋風誼有足紀者. ○ 錢謙益, 『列朝詩集小傳』 丁集 卷5, 「宗副使臣」 　臣, 字子相, 興化人. 嘉靖庚戌進士, 除刑部主事, 改吏部考功, 曆稽勳員外郎,

出爲福建參議, 遷提學副使, 卒于官, 年三十六. 子相在郎署, 與李于鱗・王元美諸人, 結社于都下. 於時稱五子者: 東郡謝榛・濟南李攀龍・吳郡王世貞・長興徐中行・廣陵宗臣・南海梁有譽, 名五子, 實六子也. 已而謝・李交惡, 遂黜榛而進武昌吳國倫, 又益以南昌余曰 德・銅梁張佳胤, 則所謂七子者也. 于鱗既沒, 元美爲政, 援引同類, 咸稱五子, 而七子之名獨著. 先是, 弘正中, 李・何・徐・邊諸人, 亦稱七子, 於是輇材諷說之徒, 盱衡相告, 一則曰先七子, 一則曰後七子, 用以鋪張昭代, 追配建安. 嗟乎! 時代未遐, 篇什具在, 李・何・王・李幷駕曹・劉, 邊・康・宗・梁先驅應・阮. 升堂入室, 比肩殆聖之才; 嘆陸輕華, 接跡廊廡之下. 聚聲導聱, 言之不慚, 問影循聲, 承而滋繆, 流傳後世, 謂秦無人, 豈不亦發千古之笑端, 遺聖朝之國恥乎! 俗語不實, 流爲丹青, 及今不爲駁救, 厥後複何底止? 余故錄七子之詩, 而質言之如此. 子相詩, 元美稱其天才奇秀, 雄放橫厲, 又摘其佳句, 書之屛間, 以爲上掩王・孟, 下亦錢・劉, 而其所就, 止於如此, 則子與・德甫之倫, 爲可知矣.

저술 소개	* 『性理纂要抄狐白』 (明) 李泰垣刻本 8卷 首卷 1卷 * 『説郛續』 (明)陶珽編 (淸)順治 3年 李際期 宛委山堂刻本 46卷 內 宗臣撰 『西征記』 * 『盛明百家詩』 (明)俞憲編 (明)嘉靖－隆慶年間 刻本 324卷 內 宗臣撰 『宗子相集』 1卷 * 『明四家文選』 十四卷 (明)孫鑛等選校 (明)刻本 14卷 內 宗臣撰 『子相文選』 2卷 * 『五家合集』 (明)吳國倫等撰 (明)卜士昌刻本 18卷 內 宗臣撰 『子相文選』 2卷

비 평 자 료		
姜世晃	豹菴遺稿 卷4 「答儇兒書問」	姜世晃의 아들 姜寬이 明代 後七子 및 그 유파의 인물에 대해 묻자, 宗臣을 비롯한 여러 인물들의 姓名과 字號를 나열하여 일러주다.	宗臣。字子相。號方城。張佳胤。字肖甫。號居來。余應擧。字德甫。號午渠。張九一。字助甫。號周田。王世懋。字敬美。號獪洲。李滄溟。不別記。謝榛。字茂榛。號四溟。俞允文。字中蔚。徐中行。字子與。號龍灣。吳國允。字明卿。

			號川樓。梁有譽。字公實。號蘭亭。明時。盖有九才子之稱。曾於朝夕談話。提說此等人。不啻如雷慣耳。今有此問。何也。可想汝之聰明。不及汝仲遠矣。適客擾未暇檢書。不記爲何地人。如弇州之太倉。俞仲蔚之崑山。宗子相之興化。想不待書示。
南龍翼	壺谷漫筆 卷3 「明詩」	李夢陽 이후에 명나라의 문풍이 크게 열려 여러 문인들을 거쳐 李攀龍과 王世貞에 이르러 크게 진작되었는데, 吳國倫·宗臣·王世懋·徐中行·梁有譽 등의 인물들도 어느 정도 수준이 있었지만 대개 李夢陽과 王世貞을 杜甫로 여기고 何景明과 李攀龍을 李白으로 여겼다.	李空同(夢陽)有大闢草萊之功。後來詩人皆以此爲宗。而其前高太史(啓)·楊按察林員外(鴻)·袁海潛(凱)·汪右丞(廣洋)·浦長海(源)·莊定山(昶)。亦多警句矣。何大復(景明)與空同齊名。欲以風調坅之。而氣力大不及焉。其後王浚川(廷相)·邊華泉(貢)·徐迪功(禎卿)·王陽明(守仁)·唐荊州(順之)·楊升菴(愼)諸公相繼而起。至李滄溟(攀龍)·王弇州(世貞)而大振焉。泛而遊者。如吳川樓(國綸)·宗方城(臣)·王麟州(世懋)·徐龍灣(中行)·梁蘭汀(有譽)等亦皆高蹈。槩論之則空同弇州如杜。大復滄溟如李。論其集大成則不可不歸於王。而若其才之卓越則滄溟爲最。如臥病山中生桂樹。懷人江上落梅花。樽前病起逢寒食。客裏花開別故人等句。王亦不可及。此弇州所以景慕滄溟。雖受仲尼丘明之譽。只目攝而不大忤。有若子美之仰太白也。川樓以下。地醜德齊。而吳體最備宗才最高。
南龍翼	壺谷漫筆 卷3 「明詩」	宗臣의 '樽前明月雙鴻暮, 江上梅花一騎寒'을 비롯하여 명나라 시인들의 시구를 들어 명나라 시가 송나라를 넘어 당나라에 도달하려 하였지만 명나라의 격조라고 말하다.	明詩如郭子章家在淮南靑桂老。門臨湖水白蘋深。高太史(詠梅)雪滿山中高士臥。月明林下美人來。林員外堤柳欲眠鶯喚起。宮花乍落鳥喞來。袁海潛(白燕)月明漢水初無影。雪滿梁園尙未歸。浦長海雲邊路遶巴山色。樹裏河流漢水聲。汪右丞松下鶴眠無客到。洞中龍出有雲從。陳汝言佳人搗練秋如水。壯士吹笳月滿城。李空同日

			臨海岳雲俱色。春入樓臺樹自花。何大復孤城落鴈衝寒水。萬樹鳴蟬帶夕陽。邊華泉(文山祠)花外子規燕市月。柳邊精衛浙江潮。李西涯鄺城夜氣聞龍起。彭鑫秋風見鴈來。王陽明月遶旌旗千嶂曉。風傳鈴鐸九溪寒。徐迪功裵回桂樹凉風發。仰視明河秋夜長。李滄溟海氣控吳還似馬。陣雲含越總如龍。王弇州關如趙璧常完月。嶺似幷刀欲剪雲。千騎月回淸嘯響。一樽天豁大荒愁。吳川樓春色漸隨行旅盡。夕陽偏向逐臣多。宗方城樽前明月雙鴻暮。江上梅花一騎寒等句。足以跨宋涉唐而然亦自有明調。
申緯	警修堂全藁 冊6 貊錄(四) 「余因邑子, 借閱許筠覆瓿四部稿鈔本, 卷端有任吏部(珽)姓名印, 此必任公之手錄秘本也, 遂爲長句批後」	李廷機는 許筠의 문집 서문에 이 문집을 後七子 사이에 두어도 宗臣과 梁有譽에게 뒤처지지 않을 것이라는 朱之蕃의 칭찬을 인용하다.	弁卷晉江(李廷機爾張。) 筆如椽。上下庭實元美間。(李晉江序云。朱太史曰。其文紆餘婉亮。似弇州晩景。其詩崒達瞻麗。有華泉淸致。又曰。此集雖置在七子間。瑕不測宗梁之列。) 朱詔使褒人何干。王文簡論吾所援。
許筠	惺所覆瓿稿 卷2 「讀謝山人集」	謝榛의 『謝山人集』을 읽고 宗臣과 吳國倫과 비견될만한 재주를 지니고 있다고 칭찬하다.	齊名二子藝通神。亦數宗臣與國倫。誰識中原馳上駟。屬鞬還有眇山人。
洪翰周	智水拈筆 卷6	명나라의 前七子를 비롯하여 後七子·八子·九子는 모두 한 시대에 이름을 드날렸다.	明之弘正十子。雪樓七子·八子·九子。皆聯名一世。

洪翰周	智水拈筆 卷8	金履喬가 洪翰周의 시가 雪樓七子에 비견될 만하다고 칭송하였다.	純祖丙子秋。余陪先君子。往留牙山縣任所。時余年纔十九。縣有白蓮菴。寺殘僧少。而頗幽敞。故一往遊賞。詠二律書小紙。先君子覽而置桉上。其一詩曰。步上巖阿最高頂。蒼苔赤葉滿禪居。上方客至雲歸後。古殿鍾鳴日落初。溪樹雨零秋已暮。藥爐香歇境俱虛。浮生偶得塵緣淨。且就山僧乞梵書。適竹里金公履喬。因省墓行。歷縣入政堂。偶見桉上詩驚問。知爲余詩。卽招余問齒。亟稱歎。仍求近日諸詩。故並以亂草。示呈金公。行忙袖去。在道盡閱之。仍歷新昌訪玄樓李公羲玄。出示余諸篇曰。吾今行。得見當世之雪樓七子。時玄樓在謫。聞而奇之。至以詩見遺。成蘿山晚鎭。老於詩。有盛名。家居新昌。亦聞竹里言。以詩寄之。余今皆忘之。但記玄樓一聯曰。判不染跡靑雲路。訝許齊名白雪樓。余今澆落無成立。竟僇廢。豈玄樓詩爲讖耶。

朱彝尊 (1629~1709)

인물 해설	字는 錫鬯, 號는 竹垞·金風亭長이며 秀水(지금의 浙江省 嘉興縣) 사람이다. 어렸을 때 난이 일어나 가정형편이 곤궁했으나, 노력하여 학문을 익혔다. 康熙 18년(1679) 博學鴻儒科에 급제하여 翰林院檢討에 임명되었으며 『明史』 편찬에 참가했다. 1692년 병으로 귀향했다. 경학과 사학에 통달하고 고증에 뛰어났으며 詩·詞·古文에도 조예가 깊었다. 저서로는 문집으로 『曝書亭集』(80권), 『曝書亭詞』(7권)이 있고, 撰述 및 編選한 책으로 『經義考』(300권), 『日下舊聞』(42권), 『明詩綜』(100권), 『詞綜』(30권) 등이 있다. 그는 詞에 가장 뛰어나 折西詞派의 창시자로 불린다. 그의 사는 고상하고 청아한 경지와 매끄럽고 맑은 음조를 추구했으나, 한편으로는 사소한 일을 묘사한 것이 많으며 간혹 詠物과 懷古의 작품에 흥망의 정감을 기탁하기도 했다. 詩는 학문의 깊이와 수사에 뛰어났으며 청신하고 질박하여 王士禛의 작품과 함께 명성을 떨쳤다.
인물 자료	**○ 『淸史稿』, 列傳 271** 　字錫鬯, 秀水人, 明大學士國祚曾孫. 生有異秉, 書經目不遺. 家貧客遊, 南逾嶺, 北出雲朔, 東泛滄海, 登之罘, 經甌越. 所至叢祠荒塚·破爐殘碣之文, 莫不搜剔考證, 與史傳參校同異. 歸里, 約李良年·周筼·繆泳輩爲詩課, 文名益噪. 康熙十八年, 試鴻博, 除檢討. 時富平李因篤·吳江潘耒·無錫嚴繩孫及彝尊皆以布衣入選, 同修明史. 建議訪遺書, 寬期限, 毋效元史之迫時日. 辨方孝孺之友宋仲珩·王孟縕·鄭叔度·林公輔諸人咸不及於難, 則知從亡·致身錄謂誅九族, 並戮其弟子朋友爲一族不足據, 所謂九族者, 本宗一族也. 又言東林不皆君子, 異乎東林者, 亦不皆小人. 作史者未可存門戶之見, 以同異分邪正. 二十年, 充日講起居注官. 典試江南, 稱得士. 入値南書房, 賜紫禁城騎馬. 數與內廷宴, 被文綺·時果之賚, 皆紀以詩. 旋坐私挾小胥入內寫書被劾, 降一級, 後復原官. 三十一年, 假歸. 聖祖南巡, 迎駕無錫, 禦書"硏經博物"額賜之. 當時王士禛工詩,

汪琬工文, 毛奇齡工考據, 獨彝尊兼有衆長. 著經義考·日下舊聞·曝書亭集. 又嘗選明詩綜, 或因人錄詩, 或因詩存人, 銓次爲最當.

○ 曹溶,『靜志居詩話』

餘壯日從先生南遊嶺表, 西北至雲中, 酒闌登池, 往往以小令·慢詞, 更迭唱和. 有井水處, 輒爲銀箏·檀板所歌. 念倚聲雖小道, 當其爲之, 必崇爾雅, 斥淫哇, 極其能事, 則亦以宣昭六義, 鼓吹元音. 往者明三百禩, 詞學失傳, 先生搜輯遺集, 餘曾表而出之. 數十年來, 浙西塡詞者, 家白石而戶玉田, 春容大雅, 風氣之變, 實由於此.

저술 소개

* **『朱竹垞先生草稿』**
  (淸)稿本 不分卷

* **『朱竹垞文稿』**
  (淸)稿本 不分卷

* **『竹垞文類』**
  (淸)康熙年間 21年刻本 增修本 26卷

* **『明詩綜』**
  (淸)康熙年間 刻本 100卷 / (淸)康熙年間 刻本 白蓮涇印本 100卷 / (淸)康熙年間 刻本 雍正年間 朱氏 六峰閣印本 100卷

* **『靜志居詩話偶鈔』**
  (淸)乾隆年間 孟超然抄本 1卷

* **『經義考』**
  (淸)乾隆 20年 盧見曾刻本 300卷

* **『曝書亭集』**
  (淸)康熙 53年 朱稻孫刻本 80卷

* **『曝書亭集詩注』**
  (淸)楊氏 木山閣刻本 21卷

* **『詞綜』**
  (淸)康熙 17年 汪氏 裘抒樓刻本 30卷 / (淸)康熙 17年 汪氏 裘抒樓刻本 康熙 30年 增刻本 36卷

비 평 자 료			
金邁淳	臺山集 卷17 闕餘散筆 「榕村」	淸나라에서 博學鴻詞科를 실시해서 李因篤, 朱彝尊, 潘耒 등을 등용한 것은 儒林을 회유하기 위한 정치적 방편이다.	明祚旣終。衣冠塗炭。而遺民逸士。隱居自靖。以俟河淸者。亦所在有之。康熙十八年己未。大徵天下博學鴻儒六十餘人。直授內閣中書官。如李因篤・朱彝尊・潘耒等。半世林下。不事擧業者。皆不得免。或迫而後起。蓋是時。吳耿兵起。四方雲擾。燕中之隱憂深慮。視若敵國者。在於儒林一種。故以此爲牢籠駕馭之具也。秦人以坑。淸人以徵。其事雖異。其術則同。以世主謀國之計言之。則坑不如徵。以儒者潔身之道言之。則徵不如坑。均之爲天地間否運也。不坑不徵。身名俱全者。惟顧亭林一人而已。
金奭準	紅藥樓懷人詩錄 卷下 「沈仲復翰林 (秉成)」	沈秉成은 朱彝尊과 같은 浙江 사람이다.	愛君閥閱盡名流。淹雅聰明似隱侯。聞說竹垞同閈在。詩人今古牛南州。
金正喜	阮堂全集 卷2 「與申威堂(二)」	朱彝尊은 태산의 정상도 한걸음에 올라갈 만큼 노력한 자이다.	竹垞人力精到。攀緣梯接。雖泰山頂上。可進一步。
金正喜	阮堂全集 卷2 「與申威堂(二)」	시를 지을 때 朱彝尊을 종주로 삼고 王士禎을 참고한다면 하자가 없을 것이다.	須以竹垞爲主。參之以漁洋。色香聲味。圓全無虧缺。
金正喜	阮堂全集 卷2 「與申威堂(二)」	朱彝尊, 王士禎, 查愼行을 바탕으로 宋・元의 대가들을 거슬러 杜甫의 경지에 들어가야 한다.	由是三家進。以元遺山・虞道園。溯洄於東坡・山谷。爲入杜準則。可謂功成願滿。見佛無作矣。外此旁通諸家。左右逢原。在其心力眼力並到處。如鏡鏡相照。印印相合。不爲魔境所誤也。

金正喜	阮堂全集 卷8 「雜識」	朱彛尊은 王士禛과 필적할 만하다.	朱竹垞。如太華雙峯並起。又以甲乙。外此皆旁門散聖耳。
朴齊家	貞蕤閣文集 卷1 「雅亭集序」	李德懋가 옛것을 고증하고 지금을 증험함에 있어서 顧炎武, 朱彛尊과 같은 수준이라고 칭송하다.	其考古證今。則亭林秀水之一流人也。
朴趾源	燕岩集別集 卷13 熱河日記 「亡羊錄」	王民皞가 조선에 오래 전부터 『古文尚書』가 존재했는가에 대한 문제는 朱彛尊이 이미 변증하였다고 말하다.	余曰。鄙人自入瀋陽。逢秀才則輒問。敝邦古文尚書。… 先輩朱錫鬯辨之矣。周書孔安國序曰。成王旣伐東。(○一點夷字。對余故諱之。而大約盡諱胡虜夷狄等字。)肅愼來賀王。俾榮伯作賄肅愼之命。其傳曰。海東諸夷句驪扶餘馯貊之屬。武王克商。皆通道焉。朱以爲周書王會篇。始見稷愼濊良。未有句驪扶餘之號。引東國史句驪建國。始以漢元帝建昭二年。孔氏承詔時。句驪扶餘未通中國。況克商之初乎。
徐淇修	篠齋集 卷3 「送冬至上行人吾宗恩卯翁赴燕序」	고증학의 대가인 顧炎武와 朱彛尊 등은 여러 분야에 통달해서 일말의 오류도 없었다.	今之中州。卽古之人材圖書之府庫也。清初蓋多名世之大家數。如李光地之治易。徐乾學之治禮。方苞之治春秋。毛大可之該洽。候朝宗之文詞。最其踔厲特出者也。詩則王阮亭·吳梅村倡之。江西之十子。吳中之四傑繼之。亦皆遒逸峭蒨。各具一體也。近見詩文之並世者。皆纖齰輕俏。不中乎繩墨。無乃風氣之升降。使之然歟。吾則曰其弊也。俗儒考證之學爲之兆耳。竊稽考證之家。莫尙乎顧寧人·朱竹垞數子。而此皆根據經義。淵博精粹。天人性命之分

		頭。草木鳥獸之名目。以至山川郡國沿革異同。元元本本毫釐不錯。
徐淇修	篠齋集 卷3 「仲氏龍岡縣令府君行狀」	徐潞修가 중년에 魏禧와 朱彝尊의 문집에 심취하다.	其於文字。以慧悟濟該洽。嘗組治詩古文辭。覃精屢年。務去東人陳腐之習。故爲文則詞致淸婉。藻采苕穎。中年酷愛魏叔子·朱竹垞諸集。規撫含咀。造次不捨。
徐有榘	金華知非集 卷4 「與淵泉論左氏辨書」	근세에 毛奇齡과 朱彝尊 같은 자들은 漢儒의 설을 고수하여 편벽됨을 면하지 못하였다.	至若近世人如毛奇齡·朱彝尊諸人墨守漢儒之說。皆未免方隅之見。
徐瀅修	明皐全集 卷14 「紀曉嵐傳」	고증학은 명나라 말기에 성행했는데 楊愼으로부터 시작되어 顧炎武와 朱彝尊에 이르러 더욱더 발전하였다.	評曰。考證之學。盛於明末。其源盖出於楊升庵。而及至顧亭林朱竹垞。雖謂之鄭服之靑藍。不是過也。曉嵐爲學。亦主考證者。而其所著作。則布格嚴而無遺漫回遹之病。摛詞雅而無隱僻奇衺之譚。命意莊而無支離浮靡之見。叙事整而無凌亂龎雜之篇。以其儲蓄之富。文之以絢爛之才。而斐然成一家軌範。夫華藻見於外者謂之文。古今積於中者謂之學。則斯其成就。夫孰不曰眞文學也乎。或以簡明書目中多有砭朱之微詞。疑其爲陸學。而大抵考證家之不能不貳於朱門。爲其名物詁訓之間。往往有信不及處。未必皆因於祖陸也。況曉嵐之學。遠溯漢晉。而與宋講學之傳所入之門戶。本自殊科也乎。又何有於朱陸之尋派哉。
成大中	靑城集 卷10 「李懋官哀辭」	이덕무의 고증은 顧炎武와 朱彝尊과 필적할 만하다고 칭송하다.	懋官之學。不專爲文章也。蒐羅古今。貫穿宇宙。兵刑禮樂之盛。仙佛神姦之怪。文字制度之懿。夷狄獸禽之醜。手

			抄心識。蓄爲常用。而考据辯證。又若顧炎武·朱彝尊之爲也。其意盖欲集千古之典章。任一世之文獻也。不亦偉且壯哉。
成海應	研經齋全集 「研經齋府君行狀」	古文과 孔傳의 위작설은 吳證과 朱彝尊의 학설이 근거할 만하다. * 成海應의 조카 成祐曾이 지은 것이다.	嘗嘗曰。易則傳義以前。王弼之功非細。以後李光地觀象。的確可據。禮則當主鄭玄。而三禮義疏。亦宜參互。詩則朱傳傳箋俱不可廢。呂氏家塾讀詩記。恨未見全書。書則蔡傳頗平順可喜。而古文之贗。孔傳之僞。則吳證朱彝尊之說。不無可據。春秋則公羊賊敎。穀梁附會。讀者先究正名之旨。與夫尊攘之義。則左氏之事實。胡氏之義理。可以旁通。論孟則先看朱子定本。次閱何晏,趙岐之註。以爲取捨。孝經則旣不能遠尋古文。故從經中格訓可也。
成海應	研經齋全集 卷33 風泉錄 「題汪堯峯集後」	王崇簡, 徐乾學, 朱彝尊 등은 모두 학식이 넓고 성품이 단아하다고 할 만하지만, 명에 대한 의리를 지키지 않았다고 비판하고 있다.	汪堯峯文。有儒者氣。非有明季噍殺劖削之音。然獨怪其仕乎淸。深以得其寵榮爲幸。有所著述。輒擧而爲說。其踐華官而歷要職。若是重乎哉。殆吳澄,許衡之流亞歟。又如王崇簡·徐乾學·朱彝尊等諸人。皆可謂博雅者也。不明乎華夏之分。皆翺翔乎襢裘之途而不之恥。其所講劚聖經賢傳。復何爲哉。如孫臨翁逢春者。皆跳盪冶遊。似若不自撿制。然乃其大節凜然。臨殉節于閩。逢春以皇朝中書舍人卒。其平日狎昵聲色。放縱狹邪。豈肯爲文人學士所齒。而乃能如此。惜乎其本末不著見。無由補遺民之列。可恨也已。

成海應	研經齋全集續集 冊17 「題陳注糾誤後」	朱彝尊이 사실에 근거하지 않고 고증하는 것을 일러 '兔園冊子'라고 비난한 사실을 인용하다.	小戴之學。在漢則鄭康成。而康成之注簡奧。在唐則孔穎達。而穎達之疏典贍。在宋則衛湜。而湜之說繁富。至若雲莊陳澔之說極淺顯。用之蒙訓則有餘。求之經學則不足。第澔父大猷。師饒魯。魯師黃榦。榦爲朱子壻。故遂藉師門之餘蔭。爲時所重。皇朝初立之學官。我朝行之場屋。然注中考据實疎。注學記術有序。則引周禮以禮會民。而射於州序。周禮鄉大夫。實無此文。注檀弓五十以伯仲。則引賈公彦儀禮疏。實孔穎達禮記疏。正與賈疏相反。如此類。爲學者所論。朱彝尊謂之兔園冊子者。固也。余嘗取吳澄禮記纂言中諸說。補其闕遺。糾其繆戾。爲二卷。澄所引者固精確。獨其移易篇章。爲可議也。夫禮有古今之殊。自康成亦有不得其制者。往往訓以未聞。況其後乎。器章名物度數之舛訛者。安得一一追識之也。至若諸說之自相牴牾者。不得不辯。蓋摘不可苛。苛則歸于惑。糾不可疎。疎則歸于荒。要之。摘不苛而糾不疎。則可矣。
成海應	研經齋全集外集 卷61 蘭室譚叢 「明詩綜」	朱彝尊의 『明詩綜』에 조선시인의 字號와 爵里에 대한 오류가 많다.	嘗觀朱彝尊明詩綜。其編屬國也。朝鮮詩人字號爵里。紕繆非一。如李月沙稱栗谷。李東岳以字子敏入。李達旣入選。而又以蓀谷集入。月山大君婷。係婦人類。蘭雪軒以景樊入。而稱爲女道士。時當使華旁午。聞見不當訛誤。而今反如此。且顧祖禹方輿紀要。清一統志等書。其盡朝鮮界。擧多模索。不能髣髴。獨何國宗所鏤銅版地圖頗精密。不至大錯。

成海應	研經齋全集外集 卷67 燕中雜錄筆 「書籍」	朱彝尊의『日下舊聞』은 서적과 金石・遺文들을 잘 정리한 책으로 孫承澤의 『春明夢餘錄』과 함께 帝都를 고증하는데 도움이 된다. 하지만 세월이 흘러 문물제도가 변화함에 따라 編增하여『日下舊聞考』로 재편하였다.	朱彝尊所編日下舊聞。捃拾載籍及金石遺文。分爲十三門四十二卷。頗爲綜核。與北平孫承澤所著春明夢餘錄七十卷。均有裨於帝都考證。但其書不免罣漏淆訛。館臣重加訂正。彝尊書成於康熙二十七年。今又百年。民物繁昌。自宮殿城市改置添建。復編增爲十五門。成書一百六十卷。名曰日下舊聞考。
申緯	警修堂全藁 冊7 碧蘆舫藁 「次韻篠齋夏日山居雜詠(二十首)」	淸初의 여러 인물들 중에서 王士禎은 시를 잘 짓지만 文을 못하고, 汪琬은 文을 잘 짓지만 시를 못하며, 閻若璩와 毛奇齡은 考證을 잘하지만 詩文은 못하며, 오직 朱彝尊만은 모두에 성취가 있다고 평하다.	其十三 閻毛王汪擅塲殊。惟有兼工竹垞朱。近日覃溪比秀水。更添金石別工夫。(王士禎工詩而疎於文。汪琬工文而疎於詩。閻若璩，毛奇齡。工於考證而詩文皆下乘。獨朱彝尊事事皆工。雖未必凌跨諸人。而兼有諸人之勝。此紀曉嵐之說也。近日翁方綱考證詩文。兼擅其長。世稱竹垞之後勁而其金石精覈。又非竹垞可及也。)
申緯	警修堂全藁 祝聖二藁 「余選復初齋詩之役，已過十年，迄未告竣，竹垞進士贈是集原刊合續刻重裝本，而前闕陸序，後缺儷笙續刻甲戌至丁丑之作，此亦未可謂完本也，但題余小照之什，宛在續刻中，差幸掛名其間，所可恨者，題拙畫墨竹詩則竟	申緯가『七律觳』를 모방하여 朱彝尊을 비롯한 13인을 선발하다.	其五 復初一集十年畢。餘十三家未易完。六代詞宗眉目選。七言律觳腑心刊。傳燈解脫循環際。暮畫經營慘憺間。他日詩人奉圭臬。黃河於水泰於山。(余擬選七律觳。王右丞・杜文貞・白文公・杜樊川・李義山・蘇文忠・黃文節・陸劍南・元遺山・虞文靖・錢牧齋・王文簡・朱竹垞・翁文達。)

	逸而不見耳, 書此以示 竹垞 (五首)		
兪晩柱	欽英 卷5 1784년 윤3월9일조	朱彝尊의 『明詩綜』을 보 다.	初九日。甲子。天陰欲雨。及晏 或晴。見朱彝尊所選明詩綜四十 冊。
李德懋	青莊館全書 卷35 淸脾錄 「崔楊浦」	朱彝尊이 중국에서 간행 된 『楊浦集』에서 시를 뽑 아 『明詩綜』에 수록하고 李珥의 평어도 附記하다.	蓋自此楊浦集。刊行于中國。朱 竹垞選其詩。載于明詩綜。兼附 栗谷評語。
李德懋	青莊館全書 卷35 淸脾錄 「薑山」	李書九를 두고 법도는 王 士禛, 폭넓음은 朱彝尊과 같다고 칭송하다.	余甞嘆其典裁如王漁洋。淹雅如 朱竹垞。余於薑山無間然云爾。 則亦不固讓。泠齋・楚亭。皆推 爲鐵論。
李德懋	青莊館全書 卷35 淸脾錄 「李穆堂庚寅元朝」	朱彝尊이 徐石麒의 절의 를 높이 평가하다.	徐石麒字寶摩。嘉興人。天啓壬 戌進士。官吏部尚書。朱竹垞 曰。歸田之日築堂。榜曰可經。 及乙酉城被圍城破。自經于堂。 始信公之就義立志已久云。
李尙迪	恩誦堂續集 卷1 「日本畫生南畊, 倩人 索書扁聯, 因掇拾伊國 舊事佚聞之雜出於記 載者, 戱作七絶廿首, 以備竹枝一體」	우리나라에서는 잘못된 사실을 고증할 때에 朱彝 尊, 閻若璩, 顧炎武의 학 설을 따른다.	果有尙書百編否。歐陽七字惹人 疑。證訛我證諸家說。竹垞潛邱 又曰知。
李尙迪	恩誦堂續集 卷4 「玉酒壺歌, 謝伯韓」	朱彝尊이 직접 쓴 「碧色 酒巵」詩를 소장하고 있음 을 말하다.	君不見碧山人銀槎盃。痛飲欲窮 河源來。又不見宣德鷄缸難再 購。竹垞當時說刼灰。笱河碧巵 復何似。殊形蜿蜿騰蛟能。(余有 朱竹君書碧色酒巵詩一紙。)

李尙迪	恩誦堂續集 卷5 「江都符南樵(葆 森)孝廉輯國朝正 雅集, 略載東國人 詩, 拙作亦在其中, 題絶句五首」	朱彛尊의 『明詩綜』에 月山大君의 시가 실려 있는데, 閨媛의 시로 잘못 수록되어 있다.	漁洋心折情陰何。池北論詩天下聞。博 綜菽林朱竹垞。如何巾幗月山君。(竹 垞明詩綜載朝鮮月山大君詩。誤稱閨 媛。)
李宜顯	陶谷集 卷28 陶峽叢說	명나라 시들을 선집한 저술들이 많은데 그 중 康熙 때 사람인 朱彛尊 이 편찬한 『明詩綜』은 방대한 양을 수록하여 가히 완비되었다고 말 할 수 있다. 하지만 大 家의 시들을 소략하게 수록한 미진한 점이 있 다.	選明詩者亦多。錢牧齋列朝詩集。當爲一 大部書。盖自元末明初。至明之末葉。 大篇小什。無不蒐羅盡載。而旁採僧道香 奩外服之作。亦無所遺。實明詩之府庫 也。但牧齋素不喜王, 李詩學。搭擊過 酷。故北地·滄溟·弇園諸作。所錄甚 少。此諸公詩什繁富。就其中抄出。豈 不及於無甚著名者之一二篇。而彼則濫 收。此則苛汰。亦似偏而不公矣。康熙 時人朱彛尊者。又輯明詩。作一大編。 而名以明詩綜。此亦旁搜悉採。可謂完 備。而但無名稱者。雖一二篇。皆入 錄。而大家名集篇什之多者。所收甚尠。 此爲未盡矣。又有陳子龍所編明詩選, 鍾 伯敬所編明詩歸。或務精而欠於博　採。 或主簡而傷於偏滯。皆不能爲完善矣。
李定稷	燕石山房詩藁 卷1 「榜賀峙午憩手竹 垞集暫睡」	『竹垞集』을 읽다가 시 를 짓다.	嶺上晴莎暖。居然臥忘形。 暗隨蝴蝶影。去上曝書亭。
田愚	艮齋集後編 卷3 「與黃鳳立」	楊愼·閻若璩·朱彛尊 ·周密·毛奇齡·紀昀 등의 고증학자들이 朱 子를 철천지 원수로 여 기면서 헐뜯는 것을 평 생의 업으로 삼았다고 비판한다.	愚嘗病異說之尊心蹴於尊性。而與人 言。必曰心當自卑而尊性。嶺南一老 儒。語田璣鎭曰。子之師尊性。蓋譏之 也。吾儒豈有不尊性。而可以希聖者 乎。爲此語者。恐其心失其尊。而不覺 其陷於褻天命。則惑亦大矣。今見苟菴 集說證篇。言考證之言曰。宋尙道理。

			天下豈有舍道理而可以爲人者乎。此厭惡道學之言。而不自知其身之不可以爲人。則不知孰甚焉。愚讀此以爲。此古今人之遙遙相對。而貽禍於性道者也。(考證。指楊愼, 閻若璩, 朱彝尊, 周密, 毛奇齡, 紀昀也。此輩。專以詆毀朱子爲平生事功也。勻視朱子爲血讎。不欲與之俱生。啓口握筆。無非詬罵汙辱之辭。故苟翁以爲天下之亡。由於考證。近日一番人。往往侮詈栗谷先生。至謂之氣學。而指尊栗翁者。爲暴揚其過失於天下後世。噫。自心自尊之弊。一至此哉。)
田愚	艮齋集後編續 卷1 「答朴■(奎顯)」	毛奇齡을 비롯하여 楊愼·陳耀文·焦竑·方以智·閻若璩·朱彝尊 등의 고증학자들이 程朱를 헐뜯은 것을 비난하다.	朱友季, 毛奇齡云云。 奇齡之毒害程朱。紀勻最所推服。其一隊如楊愼·陳耀文·焦竑·方以智·閻若璩·朱彝尊輩。皆號考證之學。而紀勻之攻朱子及門人也。或兩字或四字。至于多字。皆有標目曰云云者。有二百七十四字。詳見申苟菴集證篇。其放恣凶惡。已無可言。而勻也淪溺於異術。盡汲頭尾。而無出期。渠皆已首實矣。然則考證之流。豈不爲異術所惑亂耶。異術指西洋妖言 彼輩以荀況性惡。爲十分是當。又從而曲爲之解。則性惡之末流。不但致焚坑而已。苟菴先生曰。人之將死。必有可死之病。國之將亡。必有可亡之徵。今以考證亡天下。鬼蜮狐蠱盜賊詛呪。其爲禍。不若是之烈也。
丁若鏞	與猶堂全書 詩文集 卷3	朱彝尊의 「鴛鴦湖櫂歌」에 차운하다.	秋江水與柳腰平。起聽抽帆第一聲。驀過雩壇三兩樹。紅欄粉砌夕陽明。書樓長夏困羈栖。不管花開與鳥啼。水國欣

	「八月二日，因仲氏挈眷東還，同尹无咎上舟偕行，次朱竹垞鴛鴦湖櫂歌諸韻」		遭如意事。便風來自露梁西。狎鷗亭裏好笙歌。當日金支擁翠蛾。寂寞軒楹誰借住。垂楊依舊暮蟬多。巍巍山影水中斜。木末猶棲漲後沙。野塘微雨賞荷花。兩岸胡麻蜀黍秋。晚年商度在篙樓。溫祚城孤日月昏。至今壘石滿江邨。平仲繁陰覆碧江。上游臺榭儘無雙。渼陰村口酒船多。黃帽漁郎盡此歌。澹色墟煙一字斜。草間微瓣白蘋花。串得江魚在柳絲。好笙歌。寂寞軒檻誰借住。巍巍山影水中斜。尙憶祇林携笈日。數家籬落對江流。漁唱仍隨農語起。滿洲兵罷一碑存。不要虛張誅檜筆。懸厓樹屋闢書窗。云是夢烏亭故址。石室書齋醉眼過。白鷗元是何如鳥。平邱驛樹落昏鴉。鳴櫓嘔啞歸港口。松明引路信篙師。籬下籬頭皆菜甲。麾笻小罵踐畦兒。
丁若鏞	與猶堂全書 詩文集 卷20 「答金德叟」	청나라 유자인 宋鑑이 『尙書考辨』에서 閻若璩와 朱彝尊의 논리를 더욱 넓혀 자세하게 고찰하였지만, 단락이 분명치 않다고 언급하다.	清儒宋鑑。乾隆間人。著尙書考辨六卷。刻於嘉慶五年。所論與鄙說若合符契。特規模不同。辭氣縝密。不如荒外之人颣險不脫酒者。可愧可愧。所採諸家之說。益廣閻若璩朱彝尊之論。尤詳著可考。但段落不明。蒙士難知。爲可欠耳。年前有人瞥示之還索之。至今爲恨耳。
趙秀三	秋齋集 卷5 「子午泉」	子午泉은 朱彝尊이 예전에 살던 곳이다.	竹垞幽居地。君家子午泉。日中常湛若。夜半更泠然。候與洋鍾合。源應海眼穿。文園多病渴。茶酒有清緣。
趙秀三	秋齋集 卷5 「石鼓歌」	楊愼이 스승에게서 얻은 탁본을 蘇軾의 것이라 하였는데, 朱彝尊이 그것이 위본임을 판별해내다.	定國妄引眞可笑。升菴譌僞無難知。(楊愼謂得拓本於其師。盖東坡舊物。而爲六百五十七言。遂爲十詩。朱彝尊辨其譌僞。馬定國以石鼓爲宇文周時所刻。眞可笑也。)

洪吉周	縹礱乙䥴 卷12 「睡餘放筆(上)」	옛 사람의 문집에 古詩가 많은데, 근래에는 7언이 5언보다 많고 律詩가 古詩보다 많으니 朱彝尊이 '三家村 안에 兎園이 끼여있는 꼴과 같다고 풍자하고 있다.	古人集中。概多古詩。七言之多於五言。律詩之多於古詩。朱錫鬯所謂三家村裏兎園筴也。余每於朋知會集。詩令將出。則余必力古詩。而它人皆不肯從。輒以七言律爲歸。可嘆。
洪吉周	縹礱乙䥴 卷9 「瞻彼薊之北行」	顧炎武와 朱彝尊은 考證에 해박하였고, 陸隴其와 李光地는 箋註에 정밀하였다.	顧朱博證辨。陸李精箋註。槐西語怪林。池北譚藝圃。
洪吉周	沆瀣丙函 卷4 「醇溪昆弟燕行, 余旣序以識別, 衍其未究之指, 又得長律八百字以寄, 以序若詩, 以屬之昆季, 可也, 以文則合序與詩, 以人則合昆與季, 無彼無此, 總而屬之, 亦可也云」	朱彝尊은 學業이 정밀하였고, 顧炎武는 저작이 많다고 평하다.	業精朱錫鬯。言藹顧寧人。
洪奭周	鶴岡散筆 卷1	顧炎武는 문장이 王士禛과 朱彝尊보다 뛰어남에도 불구하고 고증학에 가려 명성이 전해지지 않는다.	近世博學之士。人皆以顧寧人爲稱首。然但以其考證耳。余謂寧人之於考證。自是其一病。其節義文章之卓然。未必不反爲其所揜也。詞章之士。罕有能兼節義者。陶元亮尚矣。司空表聖。謝皐羽之詩文。未必能高出古人也。尚論之士。猶喜稱之。豈不以其節哉。皇朝鼎革之際。文章之士。全節而可稱者。猶顧寧人與魏氷淑爲最。氷淑之文。世所推也。寧人之文。不免爲考證所揜而不見列於作

			家。余嘗玩其所作。雖不矜繁富而深醇雅潔實有非詞章之家。所能及者。其信筆短牘。寂寞數語。亦皆有凜凜忠義之氣。使人聳然而起敬。至其詩托意深遠。命辭精煉。直可求之於晉宋以上。不論齊梁也。顧其學不專於詞章。不甚多作耳。然視陶元亮司空表聖。則亦不啻夥矣。余故嘗謂品近世之詩文者。當以寧人置諸王士禎・朱彝尊之上。今人未必不駁余言也。百世之後。必將有同余言者。
洪奭周	鶴岡散筆 卷3	20세 무렵에 錢謙益의『列朝詩集』과 朱彝尊의『詩綜』두 책에 실린 것을 기준으로 삼은 적이 있다.	王元美著藝苑卮言。時年尚少。晚而頗悔之。然其書已大行于世。不及改。以故受後人指議甚多。余少喜論古人。亦頗有所著論說。繇今思之。其繆妄非一二。業已刪其十八九矣。二十餘歲時。有論詩雜著數篇。及古詩絕句若干首。頗自謂能見大意。擇而存之。唯獨明文五言一篇。多至百二十韻。其時余實未能多見明文。於詩尤未嘗博觀。唯據錢謙益列朝詩集・朱彝尊詩綜二書所載爲準。殊未免弇淺紕漏。而間亦或有可觀者。不能遽棄之。然讀書未熟而輕於立論。亦可以爲戒也。
洪翰周	智水拈筆 卷4	명나라 熹宗 天啓연간에 五星이 奎星에 모이더니, 청나라 초에 人文이 점차 성대하여 湯贇・陸隴其・李光地・朱彝尊・王士禎・陳維崧・施閏章・徐乾學・方苞・毛奇齡・侯方域・宋琬・魏裔介・熊賜履・宋	世稱明熹宗天啓間。五星聚奎。故清初人文甚多。如湯潛菴贇・陸三魚隴其・李榕村光地・朱竹垞彝尊・王阮亭士禎・陳檢討維崧・施愚山閏章・徐健菴乾學・方望溪苞・毛檢討奇齡・侯壯悔方域・宋荔裳琬・兼濟堂魏裔介・熊澴川賜履・宋商丘犖・吳蓮洋雯・魏勺庭禧・葉方藹子吉・汪鈍翁琬・汪舟次楫・邵靑門長蘅・趙秋谷執信諸人。皆以詩文名天下。

		犖·吳雯·魏禧·葉子吉·汪琬·汪楫·邵長蘅·趙執信 등의 인물들이 시문으로 천하에 명성을 떨쳤다.	
洪翰周	智水拈筆卷5	朱彝尊 등은 한 번 보면 곧장 외워 평생동안 잊지 않았다.	如杜佑·鄭樵·馬端臨·魏了翁·王應麟·楊用修·鄭端簡·王世貞·朱彝尊·毛奇齡諸人。亦皆當過目成誦。平生不忘矣。

朱之蕃 (1564-1624)

인물 해설	字는 元升·元介, 號는 蘭隅·定覺主人이며, 金陵(지금의 南京) 사람이다. 萬曆 23년(1595)에 진사에 급제하여 이후 翰林院修撰, 禮部侍郎 등을 역임하였다. 만력 33년(1605)에 朝鮮에 사신으로 갔을 때 많은 이들이 그의 그림과 글씨를 구했다. 서화에 능해 산수화는 米芾·吳鎭 등에 비할 만하였고 行書는 趙孟頫를 계승하였다. 현전 작품으로「君子林圖卷」등이 있다. 저서에『使朝鮮稿』(4권),『紀勝詩』(1권),『南還雜著』(1권),『落花詩』(1권) 등이 있으며,『篆訣歌』,『海篇心鏡』 등의 字書를 엮었고, 그 외의 편서로『中唐十二家詩』(12권),『盛唐百家詩選』(34권) 등이 있다.
인물 자료	○ 錢謙益,『列朝詩集小傳』丁集 卷7,「朱侍郎之蕃」 　之蕃, 字元價, 金陵人. 萬曆乙未狀元, 官終吏部右侍郎. 元价爲史官, 出使朝鮮, 盡卻其贈賄, 鮮人來乞書, 以貂參爲贄, 橐裝顧反厚, 盡斥以買法書·名畫·古器, 收藏遂甲於白下. 詩篇冗長, 頗不爲藝林所許. 和移居二首, 頗瘦勁, 非其本色, 喜而亟錄之. ○『四庫全書總目』卷179,『奉使藁』條 　明朱之蕃撰. 之蕃字元介, 茌平人. 南京錦衣衛籍, 萬曆乙未進士第一, 官至吏部右侍郎. 之蕃以萬曆乙巳冬, 被命使朝鮮, 丙午春仲出都, 夏杪入關, 與館伴周旋, 有倡必和, 錄爲二大冊. 第一册爲奉使朝鮮藁, 前詩後雜著, 之蕃作也. 第二册爲『東方和音』, 朝鮮國議政府左贊成柳根等詩也. 末有乙未制策一道, 及東閣倡和詩數首, 爲讀卷官沈演等作, 蓋後人所附入, 案千頃堂書目, 載之蕃使朝鮮藁四卷, 紀勝詩一卷, 南還雜著一卷, 廷試策一卷, 落花詩一卷, 與此大同小異, 蓋所見者又一別本云. ○ 王重民,『冷廬文藪』(上海古籍出版社, 1992),「朱之蕃傳」 　朱之蕃字元介, 號蘭嵎. 先世由茌平徙南京, 遂爲錦衣衛人, 父衣, 字正伯, 號

杜邨居士, 嘉靖四十三年擧人, 官沅州知州. 工詩詞, 喜置名人書畫, 有詩集曰『雨花編』. 之蕃幼卽穎拔, 能文善書, 並工繪事. 學萬曆二十二年鄕試, 明年成進士, 廷試第一, 授翰林院修撰. 二十五年冬, 丁父憂, 回籍守制, 二十八年冬, 復除原職, 敎習內書堂. 直起居館, 編纂章奏, 管理文官誥勅. 三十四年春, 奉命頒詔朝鮮, 賜一品服, 遇屬國君臣, 嚴重有體, 盡却其贈賄, 鮮人服其淸. 本年冬陞左春坊右諭德, 掌南京翰林院事. 三十七年, 陞右春坊右庶子, 兼翰林院侍讀, 掌坊事. 三十九年秋, 陞詹事府少詹事, 兼翰林院侍讀學士, 纂修玉牒, 四十年夏, 陞南京禮部右侍郎, 七月到任. 四十一年冬, 丁母憂. 天啓二年秋, 起改吏部右侍郎, 兼翰林院侍讀學士協理詹事府事, 充纂修兩朝實錄副總裁官, 再上疏以疾辭, 未獲兪允, 延至天啓四年十月初七日卒于家. 距生嘉靖四十三年, 享年六十一歲, 之蕃自母憂守制, 輒遘微疾, 因不復出. 造小桃園于謝公墩北, 積鼎彝書畫其中, 嘯詠自得, 不干津要. 龍江關有蓮蕩, 築圩種柳, 葺而居之. 病革, 謂其子曰: "人生聚則爲形, 散則爲氣, 一去來間耳!" 問以後事, 不答而逝. 奉使朝鮮, 有奉使稿四卷・南還雜著一卷・紀勝詩一卷・落花詩一卷・廷試策一卷. 退居金陵, 有金陵圖詠一卷・雅游編一卷; 雅游編爲余孟麟撰, 而之蕃・焦竑和之. 他所作詩文, 有蘭嵎詩文集, 未刻. 又選明代詩爲明百家詩選三十四卷. 子從義, 字無外, 雅修自飭, 以廕入國學, 官至浙江溫台副使, 居官勤愼. 金石圖書, 摩挲不輟, 詩畫俱有父風.

　　論曰: 元介少擢巍科, 入詞翰, 聲名藉甚. 又工詩善畫, 時人得一言一字以爲寶, 書林亦多託焉. 余來國會圖書館, 恒慕義先生詢其卒年, 余以如此大名士, 必有記載, 乃遍尋群書而不可得. 三年後, 讀賈毓祥金陵按疏, 有爲代請郵典疏, 始得其卒年. 因更次其行事爲補傳如此.(一九四一年十月二十日記)

저술
소개

＊『奉使朝鮮稿』
　　(明)萬曆年間　刻本　1卷　朝鮮　柳根等撰『東方和音』1卷

＊『晚唐十二家詩集』
　　(明)朱之蕃編　(明)萬曆年間　刻本

＊『詞壇合璧四種』
　　(明)朱之蕃編　(明)刻本　15卷

＊『盛明百家詩選』
　　(明)朱之蕃輯　(明)萬曆年間　周時秦刻本　34卷　卷首　1卷

	＊『新刻湯會元輯注國朝群英品粹』		
	(明)朱之蕃輯　湯賓尹輯注　(明)萬曆 24年　余象斗刻本　16卷		
	비 평 자 료		
姜世晃	豹菴遺稿 권5 「題石峯書帖」	朱之蕃이 韓濩의 글씨를 높이 평가하여 "顔眞卿보다 뛰어나고, 王獻之보다는 못하다"라고 한 말을 소개하다.	韓石峯者。宣廟朝寫字官也。而筆法得大名於世。當時往來天使朱之蕃輩。大加稱賞。至許以眞卿上·子敬下。其後操翰者。莫不效顰焉。稱之爲韓體。亦可謂盛矣。
金邁淳	臺山集 卷2 「省覲東還, 挐舟仙游峰下, 觀朱蘭嵎石刻砥柱二字, 溯流泊楊花鎭, 是日適七月旣望, 乃挹翠軒游蠶頭日也, 舟中吟一律紀之」	仙游峯 아래에 朱之蕃의 글씨로 '砥柱' 두 글자가 새겨져 있다.	仙游峰下溯回遲。蠶嶺迢迢逐望移。鸞鳳猶停朱使筆。魚龍應識翠軒詩。扁舟不意落吾手。明月何曾虧往時。勝地從來難作主。陽川休道小如棊。
金邁淳	臺山集 卷20 闕餘散筆	근래에 『皇華集』을 보니 기이한 詩體가 많은데 후대에 朱之蕃 역시 이러한 詩體를 본받아 10여수를 지었다.	近得皇華全集而觀之。華修撰喜作此體。或一字含七字。或三字含七字。慕齋及蘇陽谷世讓。皆依韻酬和。牧齋之單擧二字含七字者。亦可異也。後來朱蘭嵎之蕃。亦效作十餘首。盖所謂以文滑稽者。而牽强扭捏。殆同兒戲。如此者無作可也。
南公轍	金陵集 卷23 「二美帖絹本」	朱之蕃의 글씨가 빼어나 조선에 왔을 때 韓濩·楊士彦으로부터 칭송을 받았다.	祝沈之畫。名天下。今人家鮮有。朱之蕃書。雄於一時。萬曆間。以翰林奉詔勑來朝鮮。如韓濩·楊士彦。皆稱其遒健有法。自以不可及。今此帖謂之二美。不爲過矣。

申緯	警修堂全藁 冊6 貂錄(四) 「余因邑子, 借閱許筠覆瓿四部稿鈔本卷端有任吏部 (珽)姓名印, 此必任公之手錄秘本也, 遂爲長句批後」	李廷機는 許筠의 문집 서문에 이 문집을 後七子 사이에 두어도 宗臣과 梁有譽에게 뒤쳐지지 않을 것이라는 朱之蕃의 칭찬을 기록하다.	弁卷晉江李廷機爾張。筆如椽。上下庭實元美間。(李晉江序云。朱太史曰其文紆餘婉亮。似弇州晚景。其詩閎達瞻麗。有華泉淸致。又曰。此集雖置在七子間。瑕不測宗梁之列。)朱詔使襄人何干。王文簡論吾所援。
申欽	象村稿 「讀申相國象村稿」	朱之蕃이 申鑑에게 써준 '枕雲亭'이란 세 글자를 申欽이 帖으로 만들다.	丙午。朱輪撰蘭嵎爲君弟鳳山守。書枕雲亭三字。君重之爲帖舍。
申欽	象村稿 卷7 「丙午歲, 以朱·梁詔使迎慰來此, 說之爲黃岡, 子龍爲西伯, 舍弟亦無家患, 故往來俱有賞心之樂, 今年以劉·熊兩使迎慰又來此, 則說之兄弟皆遞去丁憂, 舍弟喪室, 悄悄相迎, 信乎世間多憂少樂, 仍賦黃岡行, 以記昔遊」	朱之蕃과 梁有年이 1606년에 黃州에 온 것을 떠올리며 시를 짓다.	故人昔在黃岡州。迎我共上黃岡樓。黃岡之樓實寡仇。綠窓丹檻敞林丘。杯盤雜還迭獻酬。哀絲豪竹兼歌謳。座中邂逅盡朋儔。劇談可以寬羈憂。酒酣睥睨凌八區。世上何物爲孫劉。更闌燭跋不知休。握手欲別仍遲留。邇來倏忽幾春秋。紛紛世故令人愁。我今重到悲舊遊。春懷離恨同悠悠。龍灣千里路苦脩。鄉園迢遞空回頭。夭桃未臉柳未抽。蕩漾江波初潑油。安能拂衣歸菟裘。盟爾滄浪雙白鷗。
申欽	象村稿 卷7 「次朱詔使之蕃漢江觀漁韻」	朱之蕃의 「漢江觀漁」 시에 차운하다.	先生本是丹霞客。暫輟仙蹤遊九陌。天衢萬里騁霜蹄。(協韻)閑却江南煙雨磯。手擎鳳詔頒下國。入眼山川恣尋陟。高標拔俗幾千丈。遠追甫白凌

			轍軔。瞻彼漢廣橫中流。白沙靑草迷汀洲。聯翩玉節盍往觀。桂爲之楫蘭爲舟。山光水色乃吾與。綵旗漾漾隨風擧。暹暹麗日正淸和。微波淪漣如繡組。歡深不覺棄箸立。禮數差寬酒令急。漁翁持網集泓底。泓底銀鱗血洒臆。須臾得雋從丙穴。鬐鬣摧盡無洪纖。惜哉進不透龍門。退又不能效湯潛。廚人游刃供燖膽。風味疑與松江界。觥籌交錯逸興飛。盛矣斯文一際會。飆輪無路可再攀。北極縹緲彤雲重。明朝回首成陳跡。唯見碧濤連長空。
申欽	象村稿 卷10 「丙午春, 右諭德朱 之蕃, 給事中梁有 年, 齎皇孫誕生詔 出來, 余受義州迎 慰之命, 辭朝出宿 于碧蹄, 途中有作 (迎慰錄)」	朱之蕃과 梁有年이 1606 년 황손 탄생을 알리는 조서를 가지고 왔을 때, 그들을 義州에서 영접 하라는 명을 받고 가는 도중에 시를 짓다.	二月寒猶重。脩原雪欲飄。驛樓當峽路。鼓角擁星軺。別袂愁難解。歸程算却遙。平生遠遊興。投老未全消。
申欽	象村稿 卷14 「漢江, 陪朱·梁兩 詔使游觀, 次朱詔 使韻(二首)」	朱之蕃·梁有年과 함께 한강을 유람하다가, 朱 之蕃의 시에 차운하다.	其一: 平湖千頃碧茫茫。曲岸嵬嵬綺幕張。霄漢競瞻儀鳳彩。樓船正是水仙鄕。霞觴屢擧催龍管。璧月纔昇亂鏡光。勝地盛筵知不再。莫嫌今夕且聊浪。 其二: 玉節聯翩作勝遊。蘭橈晩艤漢之頭。且將禮數寬羈束。唯許杯觴盡獻酬。下里可堪聞白雪。此生何幸識荊州。泥鴻遺跡還惆悵。莫惜鸞驂爲少留。

申欽	象村稿 卷14 「次朱詔使遊鼇頭韻」	朱之蕃의 「遊鼇頭」 시에 차운하다. * 鼇頭는 한강 하류 楊花大橋 북쪽편의 동쪽에 강어귀에 불쑥 튀어나와 절벽을 이룬 곳으로 지금의 切頭山이다. 당시 漢江津 뱃놀이의 마지막 지점이었다.	盡日蘭舟鏡裏行。江天物色愜幽情。鼇頭矗出千尋壁。蛟室深藏幾尺泓。勝地百年逢盛事。奇遊今夕冠平生。玉京何處重回首。悵望仙樓是五城。
申欽	象村稿 卷21 「皇華集序」	朱之蕃과 梁有年이 1606년 황손 탄생을 알리는 조서를 가지고 왔다가 일을 마치고 돌아가던 중에 시를 읊었는데, 柳根이 이를 엮어 『皇華集』을 만들고 申欽이 그 서문을 쓰다.	欽惟我皇帝陛下卽位之三十三年十一月甲申。皇孫誕生。加恩宇內。特遣翰林院修撰朱公·刑科都給事中梁公。奉詔勑。齎綵幣文錦來頒。實翌年四月戊申也。兩先生竣事而回。遠接使柳根送之境上。其還也。纂次兩先生道途所製詩文。彙爲若干編。以進于我殿下。我殿下卽下書局壽諸梓。俾永厥傳仍命臣序之。
申欽	象村稿 卷21 「皇華集序」	朱之蕃과 梁有年의 문장과 필법은 兩京과 二王을 추종했다.	因兩公之作而究其所自。則皇朝政治之溫柔敦厚。所以感之者。槩可見矣。以至紀述題序之文。楷書行草之法。咸能力追兩京。躡武二王。而爲我東人人傳世之大寶。得於天者。信乎全且大矣。
李德懋	靑莊館全書 卷32 淸脾錄 「倪朱許牧隱」	朱之蕃이 李穡의 시에 탄복하다.	朱太史之蕃之來東也。西坰柳根。爲遠接使。許筠爲從使官。太史問曰。道傍舘驛壁版。何無貴國人作。筠對曰。詔使所經。不敢以陋詩塵覽。故例去之。太史笑曰。國雖分華夷。詩豈有內外。況今天下一家。四海皆兄弟。俺與君。俱爲天子臣庶。詎可以生於中國自誇乎。到平壤。見牧隱長

			嘯倚風磴。山靑江自流之句。終日吟 咀。不作一詩曰。日日得如此詩以 進。則吾輩可息肩矣。
李德懋	靑莊館全書 卷33 淸脾錄 「中朝人歎賞」	朱之蕃이 李仁老와 洪 侃의 시를 칭송하다.	許筠集丙午記行曰。朱太史之蕃。謂 筠曰。自羅麗至于今。詩歌最好者可 書來。筠遂選爲四卷以呈。太史曰。 吾燃燭看之。孤雲詩。似粗弱。李仁 老・洪侃最好。
李植	澤堂集 卷4 「晉原柳公(根)挽 詞」	柳根의 輓詞에서 柳根 이 朱之蕃과 熊化를 맞 이하며 명성을 떨친 일 을 이야기하다.	文衡大學士。擯接兩詞臣。 述作應無敵。周旋固絶倫。
李宜顯	陶谷集 卷28 陶峽叢說	『世說刪補注解』는 명나 라 사람이 劉義慶의 『世 說新語』를 刪補한 것으 로 明의 사신 朱之蕃이 柳成龍에게 전해주어 우 리나라 사람들이 볼 수 있게 되었다.	晉人樂放曠喜淸言。其弊也及於國 家。五胡亂華。衣冠奔播。陶弘景詩 所謂夷甫任散誕。平叔坐論空。豈悟 昭陽殿。遂作單于宮者是也。然其談 論風標。書之文字。則無不澹雅可 喜。此劉義慶世說所以爲楮人墨客所 劇嗜者也。因此想當時。親見其人。 聽其言語者。安得不傾倒也。明人刪 其蕪補其奇。作爲一書。誠藝林珍賞 也。朱天使之蕃携來。贈柳西坰。遂 爲我東詞人所欣覩焉。
李宜顯	陶谷集 卷2 「蔥秀山」	蔥秀山 바위에 朱之蕃 과 劉鴻訓의 筆跡이 남 아 있다.	海西曾歷遍。逋債只蔥山。奉使當今 日。停驂適此間。巖巒聳擢玉。泉溜 瀉鳴環。撫迹還增感。皇華已絶攀。 (巖有華使朱之蕃劉鴻訓筆蹟。)
李瀷	星湖僿說 卷28 「詩文門」	王世貞과 朱之蕃이 韓 濩의 글씨를 칭송하다.	按松都志。濩字景洪。丁卯進士。號 石峯。壬辰天將李如松麾貴北海滕季 達及琉球梁棩之徒。皆求書帶去。王

			世貞云。東國有韓石峰者。其書如怒猊決石。朱之蕃亦云。當與右軍平原爭其優劣。
李廷龜	月沙集 卷11 儐接錄 「漢江觀漁, 次正使韻」	朱之蕃과 함께 한강을 유람하다가 朱之蕃의 시에 차운하다.	金門大隱謫仙客。霞蹤偶落長安陌。陌上朝天走輪蹄。歸夢日日沙邊磯。忽焉銜綸下東國。經過幾處窮逗陟。薊野遼山與鴨水。萬里風煙入伏軾。吾東形勝漢之流。平沙斗岸而長洲。湖上風恬不起波。錦纜簇簇連方舟。聯翩錦袍此容與。風飄雲袂空中擧。吾王敬客出至誠。儐燕傾朝會簪組。酣來乘興迭起立。禮數寬容酒令急。逼坐春風情意融。語或不傳對以臆。漁人網集松下潭。潭淸魚可數洪纖。有時得雋語爭囂。錦鱗潑剌抽淵潛。大者燌之小者鱠。紅縷銀絲迷眼界。人生勝遊苦難再。況復忝陪天仙會。須臾新月照船篷。汀花浦樹陰重重。崑丘宴散飇馭遠。碧雲杳杳瑤池空。
李廷龜	月沙集 卷11 儐接錄 「楊花渡, 次正使韻」	楊花渡에서 朱之蕃의 시에 차운하다.	芝蓋聯翩竝袂行。白鷗飛近引閑情。高雲錦屛千尋壁。斜引蘭舟百丈泓。勝境豈期叨此會。宿緣應是在前生。陪歡不覺明朝別。愁殺歌筵唱渭城
李廷龜	月沙集 卷11 儐接錄 「次正使詩扇韻」	朱之蕃이 시를 쓴 부채를 주어 여기에 차운하다.	數日遊賞之筵。承命忝陪。念惟偏邦賤生。得覩天上仙人鳳鸞之儀。亦云幸矣。今乃密邇笑譚。薰挹德宇。杯觴獻酬。和氣藹然。此實千古罕逢之盛事。況蒙辱惠詩寶唾諸件墨妙。拜賜以來。如獲拱璧。朝夕誦玩。德音不昧。謹當欽對几案。永爲傳家之寶。飇輪倏返。勝遊如夢。敢攀瓊

			什。用寅榮慕感銘之懷。 翰閣仙曹天上人。鯫生何幸接淸塵。 文章李杜應方駕。墨妙鍾王是後身。 四偈法言心上訓。一團輕箑掌中珍。 台纏夜夜瞻霄漢。對越徽音面目新。 「奉月沙李丈(金陵朱之蕃)」 同是天涯骯髒人。沖襟寧肯墮囂塵。 應隨牛馬猶存舌。勘破風波患有身。 種樹一編爲活計。柴桑幾帙作家珍。 但敎吸月杯常滿。莫照靑銅白髮新。 萬曆己酉夏。行人司行人熊化。以昭 敬大王弔祭天使出來。余承命爲館 伴。
李廷龜	月沙集 卷11 儐接錄 「次正使詩扇韻」	朱之蕃을 높이 평가하여 그 문장은 李白과 杜甫에 견주고, 그 필묵은 鍾繇와 王羲之에 비유하다.	翰閣仙曹天上人。鯫生何幸接淸塵。 文章李杜應方駕。墨妙鍾王是後身。 四偈法言心上訓。一團輕箑掌中珍。 台纏夜夜瞻霄漢。對越徽音面目新。
李廷龜	月沙集 卷11 儐接錄 「次正使遊漢江韻 (二首)」	朱之蕃이 梁有年과 함께 조선에 와서 한강을 유람하며 지은 시에 차운하다.	萬曆丙午年。詔使翰林院侍讀學士朱 之蕃‧給事中梁有年出來。余以遊觀 宰臣。承命往參。 其一： 亂後江山如有待。名區物色荷 鋪張。瑤箏錦瑟驚鷗夢。玉節麟袍映 水鄉。杯瀲仙醪渾雨露。筆宣皇澤盡 龍光。蓬瀛可到應非遠。方丈三韓是 樂浪。 其二： 天上神仙下界遊。蘭舟縹緲漢 江頭。鬱金美酒醒仍醉。霏玉淸談唱 更酬。風月依然泛赤壁。煙花還似下 楊州。明朝別後雲泥隔。悵望飆輪不 可留。

李廷龜	月沙集 卷13 償接錄 「次正使登蠶頭峯 有感, 倂似同遊諸 君子韻」	1626년에 正使 姜曰廣 의 「登蠶頭峯有感」 시에 차운하고, 배를 타고 仙 遊峯을 지나다가 암벽 에 쓰인 朱之蕃의 글씨 를 보다. * 仙遊峯은 朱之蕃이 암 벽에 '砥柱'라는 글자를 새겨 '砥柱峯'이라고도 불렀다.	雲幕高褰入碧虛。長風岸幘曠懷舒。 淸遊宛對屛間畫。勝迹猶看石上書。 (是日。舟過仙遊峯。訪石崖朱學士書 迹。) 老去才情隨退鷁。醉來歌嘯聳潛 魚。遼天極目妖氛豁。歸趁仙班賀玉 除。
李廷龜	月沙集 卷47 「韓石峯墓碣銘 (幷序)」	朱之蕃이 조선에 왔을 때 韓濩의 글씨를 王義 之와 顏眞卿에 견주어 말한 뒤로, 한석봉의 글 씨가 더욱 유명해졌다.	弇州王世貞筆談。稱石峯書。如怒鯢 決石。渴驥奔泉。翰林朱之蕃來我國 曰。石峯書。當與王右軍・顏眞卿相 優劣。於是其書益貴重。人得一赫。 不啻隋珠崑玉。
張維	谿谷集 卷9 「忠勳府祭晉原府 院君文」	柳根의 제문에 그의 글 솜씨 때문에 중국에서 온 사신 朱之蕃과 熊和 가 조선을 도와주었다 고 언급하다.	手握文衡。恢然游刃。 天人銜命。公再主儐。 交馳上馹。竝劘詞壘。 朱豪熊潔。爲我軒輊。
崔岦	簡易集 卷8 還朝錄 「次正使明倫堂韻 (翰林學士朱之蕃)」	朱之蕃의 「明倫堂」 시 에 차운하다.	新堂未稱禮儀繁。奎璧流光在入門。 非勸明倫三代學。得聞靈性一言論。 同文已自無迂邇。宣化那分所過存。 正願請疑函文地。先慚固陋面墻藩
崔岦	簡易集 卷8 還朝錄 「次正使漢江韻 (二首)」	朱之蕃의 「漢江」 시에 차운하다.	江上樓臺兵火盡。畫船猶足綺筵張。 眞仙到處煙霞衛。敝邑由來山水鄕。 酒後微風生晚爽。詩前好月動晴光。 陪遊不覺恩波隔。却笑當年郡樂浪。

崔岦	簡易集 卷8 還朝錄 「次正使漢江觀漁韻」	朱之蕃의 「漢江觀漁」 시에 차운하다.	漢江自古娛嘉客。不能十里王京陌。 南北往來簇輪蹄。自在漁村與釣磯。 江天澹曠連海國。林巒在眄非攀陟。 采石空聞李謫仙。赤壁堪謝蘇公軾。 唯有崔顥叶風流。漢陽樹兼鸚鵡洲。 天上眞人留我館。忽契霞想來登舟。 見賞此境殆天與。許以稚事網亦擧。 當其潑剌受制時。縱觀謹笑忘簪組。 左右侍者如林立。庖人鼓刀事尤急。 羣魚應悔居淸淺。誰肯問之對以臆。 大者宜炙小宜鮮。風味更佳銀縷纖。 盡物取之亦不忍。不禦其漏容伏潛。 何待秋風討吳鱠。足以助酒超塵界。 斜陽煙景復流月。造物定知今日會。 陶然醉後倚揭蓬。一夢依然侍九重。 燕雀安測歸鳳路。會應綵雲瞻太空。
崔岦	簡易集 卷8 還朝錄 「次正使韻, 狎鷗亭與主人者也」	朱之蕃이 압구정 주인에게 준 시에 차운하다.	人自忘機鷗自樂。可以入羣豈相驚。 鷗雖可觀不可玩。一人之心好與兵。 列得海山莊濠上。鷗魚同歸至道形。 大人先生持喩我。心欲與物無將迎。 鯫生本自居城市。衰白不離班行裏。 何能便有滄洲情。出郭無多占煙水。 巖巒陡絶環之流。鷗來不猜釣魚舟。 亭子未成名先具。且襲前人道狎鷗。 他時縱邃濟勝志。天仙何路陪重遊。 勑賜鑑湖知不暇。大川舟楫屬勤求。
崔岦	簡易集 卷8 還朝錄 「正使別章」	朱之蕃과 이별하며 송별시를 짓다.	重潤恩覃海一區。鳳皇眞覩下清都。 名家學著淵源自。內職才稱點竄無。 餘事國多莊寶墨。緖言人當把春壺。 不能旬日回行色。安得殘生更執驅。

崔岦	簡易集 卷8 還朝錄 「次正使蠶頭韻」	朱之蕃의 「蠶頭」 시에 차운하다.	今日淸遊明日行。蠶頭物色屬高情。 仙風颯颯雙旌蓋。僻壤區區一石泓。 極浦潮來靑草沒。遙山鳥去白雲生。 不知馬首依俙否。煙樹通州向鳳城
許筠	惺所覆瓿稿 卷13 「使東方錄跋」	梁有年이 皇孫이 탄생 했다는 조서를 우리나 라에 반포하였는데, 사 람됨이 溫雅하고 端詳 하여, 上使인 朱之蕃과 함께 文雅와 風流를 함 께 지녔다.	梁黃門有年。丙午春。奉誕生皇孫 詔。來頒我國。爲人溫雅端詳。與上 价朱太史之蕃。竝文雅風流。其咳唾 成珠玉。眞一雙聯璧也。
許筠	惺所覆瓿稿 「惺所覆瓿稿序」	朱之蕃이 『覆瓿藁』를 들 고 와서 李廷機에게 許 筠의 문집을 칭송하다. * 이 글은 李廷機가 지 은 것이다.	蘭嵎朱太史持所謂覆瓿稿四部者一帙 來。謥余曰。僕銜命使東藩。藩之冠 紳士。雅相周旋。最其中許氏一門。 尤擅其長。此其季壯元之作也。其文 紆餘婉亮。似弇州晚境。其詩鬯達贍 麗。有華泉雅致僕竊喜之。求其全 集。今歲。始以一部送于京邸史。遞 至留院。則其書勤懇。乞得海內大方 家一語。其卷端。老師雖退在丘壑。 主盟藝林。捨公而誰。幸備袞褒。以 慰遠誠可乎。余曰。方今海內部署文 事者。比肩而立。皆可赤幟西京。抱 鼓開天也。獨奈何厭家膳而嗜野鶩。 斥疏越而耽禁臠。其見亦左矣。太史 曰。否否。此是覬皇家大一統之盛 哉。休明之化。洋溢域中而不足。散 覃區外。朝鮮。箕子所封。故獨先被 其敎。許門。大嶽之胤。故首能擅其 藝。其兄姊之作。俱瀜乎大雅矣。此 集雖置在七子間。瑕不廁宗梁之列。 是誠朝暮遇之者哉。余嘉太史之憐

			才。仰皇風之暢邁。
許筠	惺所覆瓿稿 卷4 「世說刪補注解序」	朱之蕃이 사신으로 돌아갈 때 준『世說刪補』를 보고서 劉義慶과 何良俊이 偏駁스럽고 王世貞이 獨造가 됨을 알게 되다.	丙午春。朱太史之蕃奉詔東臨。不佞與爲儐僚。深被獎詡。將別。出數種書以贈。則是書居其一也。不佞感太史殊世之眷。獲平生欲見之書。如受拱璧。拜而卒業。益知二氏之爲偏駁而王氏之爲獨造也。因博考典籍。加以注解。雖未逮孝標之詳核。亦不失爲忠臣也。使元美知之。則必將鼓掌於冥冥中。以爲嬺快焉。
許筠	惺所覆瓿稿 卷8 「蓀谷山人傳」	朱之蕃이 李達의「漫浪舞歌」를 보고 李白의 시와 다름이 없다고 칭송하다.	外史氏曰。朱太史之蕃。嘗觀達詩。讀至漫浪舞歌。擊節嗟賞曰。斯作去太白。亦何遠乎。權石洲韠見其斑竹怨曰。置之靑蓮集中。其眼者不易辨也。此二人者。豈妄言者耶。噫。達之詩。信奇矣哉。
許筠	惺所覆瓿稿 卷13 「題千古最盛後」	朱之蕃이 吳輞川의 솜씨를 빌려 小景 20폭을 그리고서, 이름난 문인의 시문 중 그림에 넣을 만한 것을 싣고, 직접 文·賦·詩를 그 아래에 쓰다.	朱太史倩吳輞川畫小景二十幅。皆取古名人詩文可入於畫者以載之。又自書文與賦若詩於其下。誠好事也。
許筠	惺所覆瓿稿 卷13 「題千古最盛後」	舍兄 許筬이 李澄의 솜씨를 빌려 그림을 베끼고 李潚이 글씨를 썼는데, 글씨는 朱之蕃에 미치지 못하지만 그림은 뛰어났다.	其本自內。今在義昌家。舍兄倩李澄榻之。其嫡兄潚書之。書雖不及朱公。而畫則優焉。

許筠	惺所覆瓿稿 卷15 「丙午紀行」	1605년 겨울 명나라 황제의 장손이 탄생하여, 황제는 朱之蕃과 梁有年을 파견하여 조서를 받들고 오게 하였는데, 이때 許筠이 동행하였다.	乙巳冬。皇長孫誕生。帝遣翰林修撰朱之蕃·刑科都給事梁有年。奉詔而來。余時罷遼山在京邸。遠接使柳公根啓請帶行。
許筠	惺所覆瓿稿 卷15 「丙午紀行」	朱之蕃이 許筠에게 『千古最盛』을 주고 跋文을 지어달라고 하다.	二十五日。中火雲興。宿定州。上使出千古最盛。令使製跋以進。
許筠	惺所覆瓿稿 卷15 「丙午紀行」	朱之蕃이 許蘭雪軒의 시집을 받아 읽어보고는 칭송하면서 許筠의 문집 출간 여부를 물어보다.	二十七日。上使先到控江亭。余跟往。上使招余入。問家姊詩。卽以詩卷進。上使諷而嗟賞。因問公之作。亦入梓否。余對以未敢。
許筠	惺所覆瓿稿 卷15 「丙午紀行」	朱之蕃이 조선의 山川地理에 대해 자세하게 묻다.	上使因問我國山川地理甚詳。余悉以書對。卽出掌扇書所作齊山亭詩給之令和。余卽口占以對。上使亟加嘆賞。夕到安州。宿綠珠家。延州故人來見。挾昌娥以自代。
許筠	惺所覆瓿稿 卷15 「丙午紀行」	朱之蕃은 許筠이 承政院이나 弘文館에 있지 않고 郎署나 外郡 사이를 오가는 것을 안타까워하며, 『世說刪補』·『詩雋』·『古尺牘』을 許筠에게 주다.	二十八日。抵肅寧。上使招余入。問你國自新羅以至于今。詩歌最好者。可逐一書來。因問余科第高下。聞其魁重試曰。此唐宋制科規也。問何官。曰。爲禮賓副正。卽中朝光祿少卿也。以職掌饔膳。故王國差遣。令飭廚傳矣。又問履歷。曰。初授史官。陞職方主客二員外。移給事中。陞武選郎中爲運判。陞司業太僕。出守西郡。爲今職矣。上使曰。否否。此子生中國。亦當久在承明之廬。金

			馬之門。非獲罪則何以翶翔郎署外郡也。因出世說刪補・詩雋・古尺牘等書以給。又招養吾怡叔慰存之。問其科第履歷。副使又招見。慰問辛苦。以衡山石刻帖給之。
許筠	惺所覆瓿稿卷15「丙午紀行」	朱之蕃이 우리나라 시인들을 품평하다.	初六日。留開城。宴散。上使招余評本國人詩曰。孤雲詩似粗弱。李仁老・洪侃最好矣。李崇仁鳴呼島。金宗直金剛日出。魚無跡流民歎最好。李達詩諸體。酷似大復。而家數不大也。盧守愼強力宏蓄。比弇州稍固執。而五律深得杜法。李穡諸詩。皆不逮浮碧樓作也。吾達夜燃燭看之。貴國詩。大槪響亮可貴矣。因高詠李達漫浪歌。擊節以賞。
許筠	惺所覆瓿稿』卷15「丙午紀行」	朱之蕃이 王世貞에게 가르침을 받은 적이 있다는 이야기를 듣고, 朱之蕃과 학문을 연마하는 과정에 대해 이야기를 나누다.	九日。留受宴。招余入話良久。余因問曾見弇州否。上使曰。癸巳春。往太倉請益於弇州公。時以南大司寇致仕。貌不中人。眼炯如花。園築考古・博古等堂。聚詩社友門徒賦詩。飮酒終日。日飮五六斗不醉。人有求詩文。令侍婢吹彈而謳。伸紙輒成。問學問文章功程。則曰。吾輩少日妄喜王・陸之新音。到老看之。考亭訓四子爲第一義。可自求於此矣。章文則人人不可爲李于鱗。先秦西京文。漢魏古詩。盛唐近體。雖不可不讀。而蘇長公詩文。最切近易學也。吾亦以白傳・蘇詩爲法矣。余問方今翰閣能詩者孰誰。曰。南師仲・區大相・顧起元俱善矣。有兵部郎謝肇淛詩。酷造大復之域矣。

許筠	惺所覆瓿稿 卷15 「丙午紀行」	朱之蕃과 梁有年이 韓濩의 글씨를 보고서 顔眞卿보다 낫고, 王獻之보다는 아래이며, 趙孟頫와 文徵明은 韓濩에 미치지 못할 것이라고 칭송하다.	二十九日。經嘉山抵定州。夕。兩使求石峯書。余適有玉樓文二件。分進之。上使曰。楷法甚妙。眞卿上子敬下也。松雪・衡山。似不及焉。又欲得眞本。不得已以長門賦進之。晦日。徑雲興・林畔。抵車輦。夕。上使用黃葵陽贈亡兄韻詩。作二長律。書爲大簇以給。
許筠	惺所覆瓿稿 卷19 「己酉西行紀」	徐明이 북경에서 陶望齡을 만났는데, 朱之蕃에게 許蘭雪軒의 명성을 들었다며 반드시 許蘭雪軒의 시집을 구해오라는 부탁을 받았다고 하여 시집 한 부를 주었다.	初十日朝。劉使致禮。於使物及余二人。紵絲香扇書冊等物甚優。夕抵肅寧。徐明來言。在北京見陶庶子望齡。言曾見朱官諭之蕃。道東國有許某者。其姊氏詩。冠絶天下。你之彼。須求其集以來。都監乃斯人也。有集在否。余卽出橐中一部以給
許筠	惺所覆瓿稿 卷20 「上黃芝川 (丙午八月)」	黃廷彧에게 朱之蕃의 그림에다가 黃廷彧의 시까지 얻게 되어 영광이라는 서찰을 쓰다.	朱太史之畫。得閤下詩而益重。不佞居然得二寶。此行侈矣。敢不九頓首乎。秋涼。仰祈若玉。
許筠	惺所覆瓿稿 卷20 「與尹止中 (丙午八月)」	尹毅立이 梁有年을 비난한다는 말을 듣고, 허균은 朱之蕃과 梁有年이 자신을 아껴주었음을 말하고, 梁有年을 편드는 것이 아니라 그가 비난받는 것이 억울해서 변론해준 것이라고 하다.	聞兄深過梁黃門。此葉哥矯其命也。朱太史則似有干求。亦非大段。而黃門則絶無之。彼二公均是待我者。我何軒輊而右梁乎。只以蒙詬爲冤。故不得不辨也。

許筠	惺所覆瓿稿 卷22 「惺翁識小錄引」	중국에서 皇長孫이 태어나 朱之蕃과 梁有年을 보내 조서를 반포한 것은 남다른 예우다.	中朝皇長孫誕生於永樂年間。無頒詔諭告之事。今皇上乙巳。誕皇長孫。特遣翰林修撰朱之蕃·刑科都給事梁有年來。頒詔以告。此亦異數也。
許筠	惺所覆瓿稿 卷24 惺翁識小錄 「我國黃毛筆天下一品」	朱之蕃이 허균에게 붓 5자루를 주었는데 조선에서 만든 黃毛 붓보다 못하였다. 朱之蕃이 우리나라의 붓과 종이를 매우 좋아하였다.	弇州嘗言宣城諸葛氏所造筆。極其精緻。終日用之不敗。朱太史以五枚贈余。兔則桀而易渴。羔則膩而易拉。俱不若我國黃毛筆也。朱太史用我筆。五日握而不敗。是天下第一品也。多束數千枝而去。又喜紙多。擇極薄者而曰。此可搨摹也。
洪奭周	鶴岡散筆 卷3	朱之蕃이 '叢石'이라고 새긴 글씨를 찾으려 하였으나 끝내 찾지 못하였다.	尙若能喜談輿地。所至必訪問。其山川道里關防之形。城邑邨店之名號。聞輒志之。嘗與余偕編周行通譜。都門之內街斑橋塗西盡川蜀南薄滇奧程表裏埃纖悉該具在。古所罕觀也。嘗爲余言。坡州細柳店之北有石。當官道而立。有刻曰。叢石者。朱詔使之蕃筆也。今雖漫漶。尙可尋見云。余前後過此。不啻百餘遭而求之。終不能得。人亦無知之者。近始與若能。約偕往一尋而竟不果焉。

朱鶴年 (1764-1844)

인물 해설

　　字는 野雲, 號는 野堂・野雲山人이며 江蘇 泰州 사람이다. 나중에 北京으로 옮겨가 생활하였다. 어려서부터 書法과 繪畫에 능했으며, 장성한 후 집안이 가난한 탓에 그림을 팔아 생계를 유지하였다. 山水・人物・仕女・花卉・竹石를 잘 그렸으며 특히 山水畫와 人物畫로 유명하였다. 그의 山水畫에는 石濤의 遺風이 엿보이며, 당시 사람들의 숭배를 받았다. 그의 명성은 顔其居와 法式善과 필적할 정도였고, 당시 유명한 화가 馬履泰(秋藥)・張問陶(船山)도 그를 중시했다. 당시 朱鶴年의 작품은 朝鮮 사람들에게 인기가 있었는데, 조선 상인들이 중국에 올 때마다 거금을 아끼지 않고 그의 작품을 구매하였다. 嘉慶 15年(1810) 阮元・朱鶴年・李鼎元・翁樹崑・劉華東・李林松 等이 法源寺에서 조선 문인 金正喜를 전별하는 연회를 열었을 때 주학년은 전별도를 그려주었다. 회화 방면에서 탁월한 성취가 있으며 당시 화가 朱昂之・朱本과 함께 '三朱'로 칭해진다. 지금까지 전해지는 그의 작품으로는 「萬卷書樓圖」・「王士禎石帆詩意圖」・「仿大癡山水」・「仿元人山水」・「怪石奇峰圖」・「梁園鐵塔圖」・「盧山瀑布圖」・「賜硏齋餞別圖」・「黃山雲海圖」 등이 있다.

인물 자료

○ 王鋆, 『揚州畫苑錄』 卷1

　　朱鶴年, 字野雲, 泰州人. 幼工書畫, 九歲爲寺僧作山水小幅. 州牧見之曰, "此子當以畫傳." 及壯, 貧無以養親, 遂以錢八百纒腰徒步北上, 鬻畫以爲旅食. 入都後, 畫理益精, 名噪一時. 鶴年外和而內介, 喜行善事, 提拔寒素, 曾救人於死, 人皆樂與之遊. 朝鮮人喜鶴年畫. 且重其人品, 有懸鶴年 像而拜之者.【孿經室續集】 鶴年僑寓都門山水, 有大滌子風椒畦孝廉稱, 其意趣閒遠, 不染時習, 性喜結納. 時, 長白法時帆學士主盟騷壇, 築詩龕, 奉陶靖節繪圖, 徵詩山人, 乃顔其居曰畫龕, 與都中賢士大夫文酒, 往還聲氣, 殆與詩龕敵, 故其畫益著京師. 馬秋藥・張船山兩先生, 尤引重之, 吾邑孫子瀟太史, 嘗寄詩云, "米怪倪迂萬邱壑, 周妻何肉半瞿曇. 燕雲回首難忘處, 一箇詩龕一畫龕." 山人・士女・人物・

	花卉·竹石靡不佳,		
저술 소개	★『朱雀橋邊野草』 (淸)道光20年 金陵 劉文楷刻本 2卷		

<table>
<tr><td colspan="4" align="center">비 평 자 료</td></tr>
</table>

金正喜	阮堂全集 卷5 「與人」	畵家의 최고 경지인 積墨法을 朱鶴年에 게 듣다.	自雲林大癡來。積墨一法。爲不傳之秘。近日中國之人。亦鮮能爲是。以其費力費筆。積累而成。故如草草應酬。尤無以爲之。畵家最上乘最貴品。無如積墨。嘗聞此義於朱野雲。
金正喜	阮堂全集 卷9 「走題金畵史千里仿朱野雲荷鴨圖便面」	畵史 金千里가 朱鶴年의「荷鴨圖」를 본 뜬 편면에 시를 짓다.	野雲原筆頗瀟爽。花葉相當梟則兩。千里巧思刪汰之。梟一葉一還也奇。雖是無花但有葉。更覺無花格還別。畵龕八萬四千偈。卽薪卽火拈眞諦。
金正喜	阮堂全集 卷9 「次韻, 答吳蘭雪藁」	吳嵩梁이 孤山에서 매화를 찾을 때에 羅聘과 朱鶴年에게 부탁해서 澹墨과 濃墨 두 본을 만들다.	料量羅朱澹濃中(蘭雪於孤山訪梅。倩兩峰野雲作澹墨濃墨二本)。蒼茫畵理參茶農。
金正喜	阮堂全集 卷9 「我入京, 與諸公相交, 未曾以詩訂契, 臨歸不禁悵觸, 漫筆口號」	金正喜가 燕京에서 만난 翁方綱·阮元·李林松·朱鶴年·劉喜海·徐松·曹江·洪占銓과 헤어질 때 아쉬워하며 짓다. 朱鶴年이 金正喜에게 옛 사람들의 초상화를 많이 그려 주었다.	我生九夷眞可鄙。多媿結交中原士。樓前紅日夢裏明。蘇齋門下瓣香呈。後五百年唯是日。閱千萬人見先生。(用聯語。)芸臺宛是畵中覩。(余曾藏芸臺小照。)經籍之海金石府。土華不蝕貞觀銅。腰間小碑千年古。(芸臺佩銅鑄貞觀碑。)化度始自鹽蜱齋。(心葊號。)攀覃緣阮並作梯。君是碧海製鯨手。我有靈心通點犀。坴雲墨妙天下聞。句竹圖曾海外見。況復古人如明月。却從先生指端現。(野雲善摹古人眞像。多贈我。)

			翁家兄弟聯雙璧。一生難遣愛錢癖。(蓄古錢屢巨萬。)靈芝有本醴有源。爾雅迭宕高一格。最憐劉伶作酒頌。三山 徐邈聊復時一中。(夢竹) 名家子弟曹玉水。秋水爲神玉爲髓。覃門高足劇淸眞。落筆長歌句有神。(介亭) 却憶當初相逢日。但知有逢不有別。我今旋踵卽萬里。地角天涯在一室。生憎化兒弄狡獪。人每喜圓輒示缺。烟雲過眼雪留爪。中有一段不磨滅。龍腦須引孔雀尾。琵琶相應蕤賓鐵。黯然銷魂別而已。鴨綠江水盃中渴。
金正喜	阮堂全集 卷10 「寄野雲居士」	朱鶴年에게 시를 부치다.	古木寒鴉客到時。詩情借與畵情移。烟雲供養知無盡。笳外秋光滿硯池。(先生舊藏古牙笳。又有宋蘭亭硯。硯背刻蘇齋仿玉枕小字。較陳香泉本。更佳。)
金正喜	阮堂全集 卷10 「寄野雲居士」	朱鶴年이 옛 牙笳을 가졌고, 또 송나라 蘭亭硯이 있어 그 벼루 뒤에 翁方綱의 玉枕蘭亭小字를 새겼는데 陳奕禧 본에 비해 더욱 아름다웠다.	上同
金正喜	阮堂全集 卷10 「朱野雲約於六月初三，瀝酒作余生朝,當此日不禁黯然, 率成一詩」	朱鶴年이 6월 초3일 金正喜의 생일에 술을 뿌려 나의 생일을 기념하겠다던 언약이 생각나 시를 짓다.	天涯涕淚畵圖新。六月初三倍愴神。政憶擬陶詩屋裏。遙飛一盞作生辰。

金正喜	阮堂全集 卷10 「題朱野雲畫」	朱鶴年의 그림에 시를 쓰다.	十載胷中邱壑情。野雲墨妙自天成。一琴一鶴還多事。五馬惟須載畫行。
申緯	警修堂全藁 冊1 奏請行卷 「館中卽席走筆, 謝朱野雲 (鶴年)見訪, 兼致鄙懷金蘭畦尙書 (光悌)」	자신의 숙소로 찾아온 朱鶴年에게 시를 지어 사례하고 아울러 金光悌에게도 자신의 마음을 전하다.	有美一人訪館門。披襟慷慨寸心論。儂兒不韻琴留室。高士無塵石伴罇。(皆野雲宗錄也。) 秋草自然堪下淚。(杜牧詩。芳草復芳草。斷腸還斷腸。自然堪下淚。何必更殘陽。) 夕陽雖好近黃昏。(僕晚交野雲。而行期促近。故談草寫李義山夕陽無限好。只是近黃昏之句。野雲連手加圈。泣下沾紙。) 多慙遠客邀虛獎。先屈中朝宰相尊。(蘭畦尙書於同樂園宴筵班次。遙見不佞。歸語野雲曰。朝鮮書狀官。吾望見其眉目。必是文士。恨未接話。乃送野雲紹介相見。且令季子近園先送名帖。)
申緯	警修堂全藁 冊12 紅豆集 「南雨村進士, 從鷥溪院判入燕, 話別之次, 雜題絕句, 多至十三首, 太半是懷人感舊之語, 雨村此次, 與諸名士遊, 到酣暢, 共出而讀之, 方領我此時心事」	南尙教가 入燕 할 때 시를 지어주면서 朱鶴年과의 만남을 이야기하다.	其十二: 秋草自然堪下淚。夕陽雖好近黃昏。篋中舊句時沾臆。腸斷平生朱野雲。(僕與野雲相見最晚。談草中。大書夕陽無限好。只是近黃昏二句。野雲手加數圈。淚隨沾紙。僕以詩記之。卽此首聯也。)

| 申緯 | 警修堂全藁
冊19
養硯山房藁
「題潢船黃葉懷人圖」 | 李尚迪의「黃葉懷人圖」에 자신과 중국 名士들인 翁方綱·戈寶樹·葉志詵·汪汝瀚·丹巴多爾濟·松筠·金光悌·金宗邵·金震·朱鶴年·法式善·劉元吉·和寧(和瑛)·李克勤·榮自馨·吳嵩梁·蔣詩·錢林·丁泰·鄧守之·熊昂碧·劉枚·周達·張深과의 교유를 추억하는 시를 쓰다. | 潢船手持黃葉圖。問我亦有懷人無。我亦懷人懷更苦。廿載黃葉秋糊糊。風雅及見隆嘉際。時則皇都盛文儒。蘇齋蘇室叩詩髓。蘇集蘇帖參寶蘇。書家秘鑰啓用筆。內蜜外縱傳楷模。紅豆歌筑日狂飮。戈生(寶樹) 葉生(東卿) 汪君(載靑) 俱。汪君馳譽傳神筆。乘輿肯畫山澤癯。篆香特爲斯人補。周邠長官有此乎。(語在覃溪題余小照詩中。) 蘭兄蕙嫂具雞黍。拭桌未暇丫鬟呼。(以上記蘇齋雅集也。)賢王折節敬愛客。鏡天花海紅毹。那知墨緣證屛障。隅然落筆田盤衢。中年哀樂感絲竹。況是開筵唱驪駒。(余於盤山酒樓。有書贈主人者。丹貝勒朝陵歸路見之。豪奪而來。已入屛幛。是日海甸相邀。亦以此墨緣。) 一代偉人松湘浦。東關西苑奉歡娛。且置藥物念行李。虎字相贈入山符。(湘浦手書草虎字。字過方丈。贈余曰此足以除不祥。) 蘭畦尙書(金光悌) 何好我。班行遙見愛眉鬚。自慚我豈眞名士。折簡招邀誠不虞。中書(蘭畦哲嗣載園。) 內齋留談藝。木瓜佛手香盤盂。孝子(篗伯) 刲股中書病。尙書忠孝詒厥謨。野雲三朱之一也。(法梧門。有三朱山人詩。謂素人·津里及野雲也。) 畫名任俠傾燕都。訪我何晚玉河館。相逢是別立斯須。夕陽黃昏西崑句。字字淚落談草濡。海上歸老劉芝圃。(元吉) 英雄種菜娛桑楡。班荊贈我恩遇記。戰伐勳名三楚區。瀋陽將軍(和太菴寧) 亦愛士。衙齋雅集圍茶罏。請我題句西藏賦。佛國仙都載馳驅。鄂君船送回泊污。遼東二生提玉壺。(李克勤榮自馨) 邊塞得有此佳士。莫是當年幼安徒。自哭蘇齋 |

			名父子。誰爲惺迷誰砭愚。蘇齋替人有蘭雪。金粟秋吟並操觚。詩品謬以蘇黃詡。墨竹兼之愛屋烏。名山付託恐相負。金粟自破金丹殂。秋吟最與論詩契。幷卷屬之東海隅。蘭雪一麾隔萬里。荸綠梅慰琴音摸。(蘭雪黔南行時。寄余其哲配綠梅圖。)丁中翰(卯橋)屢求詩稿。鄧孝廉(守之)曾乞畫廚。熊(雲客)鎦(眉士)周(菊人)張(茶農)尙無恙。星散天涯斷雁奴。舊雨零落一彈指。獨立蒼茫餘老夫。可懷何止於黃葉。感在鄰笛河山壚。縱有雲伯寄詩至。渺渺澹粧西子湖。聞我苦懷滿船泣。人多淚少歡歙。黃葉可聽不可數。一牛響交蘆舫蘆。
沈象奎	斗室存稿 卷1 「次韻宋芷灣(四首)」	朱鶴年의「萬柳堂補柳圖軸」에 시를 지어 주다.	芷灣書其舊作萬柳堂四詩於扇面以贈。日前拈花約會。芷灣適有事未到。約中人無如芷灣善飲者。殊爲之敗興。輒用其韵書一蒲葵以還。又以書朱埜雲崔年萬柳堂補柳圖軸。以塞其求。 雅集兼佳境。禪局頻樹頭。諸君猶趣事。如我更奇遊。名士今爲畫。相公昔起樓。沉吟當落日。旋作別離愁。此約知難後。餘歡已屬前。(與芷灣‧埜雲。前已會於龍泉僧舍。)論心無異地。昂首見同天。補柳參詩債。拈花失酒緣。芷師嚴戒律。令我作醒禪。未省來何路。常關幷不門。種桃今道士。泣柳舊公孫。春日城陰薄。夕陽塔影蹲。廉馮屢易主。洛水幾名園。柳亦不須萬。一枝一奈何。寧聞能縮別。卽看已嫌多。新迳纔穿麥。疎籬未暎蘿。長留君輩醉。我去尙爲歌。

陳繼儒 (1558-1639)

인물 해설	字는 仲醇, 號는 眉公·麋公이며 江蘇省 華亭(지금의 上海 松江) 사람이다. 시문을 잘 했으며, 蘇軾과 米芾의 書法을 배웠고 墨梅와 山水 그림에 능했다. 화론에 있어서 文人畵를 창도하고 南北宗論을 지지하였으며, 화가의 수양을 중시하여 '書畵同源'의 입장을 표했다. 董其昌과 함께 명성을 떨쳤으며 王世貞으로부터 존중을 받았다. 그러나 29세 때 儒者의 의관을 태워 버리고 官途의 뜻을 포기한 뒤, 崑山 남쪽에서 은거하였다. 東林書院의 顧憲成으로부터 초청을 받았으나 응하지 않고, 82세로 생애를 마칠 때까지 풍류와 자유로운 문필생활로 일생을 보냈다. 書畵로 『梅花冊』과 『雲山卷』 등이 전해지며, 저서로 『妮古錄』, 『陳眉公全集』 등이 있고, 『寶顔堂秘笈』(457권), 『小窗幽記』(12권) 등을 편정하였다.
인물 자료	○ 『明史』, 列傳 186 　　陳繼儒, 字仲醇, 松江華亭人. 幼穎異, 能文章, 同郡徐階特器重之. 長爲諸生, 與董其昌齊名. 太倉王錫爵招與子衡讀書支硎山. 王世貞亦雅重繼儒, 三吳名下士爭欲得爲師友. 繼儒通明高邁, 年甫二十九, 取儒衣冠焚棄之. 隱居昆山之陽, 構廟祀二陸, 草堂數椽, 焚香晏坐, 意豁如也. 時錫山顧憲成講學東林, 招之, 謝弗往. 親亡, 葬神山麓, 遂築室東佘山, 杜門著述, 有終焉之志. 工詩善文, 短翰小詞, 皆極風致, 兼能繪事. 又博文強識, 經史諸子·術伎稗官與二氏家言, 靡不較核. 或刺取瑣言僻事, 詮次成書, 遠近競相購寫. 征請詩文者無虛日. 性喜獎掖士類, 屢常滿戶外, 片言酬應, 莫不當意去. 暇則與黃冠老衲窮峰泖之勝, 吟嘯忘返, 足跡罕入城市. 其昌爲築來仲樓招之至. 黃道周疏稱"志尙高雅, 博學多通, 不如繼儒", 其推重如此. 侍郞沈演及禦史·給事中諸朝貴, 先後論薦, 謂繼儒道高齒茂, 宜如聘吳與弼故事. 屢奉詔征用, 皆以疾辭. ○ 錢謙益, 『列朝詩集小傳』 丁集 卷16, 「陳征士繼儒」 　　繼儒, 字仲醇, 華亭人. 少爲高才生, 與董玄宰, 王辰玉齊名. 年未三十, 取儒

衣冠焚棄之, 與徐生益孫, 結隱于小崑山. 仲醇爲人, 重然諾, 饒智略, 精心深衷, 妙得老子陰符之學. 婁東四王公雅重仲醇, 兩家子弟如雲, 爭與仲醇爲友, 惟恐不得當也. 玄宰久居詞館, 書畫妙天下, 推仲醇不去口. 海內以爲董公所推也, 咸歸仲醇. 而仲醇又能延招吳越間窮儒老宿隱約饑寒者, 使之尋章摘句, 族分部居, 刺取其瑣言僻事, 薈蕞成書, 流傳遠邇. 款啓寡聞者, 爭購爲枕中之祕. 於是眉公之名, 傾動寰宇. 遠而夷酋土司, 咸丐其詞章, 近而酒樓茶館, 悉懸其畫像, 甚至窮鄕小邑, 鬻炬妝市鹽豉者, 胥被以眉公之名, 無得免焉. 直指使者, 行部薦擧無虛牘, 天子亦聞其名, 屢奉詔徵用. 年八十餘, 卒於茶山之精舍. 自爲遺令, 纖悉畢具, 歿後降乩詩句, 預刻時日, 貯篋衍中, 其井井如此. 仲醇通明俊邁, 短章小詞, 皆有風致, 智如炙輠, 用之不窮. 交遊顯貴, 接引窮約, 茹吐軒輊, 具有條理. 以仲醇之才器, 早自摧息, 時命折除, 聲華浮動, 享高名食淸福, 古稱通隱, 庶幾近之. 玄繪物色, 章滿公車, 動以康齋, 白沙爲比, 謂本朝正史, 當虛席以待筆削. 耳食承譌, 斯固可爲一笑, 而一二儒者, 必欲以經史淵源之學, 引繩切墨, 指摘其空疏, 而糾正其驕駁, 亦豈通人之論哉! 余摘錄其小詩, 取其便娟輕俊, 聊可裝點山林, 附庸風雅. 世有評隲仲醇者, 亦應作如是觀, 不徒論其詩也.

저술 소개	★『寶顔堂匯秘笈』 (明)陳繼儒編 明代 刻本 42種 86卷 ★『寶顔堂續秘笈』 (明)陳繼儒編 (明)萬曆年間 刻本 50種 100卷 ★『陳眉公集』 (明)萬曆 43年 史辰伯刻本 17卷 ★『陳眉公先生全集』 (明)崇禎年間 吳震元等刻本 60卷 『年譜』1卷

비 평 자 료

朴齊家	貞蕤閣文集 卷1 「雅亭集序」	李德懋의 글 중 尺牘과 題評은 李日華 · 陳繼儒와 비교해도 손색이 없다고 칭송하다.	尤善尺牘題評. 小而隻字單辭. 大而聯篇累紙. 零零瑣瑣. 纚纚霏霏. 可驚可愛. 縱橫百出. 殆欲兼李君實陳仲醇輩而掩其長者矣. 人見其尺牘題評而曰懋官非古文. 此又世說以不學

			史漢列傳者也。見箚記名物而曰懸官非古文。此責注疏之異於八家文抄者也。
徐瀅修	明臯全集 卷5 「答成秘書(大中)」	총서류를 편찬하는 일을 陳繼儒의 『寶顔堂秘笈』를 비유로 들어 언급하다.	自是而爲鍾人傑之唐宋。爲商濬之稗海。爲陳繼儒之秘笈。則槩就前人見成之書。各以己意刪補。而去取得失。俱未免疵議。
兪晚柱	欽英 卷2 1778년 7월 2일조	陳繼儒의 『萬寶全書』를 읽다.	初二日。己丑。處暑。午正一刻。閱萬寶全書稱。乾隆三年。初刻其書。信稱呼類。
兪晚柱	欽英 卷6 1786년 8월 22일조	陳繼儒의 『寶顔堂秘笈』을 읽다.	二十二日。壬戌。淸昭。試閱秘笈三輔黃圖云云別部。
兪晚柱	欽英 卷6 1786년 9월 24일조	陳繼儒의 『辟寒部』를 읽다.	二十四日。甲午。峭肅。閱陳眉公辟寒部。
兪晚柱	欽英 卷6 1786년 9월 25일조	陳繼儒의 『辟寒部』를 읽다.	二十五日。乙未。朝見微雪夜下。晏風起峭厲。夜閱陳眉公辟寒部。
兪晚柱	欽英 卷6 1786년 9월 27일조	陳繼儒의 『辟寒部』를 읽다.	二十七日。丁酉。峭寒。夜重閱辟寒。
李勉伯	岱淵遺藁 卷1 「歎息」	명나라 名士 陳繼儒는 만권의 기이한 책들을 소장하였다.	歎息平生素願孤。只緣囊裡靑錢無。一盃濁酒稽中散。萬卷異書陳繼儒。環草屋宜饒古木。啓柴門必近平湖。不知此計何時遂。悵望秋風撚白鬚。
李裕元	嘉梧藁略 冊3 「皇明史咏」	陳繼儒의 事績을 시로 읊다.	陳繼儒 董宅新開來仲樓。三吳名士願同舟。閙熱城闤蹤跡罕。著書消盡幾春秋。

李夏坤	頭陀草 冊18 「策問」	陶宗儀의 『說郛』와 陳繼儒의 『寶顏堂秘笈』은 稗說의 府庫라고 말할 수 있지만, 正史에 도움이 된 점이 많다.	陶九成之說郛。陳繼儒之秘笈。可謂稗說之府庫。而其有補於正史者。可歷指而言歟。
李學逵	洛下生集 冊16 秋樹根齋集 「瓶梅四絶句」	陳繼儒의 『眉公秘笈』에 나오는 瓶梅에 대한 전고를 인용하다.	醃豕晶鹽韻未多。(陳繼儒眉公秘笈癸辛雜識云。折梅花揷鹽中。花開酷有肥態。試之良狀。已與家冊乙未正月十四日。舟過鍾賈山。大雪探梅僧院。僧出酒相餉。因論前事。僧言以醃豕滾汁。熱貯瓶。梅卻能放葉結子。余始知古人鹽梅和羹。故自同調。) 獨敎春信在陀羅。(山茶一名曼陀羅。) 蠟香一片甖罌口。培養何須老橐駝。
田愚	艮齋集後編 卷1 「答宋晦卿」	陳繼儒의 말을 인용하여 자신의 名節을 위해서 父祖의 墓籍에 신경쓰지 않는 지금의 사대부들을 비판하고 있다.	陳眉公云。好名之過。使人不復顧君父。今之士多認墓籍爲損名節而不肯爲。爲自己名節。不顧父祖遺骸。恐非人情天理之所宜出也。
田愚	艮齋集前編 卷7 「答沈能決」	陳繼儒의 『壽福全書』에서 본 공부법에 대한 내용을 언급하다.	曾見陳繼儒壽福全書。有一聯云。就五更枕席上。參勘心體。情未萌。氣未動。纔見本來面目。向三時飲食中。諳練世味。濃不欣。淡不厭。方爲切實功夫。此意甚佳。而其分情與氣。兩下對說。更極精密。正好細心照亮。但五更枕席。欲與三時飲食做對故然爾。其實日用間時。亦未嘗無此氣象也。
丁若鏞	與猶堂全書 詩文集 卷4 「古詩二十七首」	陳繼儒의 『祕笈書』 및 그의 행적에 대해 언급하다.	歷選千古人。但願陳眉公。結廬崑山內。棲身圖史中。吳越多窮儒。筆硯相磨礱。

			紆餘祕笈書。薈蕝不費功。縱被虞山刺。蕭然有淸風。
丁若鏞	與猶堂全書詩文集卷14「題山人紙障子」	陳繼儒의 『靜觀篇』의 한 구절을 인용하다.	沈潛世味。渾如酒蠻尋酸。苦戀火坑。一似燈蛾赴爛。此是陳眉公靜觀篇也。
丁若鏞	與猶堂全書詩文集卷14「題藏上人屛風」	陳繼儒의 『福壽全書』를 즐겨 읽다.	晴牕棐几。燒篤耨香。點小龍團。好看陳眉公福壽全書。淺雪筠菴。戴烏角巾。含金絲煙。流觀酈道元水經新注。
洪奭周	鶴岡散筆卷2	陳繼儒의 『讀書鏡』을 통해 朱子의 시로 알려진 「葱湯麥飯」이 蔡沈의 작품임을 알게 되다.	蔡九峯。未嘗爲朱子壻。余前已辨之矣。然葱湯麥飯之詩。俗皆傳以爲朱子詩。偶閱陳繼儒讀書鏡言江西甘矮梅先生通五經。從學者甚衆。其徒有爲行臺御史者。來謁于家。設饌。唯葱湯麥飯。口占一詩云。葱湯麥飯丹田暖。麥飯葱湯也可憐。試向城樓高處望。人家幾處未炊煙。乃知世俗所謂朱子詩者。因此而傳譌也。其訛自蔣一葵堯山堂記。始堯山堂紀載古人事。紕繆甚多。不足據以爲信也。
洪奭周	鶴岡散筆권5	袁黃의 「立命說」과 陳繼儒의 『福壽全書』는 유가와 불가의 학설이 섞여 있어 천하에 교훈이라고는 할 수 없겠지만, 그 뜻이 勸善懲惡을 추구하여 세속에 유익함이 있다.	袁黃立命說·陳繼儒福壽書。皆援儒混釋。固不可以爲訓於天下。然其意則大要在勸人爲善。去其駁而存其醇。亦不爲無補於俗。雖君子猶將有取焉。而況於古聖人福善禍遙之明訓乎。
洪奭周	鶴岡散筆卷5	陳繼儒와 袁黃의 서적에 의한 폐단을 말하다.	或曰。近世之談福善者。率籍經訓以勸愚俗。其意亦匪不美也。而其歸則以依阿屈曲周旋世路爲主。不流於鄕

			原之媚世。則入於佛氏之緣業。陳繼儒・袁黃之書。皆其甚者也。子以爲君子。或有取焉。獨不慮其弊之所極乎。曰較利害而流於鄉原。談因果而入於異端者。吾固已斥之矣。慮其流弊。幷與其美意而反之。是將惡茉濮之滛泆而幷禁婚姻。懲麴蘖之沈酗而直廢賓祀耶。近世談經者。有以倫語所訓。多主於保身而心不肯滿者。於危行言孫察言觀色諸章。皆欲廢之而不講此其倫。亦似乎高矣。然蔑經訓而畔聖言。其爲弊又將安極也。且天之所福。莫先乎有孟于民者。夫唯能祛民之害。然後始可以利民。是以去讒屛邪禁暴而止殺。蓋福之所集也。是又豈依阿屈曲周旋世路者之所能及哉。
洪奭周	鶴岡散筆卷5	袁黃과 陳繼儒의 학문은 모두 순정하지 않지만, 儒者들이 배워야 할 점도 있다.	袁黃・陳繼儒所學。固皆不醇。然黃所作。功過格專出於異端。其立命說。猶多可節取者。至繼儒福壽書。則雖間有浸遙二氏者而它格言。可以禆世者甚多。如敦本詒謨惜福種德諸篇。尤吾儒所宜玩味也。
洪翰周	智水拈筆卷1	명나라 때 陳繼儒 등은 편저서가 많고 각기 자신의 시문집이 있다.	有明一代。如升菴・弇州・荊川。及王圻・陳仲醇・陳仁錫輩。著書尤多。而亦各有詩文一集。
洪翰周	智水拈筆卷2	崇禎 17년은 兵亂이 극심했는데, 陳繼儒와 陳仁錫은 서적의 편집과 교정에 전념하여『八編類纂』・『眉公諸笈』・『奇賞』・『彙編』을 완성하였다.	崇禎十七年。以兵革終始。闖賊及張獻忠。皆以殺戮爲事。可謂乾坤含瘡痏。前代所無之大殺運也。屠城夷邑。人烟斷絕。幾至春燕巢林。無論山野。非救死奔竄。則皆肝腦塗地。然而如陳眉公・陳仁錫諸公。亦能占一乾淨地。爲校讐編輯之役。安閒整

			暇。如昇平無事之世。可異也。其所謂八編類纂・眉公諸笈・奇賞・彙編諸書。似當成於其時。此亦中國人事也。如我國人。則必不能也。
黃玹	**梅泉集** 卷5 「暑潦, 次眉公五絶韵」	陳繼儒의 五言絶句에 차운하다.	其一: 夕照涵淸溪。樹陰濃復薄。牧童歌正酣。不省腰笛落。 其二: 樹影忽升堂。曳簹林月白。爲消今夜凉。留宿前村客。
黃玹	**梅泉集** 卷5 「又次眉公七絶韵」	陳繼儒의 七言絶句에 차운하다. * 총 27수의 연작시이다.	其一: 摧頹病鶴未梳翎。鄕藥多門戒不經。小癎姑從村叟驗。侵晨塗傅草花靑。…

陳仁錫 (1581~1636)

인물 해설	字는 明卿, 號는 芝台이며 江蘇省 長洲(지금 江蘇 蘇州) 사람이다. 天啓 2년(1622) 進士가 되어 翰林院編修가 되었으며, 權宦 魏忠賢에게 죄를 입어 파직 당했다. 崇禎初 다시 복관되어 관직이 國子監祭酒에 이르렀다. 그는 經濟에 관심이 많았으며 학문과 저술을 즐겼다. 시문집으로 『無夢園集』(4권)이 있고, 『四書備考』, 『經濟八編類纂』, 『重訂古周禮』, 『明史藝文志』, 『古文奇賞』, 『蘇文奇賞』, 『史品』 등 저술이 풍부하다.
인물 자료	○ 『明史』, 列傳 167 陳仁錫, 字明卿, 長洲人. 父允堅, 進士. 歷知諸暨·崇德二縣. 仁錫年十九, 擧萬曆二十五年鄕試. 聞武進錢一本善易, 往師之, 得其指要. 久不第. 益究心經史之學, 多所論著. 天啓二年以殿試第三人授翰林編修. 時第一爲文震孟, 亦老成宿學. 海內咸慶得人. 明年丁內艱, 廬墓次. 服闋, 起故官, 尋直經筵, 典誥敕. 魏忠賢冒邊功, 矯旨錫上公爵, 給世券. 仁錫當視草, 持不可, 其黨以威劫之, 毅然曰：“世自有視草者, 何必我!” 忠賢聞之怒. 不數日, 里人孫文豸以誦步天歌見捕, 坐妖言鍛煉成獄, 詞連仁錫及震孟, 罪將不測. 有密救者, 得削籍歸. 崇禎改元, 召復故官. 旋進右中允, 署國子司業事, 再直經筵. 以預修神·光二朝實錄, 進右諭德, 乞假歸. 越三年, 即家起南京國子祭酒, 甫拜命, 得疾卒. 福王時, 贈詹事, 諡文莊. 仁錫講求經濟, 有志天下事, 性好學, 喜著書, 一時館閣中博洽者, 鮮其儔云.
저술 소개	*『重校古周禮』 (明)刻本 6卷 *『史記奇鈔』 (明)明末 天繪閣刻本 14卷 *『三國志』 (晋)陳壽撰 (宋)裴松之注 (明)陳仁錫評 (明)刻本 65卷

* 『皇明世法錄』

(明)崇禎年間 刻本 92卷

* 『大學衍義補』

(明)丘濬撰・陳仁錫評 (明)崇禎年間 刻本 160卷

* 『潛確居類書』

(明)陳仁錫輯 (明)崇禎 15年 陳智錫 繼志堂刻本 120卷 / (明)崇禎年間 金閶 映雪草堂刻本 120卷 / (明)崇禎年間 尙義堂刻本 120卷

* 『古文奇賞』

(明)陳仁錫輯 (明)萬曆46年－天啓年間 刻本 22卷『續古文奇賞』34卷

* 『明文奇賞』

(明)陳仁錫輯9明)天啓 3年 刻本 40卷

* 『四六函』

(明)刻本 13卷

* 『文奇』

(明)陳仁錫輯幷評 (明)萬曆 46年 雲起堂刻本 20卷

* 『奇賞齋古文匯編』

(明)陳仁錫輯幷評 (明)崇禎 7年 刻本 236卷

비 평 자 료

姜世晃	豹菴遺稿 卷5 「書手寫明文奇賞卷下」	陳仁錫의 『明文奇賞』에 崔岦과 高敬命의 글이 수록되어 있다.	右上宗伯書二首。上一首。爲崔簡易岦代撰。下一首。爲高霽峯敬命代撰。載於明人陳仁錫明卿明文奇賞。
金邁淳	臺山集 卷9 「顧亭林先生傳」	董含의 『蓴鄕贅筆』에 따르면, 陳濟生은 陳仁錫의 아들로 『啓禎詩選』을 간행할 때 사건에 연루되어 죽었다.	戊申有萊州之獄。初萊人姜元衡評告其主黃培詩。獄株連至二三十人。至是又以吳郡陳濟生忠節錄二帙。首官指爲炎武所輯。書中有名者三百餘人。(按董含蓴鄕贅筆。濟生仁錫之子也。崇禎末。刊啓禎詩選。吳姓作序中有二祖列宗語。奸人沈天甫・呂

			中‧夏麟奇以爲奇貨。索金不遂。令僕葉大出首以爲訛誣本朝詩冊。列名七百餘人。遣官提訊。以濟生久經物故。事無憑據。告者俱斬東市。）
徐瀅修	明皐全集 卷2 「奉贈寧遠知州劉松嵐(大觀。○二首。)」	劉大觀에게 준 시에 陳仁錫이 인용한 비평을 재인용하다.	艶體陳言弊百年。紛紛壇墠捻忘筌。方皐相馬無他法。吾愛松嵐獨佁然。（陳仁錫曰。劉禹錫與柳宗元書曰。端而曼。苦而腴。佁然以生。瘴然以清。論者謂此數句。嚼出柳文妙處。）
兪晩柱	欽英 卷2 1778년 7월 21일조	陳仁錫이 評選한『諸子奇賞』을 읽다.	二十一日。戊申。見諸子奇賞。凡十二冊。原編六十卷。古吳陳仁錫評選凡三十二子。
兪晩柱	欽英 卷3 1780년 2월 14일조	陳仁錫의 『明文奇賞』을 읽다.	十四日。癸亥。閱明文奇賞二十冊。天啓癸亥陳仁錫評選。
李宜顯	陶谷集 卷28 「雲陽漫錄」	陳仁錫의 『明文奇賞』은 명대 문장을 초록한 선집류 가운데 가장 뛰어난 작품인데, 조선인의 시에 대해서는 잘못된 점들이 있다.	明文之抄輯爲一書者。有陳仁錫明文奇賞。此最爲大書。又有十大家文選,明文英華。此則略些。不足考覽一代制作矣。奇賞。載我國使臣上宗伯二書。皆宗系辨誣事也。是時金黃岡繼輝爲上使。以其名呈進。故錄以黃岡名。而上一首。質正官崔簡易作。下一首。書狀官高霽峰作。兩作。皆加貫珠批點。上作。有評曰說者謂朝鮮人未嘗讀宋人書。故其詞古雅。其實簡易自不讀後世文。故其文古雅耳。非朝鮮人盡然也。朝鮮人病於熟宋書而不熟古文。中原人乃知之如此。可謂過許矣。一笑。

洪翰周	智水拈筆 卷1	명나라 때 陳仁錫 등은 편저서가 많고 각기 자신의 시문집이 있다.	有明一代。如升菴·弇州·荊川。及王圻·陳仲醇·陳仁錫輩。著書尤多。而亦各有詩文一集。
洪翰周	智水拈筆 卷1	시대마다 각각 선집이 있으니 『宋元文類』, 『八代文鈔』, 陳仁錫의 『古文奇賞』, 黃宗羲의 『明文授讀』이 있다.	文則英華之後。亦代各有選。有宋元文類。有八代文鈔。有陳仁錫之古文奇賞。有黃宗羲之明文授讀。
洪翰周	智水拈筆 卷2	崇禎 17년은 兵亂이 극심했는데, 陳繼儒와 陳仁錫은 서적의 편집과 교정에 전념하여 『八編類纂』·『眉公諸笈』·『奇賞』·『彙編』을 완성하였다.	崇禎十七年。以兵革終始。闖賊及張獻忠。皆以殺戮爲事。可謂乾坤含瘡痍。前代所無之大殺運也。屠城夷邑。人烟斷絶。幾至春燕巢林。無論山野。非救死奔竄。則皆肝腦塗地。然而如陳眉公·陳仁錫諸公。亦能占一乾淨地。爲校讐編輯之役。安閒整暇。如昇平無事之世。可異也。其所謂八編類纂·眉公諸笈·奇賞·彙編諸書。似當成於其時。此亦中國人事也。如我國人。則必不能也。

陳子龍 (1608-1647)

인물 해설

　　字는 臥人, 號는 大樽으로 지금의 上海 松江縣 사람이다. 太湖에서 의병을 일으켜 淸나라에 저항하다가 투신한 순국시인이다. 그의 문학 주장은 전후칠자를 계승하여 詩·賦·文은 魏晉을 모범으로 하여야 하고 작품은 현실을 반영할 수 있어야 하며 자신의 진실한 감정을 펼쳐내어야 한다고 주장하였다. 정치적인 색채가 농후한 詩社인 '幾社'를 창시하기도 하였다. 明末을 대표하는 작가로서 특히 詩歌의 성취가 높았는데, 청나라 군대가 남하한 뒤에 지은 시가는 시대 상황을 마음 아파하고 이에 분개한 작자의 심정이 드러나 시의 풍격이 황량하게 변하였다. 詞의 창작에도 능하여, 후대에 '明代第一詞人'이라 불린다. 『幾社稿』, 『陳李倡和集』, 『平露堂集』, 『白雲草』, 『湘眞閣稿』, 『三子詩稿』 등의 시문 이외에도 徐孚遠과 함께 『皇明經世文編』 500여 권을 편찬하였으며, 저서에 『陳忠裕公全集』(30권)이 있다.

인물 자료

○ 『明史』, 列傳165

　　陳子龍, 字臥子, 松江華亭人. 生有異才, 工擧子業, 兼治詩賦古文, 取法魏·晉, 駢體尤精妙. 崇禎十年進士. 選紹興推官. 東陽諸生許都者, 副使達道孫也. 家富, 任俠好施, 陰以兵法部勒賓客子弟, 思得一當. 子龍嘗薦諸上官, 不用, 東陽令以私憾之. 適義烏奸人假中貴名招兵事發, 都葬母山中, 會者萬人. 或告監司王雄曰: "都反矣." 雄遽遣使收捕, 都遂反. 旬日間聚衆數萬, 連陷東陽·義烏·浦江, 遂逼郡城, 旣而引去. 巡撫董象恒坐事逮, 代者未至, 巡按禦史左光先以撫標兵, 命子龍爲監軍討之, 稍有俘獲. 而遊擊蔣若來破其犯郡之兵, 都乃率餘卒三千保南砦. 雄欲撫賊, 語子龍曰: "賊聚糧據險, 官軍不能仰攻, 非曠日不克. 我兵萬人, 止五日糧, 奈何?" 子龍曰: "都, 舊識也, 請往察之." 乃單騎入都營, 責數其罪, 諭令歸降, 待以不死. 遂挾都見雄. 復挾都走山中, 散遣其衆, 而以二百人降. 光先與東陽令善, 竟斬都等六十餘人於江滸. 子龍爭, 不能得. 以定亂功, 擢兵科給事中. 命甫下而京師陷, 乃事福王於南京. 其年六月, 言防江之

策莫過水師, 海舟議不可緩, 請專委兵部主事何剛訓練, 從之. 太僕少卿馬紹愉奉使陛見, 語及陳新甲主款事. 王曰：“如此, 新甲當恤.” 廷臣無應者, 獨少詹事陳盟曰可. 因命予恤, 且追罪嘗劾新甲者. 廷臣懲劉孔昭殿上相爭事, 不敢言. 子龍與同官李清交章力諫, 事獲已. 未幾未幾, 列上防守要策, 請召還故尙書鄭三俊, 都禦史易應昌·房可壯·孫晉, 並可之. 又言：“中使四出搜巷. 凡有女之家, 黃紙貼額, 持之而去, 閭井騷然. 明旨未經有司, 中使私自搜采, 甚非法紀.” 乃命禁訛傳訛惑者. 子龍又言：“中興之主, 莫不身先士卒, 故能光復舊物. 今入國門再旬矣, 人情泄遝, 無異升平. 清歌漏舟之中, 痛飲焚屋之內, 臣不知其所終. 其始皆起於姑息一二武臣, 以至凡百政令皆因循遵養, 臣甚爲之寒心也.” 亦不聽. 明年二月乞終養去. 子龍與同邑夏允彝皆負重名, 允彝死, 子龍念祖母年九十, 不忍割, 遁爲僧. 尋以受魯王部院職銜, 結太湖兵, 欲擧事. 事露被獲, 乘間投水死.

○ 朱彝尊,『明詩綜』

王李教衰, 公安之派浸廣, 竟陵之焰頓興, 一時好異者, 禱張爲幻. 關中文太淸倡堅僞離奇之言, 致刪改三百篇之章句；山陰王季重寄謔浪笑傲之體, 不免綠衣蒼鶻之儀容. 如帝釋既遠, 修羅藥叉, 交起搏戰, 日輪就暝, 鵬子鷃母, 四野群飛. 臥子張以太陰之弓, 射以枉矢, 腰鼓百面, 破盡蒼蠅蟋蟀之聲, 其功不可沒也.

○ 吳偉業,『梅村詩話』

當是時, 幾社名聞天下, 臥子奕奕眼光, 意氣籠罩千人, 見者莫不辟易, 登臨贈答, 淋灕慷慨, 雖百世後猶想見其人也.

○ 沈德潛,『明詩別裁』

詩教之衰, 至於鍾譚, 剝極將復之候也. 黃門力辟榛蕪, 上追先哲, 厥功甚偉. 而責備無已者, 謂仍不離七子面目. 將蜩螗齊鳴, 不必有鈞韶之響耶.

저술소개	*『陳忠裕全集』 (淸)嘉慶 8年 竿山草堂刻本 30卷 卷首 4卷 卷末 1卷 *『陳大樽先生集』 (明)陳子龍撰 (淸)吳光裕輯 (淸)刻本 18卷

		『學海類編』	
		(淸)曹溶編 陶越增訂 (淸)道光 11年 晁氏活字印本 430種 814卷 內 陳子龍 撰 『詩問略』 1卷	
		『皇明詩選』	
		(明)陳子龍・李雯・宋徵輿輯 (明)刻本 13卷	
		『明詩選』	
		(明)李攀龍編 (明)陳子龍增删 (明)崇禎 4年 豹變齋刻本 12卷 卷首 1卷	

비 평 자 료			
徐淇修	篠齋集 卷3 「送冬至上行人 吾宗恩卯翁赴 燕序」	淸代 시단에서 王士禛과 吳偉業이 창도한 이래로 陳子龍・虞黃昊・陸圻 등의 江西十子와 吳中四傑이 그 뒤를 이어 각각 일가를 이루었다.	今之中州。卽古之人材圖書之府庫也。淸初蓋多名世之大家數。如李光地之治易。徐乾學之治禮。方袍之治春秋。毛大可之該洽。侯朝宗之文詞。最其踔厲特出者也。詩則王阮亭吳梅村倡之。江西之十子。吳中之四傑繼之。亦皆遒逸峭蕉。各具一體也。
成海應	研經齋全集 卷33 風泉錄(三) 「題陳子龍・侯 岐曾傳後」	명말의 野史에는 『明史』와는 달리, 陳子龍・侯岐曾・吳勝兆 등이 松江에서 병사를 일으켜 항거하다가 순절했다고 기록되어 있다.	余嘗見明季野史。備書陳子龍・侯岐曾與吳勝兆等起兵松江事。敗露而死。其大節不可誣也。今見堯峯所著明史侯岐曾傳後跋。岐曾子涵撰父行實。兼述子龍亡命事。以爲子龍與叛人勝兆有連。罪當死。其父不知而舍之。見法於二日之內。子龍尙無叛狀。而況其父乎。何爲統兵五百。連舸四十。若將摧巖城當大敵者。堯峯深歎涵躬遭家難。不敢逆斥厥考無罪。盖淸人方定江南。恐皇朝遺黎煽動衆心。而誅戮者誠多矣。然子龍輩樹立。昭不可掩。而涵等爲說。專怵畏及禍。乃於巾篋之藏。書其寃死。岐曾死誠得其所矣。何寃之有。人家不肖子弟急於逃禍。乃欲汚衊其先世大節者。顧多其人。如涵等輩是已。堯峯又

			何爲歎美也。人心之陷溺。亦如此哉。
成海應	研經齋全集 卷37 「皇明遺民傳 (一)」	方以智가 陳子龍·吳應箕 등과 함께 東林을 이어 復社의 主盟이 되다.	以智字密之。崇禎庚辰進士。授翰林簡討。以智十歲能爲詩文。工書畫。與陳子龍·吳應箕等。接武東林。主盟復社。爲阮大鋮等所中傷。幾不免。
柳得恭	泠齋集 卷7 「並世集序」	명나라 때 四傑·前後七子·竟陵·雲間(陳子龍) 등의 문인들이 온 사방에 명성을 떨쳤는데 우리나라의 문인들은 몇 세대가 지난 뒤에야 그 존재를 알게 되었다.	至若有明一代四傑七子。竟陵雲間。風聲振海內。而東土諸公側耳而無聞。及至數世之後。刻集東來然後始知某時有某人。是猶通都大邑瓜果爛漫。而僻鄕窮村坐待晚時也。
李宜顯	陶谷集 卷28 陶峽叢說	錢謙益의 『列朝詩集』, 朱彝尊의 『明詩綜』, 陳子龍의 『明詩選』, 鍾惺의 『明詩歸』 등 명나라 시인들의 詩選集에 대해 논하면서 陳子龍의 『明詩選』, 鍾惺의 『明詩歸』의 미숙함을 지적하다.	選明詩者亦多。錢牧齋列朝詩集。當爲一大部書。蓋自元末明初。至明之末葉。大篇小什。無不蒐羅盡載。而旁採僧道香奩外服之作。亦無所遺。實明詩之府庫也。但牧齋素不喜王·李詩學。掊擊過酷。故北地·滄溟·弇園諸作。所錄甚少。此諸公詩什繁富。就其中抄出。豈不及於無甚著名者之一二篇。而彼則濫收。此則苛汰。亦似偏而不公矣。康熙時人朱彝尊者。又輯明詩。作一大編。而名以明詩綜。此亦旁搜悉採。可謂完備。而但無名稱者。雖一二篇。皆入錄。而大家名集篇什之多者。所收甚尟。此爲未盡矣。又有陳子龍所編明詩選·鍾伯敬所編明詩歸。或務精而欠於博採。或主簡而傷於偏滯。皆不能爲完善矣。

120

陳　鱣 (1753-1817)

• • •

인물 해설	字는 仲魚, 號는 簡莊・河莊・新坡이며 浙江 海寧 사람이다. 嘉慶 3年 擧人이 되었고, 錢大昕, 翁方綱, 段玉裁, 王念孫 등과 학문적 교유를 나누었다. 박학하고 기억력이 좋았으며 문자 훈고와 교감, 輯逸에 탁월한 능력이 있었기에 阮元은 그를 '浙中經學最深之士'라 일컬었다. 장서가로 유명하다. 朴齊家의 시문 선집인 『貞蕤藁略』을 중국에서 간행해 주기도 하였다. 저서에 『論語古訓』(10권), 『六藝論』(1권), 『續唐書』(70권), 『簡莊疏記』(18권), 『陳仲魚文集』(8권), 『簡莊詩鈔』(1권) 등이 있다.
인물 자료	**○ 『淸史稿』, 列傳 271** 字仲魚. 強於記誦, 喜聚書. 州人吳騫拜經樓書亦富, 得善木互相鈔藏. 嘉慶改元, 擧孝廉方正. 又明年, 中式擧人. 計偕入都, 從錢大昕・翁方綱・段玉裁遊. 後客吳門, 與黃丕烈定交. 精校勘之學. 嘗以朱梁無道, 李氏既系賜姓, 復奉天祐年號, 至十年立廟太原, 合高祖・太宗・懿宗・昭宗爲七廟, 唐亡而實存焉；南唐爲憲宗五代孫建王之玄孫, 祀唐配天, 不失舊物, 尤宜大書年號, 以臨諸國：於是撰續唐書七十卷. 又有論語古訓・石經說・經籍跋文, 恆言廣證諸書. 卒, 年六十五.
저술 소개	★ 『恒言廣證』 (淸)手稿本 6卷 ★ 『續唐書』 (淸)道光4年 士鄕堂刻本 70卷 ★ 『古小學書鈎沈』 (淸)稿本 11卷 ★ 『經籍跋文』 (淸)抄本 1卷 (淸)錢泰吉跋 管庭芬校並跋

* 『對策六卷綴文』
  (淸)嘉慶 10-12年 陳氏 士鄕堂刻本 6卷

* 『新序』
  (漢)劉向撰 淸初 刻本 『漢魏叢書』本 10卷 (淸)黃丕烈・陳鱣校

* 『法言』
  (漢)揚雄撰 (淸)刻本 10卷 (淸)陳鱣校・跋幷錄 何焯・盧文弨題識

* 『中論』
  (漢)徐幹撰 (明)刻本 2卷 (淸)陳鱣校

* 『讀書敏求記』
  (淸)錢曾撰 (淸)乾隆 10年 沈尙杰 雙桂草堂刻本 4卷 佚名錄 (淸)黃丕烈・陳鱣・吳騫・吳焯批校

* 『別下齋叢書初集』
  (淸)蔣光煦編 (淸)道光年間 蔣氏 別下齋刻本 10種 48卷 內 陳鱣撰 『經籍跋文』 1卷

* 『涉聞梓舊』
  (淸)蔣光煦編 (淸)道光-咸豊年間 蔣氏 宜年堂刻本 25種 119卷 內 陳鱣撰 『經籍跋文』 1卷

* 『汲修齋叢書』
  (淸)徐光濟編 (淸)徐氏 汲修齋抄本 16種 18卷 內 陳鱣撰 『四書疏記』 1卷 / 『新坂土風』 1卷 / 『河莊詩文抄』 1卷

비 평 자 료

| 朴齊家 | 貞蕤閣集
「貞蕤閣集序」 | 陳鱣이 朴齊家를 위해 『貞蕤閣集』의 서문을 쓰다. | 嘉慶六年三月。余擧進士遊都中。遇朝鮮國使臣朴修其檢書于琉璃廠敞書肆。一見如舊相識。雖言語不通。各操不律書之。輒相說以解。檢書通經博古工詩文。又善書法。人有求則信筆立書所作以應。時余同年友嘉定錢君旣勤繼至。旣勤克承家學。著述甚夥。檢書偕同官柳君惠風。亦閎覽多聞。卓然儒雅。四人者賞奇析義。舐墨濡毫。頃刻盡數 |

| | | | 紙。余欲叩以逸周書之在子前兒嗛羊。管子之文皮尨服。說文解字之鮑魵鯦鱷鯬鯡鮹魦鱳鮮鱅鯛。遽數之不能終其物。且日已旰矣。遂散去。越數日又相見。辱贈以東紙摺扇野笠藥丸。余卽賦詩四章志謝。副以楹聯碑帖及拙著論語古訓。幾幾乎投縞獻紵之風焉。有頃檢書手一編出示曰貞蕤藁略。皆其舊作。首列對策。發明古學。貫通六藝羣書。讀之洋洋灑灑。如登高山臨滄海。驟然莫測其崇深。蓋余從事于聲音文字訓詁。已歷多年。意有所會。輒疏記之。近秊性漸忽忘。未敢自信。今閱檢書之作。先得我心之所同然。不覺興感交集。檢書自言所列策問。乃其先國王親製。國王好學博聞。直接鄒魯淵原。不作漢唐後語。而恭儉禮下。從善如流。夙知艸茅之名。振拔于科學常格之外而登進之。擢授要職。君臣知遇。古所罕覯。余歎其何榮若此。蓋嘗三入京師。所交皆名公鉅儒。其天性樂慕中朝。好譚經濟。曾著北學議二卷。其它著作詩文尙多。此所存者才十之一。然其中攷證之作。酬唱之篇。雲流泉涌。綺合藻抒。粲然具備。同人亟爲校刻。請余弁其端。余固謝不敏。適綿州李墨莊中翰出使琉球方歸。亦在坐。欣然勸余爲之。洪惟我國家。文敎誕敷。東漸西被。梯山航海。重譯來庭。何止越裳西旅。而朝鮮古稱君子之國。檢書皇華載命。周爰諮諏。不愧九能之目。將見斯編一出。流布風行。膾炙人口。咸知崇實學尙風雅。無閒于絕域遐陬。豈不盛哉。豈不快哉。若夫澹雲微雨二語。遂詑爲東國解詩。抑亦淺已。海寧陳鱣序。 |

柳得恭	燕臺再遊錄	陳鱣과 함께 두 나라 간의 학문, 저술, 역사, 지리 등 여러 분야에 걸쳐 이야기를 나누다.	仲魚曰。珙師三十六字母。貴處可通否。答亦可通。然戴東原之說。則云學者但講求雙聲。不言字母。可也。大抵讀若最古而寔簡捷。仲魚曰。字母二字本不通。今之直音某卽古之讀若也。東原門下。有王君念孫·段君玉裁。曾知其人否。王君註廣雅甚精。段君有音均表。余曰。音隨時代而變。公羊傳登來者。得來之也。又管子。齊桓公與管仲登臺。口開而不下。東郭郵知其伐莒。今以東音讀之。登得初聲相同。莒爲開口聲。以華音讀之。不然。豈非東人尙守古音。而中國則變歟。仲魚曰。似或有如是者。仲魚著有說文解字正義三十卷。以藁本示之。卷首小像。卽其室某氏筆也。余曰。可謂凡父之陸卿子。仲魚曰。說文長箋。謬說居多。亭林言之詳矣。余曰。顧先生亦有錯處。仲魚曰。所論說文及石經最謬。余曰。亭林不見秦中石本。只取書坊漏本爲說。仲魚曰。其所見說文。乃五音韻譜。非眞本也。其論廣韻。亦非全本。東原言之頗詳。東原先生是大通人。余曰。然。亭林偶一見差耳。如此公者。古今幾人。仲魚曰。佩服之至。余曰。顧有子孫否。答無子。以從子爲後。近亦不知其後人何如。曾欲作亭林年譜未成。余曰。其書頗不見毀否。答不見毀。余曰。恐有禁。答不禁。余曰。如翁山·叔子輩。皆見禁否。仲魚曰。翁山最禁。叔子次之。余曰。亭林書中。如崇禎過十七年以後。亦曰幾年。此豈非可禁之字乎。仲魚曰。此等處不過奉旨改。余曰。如改此等字。便無本色。仲魚曰。是則然矣。亭林肇域志。近欲商

| | | | 刻之。余曰。鄉人作書院。俎豆之乎。仲魚曰。將來必配食孔子廟庭。惟此公卽屬經濟。所以謂之大儒。坐言起行。仲魚又曰。近代詩如袁・蔣諸公如何。余曰。當推首選。然比古人。却可議。仲魚曰。本朝詩當推梅邨否。余曰。詩各有門戶。梅邨從元・白來。惟牧翁却從韓・杜・蘇・黃來。與仲魚問答。多用漢語。或有談草。橫書竪書。糢糊不可辨。大畧如此。紀曉嵐云。近來風氣趨爾雅・說文一派。仲魚蓋其雄也。余所答或中其意。則大歡樂之。連日約會于五柳居。余曰。公喜從遠人游。恐惹人怪。仲魚大笑曰。其實無妨。爾我皆東夷也。萊夷・淮夷・徐夷。皆古之東夷也。借余笠及唐巾・氅衣着之。關門曳履徐步曰樂哉。川楚匪亂。仲魚却不諱。座無他人時。書示曰天下將大亂矣。余曰。吾是海外人。於我何關。仲魚曰。浙省亂。則貴處何如。余曰。此則可憂。浙與我隔一海故耳。未知浙省亦有變否。仲魚曰。去年。海寇作梗。撫臺阮公擊破之。然至今海面未靖。各處海防甚嚴。余曰。阮公庚戌年中一晤。亦見其車制考。乃能辦賊。可謂文武全才。仲魚曰。此吾座師。有石刻小像。吾作贊。當奉示。余曰。海寇是何等寇。仲魚曰。皆漁戶也。仲魚又曰。蒙古郡王拉旺多爾濟上書請討楚匪。朝廷不許。此事如何。余曰。此事不許。似得體。仲魚默然久之曰。吾可作管幼安。有容我者乎。余曰。今討賊剿撫二局。果何居。仲魚曰。非剿非撫。彼此支吾而已。余曰。大學士慶桂何如。答何足道。問劉墉何如。答墉者庸也。問 |

			孰爲用事者。答宗又府衙門第三親王也。仲魚示其所述論語古訓十卷。悉引異本。以至於高麗本及日本之足利本·山井鼎七經考異。博則博矣。或有未安處。贈余五律一首云。東方君子國。職貢入京師。不貴文皮美。■■■■■■■惟稱使者詩。客愁三月暮。交恨十年遲。此去應回首。關山落月時。余和云。斯世囂然古。其人可以師。形聲窮解字。名義守箋詩。居恨雲溟遠。談忘午景遲。相看俱老矣。寧有再來時。仲魚稱其先祖某。皇明遺民。恥滿洲衣帽。丁憂。遂以喪服終身。嘗有句云。更無後進思宗國。只有新書號滿洲。談草爲仲魚所毀。不能記其名。可恨。
柳得恭	燕臺再遊錄	錢東垣은 錢大昭의 아들이자 錢大昕의 조카로 陳鱣과 함께 찾아와 錢大昭의 저술 10여종을 보여주었다.	錢東垣字旣勤號亦軒。江蘇嘉定人。可廬大昭子。辛楣大昕從子也。每與陳仲魚同來五柳居。示余以可廬所述十種書目。詩古訓十二卷·爾雅釋文補三卷·廣雅疏義二十卷·說文統釋六十卷·兩漢書辨疑四十四卷·後漢書補表八卷·補續漢書藝文志二卷·後漢郡國令長考一卷·三國志辨疑三卷·邇言六卷。
李尙迪	恩誦堂集續集卷5「江都符南樵(葆森)孝廉輯國朝正雅集, 略載東國人詩, 拙作亦在其中。題絕句五首」	朴齊家의 『貞㽔稿略』은 陳鱣이 서문을 쓰고 판각하였으며, 李調元의 『函海』와 吳省蘭의 『藝海珠塵』 등도 함께 수록하였다.	三入春明遍所知。至今人說樸貞㽔。蜀中吳下諸名輩。爭采新詩付棗梨。(樸楚亭嘗三游燕臺。而所著有貞㽔稿略。陳仲魚為序而刻之。李雨村函海及吳泉之藝海珠塵諸書。幷有收錄。)

121

陳憲章 (1428-1500)

●●●

인물 해설	字는 公甫, 號는 石齋이며 新會(지금의 廣東省 新會縣) 사람이다. 白沙里에 살았기 때문에 호를 白沙子라고도 하며 명청대 학자들은 그를 白沙先生이라 불렀다. 程朱理學에 심취하여 江西學者 吳與弼을 스승으로 모시며 학문에 열중하였으며 고금의 전적과 불교, 도교 서적 및 패관소설까지 두루 섭렵하였다. 후에 독서를 통해 理를 궁구하는 방식에서 나아가 '本心'을 추구하는 心學의 수양방법을 주장하였다. 38세에 太學에 들어가 京師의 명사들과 어울리며 '眞儒'로 추앙받았으나 곧 다시 백사촌으로 돌아와 講學을 하며 명성을 떨쳤으며, 嶺南 第一의 학술유파인 '江門學派'를 이끌었다. 저서에 『白沙集』·『白沙詩教解』 등이 있다.
인물 자료	○ 『明史』, 列傳 170 　原夫明初諸儒, 皆朱子門人之支流餘裔, 師承有自, 矩矱秩然. 曹端·胡居仁篤踐履, 謹繩墨, 守儒先之正傳, 無敢改錯. 學術之分, 則自陳獻章·王守仁始. 宗獻章者曰江門之學, 孤行獨詣, 其傳不遠. 宗守仁者曰姚江之學, 別立宗旨, 顯與朱子背馳, 門徒遍天下, 流傳逾百年, 其教大行, 其弊滋甚. ○ 錢謙益, 『列朝詩集小傳』 丙集 卷4, 「陳簡討憲章」 　憲章, 字公甫, 新會人. 正統十二年擧人. 身長八尺, 目光如星, 右頰有七黑子, 如北斗狀, 穎悟絕人. 再上禮部, 不第, 歸隱白沙. 成化十八年, 辟召至京, 不肯就禮部試, 乞歸養母. 詔特授翰林簡討. 自後屢薦不起. 弘治十三年卒. 學者稱爲白沙先生. 莆田林俊, 稱其涵養粹完, 脫落淸灑, 獨超造物牢籠之外, 而寓言寄興于風煙水月之間, 蓋有舞雩陋巷之風焉. 余觀先生之爲人, 志節激昂, 抱負奇偉, 慨然有堯舜君民之志, 而限於資地, 困於謠諑, 輪囷結轕, 發爲歌詩, 抑塞磊落之志氣, 旁見側出於筆墨之間, 借詩講學, 間作科諢帽桶脚, 有類語錄. 嘗有詩曰: "子美詩之聖, 堯夫又別傳. 後來操翰者, 二妙少能兼." 嗟乎, 子美·堯夫之詩, 其可

得而兼乎! 東食西宿, 此眞英雄欺人之語, 而增城湛原明妄加箋釋, 取爲詩教, 所謂癡人前不可說夢也. 先生嘗曰: "論詩當論性情, 論性情先論風韻, 無風韻則無詩矣." 又曰: "學古人詩, 先理會古人性情是如何. 有此性情, 方有此聲口." 人亦有言, 白沙爲道學詩人之宗. 餘錄其詩, 則直以爲詩人耳矣. 王元美書白沙集後云: "公甫詩不入法, 文不入體, 又皆不入題, 而其妙處有超出於法與體及題之外者. 余少學古, 殊不相契, 晚節始自會心, 偶然讀之, 或倦而躍然以醒, 不飮而陶然以醉, 不知其所以然也." 弇州晚年進學, 悔其少作, 故能醉心于白沙若是, 餘幷識其語錞于申之, 以告於世之謬爲古學者.

○ 黃宗羲, 『明儒學案』 卷5, 「白沙學案上」

有明之學, 至白沙始入精微. … 先生學宗自然, 而要歸於自得. 自得故資深逢源, 與鳶魚同一活潑, 而還以握造之樞機, 可謂獨開門戶, 超然不凡.

저술 소개	* 『白沙先生文集』 (明)天啓年間 刻本 12卷 附『詩教』15卷 * 『陳白沙文粹』 (明)陳憲章撰 (日本)桑原忱選 (日本)文久 3年(1863) 靑木嵩山堂刊本 3卷 附『陳白沙小傳』 * 陳白沙文抄 (日本)文久 3年(1863) 嵩山堂刻本 3卷 * 『白沙子全集』 (明)刻本 9卷 卷首 1卷 萬曆 40年 序 (奎章閣韓國學研究院 所藏)

비 평 자 료		

金昌翕	三淵集 卷26 「谿谷漫筆辨」	王守仁과 陳獻章을 모두 禪學이라고 말하지만 陳獻章의 학문은 王守仁과 같지 않다.	陽明白沙. 論者並稱以禪學. 白沙之學. 誠有偏於靜而流於寂者. 若陽明良知之訓. 其用功實地. 專在於省察擴充. 每以喜靜厭動. 爲學者之戒. 與白沙之學. 絶不同. 但所論窮理格物. 與程朱頓異. 此其所以別立門徑也.

申欽	象村稿 卷57 求正錄	중국 근세의 학문에 仙家와 佛家가 뒤섞인 것은 王守仁과 陳獻章에서 시작된 폐단이다.	中朝近世學術。雖名祖述濂洛。而考其言論。太半雜於仙佛。豈陽明·白沙之流弊耶。
申欽	象村稿 卷57 求正錄	陳獻章의 학문은 심오하고 치밀하며, 靜에서 체득한 것이 많기 때문에 남긴 글에도 볼만한 것이 있다.	陳白沙之學。深潛縝密。得於靜者爲多。故立言亦有可觀。
吳熙常	老洲集 卷26 雜識	陳獻章과 王守仁의 학문은 모두 그릇된 방향으로 나아갔지만, 굳이 인품을 논하자면 陳獻章이 王守仁보다는 낫다.	白沙·陽明學術。俱是誤入。而苟論其人品。則白沙之淸苦。却勝於陽明。陽明本領。已有許多不好了。
吳熙常	老洲集 卷26 雜識	학문의 분열은 명나라 유자들의 책임이 가장 큰데 그 연원을 따져보면 陳獻章과 王守仁의 죄가 가장 크다.	學術之分裂。莫有甚於明儒。苟求其故。陳·王實爲罪首。而整庵諸人。亦終難辭其責矣。
李德懋	靑莊館全書 卷48 耳目口心書 (四)	呂留良이 陳獻章을 비롯한 명말 문장가들을 褒貶한 시를 제시하다.	偶閱呂晩村詩。明末文章。分門割戶。互相攻擊。甚於鉅鹿之戰。黨錮之禍。亦可以觀世變也。古來未之見也。其詩有曰…白沙瓣香擊壤吟。定山別皷無絃琴。可憐一墮野狐窟。入鍛烟流成藥金。
李萬敷	息山集 卷3 「答活窩從叔」	吳澄·陳獻章·王守仁이 잘못된 학풍으로 빠져든 것을 경계하다.	敎之曰。爾當以象山之禪。草廬·白沙之學朱歸陸。陽明之雜權數爲戒。當曰。謹奉敎矣。
李萬敷	息山集 卷13 雜書辨 「龍谿王氏(畿) 南遊會記」	王畿의 『南遊會記』에 언급된 陳獻章의 설을 비판하다.	或問。白沙敎人。靜中養出端倪如何。先生曰。端卽善端之端。倪卽天倪之倪。人人所自有。然非靜養。則不可見。泰宇定而天光。發此端倪。卽所謂欛柄。方可循守。不然。未免茫蕩無歸。不如直指良知

			眞頭面。尤見端的云云。 所謂養出端倪。正禪家消息。而良知之說。則又似禪非禪之伎倆也。濂溪言主靜。孟子言良知。陳王所藉重而究其歸趣。奚啻冰炭乎。
李萬敷	息山集 卷13 雜書辨 「龍谿王氏(畿) 南遊會記」	王畿의『南遊會記』에 언급된 학설을 비판하면서 陳獻章의 학설도 함께 비판하다.	或問所論致知格物之義。尙信未及。先生曰。有諸己。方謂之信。子試驗看。日逐應感視聽喜怒。那些不是良知覺照所在。良知卽天。良知卽帝。顧天之命者。顧此也。順帝之則者。順此也。人生一世。只有些件事。得此欛柄入手。方能獨往獨來。自作主宰。不隨人非笑。方是大豪傑作用也。 其言全出於作用是性之義。佛語曰。起心動念。彈指瞬目。所作所爲。皆是佛性。與所謂應感喜怒。皆爲良知者。何異。朱子嘗曰。釋氏棄了道心。取人心之危者。而作用之。王氏良知之說。正亦然矣。或人特一無識之人。而蔽痼猶未深。故不能無疑於其說。而答之者。極其費力張大。欲令人眩惑。不敢復開口陳。白沙亦云。得此欛柄。更有何事。其語法所自來。亦可見矣。
李萬敷	息山集 卷13 雜書辨 「白沙要語, 陽明語錄辨」	陳獻章의『白沙要語』에 언급된 내용들을 조목조목 비판하다.	人爭一箇覺。纔覺。便我大而物小。物盡而我無盡。微塵六合。瞬息千古。生不知愛。死不知惡。尙奚暇銖軒冕而塵金玉耶。 按。此卽釋氏誇詡勝大之說。吾儒家無如此語法。 能以四大形骸爲物。榮之辱之生之殺之。物固有之。安能使吾戚戚哉。 按。君子處仁蹈義。不欲一事之離一時之

| | | | 間。故至於 舍生而就義。殺身而成仁。何嘗以四大形骸。强作外物。以要其一榮辱死生乎。
名節。道之藩籬。藩籬不守。其中未有能獨存者也。
按。名節。道中一事也。故道義具全。則名節亦全。道義虧欠。則名節亦虧。今以道爲名節中事。何其小道也。
天下未有不本於自然。而徒以其智。收顯名於當年。精光射來世者也。易曰。天地變化草木蕃時也。隨時屈信。與道翺翔。固吾儒事也。吾志其行乎。
按。道固簡易。非自私用智者所能至。然聖賢之言。明白切近。不若此言之矜恔遠實已。
神理爲天地萬物主本。長在不滅。人不知此。虛生浪死。與草木一耳。
按。神理者。天地萬物妙用處。是固生生不息。浩浩不竆。然旣云長在不滅。有似有形一物在天地萬物之上。而不滅者。恐非吾儒所謂神與理也。
大學有積累而至者。有不由積累而至者。有可以言傳者。有不可以言傳者。由積累而至者。可以言傳。不由積累而至者。不可以言傳也。
按。學之至道雖有難易。然聖賢敎人。則無不欲其積累而進。言之傳道。雖有淺深。然聖賢立言。則近而遠 小而大微而顯。何必不由積累者爲善學。不可言傳者爲盡道乎。亦豈非以禪會言者乎。
優游自足無外慕。嗒乎若忘。在身忘身。在事忘事。在家忘家。在天下忘天下。
按。禪家者流。每喜言忘字。此亦本色露處也。 |

			以一念好生之仁。代血戰數萬之兵 按。孟子論推不忍人之心。則可以無敵於天下。陳氏之言。蓋亦此意也。然立言氣象。自不同。不可不察。 顏子超然有見於卓爾之地。所以遨遊乎聖人之方。而玄同乎聖人之神者。非可揣摩而得也。故其　言曰。夫子步亦步趨亦趨。奔軼絕塵。而回則瞠乎其後。 按。顏子有見卓爾之地。而初間用功。只在博文約禮。蓋有此實功。故能見得實地。若謂之玄。則乃老莊所見。非顏子所見之地也。所引顏子說。見家語。其語意氣象。與論語大別。正家語未純處也。 去耳目支離之用。全虛圓不測之神。 按。耳目之用。何可盡去乎。惟非禮勿視聽已。擇其視而目能明。擇其聽而耳能聽。則所謂神之用。亦自全於其中。用與體合者也。 以上。白沙要語。
李裕元	嘉梧藁略 冊3 「皇明史咏(四十五首)」	陳獻章의 행적을 시로 읊다.	陳獻章 一謁孝陵卽告歸。顯官難起薛蘿衣。宗以自然忘己欲。公山落日獨關扉。
李宜顯	陶谷集 卷28 陶峽叢說	王守仁과 陳獻章의 학문은 마땅히 배척해야 하지만 그 문장은 뛰어나다.	明文集行世者。幾乎充棟汗牛。不可殫論。而大約有四派。姑就余家藏而言之。方遜志・劉誠意・宋潛溪。以義理學術。發爲文詞者也。此爲一派。遜志尤滂沛浩瀚。有明三百年文章。絶無及此者。潛溪其亞。而誠意又潛溪之匹也。陽明・白沙。以異學爲文。而陽明之文尤爽。新學則當斥。而文則可取。

| 正祖 | 弘齋全書
卷9
「詩觀序」 | 『詩觀』에 명나라 시인 劉基·高啓·宋濂·陳獻章·李東陽·王守仁·李夢陽·何景明·楊愼·李攀龍·王世貞·吳國倫·張居正의 詩를 수록하다. | 明取十三人。劉基一千四百二十九首。爲十二卷。高啓一千七百五十六首。爲十一卷。宋濂一百三十三首。爲二卷。陳獻章一千六百七十九首。爲十卷。李東陽一千九百四十四首。爲十四卷。王守仁五百八十四首。爲四卷。李夢陽二千四十首。爲十七卷。何景明一千六百六首。爲十三卷。楊愼一千一百七十五首。李攀龍一千四百十七首。各爲十卷。王世貞七千一百二十三首。爲五十卷。吳國倫四千八百八十八首。爲三十一卷。張居正三百十七首。爲二卷。共爲明詩一百八十六卷。錄詩二萬五千七百十七首。凡詩觀之錄詩。七萬七千二百十八首。而爲五百六十卷。 |
| 正祖 | 弘齋全書
卷180
群書標記
「詩觀」 | 명나라 시인 劉基·高啓·宋濂·陳獻章·李東陽·王守仁·李夢陽·何景明·楊愼·李攀龍·王世貞·吳國倫·張居正 등 13명의 시에 대해 찬미하면서, 徐渭·袁宏道·鍾惺·譚元春 등의 시는 배척해야 한다고 말하다. | 明詩取十三人。如徐袁之尖新巧靡。鍾譚之牛鬼蛇神。固所顯黜而痛排。若其長短互幷。疵譽相參。揭竿操矛而呼者。不啻如堵。其進其麾。濫竽之可戒。先於遺珠之可惜。或有醜齊而異遇者。固非偶爲抑揚。聊欲擧一而槩十耳。劉基聲容華壯。如河朔少年充悅忼健。高啓矩矱全唐。風骨秀穎。才具贍足。宋濂嚴整要切。能亞於其文。陳獻章殊有風韻沖淡。而兼能灑脫。李東陽如陂塘秋潦。渺瀰澹沲。而澈見底裏。高步一時。爲何李倡。王守仁博學通達。詩亦秀發。如披雲對月。淸輝自流。李夢陽才氣雄高。風骨遒利。鏖白戰而擁赤幟。力追古法。能成雄霸之功。何景明淸藻秀潤。丰容雅澤。不作怒張之態。楊愼朗爽可喜。穠婉有餘。李攀龍如蒼厓古壁。周鼎商彝奇氣自不可掩。王世貞著作繁富。才敏而氣俊。能使一世之人流汗走僵。吳國倫雅鍊流逸。情景相副。 |

			張居正華贍老鍊。足稱詞館之能手。自是以往。吾不欲觀。非直爲無詩而已也。共爲明詩一百八十六卷。錄詩二萬五千七百十七首。凡詩觀之錄。詩七萬七千二百十八首。而爲五百六十卷。誠壯觀也已。
洪奭周	鶴岡散筆卷5	李滉이 陳獻章과 王守仁의 서적을 보고 異端으로 여겨 극력으로 배척하다.	退溪先生。皇明弘治中。正終于隆慶之季。其距陳白沙·王陽明。皆甚邇。方是時中國之人。多靡然從二子之說。雖有能闢之者。其傳於東土。亦罕矣。先生一見二子書。獨毅然斷其爲異端辭而斥之。不遺餘力。人或疑先生偏於恭遜。然至以身任道。其勇如此。
洪翰周	智水拈筆卷3	우리나라 선현들이 王守仁과 陳獻章을 '禪學二公'이라고 일컬었다.	但陽明姿品絶世。才學超逸。遂以致良智之說。鼓動天下。背斥朱子。世之陸學者。靡然從之。終爲異端之歸。此所謂失之高名而賢者過之也。我東諸賢。亦以陳白沙。幷謂禪學二公。烏得辭其責也。

鐵 保 (1752-1824)

인물 해설	字는 冶亭·鐵卿, 號는 梅庵이며 滿洲 正黃旗人 출신이다. 19세에 擧人, 21세에 進士가 되었고 道光 원년에 관직을 시작하여 1품의 지위에까지 올랐다. 書法을 처음 배울 때는 館閣體를 따랐으나 후에는 顏眞卿을 배워 틀에 박히고 생기를 잃은 館閣體의 폐단을 바로잡았다. 만주족 최고의 서법가로서, 成親王·劉墉·翁方綱과 함께 淸四大書家로 불린다. 鐵保는 문장과 서법에 있어서 두루 이름을 날렸다. 『八旗通志』의 總裁로서 旗人詩文을 모아 『白山詩介』134권을 엮었고 자신의 작품을 모아 『惟淸齋全集』을 엮었다. 鐵保는 시를 지을 때 자신의 性情을 잘 표현해야만 성공할 수 있다고 주장하였다. 그가 주장한 '성정'은 원매가 강조한 '성령'과 비슷하면서도 다른 면이 있다. 철보는 '성령설'의 공허함을 인식하고 창작의 기반은 실제 생활이어야 한다고 제기하였다. 철보의 시가 이론은 納蘭性德·玄燁 등의 시론과 함께 滿族 古典詩歌理論의 기본 틀을 형성하였다.
인물 자료	○ 『淸史稿』, 列傳 140 　鐵保, 字冶亭, 棟鄂氏, 滿洲正黃旗人. 先世姓覺羅, 稱爲趙宋之裔, 後改今氏. 父誠泰, 泰寧鎭總兵, 世爲將家. 鐵保 折節讀書, 年二十一, 成乾隆三十七年進士, 授吏部主事, 襲恩騎尉世職. 於曹司中介然孤立, 意有不可, 爭辯勿撓. 大學士阿桂屢薦之, 遷郎中, 擢少詹事, 因事罷. 尋補戶部員外郎, 調吏部. 擢翰林院侍講學士, 仍兼吏部行走, 歷侍讀學士·內閣學士. 五十四年, 遷禮部侍郎, 兼副都統. 校射中的, 賜花翎. 調吏部. 　嘉慶四年, 奏劾司員, 帝責其過當, 左遷內閣學士, 轉盛京兵部·刑部侍郎, 兼奉天府尹. 尋復召爲吏部侍郎, 出爲漕運總督. 五年, 値車駕將幸盛京, 疏請御道因舊址, 勿闢新道; 裁革餽送扈從官員土儀; 禁從官妄拿車馬: 上嘉納之. 七年, 遷廣東巡撫, 調山東. 河決衡家樓, 詔預籌運道. 九年三月, 漕運迅速, 加太子少保. 尋以水淺船遲, 革職留任. 十年, 擢兩江總督, 命覆鞫安徽壽州武擧張大有

妒姦毒斃族姪獄, 蘇州知府周鍔受賄輕縱, 及初彭齡爲安徽巡撫, 勘實置法. 鐵保 坐失察, 褫宮銜, 降二品頂戴, 尋復之.

十二年, 疏請八旗兵米酌給二成折色, 詔斥妄改舊章, 革職留任. 先後疏論治河, 請改建王營減壩, 培築高堰・山盱隄後土坡及河岸大隄, 修復雲梯關外海口, 遣大臣勘議, 並採其說施行. 十四年, 運河屢壞隄, 荷花塘決口合而復潰, 鐫級留任. 山陽知縣王伸漢冒賑, 酖殺委員李毓昌, 至是事覺, 詔斥 鐵保 偏聽固執, 河工日壞, 吏治日弛, 釀成重獄, 褫職, 遣戍烏魯木齊. 逾年, 給三等侍衛, 充葉爾羌辦事大臣. 尋授翰林院侍講學士, 調喀什噶爾參贊大臣. 授浙江巡撫, 未之任, 改吏部侍郎. 擢禮部尚書, 調吏部. 請芟吏・兵兩部苛例, 條陳時政, 多見施行. 林淸之變, 召對, 極言內監通賊有據, 因窮治逆黨, 內監多銜恨, 遍騰謗言. 會伊犁將軍松筠劾 鐵保 前在喀什噶爾治叛裔玉素普之獄, 誤聽人言, 枉殺回民毛拉素皮等四人, 上怒, 追念江南李毓昌之獄, 斥其屢蹈重咎, 褫職, 發往吉林效力. 二十三年, 召爲司經局洗馬. 道光初, 以疾乞休, 賜三品卿銜. 四年, 卒. 鐵保 慷慨論事, 高宗謂其有大臣風. 及居外任, 自欲有所表見, 倨傲, 意爲愛憎, 屢以措施失當被黜. 然優於文學, 詞翰並美. 兩典禮闈及山東・順天鄕試, 皆得人. 留心文獻, 爲八旗通志總裁. 多得開國以來滿洲・蒙古・漢軍遺集, 先成白山詩介五十卷, 復增輯改編, 得一百三十四卷, 進御, 仁宗製序, 賜名熙朝雅頌集. 自著曰懷淸齋集.

* 『白山詩介』
  (淸)嘉慶 6年 刻本 10卷

* 『梅庵自編年譜』
  (淸)道光 2年 石經堂刻本 2卷

* 『梅庵詩鈔』
  (淸)嘉慶 10年 刻本 5卷 / (淸)道光 2年 石經堂刻本 5卷

* 『梅庵文鈔』
  (淸)道光 2年 石經堂刻本 6卷

* 『欽定熙朝雅頌集』
  (淸)嘉慶 9年 武英殿刻本

* 『惟淸齋全集』
  (淸)道光 2年 石經堂刻本

저술
소개

		비 평 자 료	
姜浚欽	三溟詩話	鐵保가 朴齊家에게 시를 보내다. * 朴齊家의 아들인 朴長馣이 편찬한 『縞紵集』卷1, 「鐵保」에 관련 내용이 수록되어 있다. 『楚亭全書』下, 亞細亞文化社, 50~51면 참조.	朴齊家。以檢書官。承命購書。四入燕京。交滿漢搢紳能文者。及歸。又數寄書問訊。禮部尙書鐵保。滿州人也。其答詩曰。千里聚頭扇。遙遙贈禮臣。自慚文字末。羣喜性情眞。書法忘衣鉢。詩名笑搢紳。直廬吟五夜。裁寄海東人。
朴齊家	貞蕤閣集 卷1 「戲倣王漁洋歲暮懷人」	王士禎의 「歲暮懷人」을 모방하여 鐵保를 그리워하며 시를 짓다.	鐵虛閣堂(保) 長白千年積氣深。冶亭詩句發鴻音。燕京酒後千書紙。那識儒衣裏俠心。
朴齊家	貞蕤閣集 卷3 「熱河次鐵侍郞(保)寄示韵」	熱河에서 鐵保가 보내온 시에 차운하다.	繞出秦城背。相逢我自東。契曾先縞紵。遊不負桑蓬。落落談詩快。翩翩上馬雄。別來逾廿載。援筆愧吳蒙。
朴齊家	貞蕤閣集 卷4 「燕京雜絶, 別任恩叟姊氏, 憶信筆, 凡得一百四十首」	滿洲 출신 鐵保와 만나서 나눈 이야기를 회상하며 시를 짓다.	盛典迎藩國。鐵卿來客星。不知東海眼。到日爲誰靑。(鐵保禮部侍郞嘗謂余曰東國詔使。須用滿洲科甲大臣。我兄弟或當出也。蓋其弟玉保亦學士。有文學名。)
申緯	警修堂全藁 冊7 碧蘆舫藁 「蘭墅尙書自燕返命有月, 而初伏日茗隱宅, 始與相見, 蓋余病久不出也, 輒以詩記之, 兼懷岳州守」	鐵保가 吉林 三姓에 있을 때 洪羲臣에게 閣帖의 臨摹本을 증정하다.	藥爐生活倨林局。文社追游返使星。邂逅鬢掀新點雪。留連眼對舊揩靑。十年信息松湘浦。(閣老松筠外補瀋陽將軍。與蘭墅相見。問壬申奏請一行安否云。) 三姓歸來鐵冶亭。(梅菴在吉林三姓時。有臨撫閣拈上石者。贈蘭墅一本。) 莫向金臺憑夕照。淚彈紅豆任飄零。(哀星原也。)

申緯	警修堂全藁 冊12 紅豒集 「讀梅荂詩鈔」	鐵保의『梅荂詩鈔』를 읽고 난 감상을 시로 읊다.	質厚沉雄格力臻。詩隨境變驗身親。(梅荂自序曰。詩隨境變。境遷則詩亦遷。大是經歷語。余有味乎斯言也。)賢如老鐵猶才盡。七律當家定幾人。(梅荂諸體。各有勝處。唯七律少遜耳。)
申緯	警修堂全藁 冊21 北轅集 「石見夜過山房，多作墨戲，拈鐵梅荂韻共賦」	李復鉉과 함께 鐵保의 시에 차운하다.	對榻幽幽室。陰廊唧唧虫。墮螢山吐月。翻鵲竹搖風。漢隷濃堆墨。川牋減樣紅。與君淸課足。燈燼篆香濛。
柳得恭	灤陽錄 「鐵冶亭侍郎」	鐵保의 명성을 들은 뒤 훗날 직접 만나 시를 주고받다.	冶亭。名鐵保。滿洲正黃旗人。禮部右侍郎。李雨村嘗稱之云。善言淳化帖。旗下人不可多得。余曾見其虛閒堂集。冶亭亦聞余名。熱河行宮閣門之右。有軍機房。余與次修入其中。有內閣學士玉保‧翰林章煦理‧藩院侍郎巴忠理‧藩院員外郎湛潤堂‧中書舍人文某‧魚某諸人。據椅而坐。與之語。應接不暇。諸中書。或治文書。或接京信。開讀擾擾。未已少焉。有一人入來。即鐵侍郎。叙話歡若平生。歸寓後。冶亭贈詩。有曰。公讌仍私覿。新交似舊遊。余亦和贈。而後聞之。則鐵兄而玉弟。玉保亦有詩名。兄弟俱以詞臣出入近密。冶亭又帶蒙古副都統。寵榮方隆云。
柳得恭	泠齋集 卷6 「叔父幾何先生墓誌銘」	柳琴이 李德懋를 비롯한 몇몇 사람들과 함께 李調元의 아우 李鼎元을 통해 그의 벗들을 만났	友人李德懋及同志數輩踵入燕。因吏部之弟中書舍人鼎元。以游乎吏部之友。當世鴻儒紀昀‧祝德麟‧翁方綱‧潘庭筠‧鐵保諸人之間。與之揚

		는데, 당대의 큰 유학자인 紀昀·祝德麟·翁方綱·潘庭筠·鐵保 등이다.	扢風雅。始得歌行韻四聲迭用之妙。今之人稍稍聞而爲之。非復前日之陋矣。鐵保滿洲人。蒙古鑲黃旗副都統兼禮部侍郎。十餘年寵任隆赫。
洪良浩	耳溪集 卷7 「禮部侍郎鐵保手寫一聯詩見贈, 詩以謝之」	鐵保의 시에 화답하여 시를 짓다.	近讀涉江草。(涉江草。卽鐵保游江淮詩卷。)驚看倒海瀾。 南宮賓遠國。東閣抗詞壇。 玉帛登嘉會。文章盡大觀。 輝光生一顧。筆下耀琅玕。

123

焦 竑 (1540-1620)

●●●

<table>
<tr>
<td>인물
해설</td>
<td>　字는 弱侯, 號는 漪園‧澹園이며, 山東 日照 사람이다. 萬曆 17년(1589) 北京 會試에 장원급제하여 翰林院修撰를 역임했으며, 후에 南京司業을 지냈다. 문사철과 음악에 두루 능통한 학자로서, 藏書家, 古音學者, 文獻考證學者로도 유명하며, 저작이 매우 풍부하였다. 저서로 『澹園集』(正編 49권‧續編 27권), 『國史經籍志』(5권), 『焦氏筆乘』(정집 6권‧속집 8권‧별집 6권) 외 10여 종이 있고, 주석평점서로 『春秋左傳鈔』(14권), 『蘇長公二妙集』(22권), 『老子翼』(3권), 『莊子翼』(8권) 외 10여 종이 있으며, 편찬서로 『國朝獻徵錄』(120권), 『四書直解指南』(27권) 외 수십 종이 있다.</td>
</tr>
<tr>
<td>인물
자료</td>
<td>

○ 『明史』, 列傳 176

　焦竑, 字弱侯, 江寧人. 爲諸生, 有盛名. 從督學御史耿定向學, 復質疑於羅汝芳. 擧嘉靖四十三年鄕試, 下第還. 定向遴十四郡名士讀書崇正書院, 以竑爲之長. 及定向里居, 復往從之. 萬曆十七年, 始以殿試第一人官翰林修撰, 益討習國朝典章. 二十二年, 大學士陳於陛建議修國史, 欲竑專領其事, 竑遜謝, 乃先撰經籍志, 其他率無所撰, 館亦竟罷. 翰林敎小內侍書者, 衆視爲具文, 竑獨曰: "此曹他日在帝左右, 安得忽之." 取古奄人善惡, 時與論說. 皇長子出閣, 竑爲講官. 故事, 講官進講罕有問者. 竑講畢, 徐曰: "博學審問, 功用維均, 敷陳或未盡, 惟殿下賜明問." 皇長子稱善, 然無所質難也. 一日, 竑復進曰: "殿下言不易發, 得毋諱其誤耶? 解則有誤, 問復何誤? 古人不恥下問, 願以爲法." 皇長子復稱善, 亦竟無所問. 竑乃與同列謀先啓其端, 適講舜典, 竑擧稽於衆, 舍己從人爲問. 皇長子曰: "稽者, 考也. 考集衆思, 然後舍己之短, 從人之長." 又一日, 擧上帝降衷, 若有恒性. 皇長子曰: "此無他, 卽天命之謂性也." 時方十三齡, 答問無滯, 竑亦竭誠啓迪. 嘗講次, 群鳥飛鳴, 皇長子仰視, 竑輟講肅立. 皇長子斂容聽, 乃復講如初. 竑嘗采古儲君事可爲法戒者爲養正圖說, 擬進之. 同官郭正域輩惡其不相聞, 目爲賈譽, 竑遂止. 竑既負重名, 性復疏直, 時事有不可, 輒形之言論, 政府亦惡

</td>
</tr>
</table>

之, 張位尤甚. 二十五年主順天鄕試, 擧子曹蕃等九人文多險誕語, 竑被劾, 謫福寧州同知. 歲餘大計, 復鐫秩, 竑遂不出. 竑博極群書, 自經史至稗官·雜說, 無不淹貫. 善爲古文, 典正馴雅, 卓然名家. 集名澹園, 竑所自號也. 講學以汝芳爲宗, 而善定向兄弟及李贄, 時頗以禪學譏之. 萬曆四十八年卒, 年八十. 熹宗時, 以先朝講讀恩, 復官, 贈諭德, 賜祭廕子. 福王時, 追諡文端. 子潤生, 見忠義傳.

○ 錢謙益, 『列朝詩集小傳』 丁集 卷15, 「焦修撰竑」

竑, 字弱侯, 南京人. 爲擧子二十餘年, 博極群書, 束修講德, 嶷然負通人之望. 萬曆己丑, 擧進士, 廷試第一人, 除翰林修撰. 選擇爲東宮講官, 講讀故事, 旅進退, 依經解義而已. 弱侯講畢, 拱揖而進曰: "臣等敷陳, 或有未備, 願殿下垂賜明問." 東宮稱善. 自是每講, 必從容扣擊, 應答如響. 是時睿齡才十三, 聰明日啓, 弱侯之功爲多. 太倉謂元子沖齡, 典學當引誘以圖史故事, 弱侯遂采輯成書, 繪圖演義, 名曰養正圖解. 同官相與側目喧傳, 已私進禁中, 乃具疏上之, 上詳加省覽, 溫語批答. 忌者益衆. 丁酉北試, 上度原推兩宮坊, 別用弱侯. 原推者愧恨, 媾新建合謀傾弱侯. 言官遂用科場事, 抉謫詆毁. 弱侯陳辯甚力. 新建從中主之. 以文體調外任. 自是屛居里中, 專事著述, 李卓吾·陳季立不遠數千里相就問學, 淵博演迤, 爲東南儒者之宗. 年八十乃卒. 嘗自言胸中有國家大事二十件, 在翰林九年未行一事, 林下講求留京事宜, 行得六事, 至今不知二十事爲國家何等事也. 惜哉! 天啓元年, 以先帝舊學, 優賜祭葬. 南渡時, 補諡曰文端. 所著書二十餘種, 皆行於世.

○ 葉昌熾, 『藏書紀事詩』, 「焦竑」

委宛羽陵方蔑如, 廣寒淸暑殿中儲. 校竑但惜無臣向, 七略於今未有書.

○ 黃宗羲, 『明儒學案』, 卷35

先生積書數萬卷, 覽之略遍. 金陵人士輻輳之地, 先生主持壇坫, 如水赴壑, 其以理學倡率, 王弇州所不如也.

저술 소개

＊『焦氏澹園集』
(明)刻本 49卷

* 『國史經籍志』
  (明)徐象橒 刻本 6卷

* 『莊子翼』
  (明)刻本 8卷

* 『焦氏筆乘』
  (明)刻本 6卷

* 『東坡先生志林』
  (宋)蘇軾撰 (明)焦竑評 (明)刻本 朱墨套印 5卷

* 『寶顔堂匯秘笈』
  (明)陳繼儒編 (明)刻本 42種 86卷 內 焦竑撰 『陰符經解』1卷 / 『支談』3卷

* 『仲軒群書雜著』
  (淸)焦廷琥編 稿本 91種 190卷 內 焦竑撰 『筆乘』1卷

* 『古詩選』
  (明)楊愼輯 焦竑批點 (明)曼山館刻本 9種 33卷 內 焦竑評點 『五言絶句』1卷
  / 『五言律細』1卷 / 『七言律細』1卷

* 『紀事本末』
  (淸)嘉慶年間 內府抄本 5種 467卷 內 (明)沈朝陽纂 焦竑校 『通鑑紀事本末
  前編』12卷

비 평 자 료			
朴珪壽	瓛齋集 卷10 「與沈仲復秉成」	沈秉成에게 張居正의 『帝鑑圖說』을 註解할 때 참고할 자료로 焦竑의 『養正圖解』를 권하다.	帝鑑圖說。曾見其俗話敷釋。殊懇惻切實。今兄所注解。想必加精也。凡繪畫故事。最有感發興勸之效。如焦弱矦養正圖解。亦見前人苦心。康熙中重刊最精。丁雲鵬繪寫。吳繼序解說。俱堪味玩。或嘗擧擬進鑒否。
田愚	艮齋集前編 卷15 「看李贄書識感 (壬辰)」	李贄의 『焚書』에서 李贄가 焦竑에게 자신의 신세를 한탄하는 내용을 보고 비통하게 여기다.	李氏焚書。年前略綽一過。便見其異說僻行。無所拘撿。而其晚年以左道惑衆。見斥於朝家。則復畜髮加冠。而與書周友山。望其從寬發落。許其

			改過從新。而曰。既係誤犯。則情理可恕。既肯速改。則更宜加獎。其與焦漪園書。又曰。老人無歸。以朋友爲歸。不知今者當歸何所歟。寫至此。一字一淚。觀此兩篇。其許多崛強之氣。不知縮在甚處。乃作此可憐語也。
田愚	艮齋集後編續 卷1 「答朴■■ (奎顯)」	毛奇齡을 비롯하여 楊愼·陳耀文·焦竑·方以智·閻若璩·朱彝尊 등의 고증학자들이 程朱를 헐뜯은 것을 비난하다.	朱友季·毛奇齡云云。 奇齡之毒害程朱。紀勻最所推服。其一隊如楊愼·陳耀文·焦竑·方以智·閻若璩·朱彝尊輩。皆號考證之學。而紀勻之攻朱子及門人也。或兩字或四字。至于多字。皆有標目曰云云者。有二百七十四字。詳見申荀菴集說證篇。其放恣凶惡。已無可言。而勻也淪溺於異術。盡汲頭尾。而無出期。渠皆已首實矣。然則考證之流。豈不爲異術所惑亂耶。異術指西洋妖言 彼輩以荀況性惡。爲十分是當。又從而曲爲之解。則性惡之末流。不但致焚坑而已。荀菴先生曰。人之將死。必有可死之病。國之將亡。必有可亡之徵。今以考證亡天下。鬼蜮狐蠱盜賊詛呪。其爲禍。不若是之烈也。
田愚	艮齋集後編 卷15 「海上散筆」	焦竑과 李贄는 佛學이 곧 聖學이라고 말하다.	焦竑·李贄之謂佛學卽聖學。劉念臺之謂聖學亦本心。某氏之謂陽明心卽理不可非之。皆一副當見識議論也。

湯顯祖 (1550-1617)

인물 해설	字는 義仍, 號는 若士·玉茗·海若이며 江西省 臨川 사람이다. 1583년 34세로 진사시험에 급제하여 南京의 太常博士에서 예부주사로 승진하였으나, 時政을 비난하다 좌천되어 廣東 지방의 知縣 등 미관말직으로 전전하였다. 1598년 사직한 후 고향에서 희곡 창작에 힘쓰며 유유자적한 생활을 하였다. 그는 체제 비판적인 성향을 지니고 東林黨이나 泰州學派 등과 깊은 관계를 가졌다. 『玉茗堂四夢』으로 알려진 『紫釵記』·『還魂記(牡丹亭)』·『南柯記』·『邯鄲記』 등은 모두 꿈이라는 제재를 이용하여 봉건예교의 속박에서 벗어나 인간의 '정(情)'을 추구하는 시대적 문제를 반영하였다. 걸출한 시인이기도 했던 그의 시는 『玉茗堂全集』(4권), 『紅泉逸草』(1권), 『問棘郵草』(2권) 등에 수록되어 있다.
인물 자료	○ 『明史』 列傳118 湯顯祖, 字若士, 臨川人. 少善屬文, 有時名. 張居正欲其子及第, 羅海內名士以張之. 聞顯祖及沈懋學名, 命諸子延致. 顯祖謝弗往, 懋學遂與居正子嗣修偕及第. 顯祖至萬曆十一年始成進士. 授南京太常博士, 就遷禮部主事. 十八年, 帝以星變嚴責言官欺蔽, 並停俸一年. 顯祖上言曰: "言官豈盡不肖, 蓋陛下威福之柄潛爲輔臣所竊, 故言官向背之情, 亦爲默移. 御史丁此呂首發科場欺蔽, 申時行屬楊巍劾去之. 御史萬國欽極論封疆欺蔽, 時行諷同官許國遠謫之. 一言相侵, 無不出之於外. 於是無恥之徒, 但知自結於執政. 所得爵祿, 直以爲執政與之. 縱他日不保身名, 而今日固已富貴矣. 給事中楊文擧奉詔理荒政, 征賄巨萬. 抵杭, 日宴西湖, 鬻獄市薦以漁厚利. 輔臣乃及其報命, 擢首諫垣. 給事中胡汝寧攻擊饒伸, 不過權門鷹犬, 以其私人, 猥見任用. 夫陛下方責言官欺蔽, 而輔臣欺蔽自如. 夫今不治, 臣謂陛下可惜者四: 朝廷以爵祿植善類, 今直爲私門蔓桃李, 是爵祿可惜也. 群臣風靡, 罔識廉恥, 是人才可惜也. 輔臣不越例予人富貴, 不見爲恩, 是成憲可惜也. 陛下御天下二十年, 前十年之政, 張居正剛而多欲, 以群私人, 囂然壞之; 後十年之政, 時行柔而多欲, 以群私人, 靡然壞之. 此聖政可惜

也. 乞立斥文舉・汝寧, 誠諭輔臣, 省愆悔過." 帝怒, 謫徐聞典史, 稍遷遂昌知縣. 二十六年, 上計京師, 投劾歸. 又明年大計, 主者議黜之. 李維禎爲監司, 力爭不得, 竟奪官. 家居二十年, 卒.

○ 錢謙益, 『列朝詩集小傳』 丁集 卷12, 「湯遂昌顯祖」

顯祖, 字義仍, 臨川人. 生而有文在手, 成童有幾庶之目. 年二十一, 舉於鄉. 嘗下第, 與宣城沈君典薄遊蕪陰, 客於郡丞龍宗武. 江陵有叔, 亦以舉子客宗武, 交相得也. 萬曆丁丑, 江陵方專國, 從容問其叔: "公車中頗知有雄駿君子晁賈其人者乎?" 曰: "無逾於湯・沈兩生者矣." 江陵將以鼎甲畀其子, 羅海內名士以張之. 命諸郎因其叔延致兩生. 義仍獨謝弗往, 而君典遂與江陵子懋修偕及第. 又六年癸未, 與吳門・蒲州二相子, 同舉進士. 二相使其子召致門下, 亦謝弗往也. 除南太常博士. 朝右慕其才, 將徵爲吏部郎, 上書辭免, 稍遷南祠郎, 抗疏論劾政府信私人, 塞言路. 謫廣東徐聞典史, 量移知遂昌縣. 用古循吏治邑, 縱囚放牒, 不廢嘯歌. 戊戌上計, 投劾歸, 不復出. 辛丑外計, 議黜, 李本寧力爭: "遂昌不應考法, 且已高尙久矣." 主者曰: "正欲成此君之高耳." 里居二十年年, 六十餘始喪其父母, 既葬, 病卒. 自爲祭文, 遺令用麻衣冠草履以斂, 年六十有八. 義仍志意激昂, 風骨道緊, 扼腕希風, 視天下事數著可了. 其所投分, 李于・田道甫・梅克生之流, 皆都通顯, 有建堅; 而義仍一發不中, 窮老躓蹬, 所居玉茗堂, 文史狼籍, 賓朋雜坐, 雞塒豕圈, 接跡庭戶, 蕭閑詠歌, 俯仰自得. 道甫開府淮上, 念其窮, 遺書相迓. 義仍謝曰: "身與公等比肩事主, 老而爲客, 所不能也." 爲郎時, 擊排執政, 禍且不測, 詒書友人曰: "乘輿偶發一疏, 不知當事何以處我?" 晚年師旴江而友紫柏, 倏然有度世之志, 胸中塊壘, 陶寫未盡, 則發而爲詞曲. 四夢之書, 雖複留連風懷, 感激物態, 要於洗蕩情塵, 銷歸空有, 則義仍之所存略可見矣. 嘗謂: "我朝文字, 以宋學士爲宗, 李夢陽至琅琊, 氣力強弱, 巨細不同, 等贋文爾." 萬曆間, 琅琊二美, 同仕南都, 爲敬美太常官屬. 敬美唱爲公宴詩, 不應; 又簡括獻吉・於鱗・無美文賦, 標其中用事出處及增減漢史唐詩字面, 流傳白下, 使元美知之. 元美曰: "湯生標塗吾文, 異時亦當有標塗湯生者." 自王・李之興, 百有餘歲, 義仍當霧霿充塞之時, 穿穴其間, 力爲解駁. 歸太僕之後, 一人而已. 義仍少熟文選, 中攻聲律, 四十以後, 詩變而之香山・眉山, 文變而之南豐・臨川. 嘗自敍其詩三變而力窮. 又嘗以其文寅餘, 以謂不蘄其知吾之所已就, 而蘄其知吾之所未就也. 於詩曰變而力窮, 於文曰知所未就, 義仍之通懷嗜學, 不自以爲能

事如此, 而世但賞其詞曲而已, 不能知其所已就, 而又安能其知所未就, 可不爲三嘆哉! 義仍有才子, 曰士蘧, 五歲能背誦二京・三都, 年二十三, 客死白下. 次大耆, 才而佻, 然有父風. 次開遠, 以鄉擧官監軍兵使, 討流賊死行間. 開遠好講學, 取義仍續成紫簫殘本及詞曲未行者, 悉焚棄之, 大耆實云. 幼子季雲, 亦有雋才.

저술 소개	★『玉茗堂全集』 (明)天啓年間 刻本 40卷 (文集 16卷 詩集 18卷 賦集 6卷) ★『批點牡丹亭記』 (明)刻本 2卷 (明)湯顯祖撰 (明)袁宏道評 ★『玉茗堂丹靑記』 (明)刻本 2卷 (明)湯顯祖撰 (明)徐肅穎刪潤 (明)陳繼儒評 ★『玉茗堂摘評王弇州先生豔異編』 (明)刻本, 套印本 12卷 (明)王世貞撰 (明)湯顯祖評 ★『玉茗堂四種』 (明)刻本 『紫釵記』 2卷 『邯鄲記』 2卷 『南柯記』 2卷 『還魂記』 2卷 ★『湯海若問棘郵草』 (明)刻本 2卷 (明)湯顯祖撰 (明)徐渭評 ★『綉刻演劇』 (明)毛晋編 明末 毛氏 汲古閣刻本 60種 120卷 內 湯顯祖撰『紫釵記』 2卷 /『邯鄲記』 2卷 /『南柯記』 2卷 /『紫簫記』 2卷 /『還魂記』 2卷 /『紫釵記』 2卷 ★『説郛續』 (明)陶珽編 (淸)順治 3年 李際期 宛委山堂刻本 46卷 內 湯顯祖撰『陰符經解』 ★『臨川文獻』 (淸)胡亦堂編 (淸)康熙 19年 夢川亭刻本 25卷 內 湯顯祖撰『湯義仍先生集』 2卷 ★『八代文鈔』 (明)李賓編 明末 刻本 106種 106卷 內 湯顯祖撰『湯若士文抄』 1卷

	*『名家尺牘選』 (明)馬睿卿編 (淸)刻本 20卷 內 湯顯祖撰『湯義仍尺牘』1卷 *『淵著堂選十八家詩』 (淸)淸初 抄本 6集 139卷 內 湯顯祖撰『湯義仍詩』9卷 *『國朝大家制義』 (明)陳名夏編 明末 陳氏 石雲居刻本 42種 42卷 內 湯顯祖撰『湯若士稿』1卷 *『重訂綴白裘新集合編』 (淸)玩花主人輯 (淸)乾隆 46年 刻本 12集 內 湯顯祖撰『牡丹亭』		

비 평 자 료			
南克寬	夢囈集 坤 「謝施子」	公安과 竟陵은 재주는 비슷하지만 성취한 바를 따지자면 鍾惺이 월등하게 뛰어나다. 湯顯祖 역시 같은 부류로 시가 문보다 뛰어나다.	公安·竟陵才具等耳。然論所就。鍾殊勝之。湯若士亦一流人。詩勝其文。錢氏扶抑多偏。不可據也。
朴齊家	貞蕤閣集 卷4 「燕京雜絕, 別任恩叟姊兄, 憶信筆, 凡得一百四十首」	湯顯祖의 詞曲에 대해 언급하다.	千金買行卷。隨意可憐兒。 教看王式畫。解唱臨川詞。
曹兢燮	巖棲集 卷37 「雜識下」	錢謙益은 李夢陽을 비판한 湯顯祖의 의견에는 동의하였지만, 그의 문장은 李攀龍·王世貞과 크게 다르지 않다고 비평하다.	錢虞山自言少時讀空同弇州諸集。至能闇記行墨。奉弇州藝苑危言如金科玉條。及觀其晚年定論。悔其多誤後人。思隨事改正。則其追悔俗學深矣。又稱臨川湯若士之言曰本朝文自空同已降。皆文之輿臺也。古文自有眞。且從宋金華着眼。自是而指歸大

			定云。則其知見亦可謂正矣。而余讀其所自爲文。終是脫不出李王蹊徑。其泛濫橫逆則又有甚焉。尤不足法。然其才長於敍述。如陳府君鄒孟陽墓誌等作。其風神裁剪。酷肖韓歐。自北地滄峷集中亦所未見。
洪翰周	智水拈筆卷3	명나라 말엽에 徐渭·袁宏道·鍾惺·譚元春·湯顯祖·陶望齡의 무리가 亡國의 문장에 점점 빠져들었다.	明季徐·袁·鍾·譚·湯顯祖·陶望齡輩。裒颯嵬瑣。駸駸乎亡國之文。

125
馮志沂 (1814-1867)

인물 해설	字는 魯川 또는 述仲이며, 山西 代州 사람이다. 道光 16年(1836) 進士에 합격하여 刑部主事·安徽盧州知府 등을 역임했다. 馮志沂는 性格이 강직하였고 배움을 향한 열정이 남달랐다. 당시 古文家 梅曾亮과 漢學家 張穆이 서로 논쟁을 벌였는데, 馮志沂는 그들 사이를 왕래하며 각기 그 장점을 취하였다. 馮志沂는 文學創作上 桐城派를 따랐고 張穆·朱琦·曾國藩 등과 시를 수창하였다. 저서에 『微尚齋詩集』·『適適摘文集』 등이 있다.
인물 자료	○ 『淸史列傳』 卷73. 　馮志沂, 字魯川, 山西代州人. 道光十六年進士, 由刑部主事官至安徽盧州府知府. 尋卒. 志沂持論不肯唯阿, 官刑部時, 上官某謂之曰: "朝與上大夫言, □□如也. 子何好與人忤?" 志沂曰: "司官何以比孔子? 且堂官亦非魯三家, 公事公言之." 上官甚怒, 志沂陽笑曰: "又忤矣!" 嘗集顧炎武祠下, 一鉅公在坐, 蝶適至, 鉅公曰: "是太常仙蝶也." 擧酒祝之, 蝶翩然下. 志沂率爾曰: "仙蝶抑何勢利耶?" 志沂嘗從梅曾亮遊, 古文得其家法, 兼工詩. 與張穆·朱琦·曾國藩諸人相倡和. 曾亮贈詩有'吟安一字脫口難, 百轉千繅絲在腹'語. 其刻苦如此. 著有微尚齋詩文集.
저술 소개	★『馮魯川文錄』 　(淸)賭棋山莊抄本　不分卷 ★『微尚齋詩集初編』 　(淸)同治 3年 盧州郡齋刻本 4卷『微尚齋詩續集』 1卷 / (淸)同治 8年 洪洞董氏刻本 4卷

＊『微尙齋詩續集』

(淸)同治 3年 廬州郡齋刻本 1卷

＊『微尙齋文集』

(淸)同治 8年 安慶郡城刻本 2卷『微尙齋別集』1卷 / (淸)同治 13年 管城 李氏刻本

＊『魯川詩錄』

(淸)同治 10年 歸安 沈氏刻本

＊『西隃山房集』

(淸)同治 8年 洪洞 董氏刻本

＊『適適齋文集』

(淸)同治 8年 洪洞 董氏刻本 2卷

비 평 자 료

金奭準	紅藥樓懷人詩錄 卷下 「馮魯川比部 (志沂)」	馮志沂를 그리며 회인시를 짓다.	平生愛誦杜陵詩。儒雅風流卽我師。讀萬卷書行萬里。當時流輩盡樊籬。
朴珪壽	瓛齋集 卷3 「節錄瓛齋先生行狀草」	박규수가 壬申년 사행 때 沈秉成, 馮志沂, 黃雲鵠, 王軒, 董文煥, 王拯, 薛春黎, 程恭壽, 萬靑藜, 孔憲殼, 吳大澂 등과 교유한 사실에 대해 말하다.	壬申五月。淸皇帝行大婚。公充進賀正使。公再使燕京。所與交皆一時名士。如沈秉成・馮志沂・黃雲鵠・王軒・董文煥・王拯・薛春黎・程恭壽・萬靑藜・孔憲殼・吳大澂等百餘人。盡東南之美。傾蓋如舊。文酒雅會。殆無虛日。氣味相投。道誼相勖。沈仲復・常稱瓛卿之言。如出文文山・謝疊山口中。使人不覺起敬。其見推服如此。

| 朴珪壽 | 瓛齋集
卷3
「辛酉暮春二十有八日, 與沈仲復 (秉成)·董研秋(文煥) 兩翰林, 王定甫拯農部, 黃翔雲(雲鵠)·王霞擧(軒) 兩庫部, 同謁亭林先生祠, 會飲慈仁寺, 時馮魯川志沂將赴盧州知府之行, 自熱河未還, 後數日追至, 又飲仲復書樓, 聊以一詩呈諸君求和, 篇中有數三字疊韻, 敢據亭林先生語, 不以爲拘云」 | 辛酉年 3월 28일에 沈秉成, 董文煥, 王拯, 黃雲鵠, 王軒과 함께 顧炎武의 사당을 방문하고 慈仁寺에 모여 술을 마셨고, 며칠 뒤 열하에서 돌아온 馮志沂와 함께 다시 모여 시를 짓다. | 穹天覆大地。 岱淵限靑邱。 聲敎本無外。
封疆自殊區。 擊磬思襄師。 乘桴望魯叟。
父師稅白馬。 鴻濛事悠悠。 而余生其間。
足跡阻溝婁。 半世方册裏。 夢想帝王州。
及此奉使年。 遲暮已白頭。 攬轡登周道。
歷覽寓諮諏。 浩蕩心目開。 曾無行邁愁。
春日正遲遲。 春雲方油油。 野潤鶯花滿。
天遠烟樹浮。 深村裏管寧。 荒城吊田疇。
徘徊貞女石。 風雨集羣鷗。 再拜孤竹祠。
大老儼晜旒。 俯仰增感慨。 隨處暫夷猶。
幽州其山鎭。 醫巫橫海陬。 萬馬奮蹙踏。
雲屯西南投。 秀氣所鍾毓。 珣琪雜瓊瑤。
庶幾欣相遇。 無術恣冥搜。 君命不可宿。
行行遂未休。 軫勞荷帝眷。 館餼且淹留。
孤抱鬱未宣。 駕言試出游。 懷哉先哲人。
日下多朋儔。 契托苔同岑。 聲應鼗響桴。
尚論顧子學。 軌道示我由。 坐言起便行。
實事是惟求。 經學卽理學。 一言足千秋。
先生古逸民。 當時少等侔。 緒論在家庭。
我生襲箕裘。 曩得張氏書。 本末勤纂修。
始知俎豆地。 羣賢割良籌。 遺像肅淸高。
峨冠衣帶褒。 欲下瓣香拜。 慇懃誰與謀。
邂逅數君子。 私淑學而優。 天緣巧湊合。
期我禪房幽。 相揖謁先生。 升堂衣便摳。
薦實薦時品。 爵酒獻東篘。 須臾微雨過。
古屋風颼颼。 纖塵浥不起。 輕雲澹未流。
高槐滋新綠。 老松洗蒼虬。 福酒置中堂。
引滿更獻酬。 求友鳥嚶嚶。 食萍鹿呦呦。
此日得淸讌。 靈眎若潛周。 嗟哉二三子。
爲我拭靑眸。 廣師篇中人。 不如吾堪羞。
名行相砥礪。 德業共綢繆。 壯遊窮海岳。
美俗觀魯鄒。 總是金閨彥。 淸文煥皇猷。
総是巖廊姿。 巨川理楫舟。 經濟根經術。
二者豈盾矛。 禮樂配兵刑。 曾非懸贅疣。
高談忽名數。 陋儒徒謷咻。 訓詁與義理。 |

			交須如匹迪。 一掃門戶見。 致遠深可鉤。 總是顧氏徒。 端緒細尋抽。 總是瓛卿友。 判非薰與蕕。 幸甚魯川子。 灤陽晚回輈。 傾倒淸晝談。 酒酣仲復樓。 傷心伯言公。 宿草晻松楸。 喪亂餘殘藁。 朋友爲校讎。 文章千古事。 寂寞如此不。 從玆詞垣盟。 獨許君執牛。 銅章紆新榮。 江湖道路脩。 行當辭金闕。 五馬出蘆溝。 潢池方多警。 中野宿貔貅。 容色無幾微。 中情在分憂。 充養自深厚。 臨事得優游。 我車載脂膏。 我馬策驊騮。 取次別諸君。 東馳扶桑洲。 餘情耿未已。 那得不悵惆。 睠玆畿甸內。 夷氛尙未收。 莫謂技止此。 三輔異閩甌。 百里見積雪。 杜老歎咿嚘。 況復挾邪說。 浸淫劇幻譸。 努力崇明德。 衛道去螟蟊。 燃犀觀水姦。 怪詭焉能廋。 斯文若有人。 餘事不足憂。 遼海不足遠。 少別不足愁。 由來百鍊鋼。 終不繞指柔。 兩地看明月。 肝膽可相求。
朴珪壽	瓛齋集 卷6 「憲宗大王祔廟 時, 眞宗大王祧 遷當否議」	박규수가 憲宗大王이 祔廟할 적에 眞宗大王 의 祧遷이 마땅한지 여 부를 논하는 글에서 沈 秉成, 黃雲鵠, 馮志沂의 의론을 첨부하다.	魯川曰祔廟議援據經典。 埧不可易。 昔段 茂堂先生作明世宗論。 以公羊臣子一例一 語爲主。 反覆數萬言。 足以息聚訟之喙。 而後學多駭之。 豈知東國士夫能言之。 而 其國能決從之哉。 然則箕子遺封有人矣 夫。 有人矣夫。 沈仲復曰祔廟一議。 尤爲有功名敎。 漢儒 重公羊春秋。 而臣子一例一語。 定陶之 議。 諸儒未能堅守師說。 宋明又無論已。 此議一出。 可以息異說之喙而定千百年之 獄。 豈徒以文爲哉。 盥讀再三。 不勝心 服。 黃緗芸曰祔廟議。 準今酌古。 義正辭嚴。 惜有明爭大禮人見不及此。 栁溪曰祔廟議。 禮義明正。 可爲千古廟制

			之定案。馮沈黃三君之評。的確有據矣。尤齋宋文正公之疏。仁明二廟當先後祧之者。欲正前日同昭穆之失。然此議所云猶據同昭之說。莫改已行之典。非是有祔而無祧。卽當時實事也。今或以孝宗不祧仁宗。謂不遷高曾。爲我朝典章。不知仁明同昭穆。已在宣祖之時。妄爲之論。稍有知識之人。亦從而信之。吁可慨也。
朴珪壽	瓛齋集 卷6 「憲宗大王祔廟時, 眞宗大王祧遷當否議」	尹定鉉이 沈秉成, 黃雲鵠, 馮志沂의 의견을 정확한 의론이라고 평하다.	上同
朴珪壽	瓛齋集 卷10 「與馮魯川志沂」	馮志沂에게 편지를 보내 안부를 묻고 독려하다.	魯川尊兄知己閣下。弟方出都時。兄有天津之駕。遂未得握手叙別。言念悵缺。何以慰情。抑或以不復跼蹐依戀。還爲快活耶。念兄之行。初秋當已啓駕南下。而其艱辛險酸比我輩特有甚焉。不知今辰住在何地。所任地方。幸已收復。可望整頓否。如其不然。當栖栖作幕賓而已。其爲辛酸。尤不堪想到。雖然吾兄平生讀書。忠信是仗。受用政在今日。豈待故人仰勉耶。每讀昌黎子乘閒輒騎馬。茫茫詣空陂。可念其情況何如。自古讀書之士。最多遇此等境界。無乃天意以爲不如是。不足現其奇節也耶。願兄勉之勉之。(하략)
朴珪壽	瓛齋集 卷10 「與沈仲復秉成(辛酉)」	沈秉成에게 편지를 보내 과거 자신과 교유했던 王軒, 馮志沂 등 중원의 문사들의 안부를 묻다.	仲復尊兄知己閣下。初冬暄冷不均。伏問道體增安。公務不至惱神否。八月晦間憲書官便。付上一函。已得照否。弟憒憒依昔。惟幸無疾恙也。… 年使之發。旣有期矣。理宜預作書信。凡所欲言。細悉無蘊。而公私龐擾。不能偸暇。今乃握管臨

			紙。神思茫然。蕉雜牽連。無甚實語。尤覺悚仄。魯川去後。有信息可憑否。同好諸兄。皆得安善否。乞一一示及如何。今呈諸函。望一一傳致。俾我得其回音是幸。幷封呈於吾兄者。以傳去之際。易致浮沈。且不宜煩諸下隷。慮不眞實故耳。(하략)
朴珪壽	瓛齋集 卷10 「與沈仲復秉成」	沈秉成에게 보낸 편지에서 馮志沂가 태평천국군의 공격을 물리친 것을 축하하다.	閏秋憲書使帶呈書函。可達覽否。夏季弟從嶺南歸。始承春夏來三度惠覆。至今披玩不置。兼承譜系之示。根深源遠。積慶未已。不勝欽頌。伊時可望陞秩。且或有外遷之意。未知果否何居。報國殫誠。無間內外。而竊謂此時輔導聖質。政須學問醇深之士如吾兄者。宜日趨廈氊。盡乃啓沃。豈必以州郡方面。爲自效地耶。帝鑑圖說。曾見其俗話數釋。殊懇惻切實。今兄所注解。想必加精也。凡繪畫故事。最有感發興勸之效。如焦弱矦養正圖解。亦見前人苦心。康熙中重刊最精。丁雲鵬繪寫。吳繼序解說。俱堪味玩。或嘗學擬進鑒否。一人元良。萬邦以貞。今日在位諸君子責也。雖事不由己。力有不及。惟當隨處恒存此心耳。如何如何。每念前明張江陵。非無可譏。然其輔幼主濟時艱。遂致四方無虞。民物阜康。功不可掩。而亦孝定李太后之賢也。向遊慈壽寺。瞻九蓮菩薩像。歎息低回者久之。像舊弊脫。嘉慶間重裝而藏之。別揭墨搨本供奉。法梧門記其事於幀傍。今不見墨本。而仍設畫本於壁間。塵沒煤黬。不幾何而將弊盡矣。如逢有心人。庶復得重裝而藏之。如梧門記中語。亦一段好事也。偶因境興想。牽連而及此耳。(하략)

朴珪壽	瓛齋集 卷10 「與王霞擧軒」	王軒에게 보낸 편지에 서 馮志沂와 沈秉成을 언급하다.	春間使回。承惠覆。知兄抱西河之悲。驚心悼惜。久不能定。孟東野失子。昌黎公沒奈何强作慰譬語。只是日月頗久。…同好諸君子俱平安否。魯川信息。有可聞否。每爲之耿耿。弟年來覺衰相日至。鬢髮過半白矣。惟喜眷率依安。南圭齋尙書歸道山。精博通明。罕有倫此。今不可見。痛惜之甚。非友朋之私。奈何奈何。琴泉多病。雖不廢吟哦。興味泊然。又爲之悶悶也。順便略報近狀。餘可同照。仲復兄書。惟希回玉。祈起居萬茀。不盡欲言。
朴珪壽	瓛齋集 卷10 「與王霞擧軒」	王軒에게 보낸 편지에 서 董文煥, 馮志沂, 沈 秉成, 黃雲鵠 등의 안부 를 묻다.	霞擧尊兄知己閣下。金石菱爲致春間惠覆。徐茶史來。又承心畫。種種欣荷。可勝言耶。比來冬令。道體增安。吉祥善事。堪慰天涯故人之望耶。翹祝不已。研秋書以爲兄近頗力學古篆。雖魯川亦當讓與一頭。回憶松筠雅謔如昨日也。家弟亦爲此學。甚有根據。欲悉取鍾鼎彝器銘款。以寫尙書幾篇。若字有未滿。雖輳合偏旁。未爲不可。其說如何。且欲著爲一書。羽翼說文。渠亦奔走公幹。迄未能就也。魯川尙在盧州。近信何如。南方稍整頓。此君可有嘯詠之暇否。仲復守制悖疢可念。聞餘禍有未已。爲之驚惋。時復往存慰譬否。弟現任爲域內重藩。才薄力衰。已恐僨事。而憂虞溢目。不知如何勾當也。(하략)
朴珪壽	瓛齋集 卷10 「與董研秋文 煥」	董文煥에게 보낸 편지 에서 王軒, 沈秉成, 黃 雲鵠, 馮志沂 등의 근황 을 묻다.	(전략) 尊兄近節何如。見陞何官。益有建樹否。魯川一切不聞消息。願詳敎之。前每承兄書。艸艸數語。但存殷注之盛。並無仔細道及朋儕許多樂事。吾心殊悵悵。

<table>
<tr>
<td></td>
<td></td>
<td></td>
<td>願此回須詳教勿慳德音。如何如何。今年朝正使价。皆同志切友也。正使李尙書書狀官金學士。皆可證契。當欣如舊識。爲道弟近狀也。琴泉仲春歸道山。篤行邃學。求之古人。亦未易多得。與弟爲平生之友。絃斷之悲。尙可言哉。想兄聞此。亦爲之愕然也。仲復見任之職。自有考滿內陞之期否。抑仍外轉。姑無還朝定期否。思之黯黯。弟春間陞秩宗伯。主恩隆渥。報答蔑如。只切冥升之愧耳。年使回。必詳示吾兄近禧及諸君行止。少慰此海天翹首之情。盼望不已。臨紙冲冲。惟祈鴻祉日臻。益崇明德。此不盡欲言。</td>
</tr>
<tr>
<td>朴珪壽</td>
<td>瓛齋集
卷10
「與董硏秋文煥」</td>
<td>董文煥에게 편지를 보내 黃雲鵠, 王軒, 沈秉成, 馮志沂 등의 근황과 說文之學에 대한 王軒의 성취를 묻다.</td>
<td>硏秋尊兄知己閣下。仲春承覆。尙深慰感。居然又一年矣。不審道體萬茀。伊時史局竣功。恩簡有期。甚盛甚盛。… 緗芸·霞擧諸兄平安。仲復春間南歸。又已入都否。念此兄情事。每切悒悒耳。顧齋說文之學。近復何如。向於一友人處。見有畫障。許叔重鬚髮皓白。傴僂而行。自李陽冰·徐鉉·徐鍇以下。凡有功於說文者。皆扶擁許老人。左翊右護。前導後殿而去。形容令人絶倒。今顧齋兄當復去扶許君一臂。但恐被魯川先着。須大踏步忙走一遭爲可耶。好呵好呵。傳世之學。非卑官浮湛者不能。有若天爲之位置。誠如兄敎。此事今古一轍。只是有蘊抱者每不見展施。終又不能自閟。載之空言垂世故耳。鄭漁仲·馬貴與得著書之暇最多。杜君卿王伯厚雖非卑官浮湛。跡其平生。亦與浮湛何異。所以有許大著作。其功利及人不少。顧齋倘得繼昔賢之爲。今日浮湛。庸何傷乎。請以是語質之自家可乎。</td>
</tr>
</table>

			弟栖遲浿城。以官爲家。今已兩載。既無素抱可展。空費歲月于簿書叢裏。甚愧顧齋兄也。今行年貢正使金君。老成樂易人也。或可相逢。當道弟近狀衰憒耳。其回盼賜德音。臨褫草草不戩。祈百禧日新。
朴珪壽	瓛齋集卷11「題顧祠飲福圖」	「顧祠飲福圖」에 등장하는 王拯, 黃雲鵠, 董文煥, 馮志沂, 沈秉成, 王軒 등을 설명하며, 이들과의 추억을 기록하다.	卷中之人。展紙據案。援筆欲書者。戶部郎中王拯少鶴也。把蠅拂沉吟有思者。兵部郎中黃雲鵠緗雲也。立而凝眸者。翰林檢討董文煥硏樵也。持扇倚坐者。廬州知府馮志沂魯川也。坐魯川之右者。翰林編修沈秉成仲復也。對魯川而坐者。兵部主事王軒霞擧也。據案俯躬而微笑者。朝鮮副使朴珪壽瓛卿也。魯川時赴熱河未還。爲之補寫焉。昔亭林先生北遊至都下。嘗棲止於城西之慈仁寺。後之學者想慕遺躅。道光癸卯。建祠於寺之西南隅。以祀先生。道州何君子貞寔始經營云。珪壽夙尙先生之學。歲咸豐辛酉。奉使入都。幸從諸君子祇謁先生。特設一祭。退而飲福於禪房。相與論古音之正譌。經學之興衰。盖俯仰感慨。而樂亦不可勝也。既東歸不復見諸君子已三載。追思向之譙會談笑。鬚眉衣冠。發於夢寐。遂命畫史繪顧祠飲福圖。其貌寫諸君。悉由余心想口授。而肥瘦方圓。尙不能肖之。況可與論於傳神乎。當面繪我而尙不能肖之。況隔遠千里之外哉。使我而工於畫者。爲此圖必有道焉。惜乎其不能也。嗟乎。聚散離合。理所固有。若心性則無間於山海之間矣。篤於友朋者。皆自知之。諸君子倘求良史。各肖其貌。更寫此圖。以之相贈。豈不大慰天涯故人之望耶。

李尙迪	恩誦堂集 卷6 「楊墨林席上, 晤馮魯川法曹, 墨林畫松贈余, 魯川題詩其右, 卽賦長句謝之」	楊尙文과 함께한 자리에서 馮志沂를 만났는데, 楊尙文은 소나무 그림을 그려 나에게 주고 馮志沂는 그 오른편에 제시를 써서 줌에 즉시 시를 지어 답례하다.	聞君雁塔題名早。丙申進士同坡老。慧業從來有替人。天之生才亦奇巧。君家北海富靑箱。我索鳳毛君絶倒。歲寒交證古松圖。詞源萬斛風濤繞。全鼎何妨一臠嘗。珍味不在於多少。賞心欲吐心中言。啞羊無奈輸談神。詩放厥聲比黃鐘。大扣大鳴小扣小。出則廊廟處江湖。事父事君能事了。要須忠孝本性情。詎堪輕薄矜華藻。萬古江河不廢流。此意除君誰與道。自慚敝帚享千金。肯許騷壇供灑掃。墨瀋三升紙百番。後約宣南惠以好。逢場樽酒苦勿勿。金臺西畔易殘照。
李尙迪	恩誦堂集續集詩 卷1 「恩誦堂集續集詩序」	李尙迪은 孔憲彝, 葉名澧, 馮志沂, 潘祖蔭 등과 이미 교유한 바가 있었으며, 許宗衡, 李竹臣, 吳昆田, 王拯, 張完臣 등은 이번에 처음 만난 사이임을 말하다. * 이 글은 許宗衡이 쓴 것이다.	咸豐九年歲次己未正月七日。孔繡山閣讀。集同人於衍聖公邸之韓齋。時朝鮮知中樞府事李君藕船。以賀正旦來京師。遂同止而觴焉。君凡十至京師。與孔君爲舊交。而葉君潤臣·馮君魯川·潘君伯寅。亦先後各以文讌相酬接。余與李君竹朋·吳君稼軒·王君少鶴·張君良哉。則與君初相見也。坐間君以詩索序。孔君屬余爲之。余旣慙弗文。且初識君。又未盡觀君之詩。安敢序。然國家聲敎之訖。友朋應求之故。文字之感。旣契於同心。切劘之義。無間於異域。海天頮洞。恍惚如舊相識。序亦何敢辭。…
李尙迪	恩誦堂集續集詩 卷4 「續懷人詩(有序)·魯川馮比部(志沂)」	馮志沂에 대한 회인시를 짓다.	丙申擧進士。子瞻是同年。郎潛二十載。窮巷屋數椽。煮字不救饑。焉用萬選錢。

李尙迪	恩誦堂集續集 詩 卷6 「西笑編·馮魯川 比部」	馮志沂에 대한 회인시 (「西笑編」)를 짓다.	忽忽年華歎逝波。前塵記得古松歌。 (往在辛丑陽月。楊墨林畫松。壽余初 度。時君作長句題之)　更看大筆凌雲 健。(君別來詩境大進)　歷數良朋宿草 多。(聞韓季卿·張石洲·楊墨林·慶 伯蒼諸友皆已作故)　旅食應愁居不易。 離筵莫惜飮無何。此身晚計休相問。 好向牆東隱薜蘿。
李尙迪	恩誦堂集續集 詩 卷6 「西笑編·馮魯川 比部」	1841년 11월에 楊尙文 이 소나무를 그려 이상 적의 생일을 축원한 적 이 있는데, 이 때 馮志 沂가 長句의 제시를 지 은 것에 대해 언급하다.	上同
李尙迪	恩誦堂集續集 詩 卷6 「西笑編·馮魯川 比部」	馮志沂가 이별하며 준 시를 보고, 그의 詩境 이 크게 진보되었다고 말하다.	上同
李尙迪	恩誦堂集續集 詩卷7 「題朴淸珊韓齋贈 別詩冊」	『韓齋贈別詩冊』에 제시 를 지으면서 孔憲彝의 편지와 馮志沂의 시를 언급하다.	去年今日日遲遲。苦憶春明話雨時。 久要幾人勞遠訊。繡山書與魯川詩。 海上孤吟老矣吾。琴尊難補第三圖。 何郞舊句增惆悵。酒醒空亭月一舠。 (何子貞太史曾題海客琴尊第二圖。結 句云無端離合傷懷抱。酒醒空亭月一 舠。頃晤淸珊。詢余近狀甚悉) 多慚呼我謫仙人。賀監風流出世塵。 何日金龜同換酒。長安市上話前因。 (馮展雲學士譽驥廣東人。贈淸珊詩。 有近者謫仙人。錦袍映華髮之句。自 注云曩爲張仲遠題海客琴尊圖。見李藕 船樞府小像。近又從繡山借讀恩誦堂 集。益深傾慕)

			吟鞭剛趁歲除還。風雪關河鬢未斑。玉敦珠盤聯唱日。才華誰識繼茮山。(淸珊族兄茮山先生。於嘉慶癸酉入燕。與翁覃溪·劉芙初·宋芷灣諸名輩交游)
李尙迪	恩誦堂集續集 詩 卷9 「聞馮魯川之任廬州, 卽題其微尙齋集後」	馮志沂가 廬州로 부임하게 되었다는 말을 듣고 『微尙齋集』에 題後를 지어 循吏가 되길 당부하다.	爲民父母官。忍使民飢寒。飢寒猶餘事。侵虐非一端。破家鬻妻子。皇天叫痛冤。要津餒無厭。溪壑充未完。豈盡喪天良。智爲利所昏。民散之四方。何處是桃源。一朝兵火作。誰能撲燎原。東南十數載。戎馬未解鞍。前人肆貪黷。後人遭艱難。聞君一麾去。遠赴廬江干。孤城早失守。豺虎尙雲屯。鄭綮能却賊。闔境賴以安。三至陳堯佐。遺蹟倘復存。(鄭之檄黃巢。陳之三至堂。皆廬州故事) 下車無所歸。枳棘棲鵷鸞。吾輩識面初。文酒罄交懽。(證交在道光辛丑) 朝野頗淸晏。風敎有餘敦。爾來厭喪亂。氛祲滿乾坤。翠華塞北路。經年未回鑾。五馬雖云榮。憂虞詎堪論。王事須靡鹽。君子不素餐。此時急先務。塗炭拯元元。藉手樹勳業。不繫職卑尊。自古讀書人。惟思報國恩。三復微尙編。益信寸心丹。催吒王尊馭。羞彈貢禹冠。感槩昔從軍。執殳佐戎軒。才高閱歷深。自成一家言。已足懸日月。亦應迴狂瀾。利器有如此。隨遇無盤根。文苑與循吏。令名垂不刊。
李尙迪	恩誦堂集續集 詩 卷9 「聞馮魯川之任廬州, 卽題其微尙齋集後」	1841년에 馮志沂와 교분을 맺은 사실을 언급하다.	上同

何景明 (1483-1521)

인물 해설	字는 仲默, 號는 白坡·大復山人이며 河南省 信阳 사람이다. 弘治 15년 (1502)에 진사, 中書舍人, 吏部員外郎, 陝西提學副使 등을 역임하였다. 李夢陽 등과 함께 '文必秦漢, 詩必盛唐'이라 하는 복고주의 문학운동을 제창, 李夢陽·邊貢·徐禎卿·康海·王九思·王廷相과 함께 '前七子'라 불리었으며, 또한 이몽양과 함께 문단의 영수로 활동하여 '何李'라 일컬어졌다. 뒤에 이몽양은 모의를, 하경명은 창신을 주장하는 논쟁을 벌이기도 했다. 李夢陽·邊貢·徐禎卿과 함께 '四大家'로 불리며, 李夢陽·王世貞과 함께 '海內三才'로 불리기도 한다. 성품이 廉直하여 당대의 정치현실에 비판적이고 서민친화적인 작품을 많이 남겼다. 저서로는 시문집인 『何大復先生集』(38권) 외에 『校漢魏詩』(14권), 『雍大記』(30권), 『何子雜言』(1권), 『大復論』(1권) 등이 있다.
인물 자료	○ 『明史』, 列傳 174 何景明, 字仲默, 信陽人. 八歲能詩古文. 弘治十一年擧於鄉, 年方十五, 宗藩貴人爭遺人負視, 所至聚觀若堵. 十五年第進士, 授中書舍人. 與李夢陽輩倡詩古文, 夢陽最雄駿, 景明稍後出, 相與頡頏. 正德改元, 劉瑾竊柄. 上書吏部尚書許進勸其秉政毋撓, 語極激烈. 已, 遂謝病歸. 踰年, 瑾盡免諸在告者官, 景明坐罷. 瑾誅, 用李東陽薦, 起故秩, 直內閣制敕房. 李夢陽下獄, 衆莫敢爲直, 景明上書吏部尚書楊一淸救之. 九年, 乾淸宮災, 疏言義子不當畜, 邊軍不當留, 番僧不當寵, 宦官不當任. 留中. 久之, 進吏部員外郎, 直制敕如故. 錢寧欲交驩, 以古畫索題, 景明曰:"此名筆, 毋污人手." 留經年, 終擲還之. 尋擢陝西提學副使. 廖鵬弟太監鑾鎭關中, 橫甚, 諸參隨遇三司不下馬, 景明執撻之. 其教諸生, 專以經術世務. 遴秀者於正學書院, 親爲說經, 不用諸家訓詁, 士始知有經學. 嘉靖初, 引疾歸, 未幾卒, 年三十有九. 景明志操耿介, 尙節義, 鄙榮利, 與夢陽並有國士風. 兩人爲詩文, 初相得甚歡, 名成之後, 互相詆諆. 夢陽主摹仿, 景明則主創造, 各樹堅壘不相下, 兩人交遊亦遂分左右祖. 說者謂景明之才本遜夢陽, 而其詩秀逸

穩稱, 視夢陽反爲過之. 然天下語詩文必並稱何・李, 又與邊貢・徐禎卿並稱四傑. 其持論, 謂:"詩溺於陶, 謝力振之, 古詩之法亡於謝. 文靡於隋, 韓力振之, 古文之法亡於韓." 錢謙益撰列朝詩, 力詆之.

○ 錢謙益, 『列朝詩集小傳』丙集 卷12, 「何副使景明」

景明, 字仲默, 信陽人. 八歲能屬文, 十五擧於鄉. 形貌短小, 且禿笄也. 宗藩貴人, 爭負視, 所至人遮道, 弗得過. 又四年, 弘治壬戌, 擧進士, 授中書舍人. 北地李獻吉, 以詩文雄壓海內, 一旦與駿發齊名, 憂憤時事, 尙節義而鄙榮利, 幷有國士之風. 正德初, 劉瑾用事, 謝病歸. 瑾誅, 用李茶陵薦, 複除中書, 直內閣. 制敕房錢寧方貴幸, 持古畫造門求題, 仲默謝曰:"好畫毋汗吾題也." 天變, 上封事曰:"義子不當畜, 宦官不當寵." 聞者縮舌, 幸留中得免. 守中舍九年, 不遷, 出爲陝西提學副使. 居四年, 勞瘁嘔血, 投劾歸, 抵家六日而卒, 年三十九. 仲默初與獻吉創復古學, 名成之後, 互相詆諆, 兩家堅壘, 屹不相下. 於時, 低頭下拜, 王渼陂倒前徒之戈; 俊逸粗浮, 薛西原分北軍之祖. 則一時之軒輊已明, 身後之玄黃少息矣. 余獨怪仲默之論, 曰:"詩溺于陶, 謝力振之, 古詩之法亡于謝; 文扉于隋, 韓力振之, 古文之法亡於韓." 嗚呼, 詩至於陶謝, 文至於韓, 亦可以已矣. 仲默不難以一言抹搬者, 何也? 淵明之詩, 鍾嶸以爲古今隱逸之宗, 梁昭明以爲跌宕昭彰・抑揚爽朗, 橫素波而傍流, 干青雲而直上. 評之曰溺, 於義何居? 運世遷流, 風雅代變, 西京不得不變爲建安, 太康不得不變爲元嘉, 康樂之興會標擧, 寓目即書, 內無乏思, 外無遺物, 正所以暢漢魏之飆流, 革孫許之風尙, 今必欲希風枚馬, 方駕曹劉, 割時代爲鴻溝, 畫景宋爲鬼國, 徒抱刻舟之愚, 自違舍筏之論, 昌黎佐佑六經, 振起八代, 文亡于韓, 有何援據? 吾不知仲默所謂文者, 何文, 所謂法者, 何法也. 昔賢論仲默之刺韓, 以爲大言無當, 矯誣輕毀, 箴彼膏肓, 允爲篤論矣. 獻吉兩書駁, 何矛盾互陷, 獨於斯言, 了無諍論. 弘正以後, 訛繆之學, 流爲種智, 後生面目, 倘背不知向方, 皆仲默謬論爲之質的也. 因錄仲默之詩, 略爲辨正如此.

저술 소개

★『何大復先生集』

(明)抄本 38卷 / (明)刻本 38卷 (淸)莫友芝跋 / (明)萬曆 5年 陳堂・胡秉性刻本 38卷 / (淸)康熙 5年 修永堂刻本 12卷

＊『大復集』

    (明)抄本 37卷 / (明)楊保刻本 13卷 / (明)嘉靖 34年 袁璨刻本 37卷

＊『何氏集』

    (明)嘉靖年間 沈氏 野竹齋刻本 26卷 / (明)嘉靖年間 義陽書院刻本 26卷

＊『古樂府』

    (明)崦西精舍刻本 3卷

＊『古文集』

    (明)嘉靖 15年 鄭鋼刻本 4卷

＊『八代文鈔』

    (明)李賓編 明末 刻本 106種 106卷 內 何景明撰『何仲默文抄』1卷

＊『盛明百家詩』

    (明)俞憲編 (明)嘉靖－隆慶年間 刻本 324卷 內 何景明撰『何大復集』2卷

＊『李何二先生詩』

    (明)李三才編 (明)萬曆 30年 刻本 48卷 內 何景明撰『何仲默先生詩集』15卷

＊『選明四大家詩集』

    (淸)藍庚生編 (明)崇禎 8年 刻本 4卷 內 何景明撰『何大復詩』1卷

＊『四杰詩選』

    (淸)姚佺・孫枝蔚輯幷評 淸初 刻本 24卷 內 何景明撰『大復集選』6卷

＊『名家尺牘選』

    (明)馬睿卿編 淸代 刻本 20卷 內 何景明撰『何仲默尺牘』1卷

＊『明十二家詩選』

    (明)趙南星輯 (明)萬曆年間 刻本 39卷 內 何景明撰『何大復集』4卷

비 평 자 료			
金萬重	西浦漫筆 下	許𥱐에게 있어서 權韠・李安訥은 중국의 何景明과 李攀龍에게 高叔嗣가 있었던 것과 같다고 평하다.	近代名家惟李澤堂・權石洲詩。各體俱好。東溟歌行及五律七絕最高。七律次之。而惟選體不競。陽凌君許□號水色。五言詩淸峭古雅。得選唐體。一時操觚者。未見敵手。方之洲岳。

			盖猶中朝何李之有蘇門也。而到今聲名不甚赫赫者。以世人專習七言律詩故也。獨其宗人許筠盛推之。筠之爲詩有慧性而定力不足。故雜出唐宋元明之調。不能如東岳石洲之深造乎道也。然其識鑑當爲近代第一。
金萬重	西浦漫筆下	명나라 시인 중 何景明은 五言律詩에 뛰어났다고 평하다.	皇明時。濟南吳郡之七言律。信陽武昌之五言律。北地之歌行。蘇門之選體。皆其至者也。
南龍翼	壺谷漫筆卷3「明詩」	李夢陽 이후에 명나라의 문풍이 크게 열려 여러 문인들을 거쳐 李攀龍과 王世貞에 이르러 크게 진작되었는데, 吳國倫·宗臣·王世懋·徐中行·梁有譽 등의 인물들도 어느 정도 수준이 있었지만 대개 李夢陽과 王世貞을 두보로 여기고 何景明과 李攀龍을 李白으로 여겼다.	李空同(夢陽)有大闢草萊之功。後來詩人皆以此爲宗。而其前高太史(啓)·楊按察林員外(鴻)·袁海潛(凱)·汪右丞(廣洋)·浦長海(源)·莊定山(昶)。亦多警句矣。何大復(景明)與空同齊名。欲以風調埒之。而氣力大不及焉。其後王浚川(廷相)·邊華泉(貢)·徐迪功(禎卿)·王陽明(守仁)·唐荊州(順之)·楊升菴(愼)諸公相繼而起。至李滄溟(攀龍)·王弇州(世貞)而大振焉。泛而遊者。如吳川樓(國綸)·宗方城(臣)·王麟州(世懋)·徐龍灣(中行)·梁蘭汀(有譽)等亦皆高踽。槩論之則空同弇州如杜。大復滄溟如李。論其集大成則不可不歸於王。而若其才之卓越則滄溟爲最。如臥病山中生桂樹。懷人江上落梅花。樽前病起逢寒食。客裏花開別故人等句。王亦不可及。此弇州所以景慕滄溟。雖受仲尼丘明之譽。只目攝而不大忤。有若子美之仰太白也。川樓以下。地醜德齊。而吳體最備宗才最高。

南龍翼	壺谷漫筆 卷3 「明詩」	何景明의 '孤城落鴈衝寒水, 萬樹鳴蟬帶夕陽'을 비롯하여 명나라 시인들의 시구를 들어 명나라 시가 송나라를 넘어 당나라에 도달하려 하였지만 명나라의 격조라고 말하다.	明詩如郭子章家在淮南靑桂老。門臨湖水白蘋深。高太史(詠梅)雪滿山中高士臥。月明林下美人來。林員外堤柳欲眠鶯喚起。宮花乍落鳥啣來。袁海潛(白燕)月明漢水初無影。雪滿梁園尙未歸。浦長海雲邊路遠巴山色。樹裏河流漢水聲。汪右丞松下鶴眠無客到。洞中龍出有雲從。陳汝言佳人搗練秋如水。壯士吹笳月滿城。李空同日臨海岳雲俱色。春入樓臺樹自花。何大復孤城落鴈衝寒水。萬樹鳴蟬帶夕陽。邊華泉(文山祠)花外子規燕市月。柳邊精衛浙江潮。李西涯鄴城夜氣聞龍起。彭蠡秋風見鴈來。王陽明月遶旌旗千嶂曉。風傳鈴鐸九溪寒。徐迪功裹回桂樹凉風發。仰視明河秋夜長。李滄溟海氣控吳還似馬。陣雲含越總如龍。王弇州關如趙璧常完月。嶺似幷刀欲剪雲。千騎月回淸嘯響。一樽天豁大荒愁。吳川樓春色漸隨行旅盡。夕陽偏向逐臣多。宗方城樽前明月雙鴻暮。江上梅花一騎寒等句。足以跨宋涉唐而然亦自有明調。
徐淇修	篠齋集 卷1 「三月二十八日, 陪伯氏寓軒先生, 舟向龍門, 同李稚瑞鳳奎昆季, 鄭士必昌後, 關西人, 朴汝亮, 偕舟中, 次何大復韻(癸亥)」	伯氏와 李鳳奎·鄭昌後 등과 배를 타고 龍門으로 가는 도중 何景明의 시에 차운하다.	峽氣泠泠暮。湖光冉冉開。黃鸝高下樹。靑岸後先來。牛渚滿春望。靈湑留釣臺。舟行無住着。落日且含杯。

徐淇修	篠齋集 卷1 「伯氏自蔚山賦歸, 與聖用諸盒, 拈何 大復集韻, 共賦」	伯氏께서 울산에서 고향으로 돌아가실 때 朴聖用 등과 함께 何景明의 시에 차운하여 함께 짓다.	園梅飄盡月微黃。春氣先澌萬木霜。官罷猶全林壑勝。數廚書卷遶匡床。春燈如海灑談叢。輕颺茶烟陣陣風。痛飮讀騷眞快事。幾人乾沒軟洪中。
徐宗泰	晚靜堂集 卷11 「讀弇山集」	弘治・嘉靖 연간 때 여러 문인들을 평가하면서 何景明의 문장은 '豔而靡하다고 평하다.	大抵弘・嘉諸公。伯安雄而恣。獻吉大而疎。仲默豔而靡。鹿門華而失之弱。荊川瞻而失之衍。弇山則該衆長而尤傑然者歟。
申緯	警修堂全藁 冊19 養硯山房 「次韻篠齋與彝齋 論詩七言長句」	何景明과 李夢陽이 시문의 擬古를 주창하며 한 시대를 휩쓸었다고 언급하다.	是古非今視王道。縱說桓文五尺羞。何李主盟力模擬。儼然通國之奕秋。
申佐模	澹人集 卷5 「贈副行人徐侍 郞(衡淳)之燕」	徐居正의 시가 명나라 四大家(何景明・李夢陽・邊貢・徐禎卿) 중 한 명인 徐禎卿에 못지않다고 칭송하다.	中國詩人說四佳。大東風雅補皇華。詞林倘作同文夢。何啻槙卿入大家。(皇朝何・李・邊・徐四大家。槙卿其一。)
申欽	象村稿 卷26 「海平府院君月 汀尹公神道碑銘 (幷序)」	尹根壽는 명나라 여러 문인들의 서적을 보는 것을 좋아하였으며, 何景明・李夢陽・王世貞・李攀龍과 같은 시대에 살지 못한 것을 한탄하였다.	平生嗜書。畜古今書籍數千軸。手不釋卷。遇小疑。隨手抄記。號習於文者。則雖卑幼必叩問。倡爲古文。以先秦西京爲主。而酷好司馬子長。爲詩宗盛李。好觀皇明諸家。信陽・北地・鳳洲・滄溟。曠世神交。慨然有不竝世之嘆。
申欽	象村稿 卷51 晴窓軟談	何景明의 시는 당나라 시인들과 견주어도 전혀 손색이 없었다.	不雜者。其惟李于鱗乎。若大復之詩。幾乎唐樣。于鱗之樽前病起逢寒食。客裏花開別故人。大復之章華日暮春遊盡。雲夢天寒夜獵多者。雖唐人豈易及也。空同之十年放逐同梁苑。中夜悲歌泣孝宗。激昂頓挫。詠之淚下。後少陵也。

李德懋	靑莊館全書 卷48 耳目口心書(四)	呂留良이 何景明을 비롯한 명말 문장가들을 褒貶한 시를 제시하다.	偶閱呂晚村詩。明末文章。分門割戶。互相攻擊。甚於鉅鹿之戰。黨錮之禍。亦可以觀世變也。古來未之見也。其詩有曰… 依口學說李與何。印板死法苦不多。濫觴聲調稱盛唐。詞場從此譌傳譌。
李宜顯	陶谷集 卷27 雲陽漫錄	명나라 시인 四大家(何景明·李夢陽·王世貞·李攀龍)의 시풍을 논한 뒤, 이들의 시가 변하여 徐渭와 袁宏道의 시가 되었고, 다시 변하여 鍾惺과 譚元春의 시가 되었다고 주장하다.	明詩雖衆體迭出。要其格律。無甚逈絶。稱大家者有四。信陽溫雅美好。有姑射仙人之姿。而氣短神弱。無聳健之格。北地沉鷙雄拔。有山西老將之風。而心麤材駁。欠平和之致。大倉極富博而有患多之病。歷下極軒爽而有使氣之累。一變而爲徐·袁。再變而爲鍾·譚。轉入於鼠穴蚓竅而國運隨之。無可論矣。
李宜顯	陶谷集 卷28 陶峽叢說	李夢陽·何景明·王世貞·李攀龍은 先秦諸子들을 배워 새로운 문풍을 창도한 일파이다.	空同·大復·弇州·滄溟。學先秦諸子而創爲新格者也。此當爲一派。
李宜顯	陶谷集 卷26 「歷代律選跋」	당나라에서부터 명나라에 이르기까지 여러 시인들에 대해 논하면서 李夢陽·何景明 등의 擬古에 대해 비판하다.	於是李何諸子起而力振之。其意非不美矣。摹擬之甚。殆同優人假面。無復天眞之可見。
李學逵	洛下生集 冊1 春星堂集 「春日, 讀錢受之詩(絶句)」	安磐이 楊愼과 함께 시를 논하면서 李夢陽과 何景明 등을 비판하다.	矯枉無如擧直難。錦帆瀟碧句無完。似聞公石名言在。苦楝何如紙牡丹。 (牧翁嘗論公安詩體。有矯枉過直之病。又曰。安磐字公石。皇明弘治人。嘗與楊用修論詩曰。論詩如品花木。牡丹·芍藥下。逮苦楝刺桐。皆有天然一種風味。今之學杜者。紙牡丹·芍藥耳。用修以爲至言。則似指

			空同·大復諸人而發耳。)
張維	谿谷集 卷1 「弔箕子賦, 次姜編修韻(幷序)」	明代에 李夢陽·何景明 등이 古風을 진작시켰지만 웅장하면서도 아름다운 문체를 갖추지는 못하였다.	屈·宋之後世無騷。班·張之後世無賦。明興李·何諸子。迺始彬彬振古。而閎衍巨麗之體。猶未大備。
正祖	弘齋全書 卷9 「詩觀序」	『詩觀』에 명나라 시인 劉基·高啓·宋濂·陳獻章·李東陽·王守仁·李夢陽·何景明·楊愼·李攀龍·王世貞·吳國倫·張居正의 詩를 수록하다.	明取十三人。劉基一千四百二十九首。爲十二卷。高啓一千七百五十六首。爲十一卷。宋濂一百三十三首。爲二卷。陳獻章一千六百七十九首。爲十卷。李東陽一千九百四十四首。爲十四卷。王守仁五百八十四首。爲四卷。李夢陽二千四十首。爲十七卷。何景明一千六百六首。爲十三卷。楊愼一千一百七十五首。李攀龍一千四百四十七首。各爲十卷。王世貞七千一百二十三首。爲五十卷。吳國倫四千八百八十八首。爲三十一卷。張居正三百五十七首。爲二卷。共爲明詩一百八十六卷。錄詩二萬五千七百十七首。凡詩觀之錄詩。七萬七千二百十八首。而爲五百六十卷。
正祖	弘齋全書 卷180 群書標記 「詩觀」	명나라 시인 劉基·高啓·宋濂·陳獻章·李東陽·王守仁·李夢陽·何景明·楊愼·李攀龍·王世貞·吳國倫·張居正 등 13명의 시를 인정하면서, 徐禎卿·袁宏道·鍾惺·譚元春 등의 시는 배척해야 한다고 말하다.	明詩取十三人。如徐袁之尖新巧靡。鍾譚之牛鬼蛇神。固所顯黜而痛排。若其長短互幷。疵譽相參。揭竿操矛而呼者。不啻如堵。其進其麾。濫竽之可戒。先於遺珠之可惜。或有醜齊而異遇者。固非偶爲抑揚。聊欲擧一而槩十耳。劉基聲容華壯。如河朔少年充悅忼健。高啓矩矱全唐。風骨秀穎。才具瞻足。宋濂嚴整要切。能亞於其文。陳獻章殊有風韻沖淡。而兼能灑脫。李東陽如陂塘秋潦。渺瀰澹

			洫。而瀓見底裏。高步一時。爲何李 倡。王守仁博學通達。詩亦秀發。如 披雲對月。淸輝自流。李夢陽才氣雄 高。風骨遒利。鏖白戰而擁赤幟。力 追古法。能成雄霸之功。何景明淸藻 秀潤。丰容雅澤。不作怒張之態。楊 愼朗爽可喜。穠婉有餘。李攀龍如蒼 厓古壁。周鼎商彝奇氣自不可掩。王 世貞著作繁富。才敏而氣俊。能使一 世之人流汗走僵。吳國倫雅鍊流逸。 情景相副。張居正華贍老鍊。足稱詞 舘之能手。自是以往。吾不欲觀。非 直爲無詩而已也。共爲明詩一百八十六 卷。錄詩二萬五千七百十七首。凡詩 觀之錄。詩七萬七千二百十八首。而 爲五百六十卷。誠壯觀也已。
曹兢燮	巖棲集 卷2 「擬西涯樂府」	何景明이 지은 「壽西涯 相公」의 '裴公郭相看前 代, 社稷蒼生望老臣'句 를 본떠 樂府의 한 詩句 를 짓다. * 何景明, 『大復集』, 卷26 「壽西涯相公」	裴公郭相完老臣。(何景明壽公詩曰。 裴公郭相看前代。社稷蒼生望老臣。)
曹兢燮	巖棲集 卷8 「與金滄江」	何景明과 李夢陽이 韓愈 를 비롯한 당나라 문인 들을 비난하다,	子雲之書。昌黎尊之如經。而同時如 子厚已處之韓下。至蘇氏父子則擯之爲 雕蟲矣。韓歐之爲江河萬古之流。而 何大復之謂文法亡於韓也。李空同之戒 不讀唐書也。此其好惡又何如也。
曹兢燮	巖棲集 卷8 「與金滄江」	何景明이 韓愈를 폄하한 것은 다만 소견의 차이 에서 기인한 것뿐이다.	何大復之傲韓。未必忌其有法。特其 所見之差異耳。嘗見何文一篇。酷似 西漢之晁錯鄒陽。豈其以此自立門 戶。故不足於韓耶。見誨講學家待 韓。宜異於他文人。爲之一莞。

韓章錫	眉山集 卷7 「明清三十四家 文抄序」	弘治·嘉靖년간에 韓愈와 歐陽脩·曾鞏과 蘇軾 등을 비방하면서 先秦兩漢의 문을 주창하는데 가장 큰 힘을 쏟은 이들이 李夢陽·何景明·王世貞·李攀龍이다.	弘治嘉靖之際。俊髦鵲起。文氣如林。懲宋之弱。起而振之。寧玉而瑕。毋石而璠。琢字句鑄言辭。姍韓歐罵曾蘇。奮然自跱於先秦兩漢之列。李何王李。其尤用力者也。然六藝之旨已遠。非先秦兩漢之文。乃明氏之文也。
許筠	惺所覆瓿稿 卷2 光祿稿 「讀大復集」	何景明의『大復集』을 읽고서 何景明의 재주가 李白과 杜甫에 비견될만 하다고 극찬하다.	才似王維亦大家。麗如崔灝更高華。舍人若出開天際。李杜齊名孰敢誇。
許筠	惺所覆瓿稿 卷2 大官稿 「讀徐迪功集」	徐禎卿이 何景明·李夢陽과 함께 文名을 떨쳤다.	中原何李幟詞場。江左徐郎亦雁行。應似開天推李杜。清高還有孟襄陽。
許筠	惺所覆瓿稿 卷2 病閑雜述 「余以病火動, 不克燕行, 竢譴巡軍, 作長句贈奇獻甫以抒懷」	奇自獻의 재주가 李夢陽과 何景明을 뛰어넘는다고 칭송하다.	上苞盧駱與崔李。下掩空同大復子。
許筠	惺所覆瓿稿 卷2 病閑雜述 「後五子詩」	奇允獻의 재주가 何景明과 李夢陽을 뛰어넘는다고 칭송하다.	奇獻甫(名允獻): 駱宋肩欲齊。何李舌還喢。窮途只索米。厚誼誰捐廩。
許筠	惺所覆瓿稿 卷2 「續夢詩(序)」	許筠이 꿈속에서 何景明·徐禎卿·王世貞를 만나 詩句를 얻다.	四月初五日。夢入大琳宮。上金殿。有僧二人曰。何仲默·徐昌穀·王元美當來。可留待見之。良久。少年二人據上座。紫衣玉帶者次坐。而招余坐其下。三人者求書籍甚款。俄而僧取

			回友。各置四人前。令各賦樂府四十首。元美先成。余詩次成。元美爲改數詩。卽蹋銅鞮第三及上淸辭第二也。二少年亦踵成。俱書于牋。似主僧。旣覺。只記元美所改二篇。而題目則瞭然。亟燃燭補作之。未曙而悉完。疑有神助。只恨草率也。名曰續夢錄。
許筠	惺所覆瓿稿卷4「明四家詩選序」	弘治·武宗 연간에 李夢陽과 何景明이 盛唐의 문인들과 어깨를 나란히 할 만큼 文名을 떨치다.	弘正之間。光嶽氣全。俊民蔚興。時則北地李夢陽立幟。信陽何景明嗣筏。鏗鏘炳烺。殆與李唐之盛。爭其銖累。詎不韙哉。流風相尙。天下靡然。遂有體無完膚之誚。是模擬者之過也。奚病於作者。
許筠	惺所覆瓿稿卷4「明四家詩選序」	何景明과 李夢陽의 시가 당나라 시인들에 비견될 정도로 뛰어나다고 평하다.	仲默(何)之詩。暢而麗。雖病於蹈擬。而出入六朝·李·杜。藻葩可愛。獻吉(李)雄力捭闔。雖專出少陵。而滔滔莽莽。氣自昌大。二君在唐。其亦開天間名家哉。
許筠	惺所覆瓿稿卷18「丙午紀行」	朱之蕃이 李達의 시가 何景明과 비슷하다고 평하다.	初六日。留開城。宴散。上使招余評本國人詩曰。孤雲詩似粗弱。李仁老·洪侃最好矣。李崇仁嗚呼島。金宗直金剛日出。魚無跡流民歎最好。李達詩諸體。酷似大復。而家數不大也。盧守愼强力宏蓄。比弇州稍固執。而五律深得杜法。李穡諸詩。皆不逮浮碧樓作也。吾達夜燃燭看之。貴國詩。大槪響亮可貴矣。因高詠李達漫浪歌。擊節以賞。
許筠	惺所覆瓿稿卷18「丙午紀行」	朱之蕃이 謝肇淛의 시가 何景明과 매우 유사하다고 평하다.	余問方今翰閣能詩者孰誰。曰。南師仲·區大相·顧起元俱善矣。有兵部郞謝肇淛詩。酷造大復之域矣。

許筠	鶴山樵談	李達은 명나라 시인 중 何景明을 최고로 여기다.	明人詩。蓀谷以何仲默爲首。仲兄以李獻吉居最。尹月汀以李于麟度越前二子。論莫之定。鳳洲之言曰。律至獻吉而高。仲默而暢。于麟而大。亦不以某爲首而某次之也。
許筠	鶴山樵談	李達이 尹根壽에게 올린 자작시가 何景明의 시와 구별하기 힘들 정도로 유사하였다.	益之嘗出一律示之曰。此仲默之逸詩。初不覺眞贗則曰。此詩淸絶選律者。不當遺之。必君之擬作。益之不覺盧胡。詩曰。客衾秋氣夜迢迢。潻屋踈螢度寂寥。明月滿庭凉露濕。碧天如水絳河遙。離人夢斷千重嶺。禁漏聲殘十二橋。咫尺更懷東閣老。貴門行馬隔雲霄。間架句語。酷似大復。具眼者。亦未易辨也。詩乃上月汀相公之作也。
許筠	鶴山樵談	何景明과 李夢陽은 李白과 杜甫에 비견될 만하다고 칭송하다.	明人以詩鳴者。何大復景明・李崆峒夢陽。人比之李杜。一時稱能者。邊華泉貢・徐博士禎卿・孫太白一元・王檢詩九思。何李之長篇七律。俱善近古。李于麟・王元美。亦稱二大家。而吳國倫・徐中行・張佳胤・王世懋・李世芳・謝榛・黎民表・張九一等。皆并驅爭先。
洪奭周	鶴岡散筆 권3	何景明이 謝靈運과 韓愈의 시문을 비난한 것을 비판하다.	何景明言。古詩之法亡于謝。古文之法亡于韓。何氏以模擬秦漢爲古文。而詆韓昌黎。可謂不知量矣。至言古詩亡于謝。則亦不爲無見所貴乎。
洪翰周	智水拈筆 卷3	옛 사람들의 저서에 '子'를 붙이는 경우가 많은데, 何景明은 자신의 저서를 『胎簪子』라고 명명하였다.	又古人著書。多以子稱。葛稚川之抱朴子・元次山之琦玗子・蘇子瞻之艾子・宋金華之龍門子・劉靑田之郁離子・何大復之胎簪子之類。是也。

洪翰周	海翁文藁 卷1 「與蕙泉書」	何景明과 徐禎卿이 李夢陽의 뒤를 이어 '復古'를 기치로 이름을 드날렸다.	昔李獻吉倡言復古。其文莽蕩屈強。而何仲默‧徐昌穀從而振之。弘正之際。斐然乎西京矣。
洪翰周	智水拈筆 卷6	명나라의 前七子를 비롯하여 後七子‧八子‧九子는 모두 한 시대에 이름을 드날렸다.	明之弘正十子。雪樓七子‧八子‧九子。皆聯名一世。
黃玹	梅泉集 卷1 「丁掾日宅寄七絶十四首，依其韻戲作論詩雜絶以謝」	前七子와 王世貞‧李攀龍에 대해 비평하다.	弘正諸公制作繁。詎知臺閣異田村。到來王李炎熠日。始服人間衆口喧。(七子)

인물 해설	字는 定宇, 號는 松崖이며 元和(지금의 江蘇省 吳縣) 사람이다. 학자들은 그를 小紅豆先生이라고도 불렀다. 조부 惠周惕과 아버지 惠士奇로부터 家學을 전수받아,『周易』·『尙書』등의 경서를 실증적으로 연구하여 漢代 經學의 복원에 힘을 기울였다. 청대 경학 유파 중 吳派의 제1인자이며, 그의 제자인 王昶·江聲·餘蕭客·王鳴盛·錢大昕 등도 저마다 특색 있는 학문을 발전시켰다. 저서에 『周易述』·『易漢學』·『易例』·『明堂大道錄』·『古文尙書考』·『九經古義』등이 있다.
인물 자료	○『淸史稿』, 列傳 267 　棟, 字定宇. 元和學生員. 自幼篤志向學, 家多藏書, 日夜講誦. 於經·史·諸子·稗官野乘及七經悲緯之學, 靡不津逮. 小學本爾雅, 六書本說文, 餘及急就章, 經典釋文, 漢魏碑碣, 自玉篇·廣韻而下勿論也. 乾隆十五年, 詔擧經明行修之士, 陝甘總督尹繼善·兩江總督黃廷桂交章論薦. 會大學士·九卿索所著書, 未及呈進, 罷歸. 　棟於諸經熟洽貫串, 謂詁訓古字古音, 非經師不能辨, 作九經古義二十二卷. 尤邃於易, 其撰易漢學八卷, 掇拾孟喜·虞翻·荀爽緒論, 以見大凡. 其末篇附以己意, 發明漢易之理, 以辨正河圖·洛書·先天·太極之學. 易例二卷, 乃鎔鑄舊說以發明易之本例, 實爲棟論易諸家發凡. 其撰周易述二十三卷, 以荀爽·虞翻爲主, 而參以鄭康成·宋咸·幹寶之說, 約其旨爲注, 演其說爲疏. 書垂成而疾革, 遂闕革至未濟十五卦及序卦·雜卦兩傳, 雖爲未善之書, 然漢學之絕者千有五百餘年, 至是而粲然復明. 撰明堂大道錄八卷, 禘說二卷, 謂禘行於明堂, 明堂法本於易. 古文尙書考二卷, 辨鄭康成所傳之二十四篇爲孔壁眞古文, 東晉晚出之二十五篇爲僞. 又撰後漢書補注二十四卷, 王士禛精華錄訓纂二十四卷, 九曜齋筆記·松崖文鈔諸書. 嘉定錢大昕嘗論：“宋元以來說經之書盈屋充棟, 高者蔑古訓以誇心得, 下者襲人言以爲己有. 獨惠氏世守古學, 而棟所得尤精. 擬諸前儒, 當在何休·服虔之間, 馬融·趙岐輩不及也.” 卒, 年六十二. 其弟子知名

者, 余蕭客・江聲最爲純實.

○ 王昶,『春融堂集』卷15.「惠定宇先生墓志銘」
　吳江沈君彤, 長洲余君仲霖・朱君楷・江君聲等先後羽翼之, 流風所煽, 海內人士無不重通經, 無不知信古, 而其端自先生(惠棟)發之. …

○ 袁枚,『小倉山房文集』卷8,「答惠定宇書」
　足下(惠棟)與吳門諸士厭宋儒空虛, 故爲漢學以矯之.

○ 王引之,『王文簡公文集』卷4,「與焦理堂先生書」
　惠定宇先生考古雖勤, 而識不高, 心不細. 見異於今者則從之, 大都不論是非. … 來書言之, 足使株守漢學而不求是者, 爽然自失.

○『四庫全書總目提要』卷29, 左傳補注 條
　… 蓋其長在博, 其短亦在於嗜博. 其長在古, 其短亦在於泥古. …

저술 소개

★『周易述』
　(清)乾隆 25年 刻本 30卷 (清)惠棟集注並疏 / (清)刻本 40卷

★『九經古義』
　(清)刻本 16卷

★『尙書大傳注』
　(清)惠氏 紅豆齋抄本 (漢)鄭玄撰 4卷 (清)惠棟撰『補』1卷

★『澤古齋重鈔』
　(清)道光 4年 (清)陳璜 據嘉慶張海鵬刻本 借月山房匯鈔版重編 補刻本 12集 110種 241卷 內 惠棟撰『易例』2卷

★『指海』
　(清)錢熙祚編 (清)道光 16-22年 錢氏 守山閣 據澤古齋重鈔版重編 增刻本 140種 416卷 內 惠棟撰『易例』2卷

★『省吾堂五種』
　(清)蔣光弼輯 (清)乾隆年間 省吾堂刻本 27卷 內 惠棟撰『周易本義辨證』5卷 /『九經古義』16卷 /『古文尙書考』2卷

★『江氏叢書七種』 　(淸)江藩撰 (淸)道光 9年 刻本 25卷 內 惠棟撰『周易述補』4卷 附『易大義』 　1卷			

<table>
<tr><th colspan="4" align="center">비 평 자 료</th></tr>
<tr>
<td>金正喜</td>
<td>阮堂全集
卷1
「尙書今古文辨(上)」</td>
<td>惠棟 등이 梅賾의『古文尙書』가 위작임을 밝혔다.</td>
<td>自朱子始疑梅古文之僞。厥後有若梅鷟暨又閻百詩惠定宇諸人。一一辨明。梅僞盡露無餘。惟以立之學官通行千有餘年之故。不得遽黜之耳。</td>
</tr>
<tr>
<td>金正喜</td>
<td>阮堂全集
卷3
「與權彝齋(十八)」</td>
<td>魏源의 학문은 惠棟·戴震과 크게 다르다.</td>
<td>大槩魏黙深之學。於近日漢學之中。別開一門。不守詁訓空言。專以寔事求是爲主。其說經與惠·戴諸人大異。又喜談兵。嘗見其城守篇等書。</td>
</tr>
<tr>
<td>金正喜</td>
<td>阮堂全集
卷4
「與李藕船(六)」</td>
<td>劉逢祿의 禘說이 惠棟과 孫星衍의 책보다 더욱 정밀하다.</td>
<td>且其禘說正大饗爲祫之失。破審諦昭穆之謬。亦懸之日月不刊者。於惠松厓。孫觀察之書。尤有精核處。</td>
</tr>
<tr>
<td>金正喜</td>
<td>阮堂全集
卷5
「與李月汀(璋煜)」</td>
<td>惠棟의『易漢學』과 張惠言의『周易虞氏義』 등의 책에는 한두 가지 논의거리가 있다.</td>
<td>雖如惠氏之易漢學·張皐文易虞氏義等書。不能無一二可議。所貴在存古也。</td>
</tr>
<tr>
<td>金正喜</td>
<td>阮堂全集
卷5
「與李月汀(璋煜)」</td>
<td>翁方綱의『群經附記』 5~6종을 보니, 段玉裁와 劉台拱과는 학문의 길이 조금 다르고, 惠棟과 戴震의 학설과 비교해보면 논박할 거리가 많다.</td>
<td>如不佞所見覃記。只五六種而已。槩見之。與段劉諸公門路稍異。於段劉諸公無甚許。如惠戴諸公之說。則駁正尤多。若從段劉諸公見聞習熟者言之。宜其有瞠乎爾也。此寔平心舒究。以俟千秋之定評。不可以今日是非。第其上下也。不佞於覃溪。習熟者也。寔不敢盡爲曲循影從。頗有異同其大異而不敢苟同者。爲書之今古文。且如凌仲子之禮釋例。覃翁之所不許。不佞寔喜讀之。惠戴之書。亦頗好看。今日若使主覃說</td>
</tr>
</table>

			者論之。必以覃翁經術。第置於惠戴諸公之上。不侫寔不敢妄爲輕評。亦不敢私於覃翁也。
金正喜	阮堂全集 卷5 「代權霹齋(敦仁)與 汪孟慈(喜孫)序」	張惠言의 『虞易』, 劉逢祿의 『春秋公羊傳』, 惠棟의 『周易述』과 『易漢學』, 孔廣森의 『公羊通義』 등에 대해 논하다.	如近日專門之張皐文劉禮部兩經師。虞易與公羊春秋。寔繼絶學於數千載之後。可謂日月不刊也。雖惠氏周易述易漢學博取廣蒐。以至若京師家法。恐爲後生之畏。孔氏公羊通義。亦爲專門。非何邵公遺法。當遜一籌於劉氏。以是推之。古今不絶如綫之鄭學。曾將因此數公。亦亡矣可乎。
洪吉周	沆瀣丙函 卷1 「擬發策一道」	毛奇齡, 胡渭, 惠棟에 이르러 宋賢들을 폄훼하는 邪說이 더욱 극심해졌다.	其有博古褆躬之士。宜思所以矯其偏而反之于中庸。以求程朱氏立敎之本源。而不惟不能然也。乃自明季・淸初以來。忽有一種抑宋崇漢之學。駸駸然日盛而月滋。蓋所謂考訂之術。莫專於顧寧人。而其爲說務主和平。猶不至乎侵詆宋賢。及毛奇齡・胡渭・惠棟輩出。而邪說益熾。
洪吉周	沆瀣丙函 卷4 「醇溪昆弟燕行, 余旣序以識別, 衍其未究之指, 又得長律八百字以寄, 以序若詩, 分以屬之昆季, 可也, 以文則合序與詩, 以人則合昆與季, 無彼無此, 總而屬之亦可也云」	毛奇齡과 惠棟은 경전의 義理는 외면하고 내용의 考證에만 힘을 기울였다.	蠹穿勞惠棟。豕突劇毛甡。誦貫徒盈耳。鈔蒐各等身。

胡應麟 (1551-1602)

인물 해설	字는 元瑞·明瑞, 號는 少室山人·石羊生·芙蓉峰客·壁觀子이며 浙江 蘭溪 사람이다. 그의 부친 胡僖는 王世貞의 동생인 王世懋와 동년 진사가 되었고, 이 인연으로 호응린은 왕세정·왕세무를 師友로 삼게 되었으며, 이후 왕세정의 동년 진사인 汪道昆과도 교유하게 된다. 그가 자신의 시를 가지고 왕세정을 만났을 때 왕세정이 매우 칭찬하였다는 일화가 전한다. 萬曆 丙子년에 擧人이 되었으나 이후 會試에 거듭 낙방하여 관직에 나아가지 못했다. 明中後期 "末五子" 중 한 사람이다. 일생의 대부분을 질병에 시달렸지만 장서와 독서, 저술에 몰두하였다. 저서로는 시론서인 『詩藪』와 詩文集 『少室山房集』, 『少室山房筆叢』 등이 있다.
인물 자료	○ 『明史』, 列傳 175 胡應麟, 幼能詩. 萬曆四年擧於鄉, 久不第, 築室山中, 構書四萬餘卷, 手自編次, 多所撰著. 攜詩謁世貞, 世貞喜而激賞之, 歸益自負. 所著詩藪二十卷, 大抵奉世貞巵言爲律令, 而敷衍其說, 謂詩家之有世貞, 集大成之尼父也. 其貢諛如此. ○ 胡應麟, 『少室山房類稿』 卷89, 「石羊生小傳」 胡元瑞者, 名應麟, 一字明瑞, 嘗自號少室山人; 已慕其鄉人黃初平叱石成羊事, 更號曰石羊生. 人亦曰: "元瑞殆非人間人也, 仙而謫者也." 遂呼之石羊生. 元瑞父曰按察公僖, 母宋宜人. 按察公爲行絶類萬石君, 而文藻過之. 所至好行陰德, 名位不甚稱. 以雲南按察副使歸, 今尚壯無恙. 元瑞爲兒時, 肌體玉雪, 眉目朗秀. 五歲, 按察公口授之書, 輒成誦. 見客, 客使屬對, 輒工. 九齡, 從里社師, 日佔畢習經生業, 而心厭之. 俄悉肰按察公篋, 得古文尚書·周易·國風·雅·頌·檀弓·左氏·莊·列·屈原·兩司馬·杜甫諸家言讀之. 按察公奇其意, 弗禁也. 稍長, 遂能爲歌詩, 藉藉傳里中, 而於經生業亦不廢. 十五補博士弟子員, 非其好也. 會按察公拜尚書禮部郎, 挾與俱渡錢塘, 過吳閶·汎揚

子, 北歷齊‧魯‧趙‧ 魏之墟, 至燕市而止. 所經綸弔古剏事, 往往於詩歌發
之. 而是時南海黎惟敬‧歐楨伯‧梁思伯‧吳郡周公瑕‧吳興徐子與‧嘉禾戚
希仲‧沈純父‧ 永嘉康裕卿, 先後抵燕, 發元瑞藏詩覽之, 咸嘖嘖折行請交, 至
於琳宮梵宇, 高會雅集, 元瑞以齒坐末坐, 片語一出, 無不恍然披靡自失也. 曰:
"使用昔賢隸事奪度例, 吾曹無坐所矣." 臨淮小候李惟寅慕元瑞甚, 使客簒而致
之爲上賓, 句日不聽出, 惟寅用是亦以詩名. 而周宗正灌甫雅自負風雅, 有人倫
之鑑, 貽元瑞三十韻, 首以北地‧信陽相屬. 元瑞益自信. 尋以按察公外除, 元
瑞歸, 從母里中. 母患頭風甚劇, 元瑞委身醫藥間, 日夜扶侍不休. 母頭風良愈
而身過勞, 得淸羸疾矣. 因逃匿金華山中, 而會大司空萬安朱公衡還過蘭谿, 朱
公故從燕見元瑞詩而驚賞者. 至是發使山中, 蹤跡得元瑞, 以書要之, 而泊舟待
三日, 元瑞感其意, 爲長歌七百言以贈朱公. 公袖示督學使者滕君伯輪, 曰:"天
下奇才也." 滕君輒超格檄受餼學宮, 且趣入試. 兩御史再試, 再爲諸生千人冠.
已薦鄕書, 上公車報罷. 元瑞意殊不在一第, 其所遊從, 皆天下賢豪長者. 然所
當心, 獨余兄弟與李觀察于鱗‧汪司馬伯玉‧吳參政明卿. 會于鱗死, 餘皆散處
不相及. 久之, 意邑邑不自得. 而余弟敬美與觀察公同年, 過蘭谿, 謂觀察, 吾
欲就阿戎談, 當勝卿. 遂卽元瑞劇語二夕皆申旦, 臨別眷眷不忍釋曰:"吾於詩,
獨畏于鱗耳, 已矣, 今庶幾得足下." 又曰:"幸與家中丞同世, 胡不一及門, 卽卒
然抱于鱗恨若何!" 時余方謝客曇陽觀, 聞元瑞來, 喜不自勝, 力疾啓關, 與爲十
日飮. 間出所著少室山房詩, 余得而序焉, 所以屬元瑞甚重, 而用是頗有斷斷者,
余二人俱弗顧. 元瑞乃高臥山中, 不復就公車. 而蘭谿令喻邦相豪於詩, 與元瑞
意合, 忘形爾汝, 嘗偕過趙學士山房, 倡和連日夕. 元瑞之臥山中凡六載, 而始
上公車至都下, 遇張觀察助甫. 助甫, 余兄弟友也, 讀元瑞詩, 擊節曰:"二十年
亡此調矣." 元瑞亦奇助甫詩, 契密無間, 且各自悵相遇晚. 試復罷歸. 時大司馬
張公肖甫靖浙難, 過元瑞里, 元瑞避弗見. 張公謂按察公:"公兒佳甚, 故知之,
今難我, 得非以使者惠文嶽嶽耶? 爲我致之錢塘, 請得具賓主禮." 元瑞乃强爲
錢塘謁, 張公果以上客客之. 會伯玉來湖上, 大將軍戚元敬繼至. 伯玉數與元瑞
相聞問, 把臂劇驩. 出元敬七絶句, 詫之曰:"大將軍健兒也, 乃能作文, 語不下沈
太尉, 曹竟陵, 生亦能賦贈我乎?" 元瑞援筆千餘言立就, 奇思滾滾. 旣大將軍集,
相向嘆賞不置. 伯玉因曰:"我欲之海上訪王元美兄弟, 生復能從我乎?" 元瑞曰:
"吾心也." 遂同過弇州園. 伯玉道爲少室山房集序, 其重不下余. 時偕元瑞至者,
伯玉弟仲淹, 仲嘉, 而張大司馬亦以內召, 跡伯玉而來, 尋先別去. 余兄弟與伯

玉, 元瑞諸君, 積日游弁中, 甚樂也. 元瑞性孤介, 時時苦吟沈思, 不甚與客相當. 至其揮塵尾, 扢藝文, 持論侃然, 尤慎於許可. 有莫生者, 躁而貪, 以品不登上中, 側目元瑞甚. 屬伯玉, 元敬游四湖, 故徧詈坐客爲閧端, 元瑞夷然弗屑也. 及在弁, 仲淹被酒狎元瑞, 元瑞拒弗受. 客謂元瑞曩湖上之役, 胡以異玆? 元瑞徐曰: "莫生者, 庸詎足校也! 仲淹司馬公介弟, 吾儕當愛之以德, 獨奈何成人過耶?" 客乃服. 元瑞自髫髻厭薄榮利, 餘子女玉帛聲色狗馬服玩諸好一切泊然, 而獨其嗜書籍自天性. 身先後所購經史子集四萬餘卷, 手鈔集錄幾十之三, 分別部類, 大都如劉氏七略而加詳密, 築室三楹貯之. 黎惟敬大書其楣曰二酉山房, 而屬予爲記. 旦夕坐臥其間, 意脩如也. 恒自笑蠹魚去人意不遠, 又謂我故識古人, 恨古人乃不識我. 其託尚如此. 好稱說前輩風節, 嘗怪其郡若梁劉孝標之介, 唐駱賓王之忠, 而世僅僅以文士目之, 當由作史者盲於心故. 且史第知有狄梁公, 宋廣平賢, 皆頫首而從周褉將, 以視賓王, 何徑庭也. 上之采風使者蘇君禹, 君禹雅敬信元瑞, 趣下其事, 賓王得以鄉賢祀郡城, 而孝標亦暴顯. 元瑞所著: 詩有寓燕·還越·計偕·巖棲·臥游·抱膝·三洞·兩都·蘭陰·畸園等集二十餘卷; 詩藪內編外編十二卷; 他撰述未行世者, … 王子曰: "元瑞年三十有八耳, 神清而意甚舒, 卽偶氾霜露, 何恙不已, 而慮至此也. 未以元瑞之生僅三十年, 而著作充斥乃爾, 過此以往, 所就當又何如耶? 元瑞於他文無所不工, 積學稱是. 顧不以自多, 而所沾沾獨詩, 彼固有所深造也. 元瑞才高而氣雄, 其詩鴻巹瑰麗, 迥絶無前, 梢假以年, 將與日而化矣. 至勒成一家之言, 若所謂詩藪者, 則不啻遷史之上下千載, 而周密無漏勝之; 其刻精則董狐氏, 韓非子也. 吾長於元瑞二紀餘, 姑爲傳以慰之. 且謂元瑞子後當竟傳我

○ 錢謙益,『列朝詩集小傳』丁集 卷6,「胡舉人應麟」

應麟, 字元瑞, 蘭溪人. 少從其父宦燕中, 從諸名士稱詩, 歸而領鄉薦, 數上公車不第. 築室山中, 購書四萬餘卷, 手自編次, 亦多所漁獵撰著. 攜詩謁王元美, 盛相推挹, 元美喜而激賞之, 登其名於末五子之列. 歸益自負, 語人曰: "弇州許我狎主齊盟, 自今海內文士, 當捧盤盂而從我矣." 衆皆目笑之, 自若也. 著詩藪二十卷, 自邃古迄昭代, 下上揚扢, 大牴奉元美卮言爲律令, 而敷衍其說, 卮言所入則主之, 所出則奴之. 其大指謂千古之詩, 莫盛于有明李·何·李·王四家, 四家之中, 撈籠千古, 總萃百家, 則又莫盛于弇州. 詩家之有弇州, 證果位之如來也, 集大成之尼父也. 又從弇州而下, 推及于敬美·明卿·伯玉之倫, 以

		爲人升堂而家入室, 殆聖體貳之才, 未可以更僕悉數也. 元美初喜其貢諛也, 姑爲奬藉, 以媒引海內之附己者, 晚年乃大悔悟, 語及詩藪, 輒掩耳不欲聞, 而流傳譌繆, 則已不可回矣. 嗟乎! 建安・元嘉, 雄輔有人, 九品七略, 流別斯著, 何物元瑞, 愚賤自專, 高下在心, 妍媸任目, 要其指意, 無關品藻, 徒用攀附勝流, 容悅貴顯, 斯眞詞壇之行乞, 藝苑之興台也! 耳食目論, 沿襲師承, 昔之刻畫卮言者, 徒拾元美之土苴; 今之揶揄詩藪者, 仍奉元瑞之餘瀋. 以致袁・鍾諸人, 踵弊乘隙, 澄汰過當, 橫流不返, 此道既如江河, 斯世亦成灰劫. 文章關乎氣運, 不亦信乎, 不亦悲乎! 餘錄先後五子之詩, 以元瑞終焉, 非以元瑞爲足錄也, 亦庸以論世云耳.		

저술 소개	**＊『少室山房類稿』** (明)萬曆年間 刻本 120卷 (明)江湛然輯 (明)盧化鼇訂 **＊『詩藪』** (明)刻本 內篇 6卷 外編 6卷 雜編 6卷 續編 2卷 / (明)萬曆年間 刻本 20卷 / (明)萬曆 37年 刻本 內編 6卷 外編 6卷 續編 2卷 **＊『少室山房筆叢』** (明)萬曆 34年 新安 吳勉學刻本 正集 32卷 續集 16卷 / (明)刻本 正集 33卷 續集16卷 (明)江湛然輯 **＊『詩學叢書』** (淸)抄本 34種 41卷 內 胡應麟撰 『詩藪』 2卷 **＊『翠微山房叢書』** (淸)張作楠編 稿本 存46種 160卷 內 胡應麟撰 『少室山房筆叢』 正集 32卷 續集 16卷

비 평 자 료			
金昌翕	三淵集 卷36 「漫錄」	歐陽脩가 韻格의 高下를 알지 못하고서 지나치게 自讚하여 胡應麟 등으로부터 비웃음을 사다.	宋時程・朱之義理。歐・蘇之文章。皆能入微造極。殆無餘憾。而獨其詩學寥寥。數百年間入人肝脾者皆下劣。詩魔所謂水月鏡花玲瓏透徹之妙。無復存者。至於論詩。則殆同讕語。乃以南山詩爲勝於北征。而滄波萬古流不盡。乃

			歐公漫調。而持比於五更鼓角聲悲壯。若歐公之自贊。則以盧山高明妃詞爲踰於李・杜。由其全昧於韻格高下。故不自覺其言之過矜。宜乎見笑於胡應麟輩也。
成海應	研經齋全集 外集 卷61 蘭室譚叢 「朝鮮書集」	胡應麟은 『甲乙剩良』에서 조선의 서책에는 중국에 없는 것들이 많은데, 대부분 趙孟頫의 서체로 판각한 것이라고 언급하였다.	胡元瑞甲乙剩言云朝鮮書集。多中國所無者。且刻本精良。無一字不倣趙文敏。國初朝鮮獻顔子朝議。以僞書却之。我國書籍舊本固善。而今則刓缺。其已印者。多歸藥塗壁之用。不數百年。當無存者。不有繼刻者。文獻當遂掃地盡矣。顔子書。我朝未嘗有。此不知何人僞撰。抑或元瑞誤錄歟。
成海應	研經齋全集 外集 卷61 蘭室譚叢 「讖緯」	讖書와 緯書의 차이점에 대해 설명하면서 胡應麟의 말을 인용하다.	儒者多稱讖緯。其宗讖自讖。緯自緯。各自行而非一類也。讖者詭爲隱語。預決吉凶。史記秦本紀。盧生奏錄圖書之類。是其始也。緯者經之支流。衍及傍義。史記自序。引易失之毫釐。差之千里。漢書盖寬饒傳。引易五帝官天下。三王家天下。注者均以爲易緯之文是也。盖秦漢以來。去聖日遠。儒者推闡論說。各自成書。與經原不相比附。如伏生尙書大傳・董仲舒春秋陰陽。核其文體。卽亦緯書。特以顯有主名。故不能託諸孔子。其他私相撰述。漸雜以術數之書。旣不知作者爲誰。因傳會以神其說。迨彌傳彌失。又益以妖妄之辭。遂與讖合而爲一。然班固稱聖人作經。覽人緯之。楊侃稱緯書之類。謂之秘經。圖讖之類。謂以內學。河洛之書。謂之靈篇。胡應麟亦謂讖緯二書。雖相表裏而宗不同。卽讖與緯。前人固已分析之。後人連類而譏。非其實也

李宜顯	陶谷集 卷27 陶峽叢說	胡應麟이 『詩藪』에서 王世貞을 추켜세워 李白과 杜甫의 반열에 둔 것은 비웃음을 살만한 일이다.	胡元瑞詩藪。原其主意。專在媚悅。弇州其論漢唐不過。虛爲此冒頭耳。然其評品古今聲調。亦多中竅。昧於詩學者。不妨流覽以祛孤陋。至若推颺元美諸人。躋之李杜之列。直是可笑。錢牧齋罵辱雖過。亦其自取之也。
李宜顯	陶谷集 卷28 陶峽叢說	胡應麟은 『詩藪』에서, '馮惟訥의 『古詩紀』는 兩漢으로부터 六朝에 이르기까지 빠짐없이 수록되었고, 計敏夫의 『唐詩紀』는 隋末부터 梁初에 이르기까지 모두 수록되었다.'고 언급하였다.	但胡元瑞詩藪以爲馮汝言古詩紀。兩京以至六代。靡不備錄。計敏夫唐詩紀。隋末以至梁初。靡不兼收云云。所謂馮汝言。固惟訥也。未知計敏夫唐詩紀。視吳琦詩紀。孰爲先後。而大抵吳·計兩人。俱有所輯錄。而計之所輯。余未得見。吳之所輯刻。止盛唐可欠。
李夏坤	頭陀草 冊16 「答洪道長書」	'寫景入微', '說情到底' 등과 같이 비유한 말은 嚴羽·胡應麟·鍾惺 등의 시평 중에서도 자질구레한 말이다.	如所喩寫景入微。說情到底等語。此是嚴儀卿·劉會孟·胡元瑞·鍾伯敬輩詩評中細碎語。
丁若鏞	與猶堂全書 詩文集 卷6 松坡酬酢 「楚堂鄭美元至」	胡應麟의 『詩藪』를 읽다.	登音幽谷浪稱奇。無補山翁獨臥時。始抱易林探古道。又投詩藪續春嬉。
趙聖期	拙修齋集 卷10 「答金進士子益(昌翕)書」	金昌翕의 '詩道之厄'에 관한 논의를 錢謙益과 胡應麟에 견주어 논박하다.	雖持以比之於錢受之·胡元瑞輩所爲。其淵源之所漸染。學力之所體會。精神之所輝映。議論之所發揮。尙不啻讓一頭而隔一塵。則足下之文。尙不免爲末路文人之文。而亦非深於文章者所宜道。況敢望其詩之能免爲末路詩人之詩。而直接古風人統緖之正乎。

趙聖期	拙修齋集 卷10 「答金子益書」	우리나라에는 천년 동안 제대로 된 시가 없었고 자신만이 그것을 체득했다고 여기는 어리석음은, 錢謙益이 胡應麟과 鍾惺이 한 바를 꾸짖는 것에 그칠 뿐만이 아니라고 논박하다.	且五七言近體絶句。則比之中世能詩者。亦自不及遠甚。左右若遽以是而凌轢古人。遂謂我東千餘年之無詩。而已獨有得焉。則愚恐明者之不自見其睫。而其妄自標榜之失。不但如錢受之之所以責胡元瑞·鍾伯敬輩所爲而止耳。
洪奭周	鶴岡散筆 卷4	嚴羽·胡應麟·王士禎의 시학에 대해 世敎에 무익하다고 비판하다.	自嚴羽·胡應麟·王士禎之說。盛行于世。而談詩者。不曰神韻。則曰格調。不問字句。則問對偶。一有及於美刺諷諭之實者。則擧以爲迂腐俚俗。而不肯比數也。夫三子者之說詩。亦不可謂不善矣。然吾夫子所謂。邇之事父。遠之事君者。則不在是也。嗟乎。使詩而止于斯也。則亦何補于世敎哉。詩而無補于世敎也。則亦安得辭俳優小技之目哉。
洪奭周	淵泉集 卷20 「題詩藪後」	胡應麟의 『詩藪』를 읽고 그 장단점을 분석하는 글을 쓰다.	癸亥春。余直玉堂時夜方永。獨閱藏書之籍。取胡應麟詩藪讀之。廢卷而歎曰。有是哉。貫穿之博也。品藻之精也。用心之專且勤也。風雅以來。殆未之有也。雖然。彼烏覩所謂詩哉。詩者。何也。言之精也。天機之自然也。人情之所不能已也。言不期乎同也。期乎當而已。情不期乎同也。期乎正而已。若夫天機之流動。吾又安得以容吾意哉。若必期乎同而後可。則風何以不同乎雅。雅何以不同乎頌。而文王宣父之操。何以不同乎虞舜也。且由風而騷。由騷而漢魏。由漢魏而六朝而唐也。旣不能盡同矣。由唐而宋。由宋而明也。又可盡責其不同耶。如曰某詩失

			其意。某詩失其辭。某詩失其氣格則可矣。今也字字而求之。句句而擬之曰。某字如此。非漢之字也。某句如此。非唐之句也。嗚呼。寧復有詩哉。夫所謂同者。亦有說焉。皐, 夔, 稷, 高。虞, 夏之相也。伊, 傅, 周, 召。殷, 周之相也。諸葛孔明, 宋廣平, 韓魏公。三代以後之相也。彼固有高下優劣矣。其爲良相則同也。其所謂同者。亦以其善爲國家云爾。匪爲其容貌聲音之皆同也。不然則捧土揭木。塑焉而刻焉。與皐, 夔, 稷, 高。無毫髮可辨也。亦安可以置諸廟堂之上哉。胡氏之所謂同乎古者。李夢陽, 李攀龍。其尤也。夢陽之於杜氏。攀龍之於古樂府。步則步焉。趣則趣焉。幾乎其眞矣。然求其天機之自然。人情之所不能已者。則漠然無有也。其異於捧土而揭木者幾何哉。胡氏言詩主情景。切不可入議論。是又何嘗覩所謂詩者哉。夫詩。莫如國風雅頌。天生烝民。有物有則。非學者之議論乎。文王曰咨。咨汝殷商。非史家之議論乎。若其刺人情。盡物態。曲暢而恰當者。殆八九於十矣。卽如楚人之騷。漢人之四言。其若是者。又何可勝數。杜子美以詩爲史。邵堯夫, 朱文公。以詩爲學問。白樂天, 蘇子瞻。以詩爲議論。雖精粗不同。要皆有裨于世教。彼鳴吻劌心。求工於單辭之間。而不自知其流蕩忘返者。亦將以奚用與。胡氏又言詩在神韻。不必切題。如九方皐之忘其牝牡驪黃。是又烏知所謂詩哉。亦烏知所謂九方皐哉。夫求馬者。將以致遠也。如其致遠也。雖忘其牝牡驪黃可也。詩

			者。將以何爲哉。曰抒情而紀實也。詠懷而忘其情。卽事與物而忘其實。又焉用詩。由乎千百載之下。居乎千萬里之外。而往往得之目前者。詩不爲無助焉。夫詩之不必切題者。莫如興。然終南，河洲。必其地也。罝兔，來牟[001]葛。必其事也。晨風，六駮。必其卽目之所見也。唐魏之風。必不曰沅芷澧蘭。而上林之賦。必不曰江上有楓也。今其言曰。在楚言秦。當壯言老。辭茍工矣。後世誰知。又曰。夜半鍾聲。不必聞鍾。春潮帶雨。不必觀潮。權龍襃之夏日嚴霜。罪在於不工。而不在於不切題。嗚呼。亦可謂知詩者歟。或曰。子謂詩不必皆同。則學詩者。固無所擇歟。曰。奚可以無擇也。立志不可以不高也。取塗不可以不古也。然其終也。必自成一家而後。謂之大。自出性情而後。謂之眞。不然則規規然刻畫於形似之間。要不免爲叔敖之衣冠耳。若夫齊梁之淫靡。晚唐之迫促。江西諸子之求險。以爲奇工則工矣。吾不欲學也。自是以降。吾又有不欲言者焉。嗟乎。胡氏之於詩勤矣。其成就者安在哉。吾既愛其博。而悲其用力之勤也。徐而察之。往往有非世俗所及者。盖長短不相掩也。乃錢謙益詆而黜之。不啻若不識一字者。何哉。嗚呼。錢氏之論詩也。其果以大過於胡氏耶。

洪亮吉 (1746-1809)

인물 해설	初名은 蓮 또는 禮吉, 字는 君直·稚存, 號는 北江, 晚號는 更生居士이며 陽湖(지금의 江蘇 常州) 사람이다. 乾隆 55년(1790)에 과거에 급제하여 翰林院編修를 지냈다. 嘉慶 4년에 시정을 비판하는 상소를 올렸다가 新疆 伊犁의 군졸로 쫓겨났고 다음 해에 사면되어 돌아와서는 家居한 지 10년 만에 별세하였다. 黃景仁·孫星衍 등과 함께 당대를 대표하는 경학가요, 문학가로서, 특히 騈麗體 문장에 능했다. 저서로 『洪北江全集』, 『北江詩話』 등이 있다.
인물 자료	○ 『淸史稿』, 列傳143 　洪亮吉, 字稚存, 江蘇陽湖人. 少孤貧, 力學, 孝事寡母. 初佐安徽學政朱筠校文, 繼入陝西巡撫畢沅幕, 爲校刊古書. 詞章考據, 著於一時, 尤精輿地. 乾隆五十五年, 成一甲第二名進士, 授翰林院編修, 年已四十有五. 長身火色, 性豪邁, 喜論當世事. 未散館, 分校順天鄕試. 督貴州學政, 以古學敎士, 地僻無書籍, 購經·史·通典·文選置各府書院, 黔士始治經史. 爲詩古文有法. 任滿還京, 入直上書房, 授皇曾孫旻純讀. 嘉慶三年, 大考翰詹, 試征邪敎疏, 亮吉力陳內外弊政數千言, 爲時所忌. 以弟喪陳情歸. …
저술 소개	* 『北江詩話』 　(淸)咸豊 7年 刻本 6卷 (淸)湯成彦評點 / (淸)光緖 3年 陽湖 洪氏 授經堂 刻本 6卷 / (淸)刻本 4卷 * 『洪北江全集』 　(淸)乾隆－嘉慶年間 9種 * 『注續通鑑地理』 　(淸)稿本 不分卷 * 『昭代叢書』 　(淸)楊復吉編 稿本 內 洪亮吉撰 『七招』 1卷

	★『漢學堂知足齋叢書』 (淸)黃奭編 (淸)抄本 215種 215卷 內 洪亮吉撰『仙人篇』1卷 /『鬼神篇』1卷 /『邪敎疏』1卷		
비 평 자 료			
金正喜	阮堂全集 卷9 「題梁左田(鈒)書法時帆西涯詩卷後, 左田是翁覃溪先生壻也, 書法大有覃溪風致」	法式善·羅聘·洪亮吉·立之·曹錫齡·朱鶴年이 함께 從遊하다.	選日招勝流。儼然竹溪逸。(時帆·兩峰·稚存·立之·定軒·雲野。)
金正喜	阮堂全集 卷9 「題吳蘭雪(嵩梁)紀遊十六圖(並序)」	吳嵩梁이 秦瀛와 洪亮吉과 함께 노닐다.	惠山啜茗 天下第二泉。又重之秦洪。 飮泉猶可得。二妙眞難同。(原序云。惠山泉爲第二。輒與秦公小峴洪君稚存。携佳茗。煮泉細啜。)
朴齊家	貞蕤閣集 卷4 「燕京雜絶, 別任恩叟姊兄, 憶信筆, 凡得一百四十首」	洪亮吉은 박학하고 변려문에 뛰어났다.	金石正三翁。丹靑羅兩峰。 淸修比部衍。鉅麗北江洪。(翁侍郎方綱字正三。羅兩峰名聘孫。比部名星衍字淵如。洪翰林亮吉博學工騈儷之文。)
柳得恭	燕臺再遊錄	黃景仁은 黃庭堅의 후손이며, 洪亮吉의 친밀한 벗이다.	又以悔存齋詩抄二卷示之。武進黃景仁所著。翁覃溪方綱作序。景仁爲文節裔孫。而洪編修亮吉密友云。
李尙迪	恩誦堂集 卷5 「法源寺, 訪洪子齡(齮孫)出紙索詩」	法源寺에서 洪亮吉의 아들인 洪齮孫에게 시를 지어 달라고 부탁하다.	聞君詞賦壓鄒枚。認是淵源有自來。(君稚存先生哲嗣) 萬里戈環眞國士。十分珠劍又仙才。 名山舊業靑箱補。流水希音綠綺開。 天與洪厓緣不淺。拍肩何日到蓬萊。

黃雲鵠 (1819-1898)

인물 해설	청말 경학가·문학가·서법가로 字는 緗芸·翔雲 또는 祥人이며 湖北 蘄州 사람이다. 북송 黃庭堅의 17세손이자 근대 학자 黃侃의 아버지다. 咸豊 3年(1835) 進士에 합격하여, 四川 雅州太守·四川 鹽茶道·成都知府·四川按察使 등을 역임했다. 지위 고하를 막론하고 엄정한 태도로 법을 집행하여 '黃靑天'이라 칭해졌다. 만년에 湖北의 兩湖·江漢·經心 3개 書院의 山長을 지냈으며 張之洞과 교유했다. 글씨는 黃庭堅의 필치를 닮았고 난초와 대나무 그림을 잘 그렸는데, 일찍이 蘭 그림을 선물로 준 朝鮮의 李石坡에게 대나무 그림을 그려 답례했다. 저서로 『實其文齋文鈔』·『實其文齋詩鈔』·『歸田詩鈔』·『學易淺說』 등이 있으며 『粥譜』 등을 편집했다.
인물 자료	○ 江瀚, 『愼所立齋詩文集』 卷2, 「奉簡黃祥雲年丈」 　大隱東方朔, 官貧道自高. 攤書忘乞米, 對客喜揮毫. 一月不相見, 我心何鬱陶. 只應載脣酒, 潭上共嬉敖.
저술 소개	*『緗芸詩錄』 　(淸)同治 10年 歸安 沈氏刻本 / (淸)同治 11年 刻本 6卷 *『實其文齋文鈔』 　(淸)同治 11年 刻本 8卷 『緗芸詩錄』6卷 『兵部公牘』2卷 / (淸)光緒年間 刻本 8卷 『實其文齋詩鈔』6卷 *『念昔齋痏言圖纂』 　(淸)光緒 元年 建南官廨 刻本 *『讀易淺說代問錄』 　(淸)光緒年間 刻本 14卷 『課易問旨』1卷 *『訓俗外編』 　(淸)黃雲鵠輯 (淸)光緒 3年 刻本

	★『粥譜』 (淸)黃雲鵠輯 (淸)光緒 7年 刻本 1卷『廣粥譜』1卷 ★『亦園倡和集』 (淸)黃雲鵠輯 (淸)同治 2年 刻本 1卷		

비 평 자 료

朴珪壽	瓛齋集 卷3 「節錄瓛齋先生行狀草」	박규수가 壬申년 사행 때 沈秉成, 馮志沂, 黃雲鵠, 王軒, 董文煥, 王拯, 薛春黎, 程恭壽, 萬靑藜, 孔憲殼, 吳大澂 등과 교유한 사실에 대해 언급하다.	壬申五月。淸皇帝行大婚。公充進賀正使。公再使燕京。所與交皆一時名士。如沈秉成·馮志沂·黃雲鵠·王軒·董文煥·王拯·薛春黎·程恭壽·萬靑藜·孔憲殼·吳大澂等百餘人。盡東南之美。傾蓋如舊。文酒雅會。殆無虛日。氣味相投。道誼相勖。沈仲復，常稱瓛卿之言。如出文文山·謝疊山口中。使人不覺起敬。其見推服如此。
朴珪壽	瓛齋集 卷3 「辛酉暮春二十有八日，與沈仲復(秉成)·董研秋(文煥)·兩翰林，王定甫(拯)農部，黃翔雲(雲鵠)·王霞擧(軒)兩庫部，同謁亭林先生祠，會飮慈仁寺，時馮魯川(志沂)將赴盧州知府之行，自熱河未還，後數日追至，又飮仲復書樓，聊以一詩呈諸君求和，篇中有數三字疊韻，敢據亭林先生語，不以爲拘云」	辛酉年 3월 28일에 沈秉成, 董文煥, 王拯, 黃雲鵠, 王軒과 함께 顧炎武의 사당을 방문하고 慈仁寺에 모여 술을 마셨고, 며칠 뒤 열하에서 돌아온 馮志沂와 함께 다시 모여 시를 짓다.	穹天覆大地。岱淵限靑邱。聲敎本無外。封疆自殊區。擊磬思襄師。乘桴望魯叟。父師稅白馬。鴻濛事悠悠。而余生其間。足跡阻溝婁。半世方冊裏。夢想帝王州。及此奉使年。遲暮已白頭。攬轡登周道。歷覽宲諏諏。浩蕩心目開。曾無行邁愁。春日正遲遲。春雲方油油。野潤鶯花滿。天遠烟樹浮。深村襄管寧。荒城吊田疇。徘徊貞女石。風雨集羣鷗。再拜孤竹祠。大老儼冕旒。俯仰增感慨。隨處暫夷猶。幽州其山鎭。醫巫橫海陬。萬馬奮鬣踣。雲屯西南投。秀氣所鍾毓。珣琪雜瓊瑤。庶幾欣相遇。無術恣冥搜。君命不可宿。行行逶未休。軫勞荷帝眷。館餼且淹留。孤抱鬱未宣。駕言試出游。懷哉先哲人。日下多朋儔。契托苔岑峃。聲應敓響桴。尙論顧子學。軌道示我由。坐言起便行。實事是惟求。經學卽理學。一言足千秋。先生古逸民。當時少等侔。緖論在家庭。

我生襲箕裘。
始知俎豆地。
峨冠衣帶褒。
邂逅數君子。
期我禪房幽。
薦實薦時品。
古屋風颼颼。
高槐滋新綠。
引滿更獻酬。
此日得淸讌。
爲我拭靑眸。
名行相砥礪。
美俗觀魯鄒。
總是巖廊姿。
二者豈盾矛。
高談忽名數。
交須如匹述。
總是顧氏徒。
判非薰與蕕。
傾倒淸晝談。
宿草庵松楸。
文章千古事。
獨許君執牛。
行當辭金闕。
中野宿貔貅。
充養自深厚。
我馬策驊騮。
餘情耿未已。
夷氛尙未收。
百里見積雪。
浸淫劇幻燾。
燃犀觀水姦。
餘事不足憂。
由來百鍊鋼。
肝膽可相求。

曩得張氏書。
羣賢劃良籌。
欲下瓣香拜。
私淑學而優。
相揖謁先生。
酹酒獻東篘。
纖塵泹不起。
老松洗蒼虯。
求友鳥嚶嚶。
靈貺若潛周。
廣師篇中人。
德業共綢繆。
總是金閨彥。
巨川理楫舟。
禮樂配兵刑。
陋儒徒譾咻。
一掃門戶見。
端緒細尋抽。
幸甚魯川子。
酒酣仲復樓。
喪亂餘殘藁。
寂寞如此不。
銅章紆新榮。
五馬出蘆溝。
容色無幾微。
臨事得優游。
取次別諸君。
那得不悵惆。
莫謂技止此。
杜老歎咿嚘。
努力崇明德。
怪詭焉能庾。
遼海不足遠。
終不繞指柔。

本末勤纂修。
遺像肅淸高。
愍懟誰與謀。
天緣巧湊合。
升堂衣便摳。
須臾微雨過。
輕雲澹未流。
福酒置中堂。
食萍鹿呦呦。
嗟哉二三子。
不如吾堪羞。
壯遊窮海岳。
淸文煥皇猷。
經濟根經術。
曾非懸贅疣。
訓詁與義理。
致遠深可鉤。
總是礦卿友。
灤陽晚回輈。
傷心伯言公。
朋友爲校讎。
從玆詞垣盟。
江湖道路脩。
潢池方多警。
中情在分憂。
我車載脂膏。
東馳扶桑洲。
睠玆畿甸內。
三輔異閩甌。
況復挾邪說。
衛道去螟蟊。
斯文若有人。
少別不足愁。
兩地看明月。

朴珪壽	瓛齋集 卷4 「孝定皇太后畫像重繕恭記」	박규수가 백금 오십 냥을 沈秉成, 王軒, 黃雲鵠, 董文煥에게 보내 孝定皇太后의 像幀을 보수하도록 부탁하다.	昔自太祖皇帝之有天下也。命獄瀆神祇。竝革前代之封。正其稱號。而及其末世。至以天子之母太后之尊。若不足重。而必假西域胡神之號以爲崇。豈非所謂國將亡而聽於神者耶。然自國破以廟山陵之所在。樵夫牧豎且或過而慢焉。而此二殿獨以托於泰山之麓元君之宮。焚香上謁者。無敢不合掌跪拜。使正名之曰皇太后。固未必其能使天下之人虔恭敬畏之若此。是固大聖人之神道設敎。使民由之而不知者乎。嗚呼。亭林之言。正大如彼。至其末段。豈曲爲之說哉。葢亦遺民沈痛悲苦之情。則惟幸母后之像。儼然依舊爾。珪壽自顧亦左海後民。而得瞻遺容於黍離滄桑之墟。彷徨躑躅而不能去。奚暇以儒生之見。敢爲規規之論哉。
朴珪壽	瓛齋集 卷6 「憲宗大王祔廟時, 眞宗大王祧遷當否議」	박규수가 憲宗大王이 祔廟할 적에 眞宗大王의 祧遷이 마땅한지 여부를 논하는 글에서 沈秉成, 黃雲鵠, 馮志沂의 의론을 첨부하다.	魯川曰祔廟議援据經典。埢不可易。昔段茂堂先生作明世宗論。以公羊臣子一例一語爲主。反覆數萬言。足以息聚訟之喙。而後學多駁之。豈知東國士夫能言之。而其國能決從之哉。然則箕子遺封有人矣夫。有人矣夫。 沈仲復曰祔廟一議。尤爲有功名敎。漢儒重公羊春秋。而臣子一例一語。定陶之議。諸儒未能堅守師說。宋明又無論已。此議一出。可以息異說之喙而定千百年之獄。豈徒以文爲哉。盥讀再三。不勝心服。黃緗芸曰祔廟議。準今酌古。義正辭嚴。惜有明爭大禮人見不及此。 梣溪曰祔廟議。禮義明正。可爲千古廟制之定案。馮沈黃三君之評。的確有據矣。尤齋宋文正公之疏。仁明二廟當先後祧之者。欲正前日同昭穆之失。然此議所云猶据同昭之說。莫改已行之典。非是有祔而

			無祧。郞當時實事也。今或以孝宗不祧仁宗。謂不遷高曾。爲我朝典章。不知仁明同昭穆。已在宣祖之時。妄爲之論。稍有知識之人。亦從而信之。吁可慨也。
朴珪壽	瓛齋集卷6「憲宗大王祔廟時, 眞宗大王祧遷當否議」	尹定鉉이 沈秉成, 黃雲鵠, 馮志沂의 견해를 정확한 의론이라고 평하다.	上同
朴珪壽	瓛齋集卷10「與沈仲復秉成」	沈秉成에게 편지를 보내 黃雲鵠, 董文煥, 王軒, 王拯, 薜淮, 汪茱 등의 안부를 묻고, 試券의 비점을 찍어 보내줄 것과 董文煥의 집에 남아 있는 자신의 顧祠會飮五言을 黃雲鵠에게 주고 교정해 줄 것을 부탁하다.	新春道體康適。闔署膺祉。馳神頌慕。何日可忘。臘尾憲書官迴。得吾兄仲冬旬一日所出答書。備悉伊來公私諸節。極慰懸仰之懷。年貢使不久東還。又當承惠覆及同好諸君子德音。企望方切。不審紐芸·硏秋·霞擧·少鶴諸兄均安。薜淮生汪茱生兩兄近狀何如。同此依依。無庸各述。幸一一道我意也。前秋兄典試晉省。甄拔俊髦。鑑公衡平。得士最多。此所謂以人事君者也。甚盛甚盛。其六十有七人。乞一一錄示姓名。異日有名聞海外者。知昌黎子本陸敬輿所拔擢。得與陸公游者。不亦與有光榮乎。東國取士。亦有經義論策等文字。而典型掃地。荒陋不堪寓目。欲令東士知中原程式之文。兄所取解元初二三場中式之券。乞倩人寫出。並移其圈批評語寄示。如何如何。鄕試恐未及有刻卷。倘有之。亦無勞寫出也。諸同人詩選。可爲幾卷耶。因有贈答而得廁名於題目。亦已榮矣。倘或並錄其人唱和之什。低一字附書亦例也。然弟本不工吟咏。向無所作。只有顧祠會飮五言一首。其原本爲硏秋所留。而別寫一幅。以示紐芸篇尾。聞有漏句。倘或錄入此詩。須取硏秋

			所留原本校訂爲好耳。文山祠中拙筆。乃得籠紗護之。非兄傾注勤篤。曷能得此。感激之極。不知攸謝。先王父此文乃平心爲天下公論。海內之士。來拜祠下。當有許以篤論者耳。魯川信息。有可聞否。彼處可稍稍整頓。得上任莅事云耶。前弟所寄書。能轉寄否。諸兄發緘。一見而傳去。亦無妨也。琴泉近狀依安。每有文讌。只以日下舊游。娓娓竟夕耳。弟亦安遣無。眷屬平善。是堪爲知己道者。餘外百無能事。唐人所云自欲放懷猶未得。不知經世竟如何者。卽書生漫勞思想。排遣不去語耳。聊復一笑。今行使价。可於仲夏東還。伊後惟俟年使之便。臨紙冲黯更切。祈兄起居以時加護。諸君子均享吉安。諸惟情照。不盡欲言。
朴珪壽	瓛齋集 卷10 「與沈仲復秉成」	沈秉成에게 보낸 편지에서 黃雲鵠, 董文煥, 董文燦, 王軒, 王拯 등을 언급하다.	仲春年貢使回及進香進賀二价之返。並承惠答。天涯比鄰。信息絡續。傾倒欣荷。曷以名喩。夏秋以來。不審兄體康謐。茂膺多福。益勉匪躬。報答鴻恩。諸君子均享福利。弟于春季。有嶺南按事之行。蓋晉州民人有不堪弊政。愁冤興擾者。弟承乏謬膺。幸句勘大嶽。不至僨誤。歸棲乃在盛夏。始得見吾兄所答三函。知有易州承命事務。恐所遭值。大略相似。爲之一歎。緗雲入贊樞密。霞擧新中進士。並爲吾儕生色。仰認中朝得人之盛。但霞擧竟未入翰林否。是爲咄咄。晉試題名。有董氏文燦。卽硏秋胞弟也。會圍得失何如。更爲之遙祝也。少鶴淮生均未見答。情甚悵悵。昨與琴泉乘舟賞月。達宵跌蕩。歸來聞憲書官告發。吾輩平安之信。不可不報兄。爲此暫伸耳。憲書官有異於年使。所去人員不多。往還迅疾。恐致洪喬。故

			不敢細述。但報平安字。雖然亦望俯答。毋惜金玉。俾得慰此懸仰。如何如何。年使去時。當更修書。此姑不盡欲言。壬戌閏八月十九日。
朴珪壽	瓛齋集 卷10 「與王霞擧軒」	王軒에게 보낸 편지에서 董文煥, 馮志沂, 沈秉成, 黃雲鵠 등의 안부를 묻다.	霞擧尊兄知己閣下。金石菱爲致春間惠覆。徐荼史來。又承心畫。種種欣荷。可勝言耶。比來冬令。道體增安。吉祥善事。堪慰天涯故人之望耶。翹祝不已。研秋書以爲兄近頗力學古篆。雖魯川亦當讓與一頭。回憶松筠雅謔如昨日也。家弟亦爲此學。甚有根據。欲悉取鍾鼎彝器銘款。以寫尙書幾篇。若字有未滿。雖輳合偏旁。未爲不可。其說如何。且欲著爲一書。羽翼說文。渠亦奔走公幹。迄未能就也。魯川尙在盧州。近信何如。南方稍整頓。此君可有嘯詠之暇否。仲復守制悸疚可念。聞餘禍有未已。爲之驚惋。時復往存慰譬否。弟現任爲域內重藩。才薄力衰。已恐僨事。而憂虞溢目。不知如何勾當也。(하략)
朴珪壽	瓛齋集 卷10 「與王霞擧軒」	王軒에게 보낸 편지에서 遊西嶽에 대한 것과 董文燦의 편지, 許宗衡의 『玉井文稿』, 沈秉成, 張丙炎, 黃雲鵠 등을 말하다.	顧齋仁兄知己閣下。春間使回。… 兄於前書云遊西嶽。歷攬奇勝。又多舊蹟。遙想應接蒐羅。富有紀行。甚盛甚善。天脫羈鞴。正在此日。京塵汨沒。得失孰多。雖然吾兄亦豈一往果於忘世者乎。究竟歸宿作何定算耶。… 許海老方喜神交。遽歸道山。玉井文稿雖是一臠。可見其力追前哲。造境高深。云亡之慟。當復如何。仲復觀察江南。翔雲出守川省。舊雨星散。魚鴈莫憑。回憶前遊。祇覺惘然。年前一函。值仲復未入都。伊後備兵南出時。想或留答而去。恐不免洪喬。尤悵悵也。(하략)

朴珪壽	瓛齋集 卷10 「與黃紬芸雲鵠」	黃雲鵠에게 보낸 편지에서 「完貞伏虎圖」에 대해 말하다.	黃兄紬芸知己閣下。秋冬以來。伏不審綵體百福。弟東還以後。縱不無行邁餘憊。今已清健無虞耳。每念山前水灣。築小屋如中原結搆。安排得茶竈書架。更有二三友朋如吾紬芸諸君子者。晨夕三徑。過從不厭。此樂可敵百年。而不可得矣。此又吾妄想也。讀書時每苦妄念。已於仲復書中道之。今此所云。亦與彼一般。兄可中心相照而一笑之也。完貞伏虎圖詩若文。歸便托之友朋間。而姑未收得。容俟次便。當不孤盛托耳。使車將啓。臨便潦率。不勝冲黯。伏希歲時之際。康彊逢吉。諸惟情照。咸豐辛酉十月二十一日。愚弟朴珪壽頓。
朴珪壽	瓛齋集 卷10 「與黃紬芸雲鵠」	黃雲鵠에게 보낸 편지에서 沈秉成을 언급하다.	上同
朴珪壽	瓛齋集 卷10 「與黃紬芸雲鵠」	黃雲鵠에게 보낸 편지에서 그를 王昶, 趙翼에 비견하다.	春間使車回承惠書。至今慰欣。審伊時兄將入樞垣。聞之先爲朝廷用人賀。次爲足下展試所修。今得其所。喜不能忘也。此爲前輩受用之地。如王蘭泉趙甌北皆從此處進步。兄才茂學博。自效於明時。自今伊始。弟非諛辭也。惟兄勉之勉之。弟近狀無善可述。春夏于役嶺外。其詳錄在仲復書中。逢際討見可悉耳。伏虎圖文字。托諸同人。皆姑未來到。人事多忙。每歎如此。然必有以仰復耳。臨便草此。只平安字。惟望道體增安。年年歲歲。彩衣承歡。明春使便。惠我德音。臨池馳神。不盡欲言。
朴珪壽	瓛齋集 卷10 「與黃紬芸雲鵠」	黃雲鵠에게 보낸 편지에서 沈秉成을 언급하다.	上同

朴珪壽	瓛齋集 卷10 「與黃緗芸雲鵠」	黃雲鵠에게 편지를 보내어 근황을 묻다.	緗雲尊兄知我。徐侍郎奉使還。承尊書及楹聯。欣感交切。冬暄。道體康吉。舞綵增歡。溯祝溯祝。瓊什二冊謹領。清韵令人牙頰生香。且念亦園經濟。足以怡悅。不徒貴容膝之安。恨不得致身於此。與吾兄把臂劇談。以消此紆鬱也。念兄供職之暇。尙有樂事。又能肆力古文。皆非弟所及也。弟猥膺藩寄。簿領之餘。不無湖山樓臺之勝。政是坡老所云士大夫游宦四方。亦以取樂一時者。而顧憂虞滇洞。殊無展眉時。兄書所問天東近事。可已有默會耳。衛道距邪。未可以言語文字奏功。必煩兵戈。是豈書生所能者乎。奈何奈何。仲復還京。雖幸親朋會合。喪禍孔酷。念其情理。悲不堪矣。不祐善人。天理所無。惟以是質諸神明耳。年貢使李尙書喜唫詩。到京或有逢場。可詳弟近狀。望鴻便惠我德音。統希情照。不宣。丙寅十月
朴珪壽	瓛齋集 卷10 「與黃緗芸雲鵠」	黃雲鵠에게 보낸 편지에서 沈秉成을 언급하다.	上同
朴珪壽	瓛齋集 卷10 「與黃緗芸雲鵠」	黃雲鵠에게 편지를 보내 松筠菴에서 있었던 일을 추억하다.	緗芸仁兄知己。冬暄疑春。伏問道體曼福。萱堂康旺。吉慶川至。春間惠函。殷注深摯。兼承詩扇果珍之贈。感感。細繹書意詩旨。盖有嚴氣正性不計一身利害之事。是惟海內朋友所共期望。又何尤悔之有哉。甚盛甚盛。向在松筠菴中。兄有千秋俯仰心如醉。我亦人間駑部郞之句。弟已默識兄志存慷慨。非徒然耳。弟尙糜職湞城。無甚善狀。日以素餐爲懼。雖稼穡有秋。疆場無事。終未見斯民之足。若付之氣數。亦非儒者家語。奈何奈何。江華

			李尙書輓詩。其大節固卓卓。而得此詩益不朽千秋。甚感感。慈壽修像。兄應無暇及之。專靠硏秋兄經營。未知竟已遂願否。年使方發。憑報近狀。希惠我德音。艸艸不盡。統惟心鑑。丁卯十月
朴珪壽	瓛齋集 卷10 「與黃緗芸雲鵠」	黃雲鵠에게 보낸 편지에서 董文煥의 안부를 묻다.	上同
朴珪壽	瓛齋集 卷10 「與黃緗芸雲鵠」	黃雲鵠이 金永爵을 통해 보내준 楹帖詩扇에 대해 말하다.	緗芸尊兄知我今春金韶亭。致惠覆及楹帖詩扇之賜。深感深感。俯示駃說領讀。不勝其喜。非喜文字之工也。喜駃之有其鄰也。弟方以駃自喜。而觀世之人無不慧且敏焉。則駃之子立無羣。爲可憂焉。今讀此文。駃其不孤矣。不亦樂乎。不特駃爾。又有愚者痴者鈍者拙者。皆人所不取也。苟有自喜其愚痴鈍拙。而惟恐失之者。則是必可與語道而爲成衛尉之所誚矣。兄可以此爲成衛尉誦之。一笑。道體近復安吉。承歡北堂。諸福日臻。羡羡慕慕。前有求外之志。未知果諧否。硏秋遠游地方多虞。以此言之。求外亦恐多不便奈何。弟尙糜職浿城。無所展施。徒費素餐。甚愧尊兄之駃耳。年使之過。爲報平安。略此走艸。不盡所欲言者。只希順鴻惠我德音。戊辰
朴珪壽	瓛齋集 卷10 「與黃緗芸雲鵠」	黃雲鵠에게 보낸 편지에서 董文煥을 언급하다.	上同
朴珪壽	瓛齋集 卷10 「與黃緗芸雲鵠」	黃雲鵠에게 보낸 편지에서 楊繼盛의 椒山諫艸, 椒山墨蹟과 孔憲彝에 대해 말하다.	翔雲尊兄觀察閣下。相去萬里。魚鴈沈沈五六年矣。辛酉歲會飮松筠菴。兄讀椒山諫艸。有千秋俯仰心必醉。我亦人間駕部郞之語。余別詩有云且看諫艸堂前竹。再

			度來時綠滿園。夫豈竹之云乎。今來縱不與吾兄相見。此竹已森森作歲寒姿。徘徊咏言。懷可知也。昨見椒山墨蹟。飮酒讀書四十年。烏紗頭上是靑天。男兒欲到凌烟閣。第一功名不愛錢。此固兄所慣記。而今復爲之一誦。想領會此意也。弟奉使入都。今將東還。雖不無新知作讌會爲樂。舊雨落落。惟有孔君玉雙話繡山宿緣。稍慰悢悢。欲寄書不知何當得傳去。仍念作此大幅。送掛壁上。可時時如面不相忘。援筆荒雜。亦不計耳。望文翁之化。益副遠望。壬申
朴珪壽	瓛齋集 卷10 「與董硏秋文煥」	董文煥에게 보낸 편지에서 王軒, 沈秉成, 黃雲鵠, 馮志沂 등의 근황을 묻다.	(전략) 尊兄近節何如。見陞何官。益有建樹否。魯川一切不聞消息。願詳敎之。前每承兄書。艸艸數語。但存殷注之盛。並無仔細道及朋儕許多樂事。吾心殊悵悵。願此回須詳敎勿慳德音。如何如何。今年朝正使价。皆同志切友也。正使李尙書狀官金學士。皆可證契。當欣如舊識。爲道弟近狀也。琴泉仲春歸道山。篤行遂學。求之古人。亦未易多得。與弟爲平生之友。絃斷之悲。尙可言哉。想兄聞此。亦爲之愕然也。仲復見任之職。自有考滿內陞之期否。抑仍外轉。姑無還朝定期否。思之黯黯。弟春間陞秩宗伯。主恩隆渥。報答蔑如。只切冥升之愧耳。年使回。必詳示吾兄近禧及諸君行止。少慰此海天翹首之情。盼望不已。臨紙冲冲。惟祈鴻祉日臻。益崇明德。此不盡欲言。
朴珪壽	瓛齋集 卷10 「與董硏秋文煥」	董文煥에게 편지를 보내 黃雲鵠, 王軒, 沈秉成, 馮志沂 등의 근황과 說文之學에 대한 王軒의 성취를 묻다.	硏秋尊兄知己閣下。仲春承覆。尙深慰感。居然又一年矣。不審道體萬弗。伊時史局竣功。恩簡有期。甚盛甚盛。… 細芸・霞舉諸兄平安。仲復春間南歸。又已

			入都否。念此兄情事。每切悒悒耳。顧齋說文之學。近復何如。向於一友人處。見有畫障。許叔重鬚髮皓白。傴僂而行。自李陽冰·徐鉉·徐鍇以下。凡有功於說文者。皆扶擁許老人。左翊右護。前導後殿而去。形容令人絕倒。今顧齋兄當復去扶許君一臂。但恐被魯川先着。須大踏步忙走一遭爲可耶。好呵好呵。傳世之學。非卑官浮湛者不能。有若天爲之位置。誠如兄敎。此事今古一轍。只是有蘊抱者每不見展施。終又不能自閟。載之空言垂世故耳。鄭漁仲·馬貴與得著書之暇最多。杜君卿王伯厚雖非卑官浮湛。跡其平生。亦與浮湛何異。所以有許大著作。其功利及人不少。顧齋倘得繼昔賢之爲。今日浮湛。庸何傷乎。請以是語質之自家可乎。弟栖遲淏城。以官爲家。今已兩載。旣無素抱可展。空費歲月于簿書叢裏。甚愧顧齋兄也。今行年貢正使金君。老成樂易人也。或可相逢。當道弟近狀衰憒耳。其回盼賜德音。臨褙草草不戩。祈百禧日新。
朴珪壽	瓛齋集 卷10 「與張午橋丙炎」	張丙炎에게 보낸 편지에서 자신이 王軒, 董文煥, 沈秉成, 黃雲鵠과 知己임을 밝히고, 張丙炎이 趙寧夏편에 보내 준 楹帖을 잘 받았다고 말하다.	午橋仁兄閣下。珪壽與霞擧·硏秋·仲復·翔雲。爲海內知己。先生之所知也。獨未得托契於先生。東國之士。從都門還。輒誦先生文采風流。益不禁懊恨于中也。今春趙惠人侍郎携致先生楹帖之贈。始知先生亦傾注於我久矣。人海舊游。又添一神交。至樂也。又得霞擧在鄕遙寄之信。封面有求張午橋先生轉致等字。是霞擧亦以尊兄有友朋至性。必不憚津致之勞耳。日下舊交。落落星散。弟今欲答霞兄。不求尊兄致之。又誰求耶。弟現前情事。具在書中。欲望尊兄先自坼閱而送

			之。便是吾輩聯榻鼎話。大快事也。是以證交鄭重之語。此幷略之。惟請比來道體康吉。鴻便順承德音。
朴珪壽	瓛齋集 卷11 「題顧祠飮福圖」	「顧祠飮福圖」에 등장하는 王拯, 黃雲鵠, 董文煥, 馮志沂, 沈秉成, 王軒 등을 설명하며, 이들과의 추억을 기록하다.	卷中之人。展紙據案。援筆欲書者。戶部郎中王拯少鶴也。把蠅拂沉吟有思者。兵部郎中黃雲鵠縬雲也。立而凝眸者。翰林檢討董文煥硏樵也。持扇倚坐者。盧州知府馮志沂魯川也。坐魯川之右者。翰林編修沈秉成仲復也。對魯川而坐者。兵部主事王軒霞擧也。據案俯躬而微笑者。朝鮮副使朴珪壽瓛卿也。魯川時赴熱河未還。爲之補寫焉。昔亭林先生北遊至都下。嘗棲止於城西之慈仁寺。後之學者想慕遺躅。道光癸卯。建祠於寺之西南隅。以祀先生。道州何君子貞寔始經營云。珪壽夙尙先生之學。歲咸豐辛酉。奉使入都。幸從諸君子祇謁先生。特設一祭。退而飮福於禪房。相與論古音之正譌。經學之興衰。蓋俯仰感慨。而樂亦不可勝也。旣東歸不復見諸君子已三載。追思向之讌會談笑。鬚眉衣冠。發於夢寐。遂命畫史繪顧祠飮福圖。其貌寫諸君。悉由余心想口授。而肥瘦方圓。尙不能肖之。況可與論於傳神乎。當面繪我而尙不能肖之。況隔遠千里之外哉。使我而工於畫者。爲此圖必有道焉。惜乎其不能也。嗟乎。聚散離合。理所固有。若心性則無間於山海之間矣。篤於友朋者。皆自知之。諸君子倘求良史。各肖其貌。更寫此圖。以之相贈。豈不大慰天涯故人之望耶。

李尙迪	恩誦堂集續集 詩 卷10 「孔君顧廬(憲 庚)紀余去年奉 使進表辨誣事一 冊, 王子梅爲之 付梓, 見寄數十 部, 志謝有作」	1591년에 馬維銘이 조선의 사신이 國誣를 변론하고 『大明會典』에 잘못 기록된 왕가의 계보를 바로 잡게 된 것을 축하한 시를 지었는데, 얼마 전 王憲成과 黃雲鵠, 王軒이 시를 지어 주며 勞勉했던 것에 대해 언급하다.	金匱崢嶸汗簡靑。陋儒曲筆失模型。豈容誣案留天壤。偏荷恩論炳日星。談故見追王士正。(池北偶談。收錄康熙十五年朝鮮辨誣疏於談故編中) 贈詩■馬維銘。(明萬曆十六年。東使陳辨國誣。改正會典之回。馬主事維銘以詩賀之。頃者王給諫蓉洲·黃翔雲王霞擧亦皆贈詩。頗多勞勉) 涓埃報國吾何有。感媿諸君涕自零。

黃爵滋 (1793-1853)

●●●

인물 해설

　　字는 德成, 號는 樹齋이며, 江西 宜黃 사람이다. 道光 3년(1823) 진사가 되어 관직이 禮部侍郎·刑部侍郎에 이르렀다. 그는 林則徐·龔自珍·魏源·姚瑩 등의 인사와 의기투합하여 經世之學을 제창하였고, 부패한 정치를 개혁하고 軍務를 정돈하고 변경을 공고히 할 것을 주장하였으며, 아편 금지를 적극적으로 제기하였다. 시문에 능하였으며 시 중에 특히 오언고시가 뛰어났다. 북경의 명사들과 교유하며 唱和하였는데 현실 생활을 반영한 작품을 많이 지었다. 『晚晴簃詩彙』에 그의 시 20여 수가 수록되어 있다. 저서로는 『黃少司寇奏疏』(30권), 『海防圖』(2권, 附表1권), 『仙屏書屋文錄初集·二集』(26권), 『仙屏書屋詩錄·詩集·後錄·二集』(34권), 『戊申楚遊草』(1권) 등이 있다.

인물 자료

○ **『淸史稿』, 列傳165**

　　黃爵滋, 字樹齋, 江西宜黃人. 道光三年進士, 選庶吉士, 授編修, 遷御史·給事中. 以直諫負時望, 遇事鋒發, 無所回避, 言屢被採納. 十五年, 特擢鴻臚寺卿. 詔以爵滋 及科道中馮贊勛·金應麟·曾望顔諸人均敢言, 故特加擢任, 風勵言官, 開忠諫之路, 勉其勿因驟得升階, 即圖保位, 並以詁誡臣工焉. 尋疏陳察天道, 廣言路, 儲將才, 制匪民, 整飭京城營衛, 申嚴外夷防禁六事, 又陳漕·河積弊, 均下議行. 時英吉利船艦屢至閩·浙·江南·山東洋面游突, 測繪山川地圖. 爵滋 疏言:"外國不可盡以恩撫, 而沿海無備可危." 十八年, 上禁煙議疏曰:"竊見近年銀價遞增, 每銀一兩, 易制錢一千六百有零, 非耗銀於內地, 實漏銀於外洋也. 蓋自鴉片流入中國, 道光三年以前, 每歲漏銀數百萬兩, 其初不過紈褲子弟習爲浮靡. 嗣後上自官府搢紳, 下至工商優隸, 以及婦女僧道, 隨在吸食. 粤省奸商勾通兵弁, 用扒龍·快蟹等船, 運銀出洋, 運煙入口. 故自道光三年至十一年, 歲漏銀一千七八百萬兩 ; 十一年至十四年, 歲漏銀二千餘萬兩 ; 十四年至今, 漸漏至三千萬之多 ; 福建·浙江·山東·天津各海口合之亦數千萬兩. 以中土有用之財, 填海外無窮之壑, 易此害人之物, 漸成病國之憂, 年復一年, 不知伊於胡底.

各省州縣地丁錢糧, 徵錢爲多, 及辦奏銷, 以錢爲銀, 前此多有贏餘, 今則無不賠貼. 各省鹽商賣鹽得錢, 交課用銀, 昔之爭爲利藪者, 今則視爲畏途. 若再數年, 銀價愈貴, 奏銷如何能辦? 積課如何能清? 設有不測之用, 又如何能支? 今天下皆知漏卮在鴉片, 而未知所以禁也. 夫耗銀之多, 由於販煙之盛; 販煙之盛, 由於食煙之衆. 無吸食自無興販, 無興販則外洋之煙自不來矣. 宜先重治吸食, 臣請皇上准給一年期限戒煙, 雖至深之癮, 未有不能斷絶者. 至一年仍然服食, 是不奉法之亂民, 加之重刑不足恤. 舊例吸煙罪止枷杖, 其不指出興販者, 罪止杖一百 · 徒三年, 俱係活罪. 斷癮之苦, 甚於枷杖與徒, 故不肯斷絶. 若罪以死論, 臨刑之慘急, 苦於斷癮之苟延, 臣知其願死於家而不願死於市. 況我皇上雷霆之威, 赫然震怒, 雖愚頑沉溺之久, 自足以發聾振瞶. 皇上之旨嚴, 則奉法之吏肅, 犯法之人畏. 一年之內, 尚未用刑, 十已戒其八九. 已食者藉國法以保餘生, 未食者因炯戒以全身命, 止辟之大權, 即好生之盛德也. 伏請飭諭各督撫嚴行清查保甲, 初先曉諭, 定於一年後取其五家互結, 准令舉發, 給予優獎. 倘有容隱, 本犯照新例處死, 互結之家照例治罪. 通都大邑, 往來客商, 責成店鋪, 如有容留食煙之人, 照窩藏匪類治罪. 文武大小各官, 照常人加等, 子孫不准考試. 官親幕友家丁, 除本犯治罪外, 本管官嚴加議處. 滿 · 漢官兵, 照地方官保甲辦理; 管轄失察之人, 照地方官辦理. 庶幾軍民一體, 上下肅清, 漏卮可塞, 銀價不至再昂, 然後講求理財之方, 誠天下萬世臣民之福也." 疏上, 上深韙之, 下疆臣各抒所見, 速議章程. 先是, 太常寺少卿許乃濟疏言, 煙禁雖嚴, 閉關不可, 徒法不行, 請仍用舊制納稅, 以貨易貨, 不得用銀購買, 吸食罪名, 專重官員 · 士子 · 兵丁, 時皆謂非政體. 爵滋 劾乃濟, 罷其職, 連擢爵滋 大理寺少卿 · 通政使 · 禮部侍郎, 調刑部. 十九年, 廷臣議定販煙 · 吸煙罪名新例, 略如爵滋 所請. 林則徐至粵, 盡焚躉船存煙, 議外國人販煙罪. 英領事義律不就約束, 兵釁遂開. 二十年, 命爵滋 偕左都御史祁寯藻赴福建查辦禁煙, 與總督鄧廷楨籌備海防. 洎英兵來犯, 廷楨屢挫敵於廈門, 上疑之. 爵滋 與寯藻方至浙江按事, 復命赴福建察奏. 疏陳:"廷楨所奏不誣; 定海不可不速復; 水師有專門之技, 宜破格用人." 其言戰守方略. 又言浙江爲閩 · 粵之心腹, 與江蘇爲脣齒, 請飭伊里布不可偏聽琦善, 信敵必退. 及回京, 復極言英人勞師襲遠不足慮, 宜竟與絶市, 募兵節餉, 爲持久計, 以海防圖進. 既而琦善在粵議撫不得要領, 連歲命將出師, 廣東 · 浙江皆不利. 二十二年, 英兵由海入江, 乃定和議於江寧, 煙禁自此弛矣. 尋丁父憂去官. 爵滋 爲御史時, 稽察戶部銀庫, 嘗疏言庫丁輕收虧帑之弊. 二十三年, 銀庫虧空九百萬兩事發, 追論管庫 · 查庫

	諸臣, 罪皆褫職責賠, 賠旣足, 次第予官. 爵滋 以員外郞候補, 病足家居, 上猶時問其何在. 三十年, 至京, 會上崩, 遂不出. 逾三年, 卒. 爵滋 以詩名, 喜交游, 每夜閉閣草奏, 日騎出, 遍視諸故人名士, 飮酒賦詩, 意氣豪甚. 及創議禁煙, 始終主戰, 一時以爲淸流眉目. 所著奏議 · 詩文集行於世.		
저술 소개	* 『己酉北行草』 　(淸)刻本 1卷 * 『仙屛吟榭課草』 　(淸)道光 4年 7卷 * 『仙屛書屋』 　(淸)刻本 1卷 * 『仙屛書屋初集』 　(淸)道光 29年 宜黃 黃氏刻本 詩錄 16卷 後錄 2卷		
비 평 자 료			
卞鐘運	歗齋詩鈔 卷4 「和陳侍郞(用光)永平府韵(幷引)」	陳用光이 자신의 시에 和韻한 卓秉恬 · 郭尨 · 黃爵滋의 시를 보여주다.	侍郞示其永平府之作. 和之者卓海帆(秉恬) · 郭羽可(尨) · 黃樹齋(爵滋). 皆海內之宗匠也. 永平府. 古之孤竹國. 西漢爲右北平. 東漢爲盧龍縣. 夷齊廟在府西北灤水上. 漢代關防右北平. 至今雄鎭擁堅城. 盧龍不賣田疇義. 射虎猶傳李廣名. 百戰山河餘古壘. 中宵鼓角動邊聲. 西風隨馬來孤竹. 淸聖祠前白日明.
李尙迪	恩誦堂集 卷5 「黃侍郞樹齋(爵滋) · 汪農部孟慈 · 陳侍御頌南(慶鏞) · 符孝廉雪(兆綸), 邀飮陶然亭」	黃爵滋 · 汪喜孫 · 陳慶鏞 · 符兆綸과 陶然亭에서 술을 마시며 시를 짓다.	赫爔不到地. 萬蘆靑濛濛. 空亭逼古城. 咫尺斷軟紅. 金碧秪樹林. 蟬聲颺晩風. 輕雷車音轉. 取次來諸公. 雅懷酬筆札. 匿笑任奚僮. 冰羞雜桃藕. 十千兌碧筒. 西山如故人. 欣然一席同.

			滿地江湖思。何處着孤蓬。 別後白露夕。宛在懷此中。
李尙迪	恩誦堂集 卷7 「過慈仁寺(丁酉夏, 與端木鶴田中翰·黃 樹齋侍郎·汪孟慈農 部·陳頌南御史, 屢 爲文酒之會於此, 鶴 田歸道山已七年, 其 餘諸君皆不在都, 愴 然有作)」	慈仁寺를 지나다가 1837년 여름에 端木 國瑚·黃爵滋·汪喜 孫·陳慶鏞 등과 함 께 이곳에서 모여서 술을 마시며 시를 짓 던 일을 떠올리다.	蕭寺城南尺五天。蒼苔門巷故依然。 十年獨過黃墟下。幾日重吟白社前。 小院茶香春雪暖。古壇松翠夕陽圓。 法源迴首相隣近。一樣鴻泥舊迹聯。
李尙迪	恩誦堂集 卷7 「次柏靜濤正使淸川 江韻」	柏葰의 「淸川江」 시 에 차운하여 黃爵滋 에 대한 그리움을 이 야기하다.	東泛星槎賦海初。詞源直溯木玄虛。 行憐地古攀楡葉。却愧廚寒餉鰈魚。 野渡停驂春水冷。山樓弭節夕陽疏。 他時倘得黃公訊。爲報相思滿月如。 (迪與黃樹齋。別已八年矣。)
李尙迪	恩誦堂續集 卷2 「道光丁酉夏, 黃侍 郎樹齋·汪明府孟慈· 陳侍御頌南, 招飮慈 仁寺, 有古松聯句二 十韻, 近閱樹齋仙屛 書屋集, 收錄是篇, 而樹齋已遊道山矣, 愴然有作」	黃爵滋가 지은 『仙 屛書屋集』에 예전에 함께 지었던 「古松 聯句二十韻」이 실려 있는 것을 보고 애통 해하며 시를 짓다.	野寺淸凉六月天。聯翩吟屐遞華箋。 古松色相疑成佛。過客風流似散仙。 媿作蠅鳴詩句在。幸隨驥尾姓名傳。 山陽一笛悲今昔。彈指聲中十八年。
李尙迪	恩誦堂續集 卷4 「續懷人詩(有序)」	黃爵滋을 떠올리며 시를 짓다.	樹齋黃侍郎(爵滋) 聯句慈仁寺。載酒陶然亭。 韙哉漏巵疏。讜論傾朝廷。 都門詠百菊。不復卧仙屛。

趙斗淳	心庵遺稿 卷3 「次黃樹齋爵滋詩草韵」	鴻臚寺에서 黃爵滋를 만나 그의 詩에 차운하다.	鴻臚寺演禮日。遇黃樹齋爵滋。盖以寺卿來迌班也。約與之過從。後數日。余往叩之。出示其樹齋詩艸。已入刻者四卷。力求余袖往。從直道加墨。余謝不敏。又請余稿甚勤。歸閱途中所作。往往有罣胃忌諱者。廼就樹齋艸。每卷次一首以還之。樹齋。江西宜黃人。文節之裔。年今四十四。由給事中。現任鴻臚卿。係超陞云。 北溟有游魚。南枝有棲鳥。 弱翼詎能翔。脩鱗未可了。 神交目有擊。古道跡不埽。 衡宇淸且曠。伊余得經造。 金莖旣濯濯。玉樹何皎皎。 亨衢延地步。燕寢絶膠擾。 鏗鏘大述作。不靳貽我好。 正聲中律呂。小施厭績藻。 禰宋而祧唐。嫡傳幸有紹。 重將白雪音。置約靑雲窔。 邂逅如天上。躋攀在塵表。 會見羣龍緯。吾其獲鱗爪。 (右■■■■■■■至堂名暢。與黃爲文墨交。約以初二日。對叙于艾之所寓靑雲齋。)
趙斗淳	心庵遺稿 卷4 「靑雲齋, 赴黃樹齋小集, 以雖無德與汝式歌且舞爲韻, 余得式字, 遂成五篇, 分屬會中諸人」	靑雲齋 모임에서 黃爵滋에게 詩를 지어 주다.	楮騰忢散材。雲霄側踈翼。四溟雖云大。一勺猶堪測。晤言適性靈。不以限方域。交臂幾相失。證心斯有得。看核爲我陳。英彦容我識。二玅如玉雪。古家有程式。君今富聲實。掉鞅雲路直。游宦無定所。會合終何極。幾日我言蠕。天涯謾相憶。秖有此苦心。譬彼石不泐。(右屬黃樹齋)

趙斗淳	心庵遺稿 卷4 「次黃樹齋寺卿」	黃爵滋의 시에 차운하다.	其一： 初逢謄翻眉睫語。再見平劃河山阻。粤南春酒雙玉壺。持贈紈扇寫白紵。芉眠細艸交蝶翅。送客題詩花欲吐。（扇有浣香女史畫。樹齋題詩贈余。）元劉妙句先探驪。王謝名理始捉塵。我意蒼茫有所思。古來神交今誰數。散作天涯接樽前。情之所鍾無今古。玉河橋水流不禁。歸裝萬里隨春雨。歸裝萬里可奈何。證得君心當歌舞。 其二： 五更鍾漏靑綾被。海嶽奇游夢不阻。三韓方丈天下聞。名家友道饒縞紵。知君浩蕩桑蓬志。久儲雄詞氣吞吐。我慚星槎犯牛斗。未有博辯續揮塵。東歸應問燕趙士。屈指吾將以君數。酒酣擊節立如山。慧照猶堪凌千古。判不魚游忘江湖。劇知雞鳴懷風雨。願言老大各努力。且取樽前佌佌舞。
趙斗淳	心庵遺稿 卷4 「黃樹齋遊廬山日，夢有老人授以古松圖，旣歸遂因想而繪之，繪左右，多一時名雋筆 乃又屬余曰，此未來情根所在也，子其有以題之，遂以兩絶句書而還之」	黃爵滋가 꿈에서 본 古松圖를 회상하며 그린 그림에 絶句 2수를 지어 주다.	其一： 窓間一衁大於輪。道妙從來寂漸眞。我向夢中還理夢。匡廬秀色已韜人。 其二： 靈芝老尢遍蓬萊。不獨寒松萬翠堆。安得携君東渡去。十洲親見好樓臺。
趙斗淳	心庵遺稿 卷4 「題黃樹齋詩集」	黃爵滋의 詩集에 題詩를 짓다.	君詩嶽嶽更熊熊。好是敷腴德所充。廬北夢廻松樹碧。越南題就荔枝紅。時名厭似泡漚幻。友道看如性命同。縱欲無思忘不得。我今歸老海雲東。

趙斗淳	心庵遺稿 卷4 「題江龍門詩艸」	江開와 黃爵滋는 친 분이 두텁다.	其三 詩句長留宇宙間。燕南霜雪易凋顔。 劇知王貢交游好。應復擡君玉筍班。 (龍門與樹齋正卿。爲至好。)
趙斗淳	心庵遺稿 卷6 「宿載寧, 用黃樹齋便面韻」	黃爵滋의 시에 차운 하다.	雨色郊原潤。春陰郡閣深。鶯花傾海 國。魚稻住鄕心。詎忽侯旬役。重懷對 雪吟。幽情耿無寐。蠟燭聽雞音。

黃宗羲 (1610-1695)

인물 해설	字는 太沖·德冰, 號는 南雷·梨洲, 別號는 梨洲老人·梨洲山人·藍水漁人·魚澄洞主·雙瀑院長·古藏室史臣 등이며, 浙江省 餘姚 사람이다. 명말 청초의 經學家이자 史學家·思想家·地理學家·天文曆算學家·教育家이며 東林七君子 黃尊素의 長子이다. 崇禎年間(1628-1644)에 당시의 문학 결사 '復社'의 일원으로 宦官派를 배척하는 정치운동에 참가하였고, 1644년 명나라가 멸망하자, 고향의 젊은이 수백 명을 모아 의용군을 조직하였으며 南明의 魯王을 따라 滿洲에서 淸軍에 저항하였다. 그 뒤 고향에 돌아가 독서와 저술에 몰두하였다. 청나라 조정의 부름을 거절하고 평생토록 출사하지 않았으며, 『明史』 편찬시에는 아들과 제자를 明史館에 보내어 고국의 역사를 남기려고 힘썼다. 그의 학문은 博覽과 實證을 존중하였고 사상이 심원하여 顧炎武·王夫之와 함께 '明末淸初 三大思想家(혹은 淸初三大儒)'라 불렸다. 또 그의 아우 黃宗炎·黃宗會와 함께 '浙東三黃'으로 칭해졌으며 顧炎武·方以智·王夫之·朱舜水와 함께 '明末淸初 五大家'로 불렸다. 黃宗羲의 저술은 史學·經學·地理·律曆·數學·詩文雜著 등 방면에서 약 50여 종에 달하며, 그 중 중요한 것으로 『明儒學案』·『宋元學案』·『明夷待訪錄』·『孟子師說』·『葬制或問』·『易學象數論』·『明文海』 등이 있다. 黃宗羲는 생전에 자신의 저술을 모아 『南雷文案』을 엮었고 또 그것을 정리하여 『南雷文定』과 『文約』을 엮었다. 明代의 哲學史라고 할 『明儒學案』와 『宋元學案』은 중국학술사상 '學案體'라는 새로운 체재를 확립한 중요한 저작이며, 군주 독재제도를 통렬히 비판한 『明夷待訪錄』은 淸末 혁명사상의 형성에도 영향을 주었다.
인물 자료	○ 『淸史稿』, 列傳 267 黃宗羲, 字太沖, 餘姚人, 明御史黃尊素長子. 尊素爲楊·左同志, 以劾魏閹死詔獄, 事具明史. 思宗即位, 宗羲入都訟冤. 至則逆閹已磔, 即具疏請誅曹欽

程・李實. 會廷鞫許顯純・崔應元, 宗羲對簿, 出所袖錐錐顯純, 流血被體；又毆應元, 拔其鬚歸祭尊素神主前；又追殺牢卒葉咨・顏文仲, 蓋尊素絶命於二卒手也. 時欽程已入逆案, 實疏辨原疏非己出, 陰致金三千求宗羲弗質, 宗羲立奏之, 謂："實今日猶能賄賂公行, 其所辨豈足信？"於對簿時復以錐錐之. 獄竟, 偕諸家子弟設祭獄門, 哭聲達禁中. 思宗聞之, 歎曰："忠臣孤子, 甚惻朕懷."歸, 益肆力於學. 憤科擧之學錮人, 思所以變之. 既, 盡發家藏書讀之, 不足, 則鈔之同里世學樓鈕氏・澹生堂祁氏, 南中則千頃堂黃氏・絳雲樓錢氏, 且建續鈔堂於南雷, 以承東發之緒. 山陰劉宗周倡道蕺山, 以忠端遺命從之遊. 而越中承海門周氏之緒, 授儒入釋, 姚江之緒幾壞. 宗羲獨約同學六十餘人力排其說. 故蕺山弟子如祁・章諸子皆以名德重, 而禦侮之功莫如宗羲. 弟宗炎・宗會, 並負異才, 自教之, 有東浙三黃之目. …

○ 全祖望,『鮚埼亭集』권11,「梨洲先生神道碑文」

　… 初在南京, 社會, 歸德侯朝宗每食必以妓侑, 公曰："朝宗之尊人尚書或在獄中, 而燕樂至此乎？吾輩不言, 是損友也."或曰："朝宗賦性不耐寂寞."公曰："夫人而不耐寂寞, 則亦何所不至矣."時皆歎爲名言. 及選明文, 或謂朝宗不當復豫其中. 公曰："姚孝錫嘗仕金, 遺山終置之南冠之列, 不以爲金人者, 原其心也. 夫朝宗亦若是矣."乃知公之論人嚴而未嘗不恕也. 紹興知府李鐸以鄉飲大賓請, 公曰："吾辭聖天子之召, 以老病也, 貪其養而爲賓, 可哉？"卒辭之. 公晚年益好聚書, 所抄自鄞之天一閣範氏・歙之叢桂堂鄭氏・禾中倦圃曹氏, 最後則吳之傳是樓徐氏, 然嘗戒學者曰："當以書明心, 無玩物喪志也."當事之豫於聽講者, 則曰："諸公愛民盡職即時習之學也."

○ 王晫,『今世說』卷3,〈文學〉

黃太沖家多藏書, 裝本厚二寸, 灑墨塗乙參互散亂, 人求不得. 太沖獨省記之. 季弟澤望丹黃工致, 篇幅精整, 訖一書更一書, 品第循環不輟【太沖名宗羲, 一稱梨洲, 浙江餘姚人. 父忠端公死奄禍, 太沖上書訟冤, 聲振國門. 年逾六十餘, 尚嗜學不止. 每寒夜身擁縕被, 以雙足置土爐上, 餘膏熒熒, 執一卷兀坐. 暑月則以麻帷蔽體, 置小燈帷外, 翻書隔光, 常至丙夜. 所學上本五經, 旁羅百氏, 俱能采精獵微, 得其本末. 澤望名宗會, 善飲, 磁杯瓦樽置兒右, 佐以鹽豉, 讀書每數百行仰一杯, 自朝及夕, 觀煩薰潤. 薄暮陶然, 步阡陌吟嘯爲常】

저술 소개	* 『明夷待訪錄』 　(淸)余姚 黃承乙刻本 1卷 / (淸)抄本 1卷 / (淸)同治 5年 當塗 夏燮 文江官廨 刻本 1卷 / (淸)刻本 『黃梨洲先生明夷待訪錄』 1卷 (淸)鄭性訂 * 『明儒學案』 　(淸)康熙年間 甘陵 賈氏刻本 62卷 / (淸)康熙 32年 賈潤刻本 62卷 『師說』 1卷 / (淸)雍正 13年 甘陵 賈念祖刻本 62卷 / (淸)雍正 13年－乾隆 4年 慈谿 鄭氏刻本 62卷 / (淸)道光 元年 會稽 莫氏刻本 62卷 / (淸)光緒 8年 刻本 62卷 * 『宋儒學案』 　(淸)稿本 100卷 備覽 19卷 (淸)黃百家撰 黃宗羲輯 全祖望修補 王梓材重校 * 『元儒學案』 　(淸)姚江 施氏修五鳳樓 抄本 4卷 (明)黃宗羲撰 黃百家輯 全祖望續修 * 『南雷文案』 　(淸)康熙年間 刻本 10卷 外卷 1卷 * 『黃梨洲先生南雷文約』 　(淸)乾隆年間 鄭性刻本 4卷 / (淸)康熙年間 刻本 鄭梁撰 『寒村詩文選』 17種合本 * 『黃梨洲先生遺書』 　(淸)抄本 2種 2卷 (『明夷待訪錄』 1卷 / 『思舊錄』 1卷) / (淸)光緒 5年 余姚 黃氏 五桂樓 刻本 2種 2卷 * 『指海』 　(淸)錢熙祚編 (淸)道光 16-22年 錢氏 守山閣 據澤古齋重鈔版重編 增刻本 140種 416卷 內 黃宗羲撰 『明夷待訪錄』 1卷 * 『昭代叢書』 　(淸)楊復吉編 稿本 內 黃宗羲撰 『汰存錄』 1卷 / 『破邪論』 1卷 / 『思舊錄』卷 * 『澤古齋重鈔』 　(淸)陳璜編 (淸)道光 4年 陳璜 據嘉慶張海鵬刻本 借月山房匯鈔版重編 補刻本 12集 110種 241卷 內 黃宗羲撰 『深衣考』 1卷

	★ 『明季野史』 四種十七卷 (淸)抄本 4種 17卷 內 黃宗羲撰 『行朝錄』11卷 卷末 1卷 ★ 『金石三例』 (淸)乾隆 20年 盧見曾刻本 15卷 內 黃宗羲撰 『金石要例』 1卷		
비 평 자 료			
金正喜	阮堂全集 卷3 「與權彝齋 (三十二)」	『文獻備考』를 續纂하는 책임은 한 사람이 감당할 수 있는 것이 아니라 顧祖禹·黃宗羲·萬斯同 등 학식 있는 사람 몇 명이 있어야 한다.	文獻備考續纂。甚盛擧也。…第念總裁自有主張而誰爲之分纂歟。雖劉子玄之見識。馬貴與鄭漁仲之才量。非一人所可獨運。未敢知今日。有若顧祖禹·黃南雷·萬斯同者幾人。
朴珪壽	瓛齋集 卷9 「與尹士淵」	黃宗羲의 『明夷待訪錄』이 아우인 黃宗炎의 저작으로 오인되고 있음을 말하고, 추가로 이 책에 대한 내용을 설명하다.	梨洲碑記所著書目中。有明夷待訪錄。然則此書卷首。胡爲稱黃宗炎也。炎是梨洲之弟也。又胡爲稱黃宗炎梨洲著也。待訪錄是皇王世界之書也。爲顧亭林所欽服者。而今刻在海山僊舘叢書中。此叢書爲葉名琛廣督時。其大人東卿所序而刻者也。奈何謬錯到此。誠不可解耳。待訪錄方在栫谿丈。來當呈覽耳。
朴珪壽	瓛齋集 卷9 「與尹士淵」	黃宗羲의 「選擧論」, 全祖望의 「黃甿堂墓版文」, 李世熊 등에 대해 논의하다.	梨洲選擧論。果於鄙見有未敢信處。不但中外風俗之不同。必有反生衆口囂囂之弊。此宜多存商量。如此處爲處士大言。不宜輒聞而輒試之也。批識評難誠好矣。當乘閒圖之。黃甿堂名之傳。其官名未詳。全氏集但稱黃甿堂墓版文耳。畫網巾先生傳在何書耶。李世熊亦未詳。問於栫丈則可知也。

成海應	研經齋全集 卷39 「皇明遺民傳 (三)」	黃宗羲의 행적에 대해 상 세하게 서술하다.	黃宗羲。字太沖。號梨洲。浙江餘姚人。父忠端公尊素。天啓時以剛直死於逆瑠。宗羲血疏訟冤不得白。乃懷匕首淬毒藥。走京師變姓名。日夜坐起於逆瑠所居。終歲不得間。乃日抱匕首號泣。崇禎初逆瑠伏誅。然必切切然以不得手刃爲恨。因從劉宗周學。以書學擧中書科。明亡隱居不仕。與子弟講學。其學祖王守仁。故雜而未純。所謂詩文多感慨。海內傳誦之。淸康熙中。徐元文薦徵。以老病辭不就。有司敦迫。乃遯去山中。閉戶不與人通。數年而卒。年八十七。淸人取所著書宣付史館。上下古今。穿穴羣言。自天官地志九流百氏之書。無不精硏。著南雷文案及明儒學案・易學象數論・明文海明文授讀・今水經諸書。弟宗炎字晦木。一字立谿。又改扶木。以寓扶陽尊華之義。人稱曰鷦鴣先生。崇禎貢生。畫江之役。兄弟步迎監國。事敗入四明。參侍郞馮京第軍。軍覆隱於白雲莊。亂定遊石門海昌間。賣畫以自給。工繆篆。又善製硯。所著有周易象詞・尋門餘論・學圖辨惑。
李德懋	靑莊館全書 卷48 耳目口心書	李亨祥이 方孝孺・王守 仁・歸有光 등의 글을 많 이 수용한 黃宗羲의 저술 인 『明文海』, 『明文案』, 『明文』 등에 대해 이야기 하다.	乙酉十二月初九日。李正夫來。談吐抵夕。正夫曰。黃宗羲。明末淸初人也。極博■明人之集。無一遺漏。凡一千三百種。於是選緝■明文海・■明文案二書。尙未刊行。而二書中。又精選爲■明文。授讀以敎其子百家云。余問曰。其人所尙。大抵何如耶。正夫答曰。廣備百體耳。余曰。誰文多收耶。曰。雖王李大家。收入不多。

			多收者。方正學‧王陽明‧歸震川輩文。余曰。是子主意在此。
李學逵	洛下生集冊14 文猗堂集「書歷代統系圖後」	黃宗羲가 지은 『歷代甲子』의 학설은 근거가 명확하다.	嘗見姚江人黃宗羲著歷代甲子。考以黃帝元秊爲第一甲子。至大明熹宗天啓四秊。爲七十三甲子。其爲說皆鑿鑿有據。今又計自天啓五秊。至大淸嘉慶九秊。爲七十六甲子。合四千五百六十九秊。是亦編史家不可不知者也。宗羲字太冲。明季人。
田愚	艮齋集前編卷2「答權參判(膺善)」	舒芬이 사물의 太極과 사람의 太極이 다르다고 주장하여 黃宗羲로부터 비난을 받았다.	又謂水只有水性。火只有火性。非復原初渾然太極之全體。(按此說。大非周朱二先生之意矣。物物各具太極全體之說。宋元以來。無異論。獨明儒舒芬有云。物太極。與人太極相遠。遂被不勝支離之譏於黃宗羲矣。不意玄石又有此謬也。)
田愚	艮齋集前編卷8「與朴元鎬」	黃宗羲의 『明儒學案』을 보고서 명나라 유자들 중 '心性一理論'과 '人物異性論'을 주장하는 자들이 많다는 것을 알게 된다.	近見黃宗羲所編學案。則明儒之背馳程朱者。例多爲心性一理人物異性之論。
田愚	艮齋集前編卷9「答林炳志(乙未)」	黃宗羲가 지은 『明儒學案』은 異論이 있기 때문에 후학들이 보아서는 안 된다.	黃宗羲所編明儒學案。時有異論。不可使後生觀之。
田愚	艮齋集前編卷13「休言(二)」	黃宗羲가 祝世祿을 두고 儒者의 본분을 잊고 불교에 경도되어 있다고 비난하다.	明儒祝世祿。謂主在道義。卽蹈策士之機權。亦爲妙用。黃宗羲譏之曰。此非儒者氣象。乃釋氏作用見性之說也。古今功業。如天空鳥影。以機權而幹當功業。所謂以道殉人。遍地皆糞矣。余謂黃之所譏誠是矣。

田愚	艮齋集前編 卷14 「本然性論 (壬寅)」	黃宗羲가 舒芬의 人物性異論을 비판하다.	明儒舒芬爲人物性異之論。而曰。自乾男坤女而論太極。則太極萬有不同。又自物而論。則與人太極。又相遠矣。何也。人又人。物又物。所以源遠而未益分。太極烏得不稱異哉。黃宗羲譏之曰。其視太極若一物。而有天太極人太極物太極。蓋不勝其支離矣。是認習做性云云。
曹兢燮	巖棲集 卷8 「與金滄江 (戊午)」	唐鑑이 黃宗羲의『明儒學案』이 범한 오류를 수정하기 위해 지은『國朝學案小識』를「傳道學案」·「翼道學案」·「守道學案」·「經學學案」·「心宗學案」의 등급으로 나눈 것은 뛰어난 견해이다.	至於上成吏部論學案事則見識不甚明。唐氏之爲此書。所以大正黃宗羲明儒學案之謬。而分別傳道翼道守道經學心宗五等。眞是千古獨見。賴此公而中州學術將有一統之歸。其功不甚偉歟。
曹兢燮	巖棲集 卷17 「批李石谷(圭晙)遊支錄辨 (遊支錄, 日本人德富蘇峰猪一郎所作)」	黃宗羲와 戴震 등은 한 사람이 저술한 著書가 수십 종으로 天文·地志·六經註疏·累代學案에서부터 聲韻·曆筭·西洋回回의 법에 이르기까지 다루지 않는 것이 없다.	明淸以來。士之專治古經。旁證諸書。以名物度數相夸。而狹少宋儒者。指不勝屈。觀於所謂皇淸經解千餘卷者可見。而至於黃宗羲·戴震之輩。一人所著有數十種。自天文地志六經註疏累代學案。以至聲韻曆筭西洋回回之法。莫不各有成說。
洪翰周	智水拈筆 卷1	명나라 때 나온 산문선집으로 黃宗羲의『明文授讀』등이 있다.	文則英華之後。亦代各有選。有宋元文類。有八代文鈔。有陳仁錫之古文奇賞。有黃宗羲之明文授讀。
洪翰周	智水拈筆 卷8	金正喜의 집에 걸려 있는 편액은 閻若璩가 黃宗羲를 위해 쓴 제문에서 발췌한 것이다.	秋史平生。自號亦多。少時。嘗扁其居室曰。上下三千年縱橫十萬里之室。余常奇其語。後見一書。元趙文敏公。已有此語。又淸潛丘若璩祭黃南雷宗羲文。有曰。上下五百年。

			縱橫一萬里。博而精者。得三人。一則顧亭林處士也。一則錢虞山宗伯也。一則先生也。盖秋史所扁。取則於此也。

黃周星 (1611-1680)

인물 해설	字는 九煙·景明·景虞, 號는 圃庵·而庵, 別號는 笑倉子·笑倉道人·汰沃主人·將就主人 등이다. 만년에 이름을 黃人으로 고치고 字는 略似, 별칭은 半非道人이라 하였다. 金陵(지금의 南京) 사람이다. 庶出이라 태어난 지 얼마 되지 않아 버려졌고 湖南 湘潭의 周翁이 데려다 길렀기 때문에 初名이 周星이었다. 崇禎 13년(1640)에 진사가 되어 16년 戶部主事를 제수 받았으며 같은 해에 黃씨 성을 다시 회복하여 이름 앞에 붙였다. 청대에 들어서는 벼슬을 하지 않았으며 吳越 지역에서 제자를 가르치며 생계를 유지했다. 시문에 능하고 음률에 정통했으며 희곡을 잘 지었고 문인들과 교유하기를 좋아해 杭州에서 '尋雲榭社'를, 廣陵에서 '木蘭亭社'를, 金陵에서 '古歡社'를 결성해 시를 지으며 즐겼다. 康熙 19년(1680) 博學鴻儒의 천거를 거부하고 스스로 「墓志銘」및 「解脫吟」, 「絕命詞」 등을 짓고 강에 투신하려다 실패하자 후에 곡기를 끊고 자결하였다. 저서에 『夏爲堂集』, 『制曲枝語』 등이 있으며 傳奇 「人天樂」, 雜劇 「惜花報」, 「試官述懷」 등이 전한다.
인물 자료	**○ 汪自槇, 『南潯鎮志』** 　周星字九煙, 本姓黃. 上元籍, 廣東人. 自幼撫於楚湘周氏. 年二十三學京闈, 讀書金陵, 遇本生父母. 崇禎庚辰進士, 授戶部主事, 具疏復姓. 明年南都陷, 遂棄家, 更名人, 號略似, 流寓長興, 五遷至南潯之馬家港, 賣文自給. 工篆隸, 布衣素冠, 寒暑不易. 嘗作詩云: "高山流水詩千軸, 明月淸風酒一船. 借問阿誰堪作伴, 美人才子與神仙." 年七十, 忽感傷心, 仰天歎曰: "嘻, 而今不可以死乎." 爲解蛻吟十章. 自撰墓志, 與妻拿訣, 慷慨命酒, 盡數鬥大醉, 家人謹嚴之. 庚申五月五日, 賦絕命詩十章, 遂自沈於水. 解蛻吟自序: "今歲在庚申, 予年七十矣. 念世事之都非, 歎年華之易盡. 與其苟活, 不如無生. 昔傳奕銘曰 傅奕青山白雲人也, 以醉死. 予慕其風, 以爲醉死殊勝餓死. 但自銘, 則當曰詩人黃九煙之墓耳. 以玆含笑而入地, 何異厭世而上化. 聊爲解蛻之狂吟, 當獲麟之絕筆."

○ 陳鼎,『留溪外傳』卷5,「笑蒼老子傳」		

(黃周星)初生時, 即爲楚湘周氏撫爲己子, 因周姓補諸生 … 國亡, 爲道士, 更名人, 字略似, 號半非, 晚年自號笑蒼老子. 爲人性剛直, 言行不苟, 而疾惡甚嚴. 以是, 與正人君子鬼神神仙爲相知, 而與小人賊强盜多不合. 足跡所至, 無不得謗, 無不被難, … 外史氏曰: "鬼神天地之正氣也. 吾人苟得天地正氣, 其精神無不與之相通, 此笑蒼老子所以恒得鬼神呵護也.

○ 葉夢珠,『閱世編』卷4,「黃周星傳」

…某自問樗材, 素無宦情, 遭逢鼎革, 所以不死者, 上念老親獨子, 嫡嗣未擧, 偸生苟活, 存黃氏一線耳, 敢冀宦達乎? … 時公依其吳婿僑寓吳興之南, 遂於五月五日自撰墓志, 爲『解脫吟』十二章, 『絕命詞』二章, 踵三閭大夫之後, 遇救得免, 家人歡慰, 而公志愈堅. 六月望後, 夜復赴水, 冀無援者, 適又爲人救免, 公憤甚, 而家人防益密. 至七月十七夜半, 乘間復蹈淸流, 防者覺而奔救之, 公乃自絕飮食, 至二十三日而卒, 時年七十.

저술 소개	*『夏爲堂別集』 (淸)康熙 27年 朱日荃·張燕孫刻本 10卷

비 평 자 료			

| 金允植 | 雲養集
卷12
「書李遯愚記
夢後(辛巳)」 | 李遯愚가 꿈을 꾼 것을 기록한 『記夢』을 黃周星의 『將就園記』와 비교하여 이야기하다. | 近世中州人黃九煙著有將就園記. 設爲山川樓臺之勝. 書畵琴棋之娛. 窮極其所欲爲. 凡洞府之泉石花木. 皆必錫名而係之以詩. 旣而降于乩仙之筆云. 奉上帝之命. 依黃子所言. 營搆于蓬萊之上. 以爲羣仙遊讌之所. 且命黃子爲之主. 黃子怳然若夢若眞. 自叙其事. (見昭代叢書) 今見遯愚記夢. 所謂白雲洞信宿之緣. 何其了了不迷. 愜人性靈也. 信知韻人胷中. 自有一副成稿. 力所不及. 神爲之助. 黃子之事. 眞而夢也. 遯愚之遊. 夢而眞也. 余亦嘗有志於斯. 而塵累擾擾. 未得成稿. 雖欲夢寐間一涉淸境. 亦未易得也. 若使長卿 |

			仲初見之。能不啞然相笑乎。
成海應	研經齋全集 卷38 「皇明遺民傳(二)」	黃周星의 행적에 대해 상세하게 서술하다.	黃周星字九烟。金陵人。初生時楚湘周氏撫爲己子。因周姓。崇禎庚辰進士。授戶部主事。始上疏反周爲黃。甲申燕京陷。歸金陵。明年金陵覆。遂棄家走閩。國亡爲道士。更名人字畧似號晚非。又號笑蒼老子。又號汰沃主人。性剛直。言行不苟。疾惡甚嚴。以是所至輒得謗。初道洞庭遇盜。聯艘圍劫。忽見洞庭神挾長戟擊群盜。得無死。旣登第。上書論時宰奪情。時宰密使盜操刀伏床下。忽有野客叩門入。謂周星曰床下有暴客。急呼盜出。盜蒲伏請命。客曰黃君忠義士也。毋加害。盜撤然去。客亦不見。客秦淮。著作甚富。後失於盜。人有攘爲己有者。奔走四方四十年。意若有所爲而卒不成。及淸人撫有海外。天下爲一。所故交游盡死亡。周星忽念世事。慷慨傷心。仰天歎曰嘻今日可從古人游矣。遂與妻孥訣。取酒縱飲盡一斗。自撰墓誌。書絶命詞二十四首。負平生所著書。以五月五日躍入湖洲南潯死。年七十二。又仁和陳繼新居於嘉禾。晚節納石懷中。赴龍淵寺潭中死。
李德懋	靑莊館全書 卷32 淸脾錄 「黎黃二詩」	黃周星은 절의를 위해 죽을 정도로 기개가 대단했기 때문에 詩語들이 호탕하다.	明黎遂球花下歌。生平不事求神仙。願上東海求仙船。童男童女各三千。敎之歌舞及管絃。逍遙行樂二十年。遂令婚配同力田。可得萬人馳九邊。大雪國恥銘燕然。老夫須看圖凌烟。結屋花國臨酒泉。名儒俠客列四筵。等閒詩賦人爭傳。乞得一字十萬錢。黃周星詩高山流水詩千軸。明月淸風酒一船。借問阿誰

			堪作伴。美人才子與神仙。黃之所欲。猶不可求。況黎之所欲甚大乎。二人皆明末死節人。負氣故其發言放宕。終古忠臣烈士。往往多豪擧。修其有書懷詩曰。不願功名不願仙。治生端悔失靑年。執籌休恠王戎鄙。問舍方知許氾賢。子母靑錢通亥市。弟兄紅稻接秋田。他年置屋滄江上。脩竹千竿月一船。此措大眼孔甚小。然亦不易辨。
洪吉周	縹礱乙㡽卷7「續庚詞引」	黃周星은 문장에 뛰어났다. * 원문의 '九烟才子'가 黃周星을 가리킨다.	近有九烟才子。割取幾幅。雲孫鬪詩壇而揚芬。裁剪四十段錦繡。託酒社而行令。網羅廿一部簡編。或前後代相差。海圖紫鳳之交錯。或二三人並擧。汨董侯鯖之襍陳。
洪吉周	沆瀣丙函卷5睡餘瀾筆(上)	『埶逡念』을 오랫동안 구상하다가 黃周星의 「將就園記」를 읽고 나서 터득한 바가 있어 지은 것임을 밝히다.	余作尙友書。實有取材於柳州先友記。讀者皆未悟。而唯醇溪識破。埶逡念成。醇溪只見其一二卷。輒曰。是出將就園記。蓋余欲著是書。厥惟久矣。而至讀將就園記。益有所得於排鋪匠構之大略。

134

侯方域 (1618-1654)

인물 해설	明末清初 때 문학가로 字는 朝宗이며 河南 商邱 사람이다. 侯恂의 아들이다. 젊어서 復社와 幾社 소속 명사들의 인정을 받았으며, 方以智·冒襄·陳貞慧 등과 함께 四公子로 불렸다. 南明 弘光年間에 阮大鋮의 모함으로 핍박을 당하자 總兵官 高杰에 달아났다가, 나중에 史可法의 막하로 들어갔다. 일족이 모두 東林黨派로 아버지와 함께 종군했으며, 분방한 才氣로 명말 혼란기의 남경에서 이름을 떨쳤다. 명나라가 망한 뒤 順治 8년(1651) 鄕試에 응시해 副榜으로 합격했다. 청나라를 섬기지 않고 향리에서 문학에 전념했다. 淸初에는 魏禧·汪琬과 함께 청초 古文三大家로 일컬어졌다. 저서에 『壯悔堂文集』과 『四憶堂詩集』 등이 있다. 淸初 孔尙任이 지은 희곡 『桃花扇』은 侯方域과 秦淮의 名妓 李香君의 사랑 이야기를 바탕으로 南明 정권의 흥망을 그린 역사극이다.
인물 자료	○ 『淸史稿』, 列傳271 　侯方域, 字朝宗, 商丘人. 父恂, 明戶部尙書, 季父恪, 官祭酒, 皆以東林忤閹黨. 方域師倪元璐. 性豪邁不羈, 爲文有奇氣. 時太倉張溥主盟復社, 靑浦陳子龍主盟幾社, 咸推重方域, 海內名士爭與之交. 方恂之督師援汴也, 方域進曰: "大人受詔討賊, 廟堂議論多牽制. 今宜破文法, 取賜劍誅一甲科守令之不應征辦者, 而晉帥許定國師噪, 亟斬以徇. 如此則威立, 軍事辦, 然後渡河收中原土寨團結之衆, 以合左良玉於襄陽, 約陝督孫傳庭犄角並進, 則汴圍不救自解." 恂叱其跋扈, 不用, 趣遣之歸. 　方域既負才無所試, 一放意聲伎, 流連秦淮間. 閹黨阮大鋮時亦屛居金陵, 謀復用. 諸名士共檄大鋮罪, 作留都防亂揭, 宜興陳貞慧·貴池吳應箕二人主之. 大鋮知方域與二人善, 私念因侯生以交於二人, 事當已, 乃囑其客來結驩. 方域覺之, 卒謝客, 大鋮恨次骨. 已而驟柄用, 將盡殺黨人, 捕貞慧下獄. 方域夜走依鎭帥高傑, 得免. 順治八年, 出應鄕試, 中式副榜. 十一年, 卒, 年三十七.

方域健於文, 與魏禧・汪琬齊名, 號國初三家. 有壯悔堂集.

○ **徐作肅,『壯悔堂文集』,「侯朝宗公子傳」(胡介祺)**

… 大鋮斂壬凶險, 顧少有俊才, 其朱黨閹時, 司徒公絶愛之. 後以身陷大逆, 見檳君子, 猶欲以世講之誼, 與公子通殷勤, 且欲藉公子以解於四公子之徒, 公子拒之峻. … (朝宗)身自按譜, 不使一字訛誤 … 脫或白雪偶乖, 紅牙稍越, 曲有誤, 周郎顧, 聞聲先覺, 雖梨園老弟子莫不畏服其神也. … 公子沒時, 年才三十有七. 歿後, 遺集傳誦天下, 而古文尤爲當世所宗尙.

○ **邵長衡,『靑山剩稿』卷6,「侯方域傳」**

… 方域儻蕩任俠使氣. … 明季古文辭, 自嘉・隆諸子, 貌爲秦・漢, 稍不厭衆望, 後乃爭矯之, 而矯之者變愈下, 明文極敝, 以訖於亡. 朝宗始倡韓・歐之學於擧世不爲日, 遂以古文雄視一世.

**저술
소개**

* **『侯朝宗集』**
   (淸)抄本

* **『壯悔堂文集』**
   (淸)刻本 10卷 (淸)賈開宗等評點 / (淸)順治年間 刻本 10卷『遺稿』1卷 / (淸)睢陽 侯氏刻本 10卷 (淸)賈開宗評點 (淸)徐鄰唐評點 (淸)徐作肅評點 (淸)宋犖評點 / (淸)順治年間 刻本 10卷『壯悔堂遺稿』1卷『四憶堂詩集』6卷 / (淸)同治 11年 刻本 10卷『壯悔堂遺稿』1卷『四憶堂詩集』6卷 (淸)賈開宗評點 (淸)徐鄰唐評點 (淸)徐作肅評點 (淸)宋犖評點

* **『莊悔堂遺稿』**
   (淸)刻本 1卷

* **『四憶堂詩集』**
   (淸)淸初 刻本 6卷 / (淸)順治年間 刻本 6卷『遺稿』1卷 / (淸)嘉慶 24年 刻本 1卷 / (淸)同治年間 刻本 6卷 (淸)賈開宗・徐作肅選

* **『虞初新志』**
   (淸)張潮編 (淸)康熙年間 刻本 20卷 內 侯方域撰「馬伶傳」/「李姬傳」

* **『虞初續志』**
   (淸)鄭澍若編 (淸)嘉慶 7年 10卷 內 侯方域撰「徐作霖張渭傳」

			＊『四大家文選』 　(清)陳維崧選評 (清)康熙年間 刻本 內 侯方域撰『侯朝宗文選』6卷 ＊『國朝二十四家文鈔』 　(清)徐斐然輯 (清)道光 10年 刻本 24卷 內 侯方域撰『雪苑文鈔』1卷 ＊『國朝三家文鈔』 　(清)宋犖・許汝霖選 (清)康熙 33年 刻本 內 侯方域撰『侯朝宗文錄』8卷

비 평 자 료			
金昌熙	會欣穎 「讀汪堯峯文」	淸초기의 뛰어난 문장가로 侯方域, 魏禧, 汪琬 세 명을 꼽고 세 사람의 문장에 대해 평하다.	語淸之初文章。則曰三家。而語三家之優劣。則曰侯雪苑以才勝。魏叔子以力勝。王堯峯以法勝。未易定其優劣也。然而吾則又以三子之論文以斷之也。侯曰漢以後之文。主氣。魏曰爲文之道。在於練識。夫主氣練識。皆爲文之上乘也。吾誠歙袘無間言。獨於汪之言。而疑其非活法也。何者。汪曰文之有法。猶奕師之有譜。曲工之有節。匠氏之有繩度。不可不講。求而得之也。揚之欲其高。斂之欲其深。推而遠之。欲其雄且駿。及其變化離合。一歸於自然也。
金昌熙	會欣穎 「讀汪堯峯文」	侯方域, 魏禧, 汪琬 세 사람 문장의 특장에 대해 언급하고, 세 사람과 姜宸英 문장의 醇肆에 대해 평하다.	夫操毫而先思。所以欲其合法者。何能歸於自然也。凡所謂開闔呼應操縱頓挫之法。固難備工於一編之文。一家之體。縱使無不備工。亦但見人工而已。其眞氣。則固多索然矣。以此言之。汪之法。其不及侯之才。魏之力亦明矣。叔子曰。汪醇而不肆。侯肆而不醇。而姜湛園在醇肆之間。夫在其間者。必兩不能也。而醇肆兩能。叔子其獨自許者歟。

金昌熙	會欣穎 「讀侯壯悔文」	侯方域의 「與任王谷論文書」에 治文의 기술이 잘 나타나 있다고 평하다.	侯壯悔與任王谷論文書云。行文之旨。全在裁制。無論細大。皆可驅遣。當其汗漫纖碎處。反宜動色而陳鑿鑿微微。使讀者見其關係尋繹。不倦至大議論。人人能解者。不過數語。發揮便須控馭。歸於含蓄若當快意。時聽其縱橫。必一瀉無復餘地矣。譬如渴虹飮水。霜隼搏空。瞥然一見。瞬息滅沒。神力變態。轉更夭矯。噫。治文之術極於是矣。
金澤榮	韶濩堂集續 卷4 「雜言十(癸亥)」	侯方域의 문장은 奇氣가 橫逸한데, 이는 그가 淸代 문인이지만, 明代에 생장하였기 때문이라고 평가하다.	侯壯悔之文。其辯不窮。奇氣橫逸。如千里駒之就途。雖其名在於淸文人之班。而其生長在於明時。則乃明之餘氣也。
金澤榮	韶濩堂集續 卷4 「雜言十(癸亥)」	侯方域과 魏禧의 문장은 모두 氣를 위주로 하지만 侯方域이 더 뛰어나다고 평가하다.	侯壯悔·魏叔子之文。幷主於氣而魏不及侯。以其太有心於氣而痕跡顯出也。
徐淇修	篠齋集 卷3 「送冬至上行人吾宗恩卯翁赴燕序(壬辰)」	淸初의 대가로 李光地, 徐乾學, 方袍, 毛奇齡, 侯方域 등을 꼽다.	今之中州。卽古之人材圖書之府庫也。淸初蓋多名世之大家數。如李光地之治易。徐乾學之治禮。方袍之治春秋。毛大可之該洽。侯朝宗之文詞。最其踔厲特出者也。
申緯	警修堂全藁 脚氣集 「李香君薦卷」	袁枚의 『新齊諧』에 실린, 楊潮觀과 錢汝誠이 鄕試를 주관할 때 李香君이 꿈에 나타나 侯方域의 손자가 합격하도록 도운 이야기를 시로 읊다. * 李香君은 南京의 名妓로, 侯方域의 「李姬傳」은 그녀를 立傳한 것이다.	知否相思入骨深。揚塵滄海到如今。桂花香卷桃花扇。一樣侯公子苦心。(乾隆壬申河南鄕試。無錫楊潮觀爲同考官。將發榜矣。搜落卷。倦而假寐。夢有女子揭帳低語曰。拜託使君桂花香一卷。千萬留心相助。楊驚醒。偶閱一卷。有杏花時節桂花香之句。大驚加意飜閱。適正主試錢少司農東麓命各房搜索。楊卽以桂花香卷

			薦上。折卷塡壙。乃商邱貢生侯元標。其祖侯朝宗也。方疑女子來託者。卽李香君。○按楊潮觀字閎度號笠湖。金匱人。官至瀘州刺史。有吟風閣詩鈔·蒲褐山房詩話。笠湖性情倜儻。工畫卄。詩亦多傑句。尤工度曲。錢汝誠字立之號東麓。官侍郞。文端公陳羣之子也)
李建昌	明美堂集 卷11 「于忠肅論(上)」	于謙에 대한 侯方域, 魏禧, 方苞, 袁枚 등의 견해에 대해 평하다.	于忠肅不諫易儲。侯方域·魏禧非之。方苞·袁枚是之。夫方域禧之論正矣。枚偏且激矣。唯苞所云。忠肅諫則景泰心危而慮變。憲宗父子殆矣。可謂晰於事情。然知其至於是。而不諫。是亦忠肅之過也。夫忠肅之於景泰。臣主相遇何如也。而不能使景泰不至於大不義。而反迎其小不義。苟然無使其變之亟。惡在其爲忠肅之賢哉。盖忠肅嘗諫易儲矣。而史不傳焉。(후략)
李定稷	燒餘錄書 「黃梅泉文鈔後」	黃玹이 스스로를 侯方域과 袁枚에 견주었던 것을 언급하다.	梅泉之文梅泉方爲之。知梅泉者能言之。後世如梅泉者當好之。此余爲梅泉定論也. … 李玉樵梁晴史從余來。私問梅泉文可比何人。余沈唫而曰。余未知古人可誰比然。其肖物之工。妙奪筆精。穿深歷險。風神隱映。纖而刻棘端之猴。遠而聞風外之香。嘗自比侯雪苑袁隨園。而以余論之。一變駸駸古良史矣。…
洪翰周	智水拈筆 卷4	侯方域이 王猛이 諸葛亮보다 낫다고 논한 것은 잘못이라고 하다.	如淸人侯朝宗輩著論。反以王猛。勝於孔明。又可笑也。

洪翰周	智水拈筆 卷4	명나라 熹宗 天啓 연간에 五星이 奎星에 모이더니, 청나라 초에 人文이 성대하여, 湯贇, 陸隴其, 李光地, 朱彛尊, 王士禛, 陳維崧, 施閏章, 徐乾學, 方苞, 毛奇齡, 侯方域, 宋琬, 魏裔介, 熊賜履, 宋犖, 吳雯, 魏禧, 葉子吉, 汪琬, 汪楫, 邵長蘅, 趙執信 등과 같은 인물들이 나왔다.	世稱明熹宗天啓間。五星聚奎。故淸初人文甚多。如湯潛菴贇・陸三魚隴其・李榕村光地・朱竹垞彛尊・王阮亭士禛・陳檢討維崧・施愚山閏章・徐健菴乾學・方望溪苞・毛檢討奇齡・侯壯悔方域・宋荔裳琬・兼濟堂魏裔介・熊澴川賜履・宋商丘犖・吳蓮洋雯・魏勺庭禧・葉方藹子吉・汪鈍翁琬・汪舟次楫・邵靑門長蘅・趙秋谷執信諸人。皆以詩文名天下。其中亦有宏儒鉅工。彬彬然盛矣。而是天啓以後。明季人物之及於興旺之初者也。

부록

자료 추출 대상 목록 ― 찾아보기

자료 추출 대상 목록

　— 한국고전번역원의 〈韓國文集叢刊〉은 '叢刊'으로 약칭하였음.

姜　樸,『菊圃集』(『叢刊』續 070).

姜世晃,『豹菴遺稿』(『叢刊』續 080).

姜　瑋,『古歡堂收艸』(『叢刊』318).

桂德海,『鳳谷桂察訪遺集』(『叢刊』續 078).

權斗寅,『荷塘集』(『叢刊』151).

權　萬,『江左集』(『叢刊』209).

權　韠,『石洲集』(『叢刊』075).

權　瑍,『濟南集』(국립중앙도서관 소장본).

金　榦,『厚齋集』(『叢刊』155~156).

金奎五,『最窩集』(『叢刊』續 091).

金箕書,『和樵謾稿』(연세대 소장본).

金得臣,『柏谷集』(『叢刊』104).

金　鑢,『藫庭遺藁』(『叢刊』289).

金萬基,『瑞石集』(『叢刊』144~145).

金萬重,『西浦漫筆』(『西浦集 / 西浦漫筆』通文館, 1971).

金邁淳,『臺山集』(『叢刊』294).

金尙憲,『淸陰集』(『叢刊』077).

金錫冑,『息庵遺稿』(『叢刊』145).

金奭準,『紅藥樓懷人詩錄』(『李朝後期 閭巷文學叢書』5, 다른생각, 2007).

金壽恒,『文谷集』(『叢刊』133).

金信謙,『橲巢集』(『叢刊』續 72).

金永壽, 『荷亭集』(『叢刊』 322).

金允植, 『雲養集』(『叢刊』 328).

金載瓚, 『海石遺稿』(『叢刊』 259).

金正喜, 『阮堂全集』(『叢刊』 301)

金祖淳, 『楓皐集』(『叢刊』 289)

金鍾秀, 『夢梧集』(『叢刊』 245)

金砥行, 『密庵集』(『叢刊』 續 83)

金　集, 『愼獨齋遺稿』(『叢刊』 082)

金昌協, 『農巖集』(『叢刊』 161~162)

金昌翕, 『三淵集拾遺』(『叢刊』 165~167)

金昌熙, 『會欣穎』(고려대 소장본; 국립중앙도서관 소장본).

金春澤, 『北軒集』(『叢刊』 185).

金澤榮, 『韶濩堂集』(『叢刊』 347).

金　坽, 『溪巖集』(『叢刊』 084).

金弘郁, 『鶴洲全集』(『叢刊』 102).

金興洛, 『西山集』(『叢刊』 321).

南公轍, 『金陵集』(『叢刊』 272).

南克寬, 『夢囈集』(『叢刊』 209).

南秉哲, 『圭齋遺藁』(『叢刊』 316).

南龍翼, 『壺谷漫筆』(『叢刊』 131).

南有容, 『雷淵集』(『叢刊』 217).

朴珪壽, 『瓛齋先生集』(『叢刊』 312).

朴　瀰, 『汾西集』(『叢刊』 續 025).

朴世堂, 『西溪集』(『叢刊』 134).

朴允默, 『存齋集』(『叢刊』 292).

朴胤源, 『近齋集』(『叢刊』 250).

朴長遠, 『久堂集』(『叢刊』 121).

朴齊家, 『貞蕤閣集』(『叢刊』 261).

朴準源, 『錦石集』(『叢刊』 255).

朴趾源, 『燕巖集』(『叢刊』 252).

朴泰輔, 『定齋集』(『叢刊』 168).

卞鐘運, 『歟齋集』(『叢刊』 303).

徐淇修, 『篠齋集』(규장각 소장본).

徐命寅, 『煙華錄』(규장각 소장본).

徐榮輔, 『竹石館遺集』(『叢刊』 269).

徐有榘, 『楓石全集』(『叢刊』 288).

徐有本, 『左蘇山人文集』(亞細亞文化社, 1992).

徐宗泰, 『晩靜堂集』(『叢刊』 163).

徐必遠, 『六谷遺稿』(『叢刊』 121).

徐瀅修, 『明皐全集』(『叢刊』 261).

成近默, 『果齋集』(『叢刊』 299).

成大中, 『靑城集』(『叢刊』 248).

成汝學, 『鶴泉集』(『叢刊』 082).

成海應, 『硏經齋全集』(『叢刊』 273~279).

宋能相, 『雲坪集』(『叢刊』 225).

宋德相, 『果菴集』(『叢刊』 229).

宋時烈, 『宋子大全』(『叢刊』 108~115).

宋徵殷, 『約軒集』(『叢刊』 163~164).

宋穉圭, 『剛齋集』(『叢刊』 271).

宋煥箕, 『性潭集』(『叢刊』 244~245).

申　暻, 『直菴集』(『叢刊』 216).

申光洙, 『石北集』(『叢刊』 231).

申箕善, 『陽園遺集』(『叢刊』 348).

申大羽, 『宛丘遺集』(『叢刊』 251).

申　緯, 『警修堂全藁』(『叢刊』 291).

申維翰, 『靑泉集』(『叢刊』 200).

申　晸, 『汾厓遺稿』(『叢刊』 129).

申靖夏, 『恕菴集』(『叢刊』 197).

申　混, 『初菴集』(『叢刊』 續 37).

申　欽, 『象村稿』(『叢刊』 71~72).

沈光世, 『休翁集』(『叢刊』 084).

沈師周, 『寒松齋集』(『叢刊』 續 70).

沈象奎,『斗室存稿』(『叢刊』 290).

沈翼雲,『百一集』(규장각 소장본).

沈　銷,『樗村遺稿』(『叢刊』 207~208).

沈　膺,『沙川集草藁』(규장각 소장본).

安錫儆,『雪橋集』(『叢刊』 233;亞細亞文化社 영인본).

梁慶遇,『霽湖集』(『叢刊』 073).

梁得中,『德村集』(『叢刊』 180).

魚有鳳,『杞園集』(『叢刊』 183~184).

吳光運,『藥山漫稿』(『叢刊』 210~211).

吳尙濂,『燕超齋遺稿』(국립중앙도서관 소장본).

吳　瑗,『月谷集』(『叢刊』 218).

吳載純,『醇庵集』(『叢刊』 242).

吳熙常,『老洲集』(『叢刊』 280).

柳得恭,『泠齋集』(『叢刊』 260).

_____,『古芸堂筆記』(『泠齋書種』 所收, 국립중앙도서관 소장본).

_____,『燕臺再遊錄』(『泠齋書種』 所收, 국립중앙도서관 소장본).

_____,『灤陽錄』(국립중앙도서관 소장본).

俞晩柱,『欽英』(서울대학교 규장각, 1997).

俞莘煥,『鳳棲集』(『叢刊』 312).

俞彦鎬,『燕石』(『叢刊』 247).

柳麟錫,『毅菴集』(『叢刊』 337~339).

柳重敎,『省齋集』(『叢刊』 323~324).

俞拓基,『知守齋集』(『叢刊』 213).

柳致明,『定齋集』(『叢刊』 297~298).

俞漢寯,『著菴集』(『叢刊』 249).

尹　愭,『無名子集』(『叢刊』 256).

尹　淳,『白下集』(『叢刊』 192).

尹廷琦,『舫山遺稿』(『茶山學團文獻集成』3, 成均館大 大東文化硏究院, 2008).

李建昌,『明美堂集』(『叢刊』 349).

李景奭,『白軒集』(『叢刊』 095~096).

李匡德,『冠陽集』(『叢刊』 209).

李匡呂, 『李參奉集』(『叢刊』 237).

李匡師, 『圓嶠集』(『叢刊』 221).

李光庭, 『訥隱集』(『叢刊』 187).

李奎象, 『一夢稿』(『韓國歷代文集叢書』 565~572, 景仁文化社, 1987).

李　沂, 『李海鶴遺書』(『叢刊』 347).

李端夏, 『畏齋集』(『叢刊』 125).

李德懋, 『靑莊館全書』(『叢刊』 257~259).

李德壽, 『西堂私載』(『叢刊』 186).

李令翊, 『信齋集』(『叢刊』 252).

李萬敷, 『息山文集』(『叢刊』 178~179).

李晩秀, 『屐園遺稿』(『叢刊』 268).

李晩用, 『東樊集』(『叢刊』 303).

李敏求, 『東州集』(『叢刊』 094).

李敏輔, 『豊墅集』(『叢刊』 232~233).

李敏敍, 『西河集』(『叢刊』 144).

李民宬, 『敬亭集』(『叢刊』 076).

李秉成, 『順菴集』(『叢刊』 續 059).

李秉淵, 『槎川詩抄』(『叢刊』 續 057).

李尙迪, 『恩誦堂集』(『叢刊』 312).

李尙質, 『家州集』(『叢刊』 101).

李書九, 『惕齋集』(『叢刊』 270).

李　選, 『芝湖集』(『叢刊』 143).

李遂大, 『松崖集』(『韓國歷代文集叢書』 1645, 景仁文化社, 1997).

李是遠, 『沙磯集』(『叢刊』 302).

李　植, 『澤堂先生集』(『叢刊』 088).

李安訥, 『東岳集』(『叢刊』 078).

李　鈺, 『完譯 李鈺全集』 1~5(휴머니스트, 2009).

李　沃, 『博泉集』(『叢刊』 續 044).

李裕元, 『嘉梧藁略』(『叢刊』 315~316).

李惟樟, 『孤山集』(『叢刊』 126).

李殷相, 『東里集』(『叢刊』 122).

李宜顯, 『陶谷集』(『叢刊』 180~181).

李　瀷, 『星湖全集』(『叢刊』 198~200).

_____, 『星湖僿說』(慶熙出版社, 1967).

李麟祥, 『凌壺集』(『叢刊』 225).

李　縡, 『陶菴集』(『叢刊』 194~195).

李　栽, 『密菴集』(『叢刊』 173).

李廷龜, 『月沙集』(『叢刊』 69~70).

李定稷, 『燕石山房未定稿』(『石亭李定稷遺稿』 1~4, 김제문화원, 2002).

李祖黙, 『六橋稿略』(규장각 소장본).

李春元, 『九畹集』(『叢刊』 079).

李忠翊, 『椒園遺稿』(『叢刊』 255).

李夏坤, 『頭陀草』(『叢刊』 191).

李學逵, 『洛下生集』(『叢刊』 290).

李玄錫, 『游齋集』(『叢刊』 156).

李玄逸, 『葛庵集』(『叢刊』 127~128).

李玄煥, 『蟾窩雜著』(국립중앙도서관 소장본).

李喜朝, 『芝村集』(『叢刊』 170).

李　㴢, 『弘道遺稿』(『叢刊』 續 054).

李頤命, 『疎齋集』(『叢刊』 172).

林象德, 『老村集』(『叢刊』 206).

任相元, 『恬軒集』(『叢刊』 148).

任守幹, 『遯窩遺稿』(『叢刊』 180).

林　泳, 『滄溪集』(『叢刊』 159).

任靖周, 『雲湖集』(『叢刊』 續 090).

任憲晦, 『鼓山集』(『叢刊』 314).

張　維, 『谿谷先生集』(『叢刊』 092).

張顯光, 『旅軒集』(『叢刊』 060).

張　混, 『而已广集』(『叢刊』 270).

田　愚, 『艮齋集』(『叢刊』 332~336).

鄭經世, 『愚伏集』(『叢刊』 068).

鄭來僑, 『浣巖集』(『叢刊』 197).

丁若鏞, 『與猶堂全書』(『叢刊』 281~286).

鄭元容, 『經山集』(『叢刊』 300).

鄭齊斗, 『霞谷集』(『叢刊』 160).

正　祖, 『弘齋全書』(『叢刊』 262~267).

鄭宗魯, 『立齋集』(『叢刊』 253~254).

鄭芝潤, 『夏園詩鈔』(『叢刊』 312).

鄭　澔, 『丈巖集』(『叢刊』 157).

鄭弘溟, 『畸庵集』(『叢刊』 087).

趙　絅, 『龍洲遺稿』(『叢刊』 090).

趙　璥, 『荷棲集』(『叢刊』 245).

趙龜命, 『東谿集』(『叢刊』 215).

曺兢燮, 『巖棲集』(『叢刊』 350).

趙斗淳, 『心庵遺稿』(『叢刊』 307).

趙晃鎬, 『玉垂集』(규장각 소장본).

趙秉鉉, 『成齋集』(『叢刊』 301).

趙復陽, 『松谷集』(『叢刊』 119).

趙錫胤, 『樂靜集』(『叢刊』 105).

趙錫喆, 『靜窩先生文集』(국립중앙도서관 소장본).

趙秀三, 『秋齋集』(『叢刊』 271).

趙榮祏, 『觀我齋稿』(『叢刊』 續 067).

趙　翼, 『浦渚集』(『叢刊』 085).

趙琮鎭, 『東海遺稿』(국립중앙도서관 소장본).

趙天經, 『易安堂文集』(『叢刊』 續 074).

趙泰億, 『謙齋集』(『叢刊』 189~190).

趙顯命, 『歸鹿集』(『叢刊』 212~213).

趙希逸, 『竹陰集』(『叢刊』 083).

崔奎瑞, 『艮齋集』(『叢刊』 161).

崔　岦, 『簡易集』(『叢刊』 049).

崔錫鼎, 『明谷集』(『叢刊』 153~154).

崔益鉉, 『勉菴集』(『叢刊』 325~326).

崔　晛, 『認齋集』(『叢刊』 067).

河　滬, 『台溪集』(『叢刊』 101).

韓章錫, 『眉山集』(『叢刊』 322).

許　筠, 『惺所覆瓿稿』(『叢刊』 074).

_____, 『鶴山樵談』(『許筠全集』, 成均館大 大東文化硏究院, 1981).

許　穆, 『記言』(『叢刊』 098~099).

許　傳, 『性齋集』(『叢刊』 308~309).

許　薰, 『舫山集』(『叢刊』 327~328).

洪吉周, 『峴首甲藁』, 『縹礱乙籤』, 『沆瀣丙函』(연세대 소장본).

洪大容, 『湛軒書』(『叢刊』 248).

洪奭周, 『淵泉全書』(『叢刊』 293~294).

洪世泰, 『柳下集』(『叢刊』 167).

洪良浩, 『耳溪集』(『叢刊』 241~242).

洪汝河, 『木齋集』(『叢刊』 124).

洪重聖, 『芸窩集』(『叢刊』 續 057).

洪翰周, 『海翁藁』(『叢刊』 306).

_____, 『智水拈筆』(亞細亞文化社, 1984).

黃德吉, 『下廬先生文集』(『叢刊』 260).

黃胤錫, 『頤齋遺稿』(『叢刊』 246).

黃　玹, 『梅泉集』(『叢刊』 348).

찾아보기

ㅅ

ㅇ

조선후기 명청문학 관련 자료집 II

초판 1쇄 인쇄 2012년 6월 20일
초판 1쇄 발행 2012년 6월 29일

편 자 : 안대회 · 이철희 · 이현일 외
편집인 : 신승운
　　　　 대동문화연구원 Tel. 02) 760-1275~6

펴낸이 : 김준영
펴낸곳 : 성균관대학교 출판부
등 록 : 1975년 5월 21일 제1975-9호
주 소 : 110-745 서울특별시 종로구 성균관로 25-2
전 화 : 760-1252~4
팩 스 : 762-7452
홈페이지 : press.skku.edu

ⓒ 2012, 대동문화연구원

ISBN   978-89-7986-966-8 93810